中国百年工业文学大系

丛书主编　贾玉民　樊洛平

中篇小说卷Ⅰ

樊洛平　主编

中国工人出版社

本卷主编简介

- 樊洛平，郑州大学文学院二级教授，黄河科技学院特聘教授，中国世界华文文学学会学术工作委员会主任委员，河南省台湾研究会副会长。主持完成国家社科基金项目 3 项，出版个人专著《当代台湾女性小说史论》等 5 部，合著《中国当代戏剧文学史》等多部，发表学术论文 120 余篇，人大复印资料转载 10 余篇。为《20 世纪中国工业文学研究》（国家社科基金项目）副主编，致力于工业文学研究。

出版说明

一、缘起

为庆祝中华全国总工会成立100周年，中国工人出版社特组织编纂《中国百年工业文学大系》丛书。文学作品是社会现实的形象反映。本丛书的编纂，全面整理百年来工业文学作品及相关资料，精选优秀作品，按体裁分类，编成20卷的丛书，生动、形象地呈现百年来中国工业化的历程，呈现中国工人阶级的命运和奋斗历史，呈现中华全国总工会在中国共产党领导下，与工人运动一同发展壮大的图景，有助于讲好中国工人阶级故事、中国工业故事和中国工会故事，为更好继承弘扬革命传统，创造未来提供历史借鉴。

二、编纂团队

本丛书编纂团队由《20世纪中国工业文学史》和《中国工人文学史》的作者为基础，邀请郑州大学、河北师范大学、河北大学、河南师范大学、河南理工大学、中原工学院等院校为合作单位，以研究中国工业文学的专家、学者共同组成编辑团队，分工合作，在中国工人出版社的指导下共同完成编纂工作。

三、选录作品范围

重点选录反映工业生活、描写工业人物、揭示工业领域社会问题的优秀作品，根据中国具体情况，适度收录有关传统手工业、商业、人力车夫、纤夫等生活的作品。兼顾各历史阶段、各阶级、各阶层、各个地域、各种产业、各种体裁作品；兼顾专业作家、工人作家、业余作者。

四、编纂原则

真：选录的作品，基本以初发或初版为准，个别作品使用与初版接近“最佳”版本，使其成为中国工业文学发展史的可靠文献。其中繁体字须改为规范简化字；标点符号改为规范格式；错别字给予纠正，加注说明。原作署名为非通用笔名的，注明其真名或通用笔名。

专：各卷按文学体裁编列，分别为史论卷、报告文学卷、短篇小说卷、中篇小说卷、长篇小说卷、诗歌卷、散文卷、剧本卷、电影文学卷、电视文学卷、资料卷。各卷均有独立性，组合又具统一性、逻辑性。

精：各卷首的“导读”，长篇作品的“提要”、节选作品的“简介”，各篇所加注释，务求内容准确、文字简明。

鸦片战争后，中国近代工业开始萌芽，至今已近 200 年；从中国工人阶级队伍略具规模，至今也已百年以上。这期间出现的各类工业题材文学创作，虽然赶不上“乡土文学”等传统题材作品数量之多，但也可称数量巨大。我们的编纂工作肯定存在不少缺陷，切望有关作家、专家、学者，广大读者批评。

2025 年 4 月

《中国百年工业文学大系》在编纂过程中，有幸收录了众多作家描绘工业岁月的珍贵作品，这些文字是中国工业发展的重要记忆载体。由于时间跨度长、信息更迭等客观因素，书稿付梓之时仍有部分作者未能取得联系，对此我们深感歉意与遗憾。恳请尚未联系上的作者或家属看到成书后，及时与我们取得联系，以完善作品收录的后续事宜。

总序

深刻反映时代巨变，描绘时代精神图谱
——新时代呼唤工业文学的繁荣

“文化是民族的精神命脉，文艺是时代的号角。”习近平总书记的这一重要论断，深刻揭示了文艺与时代的紧密联系。文艺作为社会生活的镜像与人类精神的诗性表达，始终与时代同频共振、血脉相连。它不仅是时代变迁的见证者，更是时代精神的塑造者和引领者，在为我们展现历史巨变的同时，也将中华民族伟大复兴的壮阔征程熔铸成一幅可触可感的精神图谱。

100多年前，我国近代工业刚刚产生，就陷入帝国主义列强的围堵和封建专制的压迫之下，在其筚路蓝缕的艰辛跋涉中，20世纪上半叶就有茅盾、夏衍等作家描写民族资产阶级“工业救国”梦的破产，描写工人阶级的悲惨处境和觉醒斗争，创作了《子夜》《包身工》等优秀作品。新中国成立后，在大规模经济建设中，更多作家长期深入工矿生活，创作了许多新作，如草明的《乘风破浪》、雷加的《潜力》三部曲、艾芜的《百炼成钢》、艾明之的《火种》等长篇小说以及李季赞颂玉门石油基地的诗歌等，出现了工业文学的初次繁荣。而工人

作家胡万春、万国儒等的崛起，则开了工人写工人的先河。到了改革开放大潮中，反映工业战线生活的作品更如雨后春笋，蒋子龙的《乔厂长上任记》等系列，张洁荣获茅盾文学奖的《沉重的翅膀》、程树臻的报告文学《励精图治》，以及众多作家反映工人生活的中短篇小说、诗歌和剧本等，势如乘风破浪，冲上改革文学的前沿。伴随着改革深化和经济转型，在“新写实”和“现实主义回归”文学潮中，又涌现出一批沉甸甸的作品，如张宏森、肖克凡、谈歌等作家真实反映国企工人经历的转型期阵痛的佳作。而“打工文学”在珠江三角洲等沿海经济特区异军突起，更成为新时期工人写工业文学的一道新风景。

从党的十八大开始，中国特色社会主义进入新时代，进一步强化了工人阶级是国家的领导阶级和主人翁地位。在《关于繁荣发展社会主义文艺的意见》指引下，文艺界克服价值扭曲、娱乐至上、唯市场化等倾向，用现实主义精神和浪漫主义情怀观照生活，歌颂光明、抒发理想，鞭挞丑恶、抵制低俗，给人民以信心和力量，在工业文学方面产生了一批讴歌大国重器、“中国制造”的响当当的作品。同时以“知青文学”而闻名的梁晓声，创作了长篇小说《人世间》，描写知青回城前后几个工人家庭两代人的生活变迁，以其动人肺腑的笔力而荣获茅盾文学奖。一向书写矿山工人生活的刘庆邦，以现实主义笔触展示了不同类型的煤矿工人的人生。不少剧作家也创作或改编了描写工业和工人生活的剧本，搬上屏幕，受到广大观众的欢迎。

百余年来，中国工业文学由小到大，由弱到强，形象地记录了中国工人阶级的发展历程。从百年前郁达夫笔下的女工陈二妹，到蒋光慈小说中的工人形象，从《百炼成钢》的秦德贵到报告文学中真实的英雄孟泰、王崇伦、王进喜、赵梦桃等等，构成了中国工业领域的英雄人物画廊，构成了工人阶级光辉的斗争史和成长史。感谢中国工人出版社和主编本丛书的贾玉民、樊洛平诸位教授学者，经过多年努力，辛勤劳作，为广大读者编成此套规模宏大、内容丰富的选本，自是一项盛举！

如今，中国工业文学作家面前仍然任重而道远。

首先，和我国工业迅速崛起的势头相比，工业文学的反映还远远不够。工业文化，尤其是21世纪以来，极速变化，迅速飞腾，节奏之快，前所未有。这就要求我们身在工业战线、对这种伟大变化有深切感受的工业作家，肩负起历史使命，拿出更多新的好作品来。

其次，和经典作品相比，相当一部分工业文学作品对现实的剖析和人物心理世界的开掘还不够深刻，还少有触及这方面深层次的观念冲突、心理变化和复杂的矛盾斗争的新作。随着城市化的加速，新工人、新市民成亿增加，对工业文学的期待必将日益强烈。

中国实现工业化、现代化，是多少代人的理想和立国之本。新时代呼唤工业文学的繁荣。这既是挑战，更是机遇。工业文学作家和工业战线的文学业余作者，自应把握这个历史机遇，全身心地投入这场新的工业革命，投入由农业文明向工业文明的深刻变革之中，在实践中观察，体验，对工业基础以及高端装备等建设成果努力深切了解，对这场变革中的各种人物表现有更生动把握，从而掌握扎实的生活素材，奠定工业文学更生动更深厚的基础。我们深信，广大读者都会殷切期待作家、艺术家的进一步努力，充分认识所承担的历史重任，开出灿烂的文艺之花。希望广大工业战线的文艺工作者不辜负时代召唤、不辜负人民期待，描绘出中华文明古国在21世纪工业腾飞的足迹，绘出民族的精神图谱，奏出时代的最强音。

张　炯

2025年春于苏州

导言

对于我们这样一个曾经有着几千年自然经济形态的农业国度来说，工业化始终是1840年以来中国必须面对的基本问题之一。它不仅维系着民族工业的萌生与发展、产业工人队伍的成长与聚集、传统社会如何走向时代进步的现代化问题，更与作为工人阶级和中华民族先锋队的中国共产党的使命息息相关，即怎样谋求人民解放和国家独立，在追寻工业现代化的道路中推动和实现中华民族的全面复兴。文学作为时代脉动与社会进程的敏锐感应，它不可能不关注到工业时代生活对于我们民族的政治、经济、文化、世态人心和现实生存所产生的巨大影响，它无时无刻不在追踪着、沉思着、表现着这种时代的递嬗演进，由此成为工业时代生活的真实反映和历史借镜。正是在这种意义上，工业时代生活孕育了中国工业文学的萌生和发展，而工业文学创作也成为中国工业化历史与现实的文学写照。

回眸1900年以来的中国工业文学历史长河，现代意义上具有工业题材辨识度的中篇小说，创作伊始就连接着一部海外华工的血泪史，并随时代变化不断再现了产业工人的抗争史以及民族工业的发展史。五四迄今，从现代文坛上的《短裤党》（蒋光赤）、《沙丁》（巴金）、《饥饿的郭素娥》（路翎），到新中国成立前后的《原动力》（草明）、《为了幸福的明天》（白朗）、《女厂长》（江帆），再到进入改革开放新时期以来的《开拓者》（蒋子龙）、《年轻的朋友们》（郑万隆）、《烦恼人生》（池莉）、《大厂》（谈歌）、《破产》（关仁山）、《最后一个工人》（肖克凡）、《乔师傅的手艺》（李铁）、《那儿》（曹征路）、《女工》（毕淑敏）、《国家订单》（王十月）、《红骆驼》（王松）……这些带有鲜明时代特征的工业题材中篇小说，与其他多种文学作品一起，见证和表现了中国工业化进程风雨坎坷又奋勇拼搏的足迹，共同创造了百年工业文学历史的辉煌。

《中国百年工业文学大系·中篇小说卷》分为三卷，依据其发展脉络，收入了中篇小说 42 部，列入中篇小说存目 53 部，基本上涵盖了 1900 年到 2020 年以来工业文学领域中篇小说的重要作品。有关篇目的编选，我们选录的标准为：一看篇幅，大致以 3—10 万字的小说为中篇；二看社会影响，选入那些经过历史沉淀，能够反映中国工业发展进程、讲好工人故事，对某个时期有代表性的优秀作品；三看学界和读者反应，获得普遍好评或重要获奖的作品。诸如新时期以来入选或列入存目的 70 部作品，其中获国家级等重要中篇小说奖项的有 32 部，约占比 46%。总的来看，百多年来，工业文学的中篇小说数量众多，它来自一代又一代作家无法释怀的工业情感动力和执着坚守的创作投入。这些作品不仅成为感应工业时代生活脉搏和表现工人阶级命运的文学重镇，也以独特的文体优势，展现了工业文学书写的别样风貌与审美观照。

一

中国工业文学的起点，是从清末民初的反美华工禁约运动拉开序幕的；工业题材中篇小说的第一页，即浸染着海外华工的斑斑血泪。

1840 年鸦片战争爆发，外国资本主义的船坚炮利打破了古老中国的闭关锁国，中国从此沦为半封建半殖民地社会。“西方商品的‘重炮’”和资本输出“在华经营近代工业，瓦解着中国小农业和家庭工业牢固结合的生产体，破坏着整个封建的社会经济，使产生资本主义近代工业的前提条件——市场、资本和劳动力加速出现了。”[①] 从鸦片战争结束到中日甲午战争之前，外国资本已在华非法设立工厂 100 多家，包括英、美、俄、德、法商，总投资约 2800 万元。[②] 与此同时，西方疯狂夺取廉价劳动力，使华人成为被掠卖的“猪仔”，卷入世界工业化的潮流中。华工在西方的悲惨遭遇，亦进入萌芽期的工业文学书写视野。1903 年，佚名的《猪仔记》是最早涉及华人被贩卖到南洋、美洲大陆当“猪仔”悲剧的短篇小说。1905 年佚名的《苦社会》、1907 年碧荷馆主人的《黄金世界》，皆以中篇小说形式讲述了被掠卖到美国、拉丁美洲的华工悲剧。《苦社会》中阮通甫、鲁吉园、李心纯三位穷苦知识分子被诱骗远赴美洲做华工，在船上，阮通甫受到百般虐待身亡，与许多死亡同胞一起葬身大海；鲁吉园、李心纯和其他华工上岸后，又被带着锁链押赴山上做苦工。华工遭受美国殖民主义者的种种排斥和迫害，其惨状血泪横飞，令人发指。小说主人公虽非现代产业工人，但作为其先声，工业题材中篇小说为他们留下了最初的悲情影像。

五四前夕，中国产业工人约 200 万人，主要分布在沿海地区与大城市。中国共产党成立之际，就开始谋求马克思主义与工人运动的结合。1921 年 8 月 11 日，中国劳动组合书记部在上海成立。1925 年 5 月，中华全国总工会宣布成立，规定“本会以团结全国工人，图谋工人福利为宗旨”。20 世纪 20 年代至 40 年代，随着工人阶级逐步登上政治舞台，反映劳工题材和工人运动的作品不断涌现，并受到革命文学、左翼文学、抗战文艺的多重影响。工业题材中篇小说在世事

① 范西成、陆保珍：《中国近代工业史》（1840—1927），陕西人民出版社，1991年版，第 2 页。

② 范西成、陆保珍：《中国近代工业史》（1840—1927），陕西人民出版社，1991年版，第 41—42 页。

动荡的中国现代史背景下，一方面是描写产业工人在资本家残酷压迫下的悲惨人生，如巴金的《沙丁》(1933)、《萌芽》(1933)，草明的《缫丝女工失身记》(1933)、《绝地》(1937)，茅盾的《少年印刷工》(1936)，葛琴的《窑场》(1937)，路翎的《饥饿的郭素娥》(1943)，杨朔的《红石山》(1948)等。另一方面，最早倡导革命文学的蒋光慈，以直接描写上海产业工人武装起义的《短裤党》(1927)，走在了时代的斗争前列；另有龚冰庐的《黎明之前》(1928)，也涉及了上海工人罢工的风起云涌和挫折失败；华汉1930年的《地泉》三部曲(《深入》《转换》《复兴》)，也是革命文学的代表作。《复兴》主要描写上海法租界电车公司工人的罢工斗争，受到当时党内"左"倾盲动主义影响，小说表现出某种狂热冒险的情绪。

上述作品中，一是主人公多以产业工人的身份出现，活跃在矿山、铁路、机械、冶金、纺织厂、窑场等环境，有了工人群体的聚集。二是当时写工业题材中篇小说的作家，多是现代文坛上的著名作家，他们的创作壮大了工业文学的阵势。巴金对那些被迫走向死亡深渊的锡矿矿工命运的揭示；葛琴对奸诈狠毒、剥削成性的窑场老板形象的刻画；路翎讲述的工人张振山以"原始的强力"的反抗故事，以及郭素娥被封建家族恶势力所扼杀的女性悲剧；还有杨朔对红石山矿区工人在日本侵略者掠夺压榨下的生死挣扎写真，都显示出较强的艺术功力。

新中国成立以后，我国于1953年开始大规模的经济建设。第一个五年计划以工业建设为中心，拉开了中国走向工业化火红年代的序幕。作家纷纷深入工厂、矿山、工地体验生活，在20世纪五六十年代文坛推出了一批工业生活的中长篇小说。

描写新中国成立之初的护厂斗争和恢复生产运动、歌颂工人阶级的主人翁精神，是解放区走来的老作家的中篇创作侧重。草明以深入东北镜泊湖水力发电厂的生活体验，1948年率先创作了歌颂工人阶级创造力的中篇小说《原动力》，由此成为新中国工业文学的拓荒者。1954 年到 1964 年，草明与工人群众朝夕相处的“鞍钢十年”，那些代表了 17 年工业文学高度的长篇小说《火车头》《乘风破浪》，都让她当之无愧地成为“一生写工人的唯一女作家”（贺敬之语）。白朗《为了幸福的明天》（1951），描写青年女工邵玉梅为保护军工厂三次负伤的英雄事迹，特别突出了她从一个逃荒要饭的苦孩子，到新中国的护厂英雄和共产党女儿的女性成长历程。

江帆的《女厂长》（1950）、杜鹏程的《在和平的日子里》（1957）写到的主人公，无论是有着延安革命经历、勇挑女厂长重担的知识分子林苇，还是从炮火硝烟战场转向铁路工地建设的领导干部阎兴、梁建，他们都面临着学习理论、学习经济工作的新任务，面临着开展思想斗争、反对官僚主义、永葆革命青春的和平建设时代的新命题。

从新中国文坛出发的新作家，重在表现工厂生产和劳动竞赛热潮中工人阶级的精神面貌，以及新人新事新风尚的时代变化，诸如左介贻的《红花朵朵开》（1952）、万忆萱的《小组长》（1956）、王黎拓的《春到工地》（1958）、陆俊超的《浪涛滚滚》（1961）、胡万春的《内部问题》（1963）等。陈淼的《劳动姻缘》（1950）描写青年工人的婚礼场面，一副对联“庆祝解放新婚礼，争看劳动自由花”，横批“劳动姻缘”，就鲜活地反映了当时社会的时代氛围，道出了新中国工人在工厂劳动中成就的择偶新标准。

总之，这一时期的工业题材中篇小说，见证和记录了中国工人阶级为改变祖国“一穷二白”面貌的时代奉献，作品风格质朴、明朗，但艺术视野和表现方法还不够丰富，受到“车间文学”不同程度的制约。

1966 年至 1976 年遭遇特殊政治年代，文学的独立品格被打压排斥，工业题材中篇小说也在文坛的一片荒芜中走向低谷，创作几近断裂停顿。

1978 年 12 月党的十一届三中全会的召开，宣告了中国社会进入历史新时期的巨大转折，党的工作重心全面转移到改革开放、实现四个现代化的新征程。曾经荒芜的工业文学在思想解放运动的旗帜下重新启程，适逢“丛刊丛生，中篇复兴”的东风，工业题材中篇小说创作平地崛起，蔚为大观。

20 世纪 80 年代工业改革文学的主旋律，是由蒋子龙的短篇小说《乔厂长上任记》（1979）首先引领的。随着中篇小说《开拓者》（1980）、《赤橙黄绿青蓝紫》（1981）、《锅碗瓢盆交响曲》（1982）等作品的接踵而来，工业改革文学的破冰之旅得以开启。蒋子龙跳出了“车间文学”的框架，更多地思考国家的经济结构和管理体制，特别是大动荡、大变革时代人的精神面貌变化。由此，他改变了新中国成立 30 年以来的传统的工厂文学形态，创造了充满现代改革意识的全景性社会文学。这是他对当代工业文学做出的具有突破意义的贡献。

纷至沓来的工业中篇小说，汇聚成改革文学的潮流。水运宪轰动一时的《祸起萧墙》（1981），以改革者形象令人震撼的时代轰毁，直面推动工业改革进程的艰难和悲壮。郑万隆透过《年轻的朋友们》（1981），敏锐地感应到新时期价值观念更新、人的改革先行的思想解放命题。陈冲的《厂长今年二十六》（1982）描写工厂经营体制和管理模式革命，在工厂小人物身上寄予对改革新生力量的勇敢期待。《无反馈快速跟踪》（1982）则以超前的科学化思维，形象地表现了科学技术是国防工业改革巨大生产力的新前景。邓刚写《我的兄弟们》（1985）的工厂境遇，呈现出知识改变命运、学习提升人生的时代变动。面对男性改革者风起云涌的文学场景，雪珂《女人的力量》（1985）为工业改革文学人物画廊增添的，是一种别样的色彩。

与这种红红火火的“工业改革题材热”不同，另一类着意表现普通工人现实生活、充满人性色彩和平民精神的工业中篇小说，开始向着真实的“人学”迈进。谭谈的《山道弯弯》（1981）、陈国凯的《工厂姑娘》（1983）、达理的《无声的雨丝》（1983）、肖复兴的《井架上的星》(1985)、冯敬兰的《夏日辉煌》(1985)等，都写出了普通工人艰辛而温馨的人生情调和精神力量。

周梅森在新时期文坛的跃出，是以《沉沦的土地》为先导，随着《荒郊的凭吊》《庄严的毁灭》《崛起的群山》《喧嚣的旷野》等中篇发表，共同构成了《历史·土地·人》煤矿系列小说。透过黄河故道上几个煤矿的兴衰荣辱，围绕开矿与土地和人的多重矛盾冲突，在民族资产阶级与古老土地所蕴涵的历史惰性不无残酷的较量中，作品写照了大地和乡民的深重苦难，更寓意深刻地勾勒出从洋务运动到1940年代民族矿业风雨多蹇的发展历史。

20世纪80年代后半期，随着作家对现实主义文学精神的新理解，一批反映普通工人生活底蕴与原生状态的作品纷纷问世。以池莉《烦恼人生》(1987)为代表的新写实小说，一反传统现实主义表现工人生活的典型化路径，作品更着意表现人的生命体验，表现工人在生存困境中的无奈、挣扎与执着。《烦恼人生》追踪普通工人印家厚一天的生活日程，把底层工人生存的艰辛与烦恼、生命的挣扎与耗费全盘拍摄下来，让人从中体味“一日即是百年”的生命流逝状态。

1992年，邓小平的南方谈话和党的第十四次全国代表大会提出建立社会主义市场经济体制的目标以来，随着计划经济到社会主义市场经济的重大转型，文学开始进入商品经济语境下的创作。“90年代中期，国有企业面临体制转轨、供需关系变化和对外开放格局演进的严峻考验。”[①] 如何解决传统经济体制下国企历史上遗留的债务重、人员过多、企业办社会问题的三大难题，如何建立“产权清晰、权责明确、政企分开、管理科学”的现代企业制度，特别是如何走出1997年的经营状况低谷、实现国企改革三年脱困的目标，都使得工业战线以及工业文学创作充满艰难和挑战。面对国有企业改革的新形

① 陈清泰：《国企改革：过关》，中国经济出版社，2003年版，第52页。

势，那些曾为国家做过重大贡献的国营工厂前景、工人阶级的历史地位和现实命运落差，就成了牵动社会关注的迫切问题。20 世纪 90 年代中期，以谈歌的《大厂》(1996)、关仁山的《破产》(1996)、肖克凡的《最后一个工人》(1996)、徐坤的《沈阳啊沈阳》(1996)、梁晓声的《钳工王》(1997)等为代表的创作，直面国有企业面临的改革境遇，勇敢地触及了当前工业改革中的"雷区"，对文坛和社会形成强烈的"现实主义冲击波"。1995 年至 1997 年这三年，作家们大力推出工业题材中篇小说；仅 1996 年，谈歌就井喷似的发表了 10 部中篇小说，其中多以反映工业改革现实生活为主。上述作品着力于表现"壮士断腕"的阵痛和分享时代艰难的总主题，作品在三个层面上依次推进：写现实困境，写困境中的突围，写困境突围中的人格力量、人生调适以及新的伦理道德选择。它把工厂、工人放在整个社会关系的网络中，多角度地揭示了国有大中型企业所面临的困境，将生活中日益突出的金钱与道德、物质与精神、灵魂与肉欲、恶的手段与善的目的之间的矛盾，以生活自身的形式，以更加社会学的方式，同时也以文学的悲剧力量，触目惊心地展示出来。

新世纪初期的文坛上，面对国企改革的深化和城乡经济结构的变动，关注"弱势群体"的底层书写成为突出的文学现象。对"社会底层""弱势群体"这种巨大而艰难的现实的重新发现，触动了 20 世纪 90 年代以来有关贫富分化、阶层固化等各种超出人们理解能力的社会现实问题。2004 年，曹征路中篇小说《那儿》的发表，引发了文坛和知识界有关"新左翼文学"的讨论，《天涯》杂志专门开辟"底层和底层的表述"专栏。21 世纪的"底层文学"，是以反映社会底层群体生存境遇为核心的文学思潮，具有鲜明的现实主义特质与社会批判性。其创作主要沿着三条路线展开。

一是对"下岗潮"中的普通工人群体命运和生存境遇的深层写照。《女工》(毕淑敏)、《且看满城灯火》(榛子)、《蚂蚁上树》(马秋芬）、《一日三餐》（常芳）、《白乌鸦》（杨刚良）等作品，与20世纪90年代文学有关“工厂破产”“工人下岗”等问题的集览性揭示相比，更多了生存困境中的自我拯救，多了底层弱势人群相濡以沫的温情，多了作家人性关怀的悲悯意识。

二是有关“黑色矿难”题材的集中书写。表现煤矿生活见长的刘庆邦，以《神木》（2000）揭开了矿难背后最黑暗的人性博弈，那种图谋金钱而人为制造的生命悲剧令人惊悚，颠覆了无数人的现实认知。迟子建的《世界上所有的夜晚》（2005）、葛水平的《黑脉》（2006）、傅爱毛的《嫁死》（2007），以女作家描写矿难的悲悯情怀和绵密心路，为作品平添了丰富的情感色彩。

三是“打工文学”中的人生关怀与现实发声。农民务工者的大量进城，带来了当今工人队伍成分的新变化，成为相较于国企工厂工人的一种“新工人”，其主体是作为现代企业雇佣劳动者的“农民工”。他们开始在城市定居生活，但户籍依然在农村，是以“农+民工”而命名的城市劳动者。根据2017年4月28日国家统计局发布的《2016年农民工监测调查报告》，截至2016年，我国农民工总量达到28171万人，其中“80后”新生代农民工逐渐成为主体，占全国总量的49.7%。[①] 反映打工族这一社会群体人生命运与思想情感的打工文学，既包括作家的书写，也蕴含打工者自身的创作。在中国最早和最大的打工城市深圳，从第一代打工文学作家林坚1984年发表《深夜，海边有一个人》肇始，1988年，深圳宝安县创办了面向打工族的内部刊物《大鹏湾》，真实呈现“我们的命运与遭际”。随着张伟明、周崇贤、郑小琼、王十月、安子、黄秀萍、黎志扬、戴斌等打工文学作家的相继出现，特别是郑小琼诗歌获“人民文学奖”、王十月中篇小说获“鲁迅文学奖”，打工文学得以新的提升。21世纪以来，孙惠芬的

① 《2016年农民工监测调查报告》，国家统计局网，2017-04-28。

《民工》、王十月的《国家订单》、戴斌的《深南大道》、黄秀萍的《江南雪》、马秋芬的《朱大琴，请与本台联系》、熊育群的《无巢》、吴君的《亲爱的深圳》《菊花香》……则从更开阔的视野上反映了农民工问题在当下社会的多重纠葛和现实关注。

2012 年 11 月，党的第十八次全国代表大会明确提出中国特色社会主义进入新时代，标志着我国发展进入了新的历史方位。在全球化背景下的网络信息时代，随着我国工业化的迅速发展，国企改革进一步深化，产业工人队伍得以壮大，工业领域法治建设逐步健全，社会保障体系日趋完善，新时代的工业文学开始弘扬“中国梦·劳动美”的主旋律，追寻工业现代化的色彩。工业题材中篇小说在走向新时代的书写中，如何“增强新时代工人阶级的自豪感和使命感，爱岗敬业、拼搏奉献，大力弘扬劳模精神和工匠精神”（习近平语），反映我国社会从中国制造走向中国智造的现代化前景，理应成为我们感应时代脉动、把握社会前沿信息的文学窗口。

具体而言，一是表现“大国工匠精神”。李铁从《乔师傅的手艺》（2003）开始，经《手工》（2021）、《煞气》（2022）、《雄蚕蛾》（2022）……那种爱厂如家、技术当家的主人翁精神的骄傲，那种一门技艺连缀一个工人的人生乃至一个车间的信仰的历史记忆，那种一门技艺救活一宗产品乃至一座工厂命运的神奇力量，可以说，作为工业产业基础和灵魂的工匠精神，一直是李铁所钟情、所痴迷表现的内容。另一位有着 23 年三线生活经验的川蜀作家凸凹，他所创作的诗集《劳动万岁——为 129 名中国工匠造像》入选 2019 全国十大劳动者文学好书榜，再鲜明不过地凸显了新时代文学创作的一种指向：“有一种精神叫工匠，有一种工匠叫鬼斧神工。”

二是表现科技人员、工人群体在核工业、三线军工业默默奉献的家国情怀与人生命运。从胡破卷的《上善若水》（2009），到凸凹的《球时代》（2013）、张策的《和田玉》（2019），都唤起了人们对三线军工厂历史的遥远记忆。特别是王松荣获第八届鲁迅文学奖的中篇小说《红骆驼》(2019),作为共和国70华诞的献礼之作,它以“青春无悔、事业无悔”的人生主题,致敬扎根在祖国茫茫大漠核工业基地的无名英雄。小说中的母亲在垂暮之年重返“矿区”的执拗旅行与青春懊悔,蕴藏着不为人知的情感世界秘密;女儿陪同母亲前往寻找以生命奉献事业的父亲的墓地,而父亲遗留给她的“红骆驼”石头,则成为一种红色信仰与坚毅品格的传承象征。

当然,在飞速发展的工业化时代,工业题材中篇小说的创作还远未登上文学高原。怎样跟上时代步伐,怎样走在文学前沿,怎样沉入工业第一现场,在作品中营造劳动光荣、技能宝贵、创造伟大的社会氛围,表现产业工人大国工匠的生命历练,关注知识型技能型创新型产业工人队伍的新形象,凸显中国工业现代化的历史记忆和全景图画,这始终是一种时代的职责、文学的使命。

二

工业题材中篇小说以其丰富的创作实绩,带给我们诸多有益的文学启示。

第一,工业题材的中篇小说始终坚守现实主义创作阵地,反映中国不断走向工业化的历史进程和时代脉动,它所勾勒的那些真实生动的时代画幅,成为共和国几代人的工业记忆。

一方面,就其表现内容来看,无论是五四以后中国工业萌生发展的历史记忆,还是解放战争时期工人保护工厂、恢复生产付出的巨大劳动;无论是新中国第一个五年计划开启的重工业建设时代,还是产业工人为改变祖国“一穷二白”面貌的倾情奉献;无论是新时期工业改革的崛起阵势,还是市场经济背景下国企体制转型的阵痛与深化;

特别是进入新时代以来追寻中国工业现代化的奋斗历程……所有这一切，都以真实鲜活的文学画幅历历在目：第一个大油田的开发，第一条大铁路的建设，第一辆“解放”牌汽车驶下生产线，第一颗原子弹升上太空，一座座的新工厂、无数的工业生产线在创造着巨大的社会财富；从轻工业发展到重工业建设，从中国制造到中国智造，从能工巧匠到大国工匠，从传统工业到高科技产业，不断走向工业现代化的进程在改变着一个巨大的传统的农业国度，代表先进生产力的产业工人力量无时无刻不在影响着社会的进步。工业题材中篇小说不仅真实地记录了这种时代巨变，形象化地反映了走向工业时代生活的社会氛围，也以文学的方式参与了工业化建设这一伟大历程。

另一方面，以其创作传统来论，坚持革命现实主义的创作原则，坚持为工人阶级立命、为工业化进程写真的文学路线，弘扬主旋律，这使它在令人眼花缭乱的文坛变化中跃出，立于不败之地。单就 21 世纪以来的文坛而言，工业题材中篇小说的创作实绩亦可重重书写一笔。掠过那些一味吟哦小情小调花样翻新的所谓“个性化”写作，也不在意那些“批量生产”的文学时尚产品，在某些题材、体裁、手法的写作仿佛无预兆地陷入了“疲软”之际，似乎被“多元化”格局冷落的工业文学领域，反倒是那群执着于工业文学的作家，从蒋子龙、水运宪、梁晓声、刘庆邦，到肖克凡、李铁、曹征路、周梅森、孙少山、王十月、武歆、马秋芬、吴君、榛子、刘建东、翟永刚，还有路内、鬼金、班宇、双雪涛、郑执、侯磊……他们以一种对国家的高度责任感，以对工人群众深厚的阶级感情，拂去生活表层五光十色的浮沫，发掘工业领域深层的、内部的问题症结，探究工人群体的命运故事和精神世界，以现实主义的写作追寻抵达现实生活深度的路径。当读到《工厂上空的雪》《乔师傅的手艺》《最后一座工厂》《那儿》《且看满城灯火》《世界上所有的夜晚》《蚂蚁上树》《窑衣》《国家订单》《老工人谢瑶环》《亲爱的深圳》《慈悲》《贫嘴张大民的幸福生活》《完美的焊缝》《国家工人》《红骆驼》《纺织厂的女儿》《鸡架之城》《父亲和雕像》这些作品时，你不能不为工人群体的悲欢离合而心灵震撼，你不能不为他们所依存的工厂命运变迁而忧患挂牵，你同样不能不为怀着希望艰难前行的工业化前景而鼓舞感动。这就是焕发着现实主义光芒的工业题材中篇小说给予现实的力量所在、希望所在。

第二，工业题材中篇小说始终坚持以“工人”“工厂”和“工会”的“三工”文学写作路线，这使它以不同于其他文学题材的鲜明辨识度，占据属于自身的文学高地。

坚持工业题材的选择，需要勇气，更需要不断的创新和超越。对于我们这样一个有着乡土中国历史的民族来说，乡土题材具有与生俱来的文学优势，被作家世代传承。但若步入工业文学创作领域，必须积累丰富的工厂生活经验，而大工业本身的复杂性，让工业文学作家时时面临创作挑战。比如工业战线行业众多，隔行如隔山，由此带来工业文学创作复杂的特定性；比如工业文学的种种矛盾纠葛多缠绕在生产过程中，可流水线的操作又日复一日的单调平凡；工人的人生和写工人的作品，亦容易囿于“车间文学”的模式。如何立足车间、面向社会，发掘工业建设和工业生产种种错综复杂的人物关系，这些都是工业题材创作必须面对和亟待解决的问题。《井架上的星》（肖复兴）、《夏日辉煌》（冯敬兰）、《红骆驼》（王松）在更开阔的工业建设背景上，别开生面地再现了大油田、核工业基地的劳动场景与精神氛围；而《蚂蚁上树》（马秋芬）、《且看满城灯火》（榛子）、《贫嘴张大民的幸福生活》（刘恒）亦通过看社会的眼睛，体察错综复杂的社会关系、变动不居的世态人心，将普通工人的现实境遇，融入有关工地、工厂、车间以及周遭世界的生活书写之中。这都是作者在长时间工厂生活的观察、体验、思考中，方获得的成功。

回眸工业题材中篇小说的创作历程，有一种特别强烈的感觉，无论我们的作家写了怎样的工业场域，无论中篇小说中的生活故事如何的色彩纷呈，作品的手法和风格怎样求新变异，最能吸引我们目光、让读者为之心动的，是工业时代生活中的“工业人”。他们作为工业小说中的核心和灵魂，连缀了工厂的历史，映现出工业化的图景，维系着工业时代错综复杂的社会关系；透过这些人物形象塑造，你能触摸到特定时代的脉动，感受到那些具有生命温度和精神向度的工厂记忆。事实上，工业题材中篇小说中丰富多彩的人物类型，它所构成的正是一代又一代工人群体的形象谱系，其中蕴含的无疑是一部工人阶级的精神成长史。正如蒋子龙所说：“即便是工业题材，最迷人的地方也不是工业本身，而是人的故事——生命之谜构成小说的魅力。”①

第三，要进一步克服工业文学创作单薄、狭窄的弊病，应该探讨如何从开发工业文化意识入手，为创作注入丰厚的文化底蕴。中国工业文化在发展过程中逐步与农业文化相脱离而形成的特点与传统，当代工人阶级创造的生产方式、思维方式和行为方式为中国工业文化注入的新鲜活力，改革开放时代的工业文化与其他文化形态的多元碰撞，不同地域、不同行业的文化特色，现代社会的企业文化精神，这一切都为工业人的文化生存提供了广阔的背景。关注到这一点，将会改变工业文学的传统思维方式，有利于工业文学新视野的开拓。

第四，中篇小说文体不断走向成熟的过程中，以后来者居上的创作优势，使它在反映工业生活方面拥有了追踪工业时代生活的快捷和表现复杂社会内涵的丰富性。

如果回到历史语境，工业文学最初起步发展的阶段里，与短篇小说等文学体裁相比，中篇小说无论是作家队伍的聚集，还是发表阵地的拥有，并不占据有利地位，创作数量相当有限，在整体上还显得相当滞后和边缘化。

进入历史新时期之后，党的十一届三中全会引领思想解放潮流，

---

① 蒋子龙：《新支点：泛工业题材时代——“新支点长篇小说丛书”·序》，见李肇正：《无言的结局》，百花文艺出版社，1997年版。

大型文学丛刊的创办提供了新的文学阵地，中篇小说平地崛起，可谓“丛刊丛生，中篇复兴”。其中，工业题材的中篇小说创作也占据重要一页。究其原因，可能在于中篇小说文体本身的优势：在当今高速运行的工业时代生活中，它既可以像短篇小说那样追踪生活步伐，又比短篇小说拥有更丰富的社会生活容量；而在故事情节的复杂性、人物形象塑造的丰满度方面，它既融合了长篇小说的优长，又比长篇小说来得迅捷。当然，我们也清醒地意识到，工业题材中篇小说创作的数量和质量都还有更多的提升空间，文学的冲击力还需特别加强。

针对近年中篇小说叙事方法比较守成、艺术创新氛围不够浓厚的情形，工业题材中篇小说怎样以开放的现实主义文学精神，有效地融入新的文学元素和叙事方式，创作出更具生命情感、更具生活鲜活度和艺术魅力的工业文学作品，以期赢得广大读者的喜闻乐见，这也是传递工业文化精神、凸显工业美学特质的一种艺术使命。

总之，在工业发展牵动经济命运、经济问题又成为当今社会多种矛盾焦点的当下，在工业化迅猛发展的信息化时代，中篇小说如何直面现实勇敢回应工业社会生活提出的重大命题，为时代见证，来描绘风雨兼程的工业化历史图景，为工人阶级立言，去发掘他们的时代奉献和命运变迁；如何提供比现实更强大的真实力量，探索文学赋能经济社会发展的有效路径，创作出新时代文坛上追寻中国梦和弘扬劳模精神、劳动精神、工匠精神的精品力作，创造出具有工业文学独特风格和审美价值的经典作品，这应该成为工业题材中篇小说不断追求的创作标高。我们有理由这样相信，我们满怀希望地期待着。

樊洛平

目录

存目

《黄金世界》 碧荷馆主人
原载《小说林》刊本1907

《黎明之前》 龚冰庐
上海，创造社出版部1928年9月版

《复兴》 华 汉
上海，平凡书店1930初版

《萌芽》 巴 金
上海，现代书局1933年8月初版

《少年印刷工》 茅 盾
原载《新少年》1936年1月10日始，连载一年

《绝地》 草 明
上海，良友图书印刷公司1937年5月初版

《红花朵朵开》 左介贻
原载《人民文学》1952年第2期

《小矿工》 大 群
原载《人民文学》1956年第9期

《九级风暴》 陆俊超
原载《人民文学》1959年8月号

《浪涛滚滚》 韶 华
原载《文艺红旗》1961年第7期

《内部问题》 胡万春
原载《上海文学》1963年第11－12期

《文明地狱》 石 英
北京，作家出版社1965年6月版

《机电局长》 蒋子龙
原载《天津文艺》1976年第1－7期(中篇连载)

苦社会（节选）

佚　名

作品简介

《苦社会》是晚清时期一部描写华侨华工遭遇的小说。全书以反美华工禁约运动为中心，共48回，是双回目，实际上只有24回。光绪三十一年（1905年）由上海图书集成局印行，无作者姓名。阿英认为“是熟悉在美华工华商的知识分子”所作。小说以阮通甫、鲁吉园、李心纯三位穷苦知识分子为中心，他们在国内走投无路，被诱骗做华工远赴美洲，在途中和上岸后都受百般虐待，多少人未达目的地，即被折磨至死；在美国的华侨、华工，横遭美国殖民主义者的种种排斥、迫害，其惨状令人发指。这里所选为小说第13—15回（即初版的第25—30回），叙述华工在被运往美洲途中的遭遇。

《苦社会》（晚清小说），佚名著，上海文化出版社校注，上海文化出版社1958年9月第1版。本节选自第41—57页。

第十三回　工头发迹权管起居　医士当灾先供鱼肉

吉园一听气筒连响三次，叫道："筑卿，这回想是开船了，从此故乡日离日远，我们几个人，看这光景，不知还有归正首丘[①]的日子么？"明卿道："自作之孽，却也没处抱怨，只是闺中妻子，接着前日的信，知道到外国好发洋财，自然是快活的；想到隔了几万里，两三个月才接一封信，又不晓得外国的水土，我们能服不能服，自然是忧愁的。倘然得知现在黑暗地狱的消息，一个个怕先替我们急死，将来就有归期，从前室家团聚的乐境，只好以待来生了！"筑卿道："他们招工不容易，又先发了偌大的工钱，几千人逃脱几十人，就搁不住，能够没个防备么？明天船到大洋，大家没处走，他们就放心，自然总要开门的。你们不要尽望坏处想，弄出病来，上前不得，退后不得，那才自讨苦吃呢！"上面那人听了，笑道："这位先生贵姓？"筑卿道："敝姓滕。你先生贵姓？"那人道："敝姓夏，号海帆。据我看那班招工的秘鲁人，不曾把我们当作人待。上船只隔几小时，还在中国海面，你不听刚才的铁索声，鞭子声，自然是我们同类先在那里受罪，到了地头，不晓得还有什么恶毒的刑罚？那位说归正首丘，那位又说家人团聚，我只怕此时此刻，枉死城的册子已上了我辈名姓。将来这一把穷骨，能够喂狼饲虎，就算是好收场了！"说罢，呜呜咽咽哭出声来。明卿跟着也缩鼻涕。吉园只是叹气。筑卿也被他说得英雄

① 归正首丘，指回到家乡老死的意思。

气短，只把脚在板上蹬。渐渐脑门发胀，胸头热血又一上一下地乱窜，昏昏沉沉，似睡非睡，不知又过多少时。忽然耳朵半边，呀的一声，像是开门，抬头一望，果真有两个人站在面前，手里都拿一根皮鞭，喊道："站起来！怎么见了人也没一些规矩？难道想吃皮鞭么？"一个人劝道："胡老大，你不要生气。那边人预先不曾教训过，待我去叫他们。滕筑卿，庄明卿，过来见见胡监工！他是你们的头人，以后都要听他的吩咐。"原来这人是谢工头。胡老大道："这两个呆呆的，不吃苦也不知道厉害，你同他多讲什么？"说罢走出，这扇门却没带上。海帆道："如何？一个工头，譬如一只狐狸，就如此耀武扬威，真虎更不消说了。"筑卿道："事已至此，也虑不了许多，只索拼个死，便就结了！"吉园道："你们且慢说话，隔房哭声又起，待我去探一遭，看是何人。"明卿指道："真的是女人，还不止一个。"说着已走出门了。

吉园到门边，望见几个大脚女人，拖着木屐，蹙着眉头，在前走。临了一个小脚的，一手掩着面，一手搀个十三四岁小女儿，一步一跌，一啼一哭。后面一连四个中国人，两个秘鲁人，打头就是胡老大，飞舞皮鞭，一扑一击的好赶。秘鲁人像是厌烦似的，一叱一喝地好骂。忽然看见他们站在舱门口，一靴尖飞过，筑卿闪不迭，一下正中大腿，几乎挫下。嚷道："什么事打人？"还没说得第二句，那胡老大赶到，又飞过一鞭道："打你的贱囚！还不快走？"一手就带住辫发，那三个工头也把吉园、明卿、海帆三人带住，直往前送，嘴里不住咕噜道："这房间是我们工头的卧房，你们倒想去享福，早哩！"一直拖到客舱。只见一堆一堆，带着链子，蹲在地上，满满的没些空缝；也有四五个散手散脚的，却挤在中间，盘膝打坐。四人到了里面，照样坐地。却有一件好处，顶上有块玻璃窗，隐隐透进日光，不像房舱里的黑暗。外国人走了，还留两个工头，前前后后地梭巡。有撒尿撒屎的，会齐十几人，扣一条长索，一个押着，一个留下，相定了大众，眼也不斜一斜，脚也不动一动。有欠伸起立的，除有掩眼法，容你自在；不是，就一个一鞭子打下，一个乱嚷乱骂，嘴也不晓得干，手也不晓得酸。吉园老大不惯，问海帆道："这班工头也是广东人，这里一百人，九十九是同乡，那惺惺惜惺惺①的道理就算不懂，怎么也没一点乡情？"旁边有几个不等海帆开口，先说道："我们本来都有行业，靠着两肩两手，一天赚的钱虽说少，一家子将就着也没饿死，闲时灌几杯黄汤，吸几筒黄烟，也还自由自在。都是那个工头，今天说外国怎样好发财，明天又说外国怎样的好玩，上了当，走上船来，不曾犯法，就是皮鞭铁索，尽他施威，可不害死人么！"又有几个接着说道："你们虽说上当，还是自己想发财的心盛，像我们是好端端在家里，今儿下午他们约来玩玩，不想前脚上船，后脚就开轮，一条索扣住，不让展动，我们家里人都还不曾知道，也没处通个信。天呵！这班狠心贼子，是怎样生出的呵！"说罢，都号啕大哭。两个监守的工头，恶恨恨赶来，说："该死的贱囚！哭的哪一门？可是嫌皮鞭打得不疼么？"大众嚷道："你骗了我们，还这样狗仗人势地欺人！我们大众拼条命不要，你狠怎的？"两个工头气极了，双手把皮鞭望大众身上乱抽，水手见的不是事，也来帮打。大众锁着手，铐着脚，动不得，都把头一顶一撞地争持，客舱里顿时闹得江翻海沸，不是船板结实，真正可以踏穿，把这船沉下海去。

忽然有个人道："外国人来了，别嚷吧。"顿时静悄悄地寂然无声。工头跟着水手急忙迎上，大约是告什么似的。吉园伸头一探，只见胡老大同谢工头两个人，扭住一人的辫子，着地拖来，几个秘鲁人押在背后，脚尖木棒不住地跌打。这人满头是血，面目都望不清，衣服上也泛出红来，嘴里不哼一哼，两只脚望后乱蹬，直到这里，工头赶上去，才帮着硬拽进舱，拿条头号的大链，穿进辫子，连身连手脚盘在一根柱上，扣得紧紧的。看这人已是一丝两气，外国人才带众人

① 惺惺惜惺惺，惺惺，指聪慧的人。这句成语的意思是："聪慧有才华的人爱惜聪慧有才华的人。"这里是指同乡人应该互相照应的意思。

走，只留谢工头看守着。吉园恰恰就在这柱旁边，才立起身，用手在他嘴边候一候呼吸，还不曾绝，轻轻地把袖子替他拭净面上的血污，仔细一认，不觉失声道："明卿，筑卿。这这的确是我们同乡，并且和我同在一城。咳！怎么吃了这样大苦呵！"明卿、筑卿却不认得，问道："到底是谁呵？"吉园道："阮通甫呵，心纯的至交。他的底细且慢谈，看他这伤势很是不轻，船上找不到药，刚才见的，又是个女孩子，童便也没处找，这便怎么好呢？"海帆道："那里一个女人身边，有个男孩子，看去不过八九岁，等我同他商量去。"忙走过女人所在，找她一说，又有个女人道："我有些伤药，得童便和服，任是什么重伤，都回得气转。"那个女人道："我们孩子一泡尿有什么要紧，只是那里去找碗呢？"海帆一想，同了筑卿向谢工头千恩万求，亏得强盗发善心，居然讨了一只碗，等孩子撒满了来要药。这女人道："索性待我去看一看，我家丈夫是内外伤科，我也懂得一点。"海帆道："如此更好了。"

这女人携着女儿上前一看，捶胸跌脚，大哭起苦命来。明卿吃惊问道："嫂子不要哭，且请问这位通甫兄是你什么人？"这女人指着女儿，道："就是我女儿的父亲。如今给他们打到这样，还浑身盘着链子，不是真要他的命么？"吉园一听越发伤感，只好忍泪劝道："嫂子，且取出药来灌下，看是怎样再说。"通甫婆子忙停了哭，取药倒在碗中，一手捏着鼻，一手轻轻侧着碗，一滴一滴地灌。足有一个时辰，刚刚灌毕，要想揭起衣服看看身上的伤，碍着链子不能动。通甫却微微叹了一口气，睁眼望望众人，又望望妻女，一回摇摇头，又闭上眼。吉园正求谢工头卸下通甫的链子，不曾答应。胡老大又跟着一个外国人进舱查看，见通甫身边站着女人，赶来拉开，说："不要脸的东西！你们女人另外有地方，怎么跑到这里来？"通甫婆子不肯走。外国人打了两下。海帆对胡老大道："这是他的女人，见丈夫病重，来看看也是应该的，劝你通融点。一个人在外边，哪个保得住没有病痛呢？"胡老大才停手。外国人又嫌着谢工头看守得不济，踢了两下，两个工头复又动手来拖。吉园忙道："有我在这里照呼，嫂子且让一步，不要通甫没好，嫂子和侄女又吃他们的苦呵。"通甫婆子没奈何，只好听着吉园的劝，暂时让开，等没人时再来。却喜通甫渐渐能说话，有些好的光景了。

第十四回　干净海好葬干净身　离合缘翻成离合恨

筑卿对吉园道："通甫链子不卸，直挺挺绑在柱上，就是伤好了也熬不住。那班工头是外国人的耳目，工头答应，外国人自然也答应。只是不花几个钱，空口说白话，怕不中用。你看有什些法子？"明卿道："工头里顶恶毒的是胡老大，还是和谢工头说的好。花钱多少，如今算不定。我们三人尽身上各预备一半，做个谱，等说定了再商量。"吉园道："谢工头晓得几时来，怎样托个水手去找，才快些。"夏海帆道："水手里有个华阿大，是我一村人，有些面熟，我去托他便了。"说时，恰巧华阿大巡到面前。海帆招手，附耳说了几句，华阿大摇头道："这点小事，不是我不肯，无奈我是外国人派的当班时候，轻易不好走开；况且还有伙计，我走了他是要告发的。"海帆道："如此说你伙计那里，我们送他几文，掩住嘴，你走就不妨事了。"华阿大道："你们打算送他几个钱呢？"海帆回头问吉园，吉园道："送他两个角子。"阿大道："远得很哩，不必说了！谢工头自然要来的，你们等等吧。"吉园道："你估量要几个钱才够？也说一声呵！"华阿大道："夏先生是我一村的人，他托的我，我怎好意思要钱？只是伙计那边，不是一个人得的，舱面上见的人，都要分点，至少须得两块洋钱。你们肯我就去，不肯就老等，我也犯不着穿这件湿布衫[①]呵！"吉园一想，实在没法，便拿两块洋钱交给海帆。海帆接

① 湿布衫，沪语，自找麻烦难于摆脱的意思。

过，交给华阿大，说：“你务必把谢工头找来呵！”华阿大道：“你放心，我有法子叫他定能来的。”说完就走过去。

不多时，果真带了来了。谢工头问道：“你们什么事找我？”吉园先说道：“就为阮通甫的事。他一身重病，好歹虽不得知，照这样绑在柱上，决然是没命的。求你同几位工头说说，怎样把链子卸一卸，也是一件好事。”谢工头道：“阮通甫是胡老大那边招的医生，脾气太大，胡老大不必说，恨极了，就是外国人也很不舒服。我刚才容他女人在这里说了一会话，也受两下脚尖，这事我办不来。”华阿大插嘴道：“胡老大的性命，就是洋钱。谢工头，你去把他找来，同这几位先生当面谈，看他要多少，这里能出多少，成不成你犯不着做冤家。”明卿道：“好呵！谢工头，拜托你，怎样同胡老大讲明白了，我们也要尽点敬意。”谢工头沉吟一会，对华阿大道：“我同你去找他，先探探他的口气再讲。”华阿大道：“使得，我就陪你去。”两人走了。筑卿道：“看这光景，怕钱太少了办不到哩。”海帆道：“不差，水手们怕也少不了。不看华阿大早揽在身上么？你们三人能凑多少钱？”吉园道：“我们有钞票在身上，自己留一半，替通甫用一半，三个人大约能凑一百五六十番。”海帆道：“我拿一半出来，也有五六十番，合拢二百多块洋钱，且听谢工头的回话，料也差不多了。”明卿道：“谢工头同胡老大不都来了么？”看时已到面前。

胡老大开口道：“这件事要不同外国人说明白，我们不能作主的。你们打算怎样办呢？”海帆道：“外国人该怎样说，我们摸不到路，只求你想了法，放通甫下来养病，我们都感激你，知道你的好处。”吉园接说道：“大家中国人，都是飘洋过海的吃苦，胡老大，得松手时松松手；况且通甫是个医生，将来好了，保不住没有找他的事呵！”胡老大道：“我们监工一共四个人，谢工头都晓得。水手头目两个人，华阿大也有伙计，六个人里有一个不说明，事就不成。老实一句话，我看你们都是为旁人，也不多要，一人一百元，六人六百元，少一块就不必多讲。”筑卿笑道：“数目真不多，只是阮通甫的人还是发昏发晕的，不晓得他有钱没钱，我们四人替他设的法，也说句老实话，只得二百番，多了就凑不起，肯不肯都听你的便。”胡老大道：“你想硬派我么？好，好！我看你有什么本领？这链子锁定了！”恨恨地走开。华阿大埋怨道：“滕先生，你太不懂事了！胡老大这几句也是实话，他一个人得钱是不兴的。”海帆道：“我们四人只有这一点钱，实在没得多。华阿大，托你同谢工头商量商量，该怎样分派才妥当。”谢工头道：“二百番实在不够派，这也没法的事呵！”中间几个人听了，道：“我们一家也凑十元，十一人又有一百一十元，连他们共是三百一十元，也不算少，谢工头，你就解了这个围吧！”吉园举手先谢了众人，回头说道：“谢工头，华阿大，你们两位能把这件事办的了，我另外各送十元，谢你们情呵。”谢工头向华阿大道：“阿大，你看怎样？”阿大道：“我同你去说说看。阮先生的病，确不算轻，送了命真也造孽的。”便同去和几个人都说通了，才同胡老大来，说：“铁链上有锁，锁上钥匙是在外国人处。你们先把洋钱拿出来交明白，我们六人同求外国人去，好歹总替他开了。”众人便取出票子，一张一张都点明了。吉园暗暗又把十元一张钞票，取两张给华、谢两人，方始高高兴兴地去了，又高高兴兴地来了，把通甫链子解下，叫别人让开些，平放下来。吉园又托华阿大买一壶开水，问通甫婆子要了药，替他敷上，又灌一碗下去。通甫渐渐手脚能活动了，两眼流泪，望着众人道：“恕我不能起来，等好了再同诸位磕头。”众人道：“大家客边人，不妨事的，你养养吧，不说话吧。”

这时天已黑了，舱里没有一盏灯，面对面的都望不见，只听声音。通甫满腔心事，加着浑身痛楚，再也睡不着。只听这个说：“我要撒尿哩。”那个说：“我要出恭哩，没处走怎好。”到后半夜，渐渐有一阵一阵的异味，直钻入鼻孔里，几个恶心，又晕过去了。好容易到天明，忽然看见众人，一个一头上的汗似珠子般直滚。吉园几个人，却把衣服一件一件地除下，说：“为什么这样热？”海帆道：“此去离热道一天近一天，自然要热了。”挨到中午，满舱人都闻得汗臭，又夹着木樨气。通甫恶一回心，发一回冷，觉得四肢像浸在水里，忙叫吉园道：“请你把内人找来，我这伤怕不起的了。”吉园失惊道：“你不要胡思乱想，快快静养好了，再作计较。”通甫道：“我自己知道决然无救。只是我有儿先死，如今一妻一女，同在船中，我一天合了眼，吉园兄，只拜托你念着乡情，抚养在身边，将来能回故乡，务求你带了回去，我九泉之下，也忘你不了的！”说到此，眼前一黑，又晕了一回。

吉园忙叫明卿把他妻女找来，自己守在半边。通甫渐渐醒转，两眼四面一望，隐隐挂下泪痕。他婆子向前执着手，揩着泪，道：“你病到这样，我也没有别法，只有一件事，请你放心，我决不辱你。女儿虽小，也有志节，不受人欺侮的。”通甫点点头，却说不出什么，吉园看了，胸头好似刀割。那些工头得过他们钱，不像昨天如狼似虎的样子，走来看看，不过说这个人怕真要死哩。

闹了一天一夜，明天午正，通甫果真回头了。一个哭夫，一个哭父，又有几个哭朋友，都抚着尸，放声长号。却见六七个秘鲁洋人，带了二三十人，赶进客舱，驱散众人。只有两个女人，一个男人，守定不走。洋人用皮鞭赶打，中国人便动手来拉。亏得海帆暗暗拉华阿大、谢工头、胡老大到一边说通了，华阿大才对洋人说：“这两个女人，是死的妻女；这个男人，是死的亲戚，要想送死人的葬。”两个工头也帮着求，洋人才点头住手。华阿大告知吉园，劝住通甫婆子。工头动手，水手帮着，把通甫尸抬起，两女一男跟上舱面。明卿、筑卿暗暗也跟了来。一到舱面，工头们把尸放下。通甫婆子想是他们要去取棺材来成殓了，携着女儿，又走到尸边。吉园就在后面。忽然洋人嘴里吆喝了一声，十几个人举尸望大海直抛下去。忽然跟手蹿过三条黑影，跟手又跳过两人，飞上拉时，只拉得一条影，却是吉园。洋人赶来，又要拷打，却亏华阿大死命伏在身上，苦苦地哀求，才算没事。三个人前后照呼着，扶回舱中，看时已昏不知人。明卿、筑卿急得只是哭。海帆过来对华阿大道：“吉园样子像是气闭，你有痧药没有，索性救了他。”阿大道：“痧药是有的，要哪一种才合用？”海帆道：“最好是通关散。”阿大道：“有，有，身边就有。”忙取一个小瓶，倒在掌中，用指蘸了，搐进吉园鼻子。不多一刻，喷嚏连连，居然回过气来，开眼一望，依旧在这个舱里，见的这些人，又复痛哭不住。华阿大看着难过，走出舱门，却叫人送进一壶茶，一碗稀饭。明卿就拿给吉园，叫他吃下。吉园一定不要。

忽见谢工头同了两人，都是一步一拐来了，大声说道：“刚才死了两个大人，一个小孩，洋人丢了钱，叫我派你们赔出来，也不要多，一人出五角钱就够了。”大众面面相觑，都不作声。吉园却直跳起来，道：“你要钱，我被你打死了人，还要你们偿命！”一把扭住。工头要还手，明卿、筑卿、海帆一人掀一个，他们下腿吃过棍棒，强不过只急得乱跳乱骂。又亏华阿大得信，进来劝住，也怪工头的不是，谢工头道：“并不是我们硬派，是外国人吩咐的。姓阮的死了，外国人急的样子，你先也看见。后来又拿胡老大缚在桅上打，你也该听见的，叫我有什么法呢？”便提鞭喊道：“你们到底出不出？再挨时，我通知外国人，等他自己来，看你们再强！”有些胆小的，一听早先拿出，别的也只好跟了，都凑给他。吉园一定不依，谢工头看看数目差不多，也不再要。

这时又已天黑，吉园觉得身子倦了，倒头便睡。醒时自觉头上手足心渐渐发热，又觉满舱汗气屎气，实在难闻，暗想：通甫死的缘故，一半是伤，一半也在这两样秽气。我这回又病了，不知能好不能？想现在的苦况，果真生不如死。想家中有妻有子，留条命还望生还，越想越心烦，越心烦热势越重。到明天华阿大来时，吉园满脸泛红，只是气喘。阿大叹气道：“鲁先生，我看你们这班人，文绉绉哪里能够做工？老实告诉你，船上不算苦，到地才是厉害。我这船虽是第一回装这生意，却听人说，以前别船在广东装过好几次，身子稍差的，总都是死。我那里正缺一个管账，你若情愿，我去同洋人说，就邀你帮着我。以前领的工钱，在船上逐月扣除，不过日子多些，究竟比做岸上工人要舒服的多哩。”吉园听他说完，心上极感激他，不过怕工头要说话，不敢应许。阿大道：“工头处不打紧，你没同他立合同，只要外国人不说话，怕他怎的？你不要瞎想。我去去就来，带你到我屋里，这里肮肮脏脏的，也养不得病。”筑卿等华阿大去了，说道：“吉园，我和你本是在一块的，忽地分开，在患难中尤其令人心痛。”明卿道：“吉园同华阿大本不在一块的，忽地合并，虽说委屈了吉园，在患难中却喜他脱离苦海。”海帆道：“人生的离合聚散，都有缘法，但不是吉园待通甫一番的热心，又怎么感化得华阿大动呢？”吉园道：“我同三兄相聚这许多日，也是愿合不愿离，但听华阿大所说到地的情形，怕真不大好。我只要在这船，将来有机会，好歹也要来寻兄等。”

正在谈论，华阿大已来了。筑卿、明卿说：“他走不动，我们扶他去好不好？”华阿大道：“也使得。”自此吉园就离了客舱。明卿见乡人中一个死，一个走了，自己替自己想，总没一天有过笑脸，虽得筑卿劝着，海帆陪着，越添愁闷。幸而吉园病好，白天进舱，帮着解劝；到晚私下引三人到水手房，连床而睡。有时烫壶酒，谈到天明才回舱。

这天，听说离秘鲁码头只有两天了，明卿不觉失声大恸。

第十五回　入科罗口众中忽现死尸　进利马城路上一群囚犯

筑卿惊道：“你又为什么呢？”明卿道：“从阮通甫后，陆续死了一百五十多人，不说棺材，连芦席也没一张，赤条条望海里丢，做鱼族的供养。诸位请想，我们走这样远路，所为何来？不过为的是钱。如今死的倒赔了性命；活的身边几个钱，也被他倒个干净。走了几十天，没有一顿吃个饱，两块又黑又硬、口咬不动的馒头，只算喂猪；

撒尿出恭，轻易不得动，就借裤裆做个坑厕；没个铺给人安安逸逸睡个觉，蹲在板上，合一合眼，就算养神；蹲不住跌下，压倒了别人，也没人能过来扶。就这样人压人的胡混，一个个身上肿了，面上倒瘦了，两脚麻了，两手还铐了。刚才不听说快到码头么？等上了岸，自然就要做工，我们这种样子，哪里做得工来？再经他们一逼，怕不一个个都是死数，苦呵！我家里有妻有子，早晓得是这样，我就做了叫花，也不死到这上天无路、入地无门的所在呵！”说完，越发号号啕啕，哭个不了。一舱的人听了，没个不淌眼泪。还有几个男人死了女人的，女人死了男人的，哭得更是厉害。

海帆旁边一个姓谢号履安，本是男女大方脉的医生，却叹一口气，道："这不是哭的事，在下有个计较，在船上给他铐住了，果然有法没使处，到地做工，自然要开锁的。那时大众合了心，并了帮，看他可敢短我们的饭食，克扣我们的工钱，行出种种苛刻的方法，就打他妈的戎囊！死的不算，活的除了女人，还有二千三四百人，总等他们照招工时说的话，还了我们，才和他干休。这会劝你们不要哭了，查舱的即刻快来，白吃皮鞭，又是何苦呢？"大众一听，才收泪道："谢先生说得不差。"几个女人却不答应，道："谢先生打他们，怎么要除掉女人？可是我们吃的苦，比你们男人轻了不成？还是我们没有手，没有脚的？"谢履安道："正为你们有些小脚的在里头，怕不方便，打的时候，还要男人保护你们的，不要先急呵！"海帆道："履安话虽如此说，真要打，怕不容易呢！"筑卿道："我看只要不怕死，有什么难处？"海帆道："你不见租界上，有人力车夫给巡捕借查车的名色，左一棒，右一棒，把好车打成坏车，都不能强一强，不要说走到他们国里来……"正要再往下说，却见进来几个洋人，大众就停了口。

一宿无话，明天刚发一亮，鲁吉园忽然赶进舱来，喊道："海帆，下午要到码头了，地名叫科罗[①]。听说做工的要发到一个什么山去，从科罗起岸，进秘鲁的利马[②]都城。再从利马进发。这山路还没有开通，行时自然是辛苦了，还不晓得山里的情形又是怎样。我起初错疑工地总在码头左近，只要这船来时，我总好找你，不想还隔这许多路，以后见面，不知又在何日。昨儿你们所说打的话，赤手空拳，万万不好冒昧，总得想个计策才好。今天洋人查得格外紧，我不便久在这里，一切话都同明卿、筑卿说过，你同履安慢慢斟酌吧。”恰待走时，只听橐橐橐，一串的皮靴声，从扶梯上走下七八个洋人，背后又跟了一群水手。四个工头却一个不见。洋人手里都拿一个瓶。吉园等他们下来，就隐到水手堆里，看他们的下落。只见洋人一进舱，先叫海帆们一班散手散脚的，走到面前，点了点数。一个洋人，两个水手，押上扶梯，便把瓶盖揭开，在他们站的地方洒下去。吉园只觉一阵柏油气，才知是辟瘟药水。

停了一会，海帆们下来了；只见剩一件短衫，一条破裤，潮潮的裹在身上。吉园摸不着头路，留心细看，并没什么伤痕，才放下心。却见洋人又叫水手，先着五十个小工把脚上链子卸下，喊他们站起。那班小工，骤然觉得脚上松了许多，只是站不起。洋人等得不耐烦，呼呼的又把鞭子抽得怪响，好容易忍着疼，你挨我靠，沿柱站住。洋人喝声“走”，又走不动。水手上前，一个拖两个，望梯边直送，照这样拖拖拽拽，上上下下，直到午时，已走动了一千七八百人。有些真不能走的，跌倒地上，还吃脚尖，碰开了头皮淌血，还不准歇一歇。落后有班人，一个压一个，乱叠做一堆。水手看见，喊道：“这成什么样子？快给我滚开些！”众人低低应了一声“吠”，还赖着不动。水手们觉得形景诧异，又闻一股恶臭，直从底下冲起，喉咙里都作恶心，便去通知了洋人。洋人先用指蘸些药水，擦在鼻子上，才走

① 科罗，秘鲁的第一贸易大港，位于太平洋沿岸。

② 利马，秘鲁的首都名。

过来，叫水手动手，把上面的拉开。不拉时，万事全休，一拉时，真叫铁石的心肠，都要下泪。原来下面七八十个横躺着，满面都是血污，身上也辨不出是衣裳，是皮肉，只见脓血堆里，手上脚上锁的链子，全然卸下。洋人俯身一看，才晓得死的了，手脚的皮是脱了，骨是折了，不觉也泛出唾涎，呕个不住。立刻叫水手到上面拿来七八个大竹篓，用铁铲把这些腐尸铲下，吩咐连篓丢下海去。水手连运三次，才运清，都觉头晕目眩，胸口隐隐又有些痛。

洋人又去把上面拉开的这班人相了一相，望水手说了几句话。吉园听了不懂，但见水手都待在那里不动。洋人看着引上气来，把水手也乱踢乱打。这些水手咕噜一句道："人还不曾断气哩。"便七手八脚，把这班人抬上扶梯。洋人都押了走。吉园留心看时，只见有回来的水手，不见有回来的小工。洋人复回身进舱来叫女人了，却和气了许多，学着中国话道："好生走呵！怕跌时，靠定了栏杆，慢慢上去，不慌呵！"引得女人一个个都红了脸。又有小脚走不快，洋人也不用水手，自己来搀，吓得女人们缩手不迭。后来下舱，竟掩面悲啼，像受了无限委屈似的。看身上也同海帆们一样，只剩一衫一裤，有些头面青一块，红一块，还起了大疙瘩。吉园暗暗叹息道："秘鲁人真没有一点天良，把我们中国人只正看待不如一只狗，怪不得谢履安想打他呢！"看洋人把小工们脚上链子上好了，都上舱面去。

这时，舱中尿哩，粪哩，汗哩，这些臭味倒没有了；不过夹着些水气，又带点柏油气，也不大好闻。吉园等水手都走了，才来问海帆们的缘故。明卿道："也不知道底细。我们一上去，就领去洗澡，冷水倒不怕，我们确也脏的难过，还管冷的热的。只是洗澡毕出门，衣服统没有了。迎面站了一个医生似的，戴了高帽，架了眼镜，把我们或是一脚，或是一拳，才各人给了一套衫裤，却你穿了我的，我着了你的，分不清楚了。"筑卿道："我们还罢了，只那班待死不死的，怎么上去了就不见下来呢？"海帆道："你还问哩！洋人说这班人将要死了，不要等他死了传染别人，也请去见海龙王了。”谢履安道：“怎么今儿工头们都没跟来，又为什么呢？”海帆道：“这却不知。”吉园道：“我也觉得诧异，等我打听去。”一会子笑嘻嘻地来，道：“筑卿，那班工头，害人自害，如今也在那里受罪了。”明卿急问道：“受的什么罪？为什么事呢？”吉园道：“并没有什么事。洋人的意思，嫌他招的人死的多了，虽是大家赔了些，究竟还短了一千多银子，就把工头铐了。等洗过浴，就关在那天我们住的这一间，也把门窗紧闭。这时正在地狱里受用哩！”筑卿喜道：“那天他们装的架子还了得，好像当了一个工头，就有多大，如今也轮到身上了。”履安道：“你这话错了。工头果然可恶，要报仇须等我们自己报去；若说受外国人的罪，正是‘兔死狐悲，物伤其类’。你们只应该替他可怜，不应该欢喜呢！”海帆点点头，道：“你这话是极是极！”大众听的也都道：“谢先生的见识，真正不错。我们到了地头，倒要好好的听他教导呢。”

吉园怕洋人再来，却走开去了。渐渐听得轮叶声不像先前的又快又响，晓得打了慢车，离海口不远。渐渐又听气筒放了几次声，船走得越慢了，大众都不作声，侧了耳朵静听。不上两刻钟，只听舱面一片人声，船却不动了。扶梯上盖得结结实实，不透些风，大众不晓得怎样的上岸，上了岸又怎样的情形，都怀着鬼胎，一阵阵地出汗，糊糊涂涂竟过了一夜。海帆问履安道：“怎么不叫上岸？尽关在这里作什么不成？还是原船载我们回去么？”履安失笑道：“真有这事，那就谢天谢地了。可是他们花了这些煤炭，把我们载来载去，当个玩意儿，有这个理么？迟早总要上岸的。”

过不一刻，玻璃窗里微微透进亮光，晓得刚刚天明，看扶梯上的盖子，却已开了，洋人带工头来了。还是五十人一排，除了脚锁，赶上舱去。结末才挨到海帆等一班人，和女人作一路上岸。却见齐齐地站在地下，四面许多巡捕，有走的，有骑马的，有空手的，有拿洋枪的，约莫四五百人，围了一个大圈；中间三四十个秘鲁洋官，都坐在藤椅上。船上洋人把招工册子送上去，先点工头，叫站到一边，才分四处开点。大众就这样分点，一直闹到下半天才点完。洋人是替换地轮流着，这班人却直站了一天，不曾得一块点心吃，就由巡捕押着进工房。

咳！那工房是什么形状呢？高处不到三尺深，阔处不到五尺，曲了身体进去，没有一张床，一张桌子，只在地下铺了一层稻草，脚踹时又湿又冷，不知浇上水，还不知是地下泛上的潮气。上面有椽没有瓦，薄薄的盖些草，稀稀的天日望得见。每间要住四人，虽不算多，就只每人占地一尺二寸零。立哩，抬不起头；睡哩，伸不直脚。若然盘膝坐地，蹲脚伏地，你靠我的肩，我撞你的膝盖，也不甚舒服。却有一层好处，照这样挤紧了，遇着冷天，倒是极暖和的。小工们既经到这地步，自然是将就进房，没处强了。却有一层不好处，押解的巡捕，袖子里哗喇喇取出一件怪物，把四人连扣住了颈项。低头一看，才晓得是根铁索，两个头锁在屋面椽子上，动一动，房子先摇摇的，要倒下来，只好自捺自的火，自耐自的性子。

咳！秘鲁人的刻薄不消说了，就是秘鲁的天，不知和中国人为什么事也犯了对了。下半夜刮起一阵大风，工房前面没扇门，已经吹得人毛发皆竖，冷不可当。风过处，电光连闪三闪，打起一个大大的霹雳，那雨势就像排山倒海价涌来。呵呀呀！不好了！漏了！面上挂了珠子了，身上都潮了。呵呀呀！完了！门外的水进了屋了，身子都浸到水里了。呵呀呀！我的天呵！咳！这样大的雷声雨声，面对面说话，还要留了神才听得仔细。中国人到这里又遇着这时候，任你叫破喉咙，有人也不来睬你。咳！真真是不如猪圈了。

好容易望到雨是渐渐小了，天也渐渐亮了，屋里的水虽说退不了，没有加就不至漫过了头，才定了一定神。渐渐有呜里呜的号筒声，咚哒咚哒的鼓声，远远吹打着来了。一进工房界，顿时停住，一个巡捕到一间，从椽子上开了锁，解了索头，双手捏紧，望外只一拉，四个人就直扒出门。那边又过来两个，把索头一顺接好，望上只一提，十二人就一串立着。朝前一望，十几个骑马的巡捕拿着枪在前开路，直望利马京城这条路上走。背后步行的巡捕拿根木棒，一人押了一串，随敲随走。一路的男洋人哩，女洋人哩；大洋人哩，小洋人；又有些红番哩，黑奴哩，都想开开眼界，见识见识，你告诉我，我告诉你，都道去看中国解来的囚犯。哪，快走哪，咳，这些看的人自然都是去看好看的，再猜不到却有一个人晕倒在半边路上。

《苦社会》（佚名），上海图书集成局

光绪三十一年乙巳年（1905 年）印行，申报馆发行

选自上海文化出版社（校注本），1958 年 9 月版，第 41—57 页

短裤党

蒋光赤

写在本书的前面

法国大革命时，有一群极左的，同时也就是最穷的革命党人，名为“短裤党”（Des Sans-culottes）。本书是描写上海穷革命党人的生活的，我想不到别的适当的名称，只得借用这“短裤党”三个字。

花了半个月的工夫，写成了这一本小书。当写的时候，我为一股热情所鼓动着，几乎忘记了自己是在做小说。写完了之后，自己读了两遍，觉得有许多地方很缺乏所谓“小说味”，当免不了粗糙之讥。不过本书是中国革命史上的一个证据，就是有点粗糙的地方，可是也自有其相当的意义。

我真感谢我的时代！它该给与了我许多可歌可泣的材料！可惜我的文学天才是很薄弱的，我不能将它所给与我的统统都好好地表现出来。我现在努力完成我的时代所给与我的任务。我能不能完成这个任务呢？这要看我努力的如何罢？……

当此社会斗争最剧烈的时候，我且把我的一支秃笔当作我的武器在后边跟着短裤党一道儿前进。

1927 年 4 月 3 日，于上海

第一章

接连阴雨了数天，一个庞大的上海完全被沉郁的、令人不爽的空气所笼罩着。天上的阴云忽而由乌暗变为苍白，现出一点儿笑颜，如丝的小雨一时地因之停止；忽而又摆出乌暗的面孔，小雨又顿时丝丝地下将起来。在这种沉郁的空气里，人们的呼吸都不舒畅，都感觉有一种什么压迫在胸坎上也似的。大家都渴望着可爱的阳光出现，换一换空气，消灭精神上无形的压迫；但是可爱的阳光，令人渴望的阳光，总在什么地方藏着身子而不给人们看着它的面孔。这是因为阳光的胆怯呢，还是因为可恶的阴云把它障碍着了？唉！真是活闷人！……已经应该是春回大地，万象更新，和风令人活泼沉醉的时期，而天气还是这般闷人，还是如酷寒的，无生气的冬季一样。唉！真是有点活闷人！……

同时，整个的上海完全陷入反动的潮流里。黑暗势力的铁蹄只踏得居民如在地狱中过生活，简直难于呼吸，比沉郁的空气更要闷得人头昏脑痛！大家都私下地咒骂着：千刀万剐的沈船舫为什么还不死！米价闹得这么样地贵！这样捐，那样捐。唉！简直把小百姓的血液都吸尽了！真是万恶的东西啊！……大家都热烈地盼望着：北伐军为什么还不来呢？快些来才好！快些来把沈船舫捉到，好救救上海小百姓的命！这外国人真可恶！北伐军来，一定要教他们滚蛋！啊，快点来罢，我的天王爷！大家都战战兢兢地恐慌着。不得了了！外国人又派来许多兵舰打中国人呢！大英国人最可恶……张仲长的兵队南下了！

唉！这真是活要命！他的兵队奸掠焚杀无所不为，比强盗还要凶，要来了，真是活要上海人的命！唉！不得了，简直不得了！……报纸的记载总都是隐隐约约的，令人揣摸不清。战事到底怎样了呢？北伐军来不来呢？浙江是否打下了？大家总是要知道这些，但是在严厉的检查之下，报纸敢放一个不利于军阀和帝国主义者的屁么？不敢，绝对地不敢！

如此，沉郁的天气闷煞人，反动的政治的空气更闷煞人！唉！要闷煞上海人！……

无数万万身受几层压迫的，被人鄙弃的工人——在杨树浦的纱厂里，在闸北的丝厂里，铁厂里……在一切污秽的不洁的机器室里，或在风吹雨打的露天地里，他们因工作忙的缘故，或者不感觉到天气的闷人，或者有所感觉，但无工夫注意这个——肚子问题都解决不了，还能谈到什么天气不天气呢？被军警随便捉去就当小鸡一般地杀头，被工头大班随便毒打辱骂，性命都保不安全，还能谈到什么天气不天气呢？什么结社，言论，开会，对于学生，对于商人，对于一切有钱的人，或者有点自由；但对于工人……呵！对于工人，这简直是禁律！

工人是过激党！工人是无知识的暴徒！可以枪毙！杀头！唉！可怜的工人为着争一点人的权利，几乎都没有工夫，还能谈到什么天气不天气呢？是的！工人的确问不到这个！

但是对于政治反动的空气，工人比任何阶级都感觉得深刻些！沈船舫好杀人，但杀的多半是工人！军警好蹂躏百姓，但蹂躏的多半是工人！拉夫是最野蛮的事情，但被拉的多半是工人！红头阿三手中的哭丧棒好打人，但被打的多半是工人！米价高了，饿死的是谁？终日劳苦，而食不饱衣不暖的是谁？工资是这样地低！所受的待遇是这样地坏！行动是这样地不自由！唉！工人不奋斗，只有死路一条！……在政治反动的潮流中，在黑暗势力的高压下，上海无数万万的劳苦群众，更天天诅咒着万恶的军阀早消灭，野蛮的帝国主义早打倒；更热烈地盼望着革命军，真正的革命军快些来。不，他们不但盼望着革命军快些来，而且要自己为自己开路——他们大半有觉悟地，或是无觉悟地，要拿到政权，要自己解放自己，要组织一个能为工人谋利益的政府，要以自己的力量来争夺到自己所应有的东西。

在黑暗的上海，在资产阶级的上海，在军阀和帝国主义统治之下的上海，有一班穷革命党人在秘密地工作——他们不知道劳苦，困难，危险，势力，名誉……是什么东西，而只日夜地工作，努力引导无数万万被压迫的，被人鄙弃的劳苦群众走向那光明的，正义的，公道的地方去。

风声陡然紧急起来了。沪杭车站不断地发现从前线运回来的伤兵，有时大批的溃兵竟发现于中国地界，不断地有抢劫的事情。南市，闸北一带的居民颇呈恐慌的现象，移居到租界的络绎不绝。本地军事当局颁下了紧急的戒严令，下午九时起即断绝交通。整个的上海完全陷入恐慌的状态中。

北伐军占领杭州了！北伐军又占领绍兴了！呵！北伐军已经到了松江了！……租界内的中小商人都呈现着喜悦的颜色，但是中国界的居民却反为之惊慌起来：北伐军来了固然好，但是这沈船舫的败兵怎么办呢？抢劫！骚扰！这怎么能免掉呢？不得了，简直不得了！……只有劳苦的工人，受冻馁的平民，他们无论住在租界内或租界外，总都盼望北伐军快些到来，就如大旱之望云霓一样。呵！北伐军到了松江了？这岂不是说沈船舫已经打败了么？这岂不是说上海也要快入北伐军的手了？这岂不是说上海的工人也有伸腰的机会了？是的，这真是上海的工人要脱离压迫，换一换气的时候了！呵！好重的压迫！压迫得人连气都出不来！

阴云漫布着黑的阴影，未到五点钟的时光，全城都黑沉下来，路灯已半明半暗地亮了。就在这个时候，在大众恐慌的空气中，T路W里S号一楼一底的房子里有秘密的集会。房子里布置很简单：客堂中放着一张空桌子，两条凳子；楼上放着一张小床，一张旧书桌，几件零碎东西。等到人到齐的时候，有三十余人之谱，这一间楼几乎要挤破了，没再有容足之地。有的站着，有的坐在地板上，秩序似乎是很纷乱的样子，不十分像开会的形式。普通是没有这样开会的，总是大家一排一排地坐着，上边摆一主席的桌位，右边或左边摆一记录的桌位；但是现在这间集会室里，坐的凳子都没有，与会的人不是站着如树一样，就是坐在地板上，简直没有开会的体统。不过这些与会的人没有想到这些，他们以为能找到一个地方开会已经是万幸了，哪有闲心思顾到什么体统不体统呢？是的，他们只要有一个集会的地方，任受如何的委屈都可以。上海可以开会的地方多着呢：宁波同乡会，中央大会堂，少年宣讲团，以及各大学校的礼堂和教室，都是很便于开会的，但是他们都不是为着这些穷革命党人而设的。……

会场是这般地狭小，人数是这般地众多，而大家说话的声浪却都甚低微——没有一个人敢高谈阔论的，大家都勉力地把声浪放低微些，生怕屋外有人听着的样子。谁个晓得隔壁两旁住的没有侦探？倘若被巡捕觉察了却怎么办呢？一条绳把大家如猪一般地拴去，可以使一切的计划完全失败，这，这万万是不可以的呵！是的，大家应当小心点！

人数是到齐了。靠着墙，坐在地板上的一个胡子小老头站起来了——他身着学生装，披一件旧大氅，中等的身材，看起来是有四十多岁的样子，其实他还不到三十岁，因为蓄了胡子的缘故，加了不少的年纪；他两目炯炯有光，一望就知道他是一个很勇敢的人。他从大氅袋中掏出了一张小纸条，首先向大众郑重地说道：

"同志们！今天的紧急会议要讨论一个重大的问题，就是北伐军已到了松江了，说不定明天或后天就要到上海的，究竟我们的党和全上海的工人现在应当做什么？我们还是坐着不动静等着北伐军来呢，还是预备响应北伐军呢？上海的工人受沈船舫李普璋的压迫，可以算是到了极点了！当此北伐军快要来到的时候，我们应当有所动作，好教帝国主义的走狗沈船舫李普璋快些滚蛋。今天请诸位同志好好地发表意见，因为这件事情是很重大的事情，不可儿戏。”

“史兆炎同志还有详细的报告，现在请史兆炎同志报告。”

主席说了这些话，略挪了两步，好教坐在他旁边的史兆炎立起来。这是一位面色黄白的，二十几岁的青年，他头戴着鸭嘴的便帽，身穿着一件蓝布的棉袍，立起身来，右手将帽子取下，正欲发言时，忽然腰弯起来，很厉害地咳嗽了几声。等到咳嗽停住了，他直起身子时，两眼已流了泪水。他镇定了一下，遂低微地向大家说道：

“诸位同志们！刚才林鹤生同志已经把今天紧急会议的意义说清楚了，谅大家都能够了解是什么一回事。上海的市民，尤其是上海的工人群众，没有一刻不希望北伐军来。现在北伐军已到了松江了，我们是应当欢喜的。不过工人的解放是工人自己的事情，倘若工人自己不动手，自己不努力，此外什么人都是靠不住的。北伐军固然比什么直鲁军，什么讨贼联军好得许多倍，但我们工人绝对不可仅抱着依赖的观念，以为北伐军是万能的东西！这是绝对不可以的！……”

史兆炎于是有条有理地解释上海各社会阶级的关系及工人阶级的使命。他说，上海的中小资产阶级虽然不能说一点儿革命性都没有，但是他们无组织，他们是怯懦的，上海的工人应当起来为国民革命的领导者。他说，国民党的农工政策时有右倾的危险，我们应当督促上海市民组织市政府，实现革命的民主政治。他说，我们应当响应北伐军，我们应当向军阀和帝国主义，并向北伐军表示一表示上海工人的力量。他的结论是：

“诸位同志们！我们应当响应北伐军！我们应当宣布总同盟大罢工，我们应当积极预备武装暴动！这是上海工人所不能避免的一条路！……”

奇怪的很！史兆炎当说话的时候，没曾咳嗽一声，可是说话刚一停止，便连声咳嗽起来。他又弯着腰向地板坐下了。大家听了他的报告之后，脸上都表现出同意的神情。大家的目光都聚集在他一个人的身上，会议室里寂静了两分钟。这时窗外忽然沙沙地雨下大起来，天气更黑沉下去，于是不得不将电灯扭亮。在不明的电灯光底下，会议室内的景象似觉稍变了异样。

“史兆炎同志的报告已经完了，你们有什么意见，请放简单些，快快发表出来！”

主席刚说完了这两句话，忽然坐在右边角上的一个穿着工人装模样的站将起来——大家向他一看，原来是S纱厂的支部书记李金贵。李金贵在自己很黑的面色上，表现出很兴奋的神情。他说道：

“刚才史兆炎同志的意见，我以为完全是对的！我老早就忍不住了！我老早想到：我们工人天天受这样的压迫，简直不是人过的日子，不如拼死了还快活些！我老早就提议说，我们要暴动一下才好，无奈大家都不以为然。我们厂里的工友们是很革命的，只要总工会下一个命令，我包管即时就动起来。我们这一次非干它一下子不可！”

李金贵的话简直如铁一般地爽硬。在他的简单的朴直的语句中，隐含着无限的真理，悲愤，勇敢，热情……大家的情绪都为之鼓动而兴奋起来了。每一个人都明白了：是的，现在是时机到了！我们现在不动作还等待何时？真的，像这样地消沉下去，真是不如拼他一个死活！况且沈船舫李普璋已经到了日暮途穷的时候，就是再挣扎也没大花样出来。干！干！干！我们将他们送到老家去……现在不干，还等待何时呢？全上海的工人都是我们的！……

真的，李金贵的几句话把大家鼓动得兴奋起来了。于是大家相继发言，我一句，你一句；有的问，动作是不成问题的，但应当怎么样进行呢？有的问，各工会都能够一致动作么？有的问，军事的情形是怎样呢？……坐在地板上的史兆炎一条一条地将大家所发的问题用铅笔在小纸本上记下，预备好一条一条地回答。

“还有什么问题么？没有了？现在请史兆炎同志做个总解答。”主席说。

肺病的史兆炎又从地板上站立起来了。他这一次没脱帽子，手拿着记着问题的小纸本，一条一条地回答。他说着说着，忽然很厉害地咳嗽起来了。唉！好讨厌的咳嗽！唉！万恶的肺病！他这时想道，倘若不是这讨厌的咳嗽，我将更多说些话，我将更解释得清楚些。唉！肺病真是万恶的呵！……大家看着他咳嗽的样子，都不禁表现出怜惜的神情，意欲不教他再说话罢，喂！这是不可以的！他的见识高，他是一个指导者，倘若他不将这次重大的行动说得清清楚楚的，那么，事情将有不好的结果，不可以，绝对地不可以！……就使大家劝他不要再说话，他自己能同意么？不会的！个人的病算什么？全上海无数万万工人的命运系于这一次的举动，如何能因为我个人的小病而误及大事呢？……如此，史兆炎等到咳嗽完了，还是继续说将下去。

大家听了史兆炎详细的解释之后，都没有疑义了。

决定了：各人回到自己的支部，工会，机关里去活动！

明天上午六时起实行总同盟大罢工！

明天游行，散传单，演讲！

呵！明天……

在会议的时候，邢翠英完全没有说话。她与华月娟坐在床上，一边听着同志说话，一边幻想着，幻想着种种许多的事情。往日里开会时，她发言的次数比男同志还要多些，但是这一次为什么不说话？暴动，总同盟罢工，这是很危险的事情，她有点惧怕么？为什么好说话的人不说话了？她是丝厂女工的组织员，她的责任很重大呀，她这时应当发表点意见才是！但是她一点儿意见也不发表，这岂不是奇怪么？

真的，邢翠英在这一次会议上，可以算是第一次例外！她靠着华月娟的身上，睁着两只圆而大的眼睛，只向着发言的同志们望，似乎她也很注意听他们的说话，但是她的脑筋却幻想着种种别的事情。她不是不愿意说话，而是因为在幻想中，她没有说话的机会。她起初听到主席的报告，说北伐军已到了松江了，她满身即刻鼓动着愉快的波浪。难道说北伐军真正到了松江了？哼！千刀万剐的沈船舫李普璋倒霉的时期到了！这真是我们工人伸伸头的时期！唉！想起来丝厂的女工真是苦，真是不是人过的日子！厂主，工头，真是一个一个地都该捉着杀头！……北伐军到了上海时，那时我将丝厂女工好好地组织起来，好好地与资本家奋斗……唉！女工贼穆芝瑛真可恶！这个不要脸的恶娼妇，一定要教她吃一吃生活才好！……

邢翠英等到听了李金贵的话之后，心中的愉快更加了十倍！啊！还是我的黑子好！这几句话说得多痛快，多勇敢！哎哟！我的好黑子，我的亲爱的丈夫！……你看，同志们哪一个不佩服他有胆量？哪一个有他这样勇敢？我的亲爱的……邢翠英想到这里，暗暗地骄矜起来：哼！只有我邢翠英才有这样的丈夫呵！

最后，邢翠英又想起自己在丝厂中所经受过的痛苦，那工头的强奸，打骂，那种不公道的扣工资，那种一切非人的生活……唉！现在的世界真是不成世界！穷人简直连牛马都不如！这不革一革命还可以吗？革命！革命！一定要革命！不革命简直不成呵！……

“那么，就是这样决定了：明天早晨六时宣布总同盟大罢工！”

邢翠英被主席这一句话惊醒了：就是这样决定了？明晨六时宣布总同盟大罢工？我现在回去预备还来得及罢？好！大罢工！我们教狗沈船舫看一看我们的力量！……邢翠英忽然觉着有几句话要说，但是主席已经宣布散会了。

邢翠英总是与华月娟在一块儿的。散会时邢翠英与华月娟一块出来。清瘦的华月娟身穿着自由布的旗袍，头发已经剪去了；照她的态度，她的年纪，她的面色看来，她是一个很可爱的，活泼的，具有热情的姑娘。邢翠英是一个中年的女工的模样。她俩非常地要好：邢翠英在平民夜校里受过华月娟的课，因之，邢翠英很尊敬她。邢翠英时常想道：

“好一个可爱的，有学问的姑娘！她什么事都晓得！”

散会出门时，华月娟向邢翠英问道：

“你是一个好说话的人，为什么今天一句话也不说呢？”

“我忘记说话了。”邢翠英这样笑着说。

“说话也会忘记了吗？”

“……”

“明天我们教军阀和帝国主义看看我们的力量！”

“是的，明天我们教军阀和帝国主义看看我们的力量！”

已经是七点多钟了。讨厌的雨还是沙沙地下。没曾带雨具的她俩，饿着肚子，光着头在T路头鹄立着，等待往闸北去的电车。

第二章

总同盟大罢工！这简直不是随便的玩意！

仅仅在六小时之内，繁华富丽的上海，顿变为死气沉沉的死城！电车停驶了；轮船不开了；邮局关门了；繁盛的百货公司停止贸易了；一切大的制造厂停止工作了；工场的汽笛也不响了。你想想！这是在六小时之内的变化！六小时的时间居然教繁华富丽的上海改变了面目！喂！好一个总同盟大罢工！这简直不是随便的玩意！

好一个巨大的，严重的景象！这直令立在马路上的巡捕与军警打起寒噤来！谁个晓得这些蠢工人要干些什么？谁个又猜得透这些过激党在做什么怪？这大约就是所谓赤化罢？危险！可怕！这对于统治阶级真是生死关头！没有什么别的再比这种现象令人恐慌的了！这还了得！反了！反了！一定要赶快设法压服下去！

总同盟大罢工的消息，惊醒了上海防守司令李普璋的美梦。

李司令这些天真是劳苦极了！又要派兵到前敌去打仗，又要负起上海防守的责任，又要与外国领事接洽治安的事务，又要向上峰报告军情，又要筹划如何保留自己的地位，又要……总而言之，真是劳苦极了！李司令除了这些公事而外，又有自己的房事：姨太太四五个，呵，也许是七八个罢？这数目没有什么要紧，反正姨太太有的是就得了！我们的司令近来为着战事紧急的缘故，几乎没有搂着姨太太消受的工夫！唉！真讨厌！这些革命党人真可恶！在家里安安静静地过日子不好，偏偏要革什么命！北伐？真是会玩花头！反对军阀？反对帝国主义？哼！浑蛋！胡闹！捣乱鬼！……

昨晚上一班穷革命党人秘密开会，进行罢工的时候，正是我们的司令躺在床上拿着烟枪过鸦片烟瘾的时候。四姨太太烧的烟真好，真会烧！就是不会烧，只要看见她那一双烧烟的玉手，她那一双妩媚的笑眯眯的眼睛，也要多抽几口。唉！好销魂的鸦片烟！我们的司令真是劳苦了，现在要好好地休息一下，畅快地抽它几口鸦片烟！在鸦片销魂，美人巧笑的当儿，我们的司令想道：还是这种生活好！上海大约不成问题：我有外国人保驾，有外国人帮助，我难道还怕他什么革命军不成？他们有胆子同英国兵开仗吗？我量他们绝对地不敢！松江是有点危险罢？不，不要紧！反正上海他们是不敢来的！……

我们的司令越想越放心，好，怕它弄蛋！来！我的小宝贝！我的心肝！我已经有两天多没有同你好好地……今夜我俩好好地睡一觉罢！四姨太太，令人销魂的四姨太太，一下趴在司令的身上，又是捏他的耳朵，又是扭他的胡子，又是……唉！真是销魂的勾当！我们的司令到这时，什么革命军，什么松江危险，一齐都抛却了，且慢慢地和四姨太太享受温柔乡的滋味！

早晨八点多钟的时候，正是李司令搂着四姨太太嫩白的身躯，沉沉酣睡的时候。是的，我们的司令应有很好的美梦！

忽然总同盟大罢工！

忽然全上海入于恐慌的状态！

忽然革命党人大大地捣乱起来！

唉！工人真是可恶！革命党人真是浑蛋！居然惊断了我们的司令的美梦！这还了得吗？这岂不是反了吗？你们这些乱党敢与我李普璋做对吗？你们敢宣言杀我吗？哼！我杀一个给你们看看！杀！杀！杀！兵士们！来！你们给我格杀勿论！……

于是在白色恐怖的底下，全上海各马路上流满了鲜艳的红血！

章奇先生躺在细软的沙发上，脸朝着天花板，左手拿着吕宋烟慢慢地吸，右手时而扭扭八字胡，时而将手指弹弹沙发的边沿，似觉思想什么也似的。忽然将手一拍，脚一跺，长长地叹了一口气，并连着很悲愤地自语道："唉！想起来好不闷杀人也！"

真的，章奇先生这一年来，真是有点悲愤。章奇先生曾做过总长，章奇先生曾有民党健将之名，章奇先生曾受过一般人的敬仰，但是现在？现在章奇先生简直活倒霉！民党里没有他的位置，革命政府没有他的官做，左派骂他为右派，为军阀的走狗，一般人说他是莫名其妙……唉！想起来章奇先生真有今昔之感！

章奇先生想来想去，以为自己弄到现在这个样子，完全都是C.P.[①] 的不好。C.P. 包办革命，C.P. 吞食国民党，C.P. 利用左派分子……C.P. 真是可恨！倘若不是 C.P. 与我作对，我现在何至于被人称为反革命？何至于不能在革命政府下得到一官半职？唉！非反共不可！非把 C.P. 的人杀完不能称我的意！有时章奇先生恨起 C.P. 来，简直把胡子气得乱动，两脚气得乱跳。有一次，他与他的夫人吃饭，吃着吃着，他忽然颜色一变，将饭碗哗啦一声摔到地板上，这把他的夫人的魂几乎都吓飞了。当时他的夫人只当他陡然得着疯病，或是中了魔，等了半晌，才敢向他问一声，"你怎么着了？"他气狠狠地答道，"我想起来 C.P. 真可恶！"

章奇先生这样地恨 C.P.，真是有点太过度了！ C.P. 当然是很可以恨的，但是章奇先生这样地恨法，实在对于章奇先生的健康有妨碍！章奇先生本来是已经黄瘦的了不得，就如鸦片烟鬼的样子（听说章奇先生并不吸鸦片烟，这是应当郑重声明的），如何再能有这样损伤神经的恨法？章奇先生纵不为自身的健康想一想，也应当为自己的夫人

---

① C.P.，英语 Communist Party 的缩写，即共产党。

想一想。她是一个胆子极小的妇人，最怕的是革命，曾屡次劝章奇先生抛弃党的活动，而好好地找一个官做做，享享福，免去一些什么杀头，枪毙，坐牢的危险。章奇先生是很爱他的夫人的，应当处处为她打算才是。倘若这样无故摔饭碗的玩意多要几套，这样急性的神经病多发几次，岂不是要把她活活地吓坏了么？

章奇先生躺在细软的沙发上，口衔着吕宋烟，慢慢地吞云吐雾，忽而觉着自己真是在腾云驾雾的样子。虽然一时地想起可恨的C.P.来，但这一次还好，恨的延长并未到一点钟的时间，也就慢慢地消逝了。章奇先生除了恨C.P.而外，还要做别的思维：如何才能勾结上一个大的有实力者，再尝一尝总长的滋味，再过一过官瘾？……又兼之这几年没做官，手里实在不十分大宽裕，一定要赶紧弄几个钱才好，一定地，一定地……章奇先生忽而假设自己是已经在做总长的模样，无形中就真的愉快到如腾云驾雾的样子。啊啊！总长！啊啊！大龙洋，中交钞票……

“叮当当当……叮当当当……当……”

电话！

章奇先生的幻想被电铃所打破了。他懒洋洋地欠起身来，慢慢地走到电话箱子旁边，口里叽咕了一句：“现在是谁个打电话给我呢？时候还这样地早……”

“Hello~Hello！[①]”

“你是谁呀？”电话中的人说。

“我是霞飞路，章宅……”

“呵呵，你是季全吗？我是屈真……”

“呵呵，你有什么事情？”

“今天全上海大罢工，你晓得吗？”

“怎么？全上海大罢工！我今天没出门，不晓得……”

---

① 英语：喂！喂！

“这次大罢工又是C.P.的人捣的鬼，我们不可不想一对付的方法，顶好教李普璋大大地屠杀一下，给他们一个厉害……这正是我们报复的机会……”

“呵呵，是的，这正是我们报复的机会！……恢生，海清他们呢？”

“他们正在V路议论这个事情呢。你顶好到龙华防守司令部去一趟！”

“……”

“……”

章奇先生喜形于色了。黄瘦的面庞顿时泛起了红晕，微微地冷笑两声。他郑重地把狐皮袍子拍一拍，整一整衣冠，对着穿衣镜子望了一下。遂即喊道：

“贵生！”

“就来了，老爷！”

“把汽车预备好！”

大屠杀开始了！

散传单的工人和学生散布了满马路。

大刀队荷着明晃晃的大刀，来往梭巡于各马路，遇着散传单，看传单，或有嫌疑者，即时格杀勿论；于是无辜的红血溅满了南市，溅满了闸北，溅满了浦东，溅满了小沙渡……有的被枪毙了之后，一颗无辜的头还高悬在电杆上；有的好好地走着路，莫名其妙地就吃一刀，一颗人头落地；有的持着传单还未看完，就扑哧一刀，命丧黄泉。即如在民国路开铺子的一个小商人罢，因为到斜桥有事，路经老西门，有一个学生递给他一张传单，他遂拿着一看——他哪里知道看传单也是犯法的事呢？他更哪里知道看传单是要被杀头的呢？他当时想道：呵！学生又散传单了，工人又罢工了，到底又因为什么事呢？且看一看传单上说些什么！他于是将传单拿到手里打开念道：

“全上海的市民们！

“我们受军阀的压迫，受帝国主义的虐待，已经够了！我们现在应当起来了！我们应当起来组织市政府！我们应当起来响应北伐军！

“打倒帝国主义！

“打倒军阀的黑暗政治！

“打倒一切反动派！

“……”

这位小商人刚看到此地，不防大刀队来了。看传单？乱党！捉住！杀头！于是他的身首异处了：头滚到水沟里，而尸身横躺在电车的轨道上。

还有更可笑，更莫名其妙，更残酷的事呢：

小东门有一个十一岁的小孩子阿毛，平素见着散传单，就乐起来了：又散传单了！快抢！多抢一些来家包东西！“先生！你多给我一张罢！先生！我也要一张！先生！……”张着一张小口，跟着散传单的人的后边乱叫。他不认识字，并不明白散传单有什么意义，他只晓得抢传单好玩，啊，多多地抢一些……

阿毛这一次又高兴起来了，他又跟着散传单的人的后边乱跑，张着一张小口乱叫：“先生给我一张传单罢！先生！我要……”果然！果然阿毛又抢了一些传单拿在手里玩弄。忽然大刀队从街那边来了——阿毛看着他们荷着明晃晃的大刀，似乎有点好白相，于是就立着看他们一排一排地来到。阿毛正在立着痴望他们，忽然跑过来一个手持大刀的兵士，一把把他的小头按着，口中骂道：

“你这小革命羔子！你也散传单吗？我把你送到娘怀里吃奶去！”

可怜阿毛吓得还未哭出声的时候，一颗小头早已落在地下了！

这真是闹得人人自危！倘若你在街上走路，你的头就没有安全的保障，顶好是坐在家里不出去！也许你走着走着，背后就给你一刀，使你死了还不明白是什么一回事。是的，当罢工的时候，中国地界差不多完全关门闭户，有很少的人敢在街上走路。如此，一座繁华富丽的上海变成了死气沉沉的死城，变成了阴风惨惨的鬼国，变成了腥膻的血海。

不错，革命党人真该杀！演讲的学生该杀！散传单的工人该杀！但是这看传单的小商人？这天真烂漫世事不知的小阿毛？……啊啊！杀了几个人又算什么呢？在防守司令的眼中，在野蛮如野兽般的兵士的眼中，甚至于在自命为孙中山先生的信徒章奇先生的眼中，这种屠杀是应该的，不如此不足以寒革命党人之胆……

当阿毛的母亲抱着阿毛小尸痛哭的时候，正是章奇先生初从防守司令部出来，满怀得意，乘着汽车回府的时候……章奇先生得意而阿毛的母亲哭瞎了眼睛；章奇先生安然坐在汽车里，而阿毛的母亲哭哭啼啼地将阿毛的小尸首缝好，放在一个新木匣里……

大罢工的第二天，天气晴起来了。午后的南京路聚满了群众，虽然几个大百货公司紧闭了铁槛，颇呈一种萧条的景象，然而行人反比平素众多起来。大家都似乎在看热闹，又似乎在等待什么。巡捕都荷枪实弹，如临大敌也似的：印度兵和英国兵成大队地来往梭巡，那一种骄傲的神情，简直令人感觉到无限的羞辱。

史兆炎在罢工实现后，几乎没有一刻不开会，没有一刻不在工人集会中做报告；他更比平素黄瘦了。今天午后，他因为赴一个紧急会议，路经南京路，见着英国兵成大队地在街上行走，于是也就在先施公司门口人丛中停步看了一看。他这时的情绪，真是难以形容出来。他看着无知识的愚蠢的印度兵在英军官带领之下，气昂昂地在街上行走，不禁很鄙弃他们。他们也是英帝国主义的奴隶呀！自己做了奴隶还不算，还帮助自己的仇人压迫中国人，来向中国人示威，这真是太浑蛋了！……他忽而又发生一种怜悯的心情：可怜的奴隶啊！什么时候才能觉悟呢？……他想道，倘若他们能掉转枪头来攻打自己的敌人，这是多么好的事啊！可惜他们不觉悟。他想到这里，似乎左边有一个人挤他，他掉转脸一看，原来是一个穿西装的少年，脸上有几点麻子——这似乎是一个很熟识的面孔，似乎在什么地方见过也似的。史兆炎沉吟一想，啊，想着了：原来是法国留学生，原来是那一年在巴黎开留法学生大会时，提议禁止 C.P. 入会的国家主义者张知主！是的，是的！听说他现在编辑什么国家主义周报，听说他又担任什么反赤大同盟的委员……史兆炎将手表一看，啊，时间不早了，我要开会去了，为什么老立在这儿瞎想呢？管他娘的什么国家主义不国家主义，反赤不反赤呢！是的，我应当赶快开会去！

史兆炎在人丛中消逝了影子。

这时张知主并没猜到，与他并立着的，就是那年巴黎开留法学生大会时的史兆炎，就是他国家主义者的死对头。也难怪张知主没有猜到：事已隔了许多年，虽然张知主还是从前一样漂亮，脸上的麻子还是如从前一样存在，虽然张知主的面貌并未比从前改变，但是史兆炎却不然了。史兆炎归国后的这几年，工作简直没有停止过，在工人的集会中，在革命的运动中，不觉得把人弄老相了许多，又加之因积劳所致，得了肺病，几乎把从前的面貌一齐改变了。这样一来，张知主如何能认得与他并立着的史兆炎呢？张知主既不认得了史兆炎，所以当史兆炎离开的时候，他也没曾注意。

说起来张知主先生，他倒也是一个忙人！自从他从巴黎大学毕了业（？）归国以来，对于国家主义的运动，真是可以说是鞠躬尽瘁了！办周报哪，组织国家主义团体哪，演说哪，还有想方法打倒 C.P. 乱造谣言哪……张知主先生的确是一个热心家！他的朋友如郑启，李明皇，左天宝……都自命为中兴的健将，等于曾国藩，李鸿章，左宗棠之流，的确是有声有色，令人敬佩！而我们的张知主先生自命为什么呢？张知主先生自己没有公开地说明过，我们也不便代为比拟，不过有一句话可以说，就是照他的言谈判断起来，他至少也可以比做张之洞！

国家主义的口号虽然是“内除国贼，外抗强权”，但是张知主先生也就如他的朋友一样，以为要实行国家主义，顶好把口号具体化起来，就是把这两句口号改为“内除共产，外抗苏俄”。拿这两句口号来做国家主义运动，不但可以顺利地做去，而且可以得到讨赤诸元帅的帮助，可以博得外国人的同情。不错，的确不错！好一个便利的口号！

张知主总算是个有羞耻心的人：当他初次领英国人所主办的反赤大同盟的津贴时，脸上的麻子未免红了一下。但是他转而一想，C.P. 都能拿俄国的卢布[①]，而我就不能拿英国的金镑么？这又怕什么呢？于是张知主先生也就放心了。当他初次领五省总司令部宣传部的津贴时，他的脸上的麻子也照样地红了一红：受军阀的津贴未免有点不对罢？……但是我们的张知主先生是很会自解的，他想道，这比 C.P. 拿俄国的卢布好得多呢！中国人领中国人的钱，反正是自己人，这又算什么呢？于是张知主先生也就放心了。

在大罢工发生之后，张知主先生更加忙起来了。C.P. 的人又在做怪！又在鼓动工潮！又在利用罢工骗取苏俄的卢布！……张知主先生确信（也许是假信？不如此，便寻不出反对 C.P. 的材料！）每一次的工潮都是 C.P. 所鼓动的，并且 C.P. 在每一次工潮的结果，都要骗得许多万许多万的金卢布。你看他每一次的文章，他每一次所做的传单，都是说得真龙活现也似的。张知主先生在这一次更为发怒了，更为下了决心了。哼！这一次非设法杀掉许多工人不可！工人真正地浑蛋！你们为什么甘心被人利用呢？不杀你们几十个，你们永远不知道厉害！于是张知主先生投效直鲁联军反赤宣讲队，担任组长之职，于是他拼命拿笔写反赤的传单，于是他劳苦的不得了……

呵！张知主先生今天也不知以何因缘，挤到与史兆炎并立着一起在先施门口看热闹。当史兆炎看着印度兵和英国兵骄傲地在街上示威，而感觉着无限的羞辱的时候，张知主先生却只感觉得他们的军装整齐，只惊讶他们的刺刀明亮。史兆炎视他们为中国民众解放运动的

① 当时的反动派诬蔑中国共产党的话。

敌人，而张知主先生有意识地，或无意识地，当他们为反赤的同志。是的，他们真是张知主先生的同志！张知主先生反对 C.P.，北伐军，而他们也反对 C.P.，北伐军；张知主先生想屠杀罢工的工人，帮助讨赤的联帅，而他们也是做如是想，完全与张知主先生采取一致的行动。真的，真是很好的同志！

张知主先生是一个忙人，如史兆炎一样，不能老立在这儿看热闹！事情多的很：还有传单没有分配好，还有组员要训练，还有……真的，张知主先生要快到闸北直鲁联军宣传部办公才是！

张知主先生于是不看热闹了，坐着黄包车驶向闸北来。

黄包车刚拖到宝山路铁路轨道的辰光，忽听一声：

“停住！”

“停住？为什么停住？”

张知主先生坐在车上正在俯着头想如何做反赤的传单才有力量，才能打动人，如何向人们宣讲反赤的真义……忽然被这一声“停住”吓得一大跳。张知主先生未来得及说话的时候，已经被走上来两个穿灰衣的人按着了，浑身上下一搜，搜出了一卷传单来。呵！传单！乱党！杀头！可怜两位穿灰衣的人不容张知主先生分辩，即胡乱地把他拖下车来，拖到路轨的旁边，手枪一举，啪地一声送了命！搜出来的传单本来是张知主先生所亲手做的，无奈兵大爷不识得字，就此糊里糊涂把他枪毙了。张知主先生做梦也没有做得到！张知主先生就是死了也不能瞑目！唉！真是冤哉！冤哉！

持传单看的小商人死得冤枉，抢传单包东西的十一岁小孩子阿毛死得冤枉，但是热心反赤的张知主先生死得更冤枉！在这一次运动中死了许多学生，工人——这是应该死的，谁个教他们要罢工？要散传单？要反对什么军阀和帝国主义？

但是热心反赤的张知主先生无辜地被枪毙了，这却为着何来？……

第三章

月娟真是疲倦了！这两天她的两条腿，一张口，简直没曾闲过。她担任妇女部的书记，所有女工的组织等等，都须要她操心，一忽儿召集负责任的女同志们开会，一忽儿到区委员会报告，一忽儿又要到总工会料理事情。唉！真是忙得两条腿，一张口，没有休息的工夫！但是怎么办呢？工作是需要这样的，革命的事业不容许安逸的休息。为着革命，为着革命就是赴汤蹈火，就是死，也是不容避免的，而况且一点儿疲倦么？……

但是月娟真是太疲倦了！她的面庞眼看着更瘦得许多了；两只眼睛虽然还是如从前一样地清利，但瘦得大了许多；头发这两天从没整理过。当正在工作或跑路的时候，月娟还不觉得疲倦，或者有点觉得，但不觉得有怎样地很。现在她乘着要回家改装的当儿，抽得十几分钟躺在自己一张小床上，真是觉得疲倦的了不得。呵呵，顶好多躺一下，呵呵，顶好多躺一个钟头！真舒服！虽然这是一张小板床，而不是有弹性的细软的钢丝床，虽然这两条被都是粗布制的，虽然这一间书房带卧室如鸟笼子一样，但是到这时简直变成了快乐的天堂了。呵呵，顶好是多休息一下，顶好是多躺一忽儿！但是工作是要紧的啊！没有办法，简直没有办法！

月娟躺在板床上，两手抱着头，闭着眼睛，回想起刚才区委员会开会的情形：

“史兆炎真正是一位好同志！他说话那样清楚，那样简洁了当，他的那种有涵养的态度……他对待同志也好。他对于我？……他真是一个可爱的人！可惜他也得了肺病！他说话时那种咳嗽得腰弯起来的样子，真是令人可怜！唉！为什么好同志都有病呢？真是奇怪的很！

倘若他没有肺病，那他该更有用处呵！……

“鲁正平同志？鲁正平同志不大十分行。那样说话语无伦次，颠三倒四的！照理他不应负军事上的责任。他哪能够做军事运动呢？胡闹！易昌虞同志还不错，他很勇敢，做事又很有计划，很仔细。

“李金贵同志真勇敢，真热心！工人同志中有这样能做事的人，真是好得很！他明天率领纠察队去抢警察署，倒不知道结果怎么样呢。……翠英现在不知做什么。也许是在家里？好一个女工同志！不过脾气有点躁，少耐性。

“今天会议议决明天下午六时暴动，这当然是对的，不过我们的武器少一点。这两天杀了这些工人学生，唉！真是令人伤心得很！但是这又有什么方法避免呢？……明天暴动成功还好，暴动不成功时，又不知要死去多少人！反正暴动是不可免的，一般工人同志都愤恨的很，就是女工们也有忍不住之势。好在海军的接洽已有把握，明天也许一下子把李普璋这个屠户赶掉……

“我明天晚上去到西门一带放火，这却是一个难差使，现在虽然活到二十一岁，但却没经验过放火的事情，唉！管它，明天再看罢！……

“呵，我浑蛋！我老想什么？我应当赶快改装去找翠英去！”

月娟想到这里，一骨碌坐起来，即速把身上的旗袍脱下，拿一件又大又长的蓝布袍子穿上。袍子穿妥之后，又将自己的头用青布巾包裹起来，顿时变成了一个老太婆的模样。月娟的头发是剪了的，但是剪了头发的女子即犯了革命党人的嫌疑，照着沈船舫张仲长的法律，是有杀头的资格的。月娟并不怕死，但是倘若被大刀队捉去了，或是杀了，自己的性命倒不要紧，可不要误了革命的工作？月娟的模样一看就知是女学生，而女学生却不方便到工人的居处的地方去。月娟要到翠英的家里，又要到宝兴路去开女子运动委员会；因此，月娟便不得不改装，便不得不把自己原有的面目隐藏起来。

月娟改装停当之后，拿镜子一照，自己不禁笑将起来了，啊！扮得真像！简直是一个穷苦的婆子！倘若这种模样在街上行走，有谁个认得出我是华月娟来？有谁个认得出我是一个女教员来？哈哈！哈哈！……月娟越看自己越有趣，越看越觉着好笑。她忽然想起自己从前所读过的俄国虚无党人的故事来：女虚无党人的那种热心运动，那种行止的变化莫测，那种冒险而有趣的生涯……难道说我华月娟不是他们一类的人吗？啊！中国的女虚无党人！……

在B路转角的处所，有一块矮小的房屋名为永庆坊。这个坊内的房屋又矮小，又旧，又不洁净，居民大半是贫苦的工人。贫苦的工人当然没有注重清洁的可能，又加之坊内没有一个专门打扫弄堂的人，所以弄堂的泥垢粪滓堆积得很厚，弄得空气恶臭不堪。倘若不是常住在这种弄堂里的人，那么他进弄堂时一定要掩住口和鼻子。坊的前面就是小菜场，小菜场内的鱼肉腥臭的空气，和弄内泥垢粪滓的臭味混合起来，当然更要令人感觉得一种特别的，难于一嗅的异味。但是本坊内的居民，或者是因为习惯成自然了，总未感觉得这些。他们以为只要有房子住，只要房子的租价便宜，那就好了，此外还问什么清洁不清洁呢？清洁的地方只有有钱的人才可以住。但是穷人，穷人是应该住在如永庆坊这类的地方。

李金贵和邢翠英也是永庆坊内的居民。他俩所住的房子是二十八号。这二十八号是一楼一底的房子，共住着四家人家：楼上住两家，楼底下住两家。虽然原来总共是两间房子，但因为要住四家的缘故，所以不得不用木板隔成做四间房子用。若与本弄内其他房子所住的人家比较起来，那么这二十八号住四家人家还不算多；因为大半都是住着五家或是六家的。至于他们怎样住法，那是有种种不同的情形的，有的两家合住在一小间房子里的，有的把一间房子隔做两层，可以把一楼一底的房子造成四层楼的房子。

李金贵和邢翠英住的是楼底下靠着后门的一间，宽阔都不过五六尺的样子，除开摆放一张床和一张长方桌子，此外真不能再安搁一点大的东西。好处在于这间房子是独立的，与其他的房子完全隔断了，一道后门不做共同的出路。睡觉于斯，烧锅于斯，便溺于斯——这一间形如鸟笼子的房子倒抵得许多间大房子用处。房内摆设的简单，我们可以想象出来，一者这一对穷夫妻没有钱来买东西摆设，二者就是有摆设的东西也无从安搁。不过这一对穷夫妻虽然住在这种贫民窟里，而他俩的精神却很愉快，而他俩的思想却很特出，而他俩的工作却很伟大……

天已经要黑了，已经要到开电灯的时候了，但是邢翠英的家里却没有明亮的电灯可以开。邢翠英今天忙了一天，现在才回到自己的家里。此时觉着有点饿了，在把煤油灯点着之后，遂把汽油炉子上上一点煤油，打起气来，预备烧晚饭吃。翠英今天晚上回来的时候，情绪非常愉快：女工们真热心！女工们真勇敢！尤其是年轻的小姑娘们！……今天会议上的情形真好，你看，阿兰那样小小的年纪，小小的姑娘家，居然怪有见识，居然那样明白事情……翠英本来是疲倦了，但是，因为有这种样的高兴的情绪鼓动着，倒不感觉着什么疲倦了。

曾几何时？Y 丝厂的一个女工人，一个知识很简单的女工人，现在居然担任党的重要的工作！现在也居然参加伟大的革命的事业！……翠英有时也觉得自己有这样大的变化，当每一觉得这个时，不禁无形中发生一种傲意：女工人有什么不如人的地方？你看看我邢翠英！我邢翠英现在做这种伟大的事情，也居然明白社会国家的事情！可见人总要努力！倘若一切的女工人都像我邢翠英一样的觉悟，那可不是吹牛，老早就把现在的社会弄得好了。……但是，当翠英每一想到此处，一个清瘦的，和蔼的姑娘——华月娟的影子便不得不回绕于脑际。华月娟是翠英的好朋友，是翠英的爱师——华月娟从人众中把翠英认识出来了，把她拉到平民夜校读书，灌输了她许多革命的知识。——真的，翠英无论如何忘记不了华月娟，一个平民夜校的女教师，一个清瘦的，和蔼的姑娘！

今天翠英特别高兴，因想起开会的事情，想到自身，由自身又想到华月娟的身上。翠英把汽炉打着了，将锅放在上面，即让它煮将起来，而自己一边坐在床上等着。正在一边等着，一边想着华月娟的当儿，忽听得有人敲门，遂问道：

“谁敲门？”

“是我！”

“呵，原来是你！”

翠英把门开了，见着月娟的模样，不禁笑道：

“好一个可爱的娘姨！”

“你看像不像？”

“怎么不像？真是认不出来呀！”

“那么就好！”

“我正在想你，恰好你就来了。”翠英把门关好，回过脸跟着就问道，“你们今天开会怎么样决定的？明天晚上是不是要……”

“决定了。”月娟向床坐下说，“明天晚上要暴动。”

“啊啊！……”

“我问你，女工的情绪怎么样？杀了这些人，她们怕不怕？”

“女工的情绪很好，她们现在都愤恨的了不得！我已经把工作都分配妥当了。金贵呢？你看见他了吗？他到现在还没有回来。”

“在会场上看见的。明天暴动时，决定他带领几十个纠察队去攻打警察署，夺取警察的枪械……”

“怎么？是他带领着去吗？……”翠英听了月娟的话，顿呈现出一种不安的神情，但是月娟并没注意到，还是继续接着说道：

“是的，是他带领着去。我们自己没有武装，只得从敌人的手里抢来！明天晚上决定海军一开炮时，即动手抢兵工厂……计划都弄好了，大约是总可以成功的。现在势已至此，没有办法，难道说就这样地让李普璋杀吗？”

“呵呵。”

“我担任的真是一个难差使：教我到西门一带放火，你说是不是难差使呢？长到这样大，真是不知火是怎样放的！没有办法，只得去放罢……”月娟忽然将手表一看，惊慌地说，“我还有一个会要开，要去了。明天再会罢！”

月娟刚出永庆坊的弄口，即与李金贵遇着了——他这时是从军事委员会开会回来。两人互相点一点头，笑一笑，就分开了，并没有说一句话。

在灰黄不明的煤油灯光中，李金贵与邢翠英坐在床上互相拥抱着，紧紧地拥抱着……一对穷夫妻在同居的五六年中，虽然是相亲相爱，没曾十分反目过，但也从没曾有过此刻这样地亲爱，从没曾相互地这样紧紧地拥抱过。此刻的一分钟，一秒钟，对于这一对相互拥抱着的穷夫妻，比什么东西都可贵些！

明天金贵要带领着人去抢警察署了！大家都是徒手没有枪，抢的好或可以生还，抢的不好，一定是免不了要送掉性命……两人都明白这个，但是不能避免这个！呵，党的决议，革命的要求，就是知道一定地要送命，那又有什么办法呢？金贵能临时脱逃？能贪生而丢弃革命的工作？不，绝对地不能！金贵连这种卑怯的心理起都没有起过！对于金贵，吃苦也可以，受辱也可以，挨打也可以，就是死也可以。但是背叛革命，但是放弃自己的责任，金贵无论如何是不会的！

说也奇怪，金贵的意志如铁一样的坚，金贵的信心比石头还硬。金贵是一个朴直的工人，所知道的也就仅是关于工人阶级的事情。现在社会非改造不可！工人阶级真苦！有钱的都不是好东西啊！啊！赶快革命，革命，革命……真的，金贵无时无刻不想革命的实现。金贵的性情很急躁，老早就向党部提议暴动，但是总都被否决。可是现在？可是明天？呵，明天暴动，这是我李金贵发泄闷气的时候了！把李普璋这个狗东西捉住，把他千刀万剐才如我意！……

金贵想到，明天也许弄得不好要死的，但是这又有什么办法呢？死就死，大丈夫还怕死不成么？……但是翠英？与我共甘苦的翠英？……没有办法！也许明天弄的好不至于死，况且我还有一支手枪呢。放小心些，大约不妨事的。

金贵觉着心中有点难过，想说几句安慰翠英的话，但是金贵素来就不长于说话，到此时更不知为什么，连一句话几乎都说不出来。他只有用自己粗糙的手抚摩着翠英的蓬松的黄头发，他只有用自己的大口温情地吻翠英的额，不断地吻……至于这时的翠英呢？翠英本是一个会说话的人，到这时应当向金贵多多地说一些，倘若这时不说，也许永没有再与金贵说话的机会了。是的，翠英这时应当多多地说些话！这时不说，还待什么时候说呢？但是翠英也如金贵一样地沉默着，沉默着，沉默到不可再沉默的地步。平素会说话而且好说话的翠英，到现在却没有话好说了——本来呢，这时有什么话好说？说一些什么话才好？翠英这时候的情绪没有什么言语可以表示出来！劝阻金贵不要去干？不，不，翠英无论如何不好意思把这种意思说出来！党的决定，革命的需要，我哪能以个人的感情来劝阻他？而况我自己是一个什么人呢？不可以，绝对地不可以！……这也只好碰运气，也许不至于有什么意外的事情罢？但是，倘若有什么不测的时候……唉！那时我也只有一个死……陪着他死……

翠英想起五年前与金贵初认识的时候，想起与金贵初同居的那一夜，呵，那一夜也曾与金贵如今夜地这样拥抱着，但是那时的拥抱是什么味道？现在的拥抱是什么味道？……想起前年金贵因指挥罢工而被捕入狱的时候；想起她害病时，金贵是如何地焦急，而侍候到无所不至的时候；想起金贵对于她的纯洁的真挚的爱；想起金贵有许多不可及的好处，想起……啊啊！好亲爱的黑子！好亲爱的丈夫！好亲爱的朋友！好亲爱的同志！……但是明天？唉！没有办法！只好听他去！也许碰得好，不至于大要紧罢？翠英刚想到这个当儿，忽然金贵高兴地叫一声：

“我的翠英！”

“什么？”

“你怕么？”

“不怕！”

“我以为，只有我们穷革命党人才算得英雄好汉！你想想是不是？我们的责任该多么样大呵！……”

“是的，我的亲爱的黑子！只有你才算得真正的英雄，真正的好汉！……”

金贵很满意地向着翠英笑了一笑。

第四章

白色的恐怖激起了红色的恐怖。

偌大的一个上海充满着杀气！英国的炮车就如庞大的魔兽一样，成大队地往来于南京路上，轰轰地乱吼，似乎发起疯来要吃人也似的。黄衣的英国兵布满了南京路，高兴时便大吹大擂地动起了鼓号。呵呵，你看，那些有魔力的快枪，那些光耀夺人的刺刀，那些兵士睁着如魔鬼似的眼睛，那些……呵呵，他们简直要吃人！他们简直要屠杀！

森严的大刀队来往梭巡于中国地界各马路上，几乎遇人便劈，不问你三七二十一！是的，这是一群野兽，它们饿了，它们要多多地吃一些人肉！……

坐镇淞沪的防守司令李普璋现在可以安心了：走狗有这样地多，刽子手有这样地好，国民党右派的名人有这样地出力，国家主义者有这样地帮忙，呵呵，我还怕什么呢？难道说这些愚蠢的，手无寸铁的工人还能做大怪不成？罢工？散传单？你们的本事也就止于罢工散传单了！难道说你们另外还有什么花头吗？……而况且我有英国兵做后盾。呵呵，英国人真是好！英国人这样地帮我忙，真是难得！你们反对什么帝国主义，反对外国人，唉，这简直是浑蛋！我看看你们如何反对他们！哼！这简直是笑话！

真的，我们的防守司令现在可以安安稳稳地躺在床上大抽起鸦片烟，鸦片烟抽足了之后，可以安安稳稳地搂着白嫩的四姨太太睡觉。……

但是这被屠杀的工人？这一般不安分的穷革命党人？

胆小的，卑怯的市侩见着这种屠杀的景象，大半都吓得筛糠带抖霖；一部分心软的知识阶层只是暗暗地在自家的屋里叹气。唉！这简直没有人道了！这，这，这简直不合乎人道主义！……但是粗笨的工人群众越受屠杀越愤激，越受压迫越反抗。——在这两天内，工人群众的情绪更愤激得十倍于前！他们并不知道什么叫作人道主义，他们只知道拼命，只知道奋斗，不奋斗便有死，反正都是一死，与其饿死，不如被枪打死。一般专门的穷革命党人，他们还是秘密地进行自己的工作；从前他们仅是从事于和平的示威，而现在却进行武装的暴动。革命没有武装，总归是不行的，一定要有武装！武装啊！但是自己没有武装怎么办呢？从什么地方才能得到武装？只有去抢敌人的营寨，只有从敌人的手里把武装抢来。

于是红色的恐怖开始了！

在二十二日的下午，在浦东，在闸北，在中国界各区域内，到处发生徒手工人袭击兵警的事实。有的地方徒手工人与警察互斗数小时之久，有的地方警察的枪械真被工人所抢去，并且有一处警察巡长被工人打死。在这些争战中，工人的勇敢的精神简直令雇佣的警察惊心动魄。喂！工人真不要命！工人真不怕死！不要命，不怕死的工人当然要吓得雇佣的警察们屁屎横流……

李金贵与十几个纠察队约在C路头一家茶馆内聚齐，只要一到五点半的光景，大家就向北区警察署进攻，夺取警察署的枪械。十几个纠察队腰里都暗藏着冷的兵器，有的是菜刀，有的是斧头，还有几个人揣着几块石头。但是李金贵，因为是队长，却带了一支手枪和十几粒子弹。

这一家茶馆是专门为所谓下等人开的，所以十几个工人进内吃茶，倒也不会惹人注意。大家在茶馆内都不准谈关于什么政治上或军事上的话，只都默默地坐着，各吃各的茶，似乎相互间没有什么关系的样子。大家一边吃着茶，一边想着：他们也不知已经有防备了没有？……这菜刀倒可以一下子将脑袋砍去半个！……这斧头是劈好些呢，还是用斧头背砸好些？……我一石头就可以要一个狗命！……糟糕！我长这么大还没曾放过枪呢。我就是抢到枪时也不会放，这倒怎么办呢？……大家你想你的，我想我的，各有各的想法，但目的却是一样的：把警察署长打死，把枪抢来，好组织武装的工人自卫军。

李金贵抱着热烈的希望：倘若今天暴动能够成功，倘若我们今天能抢得许多枪械，那么我们可以将李普璋捉到，可以组织工人自卫军，可以把上海拿到我们的手里……呵呵，这是多么好的事情！难道说我们工人就不能成事吗？唉！中国的工人阶级真是苦得要命！真是如在地狱中过生活！依我的意思，倘若我们今天能把上海拿到手里，我们就可以一搭刮子行起社会主义来，照着俄国的办法。怕什么呢？我想是可以办得到的。但是有些同志，甚至于负责任的同志，他们总是说现在还没到实行社会主义的时机，还是先要实行什么民主政治，还是要……我真是大不以为然！怕什么呢？我看有个差不多。……北伐军？北伐军固然比较好些，但是这总不是工人自己的军队，谁个能担保他们将来不杀工人？你看，从前以拥护工农政策自豪的江洁史，现在居然变了卦，现在居然要反共？唉！这些东西总都是靠不住的！我们自己不拿住政权，任谁个都靠不住。……

李金贵平素似乎不喜欢听一般负责任的知识阶层同志的这样的话：“金贵同志！请你不要性急，我们要慢慢地来，哪能够就一下子成功呢？……”他每每想道，“唉！你们老说慢慢地，你们可晓得工厂里的工人简直在坐监狱！比坐监狱更难受！我李金贵当了许多年工人，难道说还不晓得吗？能够早成功一天，他们就早一天出地狱！你们大约还是不知道他们的苦楚！倘若你们试一下子这种地狱生活的滋味，包管教你们也不说慢慢地了！……”李金贵每一想起来工人的痛苦，资本家的狠毒，恨不得一拳把现在的社会打破。这也难怪他这样！他的父亲是穷得无钱病死的；他的一个十七岁的妹妹是被工头污辱了而投水死的；至于他自己呢，被巡捕打的伤痕，被工头所吐在脸上的痰痕，统统都还在留着。金贵永远忘不了这种永世不没的侮辱！他要复仇，他要雪耻，他要打倒万恶的敌人。

金贵想着想着，忽然想起翠英来：一颗朴直的心不禁为之动了一动。她现在在做什么？也许在那里与女工们谈话？也许在开会？也许今天在家里没有出来？也许她在那里为我担心，正在想着我哭？啊！不会！绝对地不会！她真是一个好汉，居然没曾向我说一句惧怕的话，居然一点儿也没表示劝阻我的意思。呵，真难得！但是，倘若我今天有什么不幸……唉！随他去！我的亲爱的翠英呵！也许我们再没有见面的时候了！……金贵想到此处，眼睛不禁红湿了一下，心里觉着有无限的难过，但即时吃了一口茶，又镇定地忍住了。

金贵又忽然想起腰间的手枪来，遂用手摸一摸，呵，还好，还没有丢掉！若把它丢掉了，那可真是大大地糟糕！今天全靠它做本钱，若没有它，那可真是不行！……林鹤生将这一支手枪交给我，我从没试验过，也不知道到底灵不灵，若是放不响，那可真是误事呀！不，不会，绝对地不会！他既然交给我，当然是可以用的，不至于放不响。我一把把警察署长捉住，我就啪地一枪要他狗命，再放几枪，包管那些警察狗子吓得屁屎横流，跑得如兔子一样。金贵设想将枪械夺到手里的情形，不禁黑黝的面孔上荡漾起了愉快的，微笑的波纹。对于金贵，这恐怕是最愉快的事情罢？……

“金贵！你将你的表掏出来看看，到底是什么时候了？我恐怕时候已经到了。”……与金贵同桌吃茶的，一个年轻的工人王得才这样轻轻地向金贵说。金贵的想念被他打断了。金贵稍微吃了一惊，即时从胸前的衣袋里掏出来一只铜壳无盖的夜光表，很注意地看一下，真是到时候了。金贵立起身来向同伴们丢一个眼色，同伴们即时都会意了，遂跟在金贵的后边，一个一个地出了茶馆门。走了十几步的光景，走到一个转角上，金贵略为停了一停，点一点人数，向同伴们宣言道：

“请大家都把家伙预备好！无论谁都不可临阵脱逃！”

“谁个要怕死，谁个就不是爷娘养的！”王得才很坚决地说。

“到现在还怕死么？”

“怕死也就不敢来了”。

“……”

大家说着说着，已经来到了警察署。这时李金贵掏出了手枪，王得才拿出了斧头，朱有全握着石头，潘德发持着菜刀……各露出了各人的武器，大家的面孔上丝毫没表现出来一点儿惧色。两个守门的警察见着来势汹汹，吓得翻身就向屋里跑，金贵等这时一拥上前，将警察署的门拦住了。屋内的警察署长及几十个警察闻着讯，也即时持枪出来，在这个当儿，李金贵冷不防一个箭步跳进屋内，左手将警察署长抓住，右手向着他的肚子举起手枪来，高声喊道：

“你们现在还想反抗么？赶快将枪放下，我们好饶你们的狗命！”

李金贵将话刚说完，年轻的王得才不问三七二十一，就举起斧头乱砍起来。朱有全一石头将一个警察的头击破了，倒在地下。这时警察还不敢放枪，因为署长被金贵抓着在，只用刺刀乱刺。金贵看着势头不对，即连忙扣机放枪，想将署长先打死，以寒其余人之胆，不料连扣三次都放不响；众警察看着金贵的手枪是坏的，于是胆大起来了，向金贵等放起枪来。金贵的腹部中了一弹，即时倒在地下，临倒在地下的当儿，他还将手枪向着署长的面上摔去，不幸未打到署长，而落在一个警察的肩上。众人看见金贵已死，自己手中又无枪械，只得四散脱逃。潘德发被打死了，王得才肩上中一弹，躺在地下不能动，其余的人都逃脱了。警察共总死伤了五六个。王得才虽然身受重伤，但心里还明白，还能说话，他睁着他的痛得红胀起来的眼睛，向一班警察愤恨地然而声音很微弱地骂道：

“你们这一班军阀的小走狗，你们还凶什么，你们总有头掉下的时候啊！……”

王得才转过脸一看，李金贵躺在他的右边，死挺地不动，从他的腹部流出一大摊殷血来；这时王得才的心里陡然难过起来，如火烧着也似的。他渐渐地失去了知觉，在模糊的意念中，他似乎很可惜李金贵死了——李金贵是他平生最佩服的人，是最勇敢的人，是最忠实最公道的人，是党里头最好的一个同志。

“呵，今晚上……暴动……强夺兵工厂……海军放炮……他们到底组织得好不好？这种行动非组织好不行！可惜我病了，躺在床上，讨厌！……”

在有红纱罩着的桌灯的软红的光中，杨直夫半躺半坐在床上，手里拿着一本列宁著的《多数派的策略》，但没有心思去读。他的面色本来是病得灰白了，但在软红色的电光下，这时似乎也在泛着红晕。他这一次肺病发了，病了几个月，一直到现在还不能工作，也就因此他焦急的了不得；又加之这一次的暴动关系非常重大，他是一个中央执行委员，不能积极参加工作，越发焦急起来。肺病是要安心静养的，而直夫却没有安心静养的本领；他的一颗心完全系在党的身上，差不多没曾好好地静养过片刻。任你医生怎样说，静养呀，静养呀，不可操心呀……而直夫总是不注意，总是为着党，为着革命消耗自己的心血，而把自身的健康放在次要的地位。这一次病的发作，完全是因为他工作太过度所致。病初发时，状况非常地危险，医生曾警告过他说，倘若他再不安心静养，谢绝任何事情，那只有死路一条。直夫起初也很为之动容，不免有点惧怕起来：难道说我的病就会死？死？我今年还不满三十岁，没有做什么事情就死了，未免太早罢？啊啊，不能死，我应当听医生的话，我应当留着我的身子以待将来！……但是到他的病略为好一点，他又把医生的话丢在脑后了。这两天因为又太劳心了，他的病状不免又坏起来了。当他感觉到病的时候，他不责备自己不注意自己的健康，而只恨病魔的讨厌，恨世界上为什么要有“病”这种东西。

“啊，今天晚上暴动……夺取政权……唉！这病真讨厌，躺在床上不能动，不然的话，我也可以参加……”

直夫忽而睁开眼睛，忽而将眼睛闭着，老为着今天晚上的暴动设想，他深明了今天晚上暴动的意义——这是中国工人第一次的武装暴动，这一次的暴动关系全中国工人运动的发展……他这时希望暴动成功的心，比希望自己的病痊愈的心还要切些。是的，病算什么呢？只要暴动能够成功，只要上海军阀的势力能够驱除，只要把李普璋，沈船舫这些混账东西能够打倒……至于病，病算什么东西呢？

他这时只希望今晚的暴动能够胜利。

“嘭！嘭！……”大炮声。

“啪！啪！……”小枪声。

直夫正在想着想着，忽然听见炮声枪声，觉着房子有点震动；他知道暴动已经开始了。他脸上的神情不禁为之紧张一下，心不禁为之动了一动。在热烈的希望中，他又不禁起了一点疑虑：这是第一次的工人武装暴动，无论工人同志或负责任的知识阶级同志，都没有经验，也不知到底能不能成功……他忽然向伏在桌上写字的他的妻秋华问道：

“秋华！你听见了炮声没有？”

秋华，这是一个活泼的，富有同情心的，热心的青年妇人，听见她的病的丈夫问她，即转过她的圆脸来，有点惊异地向直夫说道：

“我听见了。我只当你睡着了，哪知道你还醒着在！”

“我今天晚上无论如何也睡不着！你听，又是炮声！”

“大约他们现在动手了。这一定是海军同志放的炮！”

“也不知他们预备得怎样……”

“你还是睡你的罢！把心要放静些！……”

“哼，我的一颗心去抢兵工厂去了。”

秋华本拟再写将下去，但因闻着炮声，一颗心也不禁为之动起来了；又加之直夫还没有睡着，她应当好好地劝慰他，使他能安心睡去，无论如何没有拿笔继续写下去的心情了。她将笔放下，欠起身来，走到床沿坐下，面对着直夫说道：

“月娟带领几个女工到西门一带放火，也不知道现在怎样了？……呵呵！你好好地睡罢！我的先生……”

直夫沉默着，似乎深深地在想什么。

秋华这一次本要参加工作的，可是因为一个病重的他躺在床上。唉！怎么办呢？……昨天晚上在中央的会议中，老头子向秋华说道：

“秋华！你能够把直夫的病伺候好了，这就是你的一件大功劳！直夫对于党是很重要的，你可以不做别的事，只好好地看护他得了。……”

秋华听了老头子的话，不禁感觉得一种侮辱：岂有此理！难道说女子是专门伺候男子的？难道说我的工作就只限于伺候直夫？难道说……岂有此理？老头子简直侮辱女性，简直看轻女同志，这，这的确是不应当的！……直夫病了，我是应当伺候他的，而况且我爱他……我希望他的病赶快好，但是倘若说我的责任仅仅只限于伺候他……岂有此理！这简直是看不起我！……

秋华一方面感觉老头子的话是侮辱她，但一方面又想道：倘若我能把直夫的病伺候得好，他能早日康健起来，呵呵，那是多么愉快的事情呵！那是多么好的事情呵！我的亲爱的直夫！我的亲爱的老师！秋华真是爱直夫到了极点！她为着直夫不惜与从前的丈夫，一个贵公子离婚；她为着直夫不顾及一切的毁谤，不顾及家庭的怨骂；她为着直夫情愿吃苦，情愿脱离少奶奶的快活生涯，而参加革命的工作；她为着直夫……呵呵，是的，她为着直夫可以牺牲一切！

秋华爱直夫，又敬直夫如自己的老师一般。这次直夫的病发了，她几乎连饭都吃不下，她的丰腴的，白嫩的，圆圆的面庞，不禁为之清瘦了许多。今天她本欲同华月娟一块去参加暴动的工作，但是他病重在床上，又加之老头子那般说，又加之自己也的确不放心……秋华不得已只得在家里看护病的直夫。

秋华这时坐在床沿上，一双圆的清利的眼睛只向直夫的面孔望着；她明白这时直夫闭着眼睛不是睡着了，而是在沉思什么，她不敢扰乱他的思维，因为他不喜欢任何人扰乱他的思维。秋华一边望一边暗暗地想道：

“这个人倒是一个特别的人！他对于我的温柔体贴简直如多情的诗人一样；说话或与人讨论时，有条有理，如一个大学者一样；做起文章来可以日夜不休息；做起事来又比任何人都勇敢，从没惧怕过；他的意志如铁一般的坚，思想如丝一般的细。这个人真是有点特别！……他无时无地不想关于革命的事情……”

月娟日里已与几个女工看好了易于放火的地点，这是 C 路背后一处僻静的地方，有几间低矮的草房。月娟看好了，以为这是最易于放火的地点，但是在别一方面想道：这几间草房里住的是穷人，倘若把它烧了，那岂不是害了他们？我们是为着穷苦人奋斗的，现在我来烧穷苦人的房子，这未免有点不忍罢？……唉！这又有什么办法呢？为着革命的成功，为着多数人的利益，也只有任着极少数人吃点苦了。如果这一次暴动成功后，如果能把李普璋打倒，我一定提议多多地救恤他们，不然的话，我的良心的确也过不去。……呵呵，是的，为着多数人利益的实现，少不得少数人要受一点痛苦的！

月娟稍微犹疑了一下，也就忍着心决定了。

时已是晚上七点钟的光景了。因为在大罢工的时期中，全市入于惊慌的状态，晚上的行人比平常要稀少一倍。月娟与两个年青的女工（还有其他的几个女工从别的路走向目的地）手持着燃料等物，偷偷地，小心翼翼地顺着僻静的路，走向预备放火的地点。月娟一边走着，一边想着，呵呵，倘若今天晚上能够成功，倘若我能把我的工作完成，这是多么愉快的事呵！真的，这是再愉快没有的！我们将统治上海，我们将要令帝国主义者，军阀，资本家看一看我们穷人的力量。我们组织革命的市政府，我们的党得领导一切的革命运动。至于我呢，我将指挥一切妇女运动的事情。……月娟的全身心充满着热烈的希望，只希望明天的上海换一换新的气象。

“嘭！嘭！啪！啪！……”月娟听见炮声和枪声了，月娟知道他们在动作了。

“你们听见了么？”月娟回头向在她后边走的两位青年女工说。

“听见了。”

“我们走快一点罢，恐怕慢了来不及。”

“是的，我们应当走快一点！”

她们三人加快脚步，正走到S巷一个转拐的当儿，忽然迎头碰着了两个巡街的警察，糟糕的很！这两位荷枪的警察见着她们行色匆匆，各人手中都持着什么东西，不禁起了疑心，大声喝道：

“你们往哪里去？干什么的？”

警察不容分说，即上前来夺看她们手中的东西。这时一个手提煤油壶的青年女工见着势头不对，即把煤油壶向一个警察的脸上掼去，不料警察躲让得快，没有掼中，砰然一声落在地上，所有的煤油都流出来了，弄得煤油气令人难闻。别一个女工手中拿的是一个包子，她却把又一个警察的脸部打伤了。月娟意欲上前夺取警察的枪械，可是警察已经鸣起警笛来了，大家只得以逃跑为是。幸而是晚上，又加之这个转拐儿没有电灯，月娟三人得以安全逃脱，没有受伤。

事情是失败了，这真是糟糕的很！怎么办呢？没有办法！月娟跑到T路似觉没有危险的时候，才停住喘一喘气。回头一看，只有一个女工了，别一个女工却不知道跑到什么地方去了。月娟这时真是又羞又愤，说不出心中的情绪是什么样子。唉！糟糕！实指望能够达到目的，实指望能够……但是现在？现在完了！火放不着倒不要紧，可是莫不要因此误了大事？若误了大事，那我华月娟真是罪该万死！现在怎么办呢？预备好的东西都失掉了，若再去预备，已经是来不及了。唉！真是活气死人！……

现在到什么地方去呢？月娟定神一看，即时知道了这是秋华住的一条马路，秋华的住所就在前边，不远。月娟这时没有地方好去，遂决定到秋华的家里来。

这时秋华坐在床沿上，两眼望着直夫要睡不睡的样儿，心里回忆起她与直夫的往事：那第一次在半淞园的散步，那一日她去问直夫病的情形，那在重庆路文元坊互相表白心情的初夜，那一切，那一切……呵，光阴真是快啊！不觉已经是两年多了！抚今思昔，秋华微微地感叹了两声，秋华与直夫初结合的时候，直夫已经是病得很重了。但是到了现在？现在直夫还是病着，秋华恨不得觅一颗仙丹即时把直夫的病医好起来！秋华不但为着自己而希望直夫的病快些好，并且为着党，为着革命，她希望他能早日健全地工作起来。呵呵，他是一个很重要的人，他是一个很宝贵的人！……秋华想到此地，忽听见有人敲门，遂欠起身来，轻轻地走下楼来问道：

“是谁呀？”

“是我，秋华！”

“呵呵！……”

秋华开门放月娟等进来，见着她俩是很狼狈的样子，遂惊异地问道：

“你们不是去……怎样了？”

“唉！别要提了！真是恨死人！……”

“究竟是怎么一回事？啊，上楼去再说罢！”

秋华等刚上楼还未进直夫房子的时候，直夫已经老远问起来了：

“是谁呀，秋华？”

“直夫，是我，你还没有睡吗？”

“呵呵，原来是你，事情怎样了？”

月娟进到房内坐下，遂一五一十地述说放火的经过。直夫听了之后，长叹一声。

“糟糕！”

“这也是没办法的事情！”秋华插着说。

“你们晓得吗？我在这里睡在床上，听外边放炮放枪的情景，我感觉得今晚一定是不大妥当的。唉！没有组织好，少预备。”

室外远处还时闻着几声稀少的枪声，室内的几个人陷入极沉默的空气中。月娟觉得又羞又愤，本欲向大家再说一些话，但是再说一些什么话好呢？

第五章

当李金贵在茶馆里想起邢翠英的时候，也正是在杨树浦开工人大会，邢翠英向工人演说的时候。男工和女工聚集了有五六千人，群众为一股热血所鼓动，如狂风般地飞腾。在群众的眉宇上，可以看出海一般深沉的积恨，浪一般涌激的热情。

杀李普璋！杀沈船舫！

打倒军阀！

打倒帝国主义！

工人有结社，集会，言论的自由！

大家团结起来，

不自由，毋宁死！……

呵呵！请你想想，在黑暗地狱过生活的上海工人，他们是如何地痛苦！他们要求解放的心情是如何地迫切！帝国主义者的铁蹄，军阀的刀枪，资本家的恶毒……呵呵！这一切都逼着被压迫的上海工人拼命为争自由而奋斗。是的，不自由，毋宁死，上海的工人所要求的不是免死，而是一点人的自由！……

会场是K路头一块广大的土场，会场内没有一点儿布置，连演说台都没有。会场内有一座二尺多高的小土堆，演说的人立在小土堆上；谁个愿意跑上说几句，谁个就跑上说几句，没有任何的议事日程。这一次的集会完全是偶然的，因为罢工了无事做，起先少数人集合在会场内讨论事情，后来越聚越多，越多越热烈。这个说，走，我们去开会去；那个说，走，我们去开会去；如此，就开了一个群众大会。只听见一片喧嚷声：这个喊一句“杀李普璋！”那个就和一句“枪毙沈船舫！”这个喊一句“打倒军阀！”那个就和一句“打倒帝国主义！”……跑上土堆的演说者，有的说了几句不明不白地就下来了；有的高声喊了几句口号；有的跑上去本想说几句话，但不知因为什么一句话也说不出来。

“邢翠英呢？请邢翠英说话，她会说。”有一个工人这样地喊着。

“呵呵，是的，请邢翠英说话。邢翠英！”另一个工人附议。

“呵呵，邢翠英来了！”

“……”

果然，邢翠英从一群女工中走出来了。邢翠英登上土堆了。邢翠英这时的打扮当然与其他女工一样，没有什么突出的地方。头发蓬松着，老蓝布的旗袍，黑黑的面孔，一切一切，真的，没有什么出色的地方。但是，请你看一看她那一双发光眼睛！请你看一看她那说话时的神情！请你听一听她那说话的内容！……当她一登土堆时，群众的喧哗即时寂静下去了。她稍微向四外一看之后，即开始向群众说道：

“在上海唯有我们工人最吃苦头，吃的不好，穿的不好，简直连牛马都不如。处处都是我们的敌人，什么帝国主义者啦，军阀啦，资本家啦，那莫温①啦，包打听啦……你们看看我们的敌人该有多少呢！现在我们大家应当齐起心来，团结得坚坚固固地才行，才能同敌人奋斗；不然的话，一人一条心，十人十条心，我们工人虽多，可是永远要吃苦头的。我们要齐心，我们要坚持到底……”

邢翠英说到此处，群众都兴奋地高声喊起来：

“我们要齐心！我们要坚持到底！”

① 英语 number one 的译音；上海工人对工头的称谓。

“谁个要不齐心，谁个就不是爷娘养的！”

“请别吵，听她说好罢？乱叫什么呢？”有一个年老的工人这样地生着气说。

忽然会场的西南角喧嚷起来了：

“呵，工贼，小滑头，捉住！”

“在哪里呀！”

“别让他逃跑了！”

“哼！今天你可要倒霉了！你想逃命是万万不能的！”

“……”

这一种纷乱的喧哗声打断了邢翠英的演说。翠英定神一看，几位工人拖住了一个人，蜂拥地走向演说台子这边来。翠英起初莫名其妙，甚为惊异，及这个人拖到跟前时，仔细地看一看，他原来是工贼绰号叫小滑头的，不禁心中大喜。呵呵！原来是他！原来是巡捕房和资本家的小走狗！原来是专门破坏工会陷害工人的工贼！原来是有一次要强奸我的混账东西！……呵呵！你也有今日！今日我教你看一看我们的厉害！……这时大家你说一句，我说一句，有的主张把他一刀一刀地割死，有的主张把他活活地打死，有的主张把他拖到粪池里淹死，有的主张把他用火烧死……结果，首先捉住小滑头的一位工人说道：

“我在他身边搜出一支手枪来，这支手枪大约是他用来对付我们的，以我的主张，现在我们可以用他自己的手枪将他枪毙，给他一颗洋点心吃一吃。你们看好不好？”

翠英见大家争议不休，遂向大家宣言道：

“大家这样地乱叫，到底也不知从谁个的主张好些。我现在来表决一下，请大家别要再叫了，好好地听清楚！赞成将小滑头枪毙的请举手！”

“呵呵！赞成！赞成！”

“枪毙小滑头！”

“呵！多数！枪毙小滑头！但是谁个动手呢？”

“我来，我来，让我来！”

“你不行，让我来！”

“还是让我来罢！”

“喂！别要闹！我看还是让王贵发动手罢，他的胆子大些。”

“赞成！……”

这时年青的，英气勃勃的，两眼射着光芒的王贵发将手枪拿在手里，即大声嚷道：

“请大家让开，我来把他送回老家去，包管他此后不再做怪了！”

穿着包打听的装束——戴着红顶的瓜皮帽，披着大氅——的小滑头，这时的面色已吓得如白纸一般，大约三魂失了九魄，不省人事了。大家让开了之后，两个工人在两边扯着他的两只手，使他动也不能动。说时迟，那时快，王贵发将手枪举好，对着他的背心啪啪地连放两枪，扯手的两位工人将手一放，可怜小滑头就魂归西天去了。工人们大家见着小滑头已被枪毙，即大鼓起掌来，无不喜形于色，称快不置。惟有这时翠英的心中忽然起了一种怜悯的心情：好好的一个人为什么要做工贼呢？当他破坏工会陷害我们的时候，大约没曾想到也有今日。唉！小滑头啊！你这简直是自己害自己！……

真的，小滑头真是做梦也没做到有今日这么一回事！他的差使是专探听工人的消息，专破坏工人的机关。他领两份薪水，资本家当然需要他，即是巡捕房也要给他钱用。呵呵，真是好！差使这么容易，薪水又这么多，真是再好没有的勾当！可以轧姘头，可以逛窑子，可以抽鸦片烟，有的是钱用。呵呵，真是好差使！陷害几个工人又算什么呢？越陷害得多越有钱用，越可以多抽几口鸦片烟！真的，小滑头以为自己的差使再好没有了。这几天之内，他接连破坏了四个工会，致被捕的有十几个工人。今天他的差使又到了：工人在会场内集会，这大约又有什么事情罢，且去看一看！看一看之后好去报告，报告之后好领赏！……但是糟糕的很！小滑头刚挤入群众中，欲听邢翠英说些什么，不料被眼尖的几个工人认得了，于是乎捉住！于是乎大家审判！于是乎枪毙！工人公开地枪毙包打听，这是上海所从来没有的事，小滑头又哪能料到今天死于群众的审判呢？

“天不早了，我们大家散会罢！”邢翠英向大家高声喊着说。大家听了邢翠英的话，遂一哄而散了。当巡捕闻讯赶来拿人的时候，会场内已无一个工人的影子，只有直挺挺地躺着一个面向地下的尸首。

“为什么还不回来呢？莫不是？……这枪声，这炮声，也许他现在带领人去攻打龙华去了？警察署也不知抢到了没有？……”

翠英斜躺在床上，一颗心总是上上下下地跳动。往日里金贵也有回来很晏的时候，也曾整夜地不回来，翠英总没曾特别为之焦急过。但是今天晚上，这一颗心儿总是不安，总是如挂在万丈崖壁上也似的。翠英本想镇定一下，不再想关于金贵的事情，但是这怎么能够呢？翠英无论如何不能制止自己的一颗心不为着金贵跳动！翠英忽而又悔恨着：我今天为什么不要求同他一块儿去呢？我又不是胆小的人，我也有力气，我难道说不如男子吗？我为什么不同他一块儿去？如果我同他一块儿去，那么我俩死也死在一起，活也活在一起，这岂不是很好吗？是的，我应当同他一块儿去！但是现在？真急人！也不知他是死还是活！唉！我为什么不同他一块儿去呢？……

且拿一本书看看！翠英无奈何伸手从桌子上拿一本《共产主义的ABC》，欲借读书把自己的心安一安。“资本主义的生产方法……资本的集中与垄断……剩余价值……”糟糕得很！看不懂！什么叫作生产方法，集中，垄断？这剩余价值……唉！弄不清楚！……这时翠英微微地叹了一口气，想道：可惜我没进过学堂！可惜我没多读几年书！如果我能够看书都懂得，呵呵，这是多么好的事情啊！史兆炎同志送我这一本书教我读，向我说这一本书是怎样怎样地好。唉！他哪里知道我看不大懂呀？我的文理太浅呀？……没有办法！明天华月娟来的时候，一定要求她向我解释，详详细细地解释。她一定是很高兴向我解释的。她真是一位好姑娘！那样的和蔼，那样的可爱，那样的热心，啊，真是一位好的姑娘！如果我能如她一样的有学问……千可惜，万可惜，可惜我没好好地读过书。金贵呢？糟糕，他还不如我！我能够看传单，看通告，而他，他连传单通告都弄不清楚。如果他也进过几年学堂，那么做起事情来，有谁个赶得上他呢？

翠英想着想着，把书扔在一边，不再去翻它了。没有兴趣，反正是看不懂。翠英虽然在平民夜校里读过半年多的书，虽然因为用功的缘故也认识了很多的字，虽然也可以马马虎虎地看通告，但是这讲学理的书，这《共产主义的 ABC》，翠英未免程度太浅了！至于金贵呢，他几乎是一个墨汉。他很明白工人团结的必要，阶级斗争之不可免及资本制度应当打倒等等的理论，但是他所以能明白这些的，是由于他在实际生活中感觉到的，而不是因为他读过马克思的《资本论》或列宁的《国家与革命》。如果他李金贵，如果她邢翠英，能够读这些书；啊，那么你想想，他俩将成了什么样子！……

嘭啪的炮声和枪声又鼓动了她关于金贵的想念：也许他现在带领着人正向龙华攻打？也许将要把龙华占住了？……啊啊，倘若今夜能够成功，那么明天我们就可以组织革命的市政府；我们一定要把一切走狗工贼重重地处治一下。翠英想到这里，杨树浦会场上枪毙小滑头的情形不禁重新涌现于脑际了。翠英不禁安慰地微笑了一笑，这个混账东西也有了今日！那一年他当工头的时候想强奸我，幸亏我的力气还大，没有被他污辱。唉！他该污辱了许多女工呵！真是罪该万死的东西！近来他专门破坏我们的工会，几个很好的工人同志都被他弄到巡捕房里去了。今天他也不知发了什么昏，又来到会场内做怪，大概是恶贯满盈了！呵，用他自己的手枪把他枪毙了，真是大快人心的事情呵！

但是金贵今天晚上到底是怎样了呢？也许有什么不幸？唉！我真浑蛋！我为什么不同他一块儿去呢？死应当在一块儿死，活应当在一块儿活！……

翠英这一夜翻来复去，一颗心总系在金贵的身上，无论如何睡不着。

早晨六点钟的光景，卖菜的乡人还未上市，永庆坊前面的小菜场内寂无一人。雨是沙沙地下着。喧哗的上海似乎在风雨飘零的梦里还没醒将过来。这时没有带雨具的华月娟光着头任着风雨的吹打，立在邢翠英住的房子的门前，神色急促地敲门！

“开门！开门！”

翠英一夜没睡，这时正在合眼入梦的当儿。忽又被急促的敲门声所惊醒了。好在翠英昨晚临睡时没有解衣带，这时听着敲门，即连忙起来将门开开一看：

“我的天王爷！你是怎么啦？大清早起你就浑身淋得如水老鸹一样！你这样也不怕要弄出病来吗？……”

奇怪的很！月娟本是预备来向翠英报告金贵死难的消息——啊！一个不幸的消息！——却不料这时见了翠英的面，连一句话也说不出来。她进屋来坐下，只呆呆地两眼向着翠英望，把翠英望得莫名其妙。月娟今天早晨是怎么啦？难道说疯了不成？为什么弄成了这个怕人的样子？……

“月娟！你到底是怎么一回事呀？请你说个明白！我的天王爷！”

月娟并没有发疯！她这时见着翠英的神情，心中如火烧也似的难过。她本想即时将金贵死难的消息报告翠英；但是转而一想，难道说这种不幸的消息能报告她吗？她听了之后岂不是要发疯吗？她的心岂不是要碎了吗？呵呵，不可以，不可以使她知道！但是她终究是要知道的，哪能够瞒藏得住呢？……翠英的心没碎，而月娟的心已先为之碎了！月娟真是难过得很，她找不出方法来可以使翠英听到了消息之后不悲痛。

“你还不知道吗？”月娟说出这句话时，几乎要流出眼泪来。

“我还不知道什么呀？月娟！”翠英即时变了色，她已经猜着有什么大不幸的事件发生了。她惊恐起来了。

“金贵昨日下午在警察署被……打……打死了！”月娟这时已经忍不住要呜咽起来了。翠英没有等月娟的话说完，即哎哟一声吐了一口鲜血，晕倒在床上，不省人事。月娟这一吓却非同小可，连忙伏在翠英的身上，将她的头抱着，哭喊道：

“翠英！翠英！我的亲爱的翠英！你醒醒来呀！”

翠英在月娟的哭喊中，慢慢地苏醒过来。她将眼睛一睁，见着月娟的泪面，又忆起适才月娟所说的话，不禁放声痛哭起来。月娟见她已苏醒过来，心中方安静一点，便立起身来，在翠英的身边坐着。月娟本想说一些安慰的话，使翠英的悲痛略为减少一点；但说什么话好呢？什么话可以安慰这时翠英的痛苦的心灵？月娟只得陪着翠英痛哭，只得听着翠英痛哭。大家痛哭了半晌，最后还是月娟忍着泪说道：

“翠英！我知道你是很悲痛的。不过你要晓得，金贵是为着革命死的，这死的也值得。况且我们又都是革命党人，哪能像平常人一样，就一哭算了事呢？我想，我们的工作还多着呢。我们应当好好地奋斗，为死者报仇才是！……”

翠英听了月娟的话，也就忍住不哭了。她向月娟点一点头，肯定地说道：

“是的，月娟！我们要为死者报仇，尤其是我！我不替金贵报仇，我就枉与他做了一场恩爱的夫妻。是的，月娟！我要报仇，一定地，一定地……”

“呵，我的全身都湿透了，我要回去换衣服去，真别要弄出病来才好呢。”月娟忽然觉得全身被湿气浸得难受，便立起身来要回去。翠英也不强留她。在她刚走出门的当儿，翠英忽然问道：

“月娟！你看我邢翠英怕死么？”

“你当然不是怕死的人！”月娟回过头来，向翠英看了一眼，见着她脸上表现着微笑的神情，不禁心中怀疑起来，捉摸不定。翠英接着又问一句：

“你将来还记得我邢翠英么？”

这一句话更弄得月娟莫名其妙了！为什么她糊里糊涂地向我说这些话来？难道说她现在心中打了什么主意？自杀？不会！绝对不会！她不是这样没见识的人。但是她究竟为什么要向我说这些话呢？奇怪！……月娟越弄得怀疑起来了，但是同时又不得不回答她：

“翠英！我无论何时何地都是不能忘记你的！”

“那么就好！再会罢！”

翠英说了这两句话就把门关上了。怀疑不定的月娟本想再问翠英一些话，但是一片木板门却把翠英的身影隔住了。

月娟走了之后，翠英在屋里简直如着了魔的样子。忽而将壁上挂着的她与金贵合拍的小照取下来狂吻一番；忽而将牙齿啮得吱吱地响；忽而向床上坐下，忽而将两脚狠狠地跺几下；忽而将拳擂得桌子咚咚地响；忽而……总而言之，翠英直如着了魔一样。

翠英这时两眼闪射着悲愤的光，但并不流泪了。她这时并不想别的，专想的是报仇。呵呵！我应当报仇！我应当为我的亲爱的丈夫报仇！我应当为世界上一个最好的人报仇！我应当为一个最忠实的同志报仇！反正你死了，我不能再活着！我的亲爱的金贵啊！你等一等罢！你的翠英也就快跟着你来了！……

但是谁个把金贵打死了呢？谁个是金贵的仇人呢？我邢翠英应当去找谁呢？唉！一个样！反正是他们一伙——帝国主义者，军阀，资本家，小走狗！我要杀完一切帝国主义者，军阀，资本家及一切的小走狗！我把他们杀完了才称我的意！但是这个题目太大了，我现在办不到。我还是到北区警察署去罢！是的，我到北区警察署去，我去把那些警察狗子统统都杀光！都杀光了，才能消我的愤恨于万一！是的，我去杀，杀他们一个老娘子不能出气！

但是用什么家伙呢？手枪是再好没有的了，但是我没有。我去借一支来罢，但是向谁去借呢？他们看见我这种神情，一定是不会借给我的。啊啊，没有法子，我只有用菜刀！这菜刀也还不错，一下子就可以把脑袋劈成两半！我跑进去左一菜刀，右一菜刀，包管杀得他们叫我老娘！好，就是菜刀好！也许菜刀比手枪还要好些呢。

翠英把主意打定了。

翠英将菜刀拿到手里时，用手试一试口，看看它快不快。幸而菜刀的口是很快的，这使翠英高兴的了不得。我什么时候去呢？我现在就去罢？……翠英想到此处，忽而又想到，我要不要打兆炎月娟他们一声照会？我是应当打他们一声照会的罢？不然的话，他们又要说我单独行动了。不，还是不去通知他们好，他们一定是要阻拦我的，一定是不允许我的。通知了他们反来有许多麻烦，那时多讨厌呢。现在也顾不得他们允许不允许我了，我只是要报仇啊！……

翠英将菜刀放在腰间别好，连早饭都忘掉吃，即时出门，冒着雨走向北区警察署来。这时街上已经有很多的行人了，小菜场也渐渐地喧哗起来，但翠英却没注意到这些。当她一口气跑到警察署的门口时，两个站岗的警察还没觉察到；翠英趁着他们不在意，冷不防就是一菜刀，把一个警察的脸劈去半个，登时倒在地下。别一个警察见着翠英又向自己的脸上劈来了，吓得魂不附体，简直跑也跑不动了。说时迟，那时快，翠英连劈几菜刀，也就把他送了命。这时血水溅得翠英满脸，简直变成一个红脸人了。有一个警察从门内刚一伸出脚来，见着翠英的神情，连忙回转头来跑进去，如鬼叫一般地喊道：

“不好了！不好了！一个疯女人持着菜刀将两个警察砍死了……”

翠英本想趁胜追进去，杀他一个落花流水，无奈屋内的警察听着喊叫的声音，已经急忙预备好了，当翠英跑进屋内院子的时候，里边的警察齐向她放起枪来，弹如雨下，可怜一个勇敢的妇人就此丧命了！

就此，翠英永远地追随着金贵而去了！……

第六章

昨夜的暴动算是失败了。

林鹤生腿上中了一枪，现在躺在床上。床上铺着的一条白毯子溅满了殷红的血痕，一点一点地就如桃花似的。他的手上的血痕已经紧紧地干凝住了，没有工夫把它洗去。伤处并不很重，林鹤生这时虽然躺在床上不能动，虽然感觉到伤处痛得难受，但他并不因此而发生一点伤感的心理。他睁着两只失望的眼睛向着天花板望，口里继续地发出悲愤的哼声。他悲愤的不是自己腿上受了伤，不是现在躺在床上不能动，而是悲愤昨夜的事情没有组织好，致不能达到成功的目的；而是悲愤鲁正平同志做事粗莽，因为他一个人误了大事。

计划本来是预定好的：海军 C 舰先向龙华放炮；浦东码头预备好三百工人在一只小轮上等着，闻着炮声之后，即驶往 C 舰取枪械，枪械取了之后，即攻向岸上来；西门徐家汇一带埋伏起来响应。……但是当海军发难的时候，接连放了十几炮，而一等浦东的三百人也不来，再等也不见到，如此海军的同志慌起来了。不好了！出了什么乱子！计划是不能实现了！没有办法！逃跑！……于是整个的计划完全失败。这当然都是鲁正平的不是！他担任了带领这三百人的工作，而临时都不能依着计划进行。等他最后集合了六七十人的时候，而海军同志无奈何早已逃跑了。

“唉！这都是鲁正平的不是！这都是他一个人把事情弄糟了！哼！……”林鹤生越想越生气，真是气得要哭起来。他恨不得即时把鲁正平打死才能如意。倘若林鹤生腿上的伤是鲁正平无意中所打的，或是鲁正平骂他几句，或是鲁正平仅仅对于他一个人做了什么不好的事情，那么林鹤生都可以原谅他；但是这贻误大事！但是这破坏革命！……这个过错太大了，林鹤生无论如何不能饶恕他。林鹤生想道，倘若鲁正平能够临时把那三百人预备好，倘若他能够依着计划进行，倘若他不粗心，那昨夜的暴动一定可以成功；倘若成功了，那今天是什么一种景象呢？啊！那该是多么好的一件事情啊！但是他一个人把大事弄糟了！真是浑蛋已极！可恨！……

林鹤生转而一想，这还是我自己的不是！我为什么要信任他？我为什么要提议他去担任这个工作？我为什么没有看出他不是一个能做事的人？唉！这都是我自己的不是！我自己浑蛋！想起来，这倒是我林鹤生把事情弄糟了！这次暴动算我与史兆炎同志主张最激烈了。总罢工的命令是我亲手下的，但是现在，现在这倒怎么办呢？几十万罢工的工人，男女同志牺牲了许多，而结果一点儿也没有。李普璋还是安安稳稳地坐着，帝国主义者将要在旁边訾笑。唉！这倒怎么办呢？复工？这样随便地就复工？一点儿结果都没有就复工？……唉！总都是我浑蛋！我应当自请处分！这总工会的事情我也不能再干了，我没有本事，我是一个浑蛋，我贻误了大事……林鹤生想着想着，不禁受了良心的责备，脸羞得红起来了。

“你现在怎么样了？”

林鹤生想得入迷，没有注意到什么时候，史兆炎走到他的床跟前来。他听了这一问，不禁惊得一跳。看看是史兆炎立在他的床跟前，便回答道：

“没有什么，伤处并不重。”

“痛得很罢？”

“痛不痛倒不大要紧。我觉着我现在的心痛，你想想我们这一次不是完全失败了吗？我们倒怎么办呢？唉！我是浑蛋，都是我的不是！……”

“鹤生！你这才是胡说呢。”史兆炎向床沿坐下，拉着林鹤生的左手这样说，“为什么都是你一个人的不是呢？我呢？天下的事情有成功就有失败。事情未成功时，我们要它成功；既然失败了，我们就要找一个失败后的办法。灰心是万万使不得的！我们都自称为波尔雪委克，波尔雪委克的做事是不应当灰心的。你这样失败了一下，就灰起心来，还像一个波尔雪委克吗？”

“依你的意思，我们到底怎么办呢？”

“怎么办？还有别的办法吗？只有复工！”

“复工？这样随便地就复工么？有什么面目？”鹤生很惊异地问，似乎要欠身坐起来的样子。史兆炎很安静地回答他道：

“所谓复工并不是就停止进行的意思。我们一方面劝工友们复工，一方面我们再继续第二次的武装暴动。我们要预备好，我们要等时机。这一次所以没成功，也是因为没有组织好的缘故。我即刻就召集紧急会议，讨论复工的办法。你安心养你的病罢！你要不要进医院？进医院去养比较好些罢？”史兆炎立起身来要走了。林鹤生向他摇头说道：

“不要紧，不用进医院，过几天就会好了。你又要代我多做一点事情了。唉！你的病，我真不放心！……”

“革命是需要这样的，这又有什么办法呢？……”

旧的开会的地方被法巡捕房会同中国警察厅封闭了。今天的会议室虽然如旧的会议室一般的狭小，但是已经不是旧的地方了。革命党人开会的地方，不瞒你们说，几乎一日之间要变更许多次！上海虽然这样大，房子虽然这样多，但是什么地方是革命党人经常集会的处所？没有！中国的警察，外国的巡捕，耳尖眼快的包打听，他们简直都不给革命党人能够安安稳稳地住在一个地方，何况是经常会议室？是的，在这些天之内，戒严戒得特别凶，革命党人的行动更要特别地秘密，开会的地方当然更要时常换才对。

会场的景象还是如五日前在W里S号的前楼上一样。人数是这般地多，而地方是这般地狭小！不过这次与会的人中，有几个是前次没有到会的，而前次到会的人中，如今却缺少了几个。哪一个是前次说话最激烈的李金贵？哪一个是前次与华月娟一块坐在床上的邢翠英？哪一个是前次当主席的，一个貌似老头儿的林鹤生？……

“人数到齐了，我们现在就正式宣布开会。”史兆炎从地板上立起来，手里拿着一张议事日程，向大家宣布开会道，“在未讨论正的问题之先，我请大家立起来静默三分钟，追悼这一次死难的同志！”史兆炎说完这几句话，脸上呈现出极悲哀极严肃的表情。众人即时都立起来，低着头，弄得全室内充满了凄惨寂默的空气。心软的华月娟这时忆起李金贵和邢翠英来，不禁哽咽地哭起来了。

“好，大家坐下罢！”史兆炎看了表向大家宣布三分钟满了，大家又重新默默地坐下，“这次最可痛心的，是死了我们两位最忠实，最有力量的同志——李金贵同志和邢翠英同志。我们失了这两位好的同志，这当然是不可以言语形容的损失；但是这又有什么办法呢？我们只有继续他们的工作，踏着他们所走过的血路，努力将我们敌人打倒！……”

唉！讨厌！史兆炎说到此处又咳嗽起来了。他的黄白色的面庞，又咳嗽得泛起了红晕。这时坐在他旁边的华月娟两只眼睛只看着他那咳嗽得可怜的情形，她的一颗心真是难受极了。她真愿意代替他说话；但是她想道，我怎能代替他说话呢？他的言论可以使一切听的同志都佩服，但是我？……唉！可惜我没有他那演说的才能！如果我能够代他的劳呵，我无论什么都愿意做；但是不能！唉！你看他咳嗽的样子多么可怜呵！我的一颗心都被他咳嗽得痛了。但是等到咳嗽稍微停止了，他还是继续地极力说将下去。

他解释这次暴动所以失败的原因。他说，这次暴动虽然没有成功，但我们从此可以得到经验，如有些同志遇事慌张，手足无措；有些同志拿着手枪不会放；有些同志平素不注意实际的武装运动，而现在却觉悟有组织的武装运动之必要了。他说，失败乃成功之母，千万不要因一时的失败而就灰了心。他说，我们现在只得复工……

“怎么？复工？一点儿结果都没有，就这样随随便便地复工？”忽然一个年青的工人起来反对史兆炎的主张。史兆炎向他看了一看，遂和蔼地向他说道：

“请你坐下，不要着急，听我说。所谓复工并不是说工一复了，什么事情都就算完了。不，我们还是要继续地干下去。不过现在北伐军还不知什么时候才能够到上海来，我们究竟是很孤立的，不如等待时机，一方面复工，一方面仍积极预备下去。我请大家千万别要以为我们现在就这样复工了，似乎于面子过不过去。同志们！我们千万要量时度势，切不可任着感情干下去！我们宁可暂时忍一忍，以预备将来，绝对不可为着面子问题，就不论死活硬干下去！……”

当前次史兆炎向大家提议总同盟大罢工时，没有什么人反对他的意见，可是现在他提出复工的意见来，却有许多同志不赞成了。真的，面子要紧；这样不明不白地复了工，岂不是很难为情吗？我们的脸往什么地方送呢？被捕的同志又怎么办呢？不，绝对地不可以复工！面子要紧哪！……有几个工人代表表示无论如何，不愿意复工。史兆炎这时真是着起急来了：看现在的形势非复工不可，非复工不可以结束，而他们不愿意复工，这倒怎么办呢？……史兆炎费了九牛二虎之力，这样一解释，那样一解释之后，才把主张不复工的同志说妥，表示不再反对了。

“那么就决定明天上午十时一律复工。”史兆炎说到此地，正欲往下说的时候，忽然又有一个工人同志立起来说道：

“我对于复工不复工没有什么大意见，我以为复工也可以，可是我要向区委员会要求一件事，就是我们工人受工贼和包打听的害太多了，区委员会要允许我们杀死几个才是。”

“呵呵，黄阿荣同志说的对，我们一律赞成！”有几个工人表示与提议的黄阿荣同意。史兆炎这时又咳嗽起来了，只点头向大家表示同意，等到稍微安静一下，遂断续地向大家说道：

“关于这件事……要……组织一个……一个特别委员会……”

华月娟立起来很低微地向史兆炎问道：

“我们可以散会了吗？”

史兆炎点一点头，表示可以散会的意思。华月娟这时真是不愿意会议再延长下去了，因为她看着史兆炎的样子，实在没有再多说话的可能了。

史兆炎现在真是应当休息了！这几天他简直一天忙到晚，简直有时整夜不睡觉。就是一个平常身体强健的人，也要劳苦出病来了，何况史兆炎是一个身体衰弱的人？是一个有肺病的人？但是史兆炎几乎不知道休息是什么一回事，还是跑到这个工会去演讲，跑到那个工会去报告；一方面向群众解释这一次运动失败的原因，一方面使群众明了复工的意义。史兆炎的身体真是经不得这种劳苦了，他自己又何尝不感觉到这个？但是革命是需要这样的，这又有什么办法呢？史兆炎这个人似乎是专为着革命生的，你教他休息一下不工作，那简直如劝他不吃饭一样，他无论如何是办不到的。

史兆炎的身体究竟不是铁打的。纵让史兆炎的心是如何地热烈，是如何地想尽量工作，但是病魔是不允许他的。史兆炎的肺病是很重的了，哪能这样地支持下去呢？

果然史兆炎咯血的病又发了！史兆炎又躺在床上不能动了！

昨天晚上他从纱厂工会演说了回来的时候，已经觉得不对了，浑身发烧起来，一点饭也吃不下去，无论如何再也支持不住了，只得勉强解了衣向床上躺下。他几乎咳嗽了一夜，烧了一夜，今天早晨才略微好一点，才昏昏地睡去。月娟这两天一颗心完全系在他的身上，她早想劝他暂且找一个同志代理，好好休息一下，免得把病弄得太坏了；但是她知道他的脾气，不好意思劝他，又不敢劝他。月娟只是暗暗地为史兆炎担心。月娟对于史兆炎的爱情，可以说到了极高的一度，但从没向他表示过。这也是因为没有表示的机会，平素两人见面时，谈论的都是关于党的事，哪有闲工夫谈到爱情身上来呢？月娟是一个忙人，史兆炎也是一个忙人，工作都忙不了，真的，哪还谈到什么爱情的事呢？但是月娟实在是爱史兆炎，月娟实在暗暗地把史兆炎当成自己唯一的爱人。至于史兆炎呢，史兆炎也常常想道，啊，好一个可爱的姑娘！这般地勇敢，这般地忠实，这般地温和！啊，好一个可爱的姑娘！……可是史兆炎对于工作虽勇敢，而对于表示爱情一层，却未免有点怯懦了。他何尝不想找一个机会向月娟说道："月娟！我爱你。"可是他每一想到月娟的身上，不觉地脸红起来，又勉强转想道，现在是努力工作的时候，而不是讲什么恋爱的时候……

月娟无论如何不能放心史兆炎的病。前天她在会场中看见史兆炎病的样子，真是为之心痛。昨天一天她没与史兆炎见面，这使她几乎坐卧都不安。昨夜史兆炎咳嗽紧促的时候，即是月娟在床上翻来覆去睡不着，想念史兆炎病的时候。真的，月娟昨夜可以说一夜没有闭眼。她不曾晓得史兆炎已病在床上不能动了，但是她感觉得似乎有什么不幸的事情要发生的样子。

月娟住的地方与史兆炎住的地方是在一个弄堂里，而隔着几十家人家。今天清早，月娟洗了脸之后，连早饭都没有吃，即忙跑到史兆炎的住处来看他。月娟进入史兆炎的屋子时，史兆炎刚才昏昏地睡去。月娟脚步轻轻地走向史兆炎的床跟前来，想看看史兆炎的面色是什么样子；忽低头一看，痰盂内呈现着红的东西，再躬着腰仔细一看，不禁失声叫道：

"我的天王爷！他又吐了这些血啊！"

这一叫可是把史兆炎惊醒了。史兆炎睁开蒙眬的两眼一看，看见月娟呈现着惊慌的神色立在床边，不禁惊异地问道：

"你，你怎么啦？"

"我的天王爷！你又吐了血了！"

史兆炎听了这话，两眼愣了一愣，遂即将头挪到床沿向下一看，又转过脸来向月娟痴痴地望着，默不一语。这时月娟已向床沿坐下来。两人对望了两分钟，忽然史兆炎凄惨地，低微地说了一句：

“月娟！难道说我真就快死了吗？”

“你说哪里话来？谁个没有病的时候呢？”月娟说完这一句话，两眼不禁潮湿起来了。她这时一颗慈柔的心，一颗为史兆炎而跳动的心，简直是痛得要碎了。

“月娟！我的年纪还轻，我的工作还有许多没有做，但是我现在已经弄到了这个样子！……”

月娟只是望着史兆炎那一副惨白的面孔，只是在他那可怜的眼光中探听他的心灵，但是找不出话来安慰他。月娟愿意牺牲一切，只要史兆炎的病能够好。可是她这时被悲哀，痛苦，怜悯的情绪所笼罩着了，说不出安慰史兆炎的话来。史兆炎沉默了一下，又继续说道：

“说也奇怪！我现在忽然莫名其妙地怕起死来了。我现在的一颗心，月娟，倘若你能听着它的跳动啊……唉！我简直说不出来我现在的心里是什么味道！我从没怕过死，但是现在？真是奇怪得很！我想起我在巴黎打公使馆的时候，与国家主义者血斗的时候，我总没怕过死。回国这两三年来，我也曾冒了许多次险，有一次在北京简直几乎被奉军捉住枪毙了，但我从没起过害怕的心理，大前天晚上有一粒子弹从我的耳边飞过，我也还不在意。但是现在，唉！现在这一颗心真是难受极了！难道说我真的就要死了吗？……”

月娟坐着如木偶一样，两眼还是痴痴地继续向史兆炎望着。史兆炎现在将脸转向床里边了。沉默了一忽，又发出更令人心灵凄惨的声音：

“我真是不愿意死！我想再多活着一些时。我觉得我年纪还轻，我不应当现在就死了！……”

月娟还是沉默着。史兆炎忽然将脸转过来，伸出右手将月娟的左手握着，两眼笔直地向月娟问道：

“月娟！我可以向你说一句话么？”

这一问可把月娟惊异着了。月娟发出很颤动的声音说道：

“你说，你说，兆炎！什么话呢？”

“唉！现在说已经迟了！……”史兆炎又失望地叹了一句。

“不迟，不迟呀！你快说！究竟是一句什么话呢？”

“我可以说一句我爱你吗？”史兆炎很胆怯地这样说。

“我的天王爷！你为什么现在才向我表示呢？”月娟一下扑在史兆炎的身上哭着说道，“兆炎！我的亲爱的兆炎！我爱你！我爱你！我不允许你死！你的病是一定可以好的！你的生命还长着呢！……”

这时史兆炎惨白的面庞忽然荡漾起了幸福的微笑的波纹。一颗几乎要死去的心，现在被了爱水的浸润，忽然生动过来。史兆炎一刹那间把自己的病忘却了。史兆炎满身的血管为希望的源泉所流动了。史兆炎这时被幸福的绿酒所沉醉了。

“是的，我的亲爱的月娟！我的病是一定可以好的！……”

第七章

秋华今天清早就到浦东开会去了。直夫的病现在略微好一点，所以她能一时地离开他。直夫的病固然要紧，而对于秋华这党的工作也不便长此放松下去。秋华很愿意时时刻刻在直夫的身边照护他，但每一想到老头子的话：“秋华，你能够把直夫的病伺候好了，就是你的一件大功劳！直夫对于党是很重要的，你可以不做别的事，只好好地看护他就得了。……”心中的确有点不平。她想道，老头子都好，可是有点看不起我们女子。直夫对于党固然是很重要的，但是难道说我对于党就不重要么？难道说我的责任就在于伺候直夫的病？老头子简直岂有此理！……因为这个缘故，秋华心里虽然很愿意时时刻刻不离开直夫的左右，但是一种好胜的本能使她偏偏不照着老头子的话做去。她要在同志面前表示自己的独立性来：你看，我秋华不仅是做一个贤妻就了事的女子，我是一个有独立性的，很能努力革命工作的人！……但是虽然如此，秋华爱直夫的情意并不因之稍减。

秋华今天可说是开了一天的会。等到开完了会之后，她乘着电车回家的时候，已经是下午四点多钟的光景了。她今天的心境非常愉快：第一，她今天做了许多事情；第二，她感觉到女工群众的情绪非常的好，虽然在暴动失败之后，她们还是维持着革命的精神，丝毫没有什么怨悔或失望的表现。她想道，呵呵，上海的女工真是了不得呵！革命的上海女工！可爱的上海女工！也许上海的女工在革命的过程中比男工还有作用呢。……真的，她常常以此自夸。第一，她自己是一个女子；第二，她做的是女工的工作。女工有这样的革命，她哪能不有点自夸的心理呢？

秋华有爱笑的脾气。当她一乐起来了，或有了什么得意的事情，无论有人无人在面前，她总是如天真烂漫的小姑娘一样，任着性子笑去。当她幻想到一件什么得意或有趣的事情而莞然微笑的时候，两只细眼迷迷的，两个笑窝深深的，她简直是一个天真烂漫的小姑娘。今天她坐在电车上回忆起日间开会的情形，不禁自己又微笑起来。她却忘记了她坐在电车上，她却没料到她的这种有趣的微笑的神情可以引得起许多同车人的注意。一些同车的人看着秋华坐在那车角上，两眼向车窗外望着，无缘无故地在那里一个人微笑，不禁都很惊奇地把眼光向她射着。她微笑着微笑着，忽然感觉到大家都向她一个人望着，不禁脸一红，有点难为情起来。她微微有点嗔怒了。她讨厌同车人有点多事。

电车到了铭德里门，秋华下了车，走向法国公园里来。她在池边找一个凳子坐下，四周略看一眼之后，深深地呼吸了几口气。这时微风徐徐地吹着，夕阳射在水面上泛出金黄色的波纹；来往只有几个游人，园内甚为寂静。杨柳的芽正在发黄，死去的青草又呈现出青色来——秋华此刻突然感觉到春意了。秋华近来一天忙到晚，很有许久的时候没有来到公园里来了。今天忽然与含有将要怒发的春意的自然界接近一下，不觉愉快舒畅已极，似乎无限繁重的疲倦都消逝了。她此刻想道，倘若能天天抽点工夫到此地来散一散步，坐一坐，那是多么舒畅的事情呵！可惜我不能够！……秋华平素很想同直夫抽点工夫来到公园内散散步，但这是不可能的事情：公园内的游人多，倘若无意中与反动派遇见了，那倒如何是好呢？直夫被一般反动派所认为最可恶的一个人。直夫应当防备反动派的陷害，因此，他与这美丽的自然界接近的权利，几乎无形中都被剥夺了。倘若直夫能够时常到这儿来散散步，呼吸呼吸新鲜的空气，那么或者他的病也许会早些好的，但是他不可能……秋华想到此处，忽然自言自语地说道，我今天一天不在家，也不知道他现在是怎样了，我应当快点回去看一看。是的，我不应当在此多坐了！

于是秋华就急忙地出了公园走回家来。

在路中，秋华想道，也许他现在在床上躺着，也许在看小说，大约不至于在做文章罢。他已屡次向我说，他要听医生的话，好好地静养了。是的，他这一次对于他自己的病有点害怕了，有点经心了。他大约不至于再胡闹了。唉！他的病已经很厉害了，倘若再不好好地静养下去，那倒怎么办呢？……不料秋华走到家里，刚一进卧室的时候，即看见直夫伏在桌子上提笔写东西，再近上前看看，呵，原来他老先生又在做文章！秋华这时真是有点生气了。她向桌子旁边的椅子坐下，气咕咕地向着直夫说道：

"你也太胡闹了！你又不是一个不知事的小孩子！病还没有好一点，你又这样……唉！这怎能令人不生气呢？你记不记得医生向你怎么样说的？"

直夫将笔一搁，抬头向着秋华笑道：

"你为什么又这样地生气呢？好了，好了，我这一篇文章现在也恰巧写完了。就是写这一篇文章，我明天绝对不再写了。呵，你今天大约很疲倦了罢？来，来，我的秋华，来给我 kiss[1] 一下！千万不要生气！"

---

① 英语：吻。

直夫说着说着，就用手来拉秋华。秋华见他这样，真是气又不是，笑又不是，无奈何只得走到他的身边，用手抚摩着他的头发，带笑带气地问道：

“是一篇什么文章，一定要这样不顾死活地来写呢？”

“这一篇文章真要紧，”直夫将秋华的腰抱着，很温柔地说道，“简直关系中国革命的前途！这是我对于这一次暴动经过的批评。你晓得不晓得？这次暴动所以失败，简直因为我们的党自己没有预备好，而不是因为工人没有武装的训练。上海的工人简直到了可以取得政权的时期，而事前我们负责任的同志，尤其是鲁德甫没有了解这一层。明天联席会议上，我们一定要好好地讨论一下。……”

“你现在有病，你让他们去问罢！等病好了再说。”

“我现在没有病了。我是一个怪人，工作一来，我的病就没有了。”

“胡说！”

“我的秋华！你知道我是一个怪人么？我的病是不会令我死的。我在俄文学院读书的时候，有一次我简直病得要死了，人家都说我不行了，但是没有死。我在莫斯科读书的时候，有一次病得不能起床，血吐了几大碗，一些朋友都说我活不成了，但是又熬过去了。我已经病了五六年，病态总是这个样子。我有时想想，连我自己也觉得奇怪。我能带着病日夜做文章不休息。我的秋华！你看我是不是一个怪人呢？”

秋华听了他这段话，不禁笑眯眯地，妩媚地，用手掌轻轻地将他的腮庞击一下，说道：

“啊！你真是一个怪人！也许每一个真正的革命党人都有一种奇怪的特点。不过像你这样的人，我只看见你一个……”

第二天下午两点钟。

在一间木器略备的形似办公室里，开始了中央与区委的联席会议。腿伤还未痊愈的林鹤生做了一个简要的关于此次暴动的报告。他报告了之后，请党部与以处分，因为他承认自己实在做了许多错误。大家都很注意地听着。大家都似乎有很多的意见要发表，但没有一人决定先发言，都只向郑仲德（即秋华所呼为“老头子”的）望着，似乎一定要等他先发言的样子。郑仲德这时右手撑着头，左手卷着胡子，双眉皱着，深深地在思考。在座的恐怕要算他的年纪最大了——他的历史，他在党的地位，与他的年纪，使大家都称呼他“老头子”。这个人具有铁一般的意志，水一般的机智及伟大的反抗性与坚忍性。他今年已经四十多岁了，而在他的革命的行为中，他始终只知道一个干字，从没有人听见过他说一句失望或悲观的话。他曾入过几次监狱，然而他多入监狱一次，他的意志就多坚硬一次。现在他在上海简直不能在群众中露面，因为一露面就要被捉去。过的是秘密的，刻苦的，枯燥的（一个人不能露面，你说这种生活枯燥不枯燥？有味没有味？）生活，而他总是经常地干下去，毫不以自己的生活为没有趣味。一般帝国主义的机关，资产阶级的报纸及他们的走狗，天天造谣，说郑仲德得了R国几百万卢布，置洋房，骗工人……或说他勾结军阀……而他总没有辩白过，其实他也没有工夫来辩白这些事情。他只知道一个干字。他不但自己能够干，而且他的人格，他的思想，他的魄力，他的才智，他的一切能领导人家如自己一样地干，干那一般市侩所目为不值得干的事，一般帝国主义者，军阀和资本家所目为大逆不道的事。你们明白了吗？这是一个什么人？这是法国大革命时的巴伯弗，这是，也许是将来的中国的列宁……

无论遇着什么困难的问题，郑仲德只要眉头一皱，就可以想到一个解决的办法。

林鹤生报告完了之后，大家向郑仲德望着，等候他先说话。但是郑仲德这时眉头虽皱着，却并没有预备先发言，因此，会场内寂默了几分钟。最后还是郑仲德感觉到寂默之可怪了，遂抬头向大家望一望说道：

“你们为什么都不发言呢？今天这个问题很重要，大家应当详细地讨论一下才是。请大家发表意见！”

矮小的，面色黝黑的，戴着近视眼镜的鲁德甫首先发言了。他欠起身来，如在讲堂上讲功课似的，头摇着，手摆着，浩浩地长篇大论起来。他说话是有方式的，开始总是说，这件事情或者可以如此做去，或者又可以如彼做去，天下事情原因多而结果亦多，我们总不可以呆板……他的几个“然而”一转，就可以花费一两点钟的时间。他爱先说话，又爱多说话，说起话来起码要延长二十分钟之久。大家都怕听他说话，尤其是不爱多发言的年青的曹雨林。曹雨林每一见鲁德甫立起来要发言时，便觉着头有点发痛。今天他的头又要发痛了。鲁德甫这时已经说得很久了，然而还是在那里不断地“然而”。曹雨林不禁气起来了，想道，讨厌！已经说了这么许多，还是在那里咬文嚼字的，似乎人家都不明白的样子，其实谁个不明白呢？说了这样一大篇，也不知他到底想说些什么！……讨厌！真是可以歇歇了！……

“德甫！请你放简单些！”郑仲德也不耐烦起来了。

“我们要注意每个人发言的时间！”曹雨林忍不住了。

“好！我的话就快完了。……”

真的，鲁德甫这一次，总算是很快地把自己的意见发表完了。当他停止住的时候，年青的曹雨林不禁长嘘了一口气，如卸下一副重担子似的。

接着鲁德甫而发言的，有瘦而长的易宽，架子十足的何乐佛，蓄着胡子的林鹤生，及说话不大十分响亮的华月娟。至于史兆炎呢？他现在躺在床上不能起来——他是何等地想参加这一次的会！他是何等地想与诸位同志详细讨论这一次暴动的意义！但是他现在躺在床上，被讨厌的病魔缠住了。而杨直夫呢？医生说要他休息，老头子教他暂时离开工作，而秋华又更劝他耐耐性，把身体养好了再做事情。是的，直夫今天也是不能来参加这个会的。不要紧，他俩虽然不能到会，而会议的结果，自然有华月娟回去报告史兆炎，秋华回去报告杨直夫。这是她俩的义务。

大家你说一句，我说一句。有的说，这回事情未免动得太早了，时机没有成熟；有的说，应当等到北伐军到上海时再动作就好了；有的说，这都是鲁正平一个人坏了事。

郑仲德总是皱着眉头，静默地听着大家说话。

大家正在讨论的当儿，忽听见敲门声。曹雨林适坐在门旁边，即随手将门开开一看，大家不禁皆为之愕然。进来的原来是大家都以为不能到会的，应当在家里床上躺着的杨直夫！这时的秋华尤其为之愕然，不禁暗暗懊丧地叹道：

“唉，他老先生又跑来了！真是莫名其妙，没有办法！……”

秋华真想走向前去，轻轻地打他几下，温柔地骂他几句：你真是胡闹！你为什么又跑到这儿来了呢？你不是向我说过，你要听医生的话，听我的话吗？你不是向我说过，坐在家里静养不出来吗？你为什么现在又这样子？……但是此地是会场，不是家里！在家里秋华可以拿出“爱人”的资格来对待直夫，但是在此地，在此地似觉有点不好意思罢。

“你真是有点胡闹！我不是向你说过吗？”郑仲德说着，带点责备的口气。

病体踉跄的直夫似乎没有听到郑仲德的话的样子，也不注意大家对于他的惊愕的态度，走到桌边坐下。坐下之后，随手将记录簿抓到手里默默地一看：这时大家似乎都被直夫的这种神情弄得静默住了。会议室内一两分钟寂然无声。直夫略微将记录簿看了一下，遂抬头平静地向郑仲德问道：

“会已经开得很久了罢？”

“……”郑仲德点点头。

“我是特地跑来说几句的。”

“那么就请你说罢！”

秋华这时真是有点着急：劝阻他罢，也不好；不劝阻他罢，也不好。他哪可以多说话呢？说话是劳神的事情，是于他的病有害的，他绝对不可多说话！但是他要说话，我又怎能劝阻他呢？唉！真是一个怪人！活要命！……直夫立起身来正要说话时，忽然感觉到坐在靠墙的秋华正在那里将两只细眼内含着微微埋怨的光向他射着。他不禁回头向她看了一眼，心中忽然起了一种怜悯秋华的情绪，但即时回过头来又忍压住了。他一刹那间想道，这又有什么办法呢？我要说话，我不得不说话！也许我今天的说话对于我的病是不利的，但是对于革命却有重大的意义。是的，我今天应当多说话！革命需要我多说话！……

直夫开始说话了。你听！他说话时是如何地郑重！他的语句中含蓄着倒有多少的热情！有多少的胆量！当他说话时，他自己忘记了他是一个病人。同志们也忘记了他是一个病人。真万料不到在他的微弱的病躯里，蕴藏着无涯际的伟大的精力！秋华这时看着直夫说话的神情，听着他的语言的音浪，领会他的语言所有的真理，不禁一方面为他担心，而一方面又感觉着愉快。呵，还是我的直夫说得对！还是我的直夫见得到！呵呵，他是我的直夫……秋华自己不觉得无形中起了矜持的意思。

他说，总罢工，事前我们负责同志没曾有过详细的讨论与具体的计划。他说，“在总罢工之后，本应即速转入武装的暴动，乘着军阀的不备，而我们的党却没想到这一层，任着几十万罢工的工人在街上闲着，而不去组织他为迅速的行动；后来为军阀的屠杀所逼，才明白非武装暴动不可，才进行武装暴动的事情。可是我们还有一部分负责同志对于武装暴动没有信心，等到已经议决了要暴动之后，还有人临时提议说再讨论一下，以致延误时机。这在客观上简直是卖阶级的行为！……这一次的失败大部分是因为我们的党没有预备好，也可以说事前并没有十分明白上海的工人群众已经到了武装夺取政权的时期……现在我们应当怎么办呢？我们应当一方面极力设法维持工人群众的热烈的反抗的情绪，一方面再继续做武装暴动的预备。我们应当把态度放坚决些，我们再不可犯迟疑的毛病了！……”

直夫说完话坐下了。他的面色比方进屋时要惨白得多了。当他说话时，他倒不觉得吃力，等到话一说完时，他呼呼地喘起气来了。他累得出了一脸冷汗。可怜的秋华见着了他弄得这种神情，不禁暗暗地叫苦。她想道，他今天累得这个样子，又谁知他明天要变成了什么样子呢？哼！没有办法！……郑仲德听了直夫的一篇话，不禁眉头舒展开来了，不禁脸上呈现着笑容了。他点一点头，向大家说道：

“直夫的意见的确是对的！……”

门旁边的曹雨林回过脸来，向与他并坐在一张长凳子上的秋华轻轻地说一句：

“还是直夫好！”

秋华很愉快地向他笑了一笑。

这两天报纸上充满了暗杀的消息：

“S纱厂工头王贵荣昨晨行经W路口，正行走时，忽来两位穿短衣的形似工人模样，走上前来将他用手枪打死。巡捕闻着枪声驰来，凶手已跑得无影无踪了。闻该工头素为工人所不满，此番或系仇杀云。”

“宁波人张桂生为Y纱厂稽察，昨日傍晚回家，途中忽遭人用手枪狙击，共中两枪，受伤颇重，恐性命难保。闻凶手即时逃脱云。”

“……”

林鹤生今天早晨起床，拿起报纸一看，看到本埠新闻栏内载着这些消息，心中说不出有如何的愉快，他那使他老相的八字胡为愉快所鼓动得乱动起来。呵呵！鲁正平在工作了！鲁正平在忏悔了！鲁正平现在努力以赎前愆了！这样倒好……林鹤生本来是恨得鲁正平恨得要命的，他恨鲁正平做事粗心，恨鲁正平误了大事。但是现在？现在林鹤生饶恕他一切了。鲁正平自从受了同志们严厉的指责之后，真是羞恼得无以自容；适临时组织了一个特别委员会，他就自告奋勇担任这种工作。他说，倘若同志不允许他担任时，那他就要自杀，不愿意再活在世上了。好！你要担任，你就担任罢！不过再不可以粗心了！……果然鲁正平能够做这一种工作。你看，这两天报纸关于暗杀工贼的消息，就是他善于做这种工作的证据！这真是使林鹤生愉快的事情！林鹤生现在不但不恨他了，反而佩服他很有本事。在实际上说，做这种事情真是不容易呵！……

林鹤生一方面愉快，一方面又想道：倘若能够把这些东西都杀尽了，那是多么痛快的事情呵！他们曾给了工人多少苦吃！他们曾害死了多少工人！他们曾做了多少罪恶！呵呵！杀杀杀！杀尽了才痛快！……林鹤生想到此地，不禁啮起牙齿来了。他的面色由愉快而变为严肃了。照着他这时的心情，如果能够做得到时，他将把一切人类的害马杀死而没有一点儿怜惜。

林鹤生腿上的伤处已经好得大半了，勉勉强强地可以走路。林鹤生现在应当工作了。他本想在前日的联席会议上辞去职务——指导者的职务，但是同志们不允许，并受了一番责备！大家责备他不应当灰心，责备他缺少耐性。唉！辞不掉，没有办法，只有干！好，干就干！什么时候把命干掉了就不干了！……现在林鹤生的腿伤好了，他又感觉得自己还有干的能力。他想道，我不干谁干呢？我一定要干！可惜史兆炎现在还是躺在床上！他比我的见解高，他比我有耐性，他真是一个能做事的人，可惜病了！讨厌！……林鹤生今天吃了早饭就要开工人代表会议去，在这个会议上，要讨论维持工人情绪的办法。倘若史兆炎能够参加，那是多么好的事情，但是他躺在床上，真是糟糕的很！

林鹤生的早餐：两根油条，一个大饼，一杯开水。林鹤生匆忙地将早餐胡乱地吃下，将破的大氅披在肩上，正欲出门的当儿，忽然进来了一个人。这个人不是别人，原来是林鹤生刚才所想到的鲁正平！原来是一个面带笑容，矮小如十五六岁的小孩子一般的鲁正平。

“呵呵，你来了。”

“你看见这两天报纸上关于暗杀工贼的事情吗？”鲁正平笑着这

样问。

“看见了。这是你的功劳呀！”

“这哪里是我的功劳呢？我不过跑来跑去为他们计划就是了。可喜的是这样地干了几下，工友们的情绪因之兴奋起来了。你现在预备到什么地方去？”

“我去开工人代表会议去。我不能够同你多说了。”

“我也去。”

第八章

时间行走的真快呵！复工以来，又匆匆地过了半个月。

表面的上海似乎有点变动：沈船舫李普璋的军队去了，而皮书城张仲长的军队来了；龙华防守司令部的招牌，从前写的是五省联军上海防守司令部，而现在却将“五省”两个字改为“直鲁”了。兵士的服装也改变了一下：从前兵士戴的是西瓜式的灰色的软布帽，而现在戴的却是方圆的红边的硬布帽。是的，表面的上海的确与从前稍微有点异样；但是内里的上海呢？反动的潮流还是如从前一样地高涨着；工人群众还是感受着最残酷的压迫；一般居民还是热烈地期望着北伐军早日到来。“唉！奇怪！北伐军老是说来来来，为什么到现在还不来呢？……”真的，这真是一件很奇怪的事情！

大家静等着，祷告着，呵呵，北伐军快点来罢！快点来罢！……忽然全上海传遍了令人惊跃的风声：北伐军已经到了新龙华了！南市已无直鲁军的影子！残余的直鲁军全数开到北火车站预备着逃跑了……呵呵！时候到了！这是上海的民众自己起来解放的时候！这是上海的民众起来夺回自由的时候！

呵呵！你想想含泪茹苦忍气吞声的上海工人群众，他们得到了这个消息，其愉快欢欣到了什么程度！

总同盟大罢工！

响应北伐军！

缴取直鲁军的武装！

工人武装自卫！……

真的，工人开始与军阀的残孽——溃兵，警察——斗争了。全上海的工人纠察队如风起云涌一样，到处徒手缴取警察和溃兵的武装。淞沪警察厅被工人占据了；浦东的几百直鲁兵被工人包围缴械了；各马路站岗的警察见着势头不对，大半都弃枪换装逃跑了；各区警察署都变成了工人纠察队的机关……呵呵！上海到此时真是改变了面目！耀武扬威的大刀队哪里去了？凶如虎狼的，野蛮的直鲁兵哪里去了？威风赫赫，声势凛凛，坐汽车往来于马路的北方军官哪里去了？呵呵！上海现在的面目简直改变了！满街满路地行走着扛着枪的，破衣褴褛的工人！有的工人，大约是没有夺取着枪罢，没有枪扛在肩上，但也有斧头和锹铲之类拿在手里。到处飘扬着青天白日满地红的旗帜[①]！到处充满着热烈的，欢跃的，革命的空气！白色的恐怖现在变为红色的巧笑了。一刹那间，旧的，死灰的上海消逝了影子，而新的，有生意的上海展开了自己的面目。

而一般在地底下的穷革命党人呢？他们从前行走的时候，生怕被包探认着了，生怕被警察捉去了，一点儿自由都没有，可是现在却不同了。他们现在可以在街上高唱着革命歌，可以荷着枪向一般反革命派示威了。啊！你看鲁正平！这矮小如小孩子一般的鲁正平！他现在是纠察队分队的队长，他正领着几十个武装纠察队在巡街。他手持着一支手枪，雄赳赳地，简直是一位小英雄的模样。他的那一副小的常带笑容的面孔，现在简直兴奋得充满了红光。是的，他现在真是高兴。他高兴得如小孩子过新年的一个样子。

① 当时，它是代表着进步和革命的旗帜，而在此以前用的则是标志着汉、满、蒙、回、藏“五族共和”的五色（红、黄，蓝、白、黑）旗。

鲁正平带领着纠察队巡街，简直代替了从前的警察巡长的职务。他们正走着走着，等走到B路口的当儿，忽见呜的一声从路南头来了一辆汽车。鲁正平把手枪一举，喊一声：

“停住！”

汽车停住了。汽车又怎能不停住呢？现在是这一般人的世界了，没有办法，叫停住就得停住！

“同志们！请把坐汽车的两个人拖下来检查一下，看看是什么人。”

坐汽车的人一个是身穿狐皮袍子，蓄着八字胡的先生，一个是高大的、身穿着便服军装的军官。他俩被拖下车时已经吓得变了色，呆呆地任着纠察队搜查。

“这个人衣袋里有一个白布条子的徽章，鲁正平，你看看上面写着什么东西，我认不清楚。”一个工人将白布条的徽章递给鲁正平。鲁正平念道：

“直鲁联军上海防守司令部大刀队队长许！”鲁正平抬起头来向大家高兴地笑着说道，“啊，他原来是大刀队的队长！”

“怎么！他是大刀队的队长？”

“啊啊，那真是好极了！”这时一个手持大刀的工人李阿四走向鲁正平面前说道，“这一把是他们用过的大刀，大约所杀死的工人也不在少数，现在我们可以请这两位狗东西也尝一尝大刀的滋味。”

“好得很呵！”大家都这样地喊着。

这时围聚了许多观众，各人的脸上都呈现着一种庆幸的神情。在众人欢呼的声中，李阿四手持着大刀，不慌不忙地，走向前来将这两位被捕的人劈死了。一刀不行，再来一刀！两刀不行，再来三刀！可惜李阿四不是杀人的行家，这次才初做杀人的尝试，不得不教这两位老爷多吃几下大刀的滋味了。这时鲁正平见着这两具被砍得难看的尸首躺在地下，一颗心不禁软动了一下，忽然感觉得有点难过起来，但即时又坚决地回过来想道：对于反革命的姑息，就是对于革命的不忠实；对于一二恶徒的怜悯，就是对于全人类的背叛。……

“啪，啪，啪，啪，啪啪啪……”北火车站的枪声。

“怎么啦？难道说北火车站现在还在打么？……”鲁正平这样惊愕地向大家还没有把话说完，忽然跑来一个工人，他气喘吁吁地向鲁正平说道：

“北火车站还有几百个溃兵不愿意缴械，现在打得一塌糊涂，你们赶快去帮忙！我们的人已经被打死了几个，你们赶快去！……”

鲁正平听了这位工人的报告，即时向大家说道：

“各人把枪预备好，我们就到北火车站去！”

……鲁正平与一个工人同伏在一个墙角下向着北火车站的溃兵击射。这时从北火车站射来的枪弹简直如下雨一样。机关枪的嗒嗒声连续不歇。

“喂！阿贵！我们的子弹并不多，应当看准了才放，切不要瞎放一炮！”

鲁正平话刚说完，忽然飞来一粒子弹中在他的右肩坎上。他即时“哎哟”一声躺倒在地下，枪也从手中丢下了。阿贵见鲁正平受了伤，想把他负到后边防线去，但是鲁正平这时在自己痛得惨白的面孔上含着勇敢的微笑，摇手向阿贵拒绝，低微地继续地说道：

“阿贵！你放你的枪，不必问我的事！我，我是不能活……活的了！……请你把枪放准些！好……好替我报仇！……阿贵！别……别要害怕呵！……我们终能得到最后的胜利……”

在阿贵继续向敌人射击的枪声中，鲁正平慢慢地失去了知觉。

全城的空气似乎剧变了一下。路上的行人三五成群地聚在一块，面上都欣欣然有喜色。似乎在燥热的，令人窒息的，秽浊的暗室里，忽然从天外边吹来一阵沁人心脾的凉风，射进来清纯的曙光，顿时令被囚着的人们起了身心舒畅之感。

在早晨九点多钟的光景，在春日朝晴的新空气里，M 路舞台的前面聚集了人山人海，几无隙地。舞台的两旁站立着许多工人纠察队，舞台的门口有两个人检查入场的表证，无团体的表证者不准入内。在这些络绎不绝进内的代表中，有的是商人，有的是学生，而最多的，神气最兴奋的，是短衣的男女工人。

这是上海第一个最大的舞台。在今日以前，因为受了军事戒严的影响，已经空旷着许多时候未闻着锣声了。不料今日舞台的门前忽然有这许多拥挤的群众！不料今日在这巨大的沈寂的楼厅中忽然坐得没有空位！不过楼上下所悬着的是红布书的革命的标语，而不是戏目和优伶的名单；舞台上所演的不是什么《凌波仙子》《红玫瑰》《济公活佛》……而是在讨论组织革命市政府的一幕。至于台下的观众呢？他们仔细地向台上望着，注意地听着台上人的说话。他们今天来的目的不是要看什么黑花脸进红花脸出，不是要听什么“一马离了西凉关”“杨延辉坐宫院”，而是要大家互相倾吐久欲发泄的意思，而是要大家欢畅地庆祝这革命的胜利……

在这几千个人之中，华月娟与几个女工代表坐在正厅靠左边的第二排。她的两腮今天泛着桃色的红晕，她的全副面容完全浸润在愉快的微笑的波纹里。她掉转头前望望后看看，似乎在寻找谁个也似的，其实她并不想寻找谁，而是因为她今天愉快的情绪使得她不能严肃地坐着不动。她今天真是愉快，愉快到不可言状。她看见台上主席团中间坐着的林鹤生，面带笑容的，用手卷着胡子的林鹤生，不禁起了一种莫名的感觉：难道说这工人的领袖，为军阀和帝国主义者所痛恨的人们，今天能公开地在这大庭广众中当主席？难道说我们一些穷革命党人现在也可以伸头了？曾几何时，被李普璋通缉的林鹤生现在居然能在这舞台上卷着胡子，向大家得意地微笑！呵呵！……

学生会代表宣布开会宗旨了：

“今天是第一次全上海市民代表大会。全上海被压迫的民众，尤其是我们的被压迫的工友，经过几许奋斗，才能有愉快的今日。上海的工友经过两昼夜与直鲁军的血战，牺牲了许多性命，才能把上海的军阀打倒，这是我们所应当十二分敬佩的！……我们应当组织一个革命的市政府，把一切的政权都取到我们民众的手里来！……”

华月娟这时虽然两眼望着演说者的口动，但是愉快得心不在焉，却没听得他说些什么。她这时却想到一些别的事情来了：上海的工人真勇敢！……武装纠察队真是神气活现！这是我们的自卫军！今天我没在家，也不知兆炎的病怎样了？倘若他现在能够来此地参加开会，那他倒有多么愉快呵！倘若他能够在台上演说的时候，那是一定很惊动人的！……台上演说的人更换了几个，这个下去，那个上来，有的演说得很兴奋，很能博得听众的鼓掌；有的说话声音太低，或毫无伦次，不能引起大家的注意。但是华月娟总是在想着一些别的事情，没有听着他们说些什么。她正在默想着，默想着，忽然听见一声：

“请纱厂女工代表陈阿兰演说！”

请纱厂女工代表陈阿兰演说？主席的这一句话可是把月娟的默想打破了。月娟现在将自己的思想集到陈阿兰的身上了。她想到，万料不到这个十七八岁的女工，这个说话还带羞的小姑娘，今天能在这大庭广众中露面！能向这几千人演说！呵呵！想起来真有趣味！……这时听众听了主席的宣告，顿时都向台上注意起来：怎么？女工演说？别要闹！我们听一听女人的演说！……陈阿兰与月娟坐在一块，这是一个十七八岁的，活泼的小姑娘。她听了主席的宣告，即预备登台演说，当她离开月娟身边的当儿，月娟低声嘱咐她道：

“今天放小心点把话说好些，别要教人笑话！”

陈阿兰向月娟点一点头，笑了一笑，即走上演说台去了。当陈阿兰走上演说台时，群众似乎都惊异起来了。这简直是一个小姑娘！她居然敢上台演说！难道说她不怕吗？难道说她有这样的胆量吗？……陈阿兰初向台上一站时，脸不禁红了一红，似乎有点因惧怕而喘气的样子。她不敢即时抬头向台底下看，两只手似觉也无着处。可是稍微停了一停，她也就张开她那丹朱似的红唇的小口开始说话了。她的声音很尖嫩，但是却很响亮；全会场的注意都集于她一个人的身上，她的演说逼得大家都寂静下来了。

“我今天代表几十万的女工向大家说几句话，说得不好，请大家不要见笑。诸位晓得吗？我们女工比什么人都受压迫！我们过的简直不是人过的日子！我们的工钱的少，受资本家和工头的虐待到了什么样子，差不多你们就是想也是想不到的。我们受的痛苦实在太厉害了！当李普璋，沈船舫，皮书城在上海的时候，我们是有苦无处诉的。可是现在却不同了。现在我们既然把军阀赶走了，我们要组织一个革命的政府来保护我们的利益才对。……”

你听！她说的话多么明白！她说话的态度该多么从容！这么样的小姑娘居然能够这样地演说！奇怪的很！……在大家惊叹的声中，陈阿兰最后用自己的尖嫩的声音喊道：

“打倒帝国主义！”鼓掌声。

“打倒军阀！”鼓掌声。

“打倒一切工贼和走狗！”鼓掌声。

“保护女工利益！”鼓掌声。

“总工会万岁！”鼓掌声。

陈阿兰向大家轻轻地鞠了一躬，在轰动的鼓掌声中，慢慢地走下演说台了。这时的华月娟呢？华月娟的两只手掌，为着陈阿兰几乎拍得肿起来了。呵！你想想她是多么地高兴啊！真的，华月娟简直高兴得忘了形！陈阿兰是华月娟平民学校的学生！老师见学生这般地令人可爱，令人可敬，这般地出风头，又哪能不高兴呢？何况除了师生的关系，陈阿兰又是她的亲密的朋友和同志呢？

陈阿兰下了演说台，走到华月娟面前的当儿，华月娟一把把她抓到自己的怀里，将她的身子摇几摇，笑嘻嘻地，如母亲对待自己的女儿一样，向她夸奖道：

“呵呵！我的小阿兰！你今天说得真好！”

陈阿兰这时娇媚地把头伸到华月娟的怀里，反觉得有点羞涩起来了。

“哈哈！……阿哥！直夫！……哈哈！真有趣！……”

躺在床上的杨直夫听见楼梯响和这种笑声，知是秋华从外边回来了。秋华跑进屋时，一下伏倒在直夫的怀里，还是哈哈地笑得不止，直夫用手抚摩着她的剪短的头发，慢慢地，很安静地问道：

“你今天又为什么这样高兴呢？我的秋华！你快快地告诉我！”

“哈哈！我想起那两个工人的模样儿真有趣！”

“别要笑了罢！哪两个工人的模样儿呢？”

秋华忍一忍气，这才止住不笑了。她于是离开直夫的怀里坐起来说道：

“你可惜不能出去看看！那工人真有趣呢！我在民国路开会回来，遇见两个电车工人，一个扛着枪，一个没有枪扛，大约是没有抢到枪罢，将一把刺刀拿在手里，雄赳赳地神气十足！他们都似乎高兴的了不得！他俩都穿着老长老长的黑呢大衣，你想想他俩扛着枪拿着刺刀的神气，好笑不好笑呢？唉！只有见着才好笑，你就是想也想不到那种味道。”

直夫微微地笑了一下，抬起头来，两眼向上望着，似乎在想象那两个电车工人的神情。秋华想一想，又继续说道：

“总工会门前的大红旗招展得真是好看！也万料不到我们现在居然能够弄到这样啊！”

直夫不等秋华的话说完，遂一把又把她抱在怀里，很温柔地然而又很肯定地说道：

“秋华！你别要太高兴了！帝国主义者，军阀，资本家，买办阶级，一切的反动派，他们能就此不来图谋消灭我们了吗？我们前路的斗争还多着呢！什么时候我们的敌人全消灭完了，什么时候我们的目的才能达到……”

秋华沉默着。

“秋华！”

“什么，阿哥？”

“我们来唱一唱国际歌罢！”

“好！”

起来，饥寒交迫的奴隶！
起来，全世界上的罪人！
满腔的热血已经沸腾，
拼命做一次最后的战争！
旧世界破坏一个彻底，
新世界创造得光明。
莫道我们一钱不值，
我们要做天下的主人！……

——完——

上海，泰东书局 1927 年 11 月初版

沙 丁

巴 金

序

这儿献给读者的是我用另一种笔调写成的一个中篇小说。写这小说的心思在一年前就有了，现在写出来，自己觉得内容和以前所想象的很有些不同。我本来想拿这题材写一部像左拉的《萌芽》那样庞大的作品，结果因为时间的限制就写成了这短短的中篇。把稿子一送出去，我就匆匆离开了上海，这忙迫也就可以想见了。说《沙丁》是忙迫中的产物，并不是一句夸张的话。而且说我的一切文章都是在忙迫中写成的，也不是一句夸张的话。

但是我依旧爱这篇小说，就像爱我的其他的作品，因为它和我的别的作品一样，里面也含了我的同情，我的眼泪，我的悲哀，我的愤怒，我的绝望。是的，我的绝望我承认，但这并不是一切。

有些朋友常常抱怨说，我的小说里含的忧郁性太多了，而且结局往往带了深的绝望。他们希望我写出充满着更多的光明的文章。我很明白他们的意思，我很同情他们，但是我可惜他们不曾更深刻地把我的作品读过，所以那掩蔽在绝望和忧郁下面的光明与希望终于不曾被他们看出来。

这也许是我的错过。但这并不是从怯懦来的。我并不是不敢把我的追求光明的呼声叫得响亮一点，免得被人窒息；我并不是为了顾全自己的利益，故意用了些曲笔，把文章写得委婉一点。我自己完全明白我是把一个垂死的制度摆在人的面前指给他们看，“这儿是伤痕，这儿是血，你们看！”也许有些人会憎厌地跑开，也许还有些人会站在旁边看着那些伤痕流下同情的眼泪，但是聪明的读者就不会从这伤痕遍体的尸首上面看出来一个合理的制度的新生么？

希望永远立在我们的前面，就在阴云掩蔽了整个天空的时候，我也不会悲观的。

在写了这小说以后我游历归来又开始写那题作《新生》的长篇，那篇我曾经写过一次，但后来在日军的爆炸机的投弹下面消灭了。我如今重写了它，而且把它结束在那么显明的一个希望里。我的意思不是已经更显明地表现出来了么？我希望读者会了解我！

《煤坑》一篇是去年参观了一个煤矿以后归来用一晚的工夫写成的，里面所描写的大都是我亲眼看见甚至亲身经历的，就因为这缘故所以我爱它。它使我记起我和一个诚实工人换了服装坐了吊笼到地底下去度过的两点钟的光阴。这文章放在东方杂志社里，居然逃脱了“粉身碎骨”的劫运，这还算是可庆幸的事情。

一张插图是我自己在一张阿根廷出版的西班牙文日报上面找来的，原来的标题就是“矿中的灾祸”。我想把它移置在这儿，也许多少可以给读者一点关于矿里生活的具体的印象。

1932年9月巴金在青岛

一

黄昏。一条窄小的土路在灰白的暮色中显露出来，直通到河边。河边长着一排大半个人身子那样高的芦苇。晚风吹着，把芦苇吹得俯下身子，发出深的叹息。

天空挂着半圆的月，旁边有几颗星在眨眼。空气中充满了草香和土香。夜渐渐来了。是一个很柔和，很美丽的夜。

路上突然出现了一个女郎的影子。青色的衣服上罩着银白的光。一条发辫垂在脑后，在她走路的时候，随着头和身子移动，飘荡起来。她的脚步有时下得快，有时却又在路上停住了，像有点胆怯，不敢向前进，但过后又很快地跑了。

快要走到河边时，这女郎又把脚步放慢了。她把头往四面看，好像在寻找什么东西。她没有看见什么，却依旧向前面走。走到一块青石旁边，她便站住了，这里有几株矮树，前面却是一片芦苇，仔细分辨起来，芦苇中还有一条小径可以通到河边，但那里是被水淹了，成了泥沼。

周围没有一个人影，也没有人的声音，似乎有水鸟在芦苇丛中扑翅膀。那女郎小心地又一次向四面看了一下，忽然低声吹起口哨来。

一次，两次……她接连吹了三次口哨，声音是一次比一次高。于是她就闭了口，好像在静静等候什么人。

这时候芦苇丛中起了响声。像是一只水鸟从里面飞出去。但却不是。一个人影开始在那里面晃动，显然地一个男子正拔着芦苇走出来。

“银姐。”这男子刚刚走出芦苇就向着女郎这样唤了一声，脸上现着欣喜的颜色。

“升义哥。”女郎应着，却把眼睛定在男子的脸上。

男子走近她的身边握着她的手不放，眼睛闪光地望着她，又欢喜地唤了一声“银姐”。半晌说不出第二句话。

“你又来了！”女郎忽然挣脱了手，责备似的说，“我前回不是对你说过，这一个月以内，不许你再来找我吗？我常常跑出来，公馆里的主子们会起疑心的，那些老妈子更多心！要找句借口话跑出来真不容易！我们的事情被公馆里的人知道可不得了！你有什么话要和我说？”她说着，两个发亮的黑眼珠不住地在他的脸上转动。相貌是很庄重的。

被她说了这一番话，他像被人泼了一瓢冷水。他把欣喜的颜色收起了一半。他埋下头半晌不说话。但忽然他又抬起头用惊喜的声音对她说：“银姐，我要到 × 地去了！……我决定去了！”

“到 × 地去？真的？”她把身子微微向后一仰，伸了一只手按着她的头发，惊讶地说。

“真的，我一定去！我约你来和你辞行。”声音抖着，但那里面是喜悦，不是悲哀。

“你把我骗得好苦呀！”女郎像惊呆了似的望着男子的面孔不作声，却忽然用悲痛的声音说了上面的话。

“银姐，你说什么？你没有听懂我的话。”他也很吃惊，却用温和声音去劝慰她，把一只手搭在她的肩头。

她把身子一偏，却让他的手落下去了。她恨恨地说：“你要走了，你要抛了我走了！我知道你要……”

他很快地伸手去蒙她的嘴，一面着急地分辩道：“你错疑心了！你不记得你婶娘说的那三百块钱吗？三百块钱就可以把你赎出来。”

“啊……”她只说出一个字，然后默默地点着头。她的脸因了惭愧变成了红色，她微微低下头。

“是的，只要有三百块钱就可以把你赎出来。然而现在我们在什么地方去找这三百块钱呢？”他说到这里就突然闭了口，像把更重要的话语咽住不说出来。

“三百块钱……”女郎喃喃地念着，她的脸色渐渐变了，年青的美丽的脸上笼罩了一层忧愁的云雾，眉头深锁着，嘴微微在动，“已经过了八年了……八年……这么长久……以后还要过多久呢？”声音像要哭了似的。她无力地在石头上面坐下了。她还抬起头看他，两只眼睛亮晶晶的，里面怕有了泪水。

男子更挨近她的身子，一面痛惜地说：“银姐，不要伤心。事情是有办法的。我已经想到了办法了。三百块钱……所以我要到 × 地去。”

“你到 × 地去？做什么呢？那里容易找钱吗？你去了，要多久才回来？”女郎急切地接连问，最后说，“你不去，不是也行的吗？三百块钱，大家慢慢想法子来找。这里你师傅待你也好，到别的地方去，不见得就容易遇着好人罢。”

“银姐，你这样聪明伶俐的人，现在又不明白了。在师傅那里还要住两年才得出师，你想给木匠师傅做一个徒弟，有什么钱存？便是出师以后头几年找钱也不容易。你要等我做木匠找钱，你会把头发等白的。并且即使你愿意等，你的主子们也不会有这样的耐性。”男子起劲地解说，似乎很有勇气，对于前途也有把握。

“我是不要紧的，我在公馆里多受几年的苦，那是我自己的命不好。”女郎的话里表示出一个女人所有的关心来。她把身子向旁边一侧，让男子也在石头上面坐下。两个人紧紧偎着，女的又继续说下去：“你到 × 地去做什么？到那里，去路远罢，还有什么同伴吗？”

“到那里去路很近，只要走两天多就够了。”男子回答说，没有一点犹豫。“同伴恐怕很多，我们那条街上的吴洪发也要去。”

“但是你究竟到那里去做什么事？你始终不肯对我说出来呀！”女

郎很关心地大声说。

“轻声点，”男子一把抱着她，做出庄重的面容说，“说不定会被人听见的。”过后郑重地接着说，“我到那里去是做矿工呀！”

“做什么？你说得更清楚一点！我听不明白。”女郎的声音里显露了焦虑。

“做矿工，就是到矿坑里去挖锡块呀。”男子的脸上还充满着信仰。

“做矿工？快不要去！你疯了！”她吃惊地叫起来，突然挣脱了他的怀抱，“你真的要去吗？升义哥，你真的要去吗？”一对发火的亮眼睛死死地定在男子的脸上。

男子有点窘着了，因为他不明白她的意思。但他还有勇气来解说：“银姐，为了三百块钱，我是一定要去的。在那里找钱很容易。并不难。”

“我听见人家说去挖锡矿比充军还受罪。”女的担心地说。

“那是骗人的话，相信不得的。每年都有不少的人到那里去。那个来招工的张先生告诉我，有许多人挖锡矿发了财，那里工钱又多，找钱又容易，存钱也容易。我们这一次去报名的人真多！”

“那不行，我总不放心。任你说得怎样好，我总有点不放心你去。”女郎有些生气了。

“你还有什么不放心的地方？我又不是一个小孩子。并且去了至多不过两年我就会回来的。张先生说得那么好。一年就有三百块钱光景的工钱，在那里做两年，我回来就可以安家了，你看这是多么好。”他说着显然是被那未来的美丽的幻景迷住了，没有一点疑惑，脸上充满着快乐和信仰，但这也只是暂时的。

“那不行，我不愿意，”她接连地摇头说，并不注意听他说话，“在矿坑里去挖锡块，有什么好处？在地底下爬来爬去，看不见天日，你会把你的眼睛弄瞎的。你那时候回来，谁还要瞎眼睛的丈夫！”她说到这里脸上微微发红，不知道是为了最后一句话觉得害羞，还是想到别的事情心里有些感动。

“银姐，你太过虑了，”他用温和的声音劝慰她，但他的声音却在颤动，他已经不像先前那样充满着信仰和快乐了，“我到那里去，不会出什么事情。你看我的身子很结实，不怕什么病痛。我的眼睛又好，哪里会瞎，你不是在咒我吗？”说到这里便微微一笑，这笑有点不自然，因为这时候他心里并不想笑，“在地底下做事情也是很容易的，和跟着我师傅锯木头差不多。张先生说那里面弄得很好，灯光燃得和地面上一样，不会伤眼睛。张先生又说那里待工人待得非常好。”

她的脸上依旧没有露出笑容，显然她还是不相信他的话，她还是被那一个思念苦恼着，她摇着头用缓慢的声音问：“张先生是个什么样的人？他不会骗人吗？你这样相信他！”

“你太多心了，怪不得人家说女人最爱多心，”他笑起来。“张先生是个好人，四十多岁，八字胡，圆圆面孔，说起话来，非常厚道。我敢赌咒他决不会骗人！你看，这一块钱就是他给我的。”他说着，从蓝布领褂的袋里摸出一个雪亮的银元，递给她。

她把银元接过来放在手心里，用另一只手把它轻轻翻来翻去，一面俯了头去看。男子便把一只手膀伸去绕着她的颈项，把头紧靠着她的头。

“钱……钱。”她带着叹息地念着这个字，忽然把银元递还给他，像抛开一件可怕的东西似的。她悲声说：“那么你是答应张先生要到那里去了，你要抛开我走了。”她倒在他的怀里，身子抖得厉害，手蒙了脸，好像在哭泣。在她的眼前像梦一般地显现了他去了以后她的更寂寞痛苦的生活。

“银姐，你会这样伤心！”他看见她这样，开始有些惶恐了，同时他也为这别离伤心。

看见自己所爱的少女流泪不是一件容易的事情，何况在两年以内他会看不见这年青的美丽的面孔，听不见这温柔的清脆的声音。自己一个人到那不熟悉的地方去做不熟悉的工作，留下她孤零零地在公馆里受苦，没有一点安慰。这时候她还在喃喃地说："你不要去，你不要抛开我去！"她说这话，她不肯放他去，她是有理由的。两年，七百几十天，并不是一个短的时期，尤其是对于她，她太年青了，她的生活又是一个那么愁苦的生活。在那七百几十天里她还不知道要吃若干的打骂，然后才可以和他见面，也许这期间会发生什么事变，甚至把他的全盘计划打碎。

这一切他先前简直没有想到过，但是如今却非常清楚地映在他的眼前了。一个时间以内他甚至把它摆脱不开。他本来要说话安慰她，但现在他自己也被那些景象感动了，他把她紧紧抱在怀里让她低声啜泣。

夜已经来临了，半圆月被一片薄的灰白云遮掩着，地上颤动着灰白的光，树旁边堆了黑影，风动着芦苇，发出哭泣似的叹息声。草丛里蟋蟀叫得很凄切，忽然扑的一响，一只水鸟从芦苇丛中飞起来，向着水面飞去了。这时候，月亮正从云里爬出来，周围似乎被照亮了一下，但它又很快地钻进别的云堆里去了。

不知道为什么他觉得想哭。他很想抛弃掉一切只抱了她到一个地方去，一个没有人迹的地方去，那时候她不会每天吃着打骂，做着繁重的工作；他也不会为了三百块钱到矿坑里去挖锡块。他和她可以同住在一处快乐地生活着，没有人会来妨碍他们。他又想着他所读过的旧小说和唱本里面的爱情故事，一男一女怎样相爱，怎样落难，怎样被人分离，而结果终于团圆。这一类的故事他知道得太多了，他常常想到男女关系就会不自觉地想起那一种旧的恋爱方式和结果来。这种大团圆的结果这时候又开始来打动他的心。他渐渐地又被那苦尽甘来的信仰占有了。他恢复了勇气，像从一个凄楚的梦里醒过来一般。

"银姐，不要伤心，两年是很短的，并没有多久，很容易过去。你再忍耐两年罢，我也晓得留下你孤零零一个人，日子很难过，但是我老是在这里做木匠徒弟又有什么出头的希望呢？我们拿不出三百块钱，你的主子也不会白白放你走，你在公馆里以后的日子也会比现在更难受。我想长痛不如短痛，还是让我去吧。银姐，你是一个明白事理的人，这一点意思你应该晓得。”他用温和的声音一句一句地说话，好像要使他的每一句话都深深地印在她的心上。他同时还用手去抚摩她的发辫。

她早已不哭了。她依旧躺在他的怀里，头仰起向上面望，望着树叶，望着天空。她一面注意地在听他说话。他的每一句话都像音乐一般地感动她的心。所以当他突然闭了口时她的心还为着那余音而颤动，使她不能够马上说出话来。

“银姐，我就要去了，你为什么不说一句话呀！”

她的身子先颤动了一下，然后她的嘴唇颤动了。她说话，声音抖得厉害，表示着心里的激动。“升义哥，我现在明白了。只是你为了我跑到远的地方去做矿工，我心里怎么过得下去。我受苦不是要紧的，多几年少几年都是我的命不好，为何也要连累到你？”

“银姐，你还要说这些见外的话？你我两个还要分什么彼此吗？命不好，那是我们两个的命不好，不能怪到你的身上。我去做矿工也正是为着我自己，我这样匆忙地就走了，留下你一个人孤零零的，想起来，真正是我对你不起。”他插口说了上面的话。

“你对我不起？升义哥，我不晓得应该怎样感你的恩呢！你要把我从火坑里救出来，我遇着一个像你这样的好人，我还会不知足吗？”女郎说着把头掉过去望着他的脸。两人对望着，一个脸在上面，一个脸在下面。这时候月亮已经从云堆里钻出来，周围再没有云来遮掩它了。银白的月光畅快地洒下来，洒了满地，树上，芦苇上，河水上都蒙着那纯洁的光。因了这月光两人可以看清楚彼此的面孔和那深邃的眼睛了。眼睛都是亮的，但没有眼泪，女的脸上似乎还有泪痕，然而现在的表情却又有些不同。先是男的微微一笑，接着女的也笑了。

“后天一大清早我就要走了。”他忽然低声说，像在对自己说话。

“后天，这样快？”她惊讶地问，收敛了笑容，像从一个美丽的梦里醒了过来一般。

“后天一定要走的，我的东西全都预备好了。说不定明天就会走。”他这时候突然感到了留恋，但他极力在镇压这种感情。

“后天在这里就不会看见你了！后天人家就不会再看见你在木匠师傅店里锯木头了。”她叹息地说。

“不要紧，我的心会回来。在梦里我们一定可以见面。”他这样劝慰她。

“到那里去要爬山吗？要过渡吗？”她忽然正经地问。

“当然要——”

“人家说隔了山，隔了河，就不会回到梦里来，我不会梦见你了。”她绝望地插口说。

“谁说过这种话？便是隔了海的人也会梦到呢！我每晚上临睡时，我会叫你的名字，我天天这样做，在梦里我就会看见你。”他说得很认真，好像极有把握。这种确信也就传染到她的心上了。

“我也会这样做，”她温柔地说，“我天天都要替你祷告，祷告神明来保佑你。每天只要有空时候我就要想念你。我一个时候都不会忘掉你，我吃饭的时候就想到我的升义哥也在那里吃饭罢；我睡觉的时候也就想到我的升义哥也在那里睡觉罢。神明会可怜我这一点诚心，他会把你好好地送回来给我。”

“银姐，你这样想念我，你这样爱我，我便是为了你去死也值得。我遇着你这样好的女子，真是我的福气！”他感动地说，把她抱得更紧。

“升义哥，你怎么说这种客气话？你是我的恩人，要是我不遇着你，恐怕我早已被苦恼折磨死了。我是死心踏地般爱你，只怕我没有福气爱你。”她说着便伸出手去抚摩他的两手，那一双手正在紧紧地抱着她的身子，她依旧斜着身子躺在他的怀里，头放在他的胸膛上面。

突然在蟋蟀的悲鸣以外起了远处的狗叫声。狗叫声在平静的夜里常常是显得很可怕，很多的女子是害怕狗的。

“呵，我要回去了。”她说着，的确像从梦中醒过来，忽然把先前所忘掉的一切全都记起来了：太太，老爷，少爷，小姐，老妈子，以及其他的人和这晚上应该做的事情。太太生气时的歪脸和恶毒的诅咒，没有两样的骂语，又来恐吓她了。她毫不迟疑地挣脱他的怀抱站了起来。“我应该回去了，不然今晚上会不得清静。”

“等一会儿，还早咧！不要这样快就走，银姐，我还有话要说。”他一把拉着她使她又在石头上坐下来。

“但是现在时候不早了，再不回去，他们会起疑心的，他们会知道我们的事情，我还会吃打。”她着急地说，从脸色和声音可以看出她心里的激斗。

他和她默默偎倚了片刻，他忽然扶了她站起来，一面决断地说：“好，你可以回去了，我也没有什么话说了。明天我还会到这里来，时候和今晚一样，你要是有空，抽得出身子，可以到这里找我。”

“好。我明天一定来，任凭他们把我怎样，我也要想法到这里来。”她说话时脸上表示出大的勇气。

“二更了。”他低声自语着。果然二更锣响了，沉重的金属的声音在这静夜里和那一声两声的狗叫互相应答，显出一种荒凉的样子，使得这环境更加可怕了。于是在不远的地方又开始响了军号声。

“我送你回去罢，我知道你会害怕的，我把你送到大街上，别人不会看出来。”他说着便开始扶着她走那窄小的土路。两个人脚步下得并不慢，但没有一点声音，男的穿着草鞋，女的穿的是平底布鞋。路上躺着两个黑影，头靠着头，不住地在移动。

在路上他们低声谈了一些话。当他们分别时她把嘴放在他的耳边问：“你还有什么话说吗？”

“你要好好保重你的身子呀！”他只说了这一句话。他微笑着。

第二天傍晚她依旧到河边去找他，他不在那里。等了好一会儿还不见他来。不知道他究竟是来过又去了还是就没有来过。

她坐在石上，望着天空，望着树，望着芦苇。这一晚没有月亮，天阴沉着，风刮得很大，把芦苇吹得发出大声叹息。狗在远处叫，接连地叫着。她开始害怕起来，她不久就回去了。

在大街上她仿佛听见有人在说这一天早晨矿工动身的事，但是她没有把握那人是否果真说的那件事情。回到家里在睡眠时候她做了一个梦，她梦见他在地底下爬来爬去，眼睛瞎了，有个凶恶的人在旁边拿了皮鞭打他。他叫那人做张先生。梦没有做完，她就哭醒了。

二

“死城”静静地躺卧在两匹大山中间，像一条山谷，自然“死城”不是它的本名，但在矿山上作工的人却这样叫惯了，他们甚至忘了它的真正的名称。

在早晨“死城”是静寂的，石子路上只有寥寥几个穿着蓝布领褂的行人，他们带着疲倦的脸匆匆走过去了，不多说话，不做出闹声。街上也有卖东西的小贩，不过他们也不大声叫卖，因为他们知道有许多人在睡早觉。

这里并不容易看见阳光。常常是阴天，暗灰色的天。人们看惯了它，也不觉得讨厌。自然太阳出现的时候街上会变得更有生气一点，人也许比往常更高兴，但是这种时候是很少有的。所以初到这里的人常常会叹息地说：“死城呵！”

一到下午“死城”就好像从梦中醒来一般开始活动起来了。街上拥挤着行人，最多的是穿蓝布领褂，穿白色麂皮领褂，戴毡帽的。他们常常手里拿着武器，大声在街上争吵着。在路旁两边常常摆了赌博摊子，一个碗，一张席，两颗骰子就可以把许多人团聚在一起，消磨掉大半天的时间。尤其是作为这城的精华的东西两街最热闹。东街是大商店聚集的地方，论建筑自然是这城里最好的，每天做的生意也很可观。许多从外洋来的货物就靠了它们散布出去。每天一些人在赌场里赢了钱出来就到东街去买些新奇的物品给家里的人带回去。赌场汇集在西街。那里并没有华丽的建筑，或者用布幔，或者用篷帐，或者用席子就可以成为一个赌场，地上摊了一张席子，做庄家的拿了宝盒蹲踞着，在他的身边便围聚了一些人，有的跪着，有的坐着，有的蹲踞着。上面悬了一盏煤油灯，不论是在白天或晚上都燃着。这样就成了这城里的一条最热闹的街道，因为西街是比东街更要热闹。

升义这一群人到达“死城”，正是在这城里热闹的时候。刚刚到黄昏，但天色已经是很阴暗了。一行十几个人在窄小的石子路上排成了一长列，重的包袱压痛着他们的疲倦的背脊，他们不得不俯着身子走路。但为了那些新奇的景象，他们依旧常常抬起眼睛惊奇地向四面望。

“你看。”在升义后面走着的吴洪发忽然拍着升义的肩头说。他一面指着迎面走过来那个女人。

升义已经看见了。这时候没有阳光，也没有雨点，那个女人却撑了一把伞，伞下面垂着一圈丝络，把她的半个身子遮了。“真奇怪，有这样的伞！”升义想着不觉好笑。但马上他又把思想转到银姐的身上了。“银姐这时候在做什么呢？她还在苦苦地思念我暗地垂泪吗？”他想着心里有点不舒服，不觉叹了一口气。

“怎么哪？你又在想你的银姐吗？”吴洪发看见他不答应，便在后面嘲笑说。

“你才在想你的女人！”升义猛然回过头吐痰似的对吴洪发说。

“你既然这样舍不得她，为何又撇了她跑到这里来呀？”吴洪发不理他，却只顾自己说下去，一面用粗鲁的男音哼起女人想男子的情歌来。

“为的是发财呀！”后面一个中年男子代升义回答，于是前后走着的几个人都笑了。

这样的欢笑把这一行列人的疲倦的心灵宽松了，每个人都不再记起这两天来的困苦的旅行。在他们的眼前是这个新奇的城市和奇怪的风俗，男的穿着白色的麂皮领褂，女的撑着有下垂的丝络的伞，路旁摆了赌摊，许多人围在那里喊叫，接连地响着银元的声音，到处燃着黯淡的煤油灯，来往的人昂头走着，常常挟了手枪或者盒子炮，麂皮领褂的袋里满满盛着子弹。这一切看起来很有兴味。他们对于这一行列新来者似乎都在表示欢迎，尤其是银元的清脆的声音好像在对着每个人说："欢迎你们来这里发财呀！"

"看呀！沙丁，新来的沙丁！"一个黑脸小孩指着他们叫，很快地就来了五六个小孩，跟着他们跑，指着他们带笑地说话，脸上都带了好奇的神气。

沙丁！这是一个多么奇怪的称呼！他们想道也是欢迎他们的表示罢，他们也对着这些孩子笑，这样脚步就放得慢了。

"快走呀！不要尽管东张西望！"那个三角脸的监督的人在旁边发出严厉的声音说，摆出一副难看的嘴脸。

众人吃了一惊，心里有点不高兴他这样说话，但也没有说什么，不过把脚步放快了一点。只有吴洪发却用他的粗鲁的声音半开玩笑地说："怎么哪？刚刚走到这里，就把架子摆出来吗？我们是来挖锡矿的，不是来看谁的嘴脸的！"

众人哄然笑了。那个三角脸泛了红色，他被笑得有些生气了，他跑到吴洪发的身边做了挑战的样子大声骂道："你放屁！到了这地方就比不得在你们那里，我说什么就是什么。谁敢放肆就要尝尝我的手段！"

"你又不是东家，我怕你？"吴洪发不服气回骂起来，"即便你是东家，我不干，你会咬我的鸡巴？"他说着又拍拍自己的胸膛。

"你不干？那由不得你！到了这里来是不能够活着出去的。"三角脸说着卷起衣袖要来打吴洪发。这个年青人也预备扑过去还手，却被升义来隔开了。升义站在他们两人的中间，另外几个人劝阻那还在生气的两个。三角脸恨恨地吐着口痰，吴洪发挣扎着要奔过去，还有几个新来者用不高兴的眼光看着那个三角脸，口里咕哝着不满意的话。

旁边一群陌生的人围过来，几个小孩在嚷："看沙丁打架！"

经了一些人的劝解这一场争闹便渐渐平息了。在短时间以后，这一行列又继续来走他们的将完毕的路程。自然三角脸和吴洪发都摆着生气的面孔，而别的人心里也有些不愉快，他们都不说话，只是默默地下着脚步。他们并不相信三角脸方才的说话，但他们不觉要去想那些话。在路上常常有孩子们叫着"看沙丁"。这时候他们就已经觉得"沙丁"这称呼有些讨厌了，虽然他们还不明白"沙丁"这称呼所含的意义。

夜来临了，这里的夜常常是很黑暗的。天色浓得像一盘墨汁，那上面嵌了一些星儿，但是悬得很高。那两匹大山，甚至在黑夜里也耸立在两边，摆出它们的崎岖峥嵘的样子，给这个"死城"留了可怖的阴影。

他们走过两条黑暗的窄巷子，又走过几条石子路，便到了一个旅店的门前。那里门檐下垂了一对灯笼，里面燃着煤油灯。大门口站着两个人，在那里说着闲话。当这一行列逼近旅店时，三角脸就跑到前面去领头。门口站着的那个穿长袍的人一看见三角脸便高声问："喂，全都来了吗？怎么这样迟才走到？"

升义听得出这是张先生的温和的声音，接着他走到门前就看见了张先生的团团的生着八字胡的笑面孔，因了笑那两只小眼睛变得更小了。看见这个面孔，就好像看见一个亲人，他方才的不愉快的思想都被这笑容扫去了。他走过那人的身边时，他特地抬起头带着幼稚的笑容，唤了一声"张先生"。

"升义，你来了！好！你这小伙子年青力气大，身子这样结实。"张先生带笑地对他说话，一只手拍拍他的肩头，态度像父亲对待儿子，"好勤快地做，不要偷懒，过几年包你挖一座金山回去！"说完又笑了。

众人带着羡慕的眼光看升义。升义自己也觉得高兴，同时也有些得意。他在想："要是果然挖了一座金山回去，银姐不知道要多么高兴！”他的眼前就仿佛出现了那一座金山，黄澄澄的，金光灿烂的，一锄头下去就是一大块。

“升义，怎么哪？”走进房间里吴洪发突然学着张先生的那样子在他的肩头上一拍，“看你那样子好像你已经挖着一座金山了。”说了就笑，众人也笑。

升义马上把眼睛张大，看见是吴洪发的红红的笑脸，吴洪发正在对他做怪相，他自己也觉得好笑。然而他的眼前的景象改变了。并没有金山，他们是拥挤在一个房间里。

房间并不很大，没有什么陈设，在一个角里安放了一张条桌，上面放着一个瓦茶壶和几个破碗。是砖铺的地，没有木板，只铺上一层干草，光亮是从悬挂在屋中间的那盏暗淡的煤油灯里放射出来的。

众人一进屋就从背上把包袱卸下来堆在角落里，有的叹一口气就坐在干草上面，有的围在条桌前面喝茶，还有几个却站在门边从裤腰里摸出毛巾来揩拭脸上的汗珠。

等一会，三角脸跟了张先生进来。张先生把人数点了一下，满意地连声说好，过后又说：“我们明天早晨就动身到矿山去。公司里的王师爷马上就来了，他明天会带着你们去，你们吃过饭高兴出去走走也好，这地方是很有趣。升义，你过路时看见赌摊吗？你去押单双，我担保你会赢钱，你今天气色很好！”接着他又掉过头去在三角脸的耳边说了几句话。

众人正在笑着，外面伙计便大声叫唤他们出去吃饭。三角脸把他们带了出去。

在里面一个阴暗的厅堂上，两张破旧的桌子立在那儿，每张桌子上面，一大碗黄豆汤，一大碗青菜，旁边一个小凳上放了一摞旧碗，地上放着一个大饭甑。

众人一齐拥上去，争着盛饭，升义走在后面，他不和别人争先，他盛了满满一碗饭，很有兴味地吃着。没有板凳，大家就围了这两张桌子站着吃，饭是很粗糙，有的人却已经吃惯了，有的虽没有吃惯，但因了饥饿也吃得很起劲。不到多久他们就放下筷子抹了抹嘴一哄散去了，剩了空的碗和空的饭甑。

众人回到房间里，看见张先生正在里面和一个人说话，这人是个四十多岁的瘦面孔，头顶已经秃了，颔下有一撮胡须，两只眼睛光闪闪的，一看就知道是个很厉害的人。另外的两个穿着白色麂皮领褂，头上戴了遮阳帽，腰间插了盒子炮，都生着一脸的横肉。张先生给他们介绍说那瘦面孔就是公司里的王师爷。便恭敬地等着王师爷说话，但王师爷却并不说什么，只是板起面孔默默地把他们看了几眼，好像要认清楚他们中间的每一个人。

这眼光很厉害，每个人都被他看得差不多要战抖了。好容易他收拾了眼光，用一种冷冷的声音说了一个好字就邀着张先生一道儿出去了，另外的两人在后面紧紧跟随着。众人听见王师爷在外面和张先生说话，但他们却听不出那两个人在说些什么。

那几个人一走好像房间里的严肃的空气也被他们带去了。屋里的人大半解开衣服在干草上面躺下来，也有人坐着，大家谈着闲话，两三个或者四五个人分作一组，谈的是过去的生活，各人的老婆的好处，或者将来的希望。也有的谈着在这个城里看见的奇怪事情。

“升义，怎么哪？”吴洪发溜到升义的身边扯着他的衣角低声问道，“还要出去玩玩吗？”

升义正在听一个结婚不久的中年人叙说他的新婚的妻子的好处出了神，不大愿意地掉过头回答说：“我不出去！”

“到赌摊上去玩玩，一定很有趣，说不定我会赢满口袋的钱回来！”吴洪发用那充满着引诱性的声音说。

升义并不再回过头去和他答话。但吴洪发的话却被那个中年人听见了，他马上收了话头站起来大声说：“我要去，我的袋里有钱！”说着就接连地拍他的衣袋，那里面果然响着银元的清脆的声音。

“你的事情还没有说完呢！”升义也站起来用这句话来挽留他。

“那么你跟我来罢，我在路上告诉你。”那中年人决断地说，就扣好纽扣，抓了方才揭下的帽子戴上，一面预备往外面走。

另一个年青人也站起来，大声说："老张去，我也去。"老张就是那个中年人的称呼。

于是一行四个人走出去了。他们大步走着，每个人都怀着一种希望，老张还继续地和升义谈着他的老婆的事情。

时候已经不算早，但是街市上还是和傍晚一样地热闹，到处都是喊叫的声音。许多穿麂皮领褂的人拿了盒子炮匆匆走过去，许多穿蓝布领褂的人背了短枪走过来，店铺里煤油灯燃得很亮，店伙们站在柜台前谈笑。有许多店铺却关了门，在它们的门前地上另一些人摆设了赌摊。每一个赌摊都被包围得没有一点缝隙，新来的人简直没有方法挨近。

老张领头先努力向一个吵闹得最厉害的赌摊挤进去，但没有成功，反而被人挤得退了几步。他无意间把一个人的手膀撞了一下，那人掉过头恶狠狠地看他一眼，同时把手里拿着的东西向上面一扬，他看清楚是一把尖刀，但他来不及看第二眼就被升义把他拉开了。

"这里的人真古怪，大家带了杀人的东西在街上走干什么？"升义伸出舌头说。

"一定是因为强盗多，我们不可不提防呀！"吴洪发郑重地说，一面又警告老张道，"老张，你的袋子里银元响得很厉害，恐怕会招祸罢。那是不行的！"

"呸，你这一回就变得像老鼠那样地胆小了。刚才还是你先闹着要出来玩的。"老张吐了一口痰在地上对吴洪发说。一面又问其余两人道："我们到哪一处去押注呢，赌摊是这么多？"

"好，你胆大，那么我们到西街去！"吴洪发红了脸生气似的说。

"不错，还是西街好，我们就到西街去！"老张坦白地说。

四人便加速了脚步，在吵闹声中走进了西街。一路上老张的银元在衣袋里铿锵地响着，过路的人有的把他的衣袋望了两眼，但并没有出事，这使得老张更放心。

在西街上两边接连着都是赌场，仅用了布帷或席子隔开。每一个赌场里都挤满了人，在那里煤油灯燃得很亮，灯光直射在许多黑的头颅上。在街上过路的人就只能够看见那些黑的头颅。

“怎么哪？不去了吗？”吴洪发看见老张走过了一大半的赌场还不预备进去，便讥笑地这样说。

老张并不回答，他只顾留心去看那两旁的赌场。忽然他注意到一个赌场里正有两三个人走出来，留了一些空隙。他便马上挤进去填补。这一次他居然挤进去了，还有三个人也都挤进去了。

“朋友，发财，好的，快快押注，押多少？”做庄家的那人看见他进来就带笑给他打个招呼，接连说了上面的话。

老张脸一红，并不回答，只是微微笑了一下，就从袋里摸出一个亮银元放在单数的注上，吴洪发却在后面扯他的衣角低声说：“恐怕是双数。”宝开了，是两个红四。老张的亮银元输了。他心里开始着急起来。

“我原说是双数。”吴洪发在后面叹息说。

老张默默地又摸出一个亮银元，依旧是押单数的注。

第二次的宝揭开出来，又是一个双数。老张的银元被庄家吃去了。

吴洪发又在后面咕哝着，升义却拍着老张的肩头低声劝道：“走罢，不要押注了，你不会赢钱的。”

老张第三次摸出一个亮银元，依旧放在单数的注上，宝开出来却是个十点，他的注又被庄家吃了。

“双数，这一次一定是双数。”吴洪发在后面坚持着说。

老张依旧一声不响，忽然摸出三个银元，一齐押在双数的注上，但是这一次宝开出来却是一个九点。老张眼睁睁看着自己的亮银元堆在庄家的脚下。

“走罢，”升义又在后面催老张，“回去罢，你甘心输到底吗？翻本是不容易的。”至于吴洪发，他却不作声了，他在叹气。

第四次的宝摇好了，赌客们忙着在押注。有一个年青的赌客因为输多了钱，心里有些不舒服，并不押注，却从一只脚下面把手枪取在手里来玩弄，原来他蹲踞着就把手枪踏在脚底下。

升义在后面看见了这个，很觉得奇怪，他再留心向四面看，他就看出来差不多每个人都带着武器。做庄家的那人脚下面的银元堆里就躺卧着一支黑色的小手枪，另外在那人身后又有两个人手里拿着盒子炮保卫似的蹲踞在那里。此外有的赌客把枪放在膝上，有的插在腰间，有一个人更奇怪，是口里叼了一把雪亮的尖刀。他不常押注，又不说话，头微微俯着，所以没有人注意到他。这样一看升义不禁大大地吃惊了。整个赌场里似乎就只有他们四个人是赤手空拳没有防身武器的。他感到了陷身在虎口般的恐怖。他用力拉着老张的衣角，接连在那人的耳边说：“不要再押了，回去罢。”

这时候老张却没有心肠去听升义的话。他默默地望着众人押注。等众人押齐了时，他一声不响却把所有的注都吃到双数上面去，他的脸红着，相貌很庄严，好像在预备开始一场大战。

众人惊讶地望着他，甚至庄家也在内，他却丝毫不觉得什么。吴洪发在后面非常替他着急，几次要劝阻他，接连地在他的耳边说：“老张，怎么哪，敢是你疯了，看那数目有好几十块钱，你赔得出？”

老张好像没有听见这些话，他连头也不动一动，他红着脸蹲踞在那里，两只眼睛紧紧望着宝盒。

宝揭开来，先是庄家变了颜色，接着众人一声惊呼，然后是吴洪发，升义和另一个青年这三个人的欢呼声。老张依旧端正地蹲踞着，两双眼睛死望着碟子里的两颗骰子，那两颗骰子不多不少刚刚凑成了八点，这一次他完全胜利了。

赌场里沉寂了半晌。老张捧了那许多亮银元放在衣袋里就站起来要走，在他后面的三个人已经开始转身了。

“站住。”庄家发出一声喝叫，马上在银元堆里拿起手枪对准着老张的胸膛，他身后的两个人立刻站起来了，拿盒子炮对着老张的头预备开枪。

“朋友，明白点！还出钱就放你走！”庄家恐吓地说。

老张在迟疑间，吴洪发、升义和那个同来的青年都回转身子同声劝他道：“就把赢的钱还出来走吧，为了几十块钱送掉一条命值不得。”

那一个正在玩弄手枪的年青赌客毫不作声地把枪口对准庄家的头，然后冷笑一声说：“赢了钱不许走，这种赌场才是骗子开的，要还钱我也要叫你还我的钱！”

这时候突然起了声哀叫，原来站在庄家身后的两人中的一个正预备开枪去打这人，却被那个口里衔着尖刀的怪人把尖刀掷在他的手腕上，一股血向着众人的脸上喷来，身子就跌倒下去，枪里飞出一颗子弹却飞向空中去了。同时老张向旁边一跑，庄家也开了枪，但老张没有受伤，却打中了他后面的一个人。年青赌客的枪弹也向着庄家的身上飞去。

情形很混乱了，霎时间所有的人都拔出枪来，互相射击，银元在地上乱滚，枪弹在空中乱飞，受伤的人在呻吟哀叫。于是煤油灯突然熄了。一些人抢着逃了出来。最先逃出来的人里面有老张，升义，吴洪发三个。却少了那个年青人。他们逃到西街的街口等他，等了许久还不见他来。他们才记起他似乎中了枪弹，现在不知是死是活，但他们又不敢回到赌场去看他，只得急急逃回旅店去。

老张的衣袋里满盛着赢来的亮银元，但他没有一点儿快乐。他只记着四个人出去三个人回来的一件事。

三

天还没有亮，升义就醒了。房间里黑漆漆的，看不清楚什么，只听见许多人的吵闹的鼾声。他在干草上面翻了一个身，打算再睡一忽儿，但是一翻身就触动了吴洪发的身子。这地方太窄了，他不能够畅快地舒展一下，屋子里又很闷热，他再也不能够熟睡了。

“吴洪发”。他触动那个小伙子的手膀，接连地低声唤着那人，但并没有响动。他又叫了一声“老张”，也没有人答应。他沉默了半晌，便又去叫吴洪发，那个年青人睡得很熟，他于是用气力在那人的屁股上打了一下，自己缩回手忍不住好笑。

“怎么哪？”吴洪发突然翻过身子发出这声喊叫，一面伸手去摸他的被打的屁股。

“吴洪发你睡得就像一口死猪，叫你许多声都叫不应。”升义嗤笑说。

“升义，是你！”吴洪发含糊地说，“天亮了吗？”

“还没有，也没有听见鸡叫。”

“怎么哪？小王回来了吗？”“小王”就是昨晚上失掉的那个年青人。

“回来？我倒没有看见他！说不定他已经见阎王去了！”提起小王，升义的心就变得沉重了。昨晚上的一些景象又闯进他的眼帘来。凶恶的面貌，生了眼睛似的枪，雪亮的尖刀，跟着尖刀喷出来的红血……这一切完全是他以前料想不到的，这一切把他的金山的梦打破了。接着又出现了小王的面孔，那一个时常带笑的面孔，一颗枪弹打在那上面，鼻子陷落下去成了一个洞，马上一个脸变成了血的脸。他觉得他开始在战抖了。

“回去罢，不要去干那件鬼事情！这地方不是人住的！”他开始这样想，不觉吐了一口气，但过了几分钟他的思想又改变了，因为他想到了银姐的身上，然后又想到了那三百块钱，于是又觉得回去也是没有办法。他在什么地方去找那三百块钱呢？三百块钱并不是一个小的数目。除了到矿山去，再没有别的方法。他这样地反复思索了一会儿，他的胆子又变大了。他最后对自己说：“怕什么，又不止我一个人到哪里去，别人都不怕，我还怕什么？”

这时候外面第一次听见鸡叫了。升义自语道：“天快要亮了！”

在一个角落里老张开始发出了叹息声。

“老张，”升义叫喊他，“你也醒了。”

老张应了一声，接着就问：“小王怎样了，他回来了吗？”

“鬼知道！”升义粗声地回答。

“我们今天找他去。如果他真是死了，我就把赢来的钱买副木板来安葬他，他算是替我一死。”老张说着又叹气。

“好。”升义坚决地回答道。

吴洪发躺在升义的旁边这许久都不说话，升义疑心他又沉沉地睡去了，而其实他并没有睡，他在回忆昨晚上赌场里的景象。忽然他用一个战抖的声音对升义说：“升义，我要回家去了！”

“回家去？已经到了这里还要回家去？”老张惊讶地在对面发问。

“我怕，我不能够在这种地方住下去了。”吴洪发突然迸发出这带哭的话语。

升义不作声，他心里想这正是他自己先前想说的话。

“你怕？怕什么？你们年青人真不行，胆子就像灰面捏成的一样。在外面跑不到两天，动不动就嚷着要回家去？难道你一辈子都死守在家里不成？”老张用沉重的声音说，像长辈在教训小辈。

升义听见老张的话，忽然想到这个人不久以前才结了婚，据他说妻子是那样好，面孔是漂亮，身子是肥白，做事又会体贴，他却把她抛在家里伴着他的老母亲，自己一个人跑到这种地方来，不想回去。

升义这样想着，不觉要问道："老张，你就一点不想家吗？你有个那样好的妻子！而且讨过来并不久！"话说完他却又想到自己的银姐身上。

"想又有什么用处？每个人都想家，每个人都要离开家。男子汉是四方跑惯了的，跑厌了时，就回家去走一转，老婆放在家里，有老母亲看守着，还怕她跟别人跑？而且我这个老婆，人特别忠厚，她不会闹新花样。我们上了年纪的人，与你们不同。不像你们年青人讨了老婆就死死地把她守着，看得和宝贝一样，我们今天成了家，明天早晨就会拔起脚跑，一滴眼泪也不洒。"老张说这些话，就像在传教，说得很正经，而且有点儿得意。

在外面第二次鸡叫了，屋里开始变了颜色。

"我不能够像你那样！……呵！我再看不见我的女人了……"吴洪发接口说，但只断续地说了两句话声音里就含了眼泪。

这两句话很使升义吃惊，同时又使他感动。他不由得去想他的银姐，想到银姐，他的心就变软了。"这时候银姐已经起来了罢。天还没有亮她就会起来了。她要倒马桶，扫地，揩地板，洗衣服，还有很多很多的事情……她的年纪这样青。回去呵，我要到什么时候才能够回去呀？两年吗？那七百几十天是很长的。不知道过了两年她还会像现在这样子吗？……银姐，我在这儿唤你，你听得见吗？你也在想我吗？……"他一个人在心里这样说着，就不注意去听老张和吴洪发两人的问答了。

到了第三次鸡叫，一部分的人就起来了。这时候三角脸走进房间里来叫醒了其余的人，说马上就要吃饭，吃过饭后就动身到矿山去。接着伙计就来站在门外高声唤他们去吃饭。

这里水是缺少的，十几个人要了一盆脏水来，大家胡乱揩了一把脸，但没有水喝。因为洗了脸，吃饭时便看不见汤。而且一碗饭还不曾吃完，那个三角脸就来催过两次了。

接着那个瘦脸的王师爷带了那两个拿枪的凶脸汉子来吩咐了几句

话。吴洪发向他表示不想干，要回到家里去，他用那刺人的眼光把吴洪发看了半晌，便坚决地回答说：“不行！你到矿山上去和张先生说。我不管，我来这里是押送你们到矿山去的。”他的面孔马上变得十分严厉，使人看了就有些害怕。

“张先生不在这里吗？昨天晚上他还到这里来过。”吴洪发声音战抖地说。显然有些胆怯。

“他今天一大清早就去了，他坐箱子走索道去的。”他依旧板起面孔说话。过后他就掉过头对那两个拿枪的凶脸汉子说：“你们马上就照应他们动身，不准有丝毫的耽搁。”于是不等吴洪发再发问就走出去了。

升义同情地望着吴洪发，那个年青人又气，又急，又怕，他低下头，拼命搔头发，接连地对自己说了几次：“好，到矿山上去说，我一定要回去，我又没有把身子卖给谁！”

“升义。”老张这样喊。

“喂。”升义没有气力地应了一声。

“出去吗？小王的事情！”老张沉着地说。

升义迟疑着还不曾回答，旁边那个凶脸汉子就接口说：“现在谁也不准出去，我们马上就要动身了，王师爷刚才交代过的。”他的脸色非常严厉，声调很坚决，没有一点可以转圜的地方。

“然而我们要出去找小王，他一晚上没有回来，一定是在赌场里被枪打了，现在不晓得怎样。我们不能够把他一个人抛在这里！”老张着急地分辩说，但他还能够镇静，并不显出生气的样子。

“你不必去管闲事，”那人一面玩弄枪一面说，“他在赌场里挨了枪，会有人给他收尸。你不必去找他，他一定不会活的。少了他一个并不要紧。”

这时候三角脸又跑来接连地催着他们马上就动身，老张不和那个凶脸汉子顶嘴了，他只是咕哝着。他明白和那人顶嘴是不会有一点好处，而且在这个城里开枪杀人并不是什么了不起的事情。他并不怎么胆小，但他是个中年人，究竟知道一些世故人情。

于是这一行列又开始出发了。人数比昨天少一个，多了两个。少的是小王，多的是那两个凶脸汉子。

时候还很早，街道上的景象和昨晚完全不同，非常清静，没有赌摊，没有闹声，穿麂皮领褂带枪的男子也并不常常在街上出现。一切是安闲而和平。这一天是个晴天。

太阳还在东边那匹大山的后面，被山把它的红面庞遮了，但是它却把山顶装饰得金光灿烂的。同时和山接近的那一段天空也染上了粉红色，像一段纱浮在碧海上面。早晨的风微微吹拂着这一群人的脸庞。

这晴明的蓝天，自由的风，新鲜的空气似乎给这一群人增加了不少的精力和勇气。包袱在他们的背上并不沉重，他们的脚步也很轻快。他们抬起头去看天，他们带笑地谈话，完全忘却了那个三角脸和那两个凶脸汉子在旁边了。

他们在那三个人的监督和领导之下继续走那最后的行程，依旧怀着希望，但这希望已经显得比从前更空虚了。

路线差不多是直的。那两匹大山耸立在两边。它们在这晴天里变得更明显，是那样高，上面没有一棵树，也没有路，也没有房屋，尽是些崎岖突出的岩石，每一块都有一个可怕的形状，像许多古代的怪兽立在那里。别人告诉他们说，矿山就是这个，但他们不相信。他们看得明白那上面明明没有一点东西，人怎么能够在那上面居住？

他们尽管向前走着。渐渐路是往上斜了，房屋也稀少了，他们明白是走着上山去的路，他们开始有点相信矿山就是在这里了。这时候失望就逐渐来侵袭他们。他们想难道这两匹生满了可怕的怪岩石的荒山就是他们以后长期工作居住的地方吗？

走了一个多钟头的光景，他们已经走在山上了。脚下还是不很狭窄的路。远远的可以看出来前面有一座高大的庙宇。

“这是什么人的庙？我们在那里面歇歇脚弄口水来喝也好。”吴洪发渴慕似的说。

“你不晓得？那就是赵二祖宗的庙。香火最热闹的。”三角脸得意地说，表示他知道得多，接着又鼓励众人道，“你们快点走，赶快走到那里歇脚去！”

“赵二祖宗？谁呀？这名字倒有些古怪！”升义好奇地问。

“你连赵二祖宗也不晓得，就要来挖锡矿，真笑话！”老张接口就说，“赵二祖宗，那就是挖锡矿的老祖宗呀！”

“人家为何要给他立庙？你又晓得吗？”升义起劲地反问老张。因为他自己很想知道这个。

“这我就不大清楚了。听说他是一个好人，很厚道的人。”老张迟疑地说。

“你们赶快走，到了那里面，你们自然会晓得！”三角脸接连在旁边催促说。

听说有歇脚的地方，又可以弄点水来喝，还可以看些新奇的事情，三角脸现在说话又比较先前客气一点，于是大家都觉得高兴了，大大地放开脚步并不算一回事，很快地就走到那庙宇的面前了。

庙宇是新近油漆过的，就像新修建的一般。看那大门口和别的庙宇并没有什么分别。走进里面却看不见平常庙里的那四个金刚。这庙宇的建筑样式是要简单得多。里面没有一尊神像。只有在正殿上那座神斋里供奉了赵二祖宗的影像，是工笔画成的。到处梁上壁上都悬挂了人们送来的匾额。

“有求必应……有灵有验，”升义念着就问那三角脸道，“这赵二祖宗究竟是一个什么样的神道呀？他什么事情都可以管？”

“赵二祖宗是最灵验不过的，只要你诚心求他，他一定会保佑你，不管什么艰难的事情。”那个中年的庙祝就插口说。

“升义，你去求求他呀！你求他保佑你挖一座金山呀！”吴洪发拍拍升义的肩头带笑说，他的脸上也现了渴慕的颜色。

“你们大家都去给他跪拜罢，凡是到这里来挖锡矿的人都要先到庙里跪拜赵二祖宗求他保佑的。”三角脸说着他就不顾众人，先走到供桌前面，恭恭敬敬地作了三个揖，然后跪下去磕了三个头，口里喃喃地念着什么话。

吴洪发接着也走到供桌前面。他已经站住了，却又回过头去带羞带笑地对升义说：“升义，你也来呀！你求他保佑你和你银姐……”于是就掉过去正经地跪拜起来。

在正殿的阶下那个大天井里有一个卖凉糕的摊子，还有卖面卖茶水的摊子，都是被一把大的油纸伞罩着的，在伞的荫影下面摆设了座位。这时候就有一部分的人围着这些摊子一面吃喝饮食，一面说笑。吃喝够了就跑到正殿上去跪拜。起先有些人还不肯跪拜，后来听见了赵二祖宗的故事，大家都虔诚地跪拜起来了。

赵二祖宗的故事是三角脸说出来的。升义央求他说，还有一些人也央求他说，他为了表示自己知道得多，也就不吝惜地完全说出来了。

据说最初这里有个姓赵的富翁，人家都叫他做赵二祖宗，他的真名字是没有人知道了。不知道怎样，他忽然想起了挖锡矿的事情，就招了许多工人到矿山上去挖。今天也挖明天也挖，一连挖了许多年，换了许多地方，什么也没有挖着。他的家产渐渐减少了。但他并不灰心，他卖了田产，卖了房屋，把所有的钱都用来挖矿。这一次又遭遇了大的失败，他简直破产了。他平日待遇工人是极好的，他自己过着和工人一样的生活，工人吃什么，他也吃什么。起初工人吃肉，后来吃菜，但这样也不能支持下去。他的最后剩余的款项又快要完了，他整日整夜焦急着，工人整日辛苦地下着锄，结果依旧挖不出一个锡块。有一天吃过中饭以后，工人们商量着：“我们吃着素菜不晓得赵二祖宗究竟吃的什么，我们设法去看看。”那时候赵二祖宗也住在半山上，是在一间茅屋里，离工人住的地方很近。有一天他们知道赵二祖宗下山去了，就派几个人偷偷跑进他的屋里去。那屋里陈设很简单，他们是知道的，角落里土地上面放了一个小炉子，坐了一个瓦罐，他们揭起盖子看，那里面还剩了小半罐的菜根，原来他吃的还不如工人！这消息传出去，很使工人们感动，他们便加倍地去挖矿，但结果仍是一无所得。后来到了某一个晚上，赵二祖宗看见自己身边只剩下十几吊铜钱了，这时一切的方法都已经想尽，一切的希望也都断绝。他不能够再支持下去了。于是深夜里等工人们睡熟了时，他跑进他们的茅棚里，把这剩的十几吊铜钱按照人数分开来，把每人应得的份儿放在每人的枕头旁边。这样做了以后，他回到自己的茅屋里，收拾了一点破东西，第二天早晨天刚刚亮他就跑下山去了。这里工人醒来，看见枕头边的铜钱，就急急跑到茅屋里去找赵二祖宗，人已经走远了，以后怎样办呢？他们聚集起来商量，没有一个人主张拿了这笔钱分散开。大家便热心地去工作。说也奇怪，就在这一天，而且就在这一早晨他们居然把锡矿挖着了。大家的喜悦是可以想象到的，所有的人都欢声叫起来："马上就去把赵二祖宗请回来，请他回来和我们大家一道儿享福！"几个工人跑下山去，分途追他，到了傍晚在另一个小城的河边就把他追着了。赵二祖宗一看见追来的人就连忙作揖地说："对不起得很，我实在无力给大家帮忙了，我只有那一点钱送给各位做盘费。我回到山上去也没有办法。"工人们把好的消息告诉他，他简直不相信。后来还是他们把他拖回山上去。从此他就发财了，那些工人也都发财了。他和他们依旧在一起，过着同样的生活，他终于又把他的财产用在帮助别人上面，用了精光。这样有不少的人感激他，在他死后便给他立了庙宇，当作神道般供奉。到了现今，他简直成了一个真神道，这庙宇就成了和普通菩萨庙一样的东西。附近的居民有什么事情或病痛，就要到这庙上来祷告，求他保佑，据说他是很灵验的。至于开锡矿公司的老板们每年更少不得要来祷告几次，求他保佑他们这一年里更发大财。还有来这里挖锡矿的工人也常常先到庙里来祷告。所以这庙里的香火真是热闹得很呢！

三角脸讲完了赵二祖宗的故事，大家都很感动，尤其是升义，他想开锡矿公司的老板里面还有这样厚道的人！那么在地底下挖锡块就不算是什么很艰难的事情，而且找钱也很容易，也许他的老板就是那种人罢。这样想着一方面对于未来的生活感到轻松，一方面对于赵二祖宗的灵验起了信心，他便虔诚地走到供桌前面口里喃喃地念出来他的希望，同时恭敬地跪下去。他的希望正如刚才吴洪发所暗示的，是发了财和他的银姐一块儿过着幸福的生活。

跪拜完毕后他还站在供桌前面，磕了头用虔敬的眼光往神龛里看。于是一个中年人的和蔼的面貌就闪进他的眼里来。圆面孔，八字胡，小眼睛，温和的微笑。"这真是一个厚道的人呵！他不是就像张先生吗？"这一个思想就像火花一般地闪进他的脑里。于是他连忙跑过去欢喜地对吴洪发说，就像有了可惊奇的发现。"你还要想回去！遇着这种厚道的人还愁没有好处吗？"他这样说，就相信赵二祖宗和张先生之间一定有着一种关联。

歇够了脚，喝了茶，吃了面或凉糕，跪拜了赵二祖宗以后这一行列又继续出发了。一路上，赵二祖宗的故事安慰着他们充满了渴望的心。每个人都感到轻松和愉快。太阳早就翻过了山，从上面照下来，给他们照亮了道路。阳光并不炙热，路旁有几棵长春的树，投了影子在斜路上。偶尔在山坳里有几间茅屋，从那里冒出灰白色的烟雾来。远远地有几只狗在叫。环境是如此平和，没有一个人会想到什么不愉快的事。

在下午三四点钟的光景他们达到了目的地。

四

"你叫什么名字？"

"吴洪发。"

"多大年纪？"

"二十三岁。"

“你拿了公司五百块钱，应该在这里做十年的工人。”

“怎么哪？我拿了公司的钱？天晓得！我一共只拿到张先生的一块钱。我敢赌咒。”

“不管你有没有拿到钱，总之公司里是付出了的。你先前为什么不问张先生要。我们公司招工人向来是先付几年的工钱。”

“那不行，我不要干了！谁在张先生那里拿过钱？张先生明明讲好做一年有三百多块钱。没有钱谁高兴做？我要走！”

“公司出了钱，就要你做事，你不做完十年，休想出去！这里是活着进来，死了也出不去！”

“张先生在什么地方？你们把他找来让我给他对面讲个明白，看谁拿了你们的五百块钱？”

“张先生，哼，你休想见他！他不在这里。”

“那么他在什么地方？你们的王师爷今天早晨不是说过他在这里吗？你们都是骗子，明明是勾结了来害我们的。我不干！”

“你还要犟嘴！我没有时间来应付你一个人……喂，你们把他给我拖下去打一顿，看他还要犟嘴不？”

“我不干！难道你们就不怕王法吗？你们胆敢随便就谋害人命吗？我不干，看你们把我怎样？……你们打，打得好……我不走！……哇……哇。”

以上的对话是在矿山上锡矿公司的办公室里发生的。问话的是一个五十多岁的瘦面孔，颧骨很高，眼睛和嘴巴都很大，头顶光秃了。这人说话，一点不变颜色，声音永远是平板的。

这房间不算小，并没有多的陈设，却有几扇门通到几个不同的地方，显然是预备着来做这种事情的。这瘦面孔被人称作潘师爷。他坐在一张签押桌前面翻阅着一叠文件，两旁各站了十多个武装的汉子。两个人照应一个，就把吴洪发拖出去了。

“唤第二个进来。”

于是人把升义领了进去。

“你叫什么名字？”

“王升义。”

“多大年纪？”

“二十二岁。”

“张先生用了公司五百块钱把你卖给公司。你应该给公司做十年的工。”

“……”

升义又被两个武装汉子拖出去了，和吴洪发一样。

“唤第三个进来。”潘主任用他的平板的声音说。

这天晚上在半山上的“炉房”里新添了十多个陌生的客人。他们恰恰占了一个房间。土地上面铺了干草，他们就直伸伸地躺在草上，几张破旧的棉被盖着他们。门上挂了沉重的铁锁，外面有武装汉子监守着。

房里黑漆漆的，没有窗户，冷风时时从缝隙里吹进来。升义忽然在草上面醒过来了，呻吟声马上就送进他的耳里。他知道这是吴洪发的声音。

“小吴，你还没有睡熟吗？”

“呵，我痛呀！”吴洪发答应着，一面就翻了一个身，同时接连发出几声疼痛的呼叫，显然翻身是很艰难的。

“你现在好些了罢？”升义关心地问，

“好些？我说更坏一点咧！”吴洪发带着呻吟说，“你想想看，那许多拳头死命地打我这背脊！现在就好像千万根针在那上面刺。快天亮了罢？”

“天亮？恐怕还早咧！刚刚才听见打三更。”

“才打三更？天呀！还要等多久才得天亮呀？我觉得已经过一个年头了。”

“你好好地闭着眼睛睡一忽儿罢。”

“睡一忽儿？亏你说得出！一闭上眼睛，就有许多道金光在眼前晃，背上火辣辣的。升义，我恐怕过不得今晚上呀！”吴洪发说到后来像要哭出声的样子，接着他又痛苦地呻吟了几声。

“小吴，不要说这样丧气的话！你的伤过两三天就会好的，怕什么？”话虽是这样说，但是他的音调也有些变了。

“好了有什么用？升义，那十年呀！那十年呀！痛呵！过十年我有三十三岁了。我会活得过十年吗？……”可以听见吴洪发这时候在抽泣。

“唉，十年你是不要紧的。我，我怎么办？我的银姐不会等到十年呀！她的主子们会把她卖出去。十年，再过十年我是什么都完结了！”升义差不多也要哭了。

过了一些沉默的时候，但是呻吟声和叹息声是没有断过的，还有屋里的鼾声和屋外的风声。

“他们上了年纪的人真好福气呀！”吴洪发忽然带了渴慕的声音说，“不管明天有什么天大的事情，他们都会睡得像死猪一般。呵！痛呀！……十年，十年有三千几百天，怎么过得下去呀！……呵，我再不会看见我的女人了！”他说着又哭起来。

“你比我还算运气好一点。你的女人究竟已经接到了家里和她睡过觉。只有我的银姐……呵，完了。她还在那里等我。她会在那里老等着我。她等不到十年的！”他一面说一面叹气，过后又低声唤着“银姐”这名字。

吴洪发不说话，却只是哭着，在哭泣的中间，时而呼着背痛。

“小吴。”升义沉默了一些时候，忽然用惊喜的声音唤那个年青人。那人含糊地应了一声。

“我们两个逃走，好吗？”升义继续说，声音很低。

“逃走？你在做梦！”吴洪发带泪地反驳说，“他们监守得这么严，看你有什么地方跑？”

“谁管这个？什么事只怕不起心！再艰难，也有办法。天不绝有心人的路子。”想到银姐身上，升义就觉得有胆量了。不逃走便会看见银姐被抱在别人的怀里，那是他忍受不下去的。

“事情说起容易做起难。他们开枪，你还有命吗？像小王那样连影子也不见了。”

“开枪？鬼才怕它。眼看着银姐给别人买去，还不如被枪子打死！”升义只图口里说得痛快，心里却并没有决定去做。现在虽有些悲哀，但是愤怒却更多。因为他仿佛看见他的银姐被抱在一个黑脸汉子的怀里，她哭着在那里挣扎，却没有用，那男子用那坚硬的短胡须去刺她的嫩嘴巴。那个男子不是别人，就是她的主子，他看见过的。

“我一定要逃走，我死也要死到外面去。”升义疯狂似的说。

这时候屋里有几个人在翻身，还有两个人在梦里说话，一两个人半醒半梦地咳嗽。吴洪发依旧带着哭声呻吟着。

“升义，你还记得赵二祖宗吗？我今天恭恭敬敬给他磕了三个头。”吴洪发忽然止了呻吟，带着希望说。

“赵二祖宗？……呵！”升义惊喜地念着。

“他会来救我们，他是有灵验的神道，他不会白白受我们的头。”吴洪发这样安慰自己，他觉得背痛稍微减轻了一点。

升义沉思了半晌，忽然心情完全改变了。他生气地说：“呸！赵二祖宗，那是骗人的东西！他不是很像张先生吗？张先生相貌那样厚道，做起事这么刻毒！我们被他骗了，我还口口声声赞他是个好人！”

吴洪发没有答话，老张却被他们的声音吵醒了。“谁还在说话？我们要睡觉咧！”老张含糊地抱怨说，但马上又睡去了。

升义在黑暗里好像看见那个圆圆的笑面孔，小眼睛，八字须，他愈想愈觉得气恼不过。他闭着眼睛也不能够熟睡，一直到打过四更，他才沉沉地睡去了。

在梦里他觉得自己逃走出来，平安地回到家里，银姐已经在那里等候他。他们俩抱着，笑着，笑着，笑到一颗子弹的清脆的声音响了，他便醒了。

他醒了，还听见远远地有人在呼唤，但过后又沉寂了。天还没有亮。房里没有吴洪发的呻吟，只听见许多人的鼾声。

“什么事情？”一个同伴从梦中醒过来问，好像在问自己。

升义不回答。那人就不再说第二句话了。

升义还想继续着做那个未完的梦。但他只梦见一个圆圆的笑面孔，八字须，小眼睛，那人自称是赵二祖宗，说要来救他。问怎样救法，说叫他先在这里忍耐地住下去再说。那人还答应给他三百块钱，但是别人把他叫醒了。

天刚刚发白，门大打开，两个武装汉子进来，还有好几个站在门外，那里堆了一大堆铁家伙。

“你们听见昨晚上的枪声吗？”两个武装汉子中较年青的一个问，他的手里提了一副脚镣。

“听见的，什么事情？”升义接着问。

“那边炉房里有一个沙丁逃走，给我们矿警一枪打死了，他的尸首还躺在那里，你们出去就可以看见。”他说到这里，脸上露了个狡猾的笑。接着又说；

“朋友，明白点！这回大家都要带脚镣呀！不要多说话，枪子是不认人的。”

几个上了年纪的人马上把舌头伸出来，半晌不伸回去。有些人变了脸色。

“好，你先来，”年青的矿警提了脚镣走到升义的身边蹲踞下去，“我先给你钉上！”升义并不反抗，他默默地伸出双脚让那人把脚镣给他钉在脚胫上。

每个人都被钉上了脚镣。到了吴洪发的轮值时他忽然尖声叫了一个“天呀！”这声音很凄惨，使升义听了淌泪。升义咬紧着牙齿不作声。

老张叹了一口气，便跪在地上向上面伸出两只手，喃喃地念着什么话，然后站起来，走到吴洪发的旁边坐下去，把两脚一伸，让别人去钉脚镣。他一面对那个抽泣的年青人说："你就求求赵二祖宗罢，他有眼睛的，他会来救你，善人是有善报的。"

"善人善报？我倒没有看见过。现在的世界，谁有枪就是谁狠。"另有一个矿警在旁边嘲笑起来。

五

天气渐渐冷了，天亮得也比较迟。早晨半山上常常弥漫着雾。"炉房"里的灯光在雾里面隐约地显露出来。矿警们在山路上走，常常被雾遮着，看不见对面的人影，只听见脚步的声音，或者高声喊着普通的问答，或者吹着口哨。

"炉房"起初充满着谈话的声音，但不久灯就熄灭了，同时人声也沉寂了。一个房间里住了十多个沙丁。每个人从枕头下摸出一张又脏又臭的毛巾干燥地揩了揩脸，有的吐了唾液在上面，算把毛巾弄得微微润湿，揩拭起来方便一点。于是矿警在门外一声叫，全房间的人就鱼贯地走了出去，每个人穿着同样的粗麻布衣，戴着粗麻布帽，捎着麻袋，脚下钉了脚镣，每一个房间的沙丁排成一行列，由照应这房间的几个矿警押送着，走过雾弥漫的山路到工作的地方去。

于是这沉默的一行列在窄小的山路上开始进行了。这一行列的沙丁完全是新来的，虽然已经在这里过了一个多月，但他们还不熟悉这种环境和生活。他们的从故乡带来的希望还没有死掉，他们的渴慕自由的心还在颤动，他们还没有忘掉外面世界的事情和各人所心爱过的人和东西。但这一切在武装的矿警押送之下，都只得表现在低微的叹息中了。

每天在同样的时候走着这同样的路径，他们都发出同样的叹息。他们用这叹息来问答，因为这叹息更能够表达出各人的心事，而且不会被矿警所了解而来横加干涉。

日子是不停留地过去了，但他们是一点也不觉得的。他们所感到的只是天气渐渐冷了，雾渐渐浓了。因这气候的改变更使他们怀念到故乡，从而变得更伤感了。

在窄小的山路上浓雾包围住他们。他们每个人都低了头在叹息，没有一点精神，恰像一群鬼魂的影子。前一天才落了雨，路还是润湿的，他们穿着草鞋，在微滑的路上移动脚步。脚镣沉重地压着他们的脚，铁链把两只脚束缚得很紧，要移动一步很是费力，同时金属的声音就"沙朗沙朗"地响了起来。这声音响成一片，在沉重的空气里乱飞乱撞。一个悲哀的脚镣进行曲就开始了。一声声都打击在他们的心上。有时候在他们旁边那些矿警得意地断续吹着口哨。这声音并不高，但却压迫着他们，给他们带来一种恐怖。

突然一个干涩的咳嗽声响了起来，接着又是呛呕的声音，于是脚镣声马上停止了。全行列的人站住了，大家带了同情的眼光去望前面，因为最前面走着的那个沙丁躬了身子在那里很厉害地咳嗽着。大家听见他的声音，但在浓雾里看不清楚他的背影。

"小吴怎样了？"在前面有人低声说话，但这声音还没有停止就被另一个粗暴的声音压倒了：

"七百六十八号！你想死吗？怎样不走哪？"

咳嗽声于是停止了，显然是被忍耐下去的。脚镣声马上就起来代替，但不到五分钟咳嗽声又起来了。

"小吴，你累了吗？歇歇罢。"升义在前面低声说。

"七百六十九号，不准说话！"粗暴的声音说，"七百六十八号，走哪！你装假我看得出来。这样年青小伙子就染了老人咳，谁相信！你再不走，我就要你的命。"这人说着就把手枪弄得响。

显然吴洪发极力要忍住咳嗽，但刚刚忍下去，却又更厉害地接连爆发出来。

"大爷，开恩罢，你看得明白，他实在走不动了。"升义向那个矿警哀求说，"他自从那天挨了打，一个多月都没有好过。那天向潘师爷去说，潘师爷又不理。大爷你可怜他罢。”

“可怜！”那粗暴声音哈哈笑起来，“我如果晓得可怜，就不会来这里做矿警了！不管有病没病总之给我走！”

“大爷，饶他这一回罢。让他歇一天。我一个人做两个人的事，放他去歇歇吧。他实在走不动了。他就是到矿里去也挖不着什么。你可怜罢！”升义说着就挽着那人的手膀，差不多要跪了下去。同时有几个人附和着请求，有几个人在旁边叹气。

“那不行，快给我走！我管不了那许多！”那人粗声回答，就把升义搾倒在地上，众人便围过去，围着那人哀求。另外的几个矿警却过来拖开他们，那些人的态度是同样粗暴，把拳头打沙丁，简直成了家常便饭。

低微的哀叫，软声的哀求，粗声的责骂，混杂在一起。咳嗽却停止了。吴洪发忽然用了很尖锐的声音叫起来：“怕什么？说走就走呀！我只有这一条命，就让你们早些折磨死罢。升义起来，不要求爹爹告奶奶的。怕什么？他们要的不过是这一条命！走呀！走呀！”这声音是把愤怒和悲痛混合在一起的。他说话时显出了异常的精力，就像一个疯人所有的精力。他说完不再等谁，一个人就挣扎着往前面走了，于是后面的人便努力跟上去。

“我有呀！我有的是这条性命呀！我不怕！我什么也不怕！”吴洪发在前面走着，却时时疯狂似的发出尖锐的叫声，听那口气似乎有些得意，而其实声音里却含着眼泪。他一面在笑，一面在哭。有时咳几声嗽，却没有停止脚步。矿警们在旁边镇静地继续吹他们的口哨。

雾渐渐消散了。他们到了工作的地方，先去领了鹤嘴锄和镁光灯，然后到矿坑的进口去。

天已经大亮了。是一个阴暗的天。在洞口已经聚集了四五群人，陆续地走下洞去，一个紧紧跟随着一个。洞口很大，土带着红色，里面却是黑漆的一片，在外面看得见的只是那头几步的阶梯，是石头砌的，白的颜色。这洞真像一张大的嘴，红的唇白的牙齿，每个人走下去就像被它吞食了一般。

前面的几群人都走进洞里了，没有一点迟疑，没有一句话语，脚步缓慢着，沉重的一下，接着又是沉重的一下，声音是一律的，就像机械一样。人都是没有精神，垂着头，驼着背，一样的褐色服装，背上挂了一个铜牌记载着各人的号码，这号码就代替了姓名。这些人因为做工年岁久了，脚镣已经被除了下来，但是戴惯了脚镣以后，脚差不多不能够自由地行走了，走起路来总是那样有规律地摇摆，只差没有铁的响声。

后来是应该升义这一群人下洞了。他们和别人一样垂着头走着，机械地动着脚步，但却比别人困难得多，而且铁镣又有规律地“沙朗沙朗”般响起来。和别人一样，麻布袋里放着瓦壶般的镁光灯，长的壶嘴伸到外面来，火燃着，从壶嘴里喷出亮的火，臭气直向鼻里冲很难受，火光又射着眼睛，他们只得半闭了呼吸，半闭了眼睛走。但这不能够持久，终于要大大地吸着臭气，以致许多人都呛咳了，吴洪发呛咳得要常常弯腰。

大家下了洞，都在地底下了。没有阳光，没有风，空气臭得常常要使人呛咳，或者气闷。阶梯是斜的，踏到最后一个阶梯时路变得很窄了，但却有许多小的洞，是往不同的方向去的。依了这一个多月来的经验，升义这一群人走进了东边的一个小洞。这洞是很窄，人只能够躺下去爬着走，路是微微往下斜的，但人在土上面爬着不会觉得。每个人把灯从麻布袋里取出来拿在手上，用手腕擦着土，困难地爬着，一个人的脚差不多要触到第二个人的头，这样连接成了一长串，像一条长的百节虫，每一节上燃着一盏灯，往前移动一步，每一节上就会发出铁的响声。

路渐渐宽阔了，于是忽然断了，但那里的洞却高得可以让人站起来，而且地方宽阔得可以容这一群人在那里工作。

众人把灯挂在壁上，叹几口气，在湿地上坐下来，稍微歇一歇，使这疲倦的身子轻松一点，便开始用鹤嘴锄去挖那红的土块。气力大的几锄头就挖下一大块来，放进麻布袋里，前面的一端装满了，便把袋子掉过头来装，等到装满了袋子的两端，便可以出去交代一次了。但这样做也需要长久的时间，对于气力小的人那更不容易了。

这一天吴洪发显得更衰弱了，他一举起锄头就禁不住要喘气，下不了几锄头就咳起嗽来。众人劝他歇一歇，他勉强应着，但依旧支持着身子去挖，费了许多时间和精力，结果却挖不到几块。

“小吴，你这样子是不行的，你会把性命送在这上面！我劝你歇歇罢。”老张关心地但又生气地说，有点怪吴洪发不肯听话。

吴洪发含糊地应着，依旧在举锄，同时在喘气。

“你这个小伙子真是没有办法！”老张叹息地说，“身子坏到这样，还要拼命给他们挖。”他却歇了锄，用怜悯的眼光看那个病弱的年青人。

“挖！我在给我自己挖坟呀！挖，挖坟呀！”吴洪发突然癫狂地高声叫起来，脸上发红，眼睛也发红，他不顾众人停了锄看他，却用力举起锄向那壁上掷下去，再举起来，却没有气力，手一松开，锄落了，他跌倒似的坐在地上，两只手捧了脸低声哭起来。

众人惊呆似的看着他，不动一动。升义默默地走到他的身边，忽然从自己的麻布袋里抓出几大块土塞进他的袋里，做得这么快，使众人不明白这是什么用意。升义又在他的身边说：“你就歇歇罢，不要紧的，我说过，我一个人做两个人的事。”然后又抬起头对老张说：“你为何要对他说这些不懂事理的话？你不晓得每天不交出那几袋东西是不行的吗？你只会说空话！你们上了年纪的人都只会说空话！”

老张起初鼓着腮不作声，过后忽然丢了锄在地上，跑到吴洪发的身边，却对升义说：“你对，你对！我们只会说空话！”于是也从自己的袋里抓了几块土放进吴洪发的袋里去。

“你们这样，难道我这副老骨头就负心到一点儿也不肯拿出来吗？我也是有心肠的！”另一个上了年纪的沙丁感动地跑过来淌了眼泪地对大家，对自己说话，于是也抓出他的份儿给吴洪发。

接着其余的人都围过来，众人都拿了土块给吴洪发，他的袋里已经装得满满的，还剩了一些堆在面前的地上。

“够了，够了，你们拿回去，我不要。”吴洪发挥着手又哭又笑地说，随后便捏了一个土块在手里死死看着它。

“好，现在就让他一个人歇歇罢，大家不要吵他。”升义宽心地说，眼睛里闪了泪光。他很感动，却完全忘了自己。

众人又散开了。大家回到原来的地方，带着感动的心情继续努力地挖土。等到每个人装满了麻布袋，人已经疲倦得要死了。土块里包含着锡，是异乎寻常地沉重，压在他们的背上，使他们爬出洞口时感到加倍地困难。后来登上了阶梯，俯着身子，用锄来撑住，走一步身子摇晃一下，麻布袋搭在肩上，胸前是沉重的一堆，背上是沉重的一堆，重重地压着他们的身子，出了洞口，卸下麻布袋，交出去换了空袋子和竹签。

于是他们丢了锄跌倒似的躺在地上，铁青的脸色，眼睛紧闭住，呼吸停止了，身子直伸伸地仰卧着，手和脚都不动，就像死去了一般。这样继续到好几分钟，直到矿警来催促的时候。

六

落几天的微雨以后，接连有一个多礼拜都是晴天，沙丁们照常工作着来挨这长的日子。自然日子是逐渐在变短了，但他们却一点也不觉得。在他们日子永远是长的，那么长，长得就像没有穷尽的时候。工作永远是单调的，眼界永远是单调的，闷得要死人的地洞，阴暗的炉房，沉重的土块，凶脸的矿警，灰黄色的糙米饭，和着盐煮的黄豆，这些构成了他们的全部生活，永远没有改变，稍微有点改变的只有那天气：阴天，晴天，雨天。

在晴天也没有花，没有笑，没有女人。日子同样是很长的。但是在晴天里，吴洪发的身子却比较地好起来了。

一个早上天还没有亮，他就在干草上面醒了，他急急唤起睡在他身边的升义告诉说："升义，我刚才做了个梦。"听他说话的声调，显然这梦是个很了不起的梦。

"做梦？我这个梦还没有做完咧！"升义含糊地说，"你也做梦？什么梦？"

"我梦见我回家，我发财了，坐着一乘大轿子，一直坐到我的大门口。"他激动地说，声音抖得很厉害。

"大门口？"升义比较清醒地嗤笑起来，"不是在那个烂泥缸似的窄巷子里面吗？那个又低又窄又脏的破门道！……"

"我给你说，那是做梦呀"吴洪发着急地分辩道，"我的家是一座高大的房子，里面有许多人出来迎接我。我的女人打扮得漂亮。他们把我接到里面去。我快活地对他们说：'我发财了，我发财了。'我看见房里院里都堆着金子，我的死了的老母亲也活着，她笑，我的女人也笑，我也笑——"说到这里他忽然住了口。

"好，这是很好的梦呀！"升义笑着说。

"但是我的牙齿忽然落了。"吴洪发郑重地说。

"牙齿落了痛吗？"升义随便地问。

"那是在梦里呀！"吴洪发着急地说，"人家说梦见落了牙齿，就会死掉亲人，真的吗？"他很担心地问。

"谁晓得？不要说梦话了！趁天没有亮多睡一忽儿，等一会儿又要起来下洞去了。"

"他们说这种梦是百回百准的。"吴洪发固执地说。升义不理他。

"我怕——我的女人会——"他恐怖地自语着，声音抖得非常厉害。

升义翻了一个身，用缓慢的声音去劝慰他说："小吴，我劝你再睡一忽儿罢。不要老是去想梦，梦是靠不住的，我就不相信梦！"

“梦是不可不相信的呀！你不记得我们前街里的小陈，他梦见落了门牙，跟着就死掉母亲吗？这是千真万确的事。……我的女人是死定的了。”吴洪发说到后来差不多要抽泣起来了。

老张在对面醒了，粗声问：“小吴，什么事情？你总是常常这样吵得人家睡不着觉！”

“我的女人是那么好……那么好。现在没有了，”吴洪发抽泣地说，“她会天天在家里望着：‘我的男人为何去了这许久都没有信息来呀？’她望着，望着，然后就躺下去死了。什么事情都完结了！”

“什么话？你在嚷些什么话？你的女人死了！哪里来的消息？”老张摸不着头脑惊讶地问。

“他做了一个梦，梦见落了牙齿。”升义嗤笑地说。

“呸，”老张翻了一个身，头向着墙壁吐了一口痰在那上面，“原来是这么一回事，我说你们年青人都不行，梦见落牙齿就想到老婆死，就哭。梦，那就是梦。眼睛一睁开，什么都是假的。只有女人才相信梦……你看，你在这里不死不活的，今天保不定就有明天。随便什么时候人家要你死，你就会躺下去两只脚一伸直，万事都要抛掉，还舍不得一个老婆吗？老婆，谁又没有老婆？我的老婆比什么女人都好，我也没有为她哼过一声。你何苦就闹得我们天天睡不舒服！是男子汉，就是要我们自己死，我们也不洒一滴眼泪！”

吴洪发不答话，还在低声抽泣。升义在旁边觉得话说得太重了，就有点不舒服，便说：“你这人岂有此理！人家那样苦恼，你还只想睡得舒服。在这里我们和猪狗没有两样，你要舒服，是想养肥了给人吃得饱些吗？”

“为什么不要舒服？”老张有点生气了，“就是死，我也不怕。睡觉是要睡够的。我不怕，在这里折磨死了，过二十年又是一个活鲜鲜的汉子。男人的眼泪比金子还值价，你看我自从到这里来没有流过一滴泪，像你们这样天天号哭着还行吗？……哼，养肥了跟人吃得饱些你会说，有本领你起来和矿警打一架呀！在这里做沙丁，大家都没有脸面。”老张还在咕哝，他这样说，并不是对升义生气，他是对矿警生气，对公司生气，对整个矿山生气。

升义自然也生气，这些话刺在他的心上，很使他受不下去。他想着，他想着老张的话：做沙丁没有脸面；有本领和矿警打一架，什么人还说过，年纪青青，身子结实，有气力是不怕天不怕王法的。他现在却在这里给别人做猪狗。真丢脸呀！银姐，在那远远的有两天多路程的地方，银姐还以为她的升义哥在这里挖金山，找许多钱去给她赎身子，她说过：“你是一个好人。”她还以为他是一个了不起的人物呀！谁知道他却在这里整天在洞里挖土块，看不见一个钱眼儿。给人家踏，给人家骂，给人家做奴隶。沙丁，在那些矿警的眼睛里沙丁还有一点儿人样吗？七百六十九号，他只是个叫做七百六十九号的东西呀！

年青人究竟是有热血的，这样想着就禁不住要生气，想到自己有这样结实的身子，却给人家踏践，同时又仿佛看见银姐的一双眼睛，这眼睛水汪汪地望着他好像在责备：“你好不害羞呀！一个男子汉却让人家给钉上脚镣，像女人般听话，像乌龟般缩头。你不会起来动一动吗？”他觉得全身的血都冲到脸上来。而且那脚镣就像红铁般烙着他的脚胫，干草刺着他的身子发痛。

“我不怕，我要逃，我要逃走。我要回家去看我的女人！我怕什么呢？我有这条命！就把这条命给你！过二十年又是一个活鲜鲜的汉子，那时候再来报仇。”在一些时候的沉默以后，吴洪发忽然疯狂地叫着就从干草铺上挣起来，一次跌下去了，又来第二次。他撞着了几个人的躺卧着的身子，他急急向着门扑过去。两只血红的眼睛穿过半黑暗望着那锁住了的门。

“逃走！”这个大胆的思想像火花一般在升义的头脑中闪了一下。他带着激动的心情默默望着吴洪发的疯狂般的动作。最后他看见吴洪发扑在门上死命地摇撼那锁住的门，他忘了自己地爬起来，正要奔过去，这时候屋里起了种种的声音，差不多全房间的人都醒了，外面也有些声音。

忽然，枪声一响，一个清脆的声音打进众人的耳朵里，接着又是一响，吴洪发倒下去了。

众人惊骇着，不知道应该怎样做，他们都蜷伏在干草上面。门开了，几个矿警进来，房间里被镁光灯照亮了。他们把吴洪发抬了出去，门又被锁住了。没有灯光，大家依旧躺在半黑暗里，不知道是什么一回事，大家疑心做了一场噩梦。

这房间里的十多个沙丁都不能再睡了，他们惊恐地，讯问着，谈论着。激动和恐怖压迫着他们。

天亮时矿警来告诉他们，昨晚上又有一个沙丁逃走，被矿警开了两枪才打死了。众人伸出了舌头。

至于吴洪发的命运呢？矿警回答说：“七百六十八号病得太厉害，须得医治一下。”升义和老张争着问病室在什么地方，他们要求着去看他们的同伴。

那矿警冷笑了一声，回答说：“不要紧的，会有人给他照料。死了时也有人给他收埋的。”

他们再问下去，就得不着一点回答。而且他们马上就要动身到矿里去了。

没有雾，吹着微风，太阳刚刚从天边升起来。窄小的山路蜿蜒地躺在他们的脚下。他们的眼睛看得清楚周围的一切。他们走着这单调的路程，怀着沉重的心。走到另一个“炉房”的附近，那土路上面忽然现了许多的黑红的印迹，是一点一滴的，这印迹也是蜿蜒着，约有好几步路光景，就另外现了些浓颜色的大点子，是聚集在一处的，但却偏向路边，接连地滴下岩石去了。

众人明白这是一个人挨了枪后跑了好几步光景，才挨了第二枪便在路旁边站了片刻终于跌倒，从这路边滚下山去了。这是一幕多么惨痛的生命的挣扎呵。看了这血迹，众人觉得它们还有热气，又仿佛看见它们怎样从一个活泼的身子里流出来。于是每个人都给恐怖占有了。他们低了头战抖地走了过去，不敢再回头去看一眼，虽然矿警还在说："看哪，这就是那个沙丁的血，他就是在这里打死的。"

后来大家下了矿，依旧和平常一样地挖着土块。在下锄的时候也有人在谈话，但是不知道怎样大家总觉得有些儿冷静，而且缺少了什么东西。自然少了一个吴洪发，其实还少了那人的咳嗽和喘息，那人的有时疯狂有时又伤感的话语，并且还少了那些以他为中心而做的动作。

虽然只有这样短的时间，但他们已经觉得沙丁的生活是一天比一天更惨苦了。

晚上带了疲倦的身子回到"炉房"里，有的人还在谈话，但升义却躺在干草上面默默不作声。他闭着眼睛不看一切，不听一切。他抑压住一切的思想。他只是喃喃地念着："银姐，今晚上到梦里来跟我相会罢！"

这晚上在"炉房"里的沉闷空气中他果然做着长的梦。但是他并没有看见银姐。他只看见吴洪发。他和那人一块儿逃出去，走不到多远，矿警追来了。一枪打着吴洪发的手膀，他们还是向前面跑，再一枪打来，又打进吴洪发的身子。他们两个就从山上滚下去。奇怪，他们居然滚到了赵二祖宗庙门口，没有人在那里，他扶着吴洪发进去，刚走到神龛下的供桌前面，吴洪发发出一声哀叫就倒在地上。他俯着身子去看，那人已经死了，一身是血，把他的双手都染污了。他悲痛地抬起头来，在他的四周都站着矿警。每个人拿了手枪对了他瞄准着……

他醒了，房间里是黑漆的一片。他分辨不出来自己在黑暗中占着什么位置。他的心抖得很厉害。他仔细思索，猜不出这梦暗示的是什么预兆。两个人逃走，一个死在赵二祖宗庙，一个在那里被捉回去。这是什么意思？

忽然在沉闷的鼾声中间，一个颤抖的微弱的声音响起来了："这也是一条性命呀！"只说了这一句声音就止住了。升义分辨得出说话的是七百七十五号，一个中年汉子，不，他的头发已经灰白了。在平常他总是忧郁着，沉默着，不喜欢说话，现在他却开口了。“就饶了他罢，他也是老母亲养下来的呀！”接着他又说了几句含糊的话。声音很低，升义不能够听清楚。过后那人翻了一个身，叹息一下，就不再有声响，显然是他沉沉地睡去了。

这房间里没有什么变动，无疑地那人是在说梦话，但这短短的话语已经够使升义恐惧了。他开始想象那人在梦里所经历的情景，他禁不住紧紧按着那跳动得很厉害的胸膛，他不能够移动身子，他仿佛已经死过一次了。

过了好一些时候，他还是不能够阖眼。他大睁着两只眼睛望着那黑暗的屋顶。那上面忽然出现了吴洪发的憔悴的面孔，和平常是一样的。他不觉伸手去触他的身子的左边，那里空着，他的手挨着刺人的干草。“小吴，你还活在人世上吗？”他悲痛地自语着。过后他又去思索先前的那个梦景。

那梦也许是个不祥的预兆，但逃走的思想却像电火般又一次闪过他的脑里了。

七

吴洪发从此就没有回来，他们问不出他的消息。不到几天就有人来填补他的位置，那是一个身材比较高大的汉子，年纪快四十岁，没有姓名，号头是二百四十五号。这个人没有带脚镣。

这二百四十五号真是个多嘴的人！他的话比什么人都多。他来了以后这个房间突然变得热闹起来。他在这里住得久，知道的事情多，什么话都说，也喜欢谈女人。

说到吴洪发他吐着口痰说：“呸！你们还以为他会活着吗？我恐怕他的骨头都早给野狗啃光了。在那边山坳里有许多野狗，这里死了人就往山坳里丢去喂狗吃。没有一个死人逃得过这关头。我们有一天死了也是一样。”他说着像是很得意，并没有丝毫惧怕。

好几个人伸出了舌头，有的摇摆着脸把牙齿弄得响。

“怕什么？人死了眼睛一闭，什么都完结了。狗来啃我的骨头我又不会觉得痛。我不怕，我什么也不怕！我到这里来就不是为找钱，我情愿来做沙丁，所以他们简直不叫我带脚镣。”他说了，就得意地微笑，张着嘴露出两排参差不齐的黄黑牙齿。

情愿来做沙丁！升义想，这人也许在开玩笑。一个人有高大的身子，结实的拳头，什么地方不好跑？却偏偏跑到这里来做沙丁！这简直是不可能的事。升义实在不相信，但是看这人的神气，又不像在说玩话或者骗人！他觉得对于世上的事情他真正有些儿不了解了。他沉默着，却看见别的沙丁在摇头，显然是表示不相信那人的话。

“你们不相信？”二百四十五号起劲地说，又吐了一口痰，“你们不会懂得！这里有什么不好？没有钱？我本来就不要钱！我又没有家，一个人洒洒脱脱，要钱干什么用？我是自己跑到这里来的。他们晓得我不会跑开。每年我也多少拿到一点工钱，就请了两天假跑进城里去，就只往赌场里跑，要不到两天工夫，我就把钱统统送给了赌场老板。一天也不停留便跑回来，埋头儿挖土块……”

“请假？”升义惊喜地这样问，一线希望又来触动他。

“请假？这里是没有这规矩的。不过我和矿警们熟了，他们晓得我不会跑开，也就随便放我去一两天。他们也晓得我的拳头结实，就落得做个人情。”说着他又现出得意的笑，露了黄黑的牙齿。

众人用了崇拜的眼光看他，升义仔细地回味着他的话。升义想：拳头结实，矿警也落得做人情，他为什么去了又会回来呢？要是换了这人是自己，去了无论如何是不会回来的。世界是那么大，什么地方不好跑？即使不要钱也要过活得自由呀！到自由的地方和心爱的女人在一起，这样想自己心里便热烘烘的，恨不得背上就生了翅膀飞回到家里去。升义的脸发红了。

“在这里住着也有些地方比外面好。第一，你会把外面的事情统统忘掉，你连自己的姓名也都忘掉了，人家叫你就叫二百四十五号，你就是一个号头，这要少掉许多麻烦。是的，我常常想我就是一个数目，这个二百四十五号每天就要挖那么多的土块，到晚上躺下去什么事情也不管。我有时候觉得我不是一个人，我只是一个数目，沙丁不是别的，就是一个数目。等到眼睛一闭，身子一冷，数目就没有了。不，数目还是有的，将来会有新的人来顶替这个数目。我的这号头原是顶替来的。我的姓名吗？没有人晓得，我自己也不晓得。"二百四十五号说着拍拍胸膛。老张叹口气，有些不同意他的话，于是反驳说："人死了连姓名也没有，这真惨了！我们男子汉四方跑，无非为了贪图做点事，留个好姓名，丢掉姓名，换上一个数目，有什么好处？枪子打进去还是要流血，挨了打一样要痛。……现在我到这里还不多久，差不多就连自己姓什么也有些不清楚了。七百七十号！他们都叫我做七百七十号，我自己也说七百七十号，可是在洞里挖起土块来，还是一样地吃力。……"

叫作七百七十六号的一个中年人带笑插口说："忘掉自己的姓名怎么好？倘使你将来回家去，你的老婆不认识你，问起你'贵姓'，你怎答应吧？'我是七百七十号'，你就这样说吗？"

人们笑了，但马上又收敛了笑容，这种笑法在这里是很平常的。因为在任何时候每个沙丁都被那阴影压迫着，那阴影就像鬼魂一般抓住他们的灵魂，使他们就在暂时的谈笑里面也不能够忘掉它。

"回家去？你们还想回家吗？你们要活着出去，除非求赵二祖宗来保佑！在这里挖土块，便是身子结实的，也活不过十年。我在这里也不过六七年光景，我就看见死了一百多！还有逃走被枪打死的也有好几十。只有几个人是逃出去了，那边山坳真不晓得丢了多少尸首呀！都给野狗吃光了。我看见带着血和灰的骨头是被狗叼了出来丢在路旁的。你们还想回家！"二百四十五号不等老张回答别人的话，就抢着说下去，他说得很起劲，脸上永远是现着得意的笑容。他说到使别人战抖的地方，他自己连牙齿也不打战。

"呵！"许多人都这样叫起来。有些人暗暗在想：性命就这样不值钱吗？又有人想：我的轮值什么时候会到呢？大家都害怕，怕得不敢多说话。

他却笑了："这里有一件事情不好，就是没有女人。女人虽然有些贱，可是却也够叫人爱煞。走一步路，笑一笑，还有是那么圆那么嫩那么白……呵，这许多年来我都没有看见过女人了。唉，我的妈……"他忽然止了话，他开始在想，脸因了梦幻似的表情变得可笑，但后来又变得庄严了。

说到女人马上就把屋里的紧张空气松弛了一点。大家都开始去想自己心爱的女人，有的人就叹气，还有的人就躺下去闭着眼睛预备做梦。升义记起他和银姐的约言，就暗暗唤着那女人的名字。老张慢声谈着他的老婆的好处，但没有人注意他，不久众人都睡熟了。

深夜房间里起了一些声音，但没有人觉得。第二天早晨，大家醒来，发见梁上吊着一个人，眼睛突出，舌头伸出了一小半，身子已经冷了。这人有三十多岁，号头是七百七十二号，从来不爱说话，而且性子好像很孤僻，脸永远是阴沉沉的，却不看见他抱怨过什么。

这人是用裤带吊死的，但他怎样在黑暗里把裤带抛到梁上去结起来，就没有人知道了。

大家更不知道他为什么要寻死。"他永不会说话了。这个人在生沉默着，临死也沉默着呀！"升义不禁要这样想。那个七百七十五号的中年人却在旁边哭了。

大家嚷着，矿警进来把尸首取下来抬出去。他们看见死人，脸上现出了讨厌的表情。一面抬着，年长的矿警就问一个年青的道："老五，你说，这个月里一共死了多少个？"

"总在十个以上罢，谁有心肠去牢记这个？"年青的冷淡地回答。过后就掉开头向着干草上面吐了一口痰。

"像这样子下去是不行的呀！"升义看见尸首抬了出去，就低声对老张说，话里暗示了一种意思。

老张看他几眼，这眼光是探索的眼光。过后他就说："等着罢，这号头我一定要把它去掉。"

"七百七十号，还不出来吗？就要动身了！"矿警在门外叫。

老张应了一声，接着便咕哝道："我姓张，我是老张呀！我不是七百七十号。"他终于跟着升义出去了。

这一个"炉房"的别一个房间里，有一个沙丁快要疯狂了，但人家还要他照常下洞去。这一天升义在洞口碰见他，年纪不大，脸上涂着灰泥和鼻涕。他笑就和哭一样，脚胫上钉着铁镣。

他站在洞口边许久不下去，他望着洞口笑。

"五百二十号下去呀！"矿警在后面厉声催促他。

"五百二十号，你的爹才是五百二十号！我姓黄，人家都叫我做小黄呀！你的爹才是五百二十号！你的老母亲——"他红着眼睛，起劲地望着矿警骂起来。

矿警生了气，跑上前去不等他把话说完，就拿枪柄向他的头上打，他马上滚倒在洞里面了。那时他正把镁光灯从袋里取出来，灯也落在下面，瓦壶破了，火熊熊地燃着，发出很大的臭气和烟雾。

外面的人转身便跑，往四面跑，因为脚上有铁镣，大家都跑不动，矿警们马上警戒起来，向着天放了几响空枪，就把众人拦了回来。

等众人被押送回到洞口，一路上被矿警们嘲骂，没有一个人出来顶嘴。他们走下洞，洞里还有一点烟雾，空气很臭。在最后的一级阶梯旁边，就躺着那人，翻着白眼在那里喘气。旁边一个沙丁在照料他。

升义匆匆就走过去了。在小洞里慢慢爬着的时候，老张在他的前面忽然掉过头来对他说："我也说过的，那些话我也说过的。我不是七百七十号，我姓张，我叫作老张呀！"他做了一个可怕的歪脸。这脸真难看，升义有点害怕。他想："从前的老张不是这样子，难道他也会发疯吗？"

晚上回到“炉房”里，大家睡了。升义暗暗唤着银姐的名字，预备做着会见银姐的梦。隔壁房间里有人在呻吟，后来叫声起了：“我不是五百二十号，我姓黄，人家叫我做小黄呀！我要回去，我有老母亲，我有女人，我有小孩！……你不放我吗？你打我！打得好！我也要打你！你狗养的！你的老母亲陪我睡觉！你叫我做五百二十号吗？……我是一个人呀！我是一个大人物呀！我是你的爹！你敢打你的爹吗？……看我有这许多人！他们都有枪，喂，你们也放枪呀！冲过去！去，去，哈哈哈。喂，你是潘师爷，还有你王师爷，你们都跪下来吗？……我不下洞去了。你们去挖土块罢，我不高兴挖了。……滚开，谁要你们乞怜！给我吃打！再打呀！……哈哈哈，打得痛快！我，我是小黄呀！我不是一个数目，我有枪呀！看，我来开放一下！……痛，你们也晓得痛吗？你们也有血吗？……痛快……我要回家去了……”

叫声并不大，但升义他们却听得很清楚。声音突然止了，可是他们想着那些话，许久不能够闭眼。

第二天天一亮他们就听见隔壁的哭声，是另一个人的，也许哭的不止一个。

后来他们才知道那个发疯的人昨晚吊死了，也是用的裤带。

“又看见一个人死了！”老张用沉重的声音说，“说不定有一天晚上我也会这样死的！”

升义吃惊地听着这话，他又在想老张近来变得多了，但马上他就问自己：“难道我也会这样死吗？这样下去我怕我自己有一天也会发疯的！”

“呵！……这里怕有吊死鬼罢，一连两晚上都有人吊死！今晚上不晓得会轮着谁？”七百七十五号的中年汉子惊恐地说，他的脸变得铁青。

“说不定就轮着你。今晚上要是真有吊死鬼来，看我就和他打一架。”那个二百四十五号生气起来，捏着两个拳头在空中晃，说着话就露了黄黑牙齿。

升义看见禁不住要羡慕这个人。但是他过后又想，有这样的拳头为什么不用来对付矿警呢？

八

下了两三天的微雨，山路便泥泞起来。阴云笼罩了全个矿山。每天早晨在暗灰的空气中，一群群的沙丁垂着头用那穿着草鞋带着铁镣的脚去走那泥泞的路。没有一声笑，他们简直不谈话，大家埋着头走着，走着，就像一些鬼魂。

在地底下沙丁们照旧地爬着，挖着，但是工作却比平时要困难多了，洞里积了雨水，土也变成了泥泞，他们就在泥泞里滚。

公司方面不叫停工，沙丁们望晴天比望什么都殷勤。大家抱怨着雨，大家诅咒着雨，于是晴天来了，众人都觉得高兴。

太阳从东边爬起来，大家亲眼看着，相信这晴天是确实的了。路开始在干燥，脚步踏下去要比较舒服些。不知道怎样，大家今天看见太阳特别欢喜。每个人都昂起头让那新鲜的，温和的空气抚着他们的脸。这爱抚就像女人的温柔的手的爱抚，这是多么使人沉醉的爱抚呵！那个身材比较高大的二百四十五号开始弄尖了声音哼起女人想男子的情歌来。许多的人微笑了，他们听见歌就想到女人，想到女人，每个人的心都软了。便是那些矿警今天也露了笑脸。

在洞里挖土块的时候，大家笑着谈话。大家谈论着女人，因为只有谈到这事情才可以使人忘掉愁苦。

“我的老婆是那么肥白，那么嫩，那么圆……她笑一笑，走一步路，说一句话，真迷死人呀！还有……真说不完。但是女人总是贱东西，她们软得就没有骨头。哈哈哈。”那个二百四十五号说着接连大笑了三声。

“那么你的老婆如今在什么地方呢？”升义接着问。他又想起了银姐……笑一笑，走一步路，说一句话……他想象着这一切。

“她跟人跑了！”那人说着，脸色一点不改变。

“跟人跑了？哈哈哈……”大家都笑起来。

“她为何要跟人跑呢？有着你这样好的丈夫，身材高大，相貌堂皇，拳头结实，难道还不够吗？”升义嘲笑地说。

“是呀！我也是这样想。但是人家有钱呀！钱呀！”二百四十五号说，态度和平时一样，但是眉毛那里已经潜伏着愤怒的萌芽！

“钱，钱又有什么厉害？但是你有拳头呀！”老张红了脸在旁边冷笑说。

“拳头？不错，我有这拳头！”他说着就捏紧两个拳头在空中晃，脸色开始变了，“而且我还有刀！”他咬紧牙齿。

众人不开口，只是注意地看他。他们有点害怕，知道在这个人的过去里一定发生过一件可怕的事情，一件不能够忘记的事情。

“我的老婆生得漂亮，我白天又不在家，有钱人看上她，用尽方法来勾引她，她到底上了钩。她撇了我跑到他那里去了。这又有什么办法呢？打官司到衙门告状，我又打不过。他有钱有势，做官的得了钱当然替钱说话。”他说着把拳头往空中一击。

“呵……”有些人这样沉吟着。

“但是我不怕，我什么也不怕，我有刀。我拿了刀子跑进他的家。我把他们两个都杀了。没有人敢捉我。我跑出来。衙门里出了几百块钱的赏格捉拿我。我就跑到这里来，就永远没有回去过。不晓得那件案子到现在了结没有。”他说着没有一点怕惧，没有一点懊恼，眼睛里只射着憎恨的光。就用力把锄往壁上一打。

“你真的把两个人都杀了？”升义吃惊地问，有点不相信。

“怎么不真？我还拾起刀子舔了那上面的血，我的老婆的血和那个男子的血。”二百四十五号咬着牙齿说，脸上露了一个凶狠的狞笑。

亲手杀了两个人，杀了自己的老婆，还吃了人的血，自己老婆的血。这简直是不可能的事情！但是人站在他们的面前，没有一点假。自然这个人不会说大话。看那脸色，看那语调，看那身材，这个人是说得出做得出的。这个人是沙丁，每天过着猪狗般的生活，但是他做起事来比矿警还要凶。他杀了两个人就像杀了两只鸡，没有懊悔，没有恐惧，他还要憎恨呀！

“杀人！亏你下得手！杀人究竟比不得杀鸡呀！我连鸡也没有杀过！”那个七百七十五号畏怯地说，声音有些儿战抖。

“哼！”他吐一口痰在墙壁上面，“杀人比杀鸡要容易得多！怒火在心里燃烧起来，你什么事都干得出！你咬牙切齿地恨那仇人，仇恨就把你迷住了。不要你想，到了你拿刀杀了人，你还觉得就像在做梦呀！”

“你现在就没有一点懊恼吗？过了这许久你都没有一点懊恼吗？”升义问。

“懊恼？有什么懊恼？我只恨呀！我杀了他们，我就有好处吗？他们如今舒舒服服地躺在坟墓里，我却在这里做沙丁，做一辈子的沙丁，没有出头的日子，我只恨呀！我到死都恨的！”二百四十五号说着脸上又露了个狞笑，他用力把锄头在壁上打，就像在打一个人的身子。

憎恨竟然是这么深！过了这许多年代，人死了憎恨还没有死，它是这样活泼地存在着。这个人的从前的平静似乎都是假的。到了现在他也开始觉得这永久的沙丁的生活是怎样的难堪了。这恨，这没有终局的恨呀！——这样想，升义是被一种深的烦愁压倒了。

这时候在外面天气已经变了。大的雨点落下来。在里面他们还不觉得。大家用力去挖土块，因为在先前的谈话中，许多时间就白白地过去了。他们还不曾挖到半个袋子。

他们挖着，他们用力挖着，有的人看看就要挖满一个袋子了，忽然一个人惊讶地自语着："怎么地下这样滑！这么多的水！"

"下过两天雨，路当然要滑。依理说有这么多的水，今天就不应该下洞。幸好今天是个晴天，要是再下一场大雨，我们就会没有命了！他妈的！他们只顾发财，哪里把我们沙丁的性命放在眼里。"二百四十五号起初解释，过后就抱怨起来。他放下鹤嘴锄，吐了口痰在手掌上，把两手合起来擦了擦，然后拿起锄又用力去挖土块。

"说空话有什么用处，你有拳头，你有结实的拳头呀！为何你不拿拳头去对付他们呢？你只会挖，你只会用气力去挖，挖多了好使他们多发财呀！"老张停了锄，圆睁起那一对血红的眼睛，望着二百四十五号生气地说。

"你给我闭嘴！"二百四十五号用凶恶的眼光看他，神情很严厉。"你说话要当心，我的拳头是不好惹的呀！你想我怕他们？呸！我冒了火，什么人都不怕。你看着罢！什么师爷！什么大爷！有一天都会给我的拳头打掉的！我不高兴做一辈子的沙丁。他们要发财，就叫他们自己来挖！你怕我不晓得每年的几千几万的亮银元是谁个挣来的吗？那上面都是血，都是我们沙丁的血呀！我要去和他们算账！我的拳头是不认得人的！"他愈说愈生气，锄头下得更勤快，"我挖，我在给他们挖坟呀。"

"好，说得好！"老张丢了锄接连拍掌说，他的声音，他的脸色都带了疯狂的样子。

"喂，你们听这是什么声音？"升义忽然惊讶地说。

"水，水，从哪里流来的水呀？"七百七十五号丢了锄大声叫起来。

水已经盖了众人的脚。地下是一片和着污泥的水。

"不要紧。你们真没有用，这样大惊小怪！今天是个晴天，还怕涨水吗！挖呀！大家用气力挖呀！给他们挖坟呀！挖一座大坟，把什么师爷，什么大爷，统统埋在里面呀！"二百四十五号不管别人惊恐地叫唤，却只顾用气力去挖土块，连头也不肯埋下去看地下。

“不行！你看水还在涨，呵！水还在从上面流下来。你看呀！真正不要紧吗？”升义丢了锄去拉二百四十五号。

二百四十五号便停了锄把眼睛俯下去看。锄还被他紧紧捏在手里。

“呀！不得了，大水来了！”二百四十五号发出了这恐怖的喊叫，“你们还要丢开锄吗？快拾起锄呀！拾起来赶快逃命。洞口会被封着的，我们要用锄呀！”他断续地叫着，面孔变得非常阴沉，使人看不出他这时在心里想些什么。他恐怖但并不惊惶。众人知道情形是严重了。

水不住地沿着洞流下来，水流得慢，有响声，里面夹了不少的污泥，颜色昏黑。

“逃呀！当心灯！灯要紧呀！”众人嚷起来，争着出去。在泥泞中大家脚上又有铁镣，拔步很困难。

“逃呀！你们先逃呀！我不要紧，我有拳头！”二百四十五号大声在催促，“不要丢开锄，等一会就用得着锄呀！”

但是除了两三个人外大家都早把锄丢了，也没有人去拾起它，大家唯一的思想就是马上跑出去。

有几个人已经爬在洞眼里了。老张是第一个。他在前面爬，把灯拿出水面照亮着路，但看不见什么，只看见那一片昏黑的水。水时时打着他的脸，很痛。他昂起头免得陷在水里。他的身子差不多要被污泥陷住了。他用了很大的气力向前爬了几步。前面的水冲过来又把他冲退了一步。他一个不留心，手一松，灯就落在水里熄了。他的头疲倦地埋进水里，眼前一阵昏黑，耳朵旁边响着铃声。

“灯熄了！快爬呀！你现在就爬不动吗？”有人在后面推动他的脚，着急地叫起来。

“七百七十号快爬呀！”

他本能地抬起那污泥淋漓的头，用了大的努力向前爬了几步，后面的人跟着爬上去。

“当心灯，灯要紧呀！”后面有几个人叫。就在这时候又有几盏灯落在水里灭了。

“快点爬呀！”

“救命呀！”

“我不要死呀！”

“我没有害过人，我不该枉死呀！”

“快点爬呀！”

“当心灯！你的灯也落。”

“我的老母亲呀！”

“我的女人呀！你的丈夫永世不会回家了。”

“老天爷！你是有眼睛的。你什么都看得见。你晓得谁该死，谁不该死！”

许多悲惨的声音叫出上面的话。

“不要闹，大家要镇静呀！干嚷着没有用，快点爬呀！”二百四十五号大声叫，他的确比较镇静，他爬起来并不很费力，但他却留在后面爬，让那些骇得几乎爬不动的人爬在前面。他把头高高举出水面，一只手拿着灯，一只手抵着地，锄头插在背上。只有他手里的一盏灯还燃着，给这洞里一点儿光亮。

“救命呀！”依旧有人在叫喊。

“大家求求赵二祖宗保佑罢！善人是有善报的。”老张感到了一种最后的力量在鼓动他，忽然像从梦中醒过来一般在前面大声叫起来。他这样表示出对于正义的最后的信仰：“我们是没有过错的，我们并没有一点过错呀！”他说了就用着疯狂的力量继续去和水挣扎。他把头抬出水面，两只手死命地抵着地，用力去移动身子。他爬了一些时候。有时爬得疲倦了，水冲过来他的手一松，身子马上就往后面退，但他连忙又把两手抵在地上，支持着身子不要再退，然后再往前面爬。在他的后面是七百七十五号，再后面就是升义和其余的人。

“二百四十五号，你比我们晓得多。你说我们逃得出去吗？你说呀！”升义大声叫。在后面的人马上重述着这问话。每个人所急于要知道的就是这个。

“只有天晓得！我们恐怕没有性命了！”二百四十五号烦躁地说。

在前面老张用了最后的努力在和水挣扎。渐渐地他觉得快完全没有气力了。于是一股大的水势挟了不少的污泥石子冲过来，老张的身子被冲得抵御不住，两只手浮起来，他的头被打击得失了知觉。这一股水猛烈地往里面冲，老张的身子浮在水面上，被它冲往后面去了，在七百七十五号旁边冲过，七百七十五号哀叫了一声也就被水淹没了。

“老张完了！七百七十号完了！七百七十五号也完了！”升义忘了自己地惊叫起来。尸体在前面阻拦着他的路，水还是继续向他的头上身上冲。他的全身都湿透了，他的头触着七百七十五号的尸体，还有热气，好像手和脚都在微微摇动。他渐渐往后面退了。

不仅他一个人退，众人全都往后面退，连二百四十五号手里的灯也落在水里面了。众人发出可怕的惊叫，但没有用。洞里完全黑暗了，大家全都瞎了眼睛，只凭着感觉知道水已经快要盖着头顶了。

“七百七十号！”

“七百七十五号！”

“七百六十九号！”

“我在这里！老张完结了！七百七十号死了！”

“你还在前面爬吗？把尸首推开呀！”

“我就要放手了！”

“赵二祖宗保佑罢！我们都没有错过呀！”

“我不会死，我不会死！”

“我没有做过冤枉事呀！我不该枉死呀！”

"救命呀！"

上面许多的带着眼泪的哀叫都被水阻挡回来了。

大家继续在黑暗里摸索着路爬。

忽然周围起了一个大的轰炸的声音。全个洞都在震动，就像一匹山崩溃了。

沉默了片刻。众人觉得"死"在旁边走过去了。

空气变得很凝重而且臭。

大家呼吸急促，而且困难。

"二百四十五号，这是什么声音哪？洞崩开了吗？那么我们就会有救星了。"一个声音带了希望说。

"你还说有救星？完结了，什么都完结了，一定是洞被水冲倒了。洞口被封住！我们被活埋在里面了！我先前不是叫过你们带锄头吗？锄头呢？"二百四十五号用力说，但声音究竟比平时微弱多了。他还在死命地爬。

"带锄头也是没有用的。挖，我们会再挖个洞眼逃出去吗？大家连爬的气力也没有了。"另一个声音战抖说。

"那么就没有别的办法吗？我们大声叫喊，他们在外面听得见吗？"升义的声音战抖地问，接着还有人重述着这种意思。

"听见？你在做梦！你晓得这洞有多深？我不怕死！我死了好找那个勾引我老婆的有钱人去算账！"二百四十五号到这时候还要倔强！

"二百四十五号，我们就再没有一点活路吗？"一个声音战抖地问。

"要活路？你去求赵二祖宗保佑你罢！"二百四十五号说着还吐一口痰在水里。他率性就不爬了。

"救命呀！"有些人依旧这样发出他们的微弱的哀叫，求生的欲望是人人有的，便是在明知道死就站在眼前的时候。

“银姐！你在哪里呀？我唤你，你——”升义绝望地用那最后的力量大声哀叫起来。恰恰在这时候一股大的水势挟着更多的污泥和石子猛烈地往里面冲过来。只是一冲就把那些人完全淹没了，等他们本能地再从水面抬起头作那最后的挣扎时，第二股水势又冲过来把他们打了下去。接着更大的水又冲来，很快地就把洞填满了。

没有最后的哀叫。洞里是很沉寂的。

结 尾

当然不到多久雨就住了。在晴天里土地会变回干燥。污泥封住了的洞又被打通了。沙丁们依旧下洞去挖土块，和平常一样。

公司方面也没有什么损失。他们又招了许多新的沙丁来。公司每年照常拿进许多万的亮银元。老板发了财，把钱存在大都市的银行里；师爷分了花红，就寄给家里的老婆；矿警得了奖金，就跑到城里赌场去消耗。大家脸上都有了笑容。这笑容一直继续到现在，因为这事业是一天比一天繁荣了。

“死城”依旧靠了矿山和赌场繁荣着。在另一个城里，离“死城”只有两天多路程的地方，那个叫作“银姐”的女郎依旧照常在公馆里过着那忙碌的生活。她整天整夜被种种繁重的工作来折磨，但她却从没有忘记过一件事情，就是祷告神明保佑她的升义哥早早发了财回来赎出她的身子。

自然这祷告是不会长久的，因为不到一年的工夫她就被繁重的工作，没有终局的等待，和那难堪的心的寂寞折磨死了。临死的时候她绝望地低声唤着一个男人的名字。

她的这微弱的呼声是不会被人听见的，即使被人听见，也没有人会为她的不幸流一滴眼泪。

日子平淡地过去了，还没有什么显著的新的变化，一直继续到现在，而且要继续到将来一切都翻转过来的时候。

那时候是会到来的，但是她和她所爱的人以及那无数沙丁的骨头已经早在坟墓里腐烂了。

原载《申报月刊》1932年7月第1卷第1期—8月第1卷第2期
选自上海开明书店1933年1月初版，1934年6月再版
1937年6月，文化生活出版社纳入“文学丛刊”
第5集出版时，书名改为《砂丁》

窑场

葛琴

一

丁山河里的早班轮刚放了第一遍汽，秦老板点着一支烟，走到他的工场上去了。

太阳还没有出，大地的到处，向他吐出一种甜味的，三月天的露水底气息。在空里，冒起几股黑色的窑烟柱子，使劲地直冲到天上。好像要把那排宝蓝色的老晴天，突破几个深深的大黑洞。

“唔，这才是出货的天呵！”

秦老板贪婪地向那些出烟的地方扫了一眼，赤糖色的脸子上，立时浮起一个轻松的微笑，连着那个火叉式的洋狗鼻头，也好像搽了油似的，闪出一亮一亮的光。只是常管窑事的毛脚阿青，从河坎上急急地向他跑来的时候，他连忙挺一挺阔阔的浓眉，弹起三个兰花指头，把烟卷送到口角上。好像没有瞧见他似的，只管默然地吸着他的烟。

“大老板早呵！嗦，今天又到了七个双船的东山呢。真是的——”毛脚阿青瞧了秦老板一眼，尽量把痀弓着的背脊挺直起来，露出两个涂金牙齿说：

“你看，我们这堆基，真是堆也堆不上啦！这些山户真讨厌，人家小窑户把洋钱撒在他们手里，还硬说没有坭，没有坭，这里末就拼命的塞进来，好像不要钱似的！真讨厌，起五更上到这个时候啦，不过坭是好的，坭是最好也没有！”

“唔！”

秦老板胶着一双眼睛，随便地点一下头。不马上朝河坎上望，触动了什么心事样的，忽然不声不响地，踱起那种不怎么斯文的方步来，踱到毛脚阿青面前，一下又把口角上的半截烟卷，摔在远远的地上说：

“唔，那块坭场，唔，场是不怎么好！他到底想‘接’还是想卖嗳？其实这样酸的人我也不大高兴……不过，唔！晚上叫洪根来跟我对对面吧！”

秦老板不耐烦似的盯了那个一眼，心里很有点苦闷起来，觉得自己的场户放到这么大，竟然没有一双可靠的手，会出心出力地衬他一点子力，正像他已经四十开外的人了，还没有儿子在面前向他要这要那地，一样的空虚起来。

“晓得了吧！叫洪根，叫洪根来跟我对对面——再不添坭场，马上会歇手了！”

秦老板绷着铁紧的脸子，霍霍的眼光，直逼到那个的脸上，好像两条“赤练”蛇似的，从他的脸上游到身上，身上又游到脸上，声子一时粗厉到好像敲着一面破了的锣。

“晓得，我也晓得坭场要紧呵！”

毛脚阿青那挺直着的背，一下又走了气样的痀弓起来，一面不好意思地踢踢他脚下的碎缸片。

“不是说。像我们这样的场户，至少还缺两面场。我也打听又打听过，一点不要怪该场的主顾酸，有人在后面那个他呀！”

一辆载着坭料的独轮车，吃重地发出一种刺耳的叫声，在他们两人的中间，缓缓地推了过去。

秦老板显然没有听清他的话，猛地拨转那个火叉鼻头，向河坎这面深深地吸了一口气。从河坎上吹来的风，充满着草棚堆里的柴烟气息，与一些朝天粪缸的恶臭，以及野小孩们的哭声，兜头扑面地直冲到他脸上，使他感到一阵侮辱似的，连忙用更粗暴的声子吼起来。

“总之，短话不要长说，他该产业我有钱！哼，有钱怕置不到产业吗？”

一阵怪声的狞笑，猛地从秦老板的面前，可怕地震了开去。秦老板很有把握似的，向空里挥出一只手，同时握住一把——被笑声震得发抖的空气说：

“老实说，他鲍信三的这块场，比上了年纪的老小姐还难处置，一来落路远，东庄窑户，决不会赶到西庄来觅他这块宝；二来这种走路头上的坭场，走色太大，柴呀草的齷齪多！总之，总之，好！——你给我！”

秦老板蓦地跨开一条腿，撩起夹袍的下板，像就要小便似的，忽然从腰兜里摸出一张簇新的钞票，用两个指头夹着，朝东面一长排灰黄色的，蹲伏在旷场那边的做坯厂，划了几划，然后再递到毛脚阿青的手里。

“唔，这五块钱你给我送到‘白货’厂里去付给方长林。我刚才打那里过，他还没有进厂，你叫他，你叫他再做三十只蓝釉‘水底’[①]，照前次的老样子，要快，陈家窑三窑过就要装！是的，三窑过一定要装。”

阿青着了呆似的，木然地望着手里的钞票。当秦老板初“红”的时候，他就吃了他场户里的饭。上海来，上海去，接货，打样，东洋人的家里也到过，不做不做末，也跟他做了跨头两年的事。至于秦老板的性格，也总算摸熟了，虽然付钱什么的，要比别的窑户来得爽手一点，只是精明的地方，就谁也要不过他。真奇事，别的亏钱司务，刻得连吃用也不付，方长林这光蛋倒硬要把他抬在钱堆里。再加那种样子的“水底”，眼下就有两个窑户在抢着做，他们不是偷偷地买通方长林，来打去的样子吗？这一切的诡计，自己曾费了很大的心血，才破了他们的网，不是昨天晚上还跟他讲过吗？真是出力不讨好！

阿青越想越气，气就气在老板的不信任他，简直太小看了他。他

---

① “水底”——是一种陶器的名称，用来盛着水，上面扮起一些什么假山石之类的。

愤然地咬着一片贫血的嘴唇，瞅了秦老板一眼，几乎像个塞了药线的大火炮，突然砰的一声地爆了开来。

秦老板可满不在乎的，回了他一个冷静的白眼，接着，又怪有意思地抛出一阵发抖的狞笑——这可怕的笑声，似乎要把整个的窑场，连着耸立在窑场西面的，远远的铜峰山，都震动得摇撼起来。

×××××

“唉唉！真也是——”

阿青依旧咬着那片贫血的嘴唇，望着秦老板那魁梧的身子，一下旋风似的从自己前面旋了开去，一路摇着摆着地，摇过那些一块一块的场地，与一排排连接在场地周遭的简陋的手工工厂。

三月天的阳光在他头上跳着，黄色的尘土，在他脚下急急地滚着，于是他的身子，更不住地摇摆起来——好像一匹驾驶在狂风猛浪中的什么船，直到他的影子也消失在远远的人烟中了，阿青才茫然地掉下头来，松开那片咬得发紫的嘴唇，对着地上的缸片骂道：

“管他娘格 ××！横竖灯草烧饭吃，有他自己的银子在漂洋！”

接着就捡一块小小的缸片，当的一声踢到路旁的缸堆上，方始把钞票塞进袋里，一耸一耸地走到方长林的厂里去。

“哼！他敢吗？老子笑他也不敢！”

方长林已穿了一条黄坭围裙，歪斜着上半个身子，在一股劲儿的对付那只还没有镶边的大花盆，口里却哇啦哇啦地只有他一个人的声音，不知跟洪法麻子争论些什么。当他一转身来，忽然看见毛脚阿青冷冰冰地立在他后面，连忙做出一副鬼脸，显着很吃惊的样子叫了起来。

“喔！原来是管窑事大先生呵，这架儿倒不小呢！是不是老板叫你来歇我的生活了？”

他的话还没怎么说完，猛地向放着锅灶什么的暗角里，拍了一下手。

“我的老娘亲来抬一抬看呢，没法呵，做一天和尚总得撞一天钟呀！”

贴隔壁——“粗货”[1]厂里那吃重的打坭片声音，擂着什么急鼓样的，一下一下地震到这面厂里来，一下一下地打进毛脚阿青的脑门里去，毛脚阿青铁青了脸子，只管搔着自己的头。对于方长林这油嘴光蛋，早早晚晚要给他点颜色看看，这贼坯！初上窑场的时候，一个小叫花子呀，东宿一夜西宿一夜的，现在倒真个像人起来了！

“啊唷！先生家们走开点啊，长工身上是没有第三只眼睛的呀！”

方长林抬着一只毛坯，从里半间阴暗的坯堆里，用很快很快的脚步，向外倒退出来。惹着他对面的母亲，上气接不到下气地，一路“小鬼！”“小鬼！”地向他叫骂起来。方长林可越发疯了似的加快他的脚步。一退到毛脚阿青的身边，故意歪一歪身子，把满是泥尘水渍的围裙，重重地在他的衣服上擦了过去。

“啊，对不起，对不起！不过告诉你没有第三只眼睛的呀！”

“我 × 你格娘！”

毛脚阿青的眼睛里，只差没有冒出火，一时好像什么人抽动了他的脚筋似的，突然吃痛地蹦了起来。

“啊！你想寻我的事是不是？”

一只非常生气的指头，直指到方长林的头额上。

“我老实告诉你，你的底细我全晓得！”

一斜路刚刚从踏板门里窜进来的太阳光，连忙一声不响地溜了出去。外面朗场上的一只大雄鸡，突然扑扑翅膀吃惊地叫了起来。

方长林可不慌不忙地，一手推开转盘上的毛坯率性把个黑黝黝的脸子挺到毛脚阿青那瘦削的尖鼻子上，闪着发亮的眼睛说：

“那么我就怕死啦，怕死你晓得我呵——我是一出娘胎就包在纸包里长起来的呀！”

“长林，嗳！你这，你这！”

---

① “粗货”——用粗坭做的那些货件，大到海南窑缸，小到牛金缸，都叫作粗货。

母亲急急地扑到他们中间，吓死他们要打起来似的，把自己的儿子直推直推的，推到横放在屋子中央的，一张又阔又长——用正株头大树对剖开来做面子的坭凳上，再转向毛脚阿青这面，洒了一把鼻涕说：

"不要睬他呵，这畜牲，这畜牲近两天来输得眼睛也花啦！只想跟别人寻事，我晓得，总有一场大祸在后头！真是的，算命瞎子说他交着了'落塘'运，嗳！'落塘'运！要交过二十一岁呀！"

母亲说呀说的，忽然眼泪也来了。

"啊！要你动什么气呢，难道人家会把你的儿子吃了吗？"

方长林一把抱住他的母亲，发疯似的把她摇了起来。

可是母亲的眼泪，要么不出来，一出来就别想它马上会干。

长林才十二岁的时候，他爸爸那门做宕的生活经，就统统都给他学会了。

他们没有该过宕，在宕周围的山村里住着之外，也没有该过别的什么，所以排天天一亮，父子俩总一前一后的，肩着尖尖的鹤嘴锄，到那些做宕的山上去了。

当每次进宕口的时候，父亲老要扔住了脚步，把两只阴郁的眼睛，向宕上面的那"假土"①，左一望，右一望，望着，望着这么一筒烟的时光，才皱一皱眉头，慢慢地走了进去。

长林可一下就跳了进去，不过他觉得这班该宕的主顾很有点傻，老要叫着这些人，一天到晚钻在山的肚里玩，这有什么好玩呢？真可恶，恶就恶在山肚里的路，一辈子，一辈子也走不完。

好在时候一到要祭山了，啊！祭山！祭山这花头就味道啦！到底外面的天是天，太阳是太阳呵！长林望着那疏远的太阳，心里往往要奇出百怪的乱想，他想最好这一天的太阳，叫它永远挂在天上再不要

① "假土"——这是山岩上的一种岩石，因为它的颜色，跟岩里开出来的坭料是一个样的，所以说它叫假土。

下山。

“爸爸，太阳为什么一定要下山呀？”

“做了太阳末总要下山的！”

“那么我们那山肚里它为什么不下去呢？”

“闭口！闭口！”

“啊！闭口这个倒不怕呀，只怕上面的山会压下来！”

“放屁，放屁，你这屁！”

父亲从没有像这次那样打过他，打得他嘴里的牙齿也摇摇动。从此父亲每天上山的时候，就不再叫他了，也故意避着不见他的面，好像一见了他，这天里面就有什么不幸的大祸要来。

可是要来的祸患，总像预先张开在你头上的罗网，捉住了你的时候，恁地也逃不了。

是的，那是一个雨后的黄昏呵，照例再有两筒烟的时光，就是山宕里放工的时候了。

可是不知怎么一来，山宕周围的山村上，突然造了反似的哭的哭，喊的喊，连不管事的老黄牛，也直着声子叫了起来。这些一切声音的组合，霎时间把奔放在山林间的，狂怒的山洪底吼声，也骤然压低了。

山宕，山宕，啊！山宕里出了毛病啦！等长林跑到山上的时候，只见自己的母亲已困在山坡上滚得不像一个人。那山宕口，吓！山宕的口子已给上面的“假土”，连着“做假土”上面那长着青苔青草的山泥山石所压没了，好像一张张开着的大口巴，一下紧紧地闭了拢来。谁也看不出这个地方，曾经做过了什么鸟山宕。

“爸——爸！”

长林一口气冲到山上面。

“爸——爸！”

对着山上的一些岩石洞缝里，他一声一声地苦叫起来。可是爸，爸好像还在生气似的，尽躲在里面一声也不应他。

“嗳嗳！爸再不会出来了。”

长林望着黑下来的天，突然哇的一声地号了起来。

这之后，长林便像一棵孤零的小草，一点一点的在母亲的泪水中慢慢地长大起来，已经快要八年了。可是母亲的眼泪，还是通着海似的，一来就流不完的流。

× × × × ×

窑场上的太阳又已经搁山了。

长林为着要另起“水底”的手脚，蹦蹦叫地捶好两橙坭料之后，就衔着一枝黄金牌，一径向陈家窑脚下的小街上去了。

这行不可缺少的——上小街的生活，好像那个开辟窑场的老祖师，远在几百年之前，就跟他们预早定下的。所以一有了窑场，便也有了这小街。每天除了一些小徒弟或女工们没有资格参加这小街的夜市之外，有的竟连身上的黄坭围裙也没有来得及解，便忽忽地挤到这人与店的洪流中。

这小街——实在小得太不像个街，从头到脚还不上半里长，除开东边一爿剃头店，西边一爿车匠店算单行独门之外，其余的店店铺铺，就不能给它们一个适当的名目，总之开店铺的老板叫什么，那什么就代替了店铺的字号与其他一切。

那些店铺的前面，都有半间屋这么开阔的，一长排毗连在一起的轩子屋——像人家大屋里的那种走廊似的，特别安放着许多条长凳跟板桌，一到这将要歇夜的时候，那一张张的板桌上，便拼命吐出一种肉类的香味，与强烈的烧酒气息，飘散在四面空里，把些人的鼻子，从老远的地方，就一直拉了过来。

“喂！长林，长林，呀！——这劲儿倒像发了财啦！”

长林偏想不要给那个羊子老板看见——宁可多走一点路，从陈家窑对面的高场上走下来。可是刚下场的时候，这讨厌的羊子老板，偏偏从场侧面那靠街的粪窑屋里，猛的跳了出来，要要紧紧的塞着裤子，一壁用肘子碰着长林的手臂，甜喜喜的一张脸子望着长林说：

“喂！老兄，正经话！那点，那点——”

“吓！晓得了，晓得了，老子告诉你这两天没有钱啜，会少你一个边吗？”

长林粗野地把他推了一下，一眼看见那个比自己迟歇夜的浩法麻子，也兴头兴脑的上街来了，心里就更加焦躁起来，猛地捉住他的肩膀，好像要抓碎他里面的骨头似的，把牙齿咬得吱吱地响。

“我肏你的娘！一见老子就要账，要账，嘿！你们的店账！我肏你的娘，上个月里就多长了老子一个米零头，当老子不晓得吗？”

“哪里，哪里！天也晓得啦！”

羊子老板突然头一仰，望着上面的天空，无端地笑了起来，笑声停止的时候，依旧是甜喜喜的，拉开一张敲开木鱼的嘴，真个像羊叫似的向他连声地叫着。

“啊呀！这老兄看，老兄看，不过，啊！——为什么我店里也不去坐坐呢？去坐坐，去啜！”

接着又小声地凑到长林的耳朵上，长林瞟着对面小摊头上的，一双正在冒着青烟的滚油锅，心里也热剌剌的像要冒起火来。

“不是呀，我跟你说啜，我今天有两个会要那个，实在——嗳，大家朋友帮帮忙啰！我晓得你今天还付到了五块钱，真的，朋友间这点忙也！”

“我肏你的娘！”

长林猛地蹦起尺把多高，好像对面那一锅子的滚油，都着翻在他心里了，使他每一根血管里，都充满着这种沸滚的流体，一下要爆破似的，厉声地骂着。

“我肏死你的娘！老子付不了钱，关你的什么鸟事啦？老子也花筋皮力气做来的！真是的，老子欠人家的钱多得很啦，都像你这付吃相末路也走不成啦！好！告诉你，要老子的钱着实凉凉看，凉凉透看！”

长林板着脸子，当他蹩进跛脚财神家的轩屋底下，并不像往日那样的先挑好了一个座位，向里面柜台上的老板或老板娘做一做鬼脸，再跳到里面去，自己揭开酒坛上的沙包。

“我要这个里面的！哼！你们这些开店的人，良心都屙屎屙了的，不然大河里的水，怎好算别人酒的钱呢，当心生出儿子来没有屁眼才现世报啦！”

这么一来，板乎惹着那个皮人人样尖叫的老板娘，一把拉起了他的耳朵——好像一个不对劲，常常在店堂里拉她丈夫的耳朵似的，同时格格地笑着说：

“小鬼！我看你老婆还不知在天东地西，倒要紧生儿子啦！”

今天，长林可一点声子也没有，只管坐在轩屋里愤愤地嚼着他的红烧牛肉，对于柜台里那个皮人人的叫声和笑声，好像也有点讨厌似的，拼命把两只充血的眼睛，盯在外面街心上，那全给流动的脚步，所占据了的街心上。

天快夜了，还没有到十分断暗的时候，财神家贴对面的，那爿外面卖酒卖点心，里面卖茶什么的店子里，早像煞有介事的，点起了一碗雪亮的保险灯。真福老板像匹笨熊样的，坐在保险灯下面的一张高凳上，一眼关心着外面，一眼招顾着里面，好像总在跟人家吵架似的，不断地鼓着那种重浊的沙声叫喊起来。

引着逗留在街上的行人，都少不得要停一下脚步，朝他的保险灯望望，朝他那同样发亮的秃顶上望望，于是打趣地跟他招呼起来。

“呃！怪道，怪道这么亮，做什么班子戏吗？要点起两碗保险灯！”

不过也有些人，偏不高兴奉承他，常常立在财神家的店堂里，指手画脚地谈论着他。

“怪不得讨了媳妇不会抱孙子呵，抽头放赌的人家好上天去也不稀奇！亏他还算是大姓大族呢！”

“可不是，堂堂的祠堂拿来开赌场，祖宗在黄泥里也要捧着头哭呢！”

长林可不大说他的坏话，也非常瞧不起那些奉承他的人。

“嘿！奉承他的姓大换豆腐吃吗？包你老子们三天不去他就要叫皇天了！”

长林每回跑进他的店铺，总觉得自己很威风，胸也挺得格外高，直到挤进里面神座前的人堆里，才再不想起别的什么。只是今晚上长林的酒也快喝完了，对面的真福老板真还没有喊过他一声，或者向他歪歪嘴什么的打过暗号来。而长林也不大朝那里望，总像有块东西压在心上似的，酒越往肚肠里钻，那心就越觉得重。

他一只脚搁在长凳头上，把手里的牛肉慢慢地撕着，慢慢地送到口里去，有时半晌也忘记了嚼，只是一眼不眨的，望着轩屋柱上那盏——从微红的火舌上，吐出黑色烟翼的煤油灯，好像要打一个大大的喷嚏似的。

“难道羊子的账就还他吗？呃！我肏他的娘！”

长林神经地摸摸袋，正在嚼动着的口唇上，忽然浮起几个简单的数字——一块八，呃！还了他就只剩一块八！

跟着这“八”的一声，长林猛地拍一下板桌，板桌上的那只空酒碗，立时在一阵惊惶的震动中，冲着长林的鼻子，向空里旋了起来，旋着，旋着，好像要跌到他头上来似的，他赶忙向后一仰，把身子软软地靠在挂着草鞋什么的墙壁上。

可是摇旋在空里的酒碗，一下又不见了，变着一张女人的脸子，比羊子还可恶的一个臭女人，突然向他很不客气地骂了起来。

“啊，你说押一押就来赎的呢，你倒算说的话呀放的屁嗳？”

“烟灯婆！”

长林也很不客气地把牙齿一咬。惹着对桌那个渴得脸子发了青，还在喊着酒呀酒的中小伙子，莫名其妙地向他眨了一个白眼。长林可没有注意到，只管虎起了脸子，像那天对付这烟灯婆的脸子一个样。

“不要脸，真个算该了钱吗？老子有货色押你的钱，押的，押的，难道是白借你的吗？”

“不错啦！上当只上一回，我不过问问你到底要不要来赎，赎是赎的说法，不赎是不赎的说法！”

烟灯婆那一双带着金戒子的手，一舞一舞地舞到长林脸上来。

长林猛地抓着面前的空碗，正想跳起来做什么了，忽然浩法麻子急急地跑到他面前，把他一把拖到街心里。

“我告诉你！真是有鬼的！今朝祠堂里的大台上，又是这种‘太路’①来了。一直开‘老宝’‘老宝’，现在已经第七个‘老宝’啦！真强不圈呵，老子连奥三记三记脱！嗳！”

浩法麻子的眼睛也落了潭，好像刚刚跟什么人打了架似的，气得他那说话的声子也勃勃抖。

“第七记还会是‘老宝’吗？”

长林脸子上的肉，微微地跳了一下，再不追问他别的什么。

“是嗳！庄家也强不圈呀！开到第五个‘老宝’，庄家的脸孔也脱色了！嗳！可惜我‘绝稍’②了，不然把稳，赢他。上次高场上做戏那夜里，不是连开十三记三，开到完来庄盆也给庄家摔了的？”

浩法麻子绝望地挖挖自己的鼻孔，两只落潭的眼睛，怪羡慕的样子，又朝着真福家店堂后面那——浮动在天井上的，一大片黑暗中底火光望望，接着深深地叹了一口气。

“你今天倒为什么不去呢？现在么的这门上，人也押得下啦！”

“不——不想去！”

长林瞧着面前的荸荠摊，显着非常痛苦似的摇了摇头。吹到街上来的风，已把他的人吹醒了，只是喝在肚子里的酒，一下又烈火似的向他焚烧起来，于是他显着更痛苦的样子，忽然怯怯地望着浩法麻子的眼睛说：

“七记都是‘老宝’吗？”

---

① “太路”——这是赌博中的一种名目，有地方的人说是“宝”。“太路”就是“太”的路势。好比牌有牌路一样。

② “绝稍”，赌本输完叫绝稍。

“啊？！”

浩法麻子突然吃惊地跳了起来，跟手拿起荸荠摊上那只点着半支蜡烛在里面的哈德门香烟底大空盒，到长林的脸上照了照，又把另一只手摸摸他的头。

“你今天大概不舒服吧？告诉你‘老宝’‘老宝’‘老宝’的！嗳，人不舒服还是早些回去吧！”

“不，我好的，我很好！”

长林挥一挥手，终于大步大步的，走到真福家的店里去了。

×××××

一弯初上的新月，斜斜地照在秦老板家的高墙上，斜斜地，把那块粉白色的高墙壁，划开了两个不同的斜面，看去像是两只黑白分明的大小三角形。

这时，在黑着的这一斜面下壁，两扇虚掩着的大墙门，不住地给些出出进进的人，弄得咿呀哑的叫响起来，同时惹着门上的那只小铜铃，也不住的叮叮地乱摇，一直摇到里面的账房间里也听到。

外面差不多要起更了，那两间屋的账房里，还是热闹地聚着许多人，好像在商量什么大事情似的，大家一声不响的，望着账台前面的那个大块头——秦老板。

秦老板搁开两个拳头在账台上，精神饱满地，喊着一个人一个人来到他面前，付钱的付钱，挨骂的挨骂，又一个个的把他们打发出去。他那赤糖色脸子上的肉，总不曾看见他松动过一下，而说话的声子，也依旧跟白天一般地响亮着。他老说一分精神一分财！没有精神的人，便别想发什么窑场财！

只是他常常还觉得自己的精神不够，譬如鲍信三的那块大坭场，自己已经看中下来半年多了，还是弄得这么一个空，要不是今朝亲自在市心会里听到的话，还只当是鲍信三的这个人酸，酸的人只要用点耐心跟他拖，拖到这个时候吗！不怕他不双手捧到你面前来。哪晓得，嗳！其实一面坭场也难不倒什么人！只是，只是蒋树春的这个场面上跑跑的人，就不该这么偷偷地挖别人底脚跟，怪道一个新的样子做不上三潮货，就落到他的手里去了，单就这点上讲，一年吃亏的损失，也不在少数了，好！“苋菜跟团鱼！”[①]定要碰头的时候，也没有法子呵！

秦老板默然了一会，瞧瞧他的这些手下底人，都给他服服帖帖的打发出去了，便向着坐在他账台横边的那个——专门靠着两条腿子一张嘴，替人家这里跑到那里，那里说到这里，而每年在窑场上斗蟋蟀的这一季节里，最有人喊起他的名字，叫史洪根，史洪根的这个人，微微地欠一欠身子，跟手递了一枝烟给他。

“吸烟，累你等了呵，洪根哥！”

“乖乖”本来在里面一张账台上，滴啦搭啦地打着算盘的毛脚阿青，忽然听见自己的老板，称起洪根为哥来，不禁伸一伸舌子，转过头来，贼腔地向洪根眨了一个白眼。

洪根哥一时也好像给抬到云里去了似的，不住地把个屁股在凳子上搁得颠呀颠的，露出一口——好像天天用石榴皮磨擦过的黑牙齿，连连说：

“客气，客气，大先生有什么事情尽管吩咐洪根就是。”

“是的，我们大家是村上兄弟呵，随便谈谈好了！——倒两杯茶来！”

秦老板慢慢地吐了一口气，望着飘出窗去的一阵袅袅动的青烟，猛地向窗外喊了一声。接着又默然了许久，好像要等着旁边的洪根哥，先猜一猜自己叫他的来意。

可是洪根哥却直起两个黑黑的鼻孔，冲着台上的笔架什么，嗷的一声打了一大喷嚏。看他的样子，再没有多少时候好坐了，便急急地摸摸自己的火叉鼻子说：

① “苋菜跟团鱼”——俗说苋菜跟团鱼，是“一股”的。因为苋菜跟团鱼据说不可同时吃，就是说“对头”的意思。

“洪根哥呵，我跟你说，本来我也不打算添什么场呀厂的，哪，说起来你也该知道吧，不是去年年底里，鲍信三硬把那埭十二间头的楼屋厂，横托人，竖托人的来跟我说，足足说下来个把月。我想大家村上村下的，面子上过不去，所以，唔！——吃茶！”

秦老板伸开桌角上的拳头，他翻了翻手掌，自己也捉起杯子来喝了一口茶。

“所以多加了这埭厂，就势必至于要多添一块场啜！”

“是的，好得大先生的气魄也厚实，不然，这个长三春里，正是下血本也不及，还谈得上添置产业吗？我看西庄段里也只有你大先生……”

“不，不是这么说——”

秦老板瞅了那个一眼，赶忙捉紧了眉头自负地说：

“嗳，人家总说我年年放场户呀放场户的，其实我也是骑虎容易下虎难！不过错也已经错在前头了，就是借钱做债，我也不肯为了一面场的进出，就空空地送了一埭厂，是不是？厂跟坭场是指甲连肉的！”

“是极了啜！”

史洪根一下猴子样的跳了起来，把那件短到腿弯上的，栗壳色底破呢大衣，神经地拍了几拍，振起全副精神闪动着他灰暗的眼睛说：

“不是当面称赞你大先生，那个不说你的精明能干！要不然，场户就轻容易放到这么大吗？不过现在的产业也不容易置呵，自从上月里窑货涨了一个‘新价’[①]之后，这些卖产业的……嗳，其实也不要怪那个卖产业的人，总之狗急跳墙，人急挂梁，产业到要并给人家，也硬不起一个什么来！不过，不过，就像鲍信三的那块场吧……”

“是的，这我已经晓得！”

秦老板决然地向他摆一摆手，眼睛里立时射出两路寒冷的光芒，

① “新价”——新价每两一元三角，没有涨价之前的老价是每两一元一角。

把叠着的两个指头，猛地在账台边上击了一下。

“他，他蒋树春，既然有这么大的胃口要吃他，我秦某人决计极力地作成他们。本来窑场上的东西，也没有什么一定在那里。好的，鱼包老方面，请你告诉他一声，请他千万不要三心二意，我很知道他，他要不是吃了上海那年倒账，祖上下来的几代老产业，也决意不肯抛到异姓人手里！总之，快刀斩乱麻，就只求一个痛快呵！至于那点小借款，也算不得什么，头发丝决计牵不动老虎呵，呃，我！”

秦老板霍地立了起来，摸一摸自己的鼻尖，冲着正在向他不住点头的洪根哥，突然发出一阵阴沉的痛笑。

“说来真是因头也没有，倒说叫我秦某人要霸住他的……哼！你想这也算话吗？”

“是的！”

洪根哥叉开一排焦黄的手指，连连在毛茸茸的头上搔了几搔，拉长一条细瘦的颈子，向秦老板这面压小着声子说：

“不过这个倒不必怪鱼包老，我也早就关照过你们的阿青哥！……”

他那灰暗的眼睛，向毛脚阿青的侧面溜了一溜。毛脚阿青正望在方长林那一页总清账上，似乎刚才又跟他生过了好大的气。他没有注意，他们说的话，只听见洪根哥的声子一点点的小下去，小到仅仅像一只多脚的小爬虫，在纸头上沙沙地，沙沙地，不断地爬来又爬去，爬得非常出劲的样子。当他刚想转过头去，向这只爬爬动的小烟虫，做个发瘾的样子他看看，可是只见自己的大老板，已经推开后面的藤椅，狂怒地跳了起来，用非常粗厉的声子吼着说：

“好的，好的，既这么着，我倒要看看他蒋窑户的拳头，到底有多大，我等着他，等着他，呃！好的——”

接着又拍拍洪根哥的一字肩，阴沉地笑了起来。

“好的，费心了你呵，以后还有许多地方要请你帮忙。好的！我有数的！——外面照一照火！”

当洪根哥满脸兴奋地走出账房门之后秦老板马上掉转脸子来，望着毛脚阿青气也不透地说：

“从明天起，再有人来兜我们‘老价’的货色，‘粗货’‘白粗’一律都不收！”

毛脚阿青大着两个眼睛向他勉强地点一下头。

“晓得了吧，少到十块以内的货也不收！”

“那么预先约定的几家呢？”

毛脚阿青为难地皱紧了眉头。

“总之不收就不收，这点便宜我也不在乎拾！”

秦老板握紧一个拳头，在自己的手掌上捶了一下。一阵报更的梆子声，单调地从他家墙门外敲了过去，他略略地松一口气，竖起一个食指在自己鼻子前面说：

“再叫方长林赶快拼一个人来做，那种‘水底’定货再添做五十，最好也在三窑过的陈家窑上装，他要钱尽管来付就是！”

这下可把毛脚阿青弄得呆住了，他想上海松风园里定也只定一百，再做三十！再做五十！发什么羊癫疯吗？而且，而且，嗳！他再也忍不住了，可是压着一肚子的话语，一时反倒不晓得要怎样说，呆了半天才艰难地迸出这么一句：

“还要添做吗？”

“是的，再做五十！”

秦老板斩钉断铁地向他伸出五个指头。接着便一声不发的，把个沉重的身体落在后面的藤椅里。一时像卸了什么重担似的，望着窗外的几颗疏远的星星，深长地叹了一口气。

二

下雨，下雨，啊——这雨。

雨好像跟什么人生了很大的气，尽下，尽下，把个窑场上的天也下沉了！

垸场上垸堆上的垸料，变成了薄薄的垸粥向到处的路上流；厂里的存坯抬不出，摊着的毛坯手脚，死也不肯燥；一堆堆的松枝，歇在河岸上给雨打得在脱毛，一条条的大窑小窑冷了下去没有日子开。

长工发疯似的骂到窑户家里去，窑户射箭样的射去找行家，行家推说客人没有到，窑户通天苦着脸子不敢见长工的面。

一到下雨连"黄面"①也长了价，面店老板没日没夜的，把轧面机器拼命地摇，拼命地摇，"黄面"长到十八个铜板一斤啦，还是市秤呵！唉！这个天！这个吃"黄面"的天！

丁山街上的押店门口，挤着一层一层的，挤也挤不开的人，押！押！押！押店朝奉板起了刀也砍不进的脸子，好像呵叱着一群讨厌的粪苍蝇，一个不对他底劲，便不要不要的，把东西从柜台上掷了下来。

"我肏你的娘，不许老子押吗？"

一个刚才打秦老板家里，碰着钉子出来的青年窑户，一把吊着柜台上的铁栅栏，发狂似的摇。

"喂，押不押？押不押？不押老子把你的柜台也拆了它！"

那青年又把那个大大的衣包，从铁栅上的小门里塞了进去，可是一下又重重地打柜台上滚了下来。

"啊！我肏死你的娘！真个不押吗？"

"不押！不押！告诉你不押就不押！"

"为什么？不是东西吗？"

"问你的东西啜！"

青年默然地咬紧了牙齿，一下被后面的人挤了下来！

唉！当他一退到街上，一种充满着什么力量的市街底吼声，立时巨潮一般地打到他心里，震得他全部的心脏，发出可怕的剧烈的

① "黄面"——黄面的颜色带一点微红，大概是玉蜀黍粉跟麦粉混合搅来做的。

颤抖。

他拼命把头上的雨伞，撑得低低地不让别人看见他的脸，他的那张中部微微凹进的脸子，还嵌着一双好像什么都不容易屈服的刚强的眼睛。

他一手撩起渍着许多泥迹的薄竹布长衫，一手撑伞，把个大大的衣包往腋下一挟，一径头也不掉的跑回到自己的家里。

“真碰了一鼻子的灰，妈！今天押店的门也没开呢！”

他悄悄地把手里的衣服给了他妈，又在阿弟全生的肩上拍了一下。

“来！我跟你说——”

立在那里，阿弟还比他长了半个头。他们的祖父是一个很大的窑户，江南江北也都有过他们的窑货店。只是一到他们的父亲手里，人家就一年年的败下来，败到父亲临死的时候，只剩几间快要塌倒的“反前”[①]老厂，和一块小小的场地了。靠着这，他们便变成了一个起码的“灶节窑户”[②]。他们没有拜过正式的做坯师父，不过他们在十七八岁的时候，就学会了各种大小粗货的做法。不久以前，阿弟为了抬坯什么的，腹部里面受了一次伤，接着就患了两期的伤寒症，到现在头上的头发还没有出齐，看上去稀稀落落地好像给什么虫儿啃过的一样。

“阿哥，我哪里都去，要我去兜货可做不到。”

全生懒懒洋洋的，跟着他的阿哥走到大门里，一眼望着大门里的货堆，固执地说。

“为什么？押又押不了，天天如此的‘衙门’——”

阿哥黯然地指指自己的口，把声子压得非常小，生怕里面的老娘要听到。

“唉！‘衙门’这个“衙门’可总要了啜！”

一阵斜脚细雨，打天井里渐渐地飘了进来，全生猛地打了个寒

① “反前”——指太平天国之前。

② “灶节窑户”——没有力量装通窑，做几节装几节，跟别人合装一窑，又叫“参窑窑户”。

噤，便堵着脸子半天不开口。

“真的，你——”

“你你个屁！细表子！你自己不会去兜吗？”

阿哥一开口，全生便倔强得像只小牛似的向他跳起来。

“不是呀，你听我说，你听我说——”

阿哥一把拉着他的臂膊，骗什么小孩子似的，在他的背上轻轻地拍了几拍。

“啊，你！你！细表子！”

全生猛地旋一个身，恶狠狠地抓着他阿哥的肩膀，把他一下挺到对面的墙壁上。

“卖，卖，细表子！只讲贱卖贱卖！你不好把货去送送人家吗？啊！这班贼坯东西也罚不怕，‘老价’还要打个九折！八折！全是杀人的呀！我肏他们的娘！‘新价！’‘新价！’新老子的鸟价！”

全生突一松手，两串愤怒的泪水，扑地从他那黄焦焦的脸子上落了下来，跟手又抓起货堆上的一只砂锅什么，当的一声掷碎在他阿哥的面前。于是他的人，便好像从正在奔跃着的马背上跳了下来，一个失去了重心跄跌，又倾斜着身子，扑到了阿哥的面前。

“你，健生，健生哪！动一动这堆货，老子的命也替你拼！”

健生沉着脸子只管咬他的手指甲，直到母亲一路用哭声向他们叫喊出来的时候，他才摇一摇身子，冲着满天的细雨，大步大步的跑了出去。

× × × × ×

秦老板喝得脸子红赤赤地，衔着一枚牙签坐在账房间里的藤椅上出神。

雨打在他面前的玻璃窗上，重一阵，轻一阵，好像一只受伤的鸟儿，在那里刷着它发痛底翅膀似的。他眨起眼睛向窗上瞥了一下，把只搁起了的琵琶腿，抖得连腮巴上的两块肉，也得意地颤动起来。

雨没有损害了他的什么，在这痨病一样的久雨中，他从没有怨过一句什么，而独有他的这株大窑业底果实树，依旧枝长叶茂地日夜的长着，长着。

不是说，单讲鲍信三的这块场，要不是这翻雨来帮凑的话，他蒋树春，就死也不肯就此丢手。所以人总要放点耐心，好比剪刀放在布袋里，不会没有出头的一天啊！

“阿青！”

秦老板一想起那块场，便吊起喉咙向门外喊了一声。他想阿青这实笨的家伙，非要好好的教训他一番不可，老是那么一开口，就连肠子里的粪段也给别人瞧见！譬如刚才陈家的那笔大缸“板盘”[①]，要不是他插一声口，至少一块板盘，还好让进这么角把钱，三十块东西，洋钱就三块进出呢！老实说，人总，呃！放着长线不愁没有高鹤看啜！不过，呃！阿青这家伙，怎么连这点点苗头也不那个呢！

“阿青！”

秦老板拔出牙缝里的牙签，冲着自己的喊声，便霍地立了起来。

“表伯！”

可是冲着账房门跑进来的，却是叫他表伯的那个青年健生。健生一件旧竹布长衫，打得上下温糟糟地，好像刚从水缸里绞起来的一样，也望了秦老板一眼，把个身子挺得直直地，不马上说什么话。从他那长久没有修剃过的和尚头上，冒起一股热热的水气，一看就知道他跑了许多路来的。

秦老板只“嗯”一声，便又回到藤椅上坐着。一面皱一皱眉头，向着桌旁边的凳子，做一个请坐的手势。

“别地方去过了没有？呃，我这里——”

他一手撑着脸颊，一手在头上抓了几抓，显出非常为难的样子，将下嘴唇向上一兜——嘴角两旁，立时压进两条深深的肉槽，停了好

① “板盘”——是一种窑场上的用具，做坯时候填在底下的，做一只坯至少要一块板盘。松木做的，圆形的居多。

一息才又说：

"你是粗货还白货嗳？——坐，坐，嗳！"

"你要粗货还白货呢？"

健生用衣袖在额角上抹了抹，两只微陷着眼睛里，也冒出一种跟水气差不多的光芒，那么一闪一闪地盯在秦老板的脸子上。

对于秦老板的这种霸气的口吻，心里着实有点咽不下。本来只要在别地方稍微有点儿路子，他决不肯再低着头逗到他的网里来，难道奉承他表伯的刀更快一点吗？而且阿弟全生又这样跟自己作对，他当自己的货色，不知多少值钱呢！可是一兜到这些人的门上，臭得比粪还那个！一想到这里，他只得咽一口唾沫，默然地，在秦老板指给他的那张凳上坐了下去。

"健生呵，我跟你说！"

秦老板扮出一副尊长的气派，嘴角边的肉槽压得更深地，连两个眼球也微微的突了出来。

"实在不是做表伯的不肯帮你们的忙嗳！譬如，呃！大家晓得我上海的东洋生意接得很大，是的，其实也真是——"

他突然挺起浓黑的眉毛，向门外机警地望了望。一阵尖锐的女人声音，从中间隔着三间屋圆堂的，贴对面底西书房里飘了出来，接着从那门幕后面，出现一个小玲玲的小女人，——看去着实要比自己的大女儿还年青的小女人，怨恨地向这面瞟了一眼，急忙低着头，走到圆堂下的屏门后面去了。

他不安地皱一皱眉头，直到西书房里的尖声低了下去，才换过一种口气来望着旁边的健生说：

"呃！大家总说东洋生意好赚钱，真是做做就灰心啦！倒不如我们的'凡货'①！小来小来，譬如这里不要，好消那里嗳！"

---

① "凡货"——是指一般的粗货白货等而言，是窑场上常年的产物。那种东洋定货，只是偶尔指定样子给做的，只能当作一种副产物。

秦老板把双手掌在桌子边上翻来又翻去，好像一个掌舵的在拨着他的舵柄似的，一下又吊起他的破锣嗓子说：

“真是做做就灰心啦！东洋人好不得精明，总要打听我们的成本，到底一只东西要花多少钱。譬如从前的‘六石套’[①]开头的时候，一只好卖到五块六块，现在讲人命样的讲到三块还要打折扣！不过，不过一半也是给我们同行中的人自己做坏的！所以，呃！不给同行中一点颜色看看，这饭碗就别想吃下去！”

健生焦躁地吐了一口气，把一个一个的手指，折得骨骨地作响，突然冷冷地插了一句说：

“是的，表伯做的事，总是朝大路上跑的！”

“不！”

秦老板急急地向他劈出一只手。这时窗外的天井上面，正浮过一大片阴霾的云头，好像一下压到了地上似的，整个账房间里，骤然的昏暗起来。秦老板可似乎一点也没有感觉到，要紧把他近两日来干得最为得意的一件事，脱口冲了出去，简直把对方的来意也忘记了。

健生愕然地绷着脸子，不住在阴暗的光线中，小心打量着秦老板那种一时兴奋到好像从一阵迫急的锣鼓声中，由耍把戏的牵到人圈子里的，一匹装模作样的大狗熊！狗熊！嗳，你就是！

他暗暗地叫骂着他，可是脸子上却装得非常严肃，又非常关心的样子反问了一句说：

“那么表伯不也吃了很大的亏吗？”

“是啜！”

秦老板握着一个拳头，猛地在账桌上捶了一下，两个已经突出了的眼球，差一点从他的眼眶里跳了出来。

“不过蒋树春这次可也够受了，本来松风园没有定他姓蒋的货，硬是他自己老着面皮去攒来的。他说他的货色做工又比我的细到，釉

---

① “六石套”——是一种火钵的名称，因为装在六石缸里面烧的，所以叫“六石套”。

水又比我的有光彩，我的要八块钱一只，而他的只要六块就好了，哼，不要脸！”

秦老板坐着的那张老藤椅，突然苦闷地叫了一声，接着马上看见他的嘴里，喷出一阵浓浓的白烟。只是他的话语并没有给这阵烟雾打断，而且还生怕健生看不见自己，故意把脸子让过烟雾，侧向健生这面透了一口气又说：

“不过蒋树春这点弯弯肚肠，我也早就一眼看清了。所以说到就做到，老实说，这几百块钱那里不来，那里不去！我也抵配蚀点本他看看，是的，的确一百只东西，我只拿松风园三百块钱，而且另外还送了他五十只！哼！不是说，这只棋子笑他蒋树春就算不到！所以，呃！”

秦老板的两道浓黑的眉毛，一时颤动得什么似的，突然眨起眼睛向窗上望了一望。健生以为他还在想什么话说，可是停了一会，只见他把鼻子一抹，嗯唧一声将账桌上面的两扇窗子打开了。一阵蒙尘般的雨雾，跟着划开的窗子飘了进来。秦老板只管仰着头抽他的烟。健生想了半天，觉得自己的事情，一时还搭不上口，只得耐住了性子，好像还很注意这事似的，硬绷绷地扯了一些话说：

“不过有许多人都说蒋树春的货船，还没有靠上码头，就给别的什么轮船撞翻在黄浦里的呢！我想也是他自己不好意思才这样说说罢了！”

“是啜！”

这一下，又把秦老板的破锣嗓子大大的提高了，他得意地侧过脸子来盯了健生一眼。

“当然是他自己放的空气啰，总不好说，‘嗳——我的一百只水底，还寄在车袋阁栈房里，一个月还得出人家四五块租钱呀！’我想稍微那个一点的人，就不会相信他。好！健生，你粗货里面‘六石’有没有？”

“没有！”

健生惘然地咬一咬牙齿，这时账房里的光线，又豁然的亮了起来，从这一亮间的光线中，健生似乎已看透了秦老板那狡猾惯了的心，不禁绝望地吁了一口气。可是秦老板依旧装出很热心的样子问着：

"'加大'呢？"

"也没有——要么只有十多只'小长缸'！"

健生一下跳了起来，依着他过去的性子，他会马上头也不掉的就跑开。可是他迟疑了半晌，又颤声地望着秦老板说：

"呃！我们那里还会有这些'六石'的存货呢，我们是烧'灶节'的呀！"

"唔！"

秦老板"唔"地一声，又把嘴角边的两条肉槽用劲地压了进去，同时眨起眼睛向天花板上，盯了约摸十几秒钟，才拖长着声子说：

"健生呵，算算十几块钱的进出，我做表伯的总该帮你们的忙，不过，呃！真是说说你也不会相信，我这腔水里的存货太多了，要望着'凡货'上的钱转手，我真是老早就歇手了，你们走过总看见吧，不是我三年前的存货还堆着很多在东山前吗？"

秦老板一下又默然地望着自己那条搁起的腿，他堆着的那许多存货，倒不是骗人，不过这与健生有什么相干呢？他非常生气地盯着秦老板后脑下的那块肥肉，冷冷地说：

"不过表伯的存货，是跟我们不同呀！表伯的眼光看得多远呢，不是十足的'新价'表伯肯卖吗？所以，呃，你表伯再存多些货，也没有亏吃呀！"

"话说是总这末说啵，呃！"

秦老板望望键生还没有走的意思，只得挨下脸子来捉紧了眉头说：

"好的，我跟你想法吧！不过我是再没有法子添货了，恐怕阿青还有点路子，不过价钱里面你们自己再那个吧——"

秦老板忽然朝门外一望，刚想立起来做什么了，恰巧毛脚阿青那家伙，青着一张脸子，从圆堂下一跳一跳地跳了过来，还没跳进账房门，早露出两个涂金牙齿急急地喊着说：

“嗳嗳，她们，大小姐她们又在里面吵起来啦！”

“啊！”

秦老板突然发疯似的叫了一声，一下头也不掉的冲出账房门，几乎跟痀弓着背脊的毛脚阿青撞了个满怀。只是当他走到刚跨进屏门那里的门槛，忽又掉转身子来，先向阿青丢一个脸色，再向健生扛着喉咙头的几根粗粗的筋说：

“健生你先去吧，你的货，等会叫阿青来跟你碰头就是！”

健生冷冷地向阿青苦笑一下，阿青可全然摸不着头脑地，张大了一张嘴巴望着秦老板说不出一句话。

×××××

秦老板从没有像这天那样的生气过，气得他两条浓黑的眉毛，好像两个分开的剪刀头，陡的从眼眶上竖了起来，再就没有看见他动过一下。而常常出现在嘴角边的两条肉的纹槽，这时也更深地压了进去，像煞刻在那儿的，两条紫黑色底弧线似的，那么紧紧地抱着他的那张嘴，不时还帮着那张嘴子，使劲发出一种粗厉的吼声，在喊骂着什么。

“吓！这气劲倒不小呢！”

家里在忙着装窑的事，今天同时要装两条窑。烧饭的五狗吱呀吱呀地挑了一担菜，往圆堂下的方砖地上一倒，掠一把头额上的汗，又忙着挑起那副空担再上丁山街去了。一些装窑的工人们，迈着蹈沓蹈沓的大步，立时活像穿阵样的，在圆堂下不断的一阵出，又一阵进。一见秦老板那张判官样的脸子，都不由得睁了他一眼，便放松了脚步自顾自地走开了。

唯有阿青——这个常常碰足了一鼻子灰的家伙，好像刚提来的一个漏网的犯人，吓得失头忘脑地立在秦老板面前，似乎秦老板不打发他走，他这一辈子里，也都只能这么地弓着可怜的背脊站在他面前。

“老板自己去跟他说吧，这流氓，还打了我们的小长头毛老四呢！”

阿青小心地望着自己的脚尖先吐了一口气，捏着两把手汗，好容易半天才逼出了这点话。

“屁话！”

秦老板顿时还出一个拳头，一下击落在阿青面前的八仙桌上，把一只刚跳上桌去的狸花猫，吓得赶忙竖起了尾巴，“咪”的一声又跳了下来。

“我不相信，不要到我脸上来画符，自己不像个管窑事的，没有制人的本事，还说——哼！为什么事情一弄到你们手里，就出了毛巴子啊？”

“话不是这么说呀！”

当秦老板突然像从阿青身上拔下两个尖钉似的，一下盯住他的眼光，移到刚点着的一支烟卷上的时候，阿青便偷偷地眨了他一个白眼，同时也就要咬断长林的喉管似的，发狠把上下的牙齿紧紧地磨了一下。

“话不是这么说的，长林说，唉唉，长林他说——”

“嗯！他说要不许我老板的装窑？”

老板冷冷地拍着烟卷上的死灰，一下两只毒蛇般的眼光，又鄙夷地刺到阿青的脸上，一直刺到他发抖的心里。

“那，那我可没有做他肚里的蛔虫！”

不知怎么一来，阿青似乎再不能让自己那条——里面也一样有骨髓的背脊，一辈子都是那么可怜地，在秦老板的眼睛里越弓越曲，越弓越下！而且在某一点上讲，他早就该挺得，挺得跟秦老板的背脊一样的挺。可不是吗？

“老板！我不明白，为什么健生的货，你要硬说是我买的呢？如果健生盘问起我来，我可怎么跟他说呢？”

“咳咳，我的佛！你真是我的一尊指头放在口里也不咬破的佛，天晓得！”

这是阿青有生以来都不能忘记的一件事，他做梦的时候也从没有想到过，这位什么都不放在眼睛里的秦老板，竟有这么一天称起自己是“他的”，而且是他的一尊佛！虽然没有第三只眼睛在看见，不过老板肚里应该还记得吧，他是怎样的，好像一把抱起他的那只心爱的狸花猫，拍着阿青的肩膀，拍得阿青一身的肉，都不由自主地浮了起来。

当真，唉唉！老板跟伙计，总是十指连着肉，有什么一定的彼此在那里呢！一想到这里，阿青可不能不更撒娇地挺起他的背脊吃吃吃说：

“不过长林这混蛋，鬼也捉摸不住他，总而言之，他的心，早就不朝你老板了。”

“为了我断了他的吃用吗？不过不要紧，我也早已要打算给他点苦吃吃！”

秦老板来回地在阿青面前的方砖地上踱着，一下凝神地望着自己口里吐来的烟，想着什么似的，一下可又似乎记起自己刚才还是怎样的生过气，于是又重新刷起两道浓黑的眉毛，脸一沉，厉声地望着阿青说：

“你站在这里做什么呢？屋子里有窑在装吗？”

“那么长林那里的坯装不装呢？西窑上可等着他的‘套里’[①]呢！”

阿青得劲地往圆堂外面的天井里跑了几步，突然又狗屙屎似的旋到了秦老板面前。

“不装。”

秦老板截钉截铁地只从齿缝里迸出两个字，同时眨起眼睛，向一道闪电似的劈过他头上的飞燕，恶意地投了他一瞥。阿青也跟着他的

① “套里”——放在六大一点缸里的货叫“套里”。

眼光，一直把空里的飞燕，送到圆堂下的高梁上，然后又望着秦老板，吞吞吐吐说：

"总不能装空套呀！"

"噢！"

秦老板唬唬地呻吟了一下，把烟卷送到口上又突然地拿了下来，紧压着嘴角边的两条肉的纹槽。

"马上叫毛老四——不，叫大长头六根立刻到我面前来。"

× × × × ×

"等些呵，老子可也要透一透气了！"

方长林沉着一张黑黝黝的青年脸子，打着赤膊，忽然在蒋树春家的一埭五开间的，草屋厂前底廊场上出现了。场上躺着一场瓜瓤式的火钵光坯，活像一群刚从浴池里打着滚拖起来的小孩子，一个个的光着屁股，在焦躁地等着他替他们穿上外面的衣服——涂釉水，好把他们带进阴凉的厂里去歇息了。

长林可蛮不在乎地瞥了他们一眼，故意作难他们似的，又把他们一个一个的，在灼热的阳光里转了一个身，于是一掉头，便逃命似的跳到场东面的一株大杨树底下，捧起池塘里的水，一下牛量地喝到肚子里。

天可热，长林刚把那一场的光坯转了个朗，伏在他红铜色的皮肤底结实的肌肉，又一块块在里面作怪地跳动起来。于是那流不完的汗，又像通着海龙王似的，从他的鼻子上，背皮上，胸脯上急雨一般地直泻下来，把那条刚在火阳里烤干的短脚黄坭裤，一下又重新像水里捞起来的，那么紧紧贴住了他的屁股什么。

"我肏他的娘，老子该多少臭钱呀！"

长林刮着一把汗弹在面前的绿草上，当他再刮第二把的时候突然向自己打趣似的，蠢蠢地破声一笑。接着便把那顶压在他头发上的大凉帽，一下推到自己的背上，一下可又从颈子上脱了下来，抓着这顶凉帽，便嗯嗳嗯嗳地对自己扇了起来，好像要把他满身的臭钱，扇进每一个小毛孔去，把它们永远藏在红铜色的皮层里。

“啊唷，这位倒像是长林大先生呢！”

“我肏你的娘，乌龟是大先生！”

长林咬着一片草叶，朝池塘对面的那个——好像刚才给天雷劈过的，一段焦炭似的毛老四，一屑地把下排牙齿在上嘴唇上刨了两刨。

“我肏你的娘，你家老板就是乌龟大先生！”

他一想到毛老四是秦家的小长头，不知怎的便动了他心头的火，他愤愤地投着一个石块在池塘的那一面，砰的一声溅了毛老四一脚的水。毛老四可不慌不忙地露出两个离得很开的大门牙，把肩上的一枝抬坯竹竿，也率性向背后的地上一丢，好像要跟他大大地打一仗似的。

“是的，我家的老板当乌龟，你家的老板戴绿帽子好不好？”

“乌龟是老子的老板，老子一辈子都不要老板！啊呀，快去吧，快去吧，你家老板屙着屎在等你去吃啦！”

方长林一下从草地上蹦了起来，好像要扑过池塘去似的，两手狠狠地在腰里一叉，把顶大凉帽，摔得远远地在场上乱滚。

“真的，老板屙着屎在等你去吃呀，叫你吃了他的屎，好省他一碗饭呀！你家老板挺阔气，说到就做到，不花一个钱还可以白装老子的坯，你家老板阔就阔在这一点！”

“那你也太阔气呀，不过老子不是笑你——啊哟，这鬼天！”

毛老四突然睁眼向西北角上的天上一望，一下抢起地上的竹竿，好像有人抽了他的脚筋似的，猛地野牛似的吼着一声跑开了。

“我肏你的娘，肏你娘！你也配笑笑老子吗？我肏你——”

长林压着一肚子的气，好像刚拨破一点皮的热痱子，而正想把肚子痱里的腹血，一下重重地挤了出来，可不防痱子上的皮，一下又牢牢地结上了盖，一时胀得他眼睛也发了红，一身都着上了火似的，连声带骂地直往毛老四跑去的路上追着，直到毛老四的黑影，跟着他那段焦黑似的身子，一淘消失在暑热的濛尘里，他才勃然地掉过头来。

“啊，老子肏你个娘的天！”

忽然望着西北角上的天，不禁失声地叫了一声。

×××××

天可真会作弄人，一口气之前还好好的没有一块云，这时西北角的半排天，已完给那重重叠叠的乌头云，压得好像要连天也沉到地上来，压得地上的人，也塞住了气——每一呼吸都感到好像闷在什么棺材里，而又满身芒刺地说不出的燥热起来。

“啊你！真是个娘了，快呀！”

长林一下冲到草屋厂里，几乎把老娘的洗衣服缸也泼倒在地上，拖着娘，便疯了似的朝廊场上跑。

“你看，你看，天起阵也不晓得，快帮我呀！”

“就叫是吓人，我还道你发了羊癫疯了！——收还是什么？”

老娘端起一个坯老练地望着她的儿子。

“不收，不收，人家要等着装的东西！”

长林哗啦哗啦地淘着缸里的釉水，一壁弯着个身子大声地喊着。

“快给我搬来！通搬来，唉唉——它个娘！”

他突然眨起眼睛向天上一望，跟着一阵远远的雷声，焦躁地骂了一声。这之后，便一声不发地釉着他的坯，咕噜噜地把只坯往釉缸里一揿，便急急地送到厂里去放着。接着又从娘手里接过一只一只的坯，不断地往釉水里揿，不断地朝草屋厂里送。

“儿呀，娘替你釉两个吧，靠不住了呢！”

天上的太阳骤然黑了下去，对面大路那边的坭场上，几个锤坭的女工，手不在手上地，只管筛着她们锤碎的坭料。风卷起大股的坭尘，混着小孩的哭声，窑烟似的飞扬在四面空里，偶尔也传着一二声妇人的尖声恶骂，那么急躁地抛到大路这边的廊场上来。

唉唉，老娘的脸子，一下也可怕地绷紧了，望望还有大半场的坯没有动头，猛地摇着耳朵上的一对大银环，抢到长林的身边，等长林抓起釉缸里的那一个，便翻着自己手里的一个，学着长林的样，也急想把它揿下釉水缸里去。

“不要，啊哟你不要替我耍把戏吧！”

长林一箭从厂里射了出来，夺过老娘手里的坯，一下揿到釉缸里，看缸里咕噜噜的翻起来的几个釉水泡，皱一下眉头傲然地说：

“你会有这火道吗？你看！这下就全靠指头上的劲抓起来了！我肏他的娘，蒋树春也不是个好蛋！”

长林嘴快手快地一边敏捷地釉他的坯，一边睁大了眼睛不绝声地叫骂起来。

“老子就偏不服气那些臭老板，如今的窑户老板都是一个药锅里煎出来的东西，总怕司务的少他们的臭钱，吃用挨也要挨到你全潮的坯都上了釉，哼！只配上海东洋客人一个一个来收拾他们！我肏不死他们的娘！”

“嗳！你张嘴就臭吧，你晓得呵，你的一张嘴上，一年要闯多少祸呀！”

“闯祸！老子闯了的什么祸啊？啊唷，好了，好了！息两天窑户老板屙了屎你也会捧起来吃呢！”

“放你的屁——啊吓，大先生今天怎么这样难得呀！”

老娘一下给长林气得呆呆地含上了两泡眼泪，一下可猛地推出一脸的笑，迎着那个霎然间走来的——好像给刚才那声破天的大奔雷，猛地震到她面前的秦老板，仓皇地打起招呼来。

“大先生真难得呵，天要下雨了，请里面坐坐吧！”

秦老板只做没有听得似的，斜着眼睛瞥了釉缸边的长林一眼，接着喝过他背后的阿青来。

“你问他呀，欠我的钱到底怎么说法嗡！”

“欠你的钱吗？”

长林坚强地眨了秦老板一眼，把只瓜瓢式的光坯，捧在手里抛了一下，依旧翻着一个身，把它揿到釉水缸里，当他咕噜一声用手指抓起来的时候，他敏锐地嗅了一口气，把披散到额上的短发，连着头用劲向后面一甩，他似乎已嗅出了什么不幸的事，越发沉静地说：

“你说怎么就怎么好啦！”

不过他的声音，可已低了下去，好像跟手里的坯在说话似的，只从坯的圆口中，发出一阵空空的回声。

“好的！我说吗——”

秦老板的脸色突一变。软质的白绸衫裤，顿时灌着风像浮尸一样鼓胀起来，把两道赤练蛇般的眼光，忽地在毛老四的那张黑鱼精样的脸上一扫。毛老四一下从地上蹦了起来，一匹黑熊似的扑到长林的面前。

“我辣死你家的妈妈！上家不清想接下家！呀！我辣！”

毛老四辣的一声，早把长林手里那只刚才还叫着空空声的釉缸，已辣的飞上了一个拳头，坯马上裂着一张大口，好像要咬他似的愤然一声，便粉碎在长林的脚下。

“我辣，我辣，我辣！”

毛老四连声地辣着，随手飞起一些碎坯片，真活像一匹冲出栏栅外的野黑熊，一下又连声带吼扑到廊场中央，吓得那群赤屁股的，急着想穿衣服的火钵光坯，都一个个的怯怯地望着方长林——一尊石像般挺立在一旁的长林司务，哑然地眨着求救的白眼。

长林可依旧一动不动的，只咬一咬嘴里的牙齿。

“啊唷我的天！打我老太婆吧，打我老太婆的人吧！”

老娘一下把个头，在草屋厂的泥墙上撞着，好像落在网子里的一条老鲤鱼，颠得她两颗枯涩的眼珠，好像要从眼眶里漏出似的，一下又哀哀地颠到秦老板面前。

“大先生，饶了我们吧，饶了我们吧！啊！大先生，大先生，不是我们不‘吃黑饭护黑主’，你大先生断了我一半的吃用，我们天上没有得落下来吃的啊，你大先生总要饶饶我们呀！”

空里又劈过一个急急的奔雷，已经可以听得远远的雨声了，好像滚在几十里地外的急潮，那么飞快地向天的一面向卷扫过来，惹着场东西的那株大杨树，来不及的向廊场上丢下一个惊奇的白眼，便摇着一头的散发，在空里乱地舞了起来。

“嗳嗳！这个总不能了！”

大风暴一下倾倒在廊场上的时候，老娘又疯了似的追到草屋厂，没命地扑开两个臂膀，拦在毛老四的前面跳着。

“不能了，嗳嗳这个总千万打不得了！”

毛老四“哼”的一声，也学着秦老板的那个样，挺着胸把头向侧面一偏，只做没见似的，一下推过老太婆的身子，又把碗口大的拳头辣辣地伸了出来。

“吓！这些都上过釉了呀！”毛老四打到第三只坯的时候，谁都没有注意地，他突然露着两个离得很开的大门牙，大声地叫了一声。接着他的那条结实的膀子里不知怎的好像灌满醋似的，一下酸酸地软得一点力气也没有了，动动那一条，也是一样的好像有鬼抽了他筋。

“我辣死他的妈妈！”

毛老四猛地退到一个阴暗的角里，木然地站在那里，只管搓着自己的手。

“毛老四！”

秦老板那毒蛇般的眼光，一下从暗角里的毛老四身上，很快地扫到阿青的金牙齿上，接着辣辣的坯牌碎片一时又麻雀鸟样的在空里飞了起来。也飞到秦老板的缎浜鞋子上，也飞到毛老四的鼻子上，有时也飞到瘫软在地上的，喊得再没有声子喊了，而像死猪一般地喘着长气的，老娘的花白的头发上。只是恁地也打不到长林身上去，到现在，他还是一动不动的，像一尊石像似的靠在草屋檐下的泥墙上，一尊石像似的，连眼珠也不动一动。

三

隔了一个年头的夏天的太阳，依旧不忘记它炎热的权威，又一把火伞似的，撑立在窑场上面的天空里了。

从东面太湖边开过来的上行车，照例是那么天不怕地不怕似的，从那些打开着的，黄框框的窗子里，飘起天蓝色的短窗帘，有时连坐在里面的人也可以看见。胜如一只逃命的大野猪，真卖洋！照例穿过窑场南面的那顶山脚下的大洋桥，要见鬼似的大叫一声。看它这劲道，威是还有点儿威风，只是，只是，哼！会翻一个筋斗就算是它的真本领了！不过，笑它也不会，哼！笑它就不敢！

一群整天像扑火虫样晒在太阳里打滚的野小孩，看呀看的，也就再不把这一点本领也显不出的东西放在心上了。

"蠢坯滚你的去吧！"

车子去的时候，也再没有人夹着尾巴去追赶它。

"啊，嘘！啊嘘，角！——撒尿！"

嗳嗳，端正西河头王裕宝家的老黄牛，比这些洋八蛋的蠢坯要聪敏得多，叫它撒尿就撒尿，牛也懂话呢！王裕宝家的老奶奶，就专门拿着一个木瓢管牛撒尿。

"你叫它撒尿呀，你叫它再撒一撒看！"

不知从哪天起，这些扑火虫样的野小孩，都不约而同的，聚会样的聚在王裕宝家的釉水行里，围着那个一年四季都贴着两个头痛膏的老奶奶，七嘴八舌地啰唆起来。害着那个老困在牛磨边竹榻上打牛睡的王裕宝老头子，总不能安心地闭上他的眼睛，不时拿着一根木棍，赶到河边上的几只釉水缸那里看看，有没丢进什么石块和砂尘。接着便睁着两个精明的眼睛，在他家门前的"土骨"[①] 堆上，不住地巡来又巡去。

"啊！我的'土骨'，'土骨'又少了呀！"

"见了鬼吗？你收，你收！不过鬼也没有偷你的'土骨'！"

"那么你们看吧，你们看吧，我的'土骨'上面长了脚吗？"

---

① "土骨"——是一种窑釉水的原料。

一定要王裕宝这老头子，喊得嘴子上的几茎黄胡子，簇簇地跷起来了，这些光屁股的野孩子，才你看看我，我看看你，哄的一声散了开去。

“我们来看看牛总没事吗？”

可是不一会，孩子们又一群痴苍蝇样的飞落在牛磨的旁边了。

“你叫它撒呀，哼！这许多时候还不要撒尿吗？”

“你看，你看，牛的眼罩多大呀！我说牛自己的眼睛，一定也闭着的！”

“自然闭的呀，不闭不头昏吗？”

“不闭，不闭，闭了它还不困去吗？”

“我肏死你们的娘！——”

王裕宝看看这群不可理喻的野孩子，一时气得眼睛里的火也冒了出来。

“我真是肏死你们的娘！算数有点子釉磨磨了，来吵你们个不清不爽！老子火起来，火起来通把两条牛卖了它，看你们要不要再来吵呀！”

王裕宝一下舞起那根木棍，愤愤地打着一些台凳什么。

“哼！老子说他的釉水行一定要关，那老鬼多凶呀！”

一下窜到河岸上的孩子们，拍脚拍手地望着王裕宝家的草棚子骂了起来。

“一定关，一定关，不关他的牛也要瘟！”

“牛害你吗？”

一个大点子的吊眼疤，猛地把个满脸贴着红膏药的小孩子，一下摔倒在人家的坭料堆上。

“不过不作兴，哼！你们都不晓得，老鬼真不要脸！倒说推推磨的牛也作兴牵到乡下去耕田吗？”

“它会不会耕田呀？”

跌在坭堆上的小孩子，一下又从他那好像到处补满了补丁样的脸子上，闭着两个发亮的眼睛，跳到吊眼面前，而且还报复似的在吊眼疤的肚子上送了一拳。

“老子晓得吗？”

吊眼疤眨了他一眼。

“川埠多远呢，上三春一直在川埠地方耕的呀！不过靠不住，一只牛的腿到如今也拐呀拐的！——喏！”

吊眼疤拾着一个坭块，通的一声掷在西河浜里，望着溅起来的浪花，与又出在水浪上的两只牛角得意地挤紧了那只吊眼说：

“就是它呀！就是它！你们等些看它哪！”

“看它，看它，你们这般野种！”

王裕宝一下跷着几茎黄胡子又赶到河坎上，望着底下的那一群连脚马样的野孩子，气得连连把牙齿也咬紧了。

别提起他的这一条牛，一提起这条牛，他的老命也说不定要跟你拼一家伙！

可不是，本来往常的窑场，只要一开春，便就没有什么空的时候了。

然而总怪这地方的窑户们，不值价，太不值价！烧出两只货来末，你贱卖，我贱卖，好像都没有花本钱，在往年，窑业公会里的大先生也会出来做做钉子，或者罚行家、罚窑户、罚客人的，总多少有个公道的！

如今吗？哼！一塌糊涂，就叫作一塌糊涂！连窑业公会里的大先生，也倒说要“痱子生铲”，“痱子生铲”的，铲得这个六月天里，“白窑”[①]也“起”[②]不来了！屁个“痱子”好“生铲”，总之头脑也没有摸着，生铲硬铲有鸟的用！

“痱子”，“痱子”，把人家的老命也痱得差不多了！嗨——

① “白窑”——小窑两天装一窑，大窑三天装一窑叫“白窑”。

② “起”——是装的意思。

王裕宝老头子，突然望着窑场中央的，那座趴伏在天心里的陈家窑，惘然地叹了一口气。再看河坎下的那群野子，又连脚马似的奔得一个也看不见了。

× × × × ×

窑场上自从今年二月间什么“节制生产”这么一来，全场一个月里约摸少烧一百窑光景。一般吃着自己的饭跟自己做坯的小窑户，勉强可以看见几个售货的现钱，然而这可没有道理，烧窑的松枝，煤，一涨就涨到真像吊舌子李根宝所说的——

“十，十，十，十，我肏肏他们的娘，八，八，八十块一，一百担东西，还是放，放刀青的秋，秋货啊！煤，煤，煤也——”

“煤你个吊嘴巴！”

时常也到茶楼上坐坐的葛健生，猛把手里的茶壶嘭一摔，吓得李根宝的吊舌子，一下吓了进去再也吐不出来。

“事情坏就坏在你的这张吊嘴口里，十，十，十，十，我拿你的！轻容易本来四十块一百的东西，一放到你嘴里就变到八十吗？”

“不，不是呀！”

“还说不是，还说不是，你给我少开尊口吧！”

“表，表你，不，不是呀，我，我，我要跟你商，商，商量一，一桩事，事呀！”

李根宝一下把健生拉到茶楼上的一个角里，苦着一张脸子，看他越想说快，越说不出地，死劲拉斜着那张嘴，把脸上的麻洞也一个个的胀红了。

“商，商，我跟你商，商，商量商量——”

“跟我商什么量呢，我又不是个郎中先生，怕郎中先生也医不好你这个绝物的吊舌子！”

“表，表，表你！人，人家正，正，正——”

李宝根好容易正了几正，把只脚往长凳上一搁，才说出他是一件正经事。

“那么你说呀，老子喉咙里的气也给你闭住了！”

健生焦躁地望着他的脸子，好像要紧从他的那些麻洞洞里，一直看到他心里到底是怎么一件正经大事。

“你，你，你也晓——晓得的，我我，我是总，总归烧，烧，烧不起了！我，我，我们都是村上，兄，兄，兄弟！”

“我不晓得，我一点也不晓得！我自己的心事一天到晚也盘不清！拿他娘，老子鸟鹊衔巢样衔了大半年才衔成一窑，倒说还要横调竖调，调我到第七窑过，老子可眼睛乌珠也给他们调得挂出来啦，我拿他们的娘，老子不算不算末，陈家窑上也总算有点蟹脚份啊！”

“唉唉，你，你，你听我说啜！”

“你说好了啜，我又没有封住你的口！”

健生一下迁怒到泡开水的堂倌身上，突然大着喉咙朝半空里喊了一声：

“嗯，这下你总好说了吧？”

接着又捧起茶壶来吱吱地嘣了一口茶，呸的一声吐了李根宝一手背的茶叶沫。

“你，你这个人，就，就这，这，这么性，性急，我说，说我押，押，押在秦，秦某人那，那，那里的一，一埭厂呀！”

“我晓得的呀，押也押给他了，还有个什么屁放呢？”

“怎，怎么没有屁，屁，屁放呢？”

李根宝一下跳了起来，只差眼珠没挂出来，瞪着健生那个新剃光的和尚头，好像要当他葡萄似的咬一口。

“太，太，太便，便宜了他，老，老子，如，如，如今押不起了，他，他，他——”

“这倒是新鲜话！”

健生把个头向后猛一仰，忍不住要笑似的，伸手在根宝麻子的脸上一抹。

“这倒好笑了，这话只有你会说，大概你今天没有困醒吧？有什么押人家的东西也押不起吗？我没有听见过，我生着耳朵也没有听见过，恐怕秦道熙的厂要押把你吧？”

“拿你的娘，替，替，替你说说末，就，就，就——老，老子，还，还讲，讲讲，讲笑吗！”

李根宝认真地把面前的茶杯什么推推开，一下凑到健生的老鼠耳朵上，只见他的嘴，那么艰难地一拉一牵的，看他一脸的麻洞，也个个在一动一动的帮着出劲。这，健生可看不见，他只听得那种又低又吃的声子，好像一把多年不用的钝锯子，锯在他的心上，不痛不痒地拉着，拉着，拉着！

“唉唉，我晓得了！”

健生突然捉紧了眉头，把只手啪的一下，像把刀样的猛砍在李根宝面前的台上，接着连连地摇着头说：

“靠不住，靠不住，别说是今年，哼！秦道熙好不得精明，押押押，他就只晓得一个押，你见他新置的产业哪一个不是押的？押的又不要出租钱，譬如他修了厂，还得归业主算。租三押四，押到这么一个时候，就不愁你的东西不姓秦！不过，不过鲍信三的那面场是不能算数，硬是暗地里跟蒋树春赌着了气！不过也——”

“那，那做不到！”

根宝麻子猛地扛起喉咙头的几根粗筋，急急地迸出一声，把健生的话一下打断了。

“那，那做不到！要，要，要末，世，世界上，只，只，只有他的道，道，道理！”

“没有用呀！”

健生冷冷地吐出一口烟，望着烟雾当中的一个烟圈子，半晌又摇摇他的头说：

“你不要替我争，替我争到大天白亮还是他娘老子！不相信你试试我的这句话看，包你了个钉子，还来不及的要捧着一鼻管血逃出来呢！然而你一定要去，我也不拖你，不过这个东西总得先油油牢！”

健生把手里的烟卷，在根宝麻子鼻尖上，画符样的画了几个圈。

“屁！”

根宝一下把健生的烟卷拍落在茶台底下，喷出一口的唾沫溅在健生的脸上。

“老子杀，杀，杀头也，也不怕！史，史洪根，老子烟，烟也候，候，候了他两，两块啦！我拿，拿，拿他的娘，再，再，再没有，有个说，说，说法，我我我可——”

李根宝一说到这里就野火烧上了心似的，嗗嘟嘟地抓起一把茶壶往嘴里倒，也就很快把下面的话，一下咽到肚子里。

××××××

“我辣，我辣死你的妈妈！老子不晓得吗？”

毛老四冲着挑水进来的烧饭五狗，一下跳得过人头高，露着两个裂开的大门牙，粗野地吼了起来。

“表仔——癞痢欺灯笼！好汉到秦老板面前也这么狠！”

五狗吃重地放下肩上那担水，生怕毛老四把它撞翻似的，赶忙握住挂着水钩的扁担，护身棍似的在毛老四面前一撑。

“……”

四只常常跟雄鸡遇见了它的同性似的，大家睁起那种火毒的眼睛，像要作斗似的，彼此相互地盯了一眼。

“老子怕他老板吃人吗？”

“怕是不怕，只可先自发急啦！”

“我辣！”

“辣你自己的——挖米！”

五狗猛地闪开毛老四挥过来的拳头，看看有点吃不过他了，急忙拖着手里的扁担，向灶下的横窗口高叫一声。接着对准毛老四那平削的额角上，重重地啐了一口气。

“哼！老子给你相过面，老板这回叫你去一定有重赏啦，老板早就说要赏你的——真的，老板叫你去呀！”

“去就去呀，老子不晓得去吗？我辣！”

毛老四辣的一声，早跳到灶屋门口了。向着挽了一米箩米进来的，臂膀白得耀眼的一个小妇人，怪样地呆着眨了她一眼，心里马上暗暗地说着——

“哼！我看你也一定是雄的，还算做了个女人的，可惜小老鼠也生不出一只来，也叫是出力不讨好，出力不讨好！”

接着他的心就作怪地一荡一荡的，直到站在天井里的秦老板面前，还是那么作怪地没有荡好。好像有个东西遮在他眼睛上，恁地也赶它不走。

“毛老四！我看你这两天心也不在肺上呢！”

“为什么？”

毛老四猛地怔了一下，这才看清刚才洗澡过的秦老板，咬着半边的牙齿，半坐半躺地靠在藤躺上，擦弄着他的脚趾丫。

“为什么心不在肺上呢？心会不在肺上吗？”

不知怎么一来，他已看出秦老板并没有动什么鸟气，于是大胆地拉着肩上的汤布，在自己平削的额上拭一把汗，把身子又直直地挺上一步。

“在肺上？在肺上？哼！我看你三年饱饭一吃就——”

秦老板只用半个眼梢瞧了他一眼，似乎专心一致在跟他的脚趾说话似的，还是那么用劲地擦着他的脚趾，那大脚趾旁边的一个。

“有什么心会不在肺上的。”

毛老四这下的声子可已低了下去，低到别人一点也听不见，吞在喉咙的底里说：

“三年饱饭？老子可白吃你的吗？真叫做做就出力不讨好啦！天下老鸦到处都是一样的黑！”

毛老四望着秦老板后面的荷花缸，风一吹过去，忽然沙沙地摇着它满缸的绿叶什么，猪擦背，胜如乡下猪在猪栏上擦着它发痒的背。

“你吃了三年饱饭就作贱啦！”

那是一个乡下的黄昏，三年前的黄昏了。也正是在那个乡下东家家里，做上快三长年。

乡下的黄昏一到，本来大家该歇夜了。可是毛老四还出着一身一身的大汗，在劈着他日里没有劈完的柴。他身边的乡下蚊子，要一把就可抓一把，只是毛老四没有抓，他一壁拔长了耳朵在听着邻院人家的山歌儿。

乖乖！又唱来了——

“嗳咦呀——

西北上乌云，响呀之响阵头呀！

约郎的个呀，

约在之个门外头呀！我要开门娘要骂呀——”

“啊唷郎在门外要急死啦，不过唱姐的声音还该放尖一点！——嗳嗨——”

毛老四自己也不明白那时的劲道从什么地方来的，总之辣的一声劈下去，就劈得个什么都一片黑，挂在柱子上的那只煤油灯，倒说也不见了，好半晌，好半晌才看见柴屋里已熊熊的烧着了什么。毛老四猛一怔，邻院的歌声也再没有心听了，一下子便抢起了那些游着火的散柴，死劲的奔到院子里摔着蹈着，蹈着摔着，也再不用心，东家手里的硬木棍，是怎样的跳到自己的头上，背上，以及抱着散柴的那两只手上。

不过，唉唉——

“我晓得，我晓得！你三年饱饭一吃就作贱啦！”

这是死也不能忘记的，比掘他的心还难过，难过到现在都一直没有忘记过，可是到现在同样在窑场上的秦老板，又照样掘了他这句话出来，他生气，他不晓得把气从哪一个窍眼里迸出来。

“我辣，我辣死——”

毛老四在气透的心里，只暗暗地辣了几辣，当他把荷花缸上的眼光呆呆地移下来的时候，秦老板脸上的板刷浓眉，可陡的竖了起来，两路毒蛇般的眼光，猛地咬住了毛老四的眼睛，直咬到他生着气的心坎里。

“你给我说，你给我说前天小东窑上的‘夜火’[①]是哪一个看的？”

“我看的，看坏了吗？”

“还不看坏？开出来的东西还放在那里呀！”

啪，秦老板面前的一张架脚小凳，一下仓皇地跌开三尺路，正跌在毛老四的眼珠上。然而秦老板的一巴掌，也就很快地跟着过来，一下火辣辣地在毛老四的脸颊上跳了起来。

“开出来的东西还放在那里呀，鬼也不要的，你当它‘冷窑’[②]吗？再加我再三再四叫阿青来关照你——上头窑面放宽啦，‘夜火’里头一点也不能松，要放量的烧。你看的，你看的，你没有看坏？”

秦老板一时暴跳得胸前那对男人的肥奶也一抖一抖地，看他压在那件贴肉的汗衫里，非常吃力地跟着跳动起来。

“那么阿青他没有说呀！”

毛老四摸摸自己的脸子，再不敢回看秦老板一眼，好半晌才望着自己的脚上的草鞋狼狈地说。要是换着往年的夏天吗？哼！笑他老板头上出了角，也不敢不把作场中的伙计抬在架子上，不是吗？走错了路也——今年可做老板的也变了鬼，只想寻伙计们的事，要是一个不那个，就滚呀滚的叫人吃他的滚汤蛋了。不过长工的也不值价，胜如狗还没样多，一阵一阵的只晓得削光了头往窑户的狗洞里钻，我辣，我辣，我辣！

“你叫阿青先生来问吧，他真的没有关照过我呀！”

这时毛老四的头差不多已贴到滚着大汗的胸膛口了，几乎，几乎也想变着一只什么狗，一下狼狈地伏到秦老板的脚下去。

然而秦老板可瞧也不瞧他一眼，架起另外的一只脚，把打着毛老

---

① “夜火”——是煤夜火的略称，窑装满之后，是要在窑的炉房里烧上一吨或两吨煤，因为总是在夜里烧的，所以叫“夜火”。

② “冷窑”——冷了许久没有烧的叫“冷窑”。

四巴掌的那只手，依旧半坐半躺地擦着他的臭脚趾，擦到这么一个时候，便把手指送到鼻子上闻闻，闻闻，直到烧饭五狗送着一瓶酒出来，他才搓一搓手，简单地吩咐着五狗说：

“明天，少一个人的饭！”

×××××

秦老板捏着自己亲笔写的，两张一百块头的“本条”[①]，一时透出了满身的大汗，湿透了他贴肉的汗衫，还在白纺绸衫的背襟上，湿了脸盆大一块的潮印。脸上的汗，看他还不住的挂下来，好像一面夏布绷筛，不停不息地筛沥着什么釉水似的，沥得他一脸的紫色小泡，一个个的从脸上虎了起来，虎得比任何一个时候都紫胀可怕。

“他怎么跟你说的，就说不要吗？”

约摸两分钟之后，他才记起阿青还立在他旁边，勉强装着满不在乎的情气把条子在台桌上一丢。

“他说吗？”

阿青结结巴巴地抹着头额上的汗，望着一盆火样烤在窗子前的太阳光，好像透气不出似的说：

“他说，他说客人要等着开船的东西——”

“这个不是钱吗？”

秦老板的眼珠嘚咯一翻，心里就压着一千斤重的铁块似的，一下倒在背后的藤椅里，好久才送出这么一句话。

“是呀！”

阿青感到握着蒲扇的那只手一时不晓得拿起来扇呢，还是放在什么地方的好，终于又抹一把额头上的汗说：

“我也是这么说的呀，他说客人要等开船的东西，他说通街的店子都贴过来了，出到五块钱一百还贴不到现。”

阿青小心地向秦老板的侧面眨了一眼，心里猛一跳，他不晓得自

① “本条”——自己开出的，像期票那样的条子叫“本条”。

己已说出来什么，要成那个样，总之，刚才一路回来的时候，他就打定主意不能把那个煤行老板的话通搬给他听，因为他也不相信自己老板的本条，会从那里碰了一个钉子回转来，不太丢了老板的面子吗？所以想了一下，又吞吞吐吐地说：

“表你个煤老板多坏啜瞰，你晓得他去押丁没有啜！”

“嗯！”

秦老板黯然地望着阿青吐了口气，心里虽还是那么的压重着，嘴里可不能不这么地说：

“算啦，算啦，你给我邮局里的两百块——”

秦老板的声音戛然地低了下来，急忙向阿青推出一只手，要马上推翻他的成命似的，一下又提高了声子说：

“不，不，那要留着装窑用，还得付船上的水脚，你给我，你给我——他到底什么时候开船啜？”

秦老板的说话突然像秋天的云，一下狮子头，一下翠凤尾巴似的，一下又不知变成一个什么了，一时像捏着风浪中的舵柄，左右为难地颇有些捉摸不定的样子。阿青莫名其妙的大着一张嘴巴，望着又挂满在老板脸上的汗，觉得自己的脸上也痒痒的，急忙拉下窗上的干毛巾，发狠在脸上擦了一把。

“他说是说明天起黑早要开的，这倒不是骗，刚才煤客人也在那里的。”

“那么——”

秦老板把脚向账桌上猛一蹬，身子连着藤椅，吱的一声，向后退了尺把路，望着阿青左面的一只招风耳朵，咬一咬牙齿便决然地说：

“就把邮局里的那笔去拿了给他吧！不过我想——”

又要想什么呢？难道这点牌子也不会撑撑吗？阿青巴不得老板把邮局里的钱给他，而且自己还跟煤行老板争过了口。

“条子会算一百九十九吗？”

“是的，我也只可惜少开几爿钱庄，没有这把气候拖，再拖拖行门也靠不住要关了！推三，推四，推到推车撞了壁，还是一个月的期票塞过来，当初上煤的时候，你跟我怎么说的呀？”

煤老板一下把条子摔到阿青面前，眼梢角也不向他瞧一瞧。

“说的呀！我说的呀！现在少了你一个边了吗？看老子有本领上你的煤，有本领付你钱！不过你的眼睛也该放亮点，比着别人的条子吗？我们自己的本条呀！”

“好的，好的，你拿回去好好的藏在保险箱里吧！不过，不过，人家要等着开船的东西！”

真也见他娘的鬼，别说要开船，付了他钱他去捐官做，买马骑，都干不着人家的事！

不是吗？唉唉！今天的老板也变了相，倒像女妈妈做事了。

“噢！还不去吗，去拿给他拉倒啦！”

阿青弓着个背，又异样地眨了秦老板一眼，一下卸了什么重担似的，连声去了，去了的，飞也似的飞了出去。

“不过，喂！”

秦老板可又霍地立了起来，向天井里望着阿青那飞跑出去的背影，又惘然地叫了一声。等他从账桌上那阿青的小圆镜里，看到自己那种从未有过的，未免近于狼狈的样子，心里就不禁猛地跳了一下，头一仰，望着上面的天花板打着哈哈厉声地笑了起来。

在这一阵狂笑过后，心里可又更重更闷的，好像压了一个什么。可是当他吸足一口烟，让那烟雾慢慢地在自己面前消失开去的时候，便又一切都释然地，瞅着游过窗去的，火毒的阳光，叠起两个指头猛地在窗槛上击了一下，心里暗暗地说：

“小洞里真爬不出大蟹！这当真也算了一回事吗？秦某人也不过暂时吃点苦，只要上海 ××× 洋行的存货结一结账，不是说窑场上除开秦某人之外，也不见得有第二个人好说话！是的——啊，这天！”

秦老板这下释然地再坐到后面的藤椅里，才觉得满身都火样的烧热起来，便一手抓过阿青的那把蒲扇，嗦啜嗦啜地对着自己扇了起来。

“呵，大先生真贵忙呵！”

一个老枪的烟声，一下从窗口投了进来，接着侧面的账房门口，露出两排黑色的烟牙，好像古时光的女人天天用石榴皮擦过的那种乌牙齿，一个一个都浮着媚人的笑，一点点地对着秦老板走近来。

“洪根哥呵，久不见了，坐，请坐！”

秦老板欠一欠身子，一眼瞅着账桌上的两张本条，还可怜地躺在算盘那里，急想把它收起来，一下可明知洪根已看见了，也就只做不见似的，眨起一双眼睛向洪根——

“老兄有什么事情吗？我晓得老兄没有事情也不到我这里来，我也本来想叫阿青来请你了。”

“哪敢！哪敢！”

本来已经在靠门那张凳子上坐下了的洪根哥，一下又狗屙屎样的掬起一个屁股，在空里一颠一颠地，好像颠得没有个安放的地方，一壁囚结着一头的头发，又是推出一个黑牙的笑。

“大先生真忙呵，洪根几趟来几趟都拜见不到，人家还说史洪根的做事疏懒，真也是冤枉！”

“哪个说你？——吸烟！”

秦老板推一支烟过去，摇着蒲扇随口地说。

“还不是那个吊嘴巴吗？噢，对对！”

洪根点着那支烟，挤紧着两只双眼沿的——从前不吸烟的年青时候，常常引着一些女人爱过而又恨过的眼睛说：

“这表仔对七对八的，你大先生那里会要写他这几间厂呢！”

“他要写给我吗？”

“是嗳，他是梦里也在想吃天鹅肉的！”

洪根嘶地吸饱一口烟，半晌才从他那两只烟黑了的鼻孔里慢慢地穿了出来。

“好的，你叫他赎赎去吧，我本来自己的也太多了！”

秦老板搁起一只脚，把一身的肥肉都陷落在藤椅里，蒲扇一挥一挥地说：

“这洪根哥你也晓得的，往年这个时候我已经烧过多少窑了呀？今年全拉只才三十七八窑东西，我本来端着一个油锅也没地方放，还是叫他赎赎去吧，要写，也叫他写给别人去！”

“是啜，洪根也不是什么蠢人啜，真是硬压着老鸦做窠，我几次来看看大先生不在府上，也不高兴上丁山去寻啜，不过望得见窑场生意会好呢，这东西也迟早要写给大先生的，除了大先生之外，也没有这个吃户啊！”

洪根哥在毛茸茸的乱发边，一边小心地竖起两只小耳朵，一边不时把眼光向秦老板的脸上溜着。

“是是是啜，其实今年的小窑户，也十家九家都叫苦，不过我，我也吃东洋客人的苦，说说你也不相信，今年载了三十几窑的货去，还是拿到他二三千块钱，松枝，煤，司务的吃用，坭料釉水，我们一窑要配多少本？今年的东洋客人也好像很兜不转手，货价低了还要低，还是不肯替你把账结一结，不是吗？要不是我有几年来的存货撑撑腰，也早就强了手啊，是的，洪根哥——我！”

秦老板霍地从椅子里挣了起来，把上半个身子移向洪根哥这一面，忽地摸出两张一元钞票，往洪根哥手里一塞，便轻轻地压小着声子说：

“本来鲍信三的那面场，我这里还没有好好的谢过你，这里我有点开支，你给我去跑跑看，总之这个上头的利息，三分到五分，我们也不在乎这一点。”

他顺手又把算盘边的两张本条向洪根哥面前一推。

“唉唉，这个吗，大先生的本条本来比钞票还香啊，你大先生既看得起洪根，洪根当然要遵命的，要遵命的——不过，这个算什么呢？”

洪根又连声“不能”“不能”的把手里的钞票推还给秦老板，推得秦老板气咻咻的，抖起胸前两个男人的肥奶，一下又气咻咻地拾起跌落在地上的蒲扇说：

“这又什么不那个呢？大家村上的老兄弟辈。东洋人真淘气，这下如果再不解款来，以后还得偏重你老哥呢！”

“这个你放心，你大先生的高差，只愁你大先生不吩咐啦！”

洪根猛地拍一下胸，把李根宝的事，早已丢得一点影子也没有了。

四

新近一星期中，丁山市心会里的大先生们，都议论纷纭地谈论着一件事，好像地方上闯了什么人命重案似的，一谈起这件事，便不约而同地把脸子放了下来，当秦道熙一进会去，那谈锋又更纷纭地喧杂起来。

有的人，可也只幸灾乐祸地从旁眨了他一个白眼——

“本来也太像煞有介事，平时十二面篷，篷篷都拉得那么足！哼！翻风啦，翻风啦！看他这会不翻船就相信他秦道熙了！”

这些看冷泡的人，也素已看不起他秦道熙，也素已不跟他秦道熙的，交过一谈半口。什么充货大先生啜！当真论起他的身份来，也不见得比蒋树春强多少！大先生，大先生，市心会里的大先生可就配他不到做！

“啊，道熙兄！我看你还是拿紧一点好呢！”

一个平时在市心会说话最多不过老牌大先生，捧着一把水烟筒忽然赶到秦道熙的那张茶台上，一盆火似的晃着半个放光的秃顶，脸上严肃到好像着了魔一般。

“不是呀，我看道理是总有道理的！”

“就说那面的进口税吗？”

秦道熙沉吟了一下，脸上的紫色细泡，似乎也同时的虎了一下，可是不一会，便压着嘴角边的两条肉槽决然地说：

“不过，不过我想这也许是有人故意造的谣！”

“不像是谣，一定不是谣！”

陆太雷大先生，忽地把眼角上的一根筋也扛了起来，一眼盯着秦道熙，一时那响亮的高声，把同会中吃茶的几十个大先生都恁白地唬了一跳，以及半空里的那只收音机，也戛然地停了一下。

然而陆太雷可依旧放高了声子说：

“再加，再加，听说你此番载上海去货，还搁在滩上没有卸吗？”

“那不是，那不是，那也是谣！”

秦道熙一手按在茶杯上，冷冷地不住地摇着他的头。

“我想总不是这么简单，恁白地，人家那高兴吃饱了饭专门造谣呢？”

“这当然是谣嘅！人家正因为怕吃不饱才造的谣嘅！”

秦道熙举起眼睛向所有的茶台上扫了一眼，便又放低了声子，望着陆太雷手里那段快烧完的纸椙就：

“事情是这样的，船是在滩上搁过几天，不过，那是另一回事！是码头上的小瘪三敲货船上的钱，后来他们打到巡捕房去了，这完全不关 ××× 洋行的事，人家洋行里晓也没有晓得，不过，不过我晓得的——”

秦道熙溅着杯里的茶，在面前台子上，先写了一个将官的将，然后又在将官头上加了个草头，接着就把那指头在蒋字上圈着圈着，一壁放着更小的声子说：

“我晓得一定要有这个谣来，我早就猜到的，那时正好他也在上海，我们正好也同住在一个栈房里，所以，所以就——真所谓道高一尺，魔高一丈，他是三铜钱买了股香，没有一个时候不在跟我背后烧！其实真何苦呢，就像当初鲍信三的那面场，不是你老先生也出来说公道话吗！”

“不，我看这回东洋方面总不无道理的！”

陆太雷依旧固执地摇摇他的头，好像不说服秦道熙，他是一辈子也不肯息。所以“嘘”的吹了一个烟蒂在地上，又严肃地望着秦道熙说：

“你该要拿紧点，我想你该要拿紧一点！这虽固然是不值一笑的谣！然而东洋方面的值百抽百总决计不是谣，决计有他的道理！从前民国十三年齐卢之战的那一年，不是也为了值百抽百这么一闹之后，我们的窑场，不单是东洋货停顿了整整的一年，而且牵累到各种‘凡货’都一无销路吗？而且，而且——”

陆太雷看看秦道熙忽地把眉头紧紧的皱了起来，便更严肃，严肃得这面眼角上的筋也扛得高高地，才抓了抓自己的后脑说：

“而且听说这回可不是齐卢之战那年的值百抽百了，货色进了他的东洋口，要先由他估价，譬如‘六石套’火钵，我们原价是三块六，他不能就抽三块六，要照他所估的价，照他市场上的价格，不过有时远说不定估得比他的市价高，应该他估那只六石套要十块四角半，他就抽十块四角半！比着我们中国国度吗？进了他的口子，海龙王也别想翻出他的手掌心嗯，子康你说是不是？”

陆太雷忽地把走过他面前的，一个叫子康的青年绅士一把拉住着。

“不是他们还要估价吗？”

子康目空一切地拉着一张长长的马脸，向他们两个怔了一眼，便在秦道熙对面的座位上坐了下去，不加是否地沉静了半晌，才慢慢地说：

“我说这也不必多加议论，总怪我们半殖民地的中国不那个，为什么他们几十万几百万的商品，压到中国海口上，就任他顺流泻水地倾销到每个市场上啊？抵制！抵制！篱笆怎么也遮不住风，空叫白喊有用吗？这是很简单的，而且这也很明白的，我们载到他口子上去的火钵，是一种‘商品’啊，比着中国去的棉花什么‘原料’吗？”

子康说到“商品”与“原料”上头，特别的顿了一顿，同时也在他们两个的脸上，目空一切地眯了眯他的眼睛，直到陆太雷五体投地的，用足了劲“嗯”了一声之后，他又滔滔不绝的，在“商品”“原料”上加以解释又解释，加以譬如又譬如。一会儿，又扯到了什么“金融资本”与什么“帝国主义”上去了，把那些人家几天也谈不完的问题，他可一口气做了个结论，总之他不想人家怎样的理解他，而且他所能说得出的一些术语之类，自从出了大学堂的门，到现在连自己也有点惘然了。

不过陆太雷大先生的眼睛里，丁山满青年之中，就只佩服他邵子康一个，他总说邵子康的见识深透而又远极！所以他好容易耐住性子等子康的一通新名词新术语背完之后，便来不及的啧了一声，十分兴奋地推了一下秦道熙说：

“你说是不是？你说是不是？他们到底是帝国主义的国度呀，我们可怜的中国那是他们的吃菜吗？所以，唉！你该要快快的拿紧点，我看还是多烧烧我们老本行的‘凡货’吧！东洋财这个年头也发不上了！”

然而秦道熙却依旧一点表情也没有地，举起两只沉思什么的眼睛，直直地望着空里的那只收音机，他在打算洪根去接洽的那笔款子，到底不晓得有几成希望。总之闲人们只晓得说闲话，难道人家不说跟你解约，就自己先做破头鸭子吗？就算真的要估值，打了“合同”的东西，总该照“合同”上的规条做，何况不是普通的商客，而是堂堂的上海 ××× 洋行呢！

秦道熙一想到这里，也就释然了，也就更加显出一种不庸人自扰的神气，夹起茶台上的一份隔夜的申报，便匆匆地离开了他目前的一切。

×××××

今天秦老板家又装窑了，偏偏近来一装窑就闹气！这也算奇事，到像有鬼在捉弄似的，出钱装窑从没有碰过这钉子！他，他葛健生什么东西，有火道把今天的陈家窑夺了去才拜服他！

“我去！我去！”

秦老板压着这一口气，便虎起了脸子直奔到陈家窑上。

“你们不要吵，你们不要吵！”

秦老板一眼望着“窑街”[①]，满窑脚，以及挤退在窑脚下那条通小街大路上的，所有的一切人，大声地喊着。

“这也奇事了！他不许我装窑的人，请他过来替我说！”

“为什么要替你说？”

人众里立时跳出一个人，上身穿着一件破旧的黄呢衣服，身子特别细长而瘦弱的青年，拉着一张焦黄的狭长脸子，一下蹦到秦老板面前。

“为什么要替你说呢？难道我们装窑也要请你的命吗？这才真是奇事的！”

秦老板睁了他一眼，只做不大认识似的，轻轻地轩起一条浓黑的眉毛说：

“你是哪一位？就是健生的兄弟吗？好大的口份！如今这条窑你管着吗？”

“不是我管，可也不是你管！只晓得管窑的叫我们今天装就装！”

“管窑的管着几条陈家窑嗳？可是他排到我今天装，我也不会到明天不过！”

秦老板望着他两片木木的厚嘴唇，把那条轩起的浓眉，一下更高地挺了起来。

“不过事情是这样，你们要装，也不难，我们一天损失可要你们当，横竖都是呆的，人工饭食都一样的。晓得吧？这损失你们要当我！”

---

① “窑街”——是窑座上的，两条马路似的，由低而高，底下狭，上面宽，烧窑时候，以便一路堆着松枝上去的地方。挺狭的地方有三四尺，挺宽的地方有六七尺。

“为什么？我们只晓得装我们的窑！”

“好的！那么你装装看嘅！”

“不然不装嘅？”

那青年猛地大着声子，朝“窑街”上，窑脚下一群闪亮着眼睛的装窑工人们，挥着手，几乎用哭似的声子喊着：

“你们来，来给我动手啊！”

于是在火热的天空里，又充满着吼喊的人声，一群黑压压的人头，又疯了似的旋到窑侧面的“小户口”① 外面，忙乱地动着一些什么。

“我拿他的娘！当真人家小窑户不也要口饭吃吃吗？”

“是嘅！健生家也算是好说话的，横调竖调的不知调下多少窑了！不过，我看今天还一定装不成喏！”

一些伸长了颈子，落在一旁的看客们，都不由得替健生家两兄弟掠一把大汗。

“当然夺不过他啰——”

看客中的一个，突然尖起两个眼睛，向立在“炉房”门那边的——好像一个统兵率将的秦老板，正在眉毛一挺一挺地吩咐着他的部下大长头六根之类，不禁阿谀地放高了声子，故意要说到秦老板也听见他似的说：

“一面是装的货洋呀，一窑千把块来去的东西，当然要让他先装呵！”

“当你个娘！他千把块来去分你点吗？做不到，做不到，人家也有‘窑脚’② 的东西，会夺不过他吗？做不到，健生肯服我老子也不服啊！”

一个健生的远房兄弟，突然推开那个人，望着“炉房”门口的秦

① “小户口”——一条窑通常都有两个户口，下面的叫“小户口”，上面的叫“大户口”，都是开窑出货，装窑进坯的门户。

② “窑脚”——一条起码有许许多多的股东合该的，股东有大小；不过通称为该“窑脚”的。

老板气愤地摇摇他的拳头——

“老子这个‘皮狼头’就挺不认识人！”

他一下从窑脚下的斜坡上，直冲到窑侧面的“小户口”那里，朝一下又待在那里的全生背上，重重地拍了一记。

“还不动手吗？还不动手吗？怕他的鸟！你阿哥呢？”

“怕你的鸟！做不到，做不到！”

这方面的大长头六根，猛地从“小户口”那石宕里扑过来，野兽一般地红着他的眼睛，扑的一拳便落在那个远房兄弟的脸颊上。

“恶哟！你这点贼坯长工也动动老子的毛手啊！”

“不晓得！打死两个算一双！”

霎时间，什么都混乱了，那火热的天空里，一时又充满着人的喊声与吼声，以及那喝采的掌声，以及那横流着的什么缸片石块，横流着的骂声与拳头，汹汹地，汹汹地，好像突然间落下了一个巨大的炸弹似的，一口气要把这偌大的窑场，以及挺立在窑场西面的远远的铜峰山，都炸成一片的平地，一片汩汩的汪洋！

“你们不要打呀！阿唷我的坯！”

全生焦着一张脸子，扑开两只细弱的臂膀，护在他自己的坯堆前面，急得哭声地喊着。

秦老板可依旧不动声色地，瞧视着周遭的一切，他虽然上了窑场还没有跟别人夺过什么窑，而且当真迟装窑把，也不算什么大事，可是在比夺窑还更风险，还更为难一百倍的任何一件事都没有吃过下面的他，这回可也不能轻易的让步，任可吃尽一切的暗亏，他今天这窑可不能不装——不装给蒋树春一个人笑笑也够啦！所以他一眼望着那走上斜坡来的葛健生，便虎虎地压着嘴子边的两条肉的纹槽说：

“健生，这窑到底是我装呀你装？你该想一想啊，我们大路上不碰头，太湖之中也有相见的一天的！”

健生漠然地睁了他一眼，他一下就明白了他的话中有刺，然而这一刺，正刺透健生的心，太湖之中，他算救过了老子吗？只是借把刀手里杀杀人的呀！

“不能，我死也得今天装！”

“那也好，只是你别悔！只是你别悔！——哼！”

秦老板很有把握似的，猛地逼出一声可怕的狞笑。

“啊，还跟他讲吗？讲老子张鸟！装你自己的窑去，装你自己的窑去！”

那个远房兄弟，忽地挂着满额的鲜血，从上面冲了下来，一把拖着健生，又疯了似的冲上这窑座下的斜面去。

“啊——老板！”

阿青忽然青着一张脸子，跑到秦老板面前，两片贫血的嘴唇，一下白得像两片纸似的翕动着，只是他不晓得要怎么把肚子里的话，翻给面前的老板听。

“事情横了，横了！”

“松子吗？”

秦老板也吃惊地呆了一下，厉声地逼出三个字。

“可不是，可不是，说好今天早上到，今天早上到的东西，倒说又翻篷了！我好容易找到那个开行佬，他说，他说没有付钱的东西怎好作数呢，你昨天没有付他钱吗？”

“为什么没有付他？他昏吗？我去，我去找他！”

秦老板生怕别人听见阿青的话，故意把自己的声子提得更高地，一下像个大火炮似的着地直跳起来。心里确明知讲好付期票上松枝的话，又变卦了。

“好，你关照六根他们下窑吧！”

所以跳过去几步，突又回了过来，压着非常小的声子，向阿青吩咐了一声。

××××××

那天秦老板望着一只货船从河岸上开出之后，抬起头来便望着天空重重地吐了一口气。秦老板的脸子，近来又苍老了许多，配着那件鼻烟色的线春长皮袍，看去好像一个害过长病的人，连那两只平素会咬人的眼睛，这时也好像给那上面两条浓黑的眉毛，压得吃不住它的重压似的，一下黯然地落进在深深的眼眶中——总像两个深深的黑洞似的，在那里深藏着烦恨的忧郁，与一种只有他自己所晓得的苦痛。

天空里的顶头大北风，把对面汤渡窑上的一大股浓黑的窑烟，使劲地吹得巨蟒一般的，横扫着半排天这么长，不时还带着一种窑火摸出“窑眼”①外的，荷荷的火的猛吼声，送到河流的这一面来。秦老板不禁摸一摸脸子，焦躁地望着旁边的洪根哥说。

“唉，你看河面会冻吧？”

“不会冻，不会冻——”

洪根哥的那件栗壳色的，只长到膝骨那里的那件旧呢大衣，又瘪瘪地包在他身上了，他把大衣上的破领，拉得高高地一直围到前面，说话的声音，好像从被窠里钻出来的，而且听上去好像还是鼻音居多。

“今年还是雨春隔一冬，不马上就要立春吗？”

“是是是嘬，不会冻就最好！”

秦老板口里这么说，心里可还不放心似的，又向那只开远去的，三四枝长篙在撑着的，一只吃重的洋装货船送了一眼，一下捉紧了他的眉头说：

“总算到头了，这笔定货真把我害得非轻！”

“当然也只有你大先生的气候啊，轻容易三万块的洋装货要一口气赶起来吗？只有你大先生的气候，不是说，换着随便哪一个就早倒啦！量大财大，你大先生干事，不是说，就什么人都捉摸你不着！不是吗，这下草头老总再也捏你不住了！”

---

① “窑眼”——在隆起着的窑背（也有人叫龙背）两旁，每旁都有好几十个圈洞，烧松枝的地方，都叫“窑眼”。

洪根哥突然把插在衣袋的那只手，一下拔了出来，伸起一个大姆指跟小手指，用劲在秦老板的面前晃了几晃。

"你晓得鼎丰那笔六千块款子，他在里面冲了多少次冷水呵，他说你这回一定要失败的，不比往年，他说你到如今解去的货，洋行方面都还堆在上海堆栈里，一直都没有运出口，他说洋行方面也吃不下这个损失，怕连洋行都要倒！真的，他说洋行也一定倒的面子大，所以，所以鼎丰才一定要你的信押啊！"

"这我都晓得！当然是蒋树春一个人做的鬼！"

秦老板深深地望了洪根哥一眼，不禁又转过头来，朝后面一排一排的，场连着厂，厂连着场，他一手经营下来的十几年的老场老厂，以及更东面的，那偌大一块朝阳灼日的，完全用自己的心血，从鲍信三那里挖来的那块大坭场，十分沉闷的，可又好像很对什么人不起似的，感伤地吐了一大口气，一下着了呆似的，再不能说出第二句话。

"不过当然是信押押的啊，当真什么人堆一海的洋钱做事吗？其实这也大可不必，真当替你大先生做事，也用不到什么押不押，怕道还信不过吗？"

洪根哥已看出秦老板那苦闷的心，急忙猴子精样地一跳，跳到秦老板对面，挂着两管清水鼻涕，也急忙把话头拨了转来说：

"大先生这回去上海大概还有几天吧？银楼里的那张三百块头期票他说要请你转一转，还有汤渡的那一笔怕也到期了吧？至于还有几个一百块的地方，也只要送点'鼻涕眼'[①]去好了，换不换票子都没有什么的！"

"好的！上海我打算明后天就要去，顶迟大后天吧！"

秦老板近来的说话，也摇摇不定的，好像去上海拿钱，在他也成为一桩难事了。

秦老板一跑到家里，便把那张上海 ××× 洋行的定货"合同"

---

① "鼻涕眼"——窑场上俗称"鼻涕眼"是利息。

拿出来，看了一遍，又一个一个字地再看一遍，接着便把阿青叫到面前。

“给我把全年装 ××× 洋行的货账结一结，连夜结起来，晓得吧？连夜就要结起来！”

“叫个人帮帮我吧，连夜的事情！”

阿青扛着两个肩头，耸起两块高高的颧骨，有要没紧地，说话的时候，不望着秦老板的险，而望着他手里的，那只生着火在里面的小火钵，好像在答应小火钵里的话。

“这放屁！”

秦老板抓起一把算盘，猛地摔在他的账桌上。

“你不算给我滚，给我滚好了！”

秦老板气得手指也瑟瑟地发了抖。

“这也是笑话！连你也变了鬼吗？”

秦老板一下倒在背后的藤椅，直着两个眼珠半天也说不出一句话。于是早上内室里的一出全武行，又蓦地浮在他眼睛前面。

“这我不要，你们拿去好了！拿去好了！我不要，为什么新姨的东西不拿出去要拿我的啊！”

大女儿碰的一声，把只手饰匣子，一下摔在秦老板面前。

“看看你这个相看，转转手的东西要你的吗？这回上海回来就给你的！”

秦老板睁了大女儿一眼，忍气吞声地把只手饰匣子打了开来。

“这不能！这不能！要拿大家的东西拿出去！”

大老婆气咻咻地跑了过来，一下把秦老板手里的东西夺了过去。

“不能！给了她就是她的东西！”

“你们都给我带着这些东西去死！”

秦老板一下跳了起来，跟手飞起一把金边茶壶，嚓啷一声粉碎在大老婆的脚下。接着杯子，洋灯，热水瓶，台钟，镜子，粉，只要秦老板手边抓得到的东西，一下都狂乱地在空里飞了起来，一下离散在地板上狼藉地躺着。好像连秦老板的身子都要迸碎似的，最后还舞起一张硬木小凳，在一口镶着厚玻璃的大橱门上，撞了钵头似的几个大破洞。

唉！得好好的整顿一翻，得重新好好的整顿一翻了！还成话！这还成个什么话！怪道外面人也变鬼啦！

秦老板慢慢地合上了眼皮，深深地，深深地，沉入一个苦闷的迷梦中。

唉唉！这还成话吗？这还成话吗？

秦老板的梦一点点的往下沉，好像沉到一个无底的深渊中，一下给什么压住了似的，透不出一点气。

× × × × ×

那个太平洋上，没日没夜的刮着几天风，刮着几天昏天黑地底大暴风！

“喔！这是些什么呀？看不清，一点也看不清！”

远远的洋面，望着远远的洋面上刮来的风。

昏天黑地的大暴风——刮近中国海口了。

“啊！这是些什么呀！”

中国海吃惊地震了一跳，海水狂怒地吼着。

风更猛烈的刮，风更狂暴的刮，近了，近了，刮进了中国的海口，刮进了中国的海口了！啊！啊！

海口更狂怒的叫吼起来，太平洋上刮进来的什么一切也吼了，海口这面的中国也吼了，一切都狂怒地吼着，一切都制不住的大声地吼着：

“上海开火了！ × × 兵在上海开火了！”

这声吼，这制住的狂怒的吼声，一下，便震到了中国角里的一个破窑场上，窑场抖着，窑场上的一切人都慌乱着。

“啊，你们说说看呀！你们说说看呀！”

史洪根揪紧那件栗壳色的短大衣，一天到晚的在丁山街上，转着两个眼珠直射着。

“啊，他们为什么要开火啊，为什么又要翻脸了呢？”

史洪根一射射到市心会里，也顾不得什么大不大先生，一把拉着那个大学生邵子康的，便问了起来。

“你问我吗？”

邵子康的马脸，一下拉得比马的脸子还长。

“唉，这是帝国主义！……”

“把你自己那支老枪拿出来擦一擦吧！”

“唉唉，也像你邵大先生吗？人家翻天覆地冲家了，你大先生还拿我史洪根的寻起开心来！真的，你说秦道熙那笔定货，会不会吃瘪呀？”

“岂但吃瘪！不打仗就靠得住吗？”

“那么人家打了‘合同’的东西啊！”

史洪根着急地盯了他一眼。

“‘合同’？哼！国际公法要破产就破产啦！不过这，这，也本来是个假的东西！”

“他们的‘合同’原来是假的吗？”

史洪根像大梦中跳醒似的，一下那两个圆圆的眼珠，猛地突了出来。

“这个我可不知道，不过，唉唉，要你问得那么起劲做什么呀！”

邵大先生一下不再理他了，他在拼命想着他肚子里的什么帝国主义，什么帝国主义的武装侵掠，以及瓜分中国的野兽行动，将弄到怎样的一个局面。

唉唉，“合同”怎会是假的呢？“合同”会假，不是世界上的人，也靠不住是松香做做的假的吗？

史洪根死也想不出这道理，然而死也不能相信他邵子康的鸟道理。

自从这一回之后，史洪根也再不到市心会去了，他等着，他一千二百分的耐心等着，就是秦大先生不会马上回来，他想毛脚阿青总也要先回来一趟的。不然，他说他史洪根的性命也是别人的。

“啊，你看见过他吗？你说，你说，你在什么地方看见他的呀？”

听说一个窑户老板，从上海逃回来了，史洪根半夜里打进他的门去。

“我看是看见的阿青呀！”

那老板苦着一张脸子，似乎也不大高兴说话。

“一样的，阿青就一样了，人家还说他们给 ×× 人杀了呢，阿青跟你说什么吗？”

“没有说什么，不过他老板吃了倒账是真的！”

“倒账！”

史洪根眼前一阵昏黑，倒也倒下去了，忽又抓着窑户面前的一个台角，从他那黑色的牙齿缝里，猛地迸出两个字，到把那老板带回来的一只小皮包，在一支蜡烛火光里唬了一大跳。

“他跟你说的吗？”

史洪根又勉强振起一点精神，有气无力地抓着那个台角说：

“不要他说呀，××× 洋行里早已鬼也捉不出一个了，而且还有人看见秦道熙中了疯瘫病在客栈里。”

“有人给毒药他吃的吗？好像从前的那个，那个——”

史洪根一时把那个的名字忘记了，只是把自己两个眼珠转着。

“那我不清楚，说是好像也有人这么说的，不过，唉！大家还会有心思去问吗！火车断了，轮船，轮船也是挤得老鼠也爬不进，真是天晓得，逃回了性命还算上上签！”

“没有中毒怎么会疯瘫呢？”

史洪根又全然不信地盯了他一眼。那老板停了半天，才又像记起了似的说：

“不过听说他只疯瘫了半个身子啊！”

几天后，秦老板回来了，都说秦老板已经回来了。一看见秦老板的人都不免吃惊地先掩自己的半张嘴，像要笑，又像要替他哭似的说：

“啊！怎会变成这个样了啊？”

“啊，你看他，倒像是三岁的吃奶小孩了，口水拖得多么长呀！”

“气坏的，气坏的，一定是急出这个病来的！”

可是走在路上的秦老板，一点也不去听这些话，好像他连话也听不懂似的，依旧撑着一支黑色的卫身棒，突出着两个可怕的大眼珠，半个身子一拐一拐的，挂着一条长长的口水，缘着那件鼻烟色的长皮袍底大襟流下去，好像挂在那里的，一条银白色的长面条。

一拐一拐的，阿青走在他前面，不时回过去，厌恶地睁了他一眼。

“还不快点走吗？真弄得人家要死了！”

秦老板可还是一拐一拐的，突着他两个不大转动的大眼珠，颤着他半个身子，像一匹病了一辈子又爬起来的大眼黄牛，一拐一拐的从满小街的人堆里拐出来，一拐一拐的，拐向他家的一条路上去。

1937年1月16日脱稿

上海，良友图书公司1937年3月10日初版

饥饿的郭素娥

路　翎

一

在铁工房的平坦的屋脊上，白汽从蒸汽锤机底上了锈的白铁管里猛烈地发着尖锐的断声喷出来；夜快深的时候一切都寂静了，只有那大铁锤底急速而沉重的敲击声传得很远。深秋的月亮在山洼里沉静地照耀着。

和铁工房并列的较大的一座同样长方形的灰屋子是机器房；它的工作已经停止，车床和钻眼机在被昏暗的灯光所照耀的油污的烟雾里沉闷地蹲伏着，闪着因烟雾底凝聚和滚动而稍稍浮幻的严冷的光辉。刚刚下九点钟的晚班。年青力壮而且也愿意竭力忘去灰黯的生活，在这样清爽的夜晚寻一些准备带给沉重的睡眠的肉体的愉快的机器工人，这时候散在两列屋子之间的广场上，以坚毅而轻松的姿势打着太极拳，一面在嘴里轻微地吹啸，交换着温和的咒骂和友谊的粗野的玩笑。张振山从机器房里走出来了。他对散在广场上的人底娱乐显得漠不关心，仅仅以一种望向河流底暧昧的彼岸似的眼光瞥了一下最前面一个人底努力张着大嘴的圆脸。他底宽肩的笨重的躯体，在正前面的机电房窗楣上的灯光底映照下，移动得异常迅速，而且带着一些隐秘意味。有一个瘦小的身体从房屋底平整而稀薄的暗影里弯着腰跃上两步，截住他，用羡嫉的恶意的小声喊：

“张振山，又去了！”

张振山像碰在墙壁上一般突然停住脚，狠毒地嗅着鼻子，瞪了这瘦小的人形一眼。但在跃上一个小土丘之后，他又因为某种想头而回过头来，用那种像从空木桶里发出来的深沉的抑制的大声回答。

“小狗种！杨福成，我明天请你喝一杯！”

被叫作杨福成的干瘦的汉子发出了一声兴奋而又惶惑的大笑。但当他困恼于不能从一瞬间突然交迸的各种情绪里，反射出一句对对方讲是十分恰当的话的时候，张振山已经越过土丘，钻到一丛矮棚里去了。他酸酸地吐了一口口水，屈辱似的烦恼地搔着肮脏的厚发，以后就在破工服上擦擦手，把手摊开，神经质地做了一个表示空无所有的姿势。连打拳的兴致都没有了，他叹了一口气，独自走到工人澡堂侧的小酒摊面前，一面用手在荷包里摸索。……

现在，铁工房底打铁的声音和蒸汽底嘘声也静止了。张振山顺着陡峭的小路爬上山巅，经过矿洞底风眼厂，弯到一个丛生着杂木的山坳里去。在一座破旧的瓦屋背后，他寻着了猪栏旁边的他已经很熟悉的一块长石头，坐下来，开始抽烟，等待着十点钟的上夜工的汽笛。

在隔着一个圆顶的土峰的右边山脚下，是闪耀着灯火底环节的卸煤台，是精疲力尽的劳动世界——是张振山底生命里的最富裕的一部分；而在他所面对着的左边遥远的山脚下，那些宁静地映着月光的水田，那些以虔诚的额对着天空的小山峦，那些充满芬芳的暗影的幽谷，却使他皱起嘴唇，感到陌生的甜适、焦灼和嫉妒。他用这样的姿势坐在这里现在是第六次了；在十点钟的汽笛拉了以后，像一匹野兽一般扑到面前这瓦屋里去，现在是第五次了。

……刘寿春，那个患着气管炎的鸦片鬼在门前的土坪上谁也听不清楚地咒骂了几句之后，就摸索着通到风眼厂的小路，下到矿区里去。送着他的，是他的女人郭素娥从屋子里发出来的一声怨毒而疲乏的叹息。张振山推开了门，把结实的身躯显现在微弱的灯光里。

“我来了。”走到桌边，他耸一耸肩膀，露出一个坚定的微笑，说。

郭素娥睁大修长的疲倦的眼睛望着他，仿佛他是一个陌生人似的。但是当她掷一掷头发，把手下意识地抬到脸上去时，这眼睛里就一瞬间被一种苦闷而又欢乐的强烈的火焰所燃亮。她迅速地站起来，走到门边，扯起敞开一半的上衣底里幅擤鼻涕，然后又用手揩掉，一面向门外探望着。

张振山露出洁白的大牙齿，以仿佛蒙着烟火的眼睛贪婪地瞧着女人底露出在衣服里的、褐色的大而坚实的乳房。

"他下去了。"扶着门，郭素娥嘶哑地说，然后俯下头。在乱发的云里，她的脸突然欢乐地灼红了。

张振山在小屋子里笨重地蹒跚着。在关上门的时候，他抓住了扶在门边上的女人底发烫的手，猛然地掷了一下，然后又把她的整个的躯体拉拢来。

"怎么办呢？"郭素娥战栗地问。

"就这样办！"

在这粗野的回答之后的一秒钟，屋子里的仅有一根灯草的油灯就被张振山的大手所扑熄。灰色的阴影在战栗，郭素娥发出了一声梦幻似的狂乱而稍稍带着恐惧的呜咽。

*

郭素娥是陕南人。父亲顽固而贪欲，因此也极能劳作。他用各种方法获取财物，扩充他底薄瘠的砂地，但一次持续的可怕的饥馑，终于把他们从自己底土地驱逐了出来。就在郭素娥以后住的这山丛里，他们又遭遇了匪。父亲因为拼命保护自己底几件金饰，便不再顾及女儿，向山谷里逃去，以后便不知下落了。郭素娥，在那时候是强悍而又美丽的农家姑娘。她逃避了伤害，独自凄苦地向东南漂流。但她绕不出这丛山，在山里惊惶地兜了好几天之后，她才发觉自己还是差不多在原来的地方。她饥饿，用流血的手指挖掘观音泥，而就在观音泥的小土窟旁边，她绝望地昏倒了。……两天后，她被一个中年的男子所收留，成了他的捡来的女人。

刘寿春比她大二十四岁，而且厉害地抽着鸦片。在那时候，他是还有一份颇有希望的田地的。他是还能够抢到一些包谷，足以应付饥荒，在乡人们面前夸耀的，但五年之后，便一切全精光了。郭素娥现在远离了故乡和亲人，堕在深渊里了；她明白了她自己的欲望，明白了她底平凡的生活底险恶了。

四年前，工厂在原来的土窑区里，在山下面建立了起来。周围乡村底生活逐渐发生了缓慢的波动，而使这波动聚成一个大浪的，是战争的骚扰。厌倦于饥馑和观音泥的农村少年们，过别一样的生活的机会多起来了。厌倦于鸦片鬼的郭素娥，也带着最热切的最痛苦的注意，凝视着山下的嚣张的矿区，凝视着人们向它走去，在它那里进行战争的城市所在的远方走去。

她开始不理会丈夫，让他去到处骗钱抽烟，自己在厂区里摆起香烟摊子来。她是有着渺茫而狂妄的目的，而且对于这目的敢于大胆而坚强地向自己承认的。——在香烟摊子后面坐着的时候，她的脸焦灼地烧红，她的修长的青色眼睛带着一种赤裸裸的欲望与期许，是淫荡的。终于，那些她所渴望的机器工人里面的最出色的一个，张振山，走进她的世界里面来了。这是异常简单的：在探知了她的丈夫是一个衰老的鸦片鬼时，他便介绍他到矿里来做夜工；就在鸦片鬼来上工的第一个夜里，他在山巅的小屋子里出现了。当然，女人没有拒绝。

*

现在，郭素娥热切地把她的鼻子埋在这男人的强壮的，濡着汗液的胸膛里，狂嗅着从男人的膈肿窝里喷出来的酸辣而闷苦的热气。她的赤裸的腿蜷曲地在对方底多毛的腿边，抽搐着；她的心房一瞬间沉在一种半睡眠的梦幻的安宁里，一瞬间又狂热地搏动，使她的身体颤抖，仿佛她只有在这一瞬间才得到生活——仿佛她的生活以前是没有想到会被激发的黑暗的昏睡，以后则是不可避免的破裂与熄灭似的。

“到冬天……我们就不能了，冬天……”她的嘴唇在张振山的胸肌上滑动，送出迷荡的热气，“冬天老鸦片鬼总生病，不会上班……要是给人家知道了，好在……”她的手狂迷地抓住了张振山的肩头，“你带我……走罢。……”

张振山笨重地转了一下身体，用大手攫住郭素娥的乳房，随后，便像马一般地喷出鼻息，喃喃地用深而阔的声音说：

“我不想想这些。冬天，有冬天的法子。”

他激烈但是短促地笑了一声，眼睛里泛起青绿色的光，从鼻尖上望着郭素娥。

“我没有办法了。”郭素娥失望地说，声音是沉闷的，而且像堕失到泥土里去似的，这声音在最后突然停止。“你是个怎样的人呢？”沉默了一下之后，她突然提高了她枯燥的嗓音，问。接着便稍稍地坐起来，摸索着衣服。

“不要穿。呸，羞吗？”张振山带着温和的讽刺说，一面向地上吐着口水。

“你，你，哼，你！”女人敲着多肉的手，“你，我想过，也是一个无赖的恶人！我是婊子吗？”她把衣服蒙住脸，最后一句话是从衣服里窒闷地说出来的。

张振山扯去了她的衣服，用臂肘撑着上身。

“我问你。我这个人也有些好的地方吗？”在黑暗里，他严厉地皱起眉头。

郭素娥不解地怨恨地望着他。

“我晓得？”接着她说，“我问这些干啥子？……你懂得我还想什么？我蹲在这里八九年了；小时候，做梦都不知道有这条山，有你们这些人哩。一辈子可以没闲话地过完……现在哪，啥子都没有了。”她底手在黑暗中抓扑；她底干燥的声音摇曳着，逐渐渗进了一种梦幻的调子，“我时常想一个人逃走哦，到城里去。到城里，死，也干净，算了。……哦，我不想再回家啦！没有亲人！……”她突然昂起头，破裂地叫了出来，但立刻，她的尖利的声音又变成了柔软而急促的耳语，“你，你也是个无聊的人。……”

张振山弯过硬手去搔着背脊，烦躁地沉默着皱起眼睛从侧面望着激动的郭素娥——望着她底在灰绿的微光里急遽颤动着的，赤裸的胸。她底在空中恼恨地，像要撕碎障碍着她底幸福的东西似的，激烈地抓扑着的白色的手，和她底埋在暗影里，漾着潮湿的光波的眼睛。……他狭猾而讥刺地望着，一面用手指拧着光滑的唇皮。但是当他把手伸向女人底胸膛去的时候，他就恼怒起来，半途撤回手，握成一个威胁的拳头。他为什么要屈服在这小屋子里呢？他为什么要让一个女人批评他，并且告诉他，他应该怎样做，贬抑他底性格底恶毒的光辉呢？

“呀呀，你不晓得。”他冷淡地说，装出一种疲乏的样子吐着痰，“穿上你的裤子吧。”

“你是哪里人？”郭素娥突然问。

“问家谱吗？江苏。”他重重地跃下床来。

“你现在好多钱一个月？”

“没有打听过吗？”摸擦了一下手掌之后他又问，用一种粗暴的声调，“你要钱吗？”

“我——要！”郭素娥同样粗暴地，怨恨地回答。

张振山惊愕地耸了一耸肩膀。他没有想到他会遭到这样的敌手，他没有想到郭素娥会有这样的相貌的。当郭素娥向他叙说她底热望的时候，他避开她底真切，认为只要是一个女人，总会这么说；但是当她怨恨地，以一种包含着权威的赤裸裸的声调说出“我——要”来的时候，他却惊讶，以为除了婊子以外，一个女人是决不会这么说的了。而郭素娥，能够坦白地怨恨和希冀，能够赤裸裸地使用权威，决不是妓女，是明明白白的事。

他现在仿佛又听见了她底热烈的叙说，而且仿佛他自己施放的烟幕已经被疾风吹散，再要认为一个女人总会对她所要求的男人这么说，是不可能的了。他在肩上偏着硕大的头，从暧昧的光线里向披着衣服的郭素娥凝望着。一瞬间，在他的内部的某个遥远的角落里，有一种他所陌生的东西震动了一下。他甩着肩上的衣服，垂下手来，缓缓地从齿缝里叹了一口气。

“我的钱花到下一个月去了。这是一种很乐意的过活呀！”他这一次把他讽刺的毒芒对着自己，“喝一杯，请客，赌一局……不过我们本来就不多。……那些婊子操的老板才多呢。……”他本来想接着说：“你找一个老板罢！”但是这句话从他底干裂的唇间化成一个激烈的吹啸曳到空中去了

他带着一种有些滑稽的亲切走向郭素娥，搂抱了她。

“你很不错呢。”他嘶哑地说，摸索着她的身体。

郭素娥打了一个寒战，挣脱他，扣紧了衣服，向门边走去。在打开了的门框中间，深夜的凉风将清丽的月光吹在女人底灼热的肉体上。张振山挨着女人的肩走出了屋子。站在土坪中间，向远远的山坡上的萦绕着雾霭的肃穆的松林凝视着。但是当他恼怒地触着了裤袋里的两张纸币，转回身子来，预备把它交给女人的时候，屋门已经关上了。

他在门上狠狠地捶了一拳。

“你还不走！人家听见了！”在门缝里探出头来的女人小声说，但是在她的声音里含有一种不可解的希望，和一种不可思议的对自己的话的否认；她的声调使人家暧昧地觉得，当她这么说的时候，她只是表明着与她底话句完全相反的意思而已。

“拿去吧。”张振山在奇异地望了她一眼之后，把二十块钱递了过去。一分钟之后，他底庞大的强壮的身影隐没在隔开这小屋与矿洞底风眼厂的，孤独地长着两株小杉树的山坡后面了。郭素娥苦痛地叹了一口气，关上了屋门。

当她在窗洞前借着灰绿色的月光窥看着两张纸币的时候，她牙齿在嘴唇间露出，激烈地磕响了起来。

“你说，这两张纸是啥意思呀！”把纸币捏在发汗的手掌里，她望着窗洞外的晶莹的天空，发出了她沉默的狂叫。

二

张振山，有着一副紫褐色的，在紧张的颊肉上散布着几大粒红色酒刺的宽阔的脸，它的轮廓是粗笨而且呆板的，但这粗笨与呆板在加上了一只上端尖削的大鼻翼的鼻子，和一对深灰色的明亮而又阴暗的眼睛之后，就变成了刚愎和狞猛。有时候他底薄而锋利的嘴唇微张，露出洁白的大门牙，眼光变得更鲜明的灰暗，流露出一种狡猾、顽劣、嘲弄的微笑，像一个恶作剧的天才似的，但另一个时候，这些狡猾和顽劣都突然隐去，他嘴唇严刻地紧闭，鼻子弯曲，他更主要的特性：恶毒的藐视，严冷的憎恨就在他收缩起来的脸上以一种冷然的钢灰色照耀着，使得人家难以忍受了。

这是一个以武汉的卖报童开始，从五岁起就在中国剧变着的大城市里浪荡的人。他自己也记不清楚他穷苦的双亲是怎样死去，他是怎样变成一个乖戾的流浪儿的；他更不能记清楚在整个的少年时期他曾经干过多少种职业，遭遇过多少险恶的事。记忆里黯淡的微光所能照耀得到的那个时候，他已经阅历过短兵相接的战争，刑场，狂暴的火灾，做过小侦探，挨过毒打和监禁，成为一个虎视眈眈，充满着盲目的兽欲和复仇的决心的少年了。一九二九年，当他十三岁的时候，他和一群年青的工人，农民从湖南逃了出来，以后，在夏天里，他目睹着曾经和他穿着同样的军服的，这些年长的伙伴们死去了。在酷热的夜里，当空场上所有的人全散去之后，他狗一般地匍匐着他底强壮的小躯体，爬近尸首，在他们身上摸索，喊他们每个人底名字，喃喃地咬着牙齿说：

“我明天就回湖南去……”

但他并没有去成。没有多久，他走进了一家机器工厂，成为一个学徒了。他之所以能够挨了多少年，没有逃开那个乌烟瘴气的工厂，是因为那里有好几个他患难的伙伴，他从他们那里学会了认字，得到了使他能够认为满足的各种知识，而生活知识的增长使他逐渐地懂得了克制自己，学习一种技术的必要，使他懂得了用怎样的一种眼光来回顾火辣的过去，和应该带着怎样的一种精神倾向来使自己生长。

但这里还有一着重要的棋。五年后，伙伴逐渐走散，他也离开了。毒恶的倾向在他身上原来就那样的猛烈，一回到浪荡的生活里来，一失去了劳动强有力的支撑和抗争的主要标的，就变得更加难以管束了。离开工厂是因为认为自己已经羽毛丰满，不应该再低下地受损害——主要的是因为一个伙伴不幸的遭遇，因此，是带着极大的仇恨心的。这仇恨像疮痂里的脓一样需要破裂地，疼痛地流泄；他杀死了一个追踪他的伙伴的便衣打手。

这是在黑夜的江边用尖刀干的。发烫的血溅满了他的脸。而整个一夜，一直到灰色的严厉的黎明，他遥望着睡眠的城市底闪烁的灯光，在郊外漂泊。他杀了人了！这是一种最无知的，最疯狂的杀！但是怎样呢？他没有胜利。城市在安详地昏堕地睡眠，带着它的淫荡和凶残。它不可动摇地在江岸蹲伏着。对于他，年青的张振山，是显得如何的渺小！他能够移动他的一根脚指么？

以后，他带着要过一种强烈的公众生活的愿望到上海去了。但他不能满足；因为这，他就更渴望于获得知识，更渴望于自己底凶狠恶毒。而这也就在内心里生成了一种疑虑，一种生怕会贬抑自己的个性的芒刺的疑虑——这便是他在对日本的战争一开始，为什么不循着他少年时代的路，到战争里去，到另一个地方去，而终于到四川来，在这个工厂里暂时蹲下去的原因。

他在工人里面，因为他底能力，因为曾经是他师叔的总管器重他，有着优越的地位。无疑的，他是酷爱这种地位的；但他把他的酷爱认为是一种可恶的弱点，所以假如有人像对待工头一样来对待他，奉承他时，他就会变得极乖戾。对待这个人，最适宜的莫过于偶然地安排一个充满着友情的真挚和深的粗暴的玩笑。处在这种温暖的气氛里，他便会短促地显露出他已经被埋葬的另一面——就像他在这世界上也需要一个家，也有领略家庭爱情的温和的心似的，他安详地眨着变黑的晶莹的眼睛，浮上稀有的天真的微笑，从荷包里摸出最末一块钱。

对于饥饿的郭素娥，他是带着他全部的狠毒走近去的；对于女人的运命，在起初，他是漠不关心的。他没有要知道这个女人在想些什么的愿望，更没有要和这个女人维持较长久的关系的愿望。但在今天，在这个骚乱的夜里，女人显露了自己，而且强有力地使他承认这显露的真诚，使他承认，不管两个人的生活境遇怎样不同，她是他值得同情的敌手。

当他强壮的厚肩上萦绕着从发号房的窗洞口飘来的烟条一样的灯光，向坡路下面慢慢地踱走的时候，这个印象突然鲜明地强烈了起来。他猛烈地吸着烟，在烟雾灰蓝色的旋涡里，用一种愤怒的力把披在额上的一簇头发掷到脑后去；在突出的额下，他的眼睛严厉地皱起。

“这倒是一个女人！他妈的屄！”

三个矿工摇着绿莹莹的矿灯迎着他走来。他们疲乏地寒冷地佝偻，用一种卷舌头的声音微弱地说话。纸烟在嘴唇上昂奋地燃烧着，从他们污黑的肩上向后面飘着一条长长的朦胧的烟带。……当他们越过张振山，渺小地被吞没在卸煤台后面的时候，煤场上和下面的坡路上就呈显出深夜的寂寞，除了由矿洞口传来的煤车的隆隆的单调的震响以外，再没有别的声音，而且再见不到一个生灵了。远处，在山峡的正中，从静静地躺在月光下的密集的厂房里，机电厂的窗玻璃独自骄傲地辉耀着；更远处，在对面的约莫相距电机房一里路的山坡上下，则闪耀着星一般的灯火：坡上的工人宿舍，坡下的办事处，米库，洗衣坊，矿警队营房，都在用它们的微盹的窗户窥视着月光照耀着淡绿色的雾的潮湿的氤氲的山野，和月亮在白色而透明的云的湖沼里浮泛，星星在薄纱似的云片里碎金子似的闪烁着的高空。

张振山在给矿工让路，停在石堆旁眺望了一下整个的厂区之后，又开始沉思似的向前走。他走得笨重而缓慢，香烟在他的嘴唇上和手指间不停地燃烧着，现在已到了第三支了。在跨越铁路之前，他停在一个土堆上，伸开手臂，长长地吁了一口气。

从女人那里带来的印象现在淡薄下去，或者正确点说，沉落下去了。这主要的是因为，在深夜的独步里，他获得了一种坚强而严冷的情感。从这种情感，他感到自己正在胜利地凶暴地扩张了开来，没有丝毫的畏惧和惶惑，把整个的矿厂握在毒辣的掌中。

“我不蠢！我们有多少人！”他在索索的寒风里张开了他的大手掌。

但在越过铁路，向机电工人的宿舍走去的时候，他就沉在另一样的心情里去了。

“我这个人也有些好的地方吗？——这样问她，糊涂！”他站住，擦燃火柴开始点第四支香烟，然后把揉皱的纸盒摔去，“她说得出来吗？……总之，我干的对！我有我的理智！我恨这些畜牲，恨得错吗？你会杀人，我不会吗？好！”他把步子加大起来，“我就是我自己——不懂手段，也不懂策略，忸忸怩怩……”

从右侧，有一个骚乱的尖声喊他。他突然从疾走站住。

“你怎么，不到天亮就回来了。乖乖，肏的好吧……”杨福成耸着肩膀，激烈地喷着酒气，用一种狂喜的声调嚷。

“杨福成！”张振山阴郁地喊。

杨福成伸出厚而尖的舌头，做了一个怪相，随即也古怪地阴沉起来了。

“你到哪里去的？”好一会之后，张振山问。

显然的，杨福成的阴沉只是一种表面的凝结，因为他立刻就忘记一切，尖细地叫起来了。

“老子在小五那里抽一局。都输了。婊子养的识牌呀！”

“哈哈！”张振山短促地笑。

杨福成有着易于昂奋的倾向，而且，用俗话说：是一个无心眼的人。在平常的时候，他也显出恰当的老成，但一轮到他说话，他就仿佛变成一个十六岁的少年了。他哮喘，在字眼中间急促地吸气，以致有时候把话音吸到喉咙里去，又用一种闷窒的怪声弹拨出来。他时常一连串地贪婪地说，即使乱说几个虚字，也不愿意让自己的话中断，随后便窒息地大笑起来，使人家难以明白他究竟说了些什么。现在，当他和张振山一道爬上升到宿舍去的土坡的时候，他疲劳地，用败坏的声音唱起忧伤的歌来。但刚刚唱了两句，他就使力地跳了一下，先做出一种秘密的神情，然后向张振山问：

“你那个家伙如何？”

“还不是两条腿的。”

“唉，你知道，魏海清在弄她。”

“魏海清谁？”

“土木股的呀！本地人，死了老婆……那是一个狗种。他跟我说，”看了张振山一眼之后，他又迅速地接着说，用一种张扬的语势，仿佛那个叫做魏海清的真跟他说过一样，“张振山夺人之妻，夺人之妻！……”他用手在灰尘似的月光里绕了一个大圆圈，随后又用臂肘在腰上缩一缩裤子，“唉，肚子饿瘪裤带松……你，你，你这有种的老儿，说请小弟喝一杯的呀！”

“现在不了！”

“干什么？”

“没有钱。”张振山突然暴厉地睁了一下眼睛，“你，今天喝过了！”

“那是我自己的事。我活了二十五，活得衣破无人补。无味呀！”他在无心地大声说出这句话来之后，便变得苦恼，停顿了下来，用手在发胀的脸颊上摩擦着，说以下话的时候，他的声调沉落，充沛着真实的酸凉。“没有女人看上我的。我才不做白日梦。我养活人吗？看我这副样子，人家肯嫁我吗？我是做工的人，最苦的人。要是当职员就好了，有米贴，有好房子。喃，你看呀，那一幢房子！”

“股东老板住的。”

“不错。”他的尖颚咀嚼着。他的手依然指着那远远的一栋掩藏在茂密的树丛里的楼房；这楼房左侧的两个遮着绿窗帘的窗户温暖地亮着。最后，他把指着的手指习惯地向上一抛，继续感叹地小声说：“做工没来头。有时候晚上也自由自在，但……”

“你想吃火腿吗？”在宿舍的竹篱前，张振山停住，坚硬地问。

“唉，不想吃。”

张振山邪恶地凝视着遥远的绿窗户，仿佛那里面的秘密的养生和贪欲很诱惑他似的。

“看吧。我明天就请你吃！要住那一间房子吗？”（绿窗户的灯光在树枝后熄灭了。）“容易得很！好，它藏起来了！你要吃鸡子；你要一个女人！你要……梳两个辫子的，进过大学的！”

杨福成缩着身体。这个人冷静的骄傲的狂言使他惊悚。他呆看着他，不知道怎样做才好了；但最后，他终于依着自己的方式跃了起来，攀在对方的肩头，在对方的鼻子上一半故意地嗤了一口气，跳到院子里去。

宿舍是公司临时租赁的民房，中间有一个在以前曾经是打谷场的大院子。它的正中，左侧，完全被有家眷的工人所占有，剩下给单身工人的，只是毗连着一个充满灰尘，蛛网，和油污的厨房右侧的长长的一条矮屋。夜里十二点钟以后，在棉絮的爱抚下，真实而浮动的生命们入睡了。连最会喧嚣的右边角落里的一间屋子也寂静了；——一个钟点以前，这间屋子里，在床架和破桌椅之间挤满了那些从来不懂得沉静的少年伙计，他们摔纸牌，唱淫荡而凄凉的歌，互相用黑拳头威胁，但现在，肮脏的烟雾沉落，一切全不留痕迹地散去，只有二十五支光的蒙尘的电灯在单调地发着光。

杨福成和张振山两个人占有一间极狭窄的后屋。但这两个人的性格是不可调和的：杨福成喜爱一些简单的戏耍，时常在桌子上供一个泥像，替它画上胡髭，称为“老板神像”，在春天的时候也大量的砍些粉红的烂漫的桃花回来，插在破泥罐里，而且沾沾自喜地带着一种不必要的勤快去换水，但张振山却嫌恶这些；他望着它们皱起他灰色的眼睛，在它们使他的动作不方便的时候，便粗暴地把它们举起来，摔得粉碎。不过，杨福成除了当自觉自己需要阴沉一下的时候，才装出一副呆板而尖削的脸相来以外，从不真的和张振山吵架。因为太多的理由，他是极端喜爱张振山的。

显然的，这一夜对于杨福成已再不能寻到什么趣味，到了非睡去不可的时候了；而且的确，在急遽地兴奋了之后，他已完全疲劳。他牙痛一般地皱起稚气的瘦脸，默默地摔开鞋子，蹭到他无论白天和黑夜总是密闭着的一直拖到泥地上的蓝布帐子里去。因为床柱太短，帐脚拖到地下，所以帐顶的有着破洞和大补丁的大肚腹也就几乎垂到他的尖鼻子上来。他奇怪地笔直地睡着，向帐顶瞪着梗着砂粒的眼睛，吹着不连续的闷气。刚刚要睡去，原先在另一边床上愠怒地坐着的张振山此刻笨重地走到桌子边来，用一种对于这寂静的房间是过于嘹亮的声音喊他。

“喂，什么……事？”杨福成反应地在棉絮里抬一抬手，问。

“告诉你，我们要做包工了。”

隔了好一会，才听见杨福成懒声懒气地从蓝布帐子里回答：

“包他妈屄什么？”

“四号。”张振山把大拳头举到鼻子一样高，察看地摇晃着。为了摔去自己纠缠不清的对郭素娥的思索，他才突然开始这谈话，但现在他又嫌恶这谈话了。

“四号出什么毛病？”意想不到地，杨福成从蓝布帐子里伸出他底瘦小的，盖着乱发的头颅来。他黄色的疲乏的脸上迅速地闪烁过一种喜悦的，神经质的颤栗。

张振山阴沉地抖了一抖肩胛，带着一种不知道是对于杨福成还是对于那替公司里赚大钱的四号火车头的深深的厌恶，说：

“坝子摔场了。险一些摔到江里去。”

“哈哈哈，包得稳吗？”

“当然。”

杨福成敛起笑容，滑稽地皱着鼻子，想了一想。

“唉——”他的头突然在蓝布帐子口消失了。

张振山屹立在电灯底下，手插在裤袋里，眼睛眯细地望着石灰剥落，露出竹片的骨骼来的墙壁，继续大步地，野蛮地踏到自己的思想上去。踏烂一切枯草和吹散一切烟雾，让它露出闪着冷然的光辉的本体来！

“她说‘我要’，当然是的，多弄一些给她，看看我张振山！她跟我走？”他吐了一口吐液，同时用手摩擦着坚硬的额角，“不能！社会把我造成这样子，我自己，我自己……”他响着嘴皮，在扬起的眉毛中间，他的眼睛变亮。这是一个放射着幽暗的光芒的字，“我自己不是庄稼汉，也不是可怜虫……让一个女人缠在裤带上！她们心疼，随便哪个摸一摸，就完事了。什么魏海清不魏海清！”但是即使在这么凶毒地想的时候，一种严刻的妒嫉也依然掠过他的嘴唇和眼角，使他的阔脸幽暗。他愤怒了，辛辣地冷笑了出来：“吓吓，‘我这个人也有些甜的地方吗？’”

矿厂连梦呓也没有，又掩藏着百公尺下的艰苦的劳动，沉沉地入睡了。夜，深沉地凝结了。但这强壮的人，这旺盛地妒嫉着世界，感到自己生命恶毒的人，这酷爱辛辣、严刻地抗拒着自己的嫉火的工人却依然在小房间里，在床架前面，在因电力增强而突然明亮起来的二十五支光的电灯下踱着；他用那么一种沉重的姿势踱着，以至于他的膝盖多次地撞在桌腿上又碰疼在床板上。他的肩胛抖动，脸上清醒地照耀着一种富裕的，考虑着什么是它底必要的抛掷的生命，放射着一种肉的淡漠而又顽强的光辉。在听见远远传来的骚乱的鸡啼的时候，他不同意地摇着头，推开门，绕到大院子里去。偏西的月亮照着左侧的屋子的破陋的屋檐——在右侧的屋子参差的浓郁的暗影里，他鼓起胸膛，一次又一次地深深吸着气，徘徊了很久。

三

把纸币捏在手里的郭素娥，所以那么痛苦，是因为她原来是存着她的情人可以给她一种在她是宝贵得无价的东西的希望的。她的痛苦并不是由于普通的简单的良心底被刺伤，而是由于，显然的，她所冀求的无价的宝贝，现在是被两张纸币所换去了。她捉不住张振山，当由偷情开始的事件在她现在苦恼地越过了偷情本身的时候，这个强壮底工人的不可解的行为，他的暗昧的嘲讽，他底恨恨地离去，使她绝望。整整一年来，她整个地在渴求着从情欲所达到的新生活，而且这渴求在大部分时间被鼓跃于一种要求叛逆，脱离错误的既往的梦想。虽然她极能勤苦地劳动，虽然她对她的邻人特别和蔼，但由于时常显露的犯罪的相貌，她依然被认为是一个奇特的败坏的女人。然而她不但不理会这些，而且逐渐变得乖戾了。她是有着黯淡的决心的。这就是：她已经急迫地站在面前的劳动大海底边沿上了，不管这大海是怎样的不可理解和令她惶恐，假若背后的风刮得越急的话，她便要越快地跳下去了。跳下去，伸出手来，抓住前面的随便什么罢。

畏惧虽然在好几年的险恶而被凌辱的生活里失去，但无论如何，这是痛苦的。尤其，她的手抓住了什么呢？——张振山，毒辣的，冷漠的，用她自己底话来说，无心肠的，无赖的男人！

另外还有一个自己向她诚实地飘过来的人。这就是魏海清。这个人是她的丈夫的极远的表亲，从前也佃地种，但在四年前死了女人之后，不久，地被主人无理由地收回去了，自己就带着刚刚五岁的小儿子到矿里土木股来当里工了。三十几岁，有着端正而晦涩的脸孔，是一个呆板而淳厚的人。他和郭素娥，是一向就保持着简单，拘谨，而且隐匿的亲密的；显然的，郭素娥，尤其当他投到工厂里去之后，是十分注意他的。但不幸的，是他被张振山从头上跨过去了。当他在一个晚上，心跳而羞涩地在这恋爱的屋子里下了异常大的决心，表露他的旧朴的欲求的时候，郭素娥突然变得严正而乖戾（在以前他是不曾见过这女人的这样的相貌的），拒绝了他。当然，这是把他伤得很重的。——他原来只以为刘寿春是她的阻障，不久就会死去，不足以使她牵挂，却没有料到这中间还有另外一个严重的角色。但不久，他就朦胧地把这件事探听出来了。积蓄了好几年的痛苦的意念，战战兢兢地在布置着希望的这颗过平凡生活的真心，现在被无情的郭素娥所摒弃，被优越的机器工人所踏碎，对于他，该是如何地怨恨，如何地痛苦！

但是魏海清这种人，对一切都要依照自己底观念探个究竟，把自己范围内的一切看得很重，是不大容易死心的。在这晚上，九点钟后，当他的八岁的男孩在木床里端沉重地睡去了的时候，经过了一番苦闷的内心交战，他熄了小烟袋，从位置在北山坡的工人宿舍走出来了。天上囤积着云，在云的间隙里有朦胧的上了锈一般的星在发光。坡路旁的路灯，它底松弛了的灯泡在偶然疾卷过来的凉风里摇闪着。

他故意避开那一条贯穿过明亮的机电房的平坦的煤渣路，从水池畔的黑暗的堤堰上走。他的步武起初有些犹豫，发出一种拖沓的疲劳的声音，但随后，当他穿过卸煤台，临近那漆黑的山坳的时候，便强烈地紧张起来了。

“我去一趟哩。”当他弯腰爬上风眼厂所在的山坳，胸膛被热辣的昂奋所紧迫的时候，他颤着嘴唇，告诉自己。

这旧朴的人，这一切观念和情感都有着明显的但积满尘埃的限界，像熊一般固定而笨拙的人，现在容许自己去做一件非分的大事了。不管他怎样提醒自己说，他的行为只是想探一探这个女人和张振山的究竟，为着必需的道义，他全身还是起着一种自觉犯罪的发烫的颤抖。

“我一生从来没有做过——这样的事啊！”依着一根腐朽的树干，他张开生着几十根零乱的硬髭的嘴唇，向黑夜吐出他昏乱的叹息。一瞬间，二十几年的土地上的辛劳像一块平坦而阴凉的暗影似的，在他迸着昏红的火星的眼睛前面闪现。

他微微佝偻的长身影在小屋子前面出现了。门关着，里面凝固着寂静的黑暗。但在最大紧张以后，他突然对面前的一切都感到不明了，只是走上去，机械地向门缝里窥探着。当他的手举到薄木门板上去的时候，他仿佛在听着别人敲门似的，而且在心里寒凉地惊诧着，这个人怎么会这样大胆。郭素娥在屋子里猝猝走动的声音他没有听见，门板突然的裂开，使他在新夹袄里打了一个寒战。

“走开，走开！”郭素娥在黑暗里露出白色的脸来，惊慌地说，“他今天说是生病，不上班了。……哦，是你！”当她发现对方并不是张振山的时候，她把一只白手举到松乱的头发上去，屈辱地小声尖叫：“你跑来干啥子？”

魏海清沉默着，在这之间，恢复了镇定。

“和你说句话！”他威胁地说。

“说什么？”郭素娥敏捷地跃出一步，严厉地问。

魏海清什么也没有想地沉思了一下，望着女人底颈子，说：

“你知道，张振山那家伙不是好东西……”

“怎样？”

“他仗势欺人，是个流氓。你要当心……”因为情急，舌头在最后缠结了起来，使他失去了话句。当他和他底狼狈挣扎的时候，郭素娥迅速地走回去了。现在，只剩他一个人站在这黑暗的土坪上了。

“长得多好的人啊……”他自语，用衣袖揩着发汗的脸，但随即就因自己的赞美恼怒起来，向土坪的外侧走去。

从屋子里传出来的刘寿春的激烈的咳嗽和朦胧的话语使他站住了。

“哪一个？”这鸦片鬼恨恨地问。

“我。”女人的嗓子提得很高。

“你干啥子去？……”

“刚才狗叫，我怕强盗！”女人用一种凶恶的声音叫了出来。

魏海清从屈辱里挣脱，愤怒起来了。他笨拙地把手叉在裤腰上，向地上大口吐着痰。

“世界遭变了。瘟女人！”他蹒跚地向土坡上走，“我为啥子要打我的女人呢？她丑，整年生病，但是她比这骚货好得多！……可惜我们少年时候不知道！”他激烈地向前走，并不辨认路，只是佝偻着，把飘荡不定的大脚一步一步地踏在野斑竹和茅草里，“我越来越作难，心中焦苦，成一个糊涂人了。吃白泥巴的日子，也过的呀！怎么现在不想法，跑出来做工呢？我要是有谷子，”他浑实的手臂在空中抓扑，被他的手掌所击弯的桑树的干条刷在他的胸上，“要是有，看这瘟女人对我怎样呢！”抚摩着粗糙的下巴，他在枝条之间站住，意识到自己走错了路。但是当他正预备向风眼厂昏弱的灯光回转的时候，在他侧面，茅草燃烧般地响了起来。他迅速地而且突然涌起一种烈性的愤怒，转过身子去，看见了一个比他矮些的方形的人影坚定地在三步外屹立着。他闭紧嘴，严正地站定。

“魏海清！”张振山发出他深沉的声音喊。

“你是哪个？”魏海清喘息地问。所以喘息，是因为他已经在对方最初的发音里认识了对方是谁。

张振山向几丈外的隔着一条污水沟的小屋瞥了一眼，随后便向下走了一步，攀住树枝。他在小屋的空了的猪栏后面，在那每一次总坐在那里等待着跃进屋子的时机的石块上，听见了魏海清和郭素娥的谈话的全部；而且，当魏海清激怒地痛苦地在草坡上转着圈子的时候，他已窥伺他好久了。

“我问你两句话，魏海清。”他冷酷地说。

“问吧。”

“我是流氓，这有点像，我夺人之妻，这也对。”他磨着牙齿，“现在你回答我，我仗谁的势欺人，谁的势力？”

魏海清的脸灼烧，愤怒地颤抖起来，热辣的烟雾包裹着他，使他感到自己仿佛腾在空中。

“问你自己！”这鳏夫笨拙地顽强地回答。

“问我吗？”张振山猛烈地把手里的桑枝从树上折断，魏海清因为他的这个动作反应地退了一步，“你们，在女人面前像狗一样地舐一舐，打个滚。我可怜你，你舅子荐你来做工，你有六块钱一天，蛮行。你像个做工的人吗？要站出来正面说话！”他鼓起胸膛，把他的冷冰冰的声音压尖，但这尖声是微颤的，“我不怕谁，也不仗谁！我就是这么一个人，一个人！告诉你，再不准到这屋子里来！”

他把手里的桑枝举起来，狠狠地向屋子那边挥着，光赤的桑枝在夜的冷空气里发出尖锐刺耳的声音。

“这是我们的地方！你凭什么……”魏海清窒息地叫，“你畜牲养的，没有人心……”

“哈哈，你们的地方！——今天就这样说了。记牢！”他把桑枝重新扬起来，做成一个威胁的姿势，击断在树干上，然后用强猛的大力缩紧肩胛，咂一咂嘴唇，大步向风眼厂的电灯光走去。在石板路上他避着风点燃了香烟……

魏海清怔悚着，一瞬间不能明了自己，只是向张振山底凶猛的影子凝视，仿佛这个人在火柴的晕圈里闪亮的刚硬的头发和搐塌的鼻子有一种特异的美丽，很诱惑他似的。但终于他感到锐烈的失败的痛苦，昏乱地诅咒起来了。

慢慢地，他下到山下去。夜风扑卷着他底夹袄。循着水池畔的黑暗的堤堰，他佝偻地，缩做一团地走着，——他蹒跚地摸索着，就像他迫于饥饿和寒冷，是一个无家可归的人一样。

郭素娥并没有睡。在那鸦片鬼发着谵语昏昏地睡去之后，她因了某一种理由，又悄悄地开门走了出来，向风眼厂那边的淡薄的光晕探望，然后，绕到屋后的猪栏旁去。充满情欲和梦的女人的感觉是那样的敏锐，她立刻发觉了草坡上的短剧，伏到猪栏下去了。她的心感到一种庞大而甜蜜的紧迫，惶恐地撞击着。有一种盲目的力量几乎迫使她要急剧地冲出去，但同时她的脚又仿佛牢牢地生根在地上似的，不能移动。……现在，一切全梦幻似的过去了，张振山和魏海清消失了。

“啊，他不准！”望着魏海清的消失在风眼厂后面的长长的身影，她带着幸福和酸凉叹息。“这是哪些说法呢？……他不准他再来我屋子里呀！”她伸长赤裸的颈子，在心里狂喜地尖叫了起来，随后，她跃到张振山曾经坐在那里的石头上，把身体向着另一面的沉在深邃的黑暗里的山峡，昂奋地呜咽了。

在这峡谷里，在这重压着它的苦重的暗影在她眼前浮幻着黄色的晕圈，又爆耀着墨绿色的星花的下面峡谷里，在这夜深寂寞，流荡着黑暗的冷风，仅仅模糊地闪着水田的淡光的峡谷里，是充满着她底骚乱，痛苦，悲凄地逗引情欲的遥远的记忆。

……七年前，一个外省的军官在这峡谷里引诱了她。

四

机器总管马华甫，是一个生着灰尘一般的花白头发，有一副温和而洒脱的松弛的脸的，胖大的人。他用一种温和，渗透，严刻的声音说话，几乎从来不激动；但即使从这富于魅力的声调里，人们也可以觉察得出这个四十几岁的饱餐风霜的人是怎样的顽固，利己，和阴险！现在，当他为了火车头包工的事，把几个出色的机器工人：张振山，杨福成，吴新明（这是一个三十几岁，充满江湖气味，慷慨但有着机智的深算的人）……请到他家里来用膳之后，他使他们坐在厅堂下端的长条凳上，自己则不停地抽着烟，在堂屋中间缓慢地踱着。谈话刚刚开始。

这是矿厂里的一个最大，马力最强的火车头，一九三〇年德国机器厂的出品。它的损伤，假若由机器房做正常的里工，需要六个月才能修好，但假若由机器工人自己取消里工工资，来做包工，则仅需要十六天。包工的价钱，鉴于以往的例子和今天的物价，工人方面要一万二千块，但公司方面却只肯出八千。现在，总管马华甫由于对自己的权威的深信，就是负了解决这件事的使命来请工人吃饭的。

他和他的家族：一个像衣橱那样肥胖，也像衣橱那样从不离开房屋的，缺齿，有细小的烟黄眼睛的北方女人，一个曾经进过职业学校，现在也在机电股里当职员，醉心于象棋和钓鱼，面孔无特色，性格稍稍带着原始的阴郁的二十三岁的养子，和这养子的温顺而瘦小，面孔洁净的妻，住在这改修过的三间从本地绅粮那里租来的屋子里。正堂是洁净的，和他的衣服一样，但房间里，因为他的肥妻喜欢赌博，除了希望真的生个儿子以外，什么事都不去操心的性格，就弄得很零乱，凝结着一种阴湿的含着石灰味的酸气。在壁角的大衣橱顶上，永远有十袋以上的面粉囤积着——这女人对于面粉又是异常贪婪的，但是她却不能把它们按月吃完，因此，好几袋面粉都变了色，生着白色的小虫，使得那好性情的工人时常把它们抱出抱进地晒太阳，而每隔一个月，便有新的面粉袋加入这晒太阳的队伍里来，递补了那些被吃去了的，生虫的。

总管马华甫，对于食物，是并不讲究的。因此，变味的面粉，他也能吃得惯，不想到要去改善。但对于家庭，他却是个表面温和的极端严刻的人。他对他的女人很有礼貌——这就是，也尊敬她的生一个真正的儿子的愿望，但却和她几乎从来不说什么话，不谈厂里的纷争也不谈外面的新闻。在他的眼睛里，她只是一个里面装满了赌牌和儿子的，丑陋的面粉袋而已。至于儿子和媳妇，他们除了要和他一同用馍馍，要像厂里的工人一样对他恪守礼节以外，从他那里，也和工人们一样，是接受不到丝毫有希望的，或者有滋味的东西的。但好在他们都还年青，男的忙于象棋和钓鱼，女的忙于洗粉条和切白菜，从没有想到这些。

然而，使他在内心里震怒的，是工人里面的大半，已经学会了真的乖巧，逐渐地踢开了表面的礼节，开始和他抗争了……

“怎么样？”现在，在明亮的堂屋里，他喷着烟，温和地向工人们说，“我替你们算的对不对？”他把闪霎着的漂亮的眼睛朝着吴新明。

吴新明在多毛的长脸上微笑着，欠一欠腰，同时瞥向张振山。

“为难得很，总管。”张振山从嘴唇上取下香烟来，在烟雾里说，“老实说，我们二三十个人，拼命做苦工，”在向总管的胖身躯扬了一下眼睛之后，他的声音古怪地震动了一下，变得低沉，“一个人摊不到多少的。”

总管在地上缓慢地徘徊，走到供桌面前望了一望两张祖先底丑陋的大相片，又走回来，向地下随便地吐着痰。

“你真是年轻人，你的脾气还是从前样，意气罢了。”他抱着手，眯起眼睛望向窗外，“张振山，你再想一遍，你们和我一样是公司里人，包工是特殊通融。”他的声音从里面僵冷了起来，虽然他底脸上依然浮着灿烂的微笑，“材料，机器，你们不出钱。在这个时候，这些货贵得出奇，昨天总公司转来的政府通令有说，……”他望一望房门的门帘，突然改变了话题，“我也不说抗战不抗战，生产不生产，你们赚一点也该，但是太多了就拿不出面子去……”他又踱起来，回到供桌前去，望着玻璃在闪着沉闷的光亮的相片。

“不行的！”杨福成用手肘捣了一下张振山，歪歪嘴，悄声说。

张振山冷淡的眼睛随着总管的走动从新漆的家具移到相片上。“这相片真美丽！”他皱起的黑眼睛说，“你们统统生产，生产得胖呀！”

“这不是就一次。以后……”总管掉过头来，严刻地开始说，但他的话被张振山的一个突然的动作打断了。

“我们做不得主。一万二。”

吴新明和杨福成惊讶地望着他。微笑从总管马华甫松弛的脸上隐藏了——这脸缩紧，稀有地搐搦着，眼睛变暗。

“这态度不好，”他把手抄到大衣袋里去，尊严地站直，“张振山！”

张振山皱起嘴唇，嘘着气。

“我们全靠这。”他坚硬地说，“总管是熟人，了解的。我们一个月领一斗米，自己都不够吃。到现在还穿单衣服！”他拧了一下自己的肩头，把眼光逼射到对方的脸上去，“公司一个月赚那么多，一个车头也的确值得上。……”

正在这时候，房门的门帘上的灯光被遮住，一个巨大的东西堵塞在它后面了；马华甫的肥大的女人先伸出一只手，在门框上扶牢，仿佛怕自己滚出来似的，接着便从帘缝里探出巨大的浮肿的脸来，露出残缺的牙齿，以一种清脆得和她的身体极不相称的，疲乏的声音说：

“还没走呀。要睡啦！”

“就来。”总管简短地回答，因为失去了自制，声音里含着一种奇异的恼怒，就仿佛这门帘后的庞大的女人的形体意外地惊骇了他似的。

“我的天呀！”杨福成喜悦地小声唤，一面用手掌拧了一下大腿。

“这么说，再加一千也好，不过……”

堂屋的玻璃门悄悄地闪开，把马华甫的话打断，同时把他脸上的勉强的笑容也驱走了。他的年轻的整洁的媳妇抱着一个水瓶，温顺地俯着多肉的白颈子走了进来。经过工人们身边的时候，她留神着自己的脚步，用一只手把绿夹袍掳起，就像走过一个池塘似的。

“爹，我上楼去了。”她向马华甫微微鞠躬，耳语一般地说。马华甫的嘴唇歪曲，眼睛里含着一个灿烂的尊严的微笑。

在年轻女人上楼之后不久，楼上便传出了马华甫的养子重重的脚步声，和他的拘束的但是欢乐的笑语，同时，在底下，马华甫的胖大的女人的影子又遮住了房内的灯光，在门帘后面出现。

“舍嫂，打盆水来呀！”这次她喊女佣人。当她的巨影重新消失的时候，一个木凳在地板上翻倒，发出轰然的大声。

张振山举起眼睛嫌恶地望望头顶上的天花板，又望望房门上的门帘，随后从木凳子上站起来摩擦着屁股。

“我们走了。”他说。

“谢谢总管。”吴新明鞠躬，一面打着呵欠。

总管威胁地看着张振山。

“我明天答复你们。”他阴沉地说。

但第二天并没有得到答复。事情僵持了三天。终于，张振山和他的伙伴们胜利了。

于是，从第四天早晨开始，一直到深夜十二点，机器房里滚腾着油烟，照澈着明亮的灯光。拆卸了下部的巨大的车头在铁架上蹲伏着，电炬照亮了它的锅炉筒，钻眼机使得它一阵阵地发出顽强的颤栗。

张振山巨大的脊背弯曲，头埋到锅炉筒里面去。电焊器在他的手臂底下，从每一次的急迫的间歇里，擦亮自己声音，锋锐地歌唱着，放出刺目的蓝光。脱下彩色玻璃脸罩来的时候，他包在现在变得柔软起来的皱皮里的眼睛眯细，闪着深灰色的，潮湿的光芒；他的胶黏着头发的，凸出的污秽的前额低垂，显出劳动的聪敏和忘我的专注；他的大鼻翼搐动，贪婪地向围围火热的气息吸嗅。……

当他沉思地磨着钢铁似的颚，用左手移开电焊器的时候，他底右手慢慢地有力地舒展开来，在铁板上掠着兀鹰一般的大黑影，获取了一把钢剪。

“喂！”他陶醉地拖长声音，唤。他猛然抬起来的，蓬乱着硬发的头碰击在机车上端竖着的铁板上。“喂！”他歪过颈子来，声音变得恼怒，“弄好了吗，四么弟！”

从爆着凿刀的火花的金刚砂那里，透过油烟，送来学徒四么弟的尖锐的声音：

“还等两分钟！”

长腿的吴新明在油烟的波浪里恼恨地舞着手臂，浮泳着，一面干燥地大声嚷：

“这舅子用不得了。”

“舅子，歪了呀！”张振山用剪刀敲着钢板，向伏在机车底下的大坑里的人吼叫，随后，他微微思虑了一下，跑到刚拆卸开来的活塞杆那边去。

“呸，老子闷气，老子闷气！”从机车底下，陈东天咆哮着钻了出来，把手里的工具狠狠地一掷，向墙边上的大木桌子奔去。当他喘不过气来地向嘴里倾倒着冷水的时候，他灵活的少年的眼睛被一种要喧嚷的欲望所燃亮，青蛙一般地鼓出。

“今天做了一整天了……呀！”他咳呛，从鼻子里喷着水，“这几个瘟钱不好得……”终于他被迫弯下腰去，揉着鼻子，说不出话来了。

吴新明在慢慢运动的车床面前皱起淡眉毛，烦躁地看着他，就像一个不称心的大人看着小孩子挖泥巴似的。但张振山却从活塞零件上仰起身子来，一瞬间突然得到了轻松的快活，拍着大手，吼叫一般地笑起来了。

“你妈的怪相！”杨福成从金刚砂的暗影里奔出来，把身体碰在木柱上，高高地举着凿刀叫，“老板明天要买一个钻子呀！美国鬼子货呀！”

“有几点钟了？”在机车肚里有人问。

“十二。”吴新明回答，同时把窗架上的肮脏的小钟摇了一下。

“回家睡觉！”

张振山走到钟面前去。当他搓着发烫的手，脸上灼烧着猛烈的红光走回机车的时候，他向每个伙伴坚定地望了一眼。

“我们今天把这个完全拆开检查过！”他严厉地命令，“我们这是替自己干活，可以养老婆呀！”

“要得！”提议回家睡觉的杨福成尖叫，长长地伸着舌头。

油烟一直腾到结满灰尘的密网的屋梁上去。在人们的手臂的奋激而稳重的控制下，车床转动，凿刀喷着火花，机车颤栗着；电焊器所放射的强猛而狞恶的蓝光使电灯失色，一直射到广场对面的铁工房的屋顶上。紧张的劳动继续到一点半。

现在，在寒冷而稀薄的夜气里，几个下了工的单身工人踏着煤渣，疲乏地走着。张振山喷着香烟，走在他们十步后面。

“我们是替自己干，对头！”杨福成比划着手，说，一面在单衣里缩紧身体，“在平常，我简直打瞌睡。半个月后，我可以分到几个钱……”

“你拿来做什么用？”陈东天用手掌抱着软软的面颊。“招老婆？”他真切地问。

“你的声气怎么这样涩呀！‘招老婆！’”杨福成摹仿着他的胆怯的声音，在黑暗里做着鬼脸，“你真是乳臭未干！怎么不敢到坝里去找女人试一试，唉，你就会打太极拳！后辈小子。……快走，他们到前面去了。”

“张振山呢？”陈东天，这少年人，用一种关切的声调问。

“也在前面。”

他们疾走了几步。

“我告诉你，总管那个肥猪老婆不会生蛋的。天天睡觉都不行，我有经验。”一走到土坡上的时候，杨福成又把脚步放缓了下来。他的声音异样尖细，带着令陈东天兴奋的隐密意味，“她那肥屄，我有一个晚上冲进总管院子，就看见她光屁股在院角撒尿。不要脸的。”

“唉。明天怕要下雨。”陈东天用手抓了一把空气，嗅着。

“不会的。总管办货，你知道？”

“不知道。”

“张振山知道。他派他家老舍到万县去买皮鞋，已经到了第一批，一百双。他还囤的有纸烟。政府在打仗，忙不过……他们发财了。”

“都该杀呀！我这回剩到钱，要缝几件衣服了。再隔两年，我就娶女人。”

“你今年几岁？”陈东天不回答，只是狠狠地用手擦着面颊。走了几步之后，他突然肯定地说：

“张振山一定不在前面，我看见他在后头的。”同时，他掉过头去。

“他找他的床睡觉去了。他行。——走，不要淌口水。”

“我家里人都还在湖北，……”陈东天烦恼地说，向四面张望。这时候，他们已经跨进了宿舍的大院落。

张振山落在伙伴们后面之后，被一种突然聚成火辣的一团的新异的情绪所烦扰，率性改变了路向，朝锅炉房后面的水池区走去。

水池上蒸腾着朦胧的白雾，发出凉爽的清气的茂密的柳树在它的周围排列着。当深夜的山风掀扑过来的时候，柳树们的小叶子上就摇闪着远远射来的灯光的暧昧的斑渍，水面上的雾气就散开去。在雾气散去的黑暗的水面上，闪着淡淡的毛边的光，犹如寡妇的痛苦。

张振山摔去烟蒂，在堤堰的石水闸上坐下来。现在他遗忘了劳动底坚冷的兴奋和肉体的疲劳，变得清醒了。潮湿的气流刺激着他的眼睑，使他缩紧肩膀，猛烈地吸着气。……但逐渐地，由于心里的再度沸起的情绪的扰乱，他感到他无论怎样的一个发音，一个动作，都和这烂熟的夜不调和。——而夜底庄严的缄默，则使他底耳朵感到空幻的刺响。

“他们回去睡了。现在有两点钟。”他在冷风里嗅着，一面向水里吐着痰。

“今天我干了十六个钟点，还要有半个月。不过明天晚上我可以不轮到；我可以……呸，我是为着赌豪在这么干的？这可以多缝一条裤子？……我想想看吧。我要一天把这笔钱花光，拿一些给那个家伙。她的确艰难，这几年，凭什么养活的呢。”他停顿，咬着自己的膝盖，“凭什么养活的呢？……哈哈，一个女人，她给我吃得好甜呀！”他的被激发的讽刺的笑声击碎夜的寂静，在水面上传开去。“哈哈！我懂得这世界上的一切，懂得你们！懂得社会……青春！我干些什么呢？做工！在今天我是这样地做工！我轻蔑你们！现在，你想想自己罢。”

思想在一种肉体的紧张里给打断，暂时没有能继续下去。当他皱紧眼睛和鼻子，重新往下开辟的时候，他获得了一种明显地使他不安的力量，和一种照耀着陈旧的光辉的美丽的情调。

“我可以做别的事去的。在这里，我已经蹲了两年。我有力量，我狠恶——但是我决不该蔑视伙伴们！他们现在有时候还哭哭啼啼，愚蠢，像我一样，以后就要明了，不受骗了。……我太使性是错的，应该相信别人的痛苦的经验。”在这之间他费力地擦燃火柴，猛烈地，和夜的潮湿的冷风一同向肺里吸着烟，“我们不能狂纵自己，要选取大家所走的路。……但性格又怎样解释呢？张振山何以成为张振山呢？我已经忍不住了！谁都在毁坏我们，我们还多么不自知。……哼，打击给他们看，社会造成了我，负责不在我！……我就是这样呀，滚你妈的蛋，什么反省不反省吧。”他在石块上仰下身体去，用臂肘撑着，望向滚动着威胁的黑云的天空，一面猛力地伸开腿，“我要大步踏过去，要敲碎，要踢翻，要杀人……哦，我底头脑里就装满了这样的云！”

风压迫着柳树，在水池里激起沉重的波浪，带着黑暗的潮气疾吹了起来。工厂的大躯体和严厉的黑云连结在一起，似乎在疾风里战栗，逐渐沉到地下去。但不久，当空气突然短促地变明朗的时候，它又显露出它坚强的，高大的姿影。最后，灰尘从空场上暴躁地升腾了起来，盖没了一切。远处，卸煤台的电灯在煤尘的涡卷里微弱地摇闪着。

“就是这样呀！”一种酷烈的喜悦使张振山底胸膛抽搐着。“我为什么要干这些无聊的事，女人给我什么？……我明天再去试试看。好吧，我承认，因为自己坏，骄傲，才假装毒相的。我其实是，有时候多么甜呀！呸，偏爱自己，轻视伙伴，可恨！”他坐起来，严酷地望着水波，“你有有力的生命，别人没有吗？你其实是昏的，痛苦的，自装骄横！……别人终会明了你的缺点！……”

他的感觉和思绪突然不可思议地锋锐，明亮了起来。

“我忍不住了，要走开，找我以前的朋友试试看去。他们恐怕走得前，不如我一样了吧。有的去打仗了，有的成了党员，我还可以记起几年前……”

穿过干枯的柳树叶，发出沙沙的繁响，寒凉的雨滴洒在水池的堤堰上。在水池底映着远远办事处的灯光的地方，张振山看见了密密的水涡圈。

当他迅速地，狂烈地奔过厂房，土坡，回到宿舍的时候，他的头发和短工衣已完全淋湿了。

五

鸦片鬼刘寿春有着极强烈的想获得任何一点点小东西的欲望，但假若面对着巨大的财物，像一个拾煤渣的小孩子面对着一车煤一样，他就要惶恐得战栗。还是在好几年前，在战争还在中国土地的北方边沿上摸索，飘荡的时候，有一笔相当可观的钱财从他的鼻子上吹过：一个军火私贩愿意给他五百块钱，要他替他藏匿一批被追踪的火器。在郭素娥看来，这是没有不能干的理由的。因为在那些年，这样的事极端普遍，追踪者只要接到一笔钱，就会变得极其聪明或愚蠢，不再追究；而这个肮脏的，周围堆满枯树桩的小屋子，里面住着男人的疾病和女人的空虚，是不大会被人注意到的。但刘寿春却不敢做，战战兢兢地拒绝了。他倒十分甘心于一点一滴地在空酒坛子里搜刮。

三年前，他曾经在他的堂兄，一个狡猾的人所经营的砖瓦窑上投了一百块钱。作为赢利，他甚至于把工人底破棉袄都剥了回来。狡猾的堂兄，他单薄的机智，是无法对付动不动拼命，哄天吓地的刘寿春和他打交道的。但是，即使还了他一百块钱，他还是不断地去烦扰。失去意志的人，把小欲望当做生存的目的，他们像苍蝇往玻璃上撞一样的行为，是生意人最难对付的。冬季里刮着冷风的一天，他又在砖瓦窑旁出现了。他的脸青灰而浮肿，在一件破烂的单衣里，干骨头发出碎裂似的响声。他这样的行为，与其说使人家觉得，他在自己的假装里所经历的痛苦比真的痛苦还要胜过一倍，倒不如说使人家感到比面对着别人的真的痛苦还要难堪。堂兄越是不出来见他，他就躺在土坡上越是叫喊得厉害。他闭起呆钝的眼睛，从磕响的齿缝间忽高忽低地叫：

“看你……看你……打死我，好了！”

整整的，他叫唤了一个钟点。声音由绝望的狂喊到微弱的喘气，最后终于消失了。他也不再战栗，只是伸直腿，把毁坏了的脸向着铅色的天空，僵硬地躺着。开水使他苏醒过来之后，他得到了三十块钱，而他的赌咒发誓的堂兄，则得到了邻人的咒骂。人们始终无法判明这一次事件的真假，即使当他有一次喝醉了之后，说这不过是开个玩笑，讨几个债，人们也不敢相信。果真有这样残酷的“开个玩笑”么？

人们都惧怕他的骗术，嫌恶他，不再和他打交道了。他又是懒得极出色。虽然当他在年青的时候，由于极端吝啬，他还能辛勤的经营，一点一滴的积蓄，从而使得邻人羡嫉，但一到了发现欺骗是极好的满足吝啬的方法之后，他就游手好闲，什么事都不做了。现在，当他蹲在筛煤机后面的时候，他吞着灰质太多的烟泡，没有一分钟不打瞌睡。而在人家以为他睡着的那一瞬间，他的手会伸出来，随手摸去近旁的什么：一只烟杆或一根布裤带。

矿山的繁荣也偶尔触动他，使他冗长地说及他家族的历史。当他谈及他的曾祖父曾经做过知府，现在坟上还有一朵夜明荷花的时候，他昏钝的眼睛会闪出骄傲的光来。“我们一请客，连山后大堰塘里都浮着一寸厚的油。”他说，用两个腥秽的手指比着一寸，“通房摆满烟灯，昼夜烧，连耗子家蛇都有瘾，爬在屋椽上吸烟哩。呵！哈！”他打了一个呵欠，“这个矿，那时候就我们开啊！……有三个洞，哪里看见现在这样子！后来，就是经我的手，卖给这些家伙了。我们不会画新图，他们硬占去一个洞，老一辈子人，老实像我这样，吃奶的时候就有烟瘾。……啊啊，那些年的刘家湾啊！”

另外，他还说及他前几年几乎又发财的事，但他从不提他为什么几乎发财。所以不提，是因为他的确还抱着那军火私贩会再出现的希望。他深信他现在可以做那种事，决无恐惧。说到女人，他就舞臂咒骂，同时又称赞她的漂亮，说她有着一个有毒的腰，像蛇。

魏海清因为妒嫉，虽然同时就悔恨自己不该和这下贱的人说话，但还是说完了话，把郭素娥的事情告诉了他。于是，为着他自己的特殊目的，刘寿春不再上班，假装生病，在家里守着郭素娥。

这是一个蔚蓝色的早晨，天气无比的晴朗。在下面的峡谷里，工厂底巨大的烟囱矗立在微紫色的，逐渐在阳光的照耀下散去的雾霭中，——有一条长而宽的透明的雾带纱一般地爱抚地环绕着它——喷着愉快的黄色浓烟。二号锅炉的汽管在山壁下强力地震颤着，它所喷出的辉煌的白汽遮盖了山坡上的松林，腾上低空，和乳白的温柔的绵羊云联结在一起。早班的工人吹啸着，抖擞着肩膀，跨过交叉的铁道，进到厂房里去。在翻砂房旁边的生铁堆中间，年轻的小伙子向明亮的天空吆喝，翻砂炉的强猛的火焰在阳光里颤抖着蓝紫色，腾起来了。

短锄从郭素娥的发汗的手掌里落下，倒到新翻的，露出潮湿的草根来的黑泥土里去了。举起一只赤裸的手臂，揩着额上的汗珠，她专注地向下面的辉煌的厂区里凝视着。

她的脸颊红润，照耀着丰富的狂喜。在她刻画着情欲的印痕的多肉的嘴唇上，浮显了一个幸福的微笑。当她把手臂迅速地挥转，寻觅短锄的时候，她的牙齿在阳光里闪着坚实的白光，她的胸膛急遽地起伏着。

激动地，她回到她的劳作上来。泥土在锋利的短锄下翻起，蒸发着陈旧的沉重的香气。在锄柄上，她高耸着浑圆的肩，带着一种严肃的欢乐，咬着牙齿，慢慢地摇着头。但很快地，手里的工作就变得无味了。她摔去了短锄，在田地边沿的山石上坐下来，石块后面，干枯的包谷在微风里发响。

“我累了。”

于是她倚下身子去，用手抚着光滑的包谷杆，望着天空，在嘴里无聊地咬着包谷叶的时候，一种疲劳的，梦想的光浪又在她脸上出现。太阳通过单布衫晒着她的濡湿的皮肤，使她伸着懒腰，融化了似的把身体躺到包谷叶底下去。

“我还来开这块地做啥子呢？喂狗么？……不想住在里面了，怕等不到明年春天……”

她坐起来，痛恨地望着桑树底光枝后面的破陋的小屋。

“他睡在那里！”她低声痛叫。

沿着平坦的石板路，穿得花花绿绿的农家女人们，翻过山腰，向离这里七里路的五里场走去。郭素娥呆板地望着她们，在心里漠然地批评着一个肥胖的少女的衣服。

“这颜色丑，料子可贵！……”

但她突然怔住，望望自己的穷苦的装束，想起不远的过去来了。

“就在那山坡下跌倒！”带着锐烈的痛苦，她望向农家妇女们从那底下摇摇摆摆地走过去的斜斜的峭壁。“我从前年轻，不知道自己，也快活呢！谁没有穿红戴绿呢？……不过是这一回事，总要走过来！……”她迷晕地站起，伸出褐色的手，“这太阳晒得焦人！”她在望了一下天空之后又用妒嫉的眼线追向彩色的少女们，“那时候我十六岁。……有一些人，她们这样过几十年……几十年也算了，我……”

“大嫂！”一个身体臃肿，面容却憔悴而俊秀的年轻的农妇站在路上向她喊。

“哦哦。”郭素娥摆手，安静地向她。

“不赶场？”

“不。”

“你在弄啥子？”这女人摆着身体走近两步。

“点一点小麦。”

“你们新弄的地么？”

“你今年怎样？”郭素娥问。

显然的，这女人烦恼起来了。她站住，带着一种不知是对于谁——郭素娥呢还是她自己——的同情，望着新翻的狭窄的土地。

“我们今年不点了。地转了。”她失望地说，一面在颈子后面搔着干燥的，蒸发着低劣的发油气的头发。

“你当家的呢？”

“我去找他。”

“还是老样不是？”

“他不给我饭吃行？”在这年轻的妇人底憔悴的脸上，显出一种阴郁的，强悍的神情，“我住妈家，他也跟来，昨天打架走了。”她停顿，率直地望向郭素娥变暗的眼睛，“你看，”她放低声音，“他说，‘我养不活你，你另外嫁……’”

郭素娥微笑。

“他游手好闲，年纪轻轻有工不做。……你看我给他打的疤疤。”她捞起长衫，露出膝盖上面的一块凝着血的紫疤。“这些男人现在越过越坏了。他动不动拿当壮丁吓我呀！”她放下衣服，叹息，“你，大嫂……你有些什么法子？……”

“我想要出去做工。”郭素娥望着对面的山峰，随便回答。

“你，一个女人？”

“嘻嘻。”

“隔天见，我先一步了。”这女人艰难地移动她的穿着肮脏的紫花布衣裳的身躯，走到石板路上去。因为一种难于理解的理由，她在路上站住，回头望了一眼郭素娥。但随后，当她走近那峭壁的时候，她便忘记了腿上的疼痛，以一种粗笨的，难看的姿势扭着腰，反甩着手，不必要地在小石块上面高高地跃着，跑起来了。

郭素娥凝视着她，苦笑。

“她去找他！”她把手抬到额角上，伸直腰，做了一个粗豪的姿势，“她只有去找……我们过得真蠢！”

短锄和新垦地不再像黎明时那样，以一种芬芳的力量和渺茫的希望引诱她了。它们现在在她底眼睛里转成了可恶的存在。即使阳光和下面的辉煌的厂区也不能再给她以青春的自觉：她成为憔悴的，失堕的了。她疲乏地走下山坡，晕眩地望着自己在里面埋葬了十年的小屋子。

刘寿春裹在破棉絮里，没有起来。她在土坪右端的残废的树桩上坐下，机械地望着晒在屋檐底下的蓝布衫。她觉得身体很沉重，再不能移动一步。她又为什么要移动呢？即使她身上有几块钱，她又为什么要跑到场上去打油呢？让什么都离去，都没有好了，住在这个小屋子里，她能够再活半年么？

但她还是从枯树桩上勉力地站起来，寻着了水桶，下到屋后的坡下去挑水。无论如何，她必须劳作；无论如何，她必须劳作那些最苦重的。这是二十几年来的习惯——这将使时间过得快些，将消磨掉惶恐，使一个失堕的妇人活得容易些。

水塘干枯了。她卷起裤脚，懒懒地转到邻家去。她平常是很少和邻人们接触的，他们也不欢喜她。但这一次，她却苦于寂寞，带着宽解的心情脸厚地进到一家矮屋里去了。

“向你们借一点水，新姑娘！”她装出欢快的声音，向那家的正在推动一个大石磨的年轻的媳妇说。这是一个瘦小，喜欢酸菜根和新鲜的逸事的刚嫁过来半年的女人。她虽然比别的妇人更喜欢在背后议论郭素娥，更酷爱她的不幸，但一当郭素娥和她交涉些什么，或是闲谈几句的时候，她就竭力找寻机会对她表示一种不懂生活的年少的同情；

面对着郭素娥的绝望的，饥饿的容颜，她的明净的眼睛里会不知不觉地浮上泪水来。

含着喜悦的微笑，她抡一抡活泼的头部，把水缸指给郭素娥。郭素娥刚小心地舀好水，她就被一种浮动的情绪所鼓跃，离开劳作，迅速地拦在水桶面前了。

“这一向没有见到你呀！你到啥子地方去了？”她把潮湿的手翻过来又转过去，急促地说。

在郭素娥的憔悴的脸上，闪出一个寂寞的微笑。

“我在家里。”

“啊嗬，你那鸦片鬼上班了吗？”

“这几天不上了。他不上了。”

“他为啥不上？”

“我不知。”就对方的骤雨似的问题的攻击下，她气恼地红了脸。“他在生病。”她严厉地加上说，望定对方。

“你不摆摊了吗，现在橘柑便宜？”

“要摆——我们连包谷都吃不周全。”

“唉，真也是。”这少妇突然因为自己的同情心而喜悦起来了。她哀愁地摇着小头，把手里的湿淋淋的抹布绞干，摔到磨子上去。“比方我们，我们那老鬼婆。”她机警地瞥了瞥周围，随后又对自己的机警发笑起来，一面竖起一根发红的手指，形容她的鄙吝的婆婆。“你坐一下，你坐。”因为恐怕郭素娥离去，她飞速地端了一张凳子过来，并且攀着她的肩膀使她坐下去，“看那老人呀，一天到晚叫唬，什么都不得了。日本人要来炸得一塌平。……卖一点豆腐养活不了人，我当家的又怕拉兵，前天下乡去了。现在一升豆子要十来元。……”她停顿，露出也真的懂得生活的沉思的样子。最后，她欢喜而又秘密地闪霎着亮眼睛，小声告诉郭素娥：“唉，你知道……我快生儿了。”

“对头。”郭素娥回声似的说，嫉恨地望着她。

“哈哈哈，”她颤动身体，清脆地大笑了起来，“你，大嫂，”挤着眼睛里的泪水，她灼红了脸问，“你怎么一向不生呢？”

郭素娥轻蔑地，愤恨地微笑着。

“你近来怎样呀，听说你和公司里的人相好？”

微笑从郭素娥脸上消失了。这脸收缩，转成灰暗，带着全部难看的雀斑和自私的憎恶向对方威胁着。稚气的新姑娘平放下手，恍惚地咬嘴唇，困窘了起来。

新姑娘更矮小，僵硬了，眼圈溃烂的婆婆这时候跨进门来，屈着枯腿在水桶旁边站定，恶意地望着她们。

“做活路呀！”她叉着腰，向媳妇叫。

郭素娥恼恨地向水桶走了一步，又怀着一种恶狠的意向站住了。

“看看你呀，我不在家就不行，我们这屋子清清白白的！”婆婆喷口沫，突出肮脏的小牙齿骂，“这种女人，你怎么……”

“太婆！”郭素娥阴沉地截断她，“我来找你老人家的。”

“哎哟哟，你找我！”太婆讥刺地叫，抬起一只脚来不断地拍灰。

“是哩，我来讨那回替你垫的门牌捐。”

“门牌还要捐？”

俯身在水桶的绳索上，郭素娥带着虚伪的恼闷回答：

“公所里要捐，恰好你没有，跟他们恶吵，我替你垫的。一元六角。”

“胡说八道。”

“我不过提一提。……等会我赶场要用！”她伸直腰，扶着扁担，脸上呈显出一种窒闷的红色。

太婆在磨子前面暴怒地跳了起来，挥着短手，摸摸裤腰又拍拍胸部，然后大声向媳妇叫：

“替我给她两块钱！门牌捐婊子捐！……”

“我没得。”俯在磨杆上的媳妇沉静地回答。

“放屁，你这小屄，三根偷给你，你留着买冰糖吃！”

老太婆伸手到裤腰里去乱摸，终于掏出了一个小布包。媳妇拉长红舌头，在她后面扮着怪相。郭素娥感到快意。

“拿去，在我们这五里场，从来没有像你这样的女人！”

郭素娥狞笑，灰色的唇战栗。

站在石坡底下，她在扁担上摊开烂毛票。这毛票使她体味到复仇的满足。她想她可以用它去买一小方蓝布，修补她的磨损了的衣裳。但这想头是在一种极端昏倦的状态里发生的。在前些时，添置一些小得可怜的物件，补一补衣裳，还能使她暂时忘记冒着焦烟的欲望，得到安静，但现在却不可能。她这么想，是因为她实在已经麻痹，而且极不愿去知道这一块六毛钱原是从张振山给她的里面借出去的。

“她们过得真好！那屋子里尽是浆水，又臭又霉……”她批评，疲懒而又骄傲地向后望了一眼，“我就见过别的地方的人不是这样，我们从前也……”

她向山坡抬头，望着上面的晒着太阳的刺松。难道石坡上面的，刘寿春的小屋子在从前比这底下的屋子好一些吗？郭素娥她会有这样的感觉吗？但她的确是有的。因为那里面埋葬着她的她所难于说明的东西，发生着她的她所难于说明的东西，所以她在把它和那些只知道昏沉钻营的人的屋子比较的时候，觉得它虽然破损，矮塌，充满痰渍和别的一些腥臭的斑点，也还是叫她依恋。消沉和麻痹使她不再觉得她那么强的欲望是可能的，使她悟到刘寿春原也只能是那么一个人，最后，使她想到，假若能够挣出饥饿的苦境，她又为什么要干那些得罪天地的，败坏的事呢。

但一进到屋子里，一看见肮脏的床铺和木然坐在床上的刘寿春，这些消沉的想头便被绝望所代替了，而绝望是有着自弃的强力的。

她原来预备把水倾倒到锅里去煮包谷羹，但现在却不这么做。现在，她失去常态地走上前去，踢了踢屋角的破篾箩，然后坐在桌边，把昏沉的头埋在肘弯里。她倒宁愿试试自己底饥饿，看自己究竟能支持多久，会不会死。

刘寿春的脸显得特别溃烂和浮肿，他张大嘴，吸着喉管里的痰，发出一种滞涩而又肮脏的声音。在吐了好几口痰之后，他拉一拉破烂的衣襟，出于她预料之外地向她走来，胆怯地擦在桌沿上，触了触她的疲劳的手，接着便歪扭着干嘴唇，皱起狡猾的鼻子，让泪水痛快地打湿胡须，呜咽起来了。

郭素娥以一种使自己也惊诧的大力从破凳子上跃了起来。

"什么事？"她叫。

"哎哟，何必呢女人……告诉过你素娥，我是快死的人了……"刘寿春哭泣着说，当他的声音中断的时候，他就用他底浮着青筋的瘦手绝望地抓着桌子。

"你快死与我有啥关系？"

"不尽妇道天雷殛，看哦，哪有丈夫这样求女人的……"

郭素娥退到屋角去，张开手，踢倒破篾箩；她的这样的姿势使人家觉得，她之所以退后，是为了更残酷的一扑。

"你是我的丈夫？"她叫，牙齿闪着燃烧的光，"不准逼我，我吃饱了一顿没有？我活好了一天没有？"她粗野地举起手，"凭什么我在这里蹲这些年呀！"

"我逼你？我救了你！……"刘寿春走近一步，又被她的凶横的姿势吓退，"我们多么可怜啊！"抖着手掌的时候，他用一种过于胆小的声音说，"我想不到，你却享福！"

他弯腰站住，脸上掠过一道凶残的暗光。

"放狗屁！"

"我晓得，我有一口气总会晓得。我管不了，你作孽自受，上天分晓，像我苦命的刘寿春一样。……哎哟，我的腰干疼死了。"他突然弯下腰，捶着，又挤出泪水来。

"你晓得——"郭素娥疯狂地瞥了一下门，像准备从那里奔出去似的。

"你做伤天害理之事，欺我残废人。……"

郭素娥冷酷地望着鸦片鬼，等待着。

“你和姓张的相好，公司里机器股的。”鸦片鬼挺一挺胸，威胁地说。

一团酸辣的热气冲上了郭素娥的喉管，但她强制着，最后，她的冒烟的眼睛里浮上了泪水。

“你妈的臭屄！”她锋锐地叫。

“他给你好多钱，你……”

终于刘寿春又干嚎起来，挥舞着手，倒到床上的破棉絮上去了。

“你还要说哪些？”女人坚定地，带着残酷的决心走上了几步。

“让我好好地活完这几天……我要哪些？我这个落魄的人还要哪些？”他的舌头在口腔里纠缠着，和臭气一同发出一种胶粘的，无味的声音，“嘀嘀，你有得，”泪水沿着额角滚了下来，但他底声音在这里却变得实在而清楚了，“我们没有饭吃，你有得那么多钱！”

郭素娥怔悚了一下，随即爆发起来了。她猛扑过桌角，用一只手叉着腰，指着刘寿春狂叫：

“你要钱！是的呀，有这么一回事，有这么一个人，就是没有钱，难道我要钱，难道在这块地方，有人会给我一块钱？你快些死，我要讨饭去，做苦工去，我连芦席也不给你睡，你这瘟屄养的人呀！”不知为什么缘故，张振山的毒辣的形影晃过她的模糊的眼睛，她哭叫起来了，“有哪一个能救一个我这样的女人呀！”

刘寿春从床上坐起来，两颊陷凹，像貌变得阴毒。

“你到坝上去卖——有人给钱的。”他懒声懒气地说，在左手掌里敲着右手的食指。

“你简直，不是人！”女人狂叫，随手抓起桌上的一个饭碗来向他砸去。她是一瞬间变得那样狠毒，像一条愤怒起来的，肮脏，负着伤痕的美丽的蛇。当饭碗裂碎在床边上，刘寿春向围在门口的邻居们狂叫的时候，她冲出邻人们的包围，经过峭壁，向山下的五里场奔去了。她那样急急地奔走，抡着蓬乱的头部，把发烫的手混乱地在空中摇摆，用一种粗野的姿势扭着腰跃过沟渠——就像她在那镇上真的有一个她可以依恃的亲人似的；其实，她只有仅仅可以吃一碗红汤面的一块六毛钱。

六

晚上在小麦地旁边的干包谷丛里，郭素娥又一次给了张振山。

工厂的汽笛拉过十点很久了。刘寿春真的生起病来，依然不去上工。女人从场上昏瞶回来的时候，已经拉过九点。她并不进屋去，只是呆坐在树桩上，望着月亮，偶然地从心里甜蜜地明亮起来，忆及自己不管怎么坏，也还是善良。张振山的鲁莽的出现使她发出了痛苦的欢呼。

欢乐在消沉与绝望之后被激发，就会变得疯狂。张振山又躺在她身边了。虽然他并没有给予生活和逃亡的允诺，但她确切地给自己证明了在鲜丽的月光照耀下的这一瞬间，他除了像一个粗壮而倔强的男人，有着灼热的呼吸和坦率的胸怀以外，并没有顽劣地奔开，愚弄她，遁到自己的恶毒而淡漠的世界里去。从侧面凝望着他底闪着光的前额和丰满的鼻翼的时候，他唱歌似的呻吟着，欢乐得癫狂。

把稀薄微黄的雾霭沉落在它的遥远底下，巨大的澄色的月光，迅速地升高，挥脱了诞生的血丝，耀出明晰的白光来。在干包谷地侧面的山峦上，扁柏树虔诚地瘦弱地迎月光站立着，像一些痴痴回顾过去生活的老妇人。风溜过，干包谷叶和野竹发出耳语。

这甜美的世界在这一瞬间就属于郭素娥。张振山今夜，有要求也有正常的希冀，的确并不乖戾。在粗手指间播弄着香烟的火帽，他高高地支着腿，向女人沙哑地说：

“那时候我就出来了，在江苏省的无锡县，我从日本人的追赶里开出两个火车头，还带有五列车的伤兵，哈哈，你从来没有见过伤成那样子的。日本人有时候用毒弹。”望着月亮他沉思了一会，“那些站长，全是该杀的混蛋。他们又蠢又懦，只会赚钱。”他把多肉的大手响亮地拍在膝盖上，“这些家伙多半不是好种。”

“我们这场上有一个镇长，他嫖了好几十个老婆……他们哪来那些钱的呀！”郭素娥努力在听懂对方的异乡口音之后，深深地叹了一口气，懒懒地说。

隔了一会，张振山回答，声音变得破败一些：

“那些车头，兵还是到不了南京就送终了。……你现在怎么也赞成我的话呀，你是很保守的，没有想过这些。”

“啥子？”

“你不会想到很多另外的事。在这社会上，有很多复杂的事。”

张振山玩着女人的手，以一种稀有的忍耐解释：“你一知道它，就简直觉得你周围原来如此。还有好的，还有坏的，但都是大的，你会不想过你现在的臭日子，像臭泥坑。”

郭素娥喜悦地沉默着，霎着眼睛像在竭力理解对方的话和声调。

“我想到城里做工去。”

“女人也多做工的。但是可怜。你不够……”

咬着牙齿，郭素娥叹了一口气。

“我今天一直不回去，和老狗打了架。他知道我们了。”

“知道吧，”张振山简单地说，以后又撑起上身来加上，“一脚踢死他！”

“我好些天吃不饱了，今天就吃了一点面……”

张振山使力地坐起来，瞪大眼睛望着她，一面把手探到荷包里去。

“那拿去。今天吃不到了，明早上喂饱吧……我隔些时给两百块钱你做本钱。”

“你说啥子？”郭素娥攫住几块钱，尖声叫。

“你可以运一点货，摆摊，我帮你忙，叫火车替你弄。”

郭素娥颓唐地倒在坚硬的地上，举手蒙着潮湿的眼睛。

“你不想要我么？我跟着你到城里去，纱厂里做工，很多人都是这样！”她以一种喘息的，呜咽的声音迅速说，“你以为我只要钱，二十块，四块，两百块，像那种女人？哼，我知道你们底心，我拿你的钱，是当你做我的人。我吃不饱啦，我想跑开这臭泥坑，跟着你。我会做事，会把样样都弄……好……”在这里，她发出一种细弱的呜咽来，狂躁地激动着，说不下去了。

张振山恼恨地拔着眼旁的刺草，严刻地皱起眉头，大声回答：

“你要跟着？我是一个坏蛋，你不知道？”

“你好。”

“说谎。”张振山恢复了阴郁。他把野草拔起来，在嘴唇上狠狠地吹着。“这月亮大得出奇！”

“嗯，告诉我，你想要我不要？”郭素娥在脸上挥着手，“不想吗？”

突然，张振山把她亲切地扶起来，使她坐好，对着她的脸喷着口腔底热气，用那种今天刚开始说话的时候所用的嘶哑的声音说：

“这个题目简直演算不出呀，女人！你是不知道什么的，你只知道男人。可是像我这样的男人是一个不顶简单的东西。我从里面坏起，从小就坏起，现在不能变好，以后怕当然也不能。我要很久地试验下去，不想丢掉我自己。这是坏心思！可恶！”他停顿，脸上呈显出深深追索的神情，“也不一定，我总是我这个坯子！……比方说，在你面前，捣了鬼，我觉得我不是张振山，只是一个男人了，这叫我怀恨。想来想去。我老是卫护自己，像一匹贱狗一样！”他底声音突然愤怒起来，他皱起狞恶的脸，在一块小石子上狠狠地摩擦着像大虾蟆一样的手，刺耳地咂响嘴唇，“看吧，别人终会踢开我的，但是我没有甘心被踢开的理由！”

郭素娥脸上严肃的神情被青灰色的疲倦代替了。她失望地望着月亮。

“多好的月亮哩！……”她低切地呜咽起来，“你说些啥子啊……不要我？”

张振山站立起来，粗笨地挥着手。

“不要哭，女人，你让我发火又心酸。我现在正在想法解决，你不懂的。”

“我懂。”女人凄凉地叹息。

“你懂什么？”他愤怒地说，接着便带着心酸的讽刺加上，“你不懂呀，你只会叫乖乖。回到你的老狗那里去吧。”

“你说？……”被伤害的郭素娥叫。

“我说？”他踩倒一根憔悴的包谷，残酷地走了两步，又回到郭素娥的面前，用一根手指指着她的冒汗的前额，“我并不是对你坏，我是对自己坏！我凭什么不喜欢你呢？好，我要走了。”

“慢点呀！”郭素娥失望地扬起手来。

“还缠不清吗？我不会使你吃亏的。”他恶狠狠地站住，然后又踏着枯叶走回来，“哦，这样我问你，鸦片鬼怎么知道的？”

“怕是魏海清说的。”

“魏海清是你什么人？”

“亲戚哩。”女人冷淡地回答。

“你喜不喜欢他？”他嫉妒地望着郭素娥，“他是个无用的蠢货，光会爬地。”

“他？”郭素娥收缩着眼睛，梦想了一会。

“他摇头摆尾，一副可怜相！”

郭素娥慢慢吞吞地站起来。

“不要乱骂人吧。”

“唉，算了，骂你心痛的。对啦，今天我跟你讲和吧。”张振山忧虑地向前走了一步，抖着肩膀，仿佛企图抖掉他底阴郁和内心的交战似的。随后，他扭了扭颈子，向郭素娥走去，猛烈地把她举在手臂上，发出了一声短促的欢笑，很久很久地，他在清丽的月光下这样举着女人的丰满而灼热的身体，粗阔的脸上没有丝毫的表情，显得呆板。最后，他激烈地在手臂里抖着郭素娥，往扁柏林那一面走去，在经过一株低矮的小树的时候，他把背脊依着树干俯下紧紧收缩的脸，伸出大舌头来舐着她的嘴唇和鼻子。在男人的强壮的臂弯里的郭素娥，这时候摆脱了一切挂虑，摆脱了一切悲愁，惶恐和怨恨，从有毒的黑暗的沉默里醒来，发出了粗野的淫荡的，放肆的欢笑。……

七

一个捧着竹烟袋的疯了的工人慢吞吞地拖着他脚上的铁链，从锅炉房的水池区出来，站定在煤渣路上，向在桥基上工作着的魏海清们开始他底咒骂和宣讲，在叫嚷中间，他轮流地取着手里的五六根点燃的香，贪婪地麻木地吸着烟。

“坏蛋都替我站出来，那些从心里坏出来的坏蛋，你们杀了我也干净，杀我免得我心中作难。……老子那些时吃白泥巴也过过来，没人敢欺，今天倒遇到你们这些。地上无人讲公理，天上有三十三层天，地下有十八层狱，狱下有火烧狱，你们这些混蛋，王八蛋。”他跺着脚，惨厉地扬高他底声音，“哎哟哟，我心中十分作难！”

魏海清的伙伴向达成，一个长发，面孔俊秀，喜欢唱流行歌曲的青年人，从桥柱顶上伸直结实的上身，向他扬着手里的砌刀小声喊。

“喂，走开些，矿长在这里。”

疯子直勾勾地瞪着眼睛，仿佛在理解对方所说的话，随后，他底脸上抽搐地浮显了一种混合着愤怒和狂喜的神情，像真的寻到了仇敌似的，厉声叫：

“就是矿长，我也要捅他屁股！”

作为这叫骂的回答，两个穿着黑色新制服的矿警在屁股上按着枪跑了过来。

“你们这些坏蛋来作弄老子，你们狗才！你们砌屋搭机器，叫老子受闷苦。”他举起那一把冒烟的香，在身体的周围画了一个大圈，仿佛这么一画，他的仇敌就不能走近他似的，“你们明天就要让斩尽杀绝！”

当一个矮小的矿警触着他肩头的时候，他暴烈地跳起来，使铁链朗当作响，把手里的香击打在对方的制帽上。无论如何，他不愿意放弃这一把香，和另一只手里捧着的烂烟袋。他和矿警争夺，暴跳，一直到他终于被绳索绑起。

“你们有枪呀！你们的枪放不出来！”他的惨厉的叫喊在水池上面回荡着，“你们就是一枪一炮把我打死，我也心甘！……”

向达成在疯子被矿警绑走了之后，摇头望了望下午的白色的太阳，从石柱上跃下来，向掳起脏衣袖的魏海清说：

“关碉堡去了！”他用手在颈子上绕了一个圈，表示被绳子系着颈子的意思。

“明天又得出来！”魏海清弯下腰，在石块上敲着烟锅里的烟灰，感喟地说，“他们关得起他？一天三餐饭哩。平常关工人要工人出伙食钱的！”

“在军队里关人都不要士兵出伙食钱的，他妈的熊！”向达成把砌刀摔在泥堆上，扒开胸前的衣服，野蛮地吸气，接着，他奋激地扬起嗓子，唱了起来。

“大刀向鬼子们的头上砍去！”

“你为啥子不当兵了？”魏海清拴好烟杆，注意地问他，但回答的还是粗蠢的歌声：

“抱着敌人的老婆，前进！”

“哈哈哈，毛延寿你这奸贼呀！”他系好裤子，拾起砌刀，向桥柱跃去，开始工作。使力地搅着泥灰，凿碎石块。好久之后，他把带着工作的严谨的漂亮的脸向着太阳，对旁边的老迈而强壮的郑毛忧郁地问：

“你们说，他原先也是土木股的，他怎么疯的呢？”

“他赌光了，后来又在路边上撞翻了油，”郑毛哑声回答，“赔了两百，白做三个月，这么一急，好不转来了。”

“我们今天捣不成这个了。包工划不来，他们有诡计！”魏海清张开卷起衣袖的手臂，带着茫然的失望神情瞧着石柱，加进来说。

郑毛把他扭曲的老脸向着他，闭起眼睛。

“是啰。机器工做包工才划算的。这回两万。”

“你妈的，那些家伙。”向达成在手里灵活地转一转砌刀，笔直地站在桥柱上。他之所以恨机器工人，是因为他们不为他所希望，把他认做一伙。“看哪！”他羡嫉地叫，“一个家伙弄摆摊子的女人，二十块钱八回！”

魏海清胸膛震动了一下，急剧地弯下腰去，翻起土来。但他还是偷听了伙伴们的对话。

“你说说底细！”郑毛的老脸上闪出一种忧戚的光彩，像这件他原已冷淡地知道的新闻现在被人说出来却触动了他的对某件刚过去不久的事的回忆似的。把强壮的手臂向太阳挥了一挥，他一面把腿在泥地上舒畅地伸直。

“我也不知。魏海清知道吗？”

郑毛的左眉注意地扬高。

“不知。”魏海清回答，“哪个问这些……事？”

太阳像一个白色的，空洞的球体，在魏海清面前恶意地摇闪着。锐烈而深刻的痛苦使他遗忘了周围所有的人；使他的眼睛昏花，胸膛疼痛。但不久，一种沉毅的，忍耐的，音调深沉而少波动的歌声从老郑毛的唇上长着硬髭的嘴里舒畅地倾流了出来，使得秋天下午的空气温暖而融和，爱抚地包围了未完工的石桥，包裹了这痛苦的鳏夫。抖了一抖胸膛，这中年工人从眼睛里流出一种温暖的，凄迷的，潮湿的光波，发出更深沉的声音，加入到这歌唱的忧戚的暖流里去。

魏海清有着各种顽固的习惯，一向是自己烧饭吃——宁愿自己吃隔天的冷饭，都不加入伙伴们的热闹的伙食团的。这种孤独和俭省的脾性使他不大和他的伙伴们，尤其是那些外省来的，当过兵的人接触。这天晚上，刚刚七点钟，当伙伴们还在隔壁屋子里听那个醉心当工头，以当过兵自骄的向达成讲故事的时候，他便独自躲在自己的破朽的小木屋子里，抽着烟，咬嚼着自己的痛苦，不再出去了。

门板猛烈地碰响，他的七岁的，身段粗野浑圆，大脸上有着一对永远露出好斗的防御神情的眼睛的儿子，肩着一个小破布袋跃了进来。

"买了，好多钱？"魏海清问。

"两块钱，一斤一两五。"儿子甩着布袋，大步跨到桌子前面。

魏海清伸手到布袋里去。

"怎么买的是巴盐？要椿！"

"偷不了个懒成！"儿子擦着小手掌，一面昂头恶狠狠地吹着电灯。他没有一秒钟能静止，一下扭着腰跳到门槛上，向外面张望，一下又撕开裤子，在屁股上浑身扭动地搔着痒。

"你怎么这样久。"魏海清沉闷地说，"又跟人打架？"

"不成。"儿子粗暴地仰起头，"我听见说山上刘婶偷人，卖屄，二十块钱八回！"

"胡说！"魏海清笨拙地站起来。

从隔壁屋子里，透过来向达成的响亮的，骄傲的声音：

"那个老头子说，'你们既然要打，我来跟你们喊一二三'——一，二——老头子喊到三喊不下去了，太惨；女人就跑了出来，跟两个连长叫：'你们要是都看上我，你们就把枪给我！'……好，两个爱人都把枪给了女人。你晓得那个卖香烟的女人怎样？"

"说！"

"她呀，哼，'你们不能死，你们为国家打仗，我是一个没有用的，你们争我不值得！'——砰！一枪自杀了！"

话音突然停止，有两秒钟，屋子里紧张着沉默。以后，便爆发了一个尖声的叫喊，所有的人嚣张地议论了起来。魏海清的儿子急剧地悄声地，像一头野猫一样，奔了过去。

“高你妈的瘟兴！”在昏黯寂寞的这边屋子里，呆站着的魏海清咒骂。当他重新坐到床板上去，抽起烟来的时候，郭素娥的丰满的，淫恶的肉体的形影就开始在焦闷的烟雾里浮幻地一次一次地闪现，使他惶恐，痛苦。血液升到他底皱做一团的长脸上来，使它灼烧，但在他的内部却有一种冰凉的东西不时震颤着，逐渐扩大。在拼命地吸了几杆烟之后，惶恐和痛苦就被对过去生活的绝望的悔恨所代替了。这时候，他攫得了浮面的安静，清晰地回忆起几件细微的事来。

这些事，遮盖着积年的灰尘，早已不被他想起。现在却放射着全然新异的光芒，刺目地，赤裸裸地呈显了出来。在一个山峡里咆哮着苦寒的风的冬天的黄昏，他为了女人没有在他勤苦地劳作之后替他热好饭，暴戾地捶打了她，使她的头碰伤在灶角上。她是一个丑陋，极能忍苦的强壮女人，无论挨着怎样的毒打，都不呻吟，不反抗；但现在，在六七年之后她却在魏海清的悔恨的心里呻吟，反抗了！那个晚上，魏海清能够极明亮地记得，从风声里，隔壁穷苦的线贩子的凄凉的笛子声呜咽地传来，再隔两天便是送灶神，过年的时候了。

“那年娃儿才一岁。我点三根草的灯，成堆的红薯……过得还算……”他寒战了一下，重新的急剧地抽着烟，竭力摆脱这个回忆，但立刻他又落到另一深渊里去了。

……赶场回去的郭素娥，穿着不怎样干净的青布短衣从石板路上粗野地性急地走过来，在他家门前的一棵老黄桷树下停住，和他坦率地谈了几句话，咒骂她底穷苦，她的抽鸦片的丈夫……这就是全部。这怎么样会有让人回忆起来的魅力呢？但这鳏夫现在回忆起来了。他记得，郭素娥的脸庞，在那棵树下，是粗野，年轻，而且异常红润的；她乌亮的长发垂在颈上，又是柔顺的；而拿在她肥腴的手里的一块黑布，是细致的，闪着愉快的光的……

郭素娥穿着新黑鞋的脚，好几年前走过那棵树下，没在草丛里的最后的一步，现在绕着奇异的光彩，像踏在他眼睛上一样，使他眩晕！

“她那时候就是那样一个女人了！”从桌子上移下手，他站起来，“嗬，人一生作多少孽啊！”

从隔壁房里，传来一个低嗄的兴奋的声音：

“啊嗬，那女人生毒的！”

“二块五一斤肉，便宜呀……你们都去试试看。”老郑毛说。

魏海清蠢笨地扬起拳头，向灯光扑击着，终于不能忍受地冲出门去了。在土坡上抱头蹲下来，他怨恨地茫然地遥望向对面的山峦。

山峦带着黑暗的威胁，站立在厂区底绚烂的灯火背后。在灯火密积的中心，在远远的两端完全漆黑的山峡中间，厂房底宏大的轰响，大烟囱上面的浓烈的黑色烟带，煤场后面的焦炭炉腥红的火舌，……这一切，以一种雄伟的狂乱，在山峡的顶空上严重地升腾着大片繁响的浓云。

魏海清无法理解这庞大的劳动世界的秘密，在它面前感到惶惑，体会到恶意的嫉恨。在繁密的灯火摇闪里，在滚腾的浓烟里，张振山的粗壮，强力，凶残的身影浮幻了出来，大步地向前踏走，而在他的臂弯里，郭素娥淫贱地，快意地颤抖着。

“去你们……”他抓起一块小石子，盲目地砸过去，石子落在坡下的水田里。

幻象一瞬间消失了，就仿佛被他的石子砸碎了似的。他伸直酸痛的腿，站了起来，向伙计们的房间走去。

“把我苦伤了。一个……女人啊……”

淫荡的，感到疲劳的歌声和低劣的叶子烟的烟雾一同从狭窄的门框里飘流出来，当歌声中止的时候，跨进门框的魏海清听见了老郑毛豪迈的，慈和的大笑。

八

张振山和郭素娥偷情的新闻，像饥饿的乌鸦一样，从多嘴的杨福成的嘴里出来，翔遍了矿区的每一个角落，寻找它的食粮。

在工人们里面，它受到了恶意的欢迎，但这欢迎并不持久，仅仅经过一两个钟头的叫嚷，咒骂，嘲笑，它就变得枯燥无味了。然而在那些喜爱闲谈的材料的年轻的职员们那里，它却不但被款待得持久，而且还染上了丰富的色彩。他们把它带到饭厅，篮球场，厕所里去，有两个星期当它做问话的礼节，比方：

“你好，二十块钱八回！”

“我们去看看那个二十块钱八回去。她还在摆摊子么？”

郭素娥又开始摆摊子，这次在煤场前面，而且生意异常好，但张振山却一点也不知道。因为忙于火车头底完工，他好些时候没有到郭素娥那里去了。在机器的鼓噪里，逐渐让心里面的对于郭素娥的暧昧的情感淡下去，是他所乐意的。

“我张振山不喜欢那些又甜又酸的呀！快要完事了。”他在肉体的愉快的疲劳里对自己说。但这新闻传出来，却异常合他的胃口，使他觉得，事情将要另一样地完结。但听到这消息的内容的时候，他就让自己坦率地挂念起郭素娥来，一变往常的态度，对周围变得阴沉而愤怒。

当他走近杨福成，预备责骂他时，后者正和伙伴们一起坐在石坡上，努力地读一张报。

“喂喂，你来好！念大声我们听，苏联怎样呀！”杨福成招手，哗哗地抖着报纸邀他。

张振山阴郁地望了他一眼，但立刻就把目前的心情按下，接过报纸来。

“基辅城郊激战中！”他粗暴地念，咳嗽，坐在伙伴们中间；往下念的时候，他的声调明亮起来了，“苏军曾一度被迫后退……随即坚强反攻，夺回重要村镇共三处。……”

“基辅在哪里？”陈东天认真地问。

“在你屁股上。”杨福成跺了一下脚，转身向他。

“在苏联南边，”张振山瞪着杨福成，一面用手比画着，“你看地图就找到，有一条大河……就是这个尼泊河。”

“它会失么？”

“难说。”

“德国哪这凶？”

“凶捶子。隔几个月看罢。”

“说中国的消息。”

张振山伸开腿，抽着香烟，向阴沉的天空瞥了一下。

“中国？自然顶呱呱啦！”他油滑地说，摔掉报纸，笨重地走开去了。

他自己也不知道为什么要离开伙伴们，究竟要走到哪里去，他只是衔着烟，在锅炉房后面的堆着灰渣的空场上慢慢徘徊。因为某种难于解说的理由，他现在又极不甘心回到自己阴沉的心情上来，所以，当看见几个少年伙子在愉快地向电杆上投铁镳的时候，他就走过去。

“喂，看我的！”他用和读报同样响朗的声音说。他自己也没有料到他底阴沉竟已经消散，发出这样大的声音来。他从一个小伙子手里抢过铁镳，狠狠地舞动它的细绳索，一面咬着牙齿，从齿缝里咒骂着。

但他没有投中。

“唉，真蠢，还是看我的！”

这小家伙投中了。他拉开嘴，露出他的向外突出的黄门牙，骄傲地微笑，摇着头。

张振山摩着手心，不同意地皱起眼睛，含着一个恶意的微笑确信地说：

“你明天一定要跌掉门牙！”

“唉呀！”小家伙回答，“跌到二十块钱八回上面去了！”

“看准，不要开心！”他懒洋洋地说，接着便阴郁而严厉起来，“你快活得很！”

他离开他们，摇晃地向煤场走去。他现在真的变得阴沉，而且竭力在持续这心情了。当他意外地发现了郭素娥底摊子的时候，他便抱住手臂，准备打架似的站定。

女人在摊子后面垂着头，背脊弯曲，显得异常疲倦。她不伸手拿东西给她的顾客，也不收起放在摊板上的毛票。当人们好奇地望着她的时候，她就懒惰地，直率地用眼睛对着他们。她无希望，像一个不能谋生的女人。那在山峡上空悬挂着的干燥的白云，煤场上的劳动底喧哗，人们有毒的眼睛，都显得于她全无干涉。

张振山开始，用他自己的话来说，摔开自己，让对女人的怜恤在他心里生长起来。因为这怜恤，他就更恶意更狠毒地看着周围，看着在女人的摊子前面走过的人们。

两个穿制服的年轻的职员走近摊子，买了一包烟，在给钱的时候故意逗弄郭素娥。

“多一毛钱不要补了，送给你。——就是她。”戴眼镜，脸部浮肿，嘴唇鲜艳的一个转向他的朋友说。

“嘻嘻，便宜呀！”

“尼采说，到女人那里去的时候，莫忘记带鞭子。”

“莫忘记带二十块钱。”

郭素娥突然倾斜着身体站了起来，在胸前握着手，愤怒地叫：

“滚开去！”

“哎呀呀，这凶法，有钱就不凶了。”

女人推开凳子，俯下腰，抓了一把煤灰向两个欣赏者摔去。

“叫矿警赶她出去！”没有带眼镜的一个挥着手喊，闪出他手腕上的表。

张振山阴沉的咆哮从摊子后面响了过来：

“我来替你们赶！”

一瞬间，他跃过来，挥着他巨大的拳头击在戴眼镜的职员底胸膛上。从煤场的两端，工人们向这里奔来，发出粗野的呼啸。在这同类的呼啸里，张振山抽搐着面颊，成了不可抵御的狞恶的野兽。他隆隆的咆哮震撼着低空，从工人们的冒热气的脏头上滚过：

“你们吃饱了！看吧，老子不用带鞭子！”

两个职员狼狈地逃开了。

张振山穿出人丛，向郭素娥吼：

“回去，不要再摆摊子！”

郭素娥沉默地，十分安详地望着他，把手举到头发上去。

“你等会来，我跟你说话。”她苦楚地，确信地说，接着便弯下腰，露出刚刚觉醒的猛力，收拾了花生和香烟，背起门板来。

“这女人好大力！”一个老头子说。

张振山把手抄在衣袋里，用鸭舌帽遮着眼睛，下坡向厂房慢慢走去。二十分钟后，他便被喊到总管马华甫的办公室里去了。

总管的胖脸严峻，闪烁着青灰色。当张振山进来的时候，他放下手里的修指甲的剪子，转动头颅，戒备地望了他一眼。张振山走到离大办公桌两步的地方站住。

“你打了职员了！”好久之后，总管望着地面，在喉咙里说。

“对。”

“你做错了。”

“我？”他慢慢地摇头，一面望着在窗外窥探着的伙伴，“我没错。”

总管马华甫移动了一下椅子，锋利地瞧向他。

“你说说看。”

“那是两个狗一样的东西！”

总管突然歪过难看的脸去，向贴在窗玻璃上的陈东天的鼻子叫：

“走开！”接着他向张振山说，“你太没礼貌！”

“要怎样才叫有礼貌，一个工人？”

“你连我也不尊敬，你蔑视一切，忘记你的本分！”

“我的本分是什么？”

“听你长辈的话！”

“我在这世界上从无亲人，谁是我的长辈！”

为了抑止自己底尖锐的愤怒，总管马华甫依身到桌子上去，翻了一下卷宗，随便地取出一张信笺来，读着那上面的字。其实，字在他底眼前浮幻成小黑虫，他什么也没有看到。

“喂，张振山，”他把声音放低缓，“你不听我的话么？”

“听的。”

他又开始读信笺，这次镇静地读下去了。

“现在你听我说，你以后决不能这样。因为是你，我们才这样处置的。”

“我？怎样处置？”

“不怎样的。”总管停顿下来，抓起桌上瓷盆里的一根香烟，点燃，“矿长的手谕，要开除你，我的意思不是这样。你懂不？……”

“说啦！”

总管喷着烟。

“罚你包工的钱。”

“多少？”

“全部。”

张振山的手痉挛地抬到胸前。

“不重吧。”总管的粗眉头在锐利的眼睛上面覆压了下来。但出于他意料之外，张振山在屋子里粗笨地走了两步，镇定地站住在壁前，开始抽起烟来了。

“啊哈！”他在椅子上震动了一下，挥着手，用愤怒的，儿童的声音叫，“你……怎样？”

“现在是这样，钱是我做苦工得来的，还我！把我开除！”张振山张开大虾蟆似的手，蛮横地走上一步，脸上有假装安详的笑容。

“不行！”马华甫站起来，用手攫住公文，仿佛张振山要来抢劫一样。张振山咬着烟，严厉地望着他。

“我揍他们错了吗？你未必会知道我和他们究竟谁无耻。你从前也做过工，但现在不同了，看哪，他们这样可怜，无耻，侮辱一个孤苦无依的女人！”他扶住桌子，声音洪亮，充沛着一种雄浑的激动，“告诉马先生，我们工人知道得是很简单的，但给我们吃甜吃酸，想挑拨也不行。我们是生命之交的朋友。”

“你的行为最不规矩！”

“规矩？养胖的奴才最规矩！”

“住嘴！”总管击桌子，厉声叫。

张振山把灰白的脸朝向窗外。他的眼睛发红，喷射着可怕的光焰；在他的胸膛里，滚动着一个压抑住的，残酷的哮嚎。最后，他摔去烟蒂，使整个的房间战抖地跨着大步走出去。

在铁工房前面，少年的陈东天摩擦着手掌，气喘地向他奔来。“老张，你有种！……”

昂奋地，狂喜地跃上来的杨福成，紧紧攀住张振山的肩头，一面挥着手打断了陈东天的话，但是当他开始自己说的时候，他就倏然变得奇异的严肃。

“老哥，你究竟……”

“老哥，你预备怎样？”吴新明弯着长腿，在两步外挂虑地问。

张振山闭紧嘴，瞪大眼睛望着伙伴们，最后向前跨了一步，战栗着下颚回答：

“兄弟们，我终归要走了，带那个女人——”

九

刘寿春在黎明时候就出去了，一直到现在，到郭素娥背着木板提着箩兜回到小屋子里的时候，还没有回来。郭素娥感到微微的眩晕，鸦片鬼的不在正好使她不被骚扰，自由地休息一下，等待张振山，等到命运的最后的判决。她在床沿上坐下来，垂着头，开始咀嚼刚才的事，尤其是张振山的行为所给予她的印象。下午的山巅上很寂静，风眼厂的机器有韵律的鼓动声在杂木里昏昏地波荡着。

一种丰裕的狂喜，首先雾一般地在她里面浮动，使她惶恐，随后就坚实地燃烧了起来，将她的面颊变得柔软，红润。她的眼睛发灰，她的呼吸幸福地急喘了。

“回去，不要再摆摊子。”她咀嚼着：“他今天一定会来，恐怕就来了，要不然，晚上……哦呀，我这个女人！”

她的眼睛里浮上了泪水。她喃喃着站起来，察看自己的打了好几个小补丁的干净的蓝布衫，然后走近桌子，向屋子光徒的四壁凄楚地注视着。由于一种不可思议的激动，由于平常总是用劳动来稳定颠簸的心绪的强的习惯，她从桌楞上拖下抹布筋，到门前的水沟里去沾湿，开始专注的擦起桌子来。

在擦桌子之后，她的身体温热，萌生了一种要把整个屋子全收拾一下的欲望。她铺床，以细致的心情扫了泥地。她把破扫帚举到头顶上去，擦着墙壁上的灰尘底波痕和蛛网，就像在这生霉的穷苦的屋子里即将进行一件体面的大事似的。几年来，郭素娥在饥饿穷困里变得粗野而放肆，从不曾有过这样细致的心情；几年来，女人无抵御地跌在险恶的波浪里，所有的一切全溃烂，声音也成为昏狂的，从不曾在心里照耀过这样像田园的早晨阳光似的温煦的光明。一种简单的柔和的音乐在心底深处颤动，把多日的暴乱，淫恶，毒辣全淹没；她的身体浸着汗，她的灵魂浸着善良。一个稀有的欲念攫着了她，使她想立刻冲出屋去，向一切认识她的人招供一切，宣说她的屈辱。最后她掷下扫帚，扑一扑衣服，眩晕地吸了一口气。

“这屋子里要只我一个人就好，没有那鬼……”她坦率地想，走近窗洞，以一个长长的凝视迎着烟雾似的落山阳光。在山巅上面的低空里，两只翅膀闪耀着乌蓝色的鹞鹰，把锋锐的头向着阳光，骄傲地翔过蒙烟的林丛。风眼机器的颤动声和平地传过来，此外，还可以听到山峡里上行煤车笨重的震响和它底汽笛的挑战的吼叫。当郭素娥跨出门的时候，一个中年的庄稼汉正荷着牛轭经过石板路，下到另一边山峡里去。他仔细地掳起他的衣裳，望着下面的安详的田地，牡牛一样慢慢地磨着下颚。一经过削壁，他就吐出了嘴里的什么，扬起尖利的嗓子，唱起山歌来：

天晴落雨不要埋怨天，
天干米贵甲子年；
十字街头无米卖……

把搁在轭头上的手放下来以后，他依石壁站住，猛烈地昂起头，在声音里充满了烈性的悲愤：

饿死多少美姣年！

没有多久，从昏暗的峡谷底下，冲破梦境似的沉郁和疲劳，另一个更锐利更昂扬的声音应和着飞扑了出来，使得黄昏的空气似乎在破裂，在猛烈地闪灼。在这声音划然中断之后，是工厂的汽笛底五点钟的怒吼。

傍着一株扁柏树，站在草坡顶上的郭素娥，被这锐利的歌声逗得焦灼起来。她不安地搓着手，歪着褐色的颈子，微微张着充血的唇，向底下的厂区渴望着。在她后面，从邻家的毗连的屋子的门洞和窗口，浓烈的干柴烟带着盛夏的气息喷了出来，凝滞在草坡上。现在，郭素娥淹没在自己的欲求里，升腾在这平常的晚餐的辛苦的柴烟之上，对自己的邻人更冷淡，而且因为他们永远在臭泥沼里面爬，障碍自己的幸福，对他们怀着骄狂的憎恶。她仰视着对面蓝黑色的山峰，和山峰后面天空上悬挂着的深紫色的云柱，希望在这仰视里，张振山会不知不觉地走近她，向她伸出允诺的手臂。

但她失望了。两只乌鸦掠过她的头顶，作着低旋，向扁柏林里栖去，它们突发的尖叫把她惊醒。显然的，张振山在晚餐以前没有来的希望了。但刘寿春今天一整天到哪里了呢？他还有什么地方可以骗钱用呢？

“他总要有诡计的。这样的人也能在世上活……”她喃喃地说，用来安慰自己奇异的焦灼，走进屋子，在黑暗里摸索，煮起包谷羹来。

但她没有吃一点点。她的心绪变得险恶，那些在一点钟以前她为了使她的幸福的自觉持久所做的努力，现在除了疲劳以外，什么效果也没有留下。她感到周围的一切，这黄昏，这山巅，那风眼机底昏沉的晕响，那喜爱人家不幸的邻人，都不给予一点呼吸的空隙似的，向她不吉地追来。她从窗洞茫然地向外面张望，那升浮在山坳里的厂区的灯火的眩晕，在她，仿佛是一场无声的火灾底映照。不幸决不会离开她这样一个女人的，她想，同时感到不幸正在像凶横的军队似的向她围拢来。她紧紧地扳住窗洞的木柱，就像一个落水的人情急地攫牢一根枝条似的，仿佛这世界是这样的迫害她，她除了这一根窗洞的木柱就别无所依似的。她在锐烈的失望，不，被摒弃的打击里，发出痛苦的呻吟。

她不大清楚她是怎样挨过这几个钟点的。她焦苦地坐着，守着油灯，张振山没有来，现在已拉过九点钟的汽笛了。她开始盼望任何一个人来，不管是魏海清或是刘寿春，由他们的来，她会更感到那种绝望底希望的变态的欢乐；她会奋身哭号，咒骂，声言她要永远脱离这种生活的，不管到哪里去，纵然去死，去了也就算了。但现在，埋在屋子的荒凉的空虚里，由焦急而糊涂，她逐渐不能明白自己底处境了。

“人家骂我，管我屁事——这样才受不了啦！”好久之后，张振山的思想，以她的声音在她里面不可捉摸地浮荡了起来，“一个人活在世上，一生总在挨骂，遭打，这是凭啥子！为啥子要挨下去呀，我恨煞他们，这次再不成，吃不饱，挨穷，我就杀死……哎哟，我的姆妈呀！”

门板轰然的碰响，惊得她跳起。接着是短促的寂静。

“啊，他——来……了！”

她奋力扬起手臂，像挣脱什么东西似的，然后跃到门前。但当她看见跨进门来的是刘寿春和别的几个镇上的人的时候，她就浑身凉却了。

刘寿春用手里的灯笼照着门槛，恶毒地俯身向地下张望着，轻轻地跨进门之后，他把灯笼提到嘴边，从肮脏的短须里吹熄。

“进来！”他向站在门口的人招手。

顶前面跨进门来的，是绰号叫黄毛，黄色的眉毛在扁平的额上联起，在粗黑的胶粘地下垂的眼皮底下闪出一对含着恶意的窥探神情的眼睛的，场上有名的光棍。第二个是刘寿春的高大的年轻的堂侄，一个简单的长工，他到这里来，并不起什么作用，只纯粹地探听一下，看这个被所有的人憎恨的漂亮女人究竟是怎样，以确定自己的飘摇不定的道义心。第三个，是保长陆福生，当他跨进门来的时候，他庄严地除下他的新礼帽，把平板的黄脸仰一仰，露出两颗金牙，向主人带着毫无意义的严肃说：

“就这吗？”

刘寿春狡猾地转动一下眼睛算做回答，同时，他挺直身躯，用手在空中画了一个大圈向郭素娥狠恶地说：

“替我跪下来！”——在说话的时候，他顺着手势吃力地俯下了腰。

女人动着失色的嘴唇，摇着头，明白了自己的绝望。在喉管里震响了一下之后，用一个郭素娥这样的女人在最后的绝望里所能有的愤怒的一击，她以一种充满不可侵犯的尊严的声音叫：

“哪个敢动我！”

黄毛展开阔肩，抖着手里的绳索，就像郭素娥的话是一个邀请似的带着惬意的微笑走近来：

“对不起！”

女人跃向桌子，攫着盛满冷汤的大碗。

“我是女人，不准动我！”她伸直嗓子狂喊，接着就将大碗猛力砸过去。这碗击中了刘寿春的脑部，使他呻吟了一声，带着汤水和碗的碎裂声一同向壁角翻倒下去。

黄毛扬起胶粘的眼皮，跃过来，用绳索鞭打郭素娥，在保长和长工的帮助下将她紧紧的捆起。在捆绑的时候，不管他的颊上怎样被抓破，他把大手伸到女人的衣襟下去，使劲地，狠毒地捏着她的乳房，以至于使她疼痛得厉叫起来。

“你们是畜牲，你们要遭雷殛火烧；你妈的屄，我被你们害死，你们这批吃人不吐骨的东西！”她的惨厉的，燃烧的吼叫从小木屋子里扑出来，冲过围在屋前的邻人们的头顶，在黑夜里，在杂木林上回荡——“好些年我看透了你们，你们不会想到一个女人的日子……她挨不下，她痛苦……”最后，她侧身向刘寿春的堂侄，“哦，你是怎样的人呀，你也变成这样……”

在屋外的土坪上，一个老头子从嘴上拿下烟杆，在众人底沉默里批评：

“好厉害的女人啊！……确实，确实如此！”

“我早知道这手哩！”那个郭素娥曾经向她借水的新媳妇说。

“岁月坏，尽出这些事；要是不穷苦呢，这女人也不坏。”

“黄毛一来就无好事！”这是一个中年男子的奋激的声音，“陆福生专门顶王八。刘寿春尝得吗？”

而在屋子里，当女人的叫声裂断了之后，临到了一个仅仅一瞬间的紧张的沉默，可以听到昏暗的空气的颤动。刘寿春的堂侄，那单纯的长工，从黄毛捏着女人乳房的时候她的号叫，尤其是她的最后的一句话里，体会到一种不属于目前这毒辣的小屋子里的世界的，使他底心冷凝的东西，惶悚地把手从她的发烫的手臂上移下来，然后独自走到屋角去，蹲下来抽着烟。从此他不曾触动郭素娥一下，而在以后的日子里，当郭素娥事件的真相明白地被宣露出来之后，对于他的简单的道义心他就变得疑虑。

女人正叫骂得激烈的时候，因昨夜的热病而衰弱的魏海清爬上了山巅，挤在观看的邻人们中间。就在今天下午，他从一个路过这里的亲戚那里，知道了鸦片鬼受着黄毛和陆福生的怂恿，要抓郭素娥，假若她不答应把她卖给一个因为一种生理病态，死去了四个女人的绅粮这件事的话，就要以家族的名义，仿照上一代的残酷的实例来惩罚她。这事情后一步可以公开，但前一步，即出卖，是守着秘密的。

魏海清，听着这不幸的消息，在起初，是异常快意的，但到了晚饭之后，这快意就变得苦涩。他睡下去又爬起来，苦闷地在煤渣路上彷徨，思虑这件事的各方面，思虑他的内心；他对女人的怨恨是不可战胜的，但更不可能战胜的是他对那他曾经在他家里做过工的绅粮，对保长陆福生和地痞黄毛的憎恨。最后，他不再让自己继续想，蒙懵地拄着木棍爬上山巅，决定向郭素娥告发。

怀着一种暧昧的激动奔上山来的魏海清，现在是落在失望里了。他挤在一个抱着手臂的男人背后，从后者的肩上探出他的紧绷的长脸，向屋子里愤怒地凝视。在郭素娥的叫喊中止之后，他排开前面的人，尊严地提着木棍走进屋子。他的直视的长脸上战栗着愤怒，显得坚决，丑陋。

“告诉我，你们做啥子！”他低而急迫地问，拄定木棍。

从屋角里，年轻的长工坦率地望着他，当保长陆福生把手抄在大衣里，朝他走来的时候，向他做了一个切断的，但不是他所有暇理解的手势。

保长仰着平板的黄脸，屈尊地拍了一拍魏海清的肩头。

“一向好？”他低低地说，吹着气，“你顶晓得这个女人的，这是地方上的事，我们负责在身，不能容许。”

“她做了一些啥子事？”

保长望望坐在床沿上抱着头的刘寿春，微微显出困窘。同一瞬间，被绑在凳子上精疲力尽的郭素娥，以一个悲愤绝望的凝视向魏海清投来。

“这明明是家事，保长，怎么是公事呀！”魏海清粗壮地跨上一步，叫。

保长陆福生把礼帽从头上取下来，威胁地望着他。

“地方上一直如此，你不懂。”

“她是我的亲戚。”

“哎呀，不要这样甜！”黄毛冷冷地插进来说，同时，刘寿春奋舞着手臂，喷着口沫，在床铺那里毒喊起来了：

“我不承认你们，你们平常不认得我。……我要重整她呀！我要叫你们全看看……”

“不要叫吧。”保长严肃地转向他说。但他在吞了两个字之后，还是继续叫完：

“看你们以后欺不欺我。”他转向女人，“看你，哼，你可朗个办我！”

“做鬼也杀死你！”郭素娥咬着牙齿回答。

黄毛侧身走向她，从眉毛底下瞟着她的胸部。

“我们走！”

魏海清在窘迫和孤单里挣扎着，横着木棍走到门口，突然向门外咆哮：

“各位看啊，天下有这种事！他们要把这女人卖给绅粮吴朗厚，我在他家干过活，我知道底细……”

当门外像狂风啸过森林似的，腾起一阵兴奋的，惋惜的，呼喊的时候，郭素娥从凳子上跃了起来，把身体疯狂地击向刘寿春，和他一同滚在地下，发出她底最后的，令人颤栗的厉叫：

“我们都可以死了！”

同时黄毛走向魏海清，险恶地扬起左眼皮，喷着恶臭的酒气说：

“还有话说么？这与你何相干——不卖给你么？哈，改天请你喝一杯！”

魏海清抑制着自己，倾斜着身体握紧拳头站住。但他的身体还是摆动的，就像他立刻就要摔倒一般。他昏迷地告诉自己，他已经尽了最大的力，不要再干涉下去了，但是当郭素娥底含着明显的要求的眼睛射向他时，他就为自己的这样的想头战颤起来，退到门板上。

“要我去喊——张振山吗？”他在心里怯懦地说，“我不……来不及了，那要闯多大的祸！”

郭素娥失望地望着门外的人群。当保长命令黄毛拖她走的时候，她迅速地退了一步，倚在桌子上，使劲地在绳索里扭动丰满的肩膀，像在替决心和杀戮找寻力量似的。走过门边，她给了她的邻人和魏海清以仇恨的一瞥。这一瞥在魏海清的以后做苦工的日子里，将永远从内心怨毒地照耀，不会被忘掉。

女人跟着刘寿春底一群，走上石板路，走上她十年来梦想着从它走开去的石板路，下到峡谷里去了。在他们后面远远地跟着，不停地吸着烟的，是那年轻的长工。

一个老头子走向呆站在落了锁的门板前面的魏海清，愁虑地问：

“究竟朗个回事，你说说看！”

“他们卖她，她不肯就杀死她！”魏海清举起木棍，以麻木的大声回答。

“可以报官吗？”

“官今天就来了一个！”

“狗肏的！”

邻人们逐渐走散了，吮吸着烈性的痛苦，魏海清拄着白木棍在落了锁的门前，在黑暗的土坪上蹒跚地徘徊着。以后就抱着头，把木棍夹在膝盖中间，坐在枯树桩上。

“要是张振山那混蛋来了会怎样呢？”他自己问。接着回答：“不成的。张振山也不是比他们好一些的人。况且他一个人有捶子用！……他们是贱狗狼群，可杀！”

他倏然站起，望向黑暗的山峡。

“那是一个瘟臭的地方，我魏海清决不回去，宁愿在外面饥饿而死，啊！”他摊开手，喘息，想起女人刚才的惨叫来，“‘你们不晓得一个女人的日子，她挨不下去，她痛苦！’……啊，确实如此！”

十

从酒铺的茅屋底矮门上端，透过窒闷的油烟，可以看见远远煤场上的灯火底绚烂的环节。坐在伙伴们中间的张振山，用手支着面颊，把肌肉狠狠地挤到眼部，使眼睛显出一种沉思的半闭神情，尖锐地穿过对面吴新明底高耸的肩头，射向门外，射向隐在煤场底灯火背后的，郭素娥所在的山巅。

当伙伴们举起酒杯来的时候，他急剧地从颊上松下手来，俯头到自己底杯子上去，贪婪地吮光以后，他咂嘴，又恢复他的姿势。

“老弟们，不用心焦！”吴新明舐一舐嘴唇，用老练的，激越的声音开始说：“哪个都不在乎这狗地方的！我们湖海漂泊，是到处可去的人！……”他吹了一口气，继续说：“他们先前说待遇如何之好，但一来了，也还是如此。我们难道会被高帽子压碎么，哈，”他得意地笑，“我们的脑袋并不小！老张，我比你岁数大些，你此去的时候，我劝你心要放宽……”

张振山放下手耸一耸肩，把变暗的眼睛从烟雾里瞧向他：

“为什么？”

“一个人生活了几十年，总要看透一个真理的。老张，我把我的经验奉劝你。请酒？”

所有的手在萎顿的灯光底下晃动着。但是当吴新明愉快地擦了一下嘴唇，正要继续往下说的时候，张振山的深沉的，洪大的声音震响起来了。

“老哥，我不想和你讨论真理。”他把眼光向伙伴们扫了一圈，“我谢谢你们替我送行。这是我的光荣。真的我很惭愧，对大家这两年毫无好处。……我想说，”顿了一下之后，他把脸锋锐地朝着他的对手，“看吧，我的真理和你的，一定是不同的东西！真正的我们的真理是怎么样？那当然是：一个工人要认识他自己，他的朋友，他底工作关系，他不要单独一个人捣鬼。他们要发展工作关系，自己团结，休戚相关。你的真理如何呢？你要第一，吓，讲义气，讲尊严。义气一空，你就可要到老婆肚子上去歇凉了！”（话在几声抑制住的大笑里中断了一下）“至于我，我是一个会犯规矩的。我明白一切，老弟们，只是我心里面有多少坏的东西呀！……时常说不要这样，不要这样，结果又这样了……多糟，我希望你们过得好，不像我这样！……”

“我不是说的这些空意思呀！”吴新明带着明显的不满，说。

“你说的是——？”

“待人接物，机警理智。”

张振山站起来，吞下嘴里的嚼烂的肉片，打了一个狂妄的呵欠。

“买一本酬世大全看看吧。喂，你们也相信我老张么？”他抓住身边陈东天的手，又把它摔开，他的浓眉头在凸出的额上游动，向眼睛覆压了下来，“我这回是定准又要做一件坏事了。真不甘心呀！”

“你从哪里不甘心？”吴新明露出企图再试锋芒的样子，站起来，在凳子上踏着一只脚。但他的话被嘴里包满了酱肉的杨福成的嗡嗡的大声遮没了。

“你是先上城去……明天，一早？”

“打算这样。”

“你那三百块钱够么？”陈东天仰着脸问。

“不够也只有这样。看吧，马华甫刚才敢不拿出两百来么？什么费什么费，你扣罢，做工的总是做工的，我们……”

“我们一共同要求，他就没法了。”

“记好这个教训，老哥们！……”

吴新明从柜桌那里端了一壶酒过来，站在杨福成身后，尖利地说：

“就是你自己会忘记这个教训，刚才说过的。”

“我认错！不，我并不这样无理智，这样糊涂！”张振山的大脸灼烧，当他扭曲着颈子往下说的时候，可以看见他尖锐的大喉核底可怕的痉挛，“我一下有点事，要走了。我想再说几句话。我在这里做了两年，干了不少叫人恨的事，这叫我高兴，但是最后，我自己要笑我自己，恼火……无聊，……带走一个不相干的女人！”他的粗肥的大手指在烟雾里比划着，“隔几年我们又可以相见了！那时候你们看我姓张的究竟是怎样吧。够不够朋友。我会倒霉，看不见……”他在眉毛底下愤恨地凝视，“但是……兄弟，我们是不会倒霉的！”

“你还要说什么？”一个沉默了好久的伙伴问。

张振山严厉地，带着深深的藐视和坚冷的热爱，从鸭舌帽底下凝望着在他底前面变得像黄色的斑渍似的山坡上的灯火。

“你还要说什么？”

张振山把大手急剧地扬到和鼻子一样高。

“你还有什么话说？”

激昂地，悲痛地，张振山把鸭舌帽狠狠地从头上撕下来。

“你就走么？”

“是。”

“再喝三杯！”

从俯头在膝盖上的杨福成嘴里，像在夜风里缓缓拉动的二胡的弦音一样，歌声和谐地，凄楚地，带着向渺茫的远方的深的倾慕，流了出来：

哥子呀……

你不必再回来。

当他甩着头发，把头猛然抬起的时候，在昏疲的油灯的映照下，他的平常老是浑浊的眼睛是明亮的，潮湿的；另外两个声音渗了进来，歌声起着奋激的波浪，拍击着烟雾，掀到茅屋外面去。

灾难遍地黎民苦，

家乡的疮痍呀——妹难数！

张振山把鸭舌帽紧紧捏在手里，嘴唇尖着，含着一个坚决的，慈和的微笑，在墙壁前面张开腿凝然站立着。歌唱的半途，郭素娥的丰满的形象在他眼前浮现，使他体会到辛酸的屈服和稀奇的悲凄。

“我做错了吗？”

他微微摇头，脸相变得乖戾，不自觉地涌出一个自恕的微笑。

“兄弟们，”他亲切地说，声音温暖，“我先走一步了！”

所有的人从凳子上站起来，发出一阵惋惜的喧哗。

“祝你得胜归来！”

“明天早上我们送你！”

他大步跨出酒铺的茅屋，跃下土坪，把鸭舌帽摔在头上，在铁道旁边微微凝了一下神之后，就匆促地向煤场奔去。

他预备把女人夺出小屋子来，立刻赶煤车离开这里，到江边的镇上去下宿，明天黎明搭船下城。这个念头是在走出酒馆之后才突然决定的。——他现在不得不这么决定了；他现在终于不能以恶毒的翼越过一个女人的爱情，预备带走她了。这屈服，这温情，在以前，他是以为决不会在他的险恶的世界里出现的，所以使他感到苦闷和极端的焦躁。

在奔上山巅的时候，酒精的力量发作了起来，使他微微地昏晕。他扒开胸前的绿工衣，露出凸出肌肉的山峰的多毛的胸膛，跃到一块巨石上去，转身凝望着山下的，他即将离开的精疲力尽的劳动世界，猛烈地吐了一口气。

“不要追我！”从内面迸发的一个无声的咆哮使他自己底耳鼓鸣响，“我还要——再来！”

失去了惯常的镇定，他跨着蹒跚的步子走近了小屋子前面的土坪，但一个突然从土坪侧面升起来的长长的黑影使他惊愕地站住了。

“谁？”把拳头掣到胸前，他低厉地问。

黑影响着木棍静静地，骄傲地走近来，不回答。

“谁？”他把声音变得深沉，恢复了镇定。

黑影踱到离他一步的地方站住，弯下腰，怠慢地查看他。

“是张振山吗？”

“魏海清！”张振山残酷地喊。

“来找她吗——？”魏海清的手指着屋子。

“对！”

“你打算做什么呢？老哥？”

在灰色的微光里，可以看见张振山底眼睛底愤怒的闪光。

“那么，”魏海清依然骄傲地说，但声音有些颤抖了，“请去找罢！”

一瞬间，张振山无理性地跃上去，给魏海清的下颚以猛烈可怕的一击。木棍从手里飞落，它的主人无声地张开手，翻跌到枯树桩背后去了。在这使力的一击里，张振山全身震动，被盲目的毁坏欲望所鼓跃，向屋门冲去。

但是，他的猛扑过去的坚硬的大手落在更坚硬的黄铜锁上。

“魏海清！”停了好久，他凶恶地叫，但显然的，这声音里含有强烈而苦楚的失望。

回答的是从山坡上的杂木林里呼啸而来的寒凉的夜风。于是，他在烈风里倾斜着大身躯，向魏海清从那里倒下的枯树桩跨去。

“喂，魏海清！”他俯下腰，伸出手。

魏海清痛楚地呻吟着，用手在空中抓扑，抱住了他的粗腿，奇异的是，他除了向这被自己伤害的人更凑近身体以外，没有想到别的。

“说，魏海清，发生了什么事？”

魏海清咒骂着，用一种吮吸的声音在风里回答：

“她——完——了！”

“什么？”张振山失望地叫，同时弯下腰，把大手扶住了对方战悸的肩膀。

在张振山的帮助下站起来的魏海清，突然在风里掀动着手，发出了儿童的，冲动的哭泣。

“她完了。……她怕再不会回到这里。十几年，一个女人……好难挨啊！”

张振山在这哭诉里战栗。他的大脸灼热，胸脯麻痹而寒冷。他开始抽烟，焦急地在土坪上徘徊。

“这有屌用！……”他责备地嚷，接着又以抚慰似的大声加上说，“你讲吧，怎么一回事？”

于是，魏海清制止了哭泣，坐到树桩上去，把跟邻人说过的话夹着咒骂重说了一遍。说完了之后，他感到疲劳和寒冷，逐渐糊涂，什么情感也没有遗留。当张振山抱着膝盖坐在门前石块上恶意地思索着的时候，他站起来，寻到了白木棍，预备走开。

“慢点。他们带她到哪里去了，你知道吗？”

“不知。”魏海清大声回答，“你去寻她吧。”他说，用白木棍指着山峡底下，“我作难些什么呢？我决不……告诉你，那些全是贱狗狼群，不讲人性！”

“他们有些什么把戏？”

“他们比你还贱毒！”

张振山跳了起来。

“什么，我贱毒？这是真的吗？”他嘶哑地叫，笨重地转动他的躯体，“看，我不是完全失败了！我失败，并不是我……”他的腮部可怕地战栗，“好，她会怎样？——会从不会？”

“她？不会的！”

“为什么？”

“她会死的！”

一阵风猛扑过来，将魏海清的痛苦而甜蜜的叫喊夹带到漆黑的山峡里去。这叫喊像一个胶质的实体似的碰在山壁上，发出强韧的，在中间被风击断的回声来。

张振山耸一下肩膀，走近来，递给魏海清一根香烟，但魏海清严正地拒绝了。

“我去了，老哥。……我想告诉你，你有很多地方是坏透了的。”

“你说得对！”张振山无表情地回答。当魏海清的身影艰难地摇晃着，隐没在土坡后面的黑暗里之后，他衔着烟，把手抱在胸前，在土坪上急剧地踱着。

“现在完了。狗肏的，你自以为行，你满意吧。你可以奔开去，没有责任，一个人炒辣椒吃。……你现在说你同情这个女人，又说她靠不住，你究竟说些什么？终归，她牺牲了！在你的笨手里……你无知狠毒，你胡为……为什么这样说？”他大步跨走，晃动拳头，“啊，活了二十五年的张振山，你的苦痛就在这里！……”他站住，向风眼厂那边的光晕凝视，发响地咬牙，“好，走吧，向前向前……她葬身在那边了，为了自由的生活……你也要在机器底下灭亡吗？向前去吧，领受你应得的报酬！……再来一次，为什么不！”

他拉了一下鸭舌帽，转身向低矮的小屋子。一瞬间，像面对着仇敌似的，他的喉咙鸣响，白色的大牙齿在卷缩的唇皮间突了出来。……

于是，向前面阴险地望了一望，他奋身跃近小屋，搬开屋门，进到里面去。

一刻钟以后，这阴湿，矮塌，破陋的小屋子在山风的煽炽里狂烈地燃烧起来了。火焰从树丛里涌出来，昂奋地舞踊着，火灾照亮了两个峡谷，以完全不同的感奋给予了两个峡谷里的居民。

十一

这是一个位置在房屋旧朽而麇集，人烟相当稠密的五里镇镇尾的张飞庙底积满灰尘的后殿。插在神座背后的墙壁缝里的一支红蜡烛，从仿佛溃烂的肌肉似的烛头里，流下胶粘的泪，在布满蜘蛛网和垂挂着乌黑的烟尘絮的顶板下，摇闪着昏晕的黄圈。正对着神座背的厚笨而腐朽的后门被大木柱牢牢地顶住了，但通到那黄毛的巢穴，一间阴森的房间的门却洞开着，里面浮动着诡秘的人语，不时从炉灶的被拉开的膛口里闪出熊熊的，腥红色的火光。

郭素娥躺倒在神座侧面临时搭的板床上，一只手蒙着眼睛，一只手则恐惧似的在胸前扭曲着。她的头发在木板的边沿披散，像是一大绺陈旧的干燥的黑纱。她的软软下垂的腿不时在轻微的抽搐里颤动；只有这颤动，表示生命尚未离开她。

从侧房里，送出来刘寿春的堂姐，一个阴鸷，猥小的老寡妇的像砂粒似的干燥的声音。

“不能再捶打她……我说些……好哪，”声音在这里变得决断，“你去再问一道！不要打！”

刘寿春的干瘦的身影在门框中出现了。他拖着烂布鞋，发出粗涩的声音，兴奋地用猛力佝偻着腰，慢慢向前移动，一面神秘似的向烛光窥察着。他的阴毒的，蕴蓄着陈旧的力量和新异的决心的面容使人家感觉到他现在已不再是一个无能的，好哭的鸦片鬼，而是一个替郭素娥的命运安排下的，一直都被掩蔽着，到现在才显露出本相来的最刮毒，最贪婪的幽灵。当这幽灵无思想地考虑着，走近女人，在她的脸上使劲地摇着他的手的时候，小眼睛里就爆射着一种在暑热里快要倒毙的人的昏狂而猩热的光芒。

“怎样，装不装？”他从齿缝里说。

在被小老人移开的手底下，郭素娥憔悴可怕的脸在烛光下显露。浮肿的眼睑无知觉地半阖着。

“瞧打二更以后，最后……说！”

“进来，老刘！”房里黄毛大声喊。

刘寿春狞笑了一声，走进房去了。这狞笑仿佛得意他现在竟然也发现了自己的权威和用途，发现了自己除了是一个渺小的鸦片鬼以外，还是一个有价值的，被自己的一群所重视的人，仿佛向这以前践踏他的人报复似的。

“你怪叫些啥！”堂姐严厉地责备，闪着残忍的呆钝的小眼睛，把干瘪的胸膛压在桌沿上，“朗个，她不肯？……”

“哎哟哟，以我的见解，明天清早送她去，干干净净！”保长陆福生烦闷地说，摇着收拾得很干净的头，一面把左手掌抬到鼻孔上，狠狠地嗅了一下，“问呀，打呀不中用的，这个女人吃软不吃硬。”他又嗅了一下仿佛有女人的肉体的暖气的手掌，缩起短上唇，把金牙齿露出来，并且习惯地用舌尖舐一舐。显然的，现在即使他自己也明了他不是在办公事了。在办公事的时候，他是决不用这声音说话，这样的姿势表情的。他现在的确很坦率，敢于承认他所以参加在这里，是因为这里需要公家的力量，从而他可以得到够给他的美貌的女人扯一件绸衣料的酬劳。

虽然房间异常小，但四个人挤在里面，各人打着各人自己算盘的时候，还是显得空虚。默默地相对了一下之后，黄毛用发怒的大步一步跨到灶边，打起一盆热水，烫得嘘着气地洗起自己的手来。在这瞬间，老太婆的薄嘴皮被凶恶的决心所扭曲，鹰一样地耸起肩头，望定刘寿春说：

“我去！”

于是，她迅速地，像飞扑一般地闪晃着她的重重叠叠，长短不一的衣服，走出门去，坐到郭素娥旁边。有两分钟工夫，她眯起眼睛，在耸起的肩上侧着头，仔细地端详着毫无防御的郭素娥；最后，她用尖锐的小声开始说话了。

“你醒一醒，女人，听一听，是我这个老人对你说话。”她摇着郭素娥的肩膀，“往常老人的话是不能不听的，现在可好，把老人都丢开了，我说一说，看你听不听。我是再明白不过的人了，在我们刘家里头。你自己作歹，又有啥方法呢？”她微微仰起头，咳嗽着，“你自己触犯了菩萨，人不能做主。”

郭素娥的胸脯震颤着，像有一个疼痛的叹息在里面回旋；当她突然睁开眼睛来的时候，她就以一种绝望的愤怒的目光射向像玩偶一般在指划着空气的老女人。

“说，朗个主意？”收回干枯的手，老女人说。

郭素娥又闭上眼睛。她的嘴唇微弱地颤动，发出无声的诅咒。

“你算狠，你败坏门风的女人！”老妇人挺起胸膛，残酷地扬高了声音，“刘家自然不要你，哼，有吃有活你不去！……”

突然，一个恶魔出现了。这恶魔甩着头发，喷着口沫，张牙舞爪地扑在老妇人的颈子上，扼住她的脆弱的喉管。

“哎哟！……你们！”她窒息地喊，“这贱屄造反了。整她整……她！”当三个男人奔出来把她解救回来之后，她哭泣似的蒙住眼睛，跳着小脚怪叫：“不让她活，整死整死她！”

跃起来去夺蜡烛的郭素娥，被刘寿春一拳头击倒在门板上。

“现在？……”刘寿春急迫地问。

“不行的，她一定要闯大祸，先整她，隔几天再看风！……”老妇人呻吟，奔到房里去，一分钟不到，擎着预备好了的烧红的火铲奔了出来。火铲碰在门框上，迸出鲜红的火星。

这是他们的家族用来惩罚犯罪的女人的刑法中间的一种。它是在郭素娥一被推倒在床板上的时候就预备好了的；不过，在这一瞬间以前，他们除了把它当作恐吓的方法以外，并没有想到它有，而且也不希望它有实际的用途。但现在，那里是被捆起手脚的犯罪的女人，这里是不知多少年以来就擎在严酷的家长手里的火铲，在火铲的暗红的灼热的光焰里，族人们和不是族人的外人们都迷失了理性，甚至迷失了利欲打算的自身，变得疯狂了！

黄毛剥去郭素娥的衣服，用它包裹着她的头，塞住她的嘴。在她的赤裸的胸膛上，她的巨大的，丰满的乳房恐怖地颤抖着。

刘寿春平举着火铲，伏到木板上去，磨着牙齿；他的长长的从乱须间垂下来的唾液，落在女人身上。在火铲的灼烧的热力里，女人的凹陷的黝黑的腹部收缩，一直到胸口浸着汗液，显出黑色的纹路和棱角。

正当火铲晃动，将要落到郭素娥的胸膛上去的时候，老妇人磕响牙齿，残酷地叫了出来：

“不行，这里不行，大腿！”

黄毛带着难看的庄重与喜悦混合的神情，望了望矮得只到他胸部的老妇人，然后把呆钝的贪婪的眼光落到女人的乳房上去。刘寿春转侧了一下身躯，手臂在过度的紧张里神经衰弱地颤抖着，猛烈地从腹部下面拉下女人的裤子来。火铲在他手里起初慢慢降落，有些闪动，最后就迅速地贴到女人的大腿肌肉上去，使丰满的肌肉嘶嘶发响，变黑，冒出一股混着血的焦气。女人无声地痉挛着，每一块肌肉浸着汗，像石子一般可怕地突起。

保长陆福生嫌恶地吐着唾液，极端严厉地皱起短眉毛。

“呀，不要烧焦那地方！”歪着嘴的黄毛，在身侧勾曲起手指，以一种苦闷的声音说。

……刘寿春从短髭里喷着气，摔下火铲，奔进房去了。当陆福生摸着制服的纽扣冷冷地走进房来的时候，他正昏迷地扶着桌子耸起肩膀，向积着烟尘的屋顶张开小黑洞一般的口，接连吞下三颗烟泡。

“这事情……”沉默了好久之后保长说，声音缓慢而阴冷，含着不可思议的权威，“我看你们弄糟了，你们能养她一辈子吗？”

刘寿春崛出肮脏的尖须，忘记把吞烟的手收下来，用呆钝的眼睛望着他。但不一会，他的眼睛忽然直直地转动，他把手臂伸直，带着可怜的假装的兴奋叫：

“她伤不了。……死也算，我姓刘的在五里场不在乎……”当他把手收缩到扁平而多毛，给人以一种溃烂的印象的脸上来的时候，他就打了一个喷嚏似的，冲动地哭泣起来了，“我对不起祖宗……我对不起姓刘的祖……你们看，你们看我……”

老妇人用手抵住桌角，阴鸷地向他凝视着。

“你这狗肏不要脸的！”她突然跃起，凌乱地奋舞着手臂，“看你不要脸的怎么办！这样一大笔……”

“是你要我用火的呀……”半蹲下身体，跺着脚，刘寿春号啕大哭了。

“我是尽我老人的心。我走了。”

保长假装愤怒地望了刘寿春，转过身子，在殿堂口追上了老女人。

“不要紧，隔两天就成，她会答应的。”他在黑暗里大声向她说。

“陆保长，这门槛我看不见，你拉我。”

“讨厌！”保长用同样的大声回答，把手伸给她。

“保长，你借五块钱给我，我想扯……”走出张飞庙，老妇人用甜甜的小声要求保长，但保长没有回答，喷了一下鼻息，便向场口烦躁地走去了。

“这些雷劈火烧的！”她骂，酸毒地狞笑了一声。

人一走光，刘寿春在嘶哑地喊了两声之后，就不想再哭了。他望着打开的灶门里的熊熊的火焰，呻吟着，躺到黄毛的床上去。

“我们这家人……从此完了……”

而在房外，在神座背后，蜡烛已经熄灭了。郭素娥昏晕着，全身冰冷，在烧伤的地方淌着血水。但黄毛的大手却从血水中间，在她的赤裸的身体上摸索着。他带着一种胆怯的昏狂，注视着她的肌肉的白色，一面向自己说着暧昧的话，但当他突然想起什么一件东西来的时候，他就伏下身子悄悄爬到她的身体上去。

没有多久，刘寿春的瘦身影在门缝间出现，停留了一下，又移开去。但黄毛没有注意到。

十二

在农历一月初旬，强劲而潮湿的山风三昼夜地吹扑着，使天穹低沉，变得铅块一般阴郁。风止息了的时候，云的蠢笨的大帐幕覆盖了天空，峡谷里又灰茫茫地飘起冷雨来。在雨里嗅不到春天的尘埃底气息；土堰上的柳树摆着细弱的光枝，没有抽芽的意思，鸟雀也飞不高，只是在灰绿色的竹丛里凄苦地抖擞着稀湿的羽毛。它们招唤春天，但春天还得隔一些时候才会来！

人们在整个灰暗的，狡猾的山地的冬天里给弄得异常疲劳，生活变得更重，像装载了五吨煤的小车子；脸丑陋下去，青下去，憔悴下去了！即使那些顽健的，怠慢的机器工人，也沉闷地抖着肩膀，忧郁地咒诅着。酒和烟消耗得很多，因此，像郭素娥所摆的那种摊子现在繁衍起来了。矿工们几乎睡完了一个冬天；在做工的时候他们打瞌睡，在不做工的时候他们就无论在什么地方都贪婪地睡眠。但他们的睡眠是惊悸的，发着谵语，就仿佛他们再得不着睡眠了，一只大手正立刻要把他们攫到另一个可怕的世界里去似的。到处生着火，在卸煤台上，筛煤机旁，矿洞口，煤火底小堆积冒着青烟，人们在冷风里偷偷地聚在一起，擦着鼻涕，拼命地抽烟。而在夜里，无枝可栖的临时工，那些异乡的或本地的流浪汉们，就把他们的从破裤子里露出来的屁股向着腥红的火苗，在岚炭炉边沿上睡觉。当女人的惨厉的哭泣突破劳动的颤音，突破死板板的天空从山坡上飞扬开来的时候，人们就彼此交换一下麻木的眼光，表示说："你知道吧，她的丈夫昨天在炉子里烧死了；一不小心，连蓑衣一起滚下去。但他是一个很老成，很能做的人啊！"

很老成，很能做的人的薄木棺材被抬到工人坟区，其实是乱葬坑去。

一到十二月底，人们就忙碌一些了，就仿佛在生活底怠惰的外表下，原来就存在着某种秘密的力量似的。穷人和单身汉用他们的眼睛忙碌着，从这个厂房卖力地踱到那个厂房，望望天空，嗅嗅鼻子又望望地面，似乎在等待奇迹发生。除夕的夜里，很多单身汉在酒醉之后拥在一起不害羞地哭泣。哭泣也是用力的。这时候，厂区上笼罩着安详的烟云，鞭炮在每个山坡上轰响；这时候，异乡的蜡烛闪晃在祖先的旧画像面前，老祖母虔诚地跪拜，孙儿则扬起拳头向天空诅咒。最后，哭泣完毕的流浪汉们开始在破陋的屋子里豪兴地跳跃起来。他们唱着，变得悲伤——唱着生活的无穷的痛苦和希望的美丽；农村的荒凉，战争的创伤和姑娘的忧愁……

黄昏，天就开始落雪。初一黎明，雪止了，迎接戏班子的特派车，倾斜地、迅速地、喜悦地从覆雪的轨道上滚过去，喷出鲜丽的浓烟。天空是晴朗的，阳光闪耀着；人是喧嚣的，在融雪的辉煌的寒冷里，他们呼叫，歌唱，把雪踏成泥浆。彩娘船、化装高跷队、机电工人的武术班，它们拖着撒野的群众，红红绿绿地在雪地里流去，一面招展大衣袖，做媚眼尖声地叫：

"看哪，幺妹来了！"

"幺妹在家里想哪，明年回去！"杨福成吼。

"幺妹替日本人养儿子呀！"

最后，特派车载来了汉戏班。好几年来都是如此。好几年来都搭起松柏牌坊，挂起写着"春节劳军游艺大会"的红布档，在装置得颇为华丽的芦席棚子里由高级职员领头敬太上老君，然后点戏谢神。但是在台子上唱起《苏三起解》，人们踮脚吼叫，批评着青衣的时候，太上老君，除了有两个矿警不耐烦地守卫着以外，就被所有的人遗忘了。虚伪、恐惧，最后，属于那些老矿工的微微的一点虔诚，落在泥泞里，踩得稀烂。

公司当局是庄严的。他们的脸每每变得那样严峻，像窑子里着了火或是发了水的时候一样。但工人们晓得，他们是等候大老板的来临。……

以后是工人演高脚狮子给大老板看。以后是每个大职员和本地大地主住宅的欢迎，让工人演员们在雪地里翻滚，流汗。但最后，终于来了狂妄的风和悄然的冷雨。

冷雨继续了一星期了。过年的热情扫兴地完结了。人们把手抄在裤袋里，懒懒地向工作走去，偶然地把今年和去年比一比，想起去年的事，想起放火的张振山和摆摊子的好看的女人来。

曾经被刘寿春的邻人疑为放火者的魏海清，在整整的一个冬天，衰老了十年，落在自愿的寂寞和孤伶里，仿佛负荷着什么重大的隐秘的痛苦似的。在他的长方形的脸上，黄色的疲倦的皱纹向呆钝的眼睛聚拢，胡须从下颚暴躁地突出。他说话很少，声调每每阴沉得像一个怀疑一切的人。从特异的温柔变得神经衰弱地愤怒和从卖力的劳动突然变得疲懒的次数一天一天地增多了。他也偶然跟伙伴们一起喝酒，也笑闹；但他的笑声是被扼住的，令人难堪的。在笑过之后，他的眼睛里就流露出悔恨和盲目的愤怒来。

当人们看到这个刻板而又贫穷的人怎样宽纵他的横暴、狡黠的儿子的时候，他们是多么地惊奇！他时常望着他温和地笑，不再责骂一句。在过年的时候，他花去一个月工资的伙食以外的剩余，八块四角，替他买了糖糕和鸡蛋；当他在煤场上打伤了鼻子回来的时候，他用颤抖的手替他揩擦，不说一句话，仅仅自己在事后捶胸，悄然地叹息。

“日子是他自己的。”他说明他的理由。

有一个晚上，孩子探索地望着他，晃动自己的包在破棉袄里的脏手臂向他大声说：

“爹，你变种了！”

“你说什么话？”父亲尖细地回答，瞪大眼睛。

“你不是不想做工？”孩子在腰上叉起手。

“小冲！”

小冲霎了一下突出的眼睛，严肃地，像大人一样地跨到桌子旁边，把手举到肩膀高，搁在桌沿上。

“你钱不够用，我来下井！”

做父亲的沉默着，眯起眼睛。他的胸膛痛苦地收缩起来了。

“少说胡话，下年我……”但他没有说下去。他歪过颈子，从渍湿的冒烟的眼睛里望着黑暗的窗洞外。

“我不在乎！”小冲敏捷地翻身，用颈项抵住桌角，一面抡着拳头，“他们骂你哩。我要逞强！”

魏海清看着他的头顶，严肃地命令：

“过来！”

小冲走近两步，叉开腿停住。

“你想做什么？”

“做工。”

“答得好。”魏海清站直，在手里敲着烟杆，“答得好，儿子。”父亲的嘴唇颤栗，眼睛变细，里面藏着病态的狂喜，“我们也是无家无地的人，你懂不？你懂的！你要争气，你要替人家敲石头，替人家挖地，替人家……折断筋骨！”在他的瞪大的眼睛里浮上了热烈的、愤怒的泪。“你答得好。你走你的路，我过我的桥！”他的声音突然猛力地扬高，转成激越，“老子吃亏一生，有你这个儿子算……好，你说你记着我底话！”

儿子被他的暴烈的状态所惊吓，长久地抱手站着，带着单纯的敬畏望向他。最后，他使劲地挥了一下手臂，跃起来，向他兴奋地叫：

“爹，有便宜油你买不买？”谁也不知道他怎么会叫出这句话来的，但随后他就用同样的声音加上叫，“你说得对！……你说得不差池，你说得……”

过年以后，杨福成曾来访问过他的木屋子一次。说及张振山，主要的是探问郭素娥的结果。

“他托我告诉你，”杨福成庄重地说，面孔拉长，坐到床沿上去，把鸭舌帽（他也学张振山，戴起愈油污便愈好的鸭舌帽来了）在手里微微挥了一下，“他讲，‘告诉魏海清，我问候他；那个女人，他帮点忙吧，我不管了。’他在失火以后就走了，背一包东西，我一直送他到江边；他不叫我送，我说不送不行，就是这样。”他停住，把鸭舌帽摔在桌子上，凝想着。“他说他并不曾对不住人，打了你老哥一拳，也是一时气急。打职员倒顶乐意。”他放低声音说，直视魏海清，眼睛变亮，“不过他认为他有时候也不挺对，像流氓……这可不容易呀！”杨福成气喘，在鼻子前面摆着手，“他，承认一个人向一个人里面钻，做不出事来，反而碍大家。……以后大家穷朋友要互相帮忙。”他结束他的话，像卸脱一个过重的负荷似的，站起来，抖着肩胛。

“他怎么样了呢？”魏海清举着手，困惑地问。

“他？无消息。走了。”杨福成失望地说，又坐下，“他这个家伙是有些火。”隔了一下他说，用粗涩的、兴奋的喉音，在“家伙”两个字那里拉长，并且点缀着一个贴切的微笑。这两个字把他和张振山拉得很近，因此使他的年轻的，因为过年刚刚修饰过的脸上闪耀着神经质的鲜明的快乐。“但是他是一个很能行的人，”他挺直腰，严峻起来了，“有知识，敢做敢为，不责朋友！”

“请烟。”魏清海递过烟杆来。不知为什么，他的脸上牵动着一个虚伪的微笑。

“女人怎样了？”

魏海清在半途缩回烟杆，皱起脸，变得难看。

“她遭惨死，死了！”他大声说，竖起耳朵听自己底声音。

“瘟天气，看你下到哪一天！”在临走的时候，杨福成望着门外的浸在雨里的峡谷说；并不是真的诅咒天，只是为了说一说。“这个年过得好呀！肉是人家吃的，戏是人家看的。老哥，我跌伤了腿。”他急遽地笑，牵起裤管来让魏海清看他的腿。以后，他就蹒跚在泥泞里，用拳头威胁着天空，向坡上走去了。在坡底下，不知遇到了什么事，使他发出了假装的惊呼和一串冲动的大笑。

魏海清知道郭素娥是怎么死的。在张飞庙那个可怕的晚上底第三天，她苏醒，向殿门外摸索走去。她走，因为她觉得张振山在等她；因为她觉得自己还可以活，最后，因为她饥饿。但她刚摸到院子里，便惨叫了一声，腹部以下淌着脓水倒下去了。魏海清也知道刘寿春是怎么活着的。他失去了一笔横财，招惹了祸患，被所有的人摒弃，弄得连栖身的洞穴也没有。当他被黄毛从小房子里驱走，到别的什么地方游荡了几天又在五里场上出现的时候，他就提着篾篮，哭哭啼啼，开始沿街讨饭。

魏海清所不知道，也不想知道的，是张振山。他对他的态度是暧昧的。他嫉妒他，痛恨他，惧怕他，也乐意他，钦佩他。前者，因为他截断他的路，无情地夺去他的希望；后者，因为他明白自己只会一味地守着自己的褊狭和软弱，永不能在郭素娥周围扮一个严重的角色。但不管是嫉妒，痛恨，或是钦佩，都带着无比强烈的热力。不像他过去所经历的那么迟缓；相反的，却像在夜风里被点燃的不幸的小屋子底鲜明的火焰那样蓬勃。

杨福成为了探知郭素娥所带来的话，他是竭力使自己不相信的。机器工人，外省人的话，他认为是没有可信的理由的。但这些话却给他以极深刻极难忘的印象，竟至于到最后他自己都不能辨别他究竟相信了没有。但无论如何——虽然女人已经死去，再不能帮什么忙，他觉得他应该回五里场去转一趟了。

正月十五的早晨，天气放晴。新剃了头，穿着干净蓝布衫和新草帽的魏海清，黯然地越过山巅上的陈旧的瓦砾场，回到五里场去。他奔走得很急剧，很匆忙；越过田坝中间的水沟的时候，他扭动腰，愤怒似的高扬起手臂。

镇上正当场。在镇口的土坡上，一条破旧的龙在锣鼓的疲乏的喧闹里懒惰地胡乱地翻舞着，人们密密地围住它成为一个大圈。

魏海清心情紧张地站住，向人群，和人群两侧的他所熟悉的水田凝视，把手掌展开在短眉毛上。随后，他怀着秘密的不安，跃过被阳光暖暖地照着的石桥，挤到人群里去。

两分钟后，他的长长的躯体暴露在人群中间的空场上。曲着长腿，在额上喜悦地闪耀着滋润的阳光，他向龙头走去，抓住了偶然被他发现的他的朋友的肩头。

“你不行。”他的眼睛微笑着说。

“那么看你行。”这朋友兴奋地嘲弄地回答，把木杆高高地在手里举了起来，一面映着单薄的，汗湿的眼皮。但是当他从濡湿的眼皮底下看见了对方是魏海清的时候，他就跳着脚，痛切地欢呼：“啊哈，你鬼儿子呀，你过另外一种日子了！你怎么……喂，你们看，”这兴奋的朋友用儿童的尖音向街坊叫，“这就是魏海清。他是崭新的呀！看他的，他顶会耍花门的！”

“呜呜——呀！”人丛里有人尖声无意义地叫。

魏海清佝偻着腰，长脸上充血，浮着一个歉疚的，自觉有罪的微笑，但却毫无犹豫地把长衫解了开来，向舞龙的伙伴和人群确信地鞠了一个躬之后，他把龙头底把柄接过来，高擎在手里。

“来，敲起来！”朋友拍手，带着无邪的欢乐嘶声叫。

魏海清向太阳霎了一下眼睛，仿佛决意牺牲似的绷紧脸，咬着嘴唇，转动了强有力的，习于做苦工的手臂。于是，在锣鼓的喧嚣里，破旧得成为黑色，而且失去了一只蛋壳做成的眼睛的穷苦的龙昂起头，忍耐地，兴奋地翻舞起来了。它逐渐迅速地缠绕着舞着它的汗流浃背的汉子们，冲上炫耀着阳光的天空又滚在地下，煽起春天的醉人的尘埃，从远方望去，仿佛在骚乱的斑斓的群众上奔腾着一团紫黑色的，风暴的，狂响的浓云。

“着力呀，魏海清！”

“晚上等你们空聊。呀花呀！”

“嗬嗬，这就是我们的魏海清！”

使平静的明亮的阳光颤抖，喝采的春雷轰滚过人群。

十三

魏海清红着脸，坦率地幸福地微笑着，用长衫底襟幅揩擦额上的汗珠，从人群里，从众人的闪烁的目光里挤了出来。从这他从它凄苦地，带着孤儿亡命出去的乡镇，他意外地得到分内的迎迓了。他又被淹没在他的同胞，他的朋友们底热烈的欢呼里了。没有什么比这更使他幸福的。他的三十几岁的胸膛为了欢喜而像少年人一样慌张地颤抖着。

带着深深的热切的注意，他挤过沸腾喧闹的乡民们，在街上走着，向四面看望。似乎他所以要回到五里场来，只是为了受迎迓，然后再这样善意地向一切他所熟知的，所热爱的看望似的。那些低垂的蒙着烟尘的屋檐，那些闪耀着颜色的货摊，那些残破的石柱、石碑，烧焦的店家的门板，最后，那些叫嚷的，脸上愠怒或带着并无目的的昂奋的和他同一类的人们，对他是多么亲切呀！他们让路给他，像他让路给他们一样，彼此都满足，毫不妨碍；彼此都有着过多的精力，对极细微的事物都给予注意，彼此都互相从属，争吵仿佛是假装的，或者惟其争吵着细微的事物，所以就像家庭里一样。魏海清几乎想叫喊了，他想叫给山那边的那些异省工人听，现在，在五里场，所有的一切颜色，一切耀动、光彩，都是属于他贫穷的魏海清的。这一切不要一毛钱去买，什么人都买不到。

他在一个脏臭的茅厕巷口站住，让开挤到他胸膛上来的一个卖灯芯草的老妇人；所有的地方都可以去，因此他不晓得到底怎样处置自己才合适了。

最后，他带着异样和善的安静（面孔却是严肃的），走向壁角的皮匠摊。

“红瘤，近来生意好？”他低沉地问，狡猾地但善意地眯起眼睛，望着佝偻在膝盖上的老皮匠底眉峰中间的一个深红色的大肉瘤。

皮匠迟缓地抬头望他，像望着一个刚才还见面的人一样，用锁柄敲敲手里的鞋底算做回答，同时快意地，报复地歪了歪干枯的嘴唇。

魏海清仔细地拂起长衫蹲下去，摸着皮匠手里的鞋底，嘲弄地问他做好多钱。

“我的小鞋（孩）当壮丁去了。”皮匠对起眼珠，望着自己的肉瘤说，并不直接回答魏海清，“瘟气得很。这场上多背霉呀！”他咳嗽，把手背抖索地移到唇边。“你怎么混这多久还穿草鞋？”他用钻子指着魏海清的脚，嘲笑地诙谐地说，“你这草鞋倒不错，不比布鞋贵我不信。”他猛烈地咳嗽，喷出绿鼻涕。

“真的贵，你不姓红。”魏海清讥笑，用粗手指按着鼻子，“你做多少钱？”他认真起来。

“一角半，老弟。”皮匠懒惰地回答，随后便艰难地仰起脸，让满脸的黑皱纹迎着光变得明亮，从肉瘤的两侧庄严地望着茅厕巷上面的狭窄的天空。“唉唉，太阳不在这边，人不能知道时辰——几点钟了呀！”他动着嘴，慢慢地说。

“有十大十点。”

“这巷子真臭。”

魏海清突然也觉得真臭。他转头向侧面，发现一个穿破制服的小学教师在不远的地方丑陋地小便。

“我要骂绝五里场！”皮匠说，“杀人谋财，包庇壮丁。不给地方老子，说老子不缴捐，赶到臭巷里头来！”

“要缴多少捐？”

“还是你们轻一些啊！”皮匠摇头，同时迅速地回到他的工作上去，在鞋底上锤，恨恨地磨着钻尖，仿佛突然觉得时间已经不早，他还一味偷懒，连一件活都没有完成似的。但不久，他又不赞成地眯着狡猾的眼睛，伸直瘦手臂，放下了工作。“那个女人，听说你知道得详细，有些关系。”他诡秘地说，叹息，浮上一个枯燥无味的笑，“她死得惨，大十五连烧香上坟的都没有。”

凝了一下神之后，他又俯下脸上的肉瘤，工作起来，不再理魏海清。

魏海清痛恨地望着老皮匠。嘴里变得苦涩。当他悄然地离开对方，往臭巷的腹部走去的时候，他的脸拉长，成为难看的，不幸的，呈现着黑绿色的斑点。

啊，五里场的确是可憎恶的，无望的，他不该回来！

似乎为了证实他底悔恨似的，当他走到菜场前端的土坡上的时候，他看见了一件令他痛苦得颤抖的事。

保长陆福生和另外一个穿着短得只到胸口的黄制服的，像壮丁一样的人，凶横地、猥琐地从菜摊底排列中间走过，向每一个菜箩伸手，像取自己底东西似的，攫取里面的蔬菜。他们每一个人手里提着一个大篾篮，在篮子里，绿色的菜叶和从去年冬天贮藏下来的红萝卜闪耀着潮湿的光泽，像在淌汗。

“你不能拿，你不要拿，保长，我捐你别的，捐你六把莴苣，”一个矮小，丑陋的农妇叫，招唤着陆福生手里的五个鸡蛋，“鸡蛋，它们一冬天才四十。你打捐打多了，保长，保长，它们八块钱十，它们……”她急剧地挥手，跨过蛋箩，绝望地跺脚，“保长，菩萨看见好保长，今天大十五，我捐莴苣添一把。……五个……我男人要打死我呀，保长……捐……呜呜呜……”她哭，用手盖住已经哭枯了的脸。

整个菜场寂静。保长和他的伙计走近一个在阴沉地等待着的强壮的老头子。

“你这里好多豆？”保长用自己也料不到的焦急的声音问，仿佛他正处在极危险的境地中。

老人在石块上盘起腿，阴鸷地、安闲地望了他一眼。

“七斤一两三钱差一点点吧。”他嘶哑地说，望着篮里的黄豆；他应该报几升几合的，但他装作蠢笨，故意报一个下江人（他以为）的量法。

“打半合。”保长愠怒地命令，挥手。他的伙计弯下腰来。

“保长，十斤才打半斤，你算多了！”老人向左右眯眼，仍然说斤。

“胡说，你有十斤。量一量。”保长吩咐伙计。

“没带合子。”

“那就称一称。”

“也没秤呀！”伙计说，四面张望。

“不带秤，保长，”老人说，半阖起眼皮，在健康的褶皱的脸上露出强有力的，明亮的讥刺，“你可用手抓不准。你们手大，一抓就八两。……”

“借一个合子，借一个秤来！”陆福生咆吼，单薄的脸胀红了。

所有的农妇的合子和秤都藏到菜箩底下去了。

陆福生奔向捐鸡蛋的女人，因为他曾经见到她的放在莴苣堆上的秤。但她低着头，凄苦地，仔细地，丑陋地数鸡蛋，没有看见他。

“嗤……太婆，收起秤！”邻摊的姑娘捣她底背脊，压抑地叫。

但保长的手已经伸向莴苣堆了。女人恐怖地从鸡蛋上抬起头来，对陆福生的白手发出了尖利的叫喊。于是，开始争夺秤。

“我的秤，我的……”

保长说不清楚话，脸战栗。这时候，魏海清乖戾地，愤恨地，违反本意地走进菜场，掏出钞票，向邻摊的姑娘大声喊：

“买两个鸡蛋！”

活泼的姑娘代接了钱。魏海清捡了蛋，拦到保长和已经夺回了秤的女人中间去。

“陆保长，我请你吃蛋。”他阴惨地笑，说。但保长愤怒地喘气，不回答。

“回镇公所找一杆秤来！”最后，他跃了一步，向他的伙计叫。

但在这争秤、叫骂、回去拿秤的一段时间里，那卖黄豆的老人，却不知道以哪一种奇异的方法，把黄豆藏起了一半而在篮子里的另一半里面掺进了足够的砂土。眼睛闪得更狡猾，更明亮，他伸直腿抽烟，愉快地等待着愚蠢可怜的保长。……

魏海清，像有什么紧要的事似的，伸直腰，大步跨出菜场。他在场外草坡顶上的一块石碑上坐下，把两个鸡蛋放在被踏平的黄绿色的草上，开始抽烟，收缩面颊，向鲜明地闪耀着颜色，浮漂着烟雾的菜场痛恨地凝视。在他不远的后面，破烂的龙拥簇在人流上，响着疲乏的锣鼓，隐到一个富裕的庄院的竹篱里去。

“我跑来做什么？吓，看看老人的坟！死了早就算了，死去……”他在心里大叫，使他的起皱的扁额冒汗，想起了郭素娥，“呀呀，造孽呀！这叫作什么，这些混蛋！”

他站起，望着在紧紧编织起来的草上互相可爱地挨着的两个圆润的，干净的鸡蛋。

“她擦它多洁净呀！她哭，那样丑！一冬天，有两只咯咯母鸡。”他歪着嘴，眼睛皱起，变得深沉而湿润，“狗肏的，老子走！”他突然叫，咬牙切齿。

但狗的恶叫使他止住。一个瘦小、衰老、狼狈的形体从菜场中间被狗逐了出来。他跌踬地在石板路上旋舞，摇闪着他身上的布片，在地上急促地敲着一根下端破裂的竹杆，等到这也无效的时候，他就用膝盖爬跑着逃上草坡，在地上抓了一大把草根和泥砂向狗们摔去。他在草坡上昂奋地，仇恨地旋舞，最后仰首向天，唱着破败的歌，号哭了起来。

“啊呜……狗肏陆福生，我的篮子，我的肺呀……”他狂叫。显然的，丢失在菜场里的他的破篮，尤其是刚偷到的猪肺使他痛苦。

魏海清拾起鸡蛋，严峻得可怕地从他的侧面走过。但乞丐忽然在眼睛里露出迟钝的喜悦，拦住了他。

“走开！”他气急地叫，望着对方的垂挂在肮脏的胸前的一块鲜艳的，奇特的三角形红布。

乞丐则贪婪地望着他手里的鸡蛋。

“鸡蛋……鸡蛋……老哥！”他仰头向他。

“滚开！”魏海清大叫，忘记了自己也能够走动。

“哎呀呀，我今日是落在冤府里了……”乞丐微弱地、模糊地说，抽搐着肩头，装得更可怜，“我刘寿春活不得，做了坏事，做了坏事。……”

魏海清不看他，退了一步，预备绕开。

“不看僧面看佛面，小哥，”刘寿春一只手按着胸前的红布，一只手按着赤裸的肚皮，弯下腰，吃力地转动着狡猾的、凄苦的眼球，“看我可怜的女人面上，给……鸡蛋！”

魏海清站住，带着安静的愤怒望向他，随后跨向前，脸色发白，向他的胸上阴鸷地击了一拳。但同时，刘寿春向前冲跌，挥落他的鸡蛋。

当他痛恶地、失望地走到草坡下去的时候，他听见刘寿春欢乐地骂：

“鸡蛋，鸡蛋……你们这些狗肏的鸡蛋呀！”

他告诉自己今天不吉利，应该迅速走开，不要掉头，但还是掉了头。刘寿春在太阳下撅起屁股，用手在地上抓爬，舐吃鸡蛋。

他又进到场里，而且又走到茅厕巷口来了。老皮匠还坐在那里，在膝盖上异常严肃，异常勤奋地忙碌。发觉他走近，他微微抬头，发出一种无意义的鼻音招呼他。

“我就收摊了。”以后，他庄重地说，用老年人的声音，“老弟，我们好些年不在一起了，”他说，一面在手里熟稔地工作，“今天大年，我们等下喝一杯，稍午后我得去还债，看女儿。”他说，缓缓地揩擦发红的鼻子，停止了工作。

“大妹过得还好？有包谷……”魏海清向巷口张望，声音晦涩，脸胀红。

“她男人脾气倒好！”老人简要地说，咂嘴，带着看透一切的人底表情嘲弄地摇头。“喂，你看什么呀！”他望着不安的魏海清，从胸膛里喊出强壮的，讥讽的声音，似乎突然间把对五里场，对整个世界的讥讽和对魏海清的讥讽混淆在一起了。

魏海清在追瞧一个闪过布摊的漂亮的女人。脸色狼狈。

“我看到一个朋友。”他向老人懒懒地说。

“一个朋友，那是万成宏，对吗？”红瘤快活地说，用响朗的声音笑，仿佛所提到的名字要求他这样。“旁边还有一个，那是谁？”他突然把手指间挟着钻子的手举到小耳朵上，歪嘴，做了一个丑陋的歪脸，“你的鼻子掉在场口，你快捡回来！”

“红瘤，我今天请你！”魏海清走近摊子，艰难地说。

老皮匠俯下头，又锤了两下。“我早知道你要请我。”他用古怪的声调说，拧一拧自己的耳朵，仿佛这声音是从耳朵里出来的，“你现在好了，不一钱如命了。”红瘤叹息，声音又转成老年人底，“做工究竟哪些好，我说……”但他没有说下去。把鞋面摔在篓子里，他开始用一种假声唱起歌来。

“天圆地方，五里场底皮匠啊……儿子呀……”他佝偻着老年的腰，一件一件地仔细收拾东西，但为了不妨碍唱歌，他又不时把脖子鹅一般地伸直，“儿子呀，泪汪汪……”他嘶哑地快乐地叫了出来，“他娘走进尼姑庵……”

望着他的滑稽的，多精力的姿态，魏海清想起二十年前的那个闹事，酗酒，嫖女人，被外省的军队抓到一千里外又勇敢地逃回家乡，一个人能做十个人的事，但常常不去做事的红瘤来。

“红瘤红瘤，”他大步跨上去，牵动脸颊和眼角，甜蜜地笑，像十岁的魏海清奔近二十六岁的红瘤向他报告好消息一样，“郑毛说会来看你。他记挂老朋友。”

“哈哈哈，我们穿连裆裤的老朋友！老朋友，他偷媳妇不带我，让我老子光屁股。哈哈哈！”

十四

下午一点钟以后，场上停滞着温暖、昏倦，烟尘在从互相垂头拉拢的屋宇中间直射下来的耀眼的阳光里迟钝地回旋，有小苍蝇在中间盲目地飞舞，发出可嫌的，黏腻的小声。魏海清在红瘤之后不久从小酒铺里昏晕地撞了出来，经过疲劳的、无期待的人群，走向菜场所在的场口，在那里犹豫地站定。他的两颊发红，松弛，下颚战栗，眼睛眯细，朦胧地闪着贪求的野光。

他摸索着裤腰，带着朦胧的屈辱感，懊恼他花去了借来的钱里的最后的十块。懊恼红瘤，红瘤的女婿蔡金贵比他生活得好。他现在特别地感到自己的生活糊涂，特别地感到自己无依归，是没得家的人。他原想去看看家坟，看看几个亲戚，但现在因为买不起香烛，因为不必要，所有的亲戚都不欢迎他的穷苦，立意不去了。但他也不想回转，仿佛在这块土地，这些人里面，他还有某些徒然的期待，或者，还有什么细小的东西遗留着似的。他在午后沉寂的菜场里走，绕过几株蒸发着暖香的槐树，无力地爬上草坡底土路。遇到几个熟识的人的时候，他和他们慌乱地，昂奋地打招呼，那样子，就仿佛他企图掩藏他袖子里的什么东西似的。

他为自己的糊涂、迷醉而恼怒。

“今天十五，有龙吗？你妈的屄，我为什么要来呀！”

在草坡后面，他看见一条向张飞庙走去的，破烂但却快乐的龙。

快乐，因为今天是大节日，因为舞龙的都是心胸赤裸的少年人。这条老龙魏海清是认识的。十年前，他在龙头底下欢乐地打滚，烫焦皮肤，博得全街坊的喝采，十年前，他修饰它，望着它笑，敬它三杯老曲酒。但他突然觉得，这一切隔得并不远，像昨天和今天。舞龙的不都还是少年人么？龙也并没有旧。

他被吸引，向张飞庙走去。在半途，他不断地提醒自己，郭素娥是在那里死去的。

龙在庙前的大黄桷树下歇息，等待最后的装饰，少年们快乐地吼叫着。当魏海清怀着戒备和异样苦涩的心绪走近的时候，一个披着短衫，包着蓝头巾的青年起先显得犹豫，最后便带着坦率的欢乐跃近他。他认得他是刘寿春的堂侄，那长工。

“魏叔，有空来！”

魏海清变得阴沉。

“今天晚上不走吧。”长工说，歉疚地望着他的眼睛。他想拉倒，但因为现在谁都快乐，又变得不相称地活泼。“我们刚才在讲你，这条龙……”他叉着腿，做手势，“今天晚上斗空柳，有五条，三百朵花。”

魏海清被抬举，望望倚在庙墙上的龙，嘴部不动，在眼睛里闪着一个迷惑的微笑。

“太少。”他摇头，故意叹息，“那年子有一千。”

“什么时份啊！”长工快乐地感慨，“一朵花五块钱，那年子就几个铜元……”

魏海清和善地向少年们点头，迅速地跨进庙门，企图在不知忧愁的人们面前表现出他有多么急迫的，繁重的事。

但他有什么事呢？经过几个月前郭素娥在那里惨死的院子，他有昏狂的兴奋；经过烟雾迷蒙，人影杂沓的殿堂，望着粗暴的神像，望着磕拜下去的女人的鲜艳的腰，他有迷惘和锋锐的痛恶。他笨拙地跨过殿堂，在侧门底旧朽的门框上倚着肩膀阴沉地站住，向面前的摇摆的人影注视。似乎他所以要到这里来，并没有别的事，除了用这样的姿势看一看。

他微微张嘴，口边上留着黯淡的表情，半闭起变绿的眼睛，显得苦闷、焦灼。那个肥胖，在苍白的脸上抹着黄胭脂，穿着红色的新颖的绸旗袍的女人从蒲垫上爬了起来，在肩上偏着洁白的颈子，向两边虚荣地看望。他认识她是保长陆福生的女人。

通过女人的肩膀，他望了一下布满阳光的院落，嘴唇颤抖，似乎在喃喃说了些什么。

“放他妈火……”他的脸歪曲，露出凶横，“一样……一样……”

女人转身，扭着腰走出，但这时候，从魏海清背后，一个兴奋的大声叫了出来：

“陆太太，走了么，嘻嘻……”

女人回头，骄傲地诱惑地微笑，仿佛回答：“他在等我！”

黄毛露出腥红的牙花，手里捧着一大堆花爆，出现在魏海清面前了。迎着魏海清的恶意的视线，他的脸怪异地歪曲了一下。肩膀耸起。

“喂喂，老哥，这叫作有缘才相逢。有空过来耍的？”他跨过门槛，站住，声音含着压倒的轻蔑，“这一阵子好？”

魏海清想和他敷衍一下，但立刻又改变了主意，在长而尖削的脸上难看地浮上一个艰难的冷笑。

“你好！”他威胁地说，忘记把眼睛从对方的大鼻子上收回来。

“听说你在厂上加了钱了！”

魏海清突然离开门柱，站直身躯。

“你今天来得巧，大十五。”黄毛响朗地说，让殿堂里的人都听见，露出所以还要和这不值价的人说话，只是为了逗弄他一下的样子，“你来烧香吧。……我近来……”

“你近来肥。”魏海清替他说。显然的，在他的热烈的声音里，鼓跃着不可抑止的冲动，虽然在他底脸上还僵凝着同样难看的冷笑。

黄毛向香桌走了一步，放下花爆。魏海清的容颜改变，露出可怕的决心。

“我说过我要请你一杯。你太不懂礼。你……”黄毛高叫，一面掳衣袖。

魏海清伸出战栗的手去，指着院落。

“就是，在那里……死了一个人！”

两个中年妇人屏息，从香桌的另一端向这边看望。

“今天大正月十五！”黄毛叫。

殿堂紧张。魏海清一瞬间冷却，明白了自己现在所处的可怕的绝壁。但迅速地，复仇的烈火在他里面燃烧了起来，毁去了他底恐惧。

“你怕鬼！”他吼，声音极端昂奋与冷酷。

“你上坟去罢。”黄毛甩着头，走上一步。说底下的话的时候，他每个字中断一下，同时节奏地在左手心里敲着右手的食指：“她、葬、在、草、场、坝！”

魏海清的脸转成青灰。他闭起眼睛，仿佛凝想了一下他底生活，仿佛下了一个艰巨的决心向缠绕着他的什么东西辞别。他遇到在世界上他所最怕的东西了。这就是黄毛，这就是殿堂里的这种兽性的紧张。但他的本能鼓跃他向前。

“你们害死一个女人……卖她！我看着你底下场！”他用闷住的声音回答。

“看着，对！我该你妈十块钱你要不要！”黄毛愤怒地颤抖，狂妄地张开手臂，“十块钱一个老屄，她也葬在草场坝。……”他在脸前拍手，像拍倒一个蚊子似的。他的声音波动，失去了它的强旺和平稳。“你上坟去，有油舐。……”

魏海清立意先下手，破裂这根难堪地紧张着的弦。但他不能从站立的地方移动。他向四面张望，眼眼里闪出困苦的，绝望的黑光。他吼叫了一声。黄毛扑上来了。

殿堂里的妇人们奔近来又恐惧地逃开去，发出难于理解的尖叫。

一个老妇人在供桌被翻倒的时候给打伤了脚，在地上爬滚哭喊，好久不知道怎样才能逃开去。竹凳跳过空中，蜡烛和烛叉横飞，生锈的铁香炉猛烈地颤抖，最后从香板上跌下来，摔在地上。在火辣的烟雾里，两匹野兽互相追逐，挥着拳头，闪着流血的，青灰色的脸。

当舞龙的青年们和别的一些男人涌进院落来的时候，殴斗已处于绝望的境地，无法接近，无法排解了。起初，两个人还互相咒骂，希望用咒骂来占去殴打的工夫，但现在已完全沉默。只彼此用眼睛里的血腥的光相望，渴望着对方的生命。他们奔突、旋转、冲击，撕破脸上的皮肉，彼此努力不让对方抓住，而渴想抓住对方。

咆哮又起来。一瞬间，两个人各抓住一片从对方衣服上撕下来的破片，躬着身躯，隔着被推倒的桌子互相交换了疯狂的一瞥。

四只眼睛移开去的时候，同时发现了殿角的那曾用来灼死郭素娥的火铲，于是，它们突然在血污的额下明亮，爆射出黑色的、狞恶的、欢乐的光焰。

"不要给他抢到，魏海清！"殿门口人涌进来，努力迫近，一个壮年的声音叫。

"嗤……拉开他们，狗黄毛！"老郑毛在人丛中间挤着，挥着手臂。他喘气，向周围所有的人发怒。显然，他刚刚偶然走到这里。

"哎呀……好惨，"一个农妇尖叫，"他们——打——死——了呀……"她啼哭，掩住脸。

但正在这些吆喝发出来的时候，两个人已经同时向火铲奔去。在中途，魏海清因为急迫，在一张四脚朝天的凳子上绊倒了。黄毛夺到了武器。

三个青年，那长工也在内，在这之间绕着圈子奔了过去。人群里滚过一阵失望的、恐惧的、痛苦的呼喊。火铲发出沉闷的残忍的声音，击在正在挣扎爬起的魏海清的脑门上，同时也从黄毛手里震落；在殿门这里，一个小竹凳从郑毛手里猛力地摔了过去，击中了黄毛的脸。踉跄欲倒的黄毛被一个阔肩的青年从背后抱住。

“捆他起来！”老郑毛吼叫，敏捷地解下了有四尺长的布裤带，把裤腰卷好。在他底发绿的左腮上，那一丛微褐的长毛映成黑色战栗着。人围拢去，查看着血泊里的软软的魏海清。青年底猛烈的拳头落在黄毛底从灰色破衣下赤裸出来的，生着稀疏的黄毛的胸膛上。

“他作恶为歹，占镇公所的势，你们见死不救！”郑毛发怒，磕响着结实的大黄牙。

沉默。

“他强奸了十几个女人！”

“天哪天哪！”女人的惨厉的声音，她舞手，跺脚，“整死他！”

黄毛迷糊地睁开黏血的眼皮；一种眩晕的、无人性的笑哭一般地在他脸上爬过。他向人吐口沫，痛恶地用含血的嘴嘶声叫：

“黄毛生来吃人，从来不怕！你们打死——他？”

“陆保长，人命案子！”一个青年从人丛中伸直脖子，眼睛奇特地放亮，向走进殿门来的陆福生压迫地嚷。人群的骚扰低抑了下去。

“什么……什么？”保长问，用一种微弱的大声，一面向四面窥探，仿佛他另有目的，为了这个在这里达不到的目的，他的装出失望的神情来的眼睛表示，他即将走开。

“打死人了！”

“黄毛……”

陆福生的脸收缩，左腮不住地发颤。他走近，骇异地观看。

“陆保长，你，陆保长……”黄毛抬头望他，声音突然颤抖，无力，含着失望，“你看这事，我要声明……”他在青年的手臂里挣扎。

“你要声明……”保长转开脸，不看他，露出恐惧的神情，“人命案子，要县里才办得了！”

“要县里？……公所不行么？”黄毛说，怯弱地战栗着嘴唇，眼睛里涌出了大粒的泪珠，“我……”

“诸位，我去报告镇公所！”保长用空洞的声音叫，低下眉毛，不看人群。

“镇公所有花头，我们自己报县！”郑毛坚决地抗议。

“陆福生是混蛋！”人丛里吼。

“他们要串通！”

走向殿门去的陆福生突然转身，下了决心似的向火辣的群众凝视，用闷住的，难堪而残忍的尖声叫，指划着手：

“我陆福生决不如此，各位。”（他的眼睛里含着卑微的乞求，）“这是冤仇，我知道底细。”他努力说，“黄毛要除掉！”

“狗肏陆福生，你变种！”黄毛重新恶叫，“老子帮你弄那个女人……他那个女人是骗来的呀，人家的老婆呀！”

陆福生张嘴，想叫喊，但是终于转身逃开去了。

“你们全是混蛋！你们霸占庙产，骗兵捐，卖女人……”

“打扁他的嘴！”

“你们亲眼看见！”黄毛仇恶地顽抗。

“我看见……”从殿角传来已经恶意地观望了好久的刘寿春的哭泣一般的叫号。他躬着破烂的小身躯，舞着手臂，昏迷地，急剧地冲过来，挤进人丛，瞪大眼睛望着在血泊里抽搐的魏海清。

“鸡蛋……魏海清，你要死了呀！”他叫，眼睛里迟钝地闪过疯狂的恐怖，“我看你这个狗黄毛，”他奔向黄毛，揪住他的衣服，“我看见，你奸死我那女人，我那可怜的……”他裂开嘴，大声号哭，击打着黄毛的脸颊。黄毛徒然地躲闪着，吐口沫。

“我，我担当！”黄毛凶横地霎眼，发出破碎的声音，“起先你们要卖她，卖给那个大鸡巴……你们烧死……有陆福生！”他喘息，多量混血的唾液从嘴角垂了下来。

人群严肃地沉默，为这意外的供述所骇异，做着兴奋的思索，但瞬间之后，又爆发了愤怒的、深沉的、痛苦的呼喊。

“揍死他！”

老郑毛鹰一般地张开手臂，粗大的拳头击在黄毛底鼻子上。这时候，魏海清苏醒，撕去了包在他破碎的头颅上的血布，在地上痉挛，用胛肘和膝盖爬行。

“包好他的头，不能叫他动！”一个妇人急叫，四面找寻帮手。

魏海清垂下头，向地上流注着深红的热血。从齿缝里，他喷着灼热的呼吸，无声地，痛苦地哭泣着。最后，手断折了似的向外撇开，发出骨头碎裂的声音，他又倒到地上。郑毛轻轻跨向他，屏住呼吸。两个妇人，一个年老的，一个年少的——尤其在那年少的丰满的苍白的脸上呈现着不可侵犯的、有教养的庄严，弯腰向他，接了一个青年抛过来的白帕子，重新替他包裹头颅。

“魏海清！”老郑毛喊，声音深沉，“魏海清！”

魏海清在妇人的手底下睁开昏狂的，染血的眼睛。老郑毛俯腰，眉毛和手指战栗。

“魏海清！”

“你的女人死得早，好苦啊！”年老的妇人说，揩眼睛。年少的一个可怕地严峻起来，脸变得尖削。

“魏海清！”老郑毛吹气，喷着鼻涕。他的老眼充血，被泪水湿润了。

“哦……呜……郑毛！”魏海清微弱地回答，嘴唇作着狂喜的歪曲，“你来了。你看见了，郑毛……我悔……”他的手指在地上抓着泥污，“记挂小冲，让他去上工……”

“办得到！”

十五

穿中山服，眼睛烟黄而细小，两颊松弛的矮镇长带着四名壮丁走了进来，仔细地讯问了事情的始末，然后以不可侵犯的下了大决心的神情向人群声明，这事情非到县里去办不可。于是，捆走了黄毛，抬起了魏海清。魏海清被抬出庙门的时候就死去了。

以后的事情是，黄毛判了十年徒刑；因为没有亲人领尸，魏海清就以公款安葬。在举行简单的葬仪的那个明亮的春天下午，郑毛，长工，魏海清底儿子小冲，都到了场。

已经到了在西方不远的蓝紫色的五里山上闪耀着落日的金光的微寒的黄昏。人从张飞庙里散出来，向进行节日的场上去。青年们擎起了龙，起初严酷地沉默，接着开始叹息，谈魏海清，最后便恢复了正常的喧嚣。

乡民们从荒僻的山里来，沿着狭窄的田垅去，在水田的白色的，沉静的积水里，映着他们的兴奋的，愉快的，蓝色和红色的影子。在街上，人拥簇在一起，闪着烟火的红光，向亲戚致候，高声议论。女人们谈难解的郭素娥，男人们交换着对于魏海清的意见，在等待龙的行列出现的时候，有足够的时间让他们聚拢情绪，想起往昔的，他们曾在各种处境里度过的十几个或者几十个节日来。龙将要在焰火里飞舞，像往年一样；年轻人将要被绅粮底火爆烧焦皮肤，愉快地高喊，然后喝完所有的酒，像往年一样；像往年一样，许多人死去了，流徙开去了，刚刚成长的年轻人阔步加了进来；像往年一样，有的女人要触景生情，躲在破棚屋里啼哭，有的女人要打扮得异常妖冶，向年轻的绅粮递媚眼。在固定的节日，人们有着不同的命运。

烟雾滚腾到屋檐上。火爆到处发响，被孩子们掷到空中，因为没有空隙落下去，便在人们的肩膀上爆炸，引起咒骂。三个女人在街角里谈论郭素娥，其中的有胖而皙白的脸庞的一个，因为把自己的对于节日的感动误认作完全属于郭素娥，便快乐地诉说着自己的同情，流下泪来。

“我们不谈这些不谈这些……今天打得那凶，怎么人不救呀！……”最后，她负疚地笑，抚摩着自己孩子的干净的头顶，向丈夫追去。

龙出现了。它在人群上颠簸，摇摆着它的已经被挤毁一半的巨大的头。在它前面，火灯笼引导着，上面写着暗红色的方体字：

“五里镇老黄龙。”

另外几条出现在街道的另一端。看不见灯笼上的番号。

“空柳的来了呀，后面那一条！”

“大家使劲，啊嗬！”

龙旋舞了起来，火花嘶嘶发响，向街心美丽地迸射了过去，人群被冲击到屋檐下。那些手里高擎着火花筒的衣著堂皇的年轻的绅粮，他们底面色严峻，仿佛并没有节日底欢乐；仿佛他们所以要向舞龙的赤膊的年轻人喷射火花，只不过尽一尽与自己的地位相称的法官执刑似的义务而已。露出洁白的牙齿，眼睛在火花的强光里眯细，他们的整个的脸部有一种冷淡的，甚至残酷的表情，仿佛舞龙的人果真是他们的仇敌似的。但那些年轻人，他们的心就像他们的赤裸的胸膛一样，却并不曾注意到这个。他们只是注意自己，逐渐陶醉。以一种昂奋的，不知疲劳的大力，他们使自己的龙迎着另一条在身边的空中疯狂地旋绕。他们高叫，善意地咒骂，在地上跳脚抖落灼人的火星。于是，在火花的狂乱交织的白色的壮丽的光焰里，龙的大破布条带着醉人的，令人抛掷自己的轰响急速地狂舞起来了。那残破的龙头奋迅地升上去，似乎带着一种巨大的焦渴，一种甜蜜的狂喜在沉默地发笑！哦，它似乎就要突然脱离木杆，脱离白色的焰火和群众的轰闹飞升到黑暗而深邃的高空里去，把自己舞得迸裂！

……一直到十二点，人们才逐渐散去。在凉风吹拂着的黑暗的田野里，人们疲劳地走着，又开始谈及每年过年都要发生的不幸，谈及郭素娥，小屋的火灾和魏海清。但谈话兴奋不起来，它以叹息结束。郭素娥的事是去年的事，去年过去了。它将和前年的事，大前年的事放置在一起，传为以后训戒儿孙的故事或茶馆里的谈资；它将在夏天的多蚊蚋的夜晚，当人们苦重地劳动以后，由一个喜爱说话的女人增加一些装饰复述出来，使整个的院落充满情欲，咒骂，和感慨自己幸而没有堕落的叹息。

几朵火把底腥红的光焰在山峡的黑暗里摇闪，迟缓地隐没在林丛背后。

最后，两个青年的黑影从镇口的菜场出来，在草坡上的石碑旁站住。其中的一个向草坡下摔去烟蒂，用说服的大声叫：

“哪里，你喝醉了！”

“哪里。……你知道魏海清想那女人想了好几年么？”后一个用泄露秘密的口气说，但违反本意，他的声音是响朗的。这是刘寿春的堂侄，今天舞老龙的长工。“我们坐一坐。老弟，我做了怎样倒霉的事啊！”他的声音朦胧而奋激，“我悔我上了当……”

“你喝醉了。回家去。”另一个说，但显然的，他也并不像自己的声音那样坚持。

“不。我今天臂膊烫破了。魏海清想那女人，所以怀恨。他是一个厚道人。……就是这样，打死了。黄毛是恶性的。”

“郑毛哪里去了？”

“跟到镇公所做证，闹了好久，转去了。说是要到县里去探底细。”

“郑毛偷媳妇。……”另一个说，怪异地笑，一面坐在草地上点烟，“你抽。”他笨拙地递烟给长工。

“今天真是想不到，魏海清就死了。”长工说，望着奔驰着黑云底队伍的天空，不变声调，“他少跟人家闹的。这半年变些，耐不住。”

“死了也痛快，这些日子，……好吧，我就要入队，当壮丁，到下江去打仗。……我今年二十一岁……明年我不得在家过年了。”他放低声音，努力地冷笑了一声，“吓吓，什么时候才回来！”他叫。

“在家里也没得好蹲头，一个人总要在外面跑。”

“对的。当兵我一些也不在乎。只要有得吃，有指望，哪些不好，强于在家里遭瘟。瘟呀！”他举起手臂，在变得潮湿起来的空中使力地划了一个大圈，“没田没地，没钱做生意，没得老婆没得……”

“我也要去。”长工性急地截断他。

“哪里去。”

“……我要去做工。”

“堂客也带上？”

“哎——过日子艰难，物价涨，米谷贵，你自然比我轻多了。”长工停顿叹息，“哪个问黎民疾苦呢？把人烧死、奸死、打死、卖掉……这一批狗种！……”他咬牙切齿，“我倒了多大的霉啊！魏海清怕还要怨我呢。”

“那女人也不好。”这一个说，突然下决心站起来。

“哪个又好些？”

“走吧。你喝多了。”

“没有。天怕要落雨。……”

“他要是死在战场……”这青年人说，指魏海清，“倒划算些。……唉，走吧。”他急躁地说，在黑暗里皱起脸。

“看不见星星。我们赶上那个火把。”长工突然站起，指着张飞庙侧面的一朵火把的迸射着火星的光焰，“赶上它。它一定也到弯里去。快些。”他向自己催促。

*

春天真的到来了。在农历二月初旬，有过一次持续了三天的气候的骤然的转变，意外的寒冷侵袭着峡谷，使人们重新翻出了脏污的冬衣，但随后天气便又突然辉煌、明亮、和煦了起来。太阳每天确切地从山谷左边升起，射出逐渐强烈的白光。在峡谷上空高远地行走过去的白云，是轻淡而透明的。鹞鹰在云片下停翅，傲慢地凝视峡谷，然后猛然高飞，没入云片里。从山谷的年青的怀抱里，槐花的幽暗而强烈的香气向工厂飘过来，充满引诱。地主的庄园里有橘柑花的暖香在蒸腾，桑树叶油绿。在工厂水池畔底土堰上，柳枝丰满了。芙蓉开始含苞。芙蓉丛后面的水田里，鸭子们成天吼叫，追逐伴侣。

工人的老婆在水浅的堰塘里用篾篓捕鱼。她们高卷衣袖，把手臂浸在水里，用赤裸的，强壮的腿在泥水中跃走，一面彼此愉快地泼水，尖叫。从山坡上，男人们的粗野的，放肆的笑声掷了下来。爬上坡顶的时候，他们唱着女人的歌。……

在机器房里，电灯一直亮到深夜，马达咆哮，油烟滚腾，人们在赶做又一次的火车头包工。

魏海清葬后，小冲，如他所渴求的，被送到窑子里上工，管理风门，拿三块半钱一天去了。因为父亲的死，他哭泣了一次。但这哭泣是凶横的，愤怒的，他捶打跑来安慰他的老郑毛，把凳子踢翻。此后，他便充满兴趣去上工，和小伙伴打架，晚上回来住在老郑毛床边的地上。他剃光了头，脸部长得浑圆。在肮脏的眼眶里，他的突出的小眼球闪着惊愕的、戒备的光。

在这孩子的早熟的容颜上，时常呈现出不正常的狂喜和难于理解的对一切的敌意。他酷爱窥探一切秘密，已经知道了很多工人男女间的猥亵的故事。……

在一天早晨，在一个太阳特别荣耀地升起，每一个人都用大声说着并无特别的意义的话，甚至想高喊的早晨，带着他的年青，丰腴，一向忧戚的面孔因新奇的环境而活泼，穿着起皱的蓝布衣的女人，那瘦长，面孔俊秀的年轻的长工，刘寿春的堂侄，来到矿区里了。用乡里人赶路的方法，他们是二更的时候就离开五里场的。

年青的夫妇脸上淋着汗，男的卖力地担着篾箩，前面是一口旧锅，几只碗，后面是一床红花的沾着煤污的（这是在经过煤场的时候被弄脏的）刚刚洗过的旧被盖。在女的所艰难地背负着的箩兜里，放置着日常的农民衣服。当男的用兴奋而严峻的脸望向蹒跚行走的女的的时候，女的，回答他的“你背得动吗？”的目光，摇一摇手，皱起淡黑的短眉，仿佛说：“我自己有数，不要管我！”

他到土木股里来当里工了。介绍的是老郑毛。老婆是从顺的、生命力强旺的女人，为了离开她的可留恋的五里场，她独自向她的妹妹哭了一次，但丈夫的暴躁的坚决，使她和眼泪一同充满了新的意向。她向她的和蔼的，未出嫁的妹妹说：

“那里也一样过生活。一种不同的生活……他说，我们每个月都可以拿到钱。不愁年岁……”

老郑毛从山坡上迎下来，身后跟着魏海清的儿子小冲。

“你……来了！”他低沉地说，站住，仿佛吃惊他真地会来。

长工严肃地笑，不自然地看一看脸颊红润，眼光乞求的女人。

“我来了！”他大声回答。

小冲跨到郑毛前面，望着年轻的夫妇，像在考验他们是否合他的意。

“那就成，带他去报工！”他老练地说，挥动手臂。

郑毛的多皱纹的，憔悴的太阳穴在阳光下战栗着。战栗停止，他的脸变得洗练而坚决。腮上的黑毛异样地发亮。

“成。你们先把家伙，”他说，咂嘴，迅速地瞥了一眼他们的行李，“放在我那里，以后要分宿舍，得出一些租。”

“得租吗？”女人嘶哑地说，放下箩兜，望丈夫。

“你们是有家眷的。就是这个规矩。”小冲痛恨地叫，在这一点上，他像他父亲。

走进老郑毛所住的宿舍，观察了虽然给人的感觉全然两样，却也并不比自己底佃来的棚屋坏多少的房子，而且被丈夫的突然的温和所安慰，年轻的女人又竭力在老人和小人面前做出活泼的面容来。她谈话，问老郑毛伙食怎样，夸赞小冲的结实，最后挥着手，脸红地宣说要老人和小人以后都在她家里搭伙食。

“你家里！”郑毛弯着阔腰，用老年人的低声说，脸上浮起愉快的，讽刺的笑。

“你今年好大？”长工问小冲。

“哼哼，不比你们吃的盐巴少！”小冲喊叫。

“你想爹？”

“不想。”思索了一下之后，小冲回答。

“他一点也不像他爹，一点也不像……只有一丁点像……不，小冲，他不像，是不是？”妇人转向丈夫，又望望自己的堆在郑毛床上的行李，眼睛里浮上了晶亮的泪珠，“哦，他要行些呀！”

他们就要和面前的这顽健的老人与结实的小人一同开始他们底新生活了。他们就要投入这不可思议的，庞大的劳动世界里去了。在她底含泪的单纯的眼睛里，她看见死去的魏海清和郭素娥，她丈夫的强壮的手臂和坚持、冷淡的面容，她自己的善良的心地和污黑的窗洞外的辉煌的天空。“我们会好些的。”她想。

第二天，年轻人开始上工了。

1942 年 4 月

桂林，蓝天出版社 1943 年 3 月初版
选自上海希望出版社 1946 年 1 月再版

红石山

杨　朔

帽　子

察哈尔龙关西南二十里有座高山，原名黄泉岭，俗话讹做黄草梁。山头是古时的战争要塞锁阳关。察哈尔南部一带的人民，一提起锁阳关，就会津津有味地讲着樊梨花等人的故事。关底涌出一条黑沙河，向西流过一带黄土小平原，一直流入宣化的洋河。黑沙河的南北两岸全是海拔八百到一千米的高山，山头一起一伏的，像是浪头。先前这些山荒凉透了，密密丛丛的尽是一人多高的荆条，难得见到人烟。春三月间，遍山热闹闹地开着野芍药，野蔷薇，紫丁香。……一到秋风落叶的季节，霜雪来得早，深山里只有风吼，狼嗥，连砍柴放羊的人也不见了。

民国元年[①]，龙关当地的农民忽然在山上寻到一种宝贝。乍看来是些红石头，拿到手里，碰到衣裳上，可就染得赤红，洗都洗不净。于是动手挖掘这些红石头，做成颜料，贩到市上去卖。民国三年，一个瑞典人在北平市上看见了说："这是铁呀！"从此，龙烟铁矿的宝藏才被发现。首先由段祺瑞经营开采，经过二十多年的变迁，"七七事变"后落到日寇手里，红石山一时热闹起来。

这座山坐落在黑沙河的南岸，从地质上说，是由太古代、原生代和第四纪层所组成。矿床躺在原生代的岩石中间，有葡萄状、鱼卵状等矿层，质量强，产量更富。一条铁路支线从宣化直修到山半腰。山

① 即 1912 年。

上更修起变电所、风机房、马机道、电车道、高线架子、水泵房等电气装备。火车整天轰隆轰隆地开走，又轰隆轰隆地开来。开走的装满“红”（矿石），开来的装满工人。这不是人，简直是一群一群要宰的牲口，火车也就像装满牲口的屠车，送到屠宰场来。

现在，又有一列屠车开上山了。……

一　屠车

正是民国三十年[①]十月的一天，夜来落过头一场霜，满山的野草打得垂头丧气的，骤然老了。傍晌，霜一化，地面冒着热腾腾的湿气。从宣化开来的火车到了红石山脚时，车头掉到后尾，呼嗤呼嗤地喘着粗气，慢慢地推着车爬上山来。赶到停在半山腰，满寿山顶正拉着歇晌工的汽笛。

车上走下个四十来岁的人，头戴青礼帽，身上穿着件古铜色线春小棉袄，敞着前胸。这人叫杜老五，是日本大工头清水的心腹，性子挺阴。他长着一张驴脸，眉毛挺淡，眼角耷拉着，从来不正眼看人，只从眼角睄来睄去。笑的时候一咧嘴，皮笑肉不笑，露出当门的两颗大金牙。清水坐在北平，从来不上山，组里大权都操在组长杜老五手里。在矿山上，有许许多多这样的组，每组都有自己的工头，到处设法骗取工人上山，由组长向矿方包活做，从中剥削工人的劳力和工资。这回是杜老五从山下招工刚回来。

他走到一辆铁闷子车前，打开锁，噶啷啷地推开车门，里面冒出一股熏人的屎尿气味。车里塞满了人，每人前襟上都挂着个黄布条，写着龙烟铁矿多少多少号。遇到暑天，车里闷热，锁得又严，曾经有一次，一车人全在半路上活活憋死。现在天凉了，不过闷得个个人也

① 即1941年。

是半死不活的。

杜老五朝着车里催道：“下车吧，别等人请了！”

车里就爬出许多人，乍一见亮，眼睛都刺得睁不开。当中有个老头，快五十了，高眉棱骨，方嘴巴子，走路摇摇晃晃的，精神挺坏。旁边一个二十几岁的高大汉子搀着他的手，又回头关照后边一个妇女说：“大婶，庆儿兄弟下来没有？”

老头叫董长兴，顺德府人，家里原有八九亩破地，头年闹旱灾，收成不够吃的，托人向一家财主借了一斗粮，秋天要还五斗。不想越渴越吃盐，今年偏巧又闹蝗灾，粒米未收，还不起债，地都被地主顶了账夺去，自己也变成了财主的雇工。搀着他的那人叫殷冬水，低脑门子，大嘴，胳膊有碗口粗，自少孤人一个，给那家财主扛长活。看着董长兴的事，殷冬水气得骂道：“我肏他奶奶，他的心叫狼吃了，怎么干出这样没人味的事！”董长兴怕惹事，忧愁总闷在肚子里，埋着头不响，头发可一下子白了许多。

有一天，两人正在地里替财主割马草，忽然被几个伪军绑进顺德城，后来才知道是地主从他们身上拿到一百元安家费，把两人卖给红石山下来招工的杜老五。董长兴的老婆得到信，带着孩子庆儿找到城里去，拉着丈夫的衣裳只是哭。杜老五端量着庆儿，见他也有十四五岁，滚圆的头，脸腮像火一样红，两眼一眨一眨的，长眼毛挂下来，好像帘子，心里想道：“这小子倒壮，弄上山也可以下坑道。”就假意说：“别哭了。我这个人就是心软，叫你哭得我也不好受。也罢，你们娘俩也跟着上山去吧，好赖有你们吃的。”

庆儿娘感激得说不出话，当场给杜老五磕了个头。在路上，他们被锁在闷子车里，一天发两个黑馒头，连塞嗓子眼也不够，又饿又渴，好容易熬过命来，总算到了矿山，满心希望前面会有什么好命运等着他们，但是他们却被吞进虎口里了。

二 “红”

一上矿山，最刺眼的是红色。山岭、道路、房屋，矿工的手、脸、衣服，甚至于天上飞的山鸟，地上长的野草，没一处不被矿石染得红嫣嫣的，所以工人们都叫矿石是“红”。矿区共分三部。中部以满寿山为主，日本的管理机构都设在这，就数劳务科最惹人恨。配给工人食粮，发给工人工资，都由劳务科管，工头组长就和日本人勾结一气，千方百计剥工人的皮，恨得大家叫劳务科是“老虎科”。西部全是坑道。翻过东山梁，朝东部沙子地一望，却是一片华丽精巧的洋房。山上的日本人全住在这，过着幽雅的生活。为了保护这些骄子，这里驻扎着矿山自卫队，还在一座大疙瘩上修造一座营房，广岛小队长带着六七十“皇军”镇守全山。工人区散在各地山洼里，低矮的小屋，又脏又臭。杜老五的清水组住在满寿山紧下边，因为山上人太密，只占了一间大工房，对面两铺大炕，能挤六十多人。组里有百十来口子，睡不下，杜老五心眼灵，把工人分成昼夜两班做活，这一班来，那一班去，都在这间房子里倒腾着住。房子的屋顶墙壁被烟熏得黜黑，窗上糊着发黄的旧报纸，报纸破的地方，又挡上破草帘子，白天房里也暗得辨不清颜色。董长兴带着家族，单在旁边找了间小土窑，又黑又矮，进屋直不起腰，像个狗窝。下矿做活，杜老五从来不去，全由班长贾二旦领头。

这人瘦得像个猴子，马蜂腰，洼口眼，戴着顶柳条帽斗，随手不离一根小榔头，一走一摇。他也真能克扣工人。每逢开支，欺负工人不识字，又扣伙食，又刨给工头组长班长等的扣头，算盘珠一扒拉，剩的钱也就没几个了，有时还说你亏钱，逼着你赔。开支时还常发大烟，坐价特别便宜，日本人故意纵容着工人抽。不过贾二旦也有点顾忌，就是不大敢惹一个叫胡金海的人。

董长兴新来那天，正在小窑里忙着扫炕、撮土，胡金海拿着领破草帘子走进来，怪腼腆地笑道："天冷了，门上得有个挡风的东西。你们新来乍到，东西不凑手，先将就着这个用吧。"就动手帮董长兴往门上挂帘子。

董长兴连声道谢，不觉仔细打量了胡金海几眼，只见他的四方脸上尽管抹的红一块，黑一块，竟是个俊人物：中流身材，宽肩膀，大眼睛，两条眉毛又长又黑，像是蝴蝶须。董长兴一生吃亏太多，不想沾旁人的光，也怕受人的害，见了人总是平平和和的，不远不近。于今这个壮小伙子初次见面，人生面不熟的，可叫他欢喜。从此他便常常接近胡金海，见他做事利落。为人又有血性，只可惜落到矿山上当苦力，有一次忍不住问道："你有能耐，又是有家有业的，怎么来受这个罪？"

胡金海道："我有什么家，还不是跟你一样？"

原来他本是河北饶阳人，有一年滹沱河闹大水，他爹拉着他和姐姐流落到龙关。爹死了，姐姐嫁给一个叫王世武的木匠，他也就靠着姐姐住在红石山西南二十来里的大坝口村。别看他外表羞答答的，秉性可强，从少受不得一点闲气。他给人放羊，做零活，主人家骂他一句，打他一巴掌，就赌气跑回去，惹得姐姐哭道："咱爹就留下你这条根子，你怎么学的像个槐树虫，一走一个罗锅，就不肯迈个正经步！"

可是胡金海越长越拧。十七岁上，日本人在红石山闹铁，他上了矿山。从这组跳到那组，那组跳到这组，最后落到杜老五手里。不过他也学乖了，明知道杜老五的心胸活像蜘蛛网，密密层层的，专想害人，可是离开他，又能往哪去呢？走遍天下，还不是得受气。于是忍口气想道："算了，别由着意闹吧！"他吃的苦头最多，也最能体会旁人的苦楚，这种同情心把他和董长兴紧紧地连在一起。

三　坑道里

天变了脸，纷纷扬扬下了一夜雪。赶天明，北山后猛然起了风，一翻过山头，就像百万大军，呼啸着撕杀过来，吹得半空的大雪片子飘飘横飞，漫山的积雪也卷起来，上天下地，白茫茫的混沌一片。

这样坏天气，工人们谁愿上班。无奈“老虎科”的汽笛一早紧响，贾二旦尖着嗓子叫道：“下点雪算什么？你们也不是金枝玉叶，变得这样娇！谁不去就罚他一天工钱！”

工人的衣裳都是又破又烂，有个抽大烟的工人身上连一丝棉絮都没有，光披着破麻包，腿上包着洋灰袋子。大家只好披上烂棉被，拿条草绳拦腰绑住，权且挡挡风寒。

他们顶着风雪，抖抖索索走到活地，点起黄铜小瓦斯灯，钻进洞子，浑身的肉好像叫风撕得稀烂。大毛驴突然从黑影里闪出来。这是采矿事务所日本人冷野的外号，因他性子恶，动不动踢人。他的身后老像尾巴似的跟着两条狗：一条是叫“富士”的狼狗，另一条是他的中国助手“烂剥皮”。

大毛驴举起左腕，就着灯光看了看表，呜噜呜噜地叫道：“怎么的这样晚！怎么的这样晚！”一边不顾死活地乱踢一阵，撵着工人快走。

坑道里又潮又冷，顶上挂着一球一球的冰，溜光滚圆。每隔十来步便挂着盏电灯，散出些黄光，照着一片飞扬的红末子，像是红雾。来来往往的人看来都像黑纸铰的影子，扁扁的，变了原形。五颜六色更分不清，样样东西只显得说红不红，说黑不黑，说黄不黄。

正是用风钻朝矿层打眼的时候，到处只听见风钻突突地吼叫，把人都震聋了。

贾二旦带着工人来到一座“拂面”前（顺着矿层向上打红的槽），上边挂着盏小电灯，暗幽幽的，照见“拂面”的斜坡上放着一张铁板做流子，许多“红”堆在那，还没运走。他提着瓦斯灯，拄着小榔头，先爬到高头，挂起灯来，左手托着红顶，右手拿小榔头东敲敲，西敲敲，侧着耳朵听了一阵，听起来顶还结实，不至于塌，便招了招手，殷冬水就抱着个龙虾似的二尺来长的风钻，跟着胡金海爬上去。

打眼经常得三个人。胡金海眼精手快，殷冬水又有股蛮劲，两个人一盘钻，也就绰绰有余。正在他们打眼的当儿，董长兴跟庆儿等人都在装车运红。他们把“红”从“拂面”的铁板上扒拉下来，撮进骨碌马（矿车），一辆一辆顺着轨道推出去。骨碌马冰的可怕，一沾手，像咬似的痛，大家就用肩膀推。董长兴和那个抽大烟的工人合推一辆，铁骨轮碾得轨道轰隆轰隆响，震得耳朵嗡嗡的，好像灌满水。

快到洞口，董长兴一眼望见烂剥皮站在一堆柴火前。他知道这家伙惯会豆腐里挑骨头，诈财骗钱，怕他找碴，就连忙肘了他的同伴一下，推着车跑起来。

烂剥皮早在后面喝道：“慌什么？又没有鬼迫命！”三步两步抢过来，紧眨着左眼，拍着车沿骂道：“操你个奶奶，你们这是来骗谁，车装的满都不满！”董长兴明知他要诈财，可是腰里掏不出钱。烂剥皮更火了，用手翻了翻“红”，叫得更凶：“装不满也罢，怎么还有石头？非扣你们的车数不可！”

那个抽大烟的工人僵在洞口，风搅着雪，一阵一阵白旋风绕着他打转。他肚里无食，身上无衣，又有口瘾，早冻的受不住了，浑身直打冷颤。烂剥皮对准他的腿腕子就是一脚，恶狠狠地骂道：“滚你妈的蛋，别在这装蒜！”

那人哼了一声，一头栽倒，只是哆嗦。烂剥皮还不肯放松，对着他的头又铿铿地跺了几脚，一面骂道：“好杂种操的，再叫你装死！我看你的脑壳硬不硬，硬就得干活！”

那人蹬了蹬脚，不动了。董长兴上去摸摸他的胸口，吃惊地道："唉，他冻死啦！"

烂剥皮先还不信，用手试了试死人的嘴，也有点慌，随后敛住神色喝道："死就死了吧！反正有的是中国人，死一个半个不算什么！"就把死人横拖竖拉到洞外的沟沿上，拿脚一踹，死尸顺着山坡骨碌骨碌滚到沟底去。风雪正紧，转眼把死尸埋在大雪里了。

四　坑道里之二

"拂面"上正在打眼。一开手，胡金海显得并不精明。他把风钻上的风签对着矿层平打，有意无意一歪扭，风签喀嚓地断成两截。

大毛驴爬上来，皱皱着眉头，呜噜呜噜叫了一阵，随后端量端量石头碴，摸出根粉笔，上上下下画了二十来个白圈，又做着手势，亲自指挥胡金海照着他画的地方钻眼。

胡金海在矿山上混了几年，心里像灯一样亮，明知打眼要看好石头碴，才能多崩出红，可是故意装傻，装的像经大毛驴这一指点，才通了窍。就跟殷冬水重新在风钻上装好风签，又动手打眼。

这回，两个人拿出本事来了。

殷冬水抱着风钻，顶在胸脯上，像钳子箍住一样牢实。胡金海叉开腿，拿肩膀扛着风钻的前端，右手稳稳当当地托住风签。风门一开，大股风从风管流进风钻，突突地响，顶得风签紧打着转，咯啦咯啦地钻进红石头去。他们浑身的筋肉一时就像过了电，震得乱跳。

风签转得越快，红末子四处乱飞，把灯都遮暗了。胡金海嘴里咬着块布，左胳膊平伸出去，竖起巴掌，挡开红末子，不时对殷冬水做着手势。一会把手往下压，一会翻着手掌向上提，一会往左撇，一会又往右摆，殷冬水便随着他的手势挪动风钻的方向。风签转得一慢，殷冬水赶紧搬搬风门，只听噗哧噗哧地几声，大团的红末子从风门喷出来，接着又突突地响起来了。

大毛驴守在旁边，绷着个脸，也不禁暗暗叫好。对着表一看，打个一米多深的眼，还不用十分钟。前后不到三个钟头，二十来个白圈都打完了。两个人也冒了汗。

大毛驴一走，殷冬水对着胡金海的耳朵叫道："真背幸，今天算白卖冤枉力气了！"

胡金海低着眼一笑，也叫道："不要紧，应该显显本事，别叫大毛驴抓咱白帽子（傻瓜）！别看他鬼，回头看我摆弄他吧！"

打完眼就该放炮。庆儿拐着篮子，送上炸药和炮土。胡金海拿起一卷火药撕开一头，塞进炮眼去，接着又塞第二卷，第三卷……浮头塞进的炸药才带着雷管，拖着根黑漆捻子。装完药，又塞炮土。殷冬水拿起根棍子，使力往里捣。胡金海接过棍子，只轻轻戳了两下，回头对殷冬水一笑。殷冬水明白了，咧开大嘴，照样做去，接着又去摘电灯，撤电线，装进篮子里，领着庆儿先走了。

胡金海拧了拧瓦斯灯的水门挺子，对着水门吹了几口，灯苗猛的大了，足有半尺来长。他擎着灯照照"拂面"下面，见没有人，便用灯苗点炮。先点顶炮，再点中间的，末尾才点底炮。点完炮，不慌不忙走下"拂面"，提着灯往外走。走不到一百步，耳朵嗡地一震，接着又是第二下，第三下。……他一路走，一路数着炮，赶来到大巷子里伙伴们坐着烤火的地方，炮也停了，就问道："你们听清没有，怎么短了一炮？"

伙伴们正围着火听董长兴诉说那个伙计冻死的情形，殷冬水听的冒火，发急道："管他什么炮不炮呢！这些事，简直叫人气破肚子！依我的意，先揍死烂剥皮这个兔崽子再讲！"

不知谁道："一个大烟鬼，死就死了吧，有什么可惜的！"

董长兴叹道："你不知道，他的心可不坏呢。我也劝过他：'你不好把大烟忌了么？日本人让咱抽，自己可不抽，明明是坑害人！'你当他不懊悔么？懊悔得掉泪呢。还答应我忌烟，可是过一天又对我说：'我不忌了。咱们这样人，早晚没有好死，抽口烟，迷迷荡荡的，倒能忘了那些难受事！’”

又有人道：“你们没看见，那小伙子刚来，拳头粗胳膊硬的，可壮啦。一抽上大烟，越来越瘦，瘦的竟像高粱秸，真是杀人不见血！”

正议论着，大毛驴又走过来。他一心一意只惦着自己亲手画的白圈，以为凭他的老经验，亲自指挥打眼，一炮起码也能崩下一车红，就跺跺脚上的雪催促道：“你们还坐着干什么，怎么也不看看去！”

胡金海皱了皱眉答道：“有一炮还没响呢……”

大毛驴挥着手，不耐烦地呜噜道：“快快地看看去，死不了的！”

殷冬水站起身，使气嘟囔道：“死不了就去！”一手提起盛灯泡的篮子，一手提着瓦斯灯就走。胡金海从背后叫道：“你可当心哪！”

整个坑道里的风钻都停了，洞子里静悄悄的，只有风管漏气的地方，刺刺地响。灯泡怕点炮崩坏，差不多都摘了，坑道里比往常更黑。好在殷冬水会看石头碴，往上跷的那面是北，坡的那面是南，方向辨清，便不会错到旁的巷子去。

“拂面”上烟还没散，火药味挺重，呛的他直咳嗽。提起灯照照，净是红烟，什么都看不见。他爬上“拂面”，拧开风管，先让风把烟吹散，然后细细一看，原来有根捻子受了潮，烧到半截灭了。铁板上是一大堆新崩的红。

他挂起瓦斯灯，动手去按电灯。瓦斯灯苗忽然缩得像豆粒一样小，看看要灭了。都怪他粗心，一天没添水，还会不灭？碰巧脚下有半截小黄火药，不知谁扔的。他一哈腰拾起来，对着灯苗点着。就在这时，耳边轰的一声，眼前立时变得漆黑，觉得左手一阵烫热。气得他一跺脚道：“真他妈的捣蛋，哪里放炮，把灯都给震灭了！”一边摸下“拂面”，骂骂咧咧地走出去。刚走到火堆前，胡金海忽地跳起来道：“哎呀，你的手怎么的啦？”

殷冬水一低头，看见左手血淋淋地郎当下来，只觉得又麻又热，可丝毫不痛。他呆了呆，忽然把大嘴一闭，咬着牙，咯吱地扭下那只断手，往地下一摔道：“操他娘，我这下子算完了！”

胡金海跺着脚道："嗐，嗐！怕你出事，就出事啦！"

殷冬水的神色很惨，勉强笑道："倒不管那一炮的事。是瓦斯灯要灭，我点了块小黄火药……"

胡金海忍不住叫道："就炸啦！是不是？你怎么这样傻，就不知道日本人怕咱们点火药当灯亮，常在火药里装炮胆，有意使坏！"

工人们乱噪噪地替殷冬水包伤，又扶着他到医院去。大毛驴可不管那一套，心里只惦着究竟崩下多少红来。赶去一看，一炮竟连半车也不够。他脸上磨不开，心里纳闷，只有无缘无故踢人。

胡金海不言语，心里可透亮透亮的。炮土不塞紧，炸力定规不大；点炮先点顶炮，不先点中间的，崩的自然也不会多。这就是他要摆弄大毛驴的手段。

五　翻身饼

阴历小尽，腊月二十九，"老虎科"还叫工人"紧红"（加紧出铁的意思）。各组长传出日本人的话道："一年四季，熬的就是个年，本来该放一天假，不过'皇军'正在太平洋上打胜仗，咱们也该下点力，多多打红，好完成'大东亚圣战'。不过也不能叫大家白辛苦，每人配给一斤头箩白面，初一早上好吃饺子。"

工人们谁也不信这套鬼话。老吹这里那里胜利，眼前矿山上可就慌得不行。四处都在赶修炮楼，沙子地安上电网，满寿山顶还特意加修一座大炮楼。甚至于工人区也安上电网，假意说是保护工人，骨子里是把工人圈起来，防备闹事。工人区里常有来历不明的人，穿的比工人还坏，爬窗户，溜墙根，偷听工人的动静，找着碴讹人，动不动就掏出腰里掖的盒子炮，说你私通八路，把人逮到沙子地自卫队的地牢去。工人们时常交头接耳，私下悄悄议论着已经打到四乡的八路军。有从关南来的，见过八路军，日夜巴望他们能早一天上山，也有不清楚的，未免胆虚，可又盼望他们果真会来，先闹个天翻地覆。

后半晌，董长兴紧红去了，庆儿跑到“老虎科”，受了一大堆闲气，才领到一家人配给的三斤白面。扛回家时，西山头上正闪着亮晶晶的大猫星。

他娘正在破瓦盆里洗着几个烂土豆子。这个妇人整年累月愁眉苦脸地操劳着，只知道怨命。她用哭似的声音埋怨道：“你这孩子，一出去就是半天，也不知到哪贪玩去啦。缸里水都没有，还不去敲点冰，好做夜饭。”

庆儿一肚子委屈，眼泪汪汪地说：“谁贪玩？我才没贪玩呢！”噘着嘴不再言语，把面搁到锅台上，呵了呵皴得裂了口子的小手，拿起家私，走到外边去敲冰凌。

庆儿娘拉过面口袋，捏了点闻闻，蹙着鼻子想：“哎呀，这是什么面，怎么有一股邪味？”

不过有面吃就烧高香啦，哪顾上挑肥拣瘦的。心里又惦惙道：“大年下，有现成的面，胡金海也说要来家过年，还是烙个翻身饼，吃个吉利吧！”

庆儿不知从谁家房檐上敲了些冰柱回来，化成水，帮着娘合起面来。面又黑又黏，净是毛。烙饼时，往热锅里一放，不知怎的，越烙越小，面也散得收不起来。吃起来也黏牙。庆儿娘经过几次艰年，吃过观音粉，恨的说道：“面里净是假，连土粉子也掺进去啦！”

娘俩把饼对付着烙完，天大黑了，还不见董长兴回来。庆儿娘拿起件又红又脏的烂褂子，坐到灶火前，补着补丁，痴痴地等起来。

六 亡命的人

山顶上紧红紧得正热闹。“老虎科”门前插起两面绸子旗，一面红的，一面白的，预备发给头奖二奖。山头上按着大喇叭，隔不一回，便有广播放送出来，报告全山紧红的新闻，还有音乐，唱着日本的流行歌。组长平时不见面，也上山了。哪组出红出的多，日本人就给组长十字披红。从早到晚，满山的机器一刻不停。天一黑，满寿山顶的大探照灯放出光来，雪亮雪亮的，掉了针也能找到。

洞子里还是阴惨惨的。瓦斯灯的灯苗渐渐地不再发黄，越来越亮，胡金海就知道洞子外天黑了。自从殷冬水进了医院，就换了董长兴和一个脆萝卜嗓子的工人来抱风钻。大毛驴拿着小镐，带着狼狗，两条腿格外勤，时时跑上来，呜噜呜噜地叫一阵，催大家快干。他一来，胡金海装得挺带劲，一走就吹着口哨，慢慢地动着手脚。打完八九个眼，风钻虽说照样突突地响，可是风签撞着红石头，光是咯啦咯啦响，不大肯往里走。

脆萝卜嗓子对着胡金海的耳朵叫道："风机房怎么回事？风不硬，打不进去。"

胡金海摆摆手道："管他呢，没有风更好。"

打了一阵，眼都挺浅，顶多能装两卷火药。董长兴有点多虑，指着旁边满满的一筐火药道："别的不怕，只是火药装不完，查出来怎么弄？"

胡金海拧起蝴蝶须似的长眉毛，想了想，蹲下身捡出一些火药，提起剩下的半筐药，诡密地笑道："你们装药吧，这些归我摆布。"便带上把铁锹摸下"拂面"去。

他贴着边溜到个黑圪落去，搁下筐子，三铁锹两铁锹挖了个坑，埋进火药，又用锹平上土，拿脚跺了几下，才要往回走，冷不防有人抓住他的胳膊腕子。……

烂剥皮当场把胡金海揪到事务所去。董长兴和脆萝卜嗓子也叫人押去了。事务所里电灯通明，大毛驴仰在一张摇椅里，腿跷在桌子上。

烂剥皮颠着脚后跟走上去，把半筐火药往桌上一搁，得意地眨着左眼道："你看看，简直反啦！连火药都埋了，定规是要卖给八路军。

我望见他贴着边溜，猜到有鬼。”

大毛驴霍地跳起来，也不问情由，左右开弓打了胡金海两个耳光子，又卡住胡金海的脖子使劲地摇，摇得胡金海的帽斗都掉了。然后几绊子把胡金海绊倒，气凶凶地骂道：“操你个奶奶，你卖了多少火药给八路军？”

胡金海蹲起来，红脸涨成紫色，呼哧呼哧地喘着，低着眼冷笑道：“别冤枉人，谁看见我卖给八路啦？今天风小，打的眼浅用不完，原打算埋着明天用……”

烂剥皮喝道：“他妈的，还敢顶嘴，非打不行！”

就有几个人马上把胡金海按倒。大毛驴抡起根镐把子，没头没脸地乱打一阵，打一下，问一句道：“你卖没卖？你卖没卖？”

胡金海一点不肯服软，直着嗓子辩道：“我就没卖！你们也不能骨头上安花朵，瞎造是非！”

董长兴往前走一步，颤着胡子央告道：“掌柜的，他说的是实情，我们连八路的影也没见，上哪卖呢？”

大毛驴的气头一转，一撒手，朝着董长兴撇过镐把子去，正打中董长兴的膝骨拐，痛得董长兴扑咚地跌倒。

又闹腾一阵，大毛驴见一时间不出情由，紧红紧的又急，挥着手叫：“先回去干活，先回去干活，一会再问！”

这伙人一走，大毛驴乏的要命，一屁股坐到椅子上，闭着眼养神。“富士”望望主人，又望望窗外，打个呵欠躺到炉子边去。昏昏沉沉中，大毛驴想着刚才的事，想到风机房，忽然好像有把钥匙在他脑子里一拧，弄开了窍，霍地睁开眼道：“他妈的，这些苦力明明是存心捣蛋，破坏紧红，非办几个不可！”他正要站起身，门开了，胡金海像是道电光，飕地闪进来。大毛驴一呆，没等定过神来，胡金海早窜到跟前，举起手里的洋镐，劈头打下来。大毛驴慌的拿胳膊一挡，跳起来想跑，第二镐又打过来，恰巧打中他的脑袋，冒了血花。

“富士”呜的一声扑上来，咬住胡金海的破棉裤，使劲摆头。胡金海连打几镐，打得它吭唧吭唧叫着钻到桌子底下去。胡金海抡着镐，又朝大毛驴的头打了几镐，然后撇了家伙，冷笑一声窜出去。

刚交半夜，天阴得挺厚，风刮得正猛。他四下望了望，顺着一道又高又陡的山坡爬上去，转眼溶化进黑茫茫的夜色里。

一刻钟后，有人到事务所来，发现大毛驴死在地上，死尸旁边掉了个工牌，写着胡金海的名字。自卫队立刻四处抓人，早没了影。连夜追到大坝口他姐姐家，又扑了空。一连闹腾几天，总访查不出胡金海的踪影。工人们纷纷揣测，认为准是胡金海那晚上逃走，天黑雪滑，摔死在哪个山沟里了。

七 “一上山，命就不是你的了！”

胡金海失踪的第二天，董长兴就病了。一个上年纪的人，受了蹂躏，心上又挂点火，一时发起烧来。庆儿娘有点发慌。董长兴道：“你慌什么？也不是什么大病，今天歇一天班，养养就好啦。”便叫庆儿给他去告假。不一会，杜老五和贾二旦一前一后走进来。

杜老五拿牙签剔着大金牙，瞟了病人一眼，冷冰冰地问道：“怎么，有病啦？”

庆儿娘小声答道：“可不是，黑间折腾了大半夜，也不想吃东西。”

杜老五嗤着鼻子道：“谁也不是铁打的，哪能没有个三灾两难的，要是个个人一不精神就歇班，矿山早得停工啦！”

董长兴翻了个身，哼哼着道：“我但凡能动弹，也不愿歇，实在是熬不住啦！”

杜老五好像没听见，搭拉着驴脸道：“起来吧！一星半点病，也要不了命！都是关南人，乡里乡亲的，别闹的大家脸红！”

董长兴哼哼着，还是不动。

贾二旦发急道："你装什么聋！难道没听见组长的话？"

庆儿娘用哭音哀告道："你们可怜可怜他，饶了他吧！也不是装病，不看见他的嘴都烧起泡来啦！"

贾二旦哪里肯听，尖着嗓子骂道："给你脸不要脸，偏要自讨没趣，我看你能动弹不能动弹！"说着上去就挡开被窝，横拖竖拉地把董长兴扯下炕，一直往门外拖。

董长兴病的两脚没根，叫贾二旦拉得一个斤头一个斤头的，一时又要咳嗽，呛得脸红脖子粗，喘不过气来。

庆儿娘叫道："你们这是做什么？人家有病，也没把命卖给你们，就不许人家躺一天？"上去要拦。贾二旦一回手把她推出多远，喝道："靠后点！一上山，命就不是你的了！"

庆儿闹愣了，一会跑着追出去，约莫半顿饭工夫，又把他爹搀回来。董长兴耷拉着头，胡子上挂着红痰，一步一哼哼，好容易挨到炕边，一头攮下去，眼一闭，半句话也不开口。

庆儿娘慌了神，忙着给男人盖上被，哭着问道："你这是怎么的啦？"

庆儿噘着嘴，气虎虎地说道："都是姓贾的那小子不是人！他硬拉着爹走，爹倒了，走不动，他还打，看看实在不行，才扔下爹！"

这一折磨，董长兴的病一时重，一时轻，缠到身上再也不去。

八　长夜漫漫何时旦？

人是经不起折磨的，可又顶耐折磨。董长兴比起乍来时，走样了。高大的骨骼瘦嶙嶙的，两腮洼下去，头发胡子乱蓬蓬的，压赛霜打的枯草。庆儿娘见他血气越来越衰，有时为了吃的，一能动弹，还得挣扎着上班，日夜担忧他支撑不住。可是也算他命大，熬过一个春天又一个春天，熬过一个秋天，于今又入秋了。刚过五十的人，记性坏得颠三倒四的，心事又重，好不好便带着忧愁的神情，问他老婆道："你说咱们离家几年啦？"

庆儿娘掐着指头，怯生生地算道："前年冬底来的，去年一年，今年是第三个年头了。"

董长兴就叹气道："嗳，日子真难过，怎么好像有几十年啦！"

殷冬水早出了院，瘦了，嘴显得更大，左胳膊啷当着，袖口空荡荡的，性子变得更烈。每逢谈起这些事，他就要破口骂道："他娘的，算起来日子不多，倒霉可倒到家了！光肥了日本人！你们看山上，一年兴旺是一年！"

可不是，矿山上数着这时候人多，房子和土窑塞得满噔噔的，还占不下。新抓来挺多人只得露天搭窝棚，秋天雨多，一连阴，漏得泥汤浆水的，站脚的地方都没有。

庆儿娘又像哭似的埋怨道："光知道到处抓人，拿什么给吃的！前次领了点小米，他爹还高兴呢，谁知是捂了的坏米，焖干饭吃，臭的像屎，一闻就恶心发呕，哪里咽得下去！这一程子，想吃臭米也吃不到，光配给山药蛋了。"

还是烂的，都生了芽。米缸里没有一颗存粮，白水煮烂山药蛋，乍吃也香。一遭香，两遭臭，赶吃到第三遭，见了就发怵。大人还可以强咽，庆儿快长成人，正是能吃的时候，饥一顿，饱一顿，哪能经得起？他只觉得肚子发坠，想要拉屎，可是又没屎，噗哧噗哧的，拉的尽是白沫。不上几天，这孩子便爬不起了。先是发冷，浑身好像浸在冰里，直打寒颤，后来又发热，跟火热一样，两脚乱蹬，盖不住东西。翻腾一宿，眼窝便塌下去，说话都没力气。

庆儿娘守在旁边，擦眼抹泪的，觉也不睡。儿子哼一声，她赶忙问："庆儿，你哪里难受？"儿子蹬开被，她又赶忙替盖上，接长补短地小声问道："庆儿，你喝不喝水？你想不想吃东西？"

庆儿闭着眼，糊里糊涂的，一味地摇头。天亮以后，他安生点，睡了半天，又醒了，要吃东西。他娘从锅里拾了碗烂山药蛋，剥光皮，喂一个到他嘴里。他嚼了嚼，唠了一口，都吐出来，呻吟着说：“娘，我吃不下！”

他娘这一阵寒心，扑落落掉下泪来。除了山药蛋，即使翻倒土窑，也刮不出半点旁的吃食。她活到四十，跟前只这块心尖上的肉，剜出她的心，也要救活他。就咽下口泪，对儿子悄悄说道，“庆儿，你耐一下心，娘给你找好吃的去！”一边抹着泪，赶到杜老五家里去，没开口，先流下泪来道：“行行好，你给上‘老虎科’说一声，开点白面票吧！我那孩子病啦，顶到脚下，连口汤水也没喝！”

杜老五挂下驴脸道：“呃？庆儿又歇班啦？你们家那两个人是怎么回事，三日打鱼，二日晒网，这又不是在你们家里，怎么这样随便！”

庆儿娘拿袖口擦着泪，低声下气道：“我也知道歇班不好，谁想到他就病了。先求组长借点面，以后病好了，叫他补多少工都行。”

杜老五瞟了她一眼，望着贾二旦说：“你听听，不上班，倒要借面，净是他们的便宜了！一些臭苦力，也都长嫩了，这个病，那个病，光我们组里，两天就躺下四五个。”

全山病的还多呢。有的害热病，多少日子水米不沾牙；有的害血伤寒，鼻子淌出一大摊血，传染得顶快；也有结火太大，拉不出屎，尿不出尿的。工人们都怪山药蛋，“老虎科”传出话来说：过三两天定准发面。面当真发下来了，灰不溜丢的，夹着杂七杂八的黑皮，原来是黑豆面。刚吃上一顿，许多人拉起稀来，有的转成痢疾。言语没腿，走得可快，全山很快都耳闻一件事：日本人怕吃了黑豆面不消食，特意在里边掺进黑白丑（一种吃了就泻吐的草）。灾病一流行，矿山的日本医生平野闹不清是什么病，不论男女，抓到人就按倒，把根两三寸长的玻璃管插进屁眼里，抽粪验病，吓的工人见了就跑。

庆儿害的是热病，从早到晚昏迷着。这天傍黑，他爹拖着个病身子从活地回来，老两口悄悄地守着儿子。听着儿子喘气的声音，半晌半晌，女人终归忍不住，抽抽搭搭哭道：“咱们就这样眼睁睁地看着他死了么？连点能吃的东西都不替他弄！”

董长兴闷着头不响，眼珠死挺挺的，转都不转。好半天，他喘了口气，抓起菜刀掖在怀里，颤颤哆嗦地拉开门，走到外面去。女人吃惊地叫道：“你做什么去？”他早走远了。

约莫过了两个钟头，董长兴才跌跌撞撞走回来，回身关上窑门，又顶上根大栓。他的全身沾着露水，满头冒着汗珠，气色很不定。庆儿娘吓得紧盯着他，只见他走到锅台边，从怀里掏出菜刀，又掏出一大堆新割的高粱穗，一面喘嘘嘘地说道：“我活这么大年纪，柴火棍也没沾人的，于今逼得我去偷！庄稼主弄点庄稼，那是容易的？要不是走投无路，我姓董的一万辈子也不干这种寒伧事！”说着掉下几滴眼泪。

两口俩立时偷着摘高粱，提心吊胆的，就怕碰上特务或是自卫队。摘了一些，在锅里熬成粥，先舀了一碗给儿子。庆儿闻见饭香，半睁开眼，在娘手里喝了两三口，便摇摇头不吃了。做娘的禁不住悄悄哭道：“唉，这苦日子，几时才能熬到个头，倒不如死了好！”

董长兴瘫在炕上，半点也不想吃。

九　死亡线上

庆儿没好，他爹又跟着害起热病了。炕上躺着两个病人，忽冷忽热，整天昏迷不醒，全靠庆儿娘招呼。一发高烧，老头子仰着脖子，胡子挂着黏痰，含含混混地乱说胡话。庆儿闹得慌，翻来覆去，顺着嘴乱说：“回家去，回家去，我要回家去！……”发起冷来，这孩子便直着嗓子嚷：“嗳哟嚎！嗳哟嚎！”一下子就厥过去。

庆儿娘日夜不脱衣裳，伴着病人悄悄地哭，心里又焦急，憔悴得黄皮骨瘦的，好像拿栀子水洗过脸，本来没病，也带上五分病了。爷俩都不挣工钱，一天一天，家里绝粮了。长兴清醒点，喝口白水，像是个馋嘴的孩子，哼哼着说：“嗳，要有口米汤喝多好！我就想口米汤喝！”

可是从哪弄呢？庆儿娘还是昨天晌午吞了几个半生不熟的烂山药蛋，顶到脚下饿着肚子。人穷志短，爽性抹下脸，出去讨口饭吧！碰巧能要点米汤，也说不定。就端着个破碗，走到外面来。

区里的光景竟大变了，死亡统治着全山。四下静悄悄的，难得遇见个活人。就是遇见个把人，也只剩下副骨头架子，走路摇摇晃晃的，快进棺材了。前沟后沟，扔的满是死尸，有的卷着破席头，有的光着身子，死尸的臭味熏得人恶心。要哭么？哭吧！哭几回也就没劲了，不哭了，活着的人还得活呀！

庆儿娘拿手扶着墙，走几步，歇一会，挨到一家门口，朝里伸着个破碗，有气无力地小声说：“行行好吧，乡亲们，有剩饭赏我一口！”可是，这家门口摆着死人，那家炕上病倒好几口，第三家的病人快要断气，娘们小孩正围着凄凄惨惨地哭。自己都顾不了自己，谁还能分心可怜旁人。庆儿娘直着眼，时常不小心，一脚踹着人家墙根放的死尸，绊个斤头，哄起大群的金头苍蝇。她也不在意，竟像叫木头绊倒一样，爬起身又走。

走过几栋房子，耳闻到有人呜噜呜噜地叫，不知嗥闹什么。她顺着叫声走去，转了个弯，来到一所大工房前，只见那个日本医生平野嘴上蒙着白口罩，手上带着白手套，正在发脾气。他专管工人区的卫生，打从流行病发生，显得格外关心，天天来查房子，一来便大呼小叫，有时嫌工房龌龊，不管刮风下雨，高低也要这家把病人挪到门外去，打扫屋子。病人死了，他却整一整口罩，掉开脸骂：“谁叫你们不讲卫生，病了又不吃药，统统死了活该！”

这当儿，平野离大工房站得远远的，嫌口罩不紧，又拿手捂着鼻子嘴，指手画脚地叫道：“传染病！传染病！快快抬出去埋了，好封门！”

就有个跟来的中国职员跑到各家门前嚷道：“埋人去，埋人去啦！”

庆儿娘倚着墙，茫然地望着大工房，只见里边对面两铺大炕，排满了人，全都伸着腿，光着脚，直挺挺地不动。屋角还有四五个死尸，堆在一起，像是柴火。原来一屋子人都害热病死绝了。

那个职员白嚷一阵，嗓子都哑了，跑回来喘道：“真没法子，全区都跑遍了，也找不到一个像样的活人！能动的早上班啦！”

平野指一指扔在各家门前和山沟里的死尸，又呜噜呜噜叫道：“这些怎么也不埋？昨天不是告诉了要埋么！”

那个职员说：“昨天死的都埋了，这都是今天新死的。”

平野就像和谁赌气，恨恨地道：“死吧，死吧，中国人死光了没关系！”

庆儿娘寻思平野是“老虎科”的人，也许肯借点粮食，救救他们一家三口，便走过去跪下磕头道：“掌柜的，发发慈悲吧！我家里有两口病人，一天没生火了！……”

平野一扭头，掩着鼻子倒退几步道：“臭死了，给我滚开！”连忙跑了。

庆儿娘跪在地上，披散着头发，两眼直瞪瞪的，再没有力气爬起来。她心里空落落的，各种念头都断了，只觉得周身软绵绵的，一点一点瘫化下去。这都是命，听凭命摆弄她吧！背后来了一阵脚步声，有人压着嗓门唤她。她听见了，可像在梦里，连说话的气力也没有。来的人俯到她的头上，连声问道：“大婶，你怎么啦？呃？你怎么啦？”

她拨拉开头发，抬起眼，看见殷冬水站在跟前。殷冬水敞着胸膛，满脸是汗，右手叉着腰，肩膀上扛着个挺沉的口袋。他也不等回答，性急地问道：“大叔他们好点么？我刚从乡村买回点米，就怕碰上混账的自卫队，说是犯私，给我没收去。走吧，赶紧回家去吧！”

就扶了他大婶一把，搀她起来，两个人东张西望地溜回家来。

十　阶级的爱

不发寒热时，董长兴的神智挺清醒，只是不能动，更懒得说话。深更半夜不合眼，夜夜听见大群的狼嚎，抢着吃山沟的死人，吃红了眼，有时大月亮地，也敢闯进工人区里，前爪扑上窗，把嘴伸进工人的家来。越到夜静，左邻右舍的大人小孩唧哇乱叫，一会就有女人一声天一声地的哭着亲人。董长兴不禁要想到自己的身世，离乡背井，拉家带口的，眼前病得下不来炕，万一有个好歹，剩下他们娘俩怎么弄？一个老人家，受苦受难，心上磨得起茧，归期落得这样惨，思前想后，忍不住一阵心酸，簌簌地淌下泪来。

起初，一早一晚，贾二旦也不让他安生，常在窗外尖着嗓子骂道："真背幸，辛辛苦苦一个月，到头分不到钱，还得喝西北风！组里也不像个组了，东倒西歪的，简直是鸡巴毛炒韭菜，乱七八糟！别拿死降着人，又不是什么宝贝，有鼻子有眼的人，天下还不有的是！要死快死，好倒地方给旁人！"

一来二去，慢慢地不大骂了。董长兴幸喜没人噪聒，心里可寻思道："那个刻薄鬼莫非是吞了浆糊，黏得张不开嘴？"

殷冬水招着庆儿娘迈进门时，董长兴又在流泪，一时有点难为情，拿鸡爪子似的黑手抹干净泪，苦笑道："你看我越老越不成材了！也不知怎的，动不动就好哭！"

殷冬水拿右手揪住肩膀上的米袋子，一哈腰撂在地上，拿胳膊往低脑门子上一擦说："他娘的，剩下一只手，做事到底不灵了。"一回身又说："大叔，你也不用过意不去，这袋米是买给你和我兄弟的。我孤人一个，这两年勒紧肚子，好歹攒下几个钱，今天总算用得着了。"

董长兴一阵感激，背过脸说不出话。他女人小声哭道：“多亏大哥操心啦！人到这地步，也说不出旁的了。这也是天数，赶上这个灾难，只好听天由命吧！”

殷冬水揪着破袄襟擦擦胸膛上流的红汗，又忽打忽打地扇着风，亮开大嗓门说道：“什么天数？我再不信这一套了！你就是说的黄河水倒流，我也不信了！要说是天数，为什么日本人不死，偏偏就是咱们出苦力的该死！依我的歪看法，这都是几年来肚里无食，身上无衣，劳累过分，一下洞子再受些阴寒，才熬出这场大病大灾，旁的都是假话！”

董长兴闭着眼，上气不接下气地道：“冬水，你说的是……我一辈子做事，一步迈出去两个脚印，心胸放的正，几时亏过人？不该把我往死路上挤！……”

殷冬水一歪身坐到炕沿上说：“大叔，放宽心吧！人往高处想，水往低处流，等你病好了，咱们回家去。……”可是又即时改口悄声道：“不过我真等不及了，打算就走呢。”

董长兴从枕头上抬起头道：“他们放你走么？”

殷冬水把大嘴一闭，又压着嗓子说：“腿是我的，他们管得着么？丢了一只手算了，不能把命再丢在这。组里有些人，也都想跑。”

董长兴颤颤哆嗦地伸出手，使劲抓住殷冬水的手背，好半晌才颤着声说：“跑吧，趁着翅膀没断，赶早跑吧！……你大叔算是完了，再不能活着见到家乡人啦！……记着我的好处，忘了我的坏处，咱们二位这世有缘，来世见吧！”

殷冬水心里好惨，咽了口唾沫，不能出声。

已经是晚半天，工人下了班，只听贾二旦在外面尖着嗓子叫道：“埋人去啦！‘老虎科’叫埋死人去啦！”

殷冬水便骂道：“这小子，太没人味，病人死活不管，光知道顶着死人的名字，报虚名，吃空钱，下自己的腰包。”

贾二旦又在外面指着名叫道：“殷冬水，殷冬水，埋人去啦！——这家伙，也不言语一声，就旷半天工，钻到他娘的肚子里去了不成？”

殷冬水提起嗓子回骂道：“你吃了屎不成，满嘴不干不净的，混骂大街！老子就在这，别当我也怕你！”一边气虎虎地往外走，可是个子大，忘记低头，一下子碰到门框子上，痛得直揉头。这一下倒想起件事，连忙回过身说：“他娘的，正经事没办，倒气昏了！这有两粒牛黄解毒丸，刚给大叔他们掏换的，人家说治这个病顶灵，留着吃吧。”

说着从怀里摸出个纸包，递给庆儿娘，一掉腚又走了。

十一　茫茫的夜路

这天黑间，月亮滴溜圆。正当半夜，一小股人摸出工人区，顺着一道陡坡溜到沟底，悄悄地偷下山去。一起是十个人，被窝卷成长条，斜捆在身上，有的后腰上还绑着个破包袱，手里一律提着根镐把子。领头的是殷冬水，闪着个大身量，脚步总不能放轻，往往踩得石头响。后尾都是本组的光身伙友，脆萝卜嗓子也在里边。死逼到头上，谁不想跳出死地？三言两语，彼此透露心事，又一商量，就在今黑间觑个空，搭着伴奔下山去。

月亮光白哗哗的，满山的灯火好像褪了色，也好像比往日稀落了。这股人掩掩藏藏的，一路小跑，快到山脚时，影影绰绰地瞭见前面有一座炮楼，枪眼里透出灯光。

殷冬水收住脚，悄悄喊道：“这边来，这边来！”领着大伙爬上个斜坡，翻出了沟。

满地都是大秋，正待收割。伏里雨水缺，庄稼人又不断地得给日本人修路，摊差事，难得细锄草，庄稼便瘦得可怜，四处全露地皮。殷冬水领着大家插着庄稼地走，奔着宣化那个方向。从谷地钻进高粱地，高粱地又钻进豆子地，才认为摸到正路，不曾想走到个断崖上。

脆萝卜嗓子叫棘子挂破腿，嘟囔道："这是往哪走啊？瞎闯一阵，走的就不是路！"

殷冬水拿镐把子拨着庄稼，一边走，一边说："管他是路不是路，碰碰再说。"

转来转去，殷冬水也烦了，把镐把子一摔，爽神坐下去，赌气道："歇歇再走吧。看起来方向不错啊，怎么老摸不着正道？"

脆萝卜嗓子朝后望望，还瞭得见红石山上的几点灯火，就发急道："也不知道天什么时了？顶多才跑出十里地。万一日本人撵来怎么闹？"

殷冬水大声大气道："撵来就干！下山以前，大伙不是讲的明白，一个人一根镐把子，要是来追，豁出去拼了，也不走回头路！不是我吹牛夸口，别看我缺胳膊断手的，来个三对五对，还不放在眼里。只要天亮赶到宣化，一上火车，天大的事也不怕了。"

脆萝卜嗓子忽然指着远处道："你们看，那是什么？"

原来是辆汽车，亮着灯光开过来。大家慌得急忙躲到庄稼里，灯光却慢慢转了方向，开过去了。

有人喘了口气道："这准是从龙关往宣化开的，不知又有什么急事？可也巧，咱们正摸不着道，原来在那。"

大家连忙整整行李，迈上大道，顺着一铲平地放开脚步。原先那个焦急心慌啊，这会子恨不能一步迈到宣化。风露更大，庄稼散出股青味，各人都想起家，恍惚闻到家乡的土味。

鸡叫了三遍，月亮偏到大西边，满地乱摇着的庄稼影子越来越淡。白天和黑夜仿佛只隔一条门坎，跨过这一步，天就亮了。他们赶得口干舌燥，浑身发黏，来到一个小村，可巧有家干饼子铺，刚开门。大家正要找水喝，从东又开来两辆汽车，碾得尘土飞扬。殷冬水瞪了大伙一眼，迈步想跑，汽车早闯到跟前，车上有人大声喝道："不许动，谁动就打死谁！"

两挺机枪架在头一辆车上，正瞄着大家。杜老五伺候着广岛小队长立在车上，自卫队和日本“大部队”纷纷跳下来，一阵撕打，把十个人全都绑起。

一回矿山，杜老五马上保出脆萝卜嗓子等九个人，好言好语对他们说：“我这个人就是心软，你们可以对不起我，我可不能对不起你们。我知道你们都是好人，无非错听了姓殷的一套胡话，一时糊涂上当，往后可得规规矩矩做事，再闹出漏子，就怨不得我了。”

殷冬水真像犯了滔天大罪，五花大绑，立时捆到沙子地地牢去。半个月后，工人们早晨上班，路过满寿山，发现“老虎科”前搁个小木笼，里面摆着个人头。那头的肉皮叫药水泡得白里透青，脑门子很低，玻璃似的眼睛半睁半闭的，大嘴却闭得紧紧的，带着种激愤不平的神气。

认识的人失声叫道：“哎呀，这不是殷冬水么？”

可不是。杀鸡给狗看，他被认做八路军，竟叫日本兵拿机枪打烂下身，又绑到柱子上，练习刺枪，直到全身都烂了，才割下头，挂在这里示众。

十二　春天来了

春天来了，正是民国三十三年[①]。吹上几阵东风，红石山上各色各样的花草都冒了头。黄玫瑰开得最早，香喷喷的，遍山遍野都是。工人区的石碓臼里积的雪都化成水，几只山鸦雀落到碓臼边上，尾巴一跷一跷的，抢着跳进雪水里，亮开翅膀，头往水里一扎，翅膀拍打着水，洗起澡来。

董长兴的心一点都没苏醒。去年爷俩病时，庆儿吃了丸药，再加上他娘侍候得熨熨贴贴的，躺了二十来天就好了。做爹的到底老

① 即1944年。

了，从秋天躺到冬天，冬天又拖到春天，刚好点，别做事情，做事别累着，别撑着也别饿着，更不要焦急，一焦急，那病也就犯了。就这样，时好时犯，整整拖了半年，拖得老头子只剩下一把瘦骨头。

殷冬水的死信传到老人的耳朵时，他一天没吃饭。殷冬水是他近邻，又是他从小摸着头长大的，死得这样惨，哪能不伤心？

节气一改，庆儿娘心里又存了点指望，天天辨别着男人的气色，悄悄想道："病怕春秋雨季，开春没添病，也许不要紧了。"

土窑外下起雨来，沙沙的，一阵松，一阵紧。顶到半夜，庆儿才推开门进来，浑身湿淋淋的，又是红汗，又是泥水，乏得什么似的，一屁股坐到炕上说："饿坏我了！快给我点吃的罢，娘！"

他有十七岁了，一半像大人，一半像孩子，身量才拔起来，脖子显得很长，劳累得又瘦，只剩一对大眼，挂着帘子似的红眼睫毛。他娘连忙拾了一碗红高粱面窝窝头，递给儿子，站在旁边看着儿子狼吞虎咽地吃，一面问道："今天怎么回来的又是这样晚？"

庆儿塞得满嘴是干粮，呜噜呜噜说道："还不又是紧红。日本人指着数要我们四百吨红，出不齐，只好打连班，下雨也得干，熬得大伙又乏又饿，骨头都断了！"

庆儿娘又像哭似的说："真作孽呀！咱们这些人前世做了什么损德事，落在这里活遭罪！就不会有个活神仙，下来救救咱们！"

满寿山上忽然拉起汽笛来，又急又尖。……

起根只当是下夜班，没人留心。可是汽笛一个劲叫，隐隐约约还有枪响。庆儿撂下吃的往外就走。天空一片乌黑，雨下得正急。工人们差不多全起来了，胆大的打开门，出来探望，互相问道："哪里响枪？"谁也摸不清，只听见这个山头也放，那个山头也放。汽笛忽然断了，满寿山一带灯火全灭，黑咕隆咚的，人又叫，枪又响，乱做一团。

杜老五在黑地里慌慌张张嚷道："快进屋去，准是土匪来砸明火！"

贾二旦也尖着嗓门骂起大街来："王八蛋操的，你们是死人不成？

还不去关电网的门，好合闸！”

可是没等通上电，电网外一阵脚步声，一大伙人影早从入口处涌进来。当头的影子又矮又壮，像个小孩，领的路一步不错。好几条嗓子齐声喊道：“老乡，咱们是八路军，不用害怕！”

工人们大半没见过八路军，光看见日本人把八路军画成蓝靛脸，红胡子，还有犄角。他们未免惊慌，赶紧往家跑，砰砰磅磅乱关门。庆儿头脚进来，二脚就闩上门，赶忙拧灭电灯，喘嘘嘘地说：“他们到底来做什么？”

半空响了雷，打起闪来。雨地里又是人跑，又是人叫。庆儿娘吓得一屁股坐到地上去，衣裳扫在锅台上，哗拉一声，几个碗跌得稀碎。

就在这时，有人跳到窑门前，一边捶门，一边叫道：“开门，开门，赶快开门！”

窑里的人都噤住声，动都不敢动。

门外叫得更急。董长兴的精神一震，觉得嗓音好熟，再一细听，骤然撑起半个身道：“庆儿，快开！”

门一开，黑影里闯进来的是胡金海。

十三　黑人

自从打死大毛驴后，胡金海其实一直躲在大坝口他姐姐家里，隐姓埋名，不敢露面，变成个黑人，像埋在土里一样。

他姐姐先时很担心事，再三叮咛道：“往后可别由着你的心意胡来啦。虽说这是八路军的地面，那些死鬼子汉奸可不断地来，再惹出祸，连你姐夫也要受牵连。”

他姐夫王世武是个细高挑，长得细眉细眼的，为人精细老到，见事透亮。家里房无一间，地无一垅，自少要的是木匠手艺，好不容易攒下几个钱，将近三十才成家，日子过的还是吃了上顿，没有下顿。

民国二十九年[①]春天，八路军开辟了平北根据地，一个罗区长来到龙延怀八区（龙关、延庆、怀来的混合县），帮助穷人减租减息，增加工资，又挑了十个年轻、腿快、胆子大的人，编成游击小队，专管替八路军送信带路。王世武亲身参加了增资斗争，日子过的强了，干得起劲，又当了小队长，从此跟革命血肉相连了。他从早觉得胡金海刚硬要强，是条汉子。过了一阵子，看看没人追问，就替胡金海揽了群小羊羔放。

这当中，胡金海时常碰见八路军，都是些挺和气的人，穿着灰军装，有时是过路，到村问问地名，坐在街上歇歇乏就走了。有时也在村里住宿，悄悄地来了，悄悄地又走了，一点都不惊动人。深更半夜，还往往有人来敲王世武家的门。这些人穿着便衣，包着头，跟庄稼人一模一样，只差身上背着个挎包。每逢有人来，胡金海一定要帮着姐姐替客人烧水，或是做点吃的。

有一个黑间，罗区长来了。三十左右年纪，一身蓝粗布裤褂，磨飞边了，鞋也绽了底，露出脚指头来，身上背着杆单打一的牛枪。脸盘又扁又平，鼻子眼长的朴朴实实，厚厚道道的，走到哪都不惹眼。见了人也不大言语，只是一味地咧着嘴笑。

胡金海端着一大碗开水送给他喝。罗区长含着笑点点头，从上到下打量胡金海几眼，又笑了笑，才问王世武道："这是你的什么人哪？怎么早日没见过。"听见说起胡金海的来历，就变严肃了，点着头赞道："噢，倒真有骨气！"接着一低头，看见胡金海脚上趿着只破鞋，底和帮快分家了，便叹道："嗐，怎么连双鞋都混不上穿的！我这有一双，你先拿去穿吧。"一边从挎包里拿出双崭新的布鞋。

胡金海哪里肯接，怪腼腆地低着眼道："区长留着自己穿吧，你的鞋也破了。"

罗区长硬把鞋塞到胡金海怀里，含笑说道："拿着吧，拿着吧，

① 即1940年。

我就是再苦，也比你强。”

胡金海收下鞋，说不出的欢喜。他先前只当是世上的人都是只顾自己，不顾旁人，骑在旁人身上扇扇子，哪管你死活。像罗区长这样好人，他做梦也没梦见过。从此心坎里便留下罗区长的影子，时时刻刻也忘不了。

隔不几天，胡金海正在野地放羊，望见三个军人扑着村走来，扛着枪，大模大样的，也不避人。近前一觑，原来是矿山上的自卫队。

他的心闪电似的想道："这是来抓我的！"急忙闪到一块大石头后。

庄稼人多半到地里送粪去了，村里空落落的。三个自卫队进了村，也不见什么动静。青草正发芽，小羊羔吃得欢，四处乱跑，专找嫩芽吃。胡金海由着它们跑去，也没心照管。足足有一顿饭工夫，村里忽然响了声手榴弹，紧跟着又是一声。

胡金海正在纳闷，只见有个自卫队逃出村来，光着头、赤着一只脚，没命地跑，后边追着王世武和一个武大郎形的矬子。他心里明白一半，跳起来迎上前去。

自卫队看见觌面来了人，扭头又跑。胡金海捞起块石头，飕地扔出去，大声叫道："你往哪跑？看我的手榴弹！"

自卫队吃这一吓，一下子颠到沟里去。胡金海抢到沟沿上，张着膀子跳下去，一屁股骑到自卫队的身上，按住他的头，回过脸叫道："拿绳子给我，捆起他来！"

就由王世武帮着捆了个结实。

自卫队的脸擦着地，满嘴告饶道："大哥，大哥，你饶过我吧！"

王世武眯缝着细眼笑道："我饶了你，你可不饶我。话糙理不糙，这也不能怨我不讲交情，谁叫你自讨苦吃。"又转脸对胡金海说，"你看这些不知死活的东西，真是馋猫鼻子尖，吃腥嘴了，跑到咱这来要草鸡。我把他们稳在村公所，说是出来找鸡，可把吴黑找回去了。"便指一指刚刚跑上来的那个矬子。那人长得不过三尺来高，头有斗大，戴着顶大草帽子，活像蘑菇。

只听吴黑接嘴笑道：“找到我能有什么好处？还不是送他们两颗手榴弹，炸得死的死，伤的伤，这个家伙草鸡没吃成，倒先草鸡了！”

十四　你们看我行，就写上我吧！

区里给吴黑庆功戴花的那天，胡金海在会上也受到罗区长的表扬。胡金海佩服吴黑，就拉拉王世武的衣角，关心地问道：“这个人长的怎么这样出奇？”

王世武笑道：“你别看他长的丑，可有内秀。最会拉朋友，套交情，常常借口给日本人送情报，跑到矿山上探听消息，跟自卫队熟得动手动脚的，不分彼此。”

会场上飞起一片掌声。罗区长站到石台阶上，伸出两手压平满场的声音，慢静静地笑道：“吴黑同志这回的功劳真算不小，殊不知也是整个咱小队的功劳。你们看咱小队的同志，差不多个个都是年轻力壮，勇敢大胆，土枪土炮，手榴弹地雷，来了就够敌人受的！不过咱们的人还不大够，大家还该多多参加，谁愿意，现在就可以自动报名。”

胡金海的心猛然一跳，脸色都变了。先前他在矿山上，熟人很多，可总觉得孤零零的，没个依靠。今天在场的挑不出几个熟人，个个生龙活虎似的，仿佛都是亲人。他模模糊糊觉得这当中有股挺大的力量招引着他。他的两眼直盯着罗区长，想开口又开不得。

罗区长望了他一眼，看出他的心事，带着笑问：“胡金海，你的意思怎么样？”

胡金海的心一下子落下去，长眼眉舒展开，有点害羞说：“你们看我行，就写上我吧。”

从这天起，他加入游击队，好像重新从土里钻出来，腰板也直起，只觉得四面八方都是力量，支撑着他。罗区长更像盏黑路上的灯亮，领着他前进。菠菜上市，小羊羔吃草长大了，归了大群，他不再放羊，索性跟游击队跑到矿山附近，闹铁、割电线、打游击、摸炮楼，日夜不休，轰轰烈烈的，直顶到民国三十三年①春天。

十五　霹雷闪电的黑间（一）

夜里十一点钟，天下着雨，沙沙地，一阵松、一阵紧。吴黑戴着大草帽子，挎着个篮子，里边盛着新炸的油糕，用布盖着，从红石山背面爬上来。天黑路滑，走的又是放羊小道，全仗他路熟，领着胡金海等二十几个人一直摸到满寿山顶那座大炮楼近前。

炮楼下边紧邻着“老虎科”。矿工们不知吃了“老虎科”多少苦头，游击队决心要攮这个黑心几刀子。临时从各村调集五十多人，分做两路：一路由王世武领头，去砸“老虎科”；另一路就是胡金海、吴黑等人，要首先抢占这座炮楼。

事前吴黑费了番心思，探清山上敌人没添防，这两天可巧又是他认识的一个叫高义的自卫队守炮楼。头天下午，他像个鸭子，摆呀摆呀的，特意从炮楼前走。

高义从枪眼里叫道：“吴黑，你孤鬼冤魂的，往哪瞎逛荡？”

吴黑假装一愣，笑骂道：“操你娘，我当是谁！”又扬了扬手里拿的黄芹说：“我摘山茶来了，你要不要？”

高义的尖鼻子伸进枪眼，叫道：“我当什么好东西，谁稀罕你的。要孝敬老子就孝敬点好吃的东西。”

吴黑仰着脸笑道：“看把你美的！你想吃什么？我家里还有糕，给你送些来好不好？”

---

① 即1944年。

高义喜得道："要送可早点来，别叫鬼子看见，又给霸去吃了。"

现在正是来送糕。炮楼矗立在黑地里，显得又粗又高，怪怕人的。中间一层的枪眼亮洼洼的，正有人影闪动。吴黑朝后做个手势，胡金海等人全趴下，他独自个走到炮楼跟前，手捏着大草帽子边，仰着头喊道："高大哥，高大哥，睡了没有？"

上边喝道："哪一个？站远一点！"就听见搬得枪栓响。竟不是高义。

吴黑吃惊地想："坏了，怎么换人啦！"仍旧壮着胆子说："我是吴黑，高大哥叫我来送糕。"

这才听见高义睡得蒙蒙眬眬地问："你怎么天不亮就来了？"

吴黑笑道："下雨天，谁知道什么时候了？我怕你饿，就手也给你来送情报条子。"

枪眼里的人影乱晃，楼梯响了一阵，只听嘎啦一声，铁门开了。吴黑一进去，高义立刻又关上门。

炮楼一共用木板搭成三层。底下的一层盘着炉灶，放着吃食东西。二层是住人的：当中一张桌子，三张小凳；地上铺着席子，被窝挡得很乱；靠墙倚着两杆枪，机枪架上还有挺歪把子。第三层只有打仗时才有人上去。

高义抢过篮子去，抓起块糕就吃，领着吴黑往二层走。素日都拿吴黑当玩意，便取笑道："好孩子，到底是你孝顺。往后多送点吃的来，干老子也不会忘了你的好处。你不知道，这一阵乡村闹得太不像话，三个两个人就不敢下去弄东西，一下去准吃亏。"

楼梯口站着个瘦鬼，瞌睡眼，肿眼泡子。吴黑自来熟，爬上去笑道："你这位老哥也太不客气，人家来送糕，也不是来送死，你倒要开枪。"

瘦鬼大口吃着糕，响着黏痰嗓子道："你也别瞎埋怨，你还把我吓了一跳呢。这一向八路闹得凶，闹的'皇军'黑间都不敢上炮楼，光派我们来。要说我松，还有比我更松的呢。"

吴黑竖起脚尖，把情报条子搁到桌子上说："今黑夜放心大胆好了，八路军来的也不多，只有千数人。”

瘦鬼的手一颤，糕掉到地上。高义拿油手一摸吴黑的脸说：“乖乖，瞧你油嘴滑舌的，多会说话。别尽着赖在这，滚你的吧！”

吴黑摘下大草帽子，甩着雨水笑道：“我刚刚才来，又叫我走。外边正下雨，叫我往哪去呢？”

高义道：“你爱往哪去就往哪去，管我鸡巴事。反正我要睡觉了，别在这碍事。”说着揪住吴黑的头发便往楼梯口拖。

吴黑的小短腿一绊一绊的，大草帽子也丢了，笑着骂道：“操你娘，过了河拆桥，连篮子也不给我。”

高义早把他轰下楼，打开铁门，叉着他的后脖颈子往外揪。吴黑拿手抵住门框子，不出去，也不让他关门，笑着大声叫道：“救人哪！救人哪！”

门外卷进一阵风，胡金海嗖地跳进来，高声喝道：“不许动！”牛枪便顶住高义的心窝。随后许多人一拥而进，捆起两个自卫队，缴了枪。

胡金海派人押走俘虏，从腰里拔出把斧子，猛力一砍电线，炮楼子立时乌黑。

这是个信号。王世武看见炮楼子拿下来，领着大家喊了一声，冲进“老虎科”，砰砰磅磅，乱砸起来。满寿山上的汽笛响了，又急又尖。全山的炮楼也闹不清哪里出了岔子，一处放枪，四处乱放。电线又被人砍断，警笛一下子断了，满寿山一带顿时漆黑。

胡金海打了声呼啸，领着人朝工人区扑去。

十六　霹雷闪电的黑间（二）

只听贾二旦尖着嗓门骂道：“王八蛋操的，你们是死人不成？还不去关电网的门，好合闸！”

可是晚了，吴黑早领人抢到电网的入口处，汹涌而进，一边喊道："老乡，咱们是八路军，不用害怕！"

工人们又惊又疑，抢着往屋里躲，又关门，又灭灯。胡金海几步窜进一座大工房，靠门站着，摆着手道："伙计们，不要害怕！原先我也在山上受苦，你们不认识我么？"

工人当中有从棺材缝里爬出来的旧人，疑疑思思说道："你不是那个打死大毛驴的……"

胡金海应声说道："不是我是谁！我于今当了八路军，这回进来，知道哥们苦得不行，特意往外救大家。想活命的跟我走吧！"

工人们愣住一回，一时明白过来，噗咚噗咚跳下炕，抱着被子便跑。有些人热病缠身，下不了地，急得嘁嘁地哭。

雨正急，天空打起闪来，一亮一亮的，雷就响了，轰隆轰隆，轰隆轰隆，满天打滚。跑在雨地里的人齐声叫道："跑啊，跑啊，不跑还等什么？"

这一叫，许多工房纷纷地打开门，工人争着往外挤，有的拖着长音叫："大爷呀，你们可来啦！"

人越来越多，足有六七百，辨不清方向，也不知道该往哪去，只听领头的吴黑一会喊："往南！往南！"一会又喊："往西！往西！"大家便追着这个声音向前跑。六七百人的脚步哗哗的，跟雨声也分不清。……

十七　霹雷闪电的黑间（三）

胡金海抽身跳到董长兴的窑门前，叫开窑门。灯一亮，董长兴恍恍惚惚还当是做梦，不敢真信。他流着泪，颤着花白胡子道："金海，真是你么？"一会又流着泪笑道："唉，唉，想不到果真是你！我只说这辈子再也见不着你的面了！"

胡金海有点心酸。董长兴早先多么硬朗啊！几年光景就糟蹋得弯腰曲背，像是干柴扎的人。他心里焦急，不能久站，劈头说道："大叔，以后咱们爷俩再细谈。你们先跟上我走吧，强是在这活遭罪！"

庆儿乐道："我早就想走了。娘，快收拾东西……"

庆儿娘幽幽地说："你这孩子，光会说走，也不看看你爹病在炕上，连动都不能动，怎么个走法？"

董长兴颤着声道："孩子，要走你就走吧，不用管我。我但凡能动，爬也要爬出去的！只要我看见你活着离开这里，死了也放心！"

庆儿娘哭道："庆儿，你不要走！要死就死在一块，强是七零八落的，弄得家不像家！"

外面又是雷声，又是雨声，又是枪声，又是人声。好几百人的脚步哗哗的，震动全山，地面都震得乱颤。

胡金海心里发急，主意一转，几步跳到门口，回过头说："大叔，你宽心养病吧，我兄弟也不焦急走，以后再跟你们通消息。"说着拉开门，一窜窜到雨地里去。

董长兴仿佛要抓住他似的，兴奋得用拐肘撑起身子，头探到炕沿外，直僵僵地望着门外，惨笑了笑，想说什么，可是一阵昏晕，一头扑到枕头上。

庆儿娘使力摇着他的肩膀，哭着叫道："庆儿他爹，庆儿他爹，你醒醒吧！"

摇了半天，董长兴才醒过来，半睁着眼，望望女人，心里挺明白，精力可耗完了，就像灯碗里熬干了油，火焰就要灭了。

庆儿娘只是哭，董长兴的眼角也流下泪来，轻轻说道："庆儿呢？"

庆儿忍着泪往前凑了凑，小声说道："爹，我在这！"

董长兴握着儿子的手，半晌说道："孩子，我是不中用了！……我死了，要好好孝顺你娘……这个地方也待不得，能走就走吧！……我的尸骨，也别丢在外乡，千万送我到老家去，别叫你爹做个孤鬼，就算安我的心了！”

庆儿娘放声哭道：“庆儿他爹，你当真就撇下我们娘俩走了么？”

董长兴断断续续说道：“我……我也管不了你们了！”

他的气力接不上去，慢慢地合上眼。庆儿娘号啕大哭起来，庆儿也流着泪叫道：“爹，爹！”过了半晌，老人又睁开眼，微微笑道：“别哭了，我正乐呢！……临死，我到底见到亮了！”带着这个微笑，他重新闭上眼，再也不睁开了。

电光一闪一闪的，雷从远处滚来，越滚越近，越近越响，盖过了雨声、枪声、人声、脚步声。红石山一时卷在霹雷闪电里，震得山摇地动。……

×××××

几天以后，大坝口开庆功会，当场成立了红石山游击队，跑下山的工人大半参加了，胡金海被举做队长。

十八　地下军

民国三十四年[①]五月的一天，王世武拿着个锛子，上了红石山。他是得到罗区长的指示，特意去找董庆儿，为了执行中国人民领袖毛泽东同志当时给沦陷区所规定的任务：“共产党人应该号召一切抗日人民……将自己组织于各色团体中，组织地下军，准备武装起义，一俟时机成熟，配合从外部进攻的军队，里应外合地消灭日本侵略者。”庆儿在山上给游击队通风报信，已经成了条最可靠的关系。为了怕惹眼，王世武换上胡金海早先的一套破衣服，红嫣嫣的，像个矿工。转过山嘴，就听见风机、卷扬机……响成一片。他顺着偏僻小路，避开“老虎科”，绕到工人区，一路打听着来到庆儿的土窑前，

① 即1945年。

掀开破草帘子走进去，一边问道："庆儿兄弟在家么？"

庆儿站起来，直愣愣地望着这个细眉细眼的细高挑。

王世武笑嘻嘻地小声说道："你不认识我么？说起来都是熟人，我是你金海哥的——"

庆儿瞥见他的锛子，脱口道："金海哥的姐夫，是不是？"

王世武拉着庆儿的手笑道："就是，就是。今天找上门来，想托你点人情，有木匠活帮我揽点做做。在家里横竖没正经营生，闲着也不是事。"

庆儿狡猾地望着他，嗤地笑道："你来了定规有门道，也不用哄我，别当我不懂。"

王世武拍拍庆儿的手笑道："算你机灵，怨不得金海常常提起你。这件事，我也不好对你说，你也别露口风，往后自然会明白。眼时先替我揽点活，影住身子。"

庆儿想了想道："木匠活咱摸不清，有活也说不上话。要当苦力还好办。我们组里死的死，跑的跑，杜老五正愁人手缺，我去说一声，就说我爹活着的时候就跟你熟，你看好不好？"

王世武点点头笑道："这也好，就是要苦了我的脸，明天该变成关帝爷了。"

庆儿去一说，果然有点望。杜老五到底厉害，把王世武叫去，从眼梢瞟来瞟去，问长问短，挺不放心。幸好王世武是个精细人，早换了名字。他的嘴又巧，问了半天也问不倒，一点不漏缝。杜老五倒认为他靠实，一口答应留在组里。上班以后，王世武很会做人，不跟人吵，不跟人闹，一点都不咬群。装车运红，手脚自然不灵，有个一差二错，贾二旦瞪着洼口眼，刚要骂，他自己先倒骂道："呸，我这个人有个屁用，只配回家给老婆洗裹脚条子！"说的贾二旦也笑了。

组里人都爱亲近他，一些年轻人更拿着他当宝贝看，有点闲空，便缠着他说书。说起来也怪，他肚子里装的陈谷烂芝麻，也不知道怎么那样多，今天是"说岳"，明天是"薛礼征东"，后天又是"梁山泊”，好像掏个十年八年也掏不完。庆儿更着了迷，整天黏在他身边，像个尾巴。

过了十天半月，大家熟了，王世武已经看中脆萝卜嗓子等几个有血性的人。一天夜里，恰巧都挤在庆儿的土窑里，围着他说古今。庆儿娘现在常揽点针线活，替些独身汉缝缝补补，挣点零钱。她正坐在炕头上，带着灯补一件穿酥了的破红褂子，推了庆儿一把说：“起来点，你把亮都挡死了，叫我怎么看得见？”

庆儿笑道：“娘，人家说的这么热闹，你怎么也不听听？”

他娘一边做活，一边说道：“听书也不用手听。我一个字也没漏，你当我没听见。”就问王世武道：“后来戚继光怎么的啦？”

王世武坐在炕当中，眯缝着细眼，咳嗽一声，又一字一句，不紧不慢地讲起来。今黑间他讲的是戚继光大破倭寇的故事，早年从老人嘴里零零碎碎听到一点，便添枝添叶，顺着嘴胡编。等他编到戚继光怎样单人独马，一连刺死十几个东洋海贼时，庆儿娘停下针，听出了神，叹口气道：“哎！于今要有他这样个人就好了。”

王世武笑道：“话糙理不糙，古今中外，能人多着咧，只怪咱眼瞎，有眼不识泰山。单拿我自己来说吧，常听人提起什么几路几路军的，可是心里糊涂，老闹不明白是怎么回事。”

脆萝卜嗓子悄悄笑道：“你说的是八路军吧？连这个都不知道，还配叫什么百事通，简直变成白屎桶了。”

王世武打了自己的后脑瓜子一下，笑道：“对啦，对啦，一点不错。我真是仰巴壳下蛋，犁巴鸡！各位都是远处来的，走的路多，见的事广，别光听我耍贫嘴啦，也该讲讲这位猪八戒的本家的故事，让我开开窍。”

脆萝卜嗓子小声叹道：“你们都是正经人，也不必瞒哄你们，我家里就是八路军的地面，前些年秋里鬼子‘扫荡’，把我硬圈来下坑道，哪日哪夜不叫我想那伙人？可仁义啦，专替受苦人打算，地主想多讹诈一粒租也不行，真是咱们的救命星！”

王世武紧摇着头道："不信，不信，我就不信。人嘴两张皮，说东又说西，要说是咱们的救命星，山上一万多人，不死不活的，怎么他们瞪着眼不管？"

有人抢着说道："王大哥呀，你这么个人，怎么也咬着屎橛子不撒嘴！人家打上山，救出多少人去，难道就没听见说？"

王世武惊道："这是真的么？怎么日本人常说他们爱吃活人？"

好几个人齐声说："你还信这些话呢，放屁辣臊的，哄小孩也没人信。"

王世武立时悄悄问道："要是这么着，你们为什么不加入，也好有个救？"

大家都低了头，不知谁咕哝道："这事一来没有门路，二来也担惊受怕的，得有点胆气。"

王世武道："怕什么，哪里会走漏风声？我先还糊涂，听你们一说，心里透亮了，倒真想加入。我们堡子里时常也有八路军来，等我回去问问，要不要咱们，要就加入，你们看好不好？"

大家你望望我，我望望你，末后齐声说道："也好，你就回去问问吧。"

第二天，王世武告了两天假，下山探家。回来时，还带着一篮子糕分给组里的伙友吃。前次那几个人都跑到庆儿的土窑里，眼巴巴地等着他。他一进屋，把手一拍，脚一跺道："嗐，这个事真叫我懊悔不迭！"

大家瞪大眼问："怎么的啦？"

王世武悄悄道："我这叫做聪明一世，糊涂一时，原先怎么不早加入？你没见人家罗区长，待人那个和气呀，一听说咱们要加入，喜欢的什么似的，还告诉我说，日本的德国把兄弟叫什么的……"便用手按着鬓角想了想道："我也记不清了，不是'拉稀的'，就是'稀的拉'，反正是个屎包，前几天叫苏联打瘪了。这一下子，日本人算完蛋啦，于今还屎克螂掉在驴槽里，混充大料豆！殊不知八路军早把矿山围住了，工人加入的更不在少数。”

庆儿娘放下针线，蹙着黄脸，幽幽地说：“但愿有一天，老天爷睁睁眼，保佑保佑咱们这些苦命人！”

王世武望着庆儿娘笑道：“话糙理不糙，说什么命啊，老天爷呀，都是没有影的话！天下的人谁不是一个鼻子两个眼，要不是那些有钱有势的勾结着敌人，拿着咱们当泥搓，难道谁还比谁少几辈，为什么要当孙子？共产党能解救咱们，就是活神仙，求求倒有用。不过凡事还得靠自己，这回咱们加入，也得进进步，做点事情。”

脆萝卜嗓子问道：“怎么就叫进步啊？”

王世武道：“进步就是说每人都该在山上多做些事，帮助革命。比方说山上有好人，也有坏人，凡是不耍奸弄巧的，又可靠，务必拉在咱们一道，人越多，力量越大，越好办事——这是头一件。二一件更要大胆才行。敌人在山上拼命弄铁，无非想多造家伙，来杀咱们的人，咱们必得变着方法跟他作对，不让他随心随意。山上的铁，也可以多弄些下山，好造枪。将来有一天，八路军往里攻，咱们往外杀，来个里应外合！”

董庆儿把脖子一缩，伸了伸舌头说：“这不是要命的事么？”

有人怨他道：“要命就别干！瞧你那个兔子胆，没等怎么的先吓哆嗦了！”

庆儿发急道：“哆嗦？我才不哆嗦呢！明天做个样你瞧瞧，管保不比你差。”

当场王世武便悄悄地登记了几个人的名字，庆儿也正式加入了。

十九　火山

现在，矿山已经变成一座火山了，虽说没喷火，地面早顶的晃摇起来。凡是日本人都挂上枪，不三不四的特务绕山转。天一黑，山上山下，山左山右，沥沥拉拉地常响冷枪，最善于听枪的老鬼子也辨不出是种什么枪，引得各山头的炮楼子乱放罗锅炮。

活地里更不稳。灯泡子用不上三四天就碎了，风钻的零件扔得七零八落，风签用着用着便不见了，火药费的不像话，可不见多出红。烂剥皮早就疑心是工人把风签火药一类东西送给了游击队，工人们辩白道："头上有青天，凭良心说话，山上有万儿八千人，人多手杂，你就是有十只眼，哪里看得过来？"

烂剥皮紧眨着左眼骂道："无风不起浪，没水不行船，反正你们脱不了牵连！"但又抓不到真凭实据。

破坏越来越凶。机器一开，变压器会忽然烧起来，怎么也查不出是谁把变压器油倒干了。有一天，风机正开足马力，外边猛然响了一声，工人慌得赶出来一看，只见一个二百五十吨的风缸崩起一丈多高，摔到山沟里去。细一察看，原来谁把风缸的送风门关上，气出不去，憋的崩走了。

急得日本小队长广岛瞪着牛眼，擂着桌子叫道："马猴子（八路军）！马猴子！里里外外统统的是马猴子！"

于是乱抓人。不过也是瞎诈唬，"皇军"先就怯了，不见太阳不敢动，一出事就拿自卫队煞气，骂他们跟八路军一个鼻孔出气。这些伪军当真也不可靠，有时三个两个，连枪带人，无缘无故不见了。

八月十号那天，情形更乱。采矿所的日本人急头瓣脸地催着工人拆几架一百马力的风机，当天要往张家口运。听说张家口那面怕人炸，急着要用风钻打山洞，好藏飞机。日本人急得要命，工人却像老太太坐牛车，慢吞吞地不慌不忙。直弄到深夜，好歹才把一架风机的零件装上火车。

火车不便再误，先开走了。下了矿山，顺着黑沙河套往前直奔。铁道旁一路是些狼烟墩台，黄土垒的，丈把高，古时候边境吃紧，便在墩上沤起狼粪来报警。车头的灯一会亮，一会灭。再一亮时，司机忽然发现前边的铁道扒了两丈多长，翻到一边。他连忙煞住闸，要停车，炸弹就响了。墩台上，墩台后，转出大群的人，有农民，也有今夜刚从山上下来配合的工人，直扑上来。手榴弹炸的天响，闪着红光。闪光里，影影绰绰望见一座墩台上立着个人，正在挥着牛枪发号施令。这是胡金海。

火车一打趴下，胡金海跳到车上，缴了路警的枪。游击队把坐车的工人集合一起，胡金海扬了扬长眼眉，就像蝴蝶动着须，大声说道："乡亲们，你们受惊了！咱们扒铁道，是要断绝山上鬼子的去路，大家也不用害怕。今天还有桩天大的喜事告诉大家：夜来八月九号，苏联跟日本开仗了！单是八路军，日本还招呼不住，再加上苏联，眼瞅着就要了他的小命！这就是咱们全国大反攻的时候来啦！"

工人们听说一声，乐得双脚跳，也不管三七二十一，跟着游击队冲上车，又砸又摔，一霎眼工夫，车上的风机早破坏得五骨分尸，七零八落。胡金海拿了包炸药，塞进车头的汽筒里，接上芯子，点着火炸了。然后他把大拇指和食指塞进嘴里，打了几声口啸，游击队就地卷起一阵风，眨眨眼不见了。

那伙子配合游击队袭击火车的工人也散开，各自悄悄地转回山去。庆儿便是其中的一个。他们各带着老虎钳子，是专门来起道钉的。

庆儿太兴奋了，一时半刻也不能安生，走到半山坡，又从腰里摸出个雷管，安上芯子，点着扔到半空，炸的像枪响，引得炮楼里又放起罗锅炮。

但当他推开窑门走进家时，杜老五却把他迎头堵住，擎起手枪，沉着驴脸问道："你这一整宿到哪去啦？又不是夜班。"

庆儿一时说不出话。他娘道："我说明天是你爹的阴寿，你连夜下山买纸钱去了，他又不信。"

杜老五乜斜着眼，呲了呲大金牙，抓住庆儿就翻。先翻出那把钳子，又翻出几块黄炸药，张开左手扇了庆儿一巴掌，咬着牙骂道："小兔崽子，还想在我面前耍歪掉猴的！我早看透了你这个坏蛋，盯你不止一天了，还有什么说的！”

便用手枪狠命戳了庆儿的心窝一下，把他押到沙子地自卫队去，下了地牢。

二十　勇敢，勇敢，再勇敢！

接连过了几夜堂，庆儿受了非刑吊打，浑身上下青一块，紫一块，没有一处好地方。这是第四夜了，过完堂，自卫队把他押回来，打开牢门，使劲一推，他便一头栽进去。

牢里黜黑，发出一股潮湿的霉味。犯人挤得满噔噔的，十有八九犯的是“思想不良”罪。一批一批抓进来，又一批一批押出去，也不知道把些工人断送到哪去了。庆儿趴在地上，一时动不得，只觉浑身生痛，可又说不清是哪块痛。灌火油，跪老虎凳，都熬得过，今晚上日本特务更歹毒，把他扒光膀子，拿着烧红的烙铁烙他的肋巴条，烙一下，问一句：“你说不说，山上还有谁是你的同伙？”

庆儿痛得惨叫，豆大的汗珠子满脸乱滚，厥过去几次，可是一个人不露，一口咬定说：“屈死我啦！屈死我啦！我连八路军的影也没见过，怎么赖我是八路军？”气的一个特务下死劲踹了他一脚，骂道：“拉他回去，明天崩了他算啦，省得费事！”

庆儿想起这几句话，心比伤口更痛。旁的可以丢手，唯独舍不得他娘。他一死，娘哭也哭死了。爹叫人家活活折磨死，这口冤气没出，哪甘心自己又白白死了。于是就想起王世武近来惯说的话：“鼓足劲干吧！别看日本人耀武扬威的，过不几天就该塌台了！毛主席早就告诉咱们要勇敢，勇敢，再勇敢！再加一把劲，胜利就是咱们的了！”

是的，他该更勇敢点。这些天，山上山下的同志，不正拿出勇敢，勇敢，再勇敢的精神，对敌人来了个大反攻？游击队逼近矿山，攻炮楼，喊话，夜夜不休。工人区里四处飞着油印的传单，写的是：“共产党八路军是人民的救星！”“只有跟着共产党走，才能得救！”“工人们起来，夺取敌人武装，打倒日本鬼子！”

庆儿不知道这些详情，听见到处枪响，也猜出是胡金海他们进攻的急了。远处又响了枪。牢门口两个哨兵嘀嘀咕咕议论道：“你听，你听，简直像捅了马蜂窝！”

第二个人道：“这伙人真惹不起，胆子又壮，夜来黑间，独自一个就敢闯进自卫队的营房里摘枪，炮楼听见了，拿机枪封住了路，那小子也灵，抱着十一条枪就地儿滚就滚出去了——听说就是那个打死大毛驴的人干的。”

先前那人又说：“我看咱们这也不稳，开小差的也不少了。咱们哥俩也该早打主意，别等上了贼船，后悔就来不及了。”

庆儿忘记了痛，两手扳着地牢的铁闸栏，脸挤到闸栏缝里。他的脸烫热，浑身的伤火辣辣的，像是火烧。他的心可更像火，早长了翅膀，飞出地牢，跟着成千成万的同志在一起撕杀。……

二十一　移山倒海的人民

听说沙子地又枪毙人，保不准庆儿也死在里头。庆儿娘心都碎了，披散着头发，一路哭，一路往沙子地奔去。一连几天她吃不下饭，喝不进水，白天黑夜只是哭，憔悴得又瘦又黄，眼睛肿得像烂桃。等她爬上东山梁，望见了沙子地，一个斤斗栽到山坡上，累的爬不动。

沙子地竟像翻江倒海似的，乱成一团。这地方风景最好，八月间，漫山漫坡盛开着宝蓝色的蓝铃花，衬着一栋一栋精巧的小洋房，日本人住在当中，舒服得像些神仙。今天可不然了。日本人男女老幼，慌慌张张地挤在电网门口，咭咭咕咕地乱叫，也有女人擦眼抹泪地哭。那个日本医生平野带着白口罩，白手套，满头是汗，恶狠狠地吆呼着一群工人替大家搬东西。

庆儿娘心里疑惑不定，冷不妨大疙瘩上一个放哨的日本兵朝下喝道："你是干什么的？"说着当地放了一枪。

庆儿娘这一吓，爬起来就跑，不想一阵昏晕，一头栽倒，顺着山坡滚下去，跌闭了气。

好半天才苏醒过来，只听见山顶上轰轰的，一个劲响。起根只当是崩红，越听越不像，倒像是炮。她的心七上八下的，又怕又慌，硬撑着身子又跑。

工人区的情形更变了。谁也不上班，成群大伙地站在屋子前，东谈西讲，又议论，又争辩，脸上的神情带着惊讶，又带着高兴。不知谁在墙上贴了许多标语，大群的人围着看，还有人指指点点地念。

贾二旦三把两把掀开工人，伸手去撕标语，嘴里骂着大街，脆萝卜嗓子横着肩膀扛了他一膀子，骂道："靠后点，我看你敢不敢撕！你吃鬼子屎，喝鬼子尿，到今天别再想唬洋气了！"

贾二旦张手要打，好多人齐声嚷道："揍这个王八蛋操的！"哄地扑上去。贾二旦见势头不妙，抱着头窜出人圈子，一边跑一边骂道："好小子，等着瞧吧，我不掏出你们的腚门黄就不姓贾！"

庆儿娘拉着个人，惊惊惶惶问道："糊涂死我了，难道日头从西出来啦，你们就敢这样闹？"

许多人嘻嘻哈哈笑起来，那人答道："山上闹到这个地步，你怎么还蒙着头睡大觉，不知道日本人刚才都拿起腿跑啦！火药库也点了，你听听，炸的正凶呢！"

庆儿娘心里糊涂，张着手到处去找王世武，顶头却碰见脆萝卜嗓子。脆萝卜嗓子眉开眼笑地问道："大婶，人家都乐，你怎么还是愁眉苦脸地掉眼泪？"

庆儿娘再也支撑不住，一屁股坐到地上，擤着鼻涕哭道："我有什么好乐的？庆儿死活不知，这会子连王世武也不照面了！"

脆萝卜嗓子蹲下身，悄悄说道："你找王世武做什么？他夜来黑间就下山了，是罗区长招呼他回去商量事情。这边时时刻刻有人去送消息，你有事告诉我吧！"

庆儿娘抹着泪道："我能有什么事？只盼他们早一刻来，好叫我少受一刻罪！"

工人们忽然都朝东跑去，拥在电网前，探着脖子，跷着脚尖，纷纷地议论着什么事。脆萝卜嗓子丢下庆儿娘，也跑过去。只见东山梁翻下三四十人，怀里全抱着枪，有的两支，有的三支，正朝这边赶来。当头的人正是王世武。后面跟的人穿着破破烂烂的红衣裳，光着头，赤着脚，身上好像带着伤，走路挺不方便。

隔老远工人便叫着问道："老王，你打哪来的？"

王世武眯缝着细眼，笑着点头，又伸出大拇指头朝肩后轻轻一指说："沙子地。"

他一上了坡，工人们便围上去，闹嚷嚷地发出问话，闹得王世武紧摆着手笑道："慢一点，慢一点，大家都问，叫我答应谁是。你们先别嚷，鸦静一点，听我告诉你们一件大事。"

工人们静下来，王世武扩着嗓子说道："你们不知道，日本鬼子已经无条件投降啦！从今往后，再也不必受日本鬼子的气了！这个日子，是八路军给咱老百姓打出来的，咱们的队伍就在四围，一会就上山啦。"

工人们一听说日本已经投降，吼了一声，发了疯似的乱蹦乱跳，乱嚷嚷地噪成一片。气粗的见了东西便砸，发泄肚子里多年的怨气。一转眼，这个工人区，那个工人区，都听到信，满山嗡嗡的，净是胜利的欢笑。

原来日本在八月十四号那天便正式投降了。一得到消息，罗区长立时把先前派进矿山的人叫出去，知道山上还有六七十日本兵，再就是一百四五十名自卫队。王世武被派去给自卫队送信，叫他们投降，不想伪军早吓胆寒了，有的先自奔了八路军，有的撂下枪，换上便衣，先一步溜走了。日本小队长广岛慌了手脚，把各炮楼的人都撤回去，死守着大疙瘩不敢动。地牢里的犯人急得乱摇门，王世武赶来，砸开锁，领着大伙收拾了伪军的枪。

庆儿娘坐在地上，王世武刚才的话听倒是听见了，心里可木辣辣的，说不出是什么滋味。她乐么？自然乐。可又乐不起来。活到四十多岁，吃不饱，穿不暖，受苦受气，到头死了男人，丢了儿子，剩下她一个孤寡老婆，将来还有什么指望？还不如两腿一伸，咽下这口气去倒干净。

她越想越难过，眼泪哗哗地直流，这时却有人来搀她的胳膊说："娘啊，你坐在这哭什么？"

她抬起头一看，竟是庆儿。还怕是自己眼错，赶忙擦干净眼泪再看，不是他是谁？庆儿瘦得嘴巴都尖了，脸上一缕一缕的尽是伤，两只眼忽闪忽闪的，却像灯笼。庆儿娘这一阵伤心，忍不住哭出声道："我只当你抛下苦命的娘，到阴世找你爹去啦！没曾想你还能活着回到娘跟前，娘死也甘心了！"

庆儿的眼睫毛也湿了，忍着泪笑道："娘，你该笑啊，怎么倒哭起来！"

庆儿娘的嘴角一牵一牵的，忽然笑了，一边笑，一边更哗哗地流泪。这个泪又酸又甜，叫人心痛，也叫人欢喜。从她懂事那一天起，她的脸就像变成石头，永远愁眉苦脸的，没点好颜色。今天却第一回笑了。笑着笑着，忽然又伤心地哭道："咱们总算熬到头啦！只是你爹死得太惨，要是他能知道今天的事，死在地下也会笑的！"

游击队上山了。红石山尽顶上首先飞出一面红色的战旗，只听山后雷似的这个叫啊，大队便从后坡翻上来，占领了各山头的炮楼。一时从东到西，山脊梁上绺绺的，尽是人，数不清有多少。

王世武直着嗓子叫道："伙计们，这里有的是枪，有胆子的跟我走，咱们迎上大队，到大疙瘩上去弄广岛他们的枪！”

许多人应声叫道：“我去！”“我去！”大家抢着去拿枪。有些是原来的地下军，一大半是临时起来的工人。没抓到枪的也不甘心落后，拿起镐把子铁锨追上去。庆儿丢了娘，不顾创痛，也跟上去。

各山头的炮楼点起了火，冒着大烟。烟一落，火苗窜出多高，烘烘的，烧红了半边天。山顶的人喊，半山坡的人叫，全山都震动了。一股人走下山头，两个人走在最前面。一个三十左右岁，面貌长的朴实厚道，只是含着笑点头；另一个却是长眉大眼，又洒脱、又英俊。

这自然是罗区长和胡金海。

罗区长要赶到工人区，召集全山的工人开会。胡金海扬起蝴蝶须似的长眼眉，招呼一声，带着游击队跟王世武他们汇合一起，赶去包围了大疙瘩，写信进去，叫广岛投降。

广岛早抓瞎了，但是接到他长官的命令，只许把枪缴给国民党，不许缴给共产党。广岛明白重庆国民党政府一贯和日本眉来眼去，有些意思，串通一起反共的事也干了不止一次，便打定主意不降，乐得在中国烧上把火，挑起反共的内战。这天黑夜，他不顾死活，领着人攀登一座没有路的大山，撞出包围圈，连夜窜到龙关去。

胡金海把手一挥道：“撵这个狗肏的！不投降就揍他个稀里哗啦！”

他领着游击队和浑身是红的工人武装，带上新缴的枪，连夜撵下山去。全山的炮楼还在烧着，黑夜里，只见一个一个山头冒着红光，恍惚是火山喷出火来。夜静当中，隐隐约约地听见西北上正响着炮，隆隆的，仿佛是雷——八路军的大队已经逼近张家口了。

就这样，大块大块叫敌人蹂躏了八年的土地到底解放出来，百姓也抬起头，重新见到天日。这个胜利是共产党领导的人民军队经过八年抗战的结果，是全国人民拿着血肉生命换来的果实，更是全世界人民反法西斯的大胜利。说什么青山不改，绿水常流，人民就有移山倒海的大力量。红石山看起来还是原来的红石山，但已不是原来的红石山了。红石山已经彻头彻尾翻了个个儿，变成人民的矿山了。

二十二　胜利的果实

转眼过了一年，又是八月中旬，这天恰有趟火车从宣化开到红石山。火车到站，一个斯斯文文的后生走下车来，戴着顶蓝学生帽，穿着白衬衫和蓝学生装裤子，蓝褂子搭在右胳膊上，站上的工人看见他，赶着招呼道："胡队长，你这一阵在哪工作，怎么老不见？"

胡金海怪腼腆地笑道："我现在学习呢。"点点头走上山来。

自从抗日胜利后，他率领的红石山游击队便分散了，各自回到本地去参加生产。胡金海觉得从小受罪，不认识字，很吃亏，便转到宣化一家中学念书，提高自己的文化。离开矿山，将近一年了，乍一回来，看起来事事亲切，可又事事陌生。工人区不似先前那么破烂了，好些家门口种着青菜，养着八月菊、粟鸡花。娘们小孩，从头到脚，都有穿有戴的，气色也好。山坡上放着白羊，一群一群的小鸡刚出窝，跟着老母鸡满地跑。老母鸡找到吃的，拿嘴吁着，咕咕地叫，小鸡便唧唧吱吱地抢着吃。老母猪带着成群大伙的小猪，噘着嘴乱拱，一会又到墙边蹭起痒来。小猪看见生人，直竖竖地望着，忽然把耳朵一摆，摇着小尾巴撒欢跑了。谁家的小毛驴牵出去放青，吃饱了，自个往回走，几条小狗好顽皮，往驴身上一个劲扑，汪汪地乱咬。

胡金海看了笑道："你们这倒好，比乡村都热闹。"

一个女人坐在门坎上抐鞋底，怀里奶着孩子，回手在头发上磨磨锥子，笑着答道："可不是，要在早先，你想听个鸡呀狗呀叫的，也听不见。谁敢养只鸡？要叫鬼子汉奸看见，就说犯法，拿去吃了不要紧，还得受罚呢！"

胡金海顺便问道："董家大婶是不是还住在原先的小土窑里？"

女人道："你是说庆儿他娘吧？早搬了，谁还住那种坏地方。她就搬到从这数第二栋房子里……"便张着嗓子叫道："庆儿娘，有人找你呢！"

庆儿娘从门里探出身子，张着两手，满手粘着面，愣了一愣才认出胡金海来，赶忙迎出来笑道："你这是打哪来呀？快到家里坐吧。差不多有一年不见了，我哪天不跟庆儿重念你。庆儿又听人说你当了什么战斗英雄，嘴坏的就说：'人家一做官，哪瞧得起旧日这些穷伙计！'我就知道你不是那种人，再说八路军也不兴这样。"

胡金海悬着腿坐到炕上，笑着表白几句，一面打量着屋子。屋子不大宽敞，收拾的却干净。炕上铺着席子，靠窗放着几床半新不旧的铺盖，都是解放后开支新置的。炕里头摆着几个洋铁桶，专盛米面。庆儿娘的头上络着块蓝布，穿着一身青细布裤褂。一年光景，她竟变成另外一个人：先前整天皱皱着眉头，唉声叹气的，说话像哭，在人前也不大敢说话，于今可又说又笑，神气开朗多了。

门口挤着一大堆小孩，有的咂着指头，有的挖着鼻孔眼，直竖竖地瞪着眼瞧。也有几个隔壁邻居的妇道人家在门外探着头望。庆儿娘忙着坐水，又道："你来的正巧，不瞒你说，今天是庆儿的生日，我正擀面条。长到十九岁，从小没好命，饭都吃不饱，哪捞得着过生日？就算他刚下生，今天给他过个周岁吧！"

胡金海问道："我兄弟还在组里做活么？怎么不见他？"

庆儿娘道："他一个瞎字不识，不卖苦力做什么？"便对一个小孩说："你到上边工会看看，就说他金海大哥来了，开完会快下来，别尽着贪玩。"

门口一个女人笑着插嘴道："像庆儿那孩子，你再嫌不好，你还想要个什么样的孩子？又孝顺，又务正，工会里做着份事，再说不好，可是恨铁不成钢了。"

庆儿娘笑道："千说万说，不识字，总没出息。我老了，要不老，晚半天定准也到上坎的学校里去念书。说起组里的事，也不大像从前了。组长是大伙举的，都是百里挑一的好人，下洞子的时候虽说也弄一身红，回家就有水洗，再换上套干净的衣裳，一年到头没病没灾的，看起来也像个人了。哪像杜老五在的时候，一个个糟的人不像人，鬼不像鬼，哪年不死上千八百个，想起来还叫人掉泪！"说着眼圈红了。

提起杜老五，门外的几个女人都动了气，索性挤进屋子，你一言我一语地讲起来。这个说："那个死杂种，怎么也不抓住他，叫他跑了！"第二个便说："当时乱糟糟的，坏人跑的也不止他一个。听说都跑到天津北平去啦，照样唬人。几时解放军过去，好好地治他们一治。"第三个便道："像他这种害人精，抓到了一定不会饶他。不过对烂剥皮跟贾二旦，应该再严点。依我说，宰了也不冤！咱们解放区待人真宽，交给区里以后，贾二旦赔出些钱，当众一坦白，就宽大啦。烂剥皮判了个罪，不过也没要他的命。我也明知道不错，只是心里不痛快。"

屋里一时只听见娘们的嗓子噪噪嚷嚷的。胡金海文文静静坐在旁边，像个大姑娘，羞答答地笑着。一个女人忽然转过脸问道："可是呀，那些日本人跑了后到底怎么的啦？也该给他们点罪受受。"

胡金海低着眼笑道："一些日本老百姓，也不担多大罪，咱们还打发俘虏回国呢。就是广岛这类家伙坏，一跑到国民党地面去，国民党的反动分子像得了宝贝一样，倒把他们和汉奸队都封了官，又勾结他们来打咱们解放区。"

庆儿娘正在炕上放了张小桌，泡上壶山茶，听了惊道："怎么，又打仗了么？好好的日子不过，这都是为的什么！"

胡金海道："就为的是你的日子太好过了，反动分子才来打你。你要翻身，他们偏要骑着你的脖子拉屎！"

正说着，董庆儿喘嘘嘘地跑回来了。他完全长成个筋肉结实的小伙子，推着滚圆的头，脸腮放着红光，帘子似的黑眼睫毛，忽闪忽闪地眨着。一进门就拉着金海的手不放，劈头笑着说道：“我知道，你是不是又要上山来组织游击队啦？我第一个先报名。刚才工会开会，告诉说蒋介石仗着美国撑腰，已经动手来打咱解放区了。这种混账东西，有什么理好讲。只有揍他！沙锅子捣蒜，一锤子的买卖，揍烂他算啦！”

庆儿娘生气道：“人家听见打仗，都不高兴，你倒乐得笑。这也不是搭台子唱戏，有什么热闹好赶！”

胡金海道：“大婶，你心里也不用不踏实，咱们的天下算定啦。姓蒋的要能讨到便宜，除非是驴长角！”

庆儿又拉着金海的手笑问道：“王世武他们哪去啦？”

胡金海说：“王世武和吴黑都又出来闹民兵自卫队了。罗区长于今在宣化武装部，倒是叫我就便看看山上的情形。”

庆儿挽起袖子，对他娘道：“娘，我帮你擀面，留金海大哥在这吃饭。”

胡金海摆着手道：“不行，我还得到大坝口去一趟。”

庆儿道：“雨来啦，你走什么？”

胡金海望望天，果然从南面上来一大片黑云，罩住山头，一时阴沉沉的，天地都变了颜色。但是云彩没根，他便放心道：“不碍事，一阵雨就过去了。”

没下雨，先起了风，窗门碰得乱响。一转眼暴雨来了，只听大风呜呜地叫，吹得雨丝横飞，像是股烟，一路飘下山去。可是北方七八月间，注定是熟庄稼的好天气，不管这阵雨多猛，不久终归要晴的。天一晴，太阳露出头来，晒着满山满野的庄稼，农民就该磨快镰刀，动手收割他们亲手播种的好庄稼了。

几句赘话

我前后在红石山上住了几个月，最后才写成这篇东西。说来惭愧，这还是我初次接近工人，自己的思想、感情、语言，不能跟他们的结合一致，尽管满心愿意替他们做事，结果是心有余而力不足，写出来的东西，自然不会叫人喜欢。

小说里的人物，差不多全是真的，但又改头换面，经过些变动。小说里的故事，也都是矿山发生过的，不过由我整理起来，贯穿一起。稿子写成后，我曾经念给一些工人听，他们提出许多珍贵的意见，叫我修改，甚至于一句话，一个动作，也不马虎。

感谢各位工友给我的帮助，就让我把这部小说献给红石山成千上万的工友吧。

民国三十五年[①]九月十五号夜

写在龙关红石山上

又　记

这部小东西写完后，解放战争便爆发了。我把小说交给一位可敬的同志替我保存着，自己滚到战争里去。两年后的今天，当解放军顺利地进入北平时，我取回原稿，大大删削一下，变成现在的样子。我的心情却不无感触，因为许多矿山的工人都参加了这次战争，有的毫不吝惜地付出了他们的生命，而胡金海，这篇小说的主要英雄，更是

① 即1946年。

在残酷的环境里，一直坚持着龙关、延庆、怀来一带的游击战争，不幸在三十七年[①]二月间，夹击一个叫新堡的据点时，英勇当先，慷慨牺牲了。现当伟大的北平古都被解放的历史节日，我谨用中共中央的一句高贵的言词来纪念这些我所爱的战友吧：

“一切在解放战争中牺牲的烈士们永垂不朽！”

三十八年[②]二月二十八日

天津，新华书店发行 1949 年 8 月初版

选自上海新华书店 1949 年 11 月版

① 即 1948 年。

② 即 1949 年。

原动力

草　明

第一章　冲不净的仇恨

李占春在宿舍里冻的没办法，跑了出来，顺道溜到朱自珍的小屋子里。朱自珍正在冻着手修理一千五百度的电炉子呢，李占春看见了忍不住哈哈大笑说：

“傻小子！你没看见发电机躺着不动了吗？你没看见它冻成一个冰坨子那个样吗？还修这破电炉子干啥？有本事的先修机器呀。”

朱自珍满不在乎，还是很热心地盘着炉丝，一面低下头来修一面回答说：

“手艺人一天到晚两手闲着算个啥？你说水车不动，它能躺个三年两载吗？能吗？”

“谁知道呢？现时世道可难捉摸。日本人走了之后，中国人倒是来了好几茬，有些人叫他们做胡子，又有人说是国民党，管他们叫啥，一句话，他们都瞅不上电。”

“胡子也罢国民党也罢，日本工程师不回来，机器别指望修啦。”

“七月天谈雪，别说修不修了，咱们出去晒会太阳，暖和暖和再说吧。人家说光棍难当，我说冬天不烤火也真够呛。”李占春不由分说，一把拉着朱自珍朝办公室门前走去。

李占春原是水电厂制材股的锯木工人，壮大结实，力气大，人老实，只是脾气有点倔。朱自珍是个小工，日本人在时，他每天到机器房去扫地，偷偷地留心机器，可是他没有机会用手去碰碰它，或者详细地去看看它的转动。油压泵每隔两三分钟便轧轧地响一阵，特别吸引他的注意。他老寻思道："什么时候日本人才让咱照管这个怪物。"他和李占春一般大，今年都二十三岁了；只是他娶了媳妇，李占春还没娶亲。他特别不爱说话，像女孩子那么害臊，只有和李占春那种老实人才合得上来。这时候他俩远远便看见老孙头斜靠在办公室前的台阶上，他正眯着眼睛盯着"白骨沟"那边呢。

"瞅，他又自个儿在那儿发呆了呢。朱自珍，这两天你觉着了么？老头儿心上可有点儿活动啦。"李占春眼望着老孙头，用拐肘碰了朱自珍一下。

"难道他看中了屯子里那个老寡妇不成？"

"我不是说的那个。他老打量下面那所发电所啊。他在盘算，也许——他到过县衙门领过粮，唔，他年纪大了，也许有点儿门道。"

李占春猜的对，老孙头这些天来的确盘算着发电厂呢。他坐在办公室门前低头望着山坡下面的发电厂，可以坐上几个钟头。发电厂从来就没有过像这时期那样寂寞。寂寞得真难受啊。瞅，不论哪一个山头，远的近的，都被厚厚的白雪埋住了。——然而往年冬天，在这冰天雪地的角落里，机器可吵嚷得厉害啦。夏天呢，更不用提了，山上尽是苍绿的柞树，山杏，山梨红，低矮的榛丛，鲜红的野百合花，娇艳的野玫瑰，紫色的大马莲花和各色各样的野花。鸟儿在歌唱，老鹰在蔚蓝的高空上飞翔，山坡下的发电机嘈杂地叫。玉带湖的北湖头平明如镜，鱼儿的蹦跳，常常突破平静的湖面。但如今湖面已经冻结住了，鲜花野草都凋零了，盖了一层白雪；山林里的野兽已匿迹；小屯里的几户人家也都躲藏在茅草房里过着严冬。除了风吼，什么声音也没有啊。说到发电厂，更是可怜的很：机器被日本人在撤退时破坏了；八一五后，又被一度占领该厂的国民党，打开了检查孔，放水把机器淹冲过，如今已结成坚冰，发电厂外边，临着小河的变电所，更是零落不堪，白铁架子和绝缘瓶子乱七八糟；O·C·B·东倒西歪；螺丝帽，电线，铁片，零件满地皆是。那四台风冷式的大变压器，屹然不动地站在那儿。——不发电，那些家伙像个大废物。

看看这一切，参加开辟电厂的孙怀德真有点难受。他伸直两条长长的腿，让温暖的太阳光晒着。这个高大的山东汉全身长的很相衬，长胳膊，长脸，长鼻子，动作起来可迟笨。小伙们常因此欺负他，讨他的便宜或揍他两下，等他站起来要报复时，小伙们已跑下半山腰去了。其实他也只是装腔作势罢了，他多咱也不生小伙们的气，他爱护他们像爱护自己的儿子一样。老孙头有一处叫人讨厌的地方：碰着二三十岁的熟人，他便开玩笑自称起爸爸来，特别对年轻女人。年轻人呢，便用种种友爱的语气去抵抗他："谁是你的儿子。""谁要你这样的爸爸。"不管别人怎样说，他从来不冒火，心满意足地大笑一阵。只有一次，一个知他底细的中年人顶了他一句："你的爸爸瘾还没过够么？"他才伤了心。

老孙头原是山东人，在家给人扛活，打十九岁上，他爹便去世了。父亲快咽气的时候，指着门外的田野说："地啊，农人离不了地啊。干活，拼命干活，老天，不负，好，好人……"

他依了父亲的话，辛辛苦苦地扛了五年活。可是挣不上一寸土地，他妈死了，倒扯了一身饥荒。他就生了气，把锄头一撂。离开了妻儿，跑外县学木匠去了。他原是个勤快人，心眼也灵活，三年，学会了一身好手艺回来。赶他回到家来，他的虎儿已经九岁，会烧火，会帮他娘拐线。老婆纺一手好线，三年来母子俩好歹把日子对付过了。乡里的木匠数孙怀德的手艺好，干起活来利洒，不拖期，因此他的活路挺不错。一家大小三口人，都能劳动，光景过得挺不错。他重复他爹的遗言对他儿说：

"人要勤快，拼命干，没有走不完的路，穷人穷不了一辈子。"有时候，虎儿放学回家，坐在小木凳上拐线，他便坐在儿子跟前，一面给他摇扇子，一面说：

"多可耻，不干活，光吃饭，拉屎，养孩子，养出来的孩子呢，还是不干活，光吃饭，拉屎，养孩子。呸，这是财主们的道道！"跟着他屈着手指头数上十来个人的名字：谁家的儿子光吃喝，啥事不管；谁家的儿子要钱；谁家的少爷净穿好的，逛窑子；谁又仗着家里有钱，为非作歹，无所不为。

虎儿听的发呆，仰起脸来净望他爹，手里的活也停了。孙怀德就住了嘴，放下手中的扇子，温和地微笑着，扶着儿子手里的线拐架子，帮他转动。虎儿不好意思地，却也甜蜜地笑一笑，赶忙继续拐线，稚气地要求说：

“爹！你说下去。”

这样的光景过了两年，虎儿初小快毕业，他娘便得了痨病，不能干活，老吃药，钱没少花；辛辛苦苦攒了几年的钱，又都吃光了。过了两年，她身体好一点，可是旱灾又来啦。旱得可蝎虎，地里裂成一块一块，河见了底，苞米像珍珠子那么贵。孙怀德眼看着一家三口就得饿死，打定了主意，便携妻儿跑关东。

虎儿慢慢长大了，他娘三天两头病，父子俩净卖力气：打铁，木匠，侍候机器，当脚夫，小工，可是好光景再也不上他们家来啦。

一九三八年，日本人招工修玉带湖水电厂。父子俩便应征上玉带湖去了。孙怀德把老伴安置在西凉镇住下，就领孙虎上这荒沟来。这时孙虎已二十二，是个长瘦力大的青年。

想起他的儿子孙虎，这位老头儿更伤心啦。如果虎儿没有死，已比李占春他们大了，兴许已娶了儿媳妇，生了孙子了。啊，这里原是一座多么可怕的荒沟啊，满山都是狼粪。打从日本人把这一两万工人招来之后，狼给赶到对面的摸顶山去了。——原来由狼统治的天地，现在由日本人来统治了。

轻便铁道架起来，爆炸，凿石，运土，小斗车咕噜咕噜成天价响，把平平的河滩堆成了大山。铲土的，推斗车的，抬石头的，好长的一支队伍啊；这支队伍，不分昼夜，不分冬夏，囚徒似的在斥骂、鞭子的逼迫，死亡的威胁下干活！现在老孙头回想起来，心上好像还给日本工头的鞭子一鞭一鞭地打着似的。李占春和朱自珍挨近了他，他还没察觉出来；李占春狠狠地在他肩上打了一下。他正想着日本人的凶相，肩上着了一打，受惊地吓了一跳，回过头来一看，原来是那个忠厚可爱的小伙子，便亲昵地笑一笑说：

“是你俩。和爸爸一块坐下来！”

“你当是谁？”李占春满脸孩子气地嬉笑着。在老孙头跟前，他觉得像在自己的叔伯跟前一样。

“我当是川岛太郎。”老孙头随口回答说。他这一说，把朱自珍说笑了，把李占春说恼了。朱自珍和李占春同时抢着说话。

“好老头儿，原来你还想念川岛太郎！”朱自珍笑着说。

李占春气咕咕地说：“打从事变，你天天叨咕：咱是中国人，咱是中国人；别人提一提满洲国你都生气，今天你把我这个中国人认作川岛太郎啦！”

“哪能把你认作川岛呢，”老孙头叹了口气，拿宽阔的手掌摸着下巴。“只是我想起了川岛，想起了铃木，那些狼狗，也想起了成千成万屈死的伙计。……”老孙头显然被沉思弄得不痛快，不说话了。李占春听他一说，不特不生他气，反而被他的不痛快感染着，他低头望着山坡下面那破烂的变压所。过了一会，老孙头用平静的严肃的口气问那两个年轻人说：

“哼，你们这些小伙们成天待着，眼见机器动都不动，心里好过吗？”

李占春站了起来，用并不带恶意的冷笑反问说：

“老孙头，你安的是啥心肠呀？日本那时代，我几时都看见你像生了谁的气似的，成天不说话。日本人来了便干一阵，剩下我们几个，你就唉声叹气说：‘有啥办法呢？头上顶着是他的，脚下踏着是他的，吃也是他的。来了，便干一阵；走了，大伙歇歇再说。’你教会我们懒；国民党大员来那一阵子，你也教我们：‘瞅一瞅再说，’眼下，机器也停了，人也闲了，你倒问起咱们闲得慌不，你安的是啥心肠呀？好比水车那盖子，骗大员打开是你，不叫关上也是你，……”

这几天李占春其实和大伙一样，闲得慌，一天到晚不晓得怎么过好，可是他把心里话藏过，有意挑剔老孙头。

因为今天天气好，没有风，太阳有点儿劲，从屋里钻出来的人越过越多。他们都很自然地紧拢在台阶上凑热闹来啦。他们多半是小伙子，其中有个五十六岁的老关头；一个还信佛的老刘头；另一个是三十多岁的老佟，他是本屯人，打从修水电厂起就有他。——以往，大伙不乐意和他在一起，因为他爱拿大伙说的话告诉日本人，可是他呢，只要人多的地方便钻前去。国民党大员来发电厂那几天，大伙摸不着底，都害怕，老佟却自个儿去见国民党的大员，拿从前对付日本人的嘴脸去逢迎他们。

从此，他又高高地坐在工友们的头上，指挥这个到四十里外的西凉镇去买肉打酒，支使那个打扫房间做饭，叫这个献鸡，派那个献面。谁知大员们来这儿不是打算修复水电厂，只想来拣点洋捞，并欣赏欣赏风景。不久，八路军收复了鹿鸣江，大员们吓得魂飞魄散，一心要再彻底破坏一下机器便逃跑。那一天一个大员看见只有潘玉山和老孙头在机器房里收拾房子，他便问这小伙和老头，机器最重要的是哪一部分。潘玉山胆小，既不明白机器又不明白他问的是啥意思，一下答不出来。老孙头一下就猜着大员的意思，担心他想把这破机器再破坏。于是计上心来："他想套我呢还是想……要是他想破坏机器，咱可不让！"他正踌躇着，大员便问到他头上来了。他心里扑通扑通跳，老实说，他怕大员就和怕日本人一样。他怕他故意把机器说错了，大员会枪崩他；如果说了老实话，他又怕大员要破坏机器。"这机器再炸一回，还指望修么？！"他的心一横，便撒了个谎。他装成老实巴脚的样子，指着水车上的检查孔盖，对大员悄声说：

"咱不明白机器，听说就数那玩意儿要紧，只要把它打开，便天神来了也盖不上，机器房全叫水淹了，水一直会淹上山顶。"

果然，大员撤退时匆匆忙忙把检查孔打开，便逃命去了。水从检查孔口猛力地冒出，每天把水车冲洗，把机器房淹上了尺来高的水。水到了尺来高，便往外流，流到变电所跟前的河水里，汇合进鹿鸣江去了。

老孙头的机智把恶毒愚蠢的大员骗了，救了机器。至今，“水一直会淹上山顶”，已成为一个天大的笑话。工人们乐起来便爱提起这个笑话，和亲昵地赞扬老孙头的机智。老佟每次听着，都记在心里，他寻思，将来国民党再来，他又有了献功的材料了。说起来他和老孙头也没仇恨，不过他总喜欢给上头拍马，说说别人的坏话来显显自己的“忠心”罢了。

其实要盖上这检查孔也太容易，只要把北湖头那边水闸一关，水流停止以后，便能盖上了。只是老孙头怕胡子和国民党再来捣乱机器，不叫盖上。等冬天来了，老孙头才叫盖上，可是就盖不严实了，冒出来丝丝的水，积少成多，把机器和机器房地面部冻结住了。

老孙头是水电厂的一个普通工人，只不过他来的日子最长，为人正派，他说出来的话和他做的事情，都能符合大伙心里所想的，因此大伙都听他的话。特别在中央胡子马玉山洗劫以后，他提议工人派代表去请县政府救济，得到圆满解决；和他智骗大员，救了机器这两件事以后，大伙更佩服他。

老佟瞅着他有点眼红，但是国民党大员一走，他便失去了靠山，大家更瞧不起他。他觉得自己身体里没有一根骨头，好比一只蜗牛一样，如果有一个硬壳子给他掩护，他便大着胆横冲直撞；没有了那个硬壳呢，他便瘫软，便垂头丧气。

这时老孙头想着：检查孔打开，原是自己想救机器，骗大员们打开的；后来又是怕坏人来捣乱不叫盖上，以致后来盖不严实，把机器冰冻得不像样，心里着实有点难过。现在听了李占春顶他一句，他就更不好受。看着那么些人，他心眼又活动起来，乘机严肃地纠正李占春说：

“占春，你可不能这么说。什么时候说什么话，什么时候干什么事。我活了四十八个年头，这四十多年里面，咳，我学会了偷懒，学会了骂人，骗人，学会了啥也不敢信，学会了……说起来话可长啦。我还是个小伙子的时候，干起庄稼活来莫说一个人顶我不过，就算两个李占春也会落在我后头；自然，那是老中华时代了。”

“哼，原来是个老庄稼人哩。”潘玉山插嘴说。

“我的两只手，哪有半袋烟工夫闲的？莫说我自个不闲，看见别人闲我也会生气。”

“那你什么时候学会偷懒的？”有人问道。

“你听吗？说来话长，意思倒挺简便，人穷呗，种地没地，干手艺没本钱，再加上闹病，天旱，还有咱们的好日子？到了东北，日本人的天下，更不用提了。打比修这水电厂，日本人说的吃大米白面呀，工钱高呀，招来的工人老鼻子啦。呸，他们骗人啦，咱吃的是楂子，小米，豆饼；工钱两个月三个月才开一回，扣了伙食钱，剩下的养不起家口！死的有的是呀，病死的，累死的，来干活的人有两万，等修好电厂回去的就没有几个了，至少死了一万五千人！”

这老头儿想起了夏天，打着赤膊的人们接连不断地从洞口把土和石头推到五里地外，走一步路淌一身汗，走五里地要淌多少汗？人们来时满肚子希望：大米，白面，电业有前途，但是，待上几天，人们总算瞅清楚了，希望也只好随着汗水流出来，一滴一滴沁进土里去。

出了汗，喝上凉水，得绞肠痧病的，拉痢的有的是，肚子痛上一天半天，在炕上滚几下，人就完啦。如果害个头痛发烧，一样得干活，一直到两腿伸直，两眼朝天，才算脱离了灾难。好多人要逃跑，运气好的逃出去了，倒霉的便给抓回来，说是抗联派来的，说是国事犯，活活的给折磨死。开头，人一死，日本人叫撂到湖里去喂鱼；后来人死多了，便叫撂到荒沟里去喂狼。——前面那道沟，臭气盖天，白骨累累，工人叫它做“白骨沟”。想起了上万的屈死的工友，他就想到自己那屈死的儿子。到玉带湖不久，老孙头瞅着这光景，早就凉了半截，可是虎儿可兴致勃勃，和他父亲年轻的时候一样，一股劲干活。——也就是这股劲，断送了他的性命。事情是这样的：

有一回要爆炸一块很危险的大石，日本人图省工省料，没装铁架子，没有一个人敢去钻洞子上炸药，——不赶趟呀。可恨的日本人，这时他也不骂也不命令，只用激将的办法嚷："满洲国噢，胆子大大的有赏噢，不怕死的有……" 年轻人的劲在孙虎身上作怪了，他胸膛一挺便走进洞里去了，他爹要拦阻他也不赶趟。孙怀德只好闭上眼睛，心里像等待枪毙那么难受。一秒钟一秒钟过去啦，平常，他不明白一秒钟里面包含些啥意思，这时他懂啦，他儿子的性命就系在这几秒钟上头啦！爆炸声一过，孙虎像只山兔那样敏捷地跑出来了，一丝也没受伤。洞口外的工友都为他的再生透了口气，孙怀德高兴得掉下了眼泪，可恨的日本监工们笑着拍他的肩膀。以后每逢危险的爆炸都叫他去。一个月后，在一次爆炸中孙虎给压死了。

老孙头把这故事说着，说到工友们的死，说到他儿子的死；听的人很多，还有女的。老头和女人早就听得掉下了眼泪，老孙头却那么平静，好像他并不悲痛；不，他的悲痛早已变成顽强的反抗了。

"他说的掉下泪啦。"

"不，男人流血不流泪。听他说吧。" 有人替老孙头分辩。

"我瞅清楚啦！咱穷人，不劳动，饿死，劳动呢，累死或病死！只有死路一条。什么苦尽甘来啦，什么没有走不完的路——我一概不信啦！"

老孙头轻轻呼了口气之后，继续说："咋办呢，除了磨洋工之外，还有别的更好办法么？那时候，中国苦力谁不磨洋工！"

一九四二年电厂修好了，水闸一开，湖水便顺着水道奔流下来。水车动了，发电了，这三千米长的水道，花了多少中国苦力的血，牺牲了多少性命呀！每天每天流出来的水算不清，但怎么的也冲不净咱们心中的仇恨呀！……

听了老孙头的长长的故事，大家都掉进各自的痛苦的回忆里了。哪一个老头没有儿子？哪一个年轻人没有父母？不说起来就忘了，或者说，日本人的罪行，看多了，看惯了，兴许麻痹了；现在听老孙头一说，大家都想起自己的苦楚来啦。老关头的儿媳给警察糟蹋过；李占春的叔父出劳工至今没回来；谁家的地和房子因归大屯给占了；谁家做了小买卖犯了经济给押起；至于打呀骂呀，那真是家常便饭了。

“他说的一点不差，完全是那个样！”老关头抬起了头，胡子一翘，肯定地说。

“手艺人可受他妈一辈子气！连机器也不让看一眼。”朱自珍也气愤地插嘴。

“说来说去，还是怪咱不会做人。管他妈给不给气受，多将就人家一些，不也有好日子过了么？”老佟说话了，他一面说一面用小眼睛瞅瞅大家的神气。停一会，他咬了咬嘴唇，扯动着脸上的肥肉，再说下去：“日求三餐，夜求一宿，人们为的是这个。顺人家还不是为的自己。——满洲国人就不明白这个道理。”

“老佟，你今天还是个满洲国人吗？你当满洲国人还没当够吗？你说的是啥意思？嘴婆子，拍马，行是行呀，可不是咱手艺人干的事！中国人都像你说的，那，那还有去年的事变吗？有今天吗？”这时候，老孙头那高大的个儿笨重的站起来了。老佟的话真叫他不能忍受，他失去了涵养，失去了素日的稳重和平静，像喝醉了酒的人一样，把心里头的话痛痛快快说出来才舒服。

老佟也不服气，可是他不动气，只嗤嗤地冷笑着：“今天？今天又有啥好处？机器坏了，没人来修，没人给咱开工钱。哼，穷人要活，还能不受点气？”

“这倒不假。今天，没穿没吃的啦。”

“饭得吃，气可不能受！”

“今天？今天没人管，可也比日本人压在咱头上强一点。”

“有理，长了两只手，怕饿死咱不成！”

大家议论纷纷，老孙头和老佟的争执没有了结。电工刘福瞅瞅这个僵局，站起来调解似的嚷着说：

“老孙头，依你说，日本人走了，大员走了，八路国家又不来，依你说，该咋整？”

听听大伙的话，知道赞成老佟的不多，老孙头安慰地松了口气，经刘福一问，他又微笑着说：

“我也不晓得该怎么办，大伙合计呗。八路国家今天不来，明天能不来？”

“那也不一定，中央兴许会再来。”老佟确信地说。

老孙头没有理他，继续说自己的：“我听山东来的人说，那边的八路对庄稼人可好，老百姓可服他。不知道他对咱工人咋样？”

“对咱工人可也不算咋的，那一回县衙门听说马玉山把咱东西抢光，便马上给咱放衣服，放粮食。听说城里也给老百姓放过粮食。看来他们不同日本，和中央也两样。”

刘福又沉不住气，嚷叫着：“我不是问你八路军咋的咋的，我问你咱厂该咋办。”

老孙头正经地听刘福说完，随后，连连点头笑着提高嗓子说：

“是了，不管谁来接收，咱厂总算是中国人的了。好歹得想个办法，机器像个机器，厂子像个厂子……”他没说完，大伙争着说话，嚷成了一片。

“可不是中国的怎么的！”

“那么，得想想办法。”

“咱们能行吗？得找个头呀，到城里去请吕小调回来吧。人家到日本留过洋，对机器啥都明白。”

“不错，就请吕工程师回来吧，他和官家打个交道还像个样。上一回咱几个代表去县衙门才不像话呢，穿的破破烂烂的，讲的结结巴巴，还亏得有个老佟能说会道。”

刘福分辩说："穿的好不好倒没啥，他们县政委穿的也挺寒碜。只是吕小调怕胡子，不敢到玉带湖来，这咋整？"

老孙头站起来张着两条沉重的胳膊摇摆着，要求大家静一静。他提议说："这么的吧，咱先把冰刨掉，把破机器零件拾掇好再说也不迟。"立刻有人赞成：

"也好，拾掇好再去请他去。"

"不大离，就这么的吧。说不定哪时候上头会派人来接收的。"

老孙头毫不放松，趁势钉一句："咱要手艺人说干就干到底。干对了，不用提；干坏了，也是大伙的主意，免得日后上头来接收，挑一个两个人的眼吃不消呀。"

"对嘛，干对了，大伙的功劳；错了，大伙来领受。"有人支持老孙头的意见。

冬天的日头特别短，不知不觉，太阳已偏西了。大伙感到异常的寒冷，才逐渐回宿舍去。

第二章　和冰的斗争

从山顶的宿舍到山坡下面的发电厂，有七八十米高，阶梯共有二百八十多磴。山坡下面修理室的两个老头，一天难得上去一两次；年轻人呢，却跑个三四趟。虽然高，但下面发电厂的声音，山顶上听得清清楚楚。听啊，洋镐碰在坚冰上的尖锐的声音，不是透过凝冻的空气，冲进山上人们的耳朵里吗？原来下面有十一二个工人正在刨冰呢。开汽车的张荣才出了自己的小屋子，绕过大宿舍，办公室，刚迈步头一磴洋灰墩，便又踌躇起来了。这几个月来，把他住懒啦，他到西凉镇，到城里去倒动破烂。有了钱，他便捎回来十斤八斤肉，请大家吃一顿；没有钱，便闷在家里睡觉，啥也不管。现在，他低头往发电厂一瞅，要迈将近三百磴，一个开汽车的人几时走过这多的路。他索性坐在洋灰墩上晒会太阳再说。

“刨什么冰，二月啦。再过几天，冰自然就会化。”张荣才心里嘀咕着。

张大嫂从家里冲了出来，看见丈夫还留在山上，着实生气。她身段不高，穿了一件棉袍；颧高大眼，上唇很尖，看样子是个又能干又厉害的女人，丈夫也的确很怕她。可是这一回她没有立时骂他，撩起棉袍的后下摆，和他并排坐下来，督促他说：

“你怎么不下去呢？”

“我是开汽车的，又不是刨冰的，也不是小工。”张荣才索性赌气了。

“嗯哪，你是个师傅，不是小工。可是，唔，你现在不加上一分力气，将来电厂开工，还有你的一份吗？把你开除出去，咱不是要饿肚子了吗？你说的好容易！”

张大嫂十四岁上死了母亲，父亲和哥哥给人租种地，她就在家里把弟妹三人拉帮大了；喂猪养鸡，灶头炕沿的活，粗细都能。父亲爱她爱得要命，因此也养成了她的一个坏毛病：家里的事，只有她说了算。自然，哥哥，弟妹都怕她，父亲哪样都依她；然而，穷苦家的孩子，再惯纵也是讲理的，正直的；所以张大嫂从小就锻炼成一个能干、有主张、勇敢的女孩子了。十九岁嫁给老张，便跟着他在铁路沿线几个小城市过活。张荣才本来是个倔家伙，不好惹，但是在老婆跟前却服服帖帖，啥也得依她。只是在两口子谈得顺当，乐乐和和在开玩笑时，老张便卡着她脖子问她：“女人还有啥用，除了会喘气和会叫还会啥？”张大嫂虽然给卡住了，但一点也不示弱，回敬他一句：“你不喘，哼，像个进站的火车头，又喘又没劲！”事实上她一面说一面已笑得发软了。

老张本来安分开车，自从事变以后，玉带湖也着实变得厉害。这几个月来，好的本事他没有学到，城里乡里地溜达溜达，倒腾一回破烂，比他过去挣一个月的薪水还强，他就再也不耐烦坐在机器旁边了。今早，老婆掀开他被子，提他起来，要他参加刨冰。他在床上赖了半天，现在她又撵在后头，在他耳边嘟哝着，怪讨厌的，他没好气地回答她说：

“你说的，难道我非饿死在玉带湖不成，我没腿跑长春不成？手艺人哪里不能挣两碗饭吃？”

看见丈夫口气硬了，她便缓和一点说：“长春是长春，这里是这里，生地头不如熟地头好，你为啥磨不开？你下去干它几天又有啥不好？”

“到底是那个来叫刨冰的？”

“叫是老佟来叫的。我们这里就数这个三朝元老打幺啊。还有谁能比得上他能说会道吗？”

“哼，我就不服他，好处净是他的，倒霉净是人家的。我瞅他爹和他哥在屯里种地挺老实，偏出他这个兔崽子！”

“自古说好人不当道。过两天上头来了人，还不是老佟这一号人吃香。像老孙头，老关头那样的老实人谁也看不中啊。不过，刨冰却是老孙头提起的。听说前天他老人家，又提起他儿子来了，说哭了。他多咱也不愿提起他儿的，昨儿不明白哪一根汗毛动了，你听我说，他说他儿子说哭啦，后尾儿他说：‘把厂子拾掇出来呀，为我的虎儿吐口气呀！把水闸开开，把大伙的冤气冲一冲！’那么，大伙就听了他的。问良心，谁不盼开工，为吃碗饭呀。”

张荣才不在意地听老婆说了几句，便蹒跚地走下去。

山坡下，那个破汽车框子给雪埋了一半，歪在那里他瞅着便觉伤神。心里面叹息着：

“日本人一走，啥也完了。我们瞅着这个厂，一点办法也没有，刨冰刨冰，还不是白费事儿！”

厚厚的白雪掩埋着许多零件，因此地上显得高低不平。他沿着人们已踏平的小道，走进了机器房。

第一号发电机和第二号发电机高高地，粗壮地耸立在机器房当中，一百二十吨的大起重机和三十吨的小起重机毫无光彩地，静悄悄地挂在高高的屋顶上。地面上积了一层冰，最薄的地方也有一二尺厚，厚的地方便有一米多厚。油压系统制御盘，和附在第一号与第二号发电机的，每样两套的调速机，自动水车制御盘的脚底都给冰埋住了。两部油压机因为检查孔打开，水是自上流下的，现在却变成两座小冰山了。五六个小工在调速机、自动水车制御盘下面拿洋镐刨冰。老孙头怕小伙力气大，粗心，损坏了机器，自己便领着两个老头在油压机上轻轻地刨。在两座发电机中间，潘玉山正在冰上燃着木柈子。李占春在修理室那边锯木头，朱自珍把锯下来的圆轱轳劈成柈子，然后运到机器房来。老佟呢，什么事也没有干，只在房子当中跑来跑去，把碎冰踩的喊喳响；他给人们递递小鹤嘴锄，送送黄烟；大声吆喝着这不成，那不对；好像他比谁都忙，也好像他是个工头似的。

东北二月的天气还是那么冷，一出手，便冻僵住了。平常像这样的天气，就算说黄土下面有金子，人们也懒得去取呢。然而，劳动战胜了一切，抡上两下镐头，血液便都流畅了，力气也大了，信心也提高了。说到这一次的刨冰，也不是谁下的命令，谁也没有勉强谁；就是那一天老孙头提了一下，大伙七嘴八舌的商量了一阵，便动手干起来了。谁也不明白是什么力量驱使自己在九九天干这件又艰苦又笨拙的工作。

朱自珍运一回木柈又看一回油压机刨出来没有。他想着，将来有这么一天，机器会动了，他一定要在油压泵跟前站一天，看看它的轧轧的响是个什么道理。他又寻思，假如上头乐意叫他在机器旁边当个徒弟，替机器擦擦油，他会乐坏啦。——想到这，他就特别有劲，劈起木头来也特别快。

李占春独个儿在修理室，锯木头也挺有劲，他觉得老孙头说的话总是对的，跟他走准没错。他回想起日本人那威风，国民党大员的架子，还觉得有点害怕和恨。他有一肚子直气，看不得奸滑、不正派的人。谁对他好，他会对谁更好；谁瞧不起他，他便也不佩服那人。他一面锯木头，一面吐了一口唾沫说："以往多好，也不过是日本人的；现在多破，到底是咱中国的啊。"

两个五六十岁的老头，虽然劲不大，热情可不少。他们觉得自己身上的火，差点儿便能把冰化掉啦。他们比小伙子们不同些，他们是在老中华过活的，虽然日本把东北统治了十四年，但他们一天也没忘记祖国啊。

老孙头呢，瞅着大家，瞅着这一切，乐的浑身是劲。是的，每个人都有他的幻想和信念，而且每个人都会用尽一切方法争取自己幻想的实现，和坚持自己的信念。老孙头也不例外。他的幻想，当然不是寄托在冤死的儿子和气死的老伴那上头；他只幻想有一天，机器房拾掇好，再过几天，上头派人来修机器；机器修好，发出来电，大家好好干活，过几天"人"过的日子。他的信念呢，本来给旧社会残酷的事实捣得粉碎了；但是新时代带来的一线光明却在鼓舞他，引逗他。他不知道这个社会会怎样变下去，但他已确实知道这个社会已经在变动了。"日本人是主人，中国工人是奴隶"这种刻板式的社会已经给捣碎了。——这就燃起了他新的希望，给他以力量，机智和勇气。

其实他摸不清这工厂将由谁来经管，咋样经管，他只知道厂子离不了工人，工人离不了厂子和机器。不管谁来经管，假如机器坏了，对工人都是不利的。因此他才有胆量和聪明哄骗大员，救了机器；现在，又有耐心来引导大家刨冰，保护机器。和他目的一样的，他就自然地和他团结起来；和他的目的相反的，他也自然地去纠正他；他帮助懒散的人勤快；他甘于吃苦耐劳，自我牺牲。——他的幻想，信念，目的，和工人们的一样。一个人做事没有私心时，便会觉得心安理得。老孙头正是这样。

本来，大家的观念并不是那么明显，但是在看见了别人的兴奋，自己便增加了一分力量，添了一分劲；反过来呢，自己的劲儿，却也增添别人的兴奋。——这样互相影响着，互相鼓励着，劲儿便渐渐更大，兴头也更大了。——他们觉着这样的劲儿是新的，从来没有过的，也不知道是从哪儿来的。

张荣才在修理室走了一转，在机器房到处看了一下，便也不多问，勉强蹲下来加入大家一伙。老孙头看见他来了，和和气气递给他一把镐头，笑着说："张师傅，你明白点儿机器，上咱这儿来先把这机器刨出来吧。咱净是老头儿，不济事。"

"你说哪里话，自古说老来宝，越老越行。"张荣才不自然地笑着说。

"不，力气不行啦，上岁数啦。不过，好歹得把厂子收拾出来啊。不管谁来接收，总不会是日本人了。再不拾掇出来，别说机器上了锈，咱们双手也上锈啦。"老关头抬起头来，模仿着老孙头的口气，边歇边说。

佟金贵看见三个老头和张荣才说得挺对劲，有点眼红，便也过来献殷勤，给他们每个人卷上一棵黄烟。张荣才连瞅也没瞅他一眼，便接过卷烟，自言自语着：

"今天是什么好日子哪，连佟大哥也给咱装烟啦。"

老佟晓得张荣才嘲讽他，只装不知道，用谦虚的口气说：

"你们辛苦啦，有功劳啦。过几天国民党来恢复本厂，几位那时该当上个股长啥的，不要忘记把兄弟拉帮拉帮。"

"不要说笑话吧。咱还能当上个官？日后政府来了，你当了一官半职，要念念老同行，多包涵咱们一点，对上头藏藏咱的毛病就恩典不尽了。"

佟金贵正给老张抢白得下不来台的时候，小伙子们却在那边嚷成一片。老孙头留心一听，原来他们不是吵架，也不是别的，是在凑一首歌呢：

"叮叮哒，叮哒叮，咱们一心要刨冰；
老孙头，人品正，说话大家乐意听。
领粮食，为大伙，数这老汉主意多；

骗大员，救机器，厂子这才免了祸。
破厂子，拾掇好，工人本事真不少。
你一镐，我一镐，年轻小伙力气好。”

老关头在这边抢着高声接下去说：

“三老头，不毛草，保护机器挺细心。”

年轻小伙不服气，齐声嚷着：“咱也不毛草啊，咱也细心啊。”

“不要嚷嚷了，”老孙头要求大家说，“接下去吧，一面刨一面接下去吧。”

“拉大木，劈木拌，占春自珍一头汗，
潘玉山，张荣才，烧火掌锄都不赖。
佟金贵，到处跑，东吆西喊干不少。”

但是有人马上低声纠正说：“不，应该改作：东吆西喊干得少。”

“得啦，这种人少得罪他得啦。”又有人说。

“睡懒觉，不来干，山顶躲着四条大汉。”

老孙头听了这一句，暗地里把人数一点，真的发现四个人没来干活，他暗自笑了：“我的好儿子，多厉害，啥事瞒他们不得。”

“你们凑了半天，还没说出个道理来啊。你们各人刨冰，为的是啥？”张荣才说。

“收拾好，扫干净，等待中央来接收。”老佟插上了一句。

“大员早跑啦，不敢来啦。”谁反驳老佟说。

“八路军，国民党，咱们工人全不管，”刘福在那角落里铲碎冰块，直起腰来接上编道：“修理好，发出电，咱们才算吃上饭！”

“对哪，咱工人要吃饭离不了厂。”有人同意了。

破破烂，乱一团，沙包马达炸了一半，
冷却油槽，油压汽桶，油槽上盖全遭难。
线圈圈，断回路，这里那里一团团。
咱瞅着，怎么办，咱们瞅着怎么办？
…………

工作没有完，他们的歌子也没有编完，他们干到哪就编到哪。刨冰刨了四五天才算把机器房的冰去掉。因为不分日夜地烤火，冰就慢慢化了。但是水压调整机呀，地下室的主瓣呀，蜗转筐呀等处都陆续又结上冰，却又都经工友们陆续刨干净。

这一个多月，发电厂没有受到过任何骚扰，工友们怀着各种不同的心情与耐心和冰作斗争。在这一个多月里面，工友们推举了老孙头，老佟，和电工刘福三个人到县衙门去请求过两次粮食。最后一次说不给了，他们三人听见一位干部在里屋大声嚷着：

“哪里来那么多的粮食，把他们解散得了，或者把他们介绍到专署去吧。一个县哪能要得起一个发电厂？什么电不电，老子抗战八年还不是点的菜油灯？况且，现在是集中力量打土匪，打老蒋的时候。”

另一个说道：“厂子是现成的，又不是花钱去修，何必推出去？技术工人难找，我们应该想办法维持维持他们。你没听说吗？他们自动把冰刨了保护机器呢。”

他们三个人在外面听到这，才放下了心。老佟悄声猜着：“头一个是政委。”

“不，那是陈营长，”刘福说，“后头说话那个才是政委。我认得他的声音。”

领了半个月粮食回去之后，老佟净对大家夸嘴说他的功劳。老孙头看着老佟扯谎，一言不发；后来他提议一天吃一顿干的一顿稀的，可以多吃几天，大家都赞成了。

阳历四月下旬，冰都化尽；地下室浸的满是水，水面上浮着一层厚厚的油。那是日本人撤退时毁坏了的油槽流下来的特尔宾油。别人都没事了，在宿舍里耍纸牌的耍纸牌，睡觉的睡觉，谈鬼和说破鞋的谈鬼和说破鞋。老孙头却爱在机器房里蘑菇半天，要看看什么地方不顺眼的，看看有些什么事情还要拾掇的，这一下看见地下室水面上浮的一层油，他便寻思了：

“这是操作油，日本人在的时候挺贵重；现在，得到新京、奉天去买去。多可惜，多可惜，……”

他想出办法来了，找两只大桶，把这些油捞起来，将来滤一滤，还能用。“还得和小伙子们合计合计。大家不乐意干的话，啥事也干不了。”可是他马上又犯愁。“这几天他们劲儿散啦——每天喝稀的，没个指望，净干活，也难怪，得好好想个办法……”

他一出地下室，便遇着了佟金贵。佟金贵也常爱到机器房来，不过他常来的目的和孙怀德不一样。他到这里来是看有什么轻便的，能卖个钱的零件，顺便捎上一两件回家，叫他哥哥去卖去。老孙头把捞油的打算告诉了他。他一听，便寻思：“净他立的功，过两天上头来了人，对他太顺当啦。”便自报奋勇说：“好极了，今天晚上我下通知，叫他们明天一早就都到这儿来。看谁敢不来。你不要操心，让我来摆布。”

两个多月来，大家被这种渺茫的、没有目的的工作拖疲了，头一次刨冰的劲儿和热情下降了。第二天，早饭后，到地下室来干活的只有小潘，老关头两个。

老佟看这情形生了气，跳来跳去说：“为啥不来？不干活，不想吃这门饭了么？”

老孙头劝住了他，自己跑到山顶上，平静地对大伙说：“我们多干点活，免得将来有人来接收时，说我们混饭吃。让上头瞅瞅，没日本人压在头上，咱中国苦力也能自动干活！来，跟我下去，油是好油哩！捞不起它来？试试看。今天下午煮干的吃。”

大伙只好懒懒散散地陆续走下去，张大嫂拉着刘大嫂也跟在大家的后头，到了地下室，看见黑油油的水，便各自盘起手来，这个说该把水抽出一点再捞油，那个说油根本不能用了。老孙头瞅瞅浮着的厚厚的油，瞅瞅大伙，便解开腰带，脱光了衣服，沿着阶梯探脚下水："待我来试试水有多深。"

张大嫂和刘大嫂本来站在人群后面，看见老孙头脱得精光，她们一边骂一边回身便跑。老孙头咬着牙根让冰冷的脏水刺激着皮肤，一面对准两个妇女笑着说道："跑什么？难道还没看见过吗？"大家便都开怀大笑起来了。

"喂，老孙头的老鸡巴也冻不坏哩，咱年轻人怕啥？"李占春说着，也脱得精光地跳下水去了。

这样，大家动起来了。人们有的提筐打水的，有捞油的，还有人从水底捞出小蛤蟆来嚷着要炒来吃的。

这几天张大嫂也高了兴，领着刘大嫂、朱自珍的年轻的媳妇，和小玲，小"电滚"到那条泛着黄泥水的小河边去捉蝲蛄，让水把手泡的通红。她们一共给他们做了几顿蝲蛄豆腐吃。下了一场雨以后，她又领着大家去捡菌子，拣野菜。

十天工夫，便捞起了四大桶油。

第三章　来客

"妈，汽车啊，汽车冲咱这儿来啦。"

刘大嫂的女孩子小玲这一叫，山顶上男男女女，都跑到办公室门前来往远远的山坡那边观望了。那条依着山势的起伏，弯弯曲曲的汽车道上，出现了一部甲虫似的卡车，转弯抹角地冲发电厂开来。人们猜测起来了。有人猜是来接收的，有人猜是来搬器材的，也有人猜是衙门派来买鲜鱼的。正议论纷纷的时候，老佟嚷着提醒大家说：

“赶快把客厅收拾干净，刘大嫂赶紧去烧壶开水，咱还得站个队到大门口去迎一迎。”

人们便又忙乱起来了。幸亏那部车子是个老车子，上坡时远看简直不动似的，半个钟头以后，才算走近了发电厂。那时候，茶已泡好，办公室里面摆了两只不知从谁家搬出来的破沙发。不晓得为什么，老佟身上来了劲，忙的出了一身汗。那样的劲儿，日本人在时他满身都是；后来国民党大员来了，他曾来过这一股劲，可是大员走掉，劲也就没有了。老孙头原是个慢吞吞的人，他很冷静地坐在石头上，在这样的场合，他觉得没有他干的事。

“这时候他们来的正好，机器收拾好了，油也捞起来了。唔，要是……”他这样一寻思，便觉得挺安心。

老佟领头，几个年纪较大的跟在后面，迎到大门前来了。小伙们远远地站在路旁，妇女和孩子躲在刚出了嫩叶的树丫子后面。汽车一停，几个穿了深灰色的和浅灰色军服的人都跳下车来了，其中四个是带长枪的，一个挂的盒子。从司机座旁，走下来一个三十三四岁的，中等身材的男子。他也穿的灰色军服，只是没有挂枪，胸前只扣了三个扣子，另外一个扣子打开着，上面那个扣子掉了。他态度很亲热地，也很自然地向大家走来，笑着说：

“工友们，你们辛苦啦。哪一位是负责人啊？”

谁也没有说话，只是张着嘴笑，唔唔哈哈地干哼着。老佟趁势迎上去，深深地鞠了个九十度的躬，恭敬地回答说：

“咱们这里还没有责任者，只是为了粮食，兄弟曾被大家推选做代表，到县衙门见过几次政委。未知长官是从哪来的？我叫佟金贵，打从……”

“好嘛，好嘛。我姓王。专署叫我来看望看望大家。——厂里还好吧，机器怎样了呢？”

他们把来客接进办公室，背枪的人没有进去，就在外边，和和气气地逗孩子玩，打听打听这里的情形。这时候除了小孩之外，没一个闲人；倒茶，打脸水，做饭，把大家忙的一塌糊涂；也有下屯子去找鸡子的，也有人拔野藤蒿的。大师傅决心做一顿好面条；张大嫂把土豆丝切得挺细；刘大嫂把她那个陪嫁的铜脸盆也拿了出来，每个忙着的人各有各的想法和期待，但大家都有一个共同的目的：“他们赶紧把机器修好就好啦。”

张荣才在城里早就看见过八路军那个破破烂烂的样子，有人叫他们做“叫花子队”他觉得一点也不屈。问良心，八路军和他无仇无怨，说不上恨；他只是瞧不起，看见他们的样子便觉好笑。“屁股后面跟一个背盒子枪的便算了不起的大官。还没满洲国的警长威风！”在大家都忙着招待来客的时候，他躲在小屋子里呼呼地睡去了。

这位客人姓王，名叫永明，是专署委派他当电业公司的经理，在他管理下面，有两个小的火力发电厂，和玉带湖的水力发电厂。他是一心来修复水电厂的，因为如果水电厂发出电来的话，那么，那两个火力发电厂都可以不用，只管变电就行了，便能节省了许多人力和物力。他刚从大盛水力发电厂撤退下来，并从那儿带出了两个工人，现在都领到这儿来了。

王经理喝了杯茶，擦一擦脸，便下山到发电厂里里外外详细地参观了一遍，和四五个工人谈了谈话，以后和全体工人开了一个会，说明民主政府现在决心来修复水电厂，要依靠大家努力，想办法；要求大家积极提意见，有啥说啥。下午，王经理把大盛带出来的两个工人留下，就乘着来时的卡车回去了。

大盛厂出来的两个工人，一个叫陈祖庭，二十九岁了；一个叫刘月轩，才二十四岁。打从八路军接收大盛厂时，陈祖庭是第一个接近八路军的，后来工会成立，他是积极分子之一。八路军自大盛撤退时，他怕国民党为难他，便坚决要携老婆孩子跟王永明同志出来参加革命。说起来呢，他懂得的革命道理并不比别人多，只是他的性子容易冲动，有浮躁的热情；像油圈子一样，水一来他就浮在上面了。每个运动的初期都会有这样的人的。刘月轩呢，念过初中，他很爱研究机器。日本统治的时代，他只能偷偷地自己研究，看点书。八路军刚到大盛时，他觉得各方面都比日本人在时松懈得多，于是就把书本带在身边，随时都拿出来看。那一天他值班，正在看小矶的电学看的入神，王永明悄悄站在他后面，随后轻轻咳嗽了一声，问道：

“看的是啥书？”

刘月轩回过头来看见是王经理，不觉吓的发抖，书也掉地了。王永明弯腰拾起了书，看了看，笑着用四川口音安慰他说：“很好嘛。工人不仅要懂得怎样去管理电，还应懂得电是怎样来的。你念过几年书？”

刘月轩看看八路军的干部和日本人完全两样，才倒抽了口气，低下头来回答说：“我念到初中第二年，我爹死了，没念下去，便学了电工了。”

以后王永明很注意他，常常和他谈话，鼓励他。他呢，叫他做什么，他就做什么，只是不爱说话，一有空便动手修拆他的小零件，配这样，搭那样，和看他的书。他最不乐意开会，也不愿意和人家拉拉扯扯。快撤退时，王永明问他愿不愿意跟八路军走。他干脆的说：“只要让我学机器的地方，我哪都去。”

王经理走后第三天，便又领着技师吕屏珍和在日本长大的杨福田杨森田兄弟，陈祖庭的家小和一排武装回玉带湖来了。这时候，他正式出了一张通知，宣布自己兼任厂长，吕屏珍副厂长，陈祖庭人事股长兼总务股长，刘月轩电器股长。并号召大家合力恢复电厂。

陈祖庭开始工作了，一天召集两三次大会宣传工人要组织工会。又找了老佟，潘玉山，刘福和新来的李希贤等人做为骨干，不久，玉带湖水力发电厂工会成立了。陈祖庭被选为主任兼宣传，刘月轩是组织委员，佟金贵为福利委员；刘福，潘玉山，老孙头是小组长。

发电厂新招了八九个人，其中一个是老佟的外甥，叫李希贤。小宋，杨福山和金永顺又是李希贤拉来的。

这里动工修理机器已有一个礼拜了，王经理觉得水电厂已经有点基础：工会组织起来了，积极分子也有了，陈祖庭又挺能干，可以把这骨架子撑下去，他准备回城里。临走的前夜，他把陈祖庭和刘月轩叫到小房子里来。

“王经理你不能再待一星期吗？我，不相当呀，怕干不了。再说，吕工程师是副厂长，咱怎好随便说话呢？说到工会，也不如大盛时顺手，工友们都不熟，咱又是后到的。……”陈祖庭说。

“我不是已经交代你们好多遍了吗？”王永明鼓起大眼睛说。他很富于四川人那种热情的特点，话也说得简单，直率。受了多年压迫的东北工人听他说话，受他信任，会爱他的。陈祖庭便是如此。“关于技术上的，归吕厂长管，工会呢，全由你们两个负责。听着，工会搞得好搞不好全由你们两个负责！至于吕厂长，还有两个工程师，你们在生活上好好照管他们。自然，他们的思想和你们工人是有很大距离的，但这都无关重要，只要他们把机器修好就行。工会的目的，为了团结工友，为了赶快把厂子修复。积极分子很重要。唔，你们想想自己是怎样起来的，积极分子好比是屋子的架子。不过，对积极分子要加以考察，这是你的事。刘月轩，你不是组织委员吗？”他把双手反背着，在小房子里踱来踱去。陈祖庭抬起头来绷着脸看他，刘月轩坐在角落里低下了头，他俩在这位上级跟前总是那么呆呆的，虽然王永明对他俩那么信赖。

“老佟这个人你们觉得怎么样？”王永明有意要考一考他们的认识力，但还没有等他们回答，便觉得还不如把自己的看法教给他们来得近便。他常常如是，总以为下面的同志考虑问题没有他考虑得周到，与其逐样逐样去试验他们，耐心帮助他们，还不如直接告诉他们，或动手做给他们看好，因此他经常放弃启发，诱导等方法。“你们别看他积极，我看他品质不大好，——人品不大好，风头主义。”

“不过，大家还听他话，他说了，大伙不敢怎么的。”陈祖庭心里有点不以为然，试探着说。

“哼，你看他在王经理跟前一个样，在咱们跟前又一个样，在大家面前呢，又另一个样了。像他那样的人，咱大盛也有，不止一个。”刘月轩回想着大盛的人物，微笑着。

“对哪，刘月轩分析的一点不错，他这种人叫买上欺下，伪满脑瓜子。开头可以利用他出来做点工作，但绝不能完全听他的话。”

“王经理，担子太重啦，我害怕工作搞坏了。不说别的，光工会功课，我就——我知道的道理早说完啦。”

“你们大胆做，你们是工人，做起事来不要忘记工人。要依着一个原则：为大家，为工作，有自我牺牲的精神，事情就办得通。我三天五天便来一趟。那两个火力发电厂动都还没动呢，我一离开，准会出问题。但目前还必须倚靠它们发电，我们的工厂、机关和许多地方还得靠它。”

的确，王经理就这样两头跑，他回城里，牵挂玉带湖；到了玉带湖，便又牵挂城里。为了要维持继续发电，他的责任离不开两个火力发电厂。整个电力公司，除了他，吕柳依秘书——他的老婆——和李总务科长三个是关里来的以外，其他所有人员都是原封不动的伪满时代的人员。那些职员对上级是很讲究的，想尽办法来迎合八路军的作风，但是无论怎么样，嘴里高谈民主也罢，把九十度的鞠躬改为握手礼也罢，敢于和王经理坐在一块或向他借个火也罢，改来换去，就剩思想没有改。王经理的感觉很敏锐，他知道这些职员的思想基本上没有动过，而工作要做好，必须要他们弄清楚了究竟为谁工作，才能把他们的被动，雇佣思想变成为主动的，积极的。然而他的性子急躁得很，他恨不得三天五天之内就把工作做好。因此他常抱怨他老婆说：

“要是我说声你是女人，你又得生气。可是有什么办法，女同志究竟比不上男同志呀。不说别的，假如你把这批旧职员改造好，我好集中精力把业务搞一搞。我过去在同济大学学来的理论几乎全忘了。”

“我耐心督促你那一次，你便说：‘思想改造得经过长时间的，我们才来个把月呢。如果都像你那样进步，马克思主义不是早都在全世界实现了吗？’假如我急躁一点，对你欠恭敬一些，那你就说：‘急性病一定会犯错的，如果党交给你更大的局面，我真担忧你这个急性鬼把工作搞垮。’柳依，说句老实话，我不担忧自己把工作搞垮；倒是，像你那样慢吞吞的人，哼，我倒发愁你把革命的成功不晓得拖到哪一天！”

吕柳依是个胖子，有极好的脾气，从来不急躁，从来不生气。和气、谦虚，富于忍耐力是她的特点；因此，不管是老干部和旧职员对她都有很好的印象。然而，人的优点和缺点往往是互相联系的，不可分的。她的和气与谦虚不是因为她老练和善于诱导和纠正别人不正确的思想；而往往是由于缺乏明确的认识和斗争的勇气。所以与她的优点同时，她还有疲塌、一团和气、主见不强的毛病，此外，不管她是个多么虚心的人，可是对于丈夫，她却很难接受他的意见，特别在生活问题上，总要想理由来反驳他。他呢，原也不是个爱挑毛病的人，不过因为她是他老婆，对她的缺点比别人看得更清楚；还有谁比夫妻更亲呢，于是也就特别爱说她。夫妻俩就常常拌拌嘴，有时是吵着玩的，有时认真了，也就当真生气了，生气的往往是吕柳依。她想，他应比别人更尊重她，也应比别人更体谅她。

不过无论如何，他俩对工作是极认真的，对人民是负责任的；因为他俩和所有的革命同志一样，只有一个目的：怎样才能把工作搞得更好，对人民更有利。

夏天，玉带湖太阳出的特别早。五点半钟吃早饭，所以五点钟，全厂的男女老幼都起来了。

吕屏珍起得并不迟，可是他要等到八点后，杨家兄弟起来了，才一块吃饭，因此在早饭前他坐在窗前温习他的书籍。一直到大师傅来催促两三遍，说已经开饭了，别人已到齐了，他才斯斯文文地到办公室去吃饭。以前有一次，大师傅把他请去，坐了半天别的人才来，他便不高兴，对大师傅发了脾气。以后大师傅非等人们到齐了才敢去请他。他对两个工程师很客气，和伪满的时候没多大差别；只不同的，过去日本人当权，他可以更将就他们一些；现在他们已跟着日本人一样失去了气焰，应回过头来将就他一些；况且，他是这儿的副厂长，不论任何人，连他自己在内不能损害他的体面。他尊重他们，那是因为他们是有知识，有教养的人。

他原在鹿鸣江复兴工程处当工程师，也常到玉带湖协助日本人修理机器，他的理论修养很好，只是爱面子爱的厉害。工人们对他有一点粗鲁，他都会不高兴。因此工人替他起了个绰号叫吕小调。他不高兴时决不破口大骂，只保持他的文雅的姿态说："当你们也有了知识，会尊重知识的时候，全世界不是都已达到文明之邦了吗？"或者说："没有教养多么可怕！"他认为自己的轻蔑的话会刺得人很痛。可是工人们听了，当着他面时点头立正称是，一到了现场，便拿他爱说的话来开玩笑。特别是外线工人，当他们爬到高高的电杆上，捏着"拜斯"歪着嘴唇用力紧线的时候便说："操你奶奶，当你们更紧一些的时候，全世界不是都达到了文明之邦了吗？"也有些工人两腿跨在高压线架子上时唱着："有本事的不戴胶皮手套，有教养的带回个日本老婆！"原来吕屏珍在日本念书时讨了个日本女人，后来他毕业回国，日本女人不愿跟他回来。这虽然是十年前的事，现在他的中国老婆已替他生了三个孩子了，但工友们都知道这件事，并且作为他的弱点背地里拿来取笑他。

杨福田兄弟，母亲是日本人，在日本长大，在早不讲中国话，以日本人自居。工人们都讨厌他俩。但他俩学得一手好技术。八一五以后曾经很倒霉，跑哈尔滨，靠卖东西过生活。现在电业公司把他们请回来，他们便认为自己的威风虽然随着日本统治地位而垮台；然而他们的臭架子，还可以由他们的本事保持一部分。打小时候起便被日本法西斯的思想教育着：仇视工人农民，仇视共产党。现在他们看见八路军，看见了解放了的工人，觉得头痛。在机器房，碰着工人不小心，或不顺他们意的时候，他们便骂声"八嘎"，动手安装机件，他们便先把工人支使开，生怕别人偷了师。

他们八点才起床，八点半才吃早饭，如果陈祖庭在他们跟前走上两三趟的那一天，他们九点钟便下山上班，否则要蘑菇到十点才下去。

第四章　陈主任

王经理回城去后第二天，刘福便到陈祖庭那儿要求辞去小组长之职。

“是大伙选你的，我姓陈的能让你辞？”陈祖庭严正地回答他。

“陈主任能作主！”刘福胆小地，但坚持着。“陈主任的话好使唤。”

“你为啥要辞这个小组长呢？”

“我不相当呀！另挑有能耐的。”

“不是吧？怕国民党来吧？”陈祖庭很骄傲自己高明的判断，为了表示他的斩钉截铁精神，他抬起他的方脸，眼睛朝天说。“你放心好啦，谁动你一根汗毛，我赔；你一家三口，我也一家三口啦。”

刘福碰了一个钉子，回去便埋怨老婆说：“净是你这些娘儿们坑人，让我去碰了一鼻子灰。”

“人家都这样说的，明儿国民党来，当过干部的一个不留。”刘大嫂说。

“明儿是明儿，今天是今天，明儿的事我不管！”

刘大嫂还是不放心，她跑到老孙头那里，打算听听他的口气。恰好潘玉山也正和老孙头谈论他要辞小组长的事。潘玉山看见刘大嫂来便住了口，刘大嫂故意接上去说“玉山，你说的是啥呀？什么选谁谁也不乐意干呀？”

潘玉山不愿意明说，只“嗯哪”一声敷衍着。老孙头却不躲避刘大嫂，慢条斯理地说：

“选出来了嘛，就干呗。要是件正事，人不乐意干的，咱还得去干；如果人家抢着干的，咱把双手盘起来也没啥。”

当天晚上上政治课时，陈祖庭便批评了要辞职的人一顿：“这是满洲国的脑瓜筋，落后啦。日后谁要辞小组长，委员啥的，就是个落后分子。咱是工人呀，工人是新世界的主人呀！……”

果然，以后便没人开口辞职的。陈祖庭觉得这种办法行得通，他暗地里总结出一条经验来：“没办法，满洲国的脑筋，还是得用满洲国的办法来治。”

自从来了领导人以后，佟金贵便忙碌起来了。他找机会在王经理，陈祖庭和吕副厂长跟前走动，并在他们跟前三番五次地把刨冰捞油的功劳揽到自己身上；说大家原不乐意干，亏得他鼓励大家，大家才干起来。他把老孙头的种种功劳通通压下。

王经理对于工人保护机器的事情很感动，但是他不相信是老佟领头干的。“这是无产阶级最可贵的品质。他们的劳动离不了机器，离不了厂。”有一次王经理告诉陈祖庭说。“但是绝不是老佟这种人干出来。假如他领头干的话，也一定是强迫命令。他绝不，唔，这种人根本就没有群众领袖的条件。”

王经理的看法，陈祖庭大不以为然，可是他又找不到理由说服他，就只好当面点头，背着王经理，在开会或上政治课的时候，他就大加表扬老佟。这一表扬，叫工人们十分不满。有人对领导失望的，有人对老孙头抱不平的，也有用沉默来表示对多变的局面冷淡的。

水电厂新旧工人一共有三十来人，分成两组。第一组是搬运，洗刷的，这一组人数最多，干的活也重；老佟是组长。第二组叫修理组，只有刘月轩，刘福，潘玉山，老孙头，朱自珍和新来的两个焊匠和两个电工；刘月轩是组长。所谓修理，不过是把洗刷好的零件运到工程师跟前，帮着焊焊补补，抡抡锤子。杨家兄弟还把他们当苦力看，宁肯闭臭了嘴也不肯告诉告诉大家关于机器的事。不过日子长了，工人们怎么的也得偷看上一两眼，学一点东西。第一组的工人对第二组的工人有点眼红，特别是张荣才和李占春两个。人们议论纷纷哪，有人说，“第一组的人心眼笨，”也有人说，“第二组的人全是干部，四个新来的又有来历，朱自珍呢，媳妇长的漂亮。”闲言闲语像“没娘藤”一样到处攀，也像柳絮一样到处飞。大伙随时听来，随时传播出去。

那一天天气特别热，没有风，高空是碧蓝碧蓝的，坡上长的小柞树给晒的一声不响；鸟儿也不歌唱；羊齿草蹲在树荫下面挺消停；除了现场修机器金属的碰撞声，什么动静也没有。张荣才看看大家滴着汗去干活，还挺有劲，他便悄悄拉了李占春一把，往山坡上那小柞树林子一指，说：“去，乘会儿荫凉再说，干活的人多着啦。”他俩便爬上了坡，坐到叶子遮蔽的地方。李占春随手拔了一根羊齿草，瞅着，骂道：“你倒会享福呢，净拣荫凉的地方长。”

“管它，它能享几天福？秋天一来它就死啦。”张荣才无心地说。他又转过话来，鼓动李占春说：“咱多少时候没吃鱼了，去崩它几斤吃吃。走。”

“给人家在会上批评开小差，多可耻！”

“管它，人家说的时候，鱼已经到我肚子里啦。”张荣才怕回去给老婆说，便央李占春回去取炸药，帽子，短褂。李占春是个直性人，被人家说上两句，便依了。

湖面离电厂共有四里地，他俩连崩鱼，划船带玩耍，一直到太阳偏西了才回来。这一回崩了有二十来斤，两条大鲤子，其余有扁路，花路，狗鱼，拗花，鲫鱼，大的尺来长，小的才三四寸。他们从一只破汽船上解下了两根铁丝，把鱼串起来，用一根小树干两个人扛了回来。回到宿舍，大家都很高兴，七手八脚的动手去鳞破肚。

陈祖庭为缺乏上课材料愁闷了好久，今天他偶然想起有一次王经理曾经和他谈过人生观。他倒觉得这个题目怪新鲜，便决心今晚上课讲一讲。到了七点钟，铜钟敲过了，他便到总务科那个当作临时课堂的大房子去了。到了那里，一个人也没有，他正寻思，老佟却从门口冲了进来，一面擦着嘴巴一面抱歉地说："我迟到啦！"

"你迟到了，可是你头一个到。"总算有人来了，陈祖庭有点高兴。

老佟觉得对方称赞自己，便得意地说："我们在那里吃鱼呢，我才吃了一口，听见敲钟，我就来了。"他又捏造上一句说，"我嚷着叫大家快来，可是谁也没听见。"

这时候，小宋，杨福山，李希贤，都跟着跑了进来。陈祖庭赶到宿舍那边去。

宿舍是个长形的大房子，两面炕，共能睡下四十个人。炕上铺着破烂的炕席，上面放了一些灰暗的破旧的被子、毯子。自从中央胡子马玉山来抢劫过一次以后，这里便没有一件好东西了。这所房子是七年前修的，修的时候很简陋，年代一长，更破烂了。有家小的，住到后面那排低矮的小房子那边。其余老佟和外甥、陈祖庭一家子、吕屏珍，和杨家兄弟各占了一所小洋房；其余的单身的工人共二十几人全住在这个大宿舍里。

陈祖庭一踏进宿舍，一股汗酸味便冲着他的鼻子。暗淡的菜油灯光照着黑压压的三堆人，他们正聚精会神地围着三个盘子吃鱼呢。本来，一盏菜油灯在发电所来说是微小得非常可笑的，不过在它还没有发出电来的时候，它却被大家欢迎和拥护。陈祖庭走了进去，谁也没看见，他先开口叫道："你们吃鱼不招呼我一声呀。"

老孙头，老关头几个年纪大的站起来让着他，大家也跟着散开了，有下地的，有靠墙根蹲着的；张荣才身子没有动，一面吃一面说："今天崩的是小鱼，怕你们在大盛吃惯大鱼，也就没敢请你们来。"陈祖庭寻思："我上炕吃鱼，太不像话了，人叫我馋主任啦。欲待不吃，工人们又说我瞧不起他。——听，张荣才的话里有刺。"他想了一会，相关地针对着张荣才的话回答说："鱼在好赖，不在大小，大的狗鱼比不上小的拗花。照理，玉带湖的鱼必定比大盛的鱼好吃。为啥呢，这里是个大湖，水又深，流的不急，鱼肉一定嫩。"

直率的李占春听了，觉得很顺耳便把最后的两口白酒递给了他。他哪里有心吃鱼呢，接过了酒，一口喝了便催促大家说：

“该上课啦，早过了时间啦！”

大伙一听上课两个字，觉得扫兴得很，都不吭气了，只是不知谁在“嗯哪”一声，表示承认还该上课，实际上，谁也没把身子动弹一下。牟为梁蹲在角落里和曹万发小声说：“民主哪，工人是新世界的主人哪。——连课堂里那块黑板也听腻哪！”

“今晚上我和大伙研究人生观的问题，赶紧走吧。”

“人生观是啥，是安在水车上头是咋的？”

陈祖庭忍不住笑了，一面带头走出了宿舍，一面向大家解释着：“人生观？就是，对哪，要做个怎么样的人。工人有工人的人生观，大肚子有大肚子的人生观；总之，意思是挺复杂。”

“我的人生观是吃饭吃鱼！”李占春说。

“那么，张荣才，你的人生观便是怕老婆了。”谁在后面开张荣才的玩笑。

大伙笑了。

“没啥，有活干，有饭吃，我就要这样的人生观。”新来的焊匠李胜说。老关头同意了，在薄暗里拼命点头。

到了课堂，谁也没吱声，陈祖庭独自兴高采烈地把人生观翻来覆去说了一个多钟头。听的人打盹的打盹，抓痒的抓痒，小伙们做鬼脸的做鬼脸。末尾，陈祖庭照例问道：“大家听明白了没有？”大伙一声雷似的答道：“明白了！”这声回答是很有劲的，因为这一问表示讲课已完毕，大家就能回去睡觉啦。

陈祖庭认为自己讲的很圆满。他出了课堂顺道走到刘月轩那边转一转，这差不多已成了习惯了。到了哪，刘月轩在看书，正如每晚上一样。陈祖庭走前去一手抢了他的书本子合起来拿在手里，说：“你的人生观大概是想做个工程师吧。”

刘月轩不在意地抬头看了看他，随即又看自己纸上的作图。懒洋洋地问：“你的人生观呢，你想当个厂长是不是？”

“哼，我当个工会主任也当不成啦。我管不住他们啦。你瞅，吃鱼不上课，上班时去崩鱼！你叫我咋整？在宿舍里头和他们谈人生观，他们七扯八扯胡说一阵；把他们领到课堂里哩，谁也不吭气了。”他把刚才的情形对刘月轩说了一遍。

刘月轩听了，还是引不起兴趣，伸手过去想把陈祖庭手里拿着的书拿过来；但陈祖庭有意把书捏着不放，他又作罢，拿起铅笔继续画他的保护环与接续子外翘，不经意地说：“你为啥不趁势在宿舍上课？”

陈祖庭得不到对方的同情和慰藉，心里更烦恼也说得不好听了：“得啦，技术解决一切啦，你还是搞你的机器，工人就会积极，工作就会顺利啦。”他从王经理那里学了不少“八路话”。

刘月轩这时倒有点内疚，接过陈祖庭还给他的书，看着油灯说：“我不好，上头交给我的任务没有完成。我满脑瓜是电、水车，吃饭也想它，做梦也梦见它，怎么的也放不下！”他希望自己把意思说得更清楚一些。

“你说你管不了他们，我看他们怕你怕得很！不，兴许他们把你看成个官；你瞅，对你客客气气，你一到，便都不说也不笑了。”他低下了头，想了一会，提起勇气来说，“依我看，你和以往有点两样啦，变啦。”说完了，又后悔自己多嘴，低了头。

“这是怎么着？”陈祖庭真是想也没有想到刘月轩说这句话，他不相信自己变了。“老弟，请你说清楚些。”

“我也说不上是怎么回事。自从你参加，当了干部以后，大伙就觉得你不是我们这一路的了。”刘月轩觉得已经说出来了，收不回去了，那就痛快一点吧。

“你不也是参加了，当了干部吗？大伙对你怎样？”陈祖庭不服气说。

“不错，我也参加了，当了干部，可我没管过事。好赖不知，大伙说不上对我咋样。……他们，眼红你了？不，他们自己倒是不乐意出来干啥，别人出来管管不是挺好？”刘月轩从来没那么爱说话过的，这一回他怕陈祖庭误会，并且也着实希望陈祖庭和大伙的关系搞得好一些，他在努力把自己的意思表达出来：“谁看不出来？王经理就相信你一个，不相信别人；自古说不怕官，只怕管，人家犯不着操这份心；人家会不会寻思我是伪满脑瓜子’，‘我是落后分子’，‘又没叫我，关我啥事’，‘工作做好了，还不是积极分子的功劳’，人家这样一寻思，还不是你说你的，他睡他的！”

“你说你也觉得我变了呢，那又是怎样说？”陈祖庭追问一句。

刘月轩笑了笑，说：“你的脾气变啦。过去你很耐心，不顺心的事咽下去也不说啥，眼下你动不动就跳起来。过去你对人可客气，耐心，眼下你动不动眼睛一瞪，嘴里便说，‘那是怎么的呢，我不是说了好几遍了吗，你们没听见还是故意不干？’或者你就说，‘好吧，等王经理来时再处理吧！’——这句话比汽锤子还重啊！我有时也怕你三分。——事情本来是这样，你一说，已经走了样，再经王经理一寻思，又更走样了。谁不头痛呢！自然，你对我倒是万分的好，只是我不长进啦！”

两下都没有作声，四周什么声音都没有，只有老孙头借出来给办公室用的那只闹钟嘁沙嘁沙响。这情景叫他俩感到夜已深了。可是陈祖庭一点也不疲乏，倒兴奋起来了。他诚恳地叫道：

“老弟，咱俩是五六年的伙计啦，我不是来当官的，是来参加革命的，你知道啦。吃苦行，受气也行，为人民服务呗！只要大家能团结，工会搞好，我的责任才算完成啦。可是你瞅，大家对我怎样？哼，我又不是来拣洋捞，我的老婆孩子也没比别人吃得好。……”

“你说的实在，你没有比别人多拿一根针，多使一条线。眼下大家都怕你，不和你团结也是实在。他们在你跟前说话一个样，在现场说话又一个样！就是，开会，上课，他们说的都是假话，不是心里话。”

“老弟，你听到了些啥话了？”陈祖庭并不虚心听群众的意见来改正自己，只是对别人的闲话感到兴趣，追根究底。

“我告诉你倒不要紧，怕只怕你明天下晚上课，噼哩啪啦都说了出来，把大家训一顿。以后，大家说话就会躲开我，心里也会更不舒服。他们怎样说哩，他们说的：‘八路好是好，只是七路半真够呛’，他们又编着歌，唱道：‘积极分子——三朝元老；大好人——不当道。’这样的话老鼻子哩。”刘月轩歇一下又说道：

“唉，这些事没有什么好气的，只是今天我问森田水车的事情，他用鼻子笑着说：‘你也想当工程师吗，你的妈不送你到日本去念书？’你说气人不气人，工程师都是日本制的呀！”

“那么，七路半指的是咱呀。”陈祖庭想着最不高兴的一句。

“可不是，想当工程师还得有钱到日本去念书！”刘月轩也想着自己最不高兴的一句，牛头不对马嘴地回答。

“我说，他们说的七路半，指的像咱这种事变后才参加的，不够八路的人？”

“谁知道哩。”

正在他俩谈得带劲的时候，宿舍那边潘玉山却和李占春也在争论呢，原因是潘玉山批评了李占春不该不干活去崩鱼。这时候大家都已睡下，油灯也灭了。鼾声此起彼落地响着。

“我没福气当积极分子，也不想当这个积极分子。我知道自己连六路都不够啦，更没指望学机器了。”李占春本来牢骚并不多，不过他受了批评，觉得憋屈，便倔起来，把平常瞅着不顺眼的事也搬了出来。

“打二月前刨冰的时候，你不是也挺乐和，挺起劲吗？现时，你生了谁的气？”

“谁也没有得罪我，我也没生谁的气。只是心里憋屈得慌！那时刨冰捞油，大伙乐和和的，说平等，那时候才真是平等国家，谁也管不着谁。眼下呢，有的人住大猪圈，有些人住小洋房，有些人当啥长，有些人当苦力。刚出了窠，还没长好毛就抖起来啦，瞅着真不顺眼。你别看大伙不吭气，别看我是个草包。……”

“咱是来干活的，管那些干啥？人家抖也抖不到你身上去。人家明白的道理多一些，总比咱强。”潘玉山还是一心想帮助他把那股倔劲压下去。.

李占春还嘟哝着：“你真信人家的话，工人当了主人哪，你也当了主人哪！”

“我们还没当上主人，我们还是个工人。——这我知道。工人，干活就得了呗！”

老孙头给他们闹醒了，含糊地问：“什么主人工人的，我的好孩子，该睡觉啦。”

“老孙头快来评评理，今儿上课陈股长批了他的评啦，我再劝劝他，他倒发我的气。你来评评吧。”潘玉山求援地叫着。

“谁也没有定了律条，我崩鱼犯了什么国法？还有去河里洗澡的哩。”

老孙头坐了起来，拿着一块洋铁给两个年轻人扇着，自己擦着汗。洋铁一摇一晃，咕呱咕呱地响着，和此起彼落的鼾声相应。半天，老孙头才开口：

“大树，都是在山林里悄悄地长起来的；珊瑚珍珠也是在海底里不言不语地生出来的；英雄好汉要从百般磨折里炼出来！你们嚷啥呀。”他从侧面轻轻淡淡地说了几句话，潘玉山觉得没有再争吵下去的必要。李占春心里还有点不平：“对啦，对啦，哼，像你这样的老头，活该倒一辈子霉！”

老孙头听了李占春说的，从容地接下去说：

“那我不怨，倒一辈子霉我一点也不怨！只是，机器总得把它修起来，越快越好。你们说，咱们双手除了侍候机器还会侍候什么？崩鱼好是好，不过吃了还不是拉出来？机器是百年大业呀。”

“可不是百年大业怎么的。手艺是个正道，是铁饭碗砸不破！”有谁同意地插了一句，老孙头细听是新来的电工吴祥泰的声音。

年轻人不说话，一会就扯起呼来了。

“老吴，原来你还没睡着。”老孙头在黑暗里和吴祥泰打了个招呼。

“他俩嚷了半天哪，哪能睡得熟。老大哥，你多吃几年饭，多长几年智，你瞅这个世道，大大的变了吧？”吴祥泰的声音是诚恳的，他说着，爬过去，挨着老孙头躺下来。

“可不是，变啦。你瞅这些年轻小伙。”这位饱经风霜的老年人摸不清对方的意思，只好含含糊糊地答。

“咱们，解放啦，肚子里要说话啦。我说给你一个解放的故事听听。”

吴祥泰意味深长地说道：“我是“电建’出身的，打事变后，我便失了业进了训练班，一个八路军教员对我们说：‘工人同志，你们好啦，解放啦，共产党来解放你们啦。’我当时不明白共产党是咋样的，听了挺气愤，站起来说：‘是呀，我们解放了。过去日本人在时，好比一根铁链子捆住了咱，眼下你们来了，一刀便把铁链子斩断了。我们自由了，不过我们腿上的肉也裂开一条刀口的缝儿。’大伙笑了。那教员涨红了脸，记起了我的名字，也不说什么。过了三天，李主任叫我去谈话了。我寻思，完了，我已经盘算好回奉天啦。那个李主任见了我，第一句便说：‘你真是个中国工人，顶呱呱。你说得对——共产党来，你们解放了，可是你们也失业了。’你说，我听到这句话咋样？就好比七月暑旱天下场雨那么痛快！他随后又说：‘你想你们为什么失业呢？’这一句可把我问住啦。你们八路不明白技术——但又不好意思说出口。半天没回答，他才向我解释，因为打仗，因为工人的觉悟不是每个人都很高，因为……他说了原因，又说再过几天，工人们努力恢复工厂，打老蒋就有好日子过。他说的很多，我记不住。后尾儿，我毕了业，一直跟他在城里工作。一个月前他调哈尔滨，我死也要跟他去，他说：‘我为人民办事，你也为人民办事，你不是为我姓李的。到处都有人民，到处都考验我们是不是真正为人民办事。你在这儿把工作做好了也就算对得起人民，我们也不愧做一场朋友。’我从来不哭的，这时我掉泪啦。我哭的并不是舍不得他，我哭的是世界上真有这样的好人。我没白活啦——我看见了这样的共产党员啦。我老爱把这段事告诉别人，后来有一位同志说，共产党里面，像这样的干部有的是，有的是呀。老大哥，有这样的共产党，世道还能不变？不变，天也真没眼了。”

“世道变了。变是变了，可是，”老孙头自言自语说。他也感到世道变了，不过不像吴祥泰那样乐观。他不轻易相信一样事。连他自己也诅咒自己这种保守、迟钝和顽固的思想。他怨恨自己赶不上人家，赶不上老吴。不过，他也了解自己有一个好处：当他完全相信了之后，他可以为它赌身拼命。

吴祥泰还在连声说：“变啦，大大的变啦，越过越往好里变。我真相信呢！老孙哥，过去我也是啥也不相信的，打和李主任相处几个月，我瞅这世道算瞅清楚了。”

“你遇着了对心眼的人啦。”老孙头叹了口气。

“我看王经理也挺好。”吴祥泰悄声说。

“说句良心话，他是个好人，他们共产党都是大好人。——一不为财，二不为势！只是他呢，耳朵偏一些，再加上那个，那个七路半——打个比方王经理说咱伪满脑瓜，大伙心里服呀；他说呢，大伙肚子里笑话啦：你呢，你的脑瓜是啥牌子？以往刨冰捞油啥的，王经理口口声声说是大伙的功劳；他呢，说是三朝元老的功劳，叫人学习他！呸，他？顶风也臭四十里，学他？”

“看见杨家兄弟磨洋工，我冒火了。哼，以往咱替他们磨洋工；眼下他们给咱磨洋工！只是没法说。有时对那一位露一露，他便一句回你：‘有啥办法，人家明白技术，咱不明白。你去修修好不好？’找王经理说去呢？又不明白他安的啥心肠，说不好，我就完了，活到四十八，犯不着啦！”

“再等几天吧，能说的时候，要说呀！反正这世道不会越变越坏，不会。”吴祥泰安慰并鼓励老孙头。

“我说，那位李主任来就好啦。他的耳朵能搁得下一根骨头。”老孙头这一说，两人便在黑暗里会心地笑了。从此之后，他俩便成为投契的朋友。

第五章　满湖是非

王经理第三次到玉带湖来了，陈祖庭照例向他汇报厂里的情形，大都加了许多主观的判断。王永明听完，也照例苦苦地想了一阵，大概有半点钟不说话，净在小房子当中踱来踱去。他有这样的习惯：集中一切精力来想问题，没有考虑成熟，他不愿意发表意见；当他想透了，决定了，他便不马虎的坚决地照着做。在他每一次踱来踱去的当儿，陈祖庭总是害怕得很，好像等待一个严厉的批评；一直到王经理给以斩钉截铁的、尖锐的，然而火爆的指示之后，他才安了心。到王经理离开玉带湖，他才觉得自己在工人中间恢复了权力。

“谁最肯干活，谁不肯干活？”王永明问。

“第二组还不大离，第一组的都不上劲，特别是张荣才、曹万发、牟为梁几个。”陈祖庭看着王经理的脸色，紧张地说。

“干活好的数老孙头、吴祥泰、小潘、小胡、朱自珍几个。”刘月轩插嘴。

“今晚上咱们来研究一下，定下几条劳动的纪律，开个会先让大家打通打通思想，最好是等大家自觉的执行纪律。如果有人调皮捣蛋，那就不客气了，光是民主，没有纪律还行？革命队伍是一支广大的队伍，没有纪律还行？另外呢，还要赏罚分明，好的及时表扬，坏的也要立时纠正。”

陈祖庭随即骄傲地对王经理说：“别的没有做到，及时的表扬呀，批评呀我早就这样做啦。”

“那好嘛！”王永明不细察，也不细问，立刻就相信了他的话，并立刻奖励了一句。

刘月轩肚子里笑了，偷偷瞅王经理一眼：“你光说好嘛好嘛，不瞅瞅他真好假好。”可是他没敢明说，他怕陈祖庭反驳他，一缠就得半天。依他的想法，什么工会之类都是不必要的，只要机器动大家干活就成。

第二天，王永明觉得应该了解了解情况，便和几个工人谈了话。第一个是潘玉山，他在机器房里听说王经理叫他，心里摸不着底，有点儿心跳，急急忙忙上了二百八十磴阶梯以后，简直连气也喘不上来。听了王经理问问他厂里的事情，问问他有什么意见没有，他才安了心，把上课时听来的那些词句编一编，流利地回答说：

“厂里都挺好，大伙都挺卖劲；成立了工会特别团结，大伙也改变了伪满的脑瓜筋，懂得了民主的道理。”

王永明觉得从潘玉山身上问不出什么，便叫小胡上来。小胡也是十九岁，说话还老实，只一味推托说：“我是新来的，不知底细，眼下大伙都挺乐和，人家都说比满洲国时不同了。”最后他求饶地低头说：“我嘴笨，说不上，请经理问问老玉带湖的。”

王永明失望地点了点头之后，他便一溜烟似的飞奔下山去了。叫到张荣才，他躲着不肯上山。陈祖庭知道了，急得没法，亲自下去拉他袖子说：“得上去一趟呀，王经理不同别人呢。”

“宁肯开革我也不上去，”张荣才绝望地说，一会，他抬起头来，又恐惧又憎厌地问道：“陈主任，你是新来，我姓张的跟你无仇无怨，你为啥挑到我身上来呢？就是，崩鱼犯了，——”

陈祖庭没等他说完，便哈哈大笑起来：“你误会啦，大大误会啦。人家堂堂一个经理还用得着挑你的错吗。你没看见还叫别人吗？他为的是了解情况。你怕啥呢？犯了崩鱼就犯了呗，自古说知过必改便是圣贤。我不是常说，共产党是宽大的吗？”

张荣才还是带着又恐惧又憎厌的感情跑上山。他抱怨自己今年过新年时为啥不跟表哥一道上长春，留在这儿白操心。

“豁出去吧。”他也就跑到王永明跟前了。王永明对他特别和气，问他开了几年车，在那疙瘩干过活，又夸赞技术工人对国家的贡献，鼓励他好好干活。

“有人说工会主任不得劲，委员们又不管事，希望改选一下。你觉得下一届选谁好。”王永明转了话题。

“还是照选头一茬的好。”张荣才言不由衷地冷冷地回答。

“为什么呢？”王经理追问。

张荣才想了一下，仍是冷冷地回答：“他们摸熟啦，别人不明白咋样办工会。”往后王经理没有说什么，张荣才经过这一次谈话，觉得自己到底是个脓包，骂自己道：“八路也没啥了不起，就那么一回事。”

王永明一连谈了七八个，觉得什么也得不到，他不怨自己谈话的方法没弄对，一味怨工人是旧脑筋，不敢说。他已心灰意冷了，但刘月轩提议他最好和老孙头谈谈。

这边老孙头看见王经理叫工友们一个一个去谈话，他盼着：“回头他也叫我。我呢，我就说三件事，我说：王经理，你最好也住到电厂来；第二我就说：王经理，给咱找个好教员吧，陈主任忙不过来；末了我便把吴祥泰那个李主任的故事告诉了他……”他那么想着，自个笑起来了。等着等着，晌午过了，后晌了，也没叫他，他已冷了半截，再向玉山、小胡一打听，原来谈的是不着边际的事，他完全失望了。快下班，听说叫他上去谈话，老孙头的神经才又紧张起来。没有遇过这样的场面，他心里有点不平静。走到王经理跟前，看见王经理面容很疲倦，皱着眉心，看着另一个本子。他垂着两只黑油油的手站住了。

“听说你是唯一的、最初修建水电厂的老工人。”王永明让过老孙头坐，开口问了。说着说着，他的倦容消失了。

“还有老佟也是最初修建水电厂的。他是本屯人，他知道得更多些。”习惯了谦虚，稳重的老孙头还是用他平日的迟缓的调子说话。

王永明寻思：“看这老头儿到底年纪大些，比小伙更世故。”他继续问了一些过去日本人在时工友们的生活。谈到刨冰捞油，老孙头肯定地替大伙表功：

“那全是大伙自动的。你瞅，活不轻呀，又是九九天气，三两个人干得了吗？”

王永明觉得这老头还公正，点点头。随后他转到另外的话题上去：

“你那个小组，工作难做吗？

“小组没做啥，说不上难不难。”

“听说工作情绪不太高呢，有人吊儿郎当的？”

“慢慢就会好起来的。个把子偷懒的人，看看比别人占不了啥便宜，也会回过头来的。”

王永明听了觉得好笑，暗自说：“和我老婆一派，长期派，等待派。”他忍住了笑，又问“假如他不回过头来，又咋办？”他说时态度很随便，只想难一难那老头罢了。

老孙头觉得说话的时机来了，他应该把工会里真实的情形反映给王经理知道。平常在他肚子里存着的话，这时候都涌上喉咙来。但是，他长年在旧社会里受尽的迫害和折磨，损伤了他的锐气。话一到舌尖，又退回去。“再不说要对不起大家的。”他责备自己，恨不得捶自己的心口，想硬把心里话挤出来。他偷眼瞅瞅王经理那轻率的态度，他的保守、怀疑的弱点，又得到了保障。“他信得着我吗？”这一来，他改变了主意，只试探着说：

“懒人有懒根，坏人有坏根，什么人都有条根，把懒根拔掉就不懒啦。干手艺的人原是懒不得，为啥呢，机器不让懒啊。再说咱们工人是直肠子的人，说怎么的就怎么的，只是心里屈不得。合理了，就叫他往死里干也行，只是憋屈不得！”

王经理觉得他说的还有理，但他想：

“像这样世故的老头，问他一两句也不中用；我说过工会工人的事让陈祖庭去管，那就让他管到底吧。他是工人出身，接近工人总比我强些，有办法些，我何必包揽一切？”他这样一想，也就放了心，转过头来殷切地拍着老孙头的肩膀说：“有话尽管对陈主任说。工人应该大胆说话，陈主任也是工人，有话尽管向他说。”

谈话以后，老孙头闷闷不乐。“说来说去离不了陈主任！还说啥！”但是他又记起了吴祥泰的话：“能说时就说吧，——可是还早啦。”他不快乐地想。一会，他又责备自己：“你年轻的劲儿上哪去了？你快成个哑巴啦！”一会他抱怨王经理，一会又责备自己，一会又后悔，弄得心神不安，吃也吃不痛快，睡也睡不舒服。只好在半夜醒来时，背着大家悄悄叹气。

劳动纪律出来以后，的确再没人去崩鱼，洗澡，在现场说怪话的也少了些。但是一回到宿舍，还是谁也管不着谁。

佟金贵一看见王经理来，便赶紧下屯子叫哥哥去崩几条大鱼送来。以后，他哥哥懂得了，每隔十天八天，远远看见有卡车来，他便撂下庄稼活去崩鱼送来。不大点儿事情，老佟要亲自找王经理，但是每一回呢，王经理不是给他钉子碰，便对他很冷淡地说：“你去找陈主任谈谈吧。”他感到世道变了，——那是从他所熟悉的那一套做人方法不好使唤感觉出来的。不多久，他改变了方法：拼命和陈祖庭接近，给他送鱼送菜，第一次送东西，老佟便挨了一个钉子。陈祖庭对他说：“佟大哥，请你不要见怪，八路军不接受人家东西，我要学学八路军这种好作风，改一改自己的封建！无论如何，我不能收你的东西。”

老佟顺着陈祖庭的意思，并连连称赞他：“你够得上一个八路啦，你进步得真彻底，我这个死封建脑瓜一下还改不过来，我非向你学学。不过，这也说不上送礼呀，只是匀来吃吃。我家在这儿，崩鱼近便，又不要花本钱。咱都是工人，天下工人不是一家人么？”

但是陈祖庭认真拒绝了。以后老佟也不敢再送。

陈祖庭老想自己的好处，没有察觉出来自己的弱点，比方：自己的思想有很多落后的地方，因此有时给老佟的迎合性迷糊住了，却反以为老佟的思想挺进步，接受力快，什么问题一说就懂了，并且照着做。有一次他叹着气对老佟说："佟大哥，我和你在一块，觉得谈得来一些。"

老佟装成老实巴交人受称赞时那种窘态说："不，我手笨脚笨嘴更笨。赶不上我那外甥，能写会说。"

陈祖庭却装成很清醒地大笑说："不，你不笨，手不笨脚不笨，嘴更不笨。你倒是太，"他本来打算说"你太滑了"却又觉得太不留情面，便改口说，"你倒太机灵啦。笨，不要紧，毛主席叫人老老实实。你应该学老实一点才对……"这几个月来，陈祖庭的确觉得自己懂得了不少道理，开口便是真理，闭口又是毛主席，一说就长篇大论。听他说的人有些给他唬住了，有些却不愿再听下去。老佟呢，听下去了心里只是笑"怪不得人家说，他真够七路半啦。"

有一天夜里下大雨，不上课了，老佟和外甥李希贤、小宋三个闷在小洋房里。老佟站在窗前待了一会，叹口气说："真闷人！"

小宋心不在焉地说："可不是，要不是下那大的雨，到吕厂长那儿走动走动还有意思一点。"

"我说的不是雨，指的是这疙瘩。——厂子不像个厂子，衙门不像个衙门。晓得哪一天才顺顺当当，和以往那样。"

"你怕他们能待上三年五载吗？"李希贤突然生了气似的冷丁一问。

"可是你也不能保险他们哪一年哪一月滚蛋。"小宋插嘴了。

"你瞅着吧，松花江上了冻，瞅他们穿上兔子鞋跑也不赶趟！"李希贤的脸上是铁青色的。

老佟觉得外甥的话有点来历，便再追一句："难道马玉山还能再来？"

“马玉山顶个啥？”李希贤轻视地说。

“马玉山到底是哪一派呢？那一次他来抢劫，我把‘海底’露了，可是不好使。他不在教吗？”老佟聚精会神地等候那个年轻人的回答。他突然觉得很伤心，自己年岁比他大，又是个长辈，只是一生待在山沟里，外头的国家大势都不详细了。

“瞅着吧，到底谁的天下，不远啦。说到马玉山我不详细，看样子他也归顺了中央啦，中央招了不少绿林豪杰。我在一位朋友家里看见过马玉山的副官，他实在没啥了不起，只在鹿道，玉带湖一带站住了。比他大的有的是呀。”

“有的是？”老佟侧着矮胖的身子，脸上臃肿的肉跟着他那五体投地的羡慕的神气而向下垂着。这时他才隐约感到他的外甥不平常，同时又不相信，却也担心：“你结交了几个大的？可是，你还年轻呢，可不能随便随人家！吃碗平安饭就得啦，管它哪边胜负不好。要是你出了什么岔子，我大姊可活不下去啦。再说，要捣蛋，也让别人去，犯不着你这个那个呀！”

李希贤本来是国民党派来的特务，暗藏在水电厂里找机会来捣乱，平常净利用娘舅，小宋和落后的分子散播各种失败的情绪，和各种谣言，现在看见娘舅那胆小的样子，他把脸色放下，笑着安慰他：“看你干啥说这么一大串，我啥玩意儿也没干，不是安安分分怎么的——在这疙瘩，你要你的手艺，我办我的司务，那不安分是怎么的，何况我还不是个笨家伙，能自寻麻烦吗？”

“那就好哪，那就好哪。”老佟连声说道，“我说的也是这个意思。咱不管吃谁的饭，总得和上头联络着感情点儿，上头才能相信，这一份饭才吃得长远。”

从这一天以后，老佟便特别留心他的外甥；而他呢，只跟平日一样，说说笑笑的，也问他娘舅这样那样；不过谈到什么党派呀，他就一问三不知。过得几天，老佟也就把那一席话忘了。

出乎老佟意料之外的，李希贤和陈祖庭联络得比他更好。陈祖庭并且借给他许多书看，他寻思："到底念书识字的人吃香，咱是老粗！"再往深一想，他是他外甥，犯不着眼红，也就没啥了。

不久，李希贤便给工人上文化课了，一星期上三课。这一来，陈祖庭的负担便减轻得多了。李希贤不仅上课很认真，教不识字的人识字，教识字的人造句、作文、算术。他懂得八路军汇报的规矩，每隔三天，便把自己的工作向陈祖庭汇报一次。开头说的全是学习上的话，后来熟了，便把听来的闲言冷语也告诉了他，听来的说完之后，便捏造一些上去。一个月工夫，便闹的玉带湖满湖是非了。什么"刘大嫂的小玲捏死了张大嫂的小鸡，张大嫂暗地里去陈主任那儿告了一状"，"日本人撤退时，刘福捡了两桶变压油，朱自珍捡了五大捆线圈，李占春捡了一支三八大盖……"，"老孙头在教，收买年轻小伙当门徒；吴祥泰眼红和他明和暗斗"，"王经理瞧得起陈主任，瞧不起刘月轩"，还有什么"陈字下面两个口，动得手来动不得口"和"真真不假，陈家天下"等等谣言像春天的杨花似的飞开了。每种谣言一起，不两天，陈主任必定在上课时大大斥骂一番，好像一有谣言，谁都该负责似的。这一来，谁听到什么，也不传出去了。

人们有些暗中叫屈，有些莫名其妙，有的确受了谣言的中伤，两下不和起来。但干活大家还照样干。因为谁也盼工厂快点开工。

受了多年压迫的东北工人是善于自卫的，他们知道谣言有来历，大家用沉默来抵制它。——因为日本的残暴统治的结果，人们对不利于自己的东西，已经减弱了追究它，揭露它的勇气了。

奇怪得很，不约而同的，大家看见李希贤的一伙，便都不吭气了。有一次王经理到玉带湖检查工作时，曾经问陈祖庭说："李希贤这个人怎么样，叫他担任一门课行吗？"

"他担当的是文化课，我想不要紧，政治课我自己上。"一看他那样子很有把握。

"伪满职员不简单，家里恐怕还是个地主什么的，光他一脑瓜伪满思想就够呛。"王经理还是摇头。

“听说他家里有点地，家景过的不错，但是他自己既念了书，又学了手艺，外线的活儿他能干得了，真是个奇怪的人。最近他进步得很快，不过，将来有更合适的人，换一换也好。”陈祖庭比刚来时已胆大得多了，因为觉得自己对付工作，领导工人已有了一套办法。——这套办法就是他下了命令，或者绷起了脸，甚至发一阵脾气，于是什么事情都办得通；最调皮的人也不说怪话了，他遇到的都是温驯的脸了。

“这一位真不简单，有天他在办公室后面那排小树那儿自个儿走来走去，面上颜色很不好看，好像心里有啥事。我和他打了个照面，他冷丁挂上了笑脸。嘿，真快，变得真快，曹操甘拜下风。”刘月轩插嘴了。他最近也不乐意向陈祖庭汇报什么了。他倒不是受谣言中伤，只是觉得他太主观，几乎完全不接受别人的意见，开口便对他说：“你想的多简单啊。”或者，“你算你的方程式去吧。”他分明瞅着李希贤比老佟更不顺眼，对他说了两次他也没有听，现在趁王经理在，他又提一下。陈祖庭马上反驳他说：“假如他是个坏人，也不能在路上想心事，他为啥给许多人看见？念书人总会有那样的怪脾气，什么散散步啦，看看月亮，那也没相干呀。说起他的为人，真有修养，无论对上对下，都是那样和气那样文雅，听说工友们对他很恭敬。”

王经理告诉陈祖庭说：“外表也不足为凭，要提防人笑里藏刀！”他转过来对刘月轩说：“刘月轩，你看人倒很尖锐，就是不爱管。——这叫明哲保身。算了吧，你还是专心搞你的机器也好，把你培养成一个技术人才也好。不过你应该常常向他提点意见，你们两个应该好好地合作。”

王经理回到鹿鸣江，和李科长，吕柳依谈起了玉带湖的事。他们谈话常常在夜深，大家都已睡觉的时候。因为白天很忙，来往的人也很复杂，他们没交换意见的机会。

“玉带湖的情形不简单，”他看见吕柳依睡着了，轻轻碰了她一下。

柳依的肥胖的身体沉重地斜靠在椅子上睡着了，呼吸是那么匀整。她的脸又圆又白，那又黑又长的睫毛贴着紧闭的眼睛，画下了两道漆黑的弧线；小鼻子突起来，嘴巴噘着。她是美丽温柔的江南女性中比较勇敢的那种类型。王永明一连碰了她三下她才醒转来。

“发现了些什么问题吗？”李科长抽着纸烟说：“难，山高皇帝远，真是鞭长莫及！”他乱用着大套名词。他向来就有这样的习惯：买些什么，花多少钱，他算得精，抠得紧；谈政治呀，组织呀，他就一点也不感兴趣，即使开口，也是白扯淡。

“有没有问题倒谈不上，只是造谣，挑拨离间的事不断发生。”

“什么，那里不全是工人吗？”吕柳依问。

“那边没有一个老干部实在不好搞，我又不能住到那边去。”

“让我去！”柳依诚意地叫道。

“你去当然好，只是……”

“只是不用脑筋？斗争性不强？”她认真地问。

“哪里！”他否认了，表示他一向都很看重她。“那儿过去是匪窝，现在好一点，但还没肃清，女同志不方便。”

“为了工作，还顾得上这些！况且还有一排武装。”她稍停一会接着说，“我愿意一个人在另外一个地方工作，考验考验自己到底是否没本事。”她几次提出要和丈夫分开地方工作，这时她又重提一遍。

他不愿意和她缠这个问题，干脆回答她：“这里的工作根本就离不开你。”他又说，“陈祖庭好是好，政治上可靠，可是没经验。”

“照你说，只是陈祖庭可靠，别人都不可靠了。”她说中了他的弱点。

“别来抠字眼啦。他是经过考验的呀。据说吴祥泰是个新党员，但关系还没有转来。”

“吴祥泰我虽然接触不多，但是我觉得他品质好，也稳重。你看怎样？”李科长说。

“你不能看轻陈祖庭。”王永明替陈祖庭辩护。“他有锋芒，有办法。就是办事不会转弯，可是大家都怕他。”

“你的心眼真偏，就喜欢和你一样性急的，肯干的人。你就不会省事，什么都要亲手干。”

“什么事情都让下面人干，那不是官僚主义是什么？”

柳依不能驳倒他，但心里却不服气。她心里总等着有一天她离开王永明单独去做工作。

因为疲劳过度，王永明越来越瘦了。那一天李总务科长告诉他买来了一些电石，钨金和线卷，货又好，价钱又便宜，经过这里许多识货的人看没一个不点头的。可是王永明要亲自过江去看。李科长拍胸说：“不用看，如果买吃亏了，我以后也不当这份总务了。”王永明哪里肯听，他本来头很痛，但到底过江去看了。看了十分满意，叫立刻付钱。回家的时候，浇了一场大雨，他就发起高烧来了。送到医院，经诊断和检验，证明是猩红热，柳依亲自陪伴他。因为体温过高，他三天三夜都在糊涂的昏迷的状况里。有时低声呓语，有时高声狂叫：“变压器着火啦！”“逮着他，特务，逮着他！”等到体温下降，人已瘦得不成样子，柳依也疲惫不堪，脸色苍白了。退烧的第二天，陈祖庭才得到消息从玉带湖赶来看病。看见王经理这副瘦弱的样子，他几乎不认得了。他轻轻坐在床沿，低下头，眼泪就滴了下来，幸亏没有给病人看见。

“谁叫你来的？”王永明用发抖的声音说话。

“我到城里来给小孩买点东西，顺便到公司去找你，他们说你病了，我就顺道来看看你。”陈祖庭随便撒了个谎。

“我病了有大夫看，你离开玉带湖谁看家！”王永明显然没有相信他的谎话，责备他说。

“不要紧，家里有吕厂长。”陈祖庭嘴里这么说，心里也觉好笑：“那个厂长啥事也不管。”事实上厂里的事，他已拜托刘月轩和李希贤两个人。在他的思想里面，最有感情，最可靠的数刘月轩；最有能力，他最佩服的算李希贤。

“这几天厂里怎么样了？”王永明没力地问。

“不大离了，还差几件零件，只是固定子还潮湿。对啦，吴祥泰、刘福、刘月轩都主张烤干；福田理也没理。说到电，总是他们懂得多一些。”

“不着忙，等我去看看再说。后天我就能出院，晚后天我去玉带湖。”

柳依拼命对陈祖庭使眼色，陈祖庭会意，马上改口说：“运转还早哪，配电盘还没收拾，就是要烤固定子，也得十天以后的事。你还是多将养几天，身体要紧。”

事实上，他已经坐起来了。这是病后第一次坐起来。想起了工作，想起了党交给他的责任，他全部神经紧张起来。修了三个月，快能发电啦，他哪能不兴奋呢。他考虑着发电时要注意些什么，人力应该怎样分配；脑子里仅提出了问题，他便不能支持，一阵头晕，软软的倒下去了。

柳依吓的不知道怎么好，只顾用肥厚的手掌揉他的胸口。陈祖庭立刻请来了医生，注射了强心针。他慢慢恢复了知觉。

第六章　燃烧

这几天因为机器快修好了，工友们都高兴。越接近完工，他们越带劲。

和工友们同样，这几天吕屏珍也高兴了，眼看着发电机就要发电啦。这种快乐，只有那顺利地完成严重的手术的医生，或快要结束胜仗的指挥员，和等待收割的庄稼汉才会理解。不过他的快乐和工友的快乐有点不同，他缺乏由于集体劳动而产生的热情。因为过去，他一个人学，后来又一个人干，现在独个儿快乐。

他和杨家两兄弟商量了一下，决定了试验运转。虽然陈祖庭透露过王经理打算来参加试运转的意思，但他没理，心里轻视地笑：“他来又怎么的！”嘴里却说：“发出了电，咱们亮着灯照着道欢迎他吧。”杨福田也主张马上试验。

老孙头，刘月轩和吴祥泰三个却替发潮的固定子操心，特别是刘月轩，他鼓动别人去提意见。吴祥泰认为自己是个共产党员，应该不怕难，不怕碰钉子，便自告奋勇跑到福田跟前提议固定子是否应烤一烤。福田狂妄地笑，用蹩脚的中国话说：“这是什么的电学？满洲国的电学！”

福田管配电盘，森田管水车速度，吕屏珍把布雷机，祖庭注意听是否有杂音。工友们张张脸孔都是紧张的绷着。在配电盘室，机器房，地下室，一直到变电所都分配了传话的岗哨。夜晚八点钟，吕屏珍庄严地走到水车制御盘跟前，把开关一举，水车转动了；调速机，发电机，油压机也跟着动起来了。附在机器上的紫铜细曲管子可爱地抖动起来了。吱唔……吱唔……吱唔那样匀整的声音又重新在机器房响起来了。水电厂的老工友们听着这种一年来没有听过的声音，心里说不出的痛快。——啊，他们听过著名的大鼓，落子，相声，和梅兰芳的京戏；他们听过乡下少女用娇声唱的小调，和自己孩子甜蜜的呀呀的歌唱；他们也听过林中清脆的鸟语，和春风吹皱玉带湖面的那种低微和煦的音响；但是在这时候，那些都成为可笑的，不足道的了，怎么的也比不上今天机器房里机器发动的声音那么好听，美妙！

大家都紧张地等待着，屏着声息听传话。

“一百五。”福田说。

“一百五。”传话的哨岗传下去。

“三百。”

“三百。”

一分钟一分钟的过去，电压也慢慢的增加，五百，一千，两千，三千；数目字越大，人们胜利的把握就更大，那种紧张的，小心翼翼的警惕性也开始逐渐减轻。加到三千以后，福田感到嗓子已有点发哑，但眼见自己心血的成功也已毫无问题，他便不继续喊，并且增加电压也不如开始那样慢。一直增加到七千，他觉得够了。欲待停止下来，他便听见机器房有人悄声喊：“咋的，冒烟！”不多一会，人们骚动起来，说话声，脚步声响起来。传话过来“立刻停止！”那边吕屏珍一急，把布雷机扳的太快了。虽然机器事实已经停止了，但是，已来不及了，电烧起来了。不一会一团漆黑的浓烟里，吐出红色的火焰来啦。人们乱起来了。陈祖庭赶紧上山命令警卫班山上山下布置哨岗维持秩序；老孙头指挥大伙挑水救火；老佟在人丛里着急地干嚷着。水桶啦，担挑啦，盆盆罐罐都翻出来取水；有吓的脸上苍白的，发抖的。朱自珍抓了两个半截炮筒，一手提溜一个，盛满了水，一面爬上铁梯子浇到浓烟里，一面滴眼泪，好像死了母亲似的。

吴祥泰爬上了保护发电机周围的铁架子上，为那些来得很慢的水能有效地浇到火焰当中，他便利用两条小铁条从铁架子这边搭到励磁机的小孔里，做一道小桥梁；自己便站在这道危险的桥梁当中接递人们送来的水。如果他身子稍微一歪，他便会掉在给浓烟埋住的励磁机外面的空槽里的。他这勇敢，机智，冒险的行为对灭火是最有效的。跟着，老孙头，刘月轩，陈祖庭都仿效了他的办法，各自在励磁机的周围搭了小桥去抢灭火灾。

吴祥泰因为烟熏的太久，觉得眼睛有点发花，身子一歪，便掉到空槽里去了，旁边送水的李占春解下腰带放下去让吴祥泰抓紧腰带的一头，自己便和曹万发两人拉这一头，一刻多钟，才把他拉上来，他的脚板，手掌给热的铁板烫的发红。李占春让他躺在地上，用冷水喷了他的脸；便又赶紧爬上去代替了他的岗位。吴祥泰躺了一会，清醒了一点，站起来，用手掌弄了点油抹在脚板上，上前抢了气喘汗流地念佛的老刘头的水桶，到河边打水去。他的鞋子没有啦，烫伤的脚板压在石子上痛得要命，可是顾不上痛。——这时候他和大家一样，只有一个思想：要把自己花了不少心血修来的机器，从凶恶的火魔手里救出来。小河虽然就在发电所脚下，但因为缺乏救火设备，从八点半烧起，一直到夜里一点钟才救熄。救熄了火，谁也没有散去，都不约而同地跑进机器房来。城里来的电灯的光亮照着这油烟熏得暗暗的机器房，从工程师到工人都垂头丧气；适才工友们的兴高采烈，杨福田的趾高气扬都给这场火焰烧毁了。

老孙头伤心而且疲劳，老泪不断地往下流。他觉得心里隐隐作痛，寻思道："灾难，迟早是灾难，免了国民党的破坏，免不了这场火灾。这是谁的错？我的错？——我的错，怪我没好好对上头说明白下面的情形——说了就烧不了机器吗？不，只怪我没有好好求福田烤烤固定子。……"他被焦急，后悔煎灼着。吴祥泰这时觉得脚板和手掌烧得厉害，便把双脚泡在一桶冷水里。老孙头急忙走过去禁止他；替他抹干了又红又起泡的脚板，涂上了油。他自己挺着十分疲劳的身体，一个一个地去检看着擦伤的，烫伤的工友，并且都给他们涂上了机油。看起来就数他一个人有劲；实际他比任何人更累，更心焦。当他瞅一瞅那两个垂头丧气的轻率地对待工作，因而受到了严重损失的杨家兄弟，气的直哆嗦。

朱自珍头俯在油压泵的粗管上，忍不住号啕起来。听见有人哭出声来，全体工友也就再也不愿把心中的悲伤和痛惜掩盖，有大声哭的，有悄声流泪的，也有紧握住旁边同伴的臂膀来镇静自己的。即使一向保持着文雅丰度的吕工程师，这时也狼狈不堪，脸上给油和烟涂抹上一块一块的黑色，袖子扯碎了。工友们的痛哭震荡着他的心：他头一次感到工人们的真诚挚意和工人对劳动的珍惜，与对机器的爱护。他也流下泪来了：他一面惋惜自己三个月来心血的白费，一方面也是被工人引起了共鸣。

杨家兄弟检查完发电机烧毁的情形后，爬下来，像头年八一五事变时那样颓唐；但他们仍装起那副武士道的精神，挺着胸脯站着。

这样难堪的僵局继续了半小时，陈祖庭悄悄地和吕屏珍说了一阵。吕屏珍站了起来宣布道"现在已夜深了，大家先回去。机器暂时一概不动，人也不要离开本厂，我们静候王经理来处理。”

暗淡的月亮这时伸出半个头来瞅着这一批送葬似的迈着沉重的脚步上山去的人们。

第二天一早，陈祖庭交代下不许任何人请假离厂，便和吕屏珍、刘月轩上城里向王经理请罪。因为吴祥泰伤的重，必须到城里去治，他们便雇了一辆车子到西凉镇转乘火车。

王经理接着他们四个，先打发人把吴祥泰送医院去。他听了吕屏珍和陈祖庭的详细报告之后，低头深思，一言不发，过了二十分钟，他用比较缓慢的调子问：

“一号发电机还能修吗？”

三个人还不明白这句话是什么用意：吕屏珍还是绝望地想着：“能修又怎么样，咱们总得蹲一蹲笆篱子呀。”陈祖庭不敢回答，刘月轩硬着头皮说：“能修！”

“如果你们有把握修好第一号机，那就回去计划修吧。过两天我也去。”他用安慰的口气说：“不要紧，我们烧毁了一部，还可以修第二部。经验往往是从错误中得来的！”

听了这句话，他们宽心了，心里感动的一下说不出话来。

“民主政府这样宽大，我们回去就是不睡觉，不要工资，吃稀的，也得把一号机修好。”陈祖庭擦干眼泪说。

他们三个人凑了点钱，买了一些鸡子饼干送给吴祥泰，便赶回玉带湖去了。

王永明到专署去把烧机器的事汇报了。李秘书，主任，何专员，钱政委都在座。何专员详细地问了电厂里的情形和修复的经过。钱政委却注意厂里人员和工人的生活，工会的领导方面的状况；王永明都据实回答了。钱政委首先同意王永明这个处理办法：继续修第二部。

经过长时间的研究，他们初步肯定这一次烧机器可能由于技术上错误的居多。最后钱政委着重的对王永明说：

“你鞠躬尽瘁的精神，我们都知道，而且你的工作是有成绩的，首先我们得承认地委工作重心放在打土匪，清算，分地上，因此对城里的事，特别对电业方面，关心和帮助得很少。”钱政委右眼梢有个枪疤，说起话来右眼老往上扯，样子有点滑稽。他讲话很慢，语气也很轻淡，但是很严正。“但是你的工作方法是否得考虑一下？比方说，你通过陈祖庭一个人包揽一切，忽略了依靠大家的力量，这是否对？吴祥泰是个党员，是个很好的工人，可是你没有信赖他，借以了解工友的情绪……现在屯子里做土改工作也犯这种毛病，我们有些干部一下去，先找几个积极分子，然后死心塌地依赖这几个积极分子去包办一切。要是积极分子挑得好的屯子，那屯子问题便少一些；可是头茬的积极分子总是好的不多。好像扬场一样，结实的谷子总是往下沉，皮子灰土总是往上升。如果不会扬场的人，不识风向，扬了半天，皮子谷子还在一堆，皮子盖上了谷子。”他动手做着比方，香烟的烟灰跟着他的手势到处飞扬着。他和许多英明的领导人一样，说话那么尖锐，明确，恳切，使干部听了只有心服。“你的原则性很强，责任心也很强，只是缺了一条，就是毛主席三番五次告诉我们的：走群众路线。……相信群众，依靠群众，自然，这不等于不要领导……如果要第二部修成功，得把第一次的失败经验总结总结。……”

王永明接受了上级的指示和批评，他打算自己亲自到玉带湖去住一个时期，深入了解了解那边的情况。但因为要买一点器材（不可缺少的云母片）他必须到哈尔滨去一趟，因此又耽搁了两天。这时哈尔滨工商业比较兴旺些，前方传来打胜仗的消息，哈尔滨人嚷着巩固后方支援前线；在这样的氛围里，又振作了他对电业的兴趣和热情。而重要的是他在哈尔滨听了一次报告；这一次报告对他的思想有一点启示。他住在招待所，并在那儿遇着了一个老同学，和他倾谈了两夜。

往鹿鸣江虽然是十点钟的早车，但是王永明早晨四点半钟就醒来，这几天他睡的更少了。他想起自己的弱点有些歉疚和伤心，但当他意识到自己有勇气正视自己的弱点时，又觉得兴奋，产生了快感，增加了自信。这样的心情，大概每个共产党员都会经历过，而且不断地经历着；而这种经历，正是使他们在政治上不断地提高，使他们的人格日趋完善的重要因素之一。

“蔡杰，你醒醒，”他摇着他的老同学，“闹了半天，原来我是个官僚主义！”

蔡杰睁开了眼睛，看见老朋友那副兴奋，严肃的样子，摸不着底，只说声“怎样哪？”

王永明坐了起来，鼓起兴奋的大眼睛，全神注意着自己的事。“昨天东北局李政委在干部会议上的一个报告，中间有一条是说官僚主义的。他说官僚主义有五种表现。啊，我正是犯了第五种！”

“你什么都自己动手，又不摆半点架子，也算个官僚主义吗？”

“你听我说，第五种是雷厉风行，包办代替！平常有些同志批评我原来有很多是对的！我认真是认真，但是我不放手，没有信赖群众的力量！不能发挥人们的智能。我不亲自深入检查——对大伙扣得紧，对个别人却放任。”他很沉痛却也很冷静地继续说。“当我发现了自己这个严重的毛病的时候，我觉得痛呀！蔡杰，我不算一个好党员，你说呢？因为，我，把工作搅坏了，党受了某些损失了！”

蔡杰发现他激动得声音也发抖了，他充满尊敬和同情地安慰他道：“不，你是个好党员，永明。——因为你能发现自己的弱点，并勇于纠正它，这就够得上一个好党员。你忘了刘少奇同志的话了吗？共产党员不是天上掉下来的，是从旧社会来的，因此我们身上一定有很多尘垢，这免不了。但是我们一定要去掉这些尘垢呀！……”

王永明沉默了很久，然后感激的对蔡杰说：

“你真不愧是我们的老同学：不在一起，你时常写信提醒我；现在我需要鼓励的时候，你给了我自信！”

上玉带湖之前，王永明到医院和吴祥泰谈了一次。吴祥泰的脚板恶性化脓，体温很高。他说话很没次序，只着重提醒王经理注意李希贤这个人。最后又连声说：“电厂好人老鼻子啦。有的是呀，有的是呀。……”

王永明不让他太费劲，安慰他一番便走掉了。到了电厂之后，原来他们还没有动手修，只吕屏珍一个人在那里摸索，谁也不敢动手。王永明暂且不提修机器，只到处钻，走到哪里看到哪里，碰见谁便和谁唠嗑；过了两天，他仍旧得不到什么，工人们还是不敢和他说心里话；开过两次会，和大伙合计怎样修第一号发电机，谁也说不上什么办法来。

晚上，他苦闷地想，工人为啥起不来，是怕我？恨工程师？讨厌陈祖庭？——如果把陈祖庭换下来，谁顶他这个位置？吴祥泰又在医院里。再说，陈祖庭究竟有些啥毛病，他也不知底细。在小房子里想不通，他跑外头来了。那是下旬天，没有月亮，四周连叠着的山峰，和黑暗的天幕连成一片。山坡西面的变压所蹲在那条闪着暗淡的水光的河边，机器房是个又高又大的灰色怪物，一声不吱地蹲在那儿。他瞅着这个寂寒的辽阔的黑暗的天地，觉得有点生气。如果发电机没有烧毁，这座山头就会照着灯光，这个角落会给机器的响声所震荡。他转过身来，山坡北面好像有点灯光，那光亮暗淡得只能叫人判断那儿是一个小小的屯子，这是水电厂的唯一的邻居，三姓屯。他绕过办公室，在那排柳树下面走着，有小孩的哭声，他判断可能是陈祖庭的孩子哭叫；每幢小房子的窗户都透着黄弱的灯光，可见大家还没有睡觉。

宿舍里爆发出来一阵哈哈大笑，王永明好奇地往那边走去。怕打扰他们的兴头，他只在窗缝那儿偷看。

原来两面炕坐满了人，有躺着的，有坐着的，有靠着的，因灯光很弱，也看不清谁是谁，地上站着一个小伙，在那里模仿另一个人的动作，大概因为看见他学得像大家才大笑的。

“潘玉山，你还不算学的顶像，以往我那虎儿，学谁像谁，比本人还像。”

王永明听出来这迟缓的调子，是老孙头在说话。

“你又说的奇了，咋能比本人还像？”

“喂，老孙头，你再说说你的虎儿吧，”另一个小伙说，是个胖子的嗓音，好像是李占春。“大伙还记得吗？打二月前老孙头说了孙虎惨死的故事，不晓得怎么的引起来大伙要刨冰保护机器啦，捞油啦；今儿再说个孙虎，咱又来个啥玩意儿干干吧，这两天机器烧了，正闷得慌！”

“得啦得啦，还来个啥玩意儿吗？刨冰捞油——大伙流的汗，三朝元老一人的功劳。还说啥！”有人气愤地说。

潘玉山趁势又模仿起陈祖庭上课时的动作和口气来：“大伙要向老佟学习呀，刨冰捞油啥的样样领头。有人笑他三朝元老，这样的三朝元老多几个怕啥？他为无产阶级忠心怕啥？过去日本人在时，他也是出于无奈呀！……”

又有人大笑了，高叫道：“比七路半本人还像啦。”

王永明听的不觉咬着牙齿，悄悄问自己：“真有这样的事？”他又敛着气再听，大伙七嘴八舌地各自回忆刨冰捞油时的情景。潘玉山又继续模仿大员问他和老孙头机器最重要是哪一部分，和老孙头又如何骗大员那一段故事。大家想起大员那愚蠢的样子，也都笑开了。跟着又有人说起老孙头脱光衣服下水，羞跑了刘大嫂张大嫂那一段，人们更是笑个前仰后翻。屋子外面的王永明没有笑，他不是觉得不好笑，而是有比笑更重要的东西——他感动啦。他尊敬这位保存着无产阶级的优良传统的中国老工人；尊敬这位富于自我牺牲精神的老头，他尊敬这位埋头苦干的无名英雄。而他更惭愧自己为啥四个月来都没有发现这样动人的事实。

“老孙头，你的老鸡巴冻坏了，绝了种才活该啦，谁还知道有这么一个苦命的老孙头呢。我说你这个人就是倒一辈子霉的你不信。听说人家快要升总务股长啦，你还住的大猪圈呀。你有出头的日子，我姓李的把脑瓜摘下来送给你！”又是李占春的声音。

“你们的心眼装不下一个小螺丝帽，吵吵嚷嚷的啥呀，眼下难道比伪满更坏么，还不如中央大员来的那个时代好么？烧坏了机器，不蹲笆篱，还叫咱再修，以往能有吗，能吗？管他三朝元老又怎么的，七路半又怎么的？”老孙头靠在窗下说，他说的并不全神在意，好像另外还想别的问题。

“两下哪还能比！”一个人从角落里说，“只是，过去是满洲国，今天是民主国呀。说民主，就得说个透，三朝元老当权，七路半撑腰，还能算得上民主国家？”

“人家当权就当权呗，你能怎么的？”

“还不是说一说就算了，谁还管这些闲事。”

因为恨自己用人不适当，王永明气的全身血液转得好快，快的使他站也站不安，像一只打满气的球，一点儿动弹就能蹦跳起来。他不听下去，离开了宿舍，净拣杏树和柳树下面打转转。

“离开了群众，就会成为瞎子，聋子，或傻子。”这个深刻的教训在他脑子里打转转。一直到夜深，他的通讯员到处找他，他才回房子里去。

第二天早上，他找了个机会和老孙头谈了一次话，谈的很痛快。

“毛主席叫我们在工人里面，在农民里面，在士兵和劳苦的人们里面找老师，我没有完全依他的话去做。在大盛，我找过一些老师，但是没有找好；他们当了老师，就不再找老师了。”王永明的声音是那么恳切，因此他的思想强烈地传到对方的脑筋里面。“你是我的好老师，玉带湖的人都喜欢你。——我来了四个多月到今天才看出来，我白长了一双眼睛！但是，不怕错呀，错能改呀。过去我用人用的不合适，大伙心里怨我，现在我知道了，如果我不改，他们会更怨我。如果我改了呢，大伙会喜欢我的，他们一定能喜欢我的。……”

老孙头认为吴祥泰说的“要说，能说时就说吧”的时机到了，他感奋得拿粗大的手掌一把抓住了王永明的手，也就把心里积下来的话通通对他说了出来。末尾他说：

“不怪你，只怪我们，怪我这老顽固，我，没敢对你说。以往，咱们和你们之间有一堵板障，——也好，火把机器烧了，也把咱这堵板障烧了！”

不过对于要他领头搞工会，他怎么也不愿意。王永明解释并说服了他，说将来选出谁来就谁当。最后关于怎样修机器，他也征求老孙头的意见。老孙头想了一想，回答说：

“晌午招呼大伙一声，大家合计一下看吧。不和他们合计，管保啥事干不成。——为啥？三个臭皮匠顶个诸葛亮，人多主意高。再说，活是靠大家的，他们自己说定的，还能不干？”

“不忙，”王永明说，“先别合计，你回去先和大家酝酿酝酿，把工会改选改选，等新的工会委员选出来，大伙不乐意的人去掉，大伙才说心里话啦。你觉得怎样？……”

老孙头同意了。他第一次感到八路军做事的方法和步骤是鲜明的，有分寸的，又是非常实在的。

王永明继续和许许多多工人谈了话，谈话的主要内容只有一点：就是对自己的检讨；而检讨方式却采取了各种各样。改选工会经过一天一夜大会小会的讨论，酝酿成熟了，才开始改选。改选的结果，老孙头当主任，吴祥泰组织委员，刘福福利委员，陈祖庭宣传委员。

李占春看见大部选出了可心的人，高兴的连连说：“四个我选中了三个，早就该这样！”

最不管事的老刘头，这时也点头说：“这一茬还不大离。”

第七章　动员大会

吴祥泰听说要修第二部发电机，他不听医生的劝告，连毯子都不要，偷偷开小差离开医院，一路乘马车，火车，大车回玉带湖来。为了避免走路脚痛，他没穿鞋，脚板下裹了很厚的棉花，到了家，比登天还困难地爬上了山顶。这一天是工会召集全体工人开会，讨论怎样修复第一号发电机。现在他们正热烈讨论怎样处置这杨家兄弟，有人主张撵走他们，有人主张逮捕起来交政府处理；提起和日本人一鼻孔出气的杨家兄弟，大伙便自动诉起苦来，说着他两人的不是。孙怀德当主席，他让大伙痛痛快快地说话，虽然是有生以来第二次当大会的主席，但是他的沉毅、耐心、撑腰的态度引导大家去说心里想说的话。正说得挺紧张的时候，吴祥泰狼狈地走进会场来。他是结实，中等身材的汉子；皮肤黑，大眼睛，眉毛又浓密，头发剃光了，有点发蓝。他皱起眉，闭着嘴时便觉很严肃，很有胆量；可是一笑起来呢，人们会觉得他很可亲，很滑稽。他的笑，常叫妇道们高兴。不过他死了老婆之后一直没有再娶。因为钱一到了他手上，他就请伙计们吃喝，给孩子妇道们买玩具和点心；不事积蓄，总讨不起一个老婆。

吴祥泰的回来是突然的，看见了他，大家暂时放下对烧机器的愤怒；转为高兴了，不约而同地走向他来。老孙头也忘了在开会，在讨论严肃的问题，走到吴祥泰跟前，双手摇撼着他的双肩，像看见了久别的兄弟一样，他是那样爱他，和那样佩服他；但是他一句话也说不出来。的确，说什么呢，要说的话太多啦，这别后的十天，水电厂的变化太大啦，不知从哪说起好。等到大家看见了吴祥泰的双脚时，记起了他救火的勇猛和自我牺牲的精神，尊敬和同情都涌上工友们的心上来了。大家瞅着那双棉脚，有人摸捏那双棉脚。

大家静了下来，回到原来的座位去以后，李占春一把拉吴祥泰到角落里，一五一十地把最近十天来的情形告诉他；结尾，撇着嘴遥指着佟金贵说，“不行啦，眼下不吃香啦，”跟着又悄悄往陈祖庭那边一指。“这两天老实多啦！”

经过这一阵子乱，大家提不出啥意见来了，老孙头张罗着：“咱该怎样修机器，说吧，该怎样处理……。”

“再没啥啦。”

“不大离啦。”

又经过一阵沉默，老孙头看看大家，开口说：“大伙说完，我也来说一条意见，大伙看相当不相当。不相当就取消得啦。说到杨家兄弟，心里就冒火，他们忘了本啦。可是他们在日本长大的，在日本上的学，日本的书本儿把他们脑瓜灌坏啦。他们瞧不起咱，那是他们的错，想远点儿，也是日本鬼子之过呀。日本帝国主义坑了他们！再说，他俩也是动手的人，对咱新社会能有贡献，咱也该原谅着点是不是？撵走？不相当，谁来修机器？修机器不同劈柈子，不同刷锅子；劈柈子劈大点小点没相干，机件粗一厘米就不动啦，多一粒沙子也不能运转呀。再说，锅子是个死物，机器是个活的啦，它会使性子，闹别扭……总之，把他们怎么的也不犯难，在咱手里呀；只是机器咋整？眼下不向人学，能修起来吗？"

老孙头说完，下面议论纷纷，抽烟的人，也趁这当儿掏出烟纸和黄烟来卷。

"机器让他们来修行呀，只是，像以往那个样开口就'八嘎'，动不动就瞪眼，受不了啦。"刘福要大家听见，便大声说了。

一向不作声的刘月轩，这时也忍不住要说啦，他眼望着地说："技术在人家手里，咱不挨骂受气咋行？要不挨骂受气，非得把技术学过来。"

老孙头兴奋地接着说："老刘兄弟说的对啦；别人不明白，耍手艺人可明白啦，不懂技术，吃老亏啦！"

"修好了，把他们撵走行，把他们怎么的也行！"李占春也在叫着。朱自珍马上用手碰了他一下，反问他："撵走他们，日后机器又坏了，你咋整？"

一阵混乱，大家都在原来的位置上交谈。陈祖庭觉得很沉闷，自己暗暗想道：

"像这样的讨论，没头啦！七嘴八舌，还能有个好主张？"他瞅着老孙头那缓慢的作风，真不耐烦，轻佻地暗笑着："他像个三天不添煤的锅炉，没火力啦。瞅瞅他，再讨论十天他都不腻外。要我，去问问王经理就得了呗，合计啥呀。"

这时候，吴祥泰又忘记自己脚痛，推开众人走到前面要求大伙静一些。他挺起胸脯，提高嗓音说：“我也来发表发表啦。杨家兄弟，留下来修机器，可得有个条件，他们一边修，咱一边看，等他们修好，咱也看明白啦，这一来，就得看他们心诚不心诚；好，就将功折罪，不好，就不必客气了。这也是考验考验呀。……”

吴祥泰还没说完，人群里爆发了一阵鼓掌表示赞成。许多人同时说“对啦。”“是个好办法。”“好老吴！”“这一下可把他们治住了！”刘月轩这一下高兴的很，赶快找把椅子来放在吴祥泰跟前让他坐下。人们比较平静了一点，老孙头又说了：

“老吴兄弟说的很对，这一来既把他们治住了，咱也学会技术了。咱工人要当主人，就得当个彻底。工人不懂使唤机器，还像个主人的模样？”

人群里带着愉快的情调回答着老孙头：“可不是。”“当主人当个彻底也好。”也有人悄声怀疑着：“他们肯讲么？”又有人回答：“不讲，他不怕咱？”

“老吴兄弟提的意见，我也来补充补充，”老孙头继续说，“他们一边修，我们一边看好呢还是他们只动口讲，咱大伙动手修好呢？——为啥？他们动手，一来怕他们捣蛋，二来……”

没等老孙头说下去，刘月轩已理解他的意思，兴奋得抬起头来抢着说：“二来，我知道啦，动手比耳听来得亲呀，安过一次，记一辈子啦。”

吴祥泰又从椅子上站了起来，雄亮地说：“老孙哥，我拥护你啦，你的主见比我的高一级。就这么的吧。”

大伙全体都同意老孙头的意见了，经过一阵鼓掌和喧嚷，老孙头便又征求着大家的意见：“咱们再想详细些，看有更好的法子没有……如果没啥意见，咱还得把这些意见提上去，得问问吕副厂长，问问王经理呀，他们是咱们的领导呀。”

王经理同意工会提出来的意见。第二天紧接着开了一个动员大会，从王经理到工人、伙夫、职员，全体人员都参加。这个会是开得很成功的，不看别的，只看看杨家兄弟低着头，垂着手走进了会场那害怕颓唐的样子，看看大家情绪的高涨就够啦。

以往开会怕大家不说话，现在都抢着说啦。把大会主席忙的够呛。这几天，老孙头从王经理那里，从大伙那里学了不少东西。——“这半个月顶得上我四十八年。”他寻思。夜里，他想着自己的进步，高兴得睡不着。他和大伙一样，开始爱他们的上级。“共产党真有能人！”他衷心佩服共产党人勇于纠正毛病的精神。他独自跷起大拇指说：“伟大，伟大！会改，就不能错。凭这，就能坐稳江山。”

我们又看看大家的痛快劲吧，大会整整开了一天，人们始终都很兴奋。连从来不说话的刘老汉也开了口，连连叫道：“满洲国完蛋了。眼下真是民主国家了！……”著名的懒汉曹万发和牟为梁开会时也不打盹，留心听大伙说话，人家热烈地鼓掌时，他俩也跟着鼓掌。张大嫂高兴得领着妇道们烧开水，倒茶。这时候工人家属已搬来八家，都穿上比较干净的衣服，轮流到会场里倒茶，连朱自珍的年轻媳妇也顾不上害羞不害羞，顾不上丈夫同意不同意，居然也到会场去倒茶。张大嫂有一次斜着含怒的大眼睛，用力吐了一口唾沫到福田的脚边。

大会决定了即日动工修第一号发电机，又提出了劳动竞赛。末尾王经理还讲了话。他在讲话中检讨了自己，夸赞了工人的力量；特别称赞老孙头；他又强调技术的重要，说：“旧世界人们各自把技术保守着，生怕第一被人家抢了去，因此技术不能提高。新的世界呢，应当把技术献给大家，启发大家，然后从旧的基础上创造新的。我们要从不断的创造与发明中争取第一。要是保守，别人已创造新的，你这第一还是保不住。”最后他表扬了工人家属为大伙服务的精神，他提议妇道们也加入了工会，成为工会的妇女小组，共同为发电而努力。

王经理说着的时候，老孙头早已一拉二扯的把妇女们拉进来了，真奇怪，没叫她们进去时，她们想进去的不成，现在请她们进去呢，她们都躲躲闪闪。主席征求大家的意见是否欢迎妇女小组时，老爷们都狂热地鼓掌了。只有朱自珍一个人在那边偷眼瞅着自己媳妇直生气。

让她们选举小组长的时候才有趣呢，她们都唧唧咕咕地商量起来。

刘大嫂指着张大嫂说：“就选她得了呗。”

“不大离，也没有比她更相当的了。”有人附和。

“别推了，张大嫂，就这么的吧。”另一个大嫂子说。

张大嫂子觉得很别扭，打了刘大嫂两下，拧了李大嫂一把，结果还是辞不掉，便只好挺着，在大伙的鼓掌声中讲了话：

“大伙瞅，我咋相当呀。说识字，数李大嫂，论利落，还有许多大嫂们，偏选我这个黑灯瞎火的。”她说着，觉得好一点，敢抬起头来看看妇道们。“妇道得有个名儿呀。咱妇道也解了放，该各个有个名儿。我娘家本姓唐，为啥姓他的张？——”

她没说完，人们齐整地大笑起来。张大嫂有点发急，面对着王永明，要求他：

“王经理，你给我起个名儿好不好？不要花呀草呀的，你给我起个解放点的名儿，姐妹们也每个人起个名儿吧……”

“叫新华好不好？”王永明高兴地站起来，笑着说：“为啥呢？过去是老中华，后来是满洲国，那些国家都不好，都压迫我们。现在是新中华的国家，是民主国家，是工农当家的国家，叫新华，就表示解放啦。”

大伙又都欢闹地鼓了掌，女人们没有名的都要求王经理、吕副厂长和李希贤给她们起名字。

大会直到太阳偏西才散会。

这回修机器可不同啦，吃了早饭，一吹哨，各小组长便领着他的组员到机器房上班，可没有一个敢落后的。到了机器房，杨家兄弟带领着工人们检查机器，说明每一机件的位置，作用，坏的地方在哪，该怎样修，然后大家才动手拆的拆，洗的洗，锉的锉，焊的焊，安的安；每安一个零件，也得大伙瞅着。开头，杨家兄弟讲的含含糊糊，但是经过工人们的追问，讨论，逐渐把他们的偷懒打破了。

每天晚上还是上课，一星期减为三次。一次是检讨一星期以来大家工作的成绩，好的坏的都要经过民主讨论；老孙头，刘福和陈祖庭轮流担任上政治课；李希贤上一次文化课；吕屏珍的保守思想给王经理的话打破了，也自动承担了一次技术课，对研究技术更积极。工会要求妇女小组参加上政治课。

张大嫂原是个热心肠，好动的妇女，自从被选做小组长，听了不少的道理，心里开朗了不少。

那一次动员大会散了之后，朱自珍曾经揍了他媳妇一次，为的是讨厌她到会场倒茶，参加妇女小组。平常他老婆挨了揍，不敢吱声，只偷偷流泪；现在看见有了个妇女组，胆子壮了点，丈夫揍了她，她便放声大哭大叫起来。一闹开，张大嫂便领了几个妇女前去劝架，几个女人说好说歹，又硬又软地把朱自珍好一顿说。朱自珍觉得没趣，便溜掉了。朱大嫂从此就争取了合法的地位，和大伙一样出来开会，上课，学歌子和参加劳作，生产。

“咱妇女小组干些啥好，人家一天净忙着干活，竞赛，咱不劳动不落后了吗？”有一天张大嫂和妇女们合计，大伙想了半天，七嘴八舌地商量了好久，最后，决定了每天午间送饭到现场给干活的人吃，省得他们跑上山一次，此外还给没家口的老爷们大拆洗缝补一次。

第八章　老孙头在屯子里

下了一场大雨。机器房的屋顶漏了。好几个大窟窿流下的雨水把机器也浇了。晚上上课时大家讨论怎样克服这个新的困难。

自从工会改选后，老佟便很少有出头露面的机会。这时他献献殷勤，提议道：“本厂原来有很多马口铁，上好的。打八一五后，都给屯子里的老百姓拿跑了。不信，下屯里一瞅，猪圈羊圈都用马口铁围的。咱可以取回来，莫说一个房，修两个房顶也足够用。”

“那么，你去取回来吧，老佟。”张荣才故意给老佟一个难题。

陈祖庭想立点功，并且觉得这个差使只有他一个人能办，谁都磨不开情面，老孙头更不成，他怕得罪人——他就站起来说：“那么的吧，这件事交给我好了。”

有人鼓掌，表示通过。自从开动员大会以来，大家学会了鼓掌，动不动就拿鼓掌来表示同意。特别是妇女们，认为鼓掌是最时髦的东西。

老佟提完意见又后悔了，因为他家里马口铁拿的特别多。第二天天没亮，他便下屯告诉他父亲赶快把马口铁拆下藏起来。“可不敢告诉别人。”他嘱咐说。但是他父亲却把这消息告诉了弟弟和表妹家；那两家也就悄悄地把这消息告诉了相好的；相好的又告诉了相好的。结果，不知道这消息的只有两家。陈祖庭是个机灵人，他怕走漏了消息，一吃过早饭，便领了潘玉山，带了几条绳子下屯子去。他一到，有一家正在拆马口铁。陈祖庭趁势上去，很客气地说：“老乡，这马口铁是咱厂里的啦，咱要收回去修房子啦。眼下的国家不同满洲国，军民是一家子，公家的东西咱应该送还才对呀。”

老乡回答他这马口铁是从西凉镇买来的。陈祖庭又说：“你不要磨不开啦老乡，这屯子的马口铁都是水电厂来的，咱用不着时，你们用用没关系，可是眼下修房子要紧呀。”他一面说一面叫潘玉山动手捆马口铁，那老乡自知理屈，也只好让他们拆。他到各家门前瞅，看见猪圈鸡羊圈都拆过了，有些已新搭上些木板，高粱秆啥的，但大部分都是拆下来还没装上。他寻思，“这一定有鬼，他们为啥都拆去了呢，难道有了消息？”再往前走，另外有一家还没拆，陈祖庭对那老乡说明来意要动手拆时，老乡坚决不让拆。叫着：“不错，这是电厂的材料，可是眼下是我的啦。谁叫你们那时不来经管呀；马玉山还抢去不少东西哩，你们为啥不问马玉山要去？咱这是明拿的。你拆走了，我这猪崽子就完了。”他老婆也从屋里跑出来哭着，陈祖庭怕事情闹大了，只好作罢，和潘玉山扛着几块马口铁回厂来。

晚上上课，陈祖庭把这件事情经过说了，大家要讨论，老孙头对大家说：“先不讨论吧，今天待我去试试，不行时，大伙再合计。”

大伙听了孙主任的话，便放了心，安心上课了。

晚上下了班，不等吃晚饭，老孙头便下屯子去。他一股劲跑到老刘家门口坐下来，老刘是三姓屯的老户，历来租种别屯的地，家有六口，缺牲口，家景过的不好，他是个二岁子，比老孙头小不大点，和他一唠起来，挺对劲。屯子里人家刚吃过晚饭，看见老孙头来了，都三三两两地各人叼了支烟袋走近他来。

“听说你升了主任啦。”有人恭维地问。

“眼下当主任就是当差的，听候大伙支使就是了；不同伪满啦，眼下是民主国了。”老孙头谦虚地对答着。

“那还用说，眼下不同啦。满洲国还选得上你老孙头？”老刘说了。

“咱种地的，也不同以往啦。人家别的屯子都斗争，分地，咱这小屯，工作队瞅不上。又没老财，斗谁？唉！”

“可也不能这么说，工作队是心向着穷人的，今天不来，明儿能来。”

“什么？老孙头，你说工作队明儿能来？”一个中年的庄稼汉着急问，可是他立刻又叹气，“工作队能来也没用，这里都是穷人，没地主。”

“我问你们，没地主，你们租种的是谁的地？”老孙头大声问。

“是外屯地主的，人家斗倒他们与咱没相干！”

“不啦，”孙怀德高声叫道，“那儿地主倒了，地给分了，也有你们一份，还忘得了你们受苦人吗？”

老孙头的话，给三姓屯带来了很大的兴奋。来听的人越来越多，从人们嘴里喷出来的青烟也越来越浓。老孙头便转到别的话题上：

“豆油多钱一斤？”

“不用提啦，一百六，又涨了。”老刘回答说。

“你们点灯每个月要点多少斤？”

“还谈得上点灯？只是有小崽子，夜里哭呀闹的，没灯不成。吃都顾不上，还要点灯？困难呀！”另一个庄稼汉说。

“以往用电灯花多钱？”老孙头皱着眉问。

“你老忘啦，那是小鬼在的时代装的电灯，为的是火锯工厂，不是给的咱。电，还让咱用吗？再说也用不起啊！”一位妇女说。

“明儿电厂发出了电，这屯子可以用电。眼下民主国不同满洲国，它心向老百姓，让用的。”老孙头有把握地说。

“听说上头又叫修啦，真的吗？一个也没叫蹲笆篱子，度量真大！将来发了电，全靠孙主任对上头说句好话，好让咱这屯子亮一些。”另一位妇女说。

“李嫂子，现在上头最爱护老百姓，让用的，共产党是听大伙的话，用不着我姓孙的说也让用。”老孙头接过老刘递给他的烟杆，吸了一口，又说：“眼下，机器修是修，只是缺一样东西怕修不成！”

“缺啥呀？”一位妇女着急地问。女人们唧唧咕咕地交头接耳；老爷们也从嘴里拔出了烟杆静听老孙头的回答。

“啥也不缺，机器也保险修得好。只是机器房顶儿漏了，要修。不修呢？机器修好也会浇坏。要是盖上一层洋铁皮那就保险。”老孙头慢吞吞地说了，又吸一口烟。

“那容易，我家就有几块马口铁，就是怕不够。——”老刘热心地说着，他老婆不乐意地瞅了他一眼；他那十八岁的儿子不等父亲说完就跑开，从水稻垛子下面抽出了六大张马口铁来，一直拖到老孙头跟前。并且补充着说：“屋里还有两张。”

老刘站起来，把烟杆插在腰围上，瞅着马口铁说：“大伙合计下吧，这几张不够啦，得想想办法。”随即他又蹲下来，用手去掉铁皮上的脏土。

“我家的也匀出来吧。”姓李的说。他就是早上和陈祖庭闹，不让拆他的猪圈的那一家。现在他头一个响应老刘的话；这一来，好几家也自动拿了出来，有些心里不愿拿的，又怕将来点不上电灯，也只好随众；老佟爹也说服了老婆和儿子，交出了一半。

一时百来张马口铁在老刘门前堆放着。孙怀德站起来皱着眉说：

“把你们的猪圈揭了顶也不像话啊。还得——”

“拿去吧，机器要紧！”有一个老乡说。

“那么的吧，”孙怀德张着两条长长的胳膊，笑眯眯地表示着感谢的意思说：“厂里有一些零碎的木板，你们交出铁皮来的，就拿个三块五块回来凑合凑合，修修圈顶咋样？”

老乡们高兴了，当下年轻的便自告奋勇地替老孙头把洋铁皮背回电厂。

老孙头把上课耽误啦。把铁皮安置好，把背着木板欢天喜地往回走的老乡们打发走，他便摸到厨房里去吃了一点凉饭。饭吃罢，他才发现别人给他留了一大碗菜，可是他已吃不下了，擦一擦嘴，便赶到课堂里去。

当天夜里老孙头汇报时，王永明从头到尾详详细细地问了一遍，越听便越觉有意思；后来老孙头又和王永明谈到过去如何哄骗大员，如何引导大伙刨冰捞油，说得王经理连连点头佩服。

“这就是群众路线，你真正和群众结合起来；你不仅和工人弟兄结合，还能和农民结合，难怪，你原是庄稼人出身！……”王经理用许多理论来证实这些范例。

老孙头被夸赞，略带拘束，随即就坦然了，回答说：“这没啥，这没啥。支使一个人，支使两个人，挺容易，支使大伙，不容易。支使大伙首先要明白他们怨啥、盼啥，然后能去了他们怨的，告诉他们盼的能盼到，该咋样盼法，——这样，就叫他们往死里拼也干啦！”

王永明全神贯注地听，寻思道：“他是从实际中得来的规律，我懂的是死的教条。怪不得毛主席叫我们向工、农、兵学习！”可是他没有说什么，只紧紧握住了老孙头那双粗大的手掌。老孙头呢，老觉得王永明懂得的又多，办法又好，还那么谦虚，说不出地心服他，他想：“咱王经理比那个李主任也不赖。”

对于老孙头的工作方式，王永明特别过细研究了多次；他用诉苦的方法发动大家刨冰保护机器；用激将、带头的办法叫大家捞油；以启发诱导的办法带引大伙创造集体修机器；到屯子里呢，又能站在群众的利益中，替群众解决了困难，收回了许多洋铁皮；——这许多事实，王永明觉得值得他今后在工作中不断地去体现。他又拿这些范例三番五次地反复向陈祖庭进行教育；也特别在工会上了一课，叫大家向老孙头这种精神和方法学习。

这一次王永明在玉带湖只住了十天，但这十天对他是很充实的，很宝贵的。他打算把陈祖庭调到公司里工作，但孙怀德和吴祥泰都表示厂里离不了他，并相信他的弱点慢慢能克服。王永明觉得把他留下跟大伙学，跟老孙、老吴学也有好处，便取消了原来的打算。

玉带湖一切都在变动着，李希贤虽然外表还能保持住冷静和谦虚，可是脑子里也乱了套。人们越兴奋，他越觉寂寞；大伙越团结，他越孤独；人们一天到晚高高兴兴，干活也有劲，说笑也有劲，他却从早到晚烦恼、懒散。再说，他也没处消遣消遣或出出气，娘舅老佟和小宋呢，虽然说话投机，但这些日子来他们也垂头丧气。跑到吕屏珍那儿，过去他都是用文雅悠闲的态度迎他的；现在上他家，他总忙着技术的问题，要不就和杨家兄弟开小会。

那一天傍晚，吃过饭，他感到实在无聊，便跑到住宅那边闲蹓，刚好张大嫂出来泼水，和他打了个招呼：“李大哥，好久不上咱家来啦，进来待会吧！”张大嫂自从加入了工会，当了小组长，在大伙跟前说过话之后，便觉得自己和老爷们平等起来了。说话时总喜欢“你们，我们”地称呼着；人多的地方，她总上前去看一会；人家谈论问题，她总得发表一点意见。李希贤依了张大嫂的话走了进去。张荣才正盘着腿坐在炕上卷黄烟。他那刚会走道的男孩子正吃饭，自己拿着筷子，弄得碴子粥糊了一嘴一鼻子。

“张大哥，你好久没上城里溜达啦。”

“可不是，两三个月啦。”张荣才递给他一支烟卷。

“不闷气吗？活动惯的人静不得。”

“没法，凑合凑合得了呗。”他吸了口烟，“现在厂里好歹有个眉目啦。”

“那比起满洲国远去啦。在满洲国还能委屈得一个开车的。瞅瞅你现在过的啥生活，自己吃不上粳米白面也就罢了，连孩子也吃不上粳米白面！”

“伪满那时代钱多是多一些，”张荣才现在把满洲国改叫伪满了，他自己并不觉得，只是李希贤一听就听出来了。他继续说，“可是心里憋屈得慌，挨耳光、挨靴子，混蛋、八嘎不少骂，真够呛！眼下穷是穷，穷得平等！”

“共产党就拿平等来收买人家。”李希贤冷冷地说。

“你说的可有点不相当，自古上头能用钱收买人，几时听过用平等来收买百姓的呢？几时见过让老娘们和老爷们一块儿站，一块儿开会的呢？”张大嫂拉起衣襟擦手，认真地说。

“让老爷们和老娘们一块儿站自然不错，听说还让老娘们随便和老爷们一块睡觉呢。”李希贤还是冷冷地、轻蔑地说。

李希贤这句话可叫张荣才冒了火，他听了好像受了侮辱似的。自从他老婆当了小组长以后，他虽然有点眼红，但心里总还高兴，觉得光荣。他大声叫道：

“你亲眼看见过吗？”

李希贤吃了一惊，他并不怕老张生气，他只惊诧张荣才变了，过去他最喜欢说八路军坏话的，现在却站在八路军这边来辩正啦。他觉得不对头，便马上收回他那副阴狠的冷面孔，换上笑容道：“那是听来的，头年听来的，谁亲眼见过。”他觉得谈不下去，只好搭讪着走了出来。走到外面，人们来来去去，似乎忙得很；不呢，便是三三五五地坐在一块，谈论机器或讨论问题。过去人们看见他，客客气气地鞠躬点头，或者招呼说："李司务，来，唠一会儿。"现在人们忙得好像没看见他。他一个人好不闷气，后来他想着好久没到陈祖庭那里了，便顺步走到他家。陈祖庭一手抱着孩子，一手拿铅笔不晓得写什么，看见他来，便把纸藏起来。李希贤装作没注意，文雅地笑着说：

"陈主任，"他又立刻改口说，"哦，陈股长，你好清闲，抱着孩子享天伦之乐呢！大嫂呢，到妇女小组开会了吧！"

这半个月来，陈祖庭受了许多教育。开头儿，王经理批评他的作风是包办代替，他不能接受；对老孙头，他不佩服。不过这半个月来，工作进行的确顺利多了，大家团结了；再加上老孙头和吴祥泰耐心处处帮助他；他心里面的自满和嫉妒扑了一个空，当初工会改选时，他垂头丧气，抱怨组织，又害怕受处罚，情绪十分低落。大家都在不断前进，而且进得那么快；他好像本来在队伍中和大家一块儿走，突然他自个儿站住了，而大家仍然继续前进，他拉在后头啦，孤独地落在后头啦。经过了苦恼，经过和不正确思想的斗争；他寻思："人家是工人，我也是工人，人家能进步，我不能进步？人家王经理也处处检讨自己，说自己不接近群众犯了官僚，我还能不犯官僚？"他磨开了，心也放宽了。听吴祥泰常说共产党员怎样好，当一个共产党员多光荣，他寻思："好不好当一个共产党员呢？"他和老婆商量，老婆的意见是过两三年看看也不迟；和刘月轩商量，刘月轩说，"不是共产党员也能开机器。"和吴祥泰老孙头商量，他们两个都说好，并说准备找共产党去，老孙头还担忧地说："怕人家不要咱！"陈祖庭独个儿下了决心，也不再和谁说，便向王经理提出入党要求。王经理叫他好好虚心向大家学习，反省自己，加紧工作，过几天可写个自传，写明自己的历史和思想。这几天夜里，他正苦苦地写他的自传。

他一拿起笔，便觉不如拿钳子锤子自在。平常，他还以为自己认得不少字，一动笔写，那些字便都翻了脸，不认他了。这时候他正写他的思想，他想写，“我犯了官僚”，但“犯”字不会写，“僚”字也不会写，烦恼得很。李希贤进来了，想问他字，又怕他追根究底，识破他脑子里的秘密，便只好藏过纸，没精打采地应付着。

李希贤看见第一句话没打动他，便进一步试探说：“你辞了主任，大家都在想你呢！这也是群众的力量呀。”

陈祖庭才注意听，把孩子横抱起来，想了一想，“溜须来啦，我可不再上当啦，老佟把我坑够啦！”可是他口里说：“我应该趁这时机多向大家学习学习。”

“自然也有人赞成孙主任，说他行，有能耐；可是一个人安一个心，世上难免有偏心人。”

“你说的可有点不合理，谁当主任都是为人民服务，谁当得好，大伙就拥护谁，这也不算心偏。”陈祖庭有点慷慨激昂地说了。他觉得只有这样说才对得起老孙头，对得起工会，并对得起自己的良心；也只有这么说才能表示自己的政治认识强，公正，比李希贤高出一等。

李希贤感到陈祖庭态度有点变硬，说不进去，便装成严肃地说：“陈股长的宽宏大量真叫我佩服，我恐怕学一辈子也学不到。……”

陈祖庭趁势给李希贤说了一大篇道理，说的李希贤不耐烦得很。怀抱里的小孩哭闹得不成，李希贤就趁势告辞出来。回到屋子里，闷得慌，直想发脾气。老佟瞅着他那铁青的面孔，胆怯地说：

“谁又招了你的气了？”等了半天，外甥不搭理，他又叹口气说：“没有肉的时候，吃点蔬菜也成，你非要肉，那不自寻苦恼。你瞅，满洲国的时代还能再来么？中央也盼不着！管它什么国家不好，有饭吃就得啦。”

“你懂啥？你懂啥？”李希贤躺在铺上，忧伤地拿胳膊压住脸说，“吃肉吃菜都不随我呀，你懂啥，我也出于无奈呀！”

甥舅俩都懒点灯，房子里暗黑得很，李希贤那没力的声音给越来越浓的黑暗吞了。

第九章　庆祝胜利

第一号发电机的副励磁机和主励磁机都没有坏，只浸过，要干燥；直流励磁机也没坏，只是固定子有许多地方漏铜线，工人们用云母片和黄胶布缠上了。

发电机轴承上翘冰坏啦，歪扭的不像样，刘月轩、张荣才几个人商量的结果，用千斤来压它，才恢复了原状。螺丝钉锈住不动了，用扳子一转，钉头断掉，钉子便锈住在洞孔里。瞅着是个小事，但是要把钉子去掉，却费了工人们多少心思。碰着类似这样的事，有时候连工程师们也束手无策，因为书上没有写过这样的问题。

水压系统有许多处胶皮线接头的地方都坏了，工人们都把它修好。只是水门主瓣给炸的蝎虎。工程师和工人们为它曾开了几次讨论会。后来，工人们决定分昼夜两班，突击了六天六夜，才算把主瓣修好。其余少的缺的，从第二号发电机烧毁剩下的，取下来补充。

一共花了十六天工夫，第一号发电机全部修好了，连干燥一共花了二十四天。刘月轩和吴祥泰两个人十天没回过宿舍，十天没洗脸，也顾不得上课，累的不成就睡在机器旁边，睡醒了又干，虽然大家规定每班干十二小时，但他俩每天平均都干十五六小时；其余的工人，至少的每天每人干十小时，多的十三四小时。

机器修好时，大家累的都瘦了，特别是刘月轩和吴祥泰两个黄瘦的不像话；张荣才拿汽车上掉了玻璃的灯框比他俩的眼睛。可是大家的精神都那么好，仿佛再熬半月一个月也不在乎的样子。吴祥泰的烫伤，也在紧张的工作中好起来了。

王永明离开玉带湖已经半个多月。第一次修发电机他很放心，因为他寻思，技术有那些工程师，发动工人有陈祖庭。第二次修发电机他也很放心，却是因为他觉得他已把发电厂交给全体工人。要是说第一次是盲目的放心，那么第二次应该算作受过痛苦教训后的对群众的信赖。

“你是不是该到玉带湖去看看？”那一天晚上李科长提醒王永明说。

“明天吧，大概这一两天得试运转了，我要去看看。那边已和火力发电厂接上了电话了，有事能连络。”

王永明正说着，灯亮突然暗了一些，跟着火力发电厂来电话告诉他，玉带湖已于三小时前发电，现在使用的已是那边的电了。王永明兴奋得不知道怎样才好，拿起耳机又放下了，提起钢笔来，却又不打算写什么；他戴上帽子，穿上外衣，还没等扣扣子，便脱下来。在房子里急步走来走去，后来他偶然抬起了头，看见毛主席的相片，他像碰见了熟人似的，那么热烈，那么高兴地站住了，声音激动得发抖地说：

“毛主席，有了你，有了你的思想的领导，我们啥事都会成功。五谷会丰收，军队会打漂亮的胜仗，破电机会发出电来，人们的错误会纠正。有了你，破的会变整的，旧的会变新的，懒的转勤快……”

一天到晚都在算账的李科长这时也紧张得很，在那里自言自语：

“那么，该告诉他们，电压力不能太大啦。”

王永明心不在焉地点了点头，又匆忙地走到电话跟前，用力摇了几下摇把，大声叫道，“火力发电厂么……多少电压？五千？多少负荷？不太亮呀，线路之过？……”

这一夜王永明没有睡好。第二天早上，火力发电厂来了人，他问了他，但知道的情形并不多。一直到后晌，陈祖庭从玉带湖来了，才满足了王永明所要知道的。陈祖庭也没有好好说话，夜里运转成功那种狂喜还保存在他身上，说起话来有点疯疯癫癫，没头没尾。

“刘月轩掌的水车，老吴管的配电盘，还是吕厂长把布雷机；消防和警卫，便是老孙头和我。福田他们垂手站在旁边，李占春朱自珍监视着他们和可疑的人。”陈祖庭气喘着。王永明插问说：

“谁是可疑的人？”

陈祖庭不好意思地低下头，“那还有谁，就那个姓佟的，修机器以来，数他的怪话最多。”

“那么，你说下去吧。”王永明温和地说。

“发电前，宣布了纪律啦，除了把机器的，谁乱动捆起谁来。唉，难说——心跳啦，蹦蹦的，五里路都听得见，汗直淌呀。这一回跟头一回不一样，电压越高就越操心。那时候，谁敢透气呢！运转成功了，人们还不敢大声说话，小伙们高兴得没法，便到机器房外面去翻筋斗。真好笑，准备好的水和水管，到现在还不敢去掉。

“慢一点，听我讲，人们为啥高兴，为啥比头回高兴得蝎虎？难怪，自己亲手修好的机器，自己亲手发的电！”

吕柳依在旁热心地重复他的话：“工人们自己修好的机器，自己发的电呀！”

王永明听完他叙述，又问了许多他遗漏的，特别关于技术上的问题，他开始在房子里有规律地踱来踱去，大概有一刻钟不说话。这一刻钟里，吕柳依早已因事走开，陈祖庭却闷的慌，他了解王经理一陷在沉思里就不再说话。他不敢吱声，可是满肚子的话，说三天三夜都说不完。最后王经理叫他回去和工会商量，布置五天后的庆祝发电大会。他又告诉他开会时可能发给大家物质的奖励，专署和司令部首长可能去参加，但随后又嘱咐说：

“可是你不必预先宣布。”

陈祖庭向公司领了一点钱，到店里扎了两面旗子，买了毛主席和朱总司令的相片，和准备写标语的各色有光纸、纸花、瓜子、榛子、茶杯……他一路回去，一路计划布置一个出色的会场，还准备请吴祥泰耍个拳，李希贤、李占春来个双簧，妇女会来唱歌……

听说要开大会，张大嫂领四个妇女，到外边去采山里红、榛子、蘑菇、野花，准备开会用。她们一律用帕子包了头，手里提着提篮，一路走一路说说笑笑。

“开了机器，明儿就会发薪水，咱小玲该扯点布给她缝一件褂子。”刘大嫂说。

“可不是，他的鞋也完啦，白布褂子也不像话了，破的破，油的油，下了班一股味可熏人得慌！”朱自珍媳妇插嘴。

“唉唷，瞅，什么娇嫩的媳妇，油味把你熏啦，你不用嫁给耍手艺的啦。”

“大嫂们不明白，他太埋汰啦。伪满那时代，几时见过耍手艺的不分昼夜干的？这些日子，他回家住过两夜，叫他脱下衣服来洗洗，他一声不吱就走了。我把干净衣服送下去，他把脸一板，又走开了。”

“唷，他只回去住过两夜？那委屈了你啦。要我就找个男人来陪陪。”

几个女人齐声笑了，年轻的朱大嫂给羞的不成，摔下提篮，追逐着她们，抓到一个便狠狠地打，鲜花撒满一地。

她们沿着不宽的汽车道，向大湖走去，但为了阴凉，有时也穿过狭隘的小道。野草已长的很繁茂，高的已过膝；快秋天了，树叶子绿的发黑，鲜艳的野玫瑰和野百合花早已开罢，只剩白的点星花，末茬的芍药和各色的野菊花。山里红熟透了，一团一团挂在树丫上，榛子粒可不小，但是不够熟，不好打。她们不知不觉走到湖边。这儿湖面有七八里宽，最宽的地方数南湖头，有三十里；湖长据说有一百八十里，是个长条湖，所以叫玉带湖。湖的那面是摸顶山，山顶上是毛茸茸的森林，森林里有黑瞎子，有豹子。日本人在这儿采过不少木材，至今还一排一排用粗铁丝系在湖边；那时候抗日联军也常出没于摸顶山，把采木的日本工头杀死在森林里；中国工人躲在树林后面瞅着，看见日本人死了，便把身上带的干粮送给抗日联军，才散去。这些故事女人们听的不少，可是现在她们坐在湖边，瞅着摸顶山，把故事忘了，不，给新的生活、新的兴奋代替了。

没有风，天空是蔚蓝的，太阳照耀着这深绿色的平静的湖面，活像一面平平的，起着反光的镜子。阳光猛烈的时候，湖面是白色的，闪亮的；平时，湖却是柔和的深绿色，像一块厚玻璃似的。有星光的夏夜里，吹着一点微风，长长的黑色的玉带湖便跳跃着许多闪光的星点，和天上的银河媲美着。啊，她比银河更富于风韵。下起细雨来，玉带湖更是迷人地美丽，那是银灰色的朦胧的一片，像半醒的美女，又像带泪的婴孩——那么单纯，那么可爱。它那雄浑的银灰色，启示着人们懂得用力量去冲破困难，去追求光明。玉带湖也有愤怒的时候，刮着大风，它便兴起两三丈高的浪，风吼的声响，由浪的尖顶一个接一个地传开去。

女人们脱了鞋，并排坐在一只倒扣在湖边的破木船上，让脚丫子浸在水里。刘大嫂谈着鱼，年轻的朱大嫂净瞅着镜子似的湖面。她想起了五年前在亲戚家看见一块柔软的蓝绸子，一直盼望自己有这样一块绸子，但一直没有盼到手。可是那块绸子没有湖水柔软，好看。她又记起了在财主家看见一面大镜子，曾照过她美丽的姿影；玉带湖是一面多大的镜子呀。“我能站在湖面上照一照多好！”她寻思。

远远的对面，出现了一点小黑点，那小黑点慢慢变大，像只蚂蚁在玻璃上爬着似的往湖当中来，不久，后面又出现了一个小黑点。

“啊，那是老金头俩父子的打鱼船。”李大嫂判断说。

“咱工会定了三百斤鱼，这该是咱的了吧。”张大嫂说着，站起身来远望一下，但除了两只浮起来的鞋子似的往这边漂来的鱼船之外，啥也看不见。

“开会还得三天，鱼不臭了！”朱大嫂说。

“不，放在水车旁边，放在风口跟前，莫说三两天，半个月也臭不了。”

“三天？明儿得动手做啦，百多人吃饭啊。”

朱大嫂提议到瀑布那儿看看。她们便穿过一座小山和许多小树林，跑到瀑布跟前。这瀑布原是大湖里的水，来到这一道隘口，地势突然中断，低下去，成一个椭圆的大池子。池子那一头是一条沟。大湖来的水到了隘口，跟着地势的突然低陷便成为瀑布；椭圆的池子很深，所以倾泻而下的瀑布到了池子以后，水便平静地沿着沟流下去，进了江。瀑布有十来丈宽，七八丈高，声势有如万马奔腾，有如冲锋陷阵，有如十万游行队伍的高呼口号。瀑布激起了无数泡沫，飞溅到几丈外；瀑布充溢着力和光，叫看久的人头晕；瀑布像南方夏天那种飞卷前进的闪亮的白云，使欣赏的人感到压迫。女人们紧紧挤在一起坐在边沿上。朱大嫂每次来湖边总想去看瀑布，一看见瀑布她又害怕，心里叨咕着："他在多好，我扶着他胳膊。"张大嫂胆子比较粗，她不害怕，但是当她瞅瞅那怒号的雄壮的瀑布，瞅瞅下面据说有十五丈深的深奥不测的平静的池子的时候，马上便会想起自己的孩子会害怕的，于是她庆幸地想："幸亏我没抱孩子来。"

大自然的雄伟景象洗涤人们胸怀中可笑的琐碎、烦扰。它给人以威迫的感觉，同时又刺激人们的智慧和雄心："超过它！战胜它！"女人们看着瀑布，各人幻想着各人的心事，并都从这天神的织布机似的飞泻的瀑布中得到解答和满足。幻想，往往引导人们前进，往往使人们精力充溢！她们和别人一样，都愿意为自己的幻想而奋斗！但她们似乎更现实一些，从今天的基础上去想明天。她们虽然暂时忘了琐碎和烦扰，但她们还念着要采花、果，要看看老金头打了多少鱼，又念着家里的孩子要哭和闹……呆呆想了一会，她们都不约而同地要回去。

"回去吧，老金头的船要靠岸了。"李大嫂一说，大伙往大湖走去。

到了湖边，船已靠了岸，女人们抢着上前，杂七杂八地问。老金头解下腰围里的腰带擦着汗，坐到破船上，用手指拨开银色的短须，慢吞吞地说：

"净是拗花和花路，四五条拗花都十来斤重。我老金头多年没打过这多这大的拗花呀，也是那共产党当官的有口福。"

"你老心眼好，给他们打大拗花。"刘大嫂说。

"不解，我老金头在这疙瘩打了五十七年鱼，满清时代我打鱼，中华时代我打鱼，满洲国时代我打鱼，八路国家我也是打鱼。我心不偏向谁，谁有口福便吃上大鱼。”老金头神气飘逸地仰望着天说。

“咱厂里有一个三朝元老，你却是个四代遗民。”

“你们这些小丫头抖啦，比我看的多，见的广，可是你们听不懂风在唠嗑，看不到湖啥时候笑啥时候哭……”

“湖是个湖，还能笑，还能哭？”朱大嫂嘻嘻地笑着问。

七十岁的老金头和妇女们说笑了一阵，便提出警告说：“有一场雨，你们瞅瞅顶上那块云彩。你们走快的能赶到家，走慢的，正好洗个澡。”

女人们在湖边玩够了，也就起身往回走。张大嫂觉得那朵云很淡，不能下大雨，要是刮点风，作兴下不成；便建议一路再捡点东西回去。她们分了一下工，张大嫂派上了捡蘑菇，她独个儿净往草里寻。开头，她还听见后头她们的笑声，一会便什么也听不见了。她捡满了一提篮蘑菇，满心高兴地准备寻她们一块回去，但是突然肚子痛起来，她一瞅，四面无人，便在密密的榛树丛里蹲下来解了大便，肚子也轻松了。正待站起来，却听有男人的声音，她吓的往下缩，也不敢透气。

“饶了我吧，叫我叩头下跪行呀，我就没有胆量干这一手。”那分明是老佟的声音。

“论时间，我没工夫和你讲条件；论教规，你是二十四辈，我比你大一辈。”一个中年男子的声音。“你乐意干就干，不乐意干也得干……不干呢，你自个跑得了，你的家也跑不了，大小十来条命，迟早在咱手里；干成功了呢，中央会赏。”

“我不是心肠软，只是没胆量，一眼就给人看出破绽来，害了你们。”

又是老佟那颤抖的声音，“你们去请我外甥吧，他……”

“哼，你是你，你外甥是你外甥，他又不在机器房……你怕的啥呀，也不动刀动枪，大伙吃得醉醺醺，只听枪一响你把那玩意儿一扳，不就都黑天暗地了吗？谁也不知是你干的。”另一个男子说。

“你说的，人家电话都装起来了，不会往城里连络，往西凉镇连络，救兵一来，连你们也……”老佟企图用反问来压服他们。

“用不着你操心，电话有别人管。”

“得啦，别和他扯了，喂，佟大哥今天你答应了最好，不答应也休想回去……咱把机密告了你，让……，那咱还能和八路争天下！”那个中年男人的口音。

随后张大嫂听见了压低的声音，听见了扳枪机的声音，听见哭求的颤抖声：

“我答应啦。问良心，你们逼我……反正只有死……死……照管照管我那可怜的老父亲！我那可怜……”

“吓，左一个死，右一个死。死不了啊。……”

“记住，黑夜九点钟，第一声枪响为记。小心你的脑瓜，……这点钱你先拿去用……”

张大嫂都听明白了，她蹲在草丛里直哆嗦，与其说她害怕，不如说她愤怒。等那批坏蛋走远了，有半钟头，她才探着脑袋，瞅着四周都没人，挽起一提篮蘑菇，咬着牙根，镇静着扑通扑通跳着的心儿，急急忙忙地跑回家。在路上浇了一点小雨。到了家幸喜没碰见老佟，女人们都争着质问她为啥这时候才回来；她随便撒了个谎便自个躲在屋里不晓得怎样好。她把孩子领回屋里，哄他睡觉，自己一会坐着发呆，一会躺下想哭，一会想站起来去找老张，经过长时间的寻思，她觉得万万不能告诉老张，老张这牛脾气一来，和老佟干开；那么，他们一家三口完了，厂还是保不住。“这是大伙的事，我该告诉大家，等大伙向老佟问问。”

但是她又觉得这样不好，大家嘴不严实，老佟一定抵赖，厂还是保不住。

“老孙头嘴严实，人也有见地，大伙信服他，王经理也看重他，我讲给他听咋样？”她觉得这条主张对，后来又再补充上一条理由，

“唔，他是工会主任，不是？我应当对他说。我也不算多管闲事，这是性命相关，我又是妇女小组长……”

在屋子里蘑菇了半天，心里已平静了一点，下决心找老孙头去。出门口，刘大嫂却缠着她问明儿杀的猪该做几样菜，她和她扯了一阵，对付过了，随即跑到工会，孙头总算在那儿坐着，但是小宋、李希贤和陈祖庭正在那儿和他计划开庆祝大会的事情。她一进去，没头没脑地说：

“啊，老张不在吗？”

没人搭理她，她走出工会，在外头转了两转，回去正碰着李希贤打里面出来：这两个人心里都有事，神经都很紧张，走路又急，因此撞了个满怀。张大嫂在肚子里骂道：“看你这狼心贼胆！”可是她勉强笑一笑，说：“你忙坏啦！”

“可不是！”李希贤笑嘻嘻地，邀功地回答一声。

“老张还没上来么？”进了屋子，张大嫂又问了一声。

“我的好闺女，还没上灯哩，就等不得了么？我女婿要八点才下班呀。”老孙头一看见了年轻女人，便倚老卖老地俏皮着人家，仿佛自己也年轻起来似的。“来，妇女小组也应该来一块合计合计晚后天咋样开会，妇女的事儿可不少哩。”

“别开心啦，我的老祖宗，我有事找老张回去，家里有事啦。开会？你们决定得了呗。妇道还能出啥主张？”她着了急，皱起了眉头，欲待再说什么，又咽下去了。闷闷地退回屋里，靠孩子躺在炕上。半天，听见外头有脚步声。

“你着急老张回家干啥？有事，我代他办一办一样呀。要劈柴呢还是提水？”

听见有人说话，她抬起了半截身子，看见高大的老孙头已站在她这矮小的屋子当中了。

“啊，没啥，劈柴提水还敢劳你老的驾。只是，不，我也不找老张，我想问问你；我做了个梦吧，作兴是梦。”

“大嫂子，你的神色有点不对劲，到底有啥事，我特意来看看你。难道又听谁说了怪话不成？”老孙头一开口，声音便像父亲那么慈爱诚恳，使人立刻信赖他。张大嫂觉得没有拐弯抹角的必要，便一五一十地把刚才采菌子偷听来的话复述了一遍，最后又把自己心情的矛盾，难受，反复的考虑也都说了。老孙头一面沉思一面不住的点头，连连点三四十下，没说一句话。张大嫂望着他，他不说话，自己又怀疑起来：“难道我真做了个梦？”

“你真是个好嫂子，你真是个好丫头！你不愧是咱们工人屋里的！”老孙头拿手替睡熟了的孩子赶蝇子，边说：“这事得向王经理汇报汇报；咱没遇过这样的事，作不得主。”他本想独个儿上城里一次，可是他一寻思把张大嫂留下，说不定她嘴不严实，透露了风声，或者李希贤和老佟他们表示了怀疑，这就糟啦。于是他下决心带她一块走：他怕伤害她的自尊心，没敢直说，只往别的方面和她商量起来：“王经理这人挺仔细，我嘴又笨，他问这问那，我必定答不详细，你最好自己去一趟，当面说得一清二楚，我和你走一趟行呀。你看咋样？”他有意让张大嫂考虑一会，怕她犹疑，又补充说：“你撒个谎说孩子得了急病，趁我进城之便，叫我带你一块进城找大夫，咱不吃晚饭就走，连老张也不告诉，咋样？这一回你也算立了一功啦。”

张大嫂听了，心服得一下说不出话来，一下抓住工会主任的袖子摇着，半天，词不达意地说：“咱厂子好比一只船，咱厂里连男带女，连老带少好比是乘船的，你老好比是老船夫；有了你这个老船夫，咱不怕刮风，不怕兴浪！有了你……”

张大嫂咬着牙狠狠地在睡得甜甜的孩子的屁股上扭了一把，孩子就拼命哭起来。老孙头便趁势说孩子一定是肚子痛，给张大嫂烧水，找万人油，惊动了四周的妇女们。小孩本没睡够，看见那多人，哭得更厉害，大伙忙了一会，老孙头便大嚷他时刻到了，要赶进城；便有人向张大嫂建议，叫她和老孙头作伴进城，瞧大夫，张大嫂故意迟疑了一下就答应了。半小时后，他们便离开玉带湖往西凉镇趁晚班火车去了。

经理听完了一切，一点也不感到惊异，特别镇静地点了点头，老孙头暗地里奇怪着：“他早就知道了！”

王经理同意张大嫂留在公司里，并特意交代老婆小心照料她母子。他和老孙头细谈了一阵之后，漏夜到地委，到司令部接了头，一夜没有睡。第二天又和老孙头商量了一阵，叫他回去布置厂内的事情，嘱咐他应该注意的一切。

老孙头从王经理耐心的倾谈中，更深刻地，更正确地了解了阶级和政党，了解了两个敌对阶级你死我活的斗争，学到了许多做保卫工作的方法。他又一次地坚决地向王经理提出来要当个共产党员。

庆祝大会如期举行。当天下午，王经理陪同何专员，司令部的伍参谋长到玉带湖来，吕柳依也首次和大家来到玉带湖；从吕柳依那里学到不少可贵的新的道理和作风的张大嫂，也抱着孩子回来了。——这三天，她体验着一个初上阵的战士那种新奇，紧张，兴奋和畏怯、顾虑的复杂的心情。“我够得上半个八路了吧？”有时她寻思。

由于陈祖庭和年轻小伙花了心思，那个破旧低矮的礼堂居然布置得很像样，各色纸花标语使屋子焕然一新。地委的大红横匾写道：“修建人民的线路，开展人民的电业。”司令部的黄绸黑字对联是：“打胜仗搞生产支援前线，修线路保证电巩固后方。”“工人是世界文明的创造者，只有无产阶级领导的民主政府，才能保障工人的权利和发挥生产力与创造力。”这是专署的赠匾，其余市、县、区、电业公司、火力发电厂、铁工厂、火锯工厂都有贺联。

在首长的讲话中，都指出一切成绩和功劳离不开工人，并特别夸赞老孙头用智保存机器的大胆、忠诚的行为，和工人自动保护机器——刨冰捞油的功劳。王经理在这次会上也捎带检讨了过去自己工作上没走群众路线，使工作受了损失。他话还没说完，下面李占春冷丁站起来抢着说：

“孙主任，我有话要发言。王经理说的不相当，咋能有错净往他身上拉？咱工人也有错呀，那时候咱还没觉悟，还没民主，有话不提，背地里乱叨咕，咱也没走民主路线！”他生怕别人拦阻他，喘着气一字紧接着一字说：“日本那时代，功劳净是当官的，错过净是咱的；民主国家，错过净是上级的，功劳全是咱的。这也不公平呀，没有王经理，咱厂能有成绩？再说，他累病了，他病的迷糊还惦着厂里，这也是他的大功。——”李占春还想说下去，可是给那被浮躁和热情刺激着的陈祖庭抢过去说：

“错处应算在我身上。我官僚，我独裁方式，一人包办，不接受大家意见，我伪满残余脑瓜。……”

主席孙怀德好容易劝住了抢着说话的工友们，让王经理讲下去。首长来宾讲完话，工友们也讲了话。跟着吕副厂长发奖品，奖分三等，三等奖每个工人都有：一套白布衣服，一条毛巾，一把牙刷，两块肥皂；二等奖加两千元钱；一等奖加五千元钱。妇女小组参加送饭，拆洗，打扫等劳作的，也受到一套布衣的奖励。最后是工友们自己编了些双簧之类来助兴。李希贤为了不叫别人怀疑自己，也上台演了双簧。黑夜，四个四百度的灯泡把礼堂照的亮亮的，礼堂里摆满了席，院子里也摆了席，席上十来盘鱼和肉，把桌面占满了，酒碗没地方搁。两坛酒放在角落里逗引着那些好酒的人馋的慌。快九点钟了，席都准备好，但酒坛还没打开，把张荣才急的不成。他远远躲开老婆，因为她曾严厉地嘱咐他今晚上不许喝一滴酒。“今晚上不醉，留着明天喝不成！”他不快活地寻思，后来他一打听才知道王经理有命令：他不动手，谁也不能动酒坛。他听了垂头丧气地光咽唾沫，肚子里的牛劲又来了：“什么民主，喝酒就不民主！”他不高兴得很，望望旁边的李希贤，铁青的脸，又焦急又不安的样子，他想：“他大概也发了酒瘾了。”正想着，听见有人喊王经理去接电话。五分钟左右，王经理回到礼堂来。他一路进来一路嚷，血管在他的颤抖的手背，在他跳跃的太阳穴上突露起来；他的眼睛鼓的那么大；经过伍参谋长和何专员跟前，他和他们打了个招呼，低声说了一阵：

“完了，全部就歼，没一个漏网的……”随即号召大家说：“来呀，上酒。”

大家都倒好酒，王经理正立起来要说话，两个武装同志便把老佟押上前来。大家吃了一惊，在院子里的人也靠拢了礼堂，敛着呼吸看是什么一回事。王经理说道：

“工友们，我们的庆祝发电大会，总算在平安中胜利愉快地进行。破坏人民电业的罪人，已在十里以外被民主联军全部歼灭。”他的话被一阵突然爆发的鼓掌声所中断。“我们的内奸，也已经缚起来了。因为三小时以前，我们这座发电厂的周围增加了许多扛枪的兄弟。……有了共产党，有了民主政府，有了民主联军，有了工人的团结，咱们啥也不怕：三头六臂的敌人也要在我们面前被粉碎。让咱们来干这碗吧。”他首先把手上的玻璃杯举起，在空中划了个半圆形，一口便喝光了。

原来国民党派了中央胡子打算在欢庆的晚上来电厂捣乱，破坏机器，杀害干部，厂内奸细李希贤作为内应，并利用小宋，老佟协助。但是我们早就严密布置和戒备好了，事前一小时半就把敌人全部歼灭。王经理宣布完毕，惊诧，叹服，感激，欢喜，对领导的信任等等复杂的心情，迅速地在人们的脑子里展开，急剧地震动着他们的思想。经过一刹那的静默，人们有狂热地鼓掌的，有欢叫的，有把酒杯酒碗碰的叮当乱响的，也有不知不觉流欢喜的眼泪的。陈祖庭羞惭地躲着，害怕、苦恼、后悔咬着他的心。后来另一种思想鼓舞着他，他才想起了李希贤也一定有毛病，欲待对王经理提意见，可是李希贤已不见了，他下决心去侦察他，便走出了礼堂去寻去。

老佟可笑地爬在王经理的脚边，不住地叩头，嘴里含糊不知哭诉的啥。张大嫂这时气的发抖，把怀里的孩子交给别人，冷丁走上前，一手揪住囚犯的衣领，使他脑袋提高，指他鼻子骂道：

“一点也不冤屈你，你答应了胡子破坏机器，里应外合，亏你也是个工人，可没一点儿工人的血色！亏你父亲兄弟也是庄稼汉，偏出你这个兔崽子！……"

让张大嫂骂一阵，吐吐气，王经理就叫把犯人佟金贵带下去。大伙痛快地吃喝，两坛酒都倒出来的时候，警卫排长和陈祖庭来报告，李希贤和小宋已缚住，问要不要拿上来。王经理摇了摇手，叫分别羁押，加意看守李希贤；随即便和伍参谋长，何专员离开欢醉的人群，分别去审问犯人去了。工人们欢闹了个通宵，几个领导人和工会正副主任却忙个通宵。

经过这件事情，工人们的警惕性提高了，加强了组织工作，建立了汇报制度。第二天刘月轩对陈祖庭说："老陈，还是你说的对，光看重机器不重政治也不行。瞅，这一回要是没有政治，那么咱们厂完了，给胡子特务糟蹋完了，莫说机器没有，连人也不保啦！"

陈祖庭却惭愧地回答："对的不是我，我全错啦。除了我坚决要跟共产党走没错之外，我啥都错呀。你瞅，我没有技术，也没有政治，方法又坏，我把坏人当好人看！我是个空坛子。装上了酒，坛子是香的，空坛子，有啥？孙主任，吴主任，张大嫂才算有政治，我比不上人家一个妇道！"

那一回张荣才抱着孩子说："你妈能当上个英雄好汉啦！"

张大嫂在旁听了，斜着眼梢瞅他一下说："还说不说我光会喘，光会叫？"

老张不好意思地笑说："你呀，又会喘、又会叫，还会捉贼子，问良心，以往我只是怕你，现在我服你啦。"

张大嫂也笑了，"在早，我不敢信妇道还能干些啥事。唉，就数共产党对妇女好，真正解放咱，教咱干大事。……吕秘书可好，胆子可粗，见识可广……要是没有小元，我要去参加……"

庆祝会以后，老孙头和吴祥泰把得奖的五千元拿出来，捐给工会做福利事业，试办一个小小的合作社。吴祥泰还把他个人的电压表一只，两捆黄胶布，大开闭器一个，小开闭器三个，软铜线三十来米都拿出来捐给厂。他在工会号召大家说："这些玩意儿留在我身边没用，可惜。日本的时代，叫我捐他们四两粪我也不干。为啥？粪还能肥地啊。现时，厂子是工人自己的，我自个还抱着这些玩意儿干啥呢。"

当下刘月轩也把自己单相式两马力的小电滚，小轮带也拿了出来。一时献机器献零件的有的是，朱自珍也高兴地把自己一千五百度的电炉子拿出来。屯里老佟头听说厂里大家都在献物，也就率领着大儿子，小儿子和孙子，把佟金贵以前陆续偷回家的变压油，线圈，胶皮线圈，熔接机一台，和许多零件共两挑，挑到山上。找到孙主任，他又啼哭起来："没啥说的，这原是电厂的家当，眼下归还电厂，天公地道！庄稼人看见机器，也就是老鼠咬乌龟，没法下手。我儿的坏根在于贪和怕。贪呢，净拣不正当的；怕呢，怕死、怕枪、怕人家有钱、怕人家有势。……"

老佟头拿粗大的手擦着多皱的脸上的泪，竭力使自己镇静一点。"他罪该死，我也，没，没话说；怨只怨自己没教好儿子，打小时候起让他一个人在镇上混！如果，他还能改，政府宽大，求求孙主任说句好话。"

老孙头安慰了这个七十七岁还种地的老佟头，并送他下屯子，趁便在屯子里和老乡们开了个会，说明屯子和电厂是一家人，哪一头遭了祸都没有好处，叫大家警惕不让坏人藏身。随后又表扬了老佟头还物的行为，号召大家如果藏有电厂东西的都拿出来，好拿去换电线灯泡，给屯子装电灯。当下即收回了十几桶变压油和许多电线零件。

一个月以后，三姓屯的老百姓每家都有电灯了。

第十章　英雄受奖

一九四七年三月，专署举行的工业界劳动英雄大会时，水电厂占了三个，他们就是孙怀德、刘月轩、吴祥泰三位。

本来二月间水电厂曾举行过预选，共选出来七个功臣，那是孙怀德、吴祥泰、刘月轩、张大嫂、吕屏珍、朱自珍和李占春。张大嫂揭发特务暴动阴谋有功；吕屏珍埋头苦干，领导有方，修复了水压表和熔接机；朱自珍创造了二分四十秒换好过滤网，发明过滤纸节省办法；李占春奋不顾身，率领工友恢复火锯工厂，都有不少功劳。不过和鹿鸣江全区的许多英雄们一比，那就只剩孙怀德、刘月轩、吴祥泰三位了。孙怀德、刘月轩是特等英雄，吴祥泰是一等英雄。

孙怀德的好处是大家知道的：善于团结大家，发挥群众的力量；保卫机器，领头和推动大家保护工厂，节省和收回原料器材；并善于促进领导和群众打成一片。吴祥泰呢？大家指出来的好处是吃苦在前，舍己为公，善于帮助别人进步。至于刘月轩，在创造与发明方面有很大的贡献，比方，在研究代用品方面：制水瓣室本来用特尔滨油但特尔滨油很缺，价钱又贵，他便试用毛必鲁油代替，先试试滑润咋样，后测验压力，结果都很好，因此节省了财力和物力。他又领着三四位工友修好了小水车，准备电机出了故障又没有外援时，可用小水车起动发电。又有一次，保护环与接续子外翘黏在一起，停电了。那些工程师都摇了头，吕屏珍查遍了许多书也找不出原因；刘月轩苦想了两天两夜，经过仔细研究，判断是因为机件有锈，磨擦生热，发涨，黏起来了。他领着大家用嘎斯把它割开，然后该焊的焊上，该锉的锉平，总共停电十八天，才全部修复。经过这一次的修理，工友们的技术水平又提高了一步。此外他还设计了阻力线，提高供给城里的电压。——从厂里到鹿鸣江，沿路损失电不少，城里电灯不亮。如果提高电压，则厂内每天都坏灯泡。他试在本厂用电的线路上盘卷了三根五百米长，四厘米粗的八号铁线，使厂内电力受阻而减少，供给城里的电压得以提高，结果成功了。

孙怀德、刘月轩、吴祥泰三位劳动英雄到城里去受了奖之后，便到学校，医院和机关去参观。那所医院是吴祥泰去住过的，在病室参观时，吴祥泰顺手把电灯开关扭开，看看灯泡，笑着对刘月轩说了一句，“比我住在这儿时亮多啦。”

一位护士班长接着说：“比年前亮多啦，那时候像条红线。”

吴祥泰轻轻指一指刘月轩向护士介绍说：“就是他在水电厂设了阻力线，城里电灯才亮起来的。”

护士班长和听见的人们，都用尊敬的眼色盯着这位年轻的英雄。他们又继续参观了铁工厂，军需被服厂，制弹厂。制弹厂一位业务股长概略介绍他们制造的过程，一分钟能出多少颗子弹，多少颗炮弹。

老孙头听了，想着每一颗子弹都是穿进进攻人民、进攻解放区的敌人肉里的；他又想，“因为能够大量歼灭敌人，咱才能在后方建设创造，分地分房子，安心念书，自由做买卖。”于是他不觉兴奋得一手抓着刘月轩，一手拉着吴祥泰，激动地说：“咱可不让停一分钟电。你瞅，停一分钟电，要少造多少子弹！”

王经理在后面听见了，抢前一步补充说：“如果你们停一分钟电，咱们这地区就要损失一百多万！如果你们再努力，把电业搞的更好，那么，嘿，许多工厂都能修复，咱们还能造更多的财富！”

他们三个人听了，血管都在鼓着，心儿扑通扑通地跳，觉得自己责任重大，各人都暗自发誓：“保证不出故障。”但是谁也没有说出来。

晚上，专署招待他们看了电影，一个片子是《民主东北》第二集。另一个是苏联的打仗片子，“把厂里的事也拍进去多好！”吴祥泰看“民主东北”时说。

“咱向王经理提意见行呀。”老孙头同意的加上一句。话犹未了，电突然停了，小伙们吹着鼓噪的口哨，台上早有人嚷着：

“电力公司的同志，请劳驾上来修一修电灯吧。”

吴祥泰三脚两步便跳前去修去了。刘月轩闭上眼睛想着刚才老孙头告诉他自己已被批准入党的事，心里很高兴，严肃地，激励地在心里说着：“如今我是个共产党员啦！”但他同时又替陈祖庭惋惜：“他还不行，还要考验！”正想着，电影已继续放映，吴祥泰也已回到座位来。刘月轩随便问了一句：

“什么地方坏了？”

吴祥泰注视着电影，不在意地答“没啥，内线活，不犯难。”

第二天，一个美术工作者来替电业老英雄画像。孙怀德摆手说：

“我这副老丑像有啥好画！来，同志，你替我画一幅画；不，要几幅连住的：这一头是发电机，有人在看着；第二张是学生们在灯下念书；又一张机关同志在灯下办公；再一幅铁工厂工友在干活；另一幅全家福，父母领着孩子们在灯下吃饭；也画上一幅大家在看电影的；最后一幅画配电盘，一个工友鼓起眼睛在盯着电表，不少啦，就这样吧。”

那一位画好了连环画送给老孙头看时，他缓缓点头说“画的不大离，只是看配电盘那人的眼睛鼓的不够大，鼓的越大越好。”他自己又连笑带说：“我就是会说不会画，我的虎儿念初小时净爱乱画，………谢谢你，同志！”

半年来，水电厂的人事有了一些更动。吕屏珍升任厂长，孙怀德被全体工友选做副厂长。吴祥泰被选为工会主任，行政上兼任人事股长；刘月轩仍旧是电气股长。陈祖庭调电力公司工作，公司另派一个新人来代替他总务的职务。朱自珍早先的愿望已变为事实，他现在已能掌握油压泵，并带上两个徒弟。李占春升作制材股长，以往那股吊儿郎当劲和倔劲，慢慢克服了；只是在早上起来，实在睁不开眼睛，和吃完饭后那种胖子的懒洋洋的困态，还叫人想起他从前那个样子。如果任务不完成，他的劲又来了，他可以不吃饭，不睡觉，制材工友不知不觉也随着他拼。他除了努力工作之外还努力学文化，在墙报上他写了一首歌：

我叫李占春，
制材一工人。

火锯嘎嘎响，
锯末弄一身。
鬼子那时代，
谁肯好好干。
民主政府来，
王八才偷懒。

张大嫂虽然还带着许多女人所特有的狭隘，琐碎等缺点，但还能随着大伙一起进步。这次她被选为工会的组织委员；今年她领导全体妇女种菜园，喂猪喂鸡。汽车已恢复了两台，张荣才常来回于城里和玉带湖之间。

玉带湖本来是风景地，水力发电厂工人的英雄事迹又特别丰富，好些有关机关的负责首长常有到那边看看的——东北局的李部长，王主任，东北政委会的林主席等首长都曾经访问过。外地有关的生产机关也有来参观的。

有一次，一位负责同志领着一些干部来厂参观，老孙头和历次一样，领着来客详细地介绍各种机器的功能和修复的经过。听完了他的说明之后，一位较年轻的干部敏捷地说：

“哦，它的原动力主要是水和油。”

那位负责同志带笑地补充说：“主要的是这些优秀的工人！”

老孙头用他素来缓慢的稳重的调子说道：“没有民主政府领导，光有工人也不成呀！”

大伙听了，都会心地笑了。

五月的天气，晚饭后，上班的上班，种地的种地，洗澡的洗澡，山上净是些孩子在玩闹。老孙头坐在山坡一个木桩子上，眺望着下面给小河绕着的变电所。他瞅着这所整齐的，生气勃勃的变电所，觉得自己也年轻起来。他一算，距去年捞油已相隔一年了。这一年来，厂里是有不少改变，有许多地方改好了；但有一些地方还是差的很。照老孙头想到的：大宿舍虽然建了个新的，但许多小宿舍，礼堂，办公处都还待修建。厂里没一个医生，和城里隔的很远，假如来急病和公伤，汽车送也不赶趟，所以得设个医务所。厂里没一个教员，大家的政治理论和文化很难提高。合作社应该办的更好一些，让大家的生活能改善一些。应该开辟个俱乐部，买些棋子胡琴之类让大家乐一乐，老是不分昼夜干活不行！又如，打扫卫生啦，孩子们上学啦，哪样不是等着要干的？

“不说别的，吴祥泰，该给他寻个媳妇啦，不小了，三十三了。”老孙头想着。可是，另一个思想又跳到他心上：“我呢？——你老啦！——我不老，还没满五十年轻着呢！”的确，一个快五十的人没有一个孩子，在天赋的情感上是一宗缺陷。虽然这个缺陷给不断地为人民工作所产生的快乐和工作的成绩所填补；但在某一刹那间，这位冷静，公正的老头，也不能不承认这是个遗憾。他安慰自己说：“不忙，再放后三年五载还来得及。”他站起身来，想到地里走一走，过小桥时，大水管那雄亮的奔流冲激的水声撞进他的耳朵里。他注意细听，啊，奇怪！以往鬼子在的时候，他感到那水声力量不大，多少年来也没有把他的心头的怨恨冲掉；但是现在，不幸和怨恨已远离开他了。听，那水声多么有力量啦，像小伙子那么快乐！他站住了脚，俯首细听着。这时候他瞅见山坡下变电所脚下的小河出现了一个奇迹：傍晚的太阳是那么大，那么红，又那么圆，它那辉煌美丽的影子投在被晚风吹皱的江面上，撒下了一大片闪亮的鲜艳的玫瑰红的细鳞片。这种吉祥的，可爱的颜色，能消除劳动者一天的疲劳，并重新给他们以力量。他看得发呆。那边，工友们正好扛着锄头，妇女们提了一筐一筐的青菜，打从地里回来孩子们跳跃着去迎接他们的父母。老孙头指着浸在江里的夕阳影子对大家说：

“瞅瞅，多好看，可惜我们这里没有会画画的，把它画上该多好！”

小玲一步跳上去抓住老孙头的手嚷叫着：

“明儿我进了学校，非要学画画，把这画上了。”

老孙头一手搂着小玲，一手摸着还是光溜溜的下巴，缓缓地说：“等你会画画的时候，世界上又有更好的更漂亮的东西，够你画的。”

看了一会美丽的夕阳，男男女女，老老少少便都转回宿舍去了。

1948年6月15日于哈尔滨

哈尔滨，东北书店1948年9月初版

选自上海新华书店1949年8月版

劳动姻缘

陈　淼

一　来了一把新手

车间里热气腾腾的像个蒸笼一样。男工们光着膀子，湿淋淋的汗水冒出油亮的光，女工们的单褂也湿得蹋蹋的贴在身上。东一头，西一头，换纬纱，接断头，一来一往，个个都忙得头不抬眼不睁，像拖着天轴上的皮带和轮盘，转哪，转哪，没有闲着的人。

可是单单在车间的西南角上有那么两部车，老半天没有一个人，光看见站柱自己“坎萨，坎萨”的来回摇晃。一会儿站柱不摇了，再过一会儿，另一部车在白布中间，出现了冷布一样的长沟，这道沟越织越长，可是还没人理它。

不多一会儿，一个膀大腰粗的小伙子，光着脊梁，穿了条裤衩，满头大汗地跑过来，看了看白布上那道长沟，又抬头望望东南角上通茅房去的那个大门，狠狠地喘了口粗气，把那个粗的跟个棒槌似的胳膊一甩，那部停了摆的车开动了；又像鸡啄米一样，甩手叨了几下子，消灭了那道长沟，白布又像从前一样，绷紧的，精细的缠在铁轴上。

又过了几分钟，一个瘦短个儿的男工，摇摇晃晃地走过来，眼睛往车上一扫，看看没有毛病，于是屁股仿佛有两千斤重，往车上一倚，两手一抄，又歇起来啦。

这头那个膀大腰粗的小伙子，走到瘦短个儿跟前，把嘴贴到他的耳眼上，像跟二里地以外说话似的，压着机器的骚闹声喊道：

“小山，竞赛正在热头上，你老这么跑车，落了伍，拉了后，可得记在你的账上！”

小山把那瓜撇帽似的黑亮脑袋一摇晃，小鼻子小眼一挤，满不在乎地说：

“竞赛也不能把屎拉在裤子里，尿撒在车档里呀！！你说是不是，我的组长大人？”说着把嘴里的金牙一嗤，向组长做了个鬼脸。

这位组长叫小山说的一股怒火烧到头顶，涨着个大红脸，把小山拉到车间外，听得清话的地方，压着火说：

“小山，上茅房哪有像你一去半头晌，把咱的大五幅都织成冷布啦。我说你也不听，咱们好好卖把力气，到月头弄上个红旗挂挂，多织了布，多赚了钱，公家多生了产，咱们还赚了个光荣。都像你这么吊儿郎当的干那，干等着丢人显眼吧！”

小山听着跟吃了苦药似的，把眉头一皱，翻翻着两个小鼻孔眼，怪看不起人地说：

“得，得啦，喜来组长先生，您不用给我上政治课，咱哥们在这厂里一块出来进去也不是一年半载的啦，谁还不知谁吃几碗干饭是怎么的，何必跟我卖这份膏药呢？得，得啦！”说着扭屁股就想走。

喜来——这位膀大腰粗的小组长，气的脑门上跳青筋，一把纠回小山，嘴唇打着哆嗦说：“小山，话我可跟你说在头里，到月头得不上红旗，咱们再算账！”

小山见喜来发了火，他就越发要肉头，眼皮一摩，嘴里“啊啊”的，故意气喜来。喜来混身的筋肉凸起一个个小岗，手心发痒，真想上去给他两个耳刮子，嘴里干巴巴说不出话来。

喜来一组的韩书义，手里端着纬纱盘走过来，一看他们俩的架势，知道又是为竞赛的事吵了包子，夹在喜来和小山中间说：

“算啦吧，都快回去看车吧，”说着又朝小山说：

“你刚才织了那么大个稀坎，咱们组长帮你拆了半天线子啦，都少说两句看车去吧，”说出那话来柔和的跟个老太太嘱咐儿女一样。

小山看看惹急了喜来这个炸药壳也没有香赢得，连忙趁这个机会，半真半假地说：

“好好好，我感恩，我蒙情，组长，不要生气了，我的错，我的错，”点点头回到车上去了。

喜来看着小山的背影，愣了半天，韩书义劝喜来说：

“你怎么又跟他发火了，这路人就是得慢慢感化他，你越来硬的，越管不住他呀。”

喜来刚生了一肚子气，听了韩书义黏唧唧的话，没有好脸的说：“哼！这种贱皮子货越惯越坏！”说着用小肚子前的围腰擦了把汗，蹬蹬的回到车上去了。

喜来正在埋头织布，忽听耳边上有人喊叫：“喜来！”他抬头一看是王管理员，喜来当是有什么事，立刻把耳朵伸过去，只听王管理员用他那一口湖北话说：

“你们组不是缺一个人么？打北厂给你们调一把新手，她叫马英姐，从前她在细纱车间看车，解放的时候这边人手缺，才把她调过来的。心眼还灵巧，你们多多帮助她。”

喜来没等把王管理员的话听完，早看见他身后站着一个女工。她身穿蓝布裤褂，戴了一个刚刚洗过的白围腰，约摸有个十八九岁，长脸蛋，尖下巴，大眼睛像一湾清水似的“滴溜滴溜”地瞅着喜来，想笑又不笑的样子。

喜来乍一看，好面熟，在什么地方见过，但一时想不起来，“管她哩，这么大个厂子，一两千号人，谁那么大的记性，”想不起来，就不愿意死气败咧的想，喜来多咱都是这么个老脾气。

王管理员交待清楚，扭身就走开了。喜来正想把这两天韩书义和自己多看的那几部车，分给刚来的这把新手。小山不知什么时候，打脊梁后面钻出来，晃着他那油缸蘸出来的“背头”，嗤着个金牙，好像见了老朋友一样，嬉皮笑脸的朝马英姐说：

“你到咱们组来啦，欢迎，欢迎。几天不见成了大闺女啦……”

不知怎么回事，英姐一看见小山，立刻把刚才要笑又不笑的脸一搭拉，把头一扭，嘴里嘟喃着："讨厌劲"。

小山一看自己碰了一鼻子灰，把眼一瞪，舌头一伸，说："哈，这位小姐，好大的架子啊！"

喜来闹不清是怎么回事，光看见小山那讨厌劲，粗声粗气地说："看你的车去吧，没有你不认识的？！"

小山说："你问她我认识不认识？"

英姐把脸一扭，拿眼斜了小山一眼。喜来连哄带赶地说："干你的活儿吧，去去去！"小山讨了场没趣，自己找了个下台阶。

"好好，看车去，看车去，得呀——令！"学着唱戏的调门，摆着架势走回去了。

喜来给英姐的车分配好了，问她干了几年，姓什么叫什么。英姐瞪着两个大眼说：

"你不认识我？"

喜来还是想不起来，许是在那儿见过，像是眼目前的人，可是说不出她是谁。

英姐笑盈盈地说："你不认识我，我可认识你。"说完把脖子一扭，好像有些得意，但也带点年青闺女们，见了生人常有的那种羞臊劲。

她这么一说，叫喜来更摸不着头脑，嘴里说："你认识我？！"可就是想不起来跟前站的这把新手，在什么地方认识的她。

二　两个"捣蛋鬼"

"你不认识我，我可认识你，"英姐一句话弄得喜来晕头转向，就是想不起来。后来英姐说了一句：

"你忘了你跟小山吵架那一回……"马上把喜来提醒了说：'噢，想起来啦。"

原来小山跟喜来打老早就是东西厢房的邻居。喜来十五岁那年，跟他娘刚打老家逃荒出来，讨吃要饭捡煤核，成天吃不上一顿饱饭。小山在纱厂里上着工，听说厂里招人，就给喜来捎个信，喜来跷着脚充个大人，验上了布厂。

从那以后，喜来跟小山提着饭盒一搭进厂，又提着饭盒一块出厂。喜来刚上班什么都不懂，人家拳打脚踢，只是哑默悄声的受，深怕砸了饭碗挨饿。过了几年喜来长大了，心眼多了，胆子壮了，知道老老实实的苦受是白吃亏："咱多干，人家多换几根金条，他妈的，非想法跟他泡蘑菇不行，"心里这么想着，就开始和小山对了撇子，他们俩成了全厂数不清的"捣蛋鬼"里一对有名的"捣蛋鬼"。

上边不许关车吃饭，他们偏偏到吃饭的时候，"啪"一关，盘腿大坐，细嚼慢咽；夜班不许睡觉，他们到夜班，把车一关，铺上块织好的"大五幅"，一仰歪就打呼。另外拉个线轴，砸个灯泡，他们都是能手。

虽然是两个"捣蛋鬼"，可是喜来跟小山的招数不一样，道行不同，姜是老的辣，喜来赶不上小山的神通广大。一样的事，要是管工的碰上小山，三言两语的一遮瞒，再不就一溜一躲，大事化小，小事化了，尽管他"捣蛋"，"翻天"，到人前人后，还装得"好人"一个。可是喜来就不行了，管工的问他为什么吃饭关车，他把眉毛一竖：

"你们当厂长、当科长的都是捉着笔杆吃饭的？你们怎么知道找个清静地方，你们是人，我们就不是人啦！"

人家问他谁叫你睡觉，他把眼一瞪："我叫我睡觉"，碰上不爱招惹是非的管工人员，就想："他是个'穷工人'，天不怕，地不怕，上来二百五劲，到了没人地方，瞅冷子给你一下子，就合不着了。"旧社会管工的还不是那么回事，瞒上不瞒下，只要能维持，也就没有人来碰他这个"炸药壳"。可是碰上那些硬势的管工的，要跟他叫真儿，喜来不免也挨些罚，有一个月的工资，三沟扣光了一沟。

小山中间有那么几年，不干纱厂，走京下卫，来回的跑火车，走私货，钱来的容易，像大路上拾的；钱化的也溜手，像发水一样往外撒。几天的功夫把眼睛跑花了，心跑野了，吃喝嫖赌，无所不好，家里老娘饿成干啦，他还是洋绸细布，“背头”像打油缸里捞出来的一样，一走三慢，像个大板先生，实实浑浑的灌了那么一脑子毒水，没有人不知道他是头号“跑荒子”（荒唐鬼）。

后几年，跑火车吃不上了，小山才又回到纱厂上工。没有事领着喜来赌钱场上、窑子院里逛。

喜来开头也不懂这个。有一回周小山拖着拉着，说给他找个开心的地方，一进门坎，大茶壶拔着嗓尖喊：“见客！”平常天不怕地不怕的喜来，也叫这一声给吓回去了，“忽”的一下子脸红到耳朵根，扭头就跑。

以后日子久了，喜来常常觉得心口窝里总像压着一个大铁轴一样；浑身上下像多少“小虫”来回的爬着，他恨不得一下子把压在心口窝的铁轴掀开，把身上爬的“小虫”一个个捏死。碰上闷的蝎虎了，周小山一伙子一拉他，他也就随大流，去找个开心的地方，晾晾心里这股闷气。这样，前后去了那么两三回。

他去可是去，他可看不起周小山一流的家伙——到窑子里搂个娘们，穷缠缠，干那些肮脏事。别人喝茶吃瓜子，他拿起碗来“咕咚，咕咚”，两口喝一碗，一憋气喝它个三五碗；别人打闹说笑，他抓一把瓜子，满屋子乱串，闲的慌了，就捉摸着砸个茶碗，毁个灯泡。周小山一流的行家就要骂他：“装猢狲样，嫖你也不在行。”有人就给他起了个外号，叫“窑皮”，大概意思说，他在窑子里挑皮。

解放前半年来，有过这么一回事。有一天白班吃了午饭，喜来和小山游逛到细纱间，他们俩和往常一样，用手一拨拉，把细纱车的线头都弄断了，拖着细纱的工人说：“唉，走吧，茅房‘下六儿’去吧，你鸡巴啃两个饼子，还干的那么邪，干的你吐了血，你就不用干啦，走吧”，拖着人家就走。谁知小山在那头把一个小女工的线头弄断了，惹的那女工呜呜直哭，喜来有些看不上眼，上来拉住小山说：

“看她们一个个受气王似的，干等着人家打骂，也不敢吭气，不给她们弄就够她们受的了，再给她们弄断，更受不了啦，算啦！”

可是小山还不肯罢休，嬉皮笑脸的上去扭那个小女工的嘴巴子说：

“小妮，下了班，我领你去看戏啊，别哭啦！”

喜来看见那个小妮，蜡黄的脸，瘦的跟个螳螂似的，肩膀一抽一抽的，哭的挺伤心。喜来就有些憋不住劲，上前来劝小山说：

“算啦，你别欺负她啦，谁家没有个姐姐妹妹的。”

他这么一说，弄的小山当着众人面，下不来台，心想：“咱俩成天在一块儿，胳膊不离大腿的，你不帮我说几句好话，倒翻脸不认人了。”于是他就故意揭喜来的疮疤说：

“唉，喜来，下回逛春柳堂我会账行不行，咱哥们你少来这个啊！”说着故意亮高了嗓门，怕别人听不见。

喜来劝他是好意，谁知他倒不知好歹，咬了喜来一口，不由得把喜来的火激起来，问小山：

“你用不着话里带刺，我问你，你为什么欺负人家？”

“她是你姑姑啊，还是你姨姨？吃饱了撑的慌啦，用得着你给她溜须拍马屁！”

两个人，你一言我一语，话赶话，撕破了脸就吵起来啦。喜来平常跟人家三句话不来，就打架。这会儿，犯了牛脾气，更是压不住火性，管不了他是故邻，是老友，挽袖子，捋胳膊的叫号：“好小子，北门上见！”那一回，众人劝说了好久，才算泼灭了这股火，可是从此小山跟喜来好久走碰头都不说话。日子多了，这事冲淡了，也说上一半句话，但是两人之间，总像隔了一堵墙，心眼分了家。

这都是头解放以前的事了，刚才英姐一提跟小山吵架的事，喜来如大梦初醒，想起这码事，“闹了半天这把新手，就是那回受小山欺负，瘦的跟个螳螂似的那个小女工！怪不得刚才小山那么热呼呼的往前凑啊。”喜来一回味：“哎呀，真不像了，不到一年功夫那么个黄毛丫头，出息成大闺女了，长的高了半头，那会儿焦黄的小脸，这会儿也红扑扑的，像个要熟透了的苹果似的……”喜来心里着摸了一大串，可没有说出口。

他把英姐的车安排好以后，告诉她这几部车应该注意些什么毛病以后，跑到韩书义，周小山，还有别的几个工友跟前，贴着耳朵说：

“咱们组来了马英姐，人算齐全了，下了班不要走，开个生产小组会”，别人都一边接着头一边答应，只有小山把小眼上下一翻，不是声的答应了个“啊”。

喜来心眼里就有点不舒服，刚想拿眼瞪他一下，小山早扭过头去，装得没事的样子，赶着站柱“坎萨坎萨”摇晃的点儿，哼哼呀呀的唱起来了。

喜来心里憋了一股气，回到车上一边织着布，一边就想：“他妈的，自打解放以后，快到一年了，他成天这么嬉皮笑脸地没把我这个小组长看在眼里，好！今天下了班，非得狠狠地批评他一下不行！”喜来一边整着经纱，核算着在小组会上该怎么说。

解放以后两个“捣蛋鬼”真是分居另过，两股心眼了。

喜来自打解放以后，看见那些专拿工人血汗换金条的人们滚蛋了，看见横行霸道的特务垮台了。来的这批解放军工作员，个个都是吃苦耐劳，不笑不说话，真正拿工人当人看。开头他还想：“别看外表说的好，内里拿津贴谁知道啊！”可是慢慢一看，当厂长的该拿多少是多少，像职工会里老杨那个还是供给制，买盒烟钱都没有，一天的吧哒个小旱烟杆，过几天人们把喜来选上了代表，厂里大小事都兴提意见，工资也让大伙评论。喜来脑筋一活动，他想：“长这么大，谁拿咱‘臭工人’当人看过，如今张口无产阶级领导，闭口工人提高，这可真是咱们当家做主的年头了。”于是别人心里还有点“腾腾”，不敢说的事，他不管三七二十一，就放直杆大炮。想不到他说的话真顶事，开工时为装车的事，总厂长老徐拍着喜来的肩膀头叫他出主意，喜来说出个理来，老徐听着是个理，真听话，拿去就办，完了还当众表扬说喜来出主意想办法，大家应该向他学习。这一来，喜来好比打足了气的皮球，东蹦西跳，哪儿都少不了他。没有事下了班就上课，听政治、学文化；下了课找到职工会的老杨，问东问西乱打听，细着摸，老是磨磨着不愿意走。这样，不几天脑筋开了壳："没错啦，共产党是为咱这户穷小子的。"他像钉钉一样咬住了这个理，他就没有命的干，"捣蛋鬼"变成积极分子了，不到半年，老杨介绍他参加了党，这次竞赛前被选为生产小组长。

可是小山呢？自从解放后，在家里一不能赌二不能嫖，让政府抓住不是坦白，就是批评；在厂里一不能睡觉，二不能偷，一点外捞也没有，有时候懒病上来，到茅房歇歇腿，人人都是厂里的耳目，个个都成了管理员，一齐上来干涉，弄的小山站没站处，立没立处。可是说句良心话，小山也觉出干部职员没有解放前那个吹胡子瞪眼的横劲儿，都拿他当人看，像王管理员，职工会的老杨，大小事找工人商量，再和气也没有啦，连总厂长老徐那么大的爵位，有一回还跟他拉过一回手呢。可是一牵连到自己身上，解放军就没有那么好了，下班没地方开心；干活不能打马虎眼，特别是碰上喜来一个小组，一点情面也不讲，动不动像吃了炸药似的冲他放大炮，小山从心眼里不服劲，心里说："你小子上工还不是我介绍的，这才几天没穿开裆裤子，跟我摆什么架子。"他这么一憋气，故意跟喜来嬉皮赖脸的没有一点正经的，惹得喜来看他处处挡害，更没有好脸对他了。

这天下了班，在生产小组会上，喜来说：

"咱们组想法保证产量都达到四十码，质量好，不跑车，不旷工，节省原料，爱护机器，这几个条件凑在一起，够八十分了，到月头得红旗，外加一个奖工，咱们讨论讨论怎么想法当模范组吧……"

当场，有的提条件，有的订公约，刚来的英姐也说自己的手艺不强，希望大伙多帮助。独有小山一个人，蹲在墙角上不言语，喜来有意的把小山晾在众人当中：

“就剩下你啦，小山，怎么办吧？”

小山应付公事的说：“好好，没意见，我随大流，大伙怎么办，我就怎么办。”

喜来刚想借题训他一顿，韩书义怕他们俩又吵起来，没有完，提个意见散了会，喜来这股火算没能发出来。

三　小山“念咒”

王管理员嘱咐过喜来，说英姐是把新手，应该多帮助她。所以喜来一抽空就教给她怎么修车，怎么上皮带，跳梭是为什么，经纱应该怎样整理……

英姐年纪轻，记性好、心眼灵、手又巧，教别人十回八回还弄不清的事，教英姐有三回就都记下啦。不到一个月的功夫，英姐的产量由三十五码上升到四十二码。开头不免常有稀坎，油纱，质量差劲的地方，只要喜来给指出来，人家是知过必改，质量一天比一天好。到后来，换换拉带，换换浪头自己也能下手，喜来心想：“这家伙是把能手”。喜来是越教越爱教，越教越喜欢，多了个英姐，就像给这小组加了个大轮盘一样，皮带比从先转得更快了。

英姐呢？她觉着自己摊上这么好的小组长，要叫解放前，两年也学不会这么些手艺啊。有时候他们织布织到一块，脊梁对脊梁的时候，喜来扭过头来嘱咐英姐说：

“接头不要混接，一根碰一根，乱整一起，织个两三匹布，就要没法开车啦！”英姐点头笑一笑，像个听话的孩子，答应一声“唉！”接着她拿眼瞅喜来半天，叫一声：“喜来”。喜来毛手毛脚的不知怎么回事，抬起头来直愣愣地瞅着她，她费了好大的劲才说出：

“喜来，你对我的帮助实在大。”

喜来当是有什么大不了的事哪，一听她说的是这个呀，愣头愣脑地抹抹头上汗珠说：

“不帮助你，要我这个小组长干什么使的？！”

英姐又想说什么，喜来早已转过头去，理他的经纱去了。

喜来天天一上班，头一件事就是挨个车串，看码数表。看到英姐，看到韩书义，咧嘴一笑过去了。只是一看到小山那里，像撒了气的皮球，笑面马上就没有了。个个都四十码开外，只有小山一个人，一看又是三十二三码，喜来眉头挽个疙瘩，狠狠地喘口粗气，回到自己车上去了。

在支部里开会的时候，支部书记老杨捏着耳朵嘱咐喜来，叫他和韩书义一起帮助英姐提高技术，团结全组，改造小山。喜来听了老杨的话，有时候也耐着心跟小山说：

“小山，解放前咱们都是‘捣蛋鬼’，我这个‘道行’也不在你以下，那时候咱们是给官僚资本家干，磨洋工是应当应分的。可是如今工厂成了咱们自己的家业啦，咱们再不掏劲干，可就不对啦，你要把车间外边那个精神拿到车间里就好啦。”虽然喜来是费着吐沫，好心好意的这么说，小山心里可是老驴拉磨——不听你那一套，嘴里不说心里说：“算啦，咱们谁还不知道谁那点老底子是怎么的，给我灌米汤来啦。”拿喜来的话当耳旁风，说完了我还是照旧如此的胡混。

要说小山一点进步也没有，也是假的。解放以前，裤筒里，胸脯上“大五幅”半匹半匹的往外缠，如今不敢了；解放前一天连十码布也织不上，如今连滚带爬，也凑付到三十来码。但是要他像喜来那样来个“大翻个”，可不是容易事。说他比解放前进步了，是“逼上梁山”，无可奈何的事，其实到如今他还是嘴勤屁股懒，专长“外精神”。

上班以前，在院子里，你看吧，小山跟个毛猴似的，一蹦一跳，打这个一下，拉那个一把，说说唱唱，逗逗乐乐，光看见他一个人了。可是只要一跨进车间那个门坎，再灵验也没有啦，马上像吃了什么迷魂药似的，身上肉也松了，眼皮也沉了，嘴也黏了，干起活来，活像掉了魂一样。

全组的人都在为小山着急，眼看这杆红旗让小山一个人给弄跑了，大伙有了功夫就拿话劝，用手帮助。

英姐虽然从心眼里腻歪小山，嫌他鬼头鬼脑的讨厌，可是她是青年团员，团里号召团员要在竞赛里起带头作用，耐心的说服教育落后分子。英姐完全是为了生产，从着红旗，耐性子劝小山。小山有时不知好歹，贴的挺近乎，甜嬉嬉地说个调皮话。

有一天吃午饭，一摇铃，小山像死人还了阳，赶紧提着饭盒往外跑。在饭厅旁边遇见英姐，做出个奸相，嘴里唱着："桑园之内无人往，学一个织女会牛郎。"

英姐没听懂他唱的意思，只觉得挺讨厌的用手一拨拉，正经地说：

"小山，你那么大个人也不要要强，咱们一组人都受你的累，你也不知发愁。"

小山把眼一瞪："发愁？要都像你说的，愁死了谁哭儿子呀！人活着为什么不找个乐喝日子过……"

英姐对小山说："小山，你该提提精神，卖把力气，好好干，得个红旗多光荣啊！"

小山没理咬理地说："哼，一天到晚大伙的眼色就够我看的啦，我还有心干活？"

英姐明知他是咬理的话，但她也想到，喜来动不动就跟他发火，自己也常爱把脸一沉不搭理他，她想："倒过来叫我心里也不舒服啊！"想到这里，她记起老杨同志在上政治课时讲的话："对落后分子要耐心的帮助他们；慢慢启发他们的觉悟，不能一味的打击或者丢下不管。"于是英姐心平气和地劝小山说：

"小山，你要好好干活，谁敢下眼看待你，你要天天织到四十码，就把大伙的嘴堵住啦，谁不稀罕出数多的呀。"

小山听了，心里甜丝丝的，特别是英姐说的："谁不稀罕出数多的”，英姐是无心，小山听来却有了意，故意在英姐面前献殷勤地说：

“好，英姐，我听你的话，保险想法达到四十码。人家长了两只手，咱也不短一个指头，为什么赶不上！”

英姐一听小山说了“人话”啦，心眼挺高兴，给小山打气地说：

“对！你要超过四十码，咱组的红旗就保了险啦，”说着她又趁劲给小山添了一句，她说：

“人家喜来说你那话对，你要把厂外那个精神拿到厂里来就好啦……”

英姐的话音还没有落地，后头喜来提着饭盒走来，知道英姐正在给小山做“工作”，一下子听见英姐提起自己常说的那句话，不由得心里暖古洞的，有一种说不出的高兴。本来见了小山就来了气了，这会儿也满脸带笑地走上前来，拿出跟喜来这个人的性体不大相称的态度跟小山说：

“小山，这个月，眼瞅就完了，咱们得再掏把劲，把红旗争过来……”

小山本来听着英姐的话挺有滋味，他想趁这个机会多溜溜须，显显能，心想：“没有准，英姐还跟我有点意思呢。”谁知喜来从后边捅过一棒槌，给搅乱了，弄的小山醋溜溜的听不进喜来的话，搭拉着大眼皮说：

“好好，喝稀饭，铺里有，你少给我灌米汤。”说着哼哼呀呀地溜走了。

喜来的话讲了半截，小山这么不识好人心，给了他个脊梁，这一下又把喜来的火点起来了，瞅着小山的背影，狠丢丢地说：

“这种玩意，你给他好脸他不知好脸，早晚非给他个模样看不行！”

英姐看喜来又犯了火性脾气，劝他说：

“我刚才说他，他还听来着，这种人属顺毛驴的，你一呛他，他就更蹽脚蹬踢的了……”

喜来不信服地说："这种副牌货，早晚非得开除他不行！"

英姐红扑扑的脸，嘟个小嘴，大眼"滴溜滴溜"的瞅着喜来，接着挺认真地说：

"喜来，我给你提个意见。"

喜来一听提意见，马上把瞅小山的眼神收回来，直愣愣地瞅着英姐，等她提意见。

英姐见喜来那个目不转，气不喘，伸着脖子等意见的劲，"扑哧"一声笑出声来，扭过头去笑个不完。这头喜来还是诚心诚意地催她说：

"英姐，你有什么意见只管提，我一定接受。"

英姐笑够了，反而挺不在意地说："没有什么，我是说咱们对小山的错误一定要批评，可是不能犯急性病，你哪儿都好，要是能把这火气一去，那就十全十美了。"英姐说到十全十美，忽然像说漏了一样，臊的像个红脸关公。

喜来却没有看出这些，一听人家讲的就是老杨同志挂在嘴边上，支部里开会批评他的那几句话，他恭恭敬敬地说：

"对！我一定接受你的意见。"

英姐一看喜来这么正经，又一蹦一跳地笑着跑了。喜来瞅着英姐的背影，心里念道着：

"人家这个团员比咱这党员都强"，不由得脸上浮出一层笑，刚才生小山的气，早就忘到一边去了。

快到月底总结分数的时候了，韩书义劝小山说：

"哎呀，小山可别再吊儿郎当的啦，咱们这组好坏就看你的啦。"

小山爱理不理地说："你老好先生不用替咱古人担忧，我一'念咒'什么都有啦。"韩书义闹不清他说什么鬼话哪。

过了两天忽然小山的码数抬头了，三十二三长到三十五六，大家都说小山许是脑筋开亮了，想要长进了。

这一天快下班的时候，英姐忽然跑到喜来车上，慌里慌张地说：

“喜来，小山搞鬼啦。”

喜来睁圆了眼睛听着，英姐说：“他往皮带上抹松香，又改了牙子啦。”喜来一听早就嗓子里冒了烟，嚷着叫着要去揪小山。

英姐看喜来又犯了脾气，一把拉住他说：“问，你只管问，可不能跟他吵架。”

喜来看看英姐的脸，想起那天她提的意见，马上把生气的脸皮松下来说：

“好，你放心，我好好的批评他就是了。”

说话的功夫，小山一颠一颠地从茅房那面回来。喜来把他叫到门口，死劲压住往外攻的火儿，装得挺和气，其实很不自在地说：

“小山，我给你提个意见，织不出码数，咱得多努点力，不能往皮带上抹松香，改牙子。抹了松香容易坏皮带，改了牙子织出一堆副牌布，全厂的大五幅都倒了牌子怎么办？……”

小山没等喜来把话说完，就把话叉开，小眼翻翻着，装得根本不知道这回事一样，他说：

“唉，你这不是活见鬼？我几时抹松香，我几时改牙子啦？没有影的事，可不能随便给我扣帽子。”

喜来知道他一定会嘴硬，马上把英姐拖来说：“人证，物证都有，看你还强嘴！”

小山一见英姐来了，瞟过去一个买好的眼色给英姐：

“英姐，你看这不是大白天见鬼吗？他硬说我搞了鬼啦，你给咱评评理，说句公道话，我什么时候办这样事了。”

英姐见小山还这么没皮没脸的耍赖，不免也有些三分气的说：“小山，你不要拳着舌头说话，我早就看见你磨磨蹭蹭的。刚才我找小剪刀，打你围腰兜里一掏，一块松香；我看你织的布怎么那么稀稀拉拉的，一看你把牙子改了，怪不得你这几天多织码数啦。”

小山本来满心打算英姐给他说上两句好话，一搪就过去了，谁知她把老底全兜出来，弄的他没有藏身之地，不由得心里一凉到底，心想："英姐一点面子都不给我留，好厉害的丫头。"他一看混不过去了，干脆就拿出他那个赖劲来，把刚才装出受冤枉的脸色收回去，不紧不慢地说：

"叫我多织码数的是你们，多织了码数斥打我的也是你们，全成了你们的天下啦。"

喜来绊住他的嘴说："叫你多织码数，也没叫你败坏全组名誉，毁大伙的饭碗呀？！走，咱找管理员去。"喜来说着气的嘴唇像过了电一样，"哆哆哆"，一个劲的哆嗦。

小山爱在这样时候不干不净地嘟囔几句："好长的舌头，厂里有你多少股啊！"说着就想溜号。谁知又让喜来听见了，一把拉回他来：

"你回来！你说什么？是好小子你再说一遍，我看你是皮肉痒了。"说着就要挽袖子。

小山一看喜来又是虎神附体，好汉不吃眼前亏，点点油光的"背头"，连连说："好好好，我的不是，我的不是。"一溜烟跑了。

喜来还是不完，直告到王管理员那里，小山挨了训，记了一次当众劝告，喜来才算出了这口气。

第二天下了班，在生产小组会上，大家除了都给小山提了意见之外，英姐最后举起手给喜来提意见，她说：

"小山，破坏，捣蛋，是他的错，可是喜来不说服教育，不报告上级，光想动火发态度，也是个缺点。"

喜来一听满心高兴地说："你的意见正确，我接受，我接受……"一连说了一大串。

小山心眼里光往一头着摸，他想："别看她给我兜了底，她还是对我有点意思，看她还不是替我说话哪。"

四 “皮条牵”碰钉子

经过生产中的帮助，经过跟小山冲突，英姐劝喜来这几件事，喜来跟英姐的关系一天近似一天。

喜来平常回家只要头一挨枕头就睡着了，可是这几天眼皮像倒了滑溜水似的，两个大眼白瞪白瞪，怎么也不往一块粘。脑子里英姐那个红扑扑的大脸，一湾清水似的大眼睛“滴溜滴溜”的笑着朝他忽闪。喜来不由自主的嘴括不住牙，笑开了。一闭眼睛，那个影子像刻在后脑勺上，怎么的也弄不掉了。喜来心想：“这是怎么回事，真是跛子屁股——邪门啊。”

英姐呢？不知为什么喜来那个膀大腰粗，虎头虎脑的模样，干起活来满脸淌汗那个劲，手把手教给她技术的情形……像电影一样，过去一幕又一幕，在眼前晃。第二天进厂只要一见到喜来，就笑在眉头，喜在心里，有说不出的高兴。看看这，瞅瞅那，厂里谁也没有喜来看着顺眼。她想到这里，好像有谁偷听了她心里的话，“扑腾，扑腾”的乱跳，脸上忽忽的烫人了。

喜来心里常想：“人家英姐别看年纪不大，手灵心巧，是个青年团员，在生产上一点就会，上工不过二年来的，比十来年的老工友的码数也不见少；在学习上，解放前一个大字不识，如今又是文化又是政治，我这个炮筒子脾气还叫人家上过好几回课呢！往后我的码数要是垮了，我学习要是叫人家拉下了，我这脾气要是改不了，人家该看不起我啦。”

英姐心里也想：“人家是积极分子，是小组长，说不定还是党员呢。手艺好、产量多，字眼比咱高，政治比咱强，要什么有什么，人家对我帮助多大呀，我要是不努力，就对不起人家这个好心眼，叫人家笑话我这个青年团员。”

两个人都有了这份心思，可是谁也没说出口。在班上，英姐见喜来累的满头大汗，也顾不得擦，自己不知打哪就来了股劲，死盯住织布机，不织一个疤瘌，不让它有一个断头。喜来时常抬头看见英姐的青丝头发让汗水粘在大红脸上，也顾不得拢，他心里喜气洋洋，闷头干的更有劲了。

他们俩都像商量好了一样，今天你织四十五码，我少说也得四十四；今天你上课，我也听讲，好像一根看不见的线把他们拴在一起，影不离身。英姐用她的饭盒打水来搁在喜来车上，喜来拿起喝一半，英姐又喝一半；英姐一见喜来用胳膊抹汗，赶忙把手巾递过去。就是学习的时候，也是你教我一个字，我教你一个字，常常是两个人使一块小石板，你写了我改，我改了你写。

有一天晌午，饭厅里吵吵嚷嚷像唱野台戏一样。喜来一个人躲清静，蹲在饭厅旁的墙角上吃饭。老远听见一个女人的声音，叽叽喳喳像麻雀吵架似的朝他走来。

“哎呀，喜来，我当你钻到那个耗子窟窿里啦，叫我找的脚后跟都快磨掉了……”

喜来抬头一看来的不是别人，是有名的“皮条牵”孙王氏。只见她身穿一身蓝花白地的洋布裤褂，脸上涂了一层官粉，眉毛边上大概是硬想把“扫帚眉”改成“月牙眉”，不知是剃的还是拔的，有一块像秃和尚的脑袋皮一样又青又蓝。拖着两只半解放的脚，一颠一颠地走过来，见了喜来劈头一句就说：“喜来，我给你道喜啊！”

喜来乍一听，心里“咯噔”跳了一下，心想：“莫非我跟英姐的事让她知道了？”心里一沉又想：“不对，我自心里的事，没掏出来过，她怎么会知道呢。”于是他心平气和的对付孙王氏了。

孙王氏是布厂的杂工，是布厂的四大名旦之一，这个人爱说笑爱打闹，见了男的叫大哥，见了女的叫大妹子，满厂子串来串去，没有她说不上话的人。因为她认识的人多，爱贪个便宜，打老早就是说媒拉牵的能手，哪个好色的工头职员想开心都求到她的门前，因此她有个绰号叫“皮条牵”。至于她自己，有的说她男人在北京有了小老婆不要她了，有的说她男人死了，总之她没有男人，谁给她说媒那就没有人知道了。

解放后没有那么多“买卖”可做，她还是有孔就钻。喜来当了组长以后，她没事见了就说：

“喜来，省两钱我给你说一个吧，俺正定的大闺女，十八九二十郎当岁儿，胖忽忽的，白净净的，樱桃小口柳叶眉，你说要模样有模样，要活，炕上地下都拿得起来放得下去，给你说说吧！”

说多了，喜来听腻歪了，也没有诚心，故意逗她说：

“行了，咱们要娶媳妇用不着那么高的条件，蒜头鼻子，蛤蟆嘴，铜钱大的麻子一大堆，什么都没关系，咱只有一条——”

孙王氏信以为真，连忙问他：“什么条件你说吧，保险办得到。”

喜来说：“叫她给我带一箱元宝来。”

孙王氏一听他是开心玩，就泄气地说：“唉，看你小子，他妈的没句正经话。”

喜来认真地说：“这不是正经的吗？你叫我刮西北风给她喝呀？要不你给我养活着，咱就说一个。”每次都这样逗逗笑笑就算了。

这回喜来知道她没有别的，没等孙王氏开口，就堵住她的嘴说：“又是正定大闺女，二十郎当岁，胖忽忽的，白净净的……是不是？”

孙王氏忙挡住喜来的话：“你别瞎说了，这回说到你心坎上啦，我说了保险你愿意。”说着故意装得怕人听见似的，用一只手挡着嘴，挨到喜来的跟前说：

“给你说说英姐，你愿意不愿意？”说完了紧接着又问一句：

“你说你愿意不愿意？”

完全出乎喜来的意外，万也没想到，孙王氏提到英姐，这一问把喜来问蒙了，一时答不上来。

孙王氏一见喜来打咯儿，知道有门了，抢着说：

“那么大个子还羞口哪，愿意就说愿意吧，还装什么蒜！”

喜来叫她催的真说不出话来，憋的脸通红，光说：“你不怕挨骂？”

孙王氏一见喜来松了口，也顾不上详谈，光听她嘴里叽里呱啦的念着：“唉，办好事，修德积寿，挨骂也算不了什么，只要你们成了事，别忘了我就行啦。”说着又忙叨叨的，拖着两只半“解放”脚走开了。

喜来看着孙王氏的后身，心里又高兴又好笑。末尾自己心里说：“凭你个‘皮条牵’去啊，能成也不能成。”

这头，孙王氏扭扭哒哒地跑到女工饭厅里，从人堆里找到英姐，心想：“这回可成了一门亲事，猪头肉，坛子酒又吃成了，还是咱的眼睛尖，一看就看出门道来啦。”想着就高兴地拉过英姐，走到背静地方，开门见山地说：

“英姐，喜来这个人年青少壮，人品漂亮，我给你说了吧。”

英姐平常顶讨厌孙王氏的了，一听她张口就提媒，什么都没顾得想，心里“忽”的一下子开了锅，浑身都热了，脸臊的跟开了朵大红花一样，头一甩：“俺不，俺娘不叫……”说着扭头就跑了。

孙王氏一把拉住，还要问，英姐一急眼睛都红了，她说：“俺不！你再这样，我跟你翻脸了！”

孙王氏本来看她跟喜来挺近乎，想捞一把，谁知这小丫头这么倔巴，再说下去弄僵了不好看，手一松，英姐撒腿就跑了。孙王氏碰了个大钉子。

回来她搭拉着脑袋跟喜来说：“不行啊！她说她娘不叫，这丫头脾气可挺冲，性急吃不了热豆腐，我看得慢慢来。”

喜来心想：“哼！我早就猜透了，就说思想搞通了，人家十八九的大闺女呢，也不能当着你‘皮条牵’的面说啊！”这个结果，喜来早就猜准了，所以喜来一点也没感到失望，随便应付孙王氏说：

“不行算了，我还没愿意哪，谁叫你献殷勤，两只小脚跑的那么快。”

孙王氏一看喜来也这么不起劲，心想这何苦来呢，垂头丧气地走回去，这件事就算做罢了。

五　英姐的心思

自打孙王氏走开以后，一直好久，英姐的心老是一个劲的敲小鼓。摇铃上班看见喜来，喜来正好拿两只眼睛瞅着她，英姐自己知道脸上老是麻酥酥的不自然，赶紧低下头，干活去了。

方才像做了一场大梦，慢慢苏醒过来。一边织着布一边想：“喜来为什么找孙王氏这个‘皮条牵’来跟我说呀？叫人家知道了名声多不好听呀。”她又想：“看喜来那个神气，人家还许什么事也不知道哪。”她忽然想到刚才她一甩袖，叫孙王氏碰了一鼻子灰，孙王氏要是没有好气的给喜来说了，喜来再当成真的那可怎么办？想着不觉的心里跳得更厉害了。一会儿又想，刚才喜来还对她笑了笑，大概不会有什么误会。

她摸着心口，凭心问自己：“我真不愿意呀！是假不愿意。”想到这里，自己有些后悔地说：“刚才我还不如大胆的说个愿意呢，”回过头来又想：“在这个‘皮条牵’跟前，叫我怎么说得出口呀，换别人我一定说！”

反过来又想，光自己傻想，人家喜来二十四五的大汉子恐怕早就有了老婆，儿女一大群了。人家这么好的人还愁了没个好媳妇啊。倒过来又想，可不对，那天孙王氏还叫他省两钱给他说上个媳妇呢。想到这里面上漂出一层笑，怕别人看见，赶紧低头织布去。

这天下午，英姐心里一个劲的打滚，一直到下了班，回了家，脑子里满满当当的装的还是这点事。

到家里放下围腰，饭盒，她娘把菜、饭一样样端上来，看看英姐还坐在那里发愣，她娘怪心疼地说：

“我孩子累啦——喘口气吃吧，要不饭菜都凉啦！”娘这么一催，英姐才慢腾腾地拿起筷子、端起碗，但是眼睛好像拿什么给钉住了一样，一动也不动。

娘戴上老花镜，一边补着袜子，一边守着英姐吃饭。隔一会儿看看英姐吃的不大起劲，放下针线活说：“怎么？我孩子不舒服了吧？怎么一点也吃不下饭。”

英姐怕惹的她娘啰唆起来没有完，把发呆的眼珠转了几转说：“没事，没事，”抖起精神，狼吞虎咽地吃起来。

她娘一看闺女大口大口吃起来，这才放了心，低下头：一边补着袜子，一边念道给英姐听：“你二姨头脚出去，你后脚就进来，你们娘儿俩差一步没碰上？”

英姐一听二姨，心里讨厌上来了——臭豆腐嘴，大喇叭嗓子，一天的瞎呱呱管东管西的——她又来干什么？但她怕麻烦，没有心思问。娘刚想说二姨什么，英姐半截插杠子，叫了一声“娘”，把她娘要说的话打掉了。娘抬起老花镜底下的眼睛，问她说：

“啊？饭不够啊？锅里还有你爹早起上班剩下的烙饼。”

英姐一听娘没弄清她的心思，混对弄一起，憋不住笑了一声说：“不是，娘！”

娘看看她没有事，又接着念道起来：“你二姨给你提的那门亲事，你姥娘也愿意啦，等你爹下班回来，咱三个商量商量……”

英姐本来没有心思听她娘叨叨了些什么，一听“亲事”两字，马上又抖起精神来，瞪着两只大眼问她娘：“什么亲事？”

她娘有点抱怨英姐地说：“你忘了你二姨上回来提的，我不是跟你说过了吗，那个杂货铺的少掌柜的……”

英姐没等听完，把筷子一摔：“我不知道什么少掌柜的老掌柜的，谁要再提这个，我就跟他打官司去。”

他娘一看英姐起了火，连忙安抚她说："你先不要着急，你还能一辈子干纱厂啊，我像你这么大，你死的那个大哥都三岁了……"

英姐听不进去她娘的话，摔摔打打地说："反正我不管她二姨不二姨，惹急了，我就跟她不客气！"

她娘一看闺女上来脾气了，压事地说："咳，人家二姨还不是一片好心，都是为了咱娘儿们，人家图个什么？"英姐噘着嘴说："我不用她那个好心，她吃饱了撑的慌啦，管人家的闲事……"

她娘说："咳，看你这个丫头，说话小点声，叫人家街坊四邻听见了，笑不笑话咱，对二姨那样说话就没个老少啦。等你爹回来商量商量再说吧。"

英姐还是噘着个嘴说："哼，我爹见了二姨就有气，早就腻歪她那讨厌劲啦，她再要提这事就不用叫她再登咱家的门！"

她娘说："好好，你别吵了，我那老姑奶奶，什么事好说好商量，不行，咱说不行的话，你发的什么火呀。"英姐娘一辈子就是这样：软溜溜的没个准定主意，老头子呛两句，闺女说两句，赶二姨那样人来了一嚷嚷，她也觉着有理，常常弄的她老太太晕头转向，弄不清东西南北。

英姐看见她娘松了口，这才消了气，把没吃完的饭，噼哩铺噜的几口吃下去了。过了一会儿又喊了一声"娘"。她娘抬头看着她，她吭哧了半天，鼓了把劲，才说出一句："娘，我们厂里的小组长待我可好哩！"

她娘一点也摸不透英姐的心思，挺傻气地说："噢，那感情可好，多大年纪啦？"

这一问把英姐问慌了，她想要说了，娘一下子可就知道了，脑筋一转圈，撒了个谎：

"嗯……人家四十多了……"

她娘放了心似的："唉……"

英姐看见她娘不往那上猜疑了，这才又说："人家对我帮助可大哩，什么手艺都耐着心的教给我。”

她娘不在意地说：“没有事叫他到咱家串门来吧，……”说着放下针线活计，到外屋去了，英姐一个人还在想着她跟喜来的事。

过了两天又是吃中午饭的时候，孙王氏轻手轻脚的跑到英姐跟前，背着满屋子人，带着恳求的神气，把英姐叫出来，她说有点事要商量。

上一回，英姐是一甩袖就跑了，这回心里想：“莫非喜来又叫她来说合的？这回要是那么回事，我就应承了他。”想着走出女工饭厅。

孙王氏把她拉到墙角落里说：“你看我上回办了那件荒唐事，都怨我这个冒失鬼办事太粗心，什么都没讲好就来跟你说……”

英姐心里有点紧张起来，心想：“一定是带着什么条件来了，其实我不是那个意思呀，”可是她说不出口。

孙王氏瞅瞅英姐的脸色不像上回那么怕人了，她也就得寸进尺，一步步放开胆子，她说：“我就是那么个勤快人，爱给人家操个心，行不行在你，人家托了我，我不能不透个话给你。”

英姐见孙王氏老是拐弯抹角不肯直说，有些等待不得的说：“大嫂，你有什么说什么，用不着绕那么大的圈子。”

孙王氏一见英姐催她，更加高兴的壳个大扁嘴说：“有那么个人，才二十四岁，答应两个金镏子，四铺四盖，三身衣裳料。”

英姐一听，说是喜来吧，又不是喜来，喜来是二十四了，可是喜来那来那么大的家底？她又催孙王氏说：“你说清了是谁吗？”

孙王氏老是怕提那个人，还是不肯直说：“人家小伙子论人品有人品，说相貌有相貌，这个人要说了，可也就在眼前……”

简直快要把英姐憋死了，她猜八成是喜来，可又怕不对，又急着问：“你说吧，是谁？”逼到头，孙王氏不能不说了，她又装得天机不可泄露的样子，咬着英姐的耳根说：“周小山！”

“啊？！”英姐一听“周小山”三个字，简直是晴天一个霹雳，万万也没有想到是给他来说媒，气的英姐眼丝都发红了，马上堵住孙王氏的胸口，破口大骂：

“你给我滚！你不睁开眼看看，就凭他个死顽固，落后鬼说我？真是癞蛤蟆想吃天鹅肉，他也不尿泡尿照照他那个样儿，你不怕烫了舌头，怎么说得出口！”

孙王氏一听砸了锅，早吓的脖子抽回半截，刚想再上前去，甜言美语说几句，英姐早就一甩走开了。

孙王氏瞅着英姐的背影愣了半天，回过头来嘴里念咒似的骂着英姐：“死 × 丫头，好大的架子，你这么不懂人情，咱大风刮溜轴常里见！”

原来是周小山耳朵长，听说孙王氏给喜来提英姐，碰了个大钉子，他高兴上了天。找到孙王氏先请她下了个小馆，后给她掳了一把票，让她给跑趟腿，并且告诉孙王氏说英姐对他怎么有意思。

孙王氏这号人脸皮比脚后跟的皮还厚，只要抹了嘴，拿了票，什么事她也干得出来，当场应许下小山这份事。她总想：“英姐既然不肯答应喜来，小山许下这么多的条件，她还能不眼热啊，人为财死，鸟为食亡，谁还跟钱会有仇啊！”她自己先搞通了，又鼓了把劲，找上英姐的门了。

越谈越有门，越有门越高兴，心想这一卦占准了，财神爷又来了，谁知不早不晚，单等她说出“周小山”三个字，英姐一下炸起来，骂的她狗血喷头，不由得她挫着牙根儿恨英姐。

孙王氏正着摸在小山面前怎么报销这笔账，出出这口气，这时候小山一蹦一跳地钻出来，嗤着个大金牙齿，问孙王氏结果怎样？还说今天还打算请她吃饭馆。

孙王氏正好一肚子怨气没处发，把刚才碰的钉子，都讲了出来，特别对英姐说小山的坏话，加油加醋大大的添了材料，她一心想让周小山自己找英姐碰去，她也好借刀杀人，出出这口气。

孙王氏叽叽哇哇讲的嘴里冒白沫，万也没想到，讲完了，小山不骂英姐，倒过来说孙王氏成事不足，坏事有余，明明英姐对他有意硬叫孙王氏给说糟了。孙王氏想洗白一下，倒惹得小山臭骂了她一顿，说她破坏了这门亲事。

孙王氏哪吃过这个，真是老鼠钻到风箱里——两头受气，从牙缝里发狠地说："小死 ×，老娘不给你个颜色看看，你也不知咱山神庙里有神灵！"

六　入党那天晚上

支部里开会，老杨同志说，配合这次竞赛运动，要发展一批新党员，让大伙讨论一下，那些可以做发展对象的，大伙分一下工，启发他们有了要求，就可以吸收入党。支部里的同志们，你一言我一语，提出许多积极分子来。

喜来坐在墙角上一声也不吭，脑子里可就演开电影了。英姐的影子一个劲的在他脑子里跳，他想英姐是够条件的。他想提她，但是几次话到嘴边上就马上咽回去了。心里想："平常都说我坦白直爽，今天哪来这么大的小资产阶级劲。"正在来回打转转，忽听韩书义提出英姐来。没等韩书义讲完，喜来抢着说："我也同意"，接着说了一大篇英姐怎么好的话，生怕别人不同意或漏掉了英姐。

当时决定让韩书义负责英姐的工作，喜来进行另外一个男工。散了会，喜来有些不放心，特别嘱咐了韩书义，教给他怎样给英姐讲共产党，无产阶级。

自从这天起喜来一看韩书义找英姐谈话，他就悄悄的等着，见韩书义回来就要问："怎么样？你怎么进行得这样慢？"

韩书义说："哪有点炮就着的，你得一步步来呀。"

喜来嫌韩书义老黏，有心想找英姐直接谈，但是党还没有公开，不能无缘无故的暴露，只好干着急，等有机会帮他一把。

这天在车间里英姐跟喜来说：“吃了饭，我有点事跟你讨论。”喜来就猜了个八成，摇铃下了班，故意问她：“有什么事？你说吧。”

英姐说：“韩书义这几天跟我说了好几回啦，他说咱工人要真正求解放，革命到底，非加入组织不行。他黏黏糊糊的一个劲的给我上政治课。我明知他心里有句话不肯挑明，老是推磨一样一个劲的转。憋的我实在没有办法了，我就问他：‘我想要求参加共产党，你看我够不够格？’他这才打开窗子说了亮话，他告诉我组织就是共产党，过后我填了表申请啦，喜来你加入不加入？咱一齐加入吧。”

喜来一听这小妮心里早就有了底了，不由得高兴的合不上嘴，顺嘴答应好好好。

第二天喜来再问韩书义，老黏不紧不慢地说：“不但她一个行了，连你也给报上名了，”说着两个人对脸哈哈大笑了一阵。

英姐填了表，在支部大会上通过，批准她入了党。

这天下班以后，英姐走进老杨的屋子一看，满满的坐了一屋子人，大伙看见英姐，都满脸带笑的欢迎她，让她坐。

英姐一看，一个外人没有，统是一天到晚身前身后转的工友，逢是干活好的，平常觉摸着这个人处处都积极进步的，差不离都在这儿。英姐心想：“这帮人真怪，怎么哑默悄声的都成了党员啦，我怎么就没找到这个门？”想着甚至有些后悔，觉着自己太落后了，老早就着摸参加共产党，为什么没跟人家一样早加入呢？

开会的时候，像工会里开会当主席一样，老杨先说话，英姐一看知道老杨是党里的负责人。她想起来怪不得老杨平常谁有一点事都爱找他拉呱，他爱跟工人们一块唠嗑，看事看的那么清啦。

不多时，老杨领着头站起来，举起右手念誓词，英姐高高地举起右手，一个字一个字的跟着念，她知道这是起愿发誓，跟着毛主席革命到老。念的时候她还想，赶明天非把这几条抄在小本子上，把它念会，写会不行。最后大伙给她提了许多意见，都是说叫她怎么在群众中起模范作用的话。她看看这个瞅瞅那个，觉得个个同志都对她那么亲，比亲兄弟姐妹还亲，她心里暖咕咚的有一种说不出来的欢喜。

散会时天已经十一点了，老杨同志说闺女家一个人走不好，要送送她。喜来老早就等着这个差事啦，老杨这么一说，喜来心里凉了半截，干着急也说不出口，两眼看着英姐，看她怎么回答老杨。

英姐觉出来喜来拿眼盯地，挺机伶的说不用老杨送，老杨还是很负责的吧哒着小旱烟锅说要送。英姐看老杨一定要送，干脆道破说：

“喜来他们走解放大街，走到东头我也就到了家啦，黑更半夜的不用你跑一趟啦。”

老杨瞅瞅喜来，亮开铜亮的嗓门，笑了两声说：“好，只要有人负责送，我就放心啦。”

喜来这里欢喜的，要没有老杨在跟前，早就一个高跳起来啦，他就跟老杨说：“你放心吧，老杨，我送英姐回去。”

出了厂门不远，别的工友都是东的东，西的西，不大功夫只剩下喜来跟英姐两个人，厂里的机器像山洪暴发一样的声音还远远的听得见。

英姐还有点抱怨的口气说：“喜来，你真行，你入了党把我晾在大门外头不管，你知道我着摸了多少日子，找不到这个门呀。”

喜来说：“你说的那么容易呀，现在党还没有公开，要不看你有八分熟了，谁敢突破呀，那不成了无组织无纪律了。”

英姐还是不信服地说：“那你为什么不早帮助我，多帮助我，叫我早就八分熟……”说的喜来光笑不说话。

喜来一面走着一面想：“趁今天黑夜干脆把我的心都掏给她看看，省得一天天憋的挺难受。”可是打那儿说起呢，喜来试了好几试，嘴里像有块石头子绊住了一样，说不出。

借着路灯，喜来看见英姐脸上红盈盈的，吭哧吭哧的也是想说什么，喜来打开这半天的沉闷就催英姐说：

“英姐，你想说什么你说吧，咱们如今不但是工友，又是同志了，谁对谁都得坦白啊。”好像他自己没事一样。

还是英姐先把这闷鼓打响了，她说：“喜来，前些日子，你办了什么事来啦？”

这头一句话就把喜来问住了：“我办什么事？”喜来嘴上念道着英姐这个题目，还是想不起来。

英姐说：“你不要装傻了。”

喜来说：“一点不着边吗，你再提个头我好想啊！”

英姐说：“你叫孙王氏说什么来着？”

这才把喜来提醒，可是他却真装起傻来了，他想探探英姐的口气，他说“我什么也没有呀，你说说她跟你说什么来着？”

英姐说：“这会儿跟前没有外人，就咱们俩，你就说个明吧，不坦白该受批评。”

喜来一听这小妮勇气比自己还大，于是就把孙王氏怎样要给他说媒的事，从头到尾说了一遍，说完问英姐：“你怎么跟她说的呀？”

英姐把嘴一噘，像生气，其实小心眼里高兴的开了花，她说：“俺天愿意也不能当着‘皮条牵’的面答应啊！”

英姐顺嘴溜出来个“俺天愿意”，喜来一把抓住不放，死追着问：“喂！英姐，你说你愿意不愿意，你愿意不愿意？”

英姐见喜来追的这么愣，有些不好意思的把头一扭：

“你看你这个人真怪，老盯着问什么？”

喜来还是不放心，紧追问：“跟前可没有别人，咱俩都是无产阶级，可不许有小资产阶级那个别扭劲，你说一句，你愿意不愿意？”

英姐让喜来追的没有法了，抬起头来，干脆不在乎的说了个“愿意！”

这时两个人心花儿怒放，乐的两个人脸上发烧，像刚出炉的红铁，心里发跳，像驾云腾了空。

走了一阵，喜来考问英姐似的：“英姐，你知道我为什么要愿意吗？”

英姐光抿着嘴笑，不用脑筋地说：“我不知道，你说说吧。”

喜来津津有味地说："我愿意你头一条就是劳动好。现在解放了，那些光会擦脂抹粉，吃饱了逛花园，溜大街的人，臭在家里也没有人要啦。我看你自打调到咱们组以来，不旷工、不迟到，手脚快、心眼巧，上工一年来的码数比老工友也不差。第二条就是你的思想进步，是个青年团员，知道咱是无产阶级。"

英姐也要倒过来考问喜来说："你知道我为什么愿意哪？"

喜来顺嘴说："劳动好呗！"

英姐说："打解放以前我就注上你的意啦，你打抱不平，跟小山吵架，过后我打听别人，都说你是个'捣蛋鬼'，爱打架。这回调到你组来，我专门拿眼盯你，看你是好是坏，你要那会儿跟我胡闹，我马上就跟你翻脸！"

喜来觉得英姐小看了他，不服气地说："哼，咱好赖是个党员，别说我找你们胡闹，你叫我跟你胡闹，我也不跟你胡闹呀！"

英姐说："是啊，我一看你处处都好，自己工作积极，又肯帮助别人，手艺好，也不吃独食……"

喜来忙插嘴说："我教给你手艺，可都是为了提高生产，为了革命，可没有不安好心眼。"

英姐说："看你这个人心眼多的，我也没说你半点不好呀！——我也赞成你那话，现在解放了，那些光知吃喝玩乐的甩袖大掌柜的，打一辈子光棍也没有人寻他们！"

英姐说到这里，不知不觉的小山那个讨人嫌的相，漂到她脑子上，忽然一股火，冲上心头，恨不得在喜来面前再狠狠的骂他几句，出出气。但又想喜来老早就跟他不对头，告诉他那一回气人的事，他们就更没有团结的日子了。这样一想，把这股火忍了又忍，咽在肚子里没有说出来。

喜来哪里知道英姐想的这一套，只知暗暗的佩服英姐的思想进步，刚才说的那些正合喜来的心意。

两人正各自在脑子里转事哪，忽然英姐抬头一看：

“哎呀，我的天，早走过了。”

喜来一看可不是早已经过了两道街了吗？两个人对着脸笑，笑他们说话忘了时辰，忘了家。两个人扭头又往回走，喜来把英姐送到家门口，他才回去。

七　一阵邪风

英姐自从入了党以后，心里总像挑着个担子：“党员得起模范作用”，于是像机器加了油，轮盘加足了马力，风快的转哪，马溜的干哪，比从前更加积极努力了。

喜来看见英姐那个红扑扑的脸上淌着汗珠，“吸溜”一吸换个经纱，小手一挽弄接上断头，他心眼里像十只小手搔着他一样的舒坦，真是再也没有比这个看着顺眼的了。

每天下班以后，傍晚，清晨，喜来跟英姐，在解放大街上，各提着一个饭盒，掏起老底来，说一阵，笑一阵，仿佛肚子里的话，如江似海，永远也说不尽，倒不完。

有一回英姐笑着脸问喜来：“你说你从前靠过人没有？”问完了还是笑，等着喜来回答，她深怕他生了气，死磨不开说。

喜来面不改色，直不咙咚地说：“靠人是没有靠过，倒是跟他们逛过几回窑子，可是去了也没有像别人那样胡搞过。”

他怕英姐女人家心襟短，还不信他的话，又说：“唉，旧社会闷憋的实在受不了，那会只为了开开心，解解闷，现在有人倒贴我都不去。”

英姐听喜来说的这么顺溜，心眼也挺痛快，给喜来几句安慰话，说：“旧社会谁不是一样啊，一年到头像下雨天，那天像口黑锅底，说不定什么时候就扣下来，憋死人。解放以后真像搬开了黑锅天，见了晴亮的天，心里‘忽拉’一下打开了，豁朗了。”说着两人都连连点头。

有一天快下班的时候，喜来正要到锅炉房去洗脸，刚要迈门坎，只听里边有个尖嗓子女人，叽叽喳喳在讲究什么：

“……英姐这丫头，你别看外表老实，心里可是老实人里挑出来的，挑剩了的……”

喜来只当是他们知道英姐跟自己的关系了，心里还抱不愤的态度说：“我们俩好就是好了，看你们怎么样吧。”他心里这么想着，就没有往里进，有些好奇的：“且看看他们说些什么。”

另一个女人的声音说：“咱是爱多事的人，那一回我给她提亲，她把头一甩，咱好心赚了个驴肝肺，我奇怪她千金小姐这么大的身价，闹了半天她是怀抱琵琶另有别弹哪。”

喜来一听知道说话的人是孙王氏。他一想：“孙王氏提媒那一回不就是给我提的吗？她怎么说她怀抱琵琶另有别弹呢，那是谁呀？”想着想着心里像绷紧了的弦子，喘气都不匀实了，恨不得掐住孙王氏的脖子问问。

只听又一个女人说：“怪不得天天上夜班休息，一下就不见她啦，问她上那儿去，她嘴里像含了个驴咬儿似的，呜噜了半天也说不上个屁股脑袋来，闹了半天她是有了公事啦。”

第一个说话的那个女人又说：“咳，这个年头真没法看人，看着挺老实，谁想能干出这样事来。”

孙王氏说：“哼，老实？从倒头数是第一的老实！”

喜来从门外都听得出来，孙王氏说这句话时，是咬牙切齿的发着狠。喜来开头还不相信，后来越听越明白，喜来一想从来上夜班休息就没有跟英姐在一块待过，人家说她常不在，人家问她，她也说不上来，这不是有了外心是什么？……底下的话喜来越听越远，一直到听不清了。

喜来的心像戏台上的战鼓，越敲越紧，头越来越大，大到没有边，拖着一千斤重的腿走回车间去。

到车间里看看，英姐脸也顾不得洗，还在那里一个劲的干哪，喜来连看也不愿意看一眼，心里说："你装的倒挺像。"

英姐拆完了一块布，抬头照例朝喜来笑一笑，谁知这下可扑了个空，喜来不但面无笑容，脸色焦黄，黄豆大的汗珠，一个挨着一个淌在眼灵盖上，像得了一场大病一样。英姐惊慌的急忙跑过来问：

"喜来，你是不舒服了吧？"只见喜来眉头一挤，气横横的说："不知道！"

喜来心想："我等着你自觉啦，看你给我装到什么时候。"平常有话就装不住的喜来，这会儿上来这个牛脾气，倒像吃了花椒闭了气—— 一句话也没有啦。

英姐又关心地问："是你为了什么事，挨了批评了吧？"

喜来还是不理，扭头就走，吓的英姐也没敢再问。

这天英姐回家以后，急的在被窝里偷偷地哭了一场，不知什么时候把喜来得罪下了。

往日喜来跟英姐聊着天，只嫌路太短，没拉够知心话，几步就到家了。这天下了班在路上，像喝醉了酒，深一脚，浅一脚，走的好费劲。喜来心想："她平常工作那么积极，思想那么进步，参加了党跟我说那些'恋爱话'，难道都是假的？"他想着有点悔味："不对吧。"刚一犹豫又想："无风不起浪，人家怎么不说别人单说她，准是有那个不正当的事，要不人家就说的那么有鼻子有眼的啦。"特别是第二天上了班，英姐看喜来还是不理他，心里就像锥子扎的一样难受。喜来一看英姐脸色那么难看，心想："准是她知道我摸了她的老底，心里有了鬼啦。"英姐看他一眼，他也觉得她的神气不对，她那神气就带出来做了对不起他的事的样子。

第二天下了班，喜来再也不能闷在肚子里，他走到支部书记老杨屋里，屁股挺沉的一坐："老杨同志，我跟你谈个问题儿。"老杨正在忙着办什么公事，一看喜来粗声粗气的，当是他又因为脾气不好跟谁吵包子啦，笑着通红的大脸，亮开铜嗓门，一眼看穿了似的问喜来。

喜来想："我怎么说呢？我跟英姐那段没对老杨说过，我说了是不是老杨觉得我吃醋啦。"又一想："唉，她是党员，我也是党员，站在同志的立场也该提。"于是他鼓了把劲，跟老杨说：

"老杨同志，我听说英姐的男女关系不大正确……"接着他把那天在锅炉房门外听来的话，一五一十跟老杨说了。

老杨什么事，爱追根问梢，老杨一问哪几天？有几回？把喜来问蒙了。老杨磕搭着他那个长年不离手的小烟袋锅，笑着说：

"咳咳，我看这里边恐怕有别的故事吧，你先回去等我找她谈谈。"

喜来挺听话，走出老杨的屋子就想，这是什么故事呢？想不起来。可是昨天那个坚决劲已经动摇了一半。他又想："孙王氏虽说嘴尖，可是上回说英姐的事，她到底还是为我一片好心啊，凭空捏造对她有什么好处呢？"他想不出个青红皂白，想的脑袋痛了，他也就不想了。

喜来走出厂子不远，忽听背后有人喊他，他回头一看，只见韩书义喘呼呼的赶上来，开口就问喜来：

"喜来，你知道英姐家里是什么成分？"

喜来没有心的，随便说了一句："工人呗！"

韩书义说："是啊，我也知道她爹在铁路上上班，可是有人说她家是逃亡地主，说她还亲自对人讲过说：'俺家，俺姥娘家都是斗争户，八路军不走，俺回不了家，八路军走了俺家是好日子。'"

喜来一听大吃一惊，马上问："是谁说的？"

韩书义说："我是听周小山在吃饭的时候，跟别人在闲叨叨，赶我一追问他，他说：'有人说就得了呗，你追问这些干什么'，他不肯说。"

喜来一听，想起刚才老杨说的话，他猜疑连昨天孙王氏讲的话都是小山肚子编出来的。心想："好小子，你造谣破坏，非好好整整你不行。"他顾不上再问，扭头就回去报告老杨。

第二天上班，老杨把小山叫来，喜来恨不得一口把他吞了的架势，当面钉问他，老杨挡住喜来的凶横劲，叫他先回去。

老杨慢条斯理的问小山，什么时辰，什么地点，打谁嘴里听来的。追的小山没有办法了，小山说了实话，说那天跟孙王氏聊天，她扯出来的。当时老杨把小山打发走，把孙王氏叫来，开头她还想假装不知道混过去，老杨一点不放松，她看有点不妙，说出是她编出来的。问她为什么？她呜噜了半天，说不出个头肚来。

老杨又问她，说英姐不老实的空气是谁放出来的，开始她说她好几回上夜班休息时不见英姐，回来问她，她也含含糊糊的说不清，跟小山扯起来，是小山说的她靠着人哩！老杨一听心里明白了，知道是英姐开党的小组会，让他们误会了。但是有鼻子有眼那套谣言是什么人造出来的？孙王氏一推六二五，说是小山告诉她的。说谎就怕三对面，把小山叫来一问，可把孙王氏逼到山穷水尽，弄的没有办法露出馅儿来啦。

原来孙王氏自从上回碰了一脑袋疙瘩以后，挨了英姐的骂，又受了小山的气，一直怀恨在心。上回看见英姐几回上夜班不在，她就到处散放邪风，说英姐不老实。她跟小山说："怪不得人家不愿意你哪，人家是早就对了貌相，有了心思啦。"说的小山真生了气，不免嘴上挂脏字，说了几句。谁知道这个"皮条牵"她一边放火，一边救火，加油加醋的一宣传，到头给小山头上扣顶大帽子。小山听了当场要揪住孙王氏揍她一顿，老杨拉住他，追根刨底，小山把孙王氏说媒未成的事坦白了一番，这才真相大白。当场老杨好言善语的给小山破解这个事怎么不对，说得他低了头没有话说。对孙王氏教育之后记了一次过。

这件事很快的传遍了全厂，孙王氏被弄的光溜溜的没一点遮掩，凭多么厚的脸皮，也不能不一块红一块白的不是色。

人们见了小山也是指手画脚的讲究，弄的小山越着摸越不是味，心想："这是何苦来呢，媳妇没娶成，倒叫'皮条牵'给泼了一身臭狗屎，真倒霉。”他特别对老杨觉得过意不去，不骂他，不斥他，那么细声细语的劝他要往明处走，他越想越觉得办的这事对不起人，以后一天的搭拉着脑袋，学得黏糊了。

喜来听了老杨说了这段经过，跳着脚，拍着脑袋喊叫后悔。扭过身就往外走，老杨怕他又找小山吵架，特别把他叫回来，嘱咐了又嘱咐，说小山今天叫他劝的有点悔心转意的意思啦，小山对孙王氏胡拉胡扯也是不满意的。以后应该耐心地教育他、帮助他，不能对他要态度。

喜来听完一直跑到课堂，找到英姐，急的大嘴张了好几张才说：“周小山叫‘皮条牵’跟你说亲，你为什么不早告诉我呀？早知他们搞的鬼，我也不能犯这么大的错误呀！”

喜来可拉着嗓门苦咧咧地喊，弄得英姐挺不好意思，拿胳膊撞了他一下：“你小声点，还有人哪！”

喜来这才傻里瓜叽的四下一看，原来课堂西头还有一大堆人哪，吓的他一缩脖子、一伸舌头，这才用不出声的嗓子，跟英姐谈起来了。

这天下班，又看见喜来跟英姐走在解放大街上。英姐这两天憋了一肚子委屈，说说就要掉眼泪：“……俺都是怕你跟小山闹不团结，才不敢跟你说。俺是青年团员，是共产党员，俺家里是正经八百的无产阶级，俺能干出那样事儿吗？”

她一掉泪，喜来害了怕，连忙赔不是说：“我忘了咱俩不是一个党小组，你开会我也不知道。都怨我，怨我聋，怨我瞎，怨我耳根子软，怨我不好好调查……”，他像老和尚念经似的，一个劲的嘟喃，最后弄的英姐哭笑不得，一边抹眼泪，一边扑哧一声笑地喷出来，喜来这才一块石头落了地，狠狠地松出了一口气。

英姐说老杨告诉她，以后更要注意耐心的帮助小山，不要因为这事，硬给他白眼，把他扔在大门外，堵住他进步的道。喜来一听也正是老杨给他说的一样，两个人谈起怎么改造周小山，喜来还是摇头叹气，英姐又劝了他一顿。

八　老杨说媒

喜来跟英姐这个误会，像三伏天的“晴天漏”，一眨巴眼的功夫过去了以后，还是天朗气清，他俩照样好起来。在车间里照旧你帮我，我帮你。下班以后，在马路上依然是叽叽喳喳有说有笑。只不过有时两人开玩笑，英姐装喜来那天说：“不知道！”那个凶横劲；于是喜来也报复的装英姐那天在解放大街哭着诉冤的样子，说完了两个人大笑一阵。

有一天早起英姐下了夜班，一跨进院里，就听见里边有个大喇叭嗓子的女人，“哇哇”的讲什么，英姐一听就知道是她二姨来了。

英姐一进门，她二姨可忙坏了，一会儿说：“我英姐越长越出息，几天不见水玲玲的大闺女了。”一会儿又说：“英姐的猪头肉可得你二姨吃啦。”还是早先那样一句连一句，说话连个缝都没有。

英姐嘴里不说心里说：“俺早就有了主哩，谁用你说媒。”

二姨还是一个劲的“哇哇”，英姐听不进去，眼皮直打架，到屋里一滚就睡着了。

睡了一觉，狠狠地伸了个懒腰，刚想翻过身去再睡，外屋子吵吵嚷嚷的声音，把她弄的睡不清闲，迷迷登登的听见外屋有人说话：

“……闺女那么大了，留在家里干什么？这个年头，一个闺女家干纱厂，谁保险走不了岔路……”

英姐一听就知道又是二姨那个大喇叭嗓子在讲究她，她揉了揉眼睛，侧稜着耳朵，听听她们还谈什么。

只听她娘像个病人刚好，软瘫瘫地说：“俺英姐可不是那路张罗八伙的野丫头，人家在厂里干活干的挺欢，一天的嚷嚷着学习学习的，可没有人往坏道上领她。”

英姐眼睛没有看见，估量着她二姨准是把她那大嘴一瘪，不信服地说：“哼，这个年头可不敢夸那个口。十八九的大闺女啦，不趁早找个婆家，养活到多大是头啊，早晚还不是人家的货。人家老王掌柜的真是十八亩地里的独根苗儿，老两口五六十了，就守着这么一个，不愁吃，不愁穿，打着灯笼也找不到这么合适的人家呀。”

英姐在里屋气的鼓鼓的，只听她娘叫二姨给说的没有主意了：“要说十八九也该寻婆家了，可就是那头岁数太小，才十四岁……，你叫英姐他爹说说，人家爷俩都是新脑筋，唉！咱当家可做不了主哇……”

英姐一听她爹下班回来了，她心里有了靠山了。只听二姨赶忙接着说：“你们不看看人家多厚的聘礼，多肥的家底呀，把你们家都拆腾了也不够呀！”

英姐好像看见她二姨那红腥腥的眼睛，冒着贪财的光，气的她恨不得一个高跳出去，撞到她二姨跟前，一把撞她二姨个跟头，问问她：“谁叫你给我说媒，他金砖铺地我就是不愿意吗！”骂她一顿，哄她出去。她脑子里转了这么一圈，只听外屋她爹说话了：

“咳！你们哪，都是瞎胡闹。我不管俺英姐怎么样，我是先不赞成这门亲事。才十四岁个小毛孩子，寻了他，那不是拿咱孩子往火坑里推吗！”

英姐高兴的掀开被子，爬在枕头上听，她爹又说：“咱不图他房子不图他地，只要劳动好人品正，比什么也强，再说现在兴自由，当父母的也不能包办，咱可不能硬按着孩子的脑袋办这个事。”

英姐听了她爹的话，像打铁的大锤，叮叮当当响一句顶一句，都替她解了恨。她心里高兴的躺在床上咧着嘴笑。

只听二姨听了爹的话，有点难吞难咽，没办法只好拉长了嗓门说风凉话，她说：“哟，看你们脑筋换的快的，八路军的药把你们的魂儿都迷住啦，看你们自由去吧，咱算枉操这份心。”

二姨讨了一场没趣，底下说些什么，英姐也没有心听，放心大胆的又睡香甜觉去了。

第二天早起下班，英姐把昨天在被窝里听来的话，一句不拉，都告诉了喜来。喜来一听，一边是赞成她爹的脑筋开通，一边有些不放心地说：

“我看咱们俩的事，到这步天地，早晚也得跟你们家里说说，晚说不如早说，省得再有人给你提亲。”

英姐有些醋头，但是最后还是说：“硬着头皮说吧。”喜来忽然一个高跳起来说：“想起来啦，找老杨说去。”

英姐也高兴地说：“对！”

第二天喜来一跨进老杨的门坎，老杨就一个劲的眯缝着眼笑，笑的老杨大圆脸又红又亮，笑的喜来手脚没处放，有点磨不开面。喜来没话找话地说：

“老杨，你冲了喜神了吧？”他无意的这么一挑头，老杨哈哈大笑起来，笑的铜锣一样的声音，震的满屋子都响，笑完了又说：“喜来，我笑你吃了鹊雀蛋了吧，我看你汗毛眼都笑开了。”

喜来一听话味，猜想八成老杨看破了他的老底了，干脆开门见山的说：“你知道了更好，我找你来就是为我和英姐的事。”

老杨抢着说：“喝喜酒不用请我也去。”

喜来说：“喝喜酒先不用忙，头一条我跟英姐都是党员，得问问支部，对我这个事有什么意见？”

老杨想了想，嘴里含着小烟袋锅，一边寻思一边说：“你们俩的事，我早就考虑过，你们能在生产上互相帮助，学习上一齐进步，关系挺正确，我们同意。”

喜来一听，乐的闭不上嘴了，马上请老杨当个介绍人，老杨一听满口应承说：“行行行，这可是白捡的事，你们俩说通了，叫我跑趟腿还不容易，英姐爹我也认识，那个老头子别看半把胡子的年纪了，可是一脑子无产阶级意识，这个事马到成功。”

喜来把详细情况跟老杨讲了以后，临走又三番五次的嘱咐老杨，叫他记着别忘了。

就在喜来跟老杨说话这个时辰，英姐在家里一边吃着饭，一边想怎么对她娘说，试了好几试，嗓子眼里总像塞住了棉花一样，“呼隆呼隆”的拉不出音来，肚子憋的实在太满，狠狠地把脸往下一拉，喊了声：“娘。”

她娘不知什么事，“啊”一声，睁着老花眼看英姐。

英姐吭哧了半天，憋了一头汗才说出她要跟喜来结婚这点意思来。她娘马上问：

“喜来是谁呀？”

英姐一说开头，也就没有顾虑了，她说：

“喜来你都不知道，我给你说过多少回，我们厂里那个小组长。”

她娘这才想起来：“噢，怪不得你一天的在我耳头旁说：喜来好，喜来好的，我早就知道是这么点事……他不是四十多了，咱可不寻那么个老头子。”

英姐乍一听闹愣了，后来一想那是从前自己跟娘挽的圈套，马上解释说：“人家今年才二十四岁，是我早先怕你疑心，我跟你撒谎，说他四十多啦。”

她娘还怕她胡弄，又问她：“看你个丫头，跟亲娘要起心眼来啦，他可真是二十四呀？”

英姐一听，跟她娘说了实话，倒引起她娘的疑心，急的要哭出来似的：“看娘你，不信你看看人家是不是二十四岁！”

她娘又说：“谁知道这个人性体怎么样，可不能叫我闺女受一点委屈。”她娘是心痛自己的孩子，老是这么不紧不慢的打听。她哪里知道英姐这急得冒火的心情，在英姐看来，好像她娘故意找碴，挑毛病似的，她就把喜来的优点从头讲了一遍，恨不得她娘一下子答应了她。但是她娘还是那么拿不定主意，又说：“咳，等着吧，等你爹回来咱再商量，你二姨那头还不知退得了退不了哪。”

英姐听她娘又提起二姨，眼泪就像炒豆一样，一个跟着一个往外滚。急的跺着脚，抓摇着她娘的手说："我不管她二姨八姨的，以后再不许她登咱家的门坎，你要不答应我寻喜来，我就不活了。"

她娘个软心眼，一见闺女跳着脚哭，自己那一点主意也不敢拿了，又是责备，又是心痛地说："看你这丫头，鸡毛狗眼的急什么，说'自由'，总也得跟你爹商量一下呀，也不能为这事闹的一家子不和气。"

英姐看看她娘不反对了，只好等着她爹下班回来再商量。躺在被窝里翻来覆去的想了半天，不知什么时候才迷登过去了。

喜来一早跟老杨说好，回家以后，说什么也睡不着了。刚闭上眼睛才说要睡，不知为什么"忽"的一下子爬起来，看看表才睡了一个钟头。再躺下睡，床上像有什么小针扎着肉一样，翻过来倒过去就是睡不着，好容易熬到下午三点钟，用水抹了一把脸，就跑到厂里去了。

进门一看老杨还在那看报，喜来劈头就问："老杨，你怎么还不去呀？"

老杨一看喜来毛手毛脚的这个神气，觉得好笑："你老弟睡'毛楞'了吧？怎么这么早就爬起来啦。"

喜来说："唉，不行啦，你不去，我是高低睡不着啦。"说着从腰里掏出一盒九龙枝香烟，递给老杨说：

"老杨给你，你到她家里见了她爹，给他个洋烟抽，慢着点聊，你把你那个小烟袋收起来……"

工人们都知道老杨的小烟袋。老杨闲着的时候就把它含在嘴里一个劲的吧哒，说话的时候也拿着小烟袋杆在手里摆弄。工人们都问他"进城为什么不吸个纸烟？"老杨总是说："咱不抽那洋烟，别看我这小烟袋锅不起眼，打家里出来那天在腰后别出来的，一跟十几年，打游击，钻山洞一天也没离手。不用说这会儿，日本投降那一年，到张家口烟卷公司工作，我也没舍得扔它哪。"于是工人们都知道老杨的小烟袋锅的来历了，没有事总爱说个耍笑话，给他个洋烟抽，老杨总是不要，还吸他的小烟袋。这会儿喜来递给他一盒九龙枝香烟，他还是不要，喜来说：

“你不抽，叫你拿给英姐他爹抽，你们俩好仔细谈谈。”老杨这才算接了过来。

英姐正在屋里睁着两个大眼想事哪，她想不知娘跟爹说了没有，她想她起来怎么跟她爹说，喜来托老杨不知怎么样………忽听门外有人喊：“马大哥在家吗？”英姐一听就知道是老杨那个铜亮的嗓门，欢喜的心都快跳出来啦。

老杨在解放以后，为职工会的事到英姐家来过，跟她爹认识，所以英姐爹一听是老杨，忙迎出去说：

“咳咳，哪阵风把老杨吹来啦，你可是稀客呀！”

老杨笑着说：“我可是打东边来的，哈哈哈，马大哥是白班？”

英姐爹说：“可不，刚放下饭盒，家里坐吧。”

老杨坐在外屋床上说：“我是夜猫子进宅——无事不来呀，我是来跟大哥讨论点知己事。”一边说着一边装小烟袋锅，忽然想起喜来交给他的九龙枝香烟，刚掏出来，英姐她爹拿出一盒“海燕”，两人互让了一番，点了烟，英姐爹有点猜不透是什么事，瞪圆了老眼睛，挺注意地问：

“唉，什么知己事哪？咱们兄弟没有什么说的，只要能办得到的没有不行的。”

老杨笑眯眯的总不肯把话说到头，他说：“有个喜事。”

英姐爹把眉头一挤，想不起什么喜事来，过一会挺正经的说：“你莫非为她二姨那个事？我可不是拿孩子一辈子大事耍笑玩的人……”

英姐她娘怕事地说：“咳，就没有那回事，说着玩的呀。”

老杨一听，知道他们把他的来意弄错了，连忙说：“那事我也耳闻过，不是那个事，我知道马大哥办不出那样事来。我是来给你们英姐提我们厂里的一个小组长，叫梁喜来，今年二十四岁，手艺好，人品正，你们英姐大概也同了意啦，你们老两口合计合计吧。”

英姐爹心直口快地说：“如今婚姻自主，咱当老的也不能包办代替，咱好赖是个无产阶级，咱能连这点理都不明白吗！只要他是正经八百的劳动人，孩子们自己愿意，咱当父母的没半点意见。”

英姐娘忙对她爹说：“咱英姐今早也跟我提这个事啦，依我看这事还得跟她姥娘商量商量，从小就亲她这么一个……”她有点怕英姐她爹跟老杨说死了口，战战兢兢的插上这么一句。

英姐爹大不赞成地说：“咳，这个事主要看这个人正确不正确，咱英姐愿意不愿意，她姥娘不姥娘的管什么。”

英姐娘被英姐爹一句话呛回去，再不敢插嘴了。英姐在屋里恨不得跳出来大喊三声愿意，但是老杨在这里怎么好意思呢。老杨又简单的介绍了一下喜来的情况以后，想想该说的也都说了，总得让人家有个开小会的时间，于是他把小烟袋锅一磕哒，告辞出来说：“你们商量一下，我擎等你们的好信啦。”

把老杨送出门口，英姐她娘就嘟哝说：“这个事得跟她姥娘商量商量，再说她二姨那头还不知跟人家王掌柜的说好了没有哪。”

英姐她爹一听她娘这个碎嘴子就有点烦了：“咳，管她说好没说好，咱也没把孩子卖给他，她二姨那个臭豆腐嘴跟人家怎么胡说的，咱管不着。”

英姐她娘又说：“那么可得叫她姥娘愿意呀，就这么一个外孙女……”

说的英姐爹老头子有点冒火了：“她姥娘，她姥娘，那还不是推辞话，也不是她姥娘要寻主！”

她娘看她爹一硬势，照古规，一噘嘴不言语了。英姐见她爹进来，头一句就说：“爹！这个事我已经愿意啦。”接着把头晌对她娘说的那一套又说了一遍。

她爹说：“这个事只要你自己愿意，咱当老的没有意见，只不过先不要着急，得落落这个热，叫亲戚朋友都知道知道，现在马上就结婚，叫人家猜疑：‘在厂里还不知胡搞成什么样了。’我就你这么一个闺女，跟我受了这么些年苦，解放啦，咱日子刚好过一点，总不能马马虎虎把你打发出去，等什么都预备齐全了，好好办办这桩喜事。”

她娘一看人家爷俩商量到喜事上去了，她也就随大流的插进来说：“怎么的还不得做几件随身穿的衣服，被子褥子总也得有啊。”接着又讨论起嫁妆的事，她二姨，她姥娘也忘到一边去了。

九　婚礼

秋去冬来，快过阳历年的时候，有一天在布厂布告牌前面围满了一大群刚下班的工人，都仰着脸看着一张又红又大的布告，有人就出头念给大伙听：

梁喜来、马英姐二人订于十一月二十四日下午七点在本厂课堂举行新婚典礼。因为现在正在解放战争期间，一切从简，所有金钱礼物一概不收，如有献词、贺联等礼物特别欢迎，请尽早交给老杨同志。新婚典礼筹委会。

念到末尾，不知谁领头，“噢”一声，人们都拍着巴掌笑哇，叫哇，嚷成一片。你一言我一语，七嘴八舌的发起议论来：

“娶媳妇还有委员会，活这么大还没见过这么新鲜事哪。”

“喜来小伙子真抖上天了，穷工人娶媳妇，开天辟地就没有这么大的排场呀！……”

“赶上好时候了，要不怎么叫解放呢。”

个个都兴高采烈的等待着这个喜庆日子。

结婚前几天，住在工房里的人们，男女老少齐动员，真像早先大门户人家办喜事似的，出来进去，赶庙会一样。在职工会的办公室里，老太太剪窗花，糊灯笼；手巧的女工做彩球，扎大花；识字的工友编喜歌，写对联；连七八岁的小闺女们也来凑热闹，帮助剪剪字，跑跑腿。人们一边干活，一边谈论着，说着笑着，说的都离不了英姐喜来这个题目。

子弟小学忙着练喜歌，上下班的工人走到旁边，听着听着都不愿意走了，有的就跟着张个大嘴唱起来了。大家唱到："太阳出来明又亮，喜来英姐喜洋洋，夫英雄来妻模范，一对劳动好榜样，唉咳哟……，"你看我笑笑，我看你笑笑，厂里到处是一片欢笑和歌声。

在忙人里特别忙的该属老杨。他被选为新婚典礼筹委会主任，这个上街买东西，借幕布；那个布置礼堂，请客，从头到尾的筹备工作都是他的总指挥。忙的老杨冬至的天气鼻子尖上挂汗珠，小烟袋锅也顾不得吧哒了。

大人忙，孩子忙，男女老少一齐忙，单单把喜来跟英姐两个人闲起来啦。什么事都有筹委会，他们俩半点心也不用操，还是照常如此的上班，擎等着十一月二十四。工友们见了面不免要逗逗乐，有人见了英姐一把拉住她说："喜来大嫂，你好啊？"英姐歪个脖子，大眼一瞪，好像要发火，赶别人再一逗，她也装不住，握（抿）着嘴笑着跑了。有人见了喜来，拍打着肩膀说："喜来你个'捣蛋鬼'可走了'红运'了，娶了这么个呱呱叫的好媳妇，小心别乐折了腰。"喜来跟人家一拳一脚的就闹开了，可不怪人家说，这脸上的肉就是不听他的话，用牙咬着都闭不上，非咧开笑不行。

奇怪，平常喜来跟英姐那个如江似海掏不完说不尽的话，到这几天一句也没有了。光是见了面，你看看我，我看看你，闷头干活，干的比从前更猛。对小山更加劲的帮助，弄的小山搭拉着脑袋，一天天不说一句话。

按规矩工人结婚是公假三天，工资照发。可是到了十一月二十四这天早上英姐来了，唉！喜来也来了。于是全厂一部车传一部车，到处都嚷嚷开了："好家伙，这小两口真是不要命了，一辈子就这么一回的事都不肯歇一天哪。"

有人就拉着喜来跟英姐叫他们回去："算了，你们回去吧，人生一世还能有第二回呀？！你们回去了，选模范也忘不了你们。"喜来上来那个牛脾气，谁也推不动，他说："你们叫我回家闲着干什么？看一天小车嘎嘎的，多织四十多码布多痛快。"

女工们拖英姐，她也不肯回，有人把这事报告给王管理员，老王来劝他们还是不行。喜来当着大伙的面说："今天六点下班，七点行礼，你们放心好了，什么公事也不能耽误！"他把"公事"两字咬的特别狠，惹的哄堂大笑，弄的英姐满脸通红，使劲瞪了喜来一眼。老王看看实在没有办法，只好叫他们上班去了。

天到六点多钟，下班的工友，洗好脸，换上干净衣服，连跑带颠地挤到课堂里来，参加新婚典礼。

一走到门口，个个都不约而同的："唉哟"了一声。原来今天的课堂，经过老杨领头这么一布置，弄的人们眼都花了。没等进门就看见在门框上，一个横匾式的红灯，两旁用大红彩绸结着大红花，上面用金黄小米粒粘了两个大字——"礼堂"。走到门口，红灯照在脸上放红光。门两旁贴着大红对联，写的是：

"庆祝解放新婚礼，争看劳动自由花。"

走进里门一看，好家伙更吓了一跳，平常只是白净净，秃溜溜的课堂，今天变成了十八九的大闺女，穿红挂绿，擦脂抹粉，打扮得要上轿一样，真是喜气盈门庭，红光满堂照。正面紫红的布幕上面贴着黄字镶红芽的大字，在镰刀斧头的红旗下面，挂起毛主席和朱总司令的像，慈眉笑眼的看着大伙。四墙上贴满了红红绿绿的献词，贺联。特别引人注意的是对面正中，总厂长老徐送的一个横匾，绿葱葱的松柏枝子中间夹了四个红地金字，写着："劳动姻缘"。谁进来都要念一句："劳动姻缘"。

天快到七点了，礼堂里已经是挤得满满的。忽然有人大喊一声："总厂长来了。"众人扭头回去一看，总厂长老徐后头跟着工程师，工务部长，胸前都戴了一个红绸条条，笑嘻嘻地走进来。不知谁领头“哗”一声，掌声四起，像下暴雨一样。老徐满脸带笑的跟前排的工友们拉手。工友们都亲热的把老徐围住，问东问西，打听总厂的情形，像多日不见的老朋友，唠的那么有滋有味。

正在众人说笑的时候，门外有人喊：“新女婿，新媳妇来了！”这一声不要紧，全体工友都狠命的鼓掌，“哗……”，响成一个音了。手掌都拍红了，膀子累痛了，还是拍；“噢……”，嗓子喊哑了，耳朵快震聋了，还是喊，简直屋子盖都快起了空了。

老杨在前头两手开着路，把喜来，英姐领到白布桌子后头坐下。众人探头探脑地看喜来，看英姐。只见喜来刮光了脸，身穿了一套刚沾身的青布制服；英姐穿了一身蓝布裤褂，脸上比平常更红得发亮，只是那双大眼睛，盖在眼皮底下，看不见“滴溜，滴溜”的转了。

老杨喊了好几声开会了，这才慢慢的安静下来，最后还说话那个人，让旁边人用胳膊肘一撞才住了声，大家这时才注意看了看老杨，他今天也居然刮了刮脸，身上那套灰布制服也洗了洗。

开头，大家“可嗓灌”，唱了“没有共产党就没有中国”。老杨这才笑眯眯的，稳稳当当地说了一句：“同志们”，一句话还没有接下去，底下的话被一阵掌声给淹没了。老杨等着掌声安静下来，才又说下去。他的开场白，主要说咱这是无产阶级的革命的婚礼；跟那些哭着叫着搀上轿的封建买卖婚姻不同的；跟那些蒙头纱大礼服资产阶级的“文明结婚”也不同样，这是新社会工人的婚礼。末尾说，因为蒋介石匪帮还没有最后消灭，还不能太讲究，要朴素，庄严……。

在老杨的话之后，子弟小学唱了一段喜歌，职工会派了两个小女工，给喜来，英姐各戴了一朵鲜红的大红花，红花衬着他们俩嬉笑的脸色，越发显得新鲜，高兴了。

老杨一边念叨着对毛主席，朱总司令，证婚人老徐，主婚人喜来他哥，英姐他爹敬了礼，就是把他介绍人忘了。底下有人喊：“向介绍人老杨鞠躬！”老杨忙说：“唉唉，我这个不算，”可是喜来和英姐自动的朝老杨深深的鞠了个躬，急的老杨忙拦住：“行了，行了。”惹的哄堂大笑。

敬礼最末一个是新郎新妇握手。喜来跟英姐闹误会那天晚上，在解放大街东口，握过一回手，但是今天在几百双眼睛底下，英姐真有点不好意思了。喜来先伸出手来，底下不知谁喊叫了一声，英姐一咬牙，反正不在乎的伸出手来和喜来紧紧的握了手，闹了个满堂叫好。

证婚人老徐讲话，主要是解释他送的匾，他说："喜来和英姐结婚一不是前世有缘，二不是天老爷配好的，是因为他们俩，他爱她的劳动，她也爱他劳动，劳动当了他们的媒人，所以我说这叫'劳—动—姻—缘'。"

工程师，工务部长做为来宾，英姐爹，喜来哥做为家长都讲了话之后，轮到介绍人老杨讲话了。

老杨上得台来，乐的合不上嘴，话里都带着笑声，用大嗓子问大家："同志们，高兴不高兴？"底下工友们都一个音的喊："高兴！"

他又问："热闹不热闹？""热闹！"又是雷轰一样的回答。

他接着问："光荣不光荣？"底下的工友答的更有劲了："光荣！"

老杨连问三声，全场哈哈大笑一阵。老杨在桌子后头说的不得劲，转到桌子前边说：

"今天我们高兴，热闹，光荣，这都是老徐说的一样，这是劳动的姻缘。谁要不好好劳动，当二流子胡混哪，得打一辈子光棍，你们说对不对？"底下又是一个音的喊"对"。

可是这会却有一个人，偷偷的坐在礼堂后隔拉里，听了老杨的话，众人说的"对！"好比一个响雷霹在脑门上，"嗡"的一下子，头发胀，心发慌，他心里说不出酸甜苦辣。此人不用说，大家也知道，他就是周小山。

老杨说到介绍人时，他说："我这个介绍人哪，是聋子耳朵——摆饰。"说的大伙又都笑了。

他说："同志们不用笑，我说的句句是实话，人家是两个人你看我积极，我看你进步，背地里商量好了，找我跑趟腿就是了。不过咱这个介绍人，可不像旧社会那个‘媒婆子’，‘隔山买老牛’，不许人家对面看，两头使钱两头骗，弄的人家一辈子不和气，我可没图利，没图钱哪。”惹的大伙哈哈大笑，连英姐也憋不住劲，跟着笑开了。

老杨的话说到这里，又刺中了一个人，那就是大名鼎鼎的“皮条牵”——孙王氏。她看人家喜来跟英姐结为夫妻，她就想：“我这使坏，叫人家骂我一辈子。”心里就有点愧，谁知老杨一提“媒婆子”三个字，不少人扭头到处找着看她，任凭她脸皮有地厚，也经不住这么大的火候，要是会地遁，恨不得一头就钻到地里去啦。

请新郎新妇讲话了，喜来在众人一阵热烈的掌声中走上台来，先从桌子底下拿了一大包东西，众人不知怎么回事，好奇的瞅着他。喜来上去头一句就说：“我谢谢厂长，老杨所有到场的工友们，我特别谢谢毛主席，朱总司令，咱们的人民解放军，没有他们，我梁喜来还是在官僚资本家的脚底下当牛马，受剥削，如今来了共产党，我才能这么欢天喜地，结灯挂彩的娶媳妇。我梁喜来活了二十四岁，做梦都没想到我有今天，从今往后，我要不跟毛主席，共产党干一辈子，我都不是爹生娘养的……。”说的有些激动，眼泪在眼圈里打转转，底下的工友们连连点头，从心眼里赞成喜来这两句话。

喜来把桌子上的一包东西拿过来说：“咱吃米不能忘了种谷人，今天我也忘不了解放军。没有别的，我买了几打袜子，胰子牙粉日用品，英姐给绣了个慰劳袋，交到职工会，慰劳前方战士，算表表我这一点心意。”当场把东西交给老杨，大家又是一阵热烈的鼓掌。

这时忽然打人堆里钻出一个人，一边往前走，一边嚷：“主席，许我说两句吧。”众人回头一看原来是周小山。全场鸦雀无声，心想：“这小子又捣什么鬼啦。”只见周小山憋的满脸通红，吭哧了半天才说：

“众位工友弟兄们，我，我听了老杨的话，又听了喜来的话，我好比吃了一付神丹仙药，把我的心眼洗清亮了，把我的脑筋洗白净了，我也不怕众位见笑，我得说说我这一段不光荣的事……”他把他过去和喜来的关系，解放以后两人思想上怎么越来越分家，上回想寻英姐那回故事，以后老杨又怎么教育他，喜来英姐怎么帮助他，让他觉出自己的不是，如数的说了一遍，说着说着他提到和喜来一样的工人，为什么人家这么光荣，自己这么现眼，眼泪糊糊的要哭的样子。他这一来，感动的喜来也憋不住劲，上来说：

“小山俺俩是老打伴，他思想不清，我也有一份过失，解放后我就没拿他当弟兄看……”

喜来检讨了自己的错误，当场找到小山拉了拉手，闹的满场鼓掌，开了锅一样。

最后一项，老杨可着嗓门喊：“新郎新妇手拉手入洞房”，这一声还没念完，年青小伙子们，一拥而上，把喜来和英姐架起来，拥到洞房里去了。

十　喜讯儿

喜来跟英姐恋爱的故事，到这里算讲完了，但是最后还必须加上个尾巴，告诉大家几个喜讯儿。

喜来跟英姐结婚头一黑夜，两个人躺在床上，头对头，脸对脸，你看我，我看你，兴奋的睡不着觉，老半天不知说句什么好。喜来还接着刚才在婚礼上那个感动的心情说：

“小山要能转变，咱们组一百一的模范组，没跑啦。”

英姐也高兴地说：“在礼堂我一看他出来，还担心他搞什么鬼呢，想不到咱结婚给他上了一课。……其实自打上回孙王氏造谣以后，他就黏糊的多啦，咱再一帮助他，人心都是肉长的，他能一点不动心哪！以后你只要能像在会上说的一样耐心帮助他，咱这模范组算打了金箍啦。”

喜来说：“对！我一定接受你的意见，我什么时候犯了病，你什么时候批评我……"

正说到这里，忽听门外，"呼洞"一声有人砸门，吓的喜来赶紧爬起来关上电灯，大声问："谁？"只听外面老老少少一大帮，一面跑一面笑着。

喜来英姐这才恍然大悟，原来今天是头一黑夜，"听窗户根"的还没走哪。

喜来说："这些人真下功夫。"英姐有些埋怨喜来为什么不惦记着这个事，什么话都叫人听去了。

果不出英姐所料，喜来跟英姐说的话，第二天就传开了，人们连比画带表演的，讲他们怎么躺在床上，怎么谈到小山，还有人编上喜来又怎么给英姐敬礼……说的好热闹啊，传到哪里，哪里就是哈哈大笑。

一传十，十传百，不到一天的功夫，这话可就传到周小山的耳朵里。韩书义看小山搭拉着脑袋不说话，他劝小山说：

"你看人家小两口，头一黑夜就惦记你的事，你再要不好好干，可真对不起人家这一片好心啊！"说的小山心里挺难受，一声也不言语。

喜来跟英姐结婚以后，真是不含糊，打第二天上班起，英姐有空就帮助喜来看车，喜来就去帮助小山看车，接头，换梭，见了什么干什么。

有时候小山打茅房回来一看，喜来正在他车上拆布，整乱纱，小山觉得脸上挂不住，马上抢过来说："我来吧。我来吧。"但是喜来还是帮助他，直到干完了才走。

这样天长日久，小山该跑五趟茅房，连三趟也跑不上了，他想："咱多织码数，咱自己多拿小米，人家一个子不图，这么实心实意的帮助咱……，再说他们俩一点也不记我的仇，再不掏把劲干干，我周小山可真一点人味儿都没有啦。"

小山一干的起劲，喜来就想："以往我也帮他干了不少，可是那会我帮完了，还得臭骂人家一顿才解气。如今不打不捶，也一样自觉的积极起来了，老杨、英姐这个法灵验。”喜来这么一想，对小山的态度更加和气了。喜来越和气，互助，越叫小山不过意，想起过去干的那些肮脏事儿，恨不得打自己两个耳光子。这么一来不到一个月，小山的码数也超过了四十码。

阳历正月，半年工作总结的时候，喜来英姐组个个都超过了四十码，当选了模范组，一杆红旗插在他们组的车上。

喜来跟英姐两个人，每台车平均码数超过四十五，帮助周小山转变有功，当选了个人模范，厂里奖给他们俩一个人一个红星围腰。

喜来跟英姐身上戴着一个雪白的新围腰，在左角上扎着一个鲜红的五星，像一个花朵开在他们身上，人人见了都要搬起大拇指头说：

“哈哈，真是名不虚传的劳动姻缘儿啊！”

1949 年 10 月 21 日写完于北京多福巷

北京，天下图书公司 1949 年 11 月初版

选自北京天下图书公司 1950 年 7 月第 3 版

女厂长

江　帆

一

林苇一个人在屋里坐着，等的心里发慌。她打开箱子，想找一本小说来读，翻了半天，才找到了她最喜欢的《钢铁是怎样炼成的》。这本书她已经看过好几遍了，可是总好像没看够似的，看了还想看。保尔·柯察金的一生，他那种钢铁的意志，使她很感动，也给了她不少的启发和力量。

她侧着身子，躺在床上，翻开书，看了几页。突然，一张用红格稿纸写的信，从书里掉出来。她一看就想起了这是严瑾在一个月以前写给她的。她当时正忙着下乡去工作，只草草的看了一遍，就顺手不知夹在什么地方了。以后想要再看，总想不起夹到哪里去，找了好久都找不见，谁想却在这时突然出现了。

于是，她放下了小说，读起信来。这里，严瑾首先讲了些自己的情形，接着她就感慨的写着：

> 十年的时光一晃过去了，现在，我们都已是三十岁以上的人了，我一年比一年更感到时间的可贵，一年比一年感觉得自己的工作做的太少。我最近读苏联文学史，看到了华列里·勃柳索夫的这么一段话，他说：
>
> “应当工作！应当完成一些事情！否则无论你怎样谈，仍旧不会有什么东西的，差点儿就要变成可笑的了。要工作，生命是不等待人的！……”

林苇仔细地把信读了一遍，又重读一遍，不想再看小说了。她好像从严瑾的信里，发现了新的东西，特别是勃柳索夫的那一段话，她甚至不记得自己曾经读过它了似的。时间、工作、生命，一起涌进她的脑子里来，她轻轻地自语着说："是啊！应当工作！……生命是不等待人的啊！"

她想起了严瑾，她比自己还小两岁，连她，都觉得时间可贵了。自己呢，几年来，虽然也一直在工作，整天忙着，但却除了在过年的时候，觉得日子过得快以外，平常是不大想这些的。像严瑾这样精确地估计时间和生命的意义，从来还没有过。她有些惭愧的想到自己，这一次组织上调她和她爱人周华到沈阳来，他们猜想过，可能是让去搞工业，但林苇已经有了三个多月的娠子，一路上，周华都企图说服她，要她和他在一起，做点轻巧工作。他说，这样他可以关照她。她不同意，两个人因此闹了点小别扭。今天过午，工业部找周华谈话，她本想也跟了去。后来又想，既然组织没找她，也不好去，只有等周华去谈回来再说。因此才一个人留在家里。

林苇拿着信，想了又看，看了又想。想着，慢慢的眼睛就合上了。

周华回到招待所，已经四点过十分。他走上楼，轻轻地推开门，一看，林苇不知在什么时候，已经睡着了，枕头边放着一本打开了的书，上面还有一张红格的稿纸，看样子睡得很香，胸脯起伏着，嘴角边微微的挂着笑。周华不想立刻唤醒她，但又怕她凉着，就取了一件大衣，蹑手蹑脚地走到床跟前，轻轻地给她搭在身上。不想只略微一动，林苇的眼睛就睁开了。她揉揉眼睛问周华：

"你回来多久？"

"刚回来，你这几天路上走累了，还是多休息一会儿吧！"周华关心地说着，在床边上坐了下来。

"不！我不困！"林苇一边坐起来，一边说："谈的怎样？工作确定了么？"

“你猜！”周华笑，故意不告诉她。

林苇想了一想，说：“上电业局吗？”因为周华在大学里念过电机系，所以她这么说。

“差不多！”停了一会，周华又接着说：“你的工作，组织上也谈了，让你先和我一起去，生了孩子以后再说。”周华把话拉长了，一字一句的，故意说得很慢，他注意地看着林苇的脸。

“什么？”林苇的脸突然红了。

周华又重复了一遍。林苇不等他说完，就高声止住他：

“得了，得了，不用说了。你搞电业，你自己去，我不去！我又不是家属！”

“不是拿你当家属看，是叫你去工作！”周华见林苇生了气，连忙赔笑地说。

“我不去！到哪工作不行？！为什么偏和你一起去！”林苇更火了，气呼呼地反问说。

“组织上是为了照顾咱们，你现在是怀了娠子的人。”周华低声劝她，“和我一起，也方便些。”最后，他又加上了一句。

“照顾！为什么要照顾？我不需要，我要工作！”林苇理直气壮地，声音也高了。“我自己去找组织谈，要求分配工作！”她甩开周华，跳下床来就往外走。

周华看见林苇脸红气粗，眼睛瞪的溜溜圆，知道她真恼了。急忙一把，把她拉在床沿上坐下，说：

“你看，你这个人总是这么着急，我的话还没说完哪！”说到这里，他犹疑了一下，又轻轻问道：“我知道你的打算，可是，工厂那里复杂，困难又多，你能吃得住吗？”

林苇的眼睛发亮了，她反问周华：

“你这是什么话？我什么时候告诉过你，要找一个没有困难的工作？请你相信，一个共产党员，什么困难也吓不倒她的！”

周华语塞了，愣了半天，才又吞吞吐吐地说：“组织上并没正式谈到你的工作，只不过征求一下我的意见，说过一天再找你去谈话。”

“那你刚才为什么不这样说呢？”林苇紧钉着又问了一句，脸色已经平和下来了。

周华脸红红的，不作声了。他原先以为，只要把话说一半，林苇以为是组织的意见，也就同意了，谁知并不能马虎过去。

林苇也沉默了。她明白了：这完全是周华的意思。是他，希望她和他一起，是他，希望她为他安排一个小小的家，他把她看成是他的所有，要求她在他身上多花时间；至于工作，多多少少，做一点就行，这就是周华的全部心思。

可是，他想错了，林苇完全不是这样的女人。

从一九四五年到东北后，林苇和周华曾在一块共同工作过半年，以后就分开了。她不愿意和周华一起，也有她的理由：

第一，她以为，两个人一起，容易公私不清。既在一起总会有意见不同的时候，争论起来，常常开始还是为工作，争来争去，就扯远了，平常日子的瓜藤瓜蔓，芝麻大的小事也拉进来争个不休；而且两个人水平差不多，谁也不服谁，往往当人面闹得脸红脖子粗，彼此心里都不痛快。自然，事情过去了，两个人又都责备自己，后悔不该如此。特别是林苇，觉得自己很不好，对周华要求太高，太容易使小性子，不照顾影响，可总是注意的不够，不知不觉又犯了。

另外，既在一起，就有些私生活的事情，要消耗去一部分精力与时间，有时也引起一些不必要的纠纷，倒不如在两个机关，感情反而融洽些。而且她想，到群众中去，她的任性的脾气也会自觉的注意一些的。因此，他们就决定离开了。虽然以后周华曾向她表示，愿意仍旧调到一起，可是她却说：

“不，让我自己锻炼锻炼吧！和你一起，会助长我工作的依赖性！”

其实，这只是一部分理由，她心里还埋着另外一种思想，没有完全说出来。

一九三九年，林苇在延安学习的时候，担任班里的学习委员，周华是小组长，两个人在一个小组。那时，周华刚刚从秘密工作环境里到根据地来，自尊心很强，以为自己是大学生，又是在白区里参加了党，颇有些自负，对于这个比他年青而又单纯的女同志，心里暗暗的瞧不起。初接触时，他感觉林苇很严肃，面孔冷冰冰的，似乎有些拘谨而呆板。可是，渐渐的他开始喜欢起林苇来了。不知道为什么，他觉得她很恬静，不多说话，却有一种说不出的吸引人的地方，高个儿，椭圆脸，一对秀气而灵活的眼睛，清清亮亮的，那么明朗，那么正直，那么坦白，又那么真诚，仿佛一眼就看进你心里去。但是，却又似乎有着一种难于接近的尊严和高傲。

慢慢的，日子长了，周华便发觉，他是那样地喜爱着林苇的优美的性格，那是只有在人们长期相处之中才能体会出来的。林苇那种爱工作，爱同志的热情，使他感动，好像她从来都不知道疲倦，一天到晚，总是那么愉快的，无休止的工作，热心的帮助别人。

周华感到他愈理解林苇，就愈是不由的倾向她，喜欢看见她的脸和听见她的声音。但他努力不让自己的这种感情表露出来，可是却寻找一切可能的机会和她接近。小组长照例是要向学习委员汇报的，当他和她单独走在操场上，低声谈着的时候，望着她的眼睛，他的心是多么幸福啊！他相信，林苇对他也不会错。他知道，她曾经说过："他是一个很有办法的小组长！"事实上，也可以看出来，她很尊重他，因为她常常虚心向他请教，和他讨论问题。

有一次，小组里开检讨会，有个同志给周华提出意见，批评他不够虚心，有些自高自大，个人英雄主义。周华脸红了，立刻起来分辩，说是没有那回事，他主观上从来没有看不起谁的意思，至于不爱说话、沉默，那是个性。说完了坐下来，偷偷的看了林苇一眼，觉得脸上很难堪。最后，该林苇说话了，周华沉沉的望着她，满以为林苇对自己了解较深，也许会提出不同的见解。不想她却郑重地说："我同意大家的意见！"这句话一出口，周华就像雷轰电掣一般，心都掉到了冰窖里。他懊恼地想："你也和别人一样，不理解我！跟群众跑，没主见！"以下林苇再说些什么，他就模模糊糊的，听不进去了。只听见她说他有些清高，使人不容易接近。……

周华不愉快了好几天，他第一次感觉到，自己的自尊心受了伤。虽然冷静想时，自己也确实有缺点，但他羞于承认，特别是对那些他以为不如自己的人。好几天来，他却很少说笑。吃罢晚饭，也不和同志们一起到河边去散步了，只一个人留在屋里。他怕看见林苇，一看见她，心里就越发不好受。是气恼呢？还是羞愧？连他自己也说不明白。可是，林苇的眼睛偏又老是那么真诚的盯着他，好像是问："你这是做什么呀？"周华就低下了头，他的心陷入了矛盾和痛苦里。他感觉：只有自己是孤独、苦恼的。而她、他们大家，都明朗而愉快，这是为什么呢？

一个星期之后，星期六的晚上，周华找到了林苇，两个人坐在延河边的大石头上，谈了两个多钟点，流水哗啦哗啦的响，听着他对林苇的倾诉。在几天的内心斗争之后：周华终于下了决心，向林苇，向小组，彻底检讨自己。

周华在进步着，他和林苇的感情也加深了。他尊重林苇，林苇也尊重他。在相互了解与尊重的基础上，两个人相爱着，学习结束以后，就结了婚。

结婚以后，慢慢的，林苇感觉出情形有些变了，周华很爱她，这是不错的；可是，他从前那种把她当做一个同志，共同学习与工作的同志关系已经不再存在了。他只是把她看成自己的妻子，对于她的工作和发展并不怎样关心。而她，一个革命者，却首先是以全心交给人民的事业。她爱周华，但她更爱工作。

就是这个思想，一直深深的埋在她的心里，没有说出来。她以为，周华有些变了，这种发现，开头很叫她难过，可是转念一想："好！走着瞧，看工作吧！"她就不言语了，把一切精力都集中在工作上。她相信自己有足够的力量，在党的领导和群众帮助下，会把一切都搞好的。就这样，林苇坚持着自己的工作岗位，一直到现在。怀了孕以后，依周华的意思，想要求把林苇调到自己的机关里去。但林苇执意不肯，她说那未免太大惊小怪了，哪个女人不生孩子？哪个女同志不做工作？只要自己注意些就行。周华拗她不过，只得罢了。

这时，正好组织上去信，调他们到沈阳来……。

吃罢晚饭，林苇和周华慢慢走回自己屋里。刚刚坐下，电话铃就响了。周华拿起耳机，听见是一个女同志的声音。他“嗯”了一声之后，就放下耳机，笑着告诉林苇：

“是严瑾，她说一会儿来。”

周华也认识严瑾，他们三个人那时都在一个班上学习。严瑾是林苇中学的好朋友，抗战以后，两个人一起，偷偷的离开学校，跑到延安。一九四〇年以后，她就随战地记者团上了前方，八一五以后，在北满见过两次，但现在又已经有一年多没见面了。

门开了，严瑾满面是笑的走进来，进门就说：“好呀！你们来了好几天，为什么不早通知我？！”

她还是和从前的样子差不多，只是稍稍黑了一些，还是那样开朗、愉快、谈笑风生，走到哪里，哪里就像一团火。

林苇高兴地抓住严瑾的手，要说的话太多，一下子反不知道说什么好了。倒是周华问道：

“老林怎么没来？”

“他进关去了！”严瑾回答，向林苇上下打量了一眼，问说：“你们上哪里去过？碰见什么熟人没有？”

“土包子，头一回到沈阳，不敢上街，怕丢！”周华笑着摇摇头。

“谁不知道你是上海人，道地洋包子！我知道，是怕林苇闪着了，对吗？”

三个人同时都笑了。

他们谈着，谈着过去的一切：前方，后方，生产和战斗……话，好像永远也说不完。过了半天，严瑾才想起来问林苇：

“工作决定了吗？”

“我到电业局去，她——”周华还没说完，就被林苇抢了过去：“我的工作还没决定，我想要求去搞工厂，你看怎样？”

“好！你有魄力，干行政工作很合适。”

说着，严瑾又像想起什么似的说：“现在，也是该事业化的时候了，从前是战争需要，只好哪里需要就到哪里去。现在我们已经进入了城市，需要好好进行经济建设，什么工作都应该‘专’了！”

林苇点点头说：“是的，从前咱们在山沟沟里，学会了开荒，现在应该学会管理工厂了！”

“只要学，没有学不会的！”严瑾说。“开荒那时候，咱们女同志一清早起来，就蹚水过河，抢先爬到山顶上，怕人家笑咱们落后！”

“咱们多会也没落过后，现在，我相信，也一定能跟得上！”严瑾自信地说，她被林苇引到对延安的回忆里去了。

在延安生活过的人碰到一起时，最喜欢谈延安，延安的人，延安的故事，延安的工作、生活和学习。回忆延安的一切，对他们是一种愉快，想起它，他们的心就会感到无比的亲切和温暖。延安，这培养了他们的革命圣地，革命者的家啊！

周华已经半天没言语了，这时也插进来对严瑾说：

“你走了以后，我们还学会纺毛、纺线。林苇买了三斤羊毛，自纺自织，织了条裤子，一直从延安带到东北，到现在还留着。”

林苇也笑着告诉严瑾：“你看，连他这个二流子也改造了，从前五谷都不分，以后也学会了种地、种菜和种瓜。”

“那时候是手工业，现在咱们可是有了近代化的工业了。”周华紧接着说。

“真是，一晃都十来年了！”严瑾的脸色突然严肃起来。林苇给她这一提，也不由的想起她信里的话，把刚到嘴边的话又咽住了。三个人都静下来。

停了一会，还是周华问道：“你们报社工作很忙吧？”

“很紧张！”严瑾说，“我倒也还习惯，不过我老是感觉，日子过的太快，时间总是不够用。还没做出多少事，一天就又过去了！”说着，她站起身来：“我要走了！”

林苇把严瑾送到门口，看着她在街口上拐了弯，一直到看不见了，才掉转身来，慢慢地走回去。

二

和组织谈过话以后，林苇又到医院里去检查了身体，医生告诉她胎位正常，第三天，她就搬进机械工厂去了。

一走进办公室，就看见一个瘦瘦的男同志，没精打采的，坐在桌子跟前，低着头，不知在写什么，听见有人进来，他动也不动，眼睛皮微微向上抬了一抬，冷冷地问道：

“找谁？”

“吴明同志在不在这里？”

“有什么事？”声音是不耐烦的。

林苇从他的态度看来，知道这就是韩局长和她谈的那个副厂长吴明了，韩局长说，吴明闹地位，要求休养，组织上没批准。她仔细的看了他一眼，然后笑着自我介绍地说：

“我是林苇！”

吴明冷淡地站起来说：

“哦！局里已经打电话来说过了，请坐吧。”

林苇就在吴明对面的椅子上坐下了。

“你从哪里调来的？是从省里来的吗？”他等着她回答，勉强笑着摇了摇头说：“唉，工厂工作真够受，可不像在地方上那么痛快啊！……”

他有些懒懒的，言语之间，露出一点瞧不起人的样子。

林苇问起厂子里的情形时，他只简单的谈了几句，就推说：

“具体情形过一天找各科科长来给你汇报一下吧！”说着就皱起眉头来：

“管理工厂可不简单，这里面有很多问题，一下子也说不清楚。”过了一会，他站起身来说：

“走！咱们看看张克清同志去！”

总支书记张克清，正坐在屋里看文件。一见面就可以看出他是个工农出身的老干部，说话带点江西口音，样子很老实。他笑嘻嘻地把他俩让进屋里。刚坐下，窗户外面就有人问：“吴厂长在这吗？”吴明应了一声，门随手开了，走进来一个人，宽脸，中等个子，一直走到吴明跟前，低低地和他说了几句话，张克清招呼他说：

“老赵！这就是咱们的林厂长！”

老赵掉过脸来和林苇打了个招呼。林苇才明白，这就是吴明说的那个老技工，工会主任赵向海。

赵向海是个十七年的老钳工，厂子里第一个新党员，沈阳刚一解放，他就去受训，在那里入了党，办事热心，在群众中很有威信。昨天晚上，他到吴明屋里去，吴明告诉他说：“老赵，咱们要来个女厂长了。”他听了一愣，心想：“怎么是来个女的呢？”老赵就是有这一桩，向来瞧不起女人，没解放以前，有气没处出时，也打过老婆。他常说：

“老娘们除了看家守灶的，能干啥？”虽说如今开通了些，老婆也不打了，可他心里总还是有那种旧思想：“骒马哪能上阵？女的总比不上男的。”看见林苇，他又想：“女厂长总不如男的好。”因此坐了不一会，就起身走了。

林苇和吴明在那里坐着，闲谈了几句。林苇和张克清谈起厂子里干部和党员的情况。这时，吴明突然插进来笑着对林苇说：“你真行，要我是个女同志，我就不搞重工业！”林苇朝他看了一眼，勉强笑笑，反问地说：“为什么？”“女同志一般的身体不好，太累了吃不消！”吴明知道自己有些失言，就拿话支吾过去，林苇也没有再答话。

过了一会，她才说："我们到现场去看看怎么样？"张克清说："我还要和一个人谈谈话，老吴，你和林苇同志去吧！"吴明不大愿意地"嗯"了一声，站起身来，林苇也就跟着走出来了。

厂房门口，有几个工人坐在太阳底下，嘻嘻哈哈，说的正起劲。看见吴明，笑着住了嘴。吴明问他们为什么不干活，一个年青小伙子站起来，高声说："待料嘛！"

"工务科没拿图纸来！"另一个人又接上说。

吴明领着林苇在厂房里走着。他走得很快，林苇几乎跟不上他。林苇有时想在床子跟前站一会，看看，可是吴明已经走过去了，只好跟上前去。她问些什么，吴明也总是不大耐烦的，哼哈地应着。有时，还轻蔑地朝她望一眼，好像是嘲笑的："你连这个也不明白呀！"林苇心想："这个人怎么这样呢？"后来，她索性也不问了。只有一次，走到一架很大的机器面前，她站住了。吴明突然夸耀地指着：

"你看，这叫龙门刨！这是沈阳最大的一台机器，只有咱们厂子里有！"

厂房是出奇的高大，但却总好像缺少一点什么东西。有几台机器直挺挺的躺着，没有开动，也没有修理。机器上糊满了油腻，地上一堆一堆的铁屑，好像很久都没扫过了。看见吴明领着林苇进来，工人们都爱理不理的，有的人朝林苇看了又看，然后回过脸去，和旁边的人，叽叽咕咕的，低声笑着，不知说些什么。当他们刚走出了厂房门口，那几个闲谈的工人就吵吵开了："这女的来干啥？"

"参观呗！"

"不，八成是来工作的，我在门口碰着她往里搬行李！"

"男的还不行咧！来个女的能顶啥？"

最后这句话虽然说的很轻，可是林苇还是听见了。她只好当做没听见，和吴明又走进另一个厂房去……

晚上，电灯光下，林苇在自己底日记上写着：

刚到厂子，一切都很生疏。看来，问题是很多的，干部工作疲沓，因此工人的生产情绪似乎也不太高。我总感觉，好像是机器在操纵人，人还没有能掌握机器。

也许我看的还表面，还需要深入的了解。……管理工厂，自己是个外行，但只要深入下去，向群众学习，我一定能学会它。

写到这里，她把笔放下，想起了吴明今天对她的那种态度，起初感觉有些不舒服，后来又想："好！工作起来再看吧！只要工作搞起来，一切问题都会慢慢解决的。"想罢，收拾了东西，就睡下了。

林苇这人从来就有一股拗劲，别人越是说不行，她越是要干。在中学时，作几何题，遇到难题算不出来，别人就搁下了，可是她偏不，宁可饭不吃，觉不睡也要把它解开才完。上延安时，有人劝她们："路上不好走，有土匪，有集中营！"她回说："过刀山我也要去！"参加革命以后，组织分配给她的工作，她从来都是坚决地完成任务。

第二天，林苇就亲自去找张克清，希望从他那里多了解一些情况。可是，张克清也才来不久，厂子里的情形，知道的并不多。她又去找赵向海，一连找了两趟，都不在屋，第三回又派人去找，他才来了。一进屋，就腼腆地坐在靠门边的椅子上，半天没说出一句话。林苇问他厂子里工人情况，他就问一句答一句，始终是那么拘束，说话不痛快，吞吞吐吐的，说不出什么四五大六来。林苇没法，心想："急也没用，过几天再说吧！"只得由他去了。接着，开了个科长联席会议。时间到了，派人东找西找，找了有半点来钟，人才算到齐了。可是一个个都像刚睡醒似的，坐在凳子上，怔怔地，谁也不先说话。林苇问说：

"咱们厂子里有多少台机器？几台新的？几台在修理？车床多少？铣床多少？……"

工务科王科长，一个尖下巴的矮矮瘦瘦的人，慌张地站起来回说：

"咱厂一共有机器三百三十五台，修理的有……有……"说到"有"字，他再也接不下去了。

林苇的眉毛微微动了一下，回头又问人事科长：

"咱们厂子里技工多少？徒工多少？还有他们分配在各现场的情况，你清楚吗？"

人事科长小心的低声说：

"过去调查是调查过，只有个大概，工人每天每天有变动，现在还没归拢到一起！"

林苇知道，再问下去也没用了。就让他们尽自己知道的情况先随便谈谈，然后才提出，要各科回去很快整理出一份比较完全的材料。她问他们说："你们估计几天可以搞好？"

几个科长你瞅我，我瞅你，都没有作声。

等了一阵，才有一个人回说："三天吧！"

又过了一会，另一个人也说："嗯，三天差不多！"

"有什么困难没有？"林苇又问。

又是一阵沉默。

最后，王科长小声说："没有！"

大伙也跟着说："嗯，没有！"

林苇向他们看了一眼说：

"好！"她又想了一想，肯定地说："任务交代清楚了，说三天就一定三天完成。从今天开始，我们以后工作要认真，绝不能敷敷衍衍马马虎虎！"说完，她又向大伙看了一眼，科长们都点头称是。

会后，林苇又仔细的想了想，觉得工作有些棘手。她来到工厂，已经好几天了，连工厂一般的情况还没有搞清楚，怎么办呢？从哪儿着手呢？她突然想起了韩局长告诉她的"要紧紧的依靠整个工人阶级……"那句话，不由的心里一动，"是不是自己亲自下去摸一摸呢？”

这样，她就决定下到现场去。

她在现场碰到的困难，也不见得比别处少。一连去了两天，没有摸到一点眉目。除了认识几个面孔，叫出几部机器的名称而外，多少懂得了一点生产知识。可是机器的生产过程太复杂，一时又不容易搞清楚。工人和她中间，又好像是隔了一道墙。他们和她说话时，也是问一句，答一句。有一回，她还听见一个人在背后小声说：“又是白帽子！”她听了心里有些刺痛，脸上却没事似的走了过去。有的落后的工友在背后说起疙瘩话来了。

有人说：“派个老娘们到工厂来干啥？”“老娘们要都行，就不用老爷们了！”

另外一个说：“怕咱们没白帽子戴嘛！”又有谁俏皮地说。……

这些话传到工会主任赵向海的耳朵里去了。赵向海悄悄地告诉了吴明，吴明又和张克清谈了。

从吴明谈话的神情里，张克清感觉到他这里边埋藏着很强烈的个人意识。他在吴明走后静静地想：“自己不好好工作，偏喜欢挑别人的岔。”但是他又很替林苇担心，他觉得若真的这样下去，工作会搞不好。他自己对于林苇不大了解，虽然看起来觉得这个女同志还很积极，但没有多少信心，因此他打算把这情况去反映给党委。不想这一天中午，又发生了另外一件事。

吃饭钟已经打过好久了，吴明和张克清在饭堂里等着林苇来。吴明不高兴地说：“什么事吃过饭办还不行？！天天要人等！”

门一开，林苇进来了，她连忙坐下抱歉地笑说：

“又来晚了，以后你们别等我，我多时来就多时吃好了。”

说着，三个人都端起了饭碗。

吃饭中间，吴明突然看看林苇，带笑地说：

“林苇同志，你可小心点！有人说你——”他故意吞吞吐吐地，把话留了一半。

“说什么？”林苇问他。

“有人说——怕——你——累出好歹来，把孩子生在厂子里。”吴明说着，眯起眼睛笑了。

“谁说的？”林苇听了，沉下脸来，冷冷地朝着吴明问。吴明本想借此奚落她一下。不想她这样认真起来，自己也感觉得不大好了，便敷衍地说：

“我也记不得是哪个人说的了。”

“简直岂有此理！”林苇生气了，接着她又对吴明说，“希望你以后少和我说这样的话。”

几句话把吴明说的不作声了。

张克清连忙劝道：

“这是个别落后工友说的话，不能代表大伙，你别在意。”他转过来又朝着吴明说：

“老吴，以后咱们要是再听见有人这么说，就严格的批评他！”

三

三天以后，在到厂房去的路上，林苇碰见了王科长，她和他要材料，并问他说：“搞好没有？怎么还不拿来？”

王科长支支吾吾地说：“找不齐，还要等两天！”

林苇一下子来了劲，眼睛一鼓，高声说：“你们成天在办公室里干啥？这叫工作吗？”

王科长低下头，没有作声。林苇又严厉地批评了他一顿，重新限定了他完成工作的时间。

正在她大声说话的时候，有几个工人悄悄从他们旁边走过去，当中的一个还笑着回头望了一望。

这件事马上就在现场里传开了。

“咱们厂长把王科长训了一顿，把他整的老老实实的！”

“说什么来？”

“也不知是因为什么工作没完成。”

“那还不该？照那样的‘官僚派’，我看早该批评他了！”

“哎呀！你没看见咱们厂长发起脾气来可厉害啦！”

话很快的又传到林苇的耳朵里去了。她觉得很难受，怎么一不小心，老毛病又犯了。这回决定在会议上检讨，以后得特别注意才行。

那一天夜里，林苇醒来，怎么也睡不着了。她想起最近的工作情形，心里说不出的难过。思想上一闪，她几乎有些后悔到工厂里来了，正像周华说的：“工厂里问题复杂，困难多。”而自己又是一个一窍不通的外行！可是，一个共产党员，难道能在困难面前退却么？不，不行！一定要坚持下去！只是，又从哪里开始呢？想来想去，再也睡不稳了，她便决定起来到厂房去看看。

她穿上衣服，披了一件大衣。把小枪顶上了子弹，揣在口袋里。一只手拿着电筒，轻手轻脚地走出了门。

夜，黑漆漆的，伸手不见掌。门前是一片空地。远远望过去，烟囱一个接一个，在半天空竖立着，是那么威严高大。在它底脚底下，闪着一点一点的灯光，就像是星星似的。她没有一直往前面厂房去，先绕道转过后边来。

她沿着墙根的小道轻轻走着。突然听见不远几十步前面，有悉悉索索的响声。她马上站下了，把枪掏了出来。还没等她问话，那边的人就咔喳一声拉上了大栓，大声吆喝道：

“谁？”

“是我！”林苇连忙应着，她这才想起是临时工人护厂队。听张克清说，在她来厂子的前两天，厂子丢过四条皮带，一直到现在也没有下落。

“你是谁？”说着，那个人就向跟前走来了。林苇把手电筒亮了一下，他看清楚了，就向另外的一个高声打着招呼说：

“喂！是林厂长！”

林苇特别注意的看了看他的宽阔的长方脸，问道：

“你是哪个厂房的？”

“我是大厂房的，张成有！”

“那是谁？”

“第二车间王永福。”

一个瘦瘦的矮个子工人也靠拥来了。

林苇问他们：

“你们白天干活，晚上还站岗，不累吗？”

王永福迟疑了一会，还没吱声，张成有就抢着说：

“不累！才两个钟头，一晃就过去了！”

林苇又和他们谈了几句话，就向厂房走去。这时，正是夜里十一点来钟，最容易困的时候。有个工人在闭目合眼的靠着床子打盹，听见脚步声，慌忙揉揉眼睛，又做出聚精会神的样子。林苇没有作声，眼睛转圈扫了一下，就走过去了。她一直走到厂房的右角，那里有一个高个子工人，精神饱满的，正在一心一意的干活，并不知道有人走到他跟前。林苇站住了，有兴味地看着他，看着他的粗壮结实的大手，在机器上灵活的转动。她忍不住问道：

“你一个夜班能干多少？”

大个子出其不意吓了一跳，抬起头来，看见是林苇，才笑说：“论什么样的活儿吧，要是像这号的，”他努努嘴指了一下，“一个夜班干四个。”

“别人呢？”林苇又问。

“有三个的，也有两个多的。”大个儿的眼睛盯着床子轻轻地回说。

“你叫什么！我怎么好像没见过你！”

“我叫李进，我屋里的上星期生小孩，家里没人侍候，我请了两天假。这星期又该我夜班，白天不来！”李进笑了笑说。

林苇记起来了。她记得张克清说过，有个党员李进，平常不多言不多语，就是一股劲儿地猛干。在看了电影《桥》以后，人都管他叫“老梁”，说他就像那个劳动模范。好几天了，林苇要找他没找到，不想却在无意中碰上了。好像探着了什么似的，林苇惊喜地问说：

“改造躺镟床子的就是你么？”

听见提起自己，李进反而发窘了，他不好意思地笑笑：

“那不算啥，挺容易，捉摸捉摸，画个图样就行！”

“好！你明天上班以前，早些来，到我那去谈谈！”林苇想了想，决定地说。

到别的厂房又走了一圈以后，林苇才高高兴兴地回到屋里躺下，已经快一点钟了。

四

林苇很高兴，她心上像搬去了一块石头；又好像她在行军时候掉了队，一个人从林子里转出来，看见队伍正在前面走着似的。她很满意今天的谈话，昨天夜班里她从李进得到了启发，觉得光成天这样盲目地往现场里跑，东抓一把，西抓一把，已经不行了。应该很好的去接近一些老技工，找他们谈话，听听他们的意见，这对工作能有很大的帮助。她又和张克清商议了一下，张克清也觉得应该这样做，并且张克清给她提出了几个人。今天一天，她整个时间都花在谈话上，好几个人谈过走了，只剩下李进还没有来。

在等待的中间，她满意地翻开了自己的手册，看着。她觉得，她今天从与工人的谈话里，懂得了很多东西，情况也了解了不少，这比她在会议上和在现场里走马看花得到的要丰富的多了。

“工人的力量是不可限量的！只要你真正到群众里去，你马上就会感觉得到！”她想着，不由地笑了。这时，一阵脚步声，咕咚咕咚地走到了门口，她笑说：

“进来吧！”不用问，她知道这一定是李进。

李进乍一进屋，好像还有点不自然，过不一会，也就熟了。林苇问了一些他家里的情况，和他改造躺镟床的情形以后，话头自然而然的就落到现在厂子里的情形上来。李进有好一会没说话。突然，他问林苇说：

“厂长，你听说过咱厂的三够呛么？”

林苇摆摆头。李进说：“哪！是这样：

车工组，忙够呛，紧赶慢赶撵不上。

刨工组，闲够呛，停工待料晒太阳。

锻工组，累够呛，直不起腰杆上不去炕。

咱们厂子里，苦乐太不均，难怪有的工友背后直叽叽。”

林苇眼前一晃，想起她刚来的那天，在门口晒太阳的那几个人，又闪过了抡着铁锤，叮当直响的汗流浃背的那些工人和眼前的李进……，一下子什么都明白了。她一声不响地听着。

“好赖不分，赏罚不明，叫人摸不着底。反正多干也是干，少干也是干，耍滑尖头也是一样；所以有些工友，原来挺卖劲，现在也有些泄气了！”

林苇不由地插了一句：“你说怎么办才好呢？”

“我看，要多听听大伙的意见，要是都蹲在办公室，啥也不顶！”李进想也不想，一口就回答出来。这使林苇有些吃惊地望着他。他一点也没觉得，还是只管滔滔不绝得说下去。他告诉林苇说，各科都不下去，现场里只有几个工长，忙得起雾，顾了这头，就顾不了那头。底下材料浪费很严重，保管室乱腾腾，人来人往，川流不息，领了料不打条子，废料到处乱扔……

林苇觉得，李进说的话，句句都打在自己心上。有些是她连想也没想到的，都从李进嘴里说出来了。倒是关于自己，李进反而一个字也没提。林苇不由的从心里敬重起这位老工人来。她站起身，倒了两杯水，一杯递给李进，一杯自己喝了，然后坐下说：

“对！老李，你说的对！咱们厂子里问题很多，浪费、等工待料、苦乐不均，一句话，领导上犯官僚啦！我想，咱们第一步还是先想法把大伙干活的热劲鼓起来，你看怎么样？”

李进乐的咧嘴笑道：

“那敢情好！别的我不懂行，要说干活，厂长，你放心！”

他抬起头，拍了拍胸脯，身子挺得直直的。

林苇站起来，走到李进跟前，盯住他的宽阔的四方脸，额角上几条深深的皱纹，感动地说：

“好，就这样，咱们以后再谈。”

李进点点头，眼睛闪闪发光，大声说：

“干活的事，厂长，你放心，没错！”

门嘭的一声响，重重的脚步声从过道里走出去了。

林苇想了很久，根据自己从各方面的了解，特别是和工人们的谈话，拟出了一个工作计划草稿。她放下笔来看看表，已经四点多了。桌子上的电话叮铃铃直响，她拿起耳机，听见周华的声音说：

“林苇吗？”“你今天回不回来？”她抬起头看看墙上挂的日历，才知道正是星期六，又是一个星期过去了。她自从搬到厂子里来，还没回去过。上星期日周华来看她，再三叮嘱她注意身体，还带来了一些苹果，她都搁在抽屉里。这些日子，心完全沉在工作里，把什么都忘了。想着，就对准电话机说：“好吧！我吃完晚饭回来。”说完，把耳机一放，拿起了计划，又急急地向吴明屋里走去。

五

星期天，一个晴明的日子。吃罢早饭，林苇要去看严瑾，因为严瑾最近在报纸上发表了一篇文章，谈到现在工厂里的一些问题，她想去和她谈谈。

周华却提议去看《米邱林》，下午再看严瑾。林苇说："不，我下午要回工厂去，和张克清同志谈个问题。"

"得了！星期日嘛！大伙都休息，他还不出去？"

周华用商量的口气说着，看着林苇的脸。林苇想了一下，也就同意了。

进了电影院以后，他们在后排找了两个位子坐下。不久，音乐响了，屋子黑下来，银幕上的人出现了。一开始，林苇就被那生动的形象和美丽的画面吸引住了：

果树园里开着娇艳的花朵，米邱林在工作着！美国人坐着马车来了，他们想买米邱林的园子，可是米邱林拒绝了，他说："我是俄国人，没有任何的钱和船，能叫我离开我的祖国。"

米邱林一直在艰苦中斗争前进着。沙皇政府认为他是可疑分子，不发给他津贴。他贫穷、困苦，可是他仍旧坚持着他的事业！一个非常动人的场面：米邱林把他的果树搬到北方去，他一步一步地走着，一棵一棵地搬着！一共花了两年的时间，多么艰苦的路啊！果树死了一大半，可是活着的毕竟生长出了新的一代！连在梦里，米邱林也看见了果树，他爬在光秃的树枝上，自言自语地说：

"只要生命能允许我啊！"

看到这里，林苇的心跳动起来，她觉得，她已经不是在看"米邱林"了。

当加里宁带着斯大林和苏联政府的关心来访问他，问他有什么要求时，米邱林说："我需要再活五十年！"

林苇感动的完全忘记了自己是坐在什么地方，也忘记了周华还坐在她的身旁。他们开头还说过几句话。很长时间，都只顾看电影，没有作声了。林苇眼睛一动不动地望着银幕，她的耳朵里一直响着那句意味深长的呼喊：是的，生命，这就是时间，一分钟也不应该放过啊！……

一阵清脆的铃声，电灯亮了，林苇和周华若有所失地站了起来。走在路上，两个人一直很少说话，周华也沉在自己的思想里了。自从林苇搬到工厂去后，周华就感到一种轻微的苦恼。屋子里总像缺了点什么似的，他想："要是林苇在这里多好！"有时，有点懊恼的轻轻埋怨着："真不像个女人样，我倒像光杆差不多了！"星期日，林苇也不容易回来。周华去过两次，总碰着她不是开会，就是谈话。看她忙成那样，周华又怕她身子累坏了，只好劝她保重。

看了《米邱林》，他想的很多，特别是使他想起他和林苇之间。当米邱林的全心放在事业上，他的老婆怀疑他不爱她时，米邱林回说："一个想为祖国增光的人，在生活上，也要不能不使人感到难受。"周华有些惭愧起来了。他想起了自己和林苇的许多次的争吵，往往都是由于两个人对私生活和工作的处理不同而起。自己希望有一个安适、幸福的家，而林苇却为了工作不愿在一起。现在，他开始觉得林苇是对的，而把自己的那种想法认为是可羞的了。这时，他仿佛才感觉到，自己平常对林苇的工作关心太少。于是，走着，他便和林苇谈了起来，问起她工厂里的情形。林苇有些奇怪，不知道他今天为什么话突然多起来了。

顺路，他们去到报社。一进屋，就看见严瑾正伏在桌上写文章，她放下笔来笑道：

"来的好，我正想去找你们呢，从哪里来？"

周华告诉她，说是去看了《米邱林》。

严瑾就赞叹地说：

“那片子真好！多么伟大动人的形象啊！”

林苇看见严瑾好像很忙的样子，怕耽误她写东西，就说：“你写什么？要是等着要的话，我们马上就回去！”

严瑾一把拉住她笑说：“不着急，我有事和你谈呢！”一边说着，拉过了椅子，推他们坐下，自己就坐在床上说：

“这些日子我太忙，总想到你们厂子去看看，也没空，工作怎么样？”

林苇笑着，把厂子里的情形简单的和她说了。严瑾听着，不住地点头说：

“是呀！女同志工作是比较困难些。不过要是工作搞起来的话，也就好了。”说着她回过脸来望望周华：“你说是么？”周华笑了笑，没有答话。严瑾又问林苇：

“那你打算怎么办呢？”

林苇说：

“我就是想和你商量商量，前天我上局里开会，听了三厂汇报，我觉得他们的办法很好。昨天又找了些工人研究了一下。我看见你的文章上也说应该首先提高工人的生产热情。可是，干部情绪不高怎么办呢？”

“那——，我看还是坚决依靠工人，先发动工人创造新纪录！运动起来了，干部情绪也会提高的。”

“不过，因对运动的看法不同，也是会有争论的。”周华插进来说。

“那自然。”严瑾同意地点头。

林苇一面和严瑾说着话，一面留意看了看她的屋子。屋子里陈设非常简单，全部家具只有一张床，一张办公桌，两把椅子。桌子上堆满了书、报纸和文件……她正在写一篇煤矿的通讯。

坐了一会，林苇就要走，严瑾也没有留，把他们送到楼梯口，对林苇说：“过些日子，等你们新纪录运动搞起来，我也许可以去一趟！”

“好！你来给我们写报道吧！”

林苇回头说了一声，高兴地笑着，和周华一起慢慢下楼去了。

六

工厂的样子，慢慢地有些儿变了。

几天以前，张克清到党委去谈过一次话，党委书记告诉他：“林苇是个很好的女同志，一定能撑得下来，总支应多注意同志间的关系和团结问题。”张克清回来以后，就很有信心的工作起来了。

因为林苇不断地到现场去，工人们对她的态度也有些改变。三天前，她曾经和赵向海一起到工人宿舍去了一趟，打算作修建独身宿舍的计划。到那一看，旧的房子，有的地下潮湿，房顶漏亮，也有的窗户和窗户框离开了缝，往里潲雨。她回来后马上告诉总务科的同志：

“赶快找泥瓦匠和木匠去修工人宿舍。”并说：“房子要住不定，工人就不能安心干活。”

有一天中午，大伙正在吃午饭，她恰好从饭堂经过，在窗户外面看了一下，就走进去了。走到饭桌跟前，看看他们的菜碗，笑着问工人：“一碗菜够吃吗？”然后，又绕着饭堂走了一圈，在布满苍蝇的菜桶前面站下了，她用手只轻轻地一扬，苍蝇“嗡”的一声都四面飞散开去，停了一会，又都落到菜桶上来。……林苇皱了皱眉，看了看地下，一句话也没说，走了出去。第二天，饭堂就变了样子：地扫的溜光；大师傅笑嘻嘻地系上了白围裙，在饭堂里转来转去；切菜板，菜盆上，都盖上了崭新的绿纱罩。另外，她还去看了医务所和厕所……

别看这是些小事情，起的影响可不小……

工人说：“别看林厂长不懂行，人挺精明，心眼儿可细啦！……”

另一个说：“女同志嘛！心还不细？！”

赵向海对于她的关心工人，也很满意，觉得这还像个厂长的样子。

星期一上午，工厂管理委员会开会了。会上，林苇提出了工作中的官僚主义倾向，她说："咱们工厂管理委员会成立的日子不短了，可是一直到现在，都流于形式。"她看了大伙一眼，又接着说："订计划，从来大伙也不知道，不讨论。生产不检查，三个月没完成任务，谁也不知道。"

底下嘁嘁喳喳的小声说起话来，有的人问：

"哎！咱们这个月生产多少台车床哪？"

"这不怨大家，应该是领导负责。"林苇很快地向吴明和张克清看了一看，停一停，又说："有人说，咱们做事有头无尾，赏罚不明，这也有些道理，评功不奖，大伙有不少意见，这样慢慢的，劲儿自然就下去了！"

张克清轻轻地插了一句："直到现在，还有人不满，背后发牢骚，说咱们说了不算！"

林苇顿了一顿，又说："今天，咱们大家讨论一下，怎样才能彻底改变作风！以后再不能马马虎虎，成天坐办公室了。现场情形，一点也不了解，怎么能掌握进度，完成任务？"

她说话的声音不高，可是斩钉截铁地很有力。大伙都一声不出地望着她。张克清微微地笑着，心里想："要是让我来说，可能不会有她这么明确。"他是个很谦虚的人。在林苇没来以前，就感觉出一些问题，他也和吴明谈过，可是吴明不大理会。现在，这问题才解决了。林苇和他工作很一致，工厂里党的工作应该"面向生产"的思想，在他脑子里也明确起来了。他很同意林苇的意见，不过觉得好像提得尖锐了一些，担心吴明有些受不了。但一转念，又以为这样对，原则问题是不应该含糊的。想着，他偷偷地看了吴明一眼。

吴明坐在靠门口的椅子上，脸上有些不大自然，因为厂子里上个月丢了皮带，最近他受到了局里的批评，心里正不自在。林苇提出来的问题，事先也曾和他商量过，他心里不大同意，嘴里却唯唯诺诺的。现在，林苇的话，他听起来十分刺耳，好像句句说的都是他，他有些愤愤地想：

“好！看你搞吧！还不也是外行？！光会说嘴！”他坐在那里，脸上发热，眼睛看也不是，不看也不是，耳朵里直嗡嗡，听着大伙你一言，我一语的，怎么也听不进去。

接着，林苇根据局里的指示，提出讨论创造新纪录的问题。赵向海一听，当下就发了愣，他看见吴明脸上也现出有些不以为然的样子，心里更有了底，就说：

“那哪行？咱们现在连伪‘满’的标准也没赶上，哪能超过？”张克清说“人家工厂已经创造了车塔轮四个点的新纪录了！”

有的工人问说：“那事实在么？”

林苇说：“怎么不实在！过一天咱们可以组织去参观参观！”

李进听着大伙七嘴八舌，叽叽咕咕的，他心里一时摸不着底，只顾自个捉摸，也没插言。他望望林苇，瞅瞅张克清，这时，不知是谁又说：“干么，也行。不过，有没有准，那可说不一定。”

工人们接二连三的说话了，向来稳重的老蔡头说：

“这玩意儿咱从来也没干过，说不准能行不能行！”

张成有说：“那怕啥？不要紧！干干看吧！”

吴明在大家谈得正热闹的时候，推说不舒服悄悄地走掉了。

会议又继续进行了一个来钟头，林苇和张克清向大家介绍了别厂的经验，说了很多可以创造新纪录的道理。虽然思想还没全部弄通，可是大家都同意先试试看。

会一开完，赵向海就上吴明那去了，他问说：

“吴厂长，你看，这么干行么？”

吴明反过来问他：“你觉得怎么样？”

赵向海晃了晃脑袋：“我看够呛！”

吴明皱了皱眉头，说：“试试看吧！”

正说着话，外面响起一阵脚步声，原来是张克清进屋了。张克清感觉吴明中途退席不太好，所以来找他谈谈。等赵向海走了以后，他就告诉吴明，说组织上没批准他去休养，要他好好工作，并且把党委对于林苇的意见也说了。吴明听后，淡淡地笑了一笑，说：“那是工人们的反映，我并没有什么意见。”

七

开罢会以后，林苇就到大厂房去了。这个厂房都干的是大件活，是全厂最主要的一个部门，技工也最多。林苇想亲自帮助一个工人研究创造新纪录。起初她想找李进，可是一想，这次会上，李进一言没发，摸不透他有些什么心思；倒不如张成有表现积极，这年轻人虽然愣些，可是敢干：因此，她就选择了张成有。

在厂房里，她有时也碰到吴明，吴明只是到现场转两圈，有时东一搭，西一搭的和工人们闲扯几句，就算尽了任务了。

有的工人问他：“吴厂长！创造新纪录干啥，听说要搞什么‘定额’，是吗？”

吴明摇摇头。

“这事儿我也摸不清！”

再问，他就说：“忙什么，到时候总会知道的！”说着，笑笑就走开了。

有一天晚上，张克清从厂房里出来，回到自己屋里去，经过工人宿舍外面，看见里面灯光亮晃晃的，工人们正在大声说笑。他顺着板障，走了不几步，忽然听见一个很熟的声音大声嚷嚷说：

“谁知道他们葫芦里卖的是什么药？”

张克清从板缝往里瞧时，木板炕上，坐着四五个人。说话的不是别个，正是大厂房里的“调皮鬼”王永福。他又说：“我问吴厂长，他偏不说，要我问林厂长去。”

张克清奇怪起来，想要听听究竟是怎么一回事。

另一个说："他哪能不知道？不说呗！"

"这回又该那些'积极分子'露脸了。"一个哑嗓子的人说。

"等着吧！看他们的！露多大脸，现多大眼！"王永福突然站起来，双手一叉："我真不明白，左一个白帽子，右一个白帽子！这厂子还有治？看这女厂长可好？！今天来个新纪录，赶明儿还不定又要啥花样呢！"

坐在炕头的那个不同意地说："你也不能这么说，林厂长不懂行，办事可不差。叫你说吴厂长好，吴厂长成天净在屋里待着，啥也不问，那就好吗。"

王永福给顶的不吱声了。

"对！不懂不会学嘛？！谁一生下就会摇手把子？"另一个人也咕噜说。

这时，坐在炕头的那个人忽然扑咚一声从炕上跳下，推开门走出来，张克清就急急地往前走去了。

林苇鼓励张成有创造新纪录的事，正在进行中，不知道为什么，张成有干着干着忽然泄了劲，说什么也不干了。林苇找他谈过两次，他总是吞吞吐吐的，显出为难的样子说：

"不！厂长！我技术不行，干不了！"问他有什么顾虑，他无论如何也不肯说。林苇知道没法，也就罢了。她重新考虑了一下，觉得自己最初的打算错了，还是应该找李进的。她又去和张克清商量，张克清听她说完后，慢慢地说："恐怕他是受到了什么人的打击！"他把自己听见的那番话简单的告诉了林苇。林苇问起李进的情形时，张克清说："他最近正在研究改造工具，看样子技术上还有些困难，今晚他们开党的小组会，你去参加一下怎样？"

林苇说："好！"晚上，她就到总支办公室去了。

她没去以前，人就已经到齐了。李进轻轻地带上门，把电灯打开，小屋里充满了淡黄色的光，几个人围着桌子坐下来。李进是小组长，当主席，中心只有一个，就是讨论怎样创造新纪录。

一上来，几个人你望我，我望你，谁也不开口。李进再三地看林苇，意思是希望她给起个头。林苇说：

“这么的，你们先谈谈，有些什么困难吧！”

老蔡头把椅子往前凑了凑，说：

“本来嘛，咱们是党员，应该起模范。不过，凭心说，我有点架不住那些疙瘩话。”他是个三十多年的老翻砂工，有技术，经过的世故比较多，做事也谨慎。

王子元也说：“是呀！特别是咱们厂房里的工友，心眼儿多，骂骂咧咧的，真够呛！”这个人心直口快，有话憋不住。可是只要把话说透，说干就动手，九牛也拉不回头。

“怪话多啦！有人骂咱们溜须、抱粗腿，说是癞蛤蟆想吃天鹅肉！”年青的于洪发也加进来说。

李进还是没有作声，他啥也不怕，不怕挨骂，也不怕落后的人反对，他的困难另是一样，他想：“我说不说呢？”大伙望着林苇，好像希望她给指个道，林苇笑着，轻轻地问：“你们看，创造新纪录，对大伙好呢？还是不好？”

“那还用说！敢情好啦！”于洪发抢着回答了。

“那为啥还有人反对？”林苇又问。

“许是不明白，不摸底呗！”王子元说。

“对了！”林苇接了下去，“这就需要咱们有人带头，做出个实在的样子给他们看。他们明白了，相信了，也就会朝咱们这条道走。别以为现在他们骂你，赶明儿他们寻思过来，就会向你们学习了！”

“是呀！有人害怕砸饭碗子！我和他说咱们国家要建设，用的人只有一天比一天多，哪能往下裁呢！他说啥也不信！”

“这么的，那咱们明天就干！”王子元攥着拳头，跳了起来。

“行是行，就是咱们人少，怕带不起来！”老蔡头还有些不大放心地摸摸下巴颏。李进站起来，眼睛放光：

“不怕，咱们可以组织嘛！”

“对！明儿个我就找张成有挑战！”于洪发乐的拍手打掌的。

小组会活泼起来了，讨论开始转到实际步骤上来，雪白的墙上照出几个又长又大的轻轻移动的人影，有时发出一阵笑声。林苇听着，心里也很高兴。她现在越发相信：一切事情，只要经过群众讨论，就会找出更好的办法来。她感觉自己坐久了，有些累；就站起身来，在屋地上来回轻轻地走着。等到快结束时，又插进去讲了几句话。

散会以后，她唤住了李进：“你的工具改造的怎么样？回头要方技术员和你一块合计合计好吗？”

李进的眼睛突然亮了，他回过身来，惊喜地走到林苇面前，说：

“厂长！我早就想这样给你说啦！我又寻思，自己还没摸着门，也不准能行，先干干看再说。要是老方帮助我，那敢情好！我一定保证完成！”

过了一天，厂子里就纷纷传说着：

“大厂房李进，创造了车丝杠的新纪录啦！”

运动一起来，就像春天的花朵似的，到处都开放了。……

半个月以后，给创造新纪录的工人发了奖，作了运动的总结，大家的思想都提高了。只有吴明，在新纪录出现很久以后，他还说：“看能不能保持住吧？”

因此，在一次总支委会上，林苇向他提出了批评：

“吴明同志，你的态度是很不对的，你是一个领导人，不仅不和保守思想作斗争，反而在底下随便说话，造成对运动的不好影响。”

张克清也说了话，批评吴明的闹情绪和自高自大……

吴明坐在那里，眼睛看着桌面，像石头似的，一动不动。任凭你怎么批评，他就是一个不开口。他主意早定了：

“好！让你们说吧，反正我是不想再在这待了！”

第二天清早，吴明交了一封信给张克清，请他转给上级，要求调动工作。

八

九月八日上午八点来钟，林苇、张克清和吴明一起去听报告。一进门，张克清就被一个熟悉的同志招呼走了。严瑾在右边远远地向他们招呼，笑着说："这儿来吧！"林苇和吴明走过去坐下，林苇问严瑾："今天谁报告？""听说是东北区领导同志！""报告什么？""不知道。""坐在这里恐怕听不清，最好能到前面一点。"林苇皱了眉说，她因为来晚了感到有些不大舒服。其实他们来的并不晚，离报告时间还有二十五分钟，可是大家都来早了，她们就好像反而来晚了似的。严谨说："不要紧，有扩音器呢！"吴明也说："有位子总算好，你看现在来的人，连坐的地方也没了！"

同志们互相点头，打招呼，有的人坐在一起，叽叽咕咕的，小声说话。突然，掌声响了起来，东北区领导同志微笑的在台上出现了。

报告的题目是"荣誉是属于谁的？"严瑾轻轻地就着林苇的耳朵说："你听，这题目多有意思！"林苇点点头，眼睛一眨不眨地看着台上，看着东北区领导同志的高大的身材，和他刚毅的脸。他报告的声音不高，可是一个字一个字都听得很清楚。

当东北区领导同志分析了东北党内三种不同的干部类型之后，林苇思想里突然一闪："我是属于那一类呢？"

她好像模模糊糊地意识到自己还是有着那种一般女同志的弱点，不够坚强，缺少一股生龙活虎的气概，而且，创造性也差。"是的！就是缺乏这个！"她在小本子上记下了东北区领导同志的话，并且在着重的地方，密密地画了圆圈。严瑾侧过身来看了看她写的字，也点头笑了。

吴明一直在凝神听报告，他没有作声，可是心里的感动却很厉害。这些日子，他始终苦闷着，找不到出路。厂子变了，别人都进步了，他已经不能再照老样子生活下去了。包袱一天比一天重，他不能不承认事实，不承认林苇确实是比自己积极，有办法。但他没有勇气正视她，他想离开，想逃避现实，到另外一个新的地方去，工作也许能振作起来。

他觉得东北区领导同志的话，句句都说中他的要害。他的脸热辣辣的，一直红齐耳根。他有些心痛地想："看你现在落后到什么程度？党培养了你十几年，你在战争、土改里都坚决、勇敢。可是，现在，在新的建设任务面前，你却经不起考验了！……"望着坐在他旁边的林苇，高高地扬起头，看来是那么明朗和愉快，他不由的心下羡慕起来。他觉得像她这样一个怀了娠子的女同志，能那样埋头苦干，实在很不容易。这时他才意识到，这些日子以来，由于自己对林苇的猜忌和成见，造成了他们两人中间的距离和疏远。虽然林苇好几次想跟他交谈，可是他总是有意躲开，把自己的心关得紧紧的。突然，他感到了很大的不安和痛苦……他把头深深地低了下去。

一千多人在听报告，每个人从自己的体验里，得到不同的感受，但是，他们的感动是相同的。所有的眼睛都望着台上，场子里静静的，只有钢笔划在纸上沙沙的声音。严瑾一直在低着头飕飕地写笔记，报告一完，掌声就噼噼啪啪地响了起来。人们簇拥着走下楼。林苇和严瑾走在最后，看着林苇肚子挺的高高的，迈步很困难，严瑾想起来问她：

"你快休息了吧？"

"快了，不过我想把这个月的生产搞出点眉目来再说。"林苇不太在乎地说。在门口，她遇到了周华，匆匆地说了几句话，就上车走了。

晚上，林苇躺下时，心里非常兴奋，她回忆了一下白天东北区领导同志的报告，不由的又想到自己，和很多自己熟悉的人："真的，为什么好多女同志，在年青的时候，还努力前进，可是一到结婚或生了孩子以后，就没有那股生龙活虎的劲儿呢？"想来想去得不出解答，她开了灯坐起来，给严瑾写了一封信，然后才安心地躺下去想着："明天应该检查十天的生产进度了！"

半夜，她被一阵腹痛扰醒了，她觉得好像是孩子的小胳膊和腿都在里面动，她伸直了身子，平躺着，用手轻轻地抚摸了一阵，才又迷迷糊糊地睡去。

九

第二天一清早，林苇就把王科长找来，问他检查了进度没有。王科长慢吞吞地说："照眼前看，这个月的计划恐怕又有问题。""什么问题？"林苇的眼睛睁大了。王科长说："原先规定三十台任务，才装成四台，可是已经过去十天了。""毛病在哪？"林苇紧盯着他问。王科长低头想了半天，才说："我回去研究一下看！"说着赶忙跑开了。

林苇搓着手，在屋地上走来走去，眉毛紧蹙在一起，嘴抿得紧紧的。她知道，困难来了，但是，应该迎上前去，克服它。突然，窗户外面闪过一个影子，林苇忙问是谁，那人笑道："是我。"赵向海推开门进来。这些日子他已经变了。对于林苇，更是从心眼里佩服得五体投地，遇到什么事拿不定主意时，总是说："我去问问林厂长！"连回家都和屋里的叨咕："一个老娘们要是像咱们林厂长那样，也就不白活了！"

当下林苇对他说："老赵，你知道么？咱们这个月的任务又出了问题。"赵向海吃了一惊，向后退了两步："为啥？"林苇说："原因还不清楚。"正说着，吴明也走了来，林苇又叫人去把张克清找来，几个人当即商量了一下，决定分头下到现场去。

大家都走了，林苇跟着也带上门走出来。她想了一下，首先走到装配厂去，装配厂的工人都在那里锉的锉，刮的刮，哪一个组也不闲着。只是一到总装配组，就看出漏洞了，四台装好的机器，搁在一边，据说还没经过检验，另外的不是缺胳膊就是少腿。林苇把工长找到一边去：

“老宋！你看怎么到现在才装上四台呢？”老宋着急地说：“厂长！这不怨咱们！你问问，他们溜板做没做好，要是部件都齐全，哪还有装配不上的？”林苇点点头，没说什么，就走出去了。

她这回一直走到第二制造厂。张克清和几个党员正围在一起叽咕些什么，看见她都说：“好！厂长来了，你看，十三个溜板就坏了八个，怎么办！”

林苇正想问为什么，车溜板的工人说：“不该咱的事，是他们轧工干坏了，出砂眼！”林苇说：“现在加工还来得及么？”王子元伸出手指头算了一算，点点头：“要是不出砂眼，赶紧添一个人来干，还能赶得上！”林苇当时和张克清研究了一下说：“好！就照你说的办！这回可是一定要保证完成任务。”“错不了！”王子元应着说。

林苇回过身来，又和张克清一起到了铸工厂找着老蔡头，三个人又研究了一个来钟头，直到吃中饭的时候，方才回来。路上，林苇对张克清说：“从前咱们创造新纪录的时候，光是提高产量，现在出了漏子，才知道，不注意质量不行了。”

张克清也说：

“从前就有人反映：翻砂厂有些问题。我想这又不是机器活，慢慢来吧！不想机器这玩意儿，实在科学，一点也不能差，差一点儿影响这个月的任务，以后对翻砂厂的教育可得抓紧一些。老蔡头倒挺积极，就是还有点打不开情面。”

回去时，吴明正在饭堂里等他们吃饭，一见面就关心地问起砂眼的问题。林苇把找老蔡头的经过说了一遍，并且告诉他说是下班以后，还打算找一些老工友和技术人员，一起开个技术座谈会。吴明忙说：“那好，我去得了，你这两天脸色不大好，还是多休息一会儿吧！”

张克清好像感到有点诧异的样子，望望吴明，林苇心里明白，但也只笑了笑，没说什么。

晚上，吴明开完会回来，亲自到林苇屋里去告诉她大伙研究的情形，并说工友们说了，一定保证以后不出砂眼，林苇这才放了心。她把本月十天的工作，简单的总结一下以后，觉得有些累了，便靠在椅子上，闭上了眼睛。这时，她才忽然想起进医院的日子快到了。孩子的小衣裳、小被子，还一件都没有，也应该做准备了。近来每晚躺下时，她都觉着孩子在肚子里动。周华隔不两天就打一次电话来，问她什么时候搬回去，她总是说："等几天再说吧！"就这样拖了好几天。因为忙，最近她又很久没回去过。上个星期，周华看见她说："你瘦了！"他劝她去和上级谈谈，"要按期休息，不要硬撑，这对你和孩子都没有什么好处。"以后，又派人给她送了一只鸡来。那时候，工作正紧张，也顾不上盘算这些。现在看来，任务大体没什么问题，只要到局里去谈了以后，再把工作交代一下，过两天就可以搬回去了。

十四号那天，刚吃罢早饭，赵向海急急忙忙地跑了来。林苇一看他的脸，就知道又是出了什么事情。不等她问，赵向海便说："厂长！装配厂工友反映，咱们这个月的任务怕还是完不成！"

"怎么说？"林苇的脸色变了，马上推开面前的材料，站了起来。

"他们说，部件不凑手，要是到二十六七才拿去，慢说加班加点，就是长八只手也装不上！"

林苇愣住了，自言自语地说："奇怪，怎么搞的呢？砂眼和车溜板的问题不是都解决了吗？"赵向海轻轻地说：

"谁知道咋整的？该不是咱们计划的毛病吧？"

林苇心里微微动了一动，也没有说话。她想了一想，低下头去，眼睛落到桌子上面了。

赵向海见她不作声，知道她又是在考虑问题，便说："我再去找几个人了解一下！"说完，就悄悄地掩上门走了。

林苇被这突然的意外弄得有些苦恼起来。她坐在椅子上，扶着头，想了半天。又吃力地站起身来，一双手扶着肚子，慢慢地走近窗口，把头靠在玻璃上，低低地说：

“怎么回事呢？”

突然，她感觉肚子一阵抽动，痛了起来。她有些站不住了，皱着眉，又困难的移到桌子跟前坐下来，觉着肚子里还是不停地抽缩，肠子像结到一起了似的。她想要是能弯下腰去，也许会松快些，可是又不能，肚子里涨得满满的，连动一动都费劲。过去，她也常常感觉孩子动，却不像这一回，地方更往下了，直往下坠。她用手轻轻地揉着，也不行，额头上的汗珠大颗大颗的滚下来，她只好又咬着牙，站起身。这时，她的眼睛发花，脑子里有什么东西嗡嗡直响，她摇摇晃晃的，一步一步挪到床跟前，实在站不稳了，猛的一下就倒在被子上，闭着眼，把肚子使劲往被子上压，嘴里还不住地说：“毛病在哪，毛病在哪呢？”

肚子一直疼了一上午，下午才稍稍轻一些。

抽个空，她到医院里去检查了一下。从医院里出来，上了车，林苇的心里就犯起愁来了。现在，她应该怎么好呢？医生郑重地告诉她说：“你应该马上休息，要是动弹多了，说不定会难产……”但是，在这样的时候，她怎么能离开呢？问题在哪里还没找到，任务完不成，就是去休息也不会安心。可是，医生的劝告万一真的……那又……想起上午的情形，她有些担心起来，觉着拿不定主意了。“不如回去和周华商量商量再说！”想着，她就告诉开车的老王把车开到电业局去，自己靠在车背上，静静地合上了眼睛。

“不！不行！他一定主张我留在家里！”这样一转念，睁开眼一看，车已经走上电业局的那条马路了。她立刻告诉老王说：“不去了，把车开回去！”

老王奇怪的回过头来，望了她一眼。车就掉转了头，向着工厂，慢慢地开去了。回到工厂，刚一进屋，张克清和吴明就来了。他们关心地问了她检查的情形以后，张克清点头说：

“应该听医生的话，你是太累了，现在就开始休息吧！我刚才和老吴谈，咱们这个月的任务恐怕你就是不休息也不能完成了！”吴明也劝她：

“休息吧！任务完不成，我和局里去谈谈，看是不是可以把计划降低一些！”

林苇听了，没有表示同意，也没有说不同意。在他们的劝说之下，她又躺下了。……

躺着，肚子已经不痛了，她睁着眼睛看着雪白的天花板……听着院子里人们走路的脚步声，厂房里马达轰隆轰隆的响声，想起张克清和吴明刚才劝她的那些话，她感觉得非常矛盾。她从自己来厂子那天起，一直到现在，她曾经不止一次地在工人大会和工厂干部会上讲话，解释国家经济建设的重要性，号召大家克服困难，完成并超过任务。告诉同志们，要对党，对人民，对国家负起责任来，把工作做好。可是，现在呢？一切摆在自己面前，眼看任务又要完不成，她怎能在这样时候去休息呢？自然，医生的劝告应该听从，按照一般的习惯，也可以说得过去。别人也或者可以因此原谅她。

但她自己呢？难道非得离开工厂去休息不可吗？她想起了过去两年，在农村搞土改工作时，经常看见乡下妇女，在生孩子的头一天还下地干活，难道自己就实在不能支持了吗？况且自己身体又不坏，科学和卫生应当适用于一般情况，而现在是处在多么特殊的情形之下呀！

“不！我不能休息！”她在心里决定着，“不能给自己制造逃避责任的借口，这个月的任务完不成，是我的责任！”难道这还可以推卸得掉吗？难道她只会教育别人去克服困难，而自己却在困难面前动摇起来，这能说得过去吗？“不！不能在困难面前低头！要挺着身子走过去。绝不能临阵脱逃！”她觉得她应该能工作一天就工作一天，要坚决的完成任务，不能留一点原谅自己的余地。“共产党员不应该是普普通通的人，要有能克服困难完成任务的精神！”想到这里，她突然坐了起来，披上衣服……

第二天，机械局召集各厂厂长开会。接到电话以后，吴明劝林苇不要去，但她说组织还没有让她休息，一定要参加。结果，她到底还是去了。会议休息时，韩局长看见林苇，笑着问她："怎么样？你们的任务有些吃劲吧？"

吴明看她一眼，意思是要她趁机把情况提一提。可是，林苇却完全出乎意外地，简短而肯定地说：

"行！我想可以完成任务！"说完，她看了看吴明，安静地笑了。

回去的路上，吴明问她："怎么不和韩局长说呢？眼看到二十号了，咱们能有把握完成吗？"

林苇说：

"昨天下工以后，我和老张找老宋、老王、李进和老赵他们来研究了一下，根据大家反映，工人情绪很高，估计问题可能不在现场，恐怕是管理上的毛病。咱们回去再和大伙研究一下看，一定可以把问题关键找出来！"

吴明看了林苇一眼，不作声了，他心里暗暗惭愧起来。这些日子，因为和林苇在工作上接触的比较多，他越发觉得自己从前对她抱成见的不是了。总想找个机会和林苇谈谈，可是总也没找到。回去以后，他们马上召集了科长会议，各现场的工长参加，问题很快就弄明白了。

在汇报生产进度时，装配厂老宋说："我们才装上八台！"

"为什么没按进度完成呢？"吴明问。

"部件不全！"

王子元沉不住气，连忙插嘴说："咱们溜板早完成啦！"

"你们都缺哪些部件？"

"溜板、卡盘都差，溜板只拿来九个，卡盘才十个，差太多了！"

李进也抢着说："那不对，咱们卡盘早完成了，不信你问检查室，看倒是交没交？"

一切都弄清楚了，毛病就在检查室没有人负责。检查室里，部件东一堆，西一堆，堆了好几天，没有检查，工务科光忙做计划，没有抓紧督促。检查员们成天慢条斯理地坐在屋里办公，也没有研究，计划提高以后，究竟在工作进度上应该有哪些改进，一切都还是过去的老样子，老牛拉破车，所以新纪录运动一展开以后，他们就赶不上了！

会上，大伙纷纷提了不少改进的意见，最后，林苇做了结论。她说：

"今天的会开的很好，暴露出我们在生产管理上有很大的缺点，一边已经制造好，一边紧等着装配，可是却找不着主了。在半路上抛了锚！这都是怨我们，没有能抓紧督促，及时改进。根据大家的意见，以后咱们还要进一步研究，现在暂时规定每天下班以前做半点钟的汇报，有问题随时提出，省得拖下去来不及。"

老宋高兴地说："对呀！要这样，咱们装配厂就不会老是停工待料，前半月松后半月紧了！"

赵向海悄悄地拿胳臂肘拐了他一下，问："要是检查室不耽误，你们这个月任务能不能完成？"

"那还用问？"老宋瞪大了两只圆眼睛。

快报贴出来了，新鲜的醒目的红色大字："为完成三十台机器而斗争！"党委、工会、青年团……各个部门都紧张忙碌起来！电话、扩音机、表报……川流不息地交换着询问、汇报和喜讯，整个工厂都沸腾着，所有的人都朝向一个目标前进！赵向海高兴的在屋里待不住，老是往装配场跑。张克清把重心放在检查室和翻砂厂，吴明的任务是注意产品的质量和整个生产过程中的技术问题。林苇自己，掌握全部的生产进度，有时，她也抽身到现场去看看，不过因为临近预产期，她现在走路更艰难了，严格地说，不是走，只是一步一步地挪动。不管什么时候，在现场，只要看见一个灰衣服的女同志，远远地挺着肚子，一摇一晃地走来，工人们就说："厂长来了！"话音里有无限的亲切和信任。林苇虽然不多说话，只看一看就走过去，但却给工人们很大的鼓励。要是谁稍有点泄劲的时候，在他旁边的人就劝他："咱们的厂长那个样还工作，看咱们！……"他就不吱声不吱气的，闷着头，呼哧呼哧干起来了。

林苇看见工人们干活很紧张，额头上直冒汗珠，笑着问他们："累吧？"

"给咱自己干活，不累。"张成有笑容满面地回答，这愣小伙子在创造了新纪录以后，干活更卖劲了。

"别看我这把年纪，我还不服老哪！"老蔡头一面挥汗，一面哈哈大笑地说。

马达轰隆轰隆地发出有节奏的声音，工人们都乐呵呵的，笑着，干着活，越干越起劲。

现在，劳动对于他们，已经变成愉快了！林苇心里想："真是生龙活虎一样的啊！"

吃罢饭，从饭堂里出来，他们三个人有时也随便经过各处看看。这里那里，到处都是活动着的人！他们是党员、团员、老技工、生产的骨干……都东一伙西一伙的开会，一看见林苇立刻都安静下来了。他们要求厂长给讲话，那怕是短短的几句也好，那都会给他们的心打开了亮。在这样的时候，对着那些热情的眼睛，林苇就是想拒绝也不能了。

就这样，林苇一天一天地坚持着，几乎忘记了自己生理上的痛苦。二十五号下午，又开第二次的工长科长联席会议。人们都在办公室里，就差李进和王子元没有来。不知是谁说：

"怎么的，大厂房出毛病啦？！"

"哪能？人家想夺红旗哪！你不看咱们'老梁'连上茅房都算钟点！"大伙一阵哄然大笑，好像是说："看呀！我们一定完成任务！"

不一会，李进和王子元满头大汗跑了来，林苇、吴明和张克清也笑着从里屋走出来了。

会开得很轻松，各个厂房汇报了生产情况，林苇高兴地听着，有时也插进一两句问话，她把那些数目字都记在自己底精装小手册上，这里的每一个数字，在她看来，都是非常宝贵的。

都说完了，最后才轮到装配厂。老宋刚一站起来，大伙的眼睛都盯在他的脸上，单等着从他嘴里说出大伙最希望的那个数目字。虽然他们已经早就打听过了，但总觉得，一定要从他嘴里说出来，那才更确实，更可靠。老宋被大伙看的有些不好意思起来，他打扫了一下嗓子，鼓着劲，大声说："到今天下班为止，我们一共装了二十六台！"不知是谁领着头，啪啪地鼓起掌来了。

老宋说完，轻轻地吐了一口气，坐下来。林苇、张克清和吴明三个人互看了一眼，笑着。底下也在交头接耳地议论开了。李进转过身去和赵向海悄悄地嘀咕了两句，突然站起来，站在凳子上，向大家甩着拳头喊："工友们！为了庆祝咱们新中国的诞生！咱们厂房里的全体工友提议，这个月的任务除完成外，要保证超过两台！怎么样？"

"同意！"全屋里的人都喊起来了，齐整整地举起了他们的手！这时，电话铃突然响了。林苇拿起耳机，一听就知道是韩局长打来的。韩局长问她计划怎么样，林苇一面笑着向大伙摆摆手，一面大声对里面说："一定完成！为了庆祝新中国的诞生，我们准备超过两台！"电话里洪亮的声音笑起来了，连声说："好！好！"停了一会又说，"哦！局里决定派王新同志到你们厂子里去暂时代替你的工作，明天上午就去，女厂长！你应该休息了，好好的替孩子做点准备工作吧！"最后的几句话，显然是开玩笑的口气。

林苇笑着放下了耳机，看看工人们那种笑容满面兴高采烈的样子，她也和大家一样沉在快活里了。……

晚上，吴明因为林苇第二天要走，吃完晚饭，就一个人跑到林苇的屋子里来。他一进屋就轻轻坐在椅子上，倒了一杯水，慢慢地喝着，看着林苇在整理东西，半天也没开口。林苇明白他的心事，就放下东西，笑着走过来对他说：

"吴明同志，王新同志明天一早就搬来，厂子里的事你都清楚，他是暂时来帮助工作的，希望你遇事多和他商量！”

吴明点头答应着说：

“林苇同志，你放心好了，你对于下个月的生产还有什么具体意见？”

林苇听着，感觉吴明的声音有些不大一样。她抬起头向他看了一眼，然后郑重地说：

“我也没有太多的意见。不过我觉得，从这个月经验看来，咱们行政管理上还存在着严重的不负责任的现象，这一点还需要抓紧，很好地研究。”

吴明看着她，正待说什么，不想张克清一脚就迈进来了，后面还跟着赵向海，他们也是因为林苇明天要走，来看看她的。

几个人连说带笑，谈了一阵，到十点来钟，才都散去了。

十

一个星期天的早晨。

在妇婴医院十六号房间里。窗户打开着，外面是葱郁高大的白杨树，屋子里空气很清爽，秋天金色柔和的阳光洒满了房间，洒在雪白的被单上。林苇在床上静静地躺着，脸略略瘦了一些，露出一种才分娩过后的疲劳的样子。床里面，躺着她的小男孩。用小棉被包裹着，圆圆的小红脸蛋，眼睛合着，已经睡着了。

周华坐在床对面的椅子上，幸福而满意地看着林苇和躺在她怀里的孩子，笑着说：

“孩子睡了，你也安静地躺一会吧！这孩子哭起来声音很大，看样子将来一定像你！”说着，走到床跟前，关心地看着林苇的脸，轻轻地说：

“你瘦了，要好好休息才行！”

“你也一样！工作忙，又为我跑来跑去的……”

林苇望着周华说，心里不由地感到了一阵不安，她觉得自己这一向对周华的关心实在是太差了。

周华没作声，只是微笑着。过了一会，林苇想了想，又说：“出院以后，我还有几天休息时间。我想趁这个机会，好好读两本管理企业和机械学的书。你看怎么样？”

周华沉默地望着她，好像是说：我怎么说好呢？

这时，门上轻轻敲了几下，周华问道：

“谁？请进来！”

“我！”门一开，闪进一个人来，笑着对周华说：“好！你来的真早呀！”

周华连忙起身让坐，严瑾却走到床前，看了看正在熟睡的小孩，又端详了林苇一下，说：“怎么样？瘦一些，精神看来还好。”林苇微微笑着。严瑾又说：“你们厂子的面貌真是变了，跟我以前去的情形大不一样，最近我想写一篇报道，有些问题还要和你研究研究。”说到这里，她调过脸来俏皮地对周华说：

“怎么样？女厂长工作不错吧？”周华笑笑，不作声。林苇问道：

“你上咱们厂子去了吗！”

严瑾点点头，又说：“嗯，这些日子很忙，你那封信我也一直没顾上复，因为我还没想清楚，咱们以后再研究吧！”

林苇正想答话，门又开了，吴明很快地走进来，手里提个纸包。他把纸包放在桌上，说：

“哎呀！真不好找，我找了好半天，才问着了！”

林苇坐起来，望着他：“这么远，你还跑来干什么？我下午就出院了！”

“在家也是待着，不如出来走走，”说到这，他顿了一顿，又说：“你知道？我还给你带来了好消息！”

林苇知道，一定是任务超过了，忙问他：

“超过几台？”

“三台！王新同志接受了上个月的经验，这个月的工作中心是建立生产责任制，现在已经开始建立起一些制度来了！”

林苇高兴地听着他叙说厂子里的情形。吴明又说：“老张和老赵要我带个信给你，他们到局里去了，待会来，工友们也要来看你，还是我拦着，才罢了！”

林苇默默地听着，心里不由得感动起来，她觉得：自己的工作做得太少，大家给她的安慰却太多了，她应该更加努力的把工作做好。想到这里，她转过脸，向严瑾说：

“在你们资料室里给我借两本工业的书好么？我想看看！”

“你要借什么样的书呢？”严瑾沉吟地问，眉毛微微一动，又向周华看了一眼。

“你帮我想想，看那几本书好？”林苇又转向吴明。

“书，我倒可以给你想想，不过你要小心，别把身体搞垮了！”吴明也在考虑着。严瑾很快地回过脸去，向着周华半认真半开玩笑似的说：

“你得负责好好管住她！别叫她太累了！”

林苇说：“我知道，严瑾。时间是宝贵的，党号召我们要在两三年内成为专家，要学会掌握技术，管理工厂。要是再不学就赶不上了！”

她说的声调很轻，但脸色是严肃的，听的人也都严肃起来了。屋里静默了两分钟，只有桌上的一座淡绿色小钟，依旧在不快不慢地，嘀答嘀答地向前走着！

1950 年 2 月 26 日

北京，生活·读书·新知三联书店 1950 年 12 月初版

为了幸福的明天

白　朗

一

下午，拉过了五点钟的汽笛，工友们全下班了。于是，洗脸的洗脸，换衣的换衣；经过了一天的紧张劳动，完成了该完成的生产任务，真像前方的战士打了个出色的胜仗一样高兴。他们个个精神焕发地哼着愉快的歌子，挤挤碰碰、有说有笑地向食堂涌去。

窝窝头和白菜汤的香气，从食堂的门口飘散出来，扑向工友们的鼻孔，这更引起了他们旺盛的食欲。于是，腿快的便紧走几步，抢先跨进食堂；手快的却已经抓起滚热的大窝头吃了起来。不一会的工夫，这个宽大的食堂就被工友们填满，热气腾腾，十分拥挤。喧扰了一阵过后，便鸦雀无声地吃起来了。

轰！突然间一声巨响，像炸药又像炮弹，是那么沉重，震得房子都像颤动了一下；正在全神贯注吃饭的工友们，被这突如其来的巨响一惊，都停止了咀嚼，不约而同地瞪起了惊慌的眼睛向外张望。因为响声十分切近，仿佛就在身边一样，大家都感觉这个动静不寻常，预感到有什么事故发生了。

一贯镇静的老孙却不动声色，在悠闲地做着自以为是的估计："准是试验炮弹。咱这换装的美式'底火'还满带劲呢！"

"去你的吧，美式'底火'交过去了吗？"急躁的李得反驳了。

"那么，就是试验'八八'式。"

"都下班了，还试验什么'八八'式？别胡诌啦！……"说着，李得就丢下筷子和没吃完的窝窝头匆匆向外跑去。接着，就有一大群工友一涌而出。这样一来，连镇静的老孙都镇静不下去了，也随着人群跑了出来。

十二月天，天气阴冷，像要下雪的样子，在这清冷的空气里，有一股硫磺的气味，呛着人的嗓子；原来东南天边已经是混沌不清，一大片浓烟正在慢慢弥散。于是大家一窝蜂地向起烟的方向跑去，踩了别人的脚也顾不得道歉，撞倒了人也来不及去扶，都是满脸的紧张，吵吵嚷嚷地，恨不得一下子飞到才好。

“哎呀，不好，血！”先跑到的李得惊叫了一声，大家的神经立刻加倍地紧张起来。

“怎回事？”

“谁？”

就在那片浓烟下面，就在配药室的窗外，好大一摊鲜红的血，血泊里斜躺着一个血肉模糊的人，既认不清面目，也看不出是男是女，脸像血葫芦一样。配药室窗子上的玻璃，有的粉碎，有的破裂了，那些破碎的玻璃片都乱七八糟地混在血泊里，散布在伤者的周围。单是那些血，已经足以证明：人多半是已经死了。这时，伤者已经被围得水泄不通。李得担心地把手放在伤者的鼻子底下，意外地，还有一点微弱的呼吸，他的心才轻松了些。同时，他发现了那两条熟悉的长辫子，不由得又惊叫了一声：“邵玉梅！邵玉梅！”

玉梅无力地应了一声。

“呵，又是她？怎么闹的呀！”

“怎么？邵玉梅？”

“太可惜啦！”

“赶紧送医院吧。”

人群中发出各式各样的惊叹声、惋惜声。有些女工友不忍心看那血染的肢体，把身子背了过去，低低地哽咽起来。

孩气未退的小于，一听是帮助她最多的玉梅姐，呱地一声就哭了出来，她一边哭一边向宿舍跑去。

不知是谁已经叫来了厂里的大卡车，司机把喇叭急急地按了几下，大家便七手八脚地忙乱起来；有的去扶伤者的头，但刚一接触，便沾了一手的血；有的去抬伤者的胳膊，发现了棉衣的上部已经乱七八糟，到处凝结着血渍，两条袖子下半截的棉花不知飞到哪儿去了。谁也不知她的伤在那里，都生怕触到她的伤口，胆怯地不敢下手。急躁的李得又发了急，他的喉咙已经干哑，嘶着声音叫道：

“快吧，再耽误一会，人就没救了！”

听李得这么一说，大家才像大梦初醒，轻手轻脚地把邵玉梅平抬了起来。几个人同时发觉，她的腿有点僵直，脖子发挺，浑身抖的像发疟疾似的。这时偏偏又飘起雪花，天是一会比一会阴冷了。老孙喊了一声：

“快去找几床棉被来吧……”

话刚说完，便看见小于和傅金苓抱着几床棉被飞奔而来，小于的腋下还夹着一个枕头。她眼睛哭得通红，眼泪还挂在腮边呢。

铺的、盖的、枕的全有了，随后就有两个工友抬来了一副担架。几分钟以后，邵玉梅便被轻轻地抬上了卡车，为着不使她受到过分的震动，七八个工友站在车厢里擎着担架。卡车刚要出发，玉梅的大哥邵仁，忽然从工具场赶来。他脸色苍白，满头大汗，一句话没说，便一跃跳上卡车；工友们怕他看见玉梅那血肉模糊的样子难过，都不让他跟去；车上的人连推带劝，车下的人连拉带叫，但邵仁却拼命挣扎，看看他像要哭出来又像要发火的样子，知道阻拦无用只有任他去了。没有跟去的工友们垂头丧气地走回宿舍，每个人都提拎着一颗不安的心，谁也不去吃饭了，往天都吃得光光的饭菜，今天竟剩下了三分之二。

从工厂通到职工医院的路，是一条很长的坡道，为了不震动伤者，卡车在坡上慢慢爬着。雪花片片打在工友们严肃的脸上，寒风锐利地刺痛着工友们紧张的心，他们都为邵玉梅的重伤痛惜，更为她的生命担忧。邵玉梅躺在担架上，静静地，一声不响，一动不动，仿佛睡着了一样；但是没有人相信她会睡着，都有一种不幸的预感："不是昏迷过去，就是断气了。"但谁也忌讳着不愿说破它。

邵仁几次想揭开被子，看看玉梅到底伤在那里，都被李得拦住了：

"别动，受了冻不是好玩的！"

邵仁只好俯下头去，轻轻唤了两声妹妹的名字；玉梅在喉咙里微弱地说了一声，"哥哥来了……"

大家的心松了一个扣。她既没有昏迷，更不曾断气；那么，她怎么这样安静呢？这只有刚强的玉梅自己知道。

她想："我负了伤，叫党的工作已经受了损失，要是连哭带叫，不是叫同志们心里难过，影响他们的生产情绪吗？好歹我还是个共产党员哪……"她想到这里，就咬紧牙关，怎么的也不叫唤出来，打定主意要坚决地和难忍的疼痛做最顽强的斗争。

现在，她已经不知流了多少血，不知挨过多少痛苦了，只感到四肢抽搐，浑身湿漉漉的，像浸在凉水里一样，不住发抖。昏迷一阵，又被剧痛唤醒。她已经没有力气喷吐一阵阵涌进嘴里的血浆了，那又腥又咸混合着汗水的鲜血呵，只好任它自由地流进肚里。死的预感，她自己比谁感受得都更深刻，更具体；生的欲望，也比任何时候都更强烈起来。当她对自己的生命几乎绝望时，只有把那一线希望交给治病救人的医生了。

车到医院，玉梅立刻被抬进手术室去。

揭开被子，白色的被里全染红了。玉梅的耳目口鼻，被混搅着沙土的粘血糊满。护士李星吓得把舌头伸出好长，几乎惊叫出来，外科代理主任田均叫她把玉梅的棉衣脱去，她畏畏缩缩地感到无法下手，犹豫了一两分钟才勉强地执行医生的命令。因为棉衣上的血更多，破纷纷的，简直变成了一件血衣。她心跳地想："流了这些血，人还能活吗？"

棉衣脱去之后，露出了玉梅两只重伤的胳膊，她的左胳膊断去了三分之一，手已经不知去向了，伤口可怕地裂开着，骨头露在外面；右胳膊下臂断了五根筋，只剩下半边肉，从手腕到肘部那红紫色的、又宽又长的伤口嵌进了好多乱棉花和脏的沙土，血还在流。右手虽然还在，但指甲已经失去了血色。胸部有着轻微的擦伤。

田均医生首先把玉梅的两臂用绷带绑紧，止住了血。随即认真而迅速地做了一次全身检查。根据伤势的严重性，他认为必须采取紧急措施。但他心里是感到十分惋惜的。经过慎重考虑之后才肯定地说："为了保全生命，两臂下段只有忍痛锯掉！"

邵仁这时才看到妹妹的伤势。他两腿发软，脸色立刻变白了，随即掉下了眼泪，他对妹妹的生命差不多完全绝望了。当田均医生征求他的意见时，为了挽救妹妹垂死的生命，只有忍心同意田均医生的决定，可是他心里是多么的疼："没有了两只手，活不活是一个样了！"

一阵紧张的手术过后，玉梅的左胳膊从肘部锯掉了。窗外的人，都痛惜地心脏痉挛了一阵。玉梅的分场长章林，背过脸去掉下泪来。邵仁看见妹妹的半截残臂扔到大瓷盆里的时候，心像刀剜一样痛，忍不住低声哽咽起来。这时麻药已经过劲，玉梅从昏迷中痛醒过来，深深地吁了一口气，轻微地哼了一声"痛呵！"忽然隐约地听见哥哥的抽咽，便连忙说道：

"哥哥，你不要难过，我不痛了！"

邵仁一听玉梅那抑制着痛苦的声音，更加伤心，他怕在妹妹面前失声，便三脚两步跑到外边去了。当他擦干眼泪再回来的时候，田均医生已经准备好一切，马上就要进行锯掉玉梅右臂的手术了。邵仁的头轰的一下，仿佛看见妹妹死去的肢体停在手术台上，他慌乱地冲到田均医生面前乞求道：

"田医生，请您想法留下她这只手吧。锯掉了，以后可……"邵仁的泪又一次涌上了眼角。

"不锯掉，生命就要不保。你为了姑息她一只手，要是送掉了她的性命，划得来吗？你比较一下看。过去这样的例子是不少的。"田均医生年纪很轻，经验不多，如何去保全玉梅的右臂，他深感束手无策，因此，为了对伤者的生命负责，他竭力主张锯掉。

邵仁绝望地站在手术台前，用身子遮住玉梅待锯的胳膊，好像这样就可以阻拦住医生施行手术似的。章林痛苦地搓弄着衣襟，无可奈何地叹着气。看看就要动手术了，她也急了，忙向田均医生商量道：

“请你稍等，待我去请示一下上级。”说着便跑出去打电话了。恰好走到楼梯口，就遇到匆匆而来的黎强同志，他是厂里的总支书记，章林正想向他请示的。她把医生的决定简要地汇报了一番，两个人便急急地走进了手术室。手术室那种紧张静肃的空气，使黎强受了很大的刺激，他连气也来不及喘地问医生说：

“根据她的伤势，是非锯不可吗？”

“这只胳薄筋全断了，留下它也是残废——不过让她多受些痛苦而已，伤口和指甲一旦发黑，就没治了！”田均为难地说。从他那温和诚挚的眼光里，可以看出他对伤者的无限同情。

黎强站在党的立场上，认为必须尽一切努力挽救玉梅唯一的右手，于是郑重地说道：

“有万一的希望也要保留它！她是个女孩子，请你慎重考虑。”黎强说着，顺下眼睛看了一下自己残废的腿。

田均医生不是没有考虑到伤者今后的生活问题，但他实在不敢做那没把握的冒险决定。他想：假如吴主任不病，根据他的技术和经验，或许可能挽救这只右臂。但他现在害着伤寒病，正在四十度的高热中，怎能来为她治疗呢？而这样的重伤又是不可拖延的。他沉思了一下说：

“假如现在锯掉，还可以保全上臂，等到伤口发黑，就必得从根锯了。不过，一两天内不锯，还不至有生命危险。再迟，就……。”

田均的话给了黎强一线希望，他想了想就肯定地说：

“我的意见是暂时不锯，只要一两天内不会因而致死，我立刻想办法去请苏联医生。”这时黎强想起了中苏医院的高索夫同志。

田均一听能请到苏联医生，也高兴起来，因这样一则可以挽救伤者的右臂，同时自己也可以学得很多技术，再遇到这样的病人就不至于束手无策了。于是立刻同意了。大家的神经随着松弛下来。

仅是面部治疗和右臂消毒，就花了一个钟头的时间。裂开的上唇和额上的伤口缝起来了，满脸的伤痕都涂上了药，于是，邵玉梅的上半身整个用纱布裹住，脸也埋在绷带里。玉梅深深感到，单是这手术当中经历的痛苦，也足够她一生经受的了。她痛得汗像雨一样地流，一会的工夫，脸上的纱布就给汗和血浸湿了。但是她却没有叫过一声痛，这使得室内外的人都感到惊奇。

手术行过后，邵玉梅住进了病房。邵仁坚持要守伴妹妹熬过这最危险的一夜，黎强看他的脸色十分难看，怕他病倒，一再地劝他回去休息。邵仁体会到总支书记的爱护，只好顺从地随着黎强回去。护送邵玉梅的工友们，也都含着眼泪带着不安离开了医院。根据邵玉梅的伤势，她的生命是谁也不敢保险的。

二

邵仁回到家里，一头便倒在床上。这一天，他不但身子劳累，神经也非常紧张，真像拉紧了的弓弦一样。老婆知道他心里难过，不住地劝说，可是劝着劝着，她自己也竟掉起眼泪来了。看见老婆一哭，邵仁心里更加烦躁，他心里埋怨老婆：“要是早先你待她好一点，她也许不会有今天！”他担心妹妹今夜就会死去。即便侥幸不死，一个女孩儿家，残废成那个样子，将来……。他实在疲倦极了，很想睡一会。可是刚闭上眼睛，就看见妹妹那张血肉模糊的脸，一下子就惊醒了；再闭上眼睛，又看见扔在大瓷盆里的半截血淋淋的胳膊，一哆嗦又清醒过来。这一清醒，眼睛再也闭不上了，多少年的事，都翻腾起来。他思前想后，越想越难过；特别是想到妹妹从小受的那些苦，遭的那些罪，心像猫咬似的痛。他感到他这个做哥哥的没有尽到做哥哥的责任，实在对妹妹不起。

他们一共也不过兄妹三人，只有最小的玉梅是个女孩子，按道理，在家庭中她应该比较珍贵，可是古怪的妈妈，偏偏就不喜欢玉梅，玉梅听说听道、文文静静的，村里的人谁不说玉梅聪明伶俐长的俊呢？不要说别的，单是那双水灵灵的大眼睛，就够讨人喜欢了，那又长又密的睫毛附在眼皮上，毛茸茸地，一笑，真是美极了。在山东家里的时候，虽说才十多岁，可是要讲干活，也顶半个劳动力，拾柴捡粪，薅草拔苗，哪样也少不了她。干活有眼力见儿，能做的她都抢着去做；可是她就怕一样——怕妈妈逼她去讨饭。

秋收以后，秋凉了，为了积聚冬天的烧柴，玉梅和二哥邵义捡柴的日子就来到了。这是妈妈分派的，但是妈妈对他们两个的要求，可不一样。

“要是捡不来二十斤草，就没有你的晚饭吃！”这命令该多么严厉，这是对玉梅说的。邵义呢？可是捡来多少是多少，从来也没给他下过什么命令。这么不公平呵，这还不算。

秋末冬初的时候，快落雪了，野地里什么都被捡拾干净，妈妈怕儿子着凉，不让邵义再出去了，而玉梅却还得每天到那光秃秃的旷野去喝西北风。她总是冻得浑身发抖，脸青鼻红的，因为她穿的不是什么衣服，而是许多破布条条勉强地挂在身上，大风一吹，真会像干树叶似的被风卷走的。要是捡不来柴，不是吃不上饭，就是挨一顿揍。玉梅常常是战战兢兢地拖着两条疲乏的小腿摸黑走回来，有时竟蹲在门外不敢进屋。

冬天来到，日子短了。为了留下明年的种籽，全家每天只喝两顿稀饭；这“全家”可不包括玉梅在内，这两顿稀饭可没玉梅的份儿。妈妈说：

“一个丫头家，冬天没事，别待懒了，出去要饭吧。”家穷是事实，只种那几亩地，租又重，税又多，剩下一星半点，也真不够吃，可是怎么穷也倒不至于让个女孩子去沿门乞讨，每个人每顿省下半碗稀饭，也饿不死玉梅一人哪。可是妈妈偏不，好像故意要折磨玉梅似的。妈妈的命令像一道圣旨，玉梅怎敢不遵？爸爸给人当长工，成年不在家，哥两个虽然反对，到底小胳膊扭不过大腿。就这样，玉梅整个冬天，都不吃家里的饭，过半饥半饱的日子。她从小就爱面子，你叫她伸手去向人家讨，她可伸不出手，你叫她张口喊爷爷叫奶奶，她可张不开口，她常常是转游一天，还是捧着个空肚子回来，可从来也不喊饿，也不说一天没有吃东西。日子长了，街坊邻居知道玉梅是个受气的孩子，就上赶着把剩饭给她吃；再不然就是她自己给人家干点零活，挣一口饭，这样的饭她吃的最香甜。知道的人都说："多狠心的娘呵！"

妈妈对待两个儿子，可是知疼知热，不像对待玉梅那样，这根源在哪儿呢？

这里边也有一个故事。

那一天清早，邵老好闷闷不乐地从家里走出来，心里想着昨夜里自己亲手埋掉的孩子，真是说不出来的难过。他也知道，穷人孩子多不得，多一个就多一份口粮，可是，做爹娘的，偏偏又是生一个疼一个，生下来就盼望拉扯大。这个孩子出世才七天就抽风死了，他心疼得什么似的，老婆呢？老婆比他更难过，虽说她并不喜欢女孩子，自己身上掉下来的肉，哪能不疼？孩子死了，她抱着孩子的小尸首哭个死去活来，邵老好好容易才把尸首抢下来，怕她看着伤心，半夜三更就去埋掉了。

讲起来也凑巧，第二天一早，他想着想着就走到大沟边，忽然听见孩子的哭声，他顺着声音找过去，原来沟里有个破蓝布包，蠕蠕在动。邵老好下到沟里把包包打开一看，原来是个刚生下来的小女孩，他揣摸，这一定是谁家养不起扔到这里的，在乡下这样的事不稀奇。他本是个老实的庄稼人，心慈面软，一副热心肠，杀个鸡他都不忍心下手。他想，这孩子要不抱回去，两天就得饿死，还能见死不救吗？

老婆现成的奶，把孩子奶大，还不像自己养的一样？

想到这，他就精心在意地把孩子抱回家，一进门就嚷："孩他娘，别哭啦，老天爷给咱补缺来啦。"

正在哭涕抹泪的邵大嫂，一见孩子饿的怪可怜，抱过来喂了一阵奶。这孩子欢眉大眼的，怪招人喜欢，没有二话地便收养下。慢慢就把自己扔的那个忘了。

这孩子就是玉梅。

玉梅吃着邵大嫂的奶，受着全家人的抚爱，谁也没把她当成另姓旁人，可是，当她长大起来，要吃要穿了，邵大嫂就觉得肩头重了，越想越不值得，常常埋怨玉梅爹："人家扔，你就捡，自个的都养不起，还养着个野丫头！"

"从小带大，还不跟自个的一样，要是那个孩子不死，你不也得养着？"

"自个的就讲不了啦。穷得叮当响，还有闲粮养着个赔钱货！"不管怎么说，邵大嫂总觉得有点抱委屈。常想送给别人，只是送不出去。

这件事玉梅知不知道呢？爹妈怕她分心眼，没有告诉过她，可是她在邻居的话里话外听到了一些风言风语，却也装着不知道，她想，要不是妈妈把自己喂养大，还能活到今天？因此，玉梅从来也没把这件事放在心上。爹爹和两个哥哥对待她像亲的一样，天长日久，简直把这件事差不多忘得干干净净了。妈妈对她虽然不好，她也没想过因为不是亲生的缘故，"要是那样，当初也就不会捡回来养大了，既然吃了妈妈的奶，那跟亲生的又有什么区别？"她只知道，妈妈和很多做父母的一样，重男轻女，妈妈不喜欢她，只因为她是个女儿的缘故，这给她的刺激最大，她恨自己不是个男孩子。她想：要是个男孩子，妈妈的打骂不是都可逃过吗？

从此，她立下个小小志愿：将来长大，一定要做个男人一样的女人！

那时候，她才只有十一岁。那时候，两个哥哥谁也不知疼妹妹；邵仁愁租愁税，忙吃忙穿，顾不了这些鸡毛蒜皮的事；邵义年小贪玩，任吗不懂，不欺侮妹妹就算好了，谁能护庇妹妹呢？天长日久，习以为常，玉梅受气也成为合法的、应该的了。她这个受气包在家庭中的地位，越过越小，到后来，她的存在几乎都不被人注意了。

邵仁现在想起来，真是说不出的痛悔。从前没有工夫想这些，如今妹妹负了伤，才觉得对不起妹妹，要是早先对妹妹有点照顾，有点爱护，也不致使她受了那么多的苦，作了一身的病……因而变成了残废，甚至说不定还要送掉性命。

三

那年头，地主比狼还狠，二鬼子比虎还凶，加上年景不好，日子越来越难过，到后来，简直就过不下去了。忙乎了一春一夏，眼巴巴盼到秋天打点粮食，可是，有了缴租的就没纳税的，有了纳税的又没度命的。怎么办呢？可不能净等着饿死。那年邵仁十九岁，也有了自己的主意，他常听说人家跑关外，也真有些人发了财，他想“人挪活，树挪死，咱也不想发财，只要对付全家一口饱饭吃就心满意足啦。”于是，和爹妈商量商量就上了关外，投奔亲戚去了。民国二十九年①冬天全家就到了五方杂处的某市。

关外原是个好地方，真是要啥有啥，可就是没有穷人的活路。不要说他们生来乍到，拉家带口，就是那个来了三年的亲戚，也只混个将供嘴，心有余而力不足，帮不上他们。日本鬼的天下，找一个正当职业多不容易，妈妈一埋怨，邵仁也后悔了，他愁得几乎抬不起脑袋：“这不是从尿窝挪到屎窝来了吗？二鬼子再凶狠，好歹还是中国人，这回可倒好，自投虎穴……。”爸爸却安慰他说：

“后悔什么，老天爷饿不死瞎家雀，只要能蹦跶就能混碗饭吃，

① 即1940年。

要是不出来，冬天不饿死两口才怪呢。”

愁，也顶不了饭吃，还得想法子找生路，五口之家，虽说有大半劳动力，没处去使也是枉然；住地方找不着铺保没人要，打零工卖苦力又能挣几个钱？自然供不上嘴。这样一来，玉梅被穷迫着，被妈妈逼着，就又捡起旧营生，拾煤渣，捡草，还加上个讨饭。

可是，亡国奴还有什么自由，连捡煤捡草都要受限制。有时候，玉梅上山捡点柴，叫看山的鬼子看见，那鬼子手里提拎着大棒子，先把柴草夺去，接着搂头就打，玉梅的头上总是大包小瘤的，要不是跑的快，有几个玉梅也被打死了。

有一回，家里断了粮，玉梅妈妈到亲戚家去借粮，粮没有借来，却讨回来个坏主意，亲戚家的女人说：

“这年头，粮米高贵，多一个人干活，可不如少一个人吃饭，你家玉梅十二三岁，长的又俊，正好团圆出去，怎么的还不换它石把粮。你要是愿意，我给去找主……”

要是说把她的儿子给了人，玉梅妈准要发脾气，要是说把玉梅团圆出去，她可不疼不痒，她又不指望玉梅养老送终。团圆出去一则可以换点粮，再说也带走一张嘴，这不是两全其美吗？她越想越对劲，回家就跟老头商量。

玉梅爹是个老实人，老实得好像一摊泥，老实得人家打他个嘴巴都不还手，他从来就没一点主意，叫老婆一串弄，就同意了，他说：

“闺女早晚也是人家人，早点找个婆家也好，省得孩子在家活遭罪，到谁家也能混上一口饱饭吃。”他爱玉梅，他是从疼爱女儿出发的。玉梅多咱也不哭，可是一听妈妈打她的主意，爹也那么狠心，她一句话没说，哇地一声就哭了出来。

邵仁一听妹妹哭，心里着实难过，他一想，叫妹妹给人家去当童养媳，那不跟卖掉了一样？从山东家来的时候，就有人说：“你们跑关外也免不了挨饿受冻，早晚还不把闺女卖了。”让人家称愿倒是小事，为了换点粮，把妹妹送进没底的坑，遭那没头的罪，就是吃口饱饭也亏心，还嫌妹妹罪遭的少吗？因此，邵仁说什么也不同意，邵义也跟着反对。儿子们大了，妈妈也要让步三分，虽说挨了一顿骂，到底把妹妹争下来了。这件事，邵仁什么时候想起来都觉得畅快，玉梅什么时候想起来都感激哥哥。

四

一连串的苦难，把玉梅磨炼得越来越坚强，也越来越精明；她把这精明用在拾柴捡煤渣上，是手急、眼尖、跑的快。把这精明用在对付鬼子上，是偷懒、耍滑、磨洋工。从十四岁起，她就不再讨饭了，因为她自己找着了能挣钱的工作。夏天，鬼子的苹果园招收包苹果的女工，她自己就投上了。开头包苹果，她包的很慢，挨过鬼子两回耳光子。这使她回想起上山捡柴时，打在头上的那些大棒子。她老早就跟鬼子结下了仇恨，在家挨妈的打，只怨命苦；受鬼子这样欺侮，可是不甘心，于是就在心里琢磨着报复的办法，包苹果的技术熟练了，她的办法也想出来了。她想，一天才挣五毛钱，凭什么这样卖力气。她吃透了鬼子的脾气，他是不打勤的不打懒的，单打没长眼的。他来监工，总是猫道来狗道去，不给人看见，只要他来检查你的时候，你手忙脚乱地干，就挨不着打，在你身后站一会就走了。玉梅手快眼也快，鬼子一来，她先看见了，可是她装做没看见，等鬼子一溜到她身后，她就紧忙乎起来，两只小手像机器一样，包的要多快有多快，鬼子一走，她可就懒洋洋地磨起洋工来，还常在苹果上用指甲挖个洞，让它烂掉，鬼子可是看不见了。这办法很好使，以后就再没挨过揍。就这样，两个夏天对付过去了，很多女工跟她学会了这个聪明的办法，使鬼子多少受了些损失，她心里真解恨。

一个十四五岁的女孩子吃了这么多苦，她自己真不知道什么时候才能不苦了。长了这么大，既没痛快地哭过，也没认真地笑过。倒不是她性格忧郁，实在是环境把她压得透不出气；她心里有反抗，也有不平，但是却没有力量反抗那些不平，她感到自己太弱小，太孤独了，当她受了虐待或委屈的时候，只要看她那紧闭的嘴唇和那不转动的眼珠，就可以体会到她内心的反抗情绪。她那坚强的性格，正是在这种沉默的反抗中逐渐成的。仿佛她胸中隐藏了个火山似的，一旦爆发，那就不可收拾了。

聪明的玉梅，压抑着个性，吃着各式各样的苦，受着各式各样的气。刚从山东家来的那年，连有些和她一样捡煤渣的孩子都欺侮她，因为她眼睛尖捡的快，又是外来人，引起了同伴们的嫉妒，他们常常唱着歌子骂她："海南丢，活不到秋，死了埋在大东沟！"她忍受下这些恶毒的辱骂，尽量去团结他们，当她把自己的筐子捡满后，就帮助同伴们捡，今天帮助这个，明天就帮助那个，因为她懂得，他们也是和自己一样受苦的孩子，万一有着和自己一样的妈妈呢，捡不回去，不是要挨打受骂吗？慢慢地，同伴们受了她善意的感动，再也舍不得骂她，都和她成了最好的朋友，赶着叫她玉梅姐了。

她从来不吝惜自己的劳力，关心别人更甚于关心她自己。在纱厂出劳工的时候，为了使同伴们逃过鬼子的打骂，她经常是帮助别人去做没有做完的活，有时甚至把自己的活暂时放下。

那时候，女工宿舍在一个坍塌的古庙里，那古庙年久失修，屋顶已经是千疮百孔，四壁全是一指宽的裂缝，当秋雨连绵时，整个宿舍都浸在泥水里，玉梅总是把稍干的地方让给别人睡。冬天一到，便从四面八方飞进狂暴的风和雪，大家挤在一个大铺板上，挤到再也不能挤的程度。把所有的被子集中起来，参差着盖在所有人的身上取暖，玉梅却总是抢着睡在床的一头，她倒不是怕挤，为的是让别人更暖和些——因为床的一头只有半边可以接触到别人的体温——为的是早晨起来不惊动别人。她说她从小冻惯了，不怕冷，其实她的脚已经冻烂了，脚后跟烂得露出骨头。就这样，每天谁也没有她起得早，当她把一大桶水提来以后，大家才陆续起床。同伴们非常过意不去，都说："你的脚烂成那样子，多疼啊！洗脸水让我们去提吧。"

玉梅却笑着，很轻松地说："怕什么，脚后跟离心还远呢。"她想，哪天还不得给鬼子站上十几个钟头，就差这一会啦？她不但从小养成了忍苦耐劳的习惯，而且养成了为别人，特别是为和她一样受苦的人服务的精神，这样她才觉得愉快。

最使她不能心平气和的，是鬼子对中国劳工的虐待，她常常盼望，"八路军怎么不到这地方来呢？他们要来，把害人的精灵统统杀光，穷人的苦就有头了。"

小时候在山东老家，常听邻居老李头和爹讲八路军的故事，印象是那么深，一到她受鬼子欺侮或看见别人受欺侮时就想起来了。老李头的两个儿子都参加了八路军，他们的队伍到过紧邻的大玉村，给老百姓留下了好印象。他们说，八路军不但打鬼子打的出色，对老百姓也情同骨肉，真是搭救穷人的救命星，他们走到哪里，哪里的穷人就翻身了，他们走到哪里，哪里的穷人就不苦了。老李头一讲起八路军，就像讲起多年不见的老朋友那样高兴和怀念；玉梅爹也心痒痒地盼望八路军来解救他的苦，那确是真心实意。可是当老二邵义要跟同村的李虎去胶东参军的时候，玉梅爹却又百般不允了。妈妈也哭，大哥也反对，说八路队伍里比家还苦十分，那是脑袋挂到裤腰带上的事。大哥还说，要是邵义的心思叫二鬼子知道，全家都要遭殃，东村的钱大海就是因为八路军的嫌疑让二鬼子捕去，至今音信全无。玉梅爹却说：

"那倒是末节。人家八路军都是些什么样的人哪，不说是天兵天将，总也有点道行，你一个无知无识的穷小子，也配吗？"

邵义那年十六岁了。好打抱不平，有股愣劲，看起来并不怎么壮实，可是满身的力气，讲打架，村里和他一样大的孩子谁也打不过他。见到不平他就打，可不无故欺侮人，他打的是蛮不讲理的坏蛋，庇护的是软弱受欺的穷孩子；上来那股愣劲，真是生死不怕，是刀山他也要上去试试。这一回要去参加八路遭到全家的反对，他真窝火透啦，气的一头躺在床上，两天没起来吃饭。气有什么用呢？妈妈说：“宁可打死你，也不让你去送命。”玉梅多么赞成二哥去参加八路啊，她心里埋怨二哥：“真是饭桶，你那股愣劲都哪去了？我要是个男孩子，像你那么大，早偷着跑去了。”但是，她却没敢说出来，怕妈妈拿她煞气。

到了关外以后，谁也不敢提八路军一个字了，八路军那神秘的影子却常常在玉梅的脑子里出现；可是八路军到底什么样子，竟一次也没见过。玉梅常想：穷人的苦什么时候才能到头呢？

忽然有一天，纱厂里的鬼子突然张皇起来，他们像热锅上的蚂蚁一样，焦躁不安；弄得孩子哭老婆叫，个个手忙脚乱，磕得盆碗乱响。车间里再见不到魔鬼的影子，监工的也顾不得来监工了，打人的也顾不得来打人了。有的工友传来消息说：

“日本鬼子投降了！”

大家都不怎么相信，觉得没有打仗怎么忽然投降了呢？昨天鬼子们不是还在耀武扬威、张牙舞爪地打人吗？

虽说是半信半疑，可是看见今天的情形，也觉得奇怪。于是大家都跑出了车间。这时候，鬼子已经是携男抱女，背着行李提着箱子在仓皇逃难了；碰到中国的劳工，不但不再横眉立目，竟是卑躬折节，异常地恐惧了。

大家你看看我，我看看你，都觉得莫名其妙，于是又一涌冲出工厂。街上的情况更是紧张，逃难的鬼子，男男女女，大大小小，个个神色张皇，垂头丧气，活像一群丧家的狗，夹着尾巴，跌跌爬爬地四散奔逃，街上看热闹的人个个兴高采烈，纷纷传说：“八路军配合着苏联红军解放了东北，日本鬼子倒台了！”

玉梅一听到“八路军”三个字突然一蹦多高，噢的一声就叫了出来：“呵，八路军！”声音里带着感激的冲动，说她是哭吧，却又那么高兴，说她是笑呢，眼泪又点点下流；那混合着哭音的笑声，谁听了都感觉异样。一向保持着沉默的玉梅，如今这样发狂般地又哭又笑，那真像听见哑巴突然说话一样新奇。但她这并非神经错乱，而是被抑压过久的感情，一旦遇到巨大的变故，便一发不可收拾，这感情使坚强的玉梅也无法控制了。但又何必控制，现在不是自由了吗？

被鬼子直接奴役了一年的玉梅，出其不意地获得了自由，她马上就回家了。一进门，第一个碰到了出劳工的二哥邵义，他竟先一步回来了。他说：

“我刚到家。正想去接你呢。”

“还用你去接吗？八路军把我救出来了。”玉梅乐的眉飞色舞，随后就问二哥：“你可看见了八路军？”

“哼，牛打江山狗坐殿！哪来的八路军，悄悄的吧……”

玉梅莫名其妙地直盯着二哥的眼睛。接着邵义就解释道：

“来的是中央军，你还没看见吗？大皮靴，黄呢子军衣，还挎着腰刀，一个个横眉立眼，跟咱山东家的二鬼子一模一样…….”

玉梅一听，心就凉了半截，像刚刚露了晴的天空，又被一层乌云遮住。谁知道这层乌云什么时候才能退去呢？她立刻又恢复了沉默。

五

一九四六年四月的一天，经过了一阵骚乱之后，玉梅向往已久的八路军真的到了某市。那时候，玉梅的妈妈刚刚下葬，玉梅是又高兴又难过，自从那年出劳工回来，许是由于长期别离吧，妈妈对她竟慢慢疼爱起来了，玉梅刚开始尝到一点母爱的温暖，妈妈却又一病不治。她惋惜受苦一辈子的妈妈竟没有看见八路军，她是带着数不清的苦难死去了，而八路军带来的好日子她已无福享受。最糟糕的是，妈妈一死，她再也没法出去工作，只好留在家里管理家务，洗衣做饭了。当她送二哥参军的时候，真有说不出来的难过。她想：“我要是个男孩子，不也像二哥一样参军了吗？”她眼泪汪汪地把二哥送走，多羡慕二哥胸前那朵大红花呵！

这一次，爹可没有阻拦二哥，他的理由是：这回是八路军坐天下，参军也不犯法了，小伙子应该出去闯闯。邵义真想不到老头会忽然变得如此开通，因此，他精神上毫无负担，乐呵呵地就走了。

大哥呢？他顾虑家庭，没有去参军。可是伪满时学的手艺现在却用上了，六一工厂一开工，他马上就进了工厂。两个哥哥都有了安身处，只剩下玉梅一个人留在家里了。因为爹也很快就回了山东家——妈妈一死，引起了老头的生死顾虑，他怕把骨头也扔在外乡。但是他走的很放心，临走时他嘱咐儿女们：

“只要八路军坐定了天下，穷人就再没罪遭了。现在咱家乡也是解放区，我回去难为不着，你们放心吧，早先咱家穷，供不起你们念书，如今到处可以识字了，你们好好学习，好好工作，共产党领导下，你们将来会比你爹有出息的……”

这一番嘱咐，玉梅明知不是对她说的——她整天囚在家里，柴米油盐的，上哪去学习、工作啊？果然，老头看了看玉梅又对邵仁说：

“我所不放心的就是玉梅，她从小受苦不少……将来给她找个好婆家，我也就不牵挂了……”老头的嗓子哽住了。

可是玉梅却从来没有想过这个问题，她觉得爹爹一点都不懂得她的心事，一点都不知道她的志愿：她想做个男人一样的女人，老是围着锅台转能行吗？因此，她是连做梦也想着工作和学习的。她希望有那么一天，哥哥娶了嫂子，她便可以把家庭的担子放下了。

玉梅的希望没有落空，第二年便实现了。邵仁在六一工厂工作还不到一年，生活就大见改善，使他有了结婚的能力。嫂子一过门，玉梅马上交代了家务，很快地就进了一家私人经营的火柴工厂做工去了。

嫂子是个小商人的女儿，爱贪小便宜，吃一点亏夜里都睡不着觉的小心眼女人，她具备着旧式妇女的很多缺点。刚来的时候，对待玉梅还没有什么，因为玉梅不吃家里的饭，但不到三个月，火柴工厂因为经理投机倒把倒闭了，玉梅便失了业，只好在家给人纳鞋底；可是鞋底又常常供不上气，这样一来，挣钱自然更少了。嫂子小心眼，夜里睡在床上尽算豆腐账，她一合计，小姑子本是外姓人，养着她多不合算。平白地分吃了自己的口粮，实在叫人心疼；要是没有她，丈夫挣的钱不是可以吃得更好一些吗？因此，玉梅自从失业以后，就成了她的眼中钉，肉中刺、心里的疙瘩，她总在玉梅面前使性子，不是指桑骂槐，就是打狗骂鸡，不给玉梅一点好眼色。

玉梅虽说从小是个受气包，惯于忍耐了，可是她明白，妈妈给她受气，那多半是被穷逼的，她不恨妈妈。她想，要是妈还活着，也不会再给自己气受的，现在人人都解放了，凭什么还要受嫂子的欺侮呢？嫂子的无理，玉梅早就忍无可忍。但是她向来顾面子，觉得要是姑嫂吵起来，叫人多笑话？多少次她都忍下去了，可是，有一天，姑嫂到底还是打了起来。

一清早，玉梅啃了个干饼子就揽活去了，但跑了一天，一点活也没有揽到，她垂头丧气地走回家来，一进门就挨了嫂子一阵抢白，玉梅没有理她。跑了很多路，一天没吃饭饿得心里发慌，便开开碗橱找出了半个干饼子，刚啃第一口，嫂子坐在床上就骂开了：

“出去浪荡了一天，回家就知道个吃，没到吃晚饭的时候就先来一顿，可怎么供得起！”

玉梅望了嫂子一眼，赌气说：

“我也没吃你的，要你供？”

“没吃我的吃了谁的？”嫂子霍地跳下地来，紧逼着玉梅的脸问，“那么大个丫头让哥哥养着，你就不知道臊？”

嫂子圆睁着两眼，完全像只斗架的公鸡，气得玉梅说不出一句话，她愤怒地把饼子向地上一摔，转身就想躲出去。可是突然一只暴力的手把她的衣襟抓住，随后玉梅的右腮便挨了一巴掌，打的玉梅牙齿立刻出了血。玉梅没有还手，她一边吐着带血的唾沫，一边走进厨房去。

玉梅不是打不过嫂子，要真打起架来，嫂子未必是她的对手，可是一则她怕人家笑话，同时她考虑到要是真打坏了，还不得哥哥花钱治伤吗？

邵仁下工回家时，门口围着好些人，以为家里出了什么祸事。跑进屋一看，妹妹正坐在厨房生气，脸像纸样白；老婆却在里屋叫骂个不休。问过玉梅，邵仁真是火冒三丈高，他想：为了半个饼子就闹个天翻地覆，该多丢人！自从妈死爹走以后，邵仁对妹妹便负起了照顾的责任，知道爱护妹妹了。他认为不管谁的理对，都该多责备老婆才公平，何况这件事根本就应该由老婆负责呢！邵仁越想气越大。于是，愤愤地走进屋去，不容分说，便给了老婆两个嘴巴，替妹妹出了气，老婆却不是好惹的，马上撒泼打滚地哭了起来，一边哭，一边叨咕：

“到底你们是一个妈养的，欺侮我这外来人，你打死我吧！打死我吧！”一边嚎一边把头往邵仁身上撞。邵仁心想：要是给你知道不是一个妈养的，更不知对玉梅怎样了。他盯着老婆的脸问：

“要是你在家当小姑子，你嫂子打了你，你能像玉梅这样老实吗？”

老婆被邵仁质问得没话好说，但还是蛮缠了半天，这场风波才算暂时平息下去。

这一夜，邵仁翻来覆去睡不着，他越想越为难：说妹妹，不对，说老婆，又不行，这个夹板子气可怎么受法？

玉梅这一夜也没有睡好，她想的更多。最后她的结论是：只有凭自己的劳动挣来的饭，才吃得理直气壮。本来，玉梅劳动惯了，长久这样待下去，不但觉得可耻，也实在闲得难受，那算个什么人呢？从此，她下决心赶快找个工作，离开这个家，也免得受些窝囊气。自从接到二哥邵义前方的来信以后，她这个决心更坚定更急切了。二哥的信上说，“保卫国土，人人有责任，这时代的女人也要为人民出力了，希望你做一个有用的女人……”

但玉梅两眼抹黑，上哪去找工作呢？左邻右舍她都打听遍了，谁也不知哪里招收女工。有一次，她问大哥：

“你知道哪个厂子要女工？”

“哪个厂子也不要！”邵仁爱搭不理地回答，他思想里有个顾虑：姑嫂两人刚吵过架，妹妹就出去做工，人家不会说哥嫂容不得这个妹妹吗？因此，他不愿意妹妹找工作。他想：“我这么大个人，娶得起老婆就养不起妹妹了？”实际呢，他一点都不懂得玉梅的心理。

“你们厂子也不要？”

“不要！”邵仁很干脆地说，“咱那是重工业工厂，一个女工也没有！”说要上他那个工厂，邵仁更不愿意了：那个工厂到处是危险品，在那做工，真跟在前线打仗差不多，万一妹妹有个三长两短，怎对得起爹妈！

因此玉梅问过多少次，邵仁都是一样的回答。他想欺哄住妹妹，让她断了这个念头。但是，要强的玉梅可不死心，她想去问问和大哥在一个厂子干活的孙凤起，他是个同乡，玉梅跟他比较熟。那天吃过晚饭，她就抱着个希望去了，她没有告诉嫂子。

刚走到孙家门口，却听到一个熟悉的咳嗽声，原来大哥邵仁正在他家里，好像在商量什么背人的事儿。向来说话噪耳扒火的大哥，也把声音压低。玉梅不敢进去，就把耳朵放在门缝上偷听，听来听去，只知他们在研究工作，却一点也听不明白，特别是那些古怪的名词，玉梅从来也没听说过，不听还好，简直越听越糊涂。可是，听他们最后的几句对话，她却什么都明白了。孙凤起说：

“上次出了些废品，都怨咱不研究技术，这回这么一研究，大概差不离……”

“你瞧好吧！”椅子一响，邵仁站起来了。一听那兴奋的语音，玉梅就仿佛看见大哥指手画脚的神气了，“这一回叫它个个保险，不但打得响，还叫它打得远，个个炮弹落在那群‘蒋该死’狗崽子的脑袋上！”接着两个人一笑，房门就开了。玉梅正听得出神，不提防竟被匆匆忙忙走出来的邵仁撞了个满怀，差点把她撞倒。邵仁一看见是妹妹，忽然想起刚才自己的兴奋，就急急地问妹妹：

“你多咱来的？刚才我们说的话你听见了吗？”

“没有呵！”玉梅顽皮地一笑，两只大眼睛得意地溜了邵仁一眼，心里说，“你总说你们那是个机器厂，这回可说漏兜了！”

邵仁看见妹妹那神气，知道他的话给妹妹听去了，心里好不后悔。玉梅一扭身，却奔送邵仁出来的孙凤起走去，悄声地问道：

“孙大哥，你们厂子收女工吗？”

“女工吗？……”孙凤起刚想回答，邵仁却先抢着说了：

“不收，不收，不是早告诉过你吗？”接着就递了个眼色给他的伙伴，孙凤起马上附和着说：

“真的不收，真的不收。”他嘴里虽是这么说，却显得有些摸不着头脑。

这一切，都被玉梅看在眼里，记在心里了。她暗自得意：“越想哄弄我，越哄弄不了，你们自己的神气都供出来了。”

走在路上，邵仁又不放心地问玉梅：

“我们刚才的话，你到底听见了没有？”

“真的没有，你出来的时候我刚刚走到。”

“听见也罢，没有听见也罢，可不许你瞎说呀！这叫特务知道听了去，可不是玩的！”

玉梅点点头，记下哥哥的叮嘱，高高兴兴就回家了。她今天心里特别敞亮，好像紧闭的窗户开了一道缝，一线光明透进来了。嫂嫂给她个脸色看，跟她使使小性子她都不在意了，她觉得这个脸色看不多久了。她知道哥哥是骗她，看他跟孙凤起挤眉弄眼的神气就明白了。

只要工厂收女工，就有希望住进去，她打定主意：别的工厂还不去了呢，非想法进这个工厂不可！因为这工厂的生产性质就像磁石吸铁一样吸引着她。早先不知道，大哥老是瞒头盖脚地，现在才明白，原来还是个造炮弹的革命工厂。

二哥在前方打仗参加的是炮兵营，他们一定用很多炮弹，他来信不是常说："一炮打掉多少多少敌人的碉堡"吗？她真羡慕大哥，要是自己也进了这个厂子，也参加造炮弹，那有多好！兄妹俩造的炮弹，怕也足够二哥打的了。二哥来信说，要大家同心协力才能把卖国贼打垮，不做二次亡国奴；女孩子不能上前线打仗，在后方造炮弹也对前方有帮助啊。可是大哥为什么偏不让去呢？

玉梅越想越高兴，恨不得一下子就飞进那工厂，夜里做梦也是这回事——她进了六一厂，许多工友欢迎她，她就在大家的欢呼和掌声中走进了现场。那里面耀眼明光，案子上也是炮弹，地下也是炮弹；长的、圆的、尖的，还有方的，她简直看不过来了，正在眼花缭乱的时候，忽听一阵喇叭声，胸前戴着大红花的二哥，左手拿着一个顶大的炮弹走进六一厂，他右手还拿着朵更大的红花，一看见玉梅，就把那朵红花给她戴在胸前了。二哥笑着喊："女英雄，女英雄！"突然大家又欢呼起来，一涌而上，把玉梅高高举起，越举越高，高得使她恐怖，一直举到棚顶，想不到棚顶上也悬着个炮弹，玉梅的头刚巧碰在炮弹上，只听轰的一声，炮弹爆炸了……玉梅一下子就惊醒过来，原来是枕头掉在地上了。玉梅睁开眼睛，心还在跳呢。她有点好笑——都想入迷了，跟炮弹打了一夜交道，可是炮弹什么样儿呢？却一次也没有见过。

第二天早晨一起来，玉梅就跑到区政府去请求开介绍信，因为她记得大哥入厂的时候，就是拿区政府的介绍信去的。区长听说她要去找工作，很鼓励了她一番。于是，没有费劲，她就把介绍信拿到手了。

六

六一工厂门冲哪面开，玉梅都不知道，可上哪去找呢？打听了多少回，跑了多少冤枉路，好容易才打听到地址。这个厂在市外很僻静的地方，四周没有人家。究竟走了多少路，她都计算不出，只记得爬了一个坡子一个坡，翻过一个小山又一个小山，虽然正是冷风刺骨的严冬，她却累得浑身大汗，尘土满脸，从清晨一直找到太阳偏西，才算找到了。到看见六一厂的大门，她还在打听呢。

工厂的门禁很严，门岗不让她进去。后来她把介绍信拿给他看，才答应给她去通报。不一会，玉梅就到了人事科。

人事科长是个女同志，她问玉梅。“你是来找工作吗？”

玉梅有点羞怯地点点头。接着人事科长把头稍稍向旁边一歪，用探问的口气问道：

“你知道这工厂是干什么的吗？”

“不知道！”玉梅立刻记起了哥哥的叮嘱，她扯了个谎，心扑通扑通直跳。

“那么，你想学什么呢？”

这一问使她踌躇了。她来的目的本想学着装炮弹，可是那怎敢说呢？后来想起哥哥是个车床工人，就随机应变地说：

“想学车床子。”

人事科长看看她那身整洁的衣服，又看看她那不大健康的脸色，就说：“学车床子可是又脏又累，你能干得了？”

“那怕什么？人家能干我就能干。”这是她的真心话，玉梅向来好强，不但人家能干的活她都能干，别人不能干的，她还要试试呢。

人事科长听了玉梅爽快的回答，看了玉梅那又聪明又大方的能干样儿，满意地笑了，马上答应收下她，叫她回家把行李准备准备，一两天就来上工。可是玉梅比人事科长更干脆，她脑子一转就决定了：

“我今天就不回去了，叫我哥哥明天把行李给我捎来吧。”

直到这时，人事科长才知道她哥哥也在本厂的工具场干活。

一个同志带玉梅去找邵仁，邵仁一见，竟大吃一惊：

“你怎么来了？跟谁来的？”邵仁脑子一忽悠，以为家里出了什么事，心都跳起来了。可是看妹妹那不紧不慢的样子，就又把心放下了一半。

“你就打算我来不了啦？”玉梅得意地说，“还一定得跟人家来？”

“那你怎么来的？”

“鼻子底下长着个嘴，我一路问，问到的。你不相信？”

玉梅今天话特别多，兴奋得脸儿红红的，这不是玉梅的本色。邵仁觉得很奇怪，不知妹妹和他捉的什么迷藏，便纳闷地问：

“你倒是来干什么呀？这么远的路。”

“找工作。”玉梅把眼眉一抬，美滋滋地说。

邵仁急了，带着责备的口吻说：

“告诉你多少遍啦，这个厂不收女工，你不是白跑腿吗？爽神回去吧。”一边说一边向玉梅挥手。

“不回去了，你明天把行李给我捎来吧。”

“把行李捎来？”邵仁更奇怪了，以为玉梅故意和他开玩笑。直到玉梅把找工作的经过告诉他以后，他才明白。一方面对妹妹的自由行动表示不满；一方面也不能不暗暗佩服这个十八岁的女孩子志气之大、本领之高了。

虽然这样，他还是有所顾虑。

人事科长把玉梅介绍到装配场分场长的办公室去谈工作。玉梅说不出是高兴还是害怕。不知为什么，忽然一下子就回忆起伪满出劳工时的那个纱厂的伪厂长。他活像个庙里的黑煞神，他一说话，比衙门问案的审判官还凶狠，胆小的见了他毫毛都会竖起来的。玉梅受过他几回呵斥，至今想起来还觉得毛骨悚然呢。她明知现在的厂长决不会那样子，可是还免不了要心慌，胆怯地走进办公室去。

分场长章林是一个三十岁左右的女同志，只要看她那一身山东土布的棉制服，就知道是刚从山东转来的。她那一口纯粹的胶东土语，玉梅感觉格外亲切。她个子很高，皮肤黑黑的，看来十分健壮，生着一口整洁的白牙齿，看上去特别显眼，也特别干净。她的态度既谦逊又大方，招呼玉梅坐下之后，就亲热地谈起来了。玉梅虽是初次和她见面，却一点也不觉得拘束，跟她谈话，就像和老大姐谈心似的。根据她的肤色、她的体格来判断，一般的，她该是个性格很男性化的女人，但她却是多么娴静，多么和蔼可亲哪！她那女性特有的温存，玉梅在她母亲身上，在她嫂子身上，是连一分也找不到的。在她和玉梅谈话的过程中，玉梅好像只看见她那和悦的眼神和她那一排白牙齿似的，因为她总是微笑着——总是那么自然地微笑着，使向来一见生人就局促不安的玉梅，在她面前，一点拘束的痕迹也没有了。当章林问到她来这工厂的目的和动机时，她便毫不隐瞒地把她的想法全部说了出来，甚至连她昨夜的梦都告诉了章林。章林听了，十分感动，她赞美地说：

“你真是个有觉悟的女孩子，在这里工作是很合适的……不过，你是否考虑到这工厂的生产性质，你不觉得害怕吗？”

“不，一点也不！”玉梅不假思索地回答，“我从小就是个大胆，不知道什么叫害怕，人家都说我‘膘’。在山东家的时候，个个都说齐山有狼，谁也不敢上去，我就不怕，常常上去捡柴，却一回狼也没碰到。狼是有，看山的鬼子比狼还凶，我可也没有让它吃掉啊。”她的天真，她的单纯，章林非常喜欢。她感到，这个平凡的女孩子，有着一个不平凡的个性，她那种内在的英雄主义，正在她的身上茁长着，如果注意启发和教育，是很可造就的。

“是的，这女孩子可以培养！”她肯定地想。接着又问：

“你哥哥邵仁胆量如何呢？”

“他吗？”玉梅想了想，就给大哥作开了鉴定，“他胆子倒不小，就是顾虑多，总是前怕狼后怕虎，考虑来考虑去的，遇事拿不定主意，不像二哥那样干脆。”

章林点头微笑，觉得她对邵仁的评语非常中肯。随后就把话锋转到玉梅的具体工作上。

“你是想学技术呢？还是作一般的杂工？”

玉梅不大明白什么叫学技术，这名词虽然也常听说。因此她一时无法回答，用探问的眼光看着章林。章林马上就懂得了，忙解释道：

“学技术就是学手艺，杂工就是一般的零活，譬如扫地、装箱等等。”

“我要学技术。”玉梅语气非常肯定，语调里含着恳求的成分。她常听大哥讲：

“家藏万贯，不如学得手艺在身。”她想，大哥要不是学了点手艺，也不会有今天哪！

章林为什么要这样细致地征求玉梅的意见呢？因为在玉梅来谈工作以前，人事科转来了邵仁的意见，他要求不要把危险性较大的工作分配给玉梅，他更具体的意见是最好让她做杂工。

现在，玉梅既然坚持要学技术，章林就不再考虑，决定派她先到烘房去当学徒，章林认为邵仁的要求固然应该考虑，更重要的还是尊重玉梅本人的意见。她应该有选择工作的自由和权利的。

工作决定之后，玉梅当晚就住进女工宿舍里。一间宽大的房子住了十二个女工友，都是和她差不多大小的女孩子。她一进去，就觉得有一股温暖的气息，流向她的心里，她们每个人都有着一张欢迎她的脸，热情地招呼她，知道她没带行李，都主动地给她凑被褥，虽经她诚恳地推辞，说分场长借给她的一条毯子已足够了，而她们还是尽可能抽出自己的被子给玉梅铺上盖上，结果，没带行李的玉梅，反而比谁铺的都厚，盖的都暖。她不愿辜负这难得的热情，虽然热汗满身，也没有把被子揭掉。由于过度的温暖，也由于兴奋，这一夜她失眠了。睡在这又暖和又宽大的宿舍里，使她想起了出劳工时住的那座残破的古庙和那些个寒冷的夜晚，想起和她一道受苦的同伴们，不知道她们都哪里去了？

家，没有这样温暖，嫂子更不曾对她如此亲热过。玉梅深深感到：长了十八岁，这是第一次享受这么多的友情关切，也第一次感到自己的存在。她从心里感动，从心里愉快起来了。

看烘房看来很简单，却是一个极其细致的工作。烘架上干燥器里的雷汞，必须时时地检查，室内的温度，更要经常地调整。温度低了，雷汞不能按照预定的时间烘干，就供不上每天生产的需要；温度高了，又有爆炸的危险。玉梅初来时，真有点摸不着门路，整天提心吊胆。最困难的是她没有文化，那支温度表的度数她简直就无法辨识。幸而碰到了个耐心的王英，每天耐心地指导着她，首先教给她认识温度表的数字，再告诉她如何调整温度、怎样才会按时烘干、怎样才不致爆炸……。王英认真地教，她更细心地学，不多日子，聪明的玉梅便掌握了看烘房的技术，没有王英，她也能很好地完成任务了。

夜里，静极了，烘房孤零零地站在广场的一角，和其他部门都距离很远，连一声狗咬都难听到。玉梅和王英在烘房里值夜班，仿佛天边的两颗孤星一样，但当习惯了之后，也就不感到孤单了。

热情的春天带来了莫名其妙的疲倦，王英胸伤刚好，加上工作繁忙，身子更是格外地劳乏。夜深了，她脸色苍白，不时地打着呵欠。玉梅看到这情形，很担心王英的健康；她想：她要是再病了，工作又要受损失。因此她劝王英去睡一会，恢复恢复体力。可是王英却不大放心去睡，生怕年轻的玉梅万一睡着，发生什么意外。直到她感到实在不能支持了，玉梅一劝再劝，并提出了坚决的保证，她才把全室都检查了一遍，到休息室去睡了。

玉梅也觉得眼皮发涩，恐怕自己睡着，不停地在室内走来走去，心里背诵着几天来学的生字。一会儿看看干燥器里的雷汞，一会儿又跑去看看墙上的温度表，就这样，很快地就把睡魔打发走了。随后她便走到休息室去看了一下王英。王英已经睡着，她斜倚在床上，两脚还踏着地，好像随时都准备起来的样子。休息室的温度很低，她看王英两肩瑟缩的姿势，就脱下自己的棉衣给她轻轻盖上，随即回到了工作室。

不知什么时候，硝酸瓶子透进了空气，瓶塞突然崩开了。浓重的黄烟从瓶口涌出，很快就弥漫了全室，她慌了，立刻唤醒了王英。王英一见这情形，一边告诉玉梅赶快打开窗户，一边便睡眼蒙眬地飞奔出去。

伸手不见五指，烟越来越大了，玉梅几乎被带着气味的浓烟窒息了呼吸。遵照王英的嘱咐，她不顾一切地在烟雾弥漫中冲到窗子的方向，摸索着用力把窗子推开，因为用力过猛，窗玻璃碎了一块，把她的手也划破了。她感到手掌有些黏湿，却不去理它。

浓烟果然逐渐疏散，一会比一会稀薄了。玉梅正自庆幸，却又发现了地上的火光，原来硝酸已经把扫帚烧着了。她的头轰的一下，全身的神经立刻又紧张起来。她预感到一个大的祸事就要发生。这里与烘架只有一墙之隔，倘若烈火蔓延开去，那损失将不堪设想。按照个人的愿望，应该立刻离开这危险的环境，躲避过即将发生的灾害，因为雷汞一响，自己就要粉身碎骨的。可是一想到自己的责任，工厂的损失，就忘记了自身的安危，竟冒着生命的危险冲向火光，想用脚把火去踏灭。但这怎能办到呢？硝酸瓶旁边的地下，三把扫帚都燃烧起来，火一经和她的脚接触，便毫不留情地把她的裤脚烧着。烟熏、火燎、紧张的恐怖使她手足无措。就在这个千钧一发的时候，救火的工友随着王英赶到。一阵抢救，火光熄灭，而玉梅已经被烟呛昏，颓然坐在地上了。她的两只裤脚和鞋袜全部烧焦，脚腕也烤起了大泡，她自己竟未发觉。

王英给她披上棉衣把她扶回宿舍，同室工友们都关心地慰问她，要给她去找药，她却若无其事地笑着说：

“千万不要大惊小怪，这算什么？医务所的同志都睡了，别去惊动他们吧。早先脚烂出了骨头也没上过药呵！”她那悠闲安静的态度，好像刚才没有发生过什么事一样。其实，她狂跳的心还没有恢复平静，脚腕的烧伤正在火燎似的痛呢。

第二天她又照常上班了，这件事，连大哥她都没有告诉。

在装配场全体大会上，分场长章林同志表扬了她，工友们都称赞着她，可是她照样谦虚地说：

“这又有什么值得表扬的？工厂是咱们自己的，咱有责任爱护它，要在伪满，巴不得它烧掉才解恨呢。”

玉梅一贯是老老实实工作，诚诚恳恳待人，自从走进这个工厂以来，她就感到这工厂像一个和睦快乐的大家庭一样，每个工友，每架机器，都属于这个家庭所有，她既是这个家庭的一员，就有保护它的责任。对她自己那个家，反而越来越冷淡了。一礼拜一次的休假，她经常都不回去。虽然嫂子对她的态度已经逐渐变好，但她明白，那不过是她常拿工资和粮食回家的缘故。那种庸俗的、虚伪的友爱，她感到还是没有的好。

分场长章林十天一次的政治课，对玉梅的教育最大，王英日常的指导给她的帮助最多。她真羡慕王英，她不过才比自己大三四岁，不但能写会算，还懂得那么多的革命道理；每次听完分场长的报告以后，她便在工作之余领导大家研究讨论，她的意见，总是对大家启发很大，使原来蒙昧无知的玉梅，也从思想上认识了主人翁的地位，一心一意为工作奋斗了。

玉梅羡慕王英的学识，崇拜她的能力，尤其前一次为了帮助底火组抢救可能引起的一场爆炸，她竟被炸伤胸部，她的忘我精神，玉梅十分敬佩，下决心向她学习，作一个能起作用的人。

可是，她却怀疑，自己能做到吗？

今夜的勇敢行动，就是在这个决心之下对自己的一次考验。她起了作用，但自己却觉得非常不够，她认为假如工作更细致些，这场事故也许不会发生。因此，王英在会上检讨了自己以后，她马上做了自我批评，她说：

“这不能怪王英同志粗心，她伤刚好，精神来不及，这件事应该由我负完全责任。”实际呢，这件事她们俩谁也没有太大的责任。这样的事故原是不大容易预防的。

七

在王英帮助之下，邵玉梅入厂刚刚八个月，就被吸收入党了。因为她的工作和思想表现，已经达到党员的水平，在女工友当中建立了相当的威信，谁都赞美地说：

“邵玉梅真不简单！”

像一个不知有母的孤儿，突然投进妈妈的怀里，有诉不尽的委屈，无法形容的感激，十九年苦难的日子结束了，她做了共产党的女儿，一种说不出的兴奋，混合着那些复杂的情绪，变成了欢喜的泪；当她举手宣誓的时候，竟而控制不住感情的激动，例外地流下了眼泪。她自己也纳闷：过去受了那么多的苦，挨打也没哭过呀，现在一高兴，怎么反而哭出来了？她怕同志们见笑，会后揉着眼睛解释道：

“我不是特意哭的，是笑哭了！”她天真地解释，引起了一阵友爱的哄笑。可是多么奇怪，有些同志的眼睛也是不平常的湿润，王英还在擦清鼻涕呢。她想：她们也是笑哭了吗？刚刚入党的玉梅，还不能体会那种深刻的、崇高的阶级感情，是必然的。

在入党仪式会上，玉梅见到了很多受过奖的功臣和模范，他们曾经在四八年年终奖模大会上戴着红花出现过，那时玉梅刚刚入厂，他们的模范事迹，曾经引起了她无限的崇敬，也给了她很严肃的教育，如今，他们又出现在党的会议上，她越发觉得他们可亲可敬了。

同时，她在这会上，更第一次认识了年轻的总支书记黎强同志，而这第一次的印象却是那么深。他代表党讲了话，也代表党和玉梅握了手。最使玉梅感动的是他那只残废的腿，最使她尊敬的也是那只残废的腿。当黎强困难地拄着手杖，拖着一只木制的假腿走过来和她握手时，被感动的玉梅鼻子都酸了。过去，听王英讲过他的故事，可是一直没有机会看见他。今天，不但看见了，而且发现他是工厂党的负责同志，由于对党的无限热爱，更增加了她对黎强的崇高敬意。她想：从此，将在这位革命功臣的培养教育下为党工作了。这是一件多么光荣的事，正像王英所说：“他那百折不挠的毅力，和那忠诚为党、为人民的革命精神教育了多少青年同志！今后还要教育更多的人！包括玉梅在内。”

一九四二年，黎强在艰苦的山东敌后担任指导员的时候，在一次激烈的战役中，连长牺牲了，他立刻接替连长执行战斗任务；不幸，一颗敌人的子弹打穿了他的小腿。战斗胜利结束后，他才发现绑腿已经被血染红。当时师卫生部距离二百多里，无法送去，连队的卫生员替他消毒包扎以后，连队便又接到紧急的战斗任务出发了。

那时候，是游击战争，战斗非常激烈，部队天天转移，黎强只好隐蔽在一个老乡家里。几天没有换药，伤口化脓了，小腿肿的比大腿还粗。忽然有一天，他觉得身子发轻，一欠身，血就从腿肚泉涌似的淌了下来，黎强立刻人事不知了。醒来以后，老乡弄了一副担架，抬着他，送到师卫生部；动了一次手术，子弹取出来了。之后，因为前方医疗条件太差，又无法把他急送后方，不两天，小腿的肉竟溃烂了。那时候，人已经没有一点血色，看着就要断气，医生和他商量说：

“锯掉吧，锯掉可以保全性命。”

“锯掉倒容易，将来可怎么工作呢，再说生活上又多不方便！”黎强有气无力地说，他心里难过极了。

“能锯腿就能接腿，将来安只假腿，还可以做其他工作呵！”医生安慰他说。

黎强犹豫着：不锯，是死；锯了，是残废。他比较半天，最后思想通了，心想：“共产党员只要有脑子就能工作！”于是，他痛苦地一咬牙，说：

“锯吧！”

从此，黎强就变成了一条腿的残废人。

有很长一个时期，黎强思想苦闷，他恨万恶的敌人，使他失去了一只腿，使他失去了重上战场的机会。部队行军时，人家走路自己还得坐车，还要人家照顾，觉得非常惭愧，非常不安！他常想：与其给革命增加负担，倒不如回家的好。每逢想到个人生活问题时，就特别烦恼，觉得青春已经逝去，幸福再没有自己的份了。从此，悲观失望的情绪常常折磨着他，他苦恼极了。那时候，他才不过二十一岁，有时却显得暮气沉沉。

但在党的体贴爱护之下，在同志们友爱的温暖中，他终于把这些思想克服了。他以残废的身体和敌人进行艰苦的斗争，经过了多少次敌人疯狂的“扫荡”和包围，党也没把他丢下，许多有腿的同志都牺牲了，一条腿的黎强却每次都能平安的脱险；党是如何爱惜一个为革命负伤的同志呵！没有党，有几个黎强也死掉了。黎强被深深地感动，觉得依靠党，一切都会不成问题，于是，他很快地便振作起来，再不悲观失望，立志要全心全意为党的事业奋斗到生命终结的时候，再不去想什么个人的青春和幸福了。只要看看他那一脸明朗和喜悦的光彩，就可知他内心的愉快了。

他细高个儿，瘦瘦的脸型，一双狭长的眼睛，表现着坚定、刚毅和沉着的个性，微微上翘的嘴唇，永远挂着温和的笑。他的和蔼，他的诚恳，永远给人一种亲切之感，和他谈话，有时候简直就像和朋友谈心一样，一经和他接近，就会在他循循善诱之下，得到很多启示和感染。但他从来也不搬用那些抽象的教条，而是用许多生动具体的事例教育同志。譬如他上党课讲到党员的气节时，他就举方志敏、刘胡兰……以及《烈士传》等等真实的英雄事迹做例子。他站在台上，仿佛一块铁，又像一座山，沉着，威严，给人以一种崇敬之感。他说话总是不紧不慢，声调平平稳稳，看不出他的热情奔放。但是那些生动的内容，精炼的措辞，却是感人极深，足以鼓舞斗志的。因此，他来六一厂担任总支书记还不到三个月，便在党员同志中建立了很高的威信，连未入党以前的邵玉梅的脑子里也早有了他的好印象。

他工作很忙，上党课，做报告，整理材料，研究问题，听各支部的汇报，参加各种会议……却从来也不说累，也不把忙挂在嘴上，什么时候都看见他安安详详地处理各种问题，一丝不乱地支配着时间。一种高度的对党的责任心督促着他，一天的问题处理不完，他是连觉也睡不安的。

女工宿舍和他的卧室只隔一幢平房。夜里，玉梅和同伴上厕所经过他的窗下时，经常看见他还坐在那里不倦地工作着，而她们却已睡醒一觉了。这常使玉梅想到他那只残废的腿，他那瘦削的身子，引起了对他健康的关切；同时也给她很大的鼓舞和感动，她默默地想："他一个残废的人都那样不眠不休地为党工作，我们健康的人，应该怎样努力才不辜负党的培养和期待，才不会感到惭愧呵！"这问题，时刻地在玉梅脑子里回旋，因而使她打下了要作个好党员的思想基础。

可是，作个好党员又是多不容易。玉梅早就深深感到而且苦恼着了。首先，她的文化太低，经过了十个月的学习，才不过认识三百多字。过去不懂得文化用处那么大，没有下过苦工夫，自从听了几次党课以后，才感到一个党员没有文化，就像裁缝没有缝纫机一样。进步的速度跟有文化的同志比较起来，简直就像牛和马赛跑似的，人家跑出去几十里了，自己却还四平八稳地在家门口晃呢。"党员处处要起带头"，这样下去，可带谁的头呢？

那天上党课，黎强同志说："党员要团结群众、教育群众……"很多同志都在那里簌簌地记，自己呢，连"团结"两字都不会写，憋了一头的汗，到底还不得不画个圈圈代替，这样一耽误，又漏过一段。这怎么行呢？听党课不会记笔记，单靠脑子又能记住多少。记不住党的话，如何去执行党的指示，做好党的工作呢？

她翻开小本子，看见那天画的那个圈圈，忍不住好笑：这是哪国的字啊？就算是文盲的字吧，可是文盲的字又能创造多少？"团结"可以画圈代替，要是"秘密""号召""义务"等等，可用什么代替？难道"群众"两字不会写，就画上一大堆人吗？

第一次，听黎强同志讲党章，讲到党员的权利和义务，讲到党员标准六大条。听的时候，玉梅比谁都紧张，生怕漏过一个字，可是睡在床上一温习，六大条只剩四大条了，那两条怎么也记不起来，她急得一夜也没睡好，第二天一起来就去问王英。王英告诉了她之后，说：

“这回记住吧，说不定什么时候还要测验呢。”

玉梅听了，觉得没有文化，真是寸步难行，从小要强好胜，事事都要跑在头里，如今做了党员，要是落在后面，可就给党丢脸了。自从调到底火组以后，为了没文化，受了刘组长多少白眼，碰了刘组长多少钉子，让人看不起还是小事，学不着技术倒是个大问题；要是都碰到王英这样的同志，也就好了，那个刘组长，真是要命……。长此下去，真就要落在群众后面了。

今天上党课，黎强同志讲了一个化学厂破获特务的故事：

一个特务钻进化学厂快一个月了。有一天晚上，他偷偷在厂外倚着电线杆子看一封信，被一位党员工友看见，觉得行迹可疑，就悄悄地绕到他身后，突然抓住特务两只手，特务故作镇静地说：

“松开，别开玩笑！”

这时，那位工友用眼睛一溜，借着路灯的光，看见信上有“仓库”两个字，更加疑心了。就故意半开玩笑地说：

“你看的是什么好东西？那么有滋有味，给我看看。”

“老婆的信，家务事，有什么看头，快松开吧！”特务开始挣扎了。

“既然是老婆的信，有什么怕人的，还用得着跑出来看。”

这时特务已经不能镇静了，挣扎得越发厉害。于是两个人便撕掳起来。最后，特务失败了，那位工友把信抢到手里，把特务揪回厂子。原来那封信是特务组织给他的指示，计划三天以内破坏化学厂的仓库。

玉梅一听，真觉得毛骨悚然。她暗想：这件事要是碰到自己头上呢？不要说没有那么高的警惕性，就是特务把信送到眼前来，还不是擀面杖吹火，一窍不通？有几个仓库也被破坏了。

八

玉梅睡在被窝里，把这些天的许多问题一归纳："说来说去，还不都是吃了没文化的亏！"她是个性急的人，恨不得一下子就把事情做好。可是她知道，文化可不是一下子就能提高的。她心里真急，急得像热锅上的蚂蚁，竟藏在被窝里偷偷地掉开了眼泪。入厂以后，哭，这是第二次了（第一次是在入党仪式会上）。自从走进这个革命的大家庭，就像没有家的孩子找到了家一样，她的心情真是无比的愉快，尤其入党以后，简直就像变了一个人，一天到晚，有说有笑，再不像以前那样沉默不语了。大哥每次看见她都埋怨似的说：

"你这个小丫头，简直乐颠馅了。怎么乐的连家也不想回来了？"

玉梅倒不是乐的不想回家，而是一想起自己的文化低，心里就格外焦急，她对一个礼拜一天的假期，看得十分宝贵，不回家，可以好好温习温习文化课本，跟党内同志研究研究党的指示，不抓紧点时间，什么时候才能提高呢？

睡在玉梅身旁的小于，懵里懵懂地听见玉梅的抽咽声，连忙推了她两下：

"玉梅姐！你怎么啦？"

玉梅故意装睡不理她，小于却不肯放松，把被子一揭，伸手去摸她的脸，玉梅来不及躲闪，竟被小于摸到了眼泪。小于从来没见她哭过；小于哭，她还批评她呢。这一下，可把小于哭毛了，她急切地连推带问：

"玉梅姐，你怎么也掉眼泪啦，为什么呀？"

"做梦跟人吵架，气哭了。"玉梅扯了个谎，想骗过小于。要是承认真哭了，嚼舌的小于又会刨根问底纠缠没完了。可是偏偏小于对梦也深感兴趣，一听玉梅做梦跟人吵架，脑子一转，马上就想到刘组长，她天真地说：

“是跟刘组长吵架吧？”小于最不满意刘组长，工友们对他都有意见，他特别爱找玉梅的别扭。小于估计玉梅一定是梦见跟他吵架气哭的。这一下她来了精神，一点都不想睡了，挤进玉梅的被窝，蒙上两个人的头，让玉梅给她讲梦听，弄得玉梅没办法，只好骗她说：

“一醒什么都忘了。快睡觉，明天还要生产呢。”

“不，你骗我。”小于不相信她的话，固执地说，“你一定是梦见和刘组长吵架。他那样欺负你，要是我，早和他吵过八架啦。”

“他是咱的组长，有意见可以开会提，吵什么架呢？就是吵翻了天，对工作又有什么帮助？你这个小孩子脾气，怎么老是不改？咱们没文化，就不能完全怪人瞧不起……”

“没文化也不是咱自己愿意的，都怨咱家穷呵……”小于反驳说。

“过去的不讲，当然不能怪自己，现在可有了学习机会，为什么又不肯努力呢？小于，还是自己要争气，加紧些学习，岁数一大，就钻研不下去了。”接着，玉梅就郑重其事地问：“这几天学的生字你记熟了吗？背背我听。”

小于就怕这一着。她年小贪玩，不爱用脑子，一提到学习，她就老实了。玉梅摸着了她的小毛病，几句批评，一番考问，小于果然一声不响，再不敢死纠活缠，不一会，就呼呼睡去。

小于刚来厂的时候，做的是没有什么危险的细小零活，后来压力组缺人，就把她调到压力组。那时候，玉梅也从烘房调过来了。两个人做的是一样的工作，小于胆子小，好哭，遇到困难就灰心，一压火帽，脑袋直冒汗，听见别人压响了，她吓得就哭，手马上哆嗦起来；晚上睡到被窝里也哭，不想干，玉梅看见她哭，觉得自己是个党员，有责任帮助她，就安慰她：

“没有什么可怕的，小于，别哭，常了就不害怕了。”

“这多危险，压响了说不定脑袋就要开花，万一炸死了……我算不干啦！”说着，小于又哭了，哭的那么委屈，好像真要牺牲了一样。

玉梅却笑了，笑她把危险夸大到那样程度。她很严肃也很温和地说：

“要叫你这么一说，战士都不要打仗了，咱做的不过是炮弹的一部分零件，顶多把手磞去一块皮，要是拿到前方一个炮弹，战士也害怕不就糟了？这是支援前线的工作，跟打仗一样重要，一样光荣，细心大胆决不会出毛病。要是一害怕就不干了，一个不干两个不干谁来干呢？任务谁完成呢？”

“谁有胆子不怕死谁就干，我才十七岁，还没活够呢！”小于不爱听她的教训，心想：“就你进步！”把小嘴一鼓，赌气顶了一句。玉梅一点也不生她的气，她觉得小于聪明伶俐，开始做，虽免不了害怕，慢慢思想一定会打通的。

“一个人胆小就什么也做不成。”玉梅想起了二哥邵义来信常鼓励她的话，她也用这话来鼓励小于，“以前妇女让人看不起，也就是因为胆子小，做不成大事情。现在咱也有了地位，要是自己不争气，还不是一样让人看不起。……”

小于还是不服劲，又抢过玉梅的话头愤愤地说：

“你胆子那样大，有些人还不是一样看不起你。”她指的是个别调皮的男工友。

“小于，你想错了。像那样的人也不是不能改变的。要是还有人斜着眼睛看咱们，只能怨自己的努力还不到家。话再说回来，像你那样胆小怕死，还怪得了人家吗？”随后，她便问小于：“你知道李得工友抱炮弹的故事吗？”

小于摇了摇头。

“那么，你好好听着。”玉梅拍着小于的肩头，讲起了她难忘的故事。

那时候，玉梅刚刚进厂，小于还没来。事隔一年多了，可是玉梅想起来，还像在眼前一样：

废了的炮弹堆满第四组的工作室，二十几个工友在愉快地工作着，他们的任务就是拆卸这些废炮弹。这工作他们是熟练的，他们富有辨识炮弹虚实的经验，因此，从来也没发生过事故。

可是，今天却不同于往日，今天刚刚得到一个前方胜利的捷报，大家太兴奋了，一个年轻的工友稍一疏忽，突然，他正在拆卸的炮弹冒了烟，他撒开手惊恐地向后退了几步，大声喊叫起来：

“不好！不好，冒烟了！”

大家谁也没有精神准备，立刻都慌张起来，有的远远地躲开，有的竟吓得跑出去了。那个青年工友脸色惨白，头上冒汗，既不躲出去，又感束手无策，只不住地叫：

“完了！完了！我惹了大祸！”

这时候，炮弹的烟加浓了，眼看着几秒钟就可能爆炸；正在危险万分的时候，忽然李得工友一个箭步就冲了上去，不顾自己生命的危险，勇敢地抱起那颗冒烟的炮弹就向外跑，那个青年工友刚想阻拦，他早跑出去了。大家都目瞪口呆地看着李得工友，预感到他即将遭到粉身碎骨的厄运了。可是李得工友似乎什么也没有工夫去想，他敏捷而机智地把炮弹抱向门外不远的井边，用闪电一般的速度把炮弹一下子就投进井里，炮弹还没落到井底，就听轰的一声，井口炸塌了，水溅出好几丈高，人呢，却一个也没有受伤。

目瞪口呆的工友们像梦一样地度过了这紧张的一分钟，现在是醒过来了，于是一齐地涌向了这位英雄，向他欢呼，向他致敬，特别是那位青年工友，竟感动得紧紧抓住他的手掉下了眼泪。他看遍了李得工友的周身，仿佛在寻找着伤痕。

由于李得工友的勇敢行动，不但避免了工友们的伤亡，更保全了国家的财产，这个英雄事迹感动了全厂的工友，鼓舞了多少胆小自私的人。李得工友获得了工友们的一致拥护和尊敬。玉梅经常把这位英雄作为自己的学习榜样，在这工厂以内，除了黎强同志，她最崇拜、尊敬李得工友。现在，她为了鼓励小于的胆量，就把这故事极严肃极生动地讲了一遍。她自己还是很受这事迹的感动呢。

小于从头到尾聚精会神地盯着玉梅的嘴，像看一出紧张的戏似的，连呼吸都几乎屏住了，听完之后，她问道：

“玉梅姐，这是真的吗？”

“谁来骗你？”接着问小于，“你说李得工友这样不顾生命，他是为了谁呢？”

小于长出了一口气，半天不说不动，最后，她擦了擦眼泪再不顶撞玉梅了。她冷静地想了想，玉梅这样耐心地帮助自己，难道还是为了她个人吗？

从那以后，小于一到害怕的时候，就想起李得的英雄故事，慢慢地胆就大了，对那她认为危险的工作也就习以为常，一次毛病都没有出过。她在玉梅不断地帮助之下，生产学习都积极起来。不久，两个人便一齐被调到底火组。

自到底火组以后，小于就闹开情绪了，整天噘着嘴巴，牢骚满多。这女孩子性格明朗，思想单纯，只是脾气急躁，受不得委屈；看不惯就讲，心里藏不住一件芝麻大的事情，有时候唧唧喳喳，玉梅说她像个小麻雀似的。

小于为什么闹情绪呢？也难怪，碰到那样个组长，连玉梅也觉得怪别扭。这个组长名叫刘勇，是个农村的知识分子，“八一五”前一年的地下党员，东北解放以后，当过区文书，对工作虽然积极，原则性却不怎么强；土改时期，由于站不稳立场，被地主拉了一把，又被地主暗枪打伤腹部，只好进城疗养。从此就背上了个大包袱，虽然他的负伤是因为自己的立场不稳、警惕性不高，可是却自以为有功于人民，以功臣自居了。

伤好之后，组织上把他分配到六一厂工作，进厂以后，首先就看不起工人，硬摆老资格，张口是“光荣负伤”，闭口是“有功于党”。原则性不强，工作马虎应付，脱离群众，他调到哪一组，哪一组就闹不团结，他调到哪一组，哪一组就生产情绪低落。因为自己有点文化，就一贯瞧不起没有文化的同志，特别是女的。他把工友分成了三等：第一等是文化程度较高的，第二等是文化程度较低或是文盲的男工友，第三等是文化程度较低或是文盲的女工友。一等的他着重培养，二等的也可以学学技术，只有第三等，他根本不放在眼里，当然更不培养了。玉梅和小于就属于第三等。她们自调到底火组以后，刘组长尽派她们做些零碎活，不给一点学技术的机会，小于生气，玉梅发急，可是凭你气死急死，却拿他这个组长没有办法。

那时候，东北解放战争眼看就要结束，大批干部进关，技术工人也一批批调动，玉梅实在着急，有技术的工友越走越少，不多培养几个，将来一些重要工作谁做呢？

刘组长他可不着这份急，他把培养技术工人根本没当作一回事。一天到晚顺水推舟地，分场长章林督促一下他就动一动，检查一次他就积极两天，他不但不去发现培养的对象，就是章林指定要他培养的好工人，他都不去重视。他搞生产是重量不重质的，只要你产量多，质量好坏都不管，你就是个好工人，就是个积极分子。因此，在他这组里，废品多半出自积极分子的手，他却从来也不承认。因为他培养的积极分子，大都是他的一等好工友，他认为他们“文化高”，决不会做坏了工作。只有邵玉梅那一类的，才不可信任呢。因此，他坚决不培养，虽然章林已经提醒过他。

有一次。玉梅大胆地向组长要求学技术，却碰了一个钉子，刘勇没有好声地说：

“别癞蛤蟆想吃天鹅肉啦，斗大的字你才认识几个？你把技术看得太简单了。”

小于自从转变以后，不但不怕危险了，在玉梅影响之下，对学技术也有了迫切的要求，但也同样碰了刘勇一个大钉子，碰哭了，情绪从此就低落下来。

玉梅可没有哭，她暗自下了决心：“你一定不让我学吗？好吧！

你看我偏要学会——还要学会那最难学的呢。你说我干不好，我就非干好不可！”从此，玉梅开始不声不响地努力寻找着学习的机会。底火组一般的技术，倒并不怎么难学，只要留心，看人家做，慢慢地就能学会。只是配药的工作，在玉梅看来，的确复杂，药的种类繁多，药名字也古里古怪，难记极了。特别是药的分量，差一点都会出毛病，不经过较长时间正规的学习，是很难掌握准确的，文化太低就更困难了。做这工作不但要细心大胆，更要精神集中，因为它的危险性比其他工作都大。

韧性的玉梅是从来不怕困难的，她常劝遇到困难就灰心的小于说：“怕困难就别革命，革命就得不怕困难。共产党八年抗战多少困难不也克服了，而且把鬼子赶跑了吗？”

她抱着个克服困难的决心，和刘组长不正确的思想做着不调和的斗争。

很凑巧，配药的一个男工友调走以后，刚刚病愈回厂的王英调到底火组的配药室来了，玉梅这一乐可非同小可。过去看烘房时，王英不但在技术上给她很多指导，政治方面也给了她不少启示。特别是入党这件大事，要不是王英的启发教育，她懂得共产党是干什么的呀！因此，她崇拜王英，感激王英。这回想学配药，要是跟她学，保证她会耐心地教，玉梅了解她，她是自己会的也希望别人都会，喜欢主动地帮助人，她从来就不知道什么叫作“留一手”的。

下班的汽笛响了。玉梅扒着配药室的小窗子一望，王英已经配完了药，正在整理天平的砝码。她想趁着饭前的十几分钟，可以向王英学一点配药的初步常识，看看组长已经走了，就悄悄地溜了进去。王英对玉梅一向印象就好，她觉得她接受新事物快，觉悟高，性格可爱，尤其是她奋勇为公的精神，给王英的感动是很深的，两个人在一起工作时就有了真正的友情。工作分开后，王英又害了一场病，很久不在一起了，互相间都像有些遗憾似的。现在又调到一组来工作，不单玉梅高兴，王英也特别亲热。玉梅走进配药室外的小过道，王英就出来了，玉梅一下子就把王英的手抓住，有点撒娇似的要求着说：

“王英姐，你可以教我配药吗？我想学！”

“好啊！”王英一听就赞成，她高兴地问：“你现在认识多少字了？”

“比在烘房多三四百了。”玉梅把脖子一歪，天真地说。她在王英面前，显得特别活泼，变成了个小妹妹了。

“真快，努力加油吧。”王英首先鼓励了一番，随后说：“药名的字比较难记，不过你要学，也不会十分困难……”说着，就指给玉梅看药瓶子上的中文名字。玉梅一看，真有点发懵，那些字，笔画都是那么多，竟连一个也不认识。她犯难地把眉头皱了皱，王英立刻宽慰她说：

“不要紧，先别着急，学技术可是急不得，咱一步一步来。你把小本子拿来，我把各种药名给你记在小本上，然后再教你认那些字。”

玉梅高兴地掏出小本子交给王英。谁知王英刚写了两个药名，刘组长却突然跨了进来。他带着满脸的不快，好像准备决斗的公牛似的，用发怒的眼睛盯了玉梅半天才开口说：

“你跑到这来做什么？你忘记了你的工作岗位吗？”

“现在不是已经下班了吗？”玉梅顺下眼睛平静地回答，心里总不免有点害怕。王英不了解刘勇的思想作风，忙解释着：

“她想在不妨碍工作的条件下跟我学学配药。……”玉梅给她使了个眼色，她没在意，仍继续说完她的话：“现在我给她抄药名呢。”

王英不解释还好，这一解释，急得玉梅两腮绯红。刘组长的态度变得更严厉了，他质问王英：

“组织上给了你这个任务吗？”

“没有，但是……”

“不行！”刘勇不待王英说下去，便肯定地说，“组织上既没指定你教，也没允许她学，这样自由行动，是违反组织纪律的，懂吗？去吧，邵玉梅，回到你自己工作的地方去，你总是这样自由主义！”

玉梅一声没响，转身就走，她心里说："等开会再给你提意见。"

王英看组长这样不讲理，忍不住要发火。一想，他好歹是个领导，争起来影响不好，就把火压下去了。这时候，疾言厉色的刘组长却笑了：

"你愿意带徒弟，我给你派一个好的来，保你不费劲。"说完就走了。王英气得说不出话来。

第二天，刘组长果然送来一个名叫傅金苓的女孩子，很秀气，有点知识分子味道，这就是刘组长列为第一等的女工。他把她交给王英做助手，并嘱咐王英说：

"她是底火组最好的一个女工，高小程度，聪明，能力强，比起邵玉梅真是天上地下，你好好培养一个徒弟吧！"说着向傅金苓讨好地一笑。王英觉得，他这话里，他这笑里，都好像蕴含着一种不平常的东西似的，但她没有把这个怀疑显露出来。不过，刘组长对邵玉梅那种带着成见的看法，王英却很激动，她给他提了个意见：

"组长，你对邵玉梅这种估计，我不能同意。大概你还不了解她，她在女工友当中，无论那方面，都是很突出的一个。"

"我也承认她有突出的地方！"刘勇冷笑一声，接着说："她是个意见包，平常总也不讲话，提起意见来可是没个完。要说是突出，怕只有这一点吧？"

"对工作肯提意见，正表现她有斗争性，是对革命的责任心强，难道这也是缺点吗？"王英一听刘勇的讽刺口吻，就估计到，一定是玉梅给他提了很多的意见，所以他不满意玉梅。因此，王英郑重地批判了他这思想。弄得刘勇满肚子不舒服，怏怏不乐地走开了。

王英一了解，果然不错。玉梅未入党以前，有什么意见也不敢讲，总是藏在肚里，同志们都说她斗争性不强，王英也曾批评过她。近几月来，党加强教育的结果，她觉悟到那是自由主义的表现，很快就把这缺点克服了。每次底火组开会，玉梅总是第一个给组长提意见，有一说一，有二说二，大胆中肯，毫无保留，她的意见常常是工友们的心里话。玉梅也明知道，每次开过会后，组长就要找她的别扭，但她从来都不顾及这一点。因此造成了刘勇对她的成见，管她叫“意见包”，有时甚至还给她扣个反领导的帽子。第二个刘勇不满意的就是天真单纯的小于。在会上，小于是首先拥护玉梅意见的一个，刘勇管她叫“小意见包”。因此，她两个要求学技术，一个也不批准。经过了多少次开会提意见，好容易才争取到装底火的工作。

王英受到了刘组长的批评，并不曾被批评吓到。她认为那批评是毫无原则的，玉梅屡次碰钉子，不但不灰心，反而使她学技术的决心更坚定了。王英是为了给党培养人才，玉梅则是为了更多的贡献出力量。于是，在下工之后，只要不开会，玉梅便向王英学习配药的技术和常识。白天，一有机会，她就伏在配药室的窗口看王英配药，她经常是起早睡晚地钻研着。就这样，文化高的傅金苓学会了，文化低的邵玉梅也学得差不多了，她只是没有得到一个实习的机会。同时，玉梅学会一点，便转教给小于一点。不过小于总是情绪不高，不安心在底火组工作；玉梅认真地教，她却不专心地学，学了个似通非通。近来，小于为着跟刘组长怄气，连学文化的劲头也不高了。

九

后方不断的生产，赢得前方的不断胜利。北平解放的捷报传到六一厂之后，几个首先得到消息的工友自动地做了义务通讯员，他们飞跑着到各处宿舍去送信。他们的腿比脚踏车轮转的都紧，他们的宣传比广播电台还快，一会的工夫，喜讯就传遍了全厂，整个工厂像滚了的饭锅似的沸腾了，响起了压倒一切的欢呼和掌声。业余剧团的乐队马上吹奏起来，于是各个宿舍的工友三五成群地扭起了秧歌。

消息送到女工宿舍的时候，大部分工友都睡着了。小于因为今天受到刘组长的批评正在哭鼻子，玉梅刚把她的眼泪哄住，就听到外边一面敲门一面喊：

“好消息，好消息！北平解放了！”

小于和玉梅乐的浑身发抖，两个人同时尖叫了一声，一下子就钻出被窝，立刻全室的工友都醒了。她们一醒来眼睛就睁得那么圆，好像睡足了一样，于是个个披衣下床，谁也不想再睡了。

小于连衣服都忘记了穿，也不知是乐的还是冻的，牙巴骨抖的直响，她跳着脚拍着手喊：

“这一定是我装的炮弹打的，这功劳也有我一份哪！”她自己用手一摸脸，眼泪还挂在脸蛋上呢。

玉梅也一变刚才哄小于时的老大姐态度，像在王英面前一样，像每次听到捷报时一样，活泼得不下于天真的小于，她忘情地跟小于争：

“是我装的炮弹打的，还是我二哥的大炮打的呢！……”

“是我，是我……”小于连蹦带跳，一叠连声地说。

“你们谁也别争，咱们大家都有份。公平地讲，我该居第一功！”王英抢着说。但她说话慢条斯理，显得很平静，大家都着急地望着她幽默的嘴。她停了一下，才接着说：“你们谁也别争，我要不配好药，一个炮弹也装不成，装沙子吗？可是打不响啊！”

“我要不压火帽，你有药也白搭！”压力组的工友说。

“我要不把药装到底火里，你压力也没用！”底火组的工友说。

“我要不……”

各人有各人的邀功理由，各人有各人的喜悦和光荣。于是争论不休，嚷成了一团。谁也知道这是一番不必要的争论，谁也知道争一辈子也争不出个结果来，可还是兴致勃勃地吵嚷着，不这样，好像就没有办法发泄各人的兴奋似的。最后还是王英作了个结论，她说：

“没有炮弹，北平也许要解放得慢一些，没有造炮弹的工友，就一定造不出炮弹，可是造炮弹缺一个零件少一样手续也是不成呵。归根结底，要是没有前方战士，你有多少炮弹也是白搭。总而言之，统而言之，这是大家伙的力量。自然前方战士功劳最大，不过咱们大家也有一份功劳，虽然没上前方打仗，也间接消灭了敌人。因此，咱们也都有一份光荣。”

“对啦！这是大家的力量，咱们大家都有一份功劳，都有一份光荣，以后咱们还要提高技术，加油生产，不让炮弹有一个打不响的，争取更大的光荣，立更大的功劳……同志们，咱们该睡了，不要忘记明天的生产哪！”玉梅说着，第一个跳上了床。过一会，宿舍才慢慢安静下来。

小于被胜利的欢腾鼓舞着，消沉的情绪振作起来了。这几天，又恢复了工作的积极性。今天，吃中午饭的时候，她兴高采烈地和同桌吃饭的几个工友又订开幻想中的计划，她认真地说：

“我今天装的底火打广东！”

“我今天装的打四川，轰开峨眉大山！”另一个说。

“我今天装的打海南岛，把老蒋一炮轰到海里喂王八！”

“我今天装的打台湾，把老蒋的老腰一炮就给他打弯，让他美国爸爸再也撑不直……”

“…………”

大家纷纷说出了自己的希望，好像真能那么准确一样。玉梅却没有搭腔。她被王英的走苦恼着，没有那种兴致了。

王英调到工具场的决定，已经公布，她马上就要离开装配场了。虽然还在同一个六一厂，玉梅却也十分留恋。这不是完全属于感情方面的，更多的是属于政治和工作方面的。她想到王英对她政治上的帮助，想到自己配药技术还没有学习纯熟，王英这一走，不知是谁接替她的工作，倘若是傅金苓——估计一定是她，那么，要想向她去学习，就困难重重了。

傅金苓原本是一个不坏的工友，比玉梅来厂晚一些，自己生产积极，也肯帮助别人；因之，去年冬天就入了青年团。可是在刘勇纵容和影响之下，慢慢也背上了包袱，变得骄傲了。刘勇经常是当着傅金苓和邵玉梅的面，给她两个人做对比：表扬傅金苓，过高地估计她的成绩，用以讨她的好；批评邵玉梅，贬低她的能力，以解自己的恨。明明成绩是两个人的，刘组长却百分之百归功于傅金苓，而把邵玉梅的一份一笔抹煞，半字不提。这种赏罚不公的态度，玉梅并不替自己叫屈，有时小于都气得直替她不平，她反而劝小于：

“咱们生产是为了支援前线多打胜仗，也不是为了个人擎功呵……”

但是，傅金苓却不这样想，她认为组长对她的表扬，是她个人的荣誉，组长对她的另眼看待，也正是她最大的骄傲。她常在工友们面前夸耀这些。自从学会了配药以后，更是目空一切，远远地脱离开群众，心目中只有一个恭维她的刘组长了。

果然，王英走后，傅金苓便升堂入座，担负起配药的重要任务。而动机不纯的刘勇，也开始正面向傅金苓进攻了。他整天陪着傅金苓坐在配药室里，很少到组里来检查工作，因之，生产上常常出毛病。日子久了，工友们就有了反映。但谁也不敢公开地提，都在背后挤眉弄眼，嘁嘁喳喳。玉梅觉得这样对党的影响很坏。在会上提吧，又怕有损组长的威信。最后她只好把情况反映到分场长章林那里。

章林一找刘勇谈话，刘勇马上就明白这又是邵玉梅汇报的结果，他否认他和傅金苓的关系，强调地说：

“现在生产任务又重又急，配药室的工作一个人忙不过来，王英一走，我不得不常常去监督和协助。工作不是要有重点吗？”

章林不以为然地苦笑了一下，带着质问的口气说：

“既然懂得工作要有重点，那么，你为什么不根据工作需要，有重点地多培养几个配药工人呢？据我知道，工友们在这方面都提过很多意见，而你却从不考虑采纳，这又是为什么呢？”

“没有能够培养的材料，你叫我拿什么去培养？”刘勇自以为是地反问章林，态度很强硬，“底火组那些个人，都是鹰嘴鸭爪子，能说不能拿的家伙，怎么配学技术呢？”

“你简直把工友们都看成饭桶啦，同志，你的思想里有严重的毛病。我曾几次对你讲，邵玉梅是个觉悟很高、能力很强的同志，完全可以培养的。而你却连这样的好工友都不看在眼里，何况一般工友呢？”

刘勇被章林批评了一顿，再也没词可辩，他无可奈何地低下头去。

当他临离开分场长办公室的时候，章林郑重地嘱咐道：

“从现在起，开始培养几个配药工人；你做组长的应该是照顾全面，不能代替配药室的工作。”

一回到组上，刘勇便把邵玉梅唤到面前，生气地问：

“你不是愿意配药吗？”

“想学！”

“不用学，你马上去配吧！”刘勇想吓唬玉梅一下，肯定地说。玉梅有点吃惊，还没正式地学，怎么一下子就让去配药？她明白这又是故意找她的别扭，因为刘组长并不知她已经向王英偷偷学会了。玉梅表示为难地抗议说：

“你一直不答应我学，现在忽然叫我去做了，我不会！”

“你不会？你怎么会说呢？”刘勇厉声地说，充满了报复的意味。“去吧，革命工作没有什么价钱好讲，马上放下你的工作，到配药室去！”

玉梅再没有分辩一句，就到配药室去了。她心里有底：“幸亏早做了充分的准备，跟王英学会了八成，要不然，这一下就会把工作搞坏的。不过，刘组长这样无原则地、轻率地处理工作，不该受严重处分吗？”

为了对今后的工作负责，玉梅决定把这件事反映给组织。

实际，刘勇把邵玉梅调到配药室去，既不是真叫她马上去配药，更没有诚意培养她，不过是为了应付章林而已。他对领导上阳奉阴违的事，已不止一次了。

骄傲自大的傅金苓把配药技术，看成了家传秘宝。邵玉梅一到配药室，她立刻就产生了一个“怕顶行”的顾虑，无论玉梅怎样主动地对她团结，虚心地向她学习，她对玉梅也不起好感，表面上敷衍应付，心里却暗打算盘：“不管你怎样地讨我的好，也休想套出我的真玩意儿！”

聪明的玉梅早就体会到傅金苓的思想，心里很不高兴，但她压住火气，她决心用具体行动去改变傅金苓的思想，慢慢地去帮助她。为了消灭傅金苓“怕顶行”的顾虑，就装着什么也不懂的样子，一切工作听由傅金苓分配。傅金苓首先就告诉她这工作的危险性，叫她警惕，叫她时时擦地板，以免飞到地上的火药脚踏重了引起爆炸；可是各种药品的性能、分量以及怎样调配等等属于技术方面的知识，却一样也不传授。玉梅整天做的是打杂的工作，她手里经常不离的是一把地板擦子。但玉梅一点也不灰心，也不生气，一天到晚笑眯着两只大眼睛，看着傅金苓工作，帮她做着一切琐碎的事情，傅金苓告诉她：

“我刚调到这里来的时候，也是做的这些工作。”

玉梅想说：“王英要是也这样老是叫你打杂，你也不可能学会配药；再说，刘组长也早不答应了。”话到舌尖，她又咽了回去，就笑着问傅金苓：

“我到什么时候才能学配药呢？”

“看情形吧！”傅金苓不经意地回答。看什么情形呢？却没有说。从玉梅调到这里来那天开始，刘组长就不大到配药室来了。这使傅金苓很不舒服，她常常是显得满腹心事，玉梅记得王英常跟她说：

“配药这工作不但要细心大胆，手轻脚轻，更重要的是精力集中，心神不定就会出毛病，甚至要出大漏子……”

因此，当她一看出傅金苓心不在焉的时候就十分担心，想尽办法提醒她的警惕，使她把精神集中起来。

一天，傅金苓显得特别烦躁，也特别不安，她不时地注视着窗外，手里的调药刷子忽轻忽重地扫来扫去。正在整理药瓶的玉梅，刚想过去提醒她的注意，而她担心的事故竟突然发生了。可能是傅金苓调药的刷子调重了些，只听像擦着了无数支火柴似的唰的一声，玉梅猛一抬头，只见桌面上已经燃起了猛烈的火焰。火苗遽起时，立刻烧了傅金苓的两手。她又惊又痛，吓得手足无措地退到墙角，轻抚着两只被烧的手发呆了。

玉梅看见地上的干燥器里还放着两大瓶雷汞，而桌面上的药都已经燃烧起来，眼看就要烧到桌下，她立刻想到雷汞被火牵连就要爆炸的危险。忙喊“雷汞，雷汞！”随即跑过去，用最快的速度把干燥器轻轻移开。发呆的傅金苓这时才如梦初醒，飞奔出去，狂喊起“救火，救火！”只一眨眼的工夫，桌面的木头就烧起来了。玉梅一想，那么多的燃烧性和爆炸性的药品，一烧起来，可不得了。等到救火的人来再去抢救一定来不及了。她急切中找不到扑火的工具，于是就不加考虑与踌躇，立即冒着燃烧的烈火，用两只手勇敢地扑打着越燃越猛的火苗。火苗扑向她的脸，烧焦了她的头发和眼眉；袖子燃着了，她也不管，手臂烧坏了，她忍着痛。紧张得满头大汗，直到把火苗扑灭，她才喘了一口气。等到提着水桶、执着木棒的救火工友赶来时，火已基本平熄，只剩残烬了。这一切的经过，不过几分钟的时间。

在医务所里，玉梅遇见傅金苓。原来她跑到组里喊了几声救火之后，就到医务所来了。现在她已敷好了药，两个护士在给她缠绷带呢。她皱着眉头，咧着个嘴，满脸的痛苦表情，陪着玉梅来的小于走过去一看，原来只有四个手指受了点轻微的烧伤，跟邵玉梅的伤，简直没法相比，小于着急地催促护士：

“同志，还是先顾重伤的吧！看邵玉梅烧成了什么样子！”

傅金苓回过头来，白愣了小于一眼；小于也还给她一个轻蔑的注视。护士这时才发现邵玉梅伸着两只烧伤的胳膊坐在那里。因为她是静静地走进来的。为了不惊扰别人，她并没有大惊小怪，并且也嘱咐了小于。

玉梅的左眉完全烧掉，两只袖口已经成了灰烬，破纷纷地挂在手腕上，大泡小泡布满了她的两只胳膊。当护士给她剪掉腐皮的时候，玉梅痛得头上冒汗，两手发抖，那剥掉了一层皮的双手，红鲜鲜的，小于不敢看，退到门外去了。

傅金苓上完药并没立刻走去，她好奇地想看看玉梅的伤。可是伸过头去一望，马上吓得缩了回来，她惭愧地低下头，悄悄地走了。显然地，邵玉梅的勇敢行动和忘我精神，不但引起了她的惭愧，而且也深深感动了她，她回到宿舍，用被把头一蒙，便呜咽起来。

医生说，玉梅的烧伤很重，至少需要二十天才能长好新皮。小于把她扶回宿舍，她已是精疲力竭，软软地躺在床上。下班以后，很多工友和工会同志都来慰问她。刘组长竟也来了，他不好意思地在邵玉梅床前站了一会，说声“好好休养”就走了。这出乎意外的关切，虽说只那么一句，已经使玉梅很感温暖了。

在看玉梅之前，刘勇已经去看过傅金苓了。傅金苓却自顾哭，没有理他。因为宿舍的人很多，他不便超出正常的范围去安慰她，只好悬着一颗不安的心离开傅金苓的宿舍。傅金苓的过失和眼泪使他烦恼，邵玉梅的负伤使他从心底产生一种深深的内疚，只一个下午的工夫，他的思想，他的感情，便整个地陷入苦闷和矛盾中。

一〇

为了慰问邵玉梅，总支书记黎强第一次走进女工宿舍，和他同来的还有分场长章林。

是礼拜天，宿舍里很静，外面落着初秋的细雨，雨滴轻打着凋零的树叶，发出一种叹息似的沙沙声。在这样不愉快的天气害病，心情是最烦闷的。护士刚给玉梅换过药，经过一阵洗涤的刺激，伤口痛得火烧似的，她独自躺在床上轻轻地哼着。小于被她逼迫着回家去了。这个热情的小妹妹每天对她的照顾是非常细心的。

黎强和章林的到来，玉梅感到很突然。她停止了呻吟，用猜测的眼睛在他们的面部上搜寻着来意，当她知道他们是专为慰问她而来的时候，她的心脏立刻收缩了一下，鼻子发酸了。她用力眨了几下眼皮，才把感激的眼泪抗拒回去。在她的脑子里，清楚地刻印着四年以前悲惨的记忆：那时的工人，伤残病死，是他们注定的命运，是他们苦难的总结；那些因公死亡的工友们，正如一堆被抛弃的垃圾；一领破草席，是他们长期被奴役所能换取的唯一代价；他们死了，埋葬了，随后便湮没无闻了。真还不如一只看家的狗——当它死了以后，有良心的主人对它还有着偶然的怀念，它生前的功劳，也不是一下子就被忘得干干净净。可是工人呢？那时他们是注定的被压迫者，永远被遗忘的受难的人。如今，世道变了……

玉梅把身子向后缩了缩，让出个座位给分场长，章林随即搬了把椅子，请黎强坐下。

“听说你伤得不轻。”章林笑露着一排白牙齿，打破了片刻的沉默。

“不重，不过烧掉了一层皮。”

“你的行动是我们妇女的光辉，工人阶级的荣耀，党的……”

“是的，党的骄傲。党正需要你这样的同志。”黎强已经沉思了半天，热情使他激动，他再也沉默不下去了。

“没有什么，这是我应该做的。”玉梅诚恳地说。她没有估计到这小小的烧伤，会引起如此的重视。她想：“这算什么功劳呢？难道我可以见火不救自顾逃命吗？工厂的损失就是国家的损失，也就是整个工人阶级的损失，这一个真理，党已经再三教育过了。违背党的指示，还算什么党员呢？”

“党将表扬你的行动，可以教育其他的同志。”黎强亲切和蔼的目光，使玉梅从心里感到喜悦。她回忆她二十年的过去，寻找着喜悦的痕迹，没有呵！一次也没有呵！那个冷酷的家庭，那个从不肯赏给她一个笑脸的妈妈，那个……留在她记忆里的，永远是彻骨的寒凉。现在，她找到了真正体贴爱护她的党，像重生过一次一样。有时候，她简直就怀疑："不是做梦吗？"可是，两年以前，她是连这样温暖的梦也没做过呀！

黎强问到她到配药室以来的情况。她随即想起了决定反映给组织还没来得及反映的关于刘组长的工作作风问题。于是她艰难地坐了起来，为的是把话说得更清楚。她瘦了些，但脸上还保留着淡淡的红润，左眉的失去并没有过分损伤她的美，那不过是一个光荣的缺陷。黎强的友爱的注视，使她有点局促不安，她慌乱了，次序颠倒地说："昨天，刘组长来过……他调我去配药完全是不应该的。"送到她自己耳里的回音，是和她原意违背的话，有一种抱怨的意味，她立刻发觉了，连忙纠正道。"我是说调我去配药，是刘组长对工作不负责任的表现。因为他并不知道我会配药，相反的，他一直不批准我学。在处理工作问题上，他一贯是用报复的手段；谁给他提意见最多，他就把谁当仇敌看待，这个作风不改，工作怕会受到更严重的损失。……"玉梅像一个完全健康的人，忘记了疼痛，毫不疲倦地申诉着。她极力把话说得平静、客观，不掺杂一点个人的成见。她把意见一讲完，立刻像放下了一副重担似的轻松。她相信，党和行政上一定会很好处理这个问题，她更相信刘组长在党的教育下，必然会转变他的作风的。

今天她特别兴奋，直到黎强和章林走了很久，她还擎着两只胳膊坐在那里。"革命队伍里的老同志，都是这样和蔼可亲。"她兴奋地想。这两位同志是她接触最多的领导人，他们给她的教育最多，她能有今天这样的觉悟，除了出身贫苦和阶级品质优良而外，更多的应该归功于黎强的党课，她从没跟黎强个别谈过话，但对他却有着难以形容的尊敬。每次上党课之前之后，玉梅都注视他那光荣的"记号"走上讲台，走出会场。今天，她看得尤其真切；她认为那条木制的假腿，只不过是一个虚伪的形式，在他的行动上不会有很大的帮助。他三十岁了，假如他不残废，也许早已结婚。结婚，在一个健康的人也许不需要过早，但是，在他来说，三十岁就很晚了。因为，他生活上需要别人帮助，精神上不也需要一点慰藉吗?

“是的，他需要一个很好的爱人！”想到这，玉梅的脸忽地燃烧起来，心，小鹿一样地跳了。一个从来对自己的思想都不敢公开的梦想，终于被她自己控制不住的热情揭露给她自己了！

外面还在落着初秋的细雨，宿舍依然是静悄悄的，……她联想到一个月以前的一件事：

一个礼拜六的晚上，她和小于、傅金苓去看苏联影片《战后晚上六点钟》。那是描写苏德战争中的一个动人的故事：一对年轻的夫妇，过着糖一样的甜蜜生活，苏德战争爆发了，为了保卫自己的祖国，丈夫上前线了。临走时和他年轻的妻子约定：战后晚上六点钟在某处相会，除非丈夫光荣牺牲或是妻子不幸死掉。这个铁的誓约，两个人共同遵守着，盼望着祖国凯旋的日子。战争胜利了，丈夫竟失去了一只腿，他绝望地预想到，他美丽的妻子，一定不会再爱他了——一个残废的军人！他将失掉她……他将失掉一切。但他不愿违背那铁的誓约，在战后晚上六点钟，他扶着拐杖到约定的地点和他的妻相会，并拟做最后的告别。当他的妻发现他已残废的时候，便大吃一惊，她痛苦地哭了。但随即恢复了理智，把她的丈夫拥抱得更紧、更紧，她更爱他了，发誓要爱他一生……

这部影片，给玉梅极大的感动，她对女主人公发生了极深的敬爱。小于、傅金苓也都感动得哭了。回来以后，她们却展开了争论，争论是由于傅金苓的怀疑引起的。

“这部影片不会真有其事，也不会真有其人。”傅金苓肯定地说，虽然她曾感动得流过眼泪，“那么漂亮一个女人，怎么会爱一个残废的丈夫呢？那生活将是非常乏味的！”

“不但会真有其事，也一定是真有其人。她为什么不可以爱一个残废的英雄呢？他并不是因为做坏事丢掉一只腿，而是为了保卫祖国，光荣地变成了残废。”玉梅不同意傅金苓的意见。

“那只是理智的推测，是不近乎人情的，人总是人，整天守着一个残废的丈夫，会有什么愉快和幸福呢？我看没有。”傅金苓以她自己的思想去推测剧中人的心理：“即使当时真是那种情况，那也只是为了不使那个残废人受过分的刺激，给他的一点暂时的安慰，迟早她是要离开他的。”

玉梅觉得傅金苓对夫妻间的感情有一种庸俗的观点。玉梅却认为：女主人公爱的正是她丈夫那爱国主义的崇高品质，假如他做了逃兵回来，她会立刻离开他，而且将永远唾弃他的。

她俩争论得面红耳赤，谁也不能把谁说服。小于呆呆地很感兴趣地注视着她们两张争论的嘴，竟插不上一句话。她太单纯了，还不能体会到那种微妙的感情。但她觉得她多少应该表示一点意见，想了半天，忽然如有所悟，天真地发问道：“咱们厂里的黎强同志，你们说，他将来能找到爱人吗？”

“是喽！这不是一个最具体的例子吗？”傅金苓得意地抢着说，这回她可找着了根据，“他三十岁还没结婚呢。”

“那是他不想结婚，要是他愿意找，一定能找到个很好的爱人。”玉梅肯定地说。

“哼，依我看好的可够他找的。要是找个丑八怪女人倒也容易！”傅金苓带着嘲笑的口吻说完，自己就哈哈大笑起来。

玉梅认为傅金苓那种嘲讽的口吻，是对黎强同志的不敬，她严肃地板起面孔郑重地说道：

“落后的女人当然不会喜欢他。一个有觉悟的女同志，也许希望和他结婚呢。”玉梅把“希望”两字说得特别重。

“为什么？”小于不解地问。

“因为他是人人尊敬的热爱祖国、热爱人民的英雄……”玉梅的话还没说完，傅金苓就等不及地插嘴说：

“可是，直到现在，还没有一个女同志想和他结婚哪，有吗？”她理直气壮地叮问玉梅，好像叫她抓到了把柄。

“你怎么知道没有呢？一定会有，我想……”玉梅意识到自己的失言，马上停住了口。她那秘密思想，第一次在她的脑子里出现。

“你想吗？”傅金苓毫不放松，神秘地笑了，“你想和他结婚吗？”

玉梅马上把脸一沉，责备似的说了声：“不许你胡说！”一溜烟就跑了。

“也许你想，因为他是个老干部啊！”从背后，傅金苓又刻毒地追加了一句。这使玉梅感到像箭一样穿过她纯洁的心。她受了无法抗辩的嘲讽。傅金苓，一张多么尖刻的嘴！玉梅认为她应该为那庸俗的思想害羞的。

现在她想起那天的一番对话，觉得傅金苓和刘勇的恋爱动机，有可能是带着一种虚荣的享受，她那不友爱的讽刺，同时也嘲弄了她自己。于是，傅金苓那句刻毒的话又在玉梅的耳边响起，她感到十分不快。

“但是，假如……又有何不可呢？”玉梅幻想着，“在生活上不但可以做他一个忠实的看护，工作上也将成为他忠实的助手，晚上，他疲倦了，替他整理材料，抄写点什么，于是，他可以早点休息；于是，自己也将更快地进步了……”她想到黎强夜间工作的辛苦，“不过，这该多么不着边际？一个讨饭出身的孩子，文化又是这样低……”想到这，刚才的一切幻想都烟消云散了。她苛责着自己，为什么平白地转这样的念头呢？在一位党的领导同志面前过高地估计自己，真是十分地幼稚可笑！特别是想起来厂以前为了婚姻问题和兄嫂掀起的一场风波，虽然事隔两年，至今还有余羞呢。于是，她羞惭地蒙上了头，仿佛黎强仍旧坐在她的床前，而傅金苓正在对她嘲笑，嫂子辱骂的话，一句接一句地向她发烧的脸上打来了……

小于的突然闯入，打断了玉梅的沉思，她的心又嘟嘟地跳了，好像她的秘密思想给人发现了似的。

“怎么回来这样早，雨不下了吗？”玉梅故作镇静地问。

“雨还没停。可是，你该吃饭了！”小于说着，就拿起饭盒给玉梅去打病号饭了。

玉梅从窗户望着小于那一身淋湿的衣服，和两条被雨点打着的发辫，越发感到这小妹妹的可爱。她那纯洁的热情，她那明朗的性格，她的聪明，她的能干，这一切都是她迅速进步的因素。自从她参加了青年团以后，各方面都在飞跃进步着，比起傅金苓来，小于是更有前途的。

一一

黑板报表扬了邵玉梅的英勇行动，同时也批评了傅金苓工作的粗心，很快地全厂工友都知道了这件事。当玉梅的大哥邵仁听到了这消息以后，马上就从工具场跑来。他神色张皇，怒容满面地闯进玉梅的宿舍，沉重地关门声使正在睡着的玉梅受了很大的震惊。看见了玉梅满缠绷带的两只手臂，邵仁马上就埋怨开了：

“这像什么话，人烧成这个样子，都不给我个信，这像什么话呢？我早就说，别干那些危险的活，可是……”

“是我不叫告诉你的，你埋怨谁？我是怕你一知道，又要大惊小怪。你看，你这不又来啦！”

邵仁来的时候，心想妹妹见了他，一定要大哭一场。可是玉梅不但没哭，反而把自己批评一顿，邵仁觉得很不舒服，还继续他的抱怨：

“你这孩子，老是好逞强，万一烧死了……那就算是你进步吗？”

“我不进步，可也不像你那样，总是牢牢骚骚的……大哥，我看你又开倒车了。”

玉梅虽是这么说，也不能不暗暗承认哥哥的进步，要是三个月以前，他早闹到分场长那儿去了。

关于大哥邵仁，春天的时候，玉梅曾听到不少反映：工友们都说他干活挺好，还受过奖，就是政治上不开展，没有进步要求，特别不爱学文化。据说有一次，他的组长动员他去学习，他就说："我也没犯法，为什么一定要我去蹲篱笆子呢？我偏不去受洋罪，学习的时间我干活不要钱还不行吗？"他总是满腹的牢骚，满嘴的怪话，领导上和同志们的帮助，碰到他高兴的时候，还能接受一点，不高兴的时候，连听也不听，把脑袋一晃就躲开了。那时候，工友们都管他叫落后分子。

玉梅为了哥哥的落后，曾经深深地苦恼过。她总牢牢地记得黎强的话："党员有帮助群众、教育群众的责任。"对自己的哥哥自己就更有责任。二哥是怎样启发教育自己的？二哥自从参军以后，虽处在枪林弹雨的最前线，还经常来信鼓励自己进步，他说过："中国妇女受了几千年压迫，共产党来了，妇女才得到解放，但是想要彻底翻身，主要还得靠自己的觉悟和努力……"这些话，都深深打到自己的心坎上。虽然大哥在生活上对自己的关心细致周到，但是总觉得没有二哥那么可亲可敬。他在战场上几次立功，现在已经提升到排长，过去也是一个大字不识的文盲，在那炮火纷飞的紧张战斗中，竟学习得能写那么长那么好的信了。可是大哥呢？那时候连自己的名字还不认识呢。

因此，当时她就下了决心；帮助大哥进步，像二哥帮助自己那样。同时党也把这任务交给了她。

邵仁受旧社会影响多些，不像玉梅那么单纯。他脾气死倔，不爱用脑子，因此，想打通他的思想是比较费事的。是三个月以前了，有一次玉梅问他：

"你工作得有兴趣吗？"

邵仁把眼珠一翻愣说：

"干活吃饭呗！什么兴趣不兴趣的！"

玉梅一笑，又接着说：

"你们那里谁干活顶好，学习的顶好？你应该跟那些顶好的学习才行。"

邵仁又把眼珠子一翻愣说：

“我干活也不孬啊，八成比你强的多。你就没有看见我的奖状？”

“看见了。当然，你的劳动态度是好的。可是学习呢？”

“学不学还不是一个样，前头学后头忘。”

“人家要打你个嘴巴，你能忘不能忘？”玉梅半开玩笑地说，引得邵仁也笑了。

“那我怎么能忘呢？”

“从前咱家穷，念不起书，弄得一家子睁眼瞎，吃了多少亏，上了多少当，现在共产党领导咱们翻身，学文化，要再不学习，可就跟傻子一样了。”

“傻什么，关了饷我也没扔了。”

邵仁一听学习，就两眉扣成一眉。他认为受妹妹的教训，岂不失了做哥哥的身份，于是又上来倔脾气，玉梅说一句，他就顶一句。玉梅可是不发火，她耐性子跟大哥讲道理，她了解大哥的脾气，觉得总有办法说服他。

“你忘记从前在山东家的时候，咱爹受地主那些‘熊’了？欠他二斗租硬说五斗，欠他五斗偏说一石，要说他记错了，他把账本一翻：‘这可是你自个按的手印呀！’……爹临走时，怎样嘱咐你来着？也忘了吗？”

邵仁听玉梅这么一说，勾起了不少不愉快的往事。他低下头去半天没有说话，玉梅知道大哥已在开始考虑自己的意见了。

就这样，经过了玉梅经常不断的帮助和领导上的教育，邵仁开始觉悟了，“落后分子”的头衔逐渐被人遗忘。今天，突然听到玉梅负伤的消息，一着急，旧的意识又冒了一下头，随即被玉梅及时的提醒压了回去。他马上暗暗警惕着自己：“邵仁，你可不能开倒车呵！你不是已经申请入党了吗？”在妹妹面前，他真感觉惭愧了！

邵玉梅伤势接近痊愈的时候，邵仁便入党了。有一天，总支召开党员大会，邵仁真高兴极了。他一边走，一边兴高采烈地想：“你个小玉梅，今天也学习，明天也学习，动不动就来教训我。我才学习几个月，可比你进步了，你就没有资格参加这个会。你不管怎么说吧，男人总比你们女人强！”

他趾高气扬，劲头十足地走向会场，走到会场门口一听，里面鸦雀无声，他心里说：“咱一入党，开会也能起带头了，看吧，里面准是一个也没到！”可是走进去一看，已经满屋子是人，坐得黑压压地，半天才找到个座位。

那时候，党员还没有公开。头一次参加党的会议，邵仁的心不住地乱跳，说不出是高兴还是害怕，好容易才平静下去。但当他的眼光无意中落到右边那个墙角的时候，却有两只非常熟悉的大眼睛正在笑眯眯地向他注视，这一来，邵仁的心又不由自主地跳了起来，脸也发热了。他真纳闷：“这小丫头，她怎么也来了，今天不是党员开会吗？”

他的思想已经乱了，恨不得马上问个究竟，可是黎强同志却宣布开会了。他的耳朵一边听报告，眼睛还不住地盯着玉梅，想用眼色探问她一下，但玉梅一直低着头，用她缠着绷带的手在做笔记，再也不看他一眼了。把他急得像个热锅上的蚂蚁，连报告都没听全。

散会了，邵仁三脚两步走出会场，站在门边焦急地等待着。玉梅一出来，他便一把把她拉住，急急地问：

“你怎么也来开会了？”

“你怎么来的？”玉梅反问道。

“你也参加了党吗？”

玉梅微微一笑，静静地回答：

“嗯，比你多一年党龄哩！”

邵仁又高兴又懊悔地说：

“那你为什么不早说呢？早说我不早进步了，现在又落在你后面啦，真是的……”

“你说这个可以告诉人吗？”

“哦哦，对啦！”他一下子想起来了，“党员要保守秘密！”

两个人同时笑了。随后，兄妹的手紧紧地握在一起；当他想到妹妹的手还没有痊愈时，才赶紧松开。由于过度的兴奋，玉梅并没感到痛，那新生的皮肤已在逐渐坚实起来了。

一二

经过一个月的疗养，邵玉梅的手终于痊愈了。一个月的日子她感觉真比一年还长。她是多么焦急！少一个人生产，就少一份消灭敌人的力量，少生产一颗炮弹，就要少消灭多少敌人哪。时光是不等待人的，要怎么努力才能补偿这损失呢？

负伤以后，她才知道双手的可贵，劳动者的手，就是生产的资本，失掉了它，就失掉生产的能力了。现在，曾一度失掉自由的手，又恢复原来的灵活，于是，她带着饱满的生产热情，高高兴兴地回到了焕然一新的工作岗位。

组织上决定把刘勇送到党校去学习，护厂英雄李得调来继任了组长；整个底火组的气氛完全变了个样，再也听不见连篇的怪话，再也没有牢骚；工友们的生产热情逐渐饱满，产量也一天天增加了。

傅金苓的态度大大转变，再不像以前那样骄傲和嚣张；玉梅舍己为公的优良品质，使她受了深深地感动，同时也引起了她不可补偿的内疚，对自己那种自私的、怯懦的行为，开始产生了自我鄙视，在善良的玉梅面前，她真有点自惭形秽了！那天，当她看见玉梅的红鲜鲜的双手，玉梅的忍耐痛苦的毅力以后，不由得感觉自己太娇嫩了。才那么一点伤，真就痛到不能忍耐的程度吗？特别是当火起之后，已经是千钧一发的危险，竟没有考虑到工厂的安全，更不去预估那可能燎原的火势，以及可以造成的严重后果……而自己却只顾到自己的手，安然地向医务所跑去。何况这祸又是自己闯下的呢？而勇敢的邵玉梅……。她越想越惭愧，到惭愧得无地自容的时候，就只剩下哭泣了。

刘勇来了。听到那熟悉的脚步声，已经再不能引起她感情的冲动和喜悦，傅金苓对他开始厌恶了。因此，他来了，她没有理他。刘勇呢？一直为这苦闷到傅金苓上班的时候。

傅金苓彻底检讨了自己这一时期的表现和思想的退化以后，虽然受伤的手还没完全复原，第四天，她便带着一种赎罪的心情去看了邵玉梅，随后就上班了。

配药室又是傅金苓一个人工作了。苦闷了三天的刘勇有了笑容，他忘记了章林尖锐的批评，忽视着工友们对他的冷嘲热讽，追求的狂热驱使着他，他情不自禁地又走进配药室来。正在聚精会神工作着的傅金苓，并没有回过头去。

刘勇看了一眼傅金苓的手，就埋怨地说：

"为什么不多休息两天？你的手还没有完全好呢。"

"你这个人太不公平！"傅金苓冷冷地说，依然没有看他。

"你这话是从何说起呢？我对你不公平吗？"

"难道你自己就没有好好检讨检讨？"

"我检讨什么呢？火是你自己引起的，伤，别人替你受了。我去看过你两次，你不理我，如今你却又埋怨起我来了。你这个大小姐，好难侍候！"刘勇的态度从严肃又慢慢变为轻松了。

"少说废话吧，同志！"傅金苓不耐烦了，"你的不公平就在这里呀！邵玉梅伤得那样重，你怎不去关心关心！"

"我只看过她一次。"刘组长以为傅金苓在说反话，忙解释说，"你想想看，邵玉梅因为救火受了伤，我一个做组长的再不去慰问慰问，这像个什么话……这你又吃什么醋呢？"他的话越来越不对头，傅金苓有点激动了。但她忽然记起上次的过失，只好把火压抑下去，停下了工作。严肃地用带着讽刺的责难口吻说：

"得啦，组长，你一点都不自觉！我认为你应该站在公正的立场，好好反省反省自己的思想作风，你对很多问题的处理是不够公平的。特别是对邵玉梅的态度，你欺负她，还教我也帮你欺负她……”她看了一下刘勇不愉快的眼睛，却并不以为然，又接着说：“你对我好，那也是事实；但你为什么对我好呢？你自己应该清楚。”

刘勇用莫名其妙的眼光，看着傅金苓激动得有点发抖的嘴唇，直到听至最后，他才恍然大悟。傅金苓态度的突变，和那板起面孔的批评，使他深感不快：他认为那些大道理，多么浅薄，多么狂傲无知！一向，他就不大瞧得起女人，他之所以对傅金苓如此另眼看待，如此曲意奉承，不过是为了个终身大事。傅金苓的年龄面貌，傅金苓的文化程度，都有点知识分子的味道，在这个厂子里，算是比较令人满意的一个了。于是选定了她，并培养了她；而她又是多么驯顺、多么温存地接受这一切呀！如今竟变得这样的不识时务，胆敢对自己不尊敬起来。是的，这简直是不能容忍的侮辱。于是他激怒地站起来，把椅子一甩，几乎是咆哮地说：

“你这是什么意思呢？简直是岂有此理！”

傅金苓看刘勇发起火来，连忙放下手里的工作，很冷静地说：

“组长，希望你不要在这发火，这是工作时间，我们晚上再谈不好吗？”

门砰然一声，刘勇气冲冲地走出去了。

晚上，他们并没有谈，因为刘勇被黎强同志约去谈话了。直到刘勇入党校的前一天晚上，两个人才作了一次彻底的长谈。刘勇经过了黎强同志的耐心帮助，已经开始认识到自己的错误，因此也接受了傅金苓的批评。于是两个人言归于好，并提出了友谊的竞赛。双方约定：等到刘勇学习完了，回到工作岗位时，再考虑他们的最后关系。随后刘勇便安心地抱着个改造自己的决心进了党校。两个人高高兴兴地分别了。

当玉梅再回到配药室的时候，再不是那样难以应付的环境了。傅金苓一变对玉梅的歧视态度，主动地教给玉梅配药，细心地帮助她提高文化，自己的工作也细致积极起来。玉梅体会到，傅金苓的一切都回复到过去的进步程度，而对自己呢？却像增加了一点什么。她总觉得，在傅金苓的言语行动中，有一种对自己颇为抱歉的情绪，却又不好意思说出来的味道。这反而使玉梅很觉不安，把态度放得更加谦逊。她认为自己没有经过实践的技术，无论如何是远不如傅金苓熟练而应该尊她为师的。因此，她一点都不自作聪明，很虚心地向傅金苓请教。慢慢地，傅金苓不自然的态度也自然起来了。

一个礼拜天的晚上，两个人一同去看电影。在那互相看不见面孔的电影院里，傅金苓第一次向玉梅表白了她的思想，她很不好意思地说：

"玉梅，你真是我的老师，你对我的帮助太大了。"

"别开玩笑吧！"玉梅推了她一下，"我是你的徒弟，怎么一下子就变成你的老师啦？"

"不，真正的老师是你，我处处都该向你学习，比如那回救火，比如和刘组长的问题……这些天，我的思想起了非常大的变化。你给了我太多的教育和感动，要不是你，我真不知要糟糕到什么程度呢！……"

"何至于呢？你是个青年团员，组织上早晚会帮助你改正缺点的。刘组长不就是个很好的例子吗？"

"我真希望他改变过来。说实在的，他要没有那些缺点，的确是个很好的同志。玉梅，你不恨他吗？你不觉得我和他好是可耻的吗？"

"不！一点都不！"玉梅诚恳地说，"自己的同志，除了希望他改正错误多为革命做些工作而外，决没有什么个人的恩怨，而且也不该有……"

傅金苓默默地紧握着玉梅的手，她对玉梅有了更进一步的了解。从此，两个人建立了正常的同志关系。互相友爱，互相帮助和学习，因而，双方都有着显著的提高。

秋很深了，深秋的树叶凋零了，它们狼狈地发出恼人的呜咽在地上绝望地滚来滚去，正如溃败的敌人，在我军秋风扫落叶的攻势之下迅速灭亡着一样。秋，是一个萧条的季节，但工友们却没有一点萧条的情绪。从那远远的战斗的前方，经常不断地传来胜利的消息，六一厂里永远呈现着春的气象，工友们一年四季都活跃在春的欢腾里。他们的心通向着远远的战斗的前方，他们的生产与战争有着不可分离的联系，因此，他们比任何人都更关心胜利的消息。胜利迅速提高他们的觉悟，胜利鼓舞着他们的生产热情。邵玉梅在这种热情鼓舞下，努力钻研的结果，成了一个技术最熟练的配置女工。特别是她的细心负责，更是其他工友所不及的。经过领导上屡次细密检查得出的结论：邵玉梅所配的药，质量最纯正，任务完成的最好。因此当装配场成立总的配药室后（过去每组有一小的配药室），为了保证产品质量的百发百中，选拔了最突出的邵玉梅担任了极为重要的配药工作。这是领导上对她进一步重视和培养的开始。

过去，领导上为什么对她没有足够的重视和估计呢？为了这个问题，黎强和章林曾经作过一次检讨；那是在玉梅救火负伤，他们去慰问回来以后——

“邵玉梅是一个好党员，好工人，她有着无产阶级高贵的品质，可是过去我们为什么没有发现她呢？”黎强深思地对章林说。

“发现是发现了，不过对她没有足够的重视，更没有很好的培养她。”章林分析着这原因：“这有两方面的原因：第一，是她埋头苦干，不好表现，工作细心负责，但不显得突出，领导上工作不深入，自然不容易发现她；第二，我们工作有布置而无检查，往往以党龄的长短去衡量党员的进步程度，而对新党员还存在着‘不可轻信’的错误思想。老实讲，开始我对邵玉梅的汇报是重视不够的……”

“这也应该说是官僚主义的具体表现！”黎强的批评，是对章林的，同时也是对他自己的。

“应该这样说。过去我们一直把重点放在创模上，而创模的重点又是单纯追求数量，因而忽略了质量的检查。结果有些炮弹拿到前方，竟不能发挥它应有的作用，这是值得深刻检讨的……”章林在党的负责同志面前，严肃地检讨着自己。

“这同时也是党的领导松懈，工作不深入所致。”黎强想了想说，“像刘勇那样的同志，过去竟没有抓紧教育……”

“他阳奉阴违，压制批评，群众对他有一种敢怒而不敢言的情绪。王英在底火组时间太短，王英走后，能够反映真实情况的，也只有邵玉梅了，可是总觉得她是个新党员，对她的信任就打了折扣，因而对刘勇的教育也就不够严格，现在想起来，是非常不妥当的。”

“我们应该改变这种作风，深入下去，联系群众……对思想意识有严重缺点的同志抓紧教育才行。”

这一次谈话，持续了大约两个钟头。章林在黎强启发批评之下，虚心诚恳地检讨了自己，并在今后工作方针上得到了具体指示，她的心情有一种又沉重又轻松的矛盾之感。

章林走后，黎强曾一度陷入深思中。新党员邵玉梅的表现给了他很大的兴奋；她那种坚定的气魄，那种谦逊的态度，负了伤而能若无其事的镇定，这些表现似乎都超过了她的年龄和党龄。在她身上，黎强发现了工人阶级的品质的纯洁。这使他对工人阶级有了进一步的认识。他觉得她是一个善良可爱的女孩子。

黎强的思维，不知怎么一转，忽然间，一种神秘的思想紧紧抓住了他的神经，他的心立刻紧缩了一阵，当平静了以后，才发现：他对邵玉梅的感情，与其说是一种钦佩，勿宁说对她产生了热烈的爱慕之情。当他每次上完党课之后，他都看见长睫毛大眼睛的邵玉梅，用一种同情的目光盯视他残废的腿。开始，他以为她是出于好奇，但有一次，邵玉梅却关心地问他：

“黎强同志，你的腿一点都不影响你的身体吗？”

“不，我的身体还好。”其实他经过两次全身麻醉，脑子已经受了损伤，神经是很衰弱的。

“据说一个受了伤的人，体格比较软弱，还是注意些好，我常见你夜间工作呢。”

这坦率的、诚恳的同志间的关怀，正说明邵玉梅对党的领导的爱护和关切，他对她报以感谢的微笑。从此，玉梅在黎强的脑子里就刻下了一个明晰的印象。但他们的接近是不多的，永远保持着一定的距离。然而，双方的情感却已在默默之中相通了。

黎强在参加革命以前，曾在故乡有过一个爱人。她为了追求更高的学位，没有跟黎强一道去延安，而在故乡入了大学。她对黎强发誓，三年之后一定去延安学习。三年过了，她却没有来，但他们并没有失掉感情的联系。黎强负伤的消息传到他的家乡以后，他想这光荣的不幸定会给他爱人以剧烈的痛苦，也许因此会更巩固他们的爱情吧？可是，一直过了很久，他都没接到他爱人的一字慰问，他为这几乎盼红了眼睛，曾痛苦地熬过了多少个失眠的夜。最后终于盼来了她的消息——黎强的姐姐来信告诉他，他的爱人已经和一位大学教授结婚了。

这消息刺伤了他的自尊心，侮辱了他纯洁的感情，那种激愤仅次于对夺去他左腿的敌人，他有着失去双腿的苦闷了。

从此，他明白了，一个残废的人是再没有资格取得一个女人的爱情了。从那以后，他就没有恋爱过，竟产生了一种自卑的心理。对自己的婚姻问题不再去考虑了。虽然，也偶尔引起情绪上的苦闷，但工作一来，便什么全忘了。他觉得工作可以给他最大的愉快和安慰。

最近，很多同志结婚了，在那欢庆的场合，同志们常常提到他的婚姻问题；大家都希望他早一点解决，但他自己对这事却表示淡漠。

想不到，现在邵玉梅的影子竟在他的脑子里开始活跃，并很自然地和他的婚姻问题联系起来了。可是，当一想到自己残废的腿时，一切幻想和希望都变成了空虚的妄想。他想：这怎会可能呢？邵玉梅，一个多么年轻多么俊美的女孩子，她有她自己远大的前途和理想，有着幸福的追求和渴望，怎么肯和一个残废的人结婚呢？

黎强几经努力，才克服了那个经常出现的思想。他愿把这个思想作为一个永远的秘密，保留在自己脑子里。

不久，当他发现担任工具场支部宣委的王英对他有了超乎同志关系的好感时，邵玉梅的影子又一次地在他脑子里出现。他比较一下：邵玉梅和王英，同是党的好同志，各有各的优点，他对她们的敬爱是没有什么区别的。但邵玉梅和他的接触太少，对他又从没有过任何的表示。以一个领导者加残废人的身份，自己虽然对她曾经有过幻想，但却是永远也没有向她表示的资格的。因此，他早已绝了那个念头了。而在他直接领导之下的王英，不但经常见面，互相了解的更深，她的年龄也和自己接近些，现在她既主动地向自己表示好感，他真感到获得了意想不到的安慰，那种自卑的，认为不会再找到爱人了的绝望思想，立刻就无影无踪了，青春和幸福又回到他的身边。

从此，对邵玉梅的幻想，根本消除，他接受了王英的尊敬和热爱，并把自己的感情交给了她。

一三

前方的战斗紧张地进行着。随着战争胜利的开展和美式装备的敌人的溃灭，大批的美式武器补充了我军的装备，一批批美国的大炮被缴获到我军阵地。于是，美式炮弹的补充就成了必然的需要。

已经是十二月下旬了。为了前方的迫切需要，为了完成四九年的生产任务，整个六一厂都进入了紧张的忙碌状态。××发的美式炮弹必须在年底以前送到前方。工友们为这光荣任务兴奋着，热火朝天地战斗在生产战线上。

邵玉梅这几天感冒，并发了胃病——这胃病是幼年讨饭时积累而成的。但因为工作紧张，她一直坚持了三天。她怕领导上让她休息，连医务所都没敢去。因此谁也不知道她身体不好。因为美式炮弹药品的配制，是一个新的尝试，不要说几个徒工，就连傅金苓和小于也还没能准确地掌握药量，她一休息，便没人能代替她的工作了，那将造成很大的损失，不但四九年任务完成不了，前方的需要也将延迟了供给。

但是，从昨天起，玉梅的胃便不能接受食物了，根据以往的经验，她怕发展下去，到不能支持的时候，难免有被疾病强迫休息的可能，虽然这是她非常不情愿的。因此，她决定在还能支持的目前，多赶配一些药，以防万一病倒，一时供给不上生产的需要。于是昨夜她便自动地打了个夜班。

今天，小于看她吃不下饭，知道她又发胃病了，便问她说：

“你吃不下饭，脸色也难看得很，是不是又病了？”

玉梅知道瞒不过小于聪明的眼睛，只好承认有点儿胃痛。小于就劝她：“假如支持不了，还是休息一下。可是，你不但不休息，也不吃药，还要打夜班；实在忙不过来的活，我替你加两夜班总可以吧？”

“不行，这批药是一种新的配法，我还是刚刚学会呢。”

“傅金苓也不会吗？”

“她也不会。小于，千万别对她说我病了，叫她干着急。这一点小病又算了什么，前方战士轻伤还不下火线呢。我们目前的任务，是这样的紧急。小于，你说，要是你有了像我这样的小病，你肯休息吗？”

小于被她问得再没话讲，她知道她的脾气，除非组织上命令，劝是无用的，只好任她去了。不过，看她的脸色，小于的确为她的身体担心，于是跑到医务所替她取了几包胃药。决定今晚玉梅要再偷偷加夜班，就去向上级汇报。

今天，玉梅一整天身子发软，头痛恶心，她知道这是由于缺乏睡眠和饮食的缘故。

下班了。她不想去吃饭，打算把一包有点发潮的雷汞送到烘房去，然后就回到宿舍去休息。可是刚走出工作室不到十几步，忽然两脚发轻，眼前冒起了无数金花，耳朵里立刻嗡嗡起来，她预感到有跌倒的危险。忙停住了脚，手里紧紧抓住雷汞，闭起了眼睛。几分钟过去，金花在眼前消失，耳朵也不嗡嗡了。她张开眼睛一看，不由得倒抽了一口冷气：刚才万一跌倒，摔一下倒不要紧，可是手里的 100 克雷汞，数量是相当大的，人一跌倒，不要说雷汞直接触地，就是受了沉重的震动，也势必爆炸。那么，自己就将炸成碎粉了。扔出去吗？不能，绝对不能！这环境她是熟悉的，工作室离她不过十几步，里面全是些爆炸性的药品，那里炸了就可能波及全厂；而前面不到二十步远就是仓库，里面装满了成品，把雷汞远远一扔，倒是简单得很，但国家的损失，将不堪设想了，无数的财产，无数的生命……。

她庆幸着自己没有跌倒下去。回头一想，真是又高兴又害怕，为了防备万一，她决定把雷汞暂时送回工作室，先回到宿舍休息一下，然后再去烘干不迟。于是她又站了好几分钟，直到觉得头脑完全清醒，脚下有力了，才缓缓地移动着身子，想走回工作室。她很有把握地想：这一回绝对不致头昏了，刚才是因为回身带门动作太急了的缘故。

可是，当她刚走回五六步的时候，眼前忽又出现一团迅速飞舞的金花，比上次加快了速度，也加多了数目，整个头部都嗡嗡起来，整个地面都在转了。只一眨眼的工夫，金花便凝成了漆黑一片，什么也看不见了。她虽极力保持住身子的平衡，但已经办不到了，只觉得两脚架空，全身失去了重心。她紧紧握住手里的雷汞，刚想轻轻坐下去免致跌倒，却已经由不得她了。她晃了几下，到底还是跌倒了。

当她跌倒的瞬间，还嘱咐着自己，“不能扔掉！”这时，她紧握雷汞的左手却已触地了。只听轰然一声，她便失去了知觉。

黎强听到玉梅负伤的消息时，载送玉梅的大卡车早已开走。他连忙给职工医院挂了个电话，据一个护士说邵玉梅的伤势很重，生命恐有危险，现正在急救中。这时天完全黑下来了，地面已经盖了一层白雪，急切中他似乎忘记了他残废的腿，更不顾外面的漆黑，仅是一只手杖帮助他，便冒着风雪赶赴医院去了。他艰难地爬着漆黑的长长的坡道，那冻结得不平的地面，时时障碍着他不灵便的腿，他一跌一爬地走着，感到比过去泥泞中行军还要困难几倍。一面走一面默念着：邵玉梅不要死掉吧，一个多么忠实多么坚强的好同志！

艰难的路终于被他爬过来了，到医院时已是满身大汗，而邵玉梅的左臂已经锯掉了。他立即痛苦地想到自己一条腿的种种不便，而惋惜着邵玉梅的胳膊。尤其当他看见邵玉梅被锯掉的残臂时，心里一阵疚痛，竟掉下了眼泪，这眼泪只有在他自己锯腿的当时才流过的。

可是，田均医生竟还主张锯掉她还有希望治好的右臂，黎强不得不为之力争了。因为他回忆起给他锯腿时的痛苦，和他冤枉失掉的一只腿——要是当时医疗条件好，腿是完全可以保全的。他想：一个女孩子，少了一只胳膊已经够使她痛苦了，假如两只手全都锯掉，将来……

他站在党的立场上，决定明天一早就去请示上级党委，尽一切努力保全邵玉梅的右臂。他认为这是党对邵玉梅所应负的责任。幸而田均医生没有坚持，他的心稍微轻松了些。

回到家，已是夜十时了。处理了一些工作之后，才躺在床上。

可是，他为邵玉梅的生命担着心思，一直不能入睡。他最怕听见那骤然响起的电话铃声。因为他嘱咐过白院长，万一邵玉梅生命危急，请他立即电话通知。幸好电话没有来，黎强紧张了一夜的神经，到早晨才松弛下来。

这一夜，医院里却是特别安静，没有呻吟，更没有叫喊。夜班护士轻手轻脚地查看着每一间病房，病号们有的似睡非睡，有的翻来覆去，更有的简直就不打算睡，静静地躺在床上，瞪着两只眼睛，紧张地听着动静，因为邵玉梅一抬进病房，护士长就通知过他们：

“今天来了一个炸掉胳膊的女工友，伤势沉重，性命很难保险。今晚她一定会痛得大哭大叫，希望大家忍耐些。她是带病工作，因而负伤的。”

这样，大家都紧张着，等待用精神去分担她肉体的痛苦。可是一小时，两小时……一夜过去了，竟一点动静也没有。这过分的安静反而引起了大家的不安和担心，天一亮，有些能走动的便跑到护士办公室探问：

“那个重伤的女工友死掉了吗？”

看护邵玉梅的护士胡冰说：

“没有呵！”

“那为什么没听见她哭叫呢？难道她就不疼吗？”

“伤得那样子，怎能不疼呢？她疼得直劲翻身，汗把头上的绷带全湿透了。可是她咬牙忍着，她咬牙的声音我听得真真切切，到实在忍不了的时候，只悄悄说一声‘我抗不了呵！’随后又忍住了……”胡冰一口气说完，病号们个个赞叹地点头。心里却都有些怀疑：真有这样刚强的女孩子吗？护士长自言自语地说：

“我做了十几年护士工作，从来没见过这样能忍住痛的病人，她才真是特殊材料造成的呢。”

由于奇迹的吸引，由于同情和钦敬，谁都想看看这个特殊的人物，可是护士长却说：

“你们现在去不但看不见她，她也看不见你们，因为她整个脸都缠了绷带。”她怕大家失望，又补充说：“等到危险期过去，不但可以看她，还可以和她谈谈呢。现在让她安静吧。”

邵玉梅自从入院后，便完全陷入黑暗中，她的眼睛虽然露在绷带外面，可是已经肿得不留一点缝，什么也看不见了。她不知白天和黑夜，更无法看见自己的伤势。从做过手术以后，一连两夜，她都在半昏睡状态中，发着四十度的高热。有时被剧痛唤醒，她便咬紧牙关，不哼不叫，希图忍耐过去。但那无法抗拒的疼痛，是越来越无情地摧残着她。她用力和它做着最顽强的斗争，到实在无可忍耐时，真想爬上墙去或钻入地下了。她知道，医院里住着的全是些伤病的同志，他们被病痛折磨得已经够苦了，假如自己再大哭大叫，不是给他们增加精神负担而使他们烦恼吗？何况哭叫也解决不了痛呢！于是她只有不住地翻转着能够自由活动的下半身，以示抗拒。就这样，当疼痛稍微减轻了些，她便又昏睡过去。

但，她哪里是睡觉呢！她又在紧张地工作了——白色的工作服，小巧的天平，调药的毛刷，不满方丈的工作室……她忙得满头大汗，两手不停，两臂剧烈的胀痛了。突然，一声汽笛，她又醒了过来。她咧开刚能欠开一条缝的嘴唇，便蒙眬地问道：

"是上班的笛吗？"

夜班护士李星正坐在她的床边打盹儿，顺口答道"不是，是放工的笛声，你睡吧。"

原来是夜间十二点的汽笛声把邵玉梅惊醒了。于是她又在咬牙、翻身，抗拒着向她猛烈进攻的剧痛。……

李星为邵玉梅这一句询问感动了。在这悄静的夜里，她坐在邵玉梅的床前，回想着一年来的工作，比起邵玉梅来，真是惭愧极了！自己不但对工作不够负责，对病人还常发脾气，总觉得病人难侍候，护士工作没有前途，洗脓擦血倒便盆，又脏又累，这些思想自己明知是不对的，同志们也经常批评，可就是克服不了。现在，亲眼看见伤势沉重的邵玉梅，躺在床上还不忘工作的热情，她深深地被感动了。她激励着自己：她也是女的，自己也是女的，她却能念念不忘工作，而自己为什么就不能把工作做好呢？想到这，她马上揉了揉眼睛，精神振作地默默责备着自己："值夜班还好睡觉吗？"于是站了起来，到她负责的几个病房检查了一遍才回来。这一夜，她再没有打过一个盹，一直守伴着玉梅到早晨换班的时候。这已是玉梅负伤的第三天了。

中午，黎强同志又拄着手杖来了，他已经不像昨天那样急躁，因为党委已替邵玉梅请好了中苏医院的外科主任（昨天因为急诊病人过多，他一直到半夜才做完手术）。黎强相信，邵玉梅的右臂在他先进医疗经验的挽救下，是可以保留的。

因为邵玉梅伤势沉重不便移动，不能转到中苏医院去。现在黎强同志满面春风地陪着高索夫大夫来到职工医院。一走进病房，黎强便低声告诉邵玉梅说：

“苏联大夫高索夫同志来看你了。”

这时，玉梅的体温依然很高，但正在清醒中，为了表示她衷心的感激，她用力咧了咧不灵活的嘴唇，微微笑了。当高索夫大夫用他那友谊的手轻抚她的伤处时，她感到格外的温暖，从她那双肿得紧闭的眼角，挤出了两滴感谢的泪。

高索夫大夫小心翼翼地用慈母般的手解开了那浸湿了血的纱布，生怕手重了使伤者痛苦。可是玉梅却已经痛得在流汗了。

仔细诊察了伤势之后，高索夫大夫微微点了点头。侥幸得很，脸上和胸部的伤还不太重，眼睛是完整的，视线没有损坏，糟糕的是左手已无可挽回的失掉了，而重伤的右臂又在严重地发炎，手是无生命的。幸而田均医生已经给邵玉梅注射了破伤风血清和盘尼西林。高索夫问明了治疗经过，又嘱咐田均医生：

“从现在起，注射间隔时间缩短一小时，每三小时注射一次盘尼西林。服用安眠药剂，使伤者得以休息……”

黎强用不使邵玉梅听见的耳语般的小声问道：

“这只胳膊可以保存下来吗？”他有点担心，生怕得到的是一句绝望的回答。可是高索夫大夫沉思了一下却说：

“保存是相当困难的。不过，我将尽一切可能挽救这只仅存的胳膊。”随后大家就走出病室，一边走一边他又接着说：“一切都得渡过危险期才能肯定。她现在正在高热中，还没脱离险境，体温如能降低，生命就有保障了。”

临走时，他诚恳地表示：

“我将运用我全部知识和经验，根据我们苏联医学的研究，为保存她的右臂而努力；因为我不能让一个跟我们友好的中国青年，正直的女工和爱国者，变成一个完全的残废。”

高索夫大夫的情谊是真挚的，态度是诚恳的，这种国际主义的友爱，黎强万分信任和感激，他想起高索夫大夫为救治中国病人的许多生动故事——

住在中苏医院外科的中国病人，大部分都是由别的医院转来的很少生望的患者，因之，高索夫大夫经常都在和顽强的伤病做着不屈的搏斗。从早到晚，几乎没有休息的时间。他不眠不休地工作的结果，身体衰弱了。有一次，一天动了六个大手术后，他昏厥过去。但当醒来之后，叫护士给他注射了一针强心剂，又继续工作起来，院长下命令他都不肯休息。眼睛熬红了，每天他也要到半夜才回去睡觉，而急诊病人一到，便又立即起床。

有一次，从市立医院转来一个中国农民，因翻车膀胱大肠全压坏了，弄得屎尿满身，恶臭难闻，到院时已经是气息奄奄，只待一死了。高索夫大夫看了这情形，立即施行了急救，为了怕护士洗坏了患者的伤口，他亲自动手把屎尿洗净，既不嫌臭，也不怕脏。一连三小时，他没有时间停下吸一口烟。复杂的手术行过后，他一直担忧了一个礼拜，每天三次四次去探视，结果那农民竟被救活。高索夫大夫并向院方为他请求了免费待遇。后来那农民千恩万谢地出了医院，送了他个“救命恩人”的称号。

现在，在高索夫的外科病室里还住着四五个自卫战争中伤残的荣誉军人，他们的臂和腿由于当时环境的恶劣，医药条件的困难，造成了无辜的残废。高索夫对这些爱国勇士，寄予了无限同情与热爱，他日夜研究着，耐心治疗着，想尽一切办法使他们恢复常人的健康，只要他们不是残肢断臂。伤员到了，他首先考虑他们今后的生活问题，只要还有万一的希望，他决不肯锯掉他们的手和腿的。他常说：

“我这一锯倒容易，一只胳膊或一条腿，长了多少年呵。而锯掉之后，任凭有多少年也长不出来了。”

就在这样的精神下，一个工人被机器压碎了骨头的腿竟没有锯去，他想尽办法替他治好了。

黎强想：遇到这样一位又有经验又仁慈的医生，邵玉梅的胳膊有希望了。

一四

不断注射盘尼西林的结果，邵玉梅的体温到第五天已逐渐下降，伤口开始消炎了。她得到了较充分的睡眠之后，精神很好，同时眼已慢慢消肿，当她把眼皮欠开一条细缝的时候，又重见了光明，她为这异常兴奋，于是睁了又睁，像一个贪吃的孩子似的，她贪婪地寻视着病房的一切。首先她看见大哥邵仁那一双红肿的眼睛，她明白，那都是为了自己的缘故。她感激大哥这种同胞情谊，但她却不愿使他为自己难过。于是她微笑着顽皮地问道：

"哥哥，你的眼睛也受伤了吗？"

"没有呵。"邵仁听见妹妹像好人似的说话了，心里好不轻松，但他不知妹妹的用意，很高兴地回答。

"那怎么也肿了。跟嫂子打架哭的？"玉梅又顽皮地笑了。邵仁为了掩饰他的伤心，连忙说：

"别瞎说啦，我这是叫烟呛的。"这一来，邵仁心里更加难过了。他暗想，这个傻孩子到现在还不知道丢掉了一只胳膊，但早晚是要发现的。怎么办呢？到那时候，可就再也没有心思说笑了！

玉梅像忽然想起了什么似的问邵仁：

"今天礼拜吗？你怎么没有上工？"

"厂方叫我来照顾你的。"

"我看没有必要！我这一受伤，耽误了两个人的生产。哥哥，你还是上工去吧。"

"好，明天我就回厂。"邵仁敷衍她说，心好像针刺一样。他唯恐妹妹发现她的断臂，三天来，他没敢离开她一步，因为这几天她发着高烧，怕她过分伤心影响到生命的安全。可是，终于玉梅问到她的伤势了，她平静地说：

“哥哥，我的胳膊打得厉不厉害，骨头没有坏吗？”

“没有伤着骨头，比上次厉害点，不要紧。”邵仁力持镇静地扯着谎。

“你算计我还有多少日子才能上工？”

“医生说，一个来月差不离。”邵仁一边说一边向外走着。他是不善于说谎的。虽然力持镇静，可是他感到脸上的筋肉已经不自然起来，时间一长，聪明的玉梅会发觉的。他想出去平复一下面部的紧张，便解释道：“我上便所。”就出去了。

玉梅把两个肩头试着动了动，她奇怪了，为什么右臂重得抬不起来，而左臂却又那么轻飘呢？等到她用腿把被支开以后，头立刻轰了一下，她感到她的身子腾空了。于是她绝望地哭了起来。

邵仁进来一看，知道被她发现了断臂，连忙跑过去安慰她，但他竟找不出一句能够安慰她的话。护士长来了，护士胡冰、李星都来了，白院长和田均医生也慌张地赶来了，但多少中听的话都止不住玉梅的哭声，田均医生怕她哭背了气，不住地给她按摩胸部，他想万一有点差池，这几天的劳力都白费了。

白院长束手无策地在地上走来走去，他比任何人都更焦急，但他的劝解却不能发生一点效力，玉梅的泪透过脸上的层层纱布，把枕头全浸湿了。她一直不说一句话。

玉梅心里打定主意：趁着身虚气弱，哭死就算了！

这时，在无可奈何中，邵仁忽然想起了黎强同志，连忙去挂了个电话。

外面正是风雪交加，天冷路滑，邵仁估计行动不便的黎强同志是不会来的。可是，不到半点钟，黎强却来了。邵仁无主的心才算有了依靠。谁想一听见黎强的声音，玉梅哭得更响了。她伤心地呜咽道：

“黎强同志，我的手没有了，再不能工作了，党白白培养我了，……”

黎强鼻子一酸，眼睛湿了，站在玉梅床边的人，个个都难过地眨着泪湿的眼睛。

“邵玉梅同志，不要难过。”黎强亲切地说，“你为爱护国家的财产而负伤是光荣的，虽然残废了一只左手，不是还有右手吗？我们共产党员，只要有脑子就能工作呵。”

“不，黎强同志，我的右手也残废了，要不然，支着板子做什么呢？”

“你放心，苏联大夫一定不能让你两手都成残废，他答应尽一切可能使它恢复生命的……”

玉梅再不说话，又呜咽起来了。黎强想了想说：

“《保尔·柯察金》这个话剧你看过了吧？你看看剧中的保尔，他的眼睛瞎了，身子瘫痪了，但疾病没有使得他丧失布尔什维克的品质，他有惊人的忍耐力，只要他心脏没有停止跳动。他就不对自己的前途绝望，他把哪怕是一滴力量也要贡献给党。他眼睛瞎了，还用口述的办法著作了伟大不朽的杰作。保尔年纪很轻，他做的事却不平凡。党对他照顾得很好，同志们都热爱他，拿他作为自己学习的榜样。最后他是获得了很高的荣誉……”

是的，玉梅曾经为保尔的坚决和毅力感动地流过眼泪，也曾引起她的热爱和崇敬，保尔那钢铁般的形象，给了她极深刻的教育。可是此时此地，黎强的介绍，她却听不进去，因为她想自己是没法和保尔相比的……。同时，她首先考虑的不是如何向保尔学习的问题，她主要是有一个基本的顾虑，所以她才绝望地哭。她打断了黎强的话，很凄然地问道：

“黎强同志，我还能回到生产岗位吗？”

“当然能喽！”黎强肯定地回答。“即使不能直接参加生产，还可以做其他的工作呀。”

“不，黎强同志，我的文化太低了！”玉梅又伤心地呜咽起来，“除了两只能劳动的手，又能做什么呢？”

“文化低不要紧，党会帮助你提高，我们党内多少工农出身的干部，现在都有了中学甚至大学的文化程度。共产党是能克服一切困难的党。玉梅同志，你安心静养吧，党定会给你安置好今后的一切。”黎强亲切诚恳地安慰着她。

玉梅又哽咽着说：

“不管怎样说，是再也不会比从前更有用了；一个残废，给党白增加不少负担，怎对得起党呢？”

“不，玉梅同志，你想错了。党不但不会感到你是负担，反而更会爱护你，因为党爱护的正是你这样的好同志。革命工作是做不完的，党将培养你做别的更重要的工作。玉梅同志，你放心吧。”

党的负责同志的话是代表党的，特别是玉梅最尊敬信仰的黎强同志，一向，他的每一句话，每一个指示，她都牢牢记住，并忠实地执行着。同样的，今天黎强同志的答复，她也把它当作党的神圣诺言。于是她安心了，很快就收住眼泪，由衷地微笑了。她深悔刚才自己的一阵痛苦，引起了那么多人的不安。尤其耽误了黎强同志不少工作，今夜他又得开夜车了。

黎强已经说得口焦舌燥，但他不想休息，邵仁倒了一杯开水给他，他润了润嗓子，又讲了两个生动的故事——《钢铁意志》和《帅大姐》。玉梅静静地听着。当黎强把《只不过是爱情》的故事，不加解释和分析地讲了一遍之后，玉梅体会到黎强的用意——是为了解除她对今后的婚姻问题的绝望和忧虑。于是她不好意思地把脸背了过去。

一接触到这问题，邵仁的脸马上烧起来了。他痛悔两年前为什么要阻止妹妹的婚姻，现在她残废了，不会对自己怀恨吗？

黎强坐在玉梅的床边，讲完了那个故事之后，勾起了一段陈旧了的回忆，那曾经几次出现在自己脑子里的思想，虽说已经成为过去，虽然已经成为永远的秘密，但如今面对着这个残废的女孩子，却不能不有一种像似抱歉又像似惋惜的情绪，假如自己现在还没有订婚，假如他当时对玉梅公开了自己的秘密思想因而发生了感情的话，他是决不会因为她的残废而后悔的。

各人想着各人的心事，没有心事的也呆呆地站在玉梅的床前似有所思。整个病房是静悄无声的。

突然，轻轻的两下叩门声，打破了这片刻的沉寂。门开处，高索夫高大的身躯走进了病房。他看见玉梅床前围了那么多的人，以为发生什么意外了。他惊慌地观察着每个人的脸，用询问的眼光探求着答案。当他把视线落到玉梅的脸上时，玉梅立刻送给他一个淡淡的笑容，他才算把心放下，但同时却使他发现了玉梅那双通红的眼睛。便亲切地问道：

“哭了？痛得很吗？”

玉梅摇了摇头。邵仁替妹妹解释道：

“刚才哭得很伤心，她怕右手也不中用了……”

“噢！”高索夫明白了。顺便坐在玉梅的床边，用手轻抚着她的头，问道：“姑娘，你相信苏联的医学吗？”

玉梅连连点头，表示十分信任。高索夫笑了：

“那么，你就该安心，就该相信我会医好你的手。”高索夫轻轻拿起玉梅的右臂，郑重地说：“我向你保证，你的右臂不愈，我便不停止治疗，哪怕十年八年，我也要坚持把它治好。怎样，我敬爱的姑娘？”他用溺爱的眼睛望着玉梅的脸，等待着她的答复。玉梅感到这位国际友人的热情使她周身都温暖起来，他真比一位最仁慈的父亲还要慈爱得多，她感激地点头微笑了。遗憾的是自己没有一只健康的手，无法表示她的感谢，否则，她将要和高索夫仁慈的手紧紧相握了。

今天诊察的结果，高索夫非常高兴，他很有把握地说：

“再过两天，体温就可以恢复正常。”

大家的心都像开了两扇窗。邵仁的脸上有了笑容。

高索夫临走时嘱咐玉梅道：

“好好睡觉，不要心急，很快就好了，祝你健康！”

玉梅感激的泪涌出了眼角，高索夫忙拿起一块纱布给她擦干说：

“不许哭，这对你健康的恢复是有害的。你要是再哭，我就不来了！”说完幽默地一笑，引得大家全笑了。

随后，高索夫开了处方，又嘱咐田均一些治疗上的问题，便又匆忙地冒着严寒的风雪走了。黎强同志也冒着严寒的风雪走了。玉梅心中十分不安，她对哥哥说：

“这样大的风雪，为了我惊动了多少同志，我真觉得惭愧，我一个小工人，对党又有过什么贡献呢？”

邵仁感叹地说：

“将来伤养好了，再用工作来报答吧。……你应该睡一会了。”

痛哭之后的邵玉梅的确已经精疲力竭，气喘心跳了。但是，她的脑子里凭空出现了那么多的问题和回忆，又怎能安睡呢？黎强的话，黎强给她讲的那些动人的故事，句句都打在她的心坎上，活跃在她的脑子里。她相信黎强同志，更相信党，是的，党会给她安置好今后的一切的。但是党将来如何把她培养成一个能发挥作用的人，却不能不使她疑虑；没有了一只手，无论如何，不会比过去更有用了，虽然一线光明已经在她眼前出现，但却不能完全消除她的苦闷。当她想到黎强给她讲的《只不过是爱情》的故事时，便很自然地又联想到自己的婚姻问题。于是一段不愉快的回忆，比往次更强烈地在脑子里活动起来——

那是两年前的事了，玉梅和嫂子吵过了架以后，她心里十分痛苦，很想离开那个不和睦的家庭，逃出嫂子的冷待，但那时却找不到工作。二哥邵义已经参军去了，能够诉诉心事的只有同乡的陈大嫂。陈大嫂同情她的处境，也深知她幼时的贫苦，经常给她一些亲切的安慰。有一次，把计划了很久的话对玉梅说了：

“这样的家莫如早些离开的好，我给你保个媒你愿意吗？”

玉梅以为陈大嫂和她开玩笑，她脸红红地打了她一下，转身就要走开。可是陈大嫂却把她的胳膊拉住了：

“害什么臊！你听我告诉你……”

“不，我不结婚！”玉梅挣扎着说。那时候她的确害怕结婚的。任凭陈大嫂自言自语，她根本不想去听。但陈大嫂却不管玉梅爱不爱听，仍然不住地劝说，她的耐心和诚恳，是完全出于好意的。玉梅知道陈大嫂不是个说媒拉纤的人，她为了同情别人，不惜说得口干唇燥，而且，她所说的那个人和他的家庭，也确是令人满意的，因此，玉梅听来听去，心就有些活动了。原来对方就是派出所的张同志，玉梅经常看见的那个二十多岁的朴实青年，家里只有一位老母亲。那位同志给她的印象是不坏的。陈大嫂说假如成功，张家愿意供她读几年书，过三四年再考虑结婚问题。

读书的希望吸引着她。她知道，新社会婚姻应该自主，本可以马上决定；但又一想，如果不征求哥哥的同意，将来会出大问题，嫂子尖刻的嘴，就够招架的了。于是她对陈大嫂说：

“你去问我哥哥吧，我不管……”

可是当陈大嫂去和邵仁商量的时候，邵仁却表示犹豫。一则他感到妹妹年岁还小；再则他顾虑到姑嫂本来不和，要是早早把妹妹打发出了嫁，怕别人误会。因此，他连听也不想听，不管对方是谁，他准备一概拒绝。

“人家玉梅自个都愿意了！”直心肠的陈大嫂不假思索地说了，想促成这件好事。可是邵仁一听却发急了：

“怎么，玉梅先相看过了？”

“嗷！”这一下，玉梅嫂子又抓住了把柄，她把下巴向上一扬，长长地“嗷”了一声，讥讽地说：“原来玉梅找主还是你拉的皮条呵！那可不行，趁早别让她给我丢人了！”

陈大嫂越听越不像话，再没言语，转身就走了。

这些话玉梅在门外听得清清楚楚，她气得腿直发抖。

晚上，玉梅被兄嫂重重申斥了一顿，嫂子装模作样地把嘴唇撇出好长说：

“啧啧，想不到玉梅人小心大，急的自个找开主了……”

从来不对妹妹发脾气的邵仁被老婆一调唆，也竟说出不中听的话来，他显得很伤心地对玉梅说道：

“玉梅，你可是个十七八的大姑娘了，想找婆家咱们光明正大，你这样，不是给你哥哥丢脸吗？”

嫂子讽刺两句倒也罢了，想不到竟会引起哥哥的误会，玉梅心里一屈，眼泪就掉了下来，她知道分辩也是无益，抱着满肚子冤枉就睡下了。刚一蒙眬，忽然又听见嫂子拉长着声音数叨哥哥说：

“都是你嘴损的，现世报，这回可让妹妹给你打嘴丢人啦！”

从那以后，玉梅不知受了嫂子多少冷嘲热骂，为了避免嫌疑，她再也不到陈大嫂家去了。在街上一碰到张同志，玉梅撒腿就跑，生怕人家和她说话似的。这件事，玉梅什么时候想起来都像在眼前一样，心里总像压了一块石头那么沉重，直到进了工厂才慢慢忘记。只有当她对黎强的爱慕的情感萌芽时，又偶然想起那一场意外的风波，于是立刻警惕起来，使那秘密的思想永久不得成长……

今天，一发现断臂，这片不愉快的阴影又浮上心头，她有点埋怨哥哥了，“那时候为什么不许呢？假如当时订了婚，负了伤也不至于解除婚约，现在，可再也找不到那样理想的人了。……”

她不愿再想下去了，何必自找烦恼！她偷眼看了看邵仁，他坐在那里，愁眉苦脸，低头沉思。邵仁也正在想着这件事呢。

一五

一九五〇年的元旦，黎强和王英一同看过了邵玉梅回来，心里十分轻松，因为玉梅不但伤势逐渐好转，情绪也一天天愉快起来了。今天厂里放假，两个人一高兴，便去看电影了。

假如不是邵玉梅负伤，今天该是黎强和王英结婚的日子。还是在玉梅负伤前五天才决定的。可是偏偏在他们婚期的前两周，发生了这件意外的不幸，作为一个党的负责人的黎强，是再没有结婚的情绪了。第二天，他就找王英商量，他说：

“邵玉梅的负伤虽属意外，但党也不无责任。如果在一个同志生命危急的时候，作为一个党的负责人却忙于制造自己的幸福，万一玉梅死了，不但影响不好，从阶级良心上来讲，也是下不去的。因此，我想把婚期延迟到邵玉梅能够行动之后……”

“我完全同意！我也以为：在我们热爱的同志正在和死、和痛苦做着挣扎的时候，来为自己的幸福庆祝，那将是很不愉快的。我还希望当我们结婚的时候，她能来参加婚礼呢。”

没有费更多的踌躇，两个人便这样决定了。

今天下午，他们同去探望邵玉梅的目的，主要的是想以他们的结合作为榜样去安慰她，给她一个未来幸福的暗示。邵玉梅见了这两位她最敬爱的同志，从心底里高兴。她头部的绷带已经解去，又露出笑眯眯的两只大眼睛。脸上斑斑的伤痕，并不显眼，更不曾损伤她固有的美，那正是她光荣的标记。半月来被木板撑着的右臂，已经被高索夫仁慈的手扶弯了，整个打上了石膏，为的是将来吃饭、梳头……可以自由伸屈，如果一直用木板撑着，等肉长好了，臂肘也像木棍一样直了。

黎强和王英一进去，玉梅便笑嘻嘻地充满了感激的喜悦告诉他们：

“上午，高索夫同志连节都不在家过，像你们一样，又来看我了。他真比自己的爹娘体贴得都周到，怕我将来生活不便，把胳膊给攀弯了。他累了一头的汗……”接着就告诉他们，高索夫同志给她行折臂手术的经过。讲的时候，她轻轻松松，毫无痛苦的表情，实际上，她刚刚和猛烈的痛苦斗争过来才不过一个钟头。在她的伤臂由直而弯的过程中，伤口的血点点地向外涔流；玉梅又痛昏过去，她又经历了一次足够一生经受的剧痛了。王英怜惜地问她：

“痛得很吧？”

“还好，能抗得了。高索夫同志要给我留下一只手，要帮助我成为有用的人，我再喊痛，人家还敢动手吗？”

“好样的，你真是咱们共产党的硬骨头！”王英称赞着。

黎强看见玉梅已经完全愉快起来，就把一颗悬着的心放下了。那天她一痛哭，他真担心她会从此悲观绝望了呢。可是出乎意外，从那次和她谈过以后，就再没见她哭过，黎强不由得不佩服这个党龄不足两年、二十一岁的女孩子，想起自己锯腿后持续了那么久的消沉情绪，真觉得有点惭愧了。他故意问她：

“再不怕党不要了吧？”

“不啦！只要党还要我，分配给我工作，我就什么也不怕了。”这是她衷心的表白，没有一点做作的成分。从她那诚实坦率的神态上，完全可以证明这一点。黎强和王英同时点头微笑了。

“不但是工作，就是私生活方面，你也将会是很幸福的。”黎强说着，友爱地看了王英一眼，王英也答以友爱的微笑；随后，黎强又接着说，并把自己的假腿指给玉梅看：“你看，我不也是个残废嘛？……”下边的话他没有说完，他想，用不着更多的解释，敏感的邵玉梅已经可以体会了。

“是的，我懂得。”玉梅郑重地说，“现在我的思想里什么顾虑也没有了，所以我是愉快的。王英姐，你该相信吧？”

“我完全相信，玉梅。”王英抚摸着玉梅的残臂，激动地看着她那双喜悦的眼睛。对这个残废的女孩子，除了敬爱，竟引不起任何怜悯之情。因为她的坚强性格，一贯是拒绝那些属于消极的东西的，她的乐观主义更不需要别人的怜悯。

“我只希望以后同志们多多帮助我，使我能多做些工作。现在我把什么都交给了党和同志们，以后我要加倍的努力，来报答党和同志们对我的关心。王英姐，党对我实在太好了，有时候我简直都忘了我是个残废。”

玉梅想到，自从负伤以后，黎强同志代表党那样照顾她；工厂行政上和工会、妇联的很多负责同志经常来看她；高索夫大夫、白院长和田均医生不分昼夜地为她忙碌；护士胡冰天天给她读报、念信、讲故事；工友们更是不断地来慰问。最使她难忘的是黎强同志为了保全她的右臂所做的努力和奔走，特别是从大风雪中赶来安慰她那一次，给她的感动和鼓励是无法形容的。什么时候想起来，都像有一种内疚似的。想到这，玉梅又记起了黎强残废的腿和他繁重的工作。但是当她一看到坐在她面前的王英时，却不由得轻松地笑了。

“你笑什么？”沉默了半天的王英，一看深思的玉梅忽然笑了，有点奇怪地问。

“笑你！”玉梅神秘地说。

“笑我什么？”王英到处寻找自己可笑的痕迹，她摸了摸脸，又遍视了全身，但什么也没发现。

“别找啦，以后告诉你。”玉梅意味深长地给王英轻轻地使了个眼色，王英明白是因为有黎强在场，就不再问下去了。

其实，她并不是笑王英，而是替他们高兴。她想：“黎强同志有了这样一个好助手，以后的工作和生活就光彩多了；王英在他直接帮助之下，将会成一个了不起的人才。”当她联系到自己，更是暗暗庆幸：“要是自己当时的梦想真正成为事实的话，该是多么糟糕！一个缺了只胳膊，一个少了条腿，两个人都需要帮助，而两个人又谁也帮不了谁，双方都成了负担，不但是对工作没有好处，反而不知要影响多少工作呢。”她看了看黎强和王英，而两个人也正在静静地望着她呢。她不由得面孔一阵发烧，不好意思地躲开他们的眼光，仿佛她的心事被别人发现了似的。

今天臂肘弯过去之后，玉梅对这只险些锯掉的残臂的恢复生命，更有了准确的希望。因此，虽然这次动手术，是一次比炸断左臂还要痛苦的考验，而玉梅却依然没叫一声地度过来了。施过手术，高索夫还预告她，等到伤口肌肉长平，他将为她补上缺皮；一年之后，健康完全复原，再把炸断的血管接补起来，那时又将成为一只完好的手了。

这未来的憧憬多么使她安慰呀！高索夫同志无微不至的体贴，细腻负责的治疗，给了她莫大的钦敬和感动，从她切身体验中，她才真正体会到国际主义精神的伟大。为了恢复这只胳膊的生命，高索夫同志不知花了多少心血，绞了多少脑汁呢。他曾说：

“苏联人能够克服一切困难，苏联医生也能治好一切疾病。困难和疾病并不可怕，可怕的是没有顽强的斗争精神和毅力。”

“是的，苏联人，我要学苏联人的布尔什维克精神，因为我是个共产党员！”玉梅自语着，兴奋起来。

半月来，在这些恳切的安慰和友爱的照顾下，她真正愉快起来了。她感到党比亲生父母还亲，同志们比一奶同胞更友爱；有党的培养和爱护，她的前途便无限光明，一个灿烂美好的远景正在欢迎着她，残废也不觉得残废了。她牢记着黎强同志的每一句话，黎强同志给她讲的每一个故事。她要学习苏联飞行英雄阿留沙的钢铁意志，她要和残疾做不屈的斗争，她要再回到工作岗位上去，她要学苏联人！要学苏联人的布尔什维克的品质和毅力！

她经常不断地在鼓励自己：“邵玉梅，你这点伤算得什么，保尔的伤比你重多了，党对你照顾得这样周到，你的条件比前方战士优裕何止十百倍。有这样大的病房，这样好的医药条件，有苏联大夫为你治疗，有同志们对你的关心和爱护，每天都接到几封各机关团体热情洋溢的慰问信，可是你对党又有什么贡献呢？你，一个讨过饭、当过劳工、饱受母亲苛待、嫂子冷眼的苦孩子，党为你花的钱，你一辈子也挣不出来呀……”

今天趁着佳节，来看玉梅的人特别多，她一整天都在友爱的温暖中。大家看见她那快活的样子，都非常惊奇，他们来的时候，都带着一颗沉重的心，走的时候却载满了欢欣的情绪。她既不需要别人的安慰和怜悯，更以自己的愉快去感染别人，无论谁来看她，她总是笑容满面，谈笑风生，甚至不让别人有机会问到她的伤痛。

她这样想，痛苦别人是没法分担的，又何必惹人难受呢？

小于和傅金苓今天也来了。她们满含着同情和惋惜的眼泪，手里握着预备擦泪的小手帕，满脸沉痛地走进病房，小于的泪已经涌上眼角了。可是，玉梅还不等她们说话，却先响亮地笑了：

“哈哈，我算计你们该会来了。”一看小于满脸通红，眼里含泪，便抱怨地说：

“忙什么，该死的小于，你看你跑得脸都红了。”

小于哪里是跑的呢？她是叫眼泪憋的呀。一看到玉梅天真的笑脸和从心底里发出来的愉快的笑声，把小于即将流下的眼泪就给挡回去了，因此小于脸憋得通红。她们刚刚坐定，玉梅便问起工厂生产情况，她遗憾地说：

“我的学习又落下了，小于，你们这些天又认了不少的字吧？”

“这些天生产忙，学习不大经常。”两个人同时回答，“我们两个都调到配药室去了。”小于一想起玉梅教她配药时自己不认真的学习态度，就觉得对玉梅不起。假如不是玉梅强迫似的教给她，她是不可能掌握技术，帮助傅金苓接替她的工作的。

玉梅抱歉地说：

“我不小心负了伤，让你们多受累了，我心里真着急，连做梦也梦见在工作室里，真觉得对不起党，对不起你们。”

“你又说这些了。你为了保全工厂，紧握雷汞牺牲了自己，我们都该向你学习，还说什么对得起对不起的……”傅金苓的话还没说完，玉梅便接了下去。她坚决地说：

“我必须那样做，粉身碎骨也应该，这正是党考验我的时候，如果扔掉了雷汞，党不是白白培养和教育我了吗？”说着，她又自慰地笑了，笑得是那么自然，那么香甜。

傅金苓深深感到，邵玉梅真不是个平凡的人物，她那伟大崇高的布尔什维克品质，自己是应当很好学习的。每次见到她，都使人在不知不觉中学习到很多东西，她给人的感染是那么深刻，那么有力，如果没有玉梅许多英雄事迹做具体的榜样，自己也不会有今天。

自从那次配药失火以后，傅金苓的进步的确是飞跃的，她不但在生产上立了功，在学习上也成了模范。这次和小于接替玉梅的工作，由于玉梅自我牺牲精神的影响，她们钻研了两天两夜，就掌握了新的技术，使生产很快地便正常起来，按期完成了任务。在工作中玉梅成了她鼓舞的力量，她时时都感到有玉梅在她的背后推动，使她只有向前，没有后退。几个月当中，大家都觉得她变了个人，那种盛气凌人的骄气，连一点影子也不见了。现在，她正积极地要求入党呢。

昨天，她写好了一份详细自传，交给了支部后，竟乐得一夜也没睡着，决定今天把这件事告诉玉梅，她想，玉梅是会高兴得忘记疼痛的，因为在玉梅负伤以前，曾经不止一次地和她谈过这个问题。

可是，还没等她自己说，快嘴的小于却抢了先：

“玉梅姐，你恭喜她吧，她已经申请入党了。”

玉梅一听，真是高兴极了，刚想去和傅金苓握手，忽然想起自己已经没有能握的手了。于是，她把头微微欠起问小于道：

“小于，你呢？”

“我也快了，十八岁，够年龄了。我争取三八节入党，用来庆祝你伤势痊愈。好吧？”

“好，谢谢。我预先祝贺你！”

友爱的气氛充满了洁净的病室。

傅金苓临走时，很难为情地塞在玉梅枕下一件什么东西，没头没尾地说：

“他不好意思来，让我带给你的……”话没说完，转身就跑了，弄得玉梅莫名其妙。她的手不能动，直到胡冰来了，才解开了这个谜。原来是在党校学习的刘勇的一封慰问信。胡冰给她念道：

敬爱的玉梅同志：

你的光荣事迹教育了我。你那为公忘私、舍己为人的伟大精神，你那勇敢顽强、坚韧卓绝的高贵品质，给我树立了光辉的榜样，我决心向你学习。同时我深感惭愧！我未能很好地接受党多年的培养和教育，在工作中我违背着党的原则，犯了严重的错误，我对不起党，也对不起你——我们的好同志。今后决心按着你的方向努力，以赎前愆。谨向你致以亲切的慰问和革命敬礼！

你的学生和同志　刘勇

虽是一封简短的信，里面却含蓄着那么多的思想内容，玉梅为这兴奋而感动。直到她睡熟了以后，她那愉快的嘴角还露着自慰的微笑呢。

一六

职工医院外科病房的空气向来是很沉重的，因为这里住着的大多数是在生产战线上负伤的工友，他们常常因为忍受不了剧痛的折磨而呻吟甚至叫喊——这样仿佛可以减轻一些痛苦似的。这是病人的常情，谁也不觉得奇怪，奇怪的倒是那不哭、不叫、也不呻吟的病人。自从邵玉梅入院以后，不但没人听见她哭叫过，就连大声的呻吟也没听见过，但谁都知道，她是全院伤势最重年纪最轻的患者。她经常是用无比的忍耐力去对待伤痛，用忘我的精神去安慰别人。当她在手术中看见周围的人脸上都流露着痛苦的表情时，她虽是痛得头上冒着豆大的汗珠，却反而笑了，并声明说：

“不痛呵！”

因此，医院里所有的医务人员都像讲新闻似的传说着邵玉梅的故事，病号们受了她的感染，呻吟和叫喊越来越少，外科病房重浊的空气比过去澄清得多了。

一天，曾经载送邵玉梅的大卡车，又一次停在职工医院的门前。从车上抬下来一个姓刘的年轻工友，他是因为自己不小心被机器压碎了两根手指。他连哭带叫地被送进手术室，锯掉了那两根手指以后，整个病房便陷入不安中。他常是吵得别人白天不得静养，夜里不能安睡。同志们的安慰，亲属们的劝解，他一点都听不入耳，只一味地呼痛叫冤，一会抱怨医生的治疗不好，一会又责骂护士的照顾不周，总是满腔的愤怒，一肚子牢骚，好像他的手指是医院给他搞掉的一样。亲友们来看他，人家还没走到他的床边，他的眼泪刷地就流下来了，接着便一把鼻涕一把眼泪地说：

“这辈子算完了，这只手可怎么见人哪！”

他悲观失望到了极点，谁都劝不好他，弄得谁也怕看见他，因为他回答人家关心的，是一种极难摆脱的重压。护士李星把邵玉梅的故事讲给他听，他却不信，他不耐烦地说：

“你歇着去吧，少来哄弄我，我又不是三岁顽童。……”

李星笑了。她心想：“你一哭起来，多像三岁顽童呵！”但怕惹翻了他，可没敢说出来。

不管多少人和他说，他只是一个劲摇头，他说：

“你们说出天花来我也不信，人总是人，掉了胳膊还高兴？除非她是个膘子。”

二月的太阳暖洋洋的，即使在寒冷的东北也可以嗅到春的气息了。春在风的羽翼下悄悄地来了，她来时无声，行动也不留踪影，但一夜之间，却在树身上创造下有力的奇迹，枯干的树枝现出生气了。

已经能在廊下散步的邵玉梅，又动了第三次手术。

在给玉梅动手术之前，护士长请小刘到手术室去参观，小刘早想看看这个膘子到底膘到什么程度，便带着一颗好奇心去了。

因为玉梅右臂创伤过大，皮肤难以长合，根据高索夫大夫预定的步骤，施行了有茎植皮术——像补衣服一样，用她自己腹部的皮肤，补起伤臂的缺皮；但腹皮并不割下，须待伤臂的新肉与腹皮长成了有机的联系，才能割开。于是邵玉梅的右臂和腹部就连在一起了。这一次手术，又是一次不平常的考验。小刘亲眼看见她那半尺多长、二寸多宽红鲜鲜的伤口，也看见了她那剥开又缝在臂上的肚皮，这一切手术经过都在静静中进行，竟真的没听到邵玉梅叫一声痛。田均医生笑着对他说：

“刘同志，看见了吧，她这上的是局部麻醉呵。”

小刘一声没响。他惭愧地红着脸走开了。第三天晚上，他便去探望邵玉梅。玉梅静静地躺在床上，热情地招呼他坐下之后，便问起他负伤的经过。小刘长叹了一声，抱怨地说：

“那台破机器，生产不赶趟，吃肉倒快，我刚一回头，就把两个指头砸扁了，十指连心，把我疼的……”他停了一下，又叹了口气，哭丧着脸说：“积极可有什么好处，把我指头也积极掉了！你说咱们这样的以后可怎么见人？”

“不是怪咱自己不小心吗？再说，这又有什么见不得人的……”

不等玉梅说完，小刘又抢着说：

“我看你要是不积极，也不会炸掉胳膊，你的受伤原因，我早听讲了，有病，你不休息，也不叫人知道……”

“积极的可不是都要受伤呵，你看咱们工厂几千人，有几个像咱这样的。当然，整天围着机器转，碰破点皮削掉点肉是免不了的，可是只要多加小心，就不会出事故。”

“反正他妈的活倒霉。已经锯掉，有天大本事也安不起啦！”

玉梅早就听胡冰讲过小刘的悲观失望，锯掉两个指头，就像剜掉他的心一样。她曾经叫胡冰请过他，想安慰劝解一番，但他却不肯来。今天他自动过来了，正好趁此机会帮他打通打通思想。于是一面安慰，一面就把自己的愉快心情和不哭不叫的原因给小刘讲了一遍。开始小刘还在争辩、发牢骚，慢慢地便被玉梅说服，把头低了下去。他一想，邵玉梅残废得那个样，又是个女孩子，还那么刚强，自己没安慰她一句，反要人家来劝自己，真够丢人了。掉了两个指头又有什么了不起，比起邵玉梅的伤，简直是不值一提。

他惭愧地坐了半天，随后站起来爽直地说：

“刚才我说的话都不算数。我佩服你，你给我上了一大课。再见！”

他确被邵玉梅感动了。从此，不但不哭哭啼啼，也再没有牢骚，对待医生护士的态度，也完全转变，伤势一好，便安安静静地出院了。

临走时，护士李星逗他：

“小刘同志，你少了两个指头，可怎么见人哪？”

“哼！”他故意伸出那只残缺的手，高高举给李星，“我这是光荣的记号，你等着瞧吧，我还要用它去立功呢。”说着，高高兴兴走出门去。

一七

整整半个月，玉梅的胸口被胳膊压得喘不过气，那只胳膊好像有千斤的分量，死死地压着，半个月，连一丝儿都没移动；半个月，玉梅一直仰卧在床上，不能翻身，永久是那么一个姿势，来看她的人都替她难过，但玉梅却静静忍耐着，她只抱着一个希望：快些好了，好用这只从无用到有用的手为党、为祖国多做点事情。

半个月，终于在玉梅无比的毅力下熬过去了。这期间高索夫同志曾来过三次，每次来都对玉梅竖竖大拇指，这位有二十多年经验的苏联老医生，也不能不赞佩这个中国年轻女工的忍耐力了。高索夫同志最后来的那次，补皮已经完全愈合，腹皮长到右臂上了。于是，他又施了第四次手术，才使腹臂脱离。当腹部缺皮缝合以后，针口疼痛，又怕挣开缝线，玉梅佝偻着腰，弯着两膝，仰卧了八天八夜。

就在她伤口拆线的那一天，党委会给玉梅来了一封慰问信，胡冰照例地坐在她的床前，用那清脆动听的声音给她诵读着：

邵玉梅同志：

你以工人阶级无比的忠诚，为了爱护自己的工厂，竟致光荣负伤。消息传来，我们极为忧念。现知你负伤后的危险期已过，当此三八国际妇女节的前夕，谨向你致以慰问，并祝早日恢复健康！

玉梅同志，你牺牲自己、奋勇工作的感人事迹已经不是一件了。三次负伤，你却从未对工作表示过畏惧和退缩。你认真地钻研业务，学习技术，按期完成任务，现在受了重伤也仍然是坚定自持，奋力自勉，毫不灰心，这种把自己的全部心力都贡献给人民事业的忘我奋斗的革命精神，表现了工人阶级的卓越品质。你是人民的好女儿，党的优秀党员！你对周围的工友同志们都团结得很好，以自己的模范行动来教育别人，以自己的刻苦学习来推动别人，以自己的虚心正派影响别人；关心同志们，帮助同志们，鼓励同志们的进步。人人都称赞你，敬佩你，以你为光荣，党也以你为光荣！你从来都服从组织，关心党的工作，积极响应和参加党的号召。你原是一个文盲，今天已经掌握了配药技术，能看通俗读物写普通信了；你日常生活勤俭朴素，从无浪费，你经常都是把自己下了很大苦功学来的知识，毫无保留地教给别人。这一次你有病了，因为想到没人代替你的工作，因而不肯请假休息，勉力自持，致负重伤，党对你深致敬意。

玉梅同志，你好好疗养吧，等你伤好之后，到党校来学习，帮助你提高政治和文化，把你培养成为更能发挥你的智慧的人才。此致

布礼！

某市党委会一九五〇年三月六日

玉梅一边听着一边流眼泪，等到胡冰读完，眼泪已经把枕头浸湿了一大片。可是她的嘴却乐得一直合不拢。她用那只不太灵活的手用力抓住胡冰的手说：

“党对我这样关心，可叫我怎样是好呢？”

“写封回信给党委吧，说说你心里的感激。来，你说，我替你写。”胡冰马上找来纸笔，按照玉梅的口述，写道：

党委的同志们：

我在工厂工作，也没起很大的作用，这回不小心负了伤，党对我这样关心，这样照顾，医院里给我治疗的也好，党委送给我养伤费，又写信给我叫我到党校去学习，党拿我就像亲生女儿一样，我的伤还没养好，上级党早就给我打算好了。我特别愉快，党委的负责同志都来看我，我万分感激。我也不知道说什么好了。党对我这样关心，这样培养，我好了一定好好学习，有什么力量都贡献给人民。请上级党的同志们，不要挂心了，我已经快好了。此致

布礼！

邵玉梅一九五〇年三月六日

三八节到了。这一天，天刚亮玉梅就爬起了床，她为自己的伤愈庆祝，要好好过一天妇女自己的节日。今天是黎强和王英举行婚礼的佳期，王英约她去参加婚礼，可惜医生还不准许她出去。于是，她便用她那半麻痹的手写给他们一封祝贺的信。这是她伤后第一次拿笔写字，字迹虽然不如以前秀丽，她自己却十分高兴，因为她认为用此来表示她的伤愈，比任何祝贺都会使他们更欣慰的。

早饭后，哥哥和嫂子来看她，她便把信交给哥哥送去了。随后，她便用自己的手梳了头洗了脸，收拾得干干净净的坐在床边等待着。她估计，今天会有人来看她的。

玉梅的估计没有错，今天从早到午，竟有十四个团体派来代表看望她，他们带来慰问信，带来很多礼物和鲜花，她那间白色的病房，竟变成了美丽芬芳的花室，而伤势初愈的邵玉梅也变成花枝簇绕中的花仙了。这更加鼓舞她无限的新生力量，她兴奋地跳起来了。初春的朝阳，透过玻璃窗，映到她伤痕逐渐平复的脸上，真是又可爱又新鲜。她说不出心里的感激，看见这些花，就像看见同志们在党的领导下，在祖国的怀抱里，紧张地生产，努力地学习和积极地工作一样，祖国的前途，比花更灿烂，比太阳更光明。

她有无法形容的喜悦，但是找不出什么恰当的字句表达。笑，使得她的两腮胀痛；笑，使得她胸头气喘了。大家走后，她正想好好回忆一下这五十天来混搅着痛苦的幸福和光荣的日子，胡冰却又连喘带嚷地跑进来了。她把一张报纸一下就塞到邵玉梅的怀里。玉梅莫名其妙地在报上找了半天，最后在第一版上看到了下边的一段加边新闻，标题是《人民政府关于嘉奖邵玉梅为公负伤的通令》。

玉梅仔细地把那通令的内容看了一遍以后，她的心为这光荣而激烈颤动了。胡冰用钦羡的眼色亲切地凝视着她，而她却为今天来不及喘气的兴奋弄昏乱了，竟还给胡冰一个自傲的微笑。她有节奏地摇摆着脑袋，现出趾高气扬的神气，坐在医院给她特备的沙发里。一霎时，觉得可以向任何人傲视了，觉得自己高于一切了。于是她笑了出来，那笑里流露着自满和骄傲，可是当那笑的回音荡漾到她自己的耳里时，她才警觉地发现有一种可怕的情绪，竟偷偷地袭了上来。于是她立刻收敛了笑容，呆呆地注视着通令上的每一个字，不由得眼角湿润了，她心里叫着自己的名字：“邵玉梅，且莫高兴吧，你还差得远呢！赢得一点光荣就骄傲起来，这正说明你还存在着很多个人的东西，虽然那只是昙花一现的情绪。你应该想想，你对人民究竟有多少贡献，赢得这样光荣的嘉奖，能够毫无惭愧吗？这次的身负重伤，你自己能够毫无责任吗？……这光荣是党和人民给你的，没有党，你会有这光荣吗？……”

她记起了黎强同志经常警惕她的话：

“共产党员在任何情况下，都要切记着毛主席的叮嘱：‘戒骄戒躁’。骄傲和自满都是共产党员的大敌，阻碍进步的绊脚石……”

她觉得这些指示值得她今后深深地警惕，否则，既有的成绩和光荣都将全部丧失，而休想再进步了。想到这，她不由得焦急起来，她觉得一个党员长期不过组织生活，是会逐渐退步的。虽然入院以来，每天依然生活在党和人民的怀抱里，并没有离开组织，但脱离了集体的组织生活将近两月了，这不能不说是一个损失。现在可以行动了，她第二天便向黎强提出了要求，参加医院党的支部，正式过组织生活。于是黎强很快地便把她的组织关系转到医院来了。

从此，她不但恢复了组织生活，也恢复了正常的文化学习，每天在胡冰帮助之下，至少要认五个生字，早晨一起来，她便伏案练字，慢慢地，那只半麻痹的手也逐渐灵活起来。

不久，她便被选为外科病室病号小组长。

玉梅接受了这个任务之后，更加愉快起来，她像过去在工厂时一样，又认真负责地工作起来了。每天她三次四次地到各病房去看视每个患者，问寒问暖，问饥问渴，安慰他们的病痛，为他们解决着困难问题。当护士们忙不过来的时候，有的患者要水，她便亲自到水房去给他们取水，扶着行动不便的病人上便所。有一次，一个不能走动的女工友要解手，护士们正在为一个垂死的伤员忙碌着，玉梅竟不顾自己是一只半残废的手，跑到便所去拿便盆。正在这时，李星跑来了，便责备她说，

“你看，这样大一个便盆你能拿得动吗？”李星掂量着瓷便盆给她看那分量。

“我总想试试，我这只胳膊要不锻炼锻炼，到什么时候才能劳动呢？”

“不会走就想跑了，你真是个急性子。”李星一边说着，一边把便盆送给那个女工友，回来又郑重地对她说：

“要是累坏了可怎么得了。你忘了上一次你捂着肚子上厕所，给白院长看见，连田主任都受了批评。”

“你看过苏联电影《钢铁意志》吗？”

“没有。”李星有点俏皮但又带着钦佩地说：“其实我也是天天看，你的钢铁意志还不够我学习一辈子吗？”

玉梅笑了笑，又接着说下去：

“要是再演，赶快去看看，看了以后，你就不会再抱怨我啦。那个无脚英雄阿留沙才真是伟大呢。”

李星看她讲的怪有味，便也来了兴致，呆呆地叫她讲下去。两个人站在过道里，玉梅有声有色地说：

“上尉阿留沙驾驶的驱逐机被敌人打落在离苏联阵地五十公里的大森林里，他在冰雪里爬了十八天才找到队伍，可是摔伤的脚已经冻坏，只好锯掉。后来安上了两只假脚。他为了重新飞起来，参加保卫祖国的战争，不分日夜地练习走路、跳舞，于是很快地便又驾驶着驱逐机参加战斗了，而且立下了健康人都不容易立的大功劳。他真不愧是个苏联的布尔什维克！”

故事讲到这，玉梅便停下了，她又陶醉在那些动人的镜头里。阿留沙的英雄姿态，阿留沙的坚强意志和当他要求参加战斗的感人的行动：特别是那位牺牲的团政委，玉梅深切地感到，多像黎强同志呵；他对阿留沙的帮助，正像黎强同志对自己的帮助一样，那样的深刻，那样地使人难于忘怀……

“你是想学那位苏联英雄吗？”李星听了这故事深受感动，沉默了半天才向玉梅发问。

“当然，为什么不可以学呢？”

“但是，他是个男人，是个苏联人哪！而你……”

“我怎么样？我也是个共产党员呵。”玉梅不服地说。

“但是你不要忘记，你的胳膊断了五根筋……”

“就是因为这个我才要锻炼它。高索夫同志说到明年才能接起血管，要是现在不活动活动，等血管接好，它也闲得不会用啦。你说不是吗？”

李星说不服她，只好罢了，她又一次为玉梅的坚韧性格而深深感叹着。

五月一日，玉梅安上了木制的假臂，看上去，真像只真臂一样，小于和傅金苓来看她的时候，竟大吃一惊。

这一天，本市五个小学派了代表来给她献花。那些天真活泼的小朋友给了她无限的安慰和喜悦，她在每个人的小本子上签下了自己的名字，记下了对他们的感谢。孩子们欢呼着和她告别，竟握痛了她的手。

下午，她向白院长请了假，随着新婚后的黎强和王英去拜望高索夫同志，她的假手上抱着孩子们送来的鲜花，这是准备转献给高索夫同志的。

走在街上，没有一个人看出她那是一只假手。就是高索夫同志乍一看见，也竟找不出任何假的痕迹。他兴奋地把玉梅的双手抱住，一边大笑一边对着她的手亲吻，吻了这只又吻那只，他那激动的热情，把玉梅的眼泪都引出来了。玉梅嘴里不住地说：

“万分感谢你，高索夫同志，你给我留下了这只手，并使它又能为人民服务了。”

玉梅的几句感谢话，说出了中苏人民之间牢固的友谊。高索夫同志冷静下来之后，很谦逊地说：

“你首先应该感谢的不该是我，而是你们的黎强同志和党委，要不是他们来找我，我怎能知道你负伤呢……”

“不。”黎强忙接着说，“所以留下邵玉梅的右臂，不光是党委的关心爱护就可办到的，它需要的是先进的科学，事实就是很好的证明。”

“你说的对。”高索夫让大家坐下，继续说，“顺利治愈邵玉梅同志的伤臂，不是中苏医院工作实践上唯一的事件，这是每天都有的现象。这种事实，正是苏联医学高度水准的证明，正是苏联医务干部对中国人民友爱和关怀的证明。这是正在苏联和中国人民之间增长和巩固着的真诚友谊鲜明的表现……”随后，他又握着邵玉梅的手说：“邵玉梅同志，你的伟大行动，给了我不可泯灭的印象，我将把你的事迹向我国的青年们介绍，我将告诉他们：中国青年怎样热爱自己的祖国，怎样地忘我牺牲，爱护祖国的经济建设，为了祖国人民光荣幸福的未来而奋斗着……”

“谢谢你，高索夫同志。希望你永远留在中国。”玉梅渴望地闪着她明亮的眼睛。

“是的，你给中国人民带来了幸福，高索夫同志。”王英接着玉梅的话说，“伤残的人都这样希望着。”

“愿为中国人民提供更多的服务。”高索夫说完，便请他们到他的外科病房参观，因为他早已向他的病人介绍了邵玉梅的事迹，大家都争着看这位不平凡的女工。于是，邵玉梅又被热情和赞美包围了。不管是中国人还是苏联人，能够起动的都赶着和她握手；不能起动的也都向她点头示敬，微笑着向她祝福，……这使她都来不及应付了。

邵玉梅今天的兴奋真是不寻常的，一种新生的喜悦鼓舞着她，她的脸上红光焕发，周身都充满了新生的活力。告别高索夫同志出来之后，她故意摇摆着一真一假的手，好像在炫耀地告诉行人：“我并没有残废呵。”黎强和王英溺爱地望着她活泼俊俏的姿态，为她的伤愈表示着无限的庆幸。他们都感到：这个刚强的女孩子，甚至比负伤前还要喜悦得多呢。玉梅在这一对相敬相爱的夫妇面前，预见到了自己幸福的明天，虽然终难免有一点遗憾，但她是为自己的行动而自慰的，她怎能不愉快呢？

一八

自从三八节报纸上公布了邵玉梅的英雄事迹和政府通令嘉奖以后，邵玉梅的名字便响亮地传遍了全东北，更传遍了全中国。从遥远的江南，从塞外的边疆，从中共中央所在地的北京……各省各市都有热情的同志来信慰问。那中间有荣誉军人，有养病的同志，有妇女工作者，有各个岗位上的干部，有青年团员，有知识分子……连少年儿童队的小朋友们都写了信来，那些信里充满了崇高的敬意和赞扬的字句，每个人都表示，受了她不平凡的事迹的教育和感动；每个人都坚决宣誓，要向她伟大崇高的布尔什维克品质学习。

从那些信里，她获得了不少的安慰和鼓励，那些比春天的太阳还温暖的、热情激动的言辞呵，句句都在鼓舞她继续前进，为党为人民贡献出所有的力量，把整个生命与精力都献给世界上最壮丽的事业——为人类解放而作的斗争。

为了不辜负同志们对她的期待和关怀，每封信她都请胡冰给她写了回信，报告她伤愈的消息，并表示今后努力的决心。

有一天，她接到了这样一封信：

玉梅同志：

我们学校的教师们为了你负伤问题开了个讨论会，当谈到你应不应该扔掉雷汞时，有的说："应该扔出去，国家财产没有干部重要，人的生命是无价的，而机器却可再造。"有的说："不能扔掉，扔了雷汞国家财产会受严重损失，也将影响前方的胜利，因此，牺牲了人完全是必要的。"争论的双方各执己见，相持不下，结果个人保留个人的意见，谁也不能把谁说服。领导上决定给大家做一次报告。但是，大家都希望先听听你的意见。玉梅同志，希望你把这个问题给解答一下吧。我们迫切地等待你的答复。

敬礼！

第五中学教务室

玉梅接到这封信后，考虑了一个上午，反复回忆黎强同志讲党课时的指示。认为这问题是容易解答的。可是限于自己的文化程度和政治修养，又苦于讲不出自己的意见，尤其是表现在文字上，更加觉得难以表达完全的思想，而对方又是些文化程度很高的中学教员。面对着这个现实问题，她确实有点不安。

恰巧王英来了，她的不安立刻变为了轻松，她认为以王英的文化程度和政治修养，一定会很好地替她表达出自己的意见的。于是，她便把她想好的回信内容告诉给王英，请求王英替她写封回信。开始王英还谦虚地说：

“我也一样写不好，还是你说我替你记吧。”

“不，我要你用我的意思用你的话来写，我的话讲不清楚这样大问题，你做了那么久的支部宣传委员，还说写不好，太客气了。”

王英耐不过玉梅的一再要求，只好替她写了。信写好后，并没立即发出，玉梅觉得这样的问题应该请示一下组织，便和王英一同去找黎强同志，把信交给他看。

黎强一见那又工整又秀丽的字，就知道是王英的代笔，但他故意问玉梅：

“自己写的？”

“不是，是王英姐替我写的。你看那些词，多清楚多好听，我再过五年也怕赶不上呢。”

黎强又转头笑对王英说：

“那么，你包办代替了？”

“不，不，”王英忙解释道：“完全根据她自己的意见，我原来的思想哪里有这样明确。今天替她写这封信，我又学到了不少东西。”

黎强把信看下去。问题是这样解答的：

首先，我认为，第二个意见是正确的。

我们党之所以爱护干部，正是因为他们能为了党和人民的利益牺牲自己，党不是为了爱护干部而爱护干部的。机器和干部哪个重要呢？是的，机器是人制造的，有人就有一切。但是，越是明白这一点的人，就应该越加爱护用劳动所创造出来的一切。因为机器本身，就凝结着无限劳动者的智慧和血汗。牺牲个人而保全许许多多人的劳动成果，在一个共产党员来说，完全是应该的。难道一个共产党员可以在危险情况下，借口“干部生命比国家财产重要”而放弃革命利益做逃兵吗？

但这是不是说国家财产比干部生命更为宝贵，因之应该牺牲干部保全财产呢？对于这个问题，记得党的原则是：不论在任何情况下，党员个人利益无条件服从党和人民的整个利益。共产党员处理问题，只能从这一原则出发。任何一个党员，在个人利益与党的利益发生矛盾时，就只有坚决牺牲自己，而不该考虑其他。在紧急关头时，共产党员如果不顾整体利益而计较个人得失，那就只能说明他没有为共产主义事业而自我牺牲的决心。刘少奇同志在《论共产党员的修养》上说得很清楚：“‘杀身成仁’，‘舍生取义’，在必要的时候，对于多数共产党员来说，是被视为当然的事情。”

但是，在某种情况下是否也允许牺牲一些党的工作去保全一个干部呢？这也只有党的负责同志才能够考虑有没有这个必要，党员个人是无法判断的。党的负责同志在处理这个问题时，也只能从“党的整个利益”的原则出发，而不能用“为爱护干部而爱护干部”的观点处理的。

因此，我认为第二个意见是对的。

黎强看完了以后，不由得赞不绝口地说：

“好，答得好，写得也不错。你们两个都是党的好干部，党没有白白培养你们。”黎强高兴地连连点头。他十分惊异邵玉梅对党的原则理解的深刻。即使在养伤中，她的进步也是飞跃的。她真不愧为共产党的好女儿，青年的旗帜，有了这样年轻的一代，党的事业将更灿烂，更光辉。……

电话铃响了，打断了黎强的沉思。原来是党校于校长的电话，他告诉黎强，下礼拜党校新班开课，邵玉梅可以入校学习了。并附带说，刘勇自从入校以来，转变得很好，不但学习积极，和同学也很团结，深刻地检讨自己的思想错误，虚心接受党的教育和同学们的帮助。这次为了欢迎邵玉梅，同学们准备了一个游艺晚会，刘勇编了一个《邵玉梅》话剧，剧中的刘勇由他自己来扮演，对这个人物批判得非常尖锐呢。

邵玉梅听到这渴望已久的好消息，内心的喜悦是不可形容的，要不是有黎强同志在场，她真想抱起王英跳舞了。

电话铃又响了。黎强接完了电话，兴奋地告诉玉梅：

“这回你可以看见毛主席啦，祝贺你，邵玉梅同志。”

“真的吗？”王英惊喜地叫起来了。

“当然真的。刚才接的就是这个电话。”

王英一听，高兴地抓住玉梅的手说：

“玉梅，你多光荣，你多幸福呵。见了毛主席，给我带上一个好，我祝他老人家身体健康。”

玉梅呆了半晌，有点半信半疑。因为她觉得看见毛主席是一件多么重大的事，多么难以实现的梦想，这样的梦她做了无数次，却总认为一辈子也不可能实现，不过是个永久的梦而已。现在，突然来了这个令人难以置信的消息，倒把她惊呆了。她知道，严肃的黎强同志决不会和她开玩笑的，便心跳地追问：

“黎强同志，到底是怎么回事？快说说吧。”

“北京召开劳模大会，你被选为出席这个大会的代表，还有李得同志，一礼拜之内就要动身。大会上毛主席一定给你们讲话，这样，你不就可以看见毛主席了吗？”

“我算个什么劳模呢？”玉梅虚心地说。

“你是个护厂英雄，当然有资格出席劳模大会啦。”王英钦羡地说。

“黎强同志，去开会不是就不能马上入学了吗？耽误了学习可怎么办？”玉梅马上想到了学习问题。

“这没有关系，到北京开会实际上也就是个很好的学习，你不但可以听见毛主席讲话，还可以看见全国知名的劳动英雄和工作模范，你可以跟他们学习到很多很多东西。”

玉梅这时仿佛进入了梦中，她的思绪马上飞跃了——劳动英雄、生产模范，毛主席，毛主席走路的姿态，毛主席讲话的声音，毛主席的手势，毛主席的笑容，毛主席的……她的脑子里顿时出现了那么多不熟悉的面孔，那么多敬爱的英雄的幻影……乐得她手都抖起来了。

她再也不肯停留，打定了主意之后便对黎强说：“我想提前搬进党校，然后再去开会，黎强同志，你看可以吗？”她好像唯恐等开会回来就进不去党校了似的。

“当然可以。”黎强不假思索地回答。

“那么我回去准备准备，明天就出院。”说着，和黎强夫妇亲切地握过了手，便像燕子似的冲了出去。路上，她碰到了傅金苓和小于，原来她们刚由医院很扫兴地出来。她们也是得到了玉梅要去北京开会的消息，特来给她祝贺的。

玉梅回到医院，胡冰立刻递给她一封信，一看信封上的笔迹，就知道是二哥邵义写来的。她很奇怪，难道他也知道自己负伤了吗？不然的话，为什么这封信直接寄到医院来了呢？自从负伤以后，曾经由大哥转来过二哥两封信，信里对自己负伤问题一字未提，他分明是还没有得到这消息。现在看情形，他是一定知道了，那不会影响他的战斗情绪吗？她的手有点发颤，连一分钟也等不得的便拆开了信。

玉梅：

你真是人民的好女儿，我的好妹妹，我向你致最崇高的敬礼！

经过了最紧张最激烈的战斗，我们回到后方来整训，翻阅三月份的东北报纸，才发现你光荣负伤的消息。你是我唯一的妹妹，知道你炸掉了一只左臂，心里当然十分难过；但是几年来战斗锻炼了我，我没有流泪，而且很快地就恢复了理智。你的英雄行动，不但是我党的荣耀，更是青年的模范，我以有你这样一个妹妹而感到幸福，感到光荣。你的事迹鼓舞着我更加勇敢地歼灭敌人，我要向你学习。

玉梅，残废了一只胳膊算不了什么，前方的流血牺牲是数不完的，没有牺牲又怎能换得光辉的胜利？这道理不必多讲，你也许比我理解得更深，因为我知道你是愉快的。

党表扬了你，政府嘉奖了你，同志们敬爱着你、关心照顾着你。……

这一切都是你优良品质换得的光荣，但是有一点是必须深深警惕的，那就是骄傲和自满的情绪。

玉梅，我了解你的品质，决不会因为赢得一点荣誉就沾沾自喜，目空一切，但我却又不能不早一点提醒你。你还年轻，党龄还短，锻炼还非常不够，伤好后，你应该虚心地学习，努力提高自己，做一个能为党做更多工作的好党员。没有党的培养和教育，你便不会有此荣誉，没有人民的胜利，你更不会有今天的幸福。因此光荣和幸福是党和人民给你的，你个人是没有任何值得骄傲的。你应该更多的尊敬别人。

要开会了。要说的话太多，一时也说不完。我因为在战场上多次立功，荣获了“战斗英雄”的称号，六月间北京召开全国战斗英雄大会，我被选为出席大会的代表。开完会如果有时间，我也许顺便回家一趟，那时候见面再谈吧。祝你

健康！

你的哥哥　邵义　五月二十四日

玉梅看完了信，哭也不是，笑也不是，她简直不知怎样掌握自己的感情了。二哥的话，说得那么使人感动又使人高兴，一个战斗英雄到底和常人不同呵。

她连气也不喘的，便拿起了笔给二哥立刻写了一封回信：

我最尊敬的二哥：

我们很快就要在北京见面了，所以在这封信里我不想多说。因为恰巧六月间我也要去北京出席全国劳模大会，那时候你见了我，一切都会明白的。

我诚恳地感谢你，你的提醒，值得我深深警惕。但是我可以向你保证，在任何情况下，我也不会骄傲的。我知道我的光荣是怎么获得的，我更知道，仅仅是一只胳膊，不是换来这光荣的代价。

哥哥，请你放心，我现在非常愉快，非常健康，有党的培养和教育，我永不会消沉或倒退，更不会骄傲和自满。我一直感到，党给我的表扬和照顾实在太多了。我在红旗下宣过誓，我要按照我对党的誓言那样工作下去，奋斗下去！我要和你做革命的竞赛。

最后，我祝贺你“战斗英雄”的荣誉，正像你所说，

我以有你这样一个哥哥感到光荣和幸福。

致以

革命的敬礼！

你的妹妹　邵玉梅　五月二十七日

信写好后，立刻跑出医院，决定用快邮寄走。她摇摆着一真一假的两只胳膊，跳跃地走在街上，她那天真愉快的笑脸，她那敏捷轻盈的体态，仿佛一面美丽的红旗，在五月的阳光下迎风招展。

1950 年 10 月 10 日初稿

1950 年 12 月 15 日修改

1953 年 5 月第二次修改

原载《新中国妇女》1951 年第 19—26 期连载

《为了幸福的明天》，北京，人民文学出版社 1951 年 7 月第 1 版

选自人民文学出版社 1954 年 4 月第 2 版

小组长

万忆萱

一

四刚从工地主任办公室出来，深一脚浅一脚地往回走着。他心里乱糟糟的，辨不出是什么滋味。工地主任的话还在耳边嗡嗡作响，工地主任和他谈话时的那种亲切信任而又严肃郑重的神色，还在他的脑子里打转转。一切事情似乎都发生得这么突然。本来么，这些事情他连想也没有想过，一直到现在，他还有些迷惑，还没有把自己紧张激动的心情给安定下来。

他也高兴，因为工地主任把制架第七工地立柱模板的工作交给了他们，凡是有眼睛的就得承认，这是一项很重要很艰巨的任务。他为能够承担这项任务而感到愉快光荣；但，现在他更多的是焦虑和不安，因为工地主任在交给他这项任务的同时，并决定他担任这个小组的组长。当时，他完全被这个意外的决定给搞昏了。他忘记自己都对工地主任说了些什么，可是他记得当时自己的脸烧得像要冒火一样。就是现在，耳根子还有些微微发热哩。

自己怎么能够领导人，可怎样领导法呢？今年还不满二十二岁哪。前些日子和福奎拌嘴时，不是还骂我“黄嘴丫子没退”吗？让我带头起骨干作用，让我积极地去完成任务，这没差。就是再加上它五百斤，我也挑得起担得动；就是前面有一座大山，我也要第一个走上前去搬掉它。自己是共产党员嘛，还有什么说的，可是这是领导呀，要领导二十多人进行工作呀，若是领导不好，该给工作造成多大损失啊！他记不清这些话是不是向工地主任讲了，不过他愈来愈感觉到自己是挑起了一副既生疏而又不轻的担子。想到这里，他那一双粗黑的眉毛不由得紧紧的蹙在一起，那明亮的眼睛里，闪出一缕忧虑的光。

工地上，许多厂房已粗具雏形。那一台台钢铁巨人似的塔式起重机，伸起它细长的胳臂，把汽车上的那些朱红色的金属结构房架徐徐地提起来。看样子，这几十吨重的东西拿在它的手里，是那样轻快省劲。当它把那鲜艳的屋架衬着蔚蓝色的晴空，仔细地安放在混凝土立柱上的时候，很像是一个黧黑的汉子在恭敬虔诚地献上了一副玫瑰花圈，这种景象是非常美丽诱人的。要是往常，四刚走在工地上，一定要仔细地看看这伟大的建设景象，看看又有多少房盖架上了，东边的大烟囱又砌起了多高。有时候他还要耸一耸肩，自言自语地说一句："你看，多快呀，转眼工夫，又架起了一座。"可是今天，他什么也没瞧见，这一切在他身旁都毫不在意的溜过去了。他不知步子是怎么迈的，他只在熟悉的路上机械地往回走着。

"躲开"，交通警察破着嗓子叫喊着。四刚一抬头，只见一辆载着混凝土的汽车飞驰过来，他急忙往旁边一闪，可是已经晚了，汽车为他不得不停顿一下。当车又向前开动时，他恍恍惚惚听到车内的司机在叫骂着。他没理会这些，仍继续朝前走着。汽车、马车、推土机和牵引东西的拖拉机，不断地，不断地像一股长流水似的从他身旁流过去。

在拐弯的地方，四刚一抬头。看见了从另一条路上，组里的老于头推着一车木料往回走着。他抢上几步，跑到老于头跟前。

"拿来，让我来推吧。"他没等老于头搭言，就用身子把老于头挤向了一边，把推车熟练地架了过来。

"你上主任那儿回来啦？"老于头把系在脖子上的毛巾拿下来，一边擦额角的汗珠，一边问四刚。他是一个性格耿直，心地善良的老工人。黑紫的脸膛上堆满了皱纹。两只眼睛却闪着一股又清亮又俏皮的光，好像在向人显示他还年轻似的。组里的人都很喜欢他，因为他对人是推心置腹，无论对谁，都像亲兄弟一般。不过可有一宗，谁如果办错了什么事，他不管你三七二十一，当当当，准训你个半死，不管你脸上是不是架得住。

“唔”，四刚推着车子，心不在焉地答应了一句。沉默一会儿，他翻起眼睛又没头没脑地向老于头问道：“咱们董师傅调走了，知道吗？咱们的组长调走了。”

“怎么不知道，这不是公布好几天的事啦，你看你，小小的年纪这个记性。”老于头拿眼睛斜楞他一下，好似在埋怨四刚语无伦次，“董师傅当工长去啦。行啊，老董还行啊，是把好手。说实在的，领导好这么大个组可不易呀。他这一走，真把咱们闪一下子哩。”

四刚听老于头这么一说，心不由得又“怦怦”地跳起来。他把脸深深地埋在胸前，推着车子向前走着。那步子沉重得仿佛一下子就要把地皮踩塌似的。一辆汽车飞也似的从他俩身旁驰过去了，道路上卷起一片灰尘。

“小伙子，在主任那儿没听说咱们下月干什么活吗？”

“有一宗好活儿，”四刚猛地把头扬了起来，声音宏亮地回答道。他心里暗暗地埋怨自己：是啊，自己都想了些什么呀？说了老半天，连这么大的事都没向老于头讲。“于师傅，猜猜看？”

“唉，我上哪猜去，有什么好活？说说，快点，叫我老头子也高兴高兴。”老于头一见四刚那样儿，连忙问道。

“于师傅，工地主任把制架第七工地立柱模板的任务交给咱们啦。这可真是个重要的任务。立柱模板可比原先的活儿细致多了，你说这不是个好活儿吗？于师傅，这回就得看你这老把式啦。”四刚越说越起劲，眉间的小山也舒展啦，眼睛也亮起来。那本来就有些向上插的眉梢，这回挑得更高了。

“好，是好活儿，可是……”

“可是什么哪，这还有什么说的，在全工地来讲，也不能不算是最重要的任务。”四刚没容老于头说完，就把话给截了过来。看样子，仿佛准备和老于头争辩似的。不知为什么，好像有一股风，把他刚才想的那些乱七八糟的东西全刮跑了，心里像开了扇天窗那样清爽、亮堂。

“是啊，说道也就在这。咱们人手不齐，论技术吧，咱组也不能算是太强的”老于头瞅了四刚一眼，认真地说。后面传来了车笛声，他们靠边一闪，一辆载着预制墙的汽车又飞驰过去。

“干得来，于师傅，能完成的，大伙会有办法。”

“你等我把话说完哪，”老于头故作生气地说道。“当然，会干得来的，可是你看，就在这时候，又把老董给调走啦。无论干什么，都得需要个好带头人啊。”

是啊，需要个好带头人啊。老于头说的是实在话，俗语说得好：马无头不走，鸟无头不飞呀，何况这么大一个组呢，要没个好人领导怎么能行？四刚寻思到这，一颗刚刚轻松些的心，又像是压上了一块石头，似乎连喘气都有些不舒服。他不知道上级决定他当组长这件事，是不是应该先向老于头说说，不过他不愿意提起这件事情。他在想回去是不是要开个会，把这个任务向大家传达传达，好叫大伙有个精神准备。

快到他们干活的作业棚了。远远就看到大家正忙着往一块归拢模板。有的人蹲在那里磨刨刃。蔓兰拿着个小本本正在记什么，不用问，准是又在计算今天干的活儿。有一个人坐在长板凳上在抽烟，看样子，像是福奎。

还没等到跟前，就听到组里的徒工小李祥尖着嗓子喊道：

“回来了，回来了。”

大伙不约而同地把目光向老于头这边扫来，但很快地都转聚在被小车挡住半截身子的四刚身上。

“于师傅，你出去这么大一会儿，可漏了个大空子，有件新消息你可没听到。”孩子气的李祥顽皮地向先进到作业棚里来的老于头说。

“嗬，小崽子，有什么新消息，我老头子可带来个好消息，有新活儿啦。”老于头向李祥把嘴一抿，笑眯眯地说道。

“新活儿？”很多人一齐问。

“嗯，新活儿，大概你们听说的新消息也就是这个吧？可是你们并没‘新’到我老头子前边。”

“不是这个，于师傅，这个我们还没听到。我们的新消息是四刚当咱们的小组长啦。”这些话本来小李祥要说，可是还没等他考虑好怎么向老于头说，就被王师傅给叨咕出去了。

“噢！”老于头吃了一惊，他用责备的眼光瞅了瞅正在卸木料的四刚，意思是：好小伙子，对我瞒得这样紧哪。他又转过身来问大伙：“听谁说的呀？”

“董师傅，是董师傅刚才来讲的。”

“好啊，上边真有眼力，是个能举得起泰山的小伙子。”老于头在嗓子眼里咕哝了一句。随着又拿起眼睛向四外撒摸一下。平常能说会道的福奎，今天坐在那里沉默起来，蔓兰红着脸坐在棚角。老于头猛地想起应该和四刚一起卸木料去。他转身刚想走，四刚已大步流星地迎上前来：

“于师傅，我们应该开个小会，趁着还没下班。”

“料都卸完了吗？”

“卸完了。”四刚答应了一句，然后又朝大伙说道：“大伙朝一块儿坐坐，咱们开个会吧。”

这句话声音不高，可是人们都听到了。大家把地上的刨花子铺开，便聚集在一起坐了下来。福奎像座泥菩萨似的原窝未动；蔓兰在大伙的后面，坐在一个较高的板凳上。心里却怎么也平静不下来。

蔓兰是今年春天才到工地的。和她一起来的还有不少人都是些高小毕业生。到了工地以后，女伴们有的去学电焊，有的去学开挖土机和推土机，还有的当上了统计员。她没来之前，就到处打听工地上最重要的最艰苦的工种是什么，很多人都说是打混凝土。于是当分配工作的时候，人们问起她的志愿，她头一扬，一点也没犹豫地说：“去打混凝土。”周围的人一听，都不禁笑了。人们费了老大力气向她解释，说是千真万确，打混凝土实在不是女孩子的活儿。后来，左讲右讲，她还是挑了一个和打混凝土有着密切关系的，别人又不愿意去的“冷门”——木工。一开始，她就被分配到四刚他们这个组里。刚去的那天，工地上的同志领着她到了作业棚。大伙谁也没理会，都以为她是新来的记工员呢。后来听说是来学木工的，小李祥就第一个大惊小怪地叫起来：“啊呀呀，这哪里像打盒子板的，这么娇嫩的人儿，叫太阳一晒，还不化了。”是的，确实不像，蔓兰一脸学生气味：长长的辫子打着大红的蝴蝶结，蓝制服弄得整整齐齐，干干净净。圆润的脸上泛起一层红晕，忽闪忽闪的两只大眼睛含着惊喜的神情，不住地打量着四处。组长董师傅考虑了一下，就让福奎带她，福奎一口拒绝了，捎带着还说了两句疙瘩话儿。回头，董师傅把她交给了四刚。蔓兰一瞅这个年纪和自己相仿的敦敦实实的小伙子，心中不由暗暗嘀咕：他能教我吗？为什么不找个老师傅带我。工作开始了，日子一天一天地过去了，四刚教得很好，蔓兰也学得很好，不到两个月，蔓兰在周围的徒工里已经是拔尖的了。也不知从什么时候起，她开始喜欢起四刚来。她没有向别人讲过这种心情，甚至也没向四刚表示过，可是内心里这种感情却一天比一天强烈。她喜欢四刚，她关心着四刚的一举一动，她似乎觉得世界上的小伙子再也没有比四刚更好的了。每逢和四刚在一起的时候，她的心是那么平静，那么幸福，她感到只要有四刚在跟前，那就是有天大的困难，也是会战胜的。有一回，四刚为了改进一种支架模板的方法，弄得吃不下饭，睡不着觉，那英俊刚毅的面孔渐渐地削瘦起来。蔓兰看在眼里，简直把心都搅乱了。她恨自己，为什么技术水平这样低，如果此刻能够帮助四刚做些什么，该有多好。这个纯洁的无忧无虑的姑娘，第一次感到心灵深处的痛楚。连她自己也搞不清，为什么自己总喜欢把自己和四刚联结在一起。这次听说让四刚做小组长，在她内心里引起极大的波动，她说不出是为四刚高兴呢？还是为着四刚焦心？

“咱们大伙研究一下吧……上级交给咱们一项新的任务，很重要……”四刚看见大伙那么些只眼睛都在盯着自己，不由得又心慌起来。一向口齿灵快的他，这回说起话来却显得那么拘泥。不用照镜子，他也感到自己的脸准红得像个关公，他又接着吞吞吐吐地说：“是让我们做第七工地的立柱模板……二十多根……我已经和于师傅说过一遍了。”

四刚生起自己的气来，他弄不明白自己怎么连话都说不好了，他使劲地捏着自己的手指，把手指骨弄得格格直响。恍惚间，他看到坐在自己对面的蔓兰红着脸，用雪白的牙齿紧紧地咬着下唇，微皱着眉峰在注视着自己。她那温柔的爱怜的目光好似在说：“冷静些，四刚，你怎么的啦？你都说了些什么呀？”

“立柱不是普通的粗拉活儿，质量规格可比原先严格多了。做的时候，断面一定要正确；安的时候，中心线一定要找准。要不然的话，就要影响整个工程的质量。也就是说要影响未来厂房的寿命。”四刚的心神渐渐地平静下来，他仔细地向大家交代着。作业棚里很静，大伙显然是被新的任务给吸引住了。

“咱们没做过这个活儿，咱们过去都是干散活的，就是有人干过，规模也没有这么大，所以大伙干这个活儿一定要小心细致，一定要遵守操作规程。这个任务很重要，我们能干这个活儿是光荣的。”四刚在交代这项任务时，一眼看到了坐在一边的福奎。只见他嘴角朝下耷拉着，两只眼睛谁也说不上来到底是睁着还是闭着。好冷的一张脸子啊！活像是冬天挂了霜的铁榔头，仿佛你顺手一摸，就会连血带肉的沾下一层皮来。

四刚讲完后，大伙便七嘴八舌地讨论开了。嚷得最欢的是小李祥；蔓兰的脸开朗得像晚霞一般；老于头一边说一边比画。四刚一看大伙这沸水似的情绪，不由得从内心里高兴起来。

汽笛响了。太阳说不上藏到了哪儿去了，远处工厂的轮廓渐渐地模糊起来，在西边天上亮起了第一颗星星。四刚在下工的路上，杂乱地回味着今天一天发生的事情。最后，他又自言自语地说道：

“是谁又把福奎给得罪了呢？”

二

没做过的不知道，打立柱是怎样紧张的一件工作啊！把底座打完，钢筋工们就把那灌木丛似的钢筋在上面绑扎起来，木工们紧跟着架设模板，接着擎着振动器的混凝土工们就往里面浇灌水泥了。人们管这叫作“流水作业”，名副其实，真像流水似的，总不间断。

说快也快，六七天的工夫，第七工地那片光秃秃的土地上，已经矗立起第一排柱子，多整齐啊！一字排开，笔直的竖立着。四刚瞅在眼里，喜在心里，等过两天把外边的模板一拆，里面光溜溜的钢筋混凝土柱子就露出来了。那一排再打完，不也得架上那鲜红的金属结构房架吗？这么说岂不是又架起了一座？四刚想到这，干起活来觉得浑身都是力气。

刚开始干的前几天，四刚像组里所有的人一样，心情紧张得像一张拉满弦的弓。他几乎整天都在想着应该怎么干，怎样才能把工作安排得更好些。有一次，正在吃饭，他还在思考他正在想着的问题。碗端在手里，但看不到往嘴里送，老于头冷不丁从旁边大声吆喝一句：“想什么哪？小伙子，饭都要吃到鼻子里去啦。”四外的人听老于头这么一喊，都哄地笑了，并友爱地瞅了瞅四刚。四刚的脸刷地一下红了。其实，老于头嘴里是这样问，心里也像明镜似的，他知道他们这位年轻的组长是在担心打立柱的事儿。他一看四刚那个样儿，便用父亲般的口吻来安慰他：“一口吞不下个热馒头，两锹挖不出个水井来，事情总得一步一步的走。吃饭吧，干起来就好了。”临开始干的头一天，四刚把大伙儿召集在一起，根据工程情况，经过研究，大家又重新分了工，划分了几个互助小组。蔓兰和福奎划在了一起，这回，福奎没说什么，他心里清楚：两三个月来蔓兰已经能独立做些什么了，又是青年团员，这样就是多让她干点活，她也不敢怎么样，青年团员应该起带头吗！然后，大伙把事先已学过几遍的操作规程又温习了一遍。

用老于头的话来说，是“出兵不利”。就在要开始干新活儿这天早晨，老天忽然凄眉哭脸地痛哭起来。不一会，路边的壕沟里就积满了泥水。道面上用脚一踩陷进多深。许多被困住的车辆阻集在一起，车夫扬着鞭子大声地吼叫着、斥骂着。挖土工们在基础坑里忙着排水、支顶板，有几处因抢救不及已经倾塌下来。高空中的金属结构工们冒着雨在紧张地操作。雨从早晨下到中午，从中午又下到晚上，看样子，好像不把眼泪哭干，绝不肯罢休似的。到处噪噪啦啦的响着。叫人一听，心都厌烦透了。雨，给施工带来了困难，第七工地的立柱工程不能如期开工了。四刚他们不禁又着起急来，小李祥顶着雨跑到现场去看了三次；四刚闷着头在不声不响地干着活，心里却急得直翻个儿；蔓兰一边干活一边翻起大眼睛望着作业棚外的天空；老于头一会一句“出师不利”；而福奎的脸色却和外面的天气一模一样。小李祥背后一劲叨咕：“这回变天哪，都是福奎给妨的。”当天夜里，四刚在睡梦中，蒙蒙眬眬地听到有人讲：“什么时候了？”“三星歪啦。”四刚听到这里，忽悠一下子醒来，他揉了揉眼睛，便翻身披上了衣服。跑到外面一看，满天星斗，只有几小块乌云在天边浮荡着。“晴啦”。他几乎高兴得叫起来。回到宿舍以后，他躺下身来，兴奋得久久不能入睡……

现在，这一切已经都过去了，第一排立柱已经矗立起来。四刚他们在作业棚里正聚精会神的为第二排立柱制作模板。听吧，锯声、锤子声、凿子声、叮叮当当混成一片，使人说起话来都不得不提高嗓门。要是注意，人们可以看得见，在工地的公路上，在许许多多的车辆中间，领材料去的小李祥正推着车子拼命地往回跑着。

“总是这么跳跳蹦蹦的，福奎师傅，你看，小李祥这个欢势劲。”

蔓兰眼尖，看到小李祥那个样儿，便向和她在一起干活的福奎说。福奎瞅也没瞅，仍低着头慢吞吞气哼哼地干他的活儿。像这样的软钉子，这些日子，人们不知碰到了多少。大家都纳闷，为什么他总鼻子不是鼻子，脸不是脸，就像谁欠了他二百吊似的。不过老于头却看出了他的心思。据他观察，福奎的脸色是从四刚当组长那天变的。他知道福奎有这么个脾气，出头露面的事儿总想先跑一步。当然，这回四刚当了组长，他是不会甘心的。老于头本想说他两句，后来一寻思，便没理这个碴儿。只在心里暗暗骂道："这才是没事找事呢，像你这样的真让你当组长呀，活儿就不用干了。"四刚也本想找福奎谈谈，但，几次都被老于头给拦住了，"甭谈哪，你还不知道他那个禀性，今天下雨明天霜，过两天就好了。"其实，老头子是怕他们闹僵，以后就更不好办了。

小李祥走进作业棚，放下车子，便气急败坏地喊道：

"出事故啦！咱们打的立柱坏了。"

"坏啦？"四刚一听，脑袋嗡一下子，连手里的刨子也没放下，便一步抢到小李祥跟前。

人们也都放下了活儿，围拢过来，眼巴巴地望着李祥。

"是坏啦，我去的时候，刘长清他们那组正往下拆模板，赶回来的时候，那儿就围满了人，都吵吵露筋了……"

四刚没等小李祥说完，放下刨子就跑了出去。走出几步，他又转回身来喊道：

"别愣着了，快干活吧，这个没干好，别再把下个也耽误了。"

人们又操起家什来，继续干着。蔓兰听说出了事故，心坎上像戳了一刀，她难过地紧咬着下唇，出了一阵神，她又使劲地瞅了福奎一眼，只见福奎仍耷拉着眼皮在慢吞吞地干着。蔓兰一见四刚急得那个样儿，心里更难过了。她抬起头来，目送着四刚的背影，一直到消失在尽处。

不到一个时辰，四刚转回来了。脸红红的，眉峰间又皱起个大疙瘩。一进作业棚，话也没说，就操起刨子，沉重地坐在他干活的长板凳上。

“怎么回事呀？你倒说说叫大伙知道知道哇。”老于头焦急地瞅着四刚，忍不住问道。

“坏啦……靠东头的第二根柱子，是露筋啦，这事故和咱们架模板有很大关系。”四刚低着头断断续续地说。他猛地又把头扬起来，脸更红了，两眼闪闪发光：“这是重点工程啊！国家把这么重大的责任交给了我们，这可倒好……”

他额角的血管鼓胀起来，由于过分激动，他说话的声音都有些颤抖了。他用逼人的目光，瞅着福奎想说什么，可是又咽回去了。他把心头的火气转向了蔓兰。

“这根柱子是你们打的，知道不？是你们打的。你是青年团员啊，可是都起了什么保证作用啦，为什么不按操作规程干，为什么不……”他还想往下说什么，但又找不到适当的字句来表达自己心头的懊恼。

“不，你批评的不对……”蔓兰满腹委屈，她鼻子一酸，两只眼睛里涌满了晶莹的泪水，她扭过头去，忍不住哭出声来。

“四刚，咱们打开天窗说亮话，你想安排谁的不是就是谁的不是，别这么指东道西的。天塌了用手接；地陷了用脚平。有多大责任我都担当得了，用不着发这么大的脾气，别人能受我不能受。别当了个小组长就添官谱儿……”福奎站在一旁，两手往腰板一插，放连珠炮似的吵起来。嘿，他这么些天说的话加在一起，也不如这一次说的多。

大伙一看福奎这种火上浇油的态度，脸上都现出不满的神色。老于头没等他说完，便把话拦过来：

“得，得！还不够瞧的，怎么还吵哇？”

“怎么能这么说呢？问题不在这儿，工程是国家的，柱子是国家的，坏了是国家的损失。现在摆在眼皮底下的，是它直接影响了我们整个工程的进度。这是我们说两句大话所能解决的吗？如果能把这个损失挽救回来，那你就使劲地说吧，使劲地喊吧，使劲地骂吧，一切都没关系。”四刚的眼睛在燃烧着，内心在痛楚地撕裂着。他狠狠地用刨子推着木板，好像要把全身的怒气都想从这上面发泄出去似的。

作业棚里一片缄默，只听到息息沙沙的操作声。蔓兰在干活中，还不住地抹着眼泪。

“于师傅，我到工地主任那儿去一趟。”

“去吧，去吧。”

四刚抖擞了一下身上的碎木屑，便气呼呼地走了出去。

只听福奎又嘟嘟哝哝地说：

“哼，上哪去也没关系。”

“放心吧，他不会去告你的。”老于头顶了他一句。

四刚贴着道边向前一步步地走着。他回想着支架第一排立柱模板时的情形。记得，有一次，自己正在干活，董工长走上前来，拍了拍他的肩膀说：“好啊，小伙子，好活儿都叫你们摊上了，怎么样？”他说完还检查了一下自己干的活儿，然后又接着说：“还好，不过你要注意一下福奎做的，他在这方面往往是很不经心。”当时自己是哼哈地答应了。可是以后自己认为福奎的技术在组里是数得着的，又有蔓兰当助手，结果就没更仔细更认真地检查。谁知道就在这儿出了事情。想到这里，福奎气汹汹的面孔，蔓兰泪水汪汪的眼睛，又清晰地浮现在他的眼前。他不由暗暗地责备起自己来：是啊，为什么要向人家发脾气呢？这次事故自己应该负主要责任啊！唉唉，你呀，你算个什么领导呀！可倒好，没干上半月就出了漏子，以后更不知要闹成个什么样儿了。怎么办呢？到主任那儿去打退堂鼓吗？不，这不是一个共产党员所应该干的。他边走边想，不知不觉地到了工地主任办公室门前。他推门问道：

“主任在吗？”

“不在，在支部办公室哪。”里面有人回答。

他转回身来，向党支部办公室走去。一进屋，只见党支部书记和工地主任都在那儿。还有和他们在一起打立柱的混凝土工小组长朱玉明。

“来啦，坐吧，干什么这样愁眉苦脸的！”支部书记总是这样，像春天的风似的，处处给人一种温暖的感觉，他说完，顺手拖给了四刚一把椅子。

“干什么来啦小伙子？”工地主任问道。

“是为质量事故来的，怨我们哪，工地主任，我去看啦，模板支的不准确是造成这次事故的根呀，这个没搞好，主要应该由我个人负责。是我们给国家造成了损失浪费，我请求党和行政给我处分。”四刚听主任这么一问，便一口气地把自己想的都讲出来了。说完，他痛苦得低下头去。

“你看，这不又来了一个，”支部书记瞅了瞅工地主任，他俩同时会心地笑了一下，又都用眼睛瞅了瞅朱玉明。

“不，四刚，这次事故主要是因为我们事先检查不细和捣固不周造成的。”坐在对面的朱玉明认真地辩别说。

“主要还是因为我们……”四刚瞅着这个皮肤黧黑，但很漂亮的小伙子说道。

“唔，这是争功哪。”支部书记耸了一下肩膀，玩笑似的把他俩的话给岔开了。

“不必争论啦，你们说的都对，经过工程师们研究，认为造成这次事故主要是因为模板支的不准确，而浇灌混凝土时，又没很好检查，捣固再不周密，结果就使立柱出现了蜂窝露筋现象。我顺便问一句，你们为什么都先争着来请求处分呢？为什么不从这次事故中多吸取一些教训呢？朱玉明，你说说，为什么你们组会发生这种现象？”工地主任紧紧地盯着朱玉明。

“主要是因为大伙不遵守操作规程。”

“你们呢？”工地主任又把目光转向了四刚。

“也是这样，可是我们事先已经经过几次……”

“等等，问题就在这里，我们过去都没有搞过这么庞大复杂的工程，既或做过的也只是一些民用建筑，顶多是盖过几层大楼。可是现在呢？是搞工业建筑，一切都要求精密严格，有的甚至不能差一分一厘。这就要求我们以实事求是的科学态度来对待它。必须使每个人都树立起高度的责任感，必须严格按规程办事。咱们的人员来自四面八方，还带有很大的散漫性。按操作规程干活还不太习惯。这样，我们贯彻操作规程就不是学习一次两次所能解决的。必须反复研究贯彻。使它真正成为工人自己操作的指南。另一方面，要研究工人为什么不遵守操作规程，是从思想上不愿意执行呢？还是有什么困难？应该注意啊，把思想工作跟上去。”党支部书记把四刚的话截过来说道。

四刚听支部书记这么一讲，感到自己做的工作和客观要求差得太多了。他沉思着，低声插了一句：

“对，我们学习得是不够的。”

“对这次事故，我刚才和支部书记研究了一下。因为打立柱对我们还是一件很生疏的工作。所以我们不准备对谁进行处分，不过希望你们保证，今后决不会再有这类事情发生。明白吗？要保证。”工地主任郑重地，甚至可以说有些严厉地说道。

“那根柱子怎么办？”

“需要重新补灌。”工地主任回答得很简单。

四刚和朱玉明临要走开时，支部书记又谆谆地嘱咐道：

“你们回去应该马上召集小组的人来研究这件事，要从多方面找出造成这次事故的因素。从各方面多想想办法，来加以弥补改进，制止事故的发生。要把小组人员的团结搞好，达到思想上的统一一致，不要闹纠纷，否则就会影响工作，作为小组的领导嘛，必须要注意这个问题。”

四刚觉得支部书记的话，好像是专门对他说的。他和朱玉明一起从支部办公室里出来，心里都觉得轻松多了。

“后天要开始打第二排柱子了，你们准备得怎样？”路上，朱玉明向四刚问道。

“还没有什么问题。”

走到第七工地边上，他俩分手了。只听从东边传来一种破碎的叮叮当当的声音。四刚料到这是杂工们在凿他们打坏的那根柱子，他听到这声音，就像那许多把凿子在凿啄他的心一般难受。

三

像往常一样，四刚这天起来的很早，他走出宿舍来，工地上还静悄悄的，听不见叮叮当当的工具响，也听不见那轰轰隆隆的机器声，东方刚刚现出一片淡淡的胭脂色的晨曦，离工地很远的食堂飘起了一缕缕乳白色的炊烟。在绑扎起来的钢筋上，挂着一串串晶亮的露水珠儿，空气清新得好像刚刚酿出的葡萄酒一样。四刚张开两臂，挺起胸膛，深深地吸了两口，便照例地跑到作业棚去，整整这，弄弄那，不一会，就把个作业棚又收拾得干干净净，利利索索。

上班的汽笛响过，组里的人们陆陆续续都来了，只差福奎没来，四刚便问后来的老王：

“王师傅，福奎咋没来呢？”

“病啦。”

“病啦？什么病？”组里的刘师傅问。

“那咱上哪知道去，这病啊，肉眼凡胎可看不出来。人家自己说是身上有点儿不舒服。”王师傅说完便转身走开了。

“病？什么病？昨天还活蹦乱跳的，想不来就不来。咱们小组竞赛条件里还说保证出勤率百分之百呢，要照这样啊……”小李祥听王师傅这么一讲，便“当当当”气愤地说了一大串。

“少说两句吧，”四刚皱着眉头叱责了李祥一句，便又朝王师傅问道："他没到医务所去看看吗？"

"别分神了，他自己会去的，没有大不了的病。"

老于头说完便回到案子上干活去了，大伙也都各自干起来。

昨天，四刚从党支部书记和工地主任那儿回来，在临下班前就召开了个小组会。虽然这个下班前的小会每天都有，可是这回大伙却感到好像有许多大事要在会上弄明白，因为质量事故，一天来，大伙的心就像拴在线上在半空悠荡着，感到上不着天下不着地的。会一起头，四刚就开门见山地检讨起来。他把自己前后所想的心里话全掏出来了。他也把这次发生事故的原因讲了一下，然后，他又要求大家再仔细的找找原因，提提意见。紧挨四刚坐着的老于头耳里听着四刚的检讨，眼睛却瞟着福奎。福奎还是那个样儿，嘴角耷拉着，眼睛眯缝着，像佛似的坐在那里，纹丝不动。四刚一讲完，大伙唰一下子，把眼光就都集中在福奎身上。人们都知道这根柱子是福奎做的，希望他自己能把这件事儿好好说说。但，福奎像没瞅着一样，口未张，嘴未动。这时，老于头可就沉不住气了：

"这回出事故和领导有很大关系，四刚的检讨我同意，可是事故是出在福奎打的柱子上，福奎也应该好好地检查。"

"我为什么要检查？"福奎把眼睛略睁了睁。

"你为什么不检查？"老于头火了。

"算啦，算啦，这是干什么呀？"四刚一瞅这个光景，便立即把话拦住。"这根柱子打坏了，福奎是应该检讨的，希望你能够冷静的考虑一下。咱这个会主要还不是为了检讨，而是为了找找发生事故的原因。从这里我们要接受教训，要不然，这次是福奎发生了事故，下次打第二排柱子保不住还会发生更严重的事故，那就更糟了。"

四刚的话把大伙刚才火辣辣的情绪给缓和下来。人们纷纷提出自己对造成这次事故的看法。找出许多容易造成事故的因素。大伙一致感到技术操作规程贯彻得不好。这不是大伙故意不遵守，而是有的地方确实是记不住。在小组会上，王师傅还介绍了自己在打第一排立柱时，摸索到的一些操作经验。这个会时间虽不算长，大伙都感到很解渴，好像明天再安架立柱时，心中更有底了。福奎坐在一边一直没吭气，脸色也一直没有转过来。晚上，四刚准备找他好好唠唠，不巧，工地召开小组长会，便没谈成。

今天，福奎病倒这个突如其来的消息，把四刚的全盘计划都给打乱了。明天正式开始打第二排柱子，福奎这个缺由谁来顶呢？四刚一边干活一边想，他不知道活儿出了多少，也不知道时间过了多长，不知不觉又响起了汽笛，午休的时间到了，人们都放下了手中的活儿，四外机器的喧闹声也止住了，奔驰着的汽车停了下来，工地上立刻肃静了许多。

吃饭去的人们都边说边笑地走远了。四刚把活儿归拢到一边，刚想走，只见蔓兰还在那磨磨蹭蹭的不知忙活什么。于是他便停下脚步。这时，已跨出棚外的老于头喊道：

“快走哇，这阵食堂怕是早排满人啦。”

“你先走吧，我还有点活儿没完，一会去。”

“唔。”老于头回头一瞧，看到四刚和蔓兰那踌躇不安的样儿，便意味深长地答应了一句，竟自走去。

人都走光了，作业棚里很静，蔓兰也不忙活了。她低着头靠在旁边的板凳上，仿佛颇有耐心地在数着木尺上的小格儿。

“你还生我的气吗？”四刚轻声问道。

蔓兰没吱声，依旧低着头。作业棚里静得能够听出对方的呼吸。四刚瞅了瞅她，又认真地说：

“是的，昨天我的态度不够好，可是你知道事情是多么急人哪。领导把这么重要的任务交给了我们，我们是不应该让它出事故的。在工作上你是个徒工，但，主要的你是青年团员呀。这回我把你和福奎配合在一起的意图也就在这里。不是要求你像一般徒工似的工作，而是要求你像个青年团员似的工作。我和你发脾气，这是我的不好……”

“不！四刚，你是对的，是我不好，昨天，当时我是有点受不了，后来一想你是对的，是我不好……走吧，我们吃饭去吧。”蔓兰站起身来，使劲地掠了掠头发。

“你去吧，我得回宿舍去看看福奎去，也许他还没吃饭呢？”

“那你呢？”

“你从食堂里给我捎回来两个馒头就行了。我可能回来得晚一些，你再告诉大伙一声。”

四刚说完便离开了蔓兰，向宿舍奔去。路上，人们川流不息地来回走着。远处巨大的起重机停住了，吊起的东西动也不动地悬在半空。在前面的路旁，有一辆载重汽车在停着，年轻的司机正在驾驶室里，大口地咀嚼着馒头。靠东边的食堂里，已经有许多人吃完了饭，说说笑笑地往回走着。宿舍到了。四刚轻轻地推开门，屋里挺静，他便蹑着脚走进来。这时候，福奎正仰着脸躺在那里，望着天棚的秫秸码子呆呆地出神。

福奎是今年地皮刚开化的时候来到工地的。原先只是在街面上干些零散活儿。他有着一手好手艺，粗细活都做得来，他会做精巧别致的窗扇，还会在门板上雕刻个“五福捧寿”什么的，因此，从来到组里那一天起，他就觉得自己比组里现有的这些人要高明得多。同时，他是在街面上闲散惯了的人，乍一来到工地时，觉得处处都不随心，事事都不如意。比如按时上下班呀，上下班开小会呀，干活还要按什么规程呀，平常还要遵守什么制度纪律呀，一切都不习惯。哪跟在街面上晃荡，逍遥自在，就凭着两把刨子一把锯，一天也能赚个块八的，吃饭时还可以捏上一壶。所以那咱也是一脚踩着两只船。骨子里还有些三心二意，抱着“好就干，不好散”的态度。另一方面，这儿是国家重点工程，人们都把在这干活看作是一件光荣事儿。就在他来到这儿不久，在部队里好多年没有通信的弟弟便给他来了信。信上的口气可亲热，说是哥哥参加了国家工业化建设，给他很大鼓舞，弟弟一定要更好地捍卫边疆，保卫祖国的建设。乡下的老婆在上次来看他时，也趴在他耳旁直嘀咕，说是从他参加了国家建设，村上的人对他家都另眼看待。这些，都是他从来也没有碰到过的。一来二去，在他心里也模模糊糊地感到这是个光荣事儿，自己也确实有点光荣。再加上考工时，给他评了个七级，他觉得这在组里是挑挑选选的级数，当然，自己也就是个数得着的人儿。天长日久，也就安心地在这儿干了。

董师傅一调走，在他思想上引起了很大的震动。他把组里的人挨个的掂量了一下，掂量到四刚时，他打了个“哽”儿，可是又一想，这是个黄嘴丫未退的孩子，别看平常“咋呼”的挺欢，总担不起大事儿，再说他只是个六级工。于是自己便福至心灵地意识到：这回呀，上级管保让我当小组长，那不就更光荣了吗？说不定还要给我提一级呢，这么说，每月就可以拿到三四百分了。那咱，自己要给弟弟去封信，不，先给家里写，叫全村都知道知道，福奎当了组长。他愈想愈高兴，觉得这个组长是没跑了，只等上级一张嘴，自己就立刻行动起来。所以头两天，有时也忍不住摆摆组长的样儿，故意向大伙问问这个，问问那个，虽然大伙有时不耐烦地顶他两句，但他还是笑脸相迎。因为他觉得当组长嘛，总要比别人有涵养些。四刚当组长的消息传到他的耳朵里，简直把他弄呆了，真像是从万丈高楼上跌了下来，他那满面春风的样儿马上变得冷冰冰的。给周围同志们的感觉，就像亚热地带突然袭来了寒潮似的。

立柱工程一开始，他心里又抱着另一番打算，他看不起四刚那种谨小慎微的样儿，当然也就更看不起四刚所强调的那个操作规程。安架第一排立柱模板时，作为他助手的蔓兰不止一次的提出：

“福奎师傅，这么干可不合乎操作规程呀。”

“什么操作规程不操作规程的，这个活儿，我闭着眼睛也干得来。活人还能让白纸黑字给限制住。”

蔓兰不吱声了。福奎心里暗暗得意：这回露一手给他们看看，真金不怕火炼，咱们从技术上分分上下，比比高低。当时，别人一看他干的挺快当，便来请教，他却不冷不热地答道："这活儿没什么，咱使的是笨道道，还是问组长去吧。"等他看到别人问四刚时，他心里又暗暗叨咕："他懂得什么，这一下大概是给'将'住了。"哪曾想事情不给他做脸，偏偏就在他打的柱子上出了事故。事故发生以后，他心里也"格登"一下子，认为这回算是闯了个大祸。他知道这不是个小事情，他提心吊胆地在等待着处分。可是四刚带回来的消息却是不处分任何人。在昨天的小组会上，他心里也默默地承认，这次事故的的确确是因为他不遵守操作规程造成的。但，他不愿意在大家面前认错，特别是不愿意在四刚面前服软儿。

由于心情不太好，再加上昨天晚上翻来复去的半宿没睡着，今天早晨醒来，便觉得脑袋有些昏昏沉沉的。"破罐子破摔吧。"这个念头在脑子里一闪，他便顺口向王师傅说道："捎个口信吧，身子不舒服，要歇一天。"人们都走了，宿舍里显得空聊聊的，外面不时传来工地特有的那种生气勃勃的嘈音。他开始想着工程上的事儿，想着大伙正在干的活儿，他眨巴眨巴眼睛望着窗外灰蓝色的天空，心里感到莫名其妙地空虚起来。

他醒了睡，睡了醒，中间跑了两趟医务所，带回来几包白药面儿，不过他连包都未打开，便扔在了床上。实在心烦的厉害，就躺在被窝里细细地咀嚼着从合作社买回来的花生米。他不断扳着手指头算下班的时间，他希望有人来随便和他唠唠，比如说组内今天干的什么活啦，下一排柱子明天多咱开始打啦，什么都可以。他也想竭力不去想这些事情，可是不行。他第一次感到离开了大伙，离开了工作的滋味是这样不好受。当他听到汽笛响过，不久，外面传来由远而近的脚步声时，三十多岁的汉子竟兴奋得像孩子似的。他侧过头来向外面张望着。可是他一见是四刚，便立刻失望地把眼睛紧紧地合上。他感到四刚是坐在了自己的跟前，果然，四刚把手轻轻地放在了自己的额上，良久，才拿了下来。

"好些吗？福奎！"

“好些了，”福奎本想不吱声，可是四刚那种真挚亲切的语气，使他不得不睁开眼睛，口不由心地这样答道。

“为什么不把这药吃了？吃了会好得更快。你的脑袋还有些热哪。吃午饭了吗？”

“不饿，不想吃。”

“那怎么行，哪能有病就不吃饭。等等，我去买。”

四刚说完，抬腿就走，还没等福奎搭言，便虎里虎实地跨出门去。福奎躺在床上琢磨着，四刚干什么来了？是专门为了看我吗？还没等他弄清是怎么回事，四刚已托着一包东西走进来。

“吃点吧，哪能有病就不吃饭呢？”四刚把买来的蛋糕送到福奎跟前，随后，又把窗台上的暖壶拿下来，晃了晃，便又匆匆忙忙地出去了。这时，上班的汽笛响起来，福奎望着床头黄澄澄的蛋糕直出神。

“吃吧，还瞅什么哪，水也放在你的跟前，待会，你再把药吃一包，还缺什么？”四刚把水给倒在碗里，热气像一缕轻烟似的，袅袅上升。

“你上班去吧，四刚，我自己会照顾自己的。别耽误了活儿。”福奎说。

“不要紧，吃吧，多喝点开水，出出汗就好啦。”四刚又顺手把自己的被子拽过来，给福奎压在脚底下，说：“完了把这个被子再全压上。我在家感冒的时候，妈妈就这么办，把几床大被往身上一压，不一会，浑身就像水涝的似的，这治感冒可灵着哩，不信，你压上试试看。”

四刚说完，露出一排结实的牙齿笑了。福奎看到四刚那副淳朴的孩子气的笑容，心里很感动。其实，四刚这种孩子气的神情，正是他往日所看不起的。

四刚临走时，又安慰他说：

“好好歇歇吧，甭惦着活儿，你的缺，我让王师傅暂时代理，明天早晨咱们就要开始打第二排立柱了。”

屋里依然很静，阳光从窗外斜射进来。福奎拿起了一块蛋糕塞到嘴里，眼睛直勾勾地望着水碗里冒出的热气，心里头好像有一种说不出来的味道……

四

当天晚上，四刚从食堂出来，就往宿舍跑，他想利用这个时间，好好和福奎谈谈。

宿舍里的电灯没有拧开，里面黑乎乎的，四刚影影绰绰地看到福奎正斜歪在床上吃什么；福奎从进来的高大魁梧的身影，便断定是四刚，于是问道：

“吃过饭啦？他们怎么没回来？”

“吃过啦，礼堂有报告会，他们都到那儿去了。怎么样？药吃了吗？”四刚在福奎跟前坐下了。

“吃了两包，照你的办法做了，这汗出的，连背心带衬衫全透了。现在脑袋轻快多啦。”福奎笑着说，看样子兴致蛮好。

不知从哪儿透进一股股凉飕飕的晚风，四刚拿眼睛向四外扫了一下，只见北边的窗户大敞四开的。他便跑到跟前紧紧地关上了。回过身来又把电灯拧开，突然一亮，把他俩的眼睛都晃得睁不开了，他又对福奎说道：

“可得注意呀，没听说吗？二八月的天气最容易感冒。咱们一得病，自己遭罪还不算，而且还直接给国家造成损失。”

“造成什么损失呀？咱们是计件工资。不干活少拿钱呗。”福奎听了四刚的话觉得很奇怪，便不以为然地说。

“唉呀，老兄，我说的损失不是指这个。咱们的工资才那么两个钱。怎么光瞅自己鼻子尖底下的事呢？这是次要问题。咱们一有病，就得旷工，一旷工不要紧，这份活儿谁干哪？少一个人就少一份力量，要是都旷工，国家的工程不就撂啦吗？老兄，要知道，咱们的一举一动都关系着国家工业化的速度哩。”四刚的两只大眼睛紧盯着福奎，直爽地说道。

福奎一字一句地听着四刚的话。这些话，要在往常，他也许会恼羞成怒地发作起来。可是今天，他听了四刚这种真挚亲切的责备，什么也说不出来。只觉得自己的脸有些火烧火燎的。他连忙把话头引开：

“四刚，咱们打坏的那根柱子补灌完了吗？”他刚说完，马上就后起悔来，自己提这个干什么呀？可是话一出口，想收也收不回来了。

“修理完了，不过怎么补灌也不如原来的好了。这回返工，连工带料，再加上工期换算，国家损失了一千多元哪！”四刚一提这个，心情就沉重起来。

“一千多元？”福奎大吃一惊，他圆睁着眼睛，痴愣愣地瞅着四刚。这个意想不到的数字，使他混身都为之颤动，他怎么也想不到一下子就给国家造成了这么大的损失。

“对，是一千元。福奎，没说吗，咱们个人利益是小事，国家利益才是大事哪，往往咱们在许多事情上都不加注意，可是一旦发生问题，给国家造成的损失就难以估计了。咱们算一笔细账吧。就拿咱们的工资来说，咱们得多长时间才能挣上一千元？咱们家都种地，他们一年辛辛苦苦打的粮食全卖掉，能不能值一千元？再问问咱们自己吧，咱们从开始到现在，对国家的贡献能值一千元吗？要知道，国家的资金来的可不易啊，让我们再算算……”四刚说着说着不由又激动起来。他那张年轻的脸庞又涨得通红。

“别算了，四刚……”福奎颤着声音把四刚的话拦住，他紧紧地抓住了四刚的手。

他俩都陷入了沉思中，宿舍里寂静得令人难受。外面断断续续地传来阵阵的嗡嗡声，使人分辨不出这是机器正在开动，还是平地又荡起了徐徐的秋风。四刚站起身来，拿起窗台上的暖壶，给福奎倒满了一碗开水。

“党支部书记不是常给咱们讲吗？建设社会主义是咱们自己的事业，国家工程是咱们自己的工程。谁是工地的主人呢？当然也是咱们。主人，主人就是咱们在家里所说的当家的。可是咱们这个家是怎么当的呀？连日子是怎么过的都不知道。这谁也不怨，就怨咱们自己。往远一点说吧，在解放前，咱们都是给资本家干活，那咱，有手艺的是为了赚两钱，好养家糊口，没手艺的是想学点东西混个饱肚。以后，自己在街面上晃荡也是这样，可是到这里，要再抱着这个打算就不对了，那是糊弄谁哪，可是有的时候，咱们就搞不通。福奎，你说是不是？”四刚凝视着水碗的蒸气，一边寻思一边说。

福奎不知道应该怎么回答，说是也不好，说不是也不好。他只是不自然地笑了一下，他觉得四刚的话好像许多颗钉子，深深地钉在他的心坎上。其实，这样的话，他过去不知听了多少遍，可是这个耳朵听，那个耳朵就冒了。好像那些话都是对别人说的，跟他自己一点关系也没有似的。

“我常常想，咱们怎样才能把活儿干得更快，更好。事实，咱们都干的很不好。前几天，接到了村里人来的信。上面打听活儿干的怎样啦，工程进度怎样啦，要知道，村里人是拿着什么眼光瞅着咱们呢？他们日夜盼着咱们的工程早一天竣工。从这里能够获得他们所需要的东西。回信，到现在我也没写，写什么哪，咱们拿什么向村里人交代呀？拿质量事故吗？”四刚仍然凝视着那飘飘袅袅的蒸气，他的声音很低，但，能使人感到这些话是从他内心里说出来的。

四刚的话，使福奎想起了自己老婆说过的话，也想起了弟弟来信里那种衷心的热情，是啊，拿什么向他们交代呢？他埋怨起自己来，自己过去为什么没有想到这一点呢？而净想告诉他们自己个人的事儿。糊涂，真糊涂！岂不知人家对你个人事情的兴趣并不大，人家关心的是你所参加的那个工程。他想到这里，忍不住也轻声地插了一句：“是啊，拿什么向村里人交代呢？”他说完，心又怦怦地跳起来，说什么哪，说来说去还不都是怪自己，他不好意思地偷着瞅四刚一眼，只见四刚仍在低头沉思着，好像并没有听见他的话。

这时候，四刚的心里，又有些难受起来。本来，他是打算和福奎好好谈谈，打通打通他的思想，使他能够认识到自己的错误，可是左讲右讲，好像许许多多的错误都是自己造成的。有的虽然不是自己亲手所做，但，自己却应该负主要责任。他用手托着下巴，默默地想着。记得，党支部书记不止一次地这样教导自己——要做好带头人，要把小组领导好，要把小组看成一个有机的整体。而你呢？在这个整体里要起主轴作用。这就是说，要把小组里的每一个人都带动起来，一齐前进，因为做一个有机的整体来讲，哪怕是一个很小的地方跟不上，都会影响全局，都会使整个工作停滞不前。你应该把自己和小组化为一体，小组搞得好，也就是说你的工作还做得不错。如果有人问："四刚，你们工作得怎样？"你说："我自己工作得很好，我们小组工作得不太好。"那么，作为一个小组长来说，你所说的这个"好"，就不可理解了。

还是在刚刚接受打立柱任务不久的时候，有一次，在下工的路上，四刚碰见了党支部书记，他俩并肩一齐往回走着。党支部书记低声问道：

"最近组里人的思想情况怎么样？"

"还好，头两天，心里都挺不落底，有些沉不住气；现在，经过学习操作规程和工地领导上的不断教育，大伙情绪还都稳定下来了，劲头都很足，认识到接受这项任务是一种光荣。还好，没什么。"四刚随随便便地答道，口气是那么轻松。

"唔，能不能再具体一点？"

"大致就是这样。"四刚寻思了一会，迟迟疑疑地说道。

"就这么简单么？"党支部书记问道。

四刚不解地瞅了瞅支部书记。

"这是你的思想呢还是群众的思想呢？这倒很奇怪，怎么会完全一样？这么说是一点问题也没有了？”

支部书记的话说得很快，口气很轻。但，四刚立刻意识到支书是在批评自己。他不知应该怎么回答才好，要说群众一点思想问题也没有，那是瞎话；要说有问题吧，自己还确实说不出个所以然来。他心里一发急，又憋得满脸通红。虽然道上还荡漾着微凉的晚风，可是他的额角却冒出一层亮晶的汗珠儿。

“说不上来吗？应该说得上来，作为一个组的领导，怎么能不了解组里人的思想情况呢？应该学会做群众工作，就是说要学会做人的工作。光瞅鼻子底下的活儿是不行的。你不仅要领导他们干活，不仅要在生活上体贴他们，更重要的是要在思想上接近他们，教育他们正确地对待工作，引导他们认清未来。你若能把我们的远景目标讲清楚，说明好处，工人哪，就会为实现这个理想贡献出自己的一切。干起活来会像狮子一样勇猛。要想掌握群众的思想情况，必须经常地向他们进行思想教育，只有提高了他们的认识，群众才会主动地向你谈出他们的心里话。应该加强这方面的工作啊，不论是作为一个领导，还是一个共产党员，这都是你应尽的责任。”

是啊！党信任自己，把这么重要的责任交给了自己，又随时随地的教给自己工作方法，指出自己前进的道路，可是自己都做了些什么呢？连最起码的都没有做好，想到这，他使劲地攥了攥拳头，自言自语地说道：

“过去就算过去了，应该下决心，今后一定要把工作做好。”他扭过头来，把声音提高了一些：“福奎，谈谈吧，对我，对组里的工作，都有什么意见，说说，很需要呀。”

福奎看到四刚那纯诚恳切的目光，心里像针扎的似的，他的嘴角在抽搐着，半晌，才从牙缝里迸出来一句：

“没有，真哪，四刚，你叫我说什么呀？”

他把眼光转向了别处，他怕当着四刚面流下泪来，他从来也没有像今天这样感动过。他紧紧地把被裹在身上，脑袋狠狠地往下缩，往下缩，他真想一下子用被把脸蒙上。

外面传来了歌唱声，说笑声，接着，又传来了息息沙沙的脚步声。哦，开会的人们回来了。小李祥抢先窜了进来，顺着门带进一股凉风。只听他劈头盖脸地喊道：

“嘿！这么好的报告你不去听，一会，你把肠子都得悔青了。”

“小点声嚷，不知道福奎不舒服吗？”四刚瞪了他一眼。

小李祥顽皮地伸了伸舌头。随后，老于头、王师傅他们全回来了。老于头走到福奎跟前，探身问道：

“怎么样？好点没有？干什么盖得这么严实，要发汗吗？”

“好些，”福奎松了松被子，不自然地笑了一下。

这时，王师傅高谈阔论地向四刚讲起来：

“党支书刚才讲的真好，你听，我给你学学：百年大计，什么叫百年大计呀？就是说我们盖一座工厂不是要用一年两年，而是要用一百年二百年，这就要求我们必须保证工程质量。将来我们的儿子，或者是孙子，也许要到这儿来做工，他们看到柱子上的蜂窝狗洞一定会感到很奇怪，他们会跑回去问你：请您答复我，您给我们留下的那些个窟窿是干什么用的呀？党支书说到这里，你猜怎么样？大伙都哄一声笑啦。可是有的人却吃不住‘烙铁’了，脸像巴掌打的似的，连我的脸都热忽拉的。”

“是呀，说的好，”四刚瞅着老王那兴高采烈，绘声绘色的神气，眼睛也亮起来，不由点头赞道。

福奎也被老王的话吸引住了，他伸长脖颈仔细倾听着，听到末尾，他又把头缩了回去，他觉得老王是故意说给他听的。

“于师傅，将来要这样问你，你该怎么回答法呀？”小李祥凑到老于头跟前，笑嘻嘻地问道。

“歇着你的吧，挨斥没够，去，远点。”老于头吓唬完了，又赞叹地说道：“是呀，人家支部书记就是看的远嘛。”

福奎听了老于头的话感到很对，支部书记是有本事，看问题确实看的远，同时，他发觉四刚在某些地方很像党支书，他越想越像，想着想着他脸不由红起来。自己总跟四刚比什么哪，要真比起来，自己可差远了。他纳闷：那么些日子，是什么蒙蔽了自己的眼睛呢？对，四刚说的对呀，要从工作出发，从国家利益着眼，什么思想问题都解决了，他不知咋的一下子就想到了前方的弟弟，大概弟弟就有点像四刚，从来信的口气来看，就像么。唉，弟弟也走到自己前面去了。想来想去，他觉得自己仿佛小了许多，更强烈地感到自己和四刚争着当小组长的念头是非常愚蠢可笑的。想到这，他觉得自己的内心秘密都让人们给窥透了，他偷偷地拿眼睛扫了一下，只见人们仍在说笑，好像根本就没注意他的存在似的，只听四刚又开朗地说道：

"这回就要看我们啦，打下一排柱子，一定要让它一点说道也不出，要不，这个报告咱们可就白听了。"

大伙又七嘴八舌地谈论了一阵，汽笛响了，有人打着呵欠，老于头脱了鞋，解着纽扣说道：

"别唠啦，快睡吧，明天还得干活呢。四刚，明天不是开始打第二排柱子吗？"

"对，大伙快睡吧，"四刚说道。

人们都脱着衣服，小李祥手快，没等别人脱完，他就"叭哒"一声，把电灯拧灭了，外面工地上的灯光马上钻进屋里来，看去，屋里好像并没黑多少。

人们都躺下了。不一会，就有人发出了香甜的鼾声。福奎没有睡着。他静静地躺在那里，脑子却在翻江倒海。外面的嗡嗡声更大了，有些阴阳怪气的，连房顶上的洋铁瓦也跟着哗哗啦啦的山响。又过了很长时间，嗡嗡声似乎小了一些。接着，便传来阵阵轰轰隆隆的声响。连福奎也听得出来，这不像是公路上推土机驰行的声音，也不像厂房里天车移动的声音。他躺在被窝里不由侧着耳朵在注意辨听着。这时，离自己不远的四刚忽地坐了起来，只见他爬到窗户跟前，用手把窗户推开，连躺着的福奎也瞅见了，外面天空的东方，大块乌云像黑色的羊群一般，跌跌撞撞地拥挤上来。闪电像一条金色的蛇，腾空飞舞，随着就传来了轰轰隆隆的雷鸣。噢，是变天了。福奎看到四刚退回身来，摸着黑，急急忙忙地穿着衣服。

“咯吱”一声，门儿开了，一个人影闪了进来，紧跟着，外面又闪起了一道电光。看样子，人影好像是被风刮进来的似的，只见那人一直向四刚奔来。福奎借着外面透进来的灯光，看出来的人是蔓兰，他奇怪地屏住了呼吸，只听蔓兰低声而又急躁地向四刚说道：

“四刚，变天啦，去看看基础吧，要不待会来雨，把基础冲塌，明天就不用干了。”

“知道啦，你从哪来？”

“从现场，朱玉明他们也都在那儿呢。”

“好，你先去吧，我随后就到。”

蔓兰转过身来，急急忙忙地出去了，不一会，四刚敏捷地跳下床来，匆匆地跑了出去。这一切，福奎都瞧在眼里，他又暗暗地思忖道：当家作主，什么叫当家做主呀？这不是活样子吗？多像个当家人啊，应该说，四刚是个不错的小伙子啊，处处为别人打算，事事走在头里，拿国家的事儿当自己的事儿办。上级叫他当小组长，算是挑到节骨眼上了。他想起来，也跟着四刚去看看，刚一抬身，觉得头沉的厉害！于是又躺下了。这时，屋子里一点动静也没有，大伙睡得正香。

不知过了多久，四刚回来了。只见他轻轻地把门带严，脚步也放得那么轻，不吱声不吭气，悄悄地爬到床上，把衣服脱下来，又静静地躺下了。福奎还没有睡着，他想向四刚谈谈，但又不知应该说什么。他又独自杂乱地想了下去，他想起了自己造成的质量事故，他想起了自己对四刚的敌对态度，他越想越远，越想越乱，悔、恨、气恼、羞愧，一齐涌向了心头，压得他连气都透不过来。他忽地把被撩开，坐起来，将身子向右边的四刚探去，他想向四刚好好说说，把自己脑子里所想的，心里想说的，全掏给四刚。

外面灯火的银光射进屋来，正照在四刚的脸上。他那两道向上插的浓眉显得是那样清楚，长长的睫毛恬静地合在一起，厚厚地嘴唇在紧闭着。他睡得是那么香甜，安静，已发出轻微的鼾声。福奎凝视着这张轮廓清晰的面孔，激动地情绪渐渐地平静下来。他不由在心里叨咕了一句："唉，他实在是太累了。"他扭过头去，又瞅了瞅窗外的天空，只见大堆的云彩依旧不断地向西涌去……

五

昨夜不知从什么时候起，风把满天的云彩都吹散了。今天的天响晴，新升的太阳给整个工地镀上了一层黄金，使它显得更宏伟更壮丽了。好像每一所建筑物，每一件东西，都在闪放着耀眼的魅人光亮。

第二排立柱工程又开始了。人们又投入了火一般的战斗中。

四刚在底座上一边钉着立柱模板，一边瞅擎着振动器正在浇灌混凝土的朱玉明。他从那天在支部办公室里熟悉他以后，再加上他昨天晚上在忙活基础防水时那种忘我的精神，四刚便从心眼里喜欢起这个黧黑结实的小伙子。

"你干得真带劲呀，"四刚笑着和他打招呼。

朱玉明仍然紧张地干着，他抬头望着四刚笑了笑。

"怎么能不带劲呢，今天是礼拜六呀，嘻嘻，"跟朱玉明一起打混凝土的一个精瘦的小伙子俏皮地说。

"有什么说道吗？"一个钢筋工打趣地问道：

"当然，嘻嘻……"

"快干你的吧，小心出了蜂窝，"朱玉明的脸有些红了，他不知应该用什么话来阻拦他好。

那小伙子一看朱玉明这个忸忸怩怩的样子，便抖擞精神，更来了劲儿：

“错不了，用手干呢，说说怕什么？嘻嘻，礼拜六呀，人家的未婚妻要来，是咱们跟前村里的姑娘，干起活来呱呱叫呢。看见过吗？圆脸，大眼睛，梳着两支挺长的辫子。每礼拜六都要来检查我们组长的工作。有时还要带点西瓜呀，香瓜呀，来犒劳犒劳，我们都能沾着光呢。”

“那好哇，是女社员吗？”在一边干活的小李祥听他讲得热闹，便忍不住搭讪道。

“是呀，当然是女社员啰，怎么样？小伙子，你有吗？有对象吗？”那小伙子故意在开小李祥的玩笑。

“没有，咱不要。不过我们组长可有，看见过吗？女木工？”小李祥不甘示弱地夸耀着，他还要往下讲，只听背后有人说道：

“讲什么呢？李祥，这么有劲？”

小李祥回头一看，原来是工地的党支部书记在自己的背后站着。他不禁脸红了。朱玉明在旁边偷偷地笑了起来。

支部书记还是穿着那身褪了色的灰干部服，上边打了几块补丁，不过洗得却很干净，使人看来，有一种朴素淳厚的感觉。在他那微黄的脸上，有一块明亮的疤痕，据说这是他在土改中当区委书记那咱，追击地主武装时负伤遗留下来的。他经常到现场来，也常到工人宿舍里去。认识他的工人都很喜欢和他接近；不认识他的人，一看他那个样儿，都把他当作是一个普通的工人。他一见李祥那种不安的神情，也就不再往下问了。他又把口气转过来问道：

“李祥，能不能保证质量啊？有信心么？”

“怎么没信心呢。放心吧，支书，质量观念谁的脑袋里还没有个一两二两的，”小李祥又活跃了起来。

“好啊。”党支书向前走去。走到四刚跟前，他停住了脚步。“福奎好些没有？还没上班吗？”

“还没有哪。”四刚答应了一句。党支书总是这样，哪怕是工人中发生了一件小事，他都知道得细致入微，一清二楚。有时，四刚感到很奇怪，这许多事情都是谁告诉他的?

“工作中要注意呀，要汲取上次的教训。不过，也要注意大家的情绪，别过于小手小脚。这样，使大伙都不敢伸手，也同样会给工作带来损失。”党支书站在四刚面前紧紧地叮咛着。

“来啦，支部书记，”爱说话的老于头，每逢支书一来，他总得直起腰来先打招呼。他不知有多少次，就像夸耀自己似的，向新来的工人们述说着党支书的长处。

“啊，于师傅，怎么样?操作规程熟悉的怎么样啦?习惯吗?”党支书亲切地瞅着这位老工人。

“不行，脑筋不听使唤啦。背不下来，你看，全抄下来了，这是四刚干的活儿。”老于头说着还把兜里揣着的操作规程递给支书看看。党支书一看那笔清楚有劲的字儿，就知道是四刚写的。老于头又接着说：“这不是习惯不习惯的事儿，离开它真玩不转哪。”

“你说的对呀，于师傅，只有认真地遵守技术操作规程，才能保证我们的工程质量哪。”

党支书说完，便挪步继续向前走着。他不断地向工人们问这问那，工人们都亲昵地和他打着招呼。有时，他还要到工程基础里去看看，逢到人们抬模板什么的，他也要伸出手来搭一把。他到工地的一举一动，都给人们带来了很大的鼓舞力量。

他离开了四刚他们工作着的现场，向工地的另一个作业场所走去。远远听到他对一个在高空作业的架工喊道：

“老黄，你怎么不把安全带绑上呀?”

“不要紧哪，支书，”那个架工在上面嘴里是这样说，但立刻就把腰上的安全带系在了脚手架上。这时，党支部书记才向更远的地方走去……

四刚正在专心地干着活，忽听那边有人在争吵，听口气，好像王师傅在劝说谁：

“你回去吧，忙得过来。”

“是啊，忙得过来。”是蔓兰的声音。

“我完全好啦，老王，你还是回到你那块去吧。”

四刚一听，便放下活儿跑过来，说道：

“福奎，你怎么来了呢？不是让你别掂着工程上的事儿吗？这里有老王呢，回去吧。”

“没有什么大病，闲着倒难受。四刚，你让老王回去吧。”福奎脸红红的，一下子跳到基础里，便操起家什干起来。

四刚看他一片真诚，也不好再阻挡他，便点头说道：

“可以，不过你要注意，不要累着。”

“这是操作规程，给你。”王师傅把自己兜里四刚给抄的那份操作规程交给了福奎。

“你不用吗？”福奎问道。

“我们昨天又学了好几遍，比你记得还多一点，我可以和老刘暂时看一个。”

王师傅说完，便和四刚一起走开了。这回，福奎干得比哪次都起劲，都高兴。

工程在迅速地成长着，这一天，又有许多立柱像巨人似的矗立起来。

礼拜六的晚上，工地上热闹得很。大食堂里，公司团委举办跳舞晚会；在公司办公室门前的广场上，市里的放映队来给演电影。一吃过晚饭，人们回到宿舍连洗带搓，有的还特地换一套新衣服。收拾妥当，便三一群两一伙的走了。四刚他们屋里也走得静悄悄的，屋子里弄得很乱，地上摆着没有倒的洗脸水，里面还微微地冒着热气儿；床上扔满了刚换下来的衣服。四刚看到这个光景，气得直皱眉。他把洗脸水倒了，屋子也整理了。他又把桌子拉到电灯底下，然后，便从自己兜里掏出写着操作规程的小本本，平心静气的坐下来。

“干什么呀？小伙子，怎么又坐在那儿，不看看电影去吗？”老于头忙忙跌跌地走进屋来，他走上前去一瞧，便又絮絮叨叨地说道："又是操作规程，又是操作规程，你——你把它点把火烧成灰，喝到肚子里去得啦。记到心里就行了呗，还非得天天瞅着它。"

"不是，于师傅，我还有两份没抄完，一个是福奎的，一个是小李祥的，我寻思趁着今天没事把它赶出来。"四刚一边拧着墨水瓶盖，一边笑着说道。

"那明天干还不中？"

"明天还有明天的事呢。"

"好，好，我不打搅你。"老于头说完，从自己的行李底下把花镜盒拿出来，看了正在写着规程的四刚一眼，便又匆匆忙忙地走了。

四刚在灯下认真地写着。屋子里的四周显得黑油油的，绳子上搭着的白毛巾都变成了淡灰色，而墙上挂着的一些深色的东西，现在是一点也辨不清楚了。四刚一抬头，只见对面窗外有一个人影儿，在躲躲闪闪地往里探望着。他定睛仔细一看，原来是蔓兰。

"进来吧，往里瞅什么？"四刚大声喊道。

"我看看都是谁在屋呢。"蔓兰跨进门来，红着脸儿说道。

"谁在屋怕什么，还能把你吃啦。"四刚笑着说。

"不怕？要是小李祥在屋，又得开我的玩笑。走吧，电影都快开演了。"蔓兰催促着。

"不能去，你没看到我在干活吗？今晚得抄完，你先去吧。"

"我不去。"蔓兰孩子气的站在那儿生起气来。

"这是为了什么呢？"四刚低头故意这样说，他心里不由暗暗地笑起来。

"你这个人，真是，拿来。"蔓兰拖过来一条凳子，对着四刚坐下，然后一把将四刚抄完的操作规程抓过来，也拿起自己的笔，跟四刚一起抄着。四刚瞅了她一眼，微微地笑了。

屋子里又恢复了原来的平静，只听到他俩写字的息息沙沙的响声。夜施工的载重汽车，从房后的公路上飞驰过去，把窗户震得乱颤，桌上的纸也簌簌地跳动着。

操作规程抄完了。他俩走出门来。路上还很热闹，汽车后面的信号灯，像红色的宝衣似的闪耀着迷人的光芒。他俩走到公司办公室门前一看，人，黑鸦鸦的，挤了个风雨不透。电影已经开演了。他俩在后面踮起脚来，才能看见银幕上的半截人影儿。

“别看啦，我们出去走走好吗？”四刚提议。

“走吧，”蔓兰轻轻地答应着。大概是怕碰见熟人不好意思，他俩一前一后，距离有八竿子远，真好像谁也不认识谁似的。

他俩顺着公路，向工地的后面走去。啊！夜里的工地是多么迷人哪。你要是到了这里，什么奇景你都不会再想看了。瞧，那许多探照灯强烈的光柱，一道道相互交织在一起，简直把工地都映成是一片银色的海啦。在那密密麻麻的建筑架上，挂满了数不尽的电灯，真像是一嘟噜一嘟噜累累坠枝的金色葡萄。你要远远望去，整个工地仿佛是一座堆满了夜明珠的宝山。那光芒一直冲入云端，把月亮也显得白惨惨的，而那些钉子似的星星，干脆就看不见了。特别是那忽隐忽现的电焊的银蓝色的闪光，把这童话似的工地夜景，渲染得更加神妙、绮丽。

“蔓兰，这不比电影好吗？小时候，有一回正月十五，跟爹爹上城去看灯，当时觉着真好，可是要跟这一比呀，那算个什么哪。”四刚闪动着大眼睛，好像在回想什么。

“怎么能和那个比呢，这是建设社会主义啊。”

四刚还在沉思着，越往前走，道上的人就越少了。他俩不知不觉地又紧紧地挨在了一起。这时，在道旁的一个小山丘上，有两个人坐在那里娓娓地谈着。顺着晚风，四刚听得很清楚。

“……常看我们的工地吗？”一个小伙子的声音。

“嗯，常看，晚上站在家的大门口，就能看见工地的灯光。那时就想，你也许正在工地干活呢。”一个姑娘羞怯地轻声地说道，声音里充满了柔情。

“你想我吗？”从这句话的直爽劲，四刚听出是朱玉明。

“我才不想你呢。”只听那姑娘在矢口地否认着，“大伙都想，都在惦记着工地。你看，庄稼还没割，社里就张罗着挖菜窖，说是保证让你们在冬天能吃上新鲜菜。真哪，为了支持国家工程，人们什么都能豁出来……”

四刚听了这姑娘的话，心里很感动，不由扭过头来瞅瞅他们，从那模模糊糊的影子看来，果然是朱玉明。坐在他身旁的姑娘梳着两支长长的辫子。不过眉眼可看不太清楚。四刚不愿打搅他们，便和蔓兰继续朝前走着。

“蔓兰，我永远也不愿意离开我们的公司，我也永远不会放下我这个工作，一直到社会主义社会。不，社会主义社会不是也需要进行基本建设吗？”

“当然需要，四刚，我也是这样想，我愿意和你在一起……”

“是永远吗？”四刚停下脚步问道。

“嗯，是永远。”蔓兰瞅着四刚那两只瞪大的眼睛，勇敢的回答道，说完，她的心兴奋得蹦蹦地跳起来。

四刚紧紧地抓住了蔓兰的手，想说什么，可是什么也说不出来。他俩在这站了足足有一个时辰。

六

第七工地的立柱工程全部竣工了。

第二排立柱拆模板那天，四刚他们小组的人，就像刚开始干这项工程的时候一样，心情是兴奋而又紧张。人们直议论：“是好是坏就看这一家伙了。”就连福奎也急得坐不稳立不安的。不过，四刚的心里却很坦然。他相信这次决不会发生事故，他有这个把握。他一见大伙那种焦急不安的神情，便说：“大伙安下心来干活吧，我到工地瞅瞅去。”他到了工地，只见人们忙得正欢，混凝土工小组长朱玉明也在那儿，立柱模板已拆除下一多半，四刚向朱玉明问道："怎么样，老朱？""从拆完的这些来看，还没出什么麻烦。"他俩插手帮助干这干那，一直到全部都拆完。经过检查员检查，认为第二排立柱完全合乎质量标准。这一下，把个四刚和朱玉明乐得互相紧紧握着手，连连摇晃着说道："这多亏你们哪。""不，是多亏了你们。"看他俩那个眉飞色舞的样子，要是没有周围那许多人，也许要紧紧地拥抱在一起欢跳起来。

现在，四刚他们小组又开始预制立柱模板，不过安装任务还没有下来。

"四刚，咱们要是再干打立柱这个活儿呀，那管保手拿把掐的。"王师傅一边干活一边说。

"是啊，连我这老头子对操作规程都记了个不大离了。"老于头听王师傅这么一讲，也附和着说道：

"于师傅，你能背下来吗？"小李祥插嘴问道。

"待着你的吧，小小的年纪，我能跟你比。"

四刚微笑地瞅着这一老一少，枪来刀去的斗得很有意思。他知道老于头爱李祥，就像年迈的父亲爱他的独生子一样。

"你到主任那去一趟吧，问问下月干什么活儿，最好还是能打立柱，"一个工人向四刚建议道。

"是呀，连告诉工地主任，咱们的活干得管保错不了，一定能保证工程质量。"蔓兰低着头在干活，她每次当着大伙和四刚说话，总是用眼睛瞅着别处。

大伙说的，也正是四刚想的。他放下手里的活儿，拍了拍身上的木屑和灰土，便带着大伙的嘱托和希望，大踏步地向工地主任办公室奔去，心情是轻松而又愉快。多么好的天气呀，天空蓝瓦瓦像一片海水似的，银色的鸽子在自由地翩翩飞翔着，那塔式起重机上的小红旗红得是那么鲜艳，远处厂房盖上的绿琉璃瓦绿得是那么诱人。四刚觉得周围的一切都充满了活力，充满了生气。

“四刚，上哪儿去呀？”福奎推着一大车木料往回走着，他一见四刚，便把车子停下来，拭了拭额角的汗，满面带笑地说。

“上工地主任那儿去。”

“你看，多咱找个时间咱们好好谈谈。”福奎一看四刚那疑惑的眼光，便又笑了一下，接着解释说：“谈谈我的思想情况，再有上次发生质量事故的事，我也应该向大伙检讨检讨。事先，请你帮助分析分析。”

“好，回来咱们马上就谈。”四刚高兴地说。

福奎推着车子走开了，四刚继续往前走着。他不住地向四外张望环视，许许多多立起架子的厂房已开始了砌砖工程。东边的大烟囱已修砌到顶尖，远远望去，上边穿着作业服的工人们，都变成了隐隐约约的蓝点点。

他躲避着来往的车辆，拐过弯去，就到第七工地了。在他们打的那两排柱子下面，已堆满了朱红色的金属结构房架。五六辆载重汽车仍不停地继续往这里运送着。在工地的两头，已竖立起两座望不到顶梢的大抱杆。金属结构工们已经来到了工地。这一切都在告诉人们：又一座厂房很快地就要建成了。四刚一看到这个景象，心乐得都要飞起来。他用眼睛紧紧地盯着，长久地舍不得离开。要不是有事，他真想跑到跟前去好好看一看，向金属结构工人问问：他们打算怎样干，这座厂房的房盖多咱能盖起来。

他再往前走，猛然间看到混凝土工小组长朱玉明在他面前嗖嗖地紧走着，他大声喊道：

“喂，慢点走。”

朱玉明回头一看，见是四刚，便放慢了脚步。

“上哪去，这么忙？”四刚笑着问。

“到工地主任那儿，有紧急事在身嘛。”朱玉明俏皮地回答着。

“什么事情？”四刚接着问。

“去请求任务。”朱玉明郑重其事地说。

“是下月的吗？”

“是啊，大伙都希望下月还能打立柱呢。”

“怎么，也希望打立柱？”

“吓，这又有什么奇怪的。”朱玉明听他朋友的这种口气，有些不满意地说。“谁都知道打立柱是件又生疏又困难的工作，可是大伙偏偏都愿意干这个活儿。你懂这是什么意思吗？现在呀，人们都是把困难和光荣连在一起看的。你说，这不是很好吗？”

“是很好。”四刚兴致勃勃地赞许着。

“你干啥去？”

“咱们一道儿。”四刚把手搭在了朱玉明的肩头上，边走边说。

“也去请求任务吗？”

“对，不用问，都一样，明白吗？人们的心情都一样。”

“那好啊，下回打立柱咱们最好还争取在一起，有这个感觉没有？咱们在一起干这个活儿，已经觉得很合手了。”朱玉明黧黑的脸上，露出了兴奋的光彩。

“对，我们一起和主任说说。”

“我们要求下月再打上它二十根，当然，多一点更好……”

这两个小伙子一边走一边唠，年轻的心灵里，洋溢着一种美妙的幸福的感觉。载重汽车、推土机、拖拉机、马车，像一股长流水似的，从他俩身旁不断地流过去。工地主任办公室愈来愈近了，他俩不约而同地加速了脚步，不停地，不停地向前走着，走着……

长春，吉林人民出版社 1956 年 7 月第 1 版

在和平的日子里

杜鹏程

第一章　十字路口

一

嘉陵江穿过秦岭和大巴山区，弯弯曲曲地向南流去。它时而清澈，时而浑黄，时而暴怒得像要腾向天空。顺着嘉陵江岸修筑的铁路，快“接轨”了。上下一千多里的工地上，有十几万铁路工人更加奋勇地劳动着。他们在这人烟稀少的地带苦熬苦干了四年多。一年又一年，他们用双手凿通横贯数百公里的高山峻岭；有的地方大桥连小桥，隧道连隧道。有的地方铁路在山的腹部盘旋上升。为了在那云雾蒙蒙的高处修一个小小的车站，人们搬去了好几个山头。现在，眼看这世界闻名的铁路就要修通，人人都把吃奶的劲儿使上了。成日成夜爆破声不断，好像这里在进行一场决定人类命运的大战。天空有蛛网似的高架索道，江面上漂流着无数运送东西的小船。不论在太阳喷火的白天或是大风吼叫的夜里，运输材料的汽车、马车、人拉车和牲口驮子，塞满了山沟里的大小道路。沿途的山崖上，写着这样的大标语：

“争取‘七一’接轨！”

“赶到雨季前边去！”

“我们要和洪水赛跑！”

“要高山低头，大江让路！”

“一切为了社会主义！”

…………

目下，大伙都眼巴巴地盼着：多来一些晴朗的好日子。依往年的经验，雨季要来，至少还得一两个月，看来，前去路上的阻难不会太大。也难说啊，最近两三天就有一种不祥的兆头：天气闷热。大伙都像蹲在蒸笼里，满身汗水，喘不过气。有时候，一天当中就有上百名工人中暑晕倒在工地。夜里，在工地办公室里的电灯下办事的人，个个都满脸通红，因为那让蚊子围住的电灯，像一炉火似的烤着人。只有在后半夜，大气中的热力减退了，除了上班的职工以外，大伙都躺在江边、路旁或者帐篷里呼呼地睡觉。这工夫，你要无缘无故地把谁吵醒来，他准会叫你吃不了兜着走。

不过，在这正好睡觉的时光，也有人合不拢眼。

二

一天，半夜时光，第九工程队副队长梁建，躺在床上，脑子里像有千军万马在闹腾：不愉快的记忆，数不清的想法和一股子烦躁情绪，一齐拥来了。他翻过来掉过去，越来心越乱，头变得无比沉重，胸脯像是要爆炸。再说，那讨厌的床，吱吱吱叫着，好像马上就要破碎似的。他狠狠地用脚把床一捣，嗖地跳下床，出了工棚，倏倏倏地向嘉陵江边走去。

江边有一棵两个人搂不住的大槐树，枝叶茂盛，像个大伞似的。常来这儿歇凉的人很多。

梁建站在大槐树下边，敞开衣服，大张口呼吸着。

“过几天这里工作告一段落，我就要求调走。一定走！”梁建高声对自己说。要求调到哪里去？去干啥？他也说不清。他是久经锻炼的干部，可谁能想到，这样的人，目下却在人生道路的十字路口毫无主意地转悠？近来，他心里总是毛热火辣的，不停地问自己：“怎么办呢？唉，我到底怎么办呢？”

梁建，高个儿，身板挺魁梧。长方形的脸上，有一双机敏而聪慧的眼睛。左眼眉上有个不大明显的伤疤，这是战争留下的记号。眼角有很多又细又深的皱纹。这些皱纹表明他多次通过了历史风暴，带着不平常的经历。从前，他在第九工程队是以精干、办法多出名的，现在呢，他在生活的波浪中游泳，游得浑身困倦。在不能合眼的夜里，他苦苦思量那让他困倦的种种原因。这些原因仿佛没有多少哲理，简单而明白，可是又复杂得难以捉摸。

熟悉梁建的人说，梁建的心情是在不久以前才突然变得很坏的。这话也许不可靠。反正半月以前发生过这样一件事情：

一天中午，第九工程队的党委委员们，坐在嘉陵江边的草地上，举行党委会议。党委书记兼工程队队长阎兴，刚刚宣布开会，工会主席往起一站，慷慨激昂地讲："咱们工程队发生的'伤亡事故'，摆了很长时间，不作处理，太不像话……明天，工程局党委、区工会、劳动局和检察机关的人，要来这里追查这件事情。不能再拖了，对这件事故有关的人员怎样处理，咱们工程队党委赶紧拿出个主意来。"

工会主席这一番话没有激起什么反应，反倒带来了一阵沉默。党委委员们，有的互相望着，有的低头思索，有的用拳头轻轻地捶着身边的沙堆，有的咬着钢笔杆望着自己手里的记录本。

过了好一阵，阎兴左手搓着黑楂楂的下巴，说："这件事讨论了好几回。一讨论，就顶牛。我表示态度，给我什么处分，就接受什么处分。"

副队长梁建，盘腿坐在沙地上。他一面用双手搓沙子，一面慢悠悠地说："说的比唱的还好听。把一切处分都背上，将来我们每个人的档案材料就要用汽车拉了！"

同志们的眼光都集中在梁建身上，可是他神情漠然，显得满不在乎。

第九工程队施工组长刘子青站起来，挺不自然地犹豫了一阵，扭过脸去望着江水，说："两个工人丢了命，管'安全工作'的领导人，连个检讨也懒得写。如果检察机关要我们队的领导人负刑事责任，我就投一票。"

一种被压抑的感情爆发了；几个年轻的党委委员，一哇声地喊：

"我也投一票！"

“我也投一票！”

“要是允许，我投双份！”

…………

梁建站起来，拍了拍身上的沙子，不动声色地望了望每一个年轻的党委委员，随后，眯缝着眼把刘子青上下打量了一阵，仿佛看一个挺稀罕的东西似的。他说：“小伙子！我蹲了法院，丢了党籍，你就舒服？实对你说，有人负刑事责任哩！”说罢，就把手里提着的衣服往肩膀上一搭，双手撑在腰里，扬长而去。

有几个党委委员，瞧着阎兴，他们知道梁建的话是对谁说的。

阎兴用左手紧紧扼住黑楂楂的下巴，一言不发地望着江边那棵大槐树。

党委会没开出名堂，大伙儿愤愤不平地分头走去。

梁建窝了一肚子火。他倏倏倏地通过树林子走到江岸上。一上江岸，十几个人一窝蜂似的拥上来，把他包围住了。一连串的事情向他头上压来：

“梁队长！你说咋办？安全检查员要我们停工，说我们的劳动保护用品不齐备；没法子，我东奔西跑去找材料员要胶鞋和手套。找到材料员，求爷爷告奶奶，他说了声‘没有’，就算把问题给你解决了。梁队长！你开开恩，给我们批十双胶鞋、十双手套。嗯，这里有水笔。”

“梁队长！你早就知道，明天我们的工程不能完成，人家发包单位就要罚款。请你无论如何给我们拨一点小钢轨和土斗车。我这事好办，只要你嘴唇一动就行。”

“你们这都算急事？闪开！闪开！梁队长，听我说，基建局的老张，你是知道的，那家伙吃了饭消化不了，成天到处穷挑毛病：这不合规格，那不合标准。今天验工计价的工夫，他扣住我们十万元，磕头作揖也罢，好说歹说也罢，反正是不给。哎，这一笔钱捞不回来，下半月的工资就不能开支，工人们就要张起嘴喝西北风！梁队长，你拿个主意吧！”

“梁队长……”

“梁队长……”

梁建背着手，叉开腿，直挺挺地站在那里，谁也不看。等到人们七嘴八舌把话都说光倒净以后，他不声不吭，呼地豁开人，带着一股风直向队部走去。

这一伙人，愣了一下，然后怔怔地相互望了望，连忙奔跑着去追赶梁建。

梁建一进队部办公室，嗬，七八双手同时伸到他面前：请他批条子的，要他签字的，向他请示工作的，拿着十万火急的介绍信和他交涉事情的，还有那位又准备和他蘑菇一整天的设计工程师……这些人堵在前面，追上来的那帮人挡在门口，看样子，今天非把梁建挤干压扁不可。

梁建想：“什么任务呀，工期呀，雨季呀，洪水呀，材料呀，图纸呀，甲乙方的关系呀，计划就是法律呀，跟自然界作斗争呀……天天如此，月月如此，年年如此，这就是工地生活！”他看着那一张张满是汗油的脸，冷冷地问：“你们找我！我找谁？我找谁？”他冲出了门，眨眼工夫就无影无踪了。

党委书记兼工程队队长阎兴，一整天都没找到梁建。他以为梁建坐上汽车到工程局去了。

这天后半夜，阎兴提着安全帽，朝工地走。他用手电一照，看见梁建身靠江边的那棵大槐树，孤零零地站在那里。

阎兴，个子不高，长得很敦实。猛一看，你会觉得这人手大脚粗，不太灵动。显得过大的头，就像一块没有旋锉过的生铁。下巴上满是黑楂楂的胡子。厚嘴唇下边密密实实的牙齿，仿佛能不费力地咬断钢筋。这号人，说不定是一直干繁重体力劳动的起重工或者锻工，不久以前才被提拔到领导岗位上来的。但是那眼角和额头的皱纹以及那犀利的眼光，又告诉你：“凡人不可貌相”，只凭他的模样，便会获得极不准确的印象。

老阎摸摸梁建的衣服。衣服叫露水湿透了。他说："小心着凉。"停了一阵又说："伙计，到处找不着你。咱们做领导工作又不是一天两天，还能这样——"

梁建打断老阎的话，说："那天，党委会上，小刘和同志们说，要我对这次'事故'负刑事责任。什么责任我都敢负，塌方事故中死了两个人，其中有个小李。小李过去跟我在战争中跑了好几年，我愿意叫他去死？他的老婆孩子现在成了孤儿寡妇，我心里好过？我认啦，算我倒霉！让我去蹲监狱！"

老阎说："蹲啥监狱嘛！"

梁建说："我知道你什么也不怕，打开窗子说亮话，怎么会发生'伤亡事故'？因为赶工期。为啥要赶工期？"

老阎惊奇地问："你说为啥？"

梁建说："你自己知道。"

老阎说："我知道你也知道。今年元月份，工程局开会，局长说，这条铁路'七一'能不能接轨，关键就在第九工程队，老梁，你们敢点头吗？当时，你我反复商量之后，共同向上级提出：保证'七一'接轨。"

梁建说："不错。但是根据实际情况可以修改计划，而你总要坚持下去。行啦，你逞英雄，让我坐蜡！"

老阎左手紧紧地扼着毛楂楂的下巴，痛苦地说："老梁！我万万想不到你会这样了解我！"

梁建说："怎么，我说的不是事实？"

老阎说："这整个铁路工地有十几万人，就像大兵团作战一样，我们这个工程队只不过是这大兵团中的一个连队。经过大家反复讨论之后，上级制定了'七一'接轨的计划。从元月下旬开始，这一千多里铁路工地上的大战役便展开了。目下，这个大战役到了最后，也是最紧张的阶段。老梁，你说，在这样的关头，难道我们有权力宣布：非常困难，谁有本事谁去干，反正我们干不了。"

梁建说："就算你说的是道理。瞧，天气阴晴不定，何必冒这份危险呢？这不是自找小鞋穿吗？”

老阎说：“是担着挺大的风险啊！为了这，大伙儿才心情沉重。唯一的办法是：只有把各方面工作组织好，努力向洪水前边赶。难道你不晓得，夏季受洪水威胁，秋天雨季又来了，冬季大雪封山不好施工。能坐到办公室等待没有危险的日子吗？如果建设工作允许我们蹲到那里不慌不忙地等待，那么国家就没有必要在建设力量和建设资金异常困难的情况下，往这里投放这样多的施工力量和建设资金了。”

“哼！”梁建冷笑了一声，说：“好吧，愿意怎么干就怎么干，反正我把话说到前头了。”

两人谈话格格不入，像人常说的一样，弹不到一根弦上。梁建两条胳膊抱在胸前，一动也不动。老阎心神不安地用胳膊咚咚地砍着大槐树！

三

第二天夜里，梁建又是通夜合不拢眼。

他又站在嘉陵江边的那棵大槐树下面，好像那棵大树，懂得他的心思，懂得他的苦处，成了他离不开的伙伴了。

他呆呆地望着江水。江水被电灯照得明光闪闪。

他觉得浑身无力。这工夫，即使身后的大山塌下来，也懒得去躲。扭头看，身边一个茅草棚的窗子闪亮。打窗子里传出了孩子从梦中醒来的声音和母亲爱抚的乖哄声。阎兴和他的妻子儿女住在这里。梁建想去跟阎兴这位多年生死患难的战友聊聊。“唉！算了吧，一谈话准招来一场不愉快！”转念一想，又觉得：“这多时总是埋怨老阎坚持把‘工期’提前，简直无聊。为人不容易，得罪人一句话就行了。从今往后，不能跟老阎闹别扭。老阎也有老阎的苦处。再说，谁都有个小算盘，老阎怎么安排自己的前程，用不着我梁建多嘴操心！”

老阎下了床，披上衣服，伸了个懒腰。听见窗外有叹气声，就问：“谁？”没有回答。听了听来回走动的脚步声，又喊：“老梁？”

“嗯！”

梁建背靠大槐树，一直望着手里的烟火头。他时而觉得脑子里塞满了杂乱的念头，理不出头绪，时而觉得脑子里空空洞洞，一无所有。因而，一阵心慌缭乱，一阵又仿佛对任凭什么事情都失掉感觉。

老阎出了家属宿舍的小茅草棚子，走到大槐树跟前。

两人肩并肩地站在那里。

老阎向："伙计！你又站在这里干什么？"

梁建还是望着手里的烟火头，爱理不理说："不干什么。"

老阎望着黑乌乌的大山。山上的森林里发出忽而大忽而小的吼声。月亮一会儿钻进了黑压压的云彩，树下的两个身影消失了；一会儿它又露了脸，片片月光便落在老阎和梁建的身上。

老阎说："糟啦！我左腿酸痛。腿肚里那颗子弹也动弹开了。恐怕要下雨哟！"一想到下雨，心上就像压了一块千斤石；忧愁的情绪袭击着他。

梁建说："要是下大雨，就把人命要了！嗨，随便吧，要下刀子也行！反正人活到世界上没有一时一刻不作难。尤其是做领导工作，更不是滋味！现在，如果让我挑选的话，我真愿意去当壮工，去背石头，去扛水泥！"

老阎说："我说过百把遍啦：在这节骨眼上，你要消极泄气，就是成心把我泡上啦！"

梁建满肚子火轰地冒起来。他敲着胸口，说："这能叫消极吗？我不过是要老实一点，认清自己有好大的本钱。怎么？要我像你一样，不管三七二十一，一直朝前扑吗？说实话，我不如你，我的头不是铁包的，也没有你那股牛劲！更没有你那份雄心！"

忽而隐没忽而出现的月亮，活动了一阵子，就跳到大山背后去了，跳到无边无际的原始森林里头去了。

他俩身后就是工程队队部的几排大席棚子。作为队部办公室的那座席棚子里，电灯还通亮。他俩前面就是日夜奔流不息的嘉陵江；通过横跨在江上的大便桥，就到了工地。

深山里的黎明来得迟，快到早晨六点钟了还伸手不见五指。早班工人扛着铁锹、十字镐，提着“安全带”和“安全帽”，通过便桥去上工。手电光闪动，有的人擦根火柴抽烟。年轻人，有的互相推撞，有的唧唧喳喳吵闹，有的唱家乡小曲，有的人瓮声瓮气地咒骂谁，仿佛刚从床上爬起来，睡意还没有消失。听那南腔北调的吵嚷声和歌唱声，你就晓得这帮工人是来自中国的东南西北。

梁建说：“看了眼前这光景，就想起‘拂晓出发，天明打响’的日月了。那种日月，咱们俩一道过了十来年哩。你说怪不怪，还没死，活到了今天！”

老阎把手搁在梁建的肩膀上，说：“一张开嘴就是死呀活呀的，你这个家伙呀——”

梁建把老阎的手轻轻地拨到一边，说：“不怨你坚持提前‘工期’，也不怨小刘狂妄骄傲，怨谁呢？不知道。反正我把这几年在建设工地的生活想了又想，凭良心说，我没有睡大觉，也没有爱惜自己的力气。可是现在各种事情都叫人头痛。这工地，上下左右前前后后有多少复杂关系要对付。动不动就得罪人，动不动就犯错误，动不动就打官司……再说，我总是像跛子走路，一脚高一脚低。有时候，满腔热情往前跑，跑过火了，事与愿违，出了乱子；以后做事谨小慎微，走路生怕踏死蚂蚁，临了，做梦也没梦到又出了漏子。真是抬脚动步都不吉利哟！同志们批评我说，毛病出在业务不熟悉。不熟悉就学呀。你看见啦，我忙上一整天之后，关住门学数学，读桥梁、隧道、线路和地质方面的书籍，研究有关各种规章制度的材料。书籍和各种油印材料堆了一桌子，一口又吞不下去，不由得就泄气。”他扯下帽子，把头伸到老阎胸前，说：“你看，你看，头发花白了！把青春交给了战争，这怨得着谁？要怨只能怨我们这一辈人的命苦！当然，也许我变得脆弱了，也许我落后了！也许……我……我……我说不清！”

老阎说：“知道。这些，我们都三番五次地聊过。你心情不好，就不知不觉把事情夸大了。比如说，几年来，你钻研业务，收获也不少。听我说，眼前工作这么急，有多少事要想，你何必——”

梁建打断老阎的话，说："算了！你现在当然不能了解我。你很得意。可是谁知道你背着人心里在怎么翻腾呢！"

老阎知道，一个人走了邪道，你劝他，你厉声批评他，他会恨你；有一天他走上了正路，又会感激你。反过来说，他走上了邪道，你怕触犯他，给他说顺心话，有一天他头脑清醒了，会结结实实地恨你。他一转身，站在梁建对面，说："我有必要对你装虚作假？什么叫'得意'呢？这几年，我受的处分比你多，比你重。这就不去管它。拿眼前的工作来说，我们把劳动力拉上来了，没有图纸；千辛万苦把图纸弄来了，又是材料不够；赶到劳力、图纸和材料弄得快齐全了，一年过了大半。于是拼死拼活地赶工、抢工，接着卷起铺盖去接受另一个任务，临走还免不了检讨，扯皮。可你也看到了，我们的工作一年比一年有改进。没法子，我们不是神仙，只能摸索前进，只能边做边学，只能一点一滴地积累经验。说心里话，我们挑的是千斤重担！因为，我们要在很短的时期里，打扫去几千年堆起来的垃圾；要在很短的时期里，做好别人几百年才能做好的事情。老梁啊！过去我们以为战争是了不得的大事情，现在看来，南征北战算不了什么；在战争中我们只不过用刺刀劈开一条路，通过这条路再往前走，才真正碰到了艰难，正像目下你我亲身经历的一样。怎么办呢？碰到艰难就往回缩？看到贫困的现象无动于衷？离开这个战场让中国永远落后？你说，当初我们把老百姓衣服脱下来换上了军衣，后来又把军衣脱下来换上了工人服装，换来换去为了啥呢？说呀，伙计！为了啥？"

梁建懒得跟老阎扯这一套。停了好大一阵工夫，自言自语地说："年轻的时候很幼稚，可是那股天不怕地不怕的劲头，倒是蛮宝贵的。现在呢，经的太多，见的太多，碰的太多，那种劲头再也不会有了！"

老阎双手抓住梁建的膀子，摇了摇，说："伙计，听我说，不犯错误，不碰钉子，不经受困难，人就长不大。不信你朝周围看：肩负革命担子的人，谁是轻松的？谁是一帆风顺的？谁不是用辛勤的劳动和艰难的经历，换取那一点一滴的长进呢？"

“话是不错啊！现在我要给别人谈话，也只能这样说。”梁建摆脱了老阎的手，无力的声音中夹杂着难言的烦躁。

老阎，双手紧紧地抓住头顶碗口粗的树枝，望着黑糊糊的大山，心里挺别扭。往常，他和梁建互相望一眼，心就贴住心了；一说话，感情就交流起来了；就算在吹胡子瞪眼的争吵中，情谊也在增长。这种关系，这种理解，这种信赖，这种感情和友谊，是在长久的共同生活中建立起来的，是在出生入死当中发展起来的，是最宝贵的、千金难买的。目下呢？两人中间却隔着一层东西；两人脚下的土地都自动地往后移，距离越来越远！

老阎感慨地说：“当年，我们爬在战壕中多少回亲密地谈过：将来在和平的日子里要好好做一番事业。瞧！在残酷的战争中都没有后退的人，如今可就过不下去了！俗话说，‘平地跌跟斗’，一点也不假啊！”

梁建想顶老阎几句，一划算，又压住了心头火。长吁短叹地说：“说的都对，非常对。我提不出任何理由来反驳！”一边说，一边身子顺树干溜下去，坐在沙堆上。

老阎微微摇着头，心里非常难过。他思量：“人想邪了，你磨破嘴唇，也休想打动他的心！”

梁建有气无力地说：“你不要管我。我有自己的主意。前些时候堆在我脑子里的乌七八糟的想法，都是可笑的，一切烦人的事情都是容易处理的。你说，一个人难道不是因为要有所作为才捅出各种错误吗？我既然是平庸的人，就做自己能做的事情吧。别的办不到，保证自己不犯错误还办不到吗？”

老阎几乎是对着梁建的耳朵，一字一板地说：“你用全部力量‘保证自己不犯错误’，就偏偏要犯最严重的错误。”

梁建说：“我不信。”

老阎说：“到你相信这话的时候，也许来不及了！”

梁建冷笑一声说：“这话可以吓唬初出茅庐的小伙子！”

老阎严厉而高声地说：“老梁！你真是啥也听不进去了？你真是

要下决心给自己招来无法挽回的后悔？”

梁建说：“后悔？这多时，我从痛苦和失眠当中反复思索出来的东西是重要的，问心无愧的！”

老阎说：“‘问心无愧’？亏你能说出口！你的想法，不光会给你带来难过，还会给工作捅出更大的漏子。我要认错了，就颠倒过来走路！”

梁建说：“你爱怎么说就怎么说吧！”

十几年来，老阎喜爱梁建的精明强干，也深知那忽冷忽热的毛病。最近，他以为梁建像过去那样，闹一阵子情绪又会正常的工作起来。可是，这一刻，只有这一刻，老阎才明显地感觉到：梁建正经历着那生活道路上最可怕的阶段。

天快亮了，工地上的人影可以看见了。工人的喊声，机器的吼声，搅和着远处传来的爆炸声；连江水也带着永不衰退的激情，吼叫着朝它的目的地急急地奔去。江边的沙滩上，有几百名女工，三个一群五个一伙地在筛沙子。她们不停地大声笑着，唱着，仿佛随便什么小事情都会让她们满心高兴。大概，在这些姑娘们眼里，生活是单纯的，事物是简单的，连这能把头夹扁的山沟也是人间最美不过的地方。

她们当中有的人朝青年工人喊：“小伙子长了二十五，裤子破了没人补！”

一帮穿着红背心绿裤衩的年轻工人喊：“你甘心，我情愿，咱们小两口下四川！”

奋勇的劳动，欢乐的声音，工地的热闹景象。这一切便把老阎的注意力吸引到当前最紧急的事情上——“接轨”日期快到了。他心里蛮发慌。目下，每一分钟都是无价之宝，都得抓紧。

他说：“老梁！你等一下，我去叫小刘，咱们一道去工地。好吗？”

梁建说：“随便！”

老阎上了小山坡，走进队部办公室。

办公室里的床上、桌子上、地上，横三顺四地睡着人；各种鼾声直响，像个杂乱的乐队。老阎眼光一扫，看见一个人睡在桌子上，用破单衣捂住头，呼儿呼儿拉鼾声，睡得又香又甜。那人脚上沾了很多泥，裤筒挽在膝盖以上。

阎兴把那人推了一把，轻轻地叫："小刘！"

刘子青嗖地跳下桌子，像是他根本没有睡着，随时都在准备执行紧急任务似的。

老阎凝视着小刘那干练的姿态，凝视着那年轻的脸庞，凝视着那明亮的眼睛，不出声地笑了。

第二章　一场争执

一

老阎、梁建和刘子青，过了横跨在嘉陵江上的大便桥，向工地走去。

块块云彩向东边退去。黎明时分挺凉快。

"云向东，一场空。"阎兴想起这个谚语，心里喜滋滋的。他走一走，就停住脚步向四处望去：山坡、江岸和沙滩上，席棚和帐篷一个挨着一个。就这样，住的地方还不够，有很多工人在山沟露宿，轮到他们上班的时候，就把铺盖捆起来挂在树枝上。

梁建和老阎前边走，又瘦又小的小刘跟在后边。不明内情的人，一定以为小刘是个小通讯员。其实，小刘是第九工程队的得力干部。

梁建在乱石和木料堆中走路，笨重的皮鞋碰得直响，好像随时都可能跌得仰面朝天。老阎有时候绕着走，有时候跃过去，身体轻巧而有弹性，好像他从小就在这里混，哪块高，哪块低，哪块有石头，捂住眼睛走也错不了。小刘光着脚板像小兔子似的在跳蹦。啪嚓！小刘跌倒了，抱住左脚咝咝地吸冷气，说："有他妈的鬼！踏在钉子上了！”

梁建说：“啊！又是一件工伤事故！”

老阎说：“倒霉的家伙！谁叫你光脚丫子跑？”他从口袋里掏出手帕，哧地一扯，交给小刘，说：“快把脚包上！”

小刘一边包脚一边对老阎说：“昨天下晚，我从工地回来，鞋子让泥吸去了。队部床下有你的一双鞋，我拉出一看，老天爷，你的鞋子我能当船坐！”

梁建冷冰冰地说：“因祸得福，你现在有休息的资格了。”

小刘说：“嘿！医院的人靠我吃饭，准饿断肠子。走吧，队长！”

第九工程队管辖的工地拉了三十多公里，大小工点几十个，三个人一天工夫就跑遍了。在各个工点上，他们都分别找干部们研究和布置“防洪”工作。

太阳落山时光，他们走到本工程队管区的第二号工点。虽说跑了一天，累得够呛，心里倒蛮畅快。不论谁，看到这规模宏大的工程，看到这紧张而有节奏的劳动场面，看到这成千上万生气虎虎的工人，能不满心高兴？

小刘坐在一块大石头上，觉着左脚又烧又痛。他明明知道那个可憎的钉子给他带来麻烦，可又不情愿承认这个。再说，看了这战场似的工地，脚扎破了一点又算得了什么。他从大石头上边跳下来，咚咚咚地朝做土石方的工人们跟前走去。一边走一边向二号工点的领工员讲说什么。一霎时，四处都听到他欢乐的叫声。

梁建满脸尘土，兴致也挺高。他，一会望着小刘的背影；一会跟女工们开玩笑，惹起一阵阵的哄笑声。

老阎敞开衣服。一边把帽子当扇子扇，一边哼着京戏。这几天，不管是早是晚，不管有多少繁杂的事情压在他头上，只要一到工地，便又轻松又乐和。刚到这个工地的人，看到这么多的工棚，这么多的工作单位，这么多工点、行人和车辆，加上昼夜不断的爆破声和那漫天的尘土，便会觉得，建设工地是世界上最混乱的地方。可是老阎却感觉到：这简直像一支百万大军，它是被统一的意志组织起来的，它按照它自己的内在规律和既定的目标飞速地向前行进。再说，一年又一年，许多人和这铁路工地一块度过漫长而艰难的日月；许多人把自己的性格、誓言和愿望，烙印在那一个挨着一个的建筑物上；许多人把自己的心血和汗水，渗透到那土地的深处去。回想起来，过去的日子里，有过快乐，有过创举，有过奇迹，有过一生难忘的劳动场面，有过一个又一个的胜利。不待说，在不寻常的斗争中；这一切常常让新的忧愁，新的操心，新的争吵和新的障碍给遮掩住了……说到天上地下，目下最重要的还是：眼看要“接轨”了，正像一场激烈而持久的战斗，快要接近最后胜利了，欢腾若狂的日子就要来了。

人在兴奋的时候，觉得一切都是如意的，都是美好的。老阎也是如此。

他满面红光，指着工地说：“老梁！前几年，我们刚到这里的时候，一窍不通，蒙头转向，图纸看不懂，连铁路上很多建筑物的名字也说不上来。那一阵，急得直想去跳井上吊。钻呀钻呀，嘿，如今总算钻出名堂喽！如果‘七一’能接轨，年底正式通车，这项巨大工程就比我们预计的时间提早两年完成。老梁！工地是个大学，我们伤脑筋、摸索、花的冤枉钱，都算我们交的学费吧！”

梁建爬上一块高地，敞开衣服，摇头说：“学费太高啦！”

老阎问：“从哪一方面说？”

梁建说：“无论从哪一方面说也太高。拿你我来打比方：从战场走到这鬼也不来的深山里，流了血又流汗！中国这么多人，偏偏只有我们生了一副受罪的骨头？”他眯缝着眼，望着远处，只见，长满森林的山头，像黑色的波浪，向远方流去，一直流到了天上。

老阎问：“我们闹腾了多少年，原来是在‘受罪’？”

梁建说：“那就算我们一直在享福吧！”他背着手，似笑非笑地望着自己的右脚。右脚不停地蹭着沙土。

老阎满肚子高兴，一下子跑得精光。梁建用故作轻松的样子来掩饰自己内心的风暴，这使老阎感到一种撕心的痛苦。一个身经百战的人，怎么可以用那样漫不经心的口气谈说人生最严肃的问题？难道说，世界上真有这样可悲的规律：某种人，只有当他一次又一次碰得头破血流的时候，才能变得聪明一点；或者，只有当他走到绝路上的时候，才对那最平常的道理恍然大悟？

他说："老梁！这工程队一万多职工的眼睛，都望着你我这样做领导工作的人哩。我们的情绪、言行和举动，都会影响他们。"

梁建说："嗬嗬！我现在是抬脚动步都得看皇历了！"

这工夫，小刘跑过来，指着桥梁工地站着的一堆人，说："瞧！那不是老工程师？"

老阎、梁建和小刘，朝桥梁工地走去。

二

目前，这桥梁工地是第九工程队最热闹的工点之一。桥址附近，堆着钢筋、水泥、木板、椽子、绳索、沙石。到处都是胶皮管子。抽水机、卷扬机和混凝土搅拌机，在轰隆隆地吼叫。挑石和运水泥的工人来回奔跑。眼看五个桥墩已经有四个就要完工了；只有五号桥墩做了半截，放到那里了。许多工人都围在那半截桥墩周围的脚手架上，有的一言不发地吸纸烟，有的没奈何地唉声叹气，有的在狠狠地咒骂祖宗三代。

老工程师张如松拄根树枝，当手杖用，目光炯炯地盯着那做了一半的混凝土桥墩。他身边站了四个年轻的干部：桥工队队长、指导员和领工员，还有女技术员韦珍。

韦珍穿着白衬衣，蓝粗布裤子，背个草帽，身材健美而匀称。两根大辫子盘在头上。椭圆形的脸上有一双好奇而吃惊的眼睛。这光芒四射的眼睛，流露出要强的神色，也流露出热烈的心情，快乐的气息，年轻人的朝气和回荡在全身的力量。

她盯着老工程师，眼睛睁得挺大，一眨也不眨。鼻尖和嘴唇上冒着汗珠。胸部微微起伏。

老工程师皱着眉头，问："你是这里的技术干部吗？"

韦珍大胆地承受着老工程师那逼人的眼光，微微点头，"嗯"了一声。同时，心又不安地跳动着。她很想说："我是昨天才到这个桥工队的……"去吧，愿意怎么批评就怎么批评，有什么必要啰唆呢？

老工程师张如松觉着，他要把韦珍那孩子式的模样和明亮而湿润的眼睛多望一阵，就会心软，原谅一切。他丢开韦珍，用钳子一样的眼光钳住了小伙子们。

他火气蛮大地说："你们做的这混凝土桥墩，简直是豆腐渣！"他指点自己的心窝，问："问得过良心吗？"

韦珍还是盯着老工程师，只是眼睛越来越湿润，也越明亮了。手里拿的皮尺掉在地上了，两手用力绞着。她一到工地，就听到许多人向她夸耀："我们这里有个老工程师，有学问，有丰富的施工经验，还有一份很厉害的脾气。"果然，今天她头一回看见这老头，就体验到"很厉害的脾气"的可怕了！

桥工队队长想辩解，老工程师手一挥，严厉地追问："问得过良心吗？说呀，问得过良心吗？"

"问得好啊！"随着这浊重的声音，阎兴出现在大家面前。他后边跟着梁建和小刘。

几个负责干部站在这里，整个形势就显得更加严重。

老工程师朝老阎和梁建望了一眼，又对那几个干部说："我是总工程师。我命令你们，立刻把这十公尺混凝土桥墩全部返工——炸掉重做！"

韦珍的长睫毛在闪动，仿佛"返工"这件事既在意料外又在意料中。不过，她望着那不争气的桥墩，呼吸短促。说什么也没有想到，前几个月给工程师当助手的时候，渴望着去独立工作，如今这个愿望实现了，可是在独当一面挑起第一个职务的时候，就碰到这一档子不光彩的事。一种羞愧的感情冲撞她要强好胜的心。

桥工队的干部们听到老工程师的命令，都大吃一惊，说："要返工问题可多啦！不说别的，这——"

老工程师一口咬定："返工！不能让儿孙后代骂我们无能。返工！"

小刘把桥墩检查了一下，只见到处都是窟窿眼睛，有的地方用锤子一敲，就落下灰块。

他抡着小锤子喊："是要返工哪！这简直——"他看了看梁建那黑煞煞的脸色，便把后半截话咽到肚里去了。

韦珍满脸飞红。她说："返工就返工！我们风里来雨里去，又不是为了混饭吃。也不是闹着玩！"她望着身边峭壁上"百年大计，质量第一"的大标语，两股眉毛拧成一股，让太阳晒得起白皮的嘴唇，绷得生紧。脸上看不出一点严厉的气色，倒显得有点孩子气的任性了。

这里站着的每个人全知道，在铁路建设工地活动的女技术人员，都是不平常的人。她们，不管是大学生还是中等技术学校毕业的，十个就有十个是热情的，泼辣的，能干的，不怕风不怕雨，不怕热不怕冷，不怕饥饿和疲劳。她们，都像韦珍一样，想做一番事业，又自尊又要强，见不得婆婆妈妈的照顾。你要说，这项工作太苦，调个男同志去吧，她们立刻和你争辩；还说不定马上从日记本上扯一页纸，在膝盖上嗖嗖地写一封信，把你告到党委去。小心！你要不留神露出轻视妇女的话，不管是谁，也不管在什么场合，他们会严厉地质问你，让你下不了台。事后，还不晓得把你恨成什么样哩。仿佛她们要在一天之内改变生活的面貌，改变自然界的面貌，使世界变得崭新；仿佛中国妇女几千年来所蕴蓄的力量，都从她们的心里喷出来了。就像韦珍吧，来工地只有几个月，已经立了几次功。她的照片出现在工程局的"光荣榜"上，她的模范事迹在青年中被激情地传颂。有些冒失的小伙子，还写信向她热烈求爱。

桥工队队长不停地给韦珍丢眼色，仿佛说："哟！不要火上浇油！"

韦珍反倒提高了声音，脱口而出地说："你不要挤眉弄眼，这是社会主义建设呀！"

几个桥工队的干部，没奈何地看了看韦珍，又望着老阎和梁建，好像说："队长！你们来对付这个倔老头和这难说话的姑娘！桥墩质量不好，可以想一些补救的办法，恐怕不能返工。没日子啦，眼看就要接轨通车了！”

梁建，把一块光滑的小石头在手里轻轻地丢着，他想：“返工？第一个站出来反对返工的人，决不是我姓梁的。”可是他却一字一板地这样说：“大伙合计吧，怎么省事就怎么办啊。”

老工程师用木棍咚咚咚地踩着地，说：“不建设最省事！”

“不吃饭更省事！”韦珍盯着梁建说，好像在挑战。

小刘瞅了韦珍一眼。他觉着，这女同志没高没低，说话太刻薄，心里很窝火，直想剋她几句。

韦珍到这里工作的头几天，老阎凭着丰富的斗争经验，凭着党委书记特有的眼力，凭着善于知人的本领，便在韦珍身上发现了一种很可贵的东西——虽然这种东西只是刚刚发芽，还需要灌溉和培养。平素，他很少找她谈话，更没有夸奖过她，但是他时时留心她的思想状况和心情的变化，留心她在工作中处理的每一项事情。目下，尽管韦珍说的话并没有什么错，但是老阎脸色严厉，皱起眉头，长久地凝视着韦珍。

韦珍感到那眼光的分量很重，便转过脸去，望着山坡上进行钻探的地质工作人员。她后悔说话太冲，痛恨自己掌握不住自己。

梁建轻轻地笑了一声，把韦珍上下打量了一阵，心想：“年轻人啊，有本事碰上三年五载再看！”接着，他又不由得羡慕起这女孩子了：“她不会瞻前顾后，说自己想说的话，毫不犹豫地一直朝自己认定的地方走去！多好啊！”他仔仔细细地看那黑乌乌的头发，聪慧的眼睛和那刚毅的嘴唇，好像他要在这女孩子的脸上找出那心直口快的原因。猛然，他发愣了：这女孩子的气质和脾性活活就是青年时代的梁建。十六七年以前，他梁建二十岁出头，锐气十足，谁要说伸手推不动一座山，他就不信。那时光，他也是多次像韦珍这样，天不怕地不怕，用正直的言语，撞击那些自己看不惯的人，不论地位多高。

韦珍有点怄气、委屈。她看看梁建那盯着她的眼睛，不时变化的脸色和那翕动着的鼻孔，仿佛在说：“盯我干嘛？我又不是做坏了的桥墩。”

笑影掠过老工程师的眼角。作为一个技术干部看，这女孩子还太年轻，还太缺少工作经验，可是她很能干，也挺厉害。她的脾气多么叫人喜欢啊！

老工程师看看怀表，又拍拍身上的土，说：“老阎，返工的事就这样决定。咱们快到五号工点去。”

老阎直挺挺地站在那里，没有吭声。他清楚的知道，这个桥墩“返工”，会带来多么严重的后果。把返工和重新打混凝土的时间紧抠紧算，也需要六天，才能做起这个桥墩。桥墩做成之后，需要二十八天“养生期”，才能达到设计强度，才能架设桥梁，才能铺轨通车。六天加二十八天，不是三十四天么？而从今天算起到“七一”接轨，却只有二十九天了。千余里的铁路工地，只要有一尺一寸没做好，都不能铺轨通车，更别说一座桥梁不能如期完成了！

桥工队的几个干部都显得很委屈。他们像是有话要说，又不便开口，你看我，我看你，憋得脸红脖子粗。

小刘看到这些干部挺为难，他觉着自己有责任把真情实话说出来。

他说：“返工是肯定要返工，可是领导干部要对这件工程事故负责任。据我知道，桥工队的职工起首‘打洋灰’的时候，就向梁队长请示：‘我们手边的洋灰有些变质，原来的模型板也破烂得不像样了，是不是可以调来一些好洋灰，做一套新模型板？’梁队长说：‘变质的洋灰降低标号使用，模型板就凑合着使用原来的。’打了十公尺以后，他们又请梁队长检查过一回。”

一个桥工队的干部接住小刘的话头，气愤愤地说：“是呀。梁队长检查完了，告诉我们：行。现在你们又叫返工！一个媳妇十个婆婆，哪个婆婆说了算？”

梁建似笑非笑地把小刘瞅了好几分钟，然后满有把握地说：“不错呀，我当时认为桥墩可以对付，现在也没有改变这个认识。你们看，这桥墩的确不很光堂，有些‘蜂窝’、‘麻面’，要是用灰浆抹一抹，还是美观的。不必返工！”

几个年轻的干部和韦珍，有的交换眼色，有的瞅老工程师、老阎和梁建，等待最后的决定。

老工程师摇摇头，说：“原来这个桥墩是在老梁指导下做出来的。嘘！竟有这样的事情！竟有这样的事情！”

梁建扫了老阎一眼，说：“世界上，没有比说话更容易的事了！……又要赶工期，又要质量好，这就是又要马儿好又要马儿不吃草。好吧，丢开‘七一’接轨的计划，当然可以返工。”

老工程师挺着脖子，望着老阎说：“做决定吧！”提起挎包准备走。他早就知道老阎这毫不含糊的人，会满心满意支持他的意见。

老阎直盯着韦珍脸膛的侧面，声音威严而低沉地命令：“韦珍，不忙返工！”

梁建仿佛早就料到老阎会说什么。他望着天空，很难察觉的笑意，在嘴角和眼睛角闪动。

几个年轻的干部，都觉得非常意外，吃惊地张着嘴。韦珍猛地扭过头来，盯着阎队长那酱色的脸膛，水汪汪的眼睛里显出了迷乱的神情。连小刘也眨着眼，识不透老阎的用意。

老工程师非常困难地转过身来，从头到脚瞅着老阎。他那苍白的眉毛中有几根长了半寸多长，心情紧张的时候，这几根长眉毛就像很细的钢丝在抖动。

韦珍只怕老工程师跌倒，想去扶他。老工程师用严厉的眼光止住了她。她的手像被火烧了一样，连忙缩回去。

一九四九年，老工程师起首在老阎领导下工作的时光，他觉得，让这个铁匠出身又不知学校门朝哪边开的人，来领导他这在大学讲台和铁路工地消磨了三十多年岁月的人，简直是天下最荒唐的事！那时节，他对老阎是凉冰冰的。日常生活中见了面，有话就说，没话就各走各的路。后来，他和老阎以及许多工人从东北抢修铁路直到广东，接着又马不停蹄地一道在朝鲜战场苦战了三年。只是在不久以前他去工程局担任总工程师的时候，两人才难分难舍地分了手。在他和老阎一个锅里搅稀稠的日子里，艰苦的战斗和深厚的友谊，让他认识了把大半辈子生命献给战斗生活的老阎。他时常通过老阎来揣摩新世界。直到如今，他虽然没有向谁承认过，可是他却把老阎奉为自己做人的榜样。老阎的名字，常常出现在他给亲人和知己朋友的信件中。因而，目下他不相信自己的耳朵。“不要返工！”老阎会说出这样的话吗？如果真是说出这样的话，一个用信任和尊敬铸造的形象，不是一下子便毁了！人生不是也变得难以理解了？

他双手扶住那根粗树枝，好像用这树枝支持他身体的全部重量。

他想：“可能是我听错了，嗯，一定是我听错了！”没有把握地问：“老阎！哎，老阎！不……不……不返工？”

“不忙返工！”老阎声音很沉，从他口里吐出的每一个字，都像块铁，用三十二磅的大锤，也休想砸碎。

老工程师像是僵在那里了，脸上那一根根皱纹都像拉直了的钢丝。两股苍白的眉毛竖立起来了，两眼喷射出逼人的光。也许，事后会后悔，但是这一阵恼怒的感情支配了他。他偏着头，严厉地质问：“为什么？”

老阎一动也不动，像是在地上扎了根，脸色铁青。他谁也不看地说：“可耻的事，并不是用手一抹就可以抹掉的。让全体职工轮流来参观这桥墩。看看，我们在建设工地糟踏了多少钱！我们总该用这些钱多少换来一点东西嘛！”他扭过头对韦珍和那几个年轻的干部说：“返工也有几种几样的返法。现在，你们和桥工队的工人都站在桥墩旁边，向参观的人介绍：我们是怎样把这项工程搞坏的，返工后要浪费多少钱，这些钱能买多少粮食，这些粮食够多少人吃多少天。怎么？你们不乐意！老实说，我要你们计算的只是有形的损失，还有无形的损失呢？成百桥梁工人整整干了四天，等于一个人干了四百天，结果是白搭。一个人一生中有多少四百天？去！去布置你们的展览会。越具体越好，越生动越好。”

桥工队的几个年轻干部，看看老阎、梁建和老工程师，然后，又不约而同地把眼光集中在那半截桥墩上。他们当中，有的人不停地眨着眼，一口又一口咽唾沫，仿佛一时弄不清楚老阎说话的意思；有的气鼓鼓地噘着嘴，好像准备跟谁吵架；有的长嘘短叹，显出一副泄气的样子。

韦珍觉得，一阵冷气凉呼呼地通过心脏。她已经进入了自己想象的场合：她这出奇的展览品，摆在那倒霉的桥墩旁边。参观的人前拥后挤地来了，老工人背着手，那严厉的眼睛不看桥墩只是责问韦珍："孩子！你就算咱们培养出来的技术人员？你的科学知识给咱们带来了啥益处？你不知道工人们在劳动中血一滴汗一点的辛苦？你不晓得一把水泥、一寸钢筋、一筐石头、一筐沙子，是怎么来的？你一点也不懂得心疼咱们的家业？"那年轻的工人们，用石头砸着桥墩，好像这半截桥墩侮辱了整个工人阶级。接着，又来了一帮和韦珍一道在工地工作的同学。他们当中，有的人一下子便激动起来，好像韦珍干了世界上最见不得人的坏事；有的人，嘻嘻哈哈地说风凉话；有的人背着手，显出很有学问的样子，从技术方面谈论这宗质量事故……

想到这番情景，韦珍脸上像火烤，心里像发了洪水，恨不得钻到地缝里去！

老工程师依然盯着老阎，但是那眼里闪动着多么复杂的心思！他觉得身材结实的老阎，显得又高大又雄伟。也像是第一次发现老阎的眼睛格外深沉。比起老阎来，自己多么简单，贫乏！心头涌起了强烈的自责情绪：混凝土桥墩搞坏了，这和自己这直接负责技术指导的人无关吗？这一帮年轻干部，干起工作来满身是劲，又肯学习；也许他们的工程质量一直挺好，一时不小心把混凝土桥墩搞坏了。要他们返工重做就是了，何必那么性急地训人家一顿？谁没有个错呀！唉！下过一千次决心要改掉这讨厌的脾气，可又改了多少呢？"江山易改，禀性难移"的话，多少有些道理哩！

梁建本想不动声色，但是老阎的话像严重的打击落到他头上，以致脑子轰轰响。过了好一阵，按压不住的火气爆发了。他讥讽地说："决定返工，很好！"眼睛一眨也不眨地盯着老阎想："多少年来，他从来没当着这么多的人，这样对待我。是的，这是诚心拆我的台。这是不择手段的提高自己。人，人是最难识透的东西！”

他看了看周围人们的脸色，又冷冷地盯了老阎一眼，背着手，嗯嗯地向江边走去。路上，拣了一根柳条，一边走一边用力地抽打树干和路边的大石头。

三

韦珍和桥工队的干部们走后，老阎思量了一阵，又把两个肘子向后扇了扇，深深地呼吸了几下，仿佛要把胸中不愉快的情绪都散发掉似的。

他转过身，笑眯眯地对老工程师说：“你到工程局工作以后，把我们忘得一干二净，有两个多月没来过这里。大伙都挺想你嗅。”

“老阎！有烟吗？给我一颗。”老工程师张如松闷闷不乐地用棍子敲打一块石头，要老阎坐下。“今天一早，我从工程局来，在队部没找到你，就跑到工地来了。老阎！不要好久，工程第一阶段的胜利就十拿九稳地抓到手了。可雨季会不会提前到来？前思后想，晚上睡不着！你看，地上这么多的蚂蚁。老乡说，蚂蚁出窝，就要下雨！”

小刘插嘴说：“迷信！迷信！”

老阎双手抱住膝盖。嘿嘿嘿地笑着。

老工程师说：“啊，老阎！天阴下雨，你那负过伤的左腿就有反应，很灵验哩。哎，你感觉到什么啦？嗯？”

老阎用拳头捶着腿，说：“难说啊！天有不测风云。”他觉得腿疼得更厉害了，可不愿意承认这是下雨的预兆，而归之于自己在工地跑了一天身体疲劳的缘故。同时，他又在心里琢磨那为了防止意外打击所制订出来的措施。

小刘说：“把七十二条心都放在肚子里。我打包票，啥关系也没有。”他说话挺硬邦，可是只要天空飘过一块又黑又厚的云彩，便仰起脸，心里暗暗地央告：“老天！你可不能变脸！你可不能变脸！”

梁建双手托住后脑，躺在远处的沙堆上，望着忽阴忽晴的天空。

过了一会儿，他慢悠悠地坐起来，捡了一块木头，用小刀子削木烟斗。低着头，全心全意一下一下地削着，好像在制作一件精致的艺术品。

老阎用左手搓着黑楂楂的下巴，眯缝着眼，满腹心事地望着梁建的背影，又望那个必须返工的桥墩。

老工程师时而看着老阎，时而望着梁建。然后，他一手抓住小刘的手，一手揽住小刘的脖子，说："小刘！你惦念我这老头子吗？我可常惦念你，惦念咱们在朝鲜战场过的那一段日子。看，你总是像小老虎一样。我跟你一道，准能多活几年。小刘，要好好学习，你才是我们的将来。有出息的人都是受过苦的人，都是打熬出来的。嗯，我说的不错吧！"他左右看看，又说："提起小刘，我就想起常飞了。我女儿常来信问到这孩子。作母亲的人，真有一份痴心！"

小刘睁大眼睛说："哎呀！常飞是你的外孙？这才奇了！"

老阎说："想不到。啊，常飞来这里的时光，你为啥不给我写封信呢？"

老工程师说："写信干嘛？他到这里还没有动手工作，就先背上我的牌子！像话吗？哦，老阎！你的眼力好，据你看，这孩子怎么样呢？"他盯着老阎的眼睛，急切地等待回答。

老阎深知老工程师的脾气，不好开口。

老工程师说："老阎！你看你这磨蹭劲！"

老阎思量了一阵，说："你容我想一想。嗯，这样，常飞嘛，到我们工程队时间不长。以我看，他年轻，我们走过的路他没走过，这是他的幸福，也是他的包袱！"

"啊！"老工程师愣了一阵，说："你不知道我对这孩子抱着多大的希望啊！这也许是老年人的弱点哪！"

小刘听见老工程师和阎队长拉家常话，他坐不住，便顺路基下边的沙滩向前走。走了百十公尺，看见两个测量工人在江边摔跤。抬头一看，那做得像城墙似的路基边儿上放个三脚架。小刘正要喊："谁在这里测量？"一听，路基上边有人哼着《歌颂美妙青春》的歌子，接着又有时高时低的争论声。他伸长耳朵听了听，也没有听清是谁在说话。

四

原来，技术员常飞和韦珍肩并肩坐在路基上。常飞哼了一个歌子之后，又起劲地对韦珍谈天说地。

韦珍望着远处的桥梁工地，若有所思。

常飞看到韦珍对他的话不感兴趣，便扭转话头，说："小韦！真是鬼把心窍迷了，我当初怎么下定决心要当工程师？"说罢，深情地望着韦珍。

韦珍说："工程师不好？你离当工程师还有八丈远哩！"

常飞嘴一撇，说："我才不羡慕这个头衔。你看这工地里，整天鸡飞狗跳，乌烟瘴气。泥里滚水里爬，经常还得提防石头掉到头上！"

韦珍望着山峰，肩膀微微摇晃，说："这年头嘛，工程师的称号有强大的吸引力，十个青年就有九个争着干这行道。倒霉的是：没人到大城市的柏油马路上去移山改河，也没有人到公园里去钻探石油。小常，这就是让你伤脑筋的地方。是吗？"

常飞说："你怎么满身都是刺！"

韦珍说："哟，你怪多心！我是信口说哩。"

常飞一会低着头，一会又用手在地上乱划，一会又用手理头发。憋了好一阵子才说："你帮我解答个问题。也……也不算个问题。例如说，友情会变成别的感情吗？"

韦珍说："友情，这要看哪一种友情。一个倔老头有个朋友也是倔老头，也许他们会打架，一打架，友情就变成互相不满意的感情。"

常飞说："胡扯这些干嘛？我是说，一个人——我是说，一个人有位挺厉害的女朋友——"

韦珍说："那一定要吵架！"

常飞说："不要打岔。我是说，他和她一道学习了好几年——天气好热哟——后来两个人又一道工作，他俩是不是只能永远保持朋友关系？”他本想把这很久以来埋藏在心里的话说出之后，猛然站起来跑开，可是两条腿不由自己支配。现在世界上的一切都是小事，只有韦珍那张嘴里说出的话是最要紧的。那张嘴里吐露出的任何要求，他都能办到。叫他跳江，他也去。听候判决吧！

韦珍站起来准备走。她说：“当然不只是朋友关系啦！”

常飞往前挪了挪，急问：“不只是朋友关系，还有什么关系？”

韦珍吧嗒吧嗒眨着眼睛，说：“同志关系嘛！”

常飞哭丧着脸说：“哎呀——你——”

韦珍望着常飞，把鬓角的头发抿了抿；又把盘在头上的辫子解下来，用辫梢轻轻地打着手掌；她又想起刚才桥梁工地发生的那一场争执。

常飞蔫头蔫脑，想继续说话，但是像把舌头咽到肚里去了，半天张不开口。他为自己拙劣的口才和沉不住气的样子而懊恼！去吧，哪有懊恼的必要呢？好久以来，憋在肚子里的话不是挺婉转地说出去了吗？再说，希望的线并没有断。要说话，要不断地说话，这是决定命运的时刻。于是他又把那说过一百遍的话搬出来了：“你……你……你对我有什么意见？”

韦珍说：“哟！我又不是干部科长，成天给你作鉴定。”

她真的很难说出什么。在大学学习的最后一年，常飞介绍她入团。韦珍说不上什么爱不爱，只是接触的多了，便不由自主地和常飞亲近起来。同学们嘛，一道学习，无拘无束；琢磨无数公式的实用价值，推求许多原理的深奥含意。肩并肩，望着星空，用想象编织将来的生活；郊游中，激昂地谈论理想……单纯、紧张而快活的学校生活结束了，于是大家到了工地。严峻的斗争生活就像工地里的材料试验室似的，那里，用精密的仪器鉴定每一种材料，变质的、变形的、发霉的和不合乎规格的，都被剔除出来……韦珍在生活的试验室里，学习着思索。因而，她不止一次地独自个钻到树林子里思量常飞这个人，觉得他身上有些不太对头的东西。可是她身上好像有一种什么力量不受意志约束，一见常飞，冷静的思考就不起作用了。不过有谁提议把他俩的命运结合到一块，她便觉得这人是瞎说乱道。

小刘一边往路基上爬，一边喊："嗨，小常！加油吧。这几天搞测量的同志们，都恨不得一个人顶十个人用哩！瞧！用眼睛也可以看出这段路基高低不平。谁测量的？真该打屁股！"

常飞坐起来，把披在眼睛上的头发向后一甩，心里窝火。小刘这个家伙不迟不早赶来了，还叽哩咕噜的说什么"路基"呀，"测量"呀，真是倒霉不挑好日子！

他没好气地说："你的眼睛能看出路基不平，还要这科学仪器干嘛？好啦，组长同志来得正好，我要到前面测量个'弯道'，劳驾你帮我计算一下。"

小刘说："开玩笑！我怎么计算得了！"

常飞望了韦珍一眼，对小刘说："哦！你这个领导干部，成天学数学，我以为你很有学问，原来头脑很贫乏！头脑贫乏，就赶快到一边去！"

粉身碎骨都可以，轻视是万万不行。小刘的胸膛在猛烈的起伏。他知道自己的毛病：冲动的感情借着愤怒的语言一冲出口，就不可收拾。为这毛病，阎队长和梁队长都没有少剋他。他双手撑在腰里，紧绷住嘴，肚子憋得咕咕叫。

韦珍把常飞拉了一把，友爱地责备："小常！你怎么能说出这不三不四的话？"

常飞眼珠子转了转，撇着嘴说："我错啦，我错啦，我不晓得有你庇护他啊！"

韦珍把辫子往身后一丢，说："他用不着我庇护。你想想，你我上小学的时候，小刘在沿门讨饭，你我上中学大学的时候，小刘在拼死拼活地打仗。难道因为他曾经是贫穷人家的子弟，因为他把青春献给了战争，别人就有理由轻视他？实说吧，照他现在的组织能力，我们再过五年也不一定有他的水平高；照他现在钻研业务的精神，不要好久，我们跑步也赶不上他！前天来工地的那个苏联专家，二十多岁的时候还不是个文盲？亏你还是个新式知识分子哩！鬼知道你脑子里装了多少垃圾！”

常飞双手塞在裤兜里，一只脚在地上点着，说：“同志，别给我来这一套！”

韦珍轻蔑地说：“这一套，这一套你一点也不懂！”

常飞气呼呼地说：“就算我是个傻瓜，也还懂得借题发挥。”

韦珍满脸飞红，说：“你有什么权力对我这样说话？”

小刘进退两难。他做梦也没有梦到自己被纠缠在他俩的关系之中。同时，心里涌起了一种感情，很感激韦珍。平素，大伙一块开会，一块商量事情，小刘从没有留意，这位说话挺冲的女同志，倒有一副滚热的心肠，也万万没有想到她对自己这么了解，这么关心，这么爱护，这么尊敬。而且，小刘好像头一次发现她——韦珍同志，身姿这样矫健，脸膛这样刚强，眼睛这样明净。一句话，他在她身上发现了许多与自己相似的特点。这相似的特点，使双方都变成了一面镜子，使双方都从这面镜子里看到了自己。

这正是高尚的感情存在的基础吧！

小刘想把话头转到工作上，于是他避开韦珍那喷射热情的眼睛，对常飞说：“要是猛地来了大雨，咱们可吃不消啊！闲话少说，抓紧工作。这几天全国人民都在望着咱们哩。”

常飞赌气地说：“你不要催命，要我没日没夜地卖命办不到。”

小刘满肚子火气又升起来。说道：“你刚来几天，还没做多少工作，你——”

常飞跳起来把制服往胳膊上一搭，说：“你个子不大，官僚架子倒不小！告诉你，不要说我刚来几天，我能来这山沟里待一天，就是很大的牺牲哩！”

韦珍盯了常飞一眼，好像她要用眼光把常飞刺倒。说道：“照你的说法，劳动人民还应该感激你这位难侍候的少爷哩！像你这种人少上万儿八千，我们照样建设。”猛一转身，辫子甩起来，险些打在常飞脸上。她一边顺路基朝桥梁工地走。一边说：“成天甜言蜜语的，世界上有谁把心交给你，就算瞎了眼。”

小刘望着韦珍的背影，把刚才那一场争吵带来的恼火心情，忘得干干净净。好像谁在他心里放了一把火，全部感情像一锅开水在滚，连常飞那难看的脸色和气恨的眼光，他也丝毫没有留意。

常飞呼哧呼哧喘气。他听不到工地里的各种声音，看不见眼前的各种景象，小刘什么时候走开，也不知道。停了好一阵，仿佛突然从昏迷状态中苏醒过来，跺着脚说："谁叫我来这倒霉的地方！谁叫我来这倒霉的地方！"话没落音。回头一看，队长阎兴和他的外祖父——老工程师，站在他身边。

常飞变颜失色。手没处放，脚没处站。望了望天又瞅地，好像要飞到天空或者钻到地缝里去。

五

阎队长看到常飞挺不自然，就和蔼地说："小常！你心情不好？"

老工程师理了理稀疏的白发，说："孩子！心情不好也不能瞎说哪！你正在学着走路哩，还能这么任性？"

常飞挺着脖子，看着身旁的山崖说："这也叫任性？"

老工程师向前走了一步，严厉地望着常飞说："不任性？我问你，这里怎么是'倒霉的地方'呢？我们的祖先在这里修了一点栈道，历史上写了又写。二十多年以前，我和许多工程界的朋友，在这一带摸了又摸，看了又看，结果一事无成，还险些被野兽吃掉，被土匪打死！那时候，连想象在这里修铁路的勇气都没有！现在，看看现在，我们穿过这秦岭和大巴山，修了一千几百里的铁路，移山改河就不去说，隧道连起来共长一百六七十里，桥梁连起来也有五十多里。愚公移山就值得夸耀？万里长城就算是全世界的人都为之惊倒的工程？孩子！一个工程师一辈子能跟许多人一道修这样一条路，他的一生就算没有虚度。你懂吗？嗯，你懂吗？"

常飞觉得，他有生以来，没有比今天更晦气了。他耸耸肩膀说："这和我有什么相干？我现在对任何事情都不感兴趣！"

“这和我有什么相干！”老工程师吸了一口冷气，心里冰凉透冷。摸摸索索地靠在一块大石头边，像个泥塑木雕的人。白眉毛下边的眼睛睁得挺大，灰雾雾的眼珠失去光彩，白花花的胡子随风飘动！

近几年，张如松遇到过叫人气愤和失望的事，这些事都不能压倒他。因为他能衡量出这些事情在我们的生活中占多大的分量。眼下，失望、悲痛和激怒的心情，使他头脑昏晕，四肢麻木。站在这里的人是自己用心血哺育大的常飞吗？不，不是，唉！那黑乌乌的头发，没有经过风霜的嫩脸膛，清秀的眉目，不是常飞又是谁呢？老工程师胸脯发闷，一句话也说不出来。可是他多么想用抖动的双手扳住常飞的双肩，用饱经磨难的双眼叩问常飞的良心：“你记得多少年来是什么东西把我的头发一根根染白的呢？你记得你的母亲怎样变得瘦弱多病呢？你记得在那不堪回首的日子里，为了你能吃饱、穿暖和不失学，我向那些不愿意交往的人去乞求援助吗？伸出乞求的手，望着冷若冰霜的面孔，那种愤不欲生的滋味没有刻到你心里吗？孩子！当时我是堂堂的教授，可是我常常把包谷面饼子夹在皮包里，背着人嚼上几口，然后到大学的讲台上授课！因为营养不良，何止一次昏倒在课堂上呢？艰难、屈辱而漫长的日子，在逐渐消磨我的生命。我平平庸庸终日为糊口而奔波。我对还不懂事的你，多次说过：常飞啊，你决不能像我这样生活，你应该有另外一种生活。是什么样的生活？不知道。总之，我和你的母亲，一日复一日，一年复一年，计算着你的身体和智慧的增长。孩子！现在你长大成人了，而且不知道什么叫贫困和屈辱。你还没有走出学校的门，人们就望眼欲穿地期待你成长。你的脚刚迈出学校的门坎，人们就双手迎接你这为知识武装起来的子弟，去兴邦建业。这是幸运呢，还是不幸？如若是幸运，那么，你稚嫩的嘴对人吐露和证实了些什么呢？”

老阎直挺挺地站在那里，用短而粗的手指扼着黑楂楂的下巴，思索着，深深地思索着！他心里隐隐作痛。胸中翻腾着难以说明的感情。他在万里征战中，在异国的土地上和美国鬼子厮杀中，在负了重伤死亡擦过身边的时刻，都没有体会过目下这种感情！

第三章　祸从天降

一

六月下旬的一个上午，梁建戴着个大草帽，像散步似的往江边走去。

最近几天，上下一千多里的铁路工地上，十几万职工，为了防备大雨和洪水到来，忙得更厉害了。有些工点增添了劳动力。关键工程的地方，机械增多了。山坡和江边的小道上，一溜一行的青年突击队员，打着红旗，唱着歌儿，去支援工程吃紧的单位。便道上，拉粮食和拉各种材料的车子，大大增加了；一天二十四小时，成百上千的汽车拉成一条线，像是去救火似的飞奔；汽车的喇叭声响彻山谷。从工棚到职工家属住的破草房，从各个工程队部到施工现场，处处都能听到人们谈说“工期”和“防洪”。有的人说梦话也离不了这些。但是，作为第九工程队负责人之一的梁建，倒保持着出奇的冷静。他每天准时上班，照常工作，自己应办的事，都一宗一项地办停当。遇到那些使别人心肺都要炸的事，他能沉住气，显得逍遥自在，仿佛什么也不熬愁。

用惊奇的眼光看他的人，越来越多了。

梁建躺在嘉陵江边的沙滩上，长久地望着片片浮云。他下了决心，什么事也不想。可是心里总是不平静，各种事情不招自来，直往他脑子里钻。

这时候，十几个纤夫，拉着一条大船，逆流而上。纤夫们弯下腰，“哼唻！哼唻！”地喘着气，顺江滩往前走。斜挂在胸前的纤绳，眼看就要扣到肉里去了。每走一步，那十几双脚，就踏出很多深深的沙窝。有时候，他们的下巴都快挨住地面，一双双的手，扣住地上的石头往前挣扎。汗如雨下！

梁建坐起来，兴头蛮大地盯着纤夫们从远处走来，经过他面前，又向远处走去……最近，只有这纤夫拉纤的景象，最使他感动。他连连说："真不容易！真不容易！"直到纤夫们身影消失在江岸上的树林里以后，他还呆呆地望着那十几双脚在江滩上踩出来的沙窝，不停地独自嘟囔，好像领悟到非常重大的道理似的。

有十来辆大卡车，从梁建对面的便道上飞驰过去，带起了漫天尘土。

过了一会儿，又有一辆大卡车从远处开来，在便道转弯的地方，猛地停住了。一帮年轻人，叽叽哇哇推推挤挤地从车上咚咚跳下来。其中就有韦珍。

韦珍，穿件白衬衣，背个草帽。裤兜里塞着皮尺和一卷表格，鼓鼓囊囊的，满脸是汗。

那辆车子开走了。韦珍和五六个青年人还站在公路上，热烈地谈论什么，一个比一个声音高。

梁建悠悠忽忽，瞌睡爬上了眼皮。可是一看见韦珍站在远处，他呼地站起来了。

说起来也出奇，这多时他对样样事都漠不关心，独有一看到或者是一想到韦珍的模样，漠然的情绪立时跑得精光，心里微微有些刺痛，各种杂乱的回忆在脑子里乱翻腾。这倒不只是因为他从韦珍身上看到青年时光的自己，看到一颗纯洁的心，而且是最近韦珍和他打交道当中，她一点也不掩饰她的不满心情，当着许多人顶撞他。难道在这个毛头姑娘眼里，梁建这位领导人就真的这样不成器？有时候，梁建忍无可忍，严厉地批评她，"谁给你惯下这副脾气？"但是，韦珍大胆而讥讽地瞅着梁建，把那严厉的责备当作耳边风。

二

梁建拍了拍身上的沙土，背着手，喊："小韦！过来！"

韦珍迟疑了一下，把吊在胸前的辫子用力地往身后一甩，朝江边走去。她讨厌梁建，有时候甚至恨这样的人。几个月以前，她和几位同学刚到工地来的时候，就听到同志们说："梁建是位经过长期革命锻炼的老同志，到建设工地摸了这几年，成了个挺有办法的建设干部……"这样，韦珍用尊敬的眼光看梁建这位经过大风大浪的干部。可是自从老工程师批评桥墩质量不好以后，她又和梁建研究了几次工作，发现梁建对许多重大事情都不在意。依她看，梁建好像变成了三锥子都扎不出血的人了。再加上梁建那一见她就很不平静的脸色，更叫她恼火！

韦珍坐在梁建旁边的一块大石头上，说："梁队长，你好！我们今天到兄弟单位去学习先进经验，你怎么不去？到上上下下的工地一看，才知道我们这铁路工程多伟大，多艰巨！八十岁老头看了，也能变成个青年。"她的话把她自己鼓舞起来了，满脸是兴奋的光辉。

"知道！"梁建点头应承着，并且用长辈的眼光仔细地打量她。

韦珍把一块手帕泡湿顶在头上。又把鞋子脱了，一边用脚拍着江水，一边捡起石头咚咚地往江心扔。江面冒起水花，接着一个套一个的水轮迅速地扩大着。当水轮快要消失的时候，韦珍又往江心扔一块石头……

梁建心平气和地问："小韦！你对我意见蛮多？"

"不少！"

梁建笑了笑，说："小韦！不管你开言动语怎样幼稚，不管你怎样到处乱咋呼，我清楚地看到你是个好青年。你当然不能了解我，不过我们还是可以交谈交谈。"

一个领导同志肯把自己的心向一个青年摊开，这使韦珍很感动。真的。往日对待梁队长太性急，太简单，太不顾分寸。上级领导同志就是自己的父兄。对待自己的父兄不是很需要爱护、体贴和出自内心的尊敬吗？自己刚出手做工作，就是这副样子！团组织的教导，教师的嘱咐，妈妈的叮咛，同学们的临别赠语，又记取了多少……话是开心的钥匙，应该趁这个好机会，跟梁队长亲密地交谈一番。

韦珍觉得自己有很多话要说，一时又找不到话头。大概，梁队长也需要安慰和鼓励吧！可是咋说呢？她咬住嘴唇，睁大眼睛望着江面的波纹。

梁建看小韦不作声，觉得这年轻人决不能理解自己，想交谈的心思消失了。

他扭转话头说："小韦！怎样和上级、同级、下级相处，想过没有？你晓得前面有怎样的困难等着你？"

韦珍微微笑着说："没有啊！"

梁建说："要注意。像你这样的人我见得太多了，很容易受挫折！不定在你碰上几次钉子以后，会变得软溜溜的连豆腐也咬不动。"

"这种话多烦人！"一种非常不愉快的情绪涌上韦珍的心头。那迅速反映出一切的脸上，闪过烦恼的气色。可是她立刻压住了这种感情，用友好的口气说："你说得多怕人啊！阎队长革命二十多年，碰过钉子，跌过跟斗，直到现在，咱们工程队谁也没有他挑的担子重，他反倒炼成一块钢了。咦！撇嘴干啥？我说的不对？"

梁建说："事非经过不知难哪。有一天，当你付出了足够的代价，就会想起我说的话。你哟，是个又天真又难说话的姑娘。我猜想，你大概是娇养大的！"他懒洋洋地把指头压得咯巴咯巴响。

"早知道你这么看我。"韦珍赌气地鼓了鼓腮帮说，"信不信由你。我父亲是个小职员，抗日战争开始，他带上我和妈妈逃难到西安。一到西安，日本飞机来轰炸，父亲被炸死在西安车站。妈妈带着我，不受的罪也受了。我能记得事情的时候，就跟上妈妈给人家洗衣服。我上学念书，总是饥一顿饱一顿的……要不是四九年解放，连高中、大学的门也休想摸一下！"

梁建说："哦！抗日战争的情形，你还记得？"

韦珍说："抗战开始我才两三岁，能记得啥？很多事情都是听妈妈说的。"

"这就证明我们是两代人了！"梁建敞开衬衣，两臂高举，把衣袖往下抖了抖，坐在一块石头上，蛮兴奋地说："小韦！卢沟桥炮声响的时候，我刚十九岁。草包！连一只鸡也不敢杀。后来我拿起了枪，面对面捅死过日本鬼子。有一回，我用大铡刀把一个人人痛恨的大汉奸，从头顶劈到脚跟。腰里别支枪，去发动群众，在敌人千军万马中横冲直闯，直到后来打蒋介石还是这股劲头。小韦！那时候根本不知道什么叫疲劳、艰苦、牺牲，只觉着全民族的灾难和力量都集中在自己身上了。嗬！这种感觉，把一个平常人一下子就变成了顶天立地的好汉！”

韦珍转过脸来，惊奇地眨着眼，问：“哟！为啥有那么大的劲头？”

梁建说：“这还用问？那时节无路可走。或者说，后退是死路一条，往前去虽然说有被打死的危险，有冻死、累死、饿死的危险，可也有死里求生的希望啊！反正敌人把刀子放到你脖子上啦，愿死愿活由你挑拣！”

韦珍思量了一阵，说：“哦！一个人只有在自己没有饭吃，没有出路，活不下去的时候，才有奋不顾身的革命劲头？等到他不愁吃穿了，生活环境安逸了，能活下去了，就听不见生活在怎样呼唤社会主义？他的生命就失去动力？这样的人，能算真正的革命者？给我解释解释，梁队长！”

仿佛数九寒天，谁给梁建身上浇了桶凉水，他打了一个冷颤。心里非常反感，可是哑然一笑，说：“总有一天，你会知道喇叭是铜锅是铁，小韦！现在我只能对你说，你有值得骄傲的年龄，我呢，也有不算太贫乏的经验。当然啦，我得承认，没有经验是可怕的，有过多的经验也是可怕的！”说罢，他似笑非笑，捡了一块圆溜溜的小石子在手里丢着玩。

韦珍明显地感觉到，她和梁建是不能心碰心的。梁建不像自己和自己的那帮同学，一点点小事情都可以深深地感动，他有他的一套坚实的想法。看！刚才浮现在他脸上的热情，转眼之间就消失得精光溜净！

梁建站起来，蔫头蔫脑地望着韦珍，好像望着一个十分不懂事的小孩子。多奇怪！韦珍说的话和老阎曾经对他说的某些话一模一样。

难道老阎在这些青年人面前议论自己了？揭自己的短了？他后悔他向这幼稚、执拗而又不通人情的女孩子把心摊开："碰到了鬼，感情一冲动就说了一大堆无聊的话！"

三

梁建后悔自己向韦珍把心摊开，其实还没有完全摊开；即使完全摊开，韦珍并不见得一下子对那复杂的经历，能作出扼要而精确的判断。不错，过去梁建带着家破人亡的仇恨，带着年轻人滚热的心，和战友们驰骋在华北平原上的浓烟大火中，枪声刀影里。有过勇敢的厮杀，有过功劳；就是在这建设工地里，也并非没有丝毫贡献，但是，道路是曲折的，行走起来并不容易。如果把梁建十几年来的经历打个比方，那正像一只小船，虽然在行进中颠簸得很厉害，虽然有时候在漩涡中打转转，仿佛要沉没，但是它靠着舵手的驾驶和别的许多船只的扶帮，终于随着激流前去了，有时候还能破浪猛进。

四年前，在冰雪将要融化的日子里，老阎和梁建初次来到这深山荒沟。那时光，这里除了勘测队插的几面小红旗之外，就是黑压压的森林、冰雪覆盖的大江和各种各样的野兽。

老阎和梁建站在山坡上，四处瞭望。

梁建把军大衣脱下来，昂首远眺，爽朗地说："老阎，新的时代开始了。今后，眼睛明亮的人都应该很快地在经济建设战线上找到自己的位置。我敢说，早一天到这个岗位上的人比迟一天到的，一定占便宜。一个时代有一个时代的英雄啊！"

老阎裹紧大衣，一边顺山坡往下走，一边说："你说什么？啊，先不忙当英雄，事情没有那么简单。"

头一年，老阎、梁建和他们带来的人，在山沟里盖工棚，修运输便道，采集沙石，等等，一句话，做施工准备工作。除了十多个新派来的技术人员之外，三千多穿着军衣的人，总是保持着部队作风，一声命令可以喝到底。这时候，苦是苦，但是工作比较顺利；梁建除了做工作，还读俄文，钻研业务。到了第二年，几十个重点工程同时开工了。第九工程队的人员，从三千名增加到一万五千名。在工作大开展的同时，也带来了混乱。开始一个时期，第九工程队的职工们，还贴紧标齐，向前走去，可是就像在宽阔而波涛汹涌的大江里游泳一样，慢慢地就有人落后了。站在领导岗位上的梁建呢，各种新问题一齐挤到了他跟前，他由烦躁变得委屈，由委屈变得沉默寡言。这时候，他又觉得自己转业来搞建设工作，是失算。为了解决梁建的思想问题，第九工程队党委没有少开会。

度过了这个时期之后，人们虽然还忙得团团转，虽然还是有无穷无尽的会议和脸红脖子粗的争吵，但是工地面貌和往日大不相同。各级领导干部摸索出一套工作规律了，工人们会熟练地运用他手里的工具了，一切都有条理了。每一个职工都仿佛变得年轻了，格外愉快了。梁建也变得精力充沛。有一回，老阎对梁建说："现在我算弄清了：当你感觉到困难快把你压碎的时候，也就是新办法产生的时候；在这节骨眼上，最重要的就是能挺住。"梁建拍着老阎的肩膀，大笑着说："说得好，说得非常好！"事实上，这时，不管是老阎、梁建或是工人们，都把一两年前那让人呕心沥血的混乱情况，当作遥远的、轻松而可笑的事情来回忆。

是的，向前走去，斗争带来的欢乐便等待着人。梁建凭着职工们的实践经验，凭着心里升腾起来的热劲，凭着经验和能力，很快就掌握了管理生产的方法。

今年春天，老阎到兄弟单位学习先进经验，刚刚回来，把挎包扔到家里，连脸也没洗，三步并作两步跑到办公室。一进门，看见梁建把袖子挽起来，趴在桌边唰唰唰地写什么；旁边坐着两位青年，帮助梁建抄写。

梁建一抬头，看见了老阎，把笔往桌上一丢，跑过去抱住老阎的肩膀，说："可回来喽，真把人想坏了！啊，你刚回来又得走。"

老阎问："哪里去？"

梁建说："后天工程局举行党代表大会。明天动身，赶到局里报到。"

老阎说："咦！忙忙迫迫写什么？"

梁建笑了笑，摸了摸头发，说："咱们要在这次党代表大会上，作'计划管理'的典型报告哩。唉，我说你呀，真是舍近求远哪！工程局在各处推广咱们的各项先进经验哩，你却满头大汗去学习人家的经验。就拿隧道施工来说，恐怕全国找不出几个像咱们这样的例子：五号隧道每月完成百公尺成洞。"

老阎摇头说："嘿！这可是关住门称王称霸啊！东南铁路工地上，已有每月完成一百五十公尺成洞的纪录啦。"

梁建抿住嘴笑了笑，说："别瞎吹了，眼前要是谁能做到这个地步，他姓什么我姓什么！"

老阎摸着黑楂楂的下巴，疑惑地盯着老梁。

梁建一边整理他写的报告草稿，一边说："老阎！你走后，我是党、政一揽子挑，工作虽然没有搞出什么名堂，可是倒弄清了一个道理：无论谁，只要把担子放到他肩上，没有干不了的。现在，就是把你我放到工程局长的位置上，我们还不是一样推得磨子转。"

老阎突然直起腰说："小心，老梁，我看你……"

梁建说："老阎！——小王，赶快抄写。调度员，把今天的生产日报表拿来——哟，老阎！看你这副样子，刚才我是说笑话哩！"

老阎从队部办公室出来，看见党委委员们坐在院子角落里的席棚子下面开会，老阎觉得奇怪。他不在家时，梁建代理党委书记，可是今天梁建不仅没主持党委会议，而且连会议也不参加。

老阎问党委组织科长："老梁为什么不参加会议？"

组织科长没奈何地笑了笑。

老阎问："最近工作怎么样？"

组织科长说："生产方面还好，就是从上到下有一股子骄气。刚才党委会上研究了一番，大家认为，这样下去恐怕要出问题。"

老阎没有表示什么，只是脑子里闪过这样一个念头："工作不顺利的时候固然困难，工作顺利的时候也包含着某种危险。"

过了两天，梁建已经站在挂着党旗的台子上，向工程局党代表大会的代表和列席旁听的五百多人，作“计划管理”的典型报告了。他穿了一套崭新的黑呢子制服，刮了胡子，显得老练而潇洒。他把这个数字连篇的报告，讲得那么流利、生动和有趣。掌声不停地打断他讲话的声音。

老阎坐在台下，望着梁建自负的脸色，想起前天他刚回到工地时梁建的那一番谈话，不禁有些担心。

晚上，工程局的招待所里真是热闹。每个房间都住满了开会的代表和列席会议的人。他们，有的在整理笔记，有的在议论梁建的报告，有的在打扑克或者下象棋。

梁建背着手，从楼房的过道里经过，有时候停住脚，伸长耳朵听那从房子里传出来的谈话声；虽然人们有各种各样的议论，但是梁建听到的却只有这些：“……那是一员干将，脑子来得快！”“只要工作合他的意，干起来真有一手。”……

老阎顺楼梯上来，看到梁建在过道里踱着步子，偏着头思索什么，便喊：“嘿！悄悄在这里想心事！”

梁建说：“今晚，不冷不热，咱们去散步吧。要不，到小馆子里去喝二两。”

老阎说：“不巧，刘书记今晚找我谈工作。”

工程局每次举行党代表大会，都要对全部工作进行严格的检查。有人把这叫“过关”。的确，以往在这样的会上，有的人过不了关，有的人费很大的周折才能过关。这次会议进行到第五天，开始检查工作了。人们批评，质问，反驳，辩论，非常热烈。梁建听到不少他熟悉的干部被“点了名”，他心里直嘀咕。突然，一个代表喊着梁建的名字说：“工作中有了一点成绩之后，更要兢兢业业，但是梁建同志……”很多人接着说话了。有赞扬，也有批评。对梁建提意见最多而且讲得最尖锐的却是第九工程队来的代表们。梁建脸上一阵红一阵白，坐也坐不稳。

这天休会之后，梁建说身体不舒服，要回工地去，老阎挡也挡不住，还是党委派人阻止，梁建才从汽车上跳下来，返回招待所。

仿佛谁故意给梁建脸上抹黑似的，他一回到招待所，就连续接到三次长途电话，说是：工地里有一帮汽车司机和兄弟单位的工人打架了，问题很严重；五号工点发生一件质量事故，大约要损失三万元；炸药库爆炸了，炸死了一个人，原因不明……梁建躺在床上，连晚饭也没吃。

晚上，工程局党委书记、副书记、工程局长、副局长等六位负责同志，找梁建来谈心。老阎也在座。

党委书记是上了年纪的人，说话慢声慢气的。他说："代表们不是也给我提了意见吗？他们对每个人都要求严格，这是应当的。当然喽，你有不同的看法，也可以讲嘛。"

梁建不吭声，拿个指甲刀在聚精会神地剪指甲，直到领导同志再三问他，才慢悠悠地说："我的工作，我的思想状况，我们队的党委书记阎兴同志都清楚，请他讲还客观一点。"

老阎说："老梁！会议上大家对你提的意见，并非件件都完全符合事实，但是，这些意见都非常值得重视。特别是我们队来的代表们讲的意见，更应该——"

梁建抬起头来，眼睛呼扇呼扇眨了一阵，突然，截住老阎的话，问："更应该怎么样？"

老阎说："更应该感激，更应该虚心考虑！别说我们在一个工程队干出了一点成绩，即使干下天大的功劳，也没有丝毫理由翘尾巴！今天工地发生的几件事情，就和'翘尾巴'的思想有关系。要不警惕，那就很危险！"

梁建猛地站起来，他万万没有想到，在这样的场合，老阎会说出这一番话。他本想说："我'翘尾巴'？是喽，我明白了，我们队来的那帮代表对我提的那一大堆意见，原来是有来由的！"可是，他紧闭住嘴，连一个字也没吐。

副局长为了缓和这紧张的空气，便说："老梁！有话心平气和地说嘛。我觉得，老阎是一片好心，嗯，一片好心。"

梁建冒火了，手一挥说："前两年工地混乱的时候，需要我卖劲，现在自然是我该离开的时候了！”过了一会，又说：“我在第九工程队如果对谁碍手碍脚，就把话说到明处。”

党委书记说：“梁建同志，话可不能这样说。”

梁建说：“坐到这有沙发的办公室里讲原则，讲大道理，并不费事。老实说，到施工现场的泥水中滚上三年两载，再指责别人也不迟。”他站起来扶住桌沿，胳膊在抖动，说：“在工作中谁认真负责，谁就会招来一大堆怨言。撤我的职好啦！”说罢，气冲冲地走出去，上了车子，赶回工地去了。

没几天，工程局党委派了几个人和第九工程队党委的干部们一道，为梁建的问题开了四天会。先前，有相当长的一个时期，梁建虽然是副队长，但是代理队长的职务，开罢这次会，党委书记阎兴兼任队长，梁建还当副队长。从此，梁建有时候变得非常沉闷，有时候满肚子牢骚。他不但再不愿和老阎推心置腹的交谈心事，而且随着职工们闹腾提前“接轨”的事情出来之后，他和老阎的冲突尖锐化了。

梁建屡次打算离开建设工地……

四

韦珍觉得坐在这里挺别扭。她站起来，拢了拢头发，一言不发地和梁建握了手，准备转身走，突然，远处传来杂乱的喊叫声，她和梁建朝工地望去。只见：远处，桥梁工地和路基上的工人们，还在起劲地工作；近处，采片石和筛沙子的工人们，却愣头愣脑，放下手里的活儿，四处张望；而江边的小队长、领工员和一些年轻的技术人员，有的人跺脚，有的人扬手，有的人把喇叭筒堵在嘴上喊叫，像是发生了天塌地陷的祸事！

转眼之间，山坡上的喇叭筒里送出了让人神经麻木的声音：“天气预报：未来二十四小时有暴风雨！天气预报：未来……”

“哎呀——梁队长！坏啦！”韦珍失声地喊叫。浑身打颤，心跳得像擂鼓；一把抓住梁建的胳膊，好像人遇到可怕的事情时本能地找寻保护一样。她抬头看，天空晴朗朗的没有一丝云彩。呀！这比起黑云滚滚的天气来，更叫人心里发凉。因为它会突然“翻脸”，带来灾难，使你没法子招架！

“别慌！”梁建双臂抱在胸前，不动声色地望着山与天相接之处，锐敏地思考什么。

韦珍望着梁建那直挺的身板，镇静的姿态和严肃的面容，明显地感觉到自己实在是个很稚嫩的青年人。不仅梁建往日的行为和刚才谈话时给她留下的坏印象，现在消失得精光，而且她心里还产生了一种歉然的感觉。

天气预报使韦珍吃惊，她只知道大雨来了“了不得”，而对建设工作相当熟悉的梁建，却知道随着大雨提前来到，将给日夜忙碌的职工和各个工作部门，带来怎样的祸患。那由无数专家、干部和工人，耗费心血制订的生产计划，将被击碎；那一个齿轮套着一个齿轮像精密科学仪器似的生产组织，将被打破；许多人千辛万苦从全国各地弄来的宝贵材料，将要遭受损失；那对不少人说来，有无上意义的“接轨”日期，要落空了！梁建凭着丰富的经验能想象出，随着新情况到来将要出现的斗争规模，正像一个干练的指挥员，能预见到由于战局突然变坏而出现怎样紧张而可怕的局面一样。

突然发生的艰险情况，激起了梁建的力量。他的一举一动，都是精干而利落的，显得生气勃勃，刚毅而英武。

他和韦珍分手以后，迈着稳实的步子，沿着工地朝工程队队部走去。一边走一边筹思在这紧急的情况下，首先应该抓的几件要紧事情。

正在工地里奔跑的职工们，看见梁建那坚定、沉着而昂然的样子，便停住脚步，擦擦头上的汗，手足无措，为自己的慌张样子而不好意思。

梁建走到队部前面的大便桥跟前，拦住几个工程小队的指导员、领工员和基层工会主席，严厉地说：“要保持镇静，我们又不是没有经过这种阵势。只要干部们能沉住气，工地就不会混乱。要知道，工地一发生混乱，像被打乱建制的部队一样，便夹失了战斗力。”随后，他简短扼要地给一个个干部吩咐事情。

“老李头！你们那个工点，有几个地方可能塌方。你把工人撤离有危险的地方；另外，派几个监视哨，阻止来往行人通过有塌方危险的地区。好啦，好啦，不用说别的，对你们那个工点说，我讲的就是最重要的事情。去！”

“小王！你让你们小队的工人，把七号桥附近的器材和机具，搬到桥两头的高地上。我估计，只要把人力组织好，有五六个小时，这件事就可以办妥。去！”

…………

…………

梁建把干部们打发走了以后，迈开大步通过大便桥，回到了队部。一到办公室的门口，一股闷热的空气带着汗水味和烟草味，迎面扑来。他伸头看，只见里头挤满了人：有的脸上直流汗水，有的脊背和胸前的衣服全湿透了，大伙都是焦灼而震惊的。

干部们看见梁建回来，就闪开一条路让他进去。小刘和许多人都望着梁建，正像在紧急情况下望着那决定行动方向的指挥员一样；连工程队队长老阎，也因为梁建在这节骨眼上回到队部而觉得自己的力量大大地增加。老阎知道梁建最近这些日子的心情，但是也知道，在紧要时刻，只要梁建心里那股劲儿冒起来，他便具有果断精神和豪勇气概。

这工棚像个蒸笼，又闷热又窒息。

梁建从容地解开衣服，捞起个草帽当扇子扇。他的眼光，扫过每一个人的脸。他熟悉同志们的眼光，更熟悉老阎的眼光，也晓得这许多眼睛对自己流露出的热烈期待。一股热呼呼的劲头，在他身上扩张。他抿了抿头发，思索了一阵，接着，一只脚踏在凳子上，双手撑住桌沿。他想和同志们拧成一股劲来挑起这千斤重担，还想起一些有用的主意。但是，当他准备张口拿出自己的主意时，发现干部们都挤到老阎身边，望着老阎的脸，等老阎拿主意，把他梁建孤零零地丢在一边。其实，梁建刚才进来的时候，老阎正在讲话，现在干部们望着老阎是等待他继续说下去。梁建听到老阎对干部们说："……目下，叫人担心的倒是：第一，情况一紧急，在我们料不到的地方出漏子；第二,五号桥墩'返工'已经误了事，雨这一来更恼火。大伙儿开动脑筋……"梁建想："哼，又当着这么多的干部吼喊什么'桥墩返工'！"他觉得，老阎处处都要孤立自己，使得自己在这帮干部心目中变成可有可无的人，他心头有一种锐利的痛苦：啊，对啦！最近几天，他从帐篷旁边走过的时候，听见有的干部用不满的口气议论他，有的人还说一些难听的话。昨天工程队党委扩大会议上，就是这帮小伙子又非常激烈地批评了他。这帮小伙子是怎样的人呢？十年前，梁建当营教导员的时候，他们不过是普通战士，六七年前，梁建作团政治处主任的时候，他们不过是班长、排长或者是指导员、连长。

梁建心里升涨起来的热情，一下子便降下去了；那机敏而坚决的嘴唇抽动了几下，又闭紧了。"我这股不知死活的劲头又来了！多少祸事不是由于管不住自己的嘴而发生的？"他用了很大的气力压住那多少年来用艰苦斗争换来的责任感，窒息住用战友的血汗和难以计算的代价培植起来的勇往直前的力量。他极力使自己往满不在乎的心情中沉浸！

阎兴望着梁建的脸，察觉到那颗心由激动渐渐地变成无所谓的漠然了，好像有一种突如其来而又可怕的力量把梁建抛在旁观者的地位上。一阵寒冷的感觉从老阎头顶直灌到脚跟，一阵颤栗传遍周身！

老阎把帽子扯下来，使劲地擦擦脖子上的汗水。接着，双手塞在裤兜里，肩膀斜靠在窗边，两眼死死地盯着地面。他害怕下大雨，可是当大雨真正要来的时候，并不震惊。一来，因为事先有准备，就算下一场雨，也不见得就能把一切搅乱；二来，他深切地晓得，当不可避免的困难，硬要落到你头上的时候，那么，最重要的便是同心合力去迎接它，毫不畏惧地去战胜它。试想，当你在险恶的环境当中，发现你前后左右都是具有英雄气概的战友，不就觉得自己可以旋转天地吗？可是目下老阎却失去了一只有力的膀子。嘘！眼前最可怕的事情哪里是暴风雨啊！

老阎费了好大的劲，才把自己的注意力集中在眼前的工作上，他望着干部们那汗水直淌的脸膛，简明地布置了当前的工作。

他转过身，正要对梁建说话，一股烫热的风，把窗子上的纸片吹得呼呼叫。每个人都移动了一下位置，连梁建也不由自主地猛然转过脸来，望着窗子。各种不同的人，脑子里都闪过一个共同的念头："风是雨的头！糟透啦！"果然不错，霎时间，森林里传来让人心惊胆颤的吼声。随着这吼声，尘土漫天，树叶乱飞。突然，天，一下子便黑乌乌地压下来了。整个天空，都是炸雷的响声，震得人耳朵发麻；锯齿形的电光，不时地冲撞天空，击打山峰！转眼之间，三点一大碗的雨点，敲打着嘉陵江，敲打着一个又一个的工点，敲打着千余里工地上的无数材料，敲打着铁路工地十几万职工的心！敲打着老阎和无数负责干部身上的每一个细胞！

远近的山和所有的工点，都让白茫茫的雾气吞没了！工棚像只破船在风浪中颠簸。工棚门外的大树，有的让风雨压倒，有的被拦腰折断，有的被连根拔起！天空的电线，发出千奇百怪的啸声！有的人当当当地敲着锣，吼喊什么。

阎兴手一抡，这些天不怕地不怕的干部们，冲出办公室，不顾一切地向狂风暴雨中奔去了，向各个工点奔去了。

"成天喊：'往前赶，往前赶！'难道怕别人把棺材抢走了？现在看来，'七一'接轨，肯定要落空。瞧老阎急的那个样子，嗨，着急的日子还在后头呢！早就劝他向上级建议修改工作计划，可是谁的话他也不听。哼，让实际工作来结结实实地教育人吧！"梁建一边想，一边不慌不忙地把雨衣往身上一披，提上安全帽往外走。

老阎说："让我去。你留在队部掌握全盘工作。"

梁建说："我到工地去。"他走到办公室门口，望望外头的狂风，望望那像无数子弹似的斜射到墙壁上的雨点，转念一想，说："也不一定，哪里都可以。"

老阎摸了件雨衣，蹬上长筒胶鞋，冲出了门，转眼就不见了，仿佛被暴风雨卷走了。

五

梁建环顾办公室，思量着。这办公室里虽然又脏又潮，可是这一阵，有这么一个席棚子给你遮挡风雨，实在让人感到安逸。随即他又后悔，为什么不到工地去呢？工地上虽然暴风雨吹打人，可是那种忙碌的景象反而会使人心里平静。留在队部，便要处理许多你不愿意沾手的事情。他用拳头打着手掌，仰起头看，覆盖在工棚上的油毛毡，让稠密的雨点打得嘣嘣响。这声音实在叫人心意烦乱！

办公室内间——调度室的电话铃叫唤起来了，就像有个疯子在摇电话。

梁建焦灼地想："瞧！躲不开的事情来了！"

猛然，调度员从调度室冲出来，把帽子往脑后一推，扑到梁建跟前，嘴巴哆嗦地说："啊呀，了不得！江滩上堆的木料眼看要让洪水冲走了！"

梁建凭着经验清楚地知道，这只是困难的开始，马上就有十件、一百件火烧眉毛的急事压在人头上。这些事都是要你简要而负责地立刻处理；是英明的主意，这主意通过电话就电闪雷鸣一样传遍工地；是错误的指示，也会有人因此送掉性命。"怎么办？"梁建思量着，来回走着。"唉！要不赶着'接轨'，何必运来这么一大堆材料？这简直是……去吧，目下想这些鬼事情有啥用？干吧！怎么来就怎么对付。有什么了不起！"

响亮的电话铃，进进出出的人和跑来跑去的调度员，把几十件立时要处理的急事，带到梁建跟前。火热的战斗不容分说地把他卷进去了，工作热情像一阵旋风似的把他裹起来了。他又不自觉地恢复了往日在紧急情况下指挥人们战斗的那种劲头和魄力。这一切不只给他带来充沛的精力，还给他带来愉快的心情。

他敏捷而又稳实地坐在桌子跟前，在本本上记了一点什么，又斟酌了一下刚才处理过的几个问题。随后，迅速而流利地写了一个条子，交给调度员，要他立刻办理几件事情。又给一个又一个冲进办公室的人，简要而中肯地指点一番，于是那些人便带着信心和办法去工作了。他还不停地接电话，指示着，吩咐着，命令着，并严厉训斥那些办事拖泥带水的人。

突然，材料主任披着水淋淋的雨衣跑进来，央告："梁队长！你在电话里训我也好，骂我也好，反正现在工地里最伤脑筋的人就是我。你拨给我四百人，我十辈子也忘不了你。啊，怎么样？"

梁建心中有数。他说："目前，除了派人搬运二号仓库的东西，别的地方用不着给你派人。而二号仓库附近因为受地形限制，根本摆不下四百人工作。给你拨三百人。不要哭穷，要三百零一也不行。你先走，调拨的人随后就到。"

材料主任走后，他抄写了几个数字，头也不抬地对调度员说："要五小队讲话。"

一转眼工夫，调度员说："要来了。讲话。"

梁建接住电话耳机，说："五小队！啊，小秦，把你们的工人抽出三百名，去二号仓库附近抢运材料。"

回答："我们一部分工人在隧道里工作。这个隧道是关键工程，能不能如期'接轨'，就看它了。阎队长说，不论发生什么情况，也不准停止这里的工作，也不准……"

梁建气呼呼地说："什么'如期接轨'？什么'阎队长说'？你扯这一套干什么？我是叫你把隧道外边工作的五个班抽出来。不准讨价还价！"

回答："隧道外头工作的那一部分工人，照着阎队长的指示，正在帮卫生所搬家，卫生所有十七个伤病员，其中有十个走不动，他们的房子可能受洪水威胁。如果硬要抽人去运材料，这里出了乱子，该由谁负责？"

梁建上火了，大声喊："我负责！我负责！"话一冲出口，他又有点发毛。他晓得，如果洪水来了，第一个受威胁的是江边的二号仓库，而不是半山坡上的卫生所。可是，谁知道有多少根本想不到的情况会发生呢？也许山上突然冲下一股水，把卫生所和所有的伤病员都推掉，造成一个大事故。这样的事故连国务院都会惊动的。他不由得想起了前几天工程队党委会上，大伙提到的什么“刑事责任”，何况小秦口口声声说到“阎队长”……

小秦说：“梁队长！哟，哟，梁队长！不要生气。你认为这样好，就这样办。你口授命令吧。”

梁建问：“什么？小秦！小秦！你说什么？”

回答：“讲吧！我把你的命令登记在电话记录簿上，将来发生问题也好划清责任！”

梁建心里一凉，软绵绵地放下耳机，嘟嘟囔囔地说：“也好划清责任？责任！”他突然觉得头发晕，浑身发软，像是工棚垮下来压在他头上了。这种很少体验过的懦弱心情激怒了他。想唤起经验，想唤起信心，想唤起魄力，想唤起才能，一切努力都是白费，好像他完全枯竭了！他走过来走过去，用拳头狠狠地捶着脑袋。脑袋里有千军万马在猛烈的混战。混战的结果便表明在他咬紧牙关下定的决心上。

调度员问：“你……你调人调了半天，到底咋办？”

梁建避开调度员的眼光，头一摆，从牙缝蹦出来四个字：“往上转达！”

调度员说：“水泥库也快让水淹没了！”

梁建依然避开调度员的眼光，说：“往上转达！”

调度员忽闪忽闪眨着眼，愣头愣脑地望着梁建。

“你傻呵呵地看我干什么？”梁建伸出一个指头，指着头项，高声喊：“往上转达——向上级——向工程局报告！”话没落音，调度室两个电话机的铃子同时响起来。

梁建站起来又坐下去，急躁不安又拿不定主意。但是你站在发号施令的岗位上，就不容你不作声。他犹豫了好一阵，走进调度室，抓起耳机一听，原来是上级的通知：

“上游有几个帐篷被洪水冲走……你们要注意安全……”

梁建回答：“好！我往下转达！往下转达！”

他拿起另外一个耳机，仿佛听见几十个人一齐朝他讲话：

“雨很大，是不是停止工作？”

“有四户职工家属的房子被水冲垮了……”

“运输便道给冲断了……”

“江水不断上涨，上涨，上涨……”

…………

最后，梁建听见女技术员韦珍那急迫的声音：“哦，梁队长！据工人报告，队部前面的大便桥要赶快加固！赶快加固……梁队长！我求求你，加固便桥的事情，可千万不要忘记呀！”

梁建听见韦珍的声音，变得非常恼怒，喊道：“希望你沉住气！”啪的一声，丢下耳机。“这不知道天高地厚的姑娘，也来赶热闹。讨厌！”

各种紧急的报告，撞击着梁建的心。他，通身是汗，紧张得脖子上青筋暴起来。他的肠胃和五脏也都变成遇到大火的干柴，呼呼地烧起来。往日，在紧急情况下，他的精力不断地增加，头脑也越来越清醒，办法一个接着一个。如今只觉得力量越来越小，心慌意乱，最后竟变得昏昏迷迷了。要是五分钟没有人摇电话，他就能趴在桌子上睡一觉。“病啦？”他摸摸胸脯又摸头。

“当啷啷……”电话铃响得更凶了，好像电话机要暴跳起来。

梁建急速地来回走着，像热锅上的蚂蚁一样。电话铃越响越起劲。他冲到电话机跟前，把手齐胸举起，走到这边看看耳机，又走到那边看看耳机，仿佛那耳机是个危险而可怕的玩意儿，或者是个烧红的铁棒。鼓了好大的劲，发动了全身的力量，才把耳机抓起，犹豫了一下，又把耳机放下，接着又把耳机拿起，对下边来的一切请示和报告，统统如此答复：“这样——这样——”他伸长脖子，艰难地咽了几口唾沫。“——按具体情况办理！”又觉得这些话说得太笨，不妥当，将来为了这些蠢话，说不定要吃大亏。于是连忙又补充了一句：“阎队长在工地，有事情可以直接向他请示。听清了没有？向他请示。我记得他向你们布置‘提前工期’的时候，讲到防止意外因素的办法。怎么？找不到他？他上了天？不在一号工点就在二号工点，不在二号工点就在三号工点……”

回答：“我们工程队的管区拉了几十公里，风雨这么大，我们到哪里去找阎队长？你给我们拿主意吧，梁队长！”

梁建把嘴边的唾沫星子擦了擦，说：“我转在队部，没有亲眼看到你们那里发生的情况，怎么能乱出主意？啊？叫你去找阎队长，你就去找他，要不听话，出了问题，你负责任。”

梁建把耳机一放下，就觉得手有点抖，全身也忽冷忽热。领导，领导，谁有本事谁站到这领导工作的岗位上来试试看！“无官一身轻”，这话真有道理。哦！险些儿忘了这件大事：刚才技术员韦珍报告说，队部门前的大便桥要加固。这横跨在嘉陵江上的便桥是我们工程队的命根子，暴涨的江水要把它冲垮，上万的工人便会被洪水隔到江对面，简直等于置之死地。当然。可能是韦珍没有经过多大的阵势，一看风吹草动就蒙头转向瞎叫唤。几年来，每一个夏天都发洪水，这座便桥就没出过毛病，偏偏现在就……也不一定，这年头各种怪事都有！小心为上。他决心出去查看便桥被江水冲刷的情况，以便及时抢修。

梁建披上雨衣出了门，能震裂大山的炸雷就在头上响，雨水直往头上浇，冷气直往肚子里灌，狂吼的风也像要把他撕成碎片。他倒退回来，把脸上的雨水擦了擦，背靠墙壁直喘气，好像逃脱了死亡的追逐。“我会变得这样虚弱？”他问自己。“唉！我一直没有注意，战争损伤了我的身体，工地生活彻底摧毁了我的健康！”突然，韦珍要求“加固便桥”的声音，又像雷声似的在他耳边响。“怎么办？”梁建正一筹莫展地搔头皮，一转眼，看见技术员常飞披着雨衣从江边上来，拼命地往队部跑，像是老虎在追赶他。

梁建顶上雨衣跑出去，啪嚓，跌了一跤，连手上的泥也顾不得擦，就一把抓住常飞的胳膊，说：“听说大便桥出了漏子，你领上五六十个桥梁工人，负责把它加固好。”

常飞一跳三尺高，说：“我是管测量的。”

梁建说：“雨这么大你测量个鬼！”

常飞苦苦央告："队长啊，队长！我跑来跑去，身上连四两劲也没有了！你瞧瞧，雨又这么大……"

梁建蛮凶地吼喊："这座桥关系着上万工人的命，出了乱子，唯你是问！"说罢，他一溜风似的钻到队部办公室里去了。

梁建爬在窗口上，急促地呼吸着。嘉陵江的水眼看着一尺一尺往上涨。浑浊的江水中漂流着枕木、木檩、排架、牲口、树枝……江岸上有许多人一边呐喊，一边捞材料。江那边工地上的人，顶着雨，踩着泥，还在继续施工。

"老阎这家伙害得人好苦啊！在这当口，他钻到哪里去了？"梁建眼巴巴地希望老阎赶快回来。"老阎回来，一切要命的事就有他支撑了。也应该是他支撑！"

若要问，这一阵老阎在哪一个工点上豁出一条命工作呢？他是不是因为过分疲劳而昏倒了呢？是不是连一句话也没来得及留下，就被洪水卷走了呢？是不是被山上滚下来的大石头砸碎了脑壳，了结了他的一生了呢？这一层，梁建根本没有想到。但是，十年前，老阎和梁建分手以后，带上部队出去活动的时候，梁建睡觉睡不宁，吃饭没味道。有一回，作为营长的老阎去团司令部开会，夜深人静，还没回来，教导员梁建急了，带上通讯员去接他，路上跟几个政治土匪打了一仗，梁建险些送了命。他回来之后，老阎也回来了。老阎一进门，梁建就骂："我真想揍你！你到哪里乱逛去了？"老阎说："我怕消化不良，出去运动了一下！"

战斗的情谊——同志的情谊！如今，你到哪里去了？人世间怎么可以没有你？

六

电光闪耀。炸雷轰响。大雨倾倒着。大风吼叫着……

大伙希望：瞬息万里的闪电，能把厚墩墩的云彩劈开，让永远对人间笑着的星星继续眨眼。

大伙希望：不断轰响的炸雷，能把黑压压的云彩击碎，让蓝漾漾的天空露出脸来。

大伙希望：猛刮狂吼的大风，能把雾腾腾的天空扫荡干净，让阳光普照大地。

可是，风、雨、雷、电，拧成一股劲为害作恶，好像把太阳、蓝天和星星都窒息死了！

大雨倾倒着，倾倒着……直到第二天夜里，大雨才变成蒙蒙雨。

这时光，人们更忙碌更紧张了，仿佛是拼上命往前追赶，要把那已经逃走的二十多个小时抓回来。你到这个工点上，看到工人们在举行紧急会议；你到那个工点上，看到工人们扛着工具，站得整整齐齐，像待命出征的战士一样；你到另一个工点上，又听到年轻的指导员呼喊共产党员和共青团员，要他们带头恢复生产组织……一队队的人向东跑去，一帮帮的人向西奔去……还有许多工人，烧起了一堆堆大火，匆匆忙忙地烘烤衣服和鞋子，像冲锋之前做准备工作似的……

假若，这一阵有人能飞到天空，俯视这整个铁路工地，便能看到非常壮观的景象：嘉陵江两岸的点点火光拉了千余里，还有无数手电的闪光，以及这火光和手电光映照的无数活动着的身影……

梁建接到在施工现场准时开会的通知。他从队部出来，急急忙忙跑到大便桥上，打着手电，想看看桥墩被洪水冲刷的情况。洪水早就涨得快和桥面齐了。下面的情况好歹看不清。他觉着便桥在微微摇晃，生怕它咔嚓一声垮下去，连忙跳到桥头，正好跟几个桥梁工人碰了个面对面。

梁建抓住一个工人问："常飞呢？"

工人说："这两天连他的影子也没见。"

"昨天，你们桥工队是不是派人加固过这座便桥？"

"不知道。从昨天到今天下晚，我们全部人马都在拉机器哩。"

工人们走后，梁建猛一跺脚，牙咬得嘣嘣响。他在心里说："常飞！你把我毁了！"歹毒的眼睛，朝周围搜索，仿佛只要捞住常飞，就非把他一口吞下去不可！

"便桥！便桥！"梁建一边独自嘀咕着，一边朝前走去。他真后悔死了！当初，说什么也可以找到三个两个好样的干部，去加固便桥，可是偏偏看中了常飞。真是鬼把心窍迷了。再说，既然派常飞去加固便桥，就应该紧跟着去督促，去检查。现在迟啦！不过，也许常飞接到加固便桥的命令以后，来这里看过，发现便桥没有什么问题，因而就没有动手；也许他没有去找桥梁工人而在别的工程小队里抓了几十个人，把便桥加固了。也许……谁知道……碰碰运气吧，但愿没有风险！

梁建走进江边的一个帐篷，里头挤满了人。你说怪不怪，他一进去就看见韦珍的眼睛在急切地询问："便桥可加固了？"梁建心里厌烦得没有法儿说。他觉得这帐篷里什么也没有，就只有那一双巨大无比而又无法逃避的眼睛！

梁建挤进去，坐在帐篷角落里的一个炸药箱上，拿根纸烟在烟盒上嘣嘣地磕了一百多下还在继续磕着。然后，他点着烟，大口大口地喷着烟雾，好像要这烟雾把他全身遮住似的。这工夫，常飞突然钻进帐篷。梁建的眼光一下子就捕捉住了常飞的眼光。常飞低垂眼皮，而且连忙转过身，走出去了。梁建把一切都看清了。他心脏跳动的声音，自己都听得清清楚楚。他满脑子都是"桥"，而且越思越想越觉得可怕。他想象中的景象，仿佛是真的一样：桥垮了，乱子捅大了……无数人拥到他跟前，无数指头要把他的衣服指破似的。回头一想，又觉得这些心虚胆怯的设想没有充分根据，是自己吓唬自己……

老阎推开人，走到梁建跟前问："便桥加固了？"

梁建镇静地站起来，蛮认真地说："韦珍反映了有关便桥的情况以后，我立刻就把加固便桥的任务交给常飞了。"

"啊？"老阎用力地吸了一口气，左手扼着黑楂楂的下巴。

梁建又补充说："我是尽我的力量办了，没有延误时间。"

老阎一言不发，低下头紧张地思量。他听见站在他身边的韦珍，呼哧呼哧喘气。

老工程师把膝盖当桌子，在本本上计算什么。他只听说"便桥加固了"，可没有听清便桥是谁加固的。眼不离本本，说："老阎，你说把工人们从工地撤下来，我看可以缓一缓。便桥加固了，迟撤一两天关系不大。工期紧哪，一个小时都不能耽误。”

梁建说：“早撤下来也好。”

韦珍脸色发白，好像遇到十分怕人的事情。她抢前一步问：“为啥？”

梁建说：“无论干啥都要从最坏的角度去着想。这是常识。”

老工程师说：“桥加固了还怕什么？”

老阎凝视着梁建的眼睛。梁建虽然样子从容，但是低下头，看自己手里的纸烟。老阎感觉到一种隐隐糊糊的恐怖。他想，便桥加固了也罢，没有加固也罢，反正水涨得快和桥面齐了，要把情况弄清很不容易。但是又必须很快地把情况弄清，以便采取紧急措施。他把桥梁工程师傅以明和韦珍叫到帐篷外边。

年轻的工程师傅以明站在韦珍身后。他清瘦而斯文，在抗美援朝当中入了党。

韦珍说：“队长，队长！我看便桥根本就没有加固。这……这……这不是要把人活活急死？”

老阎说：“要沉着。充分掌握情况以后再作判断。现在，你和小傅去调查这件事情，两三个小时之内就要办妥。行吗？好。去吧！”

韦珍他们走后，老阎转过身，钻进帐篷。

开会的时间早到了，有几个干部还没有来。老阎看看他周围的人，只见，有的人衣服透湿，像从河里捞出来似的；有的人满身是泥，像从泥塘里钻出来似的；有的人把火柴棒放在嘴里嚼着，不断地咽唾沫；有的人摆出一副听天由命的样子，仿佛是被撤职以后等待查办。

有几个坐在梁建身边的人，叽里咕噜地议论了一阵，就一个接着一个说话了：

“铁道部、工程局都是吃冤枉的，他们会作决定，叫他们来干吧！”

“怨天怨地，你们这都是扯淡！”

“当初作计划的时候，把各种可能产生的困难，都再三再四地估量过，可是现在偏偏遇到了种种出奇的情况。”

“我就拥护梁队长的意见：慢慢来。”

“胡扯！什么时候都要有个奔头。莫非你没有看到‘七一’接轨的号召把大家的劲头都拧到一块了？”

…………

接着就是一阵乱糟糟的说话声，咒骂声，叹气声，埋怨声，焦急的呼吸声……

这一切，老阎没有看见，也没有听到，自从看了梁建的眼睛之后，一种难以说明的感情控制了他。

他坐在一个空炸药箱上，压得箱子吱吱叫。展开一卷又脏又破的图纸，一边看，一边筹思着成百件十万火急的事情，尤其是想到“便桥”。

这工夫，拥进来一帮人，都抢着对老阎说话。一个指导员说，上级前几天颁发的奖金，他们小队很多人认为不合理，要求解决。老阎猛然抬起头来；脸色严峻得怕人，冰冷而锋利的眼光逼得那位指导员往后退了半步，嘴张得老大。

老阎说：“奖金问题迟十天研究还会死人？目下情况这么紧，你脑子里装了一堆什么？啊？”回头又对身边的监察工程师说：“你说九小队施工中有毛病，命令他们停工。我撤销了你的命令。不服，可以上告。你告到哪里，我陪到哪里。”

接着，一个设计工程师插进来要说话。老阎的头用力一摆，说：“请你把个人的面子和小算盘放到一边！难道你还嫌大家在无用的争执中耗费的时间太少？十号工点修改设计的方案，双方同意，签了字，谁也不能推翻。”

那位设计工程师双手捂住胸口，要表明心迹。老阎知道，这人一开口说话，你就非把今晚睡觉的铺盖和明天的早饭准备好不可。

老阎手一挥，说：“目下，我没有空儿和你争辩。只能告诉你：在这工地里，要说是和自然界作斗争很复杂，还不如说人为的关系更复杂。我想过一百次、一千次，如若没有各种各样可恶的坏思想作障碍，我们的建设速度会大大地加快！”

帐篷里雾腾腾的，地上是稀糊糊的泥水，头上到处滴水点。湿漉漉的空气里，混合着烟草味、汗臭味、泥土味、柴油味。帐篷外，有人呐喊，有人争吵，有人唱歌，还有一台抽水机和两台空气压缩机，轰隆轰隆不停地吼叫着。别人在这场合，一定会头昏脑胀，更别说处理和思量事情了，老阎呢，照常办他要办的事情。

老工程师张如松给几个工程师交代了一些事情之后，看看老阎那忙碌的样子，又看梁建那沉思苦想的神情。他发现，梁建决不看老阎的眼睛，而老阎那偶尔落到梁建脸上的眼光，总是闪着灼热的感情和难言的心思！唉！生死之交的朋友，还有说不通的话？这当口，最可怕的是将相不和！老工程师想设法调停这两个人的关系，一时又想不出头绪。他时而搓手，时而捋眉毛，心里烦乱。

他走到帐篷门口，朝外望去，心里一动。看！常飞站在江边的电灯杆子下，脑袋吊在胸前，孤单单的。老工程师觉得，常飞那颗年轻的心和他隔得挺远。他怜惜起那刚在生活道路上迈第一步的小外孙。也想起了这万重山之外的女儿：在这炎热的季节，她可曾生过病？在这风风雨雨的夜晚，她是不是正在灯下给幼小的学生改作业本子呢？她也许倚窗远望，怀念着骨肉相连的常飞！也许望着堆满自然科学书籍的书架，把她年迈的父亲穿了几十年的破毛衣补了又补！唉！她做梦也梦不到她的父亲和她的儿子之间的可悲的距离！

老工程师微微闭住眼睛，觉得心酸！不错，常飞的言行让人想起来伤心，不过，那可能是青年人一时的糊涂跟任性。谁在年轻时代，没有干过几件以后叫人想起来脸红的事情呢？他直想把常飞叫到一个僻静的地方，双手捧住他的脸，长久地看那乌黑而明亮的眼睛。然后，把那年轻的脸，压在自己的胸脯上，用这年老的心暖那年轻的心！

干部们激昂的争论声，打断了老工程师的沉思。有人说："反正咱们这里成了一个烂摊子了！"

老工程师转过身，注意力又集中到眼前的工作上了，焦灼的心情支配了他："哼！常飞在这燃眉之急的时刻，站在战斗行列以外，是可耻的，绝对不能容忍的。"他痛恨常飞，而且迁怒于人，厉声质问那个发言的人："这样的'烂摊子'你见过多少？见过多少？"

十几个年轻的小队长和锐气十足的指导员，有的望着老工程师，有的脚在地上咚咚咚敲着。他们看来都像一个模样，脸都是那么红润圆实，生气虎虎。

小刘狠狠地说："他妈的，这鬼天气比反革命分子还坏！"

老阎把又脏又湿的衬衣敞开，双手撑在腰里，说："精神上要作准备，头痛的事还在后头。刚才气象台来了长途电话，明天天气也不妙！"

梁建望着帐篷的顶部，说："人人都有差错，难道在气象台工作的人都是神仙？或许他们计算错了，明天给我们来个好天气！"

阎兴没奈何地摇摇头，说："怪啦！能靠碰运气过日子？"

梁建说："同志！干什么都有点碰运气啊！"

老工程师说："靠碰运气过日子，还要科学干嘛？"

他背着手，气呼呼地出去了。

梁建耸耸肩，冷笑了一声，用那把世界上一切事情都看穿的眼睛望着墙壁，说："嗬！这人真倔，他迟早要跌大跟斗。我要说错了，算我白活了几十年！"

老阎把肘子支在炸药箱子上，用拳头顶着下巴，火气很盛。在这又艰苦又紧张的时刻，梁建当着这帮年轻的干部，说这些丧气的话，简直是给大家泄气！他愤愤地说："他倔——这就是说他正直。正直，这是革命者的好品质。一个人或许因为正直的品格一辈子吃苦头，可是有些人却一辈子也得不到它；最痛心的是那种庆幸自己失掉它的人！"

"老阎！肝火太盛对身体不好！"梁建说罢，望了望干部们，故作轻松地笑了笑。把衬衣扣子解开，搓着胸脯上的汗泥。

干部们有的互相耳语，有的互相碰着肩膀交换某种意见，而大多数人，都是又严肃又激昂地望着老阎，仿佛他们随时都可以去赴汤蹈火。只有小刘的眼光，直射到梁建脸上，这强烈的眼光是烫烧的。

夜深了。嘉陵江的水声，开山的炮声，摇着帐篷。爆炸的火光一闪一闪，好像谁握着一支巨大无比的画笔，在漆黑的夜空迅速地涂抹红颜色。火药味从帐篷的布缝钻进来，刺激人的鼻子。

老阎从江边的帐篷里出来，走到便桥跟前。路灯照着湿漉漉的便桥。江水刷刷地拍打江岸的岩石。有十几个桥梁工人在运木料，有五六个潜水员作下水的准备工作。

傅以明、韦珍、常飞和桥工队领工员祁长六，围成一个圈圈蹲在桥头的路灯杆子下面，你一言我一语的说着什么。老阎走到他们跟前，大伙猛然站起来。老阎的心随着大家的动作，颤动了一下。

傅以明搓了搓手，下巴在衣领上擦了擦，望了望大家，然后低声慢气地对老阎说："队长！便桥发生问题是事实，没有及时加固也是事实。"随后他把前前后后的情况，仔细地报告了一遍。

老阎背着手，叉开腿站在那里，像僵了似的。这一切，他在帐篷中和梁建谈话时已料到了，但是听了傅以明的报告，还像耳边突然打了一个焦雷似的震惊。牙咬得格格响，恼恨梁建的感情在胸中沸滚。什么东西支使梁建干出这样可怕可耻而又可鄙的事情呢？答案，老阎很明白，可是这个问题还是固执地盘踞在他的脑子里。

常飞平时对老阎就有一种畏惧的感觉，这一阵，他生怕老阎的眼光揪住他，弯着腰躲在傅以明身后。老阎早看到常飞那畏畏缩缩的身影了。他不怪常飞，而且觉得一个没有经验的青年被牵连在这件事情当中，实在是够呛。

老阎看着眼前这些干部：祁长六蹲在一块石头上，一股劲抽烟，一声不吭，仿佛你拿铁撬棍也撬不开他的嘴似的。蹲了一阵，他瞅了常飞一眼，走到桥边去和工人们一道搬运材料。傅以明用铅笔一下又一下轻轻敲打自己的头。韦珍背靠路灯杆子，一直盯着常飞，这一阵，她觉得常飞比梁建可恨十倍。尤其是常飞的窝囊样子，使她那轻蔑和气恨的感情烧得更炽烈。

老阎说："常飞！你就是不去加固便桥，也应该向我报告情况。乱子捅得不小啊！"

老阎说话的口气，使常飞把提在喉咙里的心放到肚子里去了。他走到老阎跟前，说："那……那……那位梁队长，他有意和我为难……"说着就呜呜地哭起来了。

老阎声音低沉地说："你啊……你这样年轻，可是这样令人难过！"

常飞后退了几步，呼哧呼哧长一口短一口地出气。

韦珍死死盯着常飞，深深地思索老阎的话。眼睛湿润。

老阎双手撑住膝盖坐在一根大木头上，等到感情稍微平静之后，走过去，紧紧抓住傅以明和韦珍的胳膊，说："你俩负责加固便桥！这担子不轻，知道吗？"

韦珍激动地望着老阎，仿佛这个站在她面前的人，赋予了她强大的力量。她说："队长！为了便桥，我什么都能舍出来。"

老阎转过身子，和韦珍面对面站着。他偏着头说："小韦！凭血气之勇去冒险也许容易，目下，却需要坚韧而千方百计地去工作。"

韦珍趁着路灯的光亮，清楚地看到老阎的脸色是严厉的，无比刚毅的。她觉得，阎队长这样的人，是从我们这辽阔的土地深处生长起来的，人们必须具有他那样的气质，像他那样坚实，才能用自己的肩膀担起革命大业。

这工夫，除了梁建之外，所有的党委委员都赶来了，大家研究了几项当紧的工作之后，又决定采用往桥墩下边大量投掷石头的办法来加固便桥。

七

下雨的第三天，天气变得更坏了；时而是阵雨，时而是蒙蒙雨，时而是连阴雨。到处都是泥水，房子里也是湿漉漉的，人简直要发霉似的。

这天，下午五点钟光景，梁建朝职工家属住宅区走去。他一边走一边想："老阎约我去吃饭，真稀罕！"

梁建踏着路上的黑泥，噗喳噗喳朝前走。走一步，喘一口气，走两步，出一身汗。一不小心，脚陷到泥里头去了，用很大的劲儿，才能拔出来。走一走，歇一歇。一歇住脚，两条腿就自动往下沉，一霎时黑泥就漫过膝盖，好像梁建只要十分钟停止不前，黑泥就会涌到脖子上，就会把他吞没。

梁建觉着：跟他并行的人或者迎面走来的人，对他都是另一副眼光，另一种态度。而且这些人仿佛身体特别轻，踏着泥水走路，很轻快。别人走路的样子，好像对梁建也是一种嘲笑和讽刺。

他觉得自己比起所有的人来，都矮了半截。而且，一种孤零零的感觉，一直死死地纠缠他。

他走着，走着，觉着今天特别困倦，好像要生一场大病。事实上，这多时，无穷的打算和烦恼，一直弄得他精疲力竭，正像胆小鬼在战争中，时时被恐惧追赶得疲惫不堪一样。

他走着，走着，本来是朝家属住宅区走。然而迷迷糊糊走到大便桥上了。

他心里不由得一惊："便桥，便桥，这座该死的便轿！但愿它在往后几天照样是这么结实牢固！"想起这座便桥，也就不由得想起前两天——暴风雨刚来的那天，他在办公室里被各种意外情况搞得丢盔弃甲，狼狈不堪的样子。前天，昏头昏脑处理的那一连串事情，包括"便桥"在内，都隐藏一种又模糊又具体，又巨大又可怕的危险。不定在哪天，小汽车和摩托车嘟嘟嘟地开来一大堆，党委书记，工程局长，检察机关的人，党纪监察委员会的人，都拥来了……他们把他梁建前天处理过的种种事情集中到一块，加以分析……然后，具有无上权威的纪律，像一座山似的压到他这罪犯的头上……想起来真叫人浑身打颤……"嗨！这一切事情，这威胁着我梁建的种种危险，跟老阎那邀功思想无关吗？"

梁建呼喊出声音了："老阎啊，老阎！你……"他用脚把便桥跺得咚咚响。

几十个工人嘻嘻哈哈，唱叫着向便桥走来。梁建连忙抹抹脸上的雨水，从便桥上折回来，又朝家属住宅区走去。

职工家属住宅区，就在队部旁边的山坡上。那里，东一间小房，西一间小房，看起来乱糟糟的。有的房子是垒几块大石头当墙壁，上面盖着茅草；有的比较阔气，用胳膊粗的树枝扎成墙壁，上面盖着破席子。那些房子都是外头下雨，里头也下雨，外头雨停了好半天，里头还在滴滴答答。

那一个个大致相同的房子里，都有不同的快乐和苦楚。

那一个个房子里，都有一个结实而能干的女人。她们为了维持那个家，时常背上行李，抱上孩子，跟上丈夫，从一个工地转到另一个工地。有的女人，二三十年以来，就这样生活。

梁建对那些小房子，都很熟悉。往常，他一闲下来，就到那些房子里去串门，去的次数最多的是老阎家里。走熟了，常常吃罢晚饭，不知不觉就走到老阎家里去了。今天呢，向老阎家里走，觉得格外艰难，也许是雨水和路上的泥泞把人害的。

老阎住的这个茅草棚，丈五见方，四面的墙上裱糊着报纸。一个用石头支的大床占了房子的三分之二。床旁边支了一块石板，上面放着勺子、筷子、油瓶和五个粗瓷碗。老阎的老婆李玉英，把床上的铺盖卷起来，用油布遮住。为了挡雨水，在头顶还绷了一块油布。老阎那个六岁的大孩子，坐在床角，端着个脸盆接雨水。房子里窄狭，潮湿，可还整洁。

李玉英用带子把最小的孩子捆在背上，坐在床边包饺子。她自言自语地说："不睁眼的天呀，下起雨来就没个完！"

梁建一进门，老阎那最小的孩子就摇着两个胖胖的小手，要他抱。

李玉英把孩子从背上解下来，交给梁建，说："除了你，这小冤家见了谁都认生。老梁！眼下，连家属们也吵嚷'工期'呀，'洪水'呀，到底怎么啦？"

梁建说："去问老阎！"

李玉英说："问老阎还不如问石头！我说，老梁！这多时，你成天不照面，嫌弃我们了？要不，就是我把你得罪啦？你听着，我要把你得罪了，老阎那牛性子人跟我得了？"

梁建说："有你这个能言利嘴的老婆，老阎很快就要升官喽！"

李玉英说："别戏耍人了！倒是你们俩好的穿一条裤子。前一向，老阎回到家里，躺下就说梦话：'材料……材料……'这一向，一躺下就是：'老梁呀……老梁……'就连一回也没有听见他在梦里念叨我母子们！"

"这些话已经过时了！"梁建虽然这样想，李玉英最后的几句话，还是触动了他的心。他不愿让她看出自己的心思，就说了几句笑话，又逗孩子玩，一举一动都不自然。

李玉英说："老阎准是把魂丢了，刚才还在这儿等你，一眨眼又不见了。"她双手把住门框，伸出头去，看见小刘急急惶惶顺江边走去，呐喊："啊——小刘！来呀！问句话。"

八

小刘进了门，把雨衣一脱，看见梁建坐在床上。

他愣了一下，说："梁队长！吃过晚饭啦？"

梁建一声不吭，仿佛根本没有看见他面前还站个人。心情变得非常激怒，仿佛他近来稀里糊涂地捅出的各种漏子，都怪小刘似的。

老阎的大孩子和二孩子，看见小刘进来，在床上乱跳弹，喊："你给我抓的斑鸠呢？斑鸠呢？"

小刘说："斑鸠跟上它的妈妈看外婆去了！"

二孩子喊："哄我哩！哄我哩！"大孩子嗖地蹦过去，抱住小刘的脖子，猴在小刘身上。

李玉英用围裙擦着手，说："小冤家！看我揭你们的皮！"

孩子们又都乖乖地坐到床上，调皮地朝着小刘瞪眼睛，努嘴巴。

小刘站到梁建跟前，说："梁队长！四川和陕西的气象台又来了电报：三五日没有好天气！嗨！今年真是要多糟糕有多糟糕！”

梁建把抱着的小孩子放在腿边，还是一声不吭。背靠铺盖卷，歪在床上，斜着眼珠瞅小刘，足足瞅了十几分钟。

小刘搓着手掌上的泥，说：“梁队长！你瘦得多了！”

梁建依然一动也不动地斜着眼珠盯住小刘，好像小刘是出卖了革命利益的叛徒似的。连孩子们都怯生生地望着梁建的架势，感到一种窒息人的闷气。

李玉英低下头包饺子，转眼一看，只见小刘立也不是，站也不是，就搭讪着说：“小刘，你手坏了？帮大嫂劈劈柴，还少了你吃饺子？”

这真是瞌睡了给一个枕头。小刘急忙把雨衣丢到一边，捞起斧子劈柴。

梁建说：“别劈了。”

小刘放下斧子坐在床边，不住地拧衣襟，水滴点点。

梁建说：“哼哼！你现在是翅膀长硬了！”

小刘不作声，望着李玉英包饺子。他在心里告诉自己：一定要沉住气！

李玉英惊奇地望了他们一阵，转念一想，觉得自己待在这里多有不便，就笑着说：“我给你们找点茶叶泡杯茶，有茶喝才能高喉咙大嗓地吵嚷。”说罢，又把大孩子和二孩子狠狠地瞪了一眼，意思是：悄悄坐在床角，这可不是闹着玩的时候。孩子们黑溜溜的小眼睛，骨碌碌地打转，胆怯地看着梁建和小刘。

李玉英出去以后，梁建把孩子推到一边，说：“我也许对不起别人，可没有对不起你刘子青的地方。”

小刘两条胳膊抱在胸前，坐在床边，脊背靠墙，望着炉子。炉子上的一锅开水咕嘟咕嘟地翻滚着！

梁建说：“说话呀，把舌头咽到肚里去了？”

小刘还是望着开水锅，说：“三言两语说不清。我看，过了这几天，咱们抽个空儿敞开谈吧！”

梁建说："哦！你是说，过几天你把机会瞅好再跟我进行斗争？"

小刘站起来，说："梁队长！没有这个意思。"

梁建说："'梁队长'！狗屁！有本事的人只管往前走！我梁建不会成为谁的绊脚石！"

"这是什么话嘛！简直是无中生有！"小刘拧着眉头，想过去想过来，心像针扎。停了好半天，他才望着自己的胸脯，说："梁队长！我给你提过几回意见，可丝毫没有不尊重你的意思。我从前是你的警卫员，如今还是你的下级，有不是，你尽可以指出来。"一说这些话，他心里就很难过：这工程队谁不知道我跟梁队长的关系？谁不知道我俩又是上下级，又是患难的亲兄弟？如今，亲人变成了仇人！他仰起脸望着房子的左上方，说："梁队长！你愿意怎么了解我都行。我总记着，我只有桌子高的时候，是你把我收留到部队上的，你看着我长大的，你介绍我入党的。你——"他说不下去了，猛然用拳头支着额头！

梁建往起一站，说："当初，要知道你会变成现在这副样子，我——"

小刘怎么也没有想到梁队长会这样对待他。抬起头，望着梁建的眼睛，谁也想不到这年轻的脸膛会这样严肃而痛苦。他低声问："梁队长！我应该变成什么样子才好？是变成阎队长那个样子，还是变成你——"

梁建用拳头把床铺一捣，吓得大孩子和二孩子缩在床角，吓得那最小的孩子吱吱哇哇地哭起来。他喊："你小小年纪，就学会看风向了。你以为你抱住了一条粗腿？你以为我……我……我梁建完全不中用了？"

小刘眼圈红了。他慷慨激昂地说："你不能这样对待自己的同志，梁队长！我没有别的能耐，我可牢牢记着你在我入党的时候讲的话：'从今天起，你的一切，都属于党了。共产党员是永远记着劳动人民疾苦的人。他今天是冲锋陷阵的战士，明天是建设共产主义的尖兵，一直到呼吸停止。'那时候，你让我举手宣誓，我就举——"

梁建打断小刘的话，说："你说这话是什么意思？是什么意思呢？"

小刘声音高昂地说："这就是说，你在我入党宣誓的时候，并没有告诉我走到半道就不走了！"

梁建抢前一步，手一挥，满肚子的火气正要大大的发作，可是小刘最后说的这句话，直把梁建顶得气都出不来。他往后退了两步，坐在床沿上，左肩斜靠住墙壁。他觉得气愤、委屈、难受，心里像油煎；要是这里没有人，他会抱住头痛哭一场。万千个念头从脑子里闪过；万千件事情显现在眼前。他想起了多少年来大风大浪的生活；想起当初小刘刚到部队的时候吊着鼻涕的模样；想起小刘入党时举行仪式的那座大庙；想起了种种叫人悔恨和不如意的事情……他在心里说："唉！当年谁能料到还有今天这样一场争吵？"而且他心里清楚：这次争吵只能怪自己，小刘并没有什么过错。

这座小小的房子里，除了那一锅开水还一股劲的翻滚以外，静得像千年没有去过人的古庙。老阎的几个孩子，也都不声不响地相互望着，仿佛不论他们怎样努力，也无法理解眼前这些事情的意义。

这工夫，老阎进来了。他把手上的泥甩了甩，看看梁建，又看小刘，就猜到这房子里刚才起过一阵什么样的风波。

他皱起眉头，问："李玉英呢？"

没有人答话，连几个孩子也都憨虎虎地瞪着眼睛发愣。

小刘低下头，站了好一阵，摸起雨衣，一言不发地走出去了。

小刘把雨衣搭在肩上，走到大便桥旁边的大槐树下，趴在一根弯下来的粗树枝上。控制不住的眼泪顺脸淌下来！哭着，哭着，呜呜地哭出声音了！他脱下军衣走到建设工地，好几年过去了。这是第一次伤心落泪！

眼泪，各种各样的眼泪：有妈妈为儿女流的眼泪，有妻子为丈夫流的眼泪，有战士为永不复生的战友流的眼泪，而小刘是为那第一个把他领到革命道路上的人流眼泪，为他曾经最感激最尊敬的人流眼泪！

风住了，雨还一股劲地下着。嘉陵江里有几只小船顺着浑浊的江水，往下游流去。小船忽而被浪头举起来，忽而跌下去，忽而在漩涡中急速地打转转，仿佛要沉没，忽而又像箭也似的破浪而去……

天麻麻黑，工地的电灯在风雨中放亮了。小刘哭了一阵，心里稍微松宽了。他还是一动也不动地在那里站着，还是把脸压到那搭在树枝上的胳膊上。他思量着他和阎兴、梁建走过的道路，思量着生活向他提出的一大堆复杂问题。单纯的心境充满了难言的忧伤！

突然，有一只温暖的手，轻轻放在小刘肩膀上。

小刘猛一回头，一个人用手电对着他的脸。他的眼睛被强烈的光线刺激得睁不开。扭过头去严厉而生气地说："别闹嘛！"

随着格格格的笑声，小刘一看，原来是韦珍。

韦珍说："你哭啦？哦，你哭啦！"

小刘把脸上的泪水抹了抹，擤了擤鼻子，说："你连雨水和眼泪都分不清。"

韦珍说："那总是有不愉快的事情！要不，雨这么大，你怎么心不在焉地把雨衣放到一边？"

小刘把雨衣穿上，愁闷地望着江水和工地，叹了一口气。过了好大一阵工夫才说："小韦！你说说，一个又能干又聪明的老同志，会变得——唉！算了吧！"

韦珍说："你一定又是跟你的老上级发生冲突了。告诉你，小刘，我算把那个人看透了：他很浅薄。"

小刘好像让谁扎了一锥子似的，猛然转过身，恼怒地打量着韦珍，说："你怎么可以这样看他？你怎么可以这样看他！你无论如何对他了解不深。不说了，不说了，不说这件事了。任凭谁这样议论他，我都不愿意，我都……"他转过身去，肩膀在抽动，脊背在起伏！

韦珍两手紧紧攥住手电筒，说："我尊敬你这副心肠，可不同意你的看法。"话一出口又觉着说得太生硬；想安慰小刘，一时又找不到适当的话。

韦珍和小刘并排站在那里，胳膊都搭在横着的树枝上。雨继续下着，不大也不小。他俩的雨衣都让雨水洗得明光发亮。他俩通过千万条雨线，望着工地无数红火球似的电灯，望着江水滚滚翻腾，望着大便桥上来来往往的行人。

韦珍说："小刘！听说你打仗蛮勇敢，讲讲打仗的故事吧。"

小刘说："这一阵，我一想起打仗的年月就心烦。心烦得要死！"

韦珍说："小刘！我了解你的心情——"

"对不起！打扰你们的谈话了。"常飞像从石头缝里钻出来似的，突然出现在韦珍身后。

韦珍厌烦地转过脸去。

常飞受到阎队长的批评以后，难受了两天，过后又忘得干干净净，于是他又集中全力纠缠韦珍了。

他一想起那天和韦珍争吵的情形，便很后悔。冲动而生硬的办法，只能使他和她的关系更僵，只能把韦珍推到别的地方去。昨天，他给韦珍一连写了七八封信，解释、道歉、描写自己度日如年的心情，见了她献殷勤。刚才，他远远地跟着韦珍，看见她走到小刘跟前，就沉不住气了。妒忌的感情，使他浑身发烧。他轻手轻脚藏在大石头背后，偷听他们谈话。啊！这不是约会，谈话也没涉及别的事情。同时他综合了这几天观察到的种种情形一想，觉着自己有些疑神疑鬼。无论从哪一方面说，小刘也不是自己的对手。而且他觉得："这一阵，我出现在他们面前，就是再一次给小刘暗示我和韦珍的关系。小刘是党委委员，不能不注意各方面的影响。"

小刘说："小常！你这几天忙活得很！"

常飞想："这家伙敲打我了！"他含含糊糊地说："谁不忙啊？'工期'紧嘛！"

小刘说："你看，还是忙一点好，我听领工员说，你现在测量的质量提高了。"

常飞高兴地说："哦，这样。当然，我是尽力而为。而且我外祖父不断地指导我，小韦也多方面给我帮忙。"

韦珍说："我给你帮忙？建设铁路又不是给你家修房子哩。"她认透了常飞，从心眼里讨厌他。尤其是最近几天，大伙忙得上气不接下气，常飞却处处留意她的举动，时时端详她的气色，还像个小偷似的，老是鬼头鬼脑地跟在她后头。

常飞说："小韦！我想跟你单独谈谈。"

韦珍说："你有见不得人的话要说吗？再见，小刘！"她打着手电扑通扑通踏着泥水，通过便桥，向工地走去。

九

就在小刘和韦珍开首谈话的时候，老阎和梁建正在那个小小的茅草房里吃饺子。

一大碗饺子放在床上，外加一碟辣子和半碗醋。

老阎盘腿坐在床上。李玉英又下饺子又端汤，一会招呼孩子，一会又给老阎叮咛："多嚼嚼，不要囫囵吞咽，你的胃不好。"在她眼里，老阎像个不懂事的青年，时时都要她照应。

三个小孩子，有的乖乖地坐在床角，有的看小人书，有的在玩小木猴。等到老阎一放筷子，几个孩子就拥上来，有的趴在老阎的背上，有的趴在腿上，最小的孩子在饺子碗里乱抓，老阎用胳膊拦着他。这个简朴的家里，有一个精力充足而兴致勃勃的父亲，有一个勤劳而能干的母亲，有三个叫人喜爱的小宝宝，有外人完全不知道的乐趣。

梁建不知其味地吃着饺子。他过去羡慕这个简单的家庭，现在又觉得这个家庭很乏味。李玉英的话太多，孩子们只是粗壮而已！说到这座茅草房子，又矮又小，简直能把人憋死！

老阎看到梁建最近变得衰老了，鬓角的头发花白了，脸上的皱纹也增多了。他觉得梁建的躯体里有一种东西在燃烧，在大量地消耗生命，只有害伤寒病的人才会这样。老阎恼恨梁建，本想一开口就质问他，可是一看那形样，也就心软了，而且胸中涌起了怜惜的感情："是的，他不好过，虽然这都是他自找的！"

李玉英一边收拾碗筷，一边打趣地说："瞧！老梁变得多斯文，把饺子端详了三七二十一天，还送不到肚里去！嫌做的不好？罢，罢，不吃正合乎节约精神！"

梁建低着头，没吭声。

老阎对李玉英说："你一开口就像机关枪连发，我跟老梁便没有插嘴的机会。我俩想研究工作，你看你能从哪方面帮助我们。"

李玉英背了一个孩子，抱了一个孩子，拉了一个孩子，还打着伞，一边往外走，一边撇嘴说："把你精明的，说话绕了几个弯儿！我还不晓得你们的悄悄事？把我支使出去，你俩头顶头，下一盘棋。临了，谁输了谁的脸就吊三尺长。操心啊，不要叫锅里水溢出来。"

她把孩子带走，房子里一下子便显得冷清清，空旷旷。炉子上的一锅开水还在嘟嘟嘟地翻滚着。门外哗哗哗的雨声和风吹树叶的响声，一直不断。听了叫人打瞌睡！

老阎看到：梁建不思不想地望着墙壁，脸色疲倦而冰冷。一切都明摆着哩：你的话说出去没有用，就像碰到石头上一样。

老阎筹思了一阵，说："我派了一些潜水员和桥梁工人，要他们再三再四地设法加固便桥。看来这座便桥——"

梁建手一抡，好像谁碰到了他的伤疤，说："又是便桥！如今你连这一点小事，都不相信我？"

老阎一听这话就上火了，扑到梁建跟前，说："在这件事情上，我不光不相信你，而且恨你！"说罢，背转身子，双手紧紧地扼住窗格子。

梁建斜歪着身子躺在铺盖卷上，两手托住脑袋，听了老阎的话，他坐起来，眼珠不住地转着。

两人默默不语。房子突然显得格外狭小，又格外闷热。炉子上的一锅开水翻滚得更起劲，嘟嘟嘟地把锅盖顶得直跳弹。门外头，风，一阵冲上山顶，一阵窜到沟里，一阵钻进房背后的树林里，摇得枝叶哗哗响。雨，越下越起劲，房檐上挂着一条条雨线，打得地上的积水直冒泡，发出持续不断而又十分单调的声音。

老阎把紧绷在身上的衬衫脱下来，擦擦头上的汗，然后揉成一团，扔到床角，大声说："第九工程队谁比你更了解便桥的重要性？可是你——"

梁建提起沉重的脚，走到窗子跟前，朝外望，自言自语地说："莫非便桥断——"

老阎说："要是便桥断了，你就不会安安稳稳地坐在这里了！"

梁建松了一口气，面向墙壁说："那你……你……你何必发这么大的火呢？"

老阎问："你是硬装糊涂还是真的不晓得呢？你是不是要我把韦珍和别的人找来揭发那叫人痛心的事实呢？实对你说，这几天工程队党委顾不上处理你的问题，可是我向上级作了报告。"

梁建脸色刷的一变，好像老阎的话是一把锋利的剑，深深地刺到他心里了。他呆呆地坐在床上。过了一会儿，望着墙角，说："向上级报告也罢，要下边的同志来揭发也罢，我……我都没有什么可说的。如今，反正在你和大家眼里，我是一个说假话的人！"

老阎说："现在，你有权利要求同志们相信你是说真情实话的人吗？你是怎么对待党的事业？怎么对待自己的同志？你到处说我嫌自己的地位低，说我为了自己把你梁建当作过河的列石！老梁，假若你总是戴上有色眼镜，看一切事物和一切人，假若你把你我之间的冲突当作是个人意气用事，那就是你清清楚楚地毁你自己。我追求地位？我从战壕里追求到这茅草房里来了。不错，我现在是大大的发展了：代替一支枪和一个背包的是一捆行李，还多了一个老婆、三个孩子。"老阎来回走了一阵，又说："多少年来，我们一道工作，以致我有这样一种深切的感觉：我不能没有你。现在眼看要各走各的路了，你觉得这是小事吗？"

梁建把帽子拉下来擦汗，长嘘短叹地说："行啦，行啦，不说这一套啦。我现在是什么也不愿意想，我要能把经过的一切事情都忘光，再从头做起，那就好了。"

老阎走过去，几乎是对着梁建的耳朵说："当然要从头做起。可是你我经历过的战斗、欢乐、悲痛、发过的誓言，都要‘忘光’？都会‘忘光’？不错，你我日常很少谈到过去的种种事情，那是因为忙碌的工作把这一切压到心底去了。一旦有什么东西一触动，它就活生生地出现在你我面前了。要不信，我就问你：一九四二年……”老阎一件又一件讲述他们共同经过的种种难忘的事情。他说得很快，几年来，从没有这样感情汹涌过。

老阎讲述的许多事情当中，有一件事刺痛了梁建的心。

抗日战争毁了梁建的家，夺去了父亲、母亲、哥哥和妹妹的生命。怪事情就是：自从梁建开始拿薪金到现在，他每月一号，就给远方的一位老妈妈寄钱，准时不误。还总是在信封上写着：“母亲大人收”。第九工程队的人，只有老阎和小刘知道，这位老妈妈并非梁建的生身母亲，只是因为她在遍地战火的年月里，把守寡二十多年养活大的两个孩子交给梁建，而这两个孩子都战死在梁建身边。后来，梁建负重伤，隐藏在雪封了的深山里。这位老妈妈，三天两头送饭，送药，来回在雪地里爬了四十多天，救活了一位革命战士，可是她却落到了日本鬼子手里。敌人把她严刑拷打之后，丢到一个干涸的池塘里，让三只猛虎似的“洋狗”去撕扯她。最后，敌人还向这血肉模糊的尸体放了两枪。但是她没有死，乡亲们救了她。她虽然活下来了，可是经过这一场可怕的灾难之后，全身瘫痪，双目失明……现在，掐住指头一算，这位孤苦的老妈妈躺在床上已有十二年以上了……

梁建两手不住地抓挠膝盖。脸腮火红，眼睛忽然晦暗，忽然明亮，微微翘起的嘴角跳动着，仿佛他突然发高烧。猛乍，他用拳头狠狠地击着床铺，说：“老阎！我有错误就处分我吧，何必这样揪我的心？你，你——”他低下头，黄豆大的泪点，滴在铺盖卷上。

老阎心里有一股说不出的滋味。他说：“不是我揪你的心，是你自己揪自己的心。同志们老早就对你说，‘哪里工作混乱、出漏子，就一定是哪里人们工作热情减退了，共同信念削弱了；也一定是哪里个人的算盘打得起劲了！我们不要睁大眼睛走人家走过的老路。世界上最聪明最有为的人，就是善于接受别人失败教训的人。’当时，你对这些话一点也听不进去，现在应该清醒了。年年闹腾着买公债，而全国人民全年买公债的钱，也不过只能凑合着修这样一条铁路。代价是不小。但是做不到的事做到了，劳动人民会因此而更加自信，全世界的人也会因此而更加理解站起来的中国人民。这样看，在这震动世界的工程快完成的时候，谁消极怠工，党就不会宽容他的犯罪行为。至于便桥的事情，谁也不能宽容你。可是，你能坐下不动等待处分吗？你应该鼓起心劲，投入工作中，能干什么就干什么。不管你我之间有怎样的争执，能这样去做，你还是我最亲近的人。任何人都有需要别人扶一把的日子，你也曾经不止一次地扶助过我。”

梁建擤了擤鼻涕，用手捂着前额，说：“不要说了，好不好？老阎！你了解我，你行行好，帮助我离开这经济建设单位。我以前觉得自己待在这里能有所作为，现在的的确确看到自己不是这里使用的材料。到别处，或许我还有些用处。这不是对工作也有利吗？”

老阎摇头说：“这是找退路！前几年，你对我说过：一个人建设自己的思想，是一点一滴的，是长期的，非常艰难的，可要破坏这建设的成果，倒是非常容易的！这话，现在特别值得再思再想！”

梁建两手紧紧挤着脸，挤得脸都变了样。

不管怎么说，老阎那严厉而爽直的语言，在他心里激起了浪花；老阎那恳切的模样和那一份滚热的心肠，让他感动。他在心里对自己说：“去吧！怨天怨地，都是无聊。这样下去不行。我梁建不是无能的人，往后的日子还长，应该振作一下。”转念一想，又觉得说话和下决心倒容易，挺起胸脯往前走，却很不轻松。似乎是，往前走去，除了艰难还是艰难。数不清的艰难，垒起来简直是一座大山。高耸的大山，凶恶的大山，不能跨越的大山。人比起这座大山来，多么渺小啊！

残酷而长久的战争，向人要求勇气，和平生活似乎要求人具有更大的勇气。而目下，梁建能从自己心里呼唤出好大的勇气呢？

第四章　夜里发生的事情

一

今日，天气晴了一阵，工地上的人又活跃了。到处都是踩着泥浆劳动的工人。到处都是嬉笑声和歌唱声。人们把被大雨搅乱的生产组织，用令人难以置信的速度恢复起来了。整个工地像一台机器似的又正常而高速度地运转起来了。大伙晓得，这场雨凶是凶，也只是把原来的工作计划推迟了几天。加油！往前赶，抢时间！

嘘！冥冥之中仿佛有凶神恶煞在故意折磨人！它又无声无息地扯起满天黑云彩。起先，像丝线似的细雨悄悄地下着。过一阵，雨点打得树叶沙沙沙地响。再过一阵，雨点打得江水冒泡。没有好久，雨就稀里哗啦越来越大，越来越猛。最后，四面八方刮来大风。大风在工地上空，忽上忽下，互相撞击。它带来了满天的雷声和闪电。霎时间，江水暴涨的响声、雨声、风声，混成一片吼声，仿佛整个世界都混乱了。工地上数不清的灯光，在雾气中都变成了暗淡的红火球。所有的工点、工人、机器和那快熄灭的电灯，都快让狂风暴雨卷去了，都快让无边无际的黑暗吞没了！

老阎和老工程师张如松披着雨衣，噗喳噗喳踏着泥水往工地走。老工程师眼睛不得力，脚，不时地陷在污泥里头，累得上气不接下气。老阎怕他跌倒，伸手去扶他。他推开老阎说："闪开！我还不到退休的年龄！"

他俩经过大便桥时，看见桥上有十多名工人拿着手电和工具，来回巡逻。桥附近的江池，有五六个潜水员，想下到江水里去摸摸桥墩，虽然水流太急，很难下去，但是他们还在继续想法子。离潜水员不远的地方，有七八十名工人，在修理几只破旧的小木船。

老阎和老工程师到了工地。工地里到处都是泥塘。山坡上到处淌着浑黄的泥水，像无数瀑布似的。没有来得及拉走的机器上，盖着席子或者大雨布。

那些来回奔跑的干部，看见阎队长和老工程师来了，都围上来。他们争着说话；为了压住风雨声，说话的时候都尽力提高嗓子呐喊。

各种情况、报告、请示、埋怨，从四面八方涌来，把老阎团团裹住！

"你们乱嚷嚷就能解决问题？"一个工程师一边喊，一边推开别人，把嘴贴在老阎耳朵上报告工作。

老阎时而听着，时而向远处望去：远处的山坡上有许多手电闪光，大概是职工家属在搬家。老阎寻思，搬家又搬到哪里去呢？至多只能从江岸上搬到悬崖下。唉！那些工人的老婆和孩子披风淋雨多么苦啊！

他俩顺着靠山临江的新路基，向前走去。走了百十公尺，老工程师停住脚，往左右看。这里，原来是一道沟，为了让火车通过，设计人员收集资料，进行测量，绘制图纸。随后，成千的工人从远处一筐一筐把土运来，填平了深沟，堆成路基。这路基，测量人员一次又一次地测过；打夯的工人，一遍又一遍地夯过。经过许多人日日夜夜的努力，一段新路基出现了。看看，现在，这新筑的路基被洪水冲开一个又一个的豁口。

老工程师望着这破破烂烂的路基，痛苦地摇着头。

老阎却被另外一种景象吸引住了。他趁着闪电看见：在高耸入云的崖壁下，每隔二三十步远，就有个屹然不动的黑影。这些"放警戒"的人，用手电照着有崩塌可能的崖壁，准备随时发出报告"危险"的信号。他们一小时，两小时……从半夜到天明，就是天上下刀子，总是站在那里，好像这些久经锤炼的老铁路工人，把凶猛的雨，根本没有放到眼里；只有当雨水迷住眼睛的时候，他们才咒骂天气。

这些工人的形样，在老阎心里激起了一种自豪的感情。大雨给他带来的焦灼而烦躁的心情消失了。他很想鼓励和感谢这些无畏的工人，于是走到一个工人眼前，要问他是哪个工程小队的。这个工人穿一件黑雨衣，直挺挺地站在一尺多深的泥水里，雄伟而庄严。

老阎正要说话，这个工人把流在口里的雨水吐掉，大声吼喊：“走远！”

老阎抹抹脸上的雨水，说：“嘿！好大的火气！”

“危险！赶紧走开！”他连老阎看也不看，一股劲地用手电照着绝壁，仰起脸观察着。大约，水顺着他的下巴，流到衬衣领子里去了！

老阎抬头看，正好一道闪电顺着绝壁闪耀。像刀削一样的绝壁，直插到阴沉沉的天空。它被雨水洗得发亮，在电光下，它是深绿色的。随着炸雷的轰击，它猛烈地抖动着。好家伙，绝壁要崩塌下来一大块，真会使人粉身碎骨！然而这个工人，却一动也不动地站着。

老阎说：“千万要当心！”

“我的工作岗位在这里。谁叫你来泡蘑菇？走！”

老阎没有吭声。一种巨大的感情震动着他，控制了他。这个工人，今晚在这铁路沿线“放警戒”的许许多多工人，叫什么名字，除了他们的小队长和指导员，很少有人知道。他们也压根儿没有想让别人知道。冒着生命危险的英雄壮举，在他们看来是习以为常的平凡事情。强烈的思想就像天空的闪电一样，从老阎头脑里闪过：没有这些默默无声、愿意自我牺牲的劳动者，就没有这震动世界的铁路工地，就没有那使整个祖国都在沸腾的社会主义建设，就没有世界！

老阎转过身，想把这思想和感情，对老工程师叙说。老工程师哪有工夫听别人说东道西？他正捡起一块湿漉漉的石头，用手电照着，辨识着。他要了解这绝壁是什么石质？是否坚实？在大雨冲刷之下会不会崩塌？他还因为没有随身带来图纸，自己咒骂自己。其实，就算带来图纸，目下也没法子展开看。

二

老阎和老工程师踏着漫过膝盖的泥浆，再往前去，眼前就是一片混乱，像天塌地陷了：无数新从农村和城市来的临时工人，拥挤着，吵闹着，有的往隧道里钻，有的往江边跑，有的陷在泥潭里拔不出腿，活像打了败仗的溃兵！

有人喊："同志们！去搬运水泥！"

有人叫："去拉机器！"

有人破口大骂："该死的家伙！过来，过来！"

…………

那帮临时工也不知道听谁的话才对。大伙乱哄哄地拥来挤去。人流把老工程师和老阎裹起来，推到这里又抛到那里。

老工程师张如松，最看不惯工地里这种乱糟糟的样子。他直发脾气。

老阎把手上的黄泥，往一块大石头上抹着，一直不作声。困难、障碍和一切不如意的事情，只能激起他的力量。眼下，他在沉着而冷静地思考：怎样把这许多乱跑乱叫的人组织起来，立刻抢运江边的二百多吨水泥。他知道，现在喊破喉咙，你的声音也只会消失在风雨声、江水吼声和人们的叫声中。他用手电照了照，看见一个青年突击队长率领二三十个小伙子跑过来。老阎高兴了。他扑过去，一把抓住那个青年突击队长，险些举到空中，声音低沉而又威严地说："我是阎兴。要你们这帮小伙子跟我来！"

老阎把工人们带到河滩，排成一行，他站在排头搬运水泥了。

剧烈而有节奏的劳动开始了……

老阎感到他和这许多人结成了一个整体，正像飞行员感觉到飞机跟他的身体结合到一块是一样的。这种感觉使他获得了出奇的力量。他抓起一袋一百斤的水泥，丢在另一个工人手里，大伙一递一递把水泥往江岸上的隧道里转运。老阎的帽子丢了，湿衣服贴在他壮实的身体上，鞋子让泥吸去了，但是豪迈而欢乐的心情，越来越强烈。他一边丢着一袋袋的水泥，一边呼喊：

"同志们！一斤水泥一斤面！搬啊！努力搬啊！"

工人们也一哇声地跟着喊："搬啊！使劲搬啊！"

这时光，女技术员韦珍带着一百多名女工赶来，协助搬运水泥的工人们。

韦珍穿着一件深绿色的短雨衣，脚蹬长筒胶鞋，像个勇猛的消防队员。

她呐喊："同志们！加油！"

女工们跟着喊："加油！再加油啊！"

大伙齐声呐喊，好热闹啊，像个拉拉队似的。

韦珍，让女工们打着手电。许多手电的光带照射着站在工人前头搬运水泥的阎队长，照射着排成一行抢运水泥的工人们，照射着千万条被风吹斜的雨线。

另一伙乱跑乱叫的临时工，被这突然出现的与闪电交映的手电光吸引住了。他们都挤过来，一看，阎队长和许多工人急急忙忙搬运水泥，他们也就纷纷加入了这有组织的队伍。转眼之间，抢运水泥的人，排成了一二里路长的行列。

阎兴暗暗地感激韦珍。他深切地知道：把混乱的人群，变为有组织的力量，奇迹就会出现。看！大伙一递一递飞快地转运水泥，平时一个人背上一袋就挺吃力，目下，人们抓起一袋袋的水泥，都像扔个很轻的东西似的。还有许多工人，抓起一袋袋的水泥，飞跑而去。你跑得快，他跑得更快，踏起的泥水四处飞溅。许多年轻的工人来回飞奔，显得格外活跃。他们都只穿一条裤衩——要是这里没有女同志，他们定会脱得赤条条，一丝不挂——雨水把他们身上洗得明光发亮。

眼前这一切都化作力量，贯注到老阎身上，使他变得更坚韧、更沉着、更勇猛。他感觉到：

电光闪闪，好像给工人们照路！

雷声隆隆，好像谁在猛击天鼓助威风！

狂风抽打工人们，好像在激发人们无穷的精力！

浪花拍击工人们，好像要使人们的情绪更加昂扬！

瓢泼似的大雨，像天然的淋浴，正好洗刷工人们，身上的汗泥！

紧张，一分钟比一分钟更紧张。老阎已经分不清人们怎样动作，他所看到的就是：飞驰而过的水泥袋，年轻的脸膛，粗壮的臂膀，健壮的身姿……

紧张，一分钟比一分钟更紧张。你就是最伟大的音乐家，也分不清是怎样巨大而复杂的声音，冲击你的耳朵。因为，喊声，奔跑声，互相鼓励声和尖锐响亮的呼哨声，搅和着风声，雨声，雷声，浪涛声和自然界千百种响声！

韦珍，头一回看见这移山倒海似的劳动场面！

韦珍，头一回和这么多创造世界的人一道激烈地战斗！

韦珍，头一回看到日常生活中的平常人，怎么像获得法术似的，一下子变得宽阔、高大、威武。她小时候梦想的大力士和童话中的巨人，比起这帮工人来，渺小而又渺小！

韦珍，头一回知道什么叫"满眼是力量"。也是头一回这样具体地感觉到那产生一切奇迹的最深奥也最简单的原因。

韦珍，头一回体验到：她曾经用死背工夫记忆的抽象语言，怎样在这一眨眼工夫变成活生生的景象。啊！思想，从没有抽象而枯燥的思想。它总是跳跃的，饱含着感情的，一钻到人心里，就使你发热，发光，使你蓬勃成长。

这一刻，电还闪？雷还鸣？风还呼啸？雨还倾泻？自然界还在骚动？不知道。她只觉着：火在心里烧，有力量在身上扩张。她成了一个顶天立地的好汉，世界上没有她办不到的事。现在，任凭给她怎样需要排除万难的任务，她会头也不回，直冲上去！

韦珍的这种感情，也正是青年英雄们建立功勋和完成不朽业绩的共同感情。

猛乍，小刘像从天上掉下来似的，出现在韦珍身旁。

韦珍一把抓住小刘的胳膊，眼睛没有离开江滩搬运水泥的人群，急迫地说："水泥！水泥！"

小刘问："你长几个脑袋？"

韦珍说："一个。呀，什么话！水泥！"

小刘把一个挺结实的安全帽，往韦珍头上一扣，说："要是只有一个脑袋，就把安全帽戴上。”没等韦珍答话。他像游泳运动员从高台上跳水似的，往空中一纵，嗖地跳到一丈五尺多高的路基下边去了。

“哎——呀！”韦珍吃了一惊，张开了口，一股风直冲到肚子里。她探着身子，用手电朝路基下边一照，只见小刘的身影在老工程师身边闪动了一下，消失在沸腾的人群中了……

这工夫，老工程师的眼光左右一扫，在许多人影中认出了老阎那壮实的身影。老阎跳着，喊着，着了魔似的和工人们一道劳动。这种情景，老工程师在一九四九年抢修铁路当中见过，在朝鲜战场的钢铁运输线上见过，在这里的铁路工地上也多次见过。但是，每一次身临其境，都像重历一次青春时代。看！这一刻，老工程师不是也跳着，跑着，叫着，指挥着，像是返老还童了！他眼力不够使，腿不灵便，不时地跌跤。他一次又一次地从泥水中爬起来……过了一阵，他跑到江边，先是指挥一帮工人拉机器，然后，就跟工人一起，像纤夫拉纤一样，弯着腰拉呀！拉呀！顺胡须流下来的雨水成了一条线。也许明天，这位上了岁数的老年人，全身的骨节都会疼痛。但是，目下，他却和大伙一块劳动，一块战斗，一块欢乐。

老阎搬运了一个多小时水泥，看到这里工作有头绪了，便想抽身出来。左右看看，要找个合适的人指挥大伙搬运水泥。恰好，小刘出现在他面前。

老阎说：“来！领头搬水泥！”

小刘没有答话，一纵身就窜到老阎刚才站过的指挥位置上了。

这时光，韦珍那手电的光亮，正照射在小刘身上。小刘的一举一动，她都看得清清楚楚。

老阎把衣服脱下来，一边拧水，一边把老工程师叫过来说：“这种激烈的体力劳动，你可搞不得。万一有个闪失，我们没法子给党交代！”

老工程师一面喘气，一面爽朗地笑着说：“劳动，这是宪法规定的神圣权利。谁想剥夺它，绝对办不到。”

老阎说："话是不错，你还得注意身体。"

老工程师反问："你哪？"

老阎说："我比你年轻。"

老工程师说："年轻是年轻，不过子弹在你身上钻的洞太多了！"

老阎笑了，说："小意思，不值得一提。"

老工程师的心剧烈地动了一下，望望搬运水泥的工人们，又望老阎。

老阎和老工程师从一个工点到另一个工点，安排了各项工作。随后，又检查了第九工程队负责开凿的十几座隧道。

下大雨，对隧道施工影响不十分大。随便哪座隧道，都别是一番天地。这里雾蒙蒙的，机器的吼声陪伴着风钻手、石工、混凝土工、出渣工、运输工、电工……人们计算着进度，谈论着质量，念叨着按时"接轨"的誓言。仿佛在这里工作的人，压根儿就不相信暴风雨能把施工现场搅得天昏地暗。连老阎和老工程师站到隧道里，也觉得心情畅快，全身轻松，好像肩上的千斤担子消失了，更根本没有要命的灾祸落到头上。

可是，当他俩一走出隧道，大风直往肚子里灌，大雨直向头上浇；一帮干露天作业的工人，因为一时无法工作，有的挤来挤去，有的围住老阎和老工程师，要他们出主意。

老阎要几个干部把年老体弱的工人抽出来，撤离工地；又指定另一批干部，把其余的工人组织起来，去抢运木料和钢材。

老阎把工人们打发走了之后，对老工程师说："我想立刻把工人全部撤离工地。"

老工程师说："给你说过好几遍了：明天上午材料抢运得差不多了，除了在隧道里工作的人以外，其余的人就统统撤下来。"

老阎犹豫了一阵，说："也行。不过，我心里又沉重又慌乱，生怕出乱子！"

老工程师问："出什么乱子？"

老阎说："唉！不知道。只是一种没有根据的预感。"

老工程师说："胡思乱想啊！"

老阎心事重重地摇着头，说："不。一个很大的战斗，一件很重要的工作，常常因为某些微小的疏忽，全盘失败。看看咱们这工地，头绪这样多，谁知道哪一块没有照顾到呢？"

老工程师趁着闪电的光亮，看老阎那古铜色的脸膛和下巴上黑楂楂的胡子。他想说："老阎！你肩上的担子重啊！"还想说那多次重复过的话，"你要多保重身体！"可是这空洞的安慰有用处吗？于是一言未发，只是挥了一下手，要老阎和他一块往前走。

老阎和老工程师在施工现场忙来忙去，直到夜里三点钟才回到队部。

队部办公室的电灯还挺亮，有很多人跑进跑出。用空炸药箱子支的几张床上，横三顺四地躺着人。满是泥水的地上丢着长筒胶鞋，没有后跟的皮鞋和又湿又烂的布鞋。头顶上到处搭着湿衣服，滴着水。这里真像个突然让暴雨把旅客们赶来的乡村破店。

老阎和老工程师相对苦笑，因为他们的床让别人占了。准确地说，这些床也没有固定的主人，反正谁看见床上空着，便摸上去睡一阵；就让那帮要材料的人，领帐篷的人，要求调拨劳动力的人或者家属妇女拥进来吵翻了天，也休想惊醒这帮睡觉的人。大概，他们连续在暴风雨中工作了好长时间，才捞住这个休息的机会……

老工程师的耳边，还响着工地的各种吼声；眼前还显现着那惊心动魄的劳动场面；激动的情绪，还没有消失。独自念叨着说："搞铁路建设工作，就是这个样子：常年和雨水赛跑哩！赛跑哩！"

老阎点了点头。他懒得说话，浑身的骨头都要散了，瞌睡得要死。大雨，混乱，紧张，都无所谓，一切麻烦而叫人恼怒的事情，仿佛都是疲劳造成的。

他走到梁建的床边，看见梁建睡着了。床下放着透湿的黄牛皮鞋，看来梁建也是刚从工地回来，而且从那鞋子上的黑泥来判断，他到最远的一个工点——九号工点去过。老阎长久地注视着梁健那又黄又瘦的脸，只见那脸上，有的地方微微跳动，好像所有的神经都休息了，只有某一根神经还在活动似的。老阎思量："梁建在梦中想些什么？"他觉着，现在自己肩负着双重责任，这就是，不光要跟大伙一道战胜洪水，还要尽力挽起梁建的胳膊，肩靠着肩，步伐一致，共同前进。同时，这一刻，他真想像过去那样：挤到梁建床上，两人盖一床被子，互相温暖，度过这风雨之夜。他却没有这样做，只是转过身子，用纸把电灯遮住半边，使光线射不到梁建脸上。然后，弯下腰，轻手轻脚地从梁建的床下面拉出来几条麻袋，铺在地上，一倒下去就睡熟了。可是，在梦中，梁建的形样，还不时地出现在他眼前……

三

老工程师把挺大的办公桌子收拾收拾，算是有了床。又把一个废弃的军用电话机拿来当枕头。

他坐在床上，点起一支烟，有时候闭起眼睛养神，有时候伸长耳朵听窗外的风雨声，有时候又朝周围看。他前后左右都是鼾声、咬牙声和床板吱吱吱的响声。头顶搭的湿衣服滴着水，他伸手把湿衣服推到一边。随后，下了床，光着脚轻轻地走过去，把一件雨衣盖到老阎身上，免得水滴把老阎身上打湿。他盖好雨衣以后，背靠墙，望着老阎的脸膛。手里那燃烧着的纸烟，冒起一股白色的烟柱，有时候窗缝里吹进风来，烟柱就散开了，一丝一丝地飘到空中。听！老阎的牙齿咬得嘣嘣响，还急躁而不连贯地说着梦话。看！老阎那被雨水冲洗过的脸，在电灯下看来像涂了油；粗黑的眉毛，微微翕动的鼻孔，紧闭着的厚嘴唇和那像生铁铸成的下巴，构成了一副坚毅的形样。突然，老阎粗粗地出了一口气，翻了个身。老工程师以为是窗外杂乱的声音闹得老阎睡不安稳。他伸头朝窗外望了望，没奈何地摇摇头。你说说，有什么法子呢？这队部院子里住着工程队党委办公室、工会、青年团工委、人事室、材料室、财务组、劳动工资组、施工技术组……凡是一个工程队里应有的各种组织，都设在这里。工人们来领工资，来订合同，来请假，来领材料，来看病，都吵吵嚷嚷地挤到这里。院子里还住着日夜叮叮当当的修理工班。更别说，这院子又是停车场。汽车嘟嘟进来了，又嘟嘟出去了。倒车啦，错车啦……天天这么热闹，夜夜这么红火，神经衰弱的人就别来这儿！

老工程师躺在床上，掏出怀表，用大拇指把表面擦了擦，看那分针跳动。又闭住眼睛，把表贴到耳朵上，听那宗宗宗的声音。表的玻璃面子已经发黄了，表壳像是生铁做的，电镀的白皮早已脱落光了。这表是他父亲在他上学的时候送给他的。四十年来，它虽然几次进过当铺，但是总算一直陪伴着他。

他和老阎从工地回来是夜里三点钟，现在正四点。老阎在这一小时睡眠当中，大约又积蓄了新的力量。老工程师呢，还是睡不着，头的后部，有一根筋在跳动，针扎似的疼痛！慢慢地整个头部都痛起来。他想，也许是刚才在工地被风雨喷坏了？和工人们一道拉机器累着了？哼！岂有这样的事情！自己从来不避风雨，而且常以自己有着劳动人民一样的骨骼和一双工作惯了的双手而自豪。噢！一切都怪那讨厌的老毛病，临睡之前过于兴奋，就一定失眠！

他坐起来，把经常随身携带的帆布手提包提过来。他像许多工程师一样，常年常月从这个工地到那个工地，从不带铺盖，走到哪里睡到哪里。因而那手提包里就装着日常使用的各种东西。这些东西都放得整整齐齐，决不像有些年轻的技术人员那样邋邋遢遢，不会料理自己的生活。

老工程师打开提包。这里头有几本书、几份图纸、表格、茶缸、肥皂盒、洗脸和刷牙用具、毛笔、墨盒、墨水瓶、干净而折叠得很整齐的两件衬衣、两双袜子和一块手帕，还有一包女儿近年来寄的信。另外，还有一套小巧的工具：锉刀、小锤、扳子、刀子……

他拿出一包茶叶和一本《李白诗选》，又用雨布把提包裹起来，放到桌子底下。

他想泡一杯茶，四处看看，没有热水瓶。于是把茶叶放到枕边，躺下去，戴上眼镜，翻开《李白诗选》，找到《蜀道难》的诗篇，刚念到："……蜀道之难难于上青天……"一个青年人进来了。他挥手要那位青年放轻脚步，不要叫嚷，免得把睡得正香的同志们惊醒。

青年人低声说："水位又升高了三公寸！"

老工程师问："便桥没有发生变化吧？"

青年人说："不知道。我是观测'水情'的。"

老工程师说："随时报告情况。特别要注意，水位是不是一直上升。"

那青年走后，老工程师侧转身子，枕着胳膊，思量了一阵。是的，水位又升高了三公寸，但是并不算太严重，这几天洪水就是时涨时落的。听见江水的响声，他又想起便桥。啊，怎么搞的呢？早就听说便桥加固了，可是天天还有人在桥头忙着察看。为了这，他曾经问过老阎，老阎却支支吾吾没露实情。猛然，他记起前两天在江边帐篷里开会的时光，隐隐约约听见谁说，加固便桥的任务好像交给了常飞。当时，他脑子里闪过这样一个念头："常飞能办好这么重大的事情？再说，谁会把这么要紧的任务交给他呢？不会。"不过，这一阵，心里疑惑而又格外不安，想去找常飞问出个究竟。但愿没有这回事情！

他把《李白诗选》塞到提包里，披上雨衣，走出办公室。

雨一股劲地下着，丝毫没有停止的意思。下就下吧！老工程师也懒得去注意它了。

他朝办公室对面的一排工棚走去。这排工棚隔成一个个小房间。所有的房间，电灯都通亮。他到第一个房间，这里地上也有泥水，不过，这还是队部院子里唯一干净而不拥挤的房间。房子里放着四个双层的床架子。窗子跟前放个小小的桌子。桌上堆着技术书籍和有关技术问题的油印材料，丢着肥皂盒、米突尺、三角板、绘图板、擦脸油、针线、扣子、别头发的卡子……看来，常飞决不会住在这里。

"韦珍！"一个浑身湿淋淋的女孩子喊叫着跑进来，险些撞到老工程师身上。她往房子里一看，说："哦！韦珍这个死丫头还没有回来？"

老工程师看见这女孩子用安全帽端着各种各样的石头，还提个小锤子。不用问，她一定是工程地质方面的实习生。

老工程师问："韦珍住在这儿？"

她显然是认不得老工程师，疲倦而不耐烦地指着一个两层床说：“我在上铺，她在下铺。”

老工程师走到韦珍的床边仔细打量。只见这张床铺干净而又整齐。为了挡土，靠墙的那面还挂着用旧布联缀起来的单子。床头贴着一张油画《春天的早晨》。画面上是：初升的太阳，绿油油的草地；远处，平展展的原野上，隐隐约约显出高大的烟囱和正在耕作的拖拉机。画面的空白处，有谁用钢笔写了几个字：“年轻的朋友啊！我们是时间的主人！”枕头旁边，除俄文读本和桥梁技术方面的一摞书之外，还有几本小说：《钢铁是怎样炼成的》《青年近卫军》《把一切献给党》……

老工程师张如松，从头一回在桥梁工地看见韦珍到如今，虽说只有短时期的接触，对这女孩子印象倒挺深。现在望着这床铺，韦珍生气勃勃的形样就出现在眼前。他像那些上了年纪的人一样，不仅把有为的青年人看作是自己事业的继承者，而且看作是自己生命的延续。他不禁羡慕起韦珍这一辈人了：他们是生逢其时。回想自己当他们这样年纪的时候，到铁路上工作，亲朋厚友都白眼对待，认为“吃铁路这碗饭”，就是“吃洋鬼子的饭”，简直有点出卖国家民族的嫌疑！工作的头三年，整天趴到办公室画那些谁也不需要的图表，想做一座小桥也插不上手。到过东北，到过沿海地区，到过祖国的西南……这里测量，那里修路，混来混去没有办成一宗称心如意的事情。后来在成渝铁路混了几年，别说修铁路了，连一锹土也没动……至于那派系之多，互相倾轧，公开行贿，工人们饿得骨瘦如柴，就不去说了。那时候，他愤世嫉俗地说：“中国不灭亡才是世界上最奇怪的事！”

现在，韦珍和她的同辈男女们，一上手工作，就搞好几座隧道或几座桥涵的施工工作。这一项任务还没完成，就有十项百项任务等待他们接受。他们当中任何一个平常的青年人，一年做的事情，比旧时代一个有威望的工程师十年做的事情多得多。而且，中国有史以来，是从他们这一辈人开始才能这样：把任何美好的想象，立即变为蓝图，把蓝图立即变为体现中国人民伟大气魄的建筑物。

他们是新中国第一代崭新的技术人员。有一天，他们当中的许多人的名字，将被写到建设史上，成为祖国的光荣。

老工程师一边往外走，一边问："常飞住在哪里？"

那个又胖又矮的女孩子说："你问那大少爷常飞呀？"

老工程师瞅了这女孩子一眼，说："常飞就是常飞！"

那女孩子说："他哟，就住在隔壁。"

老工程师走出去，站在雨地里，心里挺不愉快。

这工夫，雨下得更急了，而且有一种奇怪的响声：江水像潮水涨落似的，一阵轰地涌上来，一阵轰地退下去。他想："怎么啦？今晚就要出什么事情？不会吧。"他早就给调度员叮咛了：晚上有紧急情况就随时找他。也没见有人来找！

四

老工程师进了常飞住的房子，背着手，皱起眉头打量。

别人都到工地去了，只有常飞独自个待在这里。他背过身子，急急惶惶在那里捆行李。桌子上放着挎包、茶缸子、书籍。地上丢着破皮鞋、烂衬衣和撕碎的纸片，整个房子乱七八糟，像是被土匪打劫过似的。

常飞听见脚步声，像小偷被人发现似的转过身来，两手挡住胸脯，直往后退。一看眼前站着老工程师，他心里暗暗叫苦："完蛋了！他老人家怎么跑到这里来了？"

他一面不住地用手理头发，一面飞快地把捆起的铺盖和房子里杂七杂八的东西看了看。

老工程师问："准备干嘛？"

常飞伸长脖子，咽了一口唾沫，说："坐……坐吧，爷爷！"他本来是去摸椅子，却把铺盖卷提来放到地上。

老工程师说："你准备干嘛？"

常飞双手扶住椅背，望着房顶，眼珠子骨碌碌乱转。突然，他灵机一动，说："坐下嘛，爷爷！我……我……我们准备搬家。你看，这……这房子漏得多厉害！”他指着墙角流水的地方，证实自己说话不虚。

老工程师说：“只要有地方搬，搬一下也好！”他把椅子拉过来坐在桌子跟前，心想，何必让常飞一见自己就手足无措呢？这只会使双方感情疏远。常飞已经不是孩子了，也受完高等教育了，任何人都有自尊心，要教导他，也该注意分寸。他又一次感觉到，那天当着许多人严厉地训斥常飞，很不妥当！心里挺不好过。

常飞看到，老工程师来这里并没有发觉他周密安排的“打算”，这才把那提到半空的心放到肚里了，高兴起来了。

他说：“爷爷！我在隧道测量中钻研出相当丰富的东西了。我要把我全部的青春，献给‘测量’事业。爷爷！你一定会赞同我这崇高的志愿，一定会向我伸出援助的手，使我有所成就！”他想用这精选出来的字句，打动老工程师的心。

老工程师对那浮夸而空洞的话语很反感。他一条胳膊搭在椅背上，微微闭住眼睛，说：“你说这话还为时过早。小飞！我模模糊糊地听说，前几天谁派你去加固便桥了？不能吧！”

常飞说：“爷爷！不错，是梁队长派我去加固便桥的。爷爷！这位梁队长，相当可怕哪！”

老工程师猛然站起来，说：“不要胡扯别的！我问你，江水把便桥的哪部分冲坏了？”

常飞知道，关于技术问题别想瞒哄他老人家，若要瞎编乱说，就是自找倒霉。他为了给自己壮胆，神情严肃而口气满硬地说：“北边的桥头护坡，被水冲开一个洞。”

老工程师急问：“好大？”

常飞信口说：“总能钻进去一个人！”

老工程师想：“严重！严重！”他两股白花花的眉毛往下一低，两个眼窝显得很深。问道：“采用什么施工方法加固？使了哪些材料？用了多少工？”

常飞慌了，可是怕露了馅，于是强装镇静，说：“爷爷！在桥梁工程方面我很生疏。值得庆幸的是，来了一个老工人，领了一批青年工人……他们运来不少片石、水泥……”

老工程师问：“那个领头干的老工人，是什么模样？”

常飞愣了一下，但是他立刻想起了在桥梁工地帮助韦珍学习施工方法的那个老领工员。他说：“脸又长又黑，还留着胡子。”

老工程师问：“这人是不是头上谢顶了？”

常飞趁势说：“哦！对，丝毫不差。”

老工程师松了一口气，坐到椅子上，说：“那是祁长六。他是一位老领工员。他带领工人们去加固便桥，万无一失。万无一失。”

常飞活灵活现地说：“老祁是很棒啊！站在桥头，挽起袖子，指挥工人工作喊得好凶啊！”

老工程师说：“瞎说，老祁是个很沉着的人。”

常飞说：“那天他一看便桥发生问题，着急了！”

老工程师说：“孩子，我在工作过程中，也是碰了很多钉子，才知道自己本领有限。你在工地待的时间长了，也会有这种感觉。老实说，你我算不了什么，那些老工人才是神通广大哩。你在施工当中遇到难题，束手无策，和他们一商量，一切困难就迎刃而解。例如说，要把个很重的东西运到高处，手边又没有大型机械，你找个年老的起重工——北方叫装吊工——他立刻就能设法把东西给送上去，连苏联专家看了都惊奇。工程正紧，发电机出了毛病，上上下下急得眼睛发红，你一连派去几个机械工程师，还不能很快地解决问题，可是叫个有经验的老电工去，他只要用耳朵一听，立刻就给你指出毛病在哪里。总之，你不要看这些人粗手粗脚，甚至于一字不识，可是智慧无穷！他们比起那些高谈阔论——顶着‘博士’头衔而不懂得先铺道砟还是先铺枕木的人来，高明百倍！”

常飞虽然出了一身汗，总算逃过了这一关。他浑身的筋肉松弛了，暗自庆幸。还摆出一副聚精会神而很感兴趣的架势，听他外祖父谈论老工人。

老工程师问：“祁长六住在哪个工棚？天明我去找他，要他把加固桥梁的情况写个材料。”

常飞的脸色又变了。他的心忽地又提起了。刚才发过烧，现在又发冷。嗨！从老工程师到这个房子里开始，常飞，忽忧忽喜，忽热忽冷，忽而松弛，忽而紧张，再这样继续两个钟头，他非进“保健食堂”吃病号饭不可！可是还得硬着头皮往下撑。

他说：“爷爷！你想见祁长六？这……这很容易。明日一早，我把他给你找来！好吗？”

老工程师说：“听我说，小飞！祁长六那些老工人，别说像你一样大学毕业，即使稍微掌握一些技术理论知识，他们当中便会出现很多科学家。你要跟他们好好学习，就像韦珍那样。万万不能身在福中不知福。孩子！我如果像你们一样年轻就好了。我最后悔的是我早生了几十年啊！”

常飞坐在那里，双手撑住膝盖，两眼盯着老工程师，时而皱起眉头，时而点头，仿佛很感动。

老工程师想起了别人说的：“这几天，常飞测量当中出的事故少。”又看看常飞那通红而俊秀的脸膛，粗黑的眉毛，聪慧的眼睛，喜悦涌上心头。他想：“这孩子倒还聪明，只要走上正路就好了。”他无意间转过脸去，看见桌子上丢弃着谁撕碎的很多纸片，其中有巴掌大的一片纸，像是谁用来擦过桌子的。纸片上有“你的妈妈”等字样。老工程师把眼镜戴上，拿起纸片一看，就认出这是他女儿的字迹。他轻轻地叹了一口气。半闭住眼睛，脸上筋肉松弛，布满全脸的皱纹，格外分明。过了很久，他问：“常给你妈写信？”

常飞说：“写……写！工作实在太忙……”

老工程师说：“哦！你可怜的妈妈总以为她是为了你才活在这世界上的，百般溺爱你。这就是她的不幸之处！这也就是我永远要责备自己的地方！唉！现在说这些话有什么用呢？”

常飞弯下腰，把脸埋在两手里，黑乌乌的头发披下来。

老工程师说：“你天天看到阎队长，我敢武断地说，你并没有注意他。孩子！有一天你会懂得，你能和这样的人一道生活，是你一生难忘的大事情。自然，你对我说的这些话，都不感兴趣，因为你把这工地，并不当作你自己的家，你并没有把这里的工作当作你自己的切身事业。事实上，这一切都是为你们青年人而建设的。我一看见韦珍那女孩子，就不由得想起你；一想起你，我就心里绞痛！”

他还想向常飞叙说一件已经多次叙说过的事情，转念一想，又觉得没有必要。他清楚地记得，当常飞上小学六年级的时候，他怕女儿难过，背着她，第一次跟常飞回忆和讲述这件事：

老工程师张如松的老伴儿去世早，只留下一个孤单单的女儿！他在工学院教书的时候，有个助手叫常思俊，是贫苦而又好学的青年。老工程师把自己的女儿介绍给他，不久就结了婚。后来，老工程师看到常思俊作助教糊口也困难，便把他介绍到铁路工程部门。常思俊苦熬苦受了九年，还是个公务员，连个工程师的边儿也没沾上。每月挣的薪水不够养活老婆孩子。祸不单行哪！后来常思俊得了肺病，老工程师在五六个工程界的朋友协助之下，费了九牛二虎之力，才把常思俊送进协和医院。唉！医药无效，病势一天比一天重，一直到老工程师把心爱的书籍卖完，也没救活这个天资很高的青年！常思俊临死的那天，老工程师和他的女儿拉着常飞——那时候常飞才六岁——一道去看他。常思俊瘦得失去了人形，成了一把骨头，生命的线快断了，说话也很吃力了。他给老工程师、他的妻子、幼小的儿子和旧世界留的最后一句话是：“将来不要叫常飞学什么工程技术，中国不需要这些……”唉！不论什么时候，老工程师张如松和他的女儿，一想起这句话，一想起常思俊临死时光的模样，就忍不住热泪直淌！

…………

院子里有人喊：“张总工程师！哎，到哪里去了？有要紧事！”

老工程师听见有人喊叫，连忙擦去脸上的眼泪。

常飞看见他外祖父眼圈发红，弄不清他老人家想起了什么伤心的事情，又搓手，又理头发。过了好一阵，才说：“爷爷！我不会辜负你和妈妈的希望，也不会辜负祖国和人民对我的期待，我胸膛里有着奔腾的鲜血！我——”

老工程师站起来，说：“算了！算了！我只告诉你，无论如何要争一口气，不要毁了自己，不要使你可怜的妈妈难过，也不要使你这黄土拥到脖子上的外祖父没脸见人！”

老工程师出了常飞住的工棚，雨直向他脸上喷，天气冷得像数九寒天。低下头往前走了几步，停住脚，听那山崩地裂似的吼声。他浑身紧张，心想：“啊！看样子，今晚就过不去！”

他刚进办公室，小刘就踏着泥水跑来了。

老工程师招手，要小刘贴在自己耳朵上报告情况。

小刘说：“听说上游的雨更大了。洪水一直往上涨。我把便桥附近的七八百名工人撤回来了！”

话没落音，韦珍打着手电跑进来，浑身是水。她看见老工程师手心往下一压，就低声说：“呀！洪水快到队部门口了！”

老工程师神情慌乱地在身上摸了一阵，摸出怀表，一看：五点三十分。他往老阎跟前走了两步，停住了脚，老阎才睡了两个半钟头，就是天塌下来，也要迟几分钟叫他。可是转念一想，不行，非马上叫老阎不可……

正在这时，一帮年轻的干部，咕里咕咚拥进了工程队办公室……

目下，才真正是大祸临头了！

第五章　不平常的一天

一

天亮了，老阎用衣服把头捂紧，想再睡一阵。猛然，他听到很多人的脚步声和老工程师深深的叹息声。

“不妙！”老阎一翻身爬起来。不用问，就知道情况多么严重。瞧！办公室像筛子似的漏水。他豁开人，跑出办公室一看，行啦，哪里也别想去了！浑黄的江水，堵住了队部的门，涌进院子。极目远望，洪水滔天！

他心里冰冷透凉，木然不动地站在那里。是的，全部重要材料，都转运到比较安全的地方了，必要时把工人全部撤回来，洪水还能把人怎么样呢？可是一想到便桥时，可怕的阴影便罩住他的心。不过，最近几天桥土队的职工，千方百计地保护便桥，难道……唔！反正复杂的局面摆在眼前了！

老阎返回办公室，声音低沉地说："调度员！通知各个工程小队，除了隧道里继续施工以外，其余的干部和工人，马上撤过来。"

调度员说："施工处周处长有指示，不得到他的允许，决不能把工人撤离工地！"

老阎喊："住口！立刻执行我的命令。"

老工程师说："唉！恐怕已经晚了！"他想到老阎昨晚在工地上讲到的"预感"，眉毛不住地抖动。

老阎背着双手，胸脯上的筋肉，一块一块冒得老高，衬衣上的扣子都给绷掉了。他盯着墙壁，脖子上的青筋一条条暴起来。老工程师说了些什么话，他压根儿没听见。

办公室里挤满了人，空气非常紧张。没有动作，没有言语，没有沉重的呼吸，也没有任何响声，好像这让人窒息的工棚里，有什么巨大的东西立刻就要爆炸。

有几个工程师，脸色苍白，死死地盯住墙上的工程进度图。这张图，多少天来占据了人们的全部思想和感情。那时节，这图上的红线不歇气地上升着，好像无数人的气力和智慧，化成了电流，无形无色的电流通到这红线上，使它获得了生命。成天，大伙望着它，不仅一分一秒地计算时间的分量和价值，而且，从它身上得到坚定的信心，得到无穷无尽的乐趣，得到那种把无数张蓝图变成实物的具体而生动的感觉。它——这条细细的红线，通过每个人的心，也牵动着每个人的心。目下，这条红线冻结了，当它快达到行程的终点时，失去了生机！

“世界上竟有这样的灾祸！”工程师们交换着焦急的眼色。

有许多人眼巴巴的盯着老阎，等他出主意。老阎感觉到这些眼光的重量了。因为这些眼光反映出一万几千职工灼热的心情！还有一些人望望梁建又盯着老阎，仿佛说：“我们早就同意梁队长反对提前工期的意见，哼，你们偏不听！”“我就弄不清为什么要把大伙撑得这样紧！”……老阎想粗粗地叹息一声，把压在心里的闷气出一出。可他意识到：眼前自制能力对一个挑着领导担子的人，是怎样重要。

他沉着地走过去，抓起电话耳机，喊：“工程局！”电话叫不通。他把耳机轻轻放下，平静地对两个技术干部说：“去！坐上羊皮筏子去检查二号仓库。敢去吗？好。马上去。”

他又对几个干部说：“咱们设法到施工现场去。”走到门口又返回来对工会主席说：“你去了解一下家属们搬家的情况。”

老阎吩咐了各项事情，捞起雨衣正要往外走，刘子青一阵旋风似的冲进来，拉着一个人，后边还跟着十几个工人。

那个被小刘拉进来的人，侧着身子靠在墙上，斜着眼打量房子里的每一个人，还悠闲地吹口哨。

刘子青浑身是泥，脸上流着雨水，像刚从江里钻出来似的。

他指着他拉进来的那个人，声音沙哑地说：“这个混蛋，又打医生，又打炊事员！简直……”他咬牙切齿地跺脚，好像要把那人撕碎才能解恨！

挤在房子门口的工人们喊：“他带头和几个工人赌博，闹得四邻不安。我们制止他，他就捞起铁锹要和我们拼命。这种人还有脸说他是工人！”

那个被小刘拉进来的人，对工人们作出一副极下流的样子，说：“要嘴吃饭，要脸扯蛋哩！”

老阎把雨衣摔到床上，脸色黑乎乎的，问：“你想利用我们困难的时候惹是生非？你认为这是好时机？”

“嘿！你是什么人？大约是队长。本人作自我介绍：我是伟大的工人阶级的一分子，正要找你算账。医生是个官僚，我说我发烧，叫他开个病假条，好去领工资，他不干。我很文明，不喜欢动刀子，只要你这个官僚主义队长给我评评理：既然工人阶级是领导阶级，我叫他开病假条，他就得服从领导呀！”

阎兴抢前一步，说：“你这个不知道羞耻的废物，真有本领跟我们较量？”声音低得几乎听不清。真想一巴掌揍死这流氓，可是他压住了冲动的感情。这被压抑的感情，在胸膛里猛烈地冲击，使他呼吸急促。

那人看着老阎凶猛的脸色，心里发慌，又听见工人们喊：“把这流氓送到政府去！”就贼头贼脑溜出去，还边走边喊：“今天饶了你们，选个好日子再来拜访！”

“快走！”老阎手一招，要几个干部跟他去工地，可是脚还没迈出门坎，就和他的老婆李玉英撞了个面对面。

李玉英坐在门坎上，鼻涕一把泪一把，哭着说：“老阎啊！咱们……咱们的三个孩子让山水围住啦！”

老阎仿佛被谁狠狠地推了一把，摇摇晃晃地往后退了两步，背靠住了墙。他眼睛发痴，耳朵里嗡嗡地响，什么也听不见。嘴唇动着想要说话，可是没有声音。

李玉英哭得像个泪人。她埋怨老阎：“你呀，还不是你叫我当这名家属主任，才找了这份难过？队部下命令叫家属们搬家，我泥里来水里去四处张罗，女人叫，孩子哭，要他们搬家该多难啊！我忙了大半天，还没回到家里，咱们住的棚子就叫水围住了！”

老阎脸色铁青。他喊：“你还有脸哭！”手扶门框，胳膊抖动，有时候眼睛微微闭一下。头上汗像瓢泼。

李玉英说：“孩子们要有个三长两短，我……我……我……活着还有什么意思！”她扭头就走，跌了一跤，爬起来又走。

老工程师赶上去，一把拉住她说：“老阎挑着千斤担子，你得体谅他啊！我知道，你们的棚子离这边江岸不远，按现在的洪水情况看，大概，孩子们不会有危险！马上派人去看看。不怕，有我！”他一转头，正迎着技术员韦珍那严肃而明亮的眼睛。

韦珍不等老工程师开口，就把辫子往头上一盘，捞了一件雨衣，豁开人，拉着一个年轻的技术员跑出去了。

房子里拥挤的人乱糟糟地说话了：

“韦珍！让我去，让我去。”

“韦珍！慢走一步！”

“小韦！你赤手空拳去能干啥？”

韦珍哪里听得见？她飞一样地冒着风雨跑远了。

办公室的人，还不断地吵：

“咱们还有二十来个救生圈！”

“快找救生圈！”

“都拿到土地去了！”

“队部还留了一个哩！”

“去找！赶快去找！”

有的人在队部找，有的人在材料库里找，刘子青像疯了一样，在队部院子里的每一个房子里乱翻腾。

突然，院子里像打架似的闹起来。原来，刘子青和常飞拉着一个救生圈。

小刘喊：“撒手！撒手！你怎么能把公家的救生圈塞在自己的床底下！”

常飞的裤筒被什么东西挂破了，头发披在眼睛上，声音抖动地说：“我……我要用！”

小刘说：“要去救人！要去救人！”

常飞咬紧牙关，只是呼哧呼哧喘气。他使尽全身力气，双手抓住救生圈。脸上没有一点血色，眼睛死死地盯着翻腾咆哮的洪水。目下，在他看来，世界上的一切都无定轻重，一个救生圈就是一条命！

小刘说：“我的老爷呀！现在最危险的地方，并不是队部。撒手！”他用力一拉，又松了手，常飞仰面朝天跌倒了，救生圈摔到一边去了。小刘一蹦过去，捡起了救生圈，三步并作两步跑到办公室门口，一转手，让另外一个人把救生圈给韦珍送去了。

常飞从泥水里爬起来，顾不得擦去满脸的黑泥，像冲锋似的直追上来。他冲到办公室门口，就让老工程师张如松那痛苦而锋利的眼光盯在那里了！

老工程师张如松一把抓住常飞的胳膊，头在颤动，两眼忽而冒火，忽而灰暗无光。牙齿磕碰得咯咯响，像是发热发冷。他说："你……你……"只觉得天也动，地也转，头很重，脚很轻，"扑通"一声，倒在门上，又滚到地上，失去了知觉！蜡黄的脸上淌着冰冷的汗水，嘴唇没有一丝血色，一绺白头发盖住右眼！只有那又白又长的眉毛，还直立着……

桌子，凳子，稀里哗啦响。有的人要去抱老工程师，有的人找水壶，有的人抓起电话耳机找医生，有的人东摸西揣弄不清自己要干什么！

老阎挥手要大家沉住气，然后把老工程师轻轻地抱到床上。把手按到老工程师胸口，感觉到那颗心在微弱地跳动，他放心了。回头对一个干部说："快去！带上几个人，先到工地去！抓紧时间。过一阵，我再设法过去。"

那个干部心神慌乱地说："这就去！这就去！"其实，他早知道根本用不着再去了，只不过瞒着老阎。刚才老阎老婆进来的工夫，几个干部抽身出去，驾上木船和羊皮筏子没有划多远，大浪把小船摔到山崖上，打得粉碎；羊皮筏子冲到下游去了，下落不明。目下，真是没有咒念了！

房子里的人轻手轻脚地走来走去。有的人用眼睛和手势说话，有的人给老工程师灌水，有的人用湿手巾敷在那满是皱纹的前额上。

医生带着一个助手赶来，一进门就手心朝下压着，对房子里所有的人轻声慢气地说："静！静！"

他摸摸老工程师的前额，又把眼皮翻开看了看。用听诊器在胸脯上听了一阵。接着，他指示助手，给老工程师注射强心剂，他在膝盖上开药方。

常飞弯下腰，双手抱住老工程师的头，脸色发灰，眼睛发呆，一声不吭，好像他也快昏倒了。房子里那些年轻干部都气汹汹地盯着他。

老工程师苏醒了。他慢慢地睁开眼，看着工棚顶子，又看围在他身边的同志们，然后眼光转到老阎脸上，最后眼光落到常飞脸上。那让花白眉毛遮掩的眼里，涌出了一长串泪珠，顺脸腮流下来，滴在常飞手上！

老阎用手帕把老工程师脸上的泪水擦掉，说："现在正是用人的时候，你可要格外鼓起心劲啊！"

说罢这话，老阎突然觉得心里刺痛。他扭头看：梁建疾速地来回走着，有时摸着自己的前额，有时用拳头不住地打手掌，有时趴在窗子上，脖子伸了二尺长，望着远处。

这一阵，老工程师昏倒的事，老阎焦急的心情和气色，以及身边的一切，梁建都顾不上看，也顾不上想，只是眼巴巴盼着："出事可不能出在便桥上！"

老阎叹了口气，把眼光从梁建身上慢慢地移到老工程师的眼睛上。他寻思："十年后的今天，我对这位年老的战友说这句话了：'现在正是用人的时候！'"

往事，既很遥远又在眼前：还是在一九四七年冬天，当担架队员把负伤的阎兴从炮火中抬下来的时候，梁建把血染的被子揭开，抱住老阎的头，眼对眼，望着，望着！

老阎声音平静地说："老梁！我们要分手了！"

梁建的脸压住老阎的脸，说："伙计！你不能……你千万不能……现在正是用人的时候！"

老阎想：当年说过这话的人，现在却……是的，自从前几天自己和梁建谈罢以后，梁建稍微起劲工作了，可是谁也弄不清梁建为什么有时候落魂失魄，有时候心慌意乱，有时候疲惫不堪！

老阎觉得心酸！

突然，韦珍提着救生圈气昂昂地进来了。她像打了胜仗的指挥员一样，又兴奋又自豪。头发散了，她来不及梳，就用手帕包着头。透湿的衣服上全是泥巴。胶鞋裂开个很大的口子，手腕上擦破的地方渗出了血。

她说："险些把人急死……三个孩子总算救出来了！"

大伙松了一口气，把那称赞、感激而亲热的眼光，都投射到韦珍身上。

韦珍感觉到许多亲切的眼光，给予她的鼓励。她为了掩饰自己满肚子的欢喜，于是谁也不看，显出矜持的神气。

老工程师想抬起身子，把韦珍叫到床边，拉住她的手说："太好了，孩子！工人们叫你女将，果然是一员女将！"可是，他一看到韦珍手里的救生圈，便浑身酥软，觉得十分羞耻！十分难过！

他挣扎着爬起来，颤巍巍地背靠墙坐在床上，低垂着头，闭起眼睛，左手紧握着银白的胡须。

韦珍没有察觉到老工程师的心情。她把救生圈扔到墙角，一转身钻到小刘背后，扯下头上的手帕，用妇女们惯有的勤奋在编辫子。

二

老阎好容易抽出身子，把干部们招拢到一块，正要吩咐事情，外边传来喊叫声、奔跑声，有人拼命吹哨子，有人把汽油桶拿起来当当当地敲起来，好像在发紧急警报！

材料主任嘣嘣地砸开办公室的窗子，头伸进来，上气不接下气地说："桥断了！队……队……队部门前的大便桥给冲垮了！嘉陵江……江……江上游的好几十座大小便桥，也全给冲毁了。咱们……咱们工程队的一万……一万多工人让洪水隔到江那边的工地上了……这……这……怎么得了，老天爷！"

干部们都像中了电一样，有的人直起腰，痴痴呆呆地盯着墙壁，脸色发青；有的人低下头，紧闭着嘴唇，脸色蜡黄；有的人手举到空中不动，像僵了一样；有的人，脸红得像关公，好像全身的血都往头上冲！

韦珍心跳得像擂鼓似的。两手拼命地拧着衣襟，水滴点点。她死死地盯着梁建，一阵红一阵白的脸色，表明她心潮的涨落！

"该死！乱子偏偏出在便桥上！"梁建的头像是突然炸裂了，眼里冒火星。他昏昏迷迷地往床上一靠，心脏似乎停止跳动了，全身软瘫了。当恢复了知觉的时候，他急切地希望有地震，有山崩，有疾病突然袭来，一下结束了他的生命就好了！

阎兴的眼光嗖地射到梁建身上。他呼吸紧迫地把梁建盯了几秒钟，然后，扑到窗户跟前，一把抓住材料主任肩头的衣服，问："你亲眼看见便桥给冲毁了？工人们当真被隔到对面的工地上了？"

材料主任说："可……可不！"

老阎狠狠咬住牙，把材料主任推了一把，猛一跺脚，转过身，冲出队部。他双手叉在腰里，顶着雨，站在水里，望着那迷迷茫茫的工地，咒骂自己无能。今年洪水特别大，此地历史上从没有过这样高的水文记录。这是出乎意料的。但是，做领导工作的人就要对这"意外"的事负责啊！在无能的人面前，才有那么多该死的"意外"！

老阎回到办公室，材料主任也跟着进来。

材料主任擦着脸上的雨水，前言不搭后语地说："我们碰到了鬼……嗨！一言难尽！我们要……要……我们要被开除党籍哩！撤职还是小事！"

老阎发火了，用拳头猛击桌子，书籍、墨水瓶，都跳起来。他大声喊："就算有天大的祸事，你也要把腰杆挺直！"

老阎靠在桌子边，头脑麻木，耳朵里嗡嗡地乱响。眼前是一团飞快旋转的黑雾，好像谁用铁锤在他头上猛击了一下。他鼓起平生的力气，使自己恢复了镇静。走到窗子跟前，把半截身子伸出去，只见：队部门前放的汽车和机器，被水淹得只露个头在外边。有许多工人住的帐篷被水淹没了，有的帐篷被水淹得只露出个顶子，像是水面上漂着许多指示航行的浮标。远处，除了让雾气遮住的山，就是一片洪水。大概对面工地上数不清的工人，也背靠悬崖面对大江，站在那里让雨水浇灌哩！靠队部左边的山坡上，站着许多工人的母亲、老婆和孩子。原来，夜里洪水突然来了，她们把衣服、被子和孩子抢救出来。往哪里走？往哪里逃？前面是洪水，后面是万丈峭壁，只好站在那小小的半岛上让风吹，让雨打！女人们的喊声，孩子们的哭声和洪水的吼声，搅成一片。站在队部附近的一帮老工人急得转圈圈，也不能去援助她们。妇女和孩子们，既在眼前又在另外一个不能到达的世界上！

老阎，恨不得长上翅膀飞过江去。他明明知道江那边的工人过不来，可又指望有什么奇迹帮助工人脱离险境；空中呼啸的风雨声，他以为是工人们的脚步声。

他希望自己是在做一场噩梦，眼前一切可怕的事情不过是一场虚惊！但是，当他怯生生地看了看身边的人们和窗外的景况，就心如刀绞：这是现实，这是严峻的现实！

年轻的干部们一时拿不出主意，都急得心如火燎滚油煎！房子里是一片短促的呼吸声。

老工程师下了床，用手帕擦擦脸，又搓了搓手，望着窗外的洪水。他的眼窝深陷下去了，眼光显得更严厉。没有人敢走近他，照护他，安慰他。

一个年轻的工程小队长，急得眼泪直滚。他打破了这房子里能把人压碎的沉闷空气，吼喊："便桥！便桥！对便桥应该负责任的人，站出来说话呀！"

老阎走到那个干部跟前，逼得那人向后退了半步。他咬紧牙说："我最恨这种人，工作出了漏子就互相埋怨。"声音低沉而抖动！

有三四个年轻人低声哭了！

刘子青一阵跑到门口，一阵趴在窗口上向外看，一阵又盯着老阎，像是一头被关在笼子里的狮子。

他说："埋怨也罢，不埋怨也罢，反正窝囊！窝囊！要是前面是个老虎，就把它抓住；前面是个碉堡，就拼上一条命抱着炸药去掀掉它。嘿！这是经济建设呀！谁晓得多么难缠。真不如去摆弄七斤半痛快！"

老阎满肚子火气爆发了，他喊："你在经济建设的路上，才走了几步？打什么退堂鼓？啊？"

小刘说："谁打退堂鼓哟！"他回头看看他的同事们，又看了韦珍一眼，满脸火红，像喝了二斤烧酒。

老阎头一摆，喊：“走，同志们！我们马上去——”

总务主任跑进来打断他的话，说：“啊呀，队长！我们和外界的联系全都断绝了！通向各处的电话线统统断了。我们储备的粮食，虽然离这儿只有三公里，可是道路全断了，不定哪天才能运上来。现有的粮食只能凑合着吃两天！”

人们互相瞧着，一种孤立无援的感觉，蒙住了每个人的心。是的，电话线断了，这个洪水中的小岛与世界的唯一联系断了！工程局，铁道部，亲人和朋友，熟悉的城市和家乡，仿佛在另一个遥远而又遥远的世界上！这时光，如果那架电话机突然响起来，有谁从万里之外打来长途电话，空间的距离不是一下子就被缩短了？这时光，如果有只小鸟衔来一封远方来信，那不是每个人永生永世都不能忘记的事情吗？这时光，如果突然雨过天晴，阳光出来，洪水一下子便消退了，那不是每个人都会为这奇迹而欢腾欲狂么？

老阎环顾这间大席棚，眼光停留在梁建身上，停留在老工程师的白头发上，停留在小刘、韦珍和青年同志们的脸上。什么个人恩怨，什么不同的看法，什么脸红脖子粗的争吵，什么眼前的打算和长远的思索，这一切都多么微不足道！老阎恨不得伸开两臂，把眼前所有的同志紧紧地抱起来，说：“同志们！我们是相依为命的！”可是，他一动也不动。

他对总务主任说：“洪水不定哪天才能消退，要节省粮食。从明天开始，队部的人一天喝一顿稀饭。你去把队部的工作人员召集起来，向大家说明情况。去！”

总务主任磨磨蹭蹭地说：“恐怕三言两语说不通！”

老阎说：“不通也得通！”

总务主任唉声叹气地说：“我坚决执行命令就是了，反正会有人骂大街！”

老阎说：“有本事革命，就有本事挨骂！”

他撇开还想说话的总务主任，回头对同志们说：“眼下一切都是小事，救人当紧。对面工地里，粮食没有一颗，要是来个大塌方，压死百十名工人，把我们的骨头捣碎，也抵不了我们的罪过！这样办：我设法过江去，组织工人和干部，让大家想法子从绝崖爬上去，到后山去找老乡和地方政府，要求支援。”他回过头来，习惯力量使他险些对梁建说出这样的话：“你留在队部掌握一切。”一想又觉得很不合适，于是他说：“老梁，哎，老梁——”他没有说下去，只是盯着梁建，希望梁建为了工作。为了那巨大的过失，挺身而出，随便站在哪个岗位上，为目前的斗争添一点力量。

大伙儿都注视着梁建，等待他有所表示。

“啊！这是老阎的声音，他像是对我说什么！”梁建想着。他坐在墙角，头吊在胸前，浑身无力，像被判了死刑的人。这一阵，不论什么人只要一提到“梁建”这两个字，他便像被蛇咬了一样，一阵颤栗通过全身。“是的，老阎在对我讲说什么！”他一边想一边使用全身力量控制自己的情绪，可是也仅仅只做到勉强地站立起来。为什么要站起来？他自己也不清楚。他眼前总是呈现着那座便桥被洪水冲倒时光的可怕情景……过了一阵，他左右看看又颓然地坐在床沿上。突然，他意识到自己在众人眼前显出的丧气样子，于是恼恨自己，很想鼓起力气干点什么事情，争一口气，可是“便桥”塌下来，压在他身上，把全身骨头都压散了。为了遮掩慌乱的心情，他抽出一支烟塞在嘴角，狠狠地擦了根火柴，哆哆嗦嗦好半天也没点着。

所有的人，扭转头，都把那有千百斤沉的眼光狠狠地压到梁建身上。

老阎结实的身躯，像是转眼之间变成了一尊石像，那凝然不动地盯着梁建的眼睛湿润了。如果不是当着这些急需要支持的年轻干部们，他的眼泪会涌出来。悲愤，激怒，万箭穿心！

韦珍扑到床跟前，直挺挺地站着，盯住梁建。她的眼泪唰唰地淌下来了！

小刘心里着了火，他把衬衣一扯，五个扣子飞了，有的蹦到梁建身上，有的碰到墙上折回来又掉在桌子上，然后从桌子上骨碌碌地滚下去，滚到梁建脚边。

他跺着脚，嚷叫："阎队长留在队部，我去！我去！这就算大难临头？简直亏死了人！"

韦珍伸出手，好像要拉住小刘，生怕他和谁打架似的，等到听了小刘的说话，又用火热的眼光赞助小刘。

梁建觉着，小刘的说话和举动，仿佛是刺激什么人。他挺吃力地咽了一口气，想看这个小青年一眼，但是，他始终没有抬起头来。

年轻的工程师傅以明说："小刘的左脚烂得流脓，他能去吗？我去，一万多人的担子交给我！"

韦珍把握紧的拳头提到胸前，说："我去！"她望着阎队长，脸色显得那么勇敢和刚毅，不由得使人想起万古不朽的刘胡兰。

好多年轻人都抢着说：

"我去！"

"我去！"

"我去！"

…………

一片呐喊声震得席棚子直摇晃。

老阎的眼光掠过每个年轻人的脸膛。杂乱而激昂的呼喊声，不仅没有激怒他，反而使他更加稳实，更加坚毅，更加力量汹涌。这时候他又觉着，面临的种种情况，并不像他估量的那么严重。

老工程师的眼光到处搜寻。他希望在这众多的脸膛中，看见常飞的脸膛。他希望在这"我去！我去！"的声音中，分辨出常飞的声音。他希望常飞能用勇敢的献身精神，为老年人，为青年人，为常飞自己洗刷羞耻！他失望了，摸摸索索地坐到床上，有时候闭住眼睛，有时候又茫然地望着墙壁！

老阎思量，目下，梁建决不能留在队部挑这繁重的责任担子，自己必须留在队部。那该让谁过江去呢？让小刘去吧。江那边没有一个党委委员，小刘不仅是党委委员，并且，他在施工现场上以利索能干出名，便于主持江那边的几个党支部和组织工人们。无论如何，现在江那边的工地里需要天塌下来也能顶住的领导人。嘘！这小伙子太劳累了，简直成了瘦猴了，左脚又肿又烂，怎么忍心叫他去呢？让韦珍去吗？工地有成千上万的人，在这紧急情况下，把一个女孩子派到危险的地方去，简直是可耻的想法，让傅以明去吗？行。这小伙子在朝鲜战场上干了几年，出生入死，有几下子，但是说到组织能力和领导一万多人的事，他可不如小刘。老阎牙一咬，心一横，下了决心："小刘有个一差二错，让人们去埋怨我，咒骂我，处分我！"坚定的决心变成了森严的命令：

"小刘去！"

韦珍和傅以明还坚持要去，老阎头一摆，好像要用那坚定而威严的眼光，把他们扫到一边去。

韦珍扬起乌黑的眉毛，吃惊的眼睛睁得挺大，挺大。嘿！她生平第一次看见这样凶悍的眼光。真叫人发抖。

傅以明，着急而毫无主意地搓着手。

小刘两条胳膊抱在胸前，直盯着阎队长的眼睛。脸膛严肃。可是在这过分严肃的神情中，恰恰露出了渴望冒险的稚气。这种可爱又可敬的气概，在场的人，除了老阎就数梁建最熟悉。

往事，决不是陈旧的回忆，过去，在与死亡打交道的日子里，这青年，曾多次接受过梁建下达的重如泰山的命令。那时候，作为小刘上级的梁建，也以自己的手下有这样坚贞的战士而感动，而自豪；也从那视死如归的气概中汲取过鼓励自己向上的力量。看！现在梁建却不敢正眼看小刘！

而那些年轻的小伙子，都羡慕地望着小刘，都觉得有小刘这样的同伴，是人生最大的光荣。要不是老工程师和老阎这些人在场，他们一定要尽情地把小刘抱起来，用许多粗壮的胳膊把小刘抬起来，表现他们的激情，表现他们对小刘的尊敬和爱戴，表现他们对某种人刻骨的憎恨和无比的轻蔑。

韦珍往前挤了挤，盯着小刘，仿佛小刘这平常毫不显眼的人突然变得无比雄伟，好像隐藏在小刘身上的什么东西，一下子明光闪闪地显露在她面前了。她感到一种说不出的自豪，好像是她自己领受了使人震惊的伟大使命。她受到的震动和那种从整个身姿上表现出来的冲动感情，引起了大家的注意，可是她却丝毫没有留意到别人的反应。

老工程师张如松背着手踱来踱去，然后走到老阎跟前，说：“老阎！你只顾调兵遣将，把我这根老骨头往哪里指派？”

老阎想说：“正需要你去——”他一记起刚才老工程师昏倒的情形，又把话咽到肚子里去了。

老工程师说：“有话就直说。”

他和小刘肩并肩，直挺挺地站在老阎面前，像一个忠勇待命的老士兵，这一老一少站在一块等待接受任务的样子，吸引住大伙儿的眼光，吸引住大伙儿的心。

老阎说：“小刘怎么从大江上过去，这得你想办法。”

老工程师把老花眼镜戴上，两手合拢到胸前，一边思考一边说：“是啊！是啊！”

年轻的工程师傅以明说：“我们原来不是在江面上横拉了一条钢丝绳，为了摆渡使用吗？”

小刘说：“嘘！你说这话跟没说一样，钢丝绳早让洪水淹没啦！”

傅以明固执地说：“不。钢丝绳当初架得比较高，水淹也不会淹得太深。”

老阎忙问：“说，快说！找到钢丝绳有用处吗？”

傅以明说：“我们在朝鲜打仗——”

老工程师恍然大悟，把眼镜往额头一推，兴奋地按住话头说：“好，好！你提醒了我。在朝鲜打仗的时候，有一次，发了洪水，为了完成紧急任务，就把小滑车拴到横跨江面的钢丝绳上，又把人拴在小滑车上，慢慢地滑过去……”随即，他又把眼镜戴上，然后又把它推到额头……紧张地思索了一阵，说：“还有问题，就算找到钢丝绳，我们把它拉直，架高，可是当人溜到江心的时候，钢丝绳往下坠……”

小刘说：“这不难！这不难！人到江心，手抓住钢丝绳使点劲往过扒嘛！”

老工程师说：“成呀！不过，那是条旧钢丝绳啊，它能吃多大力量，还得略略计算一下哩。”他摸摸上衣口袋，像是找东西，然后又搔着稀疏的白头发，来回走着，筹思着。

老阎一下子高兴起来了。他的手举在头顶，高喊：“嗨！有办法了！”梁建也突然直起腰，变得有生气了。他的眼睛仿佛在说：“嗬！天无绝人之路！”

韦珍双手合拢在胸前，两脚并起，一跳一跳地说：“人能过去，电话线也能拉过去！这多好哇！这多好哇！”

希望是生命的动力。看！大家不是被一线希望鼓舞起来了？压不住的笑声，杂乱的谈话声，紧张的脚步声，房子里充满了工作热情。

韦珍和傅以明带了几个人，去寻找那条钢丝绳，准备渡人。老工程师去作技术指导。

老工程师刚走出办公室的门，老阎思索了一下，连忙赶上去，低声而急迫的问：“小刘用这种办法过江，是不是很危险？”

老工程师用力地搓着手，默默无声地盯着身边的墙根。

老阎把一切都看明白了，他知道答案是什么，但是他还向前迈了半步，用自己的眼光拧住老工程师，继续追问：“很危险？啊？很危险吗？”

老工程师还是死死瞅着身边的墙根，眼睛发潮，嘴唇微微抽动。他不看老阎的脸，不看老阎的眼睛，没有勇气说话。但是，他的姿态、神气和脸色，清清楚楚地表露出这样的意思：“危险哪，老阎！相当危险！”

老阎背靠电线杆子，望着天空，任雨水往脸上浇洒。他说：“我俩一道工作了好多年，雷劈电轰也把我们分不开。我一直像爱父兄一样的爱你，尊敬你。——请你先别开口——目下，我求你什么，你不会拒绝吧？”

老工程师张如松猛然抬起头，一手紧紧地按在心口，一手抓住老阎的手，微微偏着的头在颤动，鬓角的白头发让雨水沾在脸腮。他直望着老阎，满眼是泪，说："如果有什么需要，把我剩下的不多的岁月集中起来使用，老阎，这未尝不是人生的快事？若是信赖我，就爽直地说吧！"

老阎说："我是说，你留在队部挑起一切担子，让我过江去。我知道过江很危险，然而我是明明白白去奔赴危险的。可是小刘那青年，我忍心——"他猛一跺脚，把紧握的拳头在空中一挥，痛恨自己："——造成目前这样的局面，都是因为我无能。要是小刘有闪失，我直到死也不能原谅自己！我……"

老工程师说："不行。你过去在战场上指挥战士们冲锋陷阵，也是这么心软？凡是危险的地方都必须亲自去？平时，你的胸膛里能跑马，现在怎么这样想不开？听我说，老阎！让小刘过江去。他年轻，身体比你灵动。行啦，不用争辩，想想江那面一万多工人！"

老阎没有听清老工程师说了些什么。他背靠墙，微微扬起脸，小刘的形样显现在眼前，梁建的影子显现在眼前，工地里一万多工人艰苦挣扎的景象显现在眼前。他，万感交集。

办公室黑压压挤满了人，小刘图方便从窗口跳出去。他看见院子里的汽车上、各个房间的门口和屋檐下都挤满了工人的妻子和小孩，就喊："孩子们，别哭！我给你们找爸爸去。"

妇女们一哇声地喊：

"小刘！给孩子他爸带个馒头！"

"小刘！给我家老王捎件衣服！"

"小刘！捎个口信……"

…………

小刘一边往外跑。一边扭过头扬起手喊："我说你们这帮妇女呀，都是死心眼！我给你们一人捎一点东西，就把我压到江底叫龙王爷会餐啦！"

大风，还在刮。暴雨，还在下。嘉陵江的洪水，还在继续涨，涨，涨！对岸工地上打雷似的爆炸声依然一阵一阵吼。爆炸声是这样振奋人心：年老的工人，炊事员，队部的干部，医务所的伤病员，在屋檐下避雨的妇女和孩子们，都跑到雨地来听了。听啊！爆炸声给我们带来消息。这消息说，同志们的战友，孩子的爸爸，妻子的丈夫，老母亲的儿子，并没有因为和世界断了联系而失去力量，并没有因为淋雨、饥饿而灰心丧气，他们倒是能多挖一锹就多挖一锹，能多炸一块石头就多炸一块石头，能前进一尺就前进一尺。既然历史发出了进军的号令，那么，任凭人世间有多少艰难困苦，即使把生命交出来，那洗刷贫困与落后的事业，也是一分一秒不能停止！不能停止！

三

大雨乘着大风越来越凶。电光，忽而在起处闪，忽而在山头上闪，忽而在你身边闪。炸雷声由远而近，由近而远，好像要把天给崩碎似的！嘉陵江的洪水淹没了江岸，涨到半山腰了。它吼叫着像是要摆脱地面，淹没全世界。天地间响彻着千百种撕裂人心的声音。秦岭和大巴山在浓浓的雾气里团团打颤！

老工程师张如松擦了擦脸上的雨水，情不自禁地把小刘抱住，说："孩子，多加小心！"他恨自己年迈力衰，要不，他就替这孩子去奔赴艰险。在朝鲜战场，作为一个通讯员的小刘，在九死一生中不是多次救过自己的命吗？

老阎的雨衣被风吹得扇起来，他用力把雨衣裹在身上，站在泥水中。小刘望着老阎，看他还有什么叮咛。老阎一声不吭，只是头一摆，用坚定、严峻而微微有点冰冷的眼光指着前方——浊浪滔天、吼声震耳的大江。他这当年的指挥员知道怎样用自己的脸色、眼光和姿态，来显示自己的意志和决心。他也晓得怎样掩饰自己的感情。眼下，没有比过多的感情更害事了！

梁建站在老阎身边。他把帽子压在眼眉上。这一阵，他觉得眼前的任何工作，都插不上手，仿佛是个新来工地工作的人一样。他像是不由自主似的，眼光老是跟上小刘转。这一阵，梁建焦急的心情以及为小刘过江担忧操心，比在场的任何一个人都不差。一来，小刘就算有千不是万不是，但是他马上要豁出一条命，投入危险之中，这总是叫人钦佩的，感动的；二来，小刘过不了江，对面工地里出了什么事情，第一个受不了的人就是他梁建。小刘如果过了江，把一万多工人救出险境，那也就是直接救了他梁建。梁建从心眼里感激小刘。

他走到小刘跟前，很想说几句鼓励的话，但是找不到任何言辞。他默默无声地摸了摸小刘的肩膀。

小刘说："梁队长，你还有什么指示？"

梁建没有作声，他想起刚才在队部听到便桥断了的消息之后，自己神魂颠倒和软弱无能的样子，便想对自己发火。这一刻，望着小刘，悔恨和惭愧的感情，更有力地袭击他。说什么小刘"忘恩负义"，说什么"小刘和老阎一块整自己！"这一切想法，在这生死斗争的场合回忆起来，都是无聊而且叫人痛心！

他望着翻腾的江水，问小刘："那天，我在老阎家里说了你几句，听说，你哭了！"

小刘低下头，卷着衣角，眼睛发烧，什么话也说不出来！

梁建说："不要计较！我也不知道我当时对你说了些什么话。"

小刘望望梁建那又黄又瘦的脸膛和乱蓬蓬的胡子，一霎时，心情变得非常复杂。但是，他一转过身，看见眼前做过江准备工作的人们，像一阵旋风似的忙迫着，这种热烈的工作景象，又吸引住他全部的注意力。他像个天真的孩子，心境又变得非常单纯，不停地用手背擦着眉毛上的雨水。出奇！不管他走到哪里，不管他的头偏向哪边，都看到韦珍那祝福、鼓励、担心和思绪万端的眼光。这眼光和目前大家都为他过江而奔忙的景象，弄得小刘心慌。说到前面有怎样的危险，他倒没有考虑。对他来说，危险算得了什么呢？在生活的道路上，贫穷没有压碎他，饥饿没有扼死他，战争中的千百次危险也没有吞没他。

韦珍奉老工程师的命令，首先把电话线挂到小滑车上，然后再把捆在小刘身上的绳头拴在小滑车上。她的手碰到小刘的胸脯、脊背、胳膊和满是黑泥的双手，无法说明的情感、心思，都在这接触中传达出去。接着，她把滑车和绳子上的每一个细小的地方，都摸了又摸，看了又看，三番五次地检查着。如若老工程师允许，她这检查工作，可以遥遥无期地进行下去。要是既有绰裕的时间，又有这份权利的话，她愿意把渡江的全部准备工作检查一遍，十遍，一百遍。

她趁着拴绳子的机会，把小刘头发上的雨水抹了抹，悄悄说："小刘！我等你……我们等你回来！"

小刘一转脸，鼻子正好擦过韦珍的鬓角，他像吃了一惊似的，把身子往后一仰。这工夫，那强大而模糊的感情，突然明朗了，无论如何要给韦珍说几句最要紧的话。说呀，嗨，他又找不出适当的话。又着急，又别扭，一股劲儿擦着脸上的雨水。费了九牛二虎的力气，好容易才张开口说："小韦！我把这么大的事，险些给忘了。真是要命！"

韦珍急迫地问："啥事？"

小刘用手背擦了擦下巴，有口无心地说："我……我……我的数学本本丢在队部的床铺下边了，给我收拾起来，别叫雨水把它泡成纸浆！哎，记住！"

小韦愣了一下，失望地说："好吧！"她有气无力地把一双白色的粗线手套，塞到小刘手里，心事重重地叮咛："戴上。别叫钢丝绳把手磨破了！"一低头，又看到小刘那用绷带捆着的左脚。她想叫医生来把那脚上湿透的绷带解下来，换一条新绷带，来不及，过江的时间快到了！

小刘往江边走了几步，又返回来对韦珍说："我刚才给你说的话都不要紧。只有一件事，你要——"

"啊，什么事？"

小刘说："梁队长的气色不好，他可能生病了。我求你，千万要替我照护他，关心他。能办到吗？"

韦珍望着小刘的脸。她的眼光中有思索，有感叹，有崇敬，有难以描述的心绪。过了好一阵，她轻轻地说了声："好！"

老工程师坐在一块石头上，把一片纸压在膝盖上，急急地计算什么。一个工人自动地给他打伞，两三个工人自动地站在旁边给他遮风。周围还拥挤着妇女、孩子、干部和年老的工人。大伙的眼睛一眨也不眨地盯着老工程师那筋骨暴起的手和那移动着的笔尖，仿佛那手和笔尖，决定着小刘的生死，决定着两岸无数人的安危。

许多人，在老工程师左右十来公尺的地方奔跑，喊叫：

“拉紧钢丝绳！”

“滑车要上油！”

“注意检查！反复检查！”

“没有任务的人往后退！”

“有任务的人站在各自的岗位上！”

“注意信号！协同动作。”

…………

接着，一个又一个的人向老工程师报告：

“钢丝绳和滑车都检查过了！”

“我作了最后一次技术检查，可以动手了！”

…………

…………

最后，轮到韦珍报告。她一个字也没吐，只是望着老工程师的眼睛，微微点了一下头。随后，就用手扶住身边的一块大石头，微微闭了一下眼，仿佛头发晕。

老工程师张如松站起来，周围的人眼光都霍地集中到他脸上。大伙儿凝神屏气。

老工程师缓慢地转着头，把那站在各个工作岗位上的人，仔细地看了看，然后，这眼光和老阎的眼光碰到一块了。两双眼相对凝视了几秒钟。老阎脸色铁青，毫无表情，只是坚毅地扬了一下眉毛。

突然，老工程师吸了一口气，好像聚集全身力量，举起红色的小旗，用力一挥，声音森严地下了命令：“开动！”

这命令声，震动了老阎，震动了梁建，震动了老工程师自己！

这命令声，使周围的人浑身紧缩，心都提起来了！

这命令声，像一道撕扯天空的闪电，险些把韦珍击倒！她用双手捂住了胸口。当她稍稍清醒了的时候，一种锐利的感觉爬上心头：她有许多心里话，迫不及待地想对小刘说，可又跟不上了。她觉着，平素小刘的每一个举动，每一句无关紧要的话，现在都变得特别宝贵。可是，往常自己却没抓住那难得的时光，好好跟小刘推心置腹地谈谈，仿佛，连小刘的脸膛都没有仔细看过。唉！为什么，为什么人老是事后才变得那么聪明，而当他置身于美好事物当中的时候，反而不懂得珍惜它？

小滑车顺钢丝绳嗖地向前滑了几丈远，转眼之间便平稳而缓慢地滑去了！滑去了！小刘的身体越来越小，渐渐地变成了一个黑点了。江两岸，一万多人的心越抽越高了。每个人都屏住了呼吸。每个人都觉得自己心脏跳动的声音，比天地间一切声音都猛烈，都巨大。

小刘滑远了！滑远了！江两岸的人怕他滑得慢，也怕他滑得快。慢了，小刘忍受艰难的时间长；快了，危险越来越大。时间啊，有时候你急速地飞过去，有时候你像是凝然不动，有时候你悄悄从人身边溜走，有时候你把希望、回忆、幸福、死亡，压缩在一秒钟里，把全部人生都压缩在一秒钟里！

小刘滑远了，滑远了！眼看滑到江心，钢丝绳下坠，小刘的身体快浸入江水之中了。小刘双手拼命地抓住钢丝绳，缩作一团。一道又一道的闪电，从天空劈下来，擦过小刘的前胸和后背。雷声在他前后左右爆炸。万箭似的急雨拼命地射击他。大风把他吹得晃过来荡过去，或者把他抛上去又摔下来。黄色的波浪像连绵起伏的山峰，一个浪头比一个浪头高，仿佛江水要暴跳起来吞没小刘。看，小刘接近水面了！看，小刘的脚浸到水里了！看，一片片水浪从他头上盖下去了！哦，怎么得了？上游冲下来一堆黑乌乌的东西。那东西是树根或是木头，插到小刘身上，那就把小刘击毁了！那就把一万多颗心击毁了！那就把一切希望都击毁了！

可是，小刘在自然界千百种力量凶恶的打击下，还是继续前进！

两岸的人又抡手又呐喊："小刘！小刘！小刘……"这里有母亲

担忧的声音，有工人妻子希望的声音，有孩子惊吓的声音，有同志们焦灼的声音。这所有的声音拧成一股无比的力量，好像大家希望用这使天地为之震动的力量，把小刘承载到人生的新境地。

老阎脸上毫无表情，像是失去了感觉。梁建站在他身后，几乎趴在他身上了，老阎也不知道。老阎不看小刘，眼光掠过人们头顶，死死地盯着雾气腾腾的山腰，不自觉地把手里的一支烟，揉成了碎末，手心的汗又把烟末和成了泥。只有他这和小刘共过生死患难的人，才知道小刘怎样把生命置之度外！只有他这把小刘交给危险的人，才知道小刘那红肿的脚浸在水里是怎样的痛苦！而且，只有他知道小刘的每根汗毛，每个动作，都在怎样牵动着江两岸一万多颗心！

现在，特别是现在，阎兴更加深刻地感觉到小刘格外宝贵。他简直不敢设想，如果失去小刘，他会怎样痛不欲生！

老工程师被雨水浇得浑身透湿。脸上流的是雨水还是汗水，谁也分不清。他急速地走着，仿佛计算着自己心脏跳动的次数。胡子颤动，好像时间用锋利的牙齿啃着他的心！

韦珍转过脸去，不敢正眼看在江水上空挣扎的小刘。从小刘出发到现在还不到一小时，可是她觉着像过了一百年似的。她把小刘送给她的安全帽，从头上卸下来，紧紧地抱在怀里。用力过大，安全帽变了形。有一撮头发，被雨水沾在她时而焦黄时而煞白的脸腮。那细嫩的满是青春活力的脸膛，一下子变得瘦棱棱的了，好像她刚害完一场大病。

梁建，双臂紧紧地抱在胸前，心情也十分紧张。勇敢的青年人在危险之中挣扎，也许再也看不到他了！梁建想，如果事后他还能看见小刘，那么，他要说的第一句话就是："小刘！你千万不要把我想得太坏了！"可是，再往下想："小刘为什么要过江？"一种不敢正视的答案，使他全身打颤……他恨自己，咒骂自己……他怜惜小刘！他在心里给小刘使劲。他恨不得为小刘向上天祈祷！一转眼，又问自己："这一切想法有什么用？"他看看老阎，看看身边焦灼万状的同志们，看看大江上空那模糊的身影，看看对面雾腾腾的工地，一道亮光从他心头闪过，一种决心充塞着他的胸膛：“让我过江去！让我去顶替小刘！即使碰到什么不幸的事，那也是应该的！”……

小刘滑过江心以后，新的艰难又来了：钢丝绳斜斜上升，滑车不移动了！他双手抓住头顶的钢丝绳，向前攀进。攀进，攀进，一寸一寸地向前进！前进一寸，喘一口气，前进两寸，出一身汗。手套磨烂了，手心磨破了，胳膊麻木了，感觉似乎也消失了。看不见高山，也看不见闪电；听不到人们摇撼天地的喊声，也听不到惊涛骇浪的吼声；不晓得大风要把人撕成碎片，也不晓得大雨要把人窒息死！只有那双血淋淋的手，机械地攀着，攀着……血，染红了白色的粗线手套，血，染红了钢丝绳。目下，好像一点力气也没有了，好像风雨、江水、工地、战友和世间的一切，都要从记忆中消失了。有时候，他把头搁在肩膀上，闭住眼睛，休息片刻。这当儿，谁要看看这年轻的没有血色的脸，谁要看看这发青的嘴唇，谁要看看这被雨水贴在前额上的一撮头发，就会感觉到：这青年人全身都冰凉透冷没有一丝活气了！可是，那微微翕动的鼻孔却表明，有一股永远不会熄灭的火在他心里烧着，有一种顽强的力量在他身上升腾。不是吗？你看，你看！他又在攀进，攀进，一分一寸地攀进……这一刻，他——刘子青，用急促呼吸的次数，计算着生命的重量，用心脏跳动的次数，计算人生道路的长度。他——刘子青，又瘦小，又年轻，平时在人的大海中，只不过是一滴水，谁也不会注意他。可是眼下，有多少希望的眼睛送他，有多少希望的眼睛迎他。这一阵，谁不愿意把自己的力量和生命分给小刘？而那些观望生活浪涛的闲人，那些为了一己私利而消耗生命的庸人，一生一世决不会有一次像小刘这样让人操心过，期待过。妇女和孩子的眼光，上级的嘱托，战友的盼望，勇往直前的献身精神，这一切，在小刘那纯真的心里烧起怎样照彻人世的光亮！雷电、风雨、浪涛、寒冷、疲劳、危险和各种随时可以把人置于死地的打击，能把小刘这种人怎么样呢？

“小刘到了对岸！到了对岸！”两岸欢呼声震天响。大伙都像发了疯一样在奔跑，在挥手，在摔跤，在热烈地拥抱……

妇女们哭了，抱住那工人的小儿子哭了！

老阎在擦汗。事情按照他的愿望实现了，他反倒显出生平未有的慌张，好像人在回想危险时倒比在危险当中心情更加紧张一样。他不知不觉把手搭在梁建肩上，梁建不光紧紧地靠他站着，还把一块手帕递给他，让他擦脸上的雨水。

老工程师张如松靠在大石头上，喘着气，一手扶着韦珍的肩膀，一手按着自己跳动的心脏，生怕心从口里跳出来似的。而韦珍，把左脸贴在老工程师胸脯上，上嘴唇不住地抖动。由于过分紧张，她的心要破裂了。可是紧张的弦索突然全断了，她从可怕的世界里回到了现实生活中，现实生活中未料到的欢乐和幸福，那么有力地震动着她。她独自嘟囔："真的过去了？真的平平安安……过……"不连贯地说着，闭住了发热的眼睛。

老工程师抚摸她的头，说："当真过去了。咦！你头发上全是水，快把安全帽戴上！"

一波未平一波又起。猛然，人们混乱了，呐喊起来了。惊慌而又悲痛的情绪压倒了所有的人。原来，小刘达到对岸，被工人们从钢丝绳上卸下来的时候，直挺挺地躺在那新筑的路基上了……

雨越下越大。风越来越猛。嘉陵江的水声越吼越凶。这一切声音是巨大的又是低沉的，是喧嚣的又是悲怆的！

四

"唉！小刘万万不能有闪失……电话线总算拉过去了！……小刘万万不能……"梁建从江边往队部走去，走得很慢。一面走，一面回头朝江边看。他要到队部去和江对岸的工人们通话，只要电话通了，一场灾祸就过去了大半……而且，只要小刘不出问题，那简直可以说一切都很完满。不过……唉！现在一切都是昏三倒四的……梁建浑身发冷，心里却像火烧油煎。约制不住的泪水，在眼眶内滚动！

老阎茫然地望着梁建的身影，提起沉重的脚，往队部走去。他的感情一直都在猛烈的翻腾："难道再也看不见小刘了？这就叫永别？"

辛酸的感情伴随着撕心的痛苦，折磨老阎。失去小刘，就等于老阎丢了魂。他不能没有小刘，这建设工地不能没有小刘，这世界上也不能没有小刘。随即，老阎又觉得自己的种种念头是胡思乱想。他对自己说："不，不！小刘决不会有危险！大约他昏倒了，休息一阵，又会爬起来活蹦乱跳。唉！也不一定……"他急躁不安又很疲劳，雨水顺脸往下淌。口干舌燥，他使劲地咽着流在口里的雨水。长筒胶鞋里灌满了泥水，走起路来咕嘟咕嘟响。他走上十来步或二三十步，就让一群抱着孩子的妇女用话堵住了。

"队长！雨这么大，我们到哪里安身？"

"队长！大人再苦也行，看这孩子淋雨你不心疼？"

"队长！孩子的爸爸，该不会出什么差错吧？"

"队长！娃娃他爹叫水冲走了，我们的日子怎么过呀？往后谁怜念我这苦命的人！"

…………

老阎眼前是这披头散发的妇女、哭喊的孩子、眼泪、诉苦、忧愁和那瓢泼似的大雨！铁石心肠的人在这境况之前能不凄然泪下？老阎把重重心事压在心底，把滚热的眼泪往肚子里咽，鼓起心劲，安慰这一个，劝说那一个，而且答应很快给家属们找住处。

老阎回到队部，坐立不安。他看了这乱七八糟的办公室，就想发火。吃冤枉的通讯员，眼睁睁地走进走出，也懒得把办公室收拾一下。他讨厌那桌上堆积的文件，讨厌那墙上颜色灰暗的平面图，那黑色的电话机看来更不顺眼。平时，它不停地叫着，送来让人兴奋若狂的消息，送来让人忧心如焚的情况，目下，它却死一般的沉默。老阎心里千头万绪，任凭怎样使劲，也理不出头绪。其实，并不复杂，那不过是一种无限后悔的心情煎熬他："为什么让小刘过江呢？我应该过江去，即使事后来追究责任的人说：'你放弃了领导责任，你无能！'也心甘情愿！"

这工夫，办公室周围挤满了职工家属和小孩，其中也有韦珍。大家淋着雨，等待着，等待着，等待小刘的消息，等待亲人的命运，等待决定命运的时刻。

在这些等待消息的人当中，只有韦珍显得特别。她一会走到队部门前，一会走到大树底下，一会又急急地走到某一个妇女跟前。她为什么跑来跑去，连她自己也弄不清楚。她的眼睛仿佛在询问天，询问地，询问面前所有的人："工地里发生了什么事情？"其实，她的眼珠子虽然转来转去，但是并没有看到任何东西。从未经历过的严重打击和惊慌的心情，搅得她头昏眼花！

突然，队部办公室的电话铃响了！

这声音，使围在房子周围的人欢呼起来了。大家奔走相告……只有韦珍仿佛没有听到什么似的。她靠墙站在那里，抱着安全帽，生怕它飞掉似的。翻起眼睛仰望天空，任凭雨水顺鼻子两边流下来，流过脖子，流进衬衣领子里头。她一动也不动，仿佛不思不想，其实，她在想着一件事情，或者说，有一个记忆中的印象，那么固执地占据了她的脑子。这就是她刚来工程队，头一回看见小刘的印象。那时光，小刘正抡起胳膊，脸红脖子粗地和一位同志争论问题，韦珍并不同意小刘的说法，因为刚来这里工作，不好表示什么，可是心里很不舒坦。这一阵子，那不愉快的印象，变得这么亲切，小刘和别人争论问题时急躁的样子，明亮而激动的眼睛，都是这样清楚地出现在眼前。不知道哪个家属妇女，拉了韦珍一把，她才像苏醒过来似的，弄清周围发生了什么事情。一阵震动通过心头。这震动给她带来滚热的眼泪。她连忙用手帕擦了擦眼睛，抹抹鬓角的雨水，向队部办公室门口跑去，途中，有好几次慌慌张张碰到家属妇女身上。

电话铃的响声，一下子使办公室变得明亮而充满生气。这声音，把对面工地上一万多工人的心跟这指挥机关联系起来了。

老阎也像一下子年轻了十岁，红光满面，眼睛里喷射出欢乐的情绪。风雨呀，洪水呀，工期呀，梁建的情绪呀，这一切比起电话铃的响声来，都无关紧要。老阎想扑过去，捞起耳机，用全身气力说几句话，可是生怕眼前的景象只是一场幻梦，于是犹豫着……这工夫，调度员机敏得像个猴子似的，两手一拍，嗖地坐到桌子上，抱住了电话机。弯下腰，两手捂住耳机送话的地方，喊："哎呀！是你？当真是你？"调度员跳下来，把耳机递给阎队长，说："小刘！当真是小刘！"

老阎双手抓住耳机，问："哦！你是小刘？我——阎兴。电话通了！哎哟，你这个小家伙！一过江就昏过去了？你的脚怎么样？肿啦？要小心。要千万小心。工地有卫生员。你仔细说说工人们的情绪怎么样？好，好！绝壁上吊着过去使用过的安全绳，利用它往上爬。派几十名工人，爬上绝壁，从森林里钻过去，到后山百十里的地方和县人民委员会联系，弄些粮食和熟食。要大伙停止工作。小刘！要关心同志们，人是无价宝。好！晚上通话。你可别拉住绳子上了山，去搞粮食。要听话。好，好！"他放下耳机，又想起了什么，连忙抓起耳机，问："小刘？要小刘讲话。啊，小刘。你刚才讲话的时候，牙关子直响，是不是感冒了？身上发烧？"

耳机里送来小刘的声音："哪里！哪里！你只管放心。谁要看我表演，我还可以在钢丝绳上来回过几趟！"

老阎说："小家伙！要注意身体。"

老阎放下耳机，又觉得：他刚才只是把那最先涌上脑子的话不连贯地说了几句，好像最重要的话还没有讲。他搓着手，耸着肩，噔噔噔地走过来，噔噔噔地走过去，眼睛总不离电话机。有时候，还侧着脸把耳朵贴近电话机，好像这个电话机会自动跟他交谈似的。小巧玲珑的电话机，叫人喜爱的电话机！

老阎兴奋地在房子里走着，一阵用指头在桌子上敲着快乐的鼓点，一阵用拳头在墙上擂着，一阵又像小孩子一样唱歌。他希望有人走进办公室，随便聊点什么，哪怕是平时最不顺眼的人也好。对啦，洪水把老婆和孩子赶到哪里去了？也许雨水把他们喷得生病了！那个咿呀学语的女儿多逗人爱啊！她要病了才够麻烦！千忙万忙，也一定要抽空去看看他们……

老阎让高兴的心情控制了的同时，梁建在办公室内间——调度室，也为高兴的心情控制了。

梁建头脑清醒，身心爽快。他用右拳头打着左掌，来回走着，思量着。又一次在心里对自己说："小刘这青年人，总算能干。非常能干……人在事中迷呀！现在看来，这几天工地里发生的事情，并不像人们设想的那样可怕。好啦，好啦，目下一切都挺好……"兴奋之后，冷静的思考又来了。想呀，想呀，心情又逐渐沉重起来，就像晴朗朗的天，慢慢地让黑云彩遮掩住一样。最后，一肚子高兴又完全化成忧愁。不错，事情没有原来想的那么严重，可是谁要检查这几天的工作，有许多事都没法子交代。没法子交代就下不了台，下不了台就……这怎么办呢？嗯，这怎么办呢……

这时候，不晓得谁从工会办公室把锣鼓家伙拿出来，在队部外头拼命地敲打起来了。

梁建皱起眉头，朝窗外望了望，为了隔绝那欢乐的声音，就啪嚓一声把调度室破烂的窗子关起来了！

第六章　震动天地

一

大洪水消退后的第三天，天空蓝漾漾的，没有一丝云彩。太阳照得工地上冒热气，毒热的天气又在施展威风了！

三百多名工人，用一天一夜的工夫，把队部门前被洪水冲垮的大便桥修复了。

便桥修好以后，老阎和队部的干部立刻就跑到工地去。他们进行了一天多的组织工作，便使各个工点和各工作部门又像平素那样紧张而有条不紊地活动起来了。广播站依然播送歌曲。日夜和各工点联系的调度电话，不停地响着。队部办公室不断有人进进出出。工地里的各种机器，照样运转，照样吼叫。一部分人在各个工点上继续做"收尾工程”，另外有许多人在抢修运输便道。往日，从队部门前到便桥跟前，非常热闹：树荫下，崖底下，凡是阴凉的地方，就有老乡出卖柴火、菜蔬、木耳、核桃、酸枣；还有钉鞋的、卖杂货的、卖凉粉的、算卦的、要猴儿的……洪水来的时候，这帮人不晓得都钻到哪里去了。现在，雨过天晴，洪水消退，这些卖艺的、挑担的、摆摊的和穿草鞋的农民，又都挤来了。下了工的人熙熙攘攘挤到这里买东西；上工的职工们，豁开人，经过便桥到工地去了。工人的孩子一跳一蹦去上学。工人的老婆背着孩子，提着饭盒子到工地去送饭。建设生活按照它的内在规律在运行。至于前几天经过的种种艰难和苦楚，人们仿佛忘得一干二净。真的，要不是工地上到处都有泥水，要不是江滩上到处都是洪水冲下来的树枝和黑色的柴草，谁也不相信这里曾经发生过什么要命的事情。

突然，山坡上的喇叭筒里送来好消息：“同志们，请你们听听汽笛声……”拉着枕木、钢轨和架桥机的铺轨列车，已经开到江上游的山沟里了。火车的汽笛声，不时传来，还越来越近。这震荡山谷的声音，一下子把所有的职工、家属和孩子们都鼓舞起来了。有的人把草帽推在脑后，望着远处，等待铺轨列车突然从山脚出现；有的人喊叫：“来了，快来了！”一传十，十传百，真是人口快过风，霎时间，整个工地都是欢乐的吆喝声。队部的干部，卫生所的轻伤员和职工家属都挤到江边，仿佛迎接久已期待的英雄人物似的。

正在大家迎接铺轨列车的时候，工程局党委组织部副部长张孔，翻山越岭步行了二百多里赶到这里。他是洪水以后从外边来到工地的第一个人。

张孔一来，第九工程队有些干部就嘁嘁喳喳地暗中议论，互相打赌：

“这个大干部，是来追究责任的。我猜错了我请客。”

“这回我们和洪水战斗有功，准有一大批人受奖哩。不信，就等着瞧吧！”

“我得到毫不含糊的情报：后天工程局局长和党委书记要来，晦气的日子还在后头。”

…………

往常，张孔一来，总是先找干部们汇报工作，这次，却把铺盖搬到工棚和工人们住在一起。这稀罕的举动更让人们疑心。

小刘躺在卫生所。他的脚发炎了，肿得像个大茄子。梁建看罢小刘，从卫生所出来，不安和怜惜小刘的心情，纠缠着他。

一转弯，他看见老阎的老婆李玉英，拉着大孩子，背着小孩子，急急地走来。梁建清楚，碰到这女人，她准要啰唆一阵，不如赶快躲开。他还没转过身子，李玉英倒一股风似的走到他跟前了。

梁建说：“啊，碰到你啦。哪里去？”

李玉英指着大孩子说：“这小冤家一天到晚吵着要小刘叔叔！要小刘叔叔！叫得人头都发蒙。唉！别说孩子了，就是我，心头也压着千斤石，立坐不宁。”她把裹着鸡蛋的手巾举起来，在梁建眼前摇晃着说：“卫生所门口挤满了人，都要去看望小刘。那个高个女护士放开嗓子吆喝：除了队部的干部，任凭谁也不准看小刘。哎，老梁！你说，只有队部的干部和小刘有情分？亏她只是个护士，她要是个皇上，就没有人活的路儿啦！”

梁建说：“嘘！看病人的人多了，是不大好！不过，依我看，过上十来八天，小刘的病也许能见轻！不用担心。”

李玉英高兴地说：“真的？这可好了。老梁！你说说，老阎怎么越活越没出息。工地里有成千上万的人，偏偏要叫小刘过江去，这不是活人长了个死心眼嘛？唉！”

梁建有气无力地说：“反正便桥断了，当时情况紧急，只有——”

老阎的大孩子，从妈妈衣襟底下钻出来问：“叔叔！桥为什么要断？它不断不行吗？”

梁建望着远处的山坡说：“它要断嘛！”

孩子拉住梁建的手，说：“不，不，你哄我哩，一定是谁弄断的！”

李玉英说：“哎呀，多嘴！我说老梁，要说到便桥的事情，我可要怨你啦。你是个精明人，刚发洪水的时候，就该敲打老阎几下，叫他操心便桥。唉！如今说这些话就是贼走了才关门——迟啦！我说老梁——”她背上的孩子哇哇地哭起来。“——小老子！哭，你只会哭！——我说老梁，你气色不好，该是劳累坏了吧！如若愿意，就到我家歇息一阵，喝一碗汤汤水水。咦！老阎也不晓得钻到哪个老鼠洞里去了，打从便桥断了到如今，再没照面！”

李玉英走后，梁建抱住脑袋在石崖下边坐了老半天。想着小刘的病，一颗心像丢在油锅里似的。可是一想到李玉英，他就不由得生气。他寻思：“那女人精明的很，她什么都知道。她刚才唠唠叨叨，是故意刺激我，连她孩子说的话，说不定也是她教的！”

他回到队部，看见很多干部在排除院子里的积水。干部们一边排水，一边在叽里咕噜地议论张孔。梁建总不开口，作出消消停停的样子。哼！又不是来了钦差大臣，何必瞪眼吐舌头？可是在他那镇静的外表下，有一颗比别人更加不安的心。他想：“李玉英真可恶，她叽里哇啦吵了一阵，又把我的心搅乱了！”其实，不怪李玉英话多，也不怨小刘的病况使人担心，最重要的原因倒是：自从他听到张孔来的风声，就丧魂失魄，不由自主地成天思量：“张孔来干啥？”弄得饭量大减。有时候，他觉得这样苦苦思索和耗费心血实在寡味。再一想，碰过许多钉子还没有学会处处留神吗？他反复研究的结果，认为张孔来大半是追究责任的，而且追究的重点十有八九是为了工期落空——没有按时“接轨”的事情。他认为自己的猜想是有充分根据的。瞧！为什么你不来他不来，偏偏来了个老阎的冤家对头？看来，老阎有个难过的关口。

当年，张孔、老阎和梁建在一个步兵团工作。后来这个团改编成工兵团，抢修铁路，那会儿，老工程师也到了这个团。一九五三年这个团的成员集体转业，成立了第九工程队。张孔是第九工程队的党委书记，老阎是队长，梁建是副队长。在一次工程局党委扩大会议上，老阎揭发了张孔一件严重的错误，张孔被撤职。后来张孔到党校学习了一年多，回来以后担任了工程局党委组织部副部长。

梁建想：如今张孔要是存心找岔子，老阎会好受？说不定自己也要跟上倒霉。也难说哪，张孔也许有他的打算，不过对老阎这被人称为内内外外都有好名声的人，乱来也不行。梁建越想越躁，狠狠地咒骂："活见鬼！世界上的事情够多复杂：你要在某一桩事情内找岔子，处处是岔子，把当事人判十年徒刑也不难；你在同样的事情中找优点，封当事人一个全国模范也能成！"

"自己瞎费心思，还不如去找张孔聊聊。"梁建下了决心，走进队部旁边的小沟里。这里，松树和柏树长得密密实实。树林深处有人在吹口琴。微微发浑的溪水，从竹林中流出来。即使天气再热，这里也是凉爽的。梁建顺着溪水旁边有弹性的草地慢悠悠地走去，时不时地还蹲在溪水边，挽起袖子去摸鱼。他早就看见张孔坐在一块石头上写东西，心里还想："这家伙学会享清福了！"可装着什么也没看见，好像他在工作之余来到这里闲游闲转似的。直到张孔喊他，他才像有意外发现似的走过去，手一扬，说："哦，老张嘛！你这个家伙变得更年轻了！嘿！掖这样厚一本书。向科学进军啦？要不是头发落了大半，真可以当博士哩！"他一边大模大样地说话，一边察言观色，以便根据张孔的来意决定自己说话分寸和行动方向。同时，他又为自己这样的打算而很不好过。

张孔不慌不忙，十分稳当，别人很难在他脸上看出喜怒哀乐。他始终持着这样一股劲：谦虚、朴素、老练、深沉。

梁建心里毛辣火热。他想转弯抹角用话套出张孔的一言半语，因为话说得太含蓄，张孔根本没有察觉到他的意思，梁建却以为张孔故弄玄虚。他恨张孔，又满肚子懊恼，觉得自己说话太蠢，恨自己无聊、卑下。

二

梁建和张孔谈完话，已经夜里九点了。他在江边独自个儿转悠了一阵，回到队部，爬上床，打定主意，不想任何事情，要好好睡一觉。可是不管他闭上眼睛或者睁开眼睛，总看到张孔那让人识不透的眼光老是盯着他。失眠折磨得梁建眼圈都发黑了。

这工夫，值夜班的调度员对着电话耳机，向上级报告那每晚十二时照例报告的“今日生产情况”。夜深人静，他的喊声特别洪亮。这声音让梁建恼火，他把自己睡不着的原因归于调度员的大喊大叫，同时，这声音又使他满脑子杂乱的想法有了头绪。他寻思：不管张孔这一趟来干什么，反正我要去找调度员，把我能安顿的事情都安顿妥帖。把一切安顿妥帖之后，就过了一大难关。过了难关，往后，随便干个什么工作，就老老实实干去，免得再让说不清的烦恼和打算这样折腾人！

当初，工程队几个领导干部分工的时候，梁建是管“安全”的。在建设工地，最吃不消的事情是发生事故死了人。因此，现在头一宗要办的就是：把有关这方面的事情周密地安排一下。

梁建走进调度室，用胳膊把调度员揽到跟前，说：“来！咱们俩把这几天拖下来的事情处理处理。事情太多吗？那就先汇报‘安全’方面的问题。”

调度员一五一十给梁建作了汇报。

梁建东瞅西看，心神不宁。他有时听调度员说话，有时听门外的脚步声。又心虚又紧张，觉得自己在干着见不得人的事情。一转眼，又找到了使自己安心的理由：何必疑神疑鬼？莫非，我不应该把分内的工作安排得有条有理吗？再说，这种安排对整个工程队的工作说，也不是完全无用。

他低声问调度员：“两名工人被洪水冲去，作报告了没有？拿‘调度记录簿’给我看。”

调度员说：“嘿呀！电话线断了，朝哪里报？”

梁建的手往下压了压，说：“高喉咙大嗓地嚷叫什么？我又不是聋子。电话线断了，你也要把该作记录的事记录下来。空口无凭，没有书面记录，就让你满身是口，将来很多情况也说不清。”

调度员嚓嚓地补写“记录”。写完，又稚气又敬佩地望着梁建。瞧，在这样紧张的时光，梁队长还按部就班地办理这些工作手续方面的细小事情，这需要怎样的魄力和周密的思想呀！

梁建避开调度员的眼睛。他觉得那眼睛好像在问："梁队长！现在有成百件事情要处理，怎么你偏要一宗一项地安排这些眼前没有什么用处的事情呢？"梁建咬了咬牙，对自己说："对也罢，不对也罢，反正就是这一回。往后，干净利索地重新做人！"

梁建看看补写的"记录"以后，说："啊，对喽。阎队长曾经指示，要我们把洪水期间发生的各种情况，随时报告上级。我们始终没有好好执行这个指示。现在你拟几个简短的报告，作为拟发而未发的报告底稿，保存起来。我说你记：第一号报告，洪水来临前三天，工程队负责同志主持召开过一次会议，认真研究了防洪期间的安全问题，还作出了具体措施（具体措施有打字稿可查）……第二号报告……第三号……第四号……"

梁建坐在桌子跟前，一手卡住下巴，一手执笔，反复研究着调度员写的草稿，要让词句和语气准确有力，要让在鸡蛋里挑骨头的人也找不出毛病。但是，他又一次变得这样窝囊、无能、毫无用处，连一个有力的字和半句有用的话也搜不出来！

梁建烦躁地思量了一阵，把草稿涂改了一番，往旁边一推。调度员当是梁队长让他把报告草稿保存起来，于是，他捡起那涂改得花里胡哨的纸张，一边看一边朝调度室走去。

梁建满腹心事地抱住头，他觉着调度员的眼睛还在盯着他。那眼睛变得越来越大，越来越可怕！突然，他猛地直起腰，往桌子上抓了一把，仿佛要把那几张可恶的报告草稿撕个粉碎，扔到窗外的流水中去，可是什么也没有抓到。好像有一只看不见的手，早就把草稿无影无踪地抓去了。梁建恐怖地四处望着，身上像冰水浇。他问自己："我在干什么……我……"

三

张孔和梁建谈罢话的第二天，他曾有好几次想和老阎聊聊，看来老阎也有这个意思，可是洪水之后有许多事情缠住人，老阎实在抽不出喘气的空儿。于是，这天吃罢晚饭的时光，张孔约梁建到江边去散步。

梁建知道张孔约他去散步是什么用意。总之，别人严厉地批评也罢，提出一连串伤脑筋的问题也罢，反正自己找不出多少理由替自己辩解。虽然如此，梁建还是把他准备的那些连自己也知道行不通的办法，再三琢磨了一阵，想硬着头皮顶住一切将要落在他头上的东西。

张孔和梁建一走出队部的门，就看见对面山坡的小路上，有很多人背着东西往下走。这些人当中，有工程局的干部，也有地方干部和当地的农民。运输便道被洪水冲毁，还没有恢复。他们这些人都是从很远的地方翻山过岭，穿过原始森林，来给工地运送粮食的。也许，他们当中有不少人，在深山里摸了好几天才赶到这里。

喷火的太阳快落到西边的山顶上了。山沟里挺凉爽，大雨之后，空气清新，人人都觉着身心畅快。

张孔和梁建顺着湿漉漉的小道信步走着。他俩，随便闲聊，从当地群众对建设工地的支援谈起，直谈到老战友的生活情况。

梁建说："老张！不光你羡慕人家到军事学院学习，我也一样。话说回来了，老阎这家伙一窍不通，前几年调他去军事学院学习，他说他哪里也不去，迷上这经济建设啦。当初，他要听了我的话，这一阵不就是一名国防军的师长？"

张孔似笑非笑地说："老阎现在指挥的人，比一个师还多呀！哎，你记得王大个儿吗？前几天，我在西安碰到他，那家伙还是有说有笑，劲头十足！"

梁建说："知道。听说老王爬得很快，当了一名厅长，兼一名主任，抖得很哟！"然后，他俩又谈到解放战争，抗美援朝，建设工地，边设计边施工的困难，工程发包人和承包人的争吵，不合理的材料申请制度……真是老战友见面，哪怕谈话是天上一句，地下一句，东拉西扯，毫无次序，可是亲热得了不得。你说怪不怪，当张孔无意之间拨动了"防洪"这根弦的时候，充满在两人中间的和谐气氛给破坏了。梁建谈话中那种欢欣、明确的调子消失了。他变得不冷不热不近不远，在各方面都保持着充分的警惕和适当的分寸。只是有好几次，他稀里糊涂地踏到路上的泥水中。

张孔一开始和梁建谈话，就从那不时变化的眼睛里看出梁建心里有各种力量在激烈地争斗。争斗中，那种向上的力量似乎占了上风。但是，一转眼，那向上的力量像是被什么巨大的东西压倒了。跟着，那浮现在梁建脸上的爽朗神情一下子也消失得精光！

张孔有点发闷。是的，梁建把那通向心灵之路的门给关死了，很难进行亲切的交谈了。

他望望江水，又望望山头，说："老梁！今年的气候真怪哪！"

梁建心里猛一动，脑子一转，好像防备突然袭击。由于过分紧张，一时不知道该怎么回答。过了好一阵，他说："的确怪得很！"

张孔说："谁也料不到，雨季会比往年整整提前一个月！"

梁建眼睛忽闪忽闪地眨了几十下，又望着自己透湿的鞋子，说："一个月。啊，不多不少一个月！"

张孔看着山崖上洪水消退后留下的痕迹，说："洪水真大！"

梁建为了给自己鼓劲，就伸展伸展胳膊，说："是大得很啊！"

张孔瞟了梁建一眼，他觉得，梁建仿佛放出一种无形的烟雾，他看不清梁建的面目了。而且，身材高大的梁建，好像突然变得瘦小了。

张孔筹思了一阵，说："这次防洪中，同志们很辛苦！"

"这葫芦里装的什么药？"梁建紧张地思索，可是尽力不动声色。他琢磨："说'辛苦'吧，那就是有了'功劳'啦。好，防洪中有'功劳'的人，都站出来，这次损失的材料，被洪水冲去的工人以及种种乱子，都和你们这帮人有关……说'不辛苦'吧，当作客气话也行，可是上级如果认为这次和洪水斗争是一个伟大的胜利呢？你说话不起劲，那就是'防洪'中出力不多……"梁建脑子紧张地转了几圈，举起胳膊，正要说话，没防备一块大石头险些把他绊倒。他定了定神，说："老张啊！说不上辛苦不辛苦。我们在施工现场工作的人，常年四季都是这个样子啊！"

张孔，心情激愤：梁建怎么变成这副样子呢？你在他的话语中任何东西也摸不到！他的魄力、才能和那由经验凝聚起来的思想到哪里去了？在施工现场工作的人，就像置身在战斗生活中，苦是苦，可是，他们，时时都以时间的主人自居；时时都觉着周围有千万根血管连接在自己身上，给自己输送新的血液和新的力量；时时都觉着自己思想充实，精力旺盛；时时都觉着自己和整个时代一起前进。怎么梁建在这种前所未有的生活中越来越变得缺乏生气？

张孔轻轻地吹了一阵口哨，一不小心，他也踏到泥水中了。他把脚上的泥跺了跺，问："这次防洪中冲走的材料统计了没有？"

"牌摊出来了！他是来追究没有如期接轨的问题。"梁建想着，情绪有些安稳。他说："统计了一下，大致统计了一下。"

张孔转过身来，面对梁建站着。目光逼人。他提高声音问："损失很大吗？"

梁建的心抖动了一下。他取了支烟，趁擦火柴的工夫，脑子又转了几圈。现在到了紧要关头，他更加紧张地思索着，揣摸着，好像一不小心，就会踏在使人粉身碎骨的地雷上。他眉毛一扬，说："事前有准备，洪水来了的时候又抢救的快，所以材料方面的损失可以说不大。不过，这也看怎么说哩！"同时，他在心里怨自己："我竟然落到这一步田地！我……"

张孔还是不眨眼地盯着梁建。他想："那颗心曾经是忠贞的、熟悉的、可以信赖的，如今，我连它认也认不出来了！"他想说话，千言万语，无从说起。于是，他背着手，扭转头凝望着远处山头上的团团雾气，心头有一种说不出的寂寞！

两人面对面站着，心和心相隔千里！

两人默默无声，只有永不改变方向的江水，哗哗地奔流着。

张孔为了打破堵在两人中间的沉闷空气，问："这次洪水造成的损失，是不可避免的吗？"

梁建说："这很难说。不过我们的全盘工作是老阎掌握着哩。老张啊！我只是他的助手。这话对别人不好说！有啥办法呢？人比人活不成。进步慢嘛！”

张孔叹了口气，说：“哦！你只是他的一名助手，多新鲜！”

梁建强装笑颜，说：“老张！你还是这样，爱不动声色地开玩笑！”

张孔眯缝着眼，望着波浪翻腾的江水，说：“开玩笑？世界上还有人开这么痛心的玩笑？”

梁建吃了一惊，但是佯装不知，拍着张孔的脊背说：“哈哈！你这个胖子把话拉得太远了！”

张孔，依然眯缝着眼，依然望着波浪翻腾的江水，微微摇着头说：“拉得太远了？不远啊，老梁，就像你站在我跟前这么近！老梁！我最近常读历史书籍，特别是农民革命的历史。我觉着，那些农民革命的英雄，一刀一枪打天下当中遇到的危险，还比不上他们取得相当胜利以后遇到的危险大。我们和他们处的时代不同，但是有一点是相同的：胜利对许多革命者都是更严重的考验！不信，你就去看，书上用血和泪写下了他们的悲惨下场！”

梁建又点起了一支烟，狠狠地吸了一口，说：“哦！有意思。你到党校去学习，就学了这样一大套！有意思！”

张孔眼角的皱纹，突然出现，突然消失。他说：“这一套对有些人简直可以起死回生！”

梁建苦笑了一下，但还是摆出潇洒的样子。实际上这一刻他根本不看张孔的眼睛，仿佛那眼睛可以把他衣服剥光，可以把他按到地层深处去。突然之间，梁建这个仪表堂堂的人，锐敏地感觉到自己有气无力像被霜打了的小草一样干枯了。

张孔，愁眉不展地思量了一阵，头缓慢地转过来，仿佛他的头非常沉重似的，他目光炯炯地盯着梁建问：“老梁！你我说话，不需要吞吞吐吐，这次‘防洪’当中材料和其他方面的损失，肯定地说，你要负相当大的责任。”说罢，望望近处新搭的大便桥，又望远处的工地。他看见：按照“接轨”的要求，各项工作昨天差不多都完成了，只有那返工后重新做起来的五号桥墩，今天中午才勉强完工。

“所谓‘其他方面的损失，’，还不是指便桥！”梁建想着，心灰意懒，好像他坐在被告席上，听取最后的判决。他，强打精神张开口，说：“有很多情况，除了老阎别人说不清。就是老阎也未必样样事都能说清。每一件事情里头，都有许多预料不到的因素。自然，发洪水期间死了人，虽然和便桥被冲断没有多大关系，不过这无论如何总证明了我对‘安全’工作做得差。应该说明的是：在这方面，不论事前的布置或事情发生后的处置，大家都尽了一些力量，这有文字记录和报告底稿可查。你有兴趣的话，回到队部看一看。”说罢，他又觉得这一番话都是十足的废话。什么“记录”和“报告”，眼前看来不仅毫无用处，而且为了这拙劣而愚蠢的补写证据，还不知道会招来多少祸事哩！真是活见了鬼！

张孔说：“用不着看，一张纸盖不住犯罪行为。”

梁建浑身发冷，心脏仿佛停止跳动了。他知道，现在说什么也没用了，一切都亮出来了。可是还心虚口松地强辩：“黑字写在白纸上，比空口说空话有用。它可以帮助人辨明是非。”

张孔说：“‘是非’？你还知道‘是非’？手摸胸口想一下，如果有个心术不正的人，根据你的说法，把一切责难都压到老阎头上，你不觉得亏心吗？作为他的老战友，不难过吗？”

梁建两手摊开说：“这是从哪里说起呢？好像我把责任往老阎身上推哩！”

张孔说：“事实就是这样。”

梁建向前走了两步，险些滑了一跤。他说：“老张！我是倒了霉，可也不能墙倒众人推！”

张孔说：“对你我这样的人说，无所谓倒霉不倒霉。”

梁建恼羞成怒地说：“你是大道理一套又一套，以为我梁建连二百元的票子也点不清？老实说，木匠的斧子一面劈，就任何事情也说不清。从你我谈话开始到现在，关于别人我只字不提。何必说呢？一来我自己有缺点，有错误，不能光怪别人；二来你是党委派来的大员，长着眼睛和耳朵。上上下下有多少人主张‘七一’接轨，今天七月三号了，还没接轨。可是现在梁建倒成了罪人！”他虽然说的蛮有劲，可是连自己也知道这些话根本不能成立，于是他又后悔自己管不住自己的嘴。

张孔说：“没有按预定时间接轨是一回事。现在要问你：为什么没有及时把工人撤离工地？回答是：桥垮了。为什么在情况紧急的时候丝毫没有想到保护便桥呢？你怎么答复？再说，不幸中的万幸是小刘冒上命，过了江，使一万多人脱险。如果在桥断了以后，人又过不了江，工地发生混乱，出个大事故，工人死伤一大批，又怎么办？”

“便桥！又是该死的便桥！”梁建脑子在转。低下头，一声不吭。

张孔从口袋里摸出个东西，说：“你看！这是技术干部韦珍写的信，她对你提出了尖锐的批评，而且要到铁道部去告你。别的事暂且不去管它……”他把韦珍的信展开，“请你看这一段：‘在洪水刚下来的时候，我根据工人们观察的情况，向梁队长报告，要加固便桥……’好啦，你不忙解释……”

谈话谈僵了，为于缓和这种局面，张孔和梁建不声不吭地顺江边的小路往上走去。他们走到一块田地旁边，看到几座新坟墓。坟上放着许多干枯的花圈。每个坟前都插一块牌子：

“赵千成，五十岁，工龄二十五年。为祖国建设而牺牲！”

“程小年，二十岁，临时工。为祖国建设而牺牲！”

…………

…………

张孔默默地站了一阵，又背着手向周围看：左边不远的崖壁上，有二十多年前工农红军刻的大标语：“打倒土豪劣绅！”“工农红军万岁！”……在这些标语旁边还有一九四九年人民解放军经过这里时写的几条标语：“解放大西南，最后消灭蒋匪军！”“中国人民大解放！”……

张孔说：“老梁！看，这不是一部活历史？”

梁建背着手，望着一棵枯干的树木，不作声。这工夫，梁建没有听清张孔说了些什么；而老阎往日劝说他的话，这一刻，又在耳边响，仿佛无数人在他耳边吼叫似的。老阎那大孩子的眼睛，调度员的眼睛，韦珍的眼睛，突然变成许许多多眼睛，愤怒而责问地盯着他，还一清二楚地看见了躺在病床上的小刘……

四

老工程师张如松从卫生所看罢小刘出来，顺山坡小路往工地走。他一想到小刘发高烧、紧咬牙、浑身抽搐的情形，就很心焦。自言自语地说："搞不好，这孩子的脚会被锯掉的！"

雨后这几天，他和老阎一道忙得连饭也顾不上吃。百忙中，还时时想起常飞。今天下了好大的决心把许多急事推开去找常飞，连影子也没见到。他心里忧愁不安，为了常飞给大家造成的不好印象，觉得没脸见人。一转身，他看见梁建和张孔在半山坡游山玩景似的指手画脚，心里的火气更盛了。回头看，只见老阎在对面工地上奔忙。他满腹心事地想："老阎啊！你知道这两个人在给你安排什么哩！"

老工程师看清了梁建最近的种种表现，也知道老阎和张孔过去闹过别扭。现在他生怕张孔和梁建气味相投，扭成一股劲整治老阎。"真想一手遮住天？不行！谁要整治老阎，我就拼上一条老命和他打官司打到中央去！"他满心激愤，可是转念一想，又不禁自问："自己是总工程师，难道对'防洪'前的很多措施和洪水造成的各项损失，不负重大责任吗？"他深深地叹了口气，说："唉！万一有人找岔子，我自己跳到黄河里也洗不清哩！"想来想去，一种感情从心里升腾而起。他又狠狠责备自己："想的是些什么啊！多懦弱，多自私，多可耻！"

他直想过去听听梁建和张孔在叨咕什么，又觉得不合适。走到桥头，用手在眼眉上边搭了个凉棚，极力远望，想在工地来往的行人中找寻老阎。他看见老阎提着安全帽，正和几个在工地巡回治疗的医生交谈什么，就招手叫老阎过来。

老阎从工地里走上来，长筒胶鞋上满是黄泥。他焦虑地摇着头说："小刘的病不妙，全身抽搐得更厉害了。可不敢是破伤风！"他惘然若失地望着天空。天空几块黑云彩，像几座大山似的，向南移动！

“哪里话，不要神经过敏！”老工程师一边说一边把眼镜戴上，接着又取下来放在口袋里。老阎弄不清发生了啥事情，只见老工程师那几根很长的白眉毛在颤动。

老阎问：“你心情不好？也许是累着喽！我这个人穷忙一气，连照护你的空儿全没有！”

老工程师说：“你还在鼓里坐着哩。看！”他哆哆嗦嗦地指着远处站的两个人。

老阎迷惑不解地说：“看什么？那是张孔和梁建嘛。”

老工程师说：“我问你，张孔既然来这里检查工作，就只听一面之词？走，咱们去三对六面谈谈。”

老阎说：“这是很正常的事。老张是上级派来的，他愿意找谁谈就可以找谁谈。”

老工程师说：“不管是谁派来的，反正这人靠不住。”

老阎说：“不见得靠不住吧！”

老工程师指点着老阎的胸口说：“听我说，老阎！你比我受革命锻炼的时间长，可是我也没有白活了这样大的年纪。不客气的说，你吃亏就吃在你以为别人的心肠和你的心肠一模一样！”

老阎说：“你有你的看法。不过，你说‘不管是谁派来的’，这话很不妥当。”

老工程师偏着头，望着一边，说：“这话是不妥当。你就像过去那样爽直地批评我吧。我会很难过，也会更喜欢你。啊，现在先不说这些，咱们去找张孔。”

老阎望望在工地巡回治疗的医生，又显得神情恍惚。他说：“也好！……不过……依我说……请原谅！小刘的病把人的心搅乱了！唉！我简直不知道该怎么办才好！”

“回头咱们去看小刘。我去了电报，要工程局医院张大夫连夜赶来！”老工程师说罢，挽住老阎的胳膊，朝张孔和梁建跟前走去。

张孔和老阎握手后又和老工程师握手。接着，他就和老阎亲热地谈起来。

老工程师张如松目光炯炯，脸色严厉。他背着手，用那饱含着经历的眼光，时而打量张孔，时而打量梁建，极力想透过他们半正经半开玩笑的话，看到隐藏在那后面的东西。但是他在他们的谈话当中没有察觉到任何不对头的东西。同时他感觉到，目下老阎和张孔，都没有心思谈梁建的问题。既然他们不谈，大约就有不谈的道理，自己何必莽莽撞撞……不，必须当着张孔把这件事情谈个水落石出。于是他寻思了一阵，挺身而出揭发那些自己所知道的事实了。

他说："老阎！如果在你拼死拼活的时候，和你共同做领导工作的人，把全部担子往你肩上一推，站到干滩上看鱼跳，告诉我，你心里是什么滋味？"随即他便在心里怨自己："又是这样盛气凌人！婉转一点说不行吗？"

张孔蛮感兴趣地点头，表示赞同老工程师的话。

老工程师激怒而不信任地看了一下张孔，心里说："不要把我当作三岁小孩子！"

张孔瞟了老工程师一眼，笑了笑，说："而且那个和老阎共同做领导工作的人，不是别人，正是他的老战友。往日，两人一切都不分你我，连快乐和难过也是分享的。"

老阎望着梁建。梁建浑身抖动了一下，为了掩饰自己发慌的心情，他斜歪着肩膀靠在树干上。他一清二楚地知道，老阎能容人，可并不是讲情面的人，现在，当着党委派来的人，又有这个倔老头作证，老阎至少要把便桥问题和他梁建的种种表现，全盘端出来。呵！就这些，也能使他梁建吃饱喝够。身上出冷汗，头有点发蒙。

老阎心情悲怆。他叹了口气，望着工地，过了好几分钟才说："眼前工作挺紧，不忙讨论这些。如若要我表示意见，我说，我还没有学会我必须学会的东西。至于别的方面，没有什么值得计较。"

这完全没有意想到的话语，使梁建受到猛烈的震动。他直起腰，鼻孔翕动。望着自己的鼻子，一直望着自己的鼻子。是的，过去也好，现在也好，老阎还是老阎！但是，我梁建却……

张孔指着头顶说："你觉得没有什么值得计较，党委却不能不计较。"他指着工地上的工人们，又说："他们也不能不计较。"

老阎感慨地说："计较也好，不计较也好，这都不是最重要的。"他猛一转身，又说："你们看！"

大家顺着老阎的手指望去，只见，成千上万的工人在奋勇地劳动；只见，许多用木筏运输材料的船工和纤夫，在和嘉陵江战斗；只见，这深山僻壤里的老乡们，用简单的工具，在对面山坡的片片小块土地上，索取生活资料；只见，把一筐粪背上二三十里才能送到田地里的老太太，在弯曲而险峻的羊肠小道上艰难地走着；还看见，因为水灾或旱灾走出家门，沿着嘉陵江逃荒的妇女和孩子……

老阎激动地说："他们如饥如渴地需要我们的事业。如果不是时时刻刻想着他们，我们活在世界上还有什么意义？对有些人说，生活就是越来越高的地位，就是显赫的名声；对有些人说，生活就是越来越舒适的享受；对另外一些人说，生活就是爱情。而对我们说，仅仅有一件事值得想：只要前头还有战斗，就不能停止前进；只要任何地方还有贫困和落后，就算我们没有完成任务！就寝食不安！这并不是和自己有什么过不去，而是历史把我们这帮人选出来，时时把繁难的担子搁在我们肩上。也许，我们有我们的苦处，可是，这苦处也是许多人永远没有资格经受的。"

五

老阎他们几个人，正在起劲地谈话，对面山坡上有人喊："阎队长！噢——阎队长！"老阎一看，是女技术员韦珍。

韦珍戴着小刘曾经戴过的安全帽，穿双长筒胶鞋，穿着一套崭新的帆布工作服。她从山坡上跑下来，直喘气。脸色难看，嘴唇发白。

她把老阎叫到一边，问："队长，你去看小刘了没有？"

老阎说："看过几十回了！昨天晚上我整夜坐在他的床边。怎么？现在小刘的病情有变化？"

韦珍说："那些护士都是女同志，可是她们的心肠都硬得像石头。

今天，我去了好几次，好说歹说也不让我见小刘！队长……”

老阎说：“现在连队部的负责干部去探望小刘，医生都不答应……不怕！为了救小刘，就是把国家今年交给我们队的二千五百万投资全花完也行啊！”他觉着，要说这是安慰韦珍，还不如说是安慰自己。

韦珍眼圈红了，说：“阎队长！你说，生活就这样不饶人吗？为什么悲痛的事，一件接着一件？这些我没有经见过的事，真是把我搅糊涂了！”

老阎问：“啊！又有啥事情？”

韦珍说：“常飞开小差了！”

“当真？”

韦珍说：“还哄你不成……”眼泪顺脸流下来了。她一边用手帕擦眼泪，一边从口袋里掏出一封信递给老阎。

老阎把信展开，飞快地看：

韦珍：……我曾经多次向您坚决地表示过，为了您，我可以忍受一切，可以在这里多混几天。但是当您的表现使我发生绝望的时候，我痛苦极了！我的心受了不能恢复的创伤！我在别人都走入甜蜜的梦乡的时候，流着热泪自问：今后这深山里还有哪一样东西能启发我的热情呢？您批评我这个，您批评我那个，看在同学面上，我不恨您，还十二万分感激您。事实上，我主观上也做了不少使我和别人都很痛苦的事情。我下定决心在这里努力工作，可以改变客观上对我的不良印象吗？我非常的缺乏这个信心。我到别的地方大概理想的多……我计划去一个科学研究机关去工作，那还不是可以为伟大的社会主义建设服务吗？我以十二万分的信心对您说，我一定能成为一个为祖国争光荣的科学家。青春是美丽的，很贵重呀，它容易逝去，而且逝去之后再也不回来了。韦珍！愚蠢的爱情和想不完的事情，只会消耗美丽青春和可爱的生命啊……

常飞　七月一日晚

老阎看罢信，两手垂下，轻轻地叹了一口气，望着韦珍，说："有啥办法呢？每个人都有自己具体的生活道路，谁也代替不了谁……以我说，我没有把这个青年吸引到我们的事业中来，没有尽到责任。以你说……你不必为他流眼泪！"

韦珍像被火烧了一样，说："我为他哭？队长，你太不了解我！"她背靠大树，拧着衣襟，咬着嘴唇，望着天空。

老阎望着韦珍那脸膛的侧面，心里有一股说不出的味道！常飞和韦珍是在同样的土壤里生长起来的幼苗，可是他们之间竟有这样大的差别！为什么？能解答的人都来解答吧！

老工程师走过来，问："怎么啦？"

韦珍望望老工程师又望望老阎，把扎辫子的布条，解下来又绑上去。

老阎说："回头再说。"

猛然，山坡下面的运输便道上有许多人在乱嚷嚷。又出了什么事？老阎、梁建、张孔、老工程师和韦珍，跑下山坡。

"小——小——小刘！"不知道谁失声地喊着。

一副担架放在嘉陵江边的那棵大槐树下边——梁建经常想心事的地方——许多人围着这副担架，内三层外三层，挤得风雨不透。悲痛的气息压在人们头上！

老工人们因为经见得太多，总是把感情压在心底，只有那像石头雕刻成的脸上，罩着严肃和沉默。

年轻人放声大哭！

不懂事的孩子吸吮着母亲脸上的泪水！

这棵见多识广的老槐树，见过老阎苦苦战斗，见过梁建苦苦思索，见过小刘和韦珍并肩而立，见过常飞小偷似的姿态。现在，它所有的叶子都沙沙沙地响着，像是诉说什么，像是为眼前的景象而哆嗦，而哭泣！

卫生所所长背着药包，腋下夹着病历表，手里拿着注射器，东瞧瞧西看看，慌乱得不知如何是好！

他看见老阎和梁建走来，就跑过去说："小刘完了！完了……队长！我们一发现他的病情恶化以后，就想尽一切办法……后来看到实在无能为力了，就连忙组织了几个人把他往工地医院送。还……还……还没有走几步，你看，他……破伤风……破伤风！"

老阎他们，豁开人，一下子扑到担架跟前。只见：厚墩墩的被子盖在小刘身上。小刘半闭着眼，嘴唇的一边微微翘起。脸，非常严肃。好像这归去的人，不是突然夭折，也不只二十多岁，而是经过各种风波，熬受过各种磨难，参加过各种战斗，走过了曲折而漫长的路程，完成了足够许多人做几辈子的事情以后，熟睡片刻。

卫生所所长说的话，老阎半句也没听清。他机械地蹲下去，一手抓住小刘左手，一手摸着小刘胸口。僵硬冰凉的身体，永不跳动的心脏，永不起伏的胸脯，永不张开的口，永不转动的眼珠，使老阎变得痴痴呆呆了。这一阵，他能放声痛哭，也许轻松一点，可是他哭不出声音来。只是短促地呼吸着，胸脯膨胀着，像要炸裂！

死亡，这就叫死亡？从监狱到刑场，从战场到工地，二十多年来，老阎多少次见过亲密战友倒下去的惨状啊！每一次，都给老阎添几根白发；每一次，都给老阎刻几条皱纹；每一次，都撕去老阎一片心。幸亏悲痛无法计算，要是能计算的话，就算是老阎这样坚实的人，也会被压碎，被击毁！

老阎坐在担架旁边，一动也不动，仿佛他一动，就会把熟睡的小刘惊醒似的。不过，老阎圆实的脸，眼看着就消瘦下去了！眼看着，头发全灰白了，颧骨突起了，眼窝深陷了，嘴唇干裂了！

老工程师张如松颤巍巍地扑下去，每一根白发都在颤动，每一根胡须都在颤动。他抱住小刘的头，看看老阎，看看医生。又用慌乱而哆嗦的手摸小刘的口和心窝。他的脸压住小刘的脸，失声地痛哭了！眼泪，浇洒在小刘脸上，手上，胸前的衣服上！

他哭着，悲痛欲绝地哭着。生活给这瘦削的脸上，刻满了深深的皱纹，一条条的皱纹里，都汇流着汗水和泪水。他恨不得用老年人的眼泪和汗水，把这青年人浇活！他恨不得用老年人的生命和血液，使这青年人复生！他恨不得仰面呼喊："不公平的天！你怎么让我这满把白须的人来哭青年人？"

山上的森林，发出波涛似的吼声。嘉陵江绕过沉默冰冷的峭壁，穿过阴森森的山峡，悲怆地流去！

一种沉重的空气，在上下一千多里的铁路工地上缓慢地流动！一种悲伤的气氛罩住这无穷的山脉！罩住这原始森林！罩住这万古不废的江河！罩住这祖国最偏僻的角落！

梁建那灰暗无光的眼球，一动也不动。山，树木，人群，一会东倒西歪，一会忽高忽低。他看不清老阎的脸膛，看不清老工程师的白胡子，看不清韦珍的眼睛，也看不清张孔的姿态，而小刘那闭着眼睛的面孔，却看得清清楚楚！他颓然地低下头。他身边有什么人悲痛地说："小刘在战争中随时可以丢掉命而没有丢掉命，在这可以不丢掉命的地方反而丢掉了命！"这话不假。可是小刘为什么死去？谁杀害了他？是大雨？是狂风？是洪水？是……好像谁用刀子一片片切梁建的心，剐梁建的肉。他的眼泪像决了堤的小河，顺着黄瘦的脸往下流，顺着那很久没刮的胡子往下流。胸前的衣服透湿。他什么也不能想，什么也不愿想，只能让这滚热的眼泪把他整个地冲刷一遍。冲刷一遍！

韦珍站在离小刘尸体五六步远的树下。她想走到小刘跟前，可是浑身酥软，两条腿拉不动。思想停止了活动，所有的神经都失去作用。只有那微微起伏的胸脯，表明她的生命还在跃动。一双睁得很大的眼睛，显得呆滞、空洞而茫然。那突然失去血色的脸，出现了许多很细的皱纹。整个身躯，显得无比的庄严、静穆，仿佛这女孩子在转眼之间经历了人间无数可怕的事故，一下子增长了十岁，突然成熟了。她——一个年轻的姑娘，在来工地之前，虽然有过一些经历，可是这经历简单而又简单。真正的斗争她还没有经过，真正的人生她还没有见过。母亲给她遮挡风雨，教师给她指引路程，朋友们——少男少女，也只不过给她说些稚气的话。现在，她在生活道路上迈进了第一步。在迈进这第一步的过程中，经历了动人心魄的事件，体验到亲手创造的欢乐，看见了英雄们战斗的场面，以及眼前躺着的遽然离去的人……

她又一次把那个柳条编的安全帽，抱在胸前。这个安全帽是抵挡大雨的用具，是吸引她思想感情的物件，是战士保护生命的钢盔。她在这有生以来最紧张的时日里，工作的时候戴上它，走路的时候提上它，睡觉的时候把它挂在床头，望着它，描绘自己想象中的图景。从今向后，这个安全帽还要陪同她度过多少无眠的夜和寒来暑往带来的日子！

猛然，她失去了控制自己的力量，眼睛紧闭着，身子软绵绵地斜歪着倒下来了！老阎的老婆李玉英一步抢前，抱住了她。当李玉英把那青年的脸膛捧起来的时候，只见韦珍满脸是泪！两个妇女，相互抱着，脸挨着脸，泣不成声！

张孔一动也不动地望着工地。他心情沉重地想：过不了好久，满满堂堂的货车，乘满旅客的直达快车，都要从这里飞驰而过。列车上的人会赞叹这史无前例的工程，赞叹这征服千山万水的奇迹；但是，有的人却看不到被泥土和石头盖起来的血迹，也看不见渗透在工地上的眼泪和汗水；路旁的新坟也将为野草遮掩！

正是下午七时，开山工放炮的时间到了。无数工人从要放炮的工点上退下来，往隐蔽的地方躲避，放警戒的工人们打着红旗站在山顶和路口上：有的吹哨子，有的打锣，有的呐喊……轰隆一声，炮声响了，先是这里一响，那里一响，霎时，吼声连成一片。烟雾遮住了工人们的身影，遮住了工地，遮住了山，遮住了天。空气冲击耳膜，大巴山和秦岭又在抖动；爆炸起的石头像阵雨似的落在嘉陵江里，水花四溅。

老阎从小刘尸体旁边站起来，望着眼前一张张悲痛的脸膛！他觉得，他没有权利流泪和低头。他对这男的，女的，老的，少的，负有责任。于是，他咬紧牙关，唤起力量，望着远处黑压压的千山万岭，血液在加速循环。他恨不得马上拿起工具，手一挥，带上这所有的人，去扫平一切山岳，填满一切沟壑，让所有的地方都变成四通八达的平坦大道。他望着近处——近处就是炮声隆隆的铁路工地。是的，有人失去信心，有人临阵脱逃，也有人离开世界，可是任凭什么力量也不能阻止历史的进程！眼前这从艰苦斗争中锻炼出来的干部、技术人员和无数工人，他们看起来也许是平常的人，可是那从他们生活中提炼出来的理想，渗透到他们的每一滴血和每个细胞里。过去，现在，将来，他们都愿意把一切献出来，愿意默默无声地去做新建筑的基石。因而，只要他们还有一口气，我们的理想就不息地变为现实！

爆炸后冒起的黑烟渐渐地变成白烟。腾向天空的烟雾越来越稀薄了，连绵起伏的山岭慢慢地显出来了，工地里成千上万的工人的身影，也渐渐地显出来了。嘉陵江两岸，处处都有坚韧不拔的劳动者，紧张而有次序的工作着。有的扛木料，有的背水泥，有的搅拌混凝土，有的用小斗车推沙子、料石。整齐平坦的路基上，有许多工人在铺轨。他们，有的扛着枕木，有的抬着钢轨，有的在钉道钉。雄壮的“号子”声，在千山万壑里引起回声。随着这震撼天地的声音，贯通祖国大西北与大西南的铁道，迅速地向远方伸展。山坡上的喇叭筒里，不断地送出铺轨工人们用力量和智慧凝聚成的新纪录。这新记录，使工地起伏着阵阵激动情绪。人人都感觉到：钟表“宗宗宗”的响声，就是时间的脚步声。在这时间的脚步声中，人和自然界都在改变面貌，世界上都在增添新的东西——哪怕为了这些新的东西而付出了重大的代价！

1956年冬草于铁路工地
1957年7月1日脱稿于西安
1958年3月修改于铁六局
1959年1月8日重改

原载《延河》1957年第8期
选自人民文学出版社1959年12月第1版

图书在版编目（CIP）数据

中国百年工业文学大系：中篇小说卷Ⅰ / 樊洛平主编.
-- 北京：中国工人出版社，2025. 5.
ISBN 978-7-5008-8575-7
Ⅰ. I211
中国国家版本馆CIP数据核字第2025AY3999号

中国百年工业文学大系：中篇小说卷Ⅰ

出 版 人 董 宽
责任编辑 傅 娉
责任校对 张 彦
责任印制 黄 丽
出版发行 中国工人出版社
地　　址 北京市东城区鼓楼外大街45号　邮编：100120
网　　址 http：//www.wp-china.com
电　　话 （010）62005043（总编室）　62005039（印制管理中心）
（010）62379038（社科文艺分社）
发行热线 （010）82029051　62383056
经　　销 各地书店
印　　刷 北京印刷集团有限责任公司
开　　本 880毫米×1230毫米　1/32
印　　张 28.5
字　　数 580千字
版　　次 2025年6月第1版　2025年6月第1次印刷
定　　价 148.00元

本书如有破损、缺页、装订错误，请与本社印制管理中心联系更换